四大名著名师精讲丛书

王俊鸣 管然荣 ☺ 主编

[清]曹雪芹·著

王俊鸣·评点

[清]孙温·绘

红楼梦

上

HONG

LOU

MENG

山东教育出版社
Shandong Education Press

·济南·

图书在版编目（CIP）数据

红楼梦 / （清）曹雪芹著；（清）孙温绘；王俊鸣
评点. --济南：山东教育出版社，2025.5. --（四大
名著名师精讲丛书 / 王俊鸣，管然荣主编）. --ISBN
978-7-5701-3658-2

Ⅰ. I207.411-49

中国国家版本馆CIP数据核字第2025PX9655号

丛书策划：周红心

责任编辑：周红心

责任校对：舒　心

装帧设计：闫　姝

SIDAMINGZHU MINGSHI JINGJIANG CONGSHU

HONGLOUMENG

四大名著名师精讲丛书　　　　　　王俊鸣　　管然荣 / 主编

红楼梦　　　　［清］曹雪芹 / 著　［清］孙温 / 绘　王俊鸣 / 评点
上、下

主管单位：山东出版传媒股份有限公司

出版发行：山东教育出版社

　　　　　地址：济南市市中区二环南路2066号4区1号　　邮编：250003

　　　　　电话：（0531）82092660　　网址：www.sjs.com.cn

印　　刷：济南鲁艺彩印有限公司

版　　次：2025年5月第1版

印　　次：2025年5月第1次印刷

开　　本：787 mm×1092 mm　1/16

印　　张：89

字　　数：1850千

定　　价：195.00元

（如印装质量有问题，请与印刷厂联系调换）印厂电话：0531-88665353

总序

管然荣

奉献给读者的这套"四大名著名师精讲丛书",是面向广大中小学生的古典文学名著导读书。该丛书由全国著名语文特级教师王俊鸣先生领衔,由老中青三代五位名师组成的团队,历时四年,精心打造而成。

壹

"腹有诗书气自华","为学之道,莫先于穷理;穷理之要,必在于读书","读一本好书就仿佛和一位高尚的人谈话"……读书,尤其是阅读文学名著,对于一个人精神成长能起到不可替代的重要作用,这早已成为全人类的文明共识。阅读文学名著应该是一项文明人持续终生的高级精神活动。

追溯中国现代语文教育,早在 20 世纪初,也就是现代语文独立设科初期,老一辈语文教育家就大力倡导名著阅读。1923 年,叶圣陶、胡适负责起草、制定的《新学制课程标准纲要》中就有"略读整部的名著"设想。此后，又有多个版本的语文课程标准（或教学大纲）都曾明确提及名著阅读。

作为新版全国语文教育教学的纲领性文件，教育部《高中语文课程标准（2017年版）》与《义务教育语文课程标准（2022年版）》提出了"文化自信""语言运用""思维能力""审美创造"四面一体的语文核心素养，并专门列出"整本书阅读与研讨"及"中华传统文化专题研讨"的课程任务。响应课标新精神，国家统编语文新教材已经把许多文学文化名著正式纳入课程内容之中。作为名著阅读课程的重要组成部分，古典名著阅读止是实施优秀传统文化课程的主要渠道。其中《西游记》《水浒传》《红楼梦》已经分别纳入统编初高中语文教材，《三国演义》也列入高中语文课外阅读书目。全国各地关于语文素养的检测评价也增添了名著阅读内容；部分省市的中考、高考命题，已将名著阅读内容纳入其中，未正式纳入的地区也在做着一定的价值导向性渗透。"以考试倒逼名著阅读"的专家提议一度成为舆论热点。纵观当下基础教育界，素质教育步步深入，课程改革层层推进；但也毋庸讳言，应试功利主义在教学实践中依然热度不减，"刷题法"在学习训练中依然屡见不鲜，"分数论"在教育评价中依然经久不衰。由此看来，以考倒逼，学生若真能借此读进一些经典名著，也是利大于弊的。

长期以来，名著导读类图书虽然时常独领书市风骚，让读者目不暇接；但是，这类书籍往往叠床架屋，千部一面，所写内容大都流于空疏宽泛的人文专题，缺乏细致入微的文本解读，缺乏系统科学的方法点拨，等而下之者，只是一些粗糙的名著梗概或故事转述，原作魅力大为削减甚至荡然无存。名著导读类图书里真正导之有法、行之有效、阅之有益的精品少之又少。因此，基础教育语文课程建设亟须改变这一现状。

本丛书将充分展现语文教育教学独有的个性化价值与功能。

四大名著积淀着源远流长的中华优秀传统文化，是举世景慕的四座巍峨的文化昆仑。

《红楼梦》作为一部百科全书式小说，通过描绘贾、史、王、薛四大家族的兴衰历程，以宝黛爱情为主线，极其深刻地反映了封建末期的社会现实及其精神风貌，被誉为"中国古典小说巅峰之作"。读者大可从中窥探缠绵悱恻、隐微曲折的情感纠葛，体察等级森严、逼真残酷的复杂世态，辨识真假有无、虚幻无常的"好了"人生，欣赏文情并茂、凄美绝伦的诗词歌赋……

《三国演义》描写了东汉末年群雄逐鹿、三国鼎立时期错综复杂、波谲云诡的历史故事。它不仅是中国第一部气势恢宏、引人入胜的章回体长篇小说，更是一部令读者在世事浮沉、王朝更迭中思考正邪、辨识贤愚、体会沧桑世道和复杂人性的人生教科书……

《水浒传》通过描绘梁山好汉起义的故事，让读者去了解古代专制社会"官逼民反"的严酷现实和生存困境，让读者去享受一次极为震撼的精神盛宴——人物形象的鲜活多样、"路见不平，拔刀相助"的侠肝义胆、忠义纠结的灵魂拷问……

《西游记》以唐僧师徒取经为主线，通过叙述师徒四人历经九九八十一难而取得真经的故事，展现了执念信仰、正直仁慈、机智勇敢、团结协作的价值力量。在曲折离奇的情节中，在与妖魔鬼怪的争斗中，孙悟空、猪八戒、沙僧、唐僧等无比鲜活的人物形象向读者迎面走来……

蔡义江先生在《〈红楼梦〉诗词曲赋评注》中说："自唐传奇始，'文备众体'虽已成为我国小说体裁的一个特点，但毕竟多数情况都是在故事情节需要渲染铺张，或表示感慨咏叹之处，加几首诗词或一段赞赋骈文以增效果。所谓'众体'，实在也有限得很。《红楼梦》则不然，除小说的主体文字本身也兼收了'众体'之所长外，其他如诗、词、曲、辞赋、歌谣、谚、赞、诔、偈语、联额、书启、灯谜、酒令、骈文、拟古文等，也应有尽有。"《三国演义》《水浒传》《西游记》大致也是如此。

长期从事中学语文教学与研究的五位作者非常清醒地认识到，无论从哪一方面看，要想真正透彻读懂四大名著，即使是成年人，也不是轻而易举的，更何况知识大多不足、阅历尚浅的中小学生呢！

面对这样的实际情况，五位作者多方调研学情，反复研读文本，广泛参考相关文献，几经打磨，精益求精，为本丛书设置出注评兼备的创新体例。

本丛书体例的设置，一切以方便学生阅读、理解原著为基本前提，既有对古老"批注"读书法精髓的传承，又有对现代阅读理论的吸收，更有自身长期阅读教学实践经验的渗透，可谓兼收并蓄、守正创新。力求引导中小学生读者真正深入理解文本，并从中学会读书。这也正是语文教育教学独有价值功能的集中体现。

在所精选的每一回内容里，除原小说外，包含以下详略不同的五方面内容：

1. 题解及内容提要。在每一回前，写有数百字乃至上千字的"题解及内容提要"，为读者阅读本回做提示引导。若本回内容与前文内容有关联，则在开头增加简要的勾连说明，以利于读者弄懂前后文意的内在联系。

2. 回后评。在每一回后，写有数百字或上千字的"回后评"，对本回内容做鉴赏评价，并选择精彩语段、传神细节、疑义难解之处做具体赏析点拨。若本回情节与后文内容有密切关联，还提前做一些呼应性提示。

3. 旁批（偶或有夹批）。对所选回目中精彩语句或语段，均做有精彩"旁批"。批注类型主要有"阐释性批注""鉴赏性批注""感悟性批注""勾连性批注"四种，其中以前两种为主。批注严格遵循学术规范，结合具体语境，抓住关键语句，深入浅出，渗透"以文解文""知人论世"的方法策略，旨在指导读者掌握阅读方法，提高阅读能力。另外，对文中一些重要的诗词歌赋，作者在旁批或夹批中都给予精当恰切的阐释鉴赏。

4. 审辨。在鉴赏批注过程中，作者适当引入一些古今名家的相关见解，并结合文本具体内容对其做出适当点评。点评持之有故，言之有据，富有学术含量。

5. 夹注（偶或在旁批中作注）。对文中个别生僻字词、典故及文学文化常识，直接在原文做注音注释，以便于读者即时认读。

特别强调的是，本丛书的最大亮点是王俊鸣先生提炼并践行的文本解读三大规律及诸多细则。作为 20 世纪 60 年代北京大学中文系毕业的高材生，时代的特殊机缘让先生一生主要做了一件事：在高中教语文。深厚的功底与丰富的实践，让先生梳理总结出"关键信息导引律、文内诸因互解律、文外诸因互解律"等文本解读三大科学规律，尤其是"文内诸因互解律"（同义互解、对义互解、连义互解、虚实互解等）与"文外诸因互解律"（以事解文、以理解文、以情解文等）。先生多年的教育教学实践早已证明，文本解读三大科学规律及诸多细则对中小学生学会阅读具有醍醐灌顶之效。

这些精湛的读书方略，都在本丛书里得到了全方位的呈现。

叁

本丛书将充分展现语文教师独到的治学眼光与学术追求。

针对某些值得商榷的学术观点，哪怕是业内权威说法，本丛书作者也在理性质疑的同时提出自己合理的新见。自然，这其中也包含着启发中小学生读者学会思辨性阅读，进而适时培养其批判性创新思维能力的良苦用心。

这里暂且撮要示例。

首先，本丛书对许多具体文本的诠释提出更合情理的新见。

比如，针对《红楼梦》第十七、十八回林黛玉所拟《杏帘在望》里"菱荇鹅儿水，桑榆燕子梁。一畦春韭绿，十里稻花香"两联，本丛书做了这样的赏析："白鹅在生长着菱荇的水面嬉戏，燕子在傍晚时分栖于屋梁呢喃，一畦畦春韭蓬勃翠绿，大片的稻花散发芳香。四样景物，有的在眼前，有的是想象，把此处的田园风光描绘得令人神往。"这里把"桑榆"解释为"莫道桑榆晚"里的"桑榆"，是日暮、傍晚之意。比起"燕子飞越桑榆之间，忙忙碌碌在梁上筑巢"中把"桑榆"实解为桑树、榆树，本丛书的解释应该更符合生活常识，也更符合具体诗境吧？上联所写"白鹅在生长着菱荇的水面嬉戏"，只是同一个场景，那么下联是燕子"飞越桑榆"与"梁上筑巢"两个景象，还是燕子先"飞越桑榆"然后再去"梁上筑巢"的动态过程呢？如是前者，上下联如何对应呢？

又如，对《红楼梦》第七十回《桃花行》的一联"天机烧破鸳鸯锦，春酣欲醒移珊枕"，有红学家注上句云："说桃花如仙女用天机所织出的红色云锦烧破了落于地面。'烧'、'鸳鸯'（表示喜兆的图案）皆示红色。"——"云锦烧破了"，即使不成灰也是"残品"，这样的"桃花"还有什么"美"？"烧"为什么就是"红色"？本丛书认为这种解释违背事理。"天机"并非指"天女的织机"，而是指南斗之星，并由此代指天空。"烧"也不是"燃烧"，而是指"彩霞"，在这里活用作动词。"破"不是"残破"，在这里它只是一个助词，意谓"着也，在也，了也，得也"。连起来，这句话就是说"天空的彩霞映照在佳人的鸳鸯锦被上"，如此解释才能与下句自然衔接：室内佳人"这才从酣睡中醒来，推开珊瑚枕而起床"。两相比较，本丛书的解释不是更符合文本语境，也更符合情理吗？

再如，《西游记》第五十八回《二心搅乱大乾坤　一体难修真寂灭》中"二心"是何人之心？学界说法不一，有说是悟空本人的，有说是唐僧的，有说是泛指师徒四人的，甚至还有说是如来佛祖的。本丛书作者"从荣格心理学角度来看，真悟空代表着孙悟空的人格面具，而六耳猕猴幻化的假悟空则是孙悟空人格阴影的投射，真假猴王之战其实就是人格中面具与阴影的冲突"，赞同悟空二心说。六耳猕猴与孙悟空，系其面具与阴影也。

红楼梦

其次，对原作内在文理的品评也迥别于某些宏大叙事式泛论。

本丛书冠名"评点"，要旨就在：于细微处下功夫，以力求引导学生读者去揣摩领悟小说巧妙的文心文理。

且看本丛书中的两处微观品评：

第十七回，写大观园工程告竣，贾政游园题咏。此时有这样一句："可巧近日宝玉因思念秦钟，忧戚不尽，贾母常命人带他到园中来戏耍。"这"来戏耍"而"常"是很重要的交代，不然到时候贾政命他题咏，他怎么能对一处处景点说得头头是道，一额一联开口即来？

第五十九回有这样几句描写："一日清晓，宝钗春困已醒，搴帷下榻，微觉轻寒，启户视之，见园中土润苔青，原来五更时落了几点微雨。"这似是闲笔。但看到后面就发现，此笔不"闲"：那春燕啼哭着往怡红院去，她娘急得跑了去拉她。"他回头看见，便也往前飞跑。他娘只顾赶他，不防脚下被青苔滑倒，引的莺儿三个人反都笑了。"原来那"青苔"是在这里等着春燕的娘呢。

在这里，一句有一句的作用，一事有一事的因果。俗话说"无巧不成书"，但这"巧"得合乎逻辑，得有因果的必然。一个事件的发生发展，应该是水到渠成；一个人的言行举措，应该是势所必然。"草蛇灰线，伏延千里"，唯有如此细细揣摩，方得个中三昧。

再次，本丛书对小说中一些重要人物的评价，也未囿于成见。

比如，对千古名相诸葛亮的评价，罗贯中及后人都给予了极大的褒扬；本丛书在充分赞赏其品格、智慧、事功的同时，也对骂王朗等情节，尤其是其大小事务一概事必躬亲的做法，做了客观理性的质疑性评价。

又如，对宋江接受招安行为，大多予以简单化否定，而本丛书则主张需要理性看待。从主观愿望看，面对当时官场腐败、民不聊生的社会现实，宋江希望通过梁山力量来匡正纲常、弘济时艰，这未尝不是为好汉们寻找安身立命的归宿或"曲线救国"式策略。

再如对贾雨村的评价，《红楼梦》第二回，当得知"英莲"丢失后，贾雨村答应"我自使番役务必探访回来"，有红学家在这一句后批曰："轻诺寡信。找到后也未必能送回，读至葫芦案便知。"对贾雨村做了简单化否定。

针对这种颇具代表性的说法，本丛书认为：

这是胶柱鼓瑟之论。人是会变的，不能因为他后来的不义而否定他先前的良知。而恰恰是这种变化显示出那时官场的龌龊，它会把"好人"变坏。

"不上一年，便被上司寻了个空隙，作成一本"，革职了。为此，他"心中虽十分惭恨，却面上全无一点怨色"，而"嘻笑自若"。这一段文字，颇有史笔意蕴。这个贾雨村上任才"不上一年"，能有多大过错？"贪酷"之弊或有，而最大的罪状恐怕就是"恃才侮上"这一条。所以那上司"作成一本"乃是"寻了个空隙"。雨村"十分惭恨"。惭愧的是，辜负了甄先生当年的一片好意，更辜负了自己的一片雄心；恨的是，那上司挟嫌报复，毁自己前程，而那"龙颜大怒"也加深了他对那"龙"的了解。可以说，这一段经历改变了贾雨村。他本是一个"狠"人，经此一劫，他抛弃了人情，也放弃了壮志。当他再次走上仕途，就是一个全新的贾雨村了。"嘻笑自若"成了他的人生态度，也成了他为官的态度。以情解文，须看出贾雨村的这一重要心理转变。

鲁迅先生认为，《红楼梦》"在中国底小说中实在是不可多得的。其要点在敢于如实描写，并无讳饰，和从前的小说叙好人完全是好，坏人完全是坏的，大不相同，所以其中所叙的人物，都是真的人物"。

"真人物"不是"非白即黑"式的人物，而是复杂多变的人性复合体。本丛书所做的上述评析，不是更加入情入理，也更加真实可信吗？

本丛书所选原作依据的是哪些权威版本?

现代读者生活节奏快,压力大,特别是中小学生,课业负担繁重,难得闲暇进行整本名著通读。**本丛书从学生的实际情况出发,做了以下精心周全的甄别选择。**

首先,本丛书的《红楼梦》《西游记》《三国演义》三部名著评点,所依据的都是时下较为通行的权威版本。

鉴于《红楼梦》在高中语文新课程里占有特别重要的位置,本丛书把全书前八十回全都选入,将旷世奇才曹雪芹的经典大餐原汁原味地呈现给读者;尤为难能可贵的是,作者对所选精华内容全都做了切中肯綮的评议讲析。

本丛书从《西游记》原著中遴选三十回。考虑到小说前八回无论是从其在整部小说中的重要性上,还是从作者卓越文学才华的表现上,都堪称精华中的精华,因此全部选用。取经路上遇到的各种魔障,重点围绕主要人物形象的塑造,选取了心猿归正、火烧观音院等精彩章回。另选第九十八回和第一百回,以便读者纵观全书之艺术匠心。

本丛书从《三国演义》原著优选出六十五回。一方面围绕主线情节,如贯穿全书的三次大规模的战役——官渡之战、赤壁之战、彝陵之战,凸显重点;另一方面兼顾精彩的支线"剧情",如诸葛亮舌战群儒、草船借箭、骂死王朗等,以免遗珠。

其次,本丛书的《水浒传》评点依据的是金圣叹贯华堂版本,从中优选出楔子和三十七回。大才子金圣叹先生独具慧眼,认为原著七十一回以后情节内容趋于松散失真,遂"腰斩"《水浒传》,摒弃后续诸如招安、破辽等章节,而以卢俊义之梦收尾。这样,贯华堂本情节紧凑,人物鲜活,似较百回本更胜一筹。

总之，作为经验丰富的语文教师，本丛书作者站在学科教学角度，从学生学习实际出发，努力引导学生读者走进四大名著，陪伴学生读者一起徜徉于这次恢宏奇绝的精神之旅。

读者诸君，倘若在阅读本丛书之后，情有所动，心有所悟，并从此爱上名著，终生爱上读书，则善莫大焉！

皇皇巨作，巍巍昆仑；洛阳纸贵，智愚咸论；丘壑意蕴，显幽烛隐；握珠抱玉，众说纷纭；趣味无辩，岂可穷尽……

五位作者虽焚膏继晷，殚精竭虑，然终为才学所限，舛误难免，敬请方家不吝赐教！

谨向倾情助力的山东教育出版社编辑团队深表谢忱！

2024 年冬日于京西昆玉河畔

序言

王俊鸣

《红楼梦》，有些年没有重读了。部编语文新教材忽然开辟"整本书阅读"之单元，而高中入选的第一部长篇小说就是《红楼梦》。这引发了我重读此书的兴趣，试图以一个语文教师的眼光审视一下这部书的价值何在、我们可以怎样读。

《红楼梦》之"伟大"，其在文学史上地位之"崇高"，前人之述备矣，无须再来饶舌。唯一要说的是，这只是一部"小说"，一部文学作品。对"红学家"的种种"考证"，有好奇之心者，关注一下未尝不可，但总还是只把它当小说来欣赏为妙，不然，就有走火入魔的危险。小说的读法，有所谓作品中心论、作者中心论，后来又有什么读者中心论——所谓接受美学。鄙意以为，既是读书，当然应该以"书"为中心。了解一下作者及其时代，有助于对作品的理解。但正如哲人所说，你觉得这鸡蛋好吃，尽管吃就是了，除了养鸡专家或养鸡专业户，不一定非得去调查那只鸡。作为读者，当然有"作者未必然，读者未必不然"的自由，但终究不可以把贾宝玉读成哈姆雷特。至于非要把晴雯的两根指甲看成两根手指，使炽烈的情感变得血淋淋，更不是读书的正路。

根据我的浅见，作为普通读者，特别是在中学就读的年轻人，读《红楼梦》，如果肯用心，大致会从以下几个方面有所收获。

壹 积淀知识

《红楼梦》被誉为"百科全书"，许多不同专业的人都可以从中看到需要的东西。从衣冠服饰、饮食起居到文玩陈设，从婚丧嫁娶、祭祖拜佛到节庆往来，从音乐绘画、园林建筑到中医中药，等等，它都有"专业"水平的描写；至于诗词歌赋、书简楹联、灯谜酒令，更是诸体俱备，且臻精美。一些过于专业、过于偏僻的东西，一般读者固然可以舍弃，但像中药里的"川芎""白术""黄芪""阿胶"等该怎么读，计时用"寅初""二鼓"等具体是几点几刻，还是有用而该了解的。单从狭义"语文"的角度看，可学习可借鉴的东西也足够丰富。

且以开篇第一回为例。它不仅交代了《红楼梦》一书的来龙去脉、主题宗旨、创作者的美学追求等，还有律诗有绝句，有歌有偈有对联，作为"语文"知识，这些都是值得关注的。更有大量的词语值得学习掌握，比如四字成语或类似成语的就有"饫【yù，饱】甘餍肥""补天济世""兴衰际遇""生理稼穑【生理，家务管理；稼穑，农业生产】"等等，关于泛文化的词语有"偈【jì，佛经中的唱词】""社火【民间在节日举行的传统集体游艺活动】""喝道【喝，hè。官员出行，随从喝令百姓回避让路】"等等。有的词语，如果在这里注意学习了，有助于解决教材中遇到的问题。比如，书中有"问世传奇"一语，这里的"问"显然不是"询问、疑问"，而应与"传"对义互解，义为"传布、告知"。语文教材选有李煜《虞美人》词，其中有句曰"问君能有几多愁？恰似一江春水向东流"。此一"问"字，历来就少有人讲明白。其实，这与"问世传奇"的"问"字不是一样的吗？"问君"，即"告知诸位"。还有"口号一绝"的说法，"口号"即"口占"，"号"

读二声，意为不借笔墨，随口吟成。教材选了郭沫若的一首《立在地球边上放号》，如果读《红楼梦》时懂得了"口号"，郭诗的"放号"也就不难理解了。

书到用时方恨少，"积淀知识"永远是读书学习的重要价值之一。

贰 俯瞰世态

作为个体的人，即使寿至百年，所能亲身经历的社会生活也是有限的。而好的文学作品能带着读者穿越时空，使之置身已成历史的社会或万里之外的国家，去观察，去体验，开阔眼界，启发心智，可以史为镜，可借他山之石。虽未必与安邦治国直接有关，至少可以做一个明白人。

《红楼梦》一书展示给我们的"世态"可分三个层次：一是官场，一是家族，一是个人命运。那时的官场是以皇族为核心的，皇帝的权力至高无上，生杀予夺，一言九鼎，其下是皇亲国戚，其下是贵族官僚，芸芸众生、五行八作就都在他们的重重统治之下。这是一个权力的层塔，除了皇帝（他自称"天子"，只有祖宗和"天"才能监管他），统治集团的每个人都具有双重身份：在"上级"面前是奴才，在"下级"面前是主子。做奴才是他们生存的条件，做主子则是他们维护现状的动力。你看那太监，在宫里是极为下贱的奴才，而到了贾府，他们就成了"贵人"，开口勒索几百上千两的银子，贾府也不敢不给。贾母，在贾府是人上人，但宫里的一个老太妃死了，"凡诰命等皆入朝随班按爵守制"，贾母已是七十多岁高龄，都得每日入朝随祭，至未正【下午一点至三点为"未时"，"未正"指下午两点】以后方能回家。而且还要"送灵"入葬，待灵柩埋入地宫，往来得"一月光景"。但再辛苦也得奉陪，因为她是皇家的奴才。而处于最底层的众生，他们只求在奴隶的地位上繁衍生息而已。

《红楼梦》写当时的官场，特别突出贾、史、王、薛四大家族的"连络有亲"，一荣俱荣，一损俱损；又特别突出当时官场的腐败，也就是所谓"国法"的腐败。贾雨村初入官场，不懂其中的规矩（潜规则），很快被人参了一本，龙颜大怒，即批"革职"。但他能"夤缘复旧职"，并从此学乖，不但"乱判葫芦案"，还为讨好贾赦，枉法强取石呆子的古扇。王熙凤，一个女人，一纸书信就能使长安节度使干预下属儿女的婚姻，以一对年轻人的生命换得白银三千两。更匪夷所思的是，她为了报复宁国府帮贾琏娶尤二姐，竟把个都察院玩于股掌之上。至于冯渊之死，金哥殉情，石呆子坑家败业，这几位是想做奴隶而不可得。他们的死在社会上连一点微小的"反响"都没有产生，因为那太平常，太微不足道了。

作为贵族之家的贾府，可以看作是整个社会具体而微的存在。这也是一个权力的层塔：贾母居于尖顶，具有最高的权力；下面各有各的地位，各有各的职分。每个人都是主子，每个人又都是奴才。连奴才之群也分三六九等，高一等的在低一等的面前也常常表现出主子般的威风。跟社会上有"四大家族"的结党营私一样，贾府内部也有派系，有团伙，争权夺利，纷争不息。

整个社会就以这样的结构而存在，靠这样的动力而运行。而处在这种世态之中，没有人能真正完全掌握自己的命运。地位与实力决定态度，金荣最后不能不给秦钟磕头认错，璜大奶奶也绝不敢向秦可卿兴师问罪。更不必说女孩子可以"采买"，对奴才可以施以酷刑。可以说，每个人都怕做奴隶而不得，而欣喜于自己的坐稳了奴隶。

叁　体察人性

一个人，在现实生活中所能接触的对象总是有限的，而文学作品可以让我们认识到不一样的人生，体察到人性的多面与复杂。

《红楼梦》一书，据统计有名有姓的人物就有四百多，描写得有声有色的至少也有二三十人。一人一副面孔，一人一种心肠，一人一套腔口，最后也就一人一种下场。这里只说三个人。

贾宝玉，作为全书的主要人物之一，入世历劫，是作者理想的化身。但曹公并没有把他简单化、完美化。他有三个"圈子"、三重身份：在社会上，他交游纨绔，是贵族公子；在贾府，他恃宠而骄，是不肖子孙；在大观园，他混迹裙钗，是护花使者。这一形象最大的价值就是让人感受到人性之至善。

他性格中最突出的特点是厌世禄而"情不情"，而这与当时的主流意识形态是格格不入的，所以被视为"痴呆"，遭父亲笞挞。他又像顽石一样顽而不化，打也好，骂也好，依然故我。贾宝玉，就像大观园里的太阳，不分主奴，不分贵贱，给每一朵花以光明，给每一棵树以温暖。所谓"情种""情痴"，这个"情"既不限于爱情，也与淫欲无关。这个"情"就是爱，无差别、无条件的爱，爱得专注，爱得执着，超越俗人意识，甚至违背世俗常理，一般人难以理解，无法接受，故谓之"痴"。这个"痴"，也就是"真"——不被世俗污染，不被功利束缚，没有被塑造成"他们"所需角色而保持人之本真。但他太孤立了，他的力量太微薄了。大观园中的"群芳"，或风飘云散，或残败凋零，宝玉因殇而怜，因怜而叹，他丧魂落魄，洒泪成血，而一篇《芙蓉女儿诔》就是他此种情感的大爆发。不能改变自己，而这"爆发"又不能使恶的势力稍有收敛，他的离世归天，回到那大荒山无稽崖青埂峰下，则是唯一的解脱。至于身后变成一片"白茫茫大地"，那是无可挽回也无法顾及的了。

再看林黛玉。作者给她的定位是幻身入世"还泪"的一株仙草，而她最终的命运就决定于那个"木石前盟"。为了这个"泪"字，作者给她笼罩了四重阴影再立一堵高墙。第一重阴影父母双亡，作为孤儿，她缺乏安全感；第二重寄人篱下，作为乞儿，缺乏主人的尊严；第三重疾病缠身，寿夭难定，难免见落花而伤感；第四重宝钗夺婚，虎视眈眈，岂无临深渊之危殆。黛玉在贾府，唯一真能理解她、体贴她的就是贾宝玉一人；而她唯一的精神寄托也就是贾宝玉一人。但要把"木石前盟"变成现实的男婚女嫁，在那个时代，必须越过父母之命、媒妁之言这堵高墙，而偏偏父母既逝，贾府又无长者（包括贾母）出面担当。风刀霜剑严相逼，黛玉除了流泪，她无可倾诉，无所依托。

但她不甘心。她有冰清玉洁之质，又有一目十行之才、开口成韵之思。她从无害人之心，而肯成人之美（比如助香菱学诗）。但她要靠自己的力量保护自己，维护自己的尊严与利益，并因此变得敏感，显得孤傲。她不愿看到宝玉靠近宝钗，更不能容忍宝钗亲近宝玉。她尖词讥讽，严语抗争。看上去，她一时或占了上风，其实最后失败的总是她——给人留下尖酸刻薄、心胸狭窄、爱使小性儿的坏印象，又白白伤了宝玉；而宝钗则凭着人事与财力上的优势，居高临下，深谋远虑，赢得了平和大度的赞誉。

她与宝玉的姻缘终于化为泡影，泪尽归天，质本洁来还洁去，这是被其"天缘"锁定，也是其性格导致的必然结局。

与宝、黛最为相关的人物就是薛宝钗了。红学界历来就有"拥钗"和"贬钗"之争。薛宝钗原本是进京选秀的，选秀不成，她一家就长住贾府，其中的奥妙恐怕就与那个"金玉良缘"的愿景有关。以这一"愿景"为背景，看宝钗的言行举止，才有可能做出正确的评价。

对于宝玉、黛玉、宝钗三者的关系，作者是有明确设计的。书的第五回，在"薄命司""金陵十二钗正册"中钗、黛是"同框"的，而这种"同框"现象在所有册页中是唯一的。这表明，这两个女性是一对矛盾，宝玉必须二中取一。而在后面的曲词中，又明确了宝玉的选择，就是"都道是金玉良姻，俺只念木石前盟"。这就是贯串全书的故事。在这里，宝钗实际是充当了"小三儿"的角色，既伤害了宝玉，更毁灭了黛玉。

在作者笔下，宝钗有美艳的外貌、诱人的芳姿，更有商人市侩的遗传基因，善观察，有心机，会"做人"。她的奋斗目标是明确的，手段是多样的，意志是坚定的。所谓"金钗雪里埋"，所谓"纵是无情也动人"，就是对其性格的形象概括：金钗，美而冷，且埋于雪中，难见其真面目也。

红学家哈斯宝在《〈新译红楼梦〉回批》中评说宝钗："乍看全好，再看就好坏参半，又再看好处不及坏处多，反复看去，全是坏，压根儿没有什么好。"信夫！

肆 鉴赏艺术

《红楼梦》一书的艺术成就是多方面的，概括起来可以说有以下几点：

1. 结构网络化

看几部古典名著，会发现其叙事艺术各有特点。《三国演义》以"三国"为三个支点，展开其政治的、军事的、外交的种种斗争，构成一种扇形结构。《水浒传》以"梁山聚义"为线，分别写一个个英雄的事迹，是一种串珠式结构。《西游记》则是以"取经"事业为主线，写唐僧师徒一路斗怪降魔，也是串珠式结构，但所串之珠与《水浒传》完全不同。《红楼梦》作为一部大书当然也有它的主线，那就是贾府（兼涉其他三大家族）的由盛而衰以及与其相为表里的人生悲剧。这里有广阔的社会生活，有深邃的历史脉络，而这一切又都集中到人，集中到人物的精神世界、人的情感。它把众多的人物、繁杂的事务，以一人一事为点为线，或实或虚，或正或侧，或纵向时断时续，或横向左右穿插，从而构成一种网状结构。

2. 视角客观化

作者叙事写景、刻画人物，有两种视角。一是"全知全能"，作者作为"主宰"，居高临下，对所写对象无所不知，即使人物的内心活动也了如指掌，一切只由作者直接道出。一是"限知限能"，只借作品中的人物去看，去想，去说，"互见互评"，这就是视角的客观化。《红楼梦》一书，这"互见互评"之法运用最为纯熟，且能与全能视角的描述适当结合。角色互见互评而作者藏而不露，读者不仅看到了角色眼中心中的对象，同时看到了这一角色自己的内心，可收一击两鸣之效。林黛玉看贾宝玉，贾宝玉看林黛玉，既写出来各自之美，也显现出二人的一见钟情。冷子兴演说荣国府，见其宏观概况而叹息；林黛玉初到荣国府，见其礼仪规矩而小心；刘姥姥一进荣国府，见其豪华富贵而讶异。如此这般，读者了解了荣国府，也看到了角色的性格。

3. 文理精细化

俗话说"无巧不成书"，但这"巧"得合乎逻辑，得有因果的必然。也就是说，一个事件的发生发展，应该是水到渠成；一个人的言行举止，应该是势所必然。

且不说贾府的日趋衰败、宝黛婚姻的最终毁灭，《红楼梦》都写出了其深刻的必然性。这里只说几点微观的实例。

第十七回，写大观园工程告竣，贾政游园题咏。此时有这样一句："可巧近日宝玉因思念秦钟，忧戚不尽，贾母常命人带他到园中来戏耍。"这"来戏耍"而"常"是很重要的交代，不然到时候贾政命他题咏，他怎么能对一处处景点说得头头是道，一额一联开口即来？

第五十九回有这样几句描写："一日清晓，宝钗春困已醒，搴帷下榻，微觉轻寒，启户视之，见园中土润苔青，原来五更时落了几点微雨。"这似是闲笔。但看到后面就发现，此笔不"闲"：那春燕啼哭着往怡红院去，她娘急得跑了去拉她。"他回头看见，便也往前飞跑。他娘只顾赶他，不防脚下被青苔滑倒，引的莺儿三个人反都笑了。"原来那"青苔"是在这里等着春燕的娘呢。

再比如第六十回，芳官说还要些玫瑰露与柳五儿吃去。宝玉忙道："有的，我又不大吃，你都给他去罢。""说着命袭人取了出来，见瓶中亦不多，遂连瓶与了他。"这里的"遂连瓶与了他"几个字是万万不可少的。到第六十一回，太太房里丢了玫瑰露，林之孝家的从厨房（柳五儿的娘为司厨）搜出这瓶子，才有后面冤案风波。

一句有一句的作用，一事有一事的因果，闲笔不闲，严谨细密，值得仔细品味。

4. 语言个性化

这里单说焦大。他是第七回书中一个"重要人物"，虽昙花一现，却被读者记住了。

脂评："忽接此焦大一段，真可惊心骇目。一字化一泪，一泪化一血珠。"王蒙更有感慨："居功自傲，正气凛然，一针见血，无私无畏。从大的方面看，他代表的是当时应肯定表彰的忠义的一方面，但仍逃不脱嘴灌马粪的下场。没有被割声带，算是便宜了他。"

一般评述都着眼于焦大之"骂"的情感内涵，我们倒不妨把上一回的刘姥姥以及这一回的凤姐拉到一起，看看"人物语言个性化"问题。

你看他，开口就是"杂种王八羔子们"，"我要往祠堂里哭太爷去。那里承望到如今生下这些畜牲来"，"爬灰的爬灰，养小叔子的养小叔子"，"咱们红刀子进去白刀子出来"。是"功臣"的身份、"兵痞"的口吻，全是"横话""脏话"，不顾脸面，没有分寸，是"没天日"的粗野。

如果说焦大之骂是"粗"而"野"，同样说粗话的刘姥姥则是"粗"而"俗"。

什么"守多大碗儿吃多大的饭"，"倒还是舍着我这付老脸去碰一碰"，什么"'瘦死的骆驼比马大'，凭他怎样，你老拔根寒毛比我们的腰还粗呢！"等等。连听到自鸣钟报时的响声，她联想到的也就是"打箩柜筛面的一般"。没有书生气，都只是劳动者的口头语，而且不失女性身份。即使有"联想"也不能超出其生活经验，然而朴实而生动。

同一回书中还写到王熙凤。你看她在长辈面前，能说会道，圆滑中透着精明。而在平辈、晚辈面前，她的言语则"横"中不乏"野"味。她要见秦钟，尤氏推脱，凤姐的话是："普天下的人，我不笑话就罢了。竟叫这小孩子笑话不成？"贾蓉再客气，凤姐就说："凭他什么样的，我也要见一见！别放你娘的屁了。再不带我看看，给你一顿好嘴巴。"我说了算，板上钉钉，不容商量，这就是"横"也是"粗"。至于什么"放屁""打嘴巴"，不是也够"野"的吗？在她大闹宁国府的时候，这种"野"会有淋漓尽致的表现。

洪秋蕃评说："《红楼》妙处，又莫如描摹之肖。性情各以其人殊，声吻若自其口出，至隐揭奸诈胸藏，曲绘媟亵情状，尤为传神阿堵。"所谓"声吻若自其口出"就是人物语言个性化，这是很高的艺术造诣。

伍 深思义理

如果不是为了消遣，读小说的好处除了增长知识、开阔眼界、鉴赏艺术等之外，还可以化实为虚，从繁杂事务中抽绎出"道理"来，使自己的目光更为敏锐，思想更加深沉。

比如看凤姐的聪明。第五回曲词说她是"机关算尽太聪明，反误了卿卿性命"。重点是放在一个"太"字上。其实，"聪明"是个褒义词，每个人都希望自己聪明。凤姐的"聪明"也不都是"负能量"。作为贾府管家婆，能把荣国府一大摊子事掌管起来，是要真本事的；她协理宁国府办理丧事，更是她"聪明"的绝佳表现。她知道必须依靠最高统治者贾母才能立足行事，所以她极力讨贾母的喜欢，这也是必要的"聪明"。而要讨好一个人也不容易，凤姐就有这个本事、这份"聪明"。贾母心情不好了，她能逗她笑；贾母需要人捧着，她能捧得不瘟不火，恰到好处。

坏就坏在一个"太"字。"太"就是"过"，一"过"就会变质，由"正能量"变成"负能量"。确实，凤姐凭着自己的"聪明"干了不少坏事：包揽词讼害死一对青年，公款放贷谋取私利，借刀杀人除掉尤二姐，大闹宁国府羞辱尤氏且借机讹诈、玩弄司法，等等。"聪明反被聪明误"，凤姐就是很好的反面教员。

比如看尤三姐的殉情。"殉情"一词也是褒义，但以"刚烈"来赞扬三姐之死似乎并不恰当。尤三姐是怎样一步步走向自我毁灭的？

尤老娘曾说："我们家里自从先夫去世，家计也着实艰难了，全亏了这里姑爷帮助。"一个失去男人的家庭，孤儿寡母，不仅家计艰难，而且更有人看着她们"娘儿们微息（家无男丁），不知都安着什么心"，所以不得不投靠宁国府。孰知这宁国府乃一淫窟，尤氏姊妹陷入其中，三姐虽有守节之心，到底不得不虚与委蛇。俗所谓"出污泥而不染"，其实"出污泥"都看得见，那"染"与"不染"，即使出污泥者自道，人岂可尽信之？再者，三姐的生活空间极为狭小，能见外男的机会实在有限，而她偏又有自己择婿的意愿。这种意愿本身就是与时代主流意识相违背的。更有甚者，三姐自己择定的对象竟然是只在戏剧舞台上见过一回的票友。对柳湘莲的家庭身世、脾气秉性以及行踪事业，一概不知，也无从追踪"调查"。把自己的终身寄托在这样一个人身上，而且笃誓非此人不嫁。这也太浪漫了，也可以说太冒险了。三姐之饮剑，只是显示自己的"执着"：非尔不嫁，尔既不娶，唯死而已。这是由虚幻的希望走到彻底的绝望，是对"浪漫"与"冒险"的惩罚。事实证明，这个柳湘莲真的并不那么可靠，为之牺牲，值与不值，还值得讨论。

再比如看赵姨娘的"寻衅滋事"。赵姨娘这个角色，每一出场，都是"丑角"面目。骂之最毒者当属清人涂瀛。他在《赵姨娘赞》中说："今将赵姨娘合水火五味而烹炮之，不徒臭虫、疮痂也，直狗粪而已矣。"

鄙意以为，这个赵姨娘固然丑陋鄙俗，但到底还是一个值得同情的人物。

赵氏最让人讨厌的地方是什么？是她的怨，她的争，她的闹，也就是今之所谓"寻衅滋事"。但，这里有一个问题：是她无事生非地怨、争、闹，还是她因为受到屈辱、压迫才怨、争、闹？试想，如果她本来就是个无事生非的角色，贾政会以之为妾（恐怕还得有贾母的同意吧）吗？还会与之孕育一儿一女吗？赵氏最尴尬的地方就在这里：一半是主子，一半是奴才。她自己看重的是"主子"，而旁人强调的偏是"奴才"，于是造成她心中极大的不平衡。

第六十回书所写的孤身战群优，她的本义固在拿芳官出一口恶气，但其更根本的意图是"趁着这回子撞尸的撞尸去了，挺床的便挺床，吵一出子，大家别心净，也算是报仇"。换句话说，就是趁机添乱添堵，让他们的天下不得安宁！很难说这种"报仇"有效还是无效，反正她是屡战屡败，屡败屡战。

我们不能仅看到她的怨、她的闹，而不顾其之所以怨、所以闹的缘由。

我们不能仅看到她"自取其辱"的一面，而忽视其"不甘屈辱"的一面。

我们无法赞同这样的怨、这样的闹，但我们还是对她怀有几分悲悯之情。

陆 训练思维

读书，有时是为了更好地读书。这就需要在读书的过程中自觉地训练思维。凡是合格的文本，其行文达意都是有规律的。所谓训练思维，是说认识这种规律，并遵循这种规律去解读，去思考。文本有三大规律：关键信息导引律，文内诸因互解律，文外诸因互解律。这每一总规律中又包含若干细则。根据"关键信息导引律"，就要注重培养对关键语句的敏感（语感）；根据"文内诸因互解律"，就要培养"以文解文（包括同义互解、连义互解、对义互解、虚实互解等）"的思维；根据"文外诸因互解律"，就要培养"以事解文""以理解文""以情解文"的意识。

下面撷取若干实例做一些说明。

1. 同义互解：同一个意思，这里这样说，那里换一种说法，说法不同而含义一样，彼此可以"互解"。

第二回：今岁鹾【cuó】政点的是林如海。这林如海姓林名海，字表如海，乃是前科的探花，今已升至兰台寺大夫，本贯姑苏人氏，今钦点出为巡盐御史，到任方一月有馀。——如果不知道"鹾政"是什么意思，看到下面的"巡盐御史"就明白了。

第二十六回：袭人道："你出去了就好了。只管这么葳蕤，越发心里烦腻。"宝玉无精打采的，只得依她。——"葳蕤"本义指花木繁茂下垂，不用查工具书，根据同义互解，这里就是下面所说的"无精打采"。

第四十四回：贾母劝凤姐的话是："什么要紧的事！小孩子们年轻，馋嘴猫儿似的，那里保得住不这么着。从小儿世人都打这么过的。"蔡义江称贾母"所言的对象是'世人'，是普遍现象，非'家里人'或'我辈'"，不能由此就说贾母"纵容儿孙辈胡来"。我们再看看贾母责骂贾琏时的说法："那凤丫头和平儿还不是个美人胎子？你还不足！成日家偷鸡摸狗，脏的臭的，都拉了你屋里去。"——很清楚，在贾母口里，贾琏就属于那"世人"，贾母说的就是"家里人"，两者所指的"客观事实"是重叠的，只不过面对不同对象，一为宽慰而肯定，一为教训而否定而已。同样的意思，面对不同对象，为了不同目的，说法不同，可以"同义互解"。按诸事实，贾琏之外，那贾母的长子贾赦，更是公认的老色鬼，至少一妻、一继配、四小妾。连贾母都骂他："作什么左一个小老婆右一个小老婆放在屋里，没的耽误了人家。放着身子不保养，官儿也不好生作去，成日家和小老婆喝酒。"贾赦要娶鸳鸯作妾不成，"终久费了八百两银子买了一个十七岁的女孩子来，名唤嫣红，收在屋内"。贾母知道儿子如此，只是口头"批评"而并不认真处理。如此这般，说她"纵容儿孙辈胡来"，似乎并不过分。

2.连义互解：连词成句，积句成章，就形成一个语义链。在这个链条上的诸因素之间，因果相关，彼此勾连，据此可以知彼，因彼可以解此，这就构成"连义互解"。

第二回：雨村不耐烦，便仍出来，意欲到那村肆中沽饮三杯，以助野趣，于是款步行来。将入肆门，只见座上吃酒之客有一人起身大笑，接了出来……——何为"肆"？连义互解，从"沽饮三杯""座上吃酒之客"可以断定即为"酒馆"。

同上回：有一联语说娇杏"偶因一着错，便为人上人"。——这"为人上人"是指她做了贾雨村的"正室夫人"，怎么还"因一着错"呢？原来在第一回已交代：当年作为丫鬟的娇杏，与做客甄府的雨村隔窗眉目传情，由此才结下姻缘。以礼仪论，女子私窥男人为非礼，是"错"，她是"因错得福"。

第五十四回：宝玉便走过山石之后去站着撩衣，麝月秋纹皆站住背过脸去，口内笑说："蹲下再解小衣，仔细风吹了肚子。"后面两个小丫头子知是小解，忙先出去茶房预备去了。——宝玉小解，小丫头子去茶房预备什么？到后面才明白：只见那两个小丫头一个捧着小沐盆，一个搭着手巾，又拿着沤子壶在那里久等。原来去茶房是为宝玉准备洗手的热水和擦手的"沤子"（一种润肤的油脂香蜜）。由此我们也就意识到，宝玉有"便后洗手"的好习惯，而且是要用护肤品的。

3. 对义互解：对偶句、排比句，其句法结构是一致的，相对应的词语，其意义或相同相近，或相反相对，由此构成互解关系。

第五十回："芦雪庵联句"有一联——"没帚山僧扫，埋琴稚子挑。"

根据对义互解规律，"埋琴"与"没帚"应是一样的结构。《蔡义江新评红楼梦》不加注释，而在其《红楼梦诗词曲赋鉴赏》一书中说："没帚"二句，意即"山僧扫没帚（之雪），（雪）埋（借）稚子（以）挑（情之）琴"。"'埋'与'没'对举，皆言雪。"知道"'埋'与'没'对举"，而不知道"埋琴"与"没帚"对举，在解释"埋琴"句时绕了那么大的圈子，还是莫名其妙。困难也许在"埋"字。遇到此类问题，正确的思路不是违背对偶的规律胡猜乱想，而是从训诂上着眼。查"埋"，有"低"义，"埋头"是也。"埋"可引申为"不显达""隐姓埋名"。用到"琴"上，无非说其因雪受潮琴声掩抑。翻译过来就是："山僧扫雪，那雪把扫帚都掩没了；让孩童弹琴，那琴弦因雪受潮，声音也低下而不响亮了。"

第五十七回，回目是"慧紫鹃情辞试忙玉 慈姨妈爱语慰痴颦"。

读此回书，仍不能不遵循"对义互解"的思路。这里，说紫鹃着一"慧"字，说姨妈着一"慈"字。《蔡义江新评红楼梦》之"总评"中有一段话："续作者和一些评论者，都对薛姨妈有贬语微词，以为她有心藏奸，言行虚伪，势利而糊涂。这是很不公平的。"如果单看薛姨妈一节，蔡说似乎有理；但根据"对义互解"的原则看，结论就不同了。

我们先来看这个"慧"字。宝、黛之情缘，彰明昭著，何必去"试"？宝玉有情痴之症，怎可轻易"试"之？而这一"试"的结果是宝玉发疯，黛玉添病。多此一举而添乱致祸，这分明是"蠢"。曹公这里用的是反语，是语正而意反。根据"对义互解"思路，回目两句对偶，上句是用反语，下句也应是反语。字面所谓"慈"者，作者实际要说的恰恰是"险"是"恶"。姨妈说比疼宝钗更疼黛玉，自难以置信。而黛玉由于渴望亲情而误入姨妈之怀，相信姨妈之言，是彻底放弃对其夺婚的警惕，而把希望寄托在姨妈所谓"月下老人"身上，是"痴"。所谓"慰"者，实为"迷"也，"惑"也。而那个"痴"字则从另一面作了暗示。这种表达方式，也与全书的"真假"之辨相吻合：紫鹃所言是假，宝玉信以为真；姨妈所言是假，黛玉信以为真。两个主角都遭受着同样的折磨。

还有一种特殊形态的"对义互解"，就是修辞书上说的"互文"。互文之句糅合互补，不能作线性解读。

第五回：在太虚幻境有一副对联："幽微灵秀地，无可奈何天。"——这是天地之间令人"无可奈何"的"幽微灵秀"之所在。有句写美酒是"琼浆满泛玻璃盏，玉液浓斟琥珀杯"。——玻璃盏、琥珀杯中都斟满了琼浆玉液。

第八回：有句是"好知运败金无彩，堪叹时乖玉不光"。——当运败时乖之际，会金无光彩、玉不闪光，我们只好知命叹息而已。

4.虚实互解：虚与实，是相对的概念。最常见的有：抽象为虚，具体为实；概括为虚，详尽为实；梦幻为虚，现实为实；未来为虚，当下为实；等等。在文本当中，这虚与实常常互相阐释、互相印证，是为互解。

《红楼梦》一书的回目与此一回书的具体内容，实际都具有"虚实互解"的关系。

第三回：回目是"贾雨村夤缘复旧职 林黛玉抛父进京都"。"夤缘"，意谓攀附上升，比喻拉拢关系，向上巴结。那这个贾雨村是如何"夤缘"的？文中就有一段说：有日到了都中，进入神京，雨村先整了衣冠，带了小童，拿着宗侄的名帖，至荣府门前投了。彼时贾政已看了妹丈之书，即忙请入相会……优待雨村，更又不同，便竭力内中协助。题奏之日，轻轻谋了一个复职候缺，不上两个月，金陵应天府缺出，便谋补了此缺，拜辞了贾政，择日上任去了。

第二十一回，回目是"贤袭人娇嗔箴宝玉　俏平儿软语救贾琏"。

说袭人用一"贤"字。现在的工具书注"贤"字，往往"德才"并举，所以一说到"贤"就容易想到"德"。"贤"本作"臤"，本义是"抓俘虏多"，引申出"劳苦""能干"等义项。"贤"是后起字，《说文》注"多才也"，也不包含"德行"在内。历史上说"十大贤臣"，其义也多在肯定其"才"。所谓"贤袭人"，只是说"能干的袭人"——她总有办法让宝玉服输、服软。全书各章回目用此字者，除了这一回还有第五十六回，王蒙、张俊评本都作"贤宝钗小惠全大体"（中华书局版、人民文学出版社版"贤"作"时"），可以参考。说平儿用一"俏"字。"俏"，除了形容外表，还用来表示内在圆滑，处事精明，与"傻"相对。"这么俏个人儿，怎么净说傻话。"此处的"俏"正是"处事精明"之义。第五十二回"俏平儿情掩虾须镯"，可以参考。而七十七回说晴雯"俏"，另当别论。上句"娇嗔"二字好解，下句之"软语"就不常见。软，柔也。"软语"就是"温和而委婉的话语"。至于袭人如何"贤"而"娇嗔"，平儿如何"俏"而"软语"，不能不联系文中的具体描述，这就是"虚实互解"。

二十四回：作者写贾芸，有一句话说"原来这贾芸最伶俐乖觉"。——这"伶俐乖觉"四个字就是对贾芸性格的概括。书中种种描写，诸如他知人心冷暖，他能见机行事，他善于辞令，他明白事理，等等，都印证着这四个字；而作为读者，如要介绍贾芸，也就可以一言以蔽之：伶俐乖觉。

5.以情解文：人物的一言一行、一举一动是可见可闻的，但其内心的真实情感却需要仔细体察。看不到人物的内心，就只能是看"热闹"，甚或被人物（作者）所骗。

第十二回："话说凤姐正与平儿说话，只见有人回说：'瑞大爷来了。'凤姐急命'快请进来。'贾瑞见往里让，心中喜出望外，急忙进来，见了凤姐，满面陪笑，连连问好。凤姐儿也假意殷勤，让茶让坐。"——凤姐"急"，是恨，"手段"已定，只待实施；贾瑞"急"，是"迷"，渴望已久，喜出望外。

第十四回：有一个小情节：昭儿从苏州回来向凤姐汇报，说到林如海之死。昭儿走后：“凤姐向宝玉笑道：‘你林妹妹可在咱们家住长了。’宝玉道：‘了不得，想来这几日他不知哭的怎样呢。’说着，蹙眉长叹。”——知道林如海死了，凤姐反而“笑”。为什么？因为她知道林黛玉跟宝玉的关系，林如海一死，黛玉父母双亡，从此只能寄居贾府，也就是“可在咱们家住长了”。这是向宝玉“道喜”“祝贺”，所以“笑”。不是无心肝的冷漠，是急于讨宝玉欢喜的心机。宝玉则完全不同，她想到的只是黛玉丧父的悲苦，因而“蹙眉长叹”。

第二十六回：贾芸与小红的相遇：“那贾芸一面走，一面拿眼把红玉一溜；那红玉只装着和坠儿说话，也把眼去一溜贾芸：四目恰相对时，红玉不觉脸红了，一扭身往蘅芜苑去了。”——彼此相看，只是“把眼去一溜”。又想看又不敢直视，贪看的情与世俗的礼纠结在一起，矛盾而又不忍之态跃然纸上。而当“四目相对”时，小红“不觉脸红了”，“一扭身”走了。必心有所思才会“脸红”，“一扭身”则是不得已的决绝，少女的娇羞与自尊都在这里了。

同上回：写宝、黛之相处时，黛玉口吟“每日家情思睡昏昏”之句，宝玉在窗外笑道：“为甚么‘每日家情思睡昏昏’？”“林黛玉自觉忘情，不觉红了脸，拿袖子遮了脸，翻身向里装睡着了。”待奶娘说“妹妹睡觉呢”，让宝玉“等醒了再请来”。“黛玉便翻身坐了起来，笑道：‘谁睡觉呢。’”——装睡是羞怯，但绝舍不得宝玉走开。但当宝玉用《西厢记》爱情之语调笑她时，她却恼了：“登时撂下脸来”，还“一面哭着，一面下床来往外就走”，要去告状。——他们不是心心相印已经认可夫妻缘了吗？用《西厢记》调笑也不是第一回了，黛玉为什么恼？因为紫鹃在面前。宝玉失去了分寸，黛玉不得不做出激烈反应。少男与少女，毕竟不同。

小说中的人物常有悖理之言行，更需要体察其“合情”处。

第五十七回：紫鹃骗宝玉说黛玉要回原籍去了，宝玉听后，就犯了呆病，“两个眼珠儿直直的起来，口角边津液流出，皆不知觉。给他个枕头，他便睡下；扶他起来，他便坐着；倒了茶来，他便吃茶"，而且听不得一个"林"字，说："凭他是谁，除了林妹妹，都不许姓林的！"见了十锦格子上陈设的一只金西洋自行船，便指着乱叫说："那不是接他们来的船来了，湾在那里呢。"贾母忙命拿下来。袭人忙拿下来，宝玉伸手要，袭人递过，宝玉便掖在被中，笑道："可去不成了！"——不管是真疯还是佯装，正是如此违背常理的行状把他对黛玉的诚挚之情表现得淋漓尽致。单看其言行，似乎可笑；体察其真情，顿感可爱。

上述情节中还写了袭人的"出格"表现："袭人听了，便忙到潇湘馆来，见紫鹃正服侍黛玉吃药，也顾不得什么，便走上来问紫鹃道：'你才和我们宝玉说了些什么？你瞧他去，你回老太太去，我也不管了！'说着，便坐在椅上。"——"顾不得什么"是顾不得礼仪规矩，直说"我们宝玉"则暴露了自己的真实身份，"我也不管了"是绝望，是赌气，是追究责任：平时温顺平和的袭人好像变了一个人，但正是这"失态"才把她真实的内心暴露无遗。

6. 以理解文：对文本的解读，应该遵循事理。不顾事理而解读，只能是胡说。

第七十回：《桃花行》诗有一联曰："天机烧破鸳鸯锦，春酣欲醒移珊枕。"

《蔡义江新评红楼梦》注上句云："说桃花如仙女用天机所织出的红色云锦烧破了落于地面。'烧''鸳鸯'（表示喜兆的图案）皆示红色。"——"云锦烧破了"，即使不成灰也是"残品"，这样的"桃花"还有什么"美"？"烧"为什么就是"红色"？这种解释有违事理。其实，"天机"并非指"天女的织机"，而是指南斗之星，并由此代指天空。"烧"也不是"燃烧"，而是指"彩霞"，在这里活用为动词。"破"不是"残破"，在这里它只是一个助词，张相在《诗词曲语辞汇释》中将其解释为"着也，在也，了也，得也"。连起来，这句话就是说"天空的彩霞映照在佳人的鸳鸯锦被上"，如此才能与下句——"（室内佳人）这才从酣睡中醒来，推开珊瑚枕而起床"衔接。

第七十七回：中秋过后，王夫人还惦记着抄检大观园的结果。首先是处置司棋。司棋求迎春无果，被拉着出了园子的后角门。恰被宝玉看到，遣送司棋的媳妇还是不容分说，拉着司棋便出去了。宝玉不禁道："奇怪，奇怪，怎么这些人只一嫁了汉子，染了男人的气味，就这样混帐起来，比男人更可杀了！"守园门的婆子听了，也不禁好笑起来，因问道："这样说，凡女儿个个是好的了，女人个个是坏的了？"宝玉点头道："不错，不错！"婆子们笑道："还有一句话我们糊涂不解，倒要请问请问。""方欲说时，只见几个老婆子走来……"

这一段描写很有意思。宝玉说凡嫁了汉子的"女人""个个是坏的"，这是一个全称判断，自然是把王夫人以至贾母都包括进去了。这被婆子们抓到了把柄，他们就要"请问请问"。如果真让她们问出来，必陷宝玉于尴尬。作者既赞成宝玉之言，又不让宝玉难堪，就来个顾左右而言他："方欲说时，只见几个老婆子走来……"这样岔开话题，就堵住了婆子们的嘴。

同一回：王夫人到怡红院，惩处晴雯、四儿、芳官等，"所责之事皆系平日私语，一字不爽"。于是引起宝玉的疑心："谁这样犯舌？况这里事也无人知道，如何就都说着了。""犯舌"就是告密。这个告密者是谁呢？作者就是不肯捅破这层窗户纸，作为读者要读"懂"，就得来一次"推理"——这个"推理"的过程是一次很好的思维锻炼。

7. 以事解文：此"事"是指与文本解读有关的"事实"，诸如作者自身的生平际遇、作品产生的时代背景、行文所涉及的各种知识等。知其事解其文，是文本解读的重要策略之一。有些误读，就是因为昧于相关之事。

《红楼梦》一书，涉"事"最多的就是诗词歌赋中的"典故"。既是典故，就可以查考，且各种版本都有详尽的注解，大体可以满足读者需要。倒是一些常识，常常使人陷入困境。

第十七回：黛玉代宝玉拟作《杏帘在望》，其第二联是："菱荇鹅儿水，桑榆燕子梁。"

蔡义江《红楼梦诗词曲赋鉴赏》注:"种着菱荇的湖面是鹅儿戏水的地方,桑树榆树的枝叶正是燕子筑巢用的屋梁。"这是违反常识的:燕子有在桑榆树上筑巢的吗?何士明先生发现了问题,他在《红楼梦诗词鉴赏辞典》中解释为:"燕子在桑树、榆树间飞翔,在屋梁上栖息。"燕子"在屋梁上栖息"是不错的,但为什么要"在桑树、榆树间飞翔"呢?匪夷所思。其实,这里就是用了"借对"修辞。借对,修辞中对仗的一种,也称为假对。它通过借义或借音等手段来达到对仗工整的目的。一个词有两种以上的意义,诗人在诗中用的是甲义,但是同时借用它的乙义或丙义,来与另一词相对。这里,以"桑榆"对"菱荇",看上去对仗工整,但实际上此"桑榆"取用的是另一意义——日暮。此句不过是说,到傍晚时分,燕子归巢,在屋梁上栖息。

2021 年 12 月 30 日写讫

2024 年 4 月 1 日修订

目 录

第一回

甄士隐梦幻识通灵

贾雨村风尘怀闺秀

满纸荒唐言，一把辛酸泪。

都云作者痴，谁解其中味！

茫茫大士化石为美玉，空空道人检阅《石头记》

开头两段借脂砚斋之评介绍"作者"写书之初衷，并说明他是以"真事隐去""假语存焉"作为创作的法则，所谓"梦幻"云云，也就是以"假语"而言"真事"的表现方式。

正文部分，作者托言神话，说是一块被女娲补天时遗弃的石头，化为"通灵宝玉"，被一僧一道携入红尘，游历一番，归而刻其所历于石，这就是《石头记》，即本书的"由来"，也是本书最初的名号。而曹雪芹自称只是对此《石头记》"批阅十载，增删五次"而已，但仍忍不住哀叹"都云作者痴，谁解其中味"。

为了表明自己的美学追求与创作原则，曹公再设一道人与石头对话，借石头之言加以阐述。其要点是：创作目的要让人能消愁破闷，喷饭供酒，不能荼毒笔墨，坏人子弟；所写内容不过是亲睹亲闻的几个女子，追踪蹑迹，事迹原委，不加穿凿；人物情节循情顺理，不千篇一套，也不胡牵乱扯；语言因人设词，不能"鬟婢开口即者也之乎"，等等。而道人则一言以蔽之，此书"大旨谈情"，"毫不干涉时世"，极力避免文字狱之害。

为贯彻其"真事隐去""假语存焉"的大构思大布局，从神话回到现实，写甄士隐与贾雨村两个人物，并让书中第一个重要的女性——英莲出场。

甄士隐，本一乡绅，他梦入"太虚幻境"（再入神话），得遇那一僧一道，并初见"通灵宝玉"，由一僧一道说出"神瑛侍者"（宝玉）与"绛珠仙草"（林黛玉）的灌溉与还泪的特殊关系，奠定全书的爱情之线。此所谓"甄士隐梦幻识通灵"，由此神话与现实生活扭结起来。而贾雨村，则是一心想"人间万姓仰头看"的有抱负而时陷困顿的书生。他在甄府见一丫鬟娇杏，便自以为这女子心中有意于他，即所谓"贾雨村风尘怀闺秀"。在甄士隐的资助下，贾雨村得以进京赶考——下回即接写其高中得官迎娶娇杏了。而甄士隐则因英莲失踪，家毁财亡，红尘看破，通解《好了歌》之后，随一僧一道飘然离世而去。

此后贾雨村在官场混迹沉浮，而英莲被人拐卖，最终落入薛蟠之手，改名"香菱"，也是贯穿全书的人物之一。这是后话。

此开卷第一回也。作者自云：因曾历过一番梦幻之后，故将真事隐去，而借"通灵"之说【"借"字重要，有"借"才好"隐"】，撰此《石头记》一书也。故曰"甄士隐"云云。但书中所记何事何人？自又云："今风尘碌碌，一事无成，忽念及当日所有之女子，一一细考较去，觉其行止见识，皆出于我之上。何我堂堂须眉，诚不若彼裙钗哉？实愧则有馀，悔又无益之大无可如何之日也！当此，则自欲将已往所赖天恩祖德，锦衣纨袴之时，饫【yù，饱】甘餍肥之日，背父兄教育之恩，负师友规训之德，以至今日一技无成、半生潦倒之罪，编述一集，以告天下人：我之罪固不免，然闺阁中本自历历有人，万不可因我之不肖，自护己短，一并使其泯灭也。虽今日之茅椽蓬牖，瓦灶绳床，其晨夕风露，阶柳庭花，亦未有妨我之襟怀笔墨者。【以上言所"隐"之"真"】虽我未学，下笔无文，又何妨用假语村言【假语存焉】，敷演出一段故事来，亦可使闺阁昭传，复可悦世之目，破人愁闷，不亦宜乎？"故曰"贾雨村"云云。

此回中凡用"梦"用"幻"等字，是提醒阅者眼目，亦是此书立意本旨。

列位看官：你道此书从何而来？说起根由虽近荒唐，细按则

开头两段，实是评注者（脂砚斋）所言。

"闺阁中本自历历有人"，明示所写正重在"闺阁"。

即下文所谓"乐极悲生，人非物换，究竟是到头一梦，万境归空"。

既曰《石头记》，就要讲明此"石头"的身份，讲明其"记"之所由来。"大荒""无稽"，明示此为虚幻之事、假借之言。

是否有"材"，标准不同，结论就不同。这里所谓"无材"，是指于家不能荣宗耀祖，于国不能为国（皇家）建功立业。此石怨叹号愧，是不平，是愤懑，由此而更断绝了"补天"之心，于是甘愿入红尘而"享受"。尽管有"到头一梦，万境皆空"的警示，仍"初心"不改。

约定有"复还本质"之日，锁定全书收尾处。

深有趣味。待在下将此来历注明，方使阅者了然不惑。

原来女娲氏炼石补天之时，于大荒山无稽崖【"山"为"大荒"，"崖"亦"无稽"，都在明示"虚幻"二字】炼成高经十二丈、方经二十四丈顽石三万六千五百零一块。娲皇氏只用了三万六千五百块，只单单剩了一块未用，便弃在此山青埂峰下。谁知此石自经煅炼之后，灵性已通【有了生命，有了灵魂】，因见众石俱得补天，独自己无材不堪入选，遂自怨自叹，日夜悲号惭愧。

一日，正当嗟悼之际，俄见一僧一道【扭结天上地下之角色】远远而来，生得骨格不凡，丰神迥异，说说笑笑来至峰下，坐于石边高谈快论。先是说些云山雾海神仙玄幻之事，后便说到红尘中荣华富贵。此石听了，不觉打动凡心，也想要到人间去享一享这荣华富贵；但自恨粗蠢，不得已，便口吐人言，向那僧道说道："大师，弟子蠢物，不能见礼了。适闻二位谈那人世间荣耀繁华，心切慕之。弟子质虽粗蠢，性却稍通；况见二师仙形道体，定非凡品，必有补天济世之材，利物济人之德。如蒙发一点慈心，携带弟子得入红尘，在那富贵场中、温柔乡里受享几年，自当永佩洪恩，万劫不忘也。"二仙师听毕，齐憨笑道："善哉，善哉！那红尘中有却有些乐事，但不能永远依恃；况又有'美中不足，好事多魔'八个字紧相连属，瞬息间则又乐极悲生，人非物换，究竟是到头一梦，万境归空，倒不如不去的好。"

这石凡心已炽，那里听得进这话去，乃复苦求再四。二仙知不可强制，乃叹道："此亦静极思动，无中生有之数也。既如此，我们便携你去受享受享，只是到不得意时，切莫后悔。"石道："自然，自然。"那僧又道："若说你性灵，却又如此质蠢，并更无奇贵之处。如此也只好踮脚而已。也罢，我如今大施佛法助你助，待劫终之日，复还本质，以了此案。你道好否？"石头听了，感谢不尽。那僧便念咒书符，大展幻术，将一块大石登时变成一块鲜明莹洁的美玉，且又缩成扇坠大小的可佩可拿。那僧托于掌上，笑道："形体倒也是个宝物了！还只没有实在的好处，须得再镌【juān，刻】上数字，使人一见便知是奇物方妙。然后携你到那昌明隆盛之邦，诗礼簪缨之族，花柳繁华地，温柔富贵乡去安身乐业。"石头听了，喜不能禁，乃问："不知赐了弟子那几件奇处，又不知携了弟子到何地方？望乞明示，使弟子不惑。"那僧笑道："你且莫问，日后自然明白的。"说着，便袖了这石，同那道人飘然而去，竟不知投奔何方何舍。

所镌何字？悬念。

后来，又不知过了几世几劫，因有个空空道人访道求仙，忽从这大荒山无稽崖青埂峰下经过，忽见一大块石上字迹分明，编述历历。空空道人乃从头一看，原来就是无材补天，幻形入世，蒙茫茫大士、渺渺真人携入红尘，历尽离合悲欢炎凉世态的一段故事。后面又有一首偈【jì，佛经中的唱词】云：

这里只说"不知投奔何方何舍"，接着就是空空道人见到了《石头记》。似乎此石是这次直接被携入红尘，幻形入世了。这与下文的神瑛侍者是什么关系，尚看不清楚。

　　　无材可去补苍天，枉入红尘若许年。
　　　此系身前身后事，倩谁记去作奇传？

诗后便是此石坠落之乡，投胎之处，亲自经历的一段陈迹故事。其中家庭闺阁琐事，以及闲情诗词倒还全备，或可适趣解闷；然朝代年纪，地舆邦国却反失落无考。

时空虚化，避免文字狱。

空空道人遂向石头说道："石兄，你这一段故事，据你自己说有些趣味，故编写在此，意欲问世传奇【问，告诉、让人知道。传奇，与"问世"对言，动宾结构，传播奇闻奇事】。据我看来，第一件，无朝代年纪可考；第二件，并无大贤大忠理朝廷治风俗的善政，其中只不过几个异样女子，或情或痴，或小才微善，亦无班姑、蔡女之德能。我纵抄去，恐世人不爱看呢。"石头笑答道："我师何太痴耶！若云无朝代可考，今我师竟假借汉唐等年纪添缀，又有何难？但我想，历来野史，皆蹈一辙，莫如我这不借此套者，反倒新奇别致，不过只取其事体情理罢了，又何必拘拘于朝代年纪哉！【以上驳"第一件"】再者【语篇指示语，明这一段，借石头言己见，破立结合，批判当时文风之坏，阐述自己的美学追求与创作原则。因有语篇指示语，层次清晰：先说基本构思，只遵循"事体情理"；再说取材，先从反面说，不写"理治"之事，反对"野史"所作及"风月笔墨"；再用"至若"引到笔法、语言问题——摒弃"佳人才子"千篇一套的老路与"者也之乎"的酸腐，只根据"半世亲睹亲闻的几个女子"，"追踪蹑迹，不敢稍加穿凿"，写出来"喷饭供酒"而已。

借道人之口言此书不过"大旨谈情"，"毫不干涉时世"，盖为避文字之狱。所谓"情"，泛指人情，喜、怒、忧、思、悲、恐、惊，都是情。"善"是情，"恶"也是情。至于"不涉时世"，既"实录其事"，"时世"岂能无涉？

罗列不同书名，是从不同角度解释书的内容，并非闲笔。

示驳"第二件"】，市井俗人喜看理治之书者甚少，爱适趣闲文者特多。历来野史，或讪谤君相，或贬人妻女，奸淫凶恶，不可胜数。更有一种风月笔墨，其淫秽污臭，涂毒笔墨，坏人子弟，又不可胜数。至若佳人才子等书，则又千部共出一套，且其中终不能不涉于淫滥，以致满纸潘安、子建、西子、文君，不过作者要写出自己的那两首情诗艳赋来，故假拟出男女二人名姓，又必旁出一小人其间拨乱，亦如剧中之小丑然。且鬟婢开口即者也之乎，非文即理。故逐一看去，悉皆自相矛盾、大不近情理之话，竟不如我半世亲睹亲闻的这几个女子，虽不敢说强似前代书中所有之人，但事迹原委，亦可以消愁破闷；也有几首歪诗熟话，可以喷饭供酒。至若离合悲欢，兴衰际遇，则又追踪蹑迹，不敢稍加穿凿，徒为供人之目而反失其真传者。今之人，贫者日为衣食所累，富者又怀不足之心，纵一时稍闲，又有贪淫恋色、好货寻愁之事，那里去有工夫看那理治之书？所以我这一段故事，也不愿世人称奇道妙，也不定要世人喜悦检读，只愿他们当那醉淫饱卧之时，或避事去愁之际，把此一玩，岂不省了些寿命筋力？就比那谋虚逐妄，却也省了口舌是非之害，腿脚奔忙之苦。再者【此"再者"，对应上"至若"一层，文理严密】，亦令世人换新眼目，不比那些胡牵乱扯忽离忽遇，满纸才人淑女、子建文君红娘小玉等通共熟套之旧稿。我师意为何如？"

空空道人听如此说，思忖半晌，将《石头记》再检阅一遍，因见上面虽有些指奸责佞贬恶诛邪之语，亦非伤时骂世之旨；及至君仁臣良父慈子孝，凡伦常所关之处，皆是称功颂德，眷眷无穷，实非别书之可比。虽其中大旨谈情，亦不过实录其事，又非假拟妄称，一味淫邀艳约、私订偷盟之可比。因毫不干涉时世，方从头至尾抄录回来，问世传奇。从此空空道人因空见色，由色生情，传情入色，自色悟空，遂易名为情僧，改《石头记》为《情僧录》。东鲁孔梅溪则题曰《风月宝鉴》。后因曹雪芹于悼红轩中披阅十载，增删五次，纂成目录，分出章回，则题曰《金陵十二钗》。并题一绝云：

满纸荒唐言，
一把辛酸泪。
都云作者痴，
谁解其中味！

此诗是曹公"披阅十载，增删五次"之后的慨叹。"荒唐言"是表是假，"辛酸泪"是里是真。读者倘不能"解其中味"，是辜负曹公也。

以上可以看作全书的序言，故事由此开始。

出则既明，且看石上是何故事。按那石上书云：

当日地陷东南，这东南一隅有处曰姑苏，有城曰阊门者，最是红尘中一二等富贵风流之地。这阊门外有个十里【谐音"势力"】街，街内有个仁清【谐音"人情"】巷，巷内有个古庙，因地方窄狭，人皆呼作葫芦庙。庙旁住着一家乡宦，姓甄，名费，字士隐【甄士隐，谐音"真事隐"】。嫡妻封氏，情性贤淑，深明礼义。家中虽不甚富贵，然本地便也推他为望族了。因这甄士隐禀性恬淡，不以功名为念，每日只以观花修竹、酌酒吟诗为乐，倒是神仙一流人品。只是一件不足：如今年已半百，膝下无儿，只有一女，乳名唤作英莲【谐音"应怜"】，年方三岁。

一日，炎夏永昼，士隐于书房闲坐，至手倦抛书，伏几少憩，不觉朦胧睡去。梦至一处，不辨是何地方。忽见那厢来了一僧一道【又是一僧一道，此梦中见】，且行且谈。

只听道人问道："你携了这蠢物【虽通灵性，而凡心仍炽，所以"蠢"也】，意欲何往？"那僧笑道："你放心，如今现有一段风流公案正该了结，这一干风流冤家，尚未投胎入世。趁此机会，就将此蠢物夹带于中【此"夹带"不是藏于某人私处而带走，而是作为独立的一员夹在众风流冤家中间被带往尘世】，使他去经历经历。"那道人道："原来近日风流冤孽又将造劫【造劫：到劫难中去】历世去不成？但不知落于何方何处？"那僧笑道："此事说来好笑，竟是千古未闻的罕事。只因西方灵河岸上三生石畔，有绛珠草一株，时有赤瑕宫神瑛侍者，日以甘露灌

道人问："你携了这蠢物，意欲何往？"僧人却讲起神瑛侍者与绛珠草的"罕事"，到底也没有说明所谓"蠢物"（石头）与侍者的关系。于是产生了不同的解读：冯其庸辑校的《重校八家评批红楼梦》等以程高本为底的版本，有石头先化为神瑛侍者灌溉绛珠草后"复还原处"之说，则此番下世，石头与侍者二而一也，继而与"宝玉"合一。而《蔡义江新评红楼梦》则说石头不过是主人公的"随行记者"。孰是孰非，读到后面自应有所辨正。

称向往尘世者为"冤家""冤孽"，称入世为"造劫""历幻"，谓超尘出世为"跳出火坑"，种种情态语，是饱受人间之苦者的体会。

溉，这绛珠草始得久延岁月。后来既受天地精华，复得雨露滋养，遂得脱却草胎木质，得换人形，仅修成个女体，终日游于离恨天外，饥则食蜜青果为膳，渴则饮灌愁海水为汤。只因尚未酬报灌溉之德，故其五内便郁结着一段缠绵不尽之意。恰近日这神瑛侍者凡心偶炽，乘此昌明太平朝世，意欲下凡造历幻缘，已在警幻仙子案前挂了号。警幻亦曾问及，灌溉之情未偿，趁此倒可了结的。那绛珠仙子道：'他是甘露之惠，我并无此水可还。他既下世为人，我也去下世为人，但把我一生所有的眼泪还他，也偿还得过他了。'因此一事，就勾出多少风流冤家来，陪【"陪"字重要：神瑛侍者与绛珠草之风流事为主，其他冤家事是宾】他们去了结此案。"

"还泪"之说，锁定侍者与仙草的关系，也就是锁定贾宝玉与林黛玉的"木石前盟"。

那道人道："果是罕闻。实未闻有还泪之说。想来这一段故事，比历来风月事故更加琐碎细腻了。"那僧道："历来几个风流人物，不过传其大概以及诗词篇章而已；至家庭闺阁中一饮一食，总未述记。再者，大半风月故事，不过偷香窃玉、暗约私奔而已，并不曾将儿女之真情发泄一二。想这一干人入世，其情痴色鬼、贤愚不肖者，悉与前人传述不同矣。"那道人道："趁此何不你我也去下世度脱几个，岂不是一场功德？"那僧道："正合吾意。你且同我到警幻仙子宫中，将蠢物交割清楚，待这一干风流孽鬼下世已完，你我再去。如今虽已有一半落尘【有先于宝玉、黛玉降生者】，然犹未全集。"道人道："既如此，便随你去来。"

再借僧人之口，强调此书所写是"儿女之真情"，而非"偷香窃玉、暗约私奔"的俗欲。

却说甄士隐俱听得明白，但不知所云"蠢物"系何东西。遂不禁上前施礼，笑问道："二仙师请了。"那僧道也忙答礼相问。士隐因说道："适闻仙师所谈因果，实人世罕闻者。但弟子愚浊，不能洞悉明白，若蒙大开痴顽，备细一闻，弟子则洗耳谛听，稍能警省，亦可免沉沦之苦。"二仙笑道："此乃玄机不可预泄者。到那时不要忘我二人，便可跳出火坑矣。"士隐听了，不便再问。因笑道："玄机不可预泄，但适云'蠢物'，不知为何，或可一见否？"那僧道："若问此物，倒有一面之缘。"说着，取出递与士隐。

士隐接了看时，原来是块鲜明美玉，上面字迹分明，镌着"通灵宝玉"四字，后面还有几行小字。正欲细看时，那僧便说已到幻境，便强从手中夺了去，与道人竟过一大石牌坊，上书四个大字，乃是"太虚幻境"【太，极也，最也，极言此"幻境"之虚无】。两边又有一副对联，道是：

假作真时真亦假，无为有处有还无。

士隐意欲也跟了过去，方举步时，忽听一声霹雳，有若山崩地陷。士隐大叫一声，定睛一看，只见烈日炎炎，芭蕉冉冉，所梦之事便忘了大半。又见奶母正抱了英莲【这是一个贯穿全书的人物】走来。士隐见女儿越发生得粉妆玉琢，乖觉可喜，便伸手接来，抱在怀内，逗他顽耍一回，又带至街前，看那过会的热闹。

方欲进来时，只见从那边来了一僧一道【前是梦中见之，谈绛珠、神瑛、风流冤孽；此为醒时见之，直要带走英莲】：那僧则癞头跣脚，那道则跛足蓬头，疯疯癫癫，挥霍谈笑而至。及至到了他门前，看见士隐抱着英莲，那僧便大哭起来，又向士隐道："施主，你把这有命无运、累及爹娘之物，抱在怀内作甚？"士隐听了，知是疯话，也不去睬他。那僧还说："舍我罢，舍我罢！"士隐不耐烦，便抱女儿撤身要进去，那僧乃指着他大笑，口内念了四句言词道：

惯养娇生笑你痴，菱花空对雪澌澌【澌澌：象声词，形容风雪雨水声。雪，谐音"薛"】。

好防佳节元宵后，便是烟消火灭时。

士隐听得明白，心下犹豫，意欲问他们来历。只听道人说

只露出"通灵宝玉"四字足矣，其他作为悬疑，让读者期待。

既虚无，又实写之，假作真也，无为有也，而究其实仍是假，仍是无。对联是对"太虚幻境"的解说。推而广之，也是对"真事隐去""假语存焉"之艺术手法的概括，还可以从思维定式的角度来解读：你以假为真，以无做有，久之则会让人形成心理病态——面对"真"的也怀疑其假，面对实在的还不信其"有"；至于立场不同、价值观不同，对同一事物之真假有无的判断，更常常对立。

蔡评："命是出生时的条件，运是后来的遭遇。""有命无运、累及爹娘"，八字概括语，需虚实互解。知其"命"要看前文，知其"运"且看下文。

僧人的四句话是"预言"，后皆应验。菱花对雪，必将凋零。澌，通"澌"，解冻时流动的冰块，这里形容雪的冰冷。蔡注："澌澌，状声词，形容雪盛。"此暗示英莲（后名香菱）遭遇薛蟠。

贾雨村出身诗书仕宦之族，其人生目标：求取功名，再整基业。其为贯穿全书的人物。

既为"晚生"，又是"常造之客"，在"严老爷来拜"时，甄士隐慌忙起身而去，实在是社交常态。

从艺术构思说，主人离去，才给贾雨村与娇杏（那个丫鬟）隔窗相望创造了条件。

写人物，不用作者视角，而让雨村看娇杏，娇杏看雨村。这是"宾主互解"之法、"互见互评"之法，《红楼》一书屡用之。其好处是：人物互见互评，不仅可写出彼此的特点，而且可以渗入彼此的情感。

道："你我不必同行，就此分手，各干营生去罢。三劫后，我在北邙山等你，会齐了同往太虚幻境销号。"那僧道："最妙，最妙！"说毕，二人一去，再不见个踪影了。士隐心中此时自忖：这两个人必有来历，该试一问，如今悔却晚也。

这士隐正痴想，忽见隔壁葫芦庙内寄居的一个穷儒——姓贾名化、字表时飞、别号雨村者【音谐"假话""假语存焉"】走了出来。这贾雨村原系胡州人氏，也是诗书仕宦之族，因他生于末世，父母祖宗根基已尽，人口衰丧，只剩得他一身一口，在家乡无益，因进京求取功名，再整基业。自前岁来此，又淹蹇【艰难窘迫，坎坷难行】住了，暂寄庙中安身，每日卖字作文为生，故士隐常与他交接。

当下雨村见了士隐，忙施礼陪笑道："老先生倚门伫望，敢街市上有甚新闻否？"士隐笑道："非也。适因小女啼哭，引他出来作耍，正是无聊之甚，兄来得正妙，请入小斋一谈，彼此皆可消此永昼。"说着，便令人送女儿进去，自与雨村携手来至书房中。小童献茶。方谈得三五句话，忽家人飞报："严老爷来拜。"士隐慌的忙起身谢罪道："恕诳驾【失陪】之罪，略坐，弟即来陪。"雨村忙起身亦让道："老先生请便。晚生乃常造之客，稍候何妨。"说着，士隐已出前厅去了。

这里雨村且翻弄书籍解闷。忽听得窗外有女子嗽声，雨村遂起身往窗外一看，原来是一个丫鬟，在那里撷花，生得仪容不俗，眉目清明，虽无十分姿色，却亦有动人之处。雨村不觉看的呆了【情态语】。

那甄家丫鬟撷了花，方欲走时，猛抬头见窗内有人，敝巾旧服，虽是贫窘，然生得腰圆背厚，面阔口方，更兼剑眉星眼，直鼻权腮。这丫鬟忙转身回避，心下乃想："这人生的这样雄壮【概括其形貌特征，透出欣赏之心】，却又这样褴褛，想他定是我家主人常说的什么贾雨村了，每有意帮助周济，只是没甚机会。我家并无这样贫窘亲友，想定是此人无疑了。怪道又说他必非久困之人【对其前途充满信心，一个普通女子对男人的期望在此】。"如此想来，不免又回头两次【情有所动】。

　　雨村见他回了头，便自为这女子心中有意于他，便狂喜不尽，自为此女子必是个巨眼英雄，风尘中之知己也。一时小童进来，雨村打听得前面留饭，不可久待，遂从夹道中自便出门去了。士隐待客既散，知雨村自便，也不去再邀。

　　一日，早又中秋佳节。士隐家宴已毕，乃又另具一席于书房，却自己步月至庙中来邀雨村。原来雨村自那日见了甄家之婢曾回顾他两次，自为是个知己，便时刻放在心上。今又正值中秋，不免对月有怀，因而口占五言一律云：

未卜三生愿，频添一段愁。【起：为不知姻缘何时才能落实而苦恼】

闷来时敛额，行去几回头。【承：回顾隔窗相望之情，时刻在心】

自顾风前影，谁堪月下俦？【转：感叹自己孤贫一身，谁肯与自己结为鸾俦】

蟾光如有意，先上玉人楼。【合：如果有一天蟾宫折桂，一定迎娶此人】

雨村吟罢，因又思及平生抱负，苦未逢时，乃又搔首对天长叹，复高吟一联曰：

玉在匵中求善价，钗于奁内待时飞。【一"求"一"待"，恰如其人】

恰值士隐走来听见，笑道："雨村兄真抱负不浅也！"雨村忙笑道："不过偶吟前人之句，何敢狂诞至此。"因问："老先生何兴至此？"士隐笑道："今夜中秋，俗谓'团圆之节'，想尊兄旅

先是为其有"动人之处"而"看呆"，这时因其"回头两次"而视为"知己"了，情感有变化，且为娶以为妾伏线。

一首五律，实话而已，并非无病呻吟。

急于"卖与识家"，唯名利是图。

寄僧房，不无寂寥之感，故特具小酌，邀兄到敝斋一饮，不知可纳芹意否？"雨村听了，并不推辞【常造之客】，便笑道："既蒙厚爱，何敢拂此盛情。"说着，便同士隐复过这边书院中来。

须臾茶毕，早已设下杯盘，那美酒佳肴自不必说。二人归坐，先是款斟漫饮，次渐谈至兴浓，不觉飞觥限斝【jiǎ，与"觥"对解，酒器】起来。当时街坊上家家箫管，户户弦歌，当头一轮明月，飞彩凝辉，二人愈添豪兴，酒到杯干。雨村此时已有七八分酒意，狂兴不禁，乃对月寓怀，口号【即"口占"，"号"音háo】一绝云：

雄心勃勃，毫不掩饰。

> 时逢三五便团圆，满把晴光护玉栏。
> 天上一轮才捧出，人间万姓仰头看。

士隐听了，大叫："妙哉！吾每谓兄必非久居人下者【对雨村诗意的准确解读】，今所吟之句，飞腾之兆已见，不日可接履于云霓之上矣。可贺，可贺！"乃亲斟一斗为贺。雨村因干过，叹道："非晚生酒后狂言，若论时尚之学【八股文之类科举所需之学】，晚生也或可去充数沽名【入闱登科，也无非沽名钓誉。是自谦，也是实话】，只是目今行囊路费一概无措，神京路远，非赖卖字撰文即能到者。"士隐不待说完，便道："兄何不早言。愚每有此心，但每遇兄时，兄并未谈及，愚故未敢唐突。今既及此，愚虽不才，'义利'二字却还识得。且喜明岁正当大比，兄宜作速入都，春闱一战，方不负兄之所学也。其盘费馀事，弟自代为处置，亦不枉兄之谬识矣！"当下即命小童进去，速封五十两白银，并两套冬衣。又云："十九日乃黄道之期，兄可即买舟西上，待雄飞高举，明冬再晤，岂非大快之事耶！"雨村收了银衣，不过略谢一语，并不介意，仍是吃酒谈笑。那天已交了三更，二人方散。

士隐送雨村去后，回房一觉，直至红日三竿方醒。因思昨夜

"行囊路费一概无措"之语，必趁"有七八分酒意"时才能说出，人情如此。而雨村不说，士隐也不便"唐突"，亦人情也。话既挑明，士隐解囊相助，雨村坦然受之，不枉相识一场，亦人情也。在那个"十里（势力）街"上能有这么一个"仁清（人情）巷"，难得难得。

对雨村收银而不介意事，脂评："写雨村真是个英雄。"

之事，意欲再写两封荐书与雨村带至神都，使雨村投谒个仕宦之家为寄足之地。因使人过去请时，那家人去了回来说："和尚说，贾爷今日五鼓已进京去了，也曾留下话与和尚转达老爷，说'读书人不在黄道黑道，总以事理为要，不及面辞了。'"士隐听了，也只得罢了。

此时不待"荐书"，亦不"面辞"，呈自信之态，与后面靠荐书而腾达对照，是时势改造人，也是人自觉适应时势。

真是闲处光阴易过，倏忽又是元宵佳节矣。士隐命家人霍启【谐音"祸起"】抱了英莲去看社火花灯，半夜中，霍启因要小解，便将英莲放在一家门槛上坐着。待他小解完了来抱时，那有英莲的踪影？急得霍启直寻了半夜，至天明不见，那霍启也就不敢回来见主人，便逃往他乡去了。那士隐夫妇，见女儿一夜不归，便知有些不妥，再使几人去寻找，回来皆云连音响皆无。夫妻二人，半世只生此女，一旦失落，岂不思想，因此昼夜啼哭，几乎不曾寻死。看看的一月，士隐先就得了一病；当时封氏孺人也因思女构疾，日日请医疗治。

所谓"有命无运、累及爹娘"，由此可见。而英莲（应怜）之悲剧亦由此开始。

不想这日三月十五，葫芦庙中炸供，那些和尚不加小心，致使油锅火逸，便烧着窗纸。此方人家多用竹篱木壁者，大抵也因劫数，于是接二连三，牵五挂四，将一条街烧得如火焰山一般。彼时虽有军民来救，那火已成了势，如何救得下？直烧了一夜，方渐渐的熄去，也不知烧了几家。只可怜甄家在隔壁，早已烧成一片瓦砾场了。只有他夫妇并几个家人的性命不曾伤了。急得士隐惟跌足长叹而已。只得与妻子商议，且到田庄上去安身。偏值近年水旱不收，鼠盗蜂起，无非抢田夺地，鼠窃狗偷，民不安生，因此官兵剿捕，难以安身。士隐只得将田庄都折变了，便携了妻子与两个丫鬟投他岳丈家去。

爱女既失，家毁于火，正是祸不单行。而田庄所在"民不安生"，则又显示并非太平盛世，读者自当看出。

他岳丈名唤封肃，本贯大如州人氏，虽是务农，家中都还殷实。今见女婿这等狼狈而来，心中便有些不乐。幸而士隐还有折变田地的银子未曾用完，拿出来托他随分就价薄置些须房地，为后日衣食之计。那封肃便半哄半赚，些须与他些薄田朽屋。士隐乃读书之人，不惯生理稼穑等事【生理：家务管理；稼穑：农业

女儿女婿之于岳丈，至亲也，而为岳丈者，竟use如此贪索刻薄。人情如纸，世态炎凉，一至于此。此与士隐之待雨村，对比之下，更寒人心。

生产。读书人往往如此】，勉强支持了一二年，越觉穷了下去。封肃每见面时，便说些现成话【套话，众所周知的空话，所谓"大道理"之类】，且人前人后又怨他们不善过活，只一味好吃懒作等语。士隐知投人不着，心中未免悔恨，再兼上年惊唬，急忿怨痛，已有积伤，暮年之人，贫病交攻，竟渐渐的露出那下世【动宾结构，"世"当重读】的光景来。

可巧这日拄了拐杖挣挫【挣挫：腰弯背驼，努力支撑，极为衰弱貌】到街前散散心时，忽见那边来了一个跛足道人，疯癫落脱，麻屣鹑衣，口内念着几句言词，道是：

> 世人都晓神仙好，惟有功名【禄】忘不了！
> 古今将相在何方？荒冢一堆草没了。
> 世人都晓神仙好，只有金银【财】忘不了！
> 终朝只恨聚无多，及到多时眼闭了。
> 世人都晓神仙好，只有姣妻【妻】忘不了！
> 君生日日说恩情，君死又随人去了。
> 世人都晓神仙好，只有儿孙【子】忘不了！
> 痴心父母古来多，孝顺儿孙谁见了？

士隐听了，便迎上来道："你满口说些什么？只听见些'好''了''好''了'。"那道人笑道："你若果听见'好''了'二字，还算你明白。可知世上万般，好便是了，了便是好。若不了，便不好；若要好，须是了。我这歌儿，便名《好了歌》。"士隐本是有宿慧的，一闻此言，心中早已彻悟【人生一场噩梦，入世即误。知"好了"即"彻悟"】。因笑道："且住！待我将你这《好了歌》解注出来何如？"道人笑道："你解，你解。"士隐乃说道：

> 陋室空堂，当年笏满床；衰草枯杨，曾为歌舞场。蛛

连遭不幸，又"投人不着"，贫病交攻，人情淡薄，世间似已无可留恋者，为随道人"飘然而去"做足文章。

舍了，忘了，就"了"了，也就"好"了。是自叹，是叹人，也是劝世。文章旨归，总由僧道唱明，与儒家入世之道相对。
王蒙评："以虚无扼制与医治人欲的膨胀，久矣，难矣！"

丝儿结满雕梁，绿纱今又糊在蓬窗上。说什么脂正浓、粉正香，如何两鬓又成霜？昨日黄土陇头送白骨，今宵红灯帐底卧鸳鸯。金满箱，银满箱，展眼乞丐人皆谤。正叹他人命不长，那知自己归来丧！训有方，保不定日后作强梁。择膏梁，谁承望流落在烟花巷！因嫌纱帽小，致使锁枷扛；昨怜破袄寒，今嫌紫蟒长：乱烘烘你方唱罢我登场，反认他乡是故乡。甚荒唐，到头来都是为他人作嫁衣裳！

天道轮回，世代更替，就个人而言，长命百岁也不过瞬间过客而已，"太虚幻境"、黄土垄头才是真正的"故乡"。"你方唱罢我登场"，是无法改变的规律；而且"为他人作嫁衣裳"，在一定意义上说也许正是人生价值所在。

那疯跛道人听了，拍掌笑道："解得切，解得切！"士隐便说一声"走罢！"将道人肩上褡裢抢了过来背着，竟不回家，同了疯道人飘飘而去。当下烘动街坊，众人当作一件新闻传说。封氏闻得此信，哭个死去活来，只得与父亲商议，遣人各处访寻，那讨音信？无奈何，少不得依靠着他父母度日。幸而身边还有两个旧日的丫鬟服侍，主仆三人，日夜作些针线发卖，帮着父亲用度。那封肃虽然日日抱怨，也无可奈何了。

只说一声"走罢"，连家都不回——不与家人告别就飘然而去，干脆果决，此为"彻悟"。

　　这日，那甄家大丫鬟在门前买线，忽听街上喝道【喝，hè。官员出行，随从喝令百姓回避让路】之声，众人都说新太爷到任。丫鬟于是隐在门内看时，只见军牢快手，一对一对的过去，俄而大轿抬着一个乌帽猩袍的官府过去。丫鬟倒发了个怔，自思这官好面善，倒像在那里见过的【回应前文，伏线后文】。于是进入房中，也就丢过不在心上。至晚间，正待歇息之时，忽听一片声打的门响，许多人乱嚷，说："本府太爷差人来传人问话。"封肃听了，唬得目瞪口呆，不知有何祸事，且听下回分解。

娇杏（侥幸）的好运来了。

【 回后评 】

　　万事开头难。一部大书，从何说起？交代写作缘起，申明创作思想，这是常规。曹公既循常规，又匠心独运：他也讲缘起，也说思想，但他自己不出面，而是虚构一僧一道一"太虚幻境"，假借"石头"之口言之。而这"太虚幻境"又多为书中主要女角的"故乡",这些人物的因缘、命运,都已锁定,且记录在案。而这"石头"又与此幻境中仙草所化之女子有特殊因缘,纷纷入世,遂成书中之男女主角。一部大书,只是"石头"历劫之"记录",曹公只是"批阅十载,增删五次"而已。亦真亦假,如梦如幻,在现实的真切描述中笼罩一层浪漫的色彩。

此回的后半进入故事的环节,设定一"甄"(真)、一"贾"(假)两个人物,且巧妙地分别名为"甄士隐"(真事隐)、"贾雨村"(假语存),"假作真时真亦假,无为有处有还无",从而以"真""假"二字贯穿全书。甄的一家由盛而衰,甄士隐"彻悟"而飘然离世,为贾府衰败、贾宝玉出家备一小影。而贾雨村则闯荡红尘,其遭际与结局随后展开。

所谓"真事隐去,假语存焉",实际是小说创作的基本法则。所谓"真事",即作家创作所根据的素材。从素材到作品,不是照搬照写,而是要加工。这加工,包括选择、增减、综合、提高,以至想象拓展,由散而整,由一般到典型,这就是虚构。虚构就是"假语"。鲁迅在《我怎么做起小说来》中谈过他创作小说的经验:人物的模特"没有专用过一个人,往往嘴在浙江,脸在北京,衣服在山西,是一个拼凑起来的角色"。"拼凑"只是一个比喻,并非大杂烩,而是完整的创造,这之间有一个酝酿、构思的过程。这虽未必全得曹公之心,相差也不会甚远。所谓"满纸荒唐言",即言"虚构"也。

曹公的虚构当然有其生活的依据。据考证,曹公祖上"阔多了",即使像荣国府那种风月繁华的生活、元妃省亲时那种"烈火烹油、鲜花着锦"的盛况,他祖上也是亲见亲闻、亲身经历的。而曹公虽不幸,未曾躬逢"盛事",至少也是听人讲述过的。但祖上的生活就是一个影子,不要说"大荒山无稽崖""太虚幻境""一僧一道",连什么荣宁二府、"大观园",也都是曹公"编"出来的,即虚构的。有红学家非要考证出"大观园"的实际所在，硬要把书中的情节、人物等同于历史上的某事某人，可以说是一种"学问"，但却远离了"文学"，远离了审美。作为普通读者，如果不钻牛角尖，了解一点作者的身世遭遇应该是有益的，但最重要的还是踏踏实实地阅读文本，从文本中看世态，体人情，赏艺术，作反思。如果是处在学习阶段的青少年，阅读《红楼梦》，还能积淀知识，训练思维，学会怎样把书读明白。

第二回

贾夫人仙逝扬州城
冷子兴演说荣国府

一局输赢料不真，
香销茶尽尚逡巡。
欲知目下兴衰兆，
须问旁观冷眼人。

智通寺启发大智慧，贾雨村巧遇冷子兴

开头三段衔接上回，写贾雨村得了甄士隐的资助，入京科考，得中进士，升了本府知府。他不忘旧情，娶娇杏为妾，得其所愿。不仅重金答谢封氏，听说英莲丢了，即答应"自使番役务必探访回来"。他虽才干优长，未免有些贪酷之弊；且又恃才侮上，那些官员皆侧目而视。不上一年，便被上司寻了个空隙，作成一本，说他"生情狡猾，擅纂礼仪"等等。龙颜大怒，即批革职。雨村心中虽十分惭恨，却面上全无一点怨色，仍是嘻笑自若，自去担风袖月，游览天下胜迹。

他先在金陵甄府"处馆"（做家庭教师），无奈那学生太劳神且怪异：读书必须两个女儿陪着才读得明白，并且说女儿两个字极尊贵极清净的，等等。所以辞馆漫游到了扬州，在巡盐御史林如海家做馆。这学生就是林黛玉。贾夫人者，贾敏也，乃贾府老太君之爱女、林黛玉之母，今因病逝世于扬州。黛玉本自怯弱多病的，触犯旧症，遂连日不曾上学。雨村闲居无聊，每当风日晴和，饭后便出来闲步。这日进一小酒店，恰与冷子兴相遇。二人旧日在都相识，便一面饮酒一面聊天，主要就是冷子兴"演说荣国府"——实际说的是贾府两门，而题目偏言荣国府，是修辞之借代法。冷子兴者，贾府管家之婿（周瑞家的，后文有交代），贾府种种由他道来，自为可信。

"演说"一词，古今有别。现代汉语中的"演说"，多指对众人的公开讲演。在古代汉语里，"演"有"蔓言而广"之意。演说，即说明介绍。他既评价贾府萧条之势，又详说贾府宗族之谱系。作者这样写是有意为之，是借冷子兴之口抒发兴衰感慨，回头诗"欲知目下兴衰兆，须问旁观冷眼人"即已点明。

这"演说"，首先从整体上介绍了贾府盛衰大势："如今生齿日繁，事务日盛，主仆上下，安富尊荣者尽多，运筹谋画者无一；其日用排场费用，又不能将就省俭，如今外面的架子虽未甚倒，内囊却也尽上来了。"外表的繁盛只是"百足之虫，死而不僵"而已。而之所以如此，乃由于教子无方，"一代不如一代了"。由此进而介绍了荣宁两府的宗族脉络，还以旁观者的眼光对两府主要人物作出概括性评价——黛玉出身之高贵与体性之怯弱，宝玉之独赋"异秉"与对女儿之钟情，凤姐地位之特殊与心机之深细，等等，其实也都是代作者言。

如此这般，在读者进入贾府之前，对其已有了基本的了解，对此后的阅读大有帮助。

却说封肃因听见公差传唤，忙出来陪笑启问。那些人只嚷："快请出甄爷【对象指示语，公差如此称呼且用"请"字，含尊重意】来！"封肃忙陪笑道："小人姓封，并不姓甄。只有当日小婿姓甄，今已出家一二年了，不知可是问他？"那些公人道："我们也不知什么'真''假'，因奉太爷之命来问，他既是你女婿，便带了你去亲见太爷面禀，省得乱跑。"说着，不容封肃多言，大家推拥【公差动作如此，情态语，并无非礼】他去了。封家人个个都惊慌，不知何兆。

那天约二更时，只见封肃方回来，欢天喜地。众人忙问端的。他乃说道："原来本府新升的太爷姓贾名化，本贯胡州人氏，曾与女婿旧日相交。方才在咱门前过去，因见娇杏那丫头买线，所以他只当女婿移住于此。我一一将原故回明，那太爷倒伤感叹息了一回；又问外孙女儿，我说看灯丢了。太爷说：'不妨，我自使番役务必探访回来。'说了一回话，临走倒送了我二两银子。"甄家娘子听了，不免心中伤感。一宿无话。

公差传唤，尽管说"请"，称"爷"，只"推拥"，封家人仍不免"个个都惊慌"，见得官民关系之紧张。从文理上又构成悬念。

"欢天喜地"，剧情突转。闻士隐事而"伤感叹息"，知英莲丢了马上表示"自使番役务必探访回来"。不忘旧情，良心未泯。

蔡义江："轻诺寡信。找到后也未必能送回，读至葫芦案便知。"

至次日，早有雨村遣人送了两封银子、四匹锦缎，答谢甄家娘子；又寄一封密书与封肃，转托问甄家娘子要那娇杏作二房。封肃喜的屁滚尿流，巴不得去奉承，便在女儿前一力撺掇成了，乘夜只用一乘小轿，便把娇杏送进去了。雨村欢喜，自不必说，乃封百金赠封肃，外谢甄家娘子许多物事，令其好生养赡，以待寻访女儿下落。封肃回家无话。

却说娇杏这丫鬟，便是那年回顾雨村者。因偶然一顾，便弄出这段事来，亦是自己意料不到之奇缘。谁想他命运两济，不承望自到雨村身边，只一年便生了一子；又半载，雨村嫡妻忽染疾下世，雨村便将他扶侧作正室夫人了。正是：

偶因一着错【以女子私窥男人为非礼】，便为人上人。

原来，雨村因那年士隐赠银之后，他于十六日便起身入都，至大比之期，不料他十分得意，已会了进士，选入外班，今已升了本府知府。虽才干优长，未免有些贪酷之弊；且又恃才侮上，那些官员皆侧目而视。不上一年，便被上司寻了个空隙，作成一本，参他"生情狡猾，擅纂礼仪，且沽清正之名，而暗结虎狼之属，致使地方多事，民命不堪"等语。龙颜大怒，即批革职。该部文书一到，本府官员无不喜悦。那雨村心中虽十分惭恨，却面上全无一点怨色，仍是嬉笑自若；交代过公事，将历年做官积的些资本并家小人属送至原籍，安排妥协，却是自己担风袖月，游览天下胜迹。

那日，偶又游至维扬地面，因闻得今岁鹾【cuó】政点的是林如海。这林如海姓林名海，字表如海，乃是前科的探花，今已升至兰台寺大夫，本贯姑苏人氏，今钦点出为巡盐御史【与上"鹾政"同义互解】，到任方一月有馀。原来这林如海之祖，曾袭过列侯，今到如海，业经五世。起初时，只封袭三世，因当今隆恩盛德，远迈前代，额外加恩，至如海之父，又袭了一代；至如海，便从科第出身。虽系钟鼎之家，却亦是书香之族。只可惜这林家支庶不盛，子孙有限，虽有几门，却与如海俱是堂族而已，没甚亲支嫡派的。今如海年已四十，只有一个三岁之子，偏又于去岁死了。虽有几房姬妾，奈他命中无子，亦无可如何之事。今只有嫡妻贾氏生得一女，乳名黛玉，年方五岁。夫妻无子，故爱如珍宝，且又见他聪明清秀，便也欲使他读书识得几个字，不过假充养子之意，聊解膝下荒凉【与上"命中无子"同义互解】之叹。

写林如海，只为写黛玉，"虽系钟鼎之家，却亦是书香之族"，家世如此，再加上"聪明清秀"四字，为其后的言行作为奠定基础。

王希廉评："'聪明'言其心，'清秀'言其貌"。

雨村正值偶感风寒，病在旅店，将一月光景方渐愈。一因身体劳倦，二因盘费不继，也正欲寻个合式之处，暂且歇下。幸有两个旧友，亦在此境居住，因闻得盐政欲聘一西宾【何谓"西宾"？连义互解，看下文之职守可知】，雨村便相托友力，谋了进去，且作安身之计。妙在只一个女学生，并两个伴读丫鬟，这女学生年又小，身体又极怯弱，工课不限多寡，故十分省力。

堪堪又是一载的光阴，谁知女学生之母贾氏夫人一疾而终。女学生侍汤奉药，守丧尽哀，遂又将辞馆别图。林如海意欲令女守制读书，故又将他留下。近因女学生哀痛过伤，本自怯弱多病的，触犯旧症，遂连日不曾上学。雨村闲居无聊，每当风日晴和，饭后便出来闲步。

还是写黛玉：母丧，所以投贾府；"怯弱多病"，所以不得永寿。

这日，偶至郭外，意欲赏鉴那村野风光。忽信步至一山环水旋、茂林深竹之处，隐隐的有座庙宇，门巷倾颓，墙垣朽败，门前有额，题着"智通寺"三字，门旁又有一副旧破的对联，曰：

身后有馀忘缩手，眼前无路想回头。

寺名与联语对义互解：唯智者能通达人生事理；而"身后有馀"仍不肯"缩手"，直到"眼前无路"才想"回头"者，恰是不"智"，因而不"通"。

雨村看了，因想到："这两句话，文虽浅近，其意则深。我也曾游过些名山大刹，倒不曾见过这话头，其中想必有个翻过筋斗来的亦未可知，何不进去试试。"想着走入，看时只有一个龙钟老僧在那里煮粥。雨村见了，便不在意。及至问他两句话，那老僧既聋且昏，齿落舌钝，所答非所问。

雨村不耐烦，便仍出来，意欲到那村肆【何为"肆"？连义互解，从下文所写人事可知】中沽饮三杯，以助野趣，于是款步行来。将入肆门，只见座上吃酒之客有一人起身大笑，接了出来，口内说："奇遇，奇遇。"雨村忙看时，此人是都中在古董行中贸易的号冷子兴者，旧日在都相识。雨村最赞这冷子兴是个有作为大本领的人，这子兴又借雨村斯文之名，故二人说话投机，最相契合。

雨村忙笑问道："老兄何日到此？弟竟不知。今日偶遇，真奇缘也。"子兴道："去年岁底到家，今因还要入都，从此顺路找个敝友说一句话，承他之情，留我多住两日。我也无紧事，且盘桓两日，待月半时也就起身了。今日敝友有事，我因闲步至此，且歇歇脚，不期这样巧遇！"一面说，一面让雨村同席坐了，另整上酒肴来。二人闲谈漫饮，叙些别后之事。

雨村因问："近日都中可有新闻没有？"子兴道："倒没有什么新闻，倒是老先生你贵同宗家，出了一件小小的异事。"雨村笑道："弟族中无人在都，何谈及此？"子兴笑道："你们同姓，岂非同宗一族？"雨村问是谁家。子兴道："荣国府贾府中，可也玷辱了先生的门楣么？"雨村笑道："原来是他家。若论起来，寒族人丁却不少，自东汉贾复以来，支派繁盛，各省皆有，谁逐细考查得来？若论荣国一支，却是同谱。但他那等荣耀，我们不便去攀扯，至今故越发生疏难认了。"

子兴叹道："老先生休如此说。如今的这宁荣两门，也都萧疏了，不比先时的光景。"雨村道："当日宁荣两宅的人口也极多，如何就萧疏了？"冷子兴道："正是，说来也话长。"雨村道："去岁我到金陵地界，因欲游览六朝遗迹，那日进了石头城，从他老宅门前经过。街东是宁国府，街西是荣国府，二宅相连，竟将大半条街占了。大门前虽冷落无人，隔着围墙一望，里面厅殿楼阁，也还都峥嵘轩峻；就是后一带花园子里面树木山石，也

雨村与冷子兴既"最相契合"，又巧遇于此，才有一番长谈。虽是曹公之设计，亦于人情事理无悖。

谈"新闻"，偏有同宗家"出了一件小小的异事"。什么"异事"？却按下不表，只从"同宗"二字展开。不是"异事"算不得"新闻"，接不上话荏，不说"同宗"则无法"演说"贾府。文理如此，细密严谨。

"萧疏"，是底里；"百足之虫，死而不僵"，是外观。二人话题的重点（作者关注的重点）是"如何就萧疏了"。答案是其儿孙"一代不如一代"，而之所以如此，是"教子"出了问题。教育是根本，接班人之事是"大事"，一家一族如此，一事业一国家亦如此。

还都有蓊蔚洇润之气，那里像个衰败之家？"冷子兴笑道："亏你是进士出身，原来不通！古人有云：'百足之虫，死而不僵。'如今虽说不及先年那样兴盛，较之平常仕宦之家，到底气象不同。如今生齿日繁，事务日盛，主仆上下，安富尊荣者尽多，运筹谋画者无一；其日用排场费用，又不能将就省俭，如今外面的架子虽未甚倒，内囊却也尽上来了。这还是小事。更有一件大事：谁知这样钟鸣鼎食之家，翰墨诗书之族，如今的儿孙，竟一代不如一代了！"雨村听说，也纳罕道："这样诗礼之家，岂有不善教育之理？别门不知，只说这宁、荣二宅，是最教子有方的。"

子兴叹道："正说的是这两门呢。待我告诉你：当日宁国公与荣国公是一母同胞弟兄两个。宁公居长，生了四个儿子。宁公死后，贾代化袭了官，也养了两个儿子：长名贾敷，至八九岁上便死了，只剩了次子贾敬袭了官，如今一味好道，只爱烧丹炼汞，馀者一概不在心上。幸而早年留下一子，名唤贾珍，因他父亲一心想作神仙，把官倒让他袭了。他父亲又不肯回原籍来，只在都中城外和道士们胡羼。这位珍爷倒生了一个儿子，今年才十六岁，名叫贾蓉。如今敬老爹一概不管。这珍爷那里肯读书，只一味高乐不了，把宁国府竟翻了过来，也没有人敢来管他。再说荣府你听，方才所说异事，就出在这里。自荣公死后，长子贾代善袭了官，娶的也是金陵世勋史侯家的小姐为妻，生了两个儿子：长子贾赦，次子贾政。如今代善早已去世，太夫人尚在，长子贾赦袭着官；次子贾政，自幼酷喜读书，祖、父最疼，原欲以科甲出身的，不料代善临终时遗本一上，皇上因恤先臣，即时令长子袭官外，问还有几子，立刻引见，遂额外赐了这政老爹一个主事之衔，令其入部习学，如今现已升了员外郎了。这政老爹的夫人王氏，头胎生的公子，名唤贾珠，十四岁进学，不到二十就娶了妻生了子，一病死了。第二胎生了一位小姐，生在大年初一，这就奇了；不想次年又生了一位公子，说来更奇，一落胎

从"教子有方"回到说"人事"。

贾府两门，祖孙脉系，一一道来，使读者对贾府人事有一基本的了解，而微微落实"教子无方""一代不如一代"。最后回应前文，归结到衔玉而生的"异事"，并趁此对全书主角之一的贾宝玉做一总括的介绍。文章断续，来去自如。

自然回到说"异事"，偏又从荣府祖上说起。

落到"奇"字上，引出一部大书的主人公。

胞，嘴里便衔下一块五彩晶莹的玉来，上面还有许多字迹，就取名叫作宝玉。你道是新奇异事不是？"

雨村笑道："果然奇异。只怕这人来历不小。"子兴冷笑道："万人皆如此说，因而乃祖母便先爱如珍宝。那年周岁时，政老爹便要试他将来的志向，便将那世上所有之物摆了无数，与他抓取。谁知他一概不取，伸手只把些脂粉钗环抓来。政老爹便大怒了，说：'将来酒色之徒耳！'因此便大不喜悦。独那史老太君还是命根一样。说来又奇，如今长了七八岁，虽然淘气异常，但其聪明乖觉处，百个不及他一个。说起孩子话来也奇怪，他说：'女儿是水作的骨肉，男人是泥作的骨肉。我见了女儿，我便清爽；见了男子，便觉浊臭逼人。'你道好笑不好笑？将来色鬼无疑了！"雨村罕然厉色忙止道："非也！可惜你们不知道这人历。大约政老前辈也错以淫魔色鬼看待了。若非多读书识事，加以致知格物之功，悟道参玄之力，不能知也。"

子兴见他说得这样重大，忙请教其端【原因，究竟】。雨村道："天地生人，除大仁大恶两种，馀者皆无大异。若大仁者，则应运而生，大恶者，则应劫而生。运生世治，劫生世危。尧、舜、禹、汤、文、武、周、召、孔、孟、董、韩、周、程、张、朱，皆应运而生者。蚩尤、共工、桀、纣、始皇、王莽、曹操、桓温、安禄山、秦桧等，皆应劫而生者。大仁者，修治天下；大恶者，挠乱天下。清明灵秀，天地之正气，仁者之所秉【承受】也；残忍乖僻，天地之邪气，恶者之所秉也。今当运隆祚永之朝，太平无为之世，清明灵秀之气所秉者，上至朝廷，下及草野，比比皆是。所馀之秀气，漫无所归，遂为甘露，为和风，洽然溉及四海。彼残忍乖僻之邪气，不能荡溢于光天化日之中，遂凝结充塞于深沟大壑之内，偶因风荡，或被云催，略有摇动感发之意，一丝半缕误而泄出者，偶值灵秀之气适过，正不容邪，邪复妒正，两不相下，亦如风水雷电，地中既遇，既不能消，又不能让，必至搏击掀发后始尽。故其气亦必赋人，发泄一尽始散。

宝玉一"奇"，说是"女儿是水作的骨肉，男人是泥作的骨肉。我见了女儿，我便清爽；见了男子，便觉浊臭逼人"。此乃其价值观的宣言。此"女儿"，特指青春少女；此"男人"，则特指被世俗所染之男性，不可误读也。

此以所谓"多读书识事，加以致知格物之功，悟道参玄之力"来证贾宝玉之"来历"非凡。且不说"正气""邪气"之玄，就人的才情秉性而言，原有禀赋之异，故有人性善恶之争、"多元智能"之论。至于"应劫""应运"之说，不妨视为社会环境对人生的影响。"时势造英雄"，"乱世"也出"奸雄"，人生百态，无非受内因外因双重的制约。

使【假如】男女偶秉此气而生者，在上则不能成仁人君子，下亦不能为大凶大恶。置之于万万人中，其聪俊灵秀之气，则在万万人之上；其乖僻邪谬不近人情之态，又在万万人之下。若生于公侯富贵之家，则为情痴情种；若生于诗书清贫之族，则为逸士高人，纵再偶生于薄祚寒门，断不能为走卒健仆，甘遭庸人驱制驾驭，必为奇优名倡。如前代之许由、陶潜、阮籍、嵇康、刘伶、王谢二族、顾虎头、陈后主、唐明皇、宋徽宗、刘庭芝、温飞卿、米南宫、石曼卿、柳耆卿、秦少游，近日之倪云林、唐伯虎、祝枝山，再如李龟年、黄幡绰、敬新磨、卓文君、红拂、薛涛、崔莺、朝云之流，此皆易地则同之人也。"

"情痴情种"：为贾宝玉定性。

子兴道："依你说，'成则王侯败则贼'了。"雨村道："正是这意。你还不知，我自革职以来，这两年遍游各省，也曾遇见两个异样孩子。所以，方才你一说这宝玉，我就猜着了八九亦是这一派人物。不用远说，只金陵城内，钦差金陵省体仁院总裁甄家，你可知么？"子兴道："谁人不知！这甄府和贾府就是老亲，又系世交。两家来往，极其亲热的。便在下也和他家来往非止一日了。"

雨村笑道："去岁我在金陵，也曾有人荐我到甄府处馆。我进去看其光景，谁知他家那等显贵，却是个富而好礼之家，倒是个难得之馆。但这一个学生，虽是启蒙，却比一个举业的还劳神。说起来更可笑，他说：'必得两个女儿伴着我读书，我方能认得字，心里也明白；不然我自己心里糊涂。'又常对跟他的小厮们说：'这女儿两个字，极尊贵、极清净的，比那阿弥陀佛、元始天尊的这两个宝号还更尊荣无对的呢！你们这浊口臭舌，万不可唐突了这两个字要紧。但凡要说时，必须先用清水香茶漱了口才可；设若失错，便要凿牙穿腮等事。'其暴虐浮躁，顽劣憨痴，种种异常。只一放了学，进去见了那些女儿们，其温厚和平，聪敏文雅，竟又变了一个人了。因此，他令尊也曾下死笞楚【用鞭、棍或竹板打】过几次，无奈竟不能改。每打的吃疼

雨村长篇大论，无非说贾宝玉之才情秉性，所以由贾宝玉"这一派人物"引出个"甄宝玉"，并不突兀。再者，曹公也似借"正邪"之论奠定评人物、塑形象的伦理思想基础。

于"贾府"之外又特设一"甄府"，主要作用还在于两个"宝玉"的真假之辨。真"宝玉"，磨而不磷，涅而不缁；假"宝玉"，追风逐浪，入世随俗。

此时之"甄宝玉"与"贾宝玉"，言语作为，并无二致，令尊笞楚、祖母溺爱也都一样，真假之辨，且待下文"分解"。

不过时，他便'姐姐''妹妹'乱叫起来。后来听得里面女儿们拿他取笑：'因何打急了只管叫姐妹做甚？莫不是求姐妹去说情讨饶？你岂不愧些！'他回答的最妙。他说：'急疼之时，只叫"姐姐""妹妹"字样，或可解疼也未可知，因叫了一声，便果觉不疼了，遂得了秘法：每疼痛之极，便连叫姐妹起来了。'你说可笑不可笑？也因祖母溺爱不明，每因孙辱师责子，因此我就辞了馆出来。如今在这巡盐御史林家做馆了。你看，这等子弟，必不能守祖父之根基，从师长之规谏的。只可惜他家几个姊妹都是少有的。"

子兴道："便是贾府中，现有的三个也不错。政老爹的长女，名元春，现因贤孝才德，选入宫作女史去了。二小姐乃赦老爹之妾所出，名迎春；三小姐乃政老爹之庶出，名探春；四小姐乃宁府珍爷之胞妹，名唤惜春。因史老夫人极爱孙女，都跟在祖母这边一处读书，听得个个不错。"雨村道："更妙在甄家的风俗，女儿之名，亦皆从男子之名命字，不似别家另外用这些'春'、'红'、'香'、'玉'等艳字的。何得贾府亦落此俗套？"子兴道："不然。只因现今大小姐是正月初一日所生，故名元春，馀者方从了'春'字。上一辈的，却也是从弟兄而来的。现有对证：目今你贵东家林公之夫人，即荣府中赦、政二公之胞妹，在家时名唤贾敏。不信时，你回去细访可知。"雨村拍案笑道："怪道这女学生读至凡书中有'敏'字，皆念作'密'字，每每如是；写字遇着'敏'字，又减一二笔，我心中就有些疑惑。今听你说，的是为此无疑矣。怪道我这女学生言语举止另是一样，不与近日女子相同，度其母必不凡，方得其女，今知为荣府外孙，又不足罕矣，可伤上月竟亡故了。"子兴叹道："老姊妹四个，这一个是极小的，又没了。长一辈的姊妹，一个也没了。只看这小一辈的，将来之东床【女婿】如何呢？"

雨村道："正是。方才说这政公，已有衔玉之儿，又有长子所遗一个弱【年幼】孙。这赦老竟无一个不成？"子兴道："政公既有玉儿之后，其姜又生了一个，倒不知其好歹。只眼前现有二子一孙，却不知将来如何。若问那赦公，也有二子，长名贾琏，今已二十来往了，亲上作亲，娶的就是政老爹夫人王氏之内侄女，今已娶了二年。这位琏爷身上现捐的是个同知，也是不肯读书，于世路上好机变，言谈去的，所以如今只在乃叔政老爷家住着，帮着料理些家务。谁知自娶了他令夫人之后，倒上下无一人不称颂他夫人的，琏爷倒退了一射之地：说模样又极标致，言谈又爽利，心机又极深细，竟是个男人万不及一的。"

雨村听了，笑道："可知我前言不谬。你我方才所说的这几个人，都只怕是那正邪两赋而来一路之人，未可知也。"子兴道："邪也罢，正也罢，只顾算别人家的帐，你也吃一杯酒才好。"雨村道："正是，只顾说话，竟多吃了几杯。"子兴笑道："说着别人家的闲话，正好下酒，即多吃几杯何妨。"雨村向窗外看道："天也晚了，仔细关了城。我们慢慢的进城再谈，未为不可。"于是，二人起身，算还酒帐。方欲走时，又听得后面有人叫道："雨村兄，恭喜了！特来报个喜信的。"雨村忙回头看时——

以"正邪两赋而来一路之人"作结，宁荣二府，全书主角，除一宝钗，都已点到，"演说"之事完成。以"说着别人家的闲话"下酒，亦人间常事，非曹公特创。

【 回后评 】

此回写贾雨村被参革职，是一重要环节。从上一回他赋"人间万姓仰头看"之诗，受甄士隐之资助而"并不介意""不辞而别"，看得出他是一个有抱负、重大节的人。得官后，重金答谢封家，并娶一个小丫鬟为妾，当闻知英莲"丢了"之后，他答应"我自使番役务必探访回来"，这都见得他不是一个忘恩负义之徒。

但"不上一年，便被上司寻了个空隙，作成一本"，革职了。为此，他"心中虽十分惭恨，却面上全无一点怨色"，而"嘻笑自若"。这一段文字，颇有史笔意蕴。这个贾雨村上任才"不上一年"，能有多大过错？"贪酷"之弊或有，而最大的罪状恐怕

就是"恃才侮上"这一条。所以那上司"作成一本"乃是"寻了个空隙"。雨村"十分惭恨"。惭愧的是，辜负了甄先生当年的一片好意，更辜负了自己的一片雄心；恨的是，那上司挟嫌报复，毁自己前程，而那"龙颜大怒"也加深了他对那"龙"的了解。可以说，这一段经历改变了贾雨村。他本是一个"狠"人，经此一劫，他抛弃了人情，也放弃了壮志。当他再次走上仕途，就是一个全新的贾雨村了。"嬉笑自若"成了他的人生态度，也成了他为官的态度。以情解文，须看出贾雨村的这一重要心理转变。

蔡义江先生在雨村答应"我自使番役务必探访回来"一句后批曰："轻诺寡信。找到后也未必能送回，读至葫芦案便知。"这是胶柱鼓瑟之论。人是会变的，不能因为他后来的不义而否定他先前的良知。而恰恰是这种变化显示出那时官场的龌龊，它会把"好人"变坏。

从艺术手法上说，此一回书，采用"互见互评"之法，即作者不出面，而通过冷子兴之口述说。特别是全书写到的人物众多，关系复杂。"演说"由"新闻"说起，而说到贾府"同宗异事"，按下"异事"而单说"同宗"，说"同宗"最后再归结到"异事"，从而说"宝玉"。由此"贾宝玉"又引出一"甄宝玉"，为"真假"之辨伏脉。由"宝玉"之"子弟"类再过渡到"姊妹"类，"子弟""姊妹"都是"小一辈"，由此再说到贾琏，引出另一重要的角色王熙凤。如此断续跳转，挥洒自如，必于友朋饮酒闲谈中，才可以实现。如果没有这样的介绍，初读者很容易摸不着头脑。而如果由作者直接出面，则戛戛乎其难哉！

读本回书的难点在于理清复杂的人物关系。为了帮助读者更好地解决此一问题，特选录鲁迅先生在《中国小说史略》中所作贾氏族谱图表如下。用虚线者其姻连，着×者为夫妻，着*者在金陵十二钗之数。

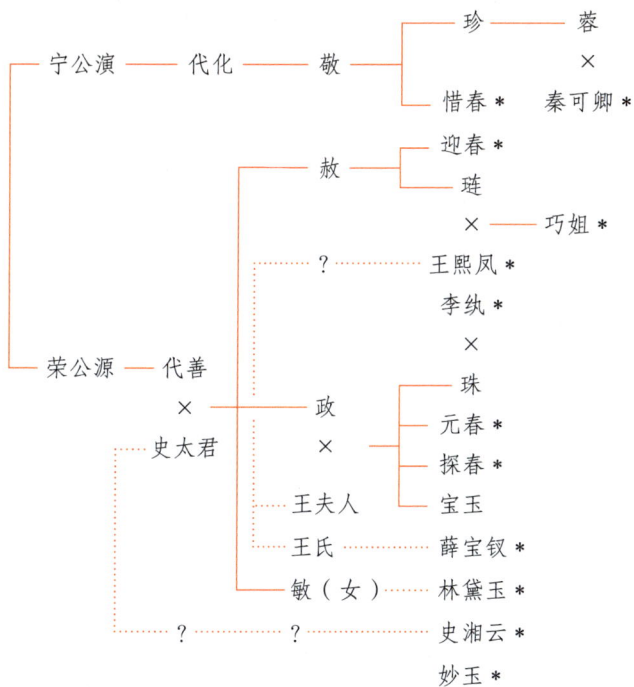

宁公演 —— 代化 —— 敬 ┬ 珍 —— 蓉
　　　　　　　　　　　　×
　　　　　　　　　└ 惜春＊　秦可卿＊

赦 ┬ 迎春＊
　└ 琏
　　×　巧姐＊

？　王熙凤＊

李纨＊
×

荣公源 —— 代善
×
史太君

政 ┬ 珠
×　├ 元春＊
　├ 探春＊
　└ 宝玉

王夫人

王氏 —— 薛宝钗＊

敏（女）　林黛玉＊

？　？　史湘云＊

妙玉＊

第三回

贾雨村夤缘复旧职
林黛玉抛父进京都

天地循环秋复春，
生生死死旧重新。
君家著笔描风月，
宝玉颦颦解爱人。

黛玉洒泪别父去，悠悠水路赴京都

此回书之标题，还有两种版本："托内兄如海酬训教　接外孙贾母惜孤女。""金陵城起复贾雨村　荣国府收养林黛玉。"三个标题，各有侧重，各有优劣，倒给读者提供了鉴别欣赏的别样视角。夤缘，攀附上升，比喻拉拢关系，向上巴结，含有贬义，最切合情节实况；但说"复旧职"就不准确。说"抛父进京都"，仿佛进京都是黛玉的主动选择，而"抛父"二字又透着不孝。"收养"，道出林黛玉处境之凄凉；而"孤"字含蕴深厚。张俊、沈治钧在回评中有很好的剖析："此一字也，乃写林氏'无甚亲支嫡派'家族之孤，写黛玉'无姐妹兄弟'身世之孤，写其生性'喜散不喜聚'心境之孤，写其为人'孤标傲世'个性脱俗之孤。"此一"孤"字，"不独写出黛玉其人，亦映出人间世相"。

此回内容，继冷子兴由"外"而"冷"说荣国府，转为黛玉进"内"而"亲"见荣国府。承上回书，简写贾雨村陪黛玉入京，夤缘复职，"不在话下"，就详叙黛玉到京入府一日之内所见所闻。其府前街市之繁华、府内建筑群落之布局，移步换形，清晰如画。而一路走来，以"步步留心，时时在意"之态，与贾府上下相见相别、一举一动、一食一饮都表现出那个时代那种家庭严格的礼仪规矩，令读者也跟着开一回眼界。

本回书最值得重视的有两处：首先凤姐出场。她是人未到声先闻，以至黛玉都感到纳罕："这些人个个皆敛声屏气，恭肃严整如此，这来者系谁，这样放诞无礼？"见面后，一会儿夸黛玉像老祖宗的亲孙女儿，一会儿为姑妈去世用帕拭泪，一会儿又跟黛玉说"想要什么吃的、什么玩的，只管告诉我"，一时间她就成了舞台的主角。而贾母向黛玉介绍时竟说这是"一个泼皮破落户儿"，让黛玉叫她"凤辣子"，这显示出贾母与凤姐非同一般的亲密关系。其次是宝黛相见。

二人一见如故：黛玉一见宝玉便吃一大惊，心下想道："好生奇怪，倒像在那里见过一般，何等眼熟到如此！"而宝玉一见黛玉也说："这个妹妹我曾见过的。"当知道黛玉无玉时竟然"登时发作起痴狂病来，摘下那玉，就狠命摔去"。这既与太虚幻境之木石之盟遥相呼应，又为此后诸多恒居情事张本。

回末引出薛家并牵连王家，是为宝钗的到来埋线。

却说雨村忙回头看时，不是别人，乃是当日同僚一案参革的号张如圭者。他本系此地人，革后家居，今打听得都中奏准起复旧员之信，他便四下里寻情找门路，忽遇见雨村，故忙道喜。二人见了礼，张如圭便将此信告诉雨村，雨村自是欢喜，忙忙的叙了两句，遂作别各自回家。冷子兴听得此言，便忙献计，令雨村央烦林如海，转向都中去央烦贾政。雨村领其意，作别回至馆中，忙寻邸报看真确了。

次日，面谋之如海。如海道："天缘凑巧，因贱荆去世，都中家岳母念及小女无人依傍教育，前已遣了男女船只来接，因小女未曾大痊，故未及行。此刻正思向蒙训教之恩未经酬报，遇此机会，岂有不尽心图报之理。但请放心。弟已预为筹画至此，已修下荐书一封，转托内兄务为周全协佐，方可稍尽弟之鄙诚，即有所费用之例，弟于内兄信中已注明白，亦不劳尊兄多虑矣。"雨村一面打恭，谢不释口，一面又问："不知令亲大人现居何职？只怕晚生草率，不敢骤然入都干渎。"如海笑道："若论舍亲，与尊兄犹系同谱，乃荣公之孙：大内兄现袭一等将军，名赦，字恩侯；二内兄名政，字存周，现任工部员外郎，其为人谦恭厚道，大有祖父遗风，非膏粱轻薄仕宦之流，故弟方致书烦托。否则不但有污尊兄之清操，即弟亦不屑为矣。"雨村听了，

朝中"起复旧员"，但你能否被"起复"，还得"寻情找门路"，官场潜规则如此。张如圭"忙"道喜，冷子兴"忙"献计，雨村"忙"回家，又"忙"寻邸报确认，官场诱惑力之大，人之官瘾之深，可见一斑。

酬报"训教之恩"，竟然用修"荐书"、托官情之法，连"起复"所需"费用"都预为打算。托情者林如海，前科探花，现任巡盐御史；被托者贾政，号称"谦恭厚道"，现任工部员外郎：这样的"好人""好官"，并不以为贾雨村之"起复""周全协佐"为非，见得风气如此。而此时"一面打恭，谢不释口"，"唯唯听命"，与当年在甄士隐面前的雨村判若两人。

心下方信了昨日子兴之言，于是又谢了林如海。如海乃说："已择了出月初二日小女入都，尊兄即同路而往，岂不两便？"雨村唯唯听命，心中十分得意。如海遂打点礼物并饯行之事，雨村一一领了。

那女学生黛玉，身体方愈，原不忍弃父而往；无奈他外祖母致意务去，且兼如海说："汝父年将半百，再无续室之意；且汝多病，年又极小，上无亲母教养，下无姊妹兄弟扶持，今依傍外祖母及舅氏姊妹去，正好减我顾盼之忧，何反云不往？"黛玉听了，方洒泪拜别，随了奶娘及荣府几个老妇人登舟而去。雨村另有一只船，带两个小童，依附黛玉而行。

有日到了都中，进入神京，雨村先整了衣冠，带了小童，拿着宗侄的名帖，至荣府的门前投了。彼时贾政已看了妹丈之书，即忙请入相会。见雨村相貌魁伟，言语不俗，且这贾政最喜读书人，礼贤下士，济弱扶危，大有祖风；况又系妹丈致意，因此优待雨村，更又不同，便竭力内中协助。题奏之日，轻轻谋了一个复职候缺。不上两个月，金陵应天府缺出，便谋补了此缺【"候缺"得"谋"，"补缺"还得"谋"】，拜辞了贾政，择日上任去了。不在话下。

且说黛玉自那日弃舟登岸时，便有荣国府打发了轿子并拉行李的车辆久候了。这林黛玉常听得母亲说过，他外祖母家与别家不同。他近日所见的这几个三等仆妇，吃穿用度，已是不凡了，何况今至其家。因此步步留心，时时在意，不肯轻易多说一句话，多行一步路，惟恐被人耻笑了他去。

自上了轿，进入城中，从纱窗向外瞧了一瞧，其街市之繁华，人烟之阜盛，自与别处不同。又行了半日，忽见街北蹲着两个大石狮子，三间兽头大门，门前列坐着十来个华冠丽服之人。正门却不开，只有东西两角门有人出入。正门之上有一匾，匾上大书"敕造宁国府"五个大字。黛玉想道："这必是外祖之长房了。"想着，又往西行，不多远，照样也是三间大门，方是荣国

以贾政在朝堂的影响，既"竭力内中协助"，谋得"起复"自然不难。"轻轻"二字不可放过。至于是否"有所费用"，读者自明。

"步步留心，时时在意"，固因"外祖母家与别家不同"，也不排除寄人篱下的心理压力。活得谨慎，活得累。

都从黛玉眼中看出。还是宾主互解——互见互评之法。王蒙评："用黛玉的眼睛看，才能'陌生化'。"

府了。却不进正门，只进了西边角门。那轿夫抬进去，走了一射【也说"一箭之地"，一箭的射程，意指距离不远】之地，将转弯时，便歇下退出去了。后面的婆子们已都下了轿，赶上前来。另换了三四个衣帽周全十七八岁的小厮上来，复抬起轿子。众婆子步下围随至一垂花门前落下。众小厮退出，众婆子上来打起轿帘，扶黛玉下轿。林黛玉扶着婆子的手，进了垂花门，两边是抄手游廊，当中是穿堂，当地放着一个紫檀架子大理石的大插屏。转过插屏，小小的三间厅，厅后就是后面的正房大院。正面五间上房，皆雕梁画栋，两边穿山游廊厢房，挂着各色鹦鹉、画眉等鸟雀。台矶之上，坐着几个穿红着绿的丫头，一见他们来了，便忙都笑迎上来，说："刚才老太太还念呢，可巧就来了。"于是三四人争着打起帘笼，一面听得人回话："林姑娘到了。"

黛玉方进入房时，只见两个人搀着一位鬓发如银的老母迎上来，黛玉便知是他外祖母。方欲拜见时，早被他外祖母一把搂入怀中，心肝儿肉叫着大哭起来。当下地下侍立之人，无不掩面涕泣，黛玉也哭个不住。一时众人慢慢解劝住了，黛玉方拜见了外祖母。——此即冷子兴所云之史氏太君，贾赦贾政之母也。当下贾母一一指与黛玉："这是你大舅母；这是你二舅母；这是你先珠大哥的媳妇珠大嫂子。"黛玉一一拜见过。贾母又说："请姑娘们来。今日远客才来，可以不必上学去了。"众人答应了一声，便去了两个。

不一时，只见三个奶嬷嬷并五六个丫鬟，簇拥着三个姊妹来了。第一个肌肤微丰，合中身材，腮凝新荔，鼻腻鹅脂，温柔沉默，观之可亲。第二个削肩细腰，长挑身材，鸭蛋脸面，俊眼修眉，顾盼神飞，文彩精华，见之忘俗。第三个身量未足，形容尚小。其钗环裙袄，三人皆是一样的妆饰。黛玉忙起身迎上来见礼，互相厮认过，大家归了坐。丫鬟们斟上茶来。不过说些黛玉之母如何得病，如何请医服药，如何送死发丧。不免贾母又伤感起来，因说："我这些儿女，所疼者独有你母，今日一旦先舍我

相见无言，唯哭而已。是哭黛玉之孤，更是哭女儿早亡。

写人，其貌居次，其神为主：迎春"温柔沉默"，探春"顾盼神飞，文彩精华"。一个"观之可亲"，一个"见之忘俗"，一亮相就显出性格之差异。

英莲的命运曾有和尚预言，这里又来预言黛玉。不许见哭声，不能见外人，"方可平安了此一世"。这是不可能的，所以黛玉注定不能"平安了此一世"。对英莲的预言已有所实现，黛玉的命运如何，且看后文分解。

众人问"常服何药"，黛玉却从"从会吃饮食时便吃药"说起，到最后才说"如今还是吃人参养荣丸"。不如此，则无法与贾母配药之嘱相衔接。句法之严谨，如此。

王希廉："未见其人，先闻其声，'泼辣货'来矣。写得纸上活跳。"

这凤姐，体貌不同，打扮不同，神采飞扬，来势放诞。一"泼"一"辣"，出自贾母之口，戏之，更是喜之爱之。由此揭开了二者相依相靠的关系：没有贾母，凤姐难得威权；没有凤姐，贾母难得一笑。

而去，连面也不能一见，今见了你，我怎不伤心！"说着，搂了黛玉在怀，又呜咽起来。众人忙都宽慰解释，方略略止住。

众人见黛玉【再由众人见黛玉】年貌虽小，其举止言谈不俗，身体面庞虽怯弱不胜，却有一段自然的风流态度【很有才气的样子】，便知他有不足之症。因问："常服何药，如何不急为疗治？"黛玉道："我自来是如此，从会吃饮食时便吃药，到今日未断，请了多少名医修方配药，皆不见效。那一年我三岁时，听得说来了一个癞头和尚，说要化我去出家，我父母固是不从。他又说：'既舍不得他，只怕他的病一生也不能好的了。若要好时，除非从此以后总不许见哭声；除父母之外，凡有外姓亲友之人，一概不见，方可平安了此一世。'疯疯癫癫，说了这些不经之谈，也没人理他。如今还是吃人参养荣丸。"贾母道："正好，我这里正配丸药呢。叫他们多配一料就是了。"

一语未了，只听后院中有人笑声，说："我来迟了，不曾迎接远客！"黛玉纳罕道："这些人个个皆敛声屏气，恭肃严整如此，这来者系谁，这样放诞无礼【概括语，真要全面理解还需虚实互解。仍从黛玉眼中写出，既写实，又带评价】？"心下想时，只见一群媳妇丫鬟围拥着一个人从后房门进来。这个人打扮与众姑娘不同：彩绣辉煌，恍若神妃仙子。头上戴着金丝八宝攒珠髻，绾着朝阳五凤挂珠钗；项上带着赤金盘螭璎珞圈；裙边系着豆绿宫绦双衡比目玫瑰珮；身上穿着缕金百蝶穿花大红洋缎窄裉袄，外罩五彩刻丝石青银鼠褂；下着翡翠撒花洋绉裙。一双丹凤三角眼，两弯柳叶吊梢眉，身量苗条，体格风骚。粉面含春威不露，丹唇未启笑先闻。黛玉连忙起身接见。贾母笑道："你不认得他，他是我们这里有名的一个泼皮破落户儿，南省俗谓作'辣子'，你只叫他'凤辣子'就是了。"

黛玉正不知以何称呼，只见众姊妹都忙告诉他道："这是琏嫂子。"黛玉虽不识，也曾听见母亲说过，大舅贾赦之子贾琏，娶的就是二舅母王氏之内侄女，自幼假充男儿教养的，学名王熙凤。黛玉忙陪笑见礼，以"嫂"呼之。

这熙凤携着黛玉的手，上下细细打谅了一回，仍送至贾母身边坐下，因笑道："天下真有这样标致的人物，我今儿才算见了！况且这通身的气派，竟不像老祖宗的外孙女儿，竟是个嫡亲的孙女【夸黛玉，就是赞贾母】，怨不得老祖宗天天口头心头一时不忘。只可怜我这妹妹这样命苦，怎么姑妈偏就去世了！"说着，便用帕拭泪。贾母笑道："我才好了，你倒来招我。你妹妹远路才来，身子又弱，也才劝住了，快再休提前话。"这熙凤听了，忙转悲为喜【或悲或喜，转换自由】道："正是呢！我一见了妹妹，一心都在他身上了，又是喜欢，又是伤心，竟忘记了老祖宗。该打，该打！"又忙携黛玉之手，问"妹妹几岁了？可也上过学？现吃什么药？在这里不要想家，想要什么吃的、什么玩的，只管告诉我；丫头老婆们不好了，也只管告诉我。"一面又问婆子们："林姑娘的行李东西可搬进来了？带了几个人来？你们赶早打扫两间下房，让他们去歇歇。"

说话时，已摆了茶果上来。熙凤亲为捧茶捧果。又见二舅母问他："月钱放过了不曾？"熙凤道："月钱已放完了。才刚带着人到后楼上找缎子，找了这半日，也并没有见昨日太太说的那样，想是太太记错了？"王夫人道："有没有，什么要紧。"因又说道："该随手拿出两个来给你这妹妹去裁衣裳的，等晚上想着叫人再去拿罢，可别忘了。"熙凤道："这倒是我先料着了，知道妹妹不过这两日到的，我已预备下了，等太太回去过了目好送来。"王夫人一笑，点头不语。

当下茶果已撤，贾母命两个老嬷嬷带了黛玉去见两个母舅。时贾赦之妻邢氏忙亦起身，笑回道："我带了外甥女过去，倒也便宜。"贾母笑道："正是呢，你也去罢，不必过来了。"邢夫人答应了一声"是"字，遂带了黛玉与王夫人作辞。大家送至穿堂前。

出了垂花门，早有众小厮们拉过一辆翠幄青绸车，邢夫人携

王熙凤又是"携手"，又是"打量"，又说"竟是个嫡亲的孙女"，说着还要"拭泪"，其俨然成了舞台中心。别忘了，那么多人，包括她的婆婆就在现场。她不顾长幼尊卑，如此表演，真真是"放诞无礼"，但无人有异议，因为贾母喜欢。

"携手"而"问"，问而已矣，表示关切，并不需要回答，重要的话是"只管告诉我"——重要的话重复说。当面嘱咐"婆子们"，让黛玉确信其权威地位。

王夫人也趁机在贾母面前表示对黛玉的关心，姑侄配合默契，所以"一笑"。

了黛玉，坐在上面，众婆子们放下车帘，方命小厮们抬起，拉至宽处，方驾上驯骡，亦出了西角门，往东过荣府正门，便入一黑油大门中，至仪门前方下来。众小厮退出，方打起车帘，邢夫人搀着黛玉的手，进入院中。黛玉度其房屋院宇【还是从黛玉眼中写出】，必是荣府中花园隔断过来的。进入三层仪门，果见正房厢庑游廊，悉皆小巧别致，不似方才那边轩峻壮丽；且院中随处之树木山石皆在。一时进入正室，早有许多盛妆丽服之姬妾丫鬟迎着，邢夫人让黛玉坐了，一面命人到外面书房去请贾赦。一时人来回话说："老爷说了：'连日身上不好，见了姑娘彼此倒伤心，暂且不忍相见。劝姑娘不要伤心想家，跟着老太太和舅母，即同家里一样。姊妹们虽拙，大家一处伴着，亦可以解些烦闷。或有委屈之处，只管说得，不要外道才是。'"黛玉忙站起来，一一听了。再坐一刻，便告辞。

贾赦所居，外则"小巧别致"，内则"有许多盛妆丽服之姬妾丫鬟"，其人志趣可知。哪里会把黛玉放在心上？

邢夫人苦留吃过晚饭去，黛玉笑回道："舅母爱惜赐饭，原不应辞，只是还要过去拜见二舅舅，恐领了赐迟去不恭，异日再领，未为不可。望舅母容谅。"邢夫人听说，笑道："这倒是了。"遂令两三个嬷嬷用方才的车好生送了姑娘过去。于是黛玉告辞。邢夫人送至仪门前，又嘱咐了众人几句，眼看着车去了方回来。

"步步留心，时时在意。"

一时黛玉进了荣府，下了车。众嬷嬷引着，便往东转弯，穿过一个东西的穿堂，向南大厅之后，仪门内大院落。上面五间大正房，两边厢房鹿顶耳房钻山，四通八达，轩昂壮丽，比贾母处不同。黛玉便知这方是正经正内室，一条大甬路，直接出大门的。进入堂屋中，抬头迎面先看见一个赤金九龙青地大匾，匾上写着斗大的三个大字，是"荣禧堂"，后有一行小字："某年月日，书赐荣国公贾源"，又有"万几宸翰之宝"。大紫檀雕螭案上，设着三尺来高青绿古铜鼎，悬着待漏随朝墨龙大画，一边是金蜼彝，一边是玻璃盒。地下两溜十六张楠木交椅，又有一副对联，乃乌木联牌，镶着錾银的字迹，道是：

贾政所居"轩昂壮丽"，与贾赦迥异。

座上珠玑昭日月，堂前黼黻焕烟霞。【比喻句："昭"如日月，"焕"如烟霞。】

下面一行小字，道是："同乡世教弟勋袭东安郡王穆莳拜手书"。

原来王夫人时常居坐宴息，亦不在这正室，只在这正室东边的三间耳房内。于是老嬷嬷引黛玉进东房门来。临窗大炕上铺着猩红洋罽，正面设着大红金钱蟒靠背，石青金钱蟒引枕，秋香色金钱蟒大条褥。两边设一对梅花式洋漆小几。左边几上文王鼎匙箸香盒；右边几上汝窑美人觚——觚内插着时鲜花卉，并茗碗痰盒等物。地下面西一溜四张椅上，都搭着银红撒花椅搭，底下四副脚踏。椅之两边，也有一对高几，几上茗碗瓶花俱备。其馀陈设，自不必细说。

老嬷嬷们让黛玉炕上坐，炕沿上却有两个锦褥对设，黛玉度其位次，便不上炕，只向东边椅子上坐了。本房内的丫鬟忙捧上茶来。黛玉一面吃茶，一面打谅这些丫鬟们，妆饰衣裙，举止行动，果亦与别家不同。茶未吃了，只见一个穿红绫袄青缎掐牙背心的丫鬟走来笑说道："太太说，请林姑娘到那边坐罢。"老嬷嬷听了，于是又引黛玉出来，到了东廊三间小正房内。

正面炕上横设一张炕桌，桌上磊着书籍茶具，靠东壁面西设着半旧的青缎靠背引枕。王夫人却坐在西边下首，亦是半旧的青缎靠背坐褥。见黛玉来了，便往东让。黛玉心中料定这是贾政之位。因见挨炕一溜三张椅子上，也搭着半旧的弹墨椅袱，黛玉便向椅上坐了。王夫人再四携他上炕，他方挨王夫人坐了。王夫人因说："你舅舅今日斋戒去了，再见罢。只是有一句话嘱咐你：你三个姊妹倒都极好，以后一处念书认字学针线，或是偶一顽笑，都有尽让的。但我不放心的最是一件：我有一个孽根祸胎，是家里的'混世魔王'，今日因庙里还愿去了，尚未回来，晚间你看见便知了。你只以后不要睬他，你这些姊妹都不敢沾惹他的。"

于"礼"一丝不苟，还是"步步留心，时时在意"。

又一个舅舅，也不见。两个舅舅，似乎始终都不曾与黛玉说过一句话。是世情，还是人情？

黛玉亦常听得母亲说过，二舅母生的有个表兄，乃衔玉而诞，顽劣异常，极恶读书，最喜在内帏厮混；外祖母又极溺爱，无人敢管。今见王夫人如此说，便知说的是这表兄了。因陪笑道："舅母说的，可是衔玉所生的这位哥哥？在家时亦曾听见母亲常说，这位哥哥比我大一岁，小名就唤宝玉，虽极憨顽，说在姊妹情中极好的。况我来了，自然只和姊妹同处，兄弟们自是别院另室的，岂得去沾惹之理？"王夫人笑道："你不知道原故：他与别人不同，自幼因老太太疼爱，原系同姊妹们一处娇养惯了的。若姊妹们有日不理他，他倒还安静些，纵然他没趣，不过出了二门，背地里拿着他两个小幺儿出气，咕唧一会子就完了。若这一日姊妹们和他多说一句话，他心里一乐，便生出多少事来。所以嘱咐你别睬他。他嘴里一时甜言蜜语，一时有天无日【与"甜言蜜语"对义互解，意为"胡说八道"】，一时又疯疯傻傻，只休信他。"

黛玉一一的都答应着。只见一个丫鬟来回："老太太那里传晚饭了。"王夫人忙携黛玉从后房门由后廊往西，出了角门，是一条南北宽夹道。南边是倒座三间小小的抱厦厅，北边立着一个粉油大影壁，后有一半大门，小小一所房室。王夫人笑指向黛玉道："这是你凤姐姐的屋子，回来你好往这里找他来，少什么东西，你只管和他说就是了。"【再次强调凤姐的地位与责任】这院门上也有四五个才总角的小厮，都垂手侍立。王夫人遂携黛玉穿过一个东西穿堂，便是贾母的后院了。

于是，进入后房门，已有多人在此伺候，见王夫人来了，方安设桌椅。贾珠之妻李氏捧饭，熙凤安箸，王夫人进羹。贾母正面榻上独坐，两边四张空椅，熙凤忙拉了黛玉在左边第一张椅上坐了，黛玉十分推让。贾母笑道："你舅母你嫂子们不在这里吃饭。你是客，原应如此坐的。"黛玉方告了座【谢座】，坐了。贾母命王夫人坐了。迎春姊妹三个告了座方上来。迎春便坐右手第一，探春坐左第二，惜春坐右第二。旁边丫鬟执着拂尘、漱盂、巾帕。李、凤二人立于案旁布让。外间伺候之媳妇丫鬟虽多，却连一声咳嗽不闻。

寂然饭毕，各有丫鬟用小茶盘捧上茶来。当日林如海教女以惜福养身，云饭后务待饭粒咽尽，过一时再吃茶，方不伤脾胃。今黛玉见了这里许多事情不合家中之式，不得不随的，少不得一一改过来，因而接了茶。早见人又捧过漱盂来，黛玉也照样漱了口。盥手毕，又捧上茶来，这方是吃的茶。贾母便说："你们去罢，让我们自在说话儿。"王夫人听了，忙起身，又说了两句闲话，方引凤、李二人去了。贾母因问黛玉念何书。黛玉道："只刚念了《四书》。"黛玉又问姊妹们读何书。贾母道："读的是什么书，不过是认得两个字，不是睁眼的瞎子罢了！"

一语未了，只听外面一阵脚步响【凤姐到是先闻"笑声"，宝玉到是听到"脚步响"】，丫鬟进来笑道："宝玉来了！"黛玉心中正疑惑着："这个宝玉，不知是怎生个惫懒人物，懵懂顽童【先入为主的形象】？——倒不见那蠢物也罢了。"心中想着，忽见丫鬟话未报完，已进来了一位年轻的公子：

> 头上戴着束发嵌宝紫金冠，齐眉勒着二龙抢珠金抹额；穿一件二色金百蝶穿花大红箭袖，束着五彩丝攒花结长穗宫绦，外罩石青起花八团倭缎排穗褂；登着青缎粉底小朝靴。面若中秋之月，色如春晓之花，鬓若刀裁，眉如墨画，面如桃瓣，目若秋波。虽怒时而若笑，即瞋视而有情。项上金螭璎珞，又有一根五色丝绦，系着一块美玉【露在外面才可见】。

黛玉一见，便吃一大惊，心下想道："好生奇怪，倒像在那里见过一般，何等眼熟到如此！"只见这宝玉向贾母请了安，贾母便命："去见你娘来。"宝玉即转身去了。一时回来，再看，已换了冠带：头上周围一转的短发，都结成小辫，红丝结束，共攒至顶中胎发，总编一根大辫，黑亮如漆，从顶至梢，一串四颗大珠，

是"照样"漱了口。这"照样"二字正是"步步留心，时时在意"的具体表现之一。

这"吃一大惊"，不仅推翻了既有印象，而且有"眼熟"之感。从小说故事说，是因为有"木石前缘"；从人的心理说，"一见如故"的情况也是存在的。所谓"虽怒时而若笑，即瞋视而有情""天然一段风骚""平生万种情思"，种种精神气质，都是黛玉眼中看出的。下面的《西江月》与此唱反调。

用金八宝坠角；身上穿着银红撒花半旧大袄，仍旧戴着项圈、宝玉、寄名锁、护身符等物；下面半露松花撒花绫裤腿，锦边弹墨袜，厚底大红鞋。越显得面如敷粉，唇若施脂；转盼多情，语言常笑。天然一段风骚，全在眉梢；平生万种情思，悉堆眼角。看其外貌最是极好，却难知其底细。后人有《西江月》二词，批宝玉极恰，其词曰：

> 无故寻愁觅恨，有时似傻如狂。纵然生得好皮囊，腹内原来草莽。　　潦倒不通世务，愚顽怕读文章。行为偏僻性乖张，那管世人诽谤！
>
> 富贵不知乐业，贫穷难耐凄凉。可怜辜负好韶光，于国于家无望。　　天下无能第一，古今不肖无双。寄言纨袴与膏粱：莫效此儿形状！

正如王夫人说宝玉是"混世魔王"一样，两首《西江月》是"后人"之作，并非作者之意。这里展示的是两种人生观、价值观的对立，也是贯穿全书的"真假宝玉"的矛盾所在。

贾母因笑道："外客未见，就脱了衣裳，还不去见你妹妹！"宝玉早已看见多了一个姊妹，便料定是林姑妈之女，忙来作揖。厮见【相见】毕归坐。细看形容，与众各别【从宝玉眼中写黛玉】：

宝玉所见，与前诸人自是不同。所谓"我曾见过的"，与黛玉之见而"眼熟"正相呼应。"似泣非泣"，另版本做"似喜非喜"。蔡义江注："'似喜'云云与下文'泪光点点'矛盾，亦非黛玉情态。"

> 两弯似蹙非蹙罥烟眉，一双似泣非泣含露目。态生两靥之愁，娇袭一身之病。泪光点点，娇喘微微。闲静时如姣花照水，行动处似弱柳扶风。心较比干多一窍，病如西子胜三分。

刚贾母问黛玉念何书，黛玉道："只刚念了《四书》。"此处答宝玉，却说："不曾读，只上了一年学，些须认得几个字。"连义互解，此种改变实源于贾母之言。顺应贾母的心意而不顾前后矛盾说假话，是谨慎，更是委屈。

宝玉看罢，因笑道："这个妹妹我曾见过的。"贾母笑道："可又是胡说，你又何曾见过他？"宝玉笑道："虽然未曾见过他，然我看着面善，心里就算是旧相识，今日只作远别重逢，亦未为不可。"贾母笑道："更好，更好，若如此，更相和睦了。"宝玉便走近黛玉身边坐下，又细细打量一番，因问："妹妹可曾读书？"黛玉道："不曾读，只上了一年学，些须认得几个字。"宝玉又道："妹妹尊名是那两个字？"黛玉便说了名。宝玉又问表字。黛玉道："无字。"宝玉笑道："我送妹妹一个妙字，莫若'颦颦'【皱眉，与下"眉尖若蹙"同义互解】二字极妙。"探春便问何出。宝玉道："《古今人物通考》上说：'西方有石名黛，可代画眉之墨。'况这林妹妹眉尖若蹙，用取这两个字，岂不两妙！"探春笑道："只恐又是你的杜撰。"宝玉笑道："除《四书》外，杜撰的太多，偏只我是杜撰不成？"又问黛玉："可也有玉没有？"众人不解其语，黛玉便忖度着因他有玉，故问我有也无，因答道："我没有那个。想来那玉是一件罕物，岂能人人有的。"

宝玉听了，登时发作起痴狂病来，摘下那玉，就狠命摔去，骂道："什么罕物，连人之高低不择，还说'通灵'不'通灵'呢！我也不要这劳什子了！"吓的众人一拥争去拾玉。贾母急的搂了宝玉道："孽障！你生气，要打骂人容易，何苦摔那命根子！"宝玉满面泪痕泣道："家里姐姐妹妹都没有，单我有，我说没趣；如今来了这们一个神仙似的妹妹也没有，可知这不是个好东西。"贾母忙哄他道："你这妹妹原有这个来的，因你姑妈去世时，舍不得你妹妹，无法处，遂将他的玉带了去了：一则全殉葬之礼，尽你妹妹之孝心；二则你姑妈之灵，亦可权作见了女儿之意。因此他只说没有这个，不便自己夸张之意。你如今怎比得他？还不好生慎重带上，仔细你娘知道了。"说着，便向丫鬟手中接来，亲与他带上。宝玉听如此说，想一想大有情理，也就不生别论了。

当下，奶娘来请问黛玉之房舍。贾母说："今将宝玉挪出来，同我在套间暖阁儿里，把你林姑娘暂安置碧纱橱里。等过了残冬，春天再与他们收拾房屋，另作一番安置罢。"宝玉道："好祖宗，我就在碧纱橱外的床上很妥当，何必又出来闹的老祖宗不得安静。"贾母想了一想说"也罢哩。"每人一个奶娘并一个丫头照管，馀者在外间上夜听唤。一面早【"早"字妙】有熙凤命人送了一顶藕合色花帐，并几件锦被缎褥之类。

此一问，是对黛玉的尊重，是心灵相通的表现。此"玉"是宝玉的"命根子"，是宝玉的魂灵，其肉体只是"借胎"而已。摔"玉"，是感觉生命失去了意义，是不要命了。说此"玉"只是主人的"随行记者"，恐难以说通。

谎言，只要说得"大有情理"，人就容易信。

黛玉只带了两个人来【可怜】：一个是自幼奶娘王嬷嬷，一个是十岁的小丫头，亦是自幼随身的，名唤作雪雁。贾母见雪雁甚小，一团孩气，王嬷嬷又极老，料黛玉皆不遂心省力的，便将自己身边的一个二等丫头，名唤鹦哥者【即紫鹃】与了黛玉。外亦如迎春等例，每人除自幼乳母外，另有四个教引嬷嬷，除贴身掌管钗钏盥沐两个丫鬟外，另有五六个洒扫房屋来往使役的小丫鬟。当下，王嬷嬷与鹦哥陪侍黛玉在碧纱橱内。宝玉之乳母李嬷嬷，并大丫鬟名唤袭人者，陪侍在外面大床上。

原来这袭人亦是贾母之婢，本名珍珠。贾母因溺爱宝玉，生恐宝玉之婢无竭力尽忠之人，素喜袭人心地纯良，克尽职任，遂与了宝玉。宝玉因知他本姓花，又曾见旧人诗句上有"花气袭人"之句，遂回明贾母，更名袭人。这袭人亦有些痴处：服侍贾母时，心中眼中只有一个贾母；如今服侍宝玉，心中眼中又只有一个宝玉。只因宝玉性情乖僻，每每规谏宝玉不听，心中着实忧郁。

是晚，宝玉李嬷嬷已睡了，他见里面黛玉和鹦哥犹未安息，他自卸了妆，悄悄进来，笑问："姑娘怎么还不安息？"黛玉忙让："姐姐请坐。"袭人在床沿上坐了。鹦哥笑道："林姑娘正在这里伤心，自己淌眼抹泪的说：'今儿才来，就惹出你家哥儿的狂病，倘或摔坏了那玉，岂不是因我之过！'因此便伤心，我好容易劝好了。"袭人道："姑娘快休如此，将来只怕比这个更奇怪的笑话儿还有呢！若为他这种行止，你多心伤感，只怕你伤感不了呢。快别多心！"黛玉道："姐姐们说的，我记着就是了。究竟那玉不知是怎么个来历？上面还有字迹？"袭人道："连一家子也不知来历，上头还有现成的眼儿，听得说，落草时是从他口里掏出来的。等我拿来你看便知。"黛玉忙止道："罢了，此刻夜深了，明日再看也不迟。"大家又叙了一回，方才安歇。

次日起来，省过贾母，因往王夫人处来，正值王夫人与熙凤在一处拆金陵来的书信看，又有王夫人之兄嫂处遣了两个媳妇来说话的。黛玉虽不知原委，探春等却都晓得是议论金陵城中所居的薛家姨母之子姨表兄薛蟠，倚财仗势，打死人命，现在应天府案下审理。如今母舅王子腾得了信息，故遣他家内的人来告诉这边，意欲唤取进京之意。

引出薛家、王家，而偏从命案中来，自然而又悬疑。

【回后评】

如果说"冷子兴演说荣国府"是俯瞰，是背靠背，本回则是实地进入，是面对面。荣国府之面貌因而更具体了，人物性格更鲜明了。特别是宝黛初次同场，为以后的大戏奠定了基础。

本回作法最值得注意处一是"互见互评"之法，一是人物出场的安排。

冷子兴演说荣国府，与贾雨村一唱一和，是"一物共评"。本回书，除此之外又有了"互见互评"。先说"一物共评"。对林黛玉，在上一回中已有贾雨村之"聪明清秀""读书识字"之评。一进贾府，"众人"见到的是："年貌虽小，其举止言谈不俗，身体面庞虽怯弱不胜，却有一段自然的风流态度，便知他有不足之症。"凤姐所见则是："天下真有这样标致的人物，我今儿才算见了！况且这通身的气派，竟不像老祖宗的外孙女儿，竟是个嫡亲的孙女。"到了宝玉眼里，更是不同："两弯似蹙非蹙罥烟眉，一双似泣非泣含露目。态生两靥之愁，娇袭一身之病。泪光点点，娇喘微微。闲静时如姣花照水，行动处似弱柳扶风。心较比干多一窍，病如西子胜三分。""众人"看到的表面，重在"有不足之症"，态度"客观"。凤姐强调的是黛玉与贾母的关系，既夸黛玉之不俗，又讨贾母之欢心。而宝玉，不仅见到黛玉的外在美，更透视到黛玉的精神境界，表现出一见钟情的态度。如此，不仅从不同角度刻画了林黛玉，也把评见者的情感态度表现出来了，一击两鸣。

对宝玉，先有黛玉之母对黛玉说宝玉："乃衔玉而诞，顽劣

异常，极恶读书，最喜在内帏厮混；外祖母又极溺爱，无人敢管。"其母王夫人也称其"顽劣异常，是家里的混世魔王"，"他嘴里一时甜言蜜语，一时有天无日，一时又疯疯傻傻，只休信他"。更有"后人"之《西江月》谓其"天下无能第一，古今不肖无双"，"于国于家无望"。而在黛玉眼中，宝玉完全是另一种形象："面若中秋之月，色如春晓之花，鬓若刀裁，眉如墨画，面如桃瓣，目若秋波。虽怒时而若笑，即瞋视而有情。""面如敷粉，唇若施脂；转盼多情，语言常笑。天然一段风骚，全在眉梢；平生万种情思，悉堆眼角。"这也是"一物共评"。评价如此悬殊，而作者只隐在背后，让读者自己根据故事情节的展开去判断，去品味。

这里重要的是宝玉与黛玉的"互见互评"，宝玉是"情人眼里出西施"，黛玉是"情人眼里有王子"。两人一见如故，生死相依，既回应了"太虚幻境"神瑛侍者与绛珠仙草的一段因缘，又为此后两人的爱情之戏拉开了序幕。

再说人物出场。书中人物，全由作者驱遣，但这驱遣不是随心所欲，而要有现实生活的根据，符合人物身份、性格的逻辑。这出场有两点值得注意：群出与独出——邢夫人等一起陪伴贾母，三姊妹一同放学，作群出；凤姐与宝玉，独出。这样，既全面，又能突出重点。先出与后出——贾母等待黛玉的到来，邢夫人等陪同左右，自然与贾母一同在场；贾母既出，才有指示，让三姊妹出场；凤姐是大忙人，又是见机行事之人，她闻风而至，应在三姊妹之后；宝玉最后出场，理由是他"庙里还愿去了"，而且只有他最后出场才好演绎与黛玉相见的一场大戏。如此，既合理，又便于衔接。

第四回

葫芦僧乱判葫芦案

薄命女偏逢薄命郎

请君着眼护官符，

把笔悲伤说世途。

作者泪痕同我泪，

燕山仍旧窦公无。

旧相识门子献诡计，贾雨村升堂造冤情

英莲之难，冯渊之死，都显示着社会的黑暗，而标题以"薄命"言之，是为避文字祸；明明是"雨村便徇情枉法，胡乱判断了此案"，标题却说"葫芦僧乱判葫芦案"，是故作悬疑——一个僧人怎么能来断案呢？

上回书说到，贾雨村借护送林黛玉进京之机，"唯唯听命"拿了林如海写的"荐书"，以"宗侄"的身份去拜见贾政。时贾政官为工部员外郎，见林如海信中托付"务为周全协佐"，便竭力内中协助，很快雨村就补了金陵应天府之缺。而到任第一件案子就是薛蟠打死冯渊案。

薛家为宝钗应"才人赞善"之选从南京起身赴京。中途，薛蟠与冯渊争夺婢女英莲，命豪奴将冯渊打死，竟"没事人一般"走他的路了——人命官司，在他看来不过儿戏，花上几个臭钱，无有不了的。

此案情由一清二楚，但"告了一年的状，竟无人作主"。案子"详到案下"，雨村怒而"发签"缉拿凶犯。此时一个当年在葫芦庙做过小沙弥的门子使眼色加以制止，从而提出"护官符"，介绍一损皆损、一荣皆荣之贾、史、王、薛"四大家族"。那薛家身为皇商，现领着内帑钱粮，采办杂料。而薛蟠寡母王氏乃现任京营节度使王子腾之妹，与荣国府贾政的夫人王氏是一母所生的姊妹。此次雨村得以复职，全靠贾、王之力，而薛蟠正是贾府之亲。尽管知道那丫头是曾经慷慨资助过自己的甄老爷的女儿，小名英莲的，但雨村此时并无搭救之意，只是叹此案"是他们的孽障遭遇，亦非偶然"。

门子遂劝雨村"顺水行舟，作个整人情，将此案了结"。此议正合了雨村之心，于是就"葫芦僧乱判葫芦案"了。说准确点，是贾雨村按葫芦僧之计"徇情枉法，胡乱判断了此案"：谎报主凶"暴病身亡"，并多予冯家烧埋之费，令其无话可说。一案了结，雨村即向贾、王两家修书表功，并找借口"充发"了那个门子。

薛家将入都时，那王子腾升了九省统制，奉旨出都查边。薛母以有个姨爹可以管束薛蟠为由，就住进了贾府。而薛家进住贾府，薛蟠与贾府子侄混在一起，比当日更坏了十倍。宝钗之作为，则且待后文。

却说黛玉同姊妹们至王夫人处，见王夫人与兄嫂处的来使计议家务，又说姨母家遭人命官司等语。因见王夫人事情冗杂，姊妹们遂出来，至寡嫂李氏房中来了。

原来这李氏即贾珠之妻。珠虽夭亡，幸存一子，取名贾兰，今方五岁，已入学攻书。这李氏亦系金陵名宦之女，父名李守中，曾为国子监祭酒。族中男女无有不诵诗读书者。至李守中承继以来，便说"女子无才便有德"【此"德"非人生普适之德，特指那时社会对妇女所规定的行为规范】，故生了李氏时，便不十分令其读书，只不过将些《女四书》、《列女传》、《贤媛集》等三四种书，使他认得几个字，记得前朝这几个贤女便罢了，却只以纺绩井臼【汲水春米，代指操持家务】为要，因取名为李纨，字宫裁。因此这李纨虽青春丧偶，居家处膏粱锦绣之中，竟如槁木死灰一般，一概无见无闻，惟知侍亲养子，外则陪侍小姑等针黹诵读而已。今黛玉虽客寄于斯，日有这般姐妹相伴，除老父外，馀者也都无庸虑及了。

如今且说雨村，因补授了应天府，一下马就有一件人命官司详【旧时下级官员向上级请示报告】至案下，乃是两家争买一婢，各不相让，以至殴伤人命。彼时雨村即拘原告之人来审。那原告道："被殴死者乃小人之主人【原告者仆人，非亲】。因那日买了一个丫头，不想是拐子拐来卖的。这拐子先已得了我家的银子，我家小爷原说第三日方是好日子，再接入门。这拐子便又悄悄的卖与薛家，被我们知道了，去找拿卖主，夺取丫头。无奈薛家原系金陵一霸，倚财仗势，众豪奴将我小主人竟打死了。凶身主仆已皆逃走，无影无踪，只剩了几个局外之人。小人告了一年的状，竟无人作主。望大老爷拘拿凶犯，剪恶除凶，以救孤寡，死者感戴天恩不尽！"

雨村听了大怒道："岂有这样放屁的事！打死人命就白白的走了，再拿不来的！"因发签【公差外出办事凭证】差公人立刻将凶犯族中人拿来拷问，令他们实供藏在何处；一面再动海捕文书。正要发签时，只见案边立的一个门子【旧时在官府或有钱人家看门通报的人】使眼色儿，——不令他发签之意。雨村心下甚为疑怪，只得停了手，即时退堂，至密室，侍从皆退去，只留门子服侍。

这门子忙上来请安，笑问："老爷一向加官进禄，八九年来就忘了我了？【你是何人？怎么忘记不得？门子从"叙旧"入手，语态不免放肆】"雨村道："却十分面善得紧【未必】，只是一时想不起来。"那门子笑道："老爷真是贵人多忘事，把出身之地竟忘了。不记当年葫芦庙里之事？"雨村听了，如雷震一惊，方想起往事【往事不堪回首，被人说破，且带讥讽，不爽之至，为门子最终被"充发"伏笔】。原来这门子本是葫芦庙内一个小沙弥，因被火之后，无处安身，欲投别庙去修行，又耐不得清凉景况，因想这件生意倒还轻省热闹，遂趁年纪小蓄了发，充了门子。雨村那里料得是他，便忙携手笑道："原来是故人【只好认下】。"又让坐了好谈。这门子不敢坐。雨村笑道："贫贱之交【含羞带耻】不可忘。你我故人也；二则此系私室，既欲长谈，岂有不坐之理？"这门子听说，方告了座，斜签着坐了。

雨村因问方才何故有不令发签之意【进入主题，门子得势】。这门子道："老爷既荣任到这一省，难道就没抄一张本省的'护官符'来不成？"雨村忙问："何为'护官符'？我竟不知。"门

回转说薛案，却以雨村到任相接，因为无巧不成书，此案恰恰"详至"雨村案下。如此，既写薛，又写贾，并由此引出"四大家族"的关系网，为后文伏笔。

原告所述不但案情清晰，而且爆出两个重要信息：（1）被告是"金陵一霸"，打死人后可以逃得"无影无踪"；（2）"告了一年的状，竟无人作主"。这二者是有因果联系的，所谓"无人作主"，当然是无"官"主持公道。难题摆在雨村面前。

"听了大怒"，即刻下令捕人：新官到任，职责所在，良心未泯，并非装腔作势。而门子一个"眼色儿"，使情事急转。事有蹊跷，于是至"密室"，只留门子。

门子认出当年的那位"穷儒"，雨村却没有注意到这位"故人"。既称"故人"，且为"贫贱之交"，此门子当年应对雨村有所照顾。二人对话，大有"智斗"之风。

既被认出，又事有蹊跷，只得客气如此。

子道："这还了得！连这个不知，怎能作得长远！如今凡作地方官者，皆有一个私单，上面写的是本省最有权有势、极富极贵的大乡绅名姓，各省皆然；倘若不知，一时触犯了这样的人家，不但官爵不保，只怕连性命还保不成呢！所以绰号叫作'护官符'。方才所说的这薛家，老爷如何惹得他！他这件官司并无难断之处，皆因都碍着情分面上，所以如此。"一面说，一面从顺袋中取出一张抄写的"护官符"来，递与雨村，看时，上面皆是本地大族名宦之家的谚俗口碑。其口碑排写得明白，下面所注的皆是自始祖官爵并房次，石头亦曾抄写了一张，今据石上所抄云：

贾不假，白玉为堂金作马。（宁国荣国二公之后，共二十房分，除宁荣亲派八房在都外，现原籍住者十二房。）

阿房宫，三百里，住不下金陵一个史。（保龄侯尚书令史公之后，房分共十八，都中现住者十房，原籍现居八房。）

东海缺少白玉床，龙王来请金陵王。（都太尉统制县伯王公之后，共十二房，都中二房，馀在籍。）

丰年好大雪，珍珠如土金如铁。（紫薇舍人薛公之后，现领内府帑银【国库中的钱财。帑，tǎng】行商，共八房分。）

雨村犹未看完，忽听传点，人报："王老爷来拜。"雨村忙具衣冠出去迎接。有顿饭工夫，方回来细问。这门子道："这四家皆连络有亲，一损皆损，一荣俱荣，扶持遮饰，俱有照应的。今告打死人之薛，就系丰年大雪之'雪'。也不单靠这三家，他的世交亲友在都在外者，本亦不少。老爷如今拿谁去？"雨村听如此说，便笑问门子道："如你这样说来，却怎么了结此案？你大约也深知这凶犯躲的方向了？"

门子笑道："不瞒老爷说，不但凶犯躲的方向我知道，一并这拐卖之人我也知道，死鬼买主也深知道。待我细说与老爷听：

门子的见识不错：官场潜规则如此，且各省皆无例外，要保官保命，不得不知；而案犯薛氏就是惹不起的一家。雨村是丢过一回官的，门子的话自然容易触动其心。

有人"来拜"，是故作穿插，让雨村得空有所思考。回来时雨村应心中有谱（不然岂不太蠢了），但还要"细问"，还要让门子说出"了结此案"的方法。徇情枉法，在雨村是人生一大转变，不可不慎。

门子自谓什么都"知道"，小人得"志"，未免炫耀。

　　就一般情况而言，按照官场潜规则了结此案也就罢了。偏这门子还要翻底，说出被卖的丫头就是雨村"大恩人"甄士隐之女，这就又为雨村断案增加了一层难度：一般枉法已是歧途，枉法而施于恩人，岂不是天良丧尽！

　　顺便追述一段英莲遭遇，续写其"有命无运"。

　　这个被打之死鬼，乃是本地一个小乡绅之子，名唤冯渊，自幼父母早亡，又无兄弟，只他一个人守着些薄产过日子。长到十八九岁上，酷爱男风，最厌女子。这也是前生冤孽，可巧遇见这拐子卖丫头，他便一眼看上了这丫头，立意买来作妾，立誓再不交结男子，也不再娶第二个了，所以郑重其事，必待三日后方过门。谁晓这拐子又偷卖与薛家，他意欲卷了两家的银子，再逃往他省。谁知又不曾走脱，两家拿住，打了个臭死，都不肯收银，只要领人。那薛家公子岂是让人的，便喝着手下人一打，将冯公子打了个稀烂，抬回家去三日死了。这薛公子原是早已择定日子上京去的，头起身两日前，就偶然遇见这丫头，意欲买了就进京的，谁知闹出这事来。既打了冯公子，夺了丫头，他便没事人一般，只管带了家眷走他的路。他这里自有弟兄奴仆在此料理，也并非为此些些小事【打死人只是"些些小事"，其权势霸道可知】值得他一逃走的。这且别说，老爷你当被卖之丫头是谁？"雨村道："我如何得知。"门子冷笑道："这人算来还是老爷的大恩人呢！他就是葫芦庙旁住的甄老爷的小姐，名唤英莲的。"雨村罕然道："原来就是他！闻得养至五岁被人拐去，却如今才来卖呢？"

　　门子道："这一种拐子单管偷拐五六岁的儿女，养在一个僻静之处，到十一二岁时，度其容貌，带至他乡转卖。当日这英莲，我们天天哄他顽耍；虽隔了七八年，如今十二三岁的光景，其模样虽然出脱得齐整好些，然大概相貌，自是不改，熟人易认。况且他眉心中原有米粒大小的一点胭脂痣，从胎里带来的，所以我却认得。偏生这拐子又租了我的房舍居住，那日拐子不在家，我也曾问他。他是被拐子打怕了的，万不敢说，只说拐子系他亲爹，因无钱偿债，故卖他。我又哄之再四，他又哭了，只说'我不记得小时之事！'这可无疑了。那日冯公子相看了，兑了银子，拐子醉了，他自叹道：'我今日罪孽可满了！'后又听见冯公子令三日之后过门，他又转有忧愁之态。我又不忍其形景，等拐子出去，又命内人去解释他：'这冯公子必待好日期来接，

可知必不以丫鬟相看。况他是个绝风流人品，家里颇过得，素习又最厌恶堂客，今竟破价买你，后事不言可知。只耐得三两日，何必忧闷！'他听如此说，方才略解忧闷，自为从此得所。谁料天下竟有这等不如意事，第二日，他偏又卖与薛家。若卖与第二个人还好，这薛公子的混名人称'呆霸王'，最是天下第一个弄性尚气的人，而且使钱如土，遂打了个落花流水，生拖死拽，把个英莲拖去，如今也不知死活。这冯公子空喜一场，一念未遂，反花了钱，送了命，岂不可叹！"

记住"呆霸王"三字。

　　雨村听了，亦叹道："这也是他们的孽障遭遇，亦非偶然。不然这冯渊如何偏只看准了这英莲？这英莲受了拐子这几年折磨，才得了个头路，且又是个多情的，若能聚合了，倒是件美事，偏又生出这段事来。这薛家纵比冯家富贵，想其为人，自然姬妾众多，淫佚无度，未必及冯渊定情于一人者。这正是梦幻情缘，恰遇一对薄命儿女。且不要议论他，只目今这官司，如何剖断才好？"门子笑道："老爷当年何其明决，今日何反成了个没主意的人了！【当年"明决"，今天只装作没主意的人。门子虽奸诈，对"大人物"的城府还是看不透】小的闻得老爷补升此任，亦系贾府王府之力；此薛蟠即贾府之亲，老爷何不顺水行舟，作个整人情，将此案了结，日后也好去见贾府王府。"雨村道："你说的何尝不是。但事关人命，蒙皇上隆恩，起复委用【脂批：奸雄】，实是重生再造，正当殚心竭力图报之时【脂批：奸雄】，岂可因私而废法【脂批：奸雄】？是我实不能忍为者。"门子听了，冷笑道："老爷说的何尝不是大道理，但只是如今世上是行不去的。岂不闻古人有云：'大丈夫相时而动'，又曰：'趋吉避凶者为君子'。依老爷这一说，不但不能报效朝廷，亦且自身不保，还要三思为妥。"

当年离开甄府时曾说"读书人不在黄道黑道，总以事理为要"，此时竟也谈什么"孽障遭遇，亦非偶然"，不过为自己的动摇做心理按摩。至于必须由门子说出"顺水行舟，作个整人情"的方案，同一心理。

心里仍在挣扎，需人再推一把。门子的一番"奸雄"处世之论，使雨村彻底沦陷。

　　雨村低了半日头，方说道："依你怎么样？"门子道："小人已想了一个极好的主意在此：老爷明日坐堂，只管虚张声势，动文书发签拿人。原凶自然是拿不来的。原告固是定要将薛家族中及奴仆人等拿几个来拷问。小的在暗中调停，令他们报个暴病身亡，令族中及地方上共递一张保呈，老爷只说善能扶鸾请仙，堂上设了乩坛，令军民人等只管来看。老爷就说：'乩仙批了，死者冯渊与薛蟠原因夙孽相逢，今狭路既遇，原应了结。薛蟠今已得了无名之病，被冯魂追索已死。其祸皆因拐子某人而起，拐之人原系某乡某姓人氏，按法处治，馀不略及'等语。小人暗中嘱托拐子，令其实招。众人见乩仙批语与拐子相符，馀者自然也都不虚了。薛家有的是钱，老爷断一千也可，五百也可，与冯家作烧埋之费。那冯家也无甚要紧的人，不过为的是钱，见有了这个银子，想来也就无话了。老爷细想此计如何？"雨村笑道："不妥，不妥。等我再斟酌斟酌，或可压服口声。"二人计议，天色已晚，别无话说。

至次日坐堂，勾取一应有名人犯【能"勾取"到的无非薛家奴仆加上那个拐子】，雨村详加审问。果见冯家人口稀疏，不过赖此欲多得些烧埋之费；薛家仗势倚情，偏不相让，故致颠倒未决。雨村便徇情枉法，胡乱判断了此案。冯家得了许多烧埋银子，也就无甚话说了。

雨村断了此案，急忙作书信二封，与贾政并京营节度使王子腾，不过说"令甥之事已完，不必过虑"等语。此事皆由葫芦庙内之沙弥新门子所出，雨村又恐他对人说出当日贫贱时的事来，因此心中大不乐意，后来到底寻个不是，远远的充发了他才罢。

当下言不着雨村。且说那买了英莲打死冯渊的薛公子，亦系金陵人氏，本是书香继世之家。只是如今这薛公子幼年丧父，寡母又怜他是个独根孤种，未免溺爱纵容，遂至老大无成；且家中有百万之富，现领着内帑【收藏钱财的府库】钱粮，采办杂料【皇商】。

这薛公子学名薛蟠，字表文起，今年方十有五岁，性情奢侈，言语傲慢。虽也上过学，不过略识几字，终日惟有斗鸡走马，游山玩水而已。虽是皇商，一应经济世事，全然不知，不过

大方向既定，雨村这一问是问具体操作细节。而"下人"在这些事上倒是行家，主子、官长在这样的事上往往依靠"下人"。门子之计，十分周到，倘他居知府之位，何等简便。

实际是"很妥很妥"，但为了面子，在下人面前得说"再斟酌斟酌"。

如何徇情枉法，如何胡乱断案，不必细说，只需看门子之计。此案一断，雨村钉在耻辱柱上矣！修书表功，是奸佞应有之举。

雨村既已抛弃良知，"充发"门子是必然之事。狡兔死而走狗烹，何况这是一只会咬主人的狗。

葫芦案既已了结，调头再说薛氏。

赖祖父之旧情分，户部挂虚名，支领钱粮，其馀事体，自有伙计老家人等措办。寡母王氏乃现任京营节度使王子腾之妹，与荣国府贾政的夫人王氏，是一母所生的姊妹【薛、王、贾三家关系】，今年方四十上下年纪，只有薛蟠一子。还有一女，比薛蟠小两岁，乳名宝钗，生得肌骨莹润，举止娴雅。当日有他父亲在日，酷爱此女，令其读书识字，较之乃兄竟高过十倍。自父亲死后，见哥哥不能依贴母怀，他便不以书字为事，只留心针黹家计等事，好为母亲分忧解劳。

近因今上崇诗尚礼，征采才能，降不世出之隆恩，除聘选妃嫔外，凡仕宦名家之女，皆亲送名达部，以备选为公主郡主入学陪侍，充为才人赞善之职。二则自薛蟠父亲死后，各省中所有的买卖承局、总管、伙计人等，见薛蟠年轻不谙世事，便趁时拐骗起来，京都中几处生意，渐亦消耗。薛蟠素闻得都中乃第一繁华之地，正思一游，便趁此机会，一为送妹待选，二为望亲，三因亲自入部销算旧帐，再计新支，——其实则为游览上国风光之意。因此早已打点下行装细软，以及馈送亲友各色土物人情等类，正择日已定起身，不想偏遇见了拐子重卖英莲。薛蟠见英莲生得不俗，立意买他，又遇冯家来夺人，因恃强喝令手下豪奴将冯渊打死。他便将家中事务一一的嘱托了族中人并几个老家人，他便带了母妹竟自起身长行去了。人命官司一事，他竟视为儿戏，自为花上几个臭钱，没有不了的。

在路不记其日。那日已将入都时，却又闻得母舅王子腾升了九省统制，奉旨出都查边。薛蟠心中暗喜道："我正愁进京去有个嫡亲的母舅管辖着，不能任意挥霍挥霍【此"挥霍"不是仅指任意花钱】；偏如今又升出去了，可知天从人愿。"因和母亲商议道："咱们京中虽有几处房舍，只是这十来年没人进京居住，那看守的人未免偷着租赁与人，须得先着几个人去打扫收拾才好。"他母亲道："何必如此招摇！咱们这一进京，原该先拜望亲友，或是在你舅舅家，或是你姨爹家。他两家的房舍极是便宜【方便

皇商之家，关系网上之一结。子弟不肖，女子贤淑，后面故事都以此展开。薛氏进京自有理由，而不进京则不能住进贾府，不住进贾府则难以展开宝、黛、钗之间难解难分的情感故事，是曹公一大布局。

"备选为公主郡主入学陪侍，充为才人赞善之职"：此为宝钗最初之理想，其博学多识也是为此做的准备。

把人命官司"视为儿戏"，相信凭"几个臭钱"，"没有不了的"，而且在现实中屡试不爽。悲哉！

省事。便，biàn】的，咱们先能着【将就着，凑活着】住下，再慢慢的着人去收拾，岂不消停些。"薛蟠道："如今舅舅正升了外省去，家里自然忙乱起身，咱们这工夫一窝一拖的奔了去，岂不没眼色。"他母亲道："你舅舅家虽升了去，还有你姨爹家。况这几年来，你舅舅姨娘两处，每每带信捎书，接咱们来。如今既来了，你舅舅虽忙着起身，你贾家姨娘未必不苦留我们。咱们且忙忙收拾房屋，岂不使人见怪？你的意思我却知道，守着舅舅姨爹住着，未免拘紧了你，不如你各自住着，好任意施为【与上"挥霍"互解】。你既如此，你自去挑所宅子去住。我和你姨娘，——姊妹们别了这几年，却要厮守几日。我带了你妹子投你姨娘家去，你道好不好？"薛蟠见母亲如此说，情知扭不过的，只得吩咐人夫一路奔荣国府来。

那时王夫人已知薛蟠官司一事，亏贾雨村维持了结，才放了心。又见哥哥升了边缺，正愁又少了娘家的亲戚来往，略加寂寞。过了几日，忽家人传报："姨太太带了哥儿姐儿，合家进京，正在门外下车。"喜的王夫人忙带了女媳人等，接出大厅，将薛姨妈等接了进去。姊妹们暮年相会，自不必说悲喜交集，泣笑叙阔一番。忙又引了拜见贾母，将人情土物各种酬献了。合家俱厮见过，忙又治席接风。

薛蟠已拜见过贾政，贾琏又引着拜见了贾赦、贾珍等。贾政便使人上来对王夫人说："姨太太已有了春秋，外甥年轻不知世路，在外住着恐有人生事。咱们东北角上梨香院一所十来间房，白空闲着，打扫了，请姨太太和姐儿哥儿住了甚好。"王夫人未及留，贾母也就遣人来说"请姨太太就在这里住下，大家亲密些"等语。薛姨妈正要同居一处，方可拘紧些儿子；若另住在外，又恐他纵性惹祸，遂忙道谢应允。又私与王夫人说明："一应日费供给一概免却，方是处常之法。"王夫人知他家不难于此，遂亦从其愿。从此后薛家母子就在梨香院住了。

原来这梨香院即当日荣公暮年养静之所，小小巧巧，约有

一切如仪。入府，有"人情土物"酬献，且"一应日费供给一概免却"，与黛玉孤身投靠自是不同。要"常住"，薛姨妈不能自己"申请"，王夫人说了也不算，必得贾政、贾母发话才能定案，世故如此。

十馀间房屋，前厅后舍俱全。另有一门通街，薛蟠家人就走此门出入。西南有一角门，通一夹道，出夹道便是王夫人正房的东边了。每日或饭后，或晚间，薛姨妈便过来，或与贾母闲谈，或与王夫人相叙。宝钗日与黛玉迎春姊妹等一处，或看书下棋，或作针黹，倒也十分乐业。

只是薛蟠起初之心，原不欲在贾宅居住者，但恐姨父管约拘禁，料必不自在的；无奈母亲执意在此，且宅中又十分殷勤苦留，只得暂且住下，一面使人打扫出自己的房屋，再移居过去的。谁知自从在此住了不上一月的光景，贾宅族中凡有的子侄，俱已认熟了一半，凡是那些纨袴气习者，莫不喜与他来往，今日会酒，明日观花，甚至聚赌嫖娼，渐渐无所不至，引诱的薛蟠比当日更坏了十倍。虽然贾政训子有方，治家有法，一则族大人多，照管不到这些；二则现任族长乃是贾珍，彼乃宁府长孙，又现袭职，凡族中事，自有他掌管；三则公私冗杂，且素性潇洒，不以俗务为要，每公暇之时，不过看书着棋而已，馀事多不介意。况且这梨香院相隔两层房舍，又有街门另开，任意可以出入，所以这些子弟们竟可以放意畅怀的闹，因此遂将移居之念渐渐打灭了。

> 宝钗入府，仅此一句，与黛玉入府不同。

> 让薛蟠对贾府子弟做一总评，恰如其分；说薛蟠被"引诱"而更坏，亦属公允；唯开脱贾政之责，略显牵强。

【 回后评 】

此回书有两点值得注意。

一是如护花主人所评："宝玉、黛玉、宝钗是一部之主，宝黛已经会合，第四回必将叙及宝钗。"此回书概述薛家种种，并由薛案引出"四大家族"以及"护官符"之说。实际上任何朝代"最有权有势、极富极贵的大乡绅"而荣损牵连的都不止四家，那是一个"网"，中有千千结。至于平民百姓英莲被拐卖，冯渊被打死，在"网"上之人看来，根本不算回事。

二是对贾雨村的认识。那门子与贾雨村的对话可以看作人生观的一场较量。最后两个人都失败了：雨村失去了人格，门子最后也被"充发"。雨村到底何许人也？或谓之"奸雄"，或看其"变化"。雨村并非一出场就呈"奸雄"面貌。大某山人在第一回评语中即已指出："此时雨村在穷困中，犹不失读书人本色。不知后来一入仕途，且居显要，便换一副面目肺肠，诚何故也？然今日已成为通病矣。"此言不差，不过雨村之变主要是在夺官之后。从待甄士隐之豪放到待林如海之谄媚，已见其为人之变化；由初为知府之"侮上"到此次起复之徇情枉法，更见其为官之变化。

蔡评谓雪芹刻画人物是"一步步地深入人物的灵魂，让人逐渐看出他究竟是何等人物，是如何变成的"。是啊，与其责骂贾雨村，不如认识一下人灵魂之复杂与环境对人之影响，从而探讨如何发挥人性之善，如何改变那个使好人变坏、使强项变奸徒的社会环境。

此回书中多言"命"字。回目即曰"薄命女偏逢薄命郎"，贾雨村也叹冯渊之案"是他们的孽障遭遇，亦非偶然"。所谓"命"，就是不是"人为"造成，也不以人的意志为转移的"必然"。这当然是荒谬的。权势者热衷于宣扬"命"论，利用"命"论可以麻痹平民百姓，使他们遭灾而无怨，含冤而自忍。而平民百姓接受"命"论，则作为精神的自慰，聊以减轻心灵的痛苦。

在此回故事中，为了让人相信冯渊之死乃命中必然，贾雨村就依门子之计搞了一回"扶鸾请仙"的把戏：一面堂上设了乩坛，令军民人等只管来看；一面暗中嘱托拐子，令其实招。众人见乩仙批语与拐子所说相符，馀者自然也不虚而可信了。

第五回

游幻境指迷十二钗

饮仙醪曲演红楼梦

春困葳蕤拥绣衾，

恍随仙子别红尘。

问谁幻入华胥境，

千古风流造业人。

贾宝玉梦游太虚境，十二钗簿册露玄机

本回书先承宝钗进入贾府与宝玉、黛玉会合，综述三人不同心性，为后面三人情感纠葛作铺垫。然后即扣住回目所言，写宝玉梦入幻境的一番经历。十二钗，依次指：宝钗、黛玉、元春、探春、湘云、妙玉、迎春、惜春、凤姐、巧姐、李纨、秦可卿。仙醪（láo），宝玉在警幻仙子处所饮的美酒。"指迷"就是明白揭示十二钗的命运、结局。

宝玉梦游幻境有三个要点：阅览金陵十二钗命运簿册，聆听红楼十二支仙曲，领略幻境香闺风光。从文理脉络看，这回书就是写"警幻"教育宝玉，让他"改悟前情，留意于孔孟之间，委身于经济之道"。原来这仙姑是受宁荣二公之灵的嘱托，说是贾府子孙虽多，竟无可以继业者。惟嫡孙宝玉一人略可望成，又恐无人规引入正，所以有此托付。而这恰恰是违背宝玉本性的。

让宝玉看批评"古今之情""风月之债"的联语，宝玉不但不生厌恶之心，反要"领略领略"，于是"把些邪魔招入膏肓了"。再以彼家上中下三等女子之终身册籍，令彼熟顽，宝玉还是"尚未觉悟"。再引之听歌，宝玉还是"未悟"。最后则授以"云雨之事"，意思是让他"领略此仙闺幻境之风光尚如此，何况尘境之情景哉"，从而"万万解释，改悟前情"。这不过是"以淫止淫"，颇类"以毒攻毒"。其结果事与愿违，宝玉在"孽海情天"中是愈陷愈深，最终堕入了"迷津"，大惊梦醒。后面的"初试云雨情"就明证着"警幻"洗脑的失败。宝玉最后是会改变的，促其改变的是"实践"，是现实人生的种种劫难；也不是变成世俗所期望的那种"合格接班人"，而是了断尘缘，一走了之。

至此，作者为我们初步展示了两个世界——以贾府为代表的现实世界，以"太虚幻境"为名的抽象世界，往后还要创造一个"大观园"，是一个立足现实而终于毁灭的"理想世界"。宝玉梦中经历，是其尘世生活的射影。那些"太虚"景象，不仅是"虚"是"幻"，而且总突出"愁"字"怨"字"悲"字——其茶为"千红一哭"，其酒为"万艳同悲"，其判词、歌曲更满是丧亡之气及悲凉之音，为小说奠定了悲剧基调。

第四回中既将薛家母子在荣府内寄居等事略已表明，此回则暂不能写矣。

如今且说林黛玉自在荣府以来，贾母万般怜爱，寝食起居，一如宝玉，迎春、探春、惜春三个亲孙女倒且靠后；便是宝玉和黛玉二人之亲密友爱处，亦自较别个不同，日则同行同坐，夜则同息同止，真是言和意顺，略无参商。不想如今忽然来了一个薛宝钗，年岁虽大不多，然品格端方，容貌丰美，人多谓黛玉所不及。而且宝钗行为豁达，随分从时，不比黛玉孤高自许，目无下尘，故比黛玉大得下人之心。便是那些小丫头子们，亦多喜与宝钗去顽。因此黛玉心中便有些悒郁不忿之意，宝钗却浑然不觉。那宝玉亦在孩提之间，况自天性所禀来的一片愚拙偏僻，视姊妹弟兄皆出一意，并无亲疏远近之别。其中因与黛玉同随贾母一处坐卧，故略比别个姊妹熟惯些。既熟惯，则更觉亲密；既亲密，则不免一时有求全之毁、不虞【意料不到的】之隙。这日不知为何，他二人言语有些不合起来，黛玉又气的独在房中垂泪，宝玉又自悔言语冒撞，前去俯就，那黛玉方渐渐的回转来。

因东边宁府中花园内梅花盛开，贾珍之妻尤氏乃治酒，请贾母、邢夫人、王夫人等赏花。是日先携了贾蓉之妻，二人来面请。贾母等于早饭后过来，就在会芳园游顽，先茶后酒，不过皆是宁荣二府女眷家宴小集，并无别样新文趣事可记。

贾母此时对宝玉、黛玉一般怜爱，待到关乎利害时情感的天平就倾斜了——看如何处理宝黛婚事可知。

宝黛"同行同坐""同息同止"，比"青梅竹马"更进一层，其"夫妻缘"似乎无疑。而今来了个薛宝钗，而且"人多谓黛玉所不及"，形同"第三者"，所以说"不想"——没有想到，不愿接受也无可奈何。至于钗黛高下之评，应注意"人多谓"三字，是"人"之见，非作者之见。价值观不同，会有仁智之歧。

一时宝玉倦怠，欲睡中觉，贾母命人好生哄着，歇一回再来。贾蓉之妻秦氏便忙笑回道："我们这里有给宝叔收拾下的屋子，老祖宗放心，只管交与我就是了。"又向宝玉的奶娘丫鬟等道："嬷嬷、姐姐们，请宝叔随我这里来。"贾母素知秦氏是个极妥当的人，生的袅娜纤巧，行事又温柔和平，乃重孙媳中第一个得意之人，见他去安置宝玉，自是安稳的。

当下秦氏引了一簇人来至上房内间。宝玉抬头看见一幅画贴在上面，画的人物固好，其故事乃是《燃藜图》【劝人勤学苦读的画】，也不看系何人所画，心中便有些不快。又有一副对联，写的是：

世事洞明皆学问，人情练达即文章【"文章"即文采、光彩】。

及看了这两句，纵然室宇精美，铺陈华丽，亦断断不肯在这里了，忙说："快出去，快出去！"秦氏听了笑道："这里还不好，可往那里去呢？不然往我屋里去吧。"宝玉点头微笑。有一个嬷嬷说道："那里有个叔叔往侄儿房里睡觉的理？"秦氏笑道："嗳哟哟，不怕他恼，他能多大呢，就忌讳这些个！上月你没看见我那个兄弟来了，虽然与宝叔同年，两个人若站在一处，只怕那个还高些呢。"宝玉道："我怎么没见过，你带他来我瞧瞧。"众人笑道："隔着二三十里，往那里带去，见的日子有呢。"说着大家来至秦氏房中。刚至房门，便有一股细细的甜香袭人而来。宝玉觉得眼饧骨软，连说"好香！"入房向壁上看时，有唐伯虎画的《海棠【喻指杨贵妃】春睡图》，两边有宋学士秦太虚写的一副对联，其联云：

嫩寒锁梦因春冷，芳气笼人是酒香。

案上设着武则天当日镜室中设的宝镜，一边摆着飞燕立着舞过的金盘，盘内盛着安禄山掷过伤了太真乳的木瓜。上面设着寿阳公主于含章殿下卧的榻，悬的是同昌公主制的联珠帐。宝玉含笑连说："这里好！"秦氏笑道："我这屋子大约神仙也可以住得了。"说着亲自展开了西子浣过的纱衾，移了红娘抱过的鸳枕。于是众奶母服侍宝玉卧好，款款散了，只留袭人、媚人、晴雯、麝月四个丫鬟为伴。秦氏便分咐小丫鬟们，好生在廊檐下看着猫儿狗儿打架。

那宝玉刚合上眼，便惚惚的睡去，犹似秦氏在前，遂悠悠荡荡，随了秦氏，至一所在。但见朱栏白石，绿树清溪，真是人迹希逢，飞尘不到。宝玉在梦中欢喜，想道："这个去处有趣，我就在这里过一生，纵然失了家也愿意，强如天天被父母师傅打呢。"正胡思之间，忽听山后有人作歌曰：

春梦随云散，飞花逐水流；
寄言众儿女，何必觅闲愁。

宝玉听了是女子的声音。歌音未息，早见那边走出一个人来，蹁跹袅娜，端的与人不同。有赋为证：

方离柳坞，乍出花房。但行处，鸟惊庭树；将到时，影度回廊。仙袂乍飘兮，闻麝兰之馥郁；荷衣欲动兮，听环佩之铿锵。靥笑春桃兮，云堆翠髻；唇绽樱颗兮，榴齿含香。纤腰之楚楚兮，回风舞雪；珠翠之辉辉兮，满额鹅黄。出没花间兮，宜嗔宜喜；徘徊池上兮，若飞若扬。蛾眉颦笑兮，将言而未语；莲步乍移兮，待止而欲行。美彼之良质兮，冰清玉润；慕彼之华服兮，闪灼文章。爱彼之貌容兮，香培玉琢；美彼之态度兮，凤翥龙翔。其素若何，春梅绽雪。其洁若何，秋兰被霜。其静若何，松生空谷。其艳若何，霞映

此中人物、陈设，都带风流香艳意味。正是这个环境，唤醒了宝玉的性意识，而秦可卿也就成了他梦境中的人物。

警世之歌：一切"儿女闲愁"都如"春梦随云散，飞花逐水流"，何必呢？醒悟吧！

劝人醒悟者竟然是一美人！对此赋，有兴趣不妨细读，嫌其繁难则可以只看最后一句："果何人哉？如斯之美也！"

澄塘。其文若何，龙游曲沼。其神若何，月射寒江。应惭西子，实愧王嫱。奇矣哉，生于孰地，来自何方；信矣乎，瑶池不二，紫府无双。果何人哉？如斯之美也！

宝玉见是一个仙姑，喜的忙来作揖问道："神仙姐姐不知从那里来，如今要往那里去？也不知这是何处，望乞携带携带。"那仙姑笑道："吾居离恨【雁恨】天之上，灌愁海之中，乃放春山遣香洞太虚幻境警幻仙姑是也：司人间之风情月债，掌尘世之女怨男痴。因近来风流冤孽，缠绵于此处，是以前来访察机会，布散相思。今忽与尔相逢，亦非偶然。此离吾境不远，别无他物，仅有自采仙茗一盏，亲酿美酒一瓮，素练魔舞歌姬数人，新填《红楼梦》仙曲十二支，试随吾一游否？"宝玉听说，便忘了秦氏在何处，竟随了仙姑，至一所在，有石牌横建，上书"太虚幻境"四个大字，两边一副对联，乃是：

此联重现，用意有所不同。第一回甄士隐梦中见之，作者借以说艺术构思，此处指儿女之情。

假作真时真亦假，无为有处有还无。

转过牌坊，便是一座宫门，上面横书四个大字，道是："孽海情天"。又有一副对联，大书云：

"情"就是"孽"，痴男怨女陷于"情"中而不能自拔，如负难尝之债，虽有高天厚地，也不得逍遥游。

厚地高天，堪叹古今情不尽；
痴男怨女，可怜风月债难偿。

宝玉看了，心下自思道："原来如此。但不知何为'古今之情'，何为'风月之债'？从今倒要领略领略。"宝玉只顾如此一想，不料早把些邪魔招入膏肓了。当下随了仙姑进入二层门内，至两边配殿，皆有匾额对联，一时看不尽许多，惟见有几处写的是："痴情司"、"结怨司"、"朝啼司"、"夜怨司"、"春感司"、"秋悲司"。看了，因向仙姑道："敢烦仙姑引我到那各

仙姑本义是让宝玉觉悟，不料事与愿违，宝玉却"把些邪魔招入膏肓了"。

司中游玩游玩，不知可使得？"仙姑道："此各司中皆贮的是普天之下所有的女子过去未来的簿册，尔凡眼尘躯，未便先知的。"宝玉听了，那里肯依，复央之再四。仙姑无奈，说："也罢，就在此司内略随喜随喜【与上"到那各司中游玩游玩"同义互解，非一般随人做善事而得欢喜】罢了。"宝玉喜不自胜，抬头看这司的匾上，乃是"薄命司"三字，两边对联写的是：

十二钗，皆"薄命"者也！

女子想"为悦己者容"而不得，空受"春恨秋悲"的折磨。

　　　　春恨秋悲皆自惹，花容月貌为谁妍。

　　宝玉看了，便知感叹。进入门来，只见有十数个大厨，皆用封条封着。看那封条上，皆是各省的地名。宝玉一心只拣自己的家乡封条看，遂无心看别省的了。只见那边厨上封条上大书七字云："金陵十二钗正册"。宝玉问道："何为'金陵十二钗正册'？"警幻道："即贵省中十二冠首女子之册，故为'正册'。"宝玉道："常听人说，金陵极大，怎么只十二个女子？如今单我家里，上上下下，就有几百女孩子呢。"警幻冷笑道："贵省女子固多，不过择其紧要者录之。下边二厨则又次之。馀者庸常之辈，则无册可录矣。"宝玉听说，再看下首二厨上，果然写着"金陵十二钗副册"，又一个写着"金陵十二钗又副册"。宝玉便伸手先将"又副册"厨门开了，拿出一本册来，揭开一看，只见这首页上画着一幅画，又非人物，也无山水，不过是水墨漫染的满纸乌云浊雾而已。后有几行字迹，写的是【此写晴雯，因遭诽谤被摧残而死】：

这里也有"正册""副册"之分，等级意识在仙界也在所难免——当然是作者意识的反映。

　　　　霁月【晴】难逢，彩云【雯】易散。心比天高，身为下贱。风流灵巧招人怨。寿夭多因毁谤生，多情公子空牵念。

十二钗判词，如同谜语，其命运就是谜底。或用嵌字法，或用谐音法，或用拆字法，或以情节暗示，皆在可知不可知之间。

　　宝玉看了，又见后面画着一簇鲜花，一床破席【谐音"袭"】，也有几句言词，写道是【此写袭人，本想作宝玉之妾，最后嫁得一优伶】：

枉自温柔和顺，空云似桂如兰；
堪羡优伶有福，谁知公子无缘。

宝玉看了不解。遂掷下这个，又去开了副册厨门，拿起一本册来，揭开看时，只见画着一株桂花，下面有一池沼，其中水涸泥干，莲枯藕败，后面书云【此写香菱，被薛蟠买去为妾，被薛妻夏金桂摧折而死】：

根并荷花【莲】一茎香，平生遭际实堪伤。
自从两地生孤木【拆"桂"字】，致使香魂返故乡。

宝玉看了仍不解。便又掷了，再去取"正册"看，只见头一页上便画着两株枯木，木上悬着一围玉带；又有一堆雪，雪下一股金簪。也有四句言词，道是：

可叹停机德【说宝钗，用"叹"，为之叹气】，堪怜咏絮才【说黛玉，用"怜"，爱也】。
玉带林中挂【扣"林"，接黛玉】，金簪雪里埋【扣"薛"，接宝钗】。

宝玉看了仍不解。待要问时，情知他必不肯泄漏；待要丢下，又不舍。遂又往后看时，只见画着一张弓，弓上挂着香橼。也有一首歌词云【此写元春，入宫为妃，中年夭亡】：

二十年来辨是非，榴花开处照宫闱。
三春争及初春景，虎兕相逢大梦归。

桂：左为一"木"，右为两"土"，隐指夏金桂。

此合写黛玉、宝钗，四句是交叉结构。他人皆一画一诗，独此二人合写。之所以如此，因为在宝玉理想中此二人应该"合二为一"，但实际上却总是"一分为二"，如此才构成"三角关系"。

停机德：出自东汉乐羊子妻停下织机劝勉丈夫求学的故事。符合封建道德标准的女人，称为具有"停机德"。咏絮才：晋谢道韫有咏雪句曰"柳絮因风起"，后来便把在诗文创作方面卓有才华的女子赞誉为"咏絮之才"。

后面又画着两人放风筝，一片大海，一只大船，船中有一女子掩面泣涕之状。也有四句写云【此写探春，最后远嫁】：

才自精明志自高，生于末世运偏消。
清明涕送江边望，千里东风一梦遥。

后面又画几缕飞云，一湾逝水。其词曰【此写史湘云，父母早亡，婚姻不幸】：

富贵又何为，襁褓之间父母违。
展眼吊斜晖，湘江水逝楚云飞【嵌"湘""云"二字】。

后面又画着一块美玉，落在泥垢之中。其断语云【此写妙玉，续书写她最后遭劫掠】：

欲洁何曾洁，云空未必空【出家为入"空门"】。
可怜金玉质，终陷淖泥中。

后面忽见画着个恶狼，追扑一美女，欲啖之意。其书云【此写迎春，被丈夫摧折而死】：

子系中山狼，得志便猖狂。
金闺花柳质，一载赴黄粱【遭家暴一载而亡】。

后面便是一所古庙，里面有一美人在内看经独坐。其判云【此写惜春，最后为尼】：

勘破三春景不长，缁衣顿改昔年妆。
可怜绣户侯门女，独卧青灯古佛旁【出家度日】。

后面便是一片冰山，上面有一只雌凤。其判曰【此写王熙凤，终被丈夫休弃】：

凡鸟【拆"鳳"字】偏从末世来，都知爱慕此生才。

一从二令三人木【拆"休"字】，哭向金陵事更哀。

后面又是一座荒村野店，有一美人在那里纺绩。其判云【此写巧姐，被卖妓院由刘姥姥救出】：

事败休云贵，家亡莫论亲。

偶因济刘氏，巧【嵌"巧"字】得遇恩人。

后面又画着一盆茂兰，旁有一位凤冠霞帔【pèi，披在肩背上的饰物】的美人。也有判云【此写李纨，早年守寡，有子贾兰，本想母以子贵，结果是"枉与他人作笑谈"】：

桃李春风结子完【嵌"李"、"完"（纨）二字】，到头谁似一盆兰。

如冰水好空相妒，枉与他人作笑谈。

后面又画着高楼大厦，有一美人悬梁自缢。其判云【此写秦可卿】：

情天情海幻情身，情既相逢必主淫。

漫言不肖皆荣出，造衅开端实在宁。

宝玉还欲看时，那仙姑知他天分高明，性情颖慧，恐把仙机泄漏，遂掩了卷册，笑向宝玉道："且随我去游玩奇景，何必在此打这闷葫芦！"

第一个因"情"而死的就是秦可卿。人有七情：喜、怒、忧、思、悲、恐、惊。说秦可卿死于"情"，不必纠缠于"奸情"之类。作者既然删去所谓"淫丧天香楼"，就应按现在的文本解读。惜乎删改未尽，留人话柄。

仙姑不让宝玉"打这闷葫芦"，作为读者也可以不"打这闷葫芦"：大体了解一下，只需记住上述人物都是"薄命"的，注定都是悲剧的结局。至于如何"薄命"，如何"悲剧"，带着悬疑去读，不是更有趣味吗？

宝玉恍恍惚惚，不觉弃了卷册，又随了警幻来至后面。但见珠帘绣幕，画栋雕檐，说不尽那光摇朱户金铺地，雪照琼窗玉作宫。更见仙花馥郁，异草芬芳，真好个所在。又听警幻笑道："你们快出来迎接贵客！"一语未了，只见房中又走出几个仙子来，皆是荷袂蹁跹，羽衣飘舞，姣若春花，媚如秋月。一见了宝玉，都怨谤警幻道："我们不知系何'贵客'，忙的接了出来！姐姐曾说今日今时必有绛珠妹子的生魂前来游玩，故我等久待。何故反引这浊物来污染这清净女儿之境？"

宝玉听如此说，便吓得欲退不能退，果觉自形污秽不堪。警幻忙携住宝玉的手，向众姊妹道："你等不知原委：今日原欲往荣府去接绛珠，适从宁府所过，偶遇宁荣二公之灵，嘱吾云：'吾家自国朝定鼎以来，功名奕世，富贵传流，虽历百年，奈运终数尽，不可挽回者。故遗之子孙虽多，竟无可以继业。其中惟嫡孙宝玉一人，禀性乖张，性情怪谲，虽聪明灵慧，略可望成，无奈吾家运数合终，恐无人规引入正。幸仙姑偶来，万望先以情欲声色等事警其痴顽，或能使彼跳出迷人圈子，然后入于正路，亦吾兄弟之幸矣。'如此嘱吾，故发慈心，引彼至此。先以彼家上中下三等女子之终身册籍，令彼熟玩，尚未觉悟；故引彼再至此处，令其再历饮馔声色之幻，或冀将来一悟，亦未可知也。"

说毕，携了宝玉入室。但闻一缕幽香，竟不知其所焚何物。宝玉遂不禁相问。警幻冷笑道："此香尘世中既无，尔何能知！此香乃系诸名山胜境内初生异卉之精，合各种宝林珠树之油所制，名为'群芳髓'。"宝玉听了，自是羡慕而已。大家入座，小丫鬟捧上茶来。宝玉自觉清香异味，纯美非常，因又问何名。警幻道："此茶出在放春山遣香洞，又以仙花灵叶上所带之宿露而烹，此茶名曰'千红一窟'【脂评："隐'哭'字。"】。"宝玉听了，点头称赏。因看房内，瑶琴、宝鼎、古画、新诗，无所不有；更喜窗下亦有睡绒【女工之迹】，奁间时渍粉污【化妆之痕】。壁上也见悬着一副对联，书云：

闲闲一笔，回应黛玉乃"绛珠"降世，而宝玉称男人为"浊物"，大概也来源于此。

警幻既"以情欲声色等事警其痴顽"，再引之"历饮馔声色之幻"，其目的是"或冀将来一悟"——继承祖业，挽回贾府"将终"之"运数"。既是"运数"，怎可挽回？亦只一"梦"耳。

幽微灵秀地，无可奈何天。

宝玉看毕，无不羡慕。因又请问众仙姑姓名：一名痴梦仙姑，一名钟情大士，一名引愁金女，一名度恨菩提，各各道号不一。少刻，有小丫鬟来调桌安椅，设摆酒馔。真是：琼浆满泛玻璃盏，玉液浓斟琥珀杯。更不用再说那肴馔之盛。宝玉因闻得此酒清香甘冽，异乎寻常，又不禁相问。警幻道："此酒乃以百花之蕊，万木之汁，加以麟髓之醅、凤乳之麹酿成，因名为'万艳同杯'【脂评："隐'悲'字。"】。"宝玉称赏不迭。

饮酒间，又有十二个舞女上来，请问演何词曲。警幻道："就将新制《红楼梦》十二支演上来。"舞女们答应了，便轻敲檀板，款按银筝，听他歌道是：

开辟鸿蒙……【开天辟地】

方歌了一句，警幻便说道："此曲不比尘世中所填传奇之曲，必有生旦净末之则，又有南北九宫之限。此或咏叹一人，或感怀一事，偶成一曲，即可谱入管弦。若非个中人，不知其中之妙。料尔亦未必深明此调。若不先阅其稿，后听其歌，翻成嚼蜡矣。"说毕，回头命小丫鬟取了《红楼梦》原稿来，递与宝玉。宝玉接来，一面目视其文，一面耳聆其歌曰：

〔红楼梦引子〕开辟鸿蒙，谁为情种？都只为风月情浓。趁着这奈何天【指季节，与下"日""时"对义互解】，伤怀日，寂寥时，试遣愚衷【谦称自己的心意、心愿】。因此上，演出这怀金悼玉的《红楼梦》。

〔终身误〕都道是金玉良姻【宝钗与宝玉】，俺只念木石前盟【黛玉与宝玉】。空对着，山中高士晶莹雪；终不忘，世外仙姝寂寞林。叹人间，美中不足今方信。纵然是

天地之间，唯有这"幽微灵秀"之人令有情者无可奈何。作警人之句。茶曰"哭"，酒言"悲"，皆欲其"觉悟"也。

宝玉不"阅其稿"，怎么写成文字？细密。

两句对言：开天辟地以来，人"都只为风月情浓"，有谁能做"情种"？前者耽于肉欲，后者钟于情感，二者界限分明。此"怀金悼玉"概指系列全部人物，非单指钗黛。

此咏宝钗。曲子是"舞女"所唱，没有第一人称。说"俺"，是舞女借用宝玉的话，只是省略了"宝玉说"几个字。所谓"金玉良姻"一直干扰着"木石前盟"，这是宝钗的内心之痛。

齐眉举案，到底意难平。

〔枉凝眉〕一个是阆苑【神仙所居】仙葩，一个是美玉无瑕。若说没奇缘，今生偏又遇着他；若说有奇缘，如何心事终虚化？一个枉自嗟呀，一个空劳牵挂。一个是水中月，一个是镜中花。想眼中能有多少泪珠儿，怎经得秋流到冬尽，春流到夏！

宝玉听了此曲，散漫无稽，不见得好处；但其声韵悽惋，竟能销魂醉魄。因此也不察其原委，问其来历，就暂以此释闷而已。因又看下面唱道：

〔恨无常〕喜荣华正好，恨无常【勾魂的使者】又到。眼睁睁，把万事全抛。荡悠悠，把芳魂消耗。望家乡，路远山高。故向爹娘梦里相寻告：儿命已入黄泉，天伦呵，须要退步抽身早！

〔分骨肉〕一帆风雨路三千，把骨肉家园齐来抛闪。恐哭损残年，告爹娘，休把儿悬念。自古穷通皆有定，离合岂无缘？从今分两地，各自保平安。奴【女子自称】去也，莫牵连。

〔乐中悲〕襁褓中，父母叹双亡。纵居那绮罗丛，谁知娇养？幸生来，英豪阔大宽宏量，从未将儿女私情略萦心上。好一似，霁月光风耀玉堂。厮配得才貌仙郎，博得个地久天长，准【打算，希望】折得幼年时坎坷形状。终久是云散高唐，水涸湘江。这是尘寰中消长数应当，何必枉悲伤！

〔世难容〕气质美如兰，才华阜【多，高】比仙。天生成孤癖人皆罕。你道是啖肉食腥膻，视绮罗俗厌；却不知太高人愈妒，过洁世同嫌。可叹这，青灯古殿【出家人的生活】人将老；辜负了，红粉朱楼【代指少女】春色阑【尽】。到头来，依旧是风尘肮脏违心愿。好一似，无瑕白

此咏黛玉。原本天造地设的姻缘被生生拆散，"实有"变成"虚无"，只有流泪伤悲。

此咏元春。身为贵妃，却寿命不永。她最牵挂的是贾府的未来，所以警醒其父母要早"退步抽身"。

此咏探春。探春远嫁，不得已"抛闪"骨肉家园。此时最要说的就是嘱咐爹娘莫牵连，保平安。

此咏史湘云。湘云幼孤而性情豪爽，有男子气。好容易嫁得其人，丈夫偏又早逝，仍不免悲剧下场。

此咏妙玉。有才有貌，出家为尼。因孤高自赏遭人嫉恨，本想洁身自好，最终却仍不免风尘沦落。

此咏迎春。

此咏惜春。生于宁府，从那个污浊腐败的家庭，从"三春"的命运，从所见所闻的生生死死中，看破了"生关死劫"而向往"西方""极乐世界"。

此咏王熙凤。她聪明一世，"奋斗"一生，最终不仅未能保住贾府这座"大厦"，自己也落得惨死下场。"聪明"是好事，关键是一到"太"的程度性质就变了。

此咏巧姐。危难时刻她的"狠舅奸兄"策划卖她牟利，幸有曾受其母王熙凤扶助的刘姥姥把她救出牢笼。

此咏李纨。她年轻守寡，一心抚育儿子贾兰。后贾兰登科做官，但不久去世。她牺牲了青春年华也没有真正享受到儿子带来的晚年幸福。

此咏秦可卿。此曲留有"淫丧天香楼"的痕迹。说"情"为败家的祸根，是此书主旨之一。但说宁国府之败落的罪魁祸首是贾敬，更为恰当。

玉遭泥陷；又何须，王孙公子叹无缘。

〔喜冤家〕中山狼，无情兽，全不念当日根由。一味的骄奢淫荡贪还构。觑着那，侯门艳质同蒲柳；作践的，公府千金似下流。叹芳魂艳魄，一载荡悠悠。

〔虚花悟〕将那三春看破，桃红柳绿待如何？把这韶华打灭，觅那清淡天和。说什么，天上天桃盛，云中杏蕊多。到头来，谁把秋捱过？则看那，白杨村里人呜咽，青枫林下鬼吟哦。更兼着，连天衰草遮坟墓。这的是，昨贫今富人劳碌，春荣秋谢花折磨。似这般，生关死劫谁能躲？闻说道，西方【指佛教所说的庄严、清净、平等之世界】宝树唤婆娑，上结着长生果。

〔聪明累〕机关算尽太聪明，反算了卿卿【本来是夫妻或相爱的男女间亲昵的称呼，用在这里幽默而讽刺】性命。生前心已碎，死后性空灵。家富人宁，终有个家亡人散各奔腾。枉费了，意悬悬半世心；好一似，荡悠悠三更梦。忽喇喇似大厦倾，昏惨惨似灯将尽。呀！一场欢喜忽悲辛。叹人世，终难定！

〔留馀庆〕留馀庆【指留给子孙后辈的德泽】，留馀庆，忽遇恩人；幸娘亲，幸娘亲，积得阴功。劝人生，济困扶穷，休似俺那爱银钱忘骨肉的狠舅奸兄！正是乘除加减，上有苍穹。

〔晚韶华〕镜里恩情，更那堪梦里功名！那美韶华去之何迅！再休提绣帐鸳衾。只这带珠冠，披凤袄，也抵不了无常性命。虽说是，人生莫受老来贫，也须要阴骘积儿孙。气昂昂头戴簪缨，气昂昂头戴簪缨；光灿灿胸悬金印；威赫赫爵禄高登，威赫赫爵禄高登；昏惨惨黄泉路近。问古来将相可还存？也只是虚名儿与后人钦敬。

〔好事终〕画梁春尽落香尘。擅风情，秉月貌，便是败家的根本。箕裘【代指祖辈留下的基业】颓堕皆从敬【贾敬】，家事消亡首罪宁。宿孽【祸根】总因情。

　　〔收尾·飞鸟各投林〕为官的，家业凋零；富贵的，金银散尽；有恩的，死里逃生；无情的，分明报应。欠命的，命已还；欠泪的，泪已尽。冤冤相报实非轻，分离聚合皆前定。欲知命短问前生，老来富贵也真侥幸。看破的，遁入空门；痴迷的，枉送了性命。好一似食尽鸟投林，落了片白茫茫大地真干净！

　　歌毕，还要歌副曲。警幻见宝玉甚无趣味，因叹："痴儿竟尚未悟！"那宝玉忙止歌姬不必再唱，自觉朦胧恍惚，告醉求卧。警幻便命撤去残席，送宝玉至一香闺绣阁之中，其间铺陈之盛，乃素所未见之物。更可骇者，早有一位女子在内，其鲜艳妩媚，有似乎宝钗，风流袅娜，则又如黛玉。正不知何意，忽警幻道："尘世中多少富贵之家，那些绿窗风月，绣阁烟霞，皆被淫污纨袴与那些流荡女子悉皆玷辱。更可恨者，自古来多少轻薄浪子，皆以'好色不淫'为饰，又以'情而不淫'作案，此皆饰非掩丑之语也。好色即淫，知情更淫。是以巫山之会，云雨之欢，皆由既悦其色、复恋其情所致也。吾所爱汝者，乃天下古今第一淫人也。"

　　宝玉听了，唬的忙答道："仙姑差了。我因懒于读书，家父母尚每垂训饬，岂敢再冒'淫'字。况且年纪尚小，不知'淫'字为何物。"警幻道："非也。淫虽一理，意则有别。如世之好淫者，不过悦容貌，喜歌舞，调笑无厌，云雨无时，恨不能尽天下之美女供我片时之趣兴，此皆皮肤滥淫之蠢物耳。如尔则天分中生成一段痴情，吾辈推之为'意淫'。'意淫'二字，惟心会而不可口传，可神通而不可语达。汝今独得此二字，在闺阁中，固可为良友，然于世道中未免迂阔怪诡，百口嘲谤，万目睚眦【yá zì，怒目而视】。今既遇令祖宁荣二公剖腹深嘱，吾不忍君独为我闺阁增光，见弃于世道，是以特引前来，醉以灵酒，沁以仙茗，警以妙曲，再将吾妹一人，乳名兼美字可卿者，许配于汝。今夕良时，即可成姻。不过令汝领略此仙闺幻境之风光尚如此，何况尘境之情景哉？而今后万万解释【觉悟】，改悟前情，留意于孔孟之间，委身于经济之道【治国理民、经邦济世之道】。"说毕便秘授以云雨之事，推宝玉入房，将门掩上自去。

警幻苦口婆心，目的只在于此。

那宝玉恍恍惚惚，依警幻所嘱之言，未免有儿女之事，难以尽述。至次日，便柔情缱绻，软语温存，与可卿难解难分。因二人携手出去游顽之时，忽至一个所在，但见荆榛遍地，狼虎同群，迎面一道黑溪阻路，并无桥梁可通。正在犹豫之间，忽见警幻后面追来，告道："快休前进，作速回头要紧！"宝玉忙止步问道："此系何处？"警幻道："此即迷津【迷误虚妄的境界】也。深有万丈，遥亘千里，中无舟楫可通，只有一个木筏，乃木居士掌舵，灰侍者撑篙，不受金银之谢，但遇有缘者渡之。尔今偶游至此，设如堕落其中，则深负我从前谆谆警戒之语矣。"话犹未了，只听迷津内水响如雷，竟有许多夜叉海鬼将宝玉拖将下去。吓的宝玉汗下如雨，一面失声喊叫："可卿救我！"吓得袭人辈众丫鬟忙上来搂住，叫："宝玉别怕，我们在这里！"

所谓"迷津"，可看作是"红尘"的一个象征。要不堕入其中，只有"回头"——超尘脱俗，步入空境。

却说秦氏正在房外嘱咐小丫头们好生看着猫儿狗儿打架，忽听宝玉在梦中唤他的小名，因纳闷道："我的小名这里从没人知道，他如何知道，在梦里叫出来？"正是：

宝玉何以叫出秦氏的小名，只看作是"无为有处有还无"吧。

一场幽梦同谁近，千古情人独我痴。

【回后评】

此回书涉及全书"总纲"的问题。清朝的王希廉说：第五回"是一部《红楼梦》的总纲"，因为它"将正册十二金钗及副册、又副册二三婢妾点明，全部事情俱已笼罩在内，而宝玉之情窦亦从此而开"。这是从人物、情节的角度看问题。其实所谓"总纲"，着眼点不同，结论就会不同：从艺术构思的角度看，第一回"真事隐去，假语存焉"未尝不可以看作"总纲"；从全书主题的角度看，"大旨谈情"也是一"总纲"；有人从"阶级斗争"的角度看，就把第四回看作"总纲"。这是一个不必纠缠的问题。

开头就把主要人物的"结局"告诉读者，这是很独特的写法。美好的生命将一一毁灭给你看，使你在阅读中不免会带上一种悲悯的心情。而生命如何"毁灭"又像一个"谜"，要揭开"谜底"，就得读下去，这就有了一种"悬疑"的效果。

还有三个问题需要讨论。

一是钗黛合图的问题。洪秋蕃说："按此册，钗则十二，图则十一，阙宝钗，摈之也。"后面他还说："《红楼曲》十二支，头一支咏叹宝玉，第二支咏叹黛玉，独宝钗无曲，信乎其摈之也。"这说法显然不能成立：明明是咏"十二钗"之曲，怎么能把一个男性插入其中？张新之说："钗黛必作合传，是天道，是人事。"何谓"天道"何谓"人事"，还需解释。护花主人说："黛玉是宝玉意中人，宝钗是宝玉镜中人，故为同一幅。"这种说法最可接受：宝钗之貌与黛玉之品之"合"才是宝玉心中理想的形象。在"太虚幻境"里一仙姑吸引了他的注意，就因为"其鲜艳妩媚，有似乎宝钗，风流袅娜，则又如黛玉"，这可为一佐证。不过，理想是美好的，现实是残酷的，钗黛不但不能"合"而美，恰恰是要"分"而争。

二是头一支曲子是咏宝钗的吗？我们认为是的。难点在于一个"俺"字。曲子是"舞女"所唱，不该有第一人称。这里用的是"以宾见主"之法。说"俺"，是舞女借用宝玉的话。第36回宝玉在梦中喊骂说："和尚道士的话如何信得？什么是金玉姻缘，我偏说是木石姻缘！"宝钗虽最终与宝玉结为夫妻，而宝玉始终不忘黛玉，这是宝钗的内心之痛。

三是关于"意淫"之概念的理解。洪秋蕃说："'意淫'，谓蕴结而不着于外也。"王蒙说："意淫，其实就是爱情。"其实，原文就有很好的注释："如尔则天分中生成一段痴情，吾辈推之为'意淫'。""意"就是"情"，"淫"是"沉溺"，也就是"痴"。宝玉的"意淫"不等于"爱情"，那是一种"泛爱"，是对青春生命的珍爱，是对美的欣赏。

第六回

贾宝玉初试云雨情

刘姥姥一进荣国府

朝叩富儿们，富儿犹未足。

虽无千金酬，嗟彼胜骨肉。

贾宝玉梦呓惊秦氏，刘姥姥携孙拜周门

这个标题，两句都有言外之意：说"初试"，意味着有"后续"；说"一进"，意味着有"二进""三进"。上句了结前文，下句才是这回书的重点。

书的前五回，大概相当于序幕，自本回起才正式展开贾府故事。这故事，却从远在城外的毫不足道的刘姥姥一家说起。这年秋尽冬初，姥姥家"冬事未办"，于是开了一个"家庭会议"，决定由姥姥出面到荣国府攀亲求乞。借助与贾府管家周瑞的旧情，姥姥通过周瑞家的见到王熙凤，忍耻张口，得到白银二十两，欢喜而归。

而这过程一波三折：所谓"侯门深似海"，首先，经过一番波折姥姥才找到周瑞家。周瑞家的猜着了姥姥的来意，便设法引她去见凤姐。姥姥被安置在大姐儿（巧姐）的屋内等候。静候中，姥姥只听凤姐在一二十妇人簇拥下说笑着往那边屋内去了。她又见两三个妇人，都捧着大漆捧盒，进这边来等候。这是伺候凤姐吃饭的。那边饭后，见人抬了一张炕桌过来，桌上碗盘森列，仍是满满的鱼肉在内，不过略动了几样。这时凤姐才"召见"姥姥。

周瑞家的带姥姥进到凤姐屋内，只见凤姐粉光脂艳，端端正正坐在那里，手内拿着小铜火箸儿拨手炉内的灰。平儿站在炕沿边捧着茶。凤姐也不接茶，也不抬头，只管拨手炉内的灰，慢慢地问道："怎么还不请进来？"一面说，一面抬身要茶时，只见周瑞家的已带了两个人在地下站着呢。这才忙欲起身，犹未起身时，满面春风地问好，又嗔着周瑞家的怎么不早说。刘姥姥在地下已是拜了数拜，问姑奶奶安。凤姐忙说："周姐姐，快搀起来，别拜罢，请坐。我年轻，不大认得，可也不知是什么辈数，不敢称呼。"周瑞家的忙回道："这就是我才回的那姥姥了。"凤姐点头。刘姥姥已在炕沿上坐了。

那凤姐客套了一番，什么"亲戚们不大走动，都疏远了"，"谁家有什么，不过是个旧日的空架子"，等等。尽管如此，姥姥还是"忍耻"告求。而姥姥刚要说出求乞之意时，偏贾蓉来了，凤姐就忙止刘姥姥："不必说了。"待贾蓉去后，凤姐才根据王夫人的指示，赏了二十两银子并一吊雇车的钱，姥姥只有千恩万谢的份儿了。

却说秦氏因听见宝玉从梦中唤他的乳名，心中自是纳闷，又不好细问。彼时宝玉迷迷惑惑，若有所失。众人忙端上桂圆汤来，呷了两口，遂起身整衣。袭人伸手与他系裤带时，不觉伸手至大腿处，只觉冰凉一片粘湿，唬的忙退出手来，问是怎么了。宝玉红涨了脸，把他的手一捻。袭人本是个聪明女子，年纪本又比宝玉大两岁，近来也渐通人事，今见宝玉如此光景，心中便觉察一半了，不觉也羞的红涨了脸面，不敢再问。仍旧理好衣裳，遂至贾母处来，胡乱吃毕了晚饭，过这边来。

袭人忙趁众奶娘丫鬟不在旁时，另取出一件中衣来与宝玉换上。宝玉含羞央告道："好姐姐，千万别告诉人。"袭人亦含羞笑问道："你梦见什么故事了？是那里流出来的那些脏东西？"宝玉道："一言难尽。"说着便把梦中之事细说与袭人听了。说至警幻所授云雨之情，羞的袭人掩面伏身而笑。宝玉亦素喜袭人柔媚娇俏，遂强袭人同领警幻所训云雨之事。袭人素知贾母已将自己与了宝玉的，今便如此，亦不为越礼，遂和宝玉偷试一番，幸得无人撞见。自此宝玉视袭人更比别个不同，袭人待宝玉更为尽心。暂且别无话说。

按荣府中一宅人合算起来，人口虽不多，从上至下也有三四百丁；虽事不多，一天也有一二十件，竟如乱麻一般，并无

个头绪可作纲领。正寻思从那一件事自那一个人写起方妙，恰好忽从千里之外【"远"而已，到底多远？】，芥豆之微，小小一个人家，因与荣府略有些瓜葛，这日正往荣府中来，因此便就此一家说来，倒还是头绪。你道这一家姓甚名谁，又与荣府有甚瓜葛？且听细讲。

方才所说的这小小之家，乃本地人氏，姓王，祖上曾作过小小的一个京官，昔年与凤姐之祖王夫人之父认识。因贪王家的势利，便连了宗认作侄儿。那时只有王夫人之大兄凤姐之父与王夫人随在京中的，知有此一门连宗之族，馀者皆不认识。目今其祖已故，只有一个儿子，名唤王成，因家业萧条，仍搬出城外【"城外"而已，说远也不算甚远】原乡中住去了。王成新近亦因病故，只有其子，小名狗儿。狗儿亦生一子，小名板儿，嫡妻刘氏，又生一女，名唤青儿。一家四口，仍以务农为业。因狗儿白日间又作些生计，刘氏又操井臼等事【汲水舂米，泛指操持家务】，青板姊妹两个无人看管，狗儿遂将岳母刘姥姥接来一处过活。这刘姥姥乃是个积年的老寡妇，膝下又无儿女，只靠两亩薄田度日。今者女婿接来养活，岂不愿意，遂一心一计，帮趁着女儿女婿过活起来。

因这年秋尽冬初，天气冷将上来，家中冬事未办【过冬的物资还没有着落】，狗儿未免心中烦虑，吃了几杯闷酒，在家闲寻气恼，刘氏也不敢顶撞。因此刘姥姥看不过，乃劝道："姑爷，你别嗔我多嘴。咱们村庄人，那一个不是老老诚诚的，守多大碗儿吃多大的饭。你皆因年小的时候，托着你那老家【"家"读"家儿"，指父母】之福，吃喝惯了，如今所以把持不住。有了钱就顾头不顾尾，没了钱就瞎生气，成个什么男子汉大丈夫呢！如今咱们虽离城住着，终是天子脚下。这长安城中，遍地都是钱，只可惜没人会去拿去罢了。在家跳蹋会子也不中用。"狗儿听说，便急道："你老只会炕头儿上混说，难道叫我打劫偷去不成？"刘姥姥道："谁叫你偷去呢。也到底想法儿大家裁度

【duó】，不然那银子钱自己跑到咱家来不成？"狗儿冷笑道："有法儿还等到这会子呢。我又没有收税的亲戚，作官的朋友，有什么法子可想的？便有，也只怕他们未必来理我们呢！"

刘姥姥道："这倒不然。谋事在人，成事在天。咱们谋到了，看菩萨的保佑，有些机会，也未可知。我倒替你们想出一个机会来。当日你们原是和金陵王家连过宗的，二十年前，他们看承你们还好；如今自然是你们拉硬屎，不肯去亲近他，故疏远起来。想当初我和女儿还去过一遭。他们家的二小姐着实响快，会待人，倒不拿大。如今现是荣国府贾二老爷的夫人。听得说，如今上了年纪，越发怜贫恤老，最爱斋僧敬道，舍米舍钱的。如今王府虽升了边任，只怕这二姑太太还认得咱们。你何不去走动走动，或者他念旧，有些好处，也未可知。要是他发一点好心，拔一根寒毛比咱们的腰还粗呢。"刘氏一旁接口道："你老虽说的是，但只你我这样个嘴脸【形象，太寒酸不好进富家门】，怎么好到他门上去的。先不先，他们那些门上的人也未必肯去通信。没的去打嘴现世。"

谁知狗儿利名心最重，听如此一说，心下便有些活动起来。又听他妻子这话，便笑接道："姥姥既如此说，况且当年你又见过这姑太太一次，何不你老人家明日就走一趟，先试试风头再说。"刘姥姥道："嗳哟哟！可是说的'侯门深似海'，我是个什么东西，他家人又不认得我，我去了也是白去的。"狗儿笑道："不妨，我教你老人家一个法子：你竟带了外孙子板儿，先去找陪房周瑞，若见了他，就有些意思了。这周瑞先时曾和我父亲交过一件事【什么事】，我们极好的。"刘姥姥道："我也知道他的。只是许多时不走动，知道他如今是怎样。这也说不得了，你又是个男人，又这样个嘴脸，自然去不得；我们姑娘年轻媳妇子，也难卖头卖脚的，倒还是舍着我这付老脸去碰一碰。果然有些好处，大家都有益；便是没银子来，我也到那公府侯门见一见世面，也不枉我一生。"说毕，大家笑了一回。当晚计议已定。

"家庭会议"详写，"进城"过程几句带过，疏密有度。

姥姥的眼光，姥姥的心态：到"石狮子"前，是不敢贸然露面；看到看门的都"挺胸叠肚"，更加胆怯，走路只能"蹭"了。看门的先是不加理睬，继而"耍他"。"侯门深似海"，连进门都难。世态如此，为姥姥捏一把汗。

小市民街巷之景。

到底是孩子，天真无邪，但愿他们变成"男人"以后能保留几分纯真之心。

次日天未明，刘姥姥便起来梳洗了，又将板儿教训了几句。那板儿才五六岁的孩子，一无所知，听见带他进城逛去，便喜的无不应承。于是刘姥姥带他进城，找至宁荣街。

来至荣府大门石狮子前，只见簇簇轿马，刘姥姥便不敢过去，且掸了掸衣服，又教了板儿几句话，然后蹭到角门前。只见几个挺胸叠肚指手画脚的人，坐在大板凳上，说东谈西呢。刘姥姥只得蹭上来问："太爷们纳福。"众人打量了他一会，便问"那里来的？"刘姥姥陪笑道："我找太太的陪房周大爷的，烦那位太爷替我请他老出来。"那些人听了，都不瞅睬，半日方说道："你远远的在那墙角下等着，一会子他们家有人就出来的。"内中有一老年人说道："不要误他的事，何苦耍他。"因向刘姥姥道："那周大爷已往南边去了【做什么去了？】。他在后一带住着，他娘子却在家。你要找时，从这边绕到后街上后门上去问就是了。"

刘姥姥听了谢过，遂携了板儿，绕到后门上。只见门前歇着些生意担子，也有卖吃的，也有卖顽耍物件的，闹吵吵三二十个小孩子在那里厮闹。刘姥姥便拉住一个道："我问哥儿一声，有个周大娘可在家么？"孩子们道："那个周大娘？我们这里周大娘有三个呢，还有两个周奶奶，不知是那一行当【这个"行当"不是演员角色，也不同于一般意义上的"行业"】的？"刘姥姥道："是太太的陪房周瑞。"孩子道："这个容易，你跟我来。"说着，跳蹦蹦的引着刘姥姥进了后门，至一院墙边，指与刘姥姥道："这就是他家。"又叫道："周大娘，有个老奶奶来找你呢，我带了来了。"

周瑞家的在内听说，忙迎了出来，问："是那位？"刘姥姥忙迎上来问道："好呀，周嫂子！"周瑞家的认了半日，方笑道："刘姥姥，你好呀！你说说，能几年，我就忘了。请家里来坐罢。"刘姥姥一壁里走着，一壁笑说道："你老是贵人多忘事，那里还记得我们呢。"说着，来至房中。周瑞家的命雇的小丫头倒上茶来吃着。周瑞家的又问板儿道："你都长这们大了！"【板儿

【有作用】又问些别后闲话。又问刘姥姥："今日还是路过，还是特来的？"刘姥姥便说："原是特来瞧瞧嫂子你，二则也请请姑太太【指王夫人】的安。若可以领我见一见更好，若不能，便借重嫂子转致意罢了。"

周瑞家的听了，便已猜着几分来意。只因昔年他丈夫周瑞争买田地一事，其中多得狗儿之力，今见刘姥姥如此而来，心中难却其意；二则也要显弄自己的体面。听如此说，便笑说道："姥姥你放心。大远的诚心诚意来了，岂有个不教你见个真佛去的呢。论理，人来客至回话，却不与我相干。我们这里都是各占一样儿：我们男的只管春秋两季地租子【回应了"周大爷已往南边去了"，也解释了上文的"行当"】，闲时只带着小爷们出门子就完了；我只管跟太太奶奶们出门的事。皆因你原是太太的亲戚，又拿我当个人，投奔了我来，我就破个例，给你通个信去。但只一件，姥姥有所不知，我们这里又不比五年前了。如今太太竟不大管事，都是琏二奶奶管家了。你道这琏二奶奶是谁？就是太太的内侄女，当日大舅老爷的女儿，小名凤哥的。"刘姥姥听了，罕问道："原来是他！怪道呢，我当日就说他不错呢。这等说来，我今儿还得见他了。"周瑞家的道："这自然的。如今太太事多心烦，有客来了，略可推得去的就推过去了，都是凤姑娘周旋迎待。今儿宁可不会太太，倒要见他一面，才不枉这里来一遭。"刘姥姥道："阿弥陀佛！全仗嫂子方便了。"周瑞家的道："说那里话。俗语说的：'与人方便，自己方便。'不过用我说一句话罢了，害着我什么。"说着，便叫小丫头到倒厅上悄悄的打听打听，老太太屋里摆了饭了没有。小丫头去了。这里二人又说些闲话。

刘姥姥因说："这凤姑娘今年大还不过二十岁罢了，就这等有本事，当这样的家，可是难得的。"周瑞家的听了道："我的姥姥，告诉不得你呢。这位凤姑娘年纪虽小，行事却比世人都大呢。如今出挑的美人一样的模样儿，少说些有一万个心眼子。再

周瑞家的也是深通世故之人，所以问"还是路过，还是特来的"。姥姥会说话，既表明初心，又留有余地。

这次是作者直接出面揭示周瑞家的心理。想到"争买田地一事"，顺带回应了狗儿说的那件事。在人面前"显弄自己的体面"，关键是得真的有那"体面"，不然，姥姥怎么能"放心"。强调"回话"之事"不与我相干"，是卖个情面。

知道底细，帮忙才能帮到点上。

"与人方便，自己方便"，只要不悖理、不违法。

要赌口齿，十个会说话的男人也说他不过。回来你见了就信了。就只一件，待下人未免太严些个。"说着，只见小丫头回来说："老太太屋里已摆完了饭了，二奶奶在太太屋里呢。"周瑞家的听了，连忙起身，催着刘姥姥说："快走，快走。这一下来他吃饭是个空子，咱们先赶着去。若迟一步，回事的人也多了，难说话。再歇了中觉，越发没了时候了。"说着一齐下了炕，打扫打扫衣服，又教了板儿几句话，随着周瑞家的，逶迤往贾琏的住处来。

先到了倒厅【注意空间指示语】，周瑞家的将刘姥姥安插在那里略等一等。自己先过了影壁，进了院门，知凤姐未下来，先找着凤姐的一个心腹通房大丫头名唤平儿的。周瑞家的先将刘姥姥起初来历说明，又说："今日大远的特来请安。当日太太是常会的，今日不可不见，所以我带了他进来了。等奶奶下来，我细细回明，奶奶想也不责备我莽撞的。"平儿听了，便作了主意："叫他们进来，先在这里坐着就是了。"周瑞家的听了，方出去引他两个进入院来。

上了正房台矶，小丫头打起猩红毡帘，才入堂屋【空间指示】，只闻一阵香扑了脸来，竟不辨是何气味，身子如在云端里一般。满屋中之物都耀眼争光的，使人头悬目眩。刘姥姥此时惟点头咂嘴念佛而已。于是来至东边这间屋内【空间指示】，乃是贾琏的女儿大姐儿睡觉之所【巧姐所居，姥姥与巧姐，似乎注定不能分开】。平儿站在炕沿边，打量了刘姥姥两眼，只得问个好让坐。刘姥姥见平儿遍身绫罗，插金带银，花容玉貌的，便当是凤姐儿了。才要称姑奶奶，忽见周瑞家的称他是平姑娘，又见平儿赶着周瑞家的称周大娘，方知不过是个有些体面的丫头了。于是让刘姥姥和板儿上了炕，平儿和周瑞家的对面坐在炕沿上，小丫头子斟了茶来吃茶。

刘姥姥只听见咯当咯当的响声，大有似乎打箩柜筛面的一般，不免东瞧西望的。忽见堂屋中柱子上挂着一个匣子，底下又坠着一个秤砣般一物，却不住的乱幌。刘姥姥心中想着："这是什么爱物儿？有甚用呢？"正呆时，只听得当的一声，又若金钟铜磬一般，不防倒唬的一展眼。接着又是一连八九下。方欲问时，只见小丫头子们齐乱跑【开道】，说："奶奶下来了。"周瑞家的与平儿忙起身，命刘姥姥"只管等着，是时候我们来请你"。说着，都迎出去了。

刘姥姥屏声侧耳默候。只听远远有人笑声，约有一二十妇人【簇拥】，衣裙窸窣，渐入堂屋，往那边屋内【空间指示】去了。又见两三个妇人，都捧着大漆捧盒，进这边来等候。听得那边说了声"摆饭"，渐渐的人才散出，只有伺候端菜的几个人。半日鸦雀不闻【用餐】之后，忽见二人抬了一张炕桌来，放在这边炕上，桌上碗盘森列，仍是满满的鱼肉在内，不过略动了几样【绝没有"光盘"之道】。板儿一见了，便吵着要肉吃，刘姥姥一巴掌打了他去。忽见周瑞家的笑嘻嘻走过来，招手儿叫他。刘姥姥会意，于是带了板儿下炕，至堂屋中，周瑞家的又和他唧咕了一会，方过这边屋里【空间指示】来。

只见门外錾铜钩上悬着大红撒花软帘，南窗下是炕，炕上大红毡条，靠东边板壁立着一个锁子锦靠背与一个引枕，铺着金心绿闪缎大坐褥，旁边有雕漆痰盒。那凤姐儿家常带着秋板貂鼠昭君套，围着攒珠勒子，穿着桃红撒花袄，石青刻丝灰鼠披风，大红洋绉银鼠皮裙，粉光脂艳，端端正正坐在那里，手内拿着小铜火箸儿拨手炉内的灰【初冬了】。平儿站在炕沿边，捧着小小的一个填漆茶盘，盘内一个小盖钟。凤姐也不接茶，也不抬头，只管拨手炉内的灰，慢慢的问道："怎么还不请进来？"一面说，一面抬身要茶时，只见周瑞家的已带了两个人在地下站着呢。这才忙欲起身犹未起身时，满面春风的问好，又嗔着周瑞家的怎么不早说。刘姥姥在地下已是拜了数拜，问姑奶奶安。凤姐忙说："周姐姐，快搀起来，别拜罢，请坐。我年轻，不大认得，可也不知是什么辈数，不敢称呼。"周瑞家的忙回道："这就是我才回的那姥姥了。"凤姐点头。刘姥姥已在炕沿上坐了。板儿便躲在

要写等待时间之久，偏写姥姥眼中的西洋钟。"又是一连八九下"，指明到八九点钟了。妙在姥姥的心理："打箩柜筛面""匣子""秤砣""乱幌"，都合农妇身份。曹公不放过写人物的任何机会，写人物又必有人物的个性。

凤姐出场，类似官员出行：有人开道，有人簇拥。

凤姐居室，仍是姥姥"只见"。

坐，必"端正"。既要"摆谱"，又不失"礼"，凤姐的手段是打"时间差"："周瑞家的已带了两个人在地下站着呢"，她才"慢慢的问道"；"刘姥姥在地下已是拜了数拜"，她才"忙说""别拜吧"。这分寸拿捏得"恰到好处"。

背后，百般的哄他出来作揖，他死也不肯。

凤姐反守为攻。

凤姐儿笑道："亲戚们不大走动，都疏远了。知道的呢，说你们弃厌我们，不肯常来；不知道的那起小人，还只当我们眼里没人似的。"刘姥姥忙念佛道："我们家道艰难，走不起，来了这里，没的给姑奶奶打嘴，就是管家爷们看着也不像。"凤姐儿笑道："这话没的叫人恶心。不过借赖着祖父虚名，作了穷官儿，谁家有什么，不过是个旧日的空架子。俗语说，'朝廷还有三门子穷亲戚'呢，何况你我。"说着，又问周瑞家的回了太太了没有。周瑞家的道："如今等奶奶的示下。"凤姐道："你去瞧瞧，要是有人有事就罢，得闲儿呢就回，看怎么说。"周瑞家的答应着去了。

必得探明太太的态度、主意。

这里凤姐叫人抓些果子与板儿吃，刚问些闲话时，就有家下许多媳妇管事的来回话。平儿回了，凤姐道："我这里陪客呢，晚上再来回。若有很要紧的，你就带进来现办。"平儿出去了，一会进来说："我都问了，没什么紧事，我就叫他们散了。"凤姐点头。只见周瑞家的回来，向凤姐道："太太说了，今日不得闲，二奶奶陪着便是一样。多谢费心想着。白来逛逛呢便罢；若有甚说的，只管告诉二奶奶，都是一样。"刘姥姥道："也没甚说的，不过是来瞧瞧姑太太、姑奶奶，也是亲戚们的情分。"周瑞家的道："没甚说的便罢；若有话，只管回二奶奶，是和太太一样的。"一面说，一面递眼色与刘姥姥。

原本是来求乞，也曾下过"舍脸"的决心，但到了节骨眼，还是不好开口。在周瑞家的催促下才"忍耻说道"。"忍耻"二字，道出姥姥自尊心受折辱的痛苦，为之一叹。好容易开口，刚说了一句，又被打断，"不必说了"，姥姥何以堪。

刘姥姥会意，未语先飞红的脸，欲待不说，今日又所为何来？只得忍耻说道："论理今儿初次见姑奶奶，却不该说，只是大远的奔了你老这里来，也少不的说了。"刚说到这里，只听二门上小厮们回说："东府里的小大爷进来了。"凤姐忙止刘姥姥："不必说了。"一面便问："你蓉大爷在那里呢？"只听一路靴子脚响，进来了一个十七八岁的少年，面目清秀，身材俊俏，轻裘宝带，美服华冠。刘姥姥此时坐不是，立不是，藏没处藏。凤姐笑道："你只管坐着，这是我侄儿。"刘姥姥方扭扭捏捏在炕沿上坐了。

　　贾蓉笑道："我父亲打发我来求婶子，说上回老舅太太给婶子的那架玻璃炕屏，明日请一个要紧的客，借了略摆一摆就送过来。"凤姐道："说迟了一日，昨儿已经给了人了。"贾蓉听着，嘻嘻的笑着，在炕沿上半跪道："婶子若不借，又说我不会说话了，又挨一顿好打呢。婶子只当可怜侄儿罢。"凤姐笑道："也没见你们，王家的东西都是好的不成？你们那里放着那些好东西，只是看不见，偏我的就是好的。"贾蓉笑道："那里有这个好呢！只求开恩罢。"凤姐道："若碰一点儿，你可仔细你的皮！"因命平儿拿了楼房的钥匙，传几个妥当人抬去。贾蓉喜的眉开眼笑，说："我亲自带了人拿去，别由他们乱碰。"说着便起身出去了。

　　这里凤姐忽又想起一事来，便向窗外："叫蓉哥回来。"外面几个人接声说："蓉大爷快回来。"贾蓉忙复身转来，垂手侍立，听阿凤指示。那凤姐只管慢慢的吃茶，出了半日的神，又笑道："罢了，你且去罢。晚饭后你来再说罢。这会子有人，我也没精神了。"贾蓉应了一声，方慢慢的退去。

　　这里刘姥姥心神方定，才又说道："今日我带了你侄儿来，也不为别的，只因他老子娘在家里，连吃的都没有。如今天又冷了，越想没个派头儿，只得带了你侄儿奔了你老来。"说着又推板儿道："你那爹在家怎么教你来？打发咱们作煞事来？只顾吃果子咧。"凤姐早已明白了，听他不会说话【哪句话不得体了】，因笑止道："不必说了，我知道了。"因问周瑞家的："这姥姥不知可用了早饭没有？"刘姥姥忙说道："一早就往这里赶咧，那里还有吃饭的工夫咧。"凤姐听说，忙命快传饭来。一时周瑞家的传了一桌客饭来，摆在东边屋内【空间指示】，过来带了刘姥姥和板儿过去吃饭。

　　凤姐说道："周姐姐，好生让着些儿，我不能陪了。"于是过东边房里来【空间指示：必避开姥姥问太太的意见，好做处理】。又叫过周瑞家的去，问他才回了太太，说了些什么？周瑞家的

贾蓉出场。从内容上看，是初露他与凤姐的亲密关系；从艺术上看，是断续穿插的手法。如果让姥姥一路说下去，未尝不可，但未免平直。

叫回来，又不说了。到底什么事？给读者留一点想象空间。

终于把话挑明了。其实凤姐"早已明白了"。

凤姐做事，得遵从王夫人指示。

道："太太说，他们家原不是一家子，不过因出一姓，当年又与太老爷在一处作官，偶然连了宗的。这几年来也不大走动。当时他们来一遭，却也没空了他们。今儿既来了瞧瞧我们，是他的好意思，也不可简慢了他。便是有什么说的，叫奶奶裁度着就是了。"凤姐听了说道："我说呢，既是一家子，我如何连影儿也不知道。"

说话时，刘姥姥已吃毕了饭，拉了板儿过来，醮舌咂嘴的道谢。凤姐笑道："且请坐下，听我告诉你老人家。方才的意思，我已知道了。若论亲戚之间，原该不等上门来就该有照应才是。但如今家内杂事太烦，太太渐上了年纪，一时想不到也是有的。况是我近来接着管些事，都不知道这些亲戚们。二则外头看着虽是烈烈轰轰的，殊不知大有大的艰难去处，说与人也未必信罢。今儿你既老远的来了，又是头一次见我张口，怎好叫你空回去呢。可巧昨儿太太给我的丫头们做衣裳的二十两银子，我还没动呢，你若不嫌少，就暂且先拿了去罢。"

那刘姥姥先听见告艰难，只当是没有，心里便突突的；后来听见给他二十两，喜的又浑身发痒起来，说道："嗳，我也是知道艰难的。但俗语说的：'瘦死的骆驼比马大'，凭他怎样，你老拔根寒毛比我们的腰还粗呢！"周瑞家的见他说的粗鄙，只管使眼色止他。凤姐看见，笑而不睬，只命平儿把昨儿那包银子拿来，再拿一吊钱来，都送到刘姥姥的跟前。凤姐乃道："这是二十两银子，暂且给这孩子做件冬衣罢。若不拿着，就真是怪我了。这钱雇车坐罢。改日无事，只管来逛逛，方是亲戚们的意思。天也晚了，也不虚留你们了，到家里该问好的问个好儿罢。"一面说，一面就站了起来。

刘姥姥只管千恩万谢的，拿了银子钱，随了周瑞家的来至外面。周瑞家的道："我的娘啊！你见了他怎么倒不会说了？开口就是'你侄儿'。我说句不怕你恼的话，便是亲侄儿，也要说和软些。蓉大爷才是他的正经侄儿呢，他怎么又跑出这么一个侄儿

二十两，在贾府不过是"给我的丫头们做衣裳的"，在姥姥，无异天文数字。

虽粗俗，倒是实话。

难得做一回善事，而终于"善有善报"。这一节情事，一直贯穿到全书的大结局。

这里说明了所谓"不会说话"，原来是指这个。

一○二

红楼梦·上

来了。"刘姥姥笑道："我的嫂子，我见了他，心眼儿里爱还爱不过来，那里还说的上话来呢。"二人说着，又到周瑞家坐了片时。刘姥姥便要留下一块银子与周瑞家孩子们买果子吃，周瑞家的如何放在眼里，执意不肯。刘姥姥感谢不尽，仍从后门去了。正是：

这次"后门"走得有收获。

得意浓时易接济，受恩深处胜亲朋。【此一联语，埋刘姥姥救巧姐线索】

【 回后评 】

本回书因"云雨之事"，引出了对袭人的评价之争。这袭人在第三回就出场了，她原是贾母之婢，贾母因溺爱宝玉，遂与了宝玉。于是她心中眼中"只有一个宝玉"，"只因宝玉情性乖僻，每每规谏宝玉不听，心中着实忧郁"。这已经奠定了她与宝玉关系的二重性：袭人视宝玉为"自己人"，生活上无微不至地加以照顾；但在精神上，在价值观上，二人是格格不入的。

有了以上的认识，再来看"云雨之事"就会更客观。

王希廉说：宝玉"失身"，"袭人真祸首罪魁"。洪秋蕃评："作者之意，固以袭人列于多姑娘、鲍二家、智能、卍儿之类矣，其贬之也甚矣！"而蔡义江先生则对"责袭人者不依不饶"感到"不平"。鄙意以为，袭人以身相许，与她一面把宝玉视为"自己人"一面又为"规谏不听"而"忧郁"有关，她是想以此拴牢宝玉之心而已。当然，评价一个人物，单从这一回事还难以"盖棺论定"，既要瞻前又要顾后，特别是要"看下回分解"。

写刘姥姥进贾府，是继冷子兴"演说"与林黛玉"近见"之后的又一次表现贾府之尊荣富贵，仍用"互见互评"之手法，可联系着、对比着看。同样是写贾府的奢华富贵，黛玉是与自己的家庭对比，她的心态是谨慎，她更注意的是贾府的礼仪规矩，而刘姥姥是初进"侯门"，只感到眼花缭乱，手足无措。两回书都以王熙凤为重点：黛玉进贾府那回是写凤姐的"媚"——一切表演都是为了讨贾母的欢心；这一回是写她的"傲"——在姥姥面前显示她的地位与威权。对上之"媚"，八面玲珑，"媚"而不俗；对下之"傲"，居高临下，若无其事，"傲"而不躁。

文理之细密，结构之穿插，也都是这一回书值得欣赏的地方。

在姥姥的"家庭会议"上，狗儿说："这周瑞先时曾和我父亲交过一件事，我们极好的。"以周瑞做桥梁，这是姥姥进府成功的重要条件之一。这是一件什么事？如果在这里细说，不免啰唆；要是根本不予说明，又似有欠缺。既避免啰唆又要解释清楚，曹公只在写周瑞家的"帮忙"心理活动时顺带讲出，文理无疏而毫不费力。本来是投奔周瑞的，但姥姥要求见的人都是女性，于是"安排"周瑞"已往南边去了"，于是出来接待的自然就是"周瑞家的"。那么说周瑞"往南边去了"有道理吗？有。因为他分工的事项就是"管春秋两季地租子"，而这秋末冬初之季，正是收地租的时候，真是一丝不漏。

断续穿插，也是曹公的拿手好戏，但这"穿插"绝非无谓的东拉西扯。在姥姥与凤姐交接的过程中，"家下许多媳妇管事的来回话"，这是简略的穿插，见得凤姐管家之"忙"。较长的一段是写贾蓉求借玻璃炕屏。这样一来，一是贾蓉完成出场亮相，二是初显凤姐与贾蓉的亲密关系，特别是第三，造成了姥姥的尴尬之耻。写人，写事，写性格，写情感，内容丰富而文理曲折，确实一举多得。

第七回

送宫花贾琏戏熙凤
宴宁府宝玉会秦钟

十二花容色最新，
不知谁是惜花人。
相逢若问名何氏，
家住江南姓本秦。

众姐妹悠悠闲度日，林黛玉愤愤弃宫花

本回题目又作"送官花周瑞叹英莲，谈肆业秦钟结宝玉"。两种回目各有侧重，可以参照着看。官花，为皇宫特制的花，薛家是皇商，得以有此。肆业，修习学业。

本回书上半以周瑞家的送官花为线索：薛姨妈托周瑞家的把十二支官花送给姑娘、奶奶。她说得很清楚："你家的三位姑娘，每人一对，剩下的六枝，送林姑娘两枝，那四枝给了凤哥罢。"周瑞家的依嘱而行，其他人收到花都只表示谢意而已，独黛玉发了牢骚。她问道："还是单送我一人的，还是别的姑娘们都有呢？"周瑞家的道："各位都有了，这两枝是姑娘的了。"黛玉冷笑道："我就知道，别人不挑剩下的也不给我。"周瑞家的听了，一声儿不言语。

值得注意的是，在周瑞家的这一段活动中，前后有几次穿插：先是写宝钗家居衣装之素朴，先天"热毒"而服"冷香丸"之奇妙；又穿插金钏说香菱身世之惨；周瑞的女婿冷子兴遭官司请凤姐出面而了结；惜春与智能儿相好且有出家之愿；等等。而回目所标"贾琏戏熙凤"只是一个小插曲而已。

书的下半，则以宝玉会秦钟为重点。凤姐应贾珍之妻尤氏之约到宁府休闲，宝玉也跟了去。秦氏说她弟弟秦钟今儿恰巧也在这里，让宝玉见见。凤姐一听，说"我也瞧一瞧"。那秦钟眉清目秀，粉面朱唇，身材俊俏，举止风流，似在宝玉之上，只是怯怯羞羞，有女儿之态，连凤姐都觉得把宝玉都"比下去了"。

而宝玉见秦钟人品出众，也自愧不如，恨相见之晚；秦钟自见了宝玉，则恨自己生于清寒之家，不能与他耳鬓交接，亦世间之大不快事。二人你言我语，十来句后越觉亲密起来。秦钟说："业师于去年病故，家父又年纪老迈，残疾在身，公务繁冗，因此尚未议及再延师一事，目下不过在家温习旧课而已。再读书一事，必须有一二知己为伴，时常大家讨论，才能进益。"此话正中宝玉下怀，于是相约到贾府家学里共读。

　　至晚，宝玉、凤姐回府，而因派焦大送秦钟回家，焦大酒醉大骂，什么"爬灰的爬灰，养小叔子的养小叔子"，"咱们红刀子进去白刀子出来"，等等，结果被捆起来，塞了一嘴马粪。

　　话说周瑞家的送了刘姥姥去后，便上来回王夫人话。谁知王夫人不在上房，问丫鬟们时，方知往薛姨妈那边闲话去了。周瑞家的听说，便转出东角门至东院，往梨香院来。刚至院门前，只见王夫人的丫鬟金钏儿，和一个才留了头的小女孩儿站在台阶坡上顽。见周瑞家的来了，便知有话回，因向内努嘴儿。

　　周瑞家的轻轻掀帘进去，只见王夫人和薛姨妈长篇大套的说些家务人情等语。周瑞家的不敢惊动，遂进里间来。只见薛宝钗穿着家常衣服，头上只散挽着鬟儿，坐在炕里边，伏在小炕桌上同丫鬟莺儿正描花样子呢。见他进来，宝钗才放下笔，转过身来，满面堆笑让："周姐姐坐。"周瑞家的也忙陪笑问"姑娘好？"一面炕沿上坐了，因说："这有两三天也没见姑娘到那边逛逛去，只怕是你宝兄弟冲撞了你不成？"宝钗笑道："那里的话。只因我那种病又发了，所以这两天没出屋子。"周瑞家的道："正是呢，姑娘到底有什么病根儿，也该趁早儿请个大夫来，好生开个方子，认真吃几剂药，一势儿除了根才是。小小的年纪倒作下个病根儿，也不是顽的。"宝钗听了便笑道："再不要提吃药。为这病请大夫吃药，也不知白花了多少银子钱呢。凭你什么名医仙药，从不见一点儿效。后来还亏了一个秃头【该是下面说

自然引到薛家。

这才正面写宝钗，从周瑞家的眼中写出。二人见面，一个"堆笑"，一个"陪笑"，是主与客，也是主与仆。

平常话，却话中有话——有前提意义，不能囫囵过去。"有两三天也没见姑娘到那边逛逛去"——见得日常总"到那边逛逛"；"我那种病又发了"——"那病"本来常"发"，大家都知道的。

的"癞头"，同义互解】和尚，说专治无名之症，因请他看了。他说我这是从胎里带来的一股热毒，幸而先天壮，还不相干；若吃寻常药，是不中用的。他就说了一个海上方，又给了一包药末子作引子，异香异气的，不知是那里弄了来的。他说发了时吃一丸就好。倒也奇怪，吃他的药倒效验些。"

周瑞家的因问："不知是个什么海上方儿？姑娘说了，我们也记着，说与人知道，倘遇见这样病，也是行好的事。"宝钗见问，乃笑道："不用这方儿还好，若用了这方儿，真真把人琐碎死。东西药料一概都有限，只难得'可巧'二字：要春天开的白牡丹花蕊十二两，夏天开的白荷花蕊十二两，秋天的白芙蓉蕊十二两，冬天的白梅花蕊十二两。将这四样花蕊，于次年春分这日晒干，和在药末子一处，一齐研好。又要雨水这日的雨水十二钱，……"周瑞家的忙道："嗳哟！这么说来，这就得三年的工夫。倘或雨水这日竟不下雨，这却怎处呢？"宝钗笑道："所以说那里有这样可巧的雨，便没雨也只好再等罢了。还要白露这日的露水十二钱，霜降这日的霜十二钱，小雪这日的雪十二钱。把这四样水调匀，和了药，再加十二钱蜂蜜，十二钱白糖，丸了龙眼大的丸子，盛在旧磁坛内，埋在花根底下。若发了病时，拿出来吃一丸，用十二分黄柏煎汤送下。"

周瑞家的听了笑道："阿弥陀佛，真巧死人的事儿！等十年未必都这样巧的呢。"宝钗道："竟好，自他说了去后，一二年间可巧都得了，好容易配成一料。如今从南带至北，现在就埋在梨花树底下呢。"周瑞家的又问道："这药可有名字没有呢？"宝钗道："有。这也是那癞头【上说"秃头"】和尚说下的，叫作'冷香丸'。"周瑞家的听了点头儿，因又说："这病发了时到底觉怎么着？"宝钗道："也不觉甚怎么着，只不过喘嗽些，吃一丸下去也就好些了。"

周瑞家的还欲说话时，忽听王夫人问："谁在房里呢？"周瑞家的忙出去答应了，趁便回了刘姥姥之事。略待半刻，见王夫人无语，方欲退出，薛姨妈忽又笑道："你且站住。我有一宗东西，你带了去罢。"说着便叫香菱。只听帘栊响处，方才和金钏顽的那个小丫头进来了，问："奶奶叫我作什么？"薛姨妈道："把匣子里的花儿拿来。"香菱答应了，向那边捧了个小锦匣来。薛姨妈道："这是宫里头的新鲜样法，拿纱堆的花儿十二支。昨儿我想起来，白放着可惜了儿的，何不给他们姊妹们戴去。昨儿要送去，偏又忘了。你今儿来的巧，就带了去罢。你家的三位姑娘，每人一对，剩下的六枝，送林姑娘两枝，那四枝给了凤哥罢。"王夫人道："留着给宝丫头戴罢，又想着他们作什么。"薛姨妈道："姨娘不知道，宝丫头古怪着呢，他从来不爱这些花儿粉儿的。"

说着，周瑞家的拿了匣子，走出房门，见金钏仍在那里晒日阳儿。周瑞家的因问他道："那香菱小丫头子，可就是常说临上京时买的、为他打人命官司的那个小丫头么？"金钏道："可不就是他。"正说着，只见香菱笑嘻嘻的走来。周瑞家的便拉了他的手，细细的看了一会，因向金钏儿笑道："倒好个模样儿，竟有些像咱们东府里蓉大奶奶的品格儿。"金钏儿笑道："我也是这们说呢。"周瑞家的又问香菱："你几岁投身到这里？"又问："你父母今在何处？今年十几岁了？本处是那里人？"香菱听问，都摇头说："不记得了。"周瑞家的和金钏儿听了，倒反为叹息伤感一回。

一时间周瑞家的携花至王夫人正房后头来。原来近日贾母说孙女儿们太多了，一处挤着倒不方便，只留宝玉黛玉二人这边解闷，却将迎、探、惜三人移到王夫人这边房后三间小抱厦内居住，令李纨陪伴照管。如今周瑞家的故顺路先往这里来，只见几个小丫头子都在抱厦内听呼唤呢。迎春的丫鬟司棋与探春的丫鬟待书二人正掀帘子出来，手里都捧着茶钟，周瑞家的便知他们姊妹在一处坐着呢，遂进入内房，只见迎春、探春二人正在窗下围棋。周瑞家的将花送上，说明缘故。二人忙住了棋，都欠身道

自然转换到薛姨妈托送宫花，并带出香菱——英莲。

在薛姨妈心中，"三位姑娘"当然要放在前头，然后才是林姑娘。

上面写她只穿"家常衣服"，这里又说她"不爱这些花儿粉儿的"，确非一般天真烂漫之姑娘。

前提是"东府里蓉大奶奶的品格儿"好，如此一比，所谓"一击两鸣"：既夸了香菱，又肯定了可卿。

家常事，收花道谢而已。

谢，命丫鬟们收了。

顺带引出智能儿，为惜春出家、秦钟作奸埋线。

周瑞家的答应了，因说："四姑娘不在房里，只怕在老太太那边呢。"丫鬟们道："那屋里不是四姑娘？"周瑞家的听了，便往这边屋里来。只见惜春正同水月庵的小姑子智能儿一处顽耍呢，见周瑞家的进来，惜春便问他何事。周瑞家的便将花匣打开，说明原故。惜春笑道："我这里正和智能儿说，我明儿也剃了头同他作姑子去呢，可巧又送了花儿来；若剃了头，可把这花儿戴在那里呢？"说着，大家取笑一回，惜春命丫鬟入画来收了。

称老尼为"秃歪剌"，见得印象之坏。而从余信家的跟那师父"咕唧了半日"，可看出鬼祟有私。

周瑞家的因问智能儿："你是什么时候来的？你师父那秃歪剌往那里去了？"智能儿道："我们一早就来了。我师父见了太太，就往于老爷府内去了，叫我在这里等他呢。"周瑞家的又道："十五的月例香供银子可曾得了没有？"智能儿摇头儿说："我不知道。"惜春听了，便问周瑞家的："如今各庙月例银子是谁管着？"周瑞家的道："是余信管着。"惜春听了笑道："这就是了。他师父一来，余信家的就赶上来，和他师父咕唧了半日，想是就为这事了。"

这一段写得迷离恍惚：小丫头在门槛"站岗"，有人来不出声只"摆手"，指挥"往东屋（巧姐屋）里去"。周瑞家的真的"会意"了吗？我只以为是怕影响主人"睡中觉"。待到传出贾琏笑声，平儿拿盆要水，才悟到是写贾琏、凤姐昼"戏"。笔墨既曲折又干净。

那周瑞家的又和智能儿劳叨了一会，便往凤姐儿处来。穿夹道从李纨后窗下过，隔着玻璃窗户，见李纨在炕上歪着睡觉呢，遂越过西花墙，出西角门进入凤姐院中。走至堂屋，只见小丫头丰儿坐在凤姐房门槛上，见周瑞家的来了，连忙摆手儿叫他往东屋里去。周瑞家的会意，忙蹑手蹑足往东边房里来，只见奶子正拍着大姐儿睡觉呢。周瑞家的悄问奶子道："姐儿睡中觉呢？也该请醒了。"奶子摇头儿。正说着，只听那边一阵笑声，却有贾琏的声音。接着房门响处，平儿拿着大铜盆出来，叫丰儿舀水进去。平儿便到这边来，一见了周瑞家的便问："你老人家又跑了来作什么？"周瑞家的忙起身，拿匣子与他，说送花儿一事。平儿听了，便打开匣子，拿了四枝，转身去了。半刻工夫，手里拿出两枝来，先叫彩明吩咐道："送到那边府里给小蓉大奶奶戴去。"次后方命周瑞家的回去道谢。

周瑞家的这才往贾母这边来。穿过了穿堂，抬头忽见他女儿打扮着才从他婆家来。周瑞家的忙问："你这会跑来作什么？"他女儿笑道："妈一向身上好？我在家里等了这半日，妈竟不出去，什么事情这样忙的不回家？我等烦了，自己先到了老太太跟前请了安了，这会子请太太的安去。妈还有什么不了的差事，手里是什么东西？"周瑞家的笑道："嗳！今儿偏偏的来了个刘姥姥，我自己多事，为他跑了半日；这会子又被姨太太看见了，送这几枝花儿与姑娘奶奶们。这会子还没送清楚呢。你这会子跑了来，一定有什么事。"他女儿笑道："你老人家倒会猜。实对你老人家说，你女婿前儿因多吃了两杯酒，和人分争，不知怎的被人放了一把邪火，说他来历不明，告到衙门里，要递解还乡。所以我来和你老人家商议商议，这个情分，求那一个可了事呢？"周瑞家的听了道："我就知道呢。这有什么大不了的事！你且家去等我，我给林姑娘送了花儿去就回家去。此时太太二奶奶都不得闲儿，你回去等我。这有什么，忙的如此。"女儿听说，便回去了，又说："妈，好歹快来。"周瑞家的道："是了。小人儿家没经过什么事，就急得你这样了。"说着，便到黛玉房中去了。

谁知此时黛玉不在自己房中，却在宝玉房中大家解九连环玩呢。周瑞家的进来笑道："林姑娘，姨太太着我送花儿与姑娘戴来了。"宝玉听说，便先问："什么花儿？拿来给我。"一面早伸手接过来了。开匣看时，原来是宫制堆纱新巧的假花儿。黛玉只就宝玉手中看了一看，便问道："还是单送我一人的，还是别的姑娘们都有呢？"周瑞家的道："各位都有了，这两枝是姑娘的了。"黛玉冷笑道："我就知道，别人不挑剩下的也不给我。"周瑞家的听了，一声儿不言语。宝玉便问道："周姐姐，你作什么到那边去了？"周瑞家的因说："太太在那里，因回话去了，姨太太就顺便叫我带来了。"宝玉道："宝姐姐在家作什么呢？怎么这几日也不过这边来？"周瑞家的道："身上不大好呢。"宝玉听了，便和丫头说："谁去瞧瞧？只说我与林姑娘打发了来请姨太

趁周瑞家的走在半路上的工夫，又穿插其女儿求情一事，情事繁冗而文笔从容。

还要送花，不及细说，先放下。

在"黛玉冷笑道"之前，有的版本还有一句"黛玉再看了一看"。这一句很重要。黛玉原只是"就宝玉手中看了一看"，并没有关注匣内到底有几枝花。听周瑞家的说"这两枝是姑娘的了"，才"再看了一看"，发现只有两枝，这才"冷笑道"。体会到这一层，才懂得黛玉——她确实"小心眼"，但这种小心是她寄人篱下的阴影所致，而匣内确实又只有"别人挑剩下的"两枝，她的牢骚并非妄发，而周瑞家的也只能"一声儿不言语"。乖巧的是宝玉，是他把话题岔开了。

太姐姐安，问姐姐是什么病，现吃什么药。论理我该亲自来的，就说才从学里来，也着了些凉，异日再亲自来看罢。"说着，茜雪便答应去了。周瑞家的自去，无话。

原来这周瑞的女婿，便是雨村的好友冷子兴，近因卖古董和人打官司，故教女人来讨情分。周瑞家的仗着主子的势利，把这些事也不放在心上，晚间只求求凤姐儿便完了。

至掌灯时分，凤姐已卸了妆，来见王夫人回话："今儿甄家送了来的东西，我已收了。咱们送他的，趁着他家有年下进鲜的船回去，一并都交给他们带了去罢？"王夫人点头。凤姐又道："临安伯老太太生日的礼已经打点了，派谁送去呢？"王夫人道："你瞧谁闲着，就叫他们去四个女人就是了，又来当什么正经事问我。"凤姐又笑道："今日珍大嫂子来，请我明日过去逛逛，明日倒没有什么事情。"王夫人道："有事没事都害不着什么。每常他来请，有我们，你自然不便意【便宜，方便】；他既不请我们，单请你，可知是他诚心叫你散淡散淡【休息一下，放松一下】，别辜负了他的心，便有事也该过去才是。"凤姐答应了。当下李纨、迎、探等姐妹们亦来定省毕，各自归房无话。

次日凤姐梳洗了，先回王夫人毕，方来辞贾母。宝玉听了，也要跟了逛去。凤姐只得答应，立等着换了衣服，姐儿两个坐了车，一时进入宁府。早有贾珍之妻尤氏与贾蓉之妻秦氏婆媳两个，引了多少姬妾丫鬟媳妇等接出仪门。那尤氏一见了凤姐，必先笑嘲一阵，一手携了宝玉同入上房来归坐。秦氏献茶毕，凤姐因说："你们请我来作什么？有什么好东西孝敬我，就快献上来，我还有事呢。"尤氏秦氏未及答话，地下几个姬妾先就笑说："二奶奶今儿不来就罢，既来了就依不得二奶奶了。"正说着，只见贾蓉进来请安。宝玉因问："大哥哥今日不在家么？"尤氏道："出城与老爷请安去了。可是，你怪闷的，坐在这里作什么？何不也去逛逛。"

秦氏笑道："今儿巧，上回宝叔立刻要见的我那兄弟，他今儿也在这里，想在书房里呢，宝叔何不去瞧一瞧？"宝玉听了，即便下炕要走。尤氏凤姐都忙说："好生着，忙什么？"一面便吩咐好生小心跟着，别委曲着他，倒比不得跟了老太太过来就罢了。凤姐说道："既这么着，何不请进这秦小爷来，我也瞧一瞧。难道我见不得他不成？"尤氏笑道："罢，罢！可以不必见，他比不得咱们家的孩子们，胡打海摔的惯了。人家的孩子都是斯斯文文的惯了，乍见了你这破落户，还被人笑话死了呢。"凤姐笑道："普天下的人，我不笑话就罢了。竟叫这小孩子笑话我不成？"贾蓉笑道："不是这话，他生的腼腆，没见过大阵仗儿，婶子见了，没的生气。"凤姐道："凭他什么样儿的，我也要见一见！别放你娘的屁了。再不带我看看，给你一顿好嘴巴。"贾蓉笑嘻嘻的说："我不敢扭着，就带他来。"

是"巧"，但巧得自然。

说着，果然出去带进一个小后生来，较宝玉略瘦些，眉清目秀，粉面朱唇，身材俊俏，举止风流，似在宝玉之上，只是怯怯羞羞，有女儿之态，腼腆含糊，慢向凤姐作揖问好。凤姐喜的先推宝玉，笑道："比下去了！"便探身一把携了这孩子的手，就命他身傍坐了，慢慢的问他：几岁了，读什么书，弟兄几个，学名唤什么。秦钟一一答应了。早有凤姐的丫鬟媳妇们见凤姐初会秦钟，并未备得表礼来，遂忙过那边去告诉平儿。平儿知道凤姐与秦氏厚密，虽是小后生家，亦不可太俭，遂自作主意，拿了一匹尺头、两个"状元及第"的小金锞子，交付与来人送过去。凤姐犹笑说太简薄等语。秦氏等谢毕。一时吃过饭，尤氏、凤姐、秦氏等抹骨牌，不在话下。

那宝玉自见了秦钟的人品出众，心中似有所失，痴了半日，自己心中又起了呆意，乃自思道："天下竟有这等人物！如今看来，我竟成了泥猪癞狗了。可恨我为什么生在这侯门公府之家，若也生在寒门薄宦之家，早得与他交结，也不枉生了一世。我虽如此比他尊贵，可知锦绣纱罗，也不过裹了我这根死木头；美酒羊羔，也不过填了我这粪窟泥沟。'富贵'二字，不料遭我涂毒

凤姐在平辈、晚辈面前，又一副面孔：亲切中透着几分"横"，几分"野"。

为秦钟画像。

平儿深知凤姐所需，又能"自作主意"，是个"人才"。

宝玉、秦钟自哀自贬，不过是恨相见之晚。豪门贵族与清寒之家，是两个世界，其子弟相交确属不易，世态如此。

了！"秦钟自见了宝玉形容出众，举止不凡，更兼金冠绣服，骄婢侈童，心中亦自思道："果然这宝玉怨不得人溺爱他。可恨我偏生于清寒之家，不能与他耳鬓交接，可知'贫窭【jù，贫穷】'二字限人，亦世间之大不快事。"二人一样的胡思乱想。忽然宝玉问他读什么书。秦钟见问，因而答以实话。二人你言我语，十来句后，越觉亲密起来。

一时摆上茶果，宝玉便说："我两个又不吃酒，把果子摆在里间小炕上，我们那里坐去，省得闹你们。"于是二人进里间来吃茶。秦氏一面张罗与凤姐摆酒果，一面忙进来嘱宝玉道："宝叔，你侄儿倘或言语不防头，你千万看着我，不要理他。他虽腼腆，却性子左强【jiàng】，不大随和此是有的。"宝玉笑道："你去罢，我知道了。"秦氏又嘱了他兄弟一回，方去陪凤姐。

一时凤姐尤氏又打发人来问宝玉："要吃什么，外面有，只管要去。"宝玉只答应着，也无心在饮食上，只问秦钟近日家务等事。秦钟因说："业师于去年病故，家父又年纪老迈，残疾在身，公务繁冗，因此尚未议及再延师一事，目下不过在家温习旧课而已。再读书一事，必须有一二知己为伴，时常大家讨论，才能进益。"宝玉不待说完，便答道："正是呢，我们却有个家塾，合族中有不能延师的，便可入塾读书，子弟们中亦有亲戚在内可以附读。我因业师上年回家去了，也现荒废着呢。家父之意，亦欲暂送我去温习旧书，待明年业师上来，再各自在家里读。家祖母因说：一则家学里之子弟太多，生恐大家淘气，反不好；二则也因我病了几天，遂暂且耽搁着。如此说来，尊翁如今也为此事悬心。今日回去，何不禀明，就往我们敝塾中来，我亦相伴，彼此有益，岂不是好事？"秦钟笑道："家父前日在家提起延师一事，也曾提起这里的义学倒好，原要来和这里的亲翁商议引荐。因这里又事忙，不便为这点小事来聒絮的。宝叔果然度小侄或可磨墨涤砚，何不速速的作成，又彼此不致荒废，又可以常相谈聚，又可以慰父母之心，又可以得朋友之乐，岂不是美事？"宝

虽"亲密起来"，彼此还不免拘谨，"家父""尊翁""宝叔"等称谓都透着"客气"。待熟稔之后，是另一样言语。

玉道："放心，放心。咱们回来告诉你姐夫姐姐和琏二嫂子。你今日回家就禀明令尊，我回去再禀明祖母，再无不速成之理。"二人计议已定。那天气已是掌灯时候，出来又看他们顽了一回牌。算帐时，却又是秦氏尤氏二人输了戏酒的东道，言定后日吃这东道。一面就叫送饭。

当然是"秦氏尤氏二人输"，着一"又"字，有意味。今之行贿者，也学这一招：妙在行贿受贿，不露痕迹。

吃毕晚饭，因天黑了，尤氏说："先派两个小子送了这秦相公家去。"媳妇们传出去半日，秦钟告辞起身。尤氏问："派了谁送去？"媳妇们回说："外头派了焦大，谁知焦大醉了，又骂呢。"尤氏秦氏都说道："偏又派他作什么！放着这些小子们，那一个派不得？偏要惹他去。"凤姐道："我成日家说你太软弱了，纵的家里人这样还了得了。"尤氏叹道："你难道不知这焦大的？连老爷都不理他的，你珍大哥哥也不理他。只因他从小儿跟着太爷们出过三四回兵，从死人堆里把太爷背了出来，得了命；自己挨着饿，却偷了东西来给主子吃；两日没得水，得了半碗水给主子喝，他自己喝马溺。不过仗着这些功劳情分，有祖宗时都另眼相待，如今谁肯难为他去。他自己又老了，又不顾体面，一味吃酒，吃醉了，无人不骂。我常说给管事的，不要派他差事，全当一个死的就完了。今儿又派了他。"凤姐道："我何曾不知这焦大。倒是你们没主意，有这样的，何不打发他远远的庄子上去就完了。"说着，因问："我们的车可齐备了？"地下众人都应道："伺候齐了。"

"又派""又骂"，非一日亦非偶然也。司其事者为什么这样做？是"欺软怕硬"，还是另有因由？

焦大之"功劳情分"如此。

凤姐起身告辞，和宝玉携手同行。尤氏等送至大厅，只见灯烛辉煌，众小厮都在丹墀侍立。那焦大又恃贾珍不在家，即在家亦不好怎样他，更可以任意洒落洒落。因趁着酒兴，先骂大总管赖二，说他不公道，欺软怕硬，"有了好差事就派别人，像这等黑更半夜送人的事，就派我。没良心的王八羔子！瞎充管家！你也不想想，焦大太爷跷跷脚，比你的头还高呢。二十年头里的焦大太爷眼里有谁？别说你们这一起杂种王八羔子们！"

正骂的兴头上，贾蓉送凤姐的车出去，众人喝他不听，贾蓉

骂管家。

贾蓉火上浇油。焦大叫板贾蓉。

忍不得，便骂了他两句，使人捆起来，"等明日酒醒了，问他还寻死不寻死了！"那焦大那里把贾蓉放在眼里，反大叫起来，赶着贾蓉叫："蓉哥儿，你别在焦大跟前使主子性儿。别说你这样儿的，就是你爹、你爷爷，也不敢和焦大挺腰子！不是焦大一个人，你们就做官儿享荣华受富贵？你祖宗九死一生挣下这家业，到如今了，不报我的恩，反和我充起主子来了。不和我说别的还可，若再说别的，咱们红刀子进去白刀子出来！"凤姐在车上说与贾蓉道："以后还不早打发了这个没王法的东西！留在这里岂不是祸害？倘或亲友知道了，岂不笑话咱们，这样的人家连个王法规矩都没有。"贾蓉答应"是"。

愤怒到极点，越骂越狠，连宁府最肮脏的老底都揭出来了。

众小厮见他太撒野了，只得上来几个，揪翻捆倒，拖往马圈里去。焦大越发连贾珍都说出来，乱嚷乱叫说："我要往祠堂里哭太爷去。那里承望到如今生下这些畜牲来！每日家偷狗戏鸡，爬灰的爬灰，养小叔子的养小叔子，我什么不知道？咱们'胳膊折了往袖子里藏'！"众小厮听他说出这些没天日的话来，唬的魂飞魄散，也不顾别的了，便把他捆起来，用土和马粪满满的填了他一嘴。

凤姐和贾蓉等也遥遥的闻得，便都装作没听见。宝玉在车上见这般醉闹，倒也有趣，因问凤姐道："姐姐，你听他说'爬灰的爬灰'，什么是'爬灰'？"凤姐听了，连忙立眉嗔目断喝道："少胡说！那是醉汉嘴里混嗖【猫、狗呕吐，借用以骂人】，你是什么样的人，不说没听见，还倒细问！等我回去回了太太，仔细捶你不捶你！"唬的宝玉忙央告道："好姐姐，我再不敢了。"凤姐道："这才是呢。等到了家，咱们回了老太太，打发你同你秦家侄儿学里念书去要紧。"说着，却自回往荣府而来。正是：

不因俊俏难为友，正为风流始读书。

只因"风流""俊俏"，宝玉、秦钟才"为友"，才去义学共"读书"。为下文过渡。

〔 回后评 〕

此回书，上半部以周瑞家的送宫花为线索，把一系列看似无关的人物、情事串联起来。有两个片段最值得品味：一是写琏、凤昼"戏"，一是写黛玉牢骚。写夫妻之事而不秽，写牢骚之情而有因。对黛玉此情，蔡义江先生评："总是小性儿，教送花的人何以为情？"其实，黛玉耍"小性儿"而非"总是"，送花人有些尴尬，也实在无话可说。别忘了，当初薛姨妈是怎么嘱咐周瑞家的："你家的三位姑娘，每人一对，剩下的六枝，送林姑娘两枝，那四枝给了凤哥罢。"这里说的就是"剩下的"。黛玉的反应不是没有道理的。

写宝钗说病、吃药，可与第三回黛玉说病、吃药比着看：黛玉是怯弱"不足"，总是吃药而"皆不见效"；宝钗则是有"热毒"而"先天壮"，"冷香丸"有效而"巧"易得。一个无助而死，一个取巧苟活：是否有此寓意？

焦大，是此回书中一个重要人物，虽"昙花一现"却被读者记住了。脂评："忽接此焦大一段，真可惊心骇目。一字化一泪，一泪化一血珠。"王蒙更有感慨："居功自傲，正气凛然，一针见血，无私无畏。从大的方面看，他代表的是当时应肯定表彰的忠义的一方面，但仍逃不脱嘴灌马粪的下场。没有被割声带，算是便宜了他。"

焦大一番骂，既粗且野，但里面有恨，有忠。鲁迅曾幽默地把焦大比作贾府的"屈原"。屈原被流放，焦大被塞了一嘴马粪：良可叹也！

一般评述都着眼于焦大之"骂"的情感内涵，我们倒不妨把上一回的刘姥姥以及这一回的凤姐拉到一起，说说"人物语言个性化"问题。洪秋蕃评说："《红楼》妙处，又莫如描摹之肖。性情各以其人殊，声吻若自其口出，至隐揭奸诈胸藏，曲绘媟亵情状，尤为传神阿堵。"所谓"声吻若自其口出"就是人物语言个性化，这是很高的艺术造诣。

上述三人，都说"粗"话，但刘姥姥是"粗"而"俗"：什么"守多大碗儿吃多大的饭"，"倒还是舍着我这付老脸去碰一碰"，"'瘦死的骆驼比马大'，凭他怎样，你老拔根寒毛比我们的腰还粗呢"。连听到自鸣钟报时的响声，她联想到的也就是"打箩柜筛面的一般"。没有"书生气"，都只是劳动者的口头语，而且不失女性身份。即使有"联想"也不能超出他们的生活经验，然而朴实而生动。

焦大则是"粗"而"野"。开口就是"杂种王八羔子们"，"我要往祠堂里哭太爷去。那里承望到如今生下这些畜牲来"，"爬灰的爬灰，养小叔子的养小叔子"，"咱们红刀子进去白刀子出来"。是"功臣"的身份、"兵痞"的口吻，全是"横话""脏话"，不顾脸面，没有分寸，是"没天日"的"粗"而"野"。

至若王熙凤，在平辈、晚辈面前，她的言语则"横"中不乏"野"味。她要见秦钟，尤氏推脱，凤姐的话是："普天下的人，我不笑话就罢了。竟叫这小孩子笑话不成？"贾蓉再客气，凤姐就说："凭他什么样的，我也要见一见！别放你娘的屁了。再不带我看看，给你一顿好嘴巴。"我说了算，板上钉钉，不容商量，这就是"横"也是"粗"。至于什么"放屁"、打"嘴巴"，不是也够"野"的吗？在她大闹宁国府的时候，这种"野"会有淋漓尽致的表现。

第八回

比通灵金莺微露意

探宝钗黛玉半含酸

古鼎新烹凤髓香，

那堪翠斝贮琼浆。

莫言绮縠无风韵，

试看金娃对玉郎。

薛宝钗前拈酸后，宝黛同归贾母处

金莺，宝钗的丫鬟。宝玉的"通灵宝玉"上刻"莫失莫忘，仙寿恒昌"；宝钗金锁上刻的是"不离不弃，芳龄永继"。金莺想说"金玉相配"之意，被宝钗打断了，所以只是"微露意"。而黛玉见宝玉与宝钗亲密接触，心生妒意，但也只是言语相讥，并无过激行为，所以只是"半含酸"。

上回书说到，宝钗因病"有两三天没到那边逛逛去"，所以宝玉就来探望她了。这是第一次写宝玉与宝钗的密切交接。宝钗服饰依然是"半新不旧"，在宝玉看来，是一个"罕言寡语""安分随时"之人。而在宝钗眼中，宝玉最值得注意的是那块"宝玉"。她"细细的赏鉴"了，又把上面刻的"莫失莫忘，仙寿恒昌"念了两遍。她的丫鬟莺儿就笑道："我听这两句话，倒像和姑娘的项圈上的两句话是一对儿。"待宝玉看了宝钗金锁上的八个字，也禁不住说道："姐姐这八个字倒真与我的是一对。"莺儿说："是个癞头和尚送的，他说必须錾在金器上……"宝钗不待说完，就打断了她的话。【莺儿的后半截话见三十四回，应是"这金要拣有玉的才可正配"。】

二人说话间，黛玉来了。她见宝玉与宝钗贴得那么近，就笑说："嗳哟，我来的不巧了！"这话明是讥讽其过于亲近，但还能做出"合理"的解释。下雪了，要喝酒搪搪寒气。宝玉说酒不必温了。宝钗讲了一番喝冷酒的危害，宝玉"便放下冷酒，命人暖来方饮"。适逢黛玉的丫鬟雪雁走来给黛玉送小手炉，说是紫鹃命她送来的。黛玉又说："也亏你倒听他的话。我平日和你说的，全当耳旁风；怎么他说了你就依，比圣旨还快些！"宝玉知是黛玉借此奚落他，也无回复之词；而宝钗"也不去睬他"。

虽有李嬷嬷一再阻止，但宝玉在薛姨妈的纵容下还是喝得醉醺醺的。他回到自己的房间，听说李嬷嬷把他留给晴雯的豆腐皮包子拿去给她孙子吃了，又喝了他的枫露茶，就发起酒疯来，摔了茶盅，还说把李嬷嬷"撵了出去"，幸有袭人劝阻才算了事。

此回书最后写向贾母禀明秦钟陪读事，得到应允。秦钟的老爹秦业封了二十四两贽见礼，亲自带了秦钟，到家学教师贾代儒家拜见了。这样，既回应上回书，又为下回书"闹学堂"埋下线索。

话说凤姐和宝玉回家，见过众人。宝玉先便回明贾母秦钟要上家塾之事，自己也有了个伴读的朋友，正好发奋；又着实的称赞秦钟的人品行事，最使人怜爱。凤姐又在一旁帮着说"过日他还来拜老祖宗"等语，说的贾母喜欢起来。凤姐又趁势请贾母后日过去看戏。贾母虽年老，却极有兴头。至后日，又有尤氏来请，遂携了王夫人林黛玉宝玉等过去看戏。至晌午，贾母便回来歇息。王夫人本是好清净的，见贾母回来也就回来了。然后凤姐坐了首席，尽欢至晚无话。

宝玉的理由"光明正大"，凤姐的帮腔奉承得体。秦钟入塾事，贾母点头，无人反对。

却说宝玉因送贾母回来，待贾母歇了中觉，意欲还去看戏取乐，又恐扰的秦氏等人不便，因想起近日薛宝钗在家养病，未去亲候，意欲去望他一望。若从上房后角门过去，又恐遇见别事缠绕，再或可巧遇见他父亲，更为不妥，宁可绕远路罢了。当下众嬷嬷丫鬟伺候他换衣服，见他不换，仍出二门去了。众嬷嬷丫鬟只得跟随出来，还只当他去那府中看戏。谁知到穿堂，便向东向北绕厅后而去。偏顶头遇见了门下清客相公詹光【沾光】单聘仁【善骗人】二人走来，一见了宝玉，便都笑着赶上来，一个抱住腰，一个携着手，都道："我的菩萨哥儿，我说作了好梦呢，好容易得遇见了你。"说着，请了安，又问好，劳叨半日，方才走开。老嬷嬷叫住，因问："二位爷是从老爷跟前来的不是？"二

曾托人问候，今再去"亲候"。心上有宝钗。

怕"遇见别事缠绕"，偏就有"别事缠绕"。"顶头"就来了两个"清客相公"。清客见到宝玉，竟然有那么强的"幸福感"，是奉承，也有几分真诚。此种情状，今日犹可见之。

人点头道："老爷在梦坡斋小书房里歇中觉呢，不妨事的。"一面说，一面走了。说的宝玉也笑了。

于是转弯向北奔梨香院来。可巧银库房的总领名唤吴新登【无星戥——没有秤星的秤】与仓上的头目名戴良【大量？待粮？】，还有几个管事的头目，共有七个人，从帐房里出来，一见了宝玉，赶来都一齐垂手站住。独有一个买办名唤钱华【钱花】，因他多日未见宝玉，忙上来打千儿【满族男人向人请安礼】请安，宝玉忙含笑携他起来。众人都笑说："前儿在一处看见二爷写的斗方儿，字法越发好了，多早晚儿赏我们几张贴贴。"宝玉笑道："在那里看见了？"众人道："好几处都有，都称赞的了不得，还和我们寻呢。"宝玉笑道："不值什么，你们说与我的小幺儿们就是了。"一面说，一面前走，众人待他过去，方都各自散了。

闲言少述，且说宝玉来至梨香院中，先入薛姨妈室中来，正见薛姨妈打点针黹与丫鬟们呢。宝玉忙请了安，薛姨妈忙一把拉了他，抱入怀内，笑说："这们冷天，我的儿，难为你想着来，快上炕来坐着罢。"命人倒滚滚的茶来。宝玉因问："哥哥不在家？"薛姨妈叹道："他是没笼头的马，天天忙不了，那里肯在家一日。"宝玉道："姐姐可大安了？"薛姨妈道："可是呢，你前儿又想着打发人来瞧他。他在里间不是，你去瞧他，里间比这里暖和，那里坐着，我收拾收拾就进去和你说话儿。"

宝玉听说，忙下了炕来至里间门前，只见吊着半旧的红绸软帘。宝玉掀帘一迈步进去，先就看见薛宝钗坐在炕上作针线，头上挽着漆黑油光的鬑儿，蜜合色棉袄，玫瑰紫二色金银鼠比肩褂，葱黄绫棉裙，一色半新不旧，看去不觉奢华。唇不点而红，眉不画而翠，脸若银盆，眼如水杏。罕言寡语，人谓藏愚；安分随时，自云守拙。宝玉一面看，一面问："姐姐可大愈了？"宝钗抬头只见宝玉进来，连忙起身含笑答说："已经大好了，倒多谢记挂着。"说着，让他在炕沿上坐了，即命莺儿斟茶来。一面又问老太太姨娘安，别的姐妹们都好。一面看宝玉头上戴着累丝嵌

偏又遇到"管事的头目"。要"书法"作品，固然见得宝玉习字有成，也不乏"字以人贵"的风气。两次"路遇"，是"闲言"，除了曲折文笔之效，也可见贾府人员之盛，以及宝玉之"众星捧月"的尊贵地位。唯其尊贵，更显得他能"平等"待人之难得。

是真喜欢、真疼爱。

第一次二宝单独相处，仍是"互见互评"，既写出特点，又融入情感。宝玉用"罕言寡语，人谓藏愚；安分随时，自云守拙"十六字概括宝钗的为人，明显感到与黛玉不同。

宝紫金冠，额上勒着二龙抢珠金抹额，身上穿着秋香色立蟒白狐腋箭袖，系着五色蝴蝶鸾绦，项上挂着长命锁、记名符，另外有一块落草时衔下来的宝玉。

宝钗因笑说道："成日家说你的这玉，究竟未曾细细的赏鉴，我今儿倒要瞧瞧。"说着便挪近前来。宝玉亦凑了上去，从项上摘了下来，递在宝钗手内。宝钗托于掌上，只见大如雀卵，灿若明霞，莹润如酥，五色花纹缠护。这就是大荒山中青埂峰下的那块顽石的幻相。后人曾有诗嘲云：

一定到最后才说到"宝玉"，便于与下面衔接。

　　女娲炼石已荒唐，又向荒唐演大荒。【顽石向荒唐之尘世演说补天之荒唐故事，实在荒唐。】

　　失去幽灵真境界，幻来亲就臭皮囊。【那顽石幻形入世，失去了幽灵境界，只换得个脏臭皮囊（肉身）。】

　　好知运败金无彩，堪叹时乖玉不光。【应该知道，运败时乖、金玉同毁是必然的结局，唯有悲叹忧伤。】

　　白骨如山忘姓氏，无非公子与红妆。【人生终成白骨，不管你是公子还是小姐，连名姓都会消亡。】

一个"挪近前来"，一个"凑了上去"：如姐如弟，绝无男女之防。那块玉，一个"递在手内"，一个"托于掌上"，如珍如宝，与下面之诗相对。

此诗嘲讽"顽石"，说是尘世人生没有意义，最美好的是那个"幽灵真境界"——清幽灵秀的神仙境界，也就是那个"太虚幻境"。

由此可知，此"宝玉"与"太虚幻境"有关。

那顽石亦曾记下他这幻相并癞僧所镌的篆文，今亦按图画于后。但其真体最小，方能从胎中小儿口内衔下。今若按其体画，恐字迹过于微细，使观者大废眼光，亦非畅事。故今只按其形式，无非略展些规矩，使观者便于灯下醉中可阅。今注明此故，方无胎中之儿口有多大，怎得衔此狼犺蠢大之物等语之谤。

通灵宝玉正面图式　　　　通灵宝玉反面图式

把两个器物上的字句合起来就是：不离不弃，莫失莫忘；芳龄永继，仙寿恒昌。果然是"一对儿"。这就是"金玉良缘"的由来。但这不是必然的判断，而是有条件的或然：只有不离不弃、莫失莫忘，才能芳龄永继、仙寿恒昌。其结果将会如何呢？

宝钗看毕，又从新翻过正面来细看，口内念道："莫失莫忘，仙寿恒昌。"念了两遍，乃回头向莺儿笑道："你不去倒茶，也在这里发呆作什么？"莺儿嘻嘻笑道："我听这两句话，倒像和姑娘的项圈上的两句话是一对儿。"宝玉听了，忙笑道："原来姐姐那项圈上也有八个字，我也赏鉴赏鉴。"宝钗道："你别听他的话，没有什么字。"宝玉笑央："好姐姐，你怎么瞧我的了呢。"宝钗被缠不过，因说道："也是个人给了两句吉利话儿，所以錾上了，叫天天带着；不然，沉甸甸的有什么趣儿。"一面说，一面解了排扣，从里面大红袄上将那珠宝晶莹黄金灿烂的璎珞掏将出来。宝玉忙托了锁看时，果然一面有四个篆字，两面八字，共成两句吉谶【吉祥的语言】。亦曾按式画下形相：

不離不棄　音註云

芳齡永繼　音註云

宝玉看了，也念了两遍，又念自己的两遍，因笑问："姐姐这八个字倒真与我的是一对。"莺儿笑道："是个癞头和尚送的，他说必须錾在金器上——"宝钗不待说完，便嗔他不去倒茶，一面又问宝玉从那里来。

宝玉此时与宝钗就近，只闻一阵阵凉森森甜丝丝的幽香，竟不知系何香气，遂问："姐姐熏的是什么香？我竟从未闻见过这味儿。"宝钗笑道："我最怕熏香，好好的衣服，熏的烟燎火气的。"宝玉道："既如此，这是什么香？"宝钗想了一想，笑道："是了，是我早起吃了丸药的香气。"宝玉笑道："什么丸药这么好闻？好姐姐，给我一丸尝尝。"宝钗笑道："又混闹了，一个药也是混吃的？"

药也想尝尝，确是"混闹"。

一语未了，忽听外面人说："林姑娘来了。"话犹未了，林黛玉已摇摇的走了进来，一见了宝玉，便笑道："嗳哟，我来的不巧了！"宝玉等忙起身笑让坐，宝钗因笑道："这话怎么说？"

黛玉笑道："早知他来，我就不来了。"宝钗道："我更不解这意。"黛玉笑道："要来一群都来，要不来一个也不来；今儿他来了，明儿我再来，如此间错开了来着，岂不天天有人来了？也不至于太冷落，也不至于太热闹了。姐姐如何反不解这意思？"

宝玉因见他外面罩着大红羽缎对衿褂子，因问："下雪了么？"地下婆娘们道："下了这半日雪珠儿了。"宝玉道："取了我的斗篷来不曾？"黛玉便道："是不是，我来了他就该去了。"宝玉笑道："我多早晚儿说要去了？不过拿来预备着。"宝玉的奶母李嬷嬷因说道："天又下雪，也好早晚的了，就在这里同姐姐妹妹一处顽顽罢。姨妈那里摆茶果子呢。我叫丫头去取了斗篷来，说给小幺儿们散了罢。"宝玉应允。李嬷嬷出去，命小厮们都各散去不提。

这里薛姨妈已摆了几样细巧茶果来留他们吃茶。宝玉因夸前日在那府里珍大嫂子的好鹅掌鸭信【鸭舌头】。薛姨妈听了，忙也把自己糟的取了些来与他尝。宝玉笑道："这个须得就酒才好。"薛姨妈便令人去灌了最上等的酒来。李嬷嬷便上来道："姨太太，酒倒罢了。"宝玉央道："妈妈，我只喝一钟。"李嬷嬷道："不中用！当着老太太、太太，那怕你吃一坛呢。想那日我眼错不见一会，不知是那一个没调教的，只图讨你的好儿，不管别人死活，给了你一口酒吃，葬送的我挨了两日骂。姨太太不知道，他性子又可恶，吃了酒更弄性。有一日老太太高兴了，又尽着他吃，什么日子又不许他吃，何苦我白赔在里面。"薛姨妈笑道："老货，你只放心吃你的去。我也不许他吃多了。便是老太太问，有我呢。"一面令小丫鬟："来，让你奶奶们去，也吃一杯搪搪雪气。"那李嬷嬷听如此说，只得和众人去吃些酒水。

这里宝玉又说："不必温暖了，我只爱吃冷的。"薛姨妈忙道："这可使不得，吃了冷酒，写字手打颤儿。"宝钗笑道："宝兄弟，亏你每日家杂学旁收的，难道就不知道酒性最热，若热吃下去，发散的就快；若冷吃下去，便凝结在内，以五脏去暖他，

"摇摇的走"是什么姿态？大概就是所谓"弱柳扶风"吧？一进门，首先注意到的是宝玉，于是心生醋意，马上出击。这一番话，脂批"强词夺理"，王希廉却赞为"辩才无碍"，并分析道："'来的不巧'，何等尖毒；旋即解释，何等敏捷。由其胸有慧珠，所以能口如炙毂（语言流畅风趣）。"宝玉一言不发，宝钗最后也无言以对。

宝玉本想岔开话题，倒让黛玉挑了眼。

薛姨妈疼宝玉，真是"石（实）打石（实）"。

李嬷嬷说宝玉吃酒"弄性"，马上就要应验。

薛姨妈只说吃冷酒的后果，宝钗则来讲一番道理。宝钗之博学、理性，可见一斑。

岂不受害？从此还不快不要吃那冷的了。"宝玉听这话有情理，便放下冷酒，命人暖来方饮。

黛玉磕着瓜子儿，只抿着嘴笑。可巧黛玉的小丫鬟雪雁走来与黛玉送小手炉，黛玉因含笑问他："谁叫你送来的？难为他费心，那里就冷死了我！"雪雁道："紫鹃姐姐怕姑娘冷，使我送来的。"黛玉一面接了，抱在怀中，笑道："也亏你倒听他的话。我平日和你说的，全当耳旁风；怎么他说了你就依，比圣旨还快些！"宝玉听这话，知是黛玉借此奚落他，也无回复之词，只嘻嘻的笑两声罢了。宝钗素知黛玉是如此惯了的，也不去睬他。薛姨妈因道："你素日身子弱，禁不得冷的，他们记挂着你倒不好？"黛玉笑道："姨妈不知道。幸亏是姨妈这里，倘或在别人家，人家岂不恼？好说就看的人家连个手炉也没有，巴巴的从家里送个来。不说丫鬟们太小心过馀，还只当我素日是这等轻狂惯了呢。"薛姨妈道："你这个多心的，有这样想，我就没这样心。"

说话时，宝玉已是三杯过去。李嬷嬷又上来拦阻。宝玉正在心甜意洽之时，和宝黛姊妹说说笑笑的，那肯不吃。宝玉只得屈意央告："好妈妈，我再吃两钟就不吃了。"李嬷嬷道："你可仔细老爷今儿在家，隄防问你的书！"宝玉听了这话，便心中大不自在，慢慢的放下酒，垂了头。黛玉先忙的说："别扫大家的兴！舅舅若叫你，只说姨妈留着呢。这个妈妈，他吃了酒，又拿我们来醒脾了！"一面悄推宝玉，使他赌气；一面悄悄的咕哝说："别理那老货，咱们只管乐咱们的。"那李嬷嬷不知黛玉的意思，因说道："林姐儿，你不要助着他了。你倒劝劝他，只怕还听些。"林黛玉冷笑道："我为什么助他？我也不犯着劝他。你这妈妈太小心了，往常老太太又给他酒吃，如今在姨妈这里多吃一口，料也不妨事。必定姨妈这里是外人，不当在这里的也未可定。"李嬷嬷听了，又是急，又是笑，说道："真真这林姐儿，说出一句话来，比刀子还尖。你——这算了什么。"宝钗也忍不住笑着，把黛玉腮上一拧，说道："真真这个颦丫头的一张嘴，叫

宝钗讲"理"，宝玉听话，原属正常，但黛玉心里不舒服。"抿着嘴笑"，待机而发。"可巧"雪雁来送手炉，黛玉立即指桑骂槐。宝钗"不睬"，宝玉也笑而不答。只薛姨妈给了一个"多心"的结论。黛玉胜利了吗？没有。但她能看着眼前的一切无动于衷吗？不能。悲剧就是这样发生的。

宝玉最讨厌这种话，李嬷嬷又没有别的话可以压服宝玉。这位老人，讨厌，也可怜。

不让宝玉喝酒就是把薛姨妈当"外人"，这个帽子够大，所以李嬷嬷"又是急，又是笑"。急，是帽子太大，受不了；笑，是苦笑，是无奈。为了满足宝玉而愆一个老人，其情可悯，到底过分了些。

人恨又不是，喜欢又不是。"薛姨妈一面又说："别怕，别怕，我的儿！来这里没好的你吃，别把这点子东西唬的存在心里，倒叫我不安。只管放心吃，都有我呢。越发吃了晚饭去，便醉了，就跟着我睡罢。"因命："再烫热酒来！姨妈陪你吃两杯，可就吃饭罢。"宝玉听了，方又鼓起兴来。

李嬷嬷因吩咐小丫头子们："你们在这里小心着，我家里换了衣服就来，悄悄的回姨太太，别由着他，多给他吃。"说着便家去了。这里虽还有三两个婆子，都是不关痛痒的，见李嬷嬷走了，也都悄悄去寻方便去了。只剩了两个小丫头子，乐得讨宝玉的欢喜。幸而薛姨妈千哄万哄的，只容他吃了几杯，就忙收过了。作酸笋鸡皮汤，宝玉痛喝了两碗，吃了半碗碧粳粥。一时薛林二人也吃完了饭，又酽酽的沏上茶来大家吃了。薛姨妈方放了心。雪雁等三四个丫头已吃了饭，进来伺候。黛玉因问宝玉道："你走不走？"宝玉乜【miē】斜倦眼道："你要走，我和你一同走。"黛玉听说，遂起身道："咱们来了这一日，也该回去了。还不知那边怎么找咱们呢。"说着，二人便告辞。

黛玉的机会来了。宝玉醉态。

小丫头忙捧过斗笠来，宝玉便把头略低一低，命他戴上。那丫头便将着大红猩毡斗笠一抖，才往宝玉头上一合，宝玉便说："罢，罢！好蠢东西，你也轻些儿！难道没见过别人戴过的？让我自己戴罢。"黛玉站在炕沿上道："罗唆什么，过来，我瞧瞧罢。"宝玉忙就近前来。黛玉用手整理，轻轻笼住束发冠，将笠沿披在抹额之上，将那一颗核桃大的绛绒簪缨扶起，颤巍巍露于笠外。整理已毕，端相了端相，说道："好了，披上斗篷罢。"宝玉听了，方接了斗篷披上。薛姨妈忙道："跟你们的妈妈都还没来呢，且略等等不迟。"宝玉道："我们倒去等他们，有丫头们跟着也够了。"薛姨妈不放心，到底命两个妇女跟随他兄妹方罢。他二人道了扰，一径回至贾母房中。

在贾府，黛玉伺候过谁？唯此宝玉！轻轻整理，整理好了还要端详端详。这时候的宝玉是属于她的。心细而情深焉。

贾母尚未用晚饭，知是薛姨妈处来，更加欢喜。因见宝玉吃了酒，遂命他自回房去歇着，不许再出来了。因命人好生看侍

人不敢直说家去了，只说："才进来的，想有事才去了。"宝玉
踉跄回头道："他比老太太还受用呢，问他作什么！没有他只怕
我还多活两日。"一面说，一面来至自己的卧室。只见笔墨在案，
晴雯先接出来，笑说道："好，好，要我研了那些墨，早起高兴，
只写了三个字，丢下笔就走了，哄的我们等了一日。快来与我写
完这些墨才罢！"宝玉忽然想起早起的事来，因笑道："我写的
那三个字在那里呢？"晴雯笑道："这个人可醉了。你头里过那
府里去，嘱咐贴在这门斗上，这会子又这么问。我生怕别人贴坏
了，我亲自爬高上梯的贴上，这会子还冻的手僵冷的呢。"宝玉
听了，笑道："我忘了。你的手冷，我替你渥着。"说着便伸手携
【或作"渥"，蔡本改为"焐"——以热物接触冷物使之变暖。
改得好】了晴雯的手，同仰首看门斗上新书的三个字。

一时黛玉来了，宝玉笑道："好妹妹，你别撒谎，你看这三
个字那一个好？"黛玉仰头看里间门斗上，新贴了三个字，写着
"绛云轩"。黛玉笑道："个个都好。怎么写的这们好了？明儿也
与我写一个匾。"宝玉嘻嘻的笑道："又哄我呢。"说着又问："袭
人姐姐呢？"晴雯向里间炕上努嘴。宝玉一看，只见袭人和衣睡
着在那里。宝玉笑道："好，太渥早了些。"因又问晴雯道："今
儿我在那府里吃早饭，有一碟子豆腐皮的包子，我想着你爱吃，
和珍大奶奶说了，只说我留着晚上吃，叫人送过来的，你可吃
了？"晴雯道："快别提。一送了来，我知道是我的，偏我才吃
了饭，就放在那里。后来李奶奶来了看见，说：'宝玉未必吃了，
拿来给我孙子吃去罢。'他就叫人拿了家去了。"接着茜雪捧上
茶来。宝玉因让"林妹妹吃茶。"众人笑说："林妹妹早走了，
还让呢。"

宝玉吃了半碗茶，忽又想起早起的茶来，因问茜雪道："早
起沏了一碗枫露茶，我说过，那茶是三四次后才出色的，这会子
怎么又沏了这个来？"茜雪道："我原是留着的，那会子李奶奶

晴雯亮相，光彩照人。看她开口，没有虚辞，没有浮礼，倒是有责备，有指令，完全不像丫头对主人说话。娇憨的情态、站着做人的品格，跃然纸上。

晴雯珍惜宝玉的字，宝玉关心晴雯的手。一个"携"字，够亲切，够温暖。

先是"焐"着晴雯的手，黛玉自然看在眼里。在说了两句话后，又问袭人。直到茜雪"捧上茶来"，才又招呼黛玉。"林妹妹早走了"——不辞而别，是感觉受到冷落了。

来了，他要尝尝，就给他吃了。"宝玉听了，将手中的茶杯只顺手往地下一掷，豁啷一声，打了个粉碎，泼了茜雪一裙子的茶。又跳起来问着茜雪道："他是你那一门子的奶奶，你们这么孝敬他？不过是仗着我小时候吃过他几日奶罢了。如今逞的他比祖宗还大了。如今我又吃不着奶了，白白的养着祖宗作什么！撵了出去，大家干净！"说着便要去立刻回贾母，撵他乳母。

是恼李嬷嬷。连义互解，未必没有因黛玉不辞而别心理难过，借酒使性，把气撒在茜雪身上的因素。

原来袭人实未睡着，不过故意装睡，引宝玉来怄他顽耍。先闻得说字问包子等事，也还可不必起来；后来摔了茶钟，动了气，遂连忙起来解释劝阻。早有贾母遣人来问是怎么了。袭人忙道："我才倒茶来，被雪滑倒了，失手砸了钟子。"一面又安慰宝玉道："你立意要撵他，也好，我们也都愿意出去，不如趁势连我们一齐撵了。我们也好，你也不愁再有好的来服侍你。"宝玉听了这话，方无了言语，被袭人等扶至炕上，脱换了衣服。不知宝玉口内还说些什么，只觉口齿缠绵，眼眉愈加饧【xíng】涩，忙服侍他睡下。袭人伸手从他项上摘下那通灵玉来，用自己的手帕包好，塞在褥下，次日带时便冰不着脖子。那宝玉就枕便睡着了。彼时李嬷嬷等已进来了，听见醉了，不敢前来再加触犯，只悄悄的打听睡了，方放心散去。

袭人有这样的需求、这样的心眼。惊动了贾母，她撒谎揽责而息事宁人。其实，她也确是有责任的，如果闹起来，肯定于她不利。

袭人知道自己的地位，以"出去"吓醉中之宝玉，最具震撼力。

次日醒来，就有人回："那边小蓉大爷带了秦相公来拜。"宝玉忙接了出去，领了拜见贾母。贾母见秦钟形容标致，举止温柔，堪陪宝玉读书，心中十分欢喜，便留茶留饭，又命人带去见王夫人等。众人因素爱秦氏，今见了秦钟是这般人品，也都欢喜，临去时都有表礼。贾母又与了一个荷包并一个金魁星，取"文星和合"之意。又嘱咐他道："你家住的远，或有一时寒热饥饱不便，只管住在这里，不必限定了。只和你宝叔在一处，别跟着那些不长进的东西们学。"秦钟一一的答应，回去禀知。

看秦钟"形容标致，举止温柔"，就认为"堪陪宝玉读书"。老太太实实不懂秦钟，也不懂宝玉。

他父亲秦业现任营缮郎，年近七十，夫人早亡。因当年无儿女，便向养生堂抱了一个儿子并一个女儿。谁知儿子又死了，只剩女儿，小名唤可儿，长大时，生的形容袅娜，性格风流。因素

一部秦氏简史。

与贾家有些瓜葛，故结了亲，许与贾蓉为妻。那秦业至五旬之上方得了秦钟。因去岁业师亡故，未暇延请高明之士，只得暂时在家温习旧课。正思要和亲家去商议送往他家塾中，暂且不致荒废，可巧遇见了宝玉这个机会。又知贾家塾中现今司塾的是贾代儒，乃当今之老儒，秦钟此去，学业料必进益，成名可望，因此十分喜悦。只是宦囊羞涩，那贾家上上下下都是一双富贵眼睛，贽见礼必须丰厚，容易拿不出来，又恐误了儿子的终身大事，说不得东拼西凑的恭恭敬敬封了二十四两贽见礼，亲自带了秦钟，来代儒家拜见了。然后听宝玉上学之日，好一同入塾。正是：

早知日后闲争气，岂肯今朝错读书。

【回后评】

黛玉投靠贾府，心灵上就有了第一道阴影，就是"寄人篱下"，不免自卑，而缺安全感。幸有宝玉相伴，成为她的精神寄托。"不想"宝钗来了，而且迅速赢得好人缘，以至于"人谓黛玉所不及"。宝玉又"视姊妹兄弟皆出一意，并无亲疏远近之别"，因而宝钗的出现就成了黛玉心灵上的第二道阴影。她原是"不肯轻易多说一句话，多行一步路"的，现在变了，不仅"多说"，而且话语锋利如刀，令人无奈。环境改变人。黛玉是在抵抗，是在自卫。王希廉说："舌上有刀，我不愿见此种人。"我倒觉得黛玉是一可悲复又可怜之人。她不断抗争，却从来就没有过真正的胜利。

如果"送宫花"一节黛玉还只是基于第一道阴影而"发发牢骚"，这一回，黛玉算是基于第二道阴影而初露锋芒了。其锋芒表现在语言。其语言的特点是直而利，这是她唯一的"力量"所在。直，就是"直说"，是心里有话，不忍不瞒，要讲在当面。而她的这种"直"，又是聪明而雅致的"直"，是"直"而

"婉"，合着逻辑，带着"保险"，刺到了你，你觉得疼，躲不开，但又说不出。利，是尖锐锋利，有杀伤力。正因为她"直"，就显得特别"利"。你会怕她的"利"，但放心她的"直"，完全不必担心她会背后有什么阴谋，有什么小动作。

宝钗对黛玉的"挑衅"是不予理睬，更不反唇相讥。说是她厚道，可以；说是她居高临下，也可以。除了才情，无论从哪个方面说，宝钗都占着优势：她有母有兄，其母又与荣府掌权者王夫人是亲姐妹，黛玉则孤身一人；她有可支配的巨量财物，黛玉则一无所有。既如此，何必跟她计较？

宝玉对黛玉的态度，只有包容与退让。他扮演着一个"护花使者"的角色，他理解黛玉，关爱黛玉，但又很难在实际上给她多少帮助。

"木石前缘"是天造，"金玉良缘"是地设，犹如鱼与熊掌不可得兼，这就是"美中不足"，这就是"劫"。其结果，不可能一胜一负，而必将是两败俱伤。

第九回

恋风流情友入家塾
起嫌疑顽童闹学堂

君子爱人以道,
不能减牵恋之情。
小人图谋以霸,
何可逃侮慢之辱?

秦钟香怜私相会，顽童武打闹学堂

此回书核心内容是"顽童闹学堂"。宝玉本不是在学堂读书之人，他去上学，只有袭人抱有希望："读书是极好的事，不然就潦倒一辈子，终久怎么样呢。"而贾政一听说他要进学堂读书就极为不屑，说："你如果再提'上学'两个字，连我也羞死了。"而宝玉之所以积极入学，实际也只是为了和秦钟相守相伴，这就是"恋风流情友入家塾"之意。

之所以"起嫌疑顽童闹学堂"，事非偶然。除了入学者龙蛇混杂，还和三个人物直接有关：一是贾瑞，"最是个图便宜没行止的人，每在学中以公报私，勒索子弟们请他"；一是薛蟠，他入学就是为了结交"契弟"，金荣、香怜、玉爱都是他曾"相好"而后放弃的学童，而贾瑞因图些银钱酒肉，一任薛蟠横行霸道；还有一个是贾蔷，他也是宁府中之正派玄孙，父母早亡，从小跟着贾珍过活，跟贾蓉"最相亲厚"，他在学堂也不过应卯而已。

学校风气如此。自宝、秦来了，二人在人前就显得倍加亲厚；加之香怜、玉爱，彼此也都有绻缱羡慕之情。"四处各坐，却八目勾留"，早被同学看破。所以同窗人起了疑，背地里你言我语，诟谇谣诼，布满书房内外。

这天，代儒有事，将学中之事命贾瑞暂且管理。秦钟趁此和香怜假装出小恭，走至后院说梯己话。偏有金荣跟踪，说是被他"拿住了"，要"抽个头儿"。秦钟、香怜二人进去向贾瑞前告金荣。那贾瑞不好呵叱秦钟，却拿着香怜作法，反说他多事，着实抢白了几句。香怜、秦钟无奈，而金荣越发得了意。这不仅惹得玉爱不满，在侧的贾蔷也看不下去了。他碍于薛蟠之面，不便直接出手，就出外调唆茗烟，而自己就躲出去了。

这茗烟乃是宝玉第一个得用的，且又年轻不谙世事，如今听贾蔷说金荣如此欺负秦钟，连他爷宝玉都干连在内，进门骂一声"姓金的，你是什么东西"，一把揪住金荣叫阵。由此越打越凶，加入的人也越来越多，秦钟的头都被打破，宝玉的一碗茶也砸得碗碎茶流。贾瑞喝止不住，学堂登时鼎沸起来。

外边李贵等几个大仆人听见里边作起反来，忙都进来一齐喝住。问明因由后强使金荣向秦钟磕头赔罪才算了结。

话说秦业父子专候贾家的人来送上学择日之信。原来宝玉急于要和秦钟相遇，却顾不得别的，遂择了后日一定上学。"后日一早请秦相公到我这里，会齐了，一同前去。"——打发了人送了信。

"打发了人送了信"这一句放到最后，与秦氏候"信"之"信"呼应有力。

至是日一早，宝玉起来时，袭人早已把书笔文物包好，收拾的停停妥妥，坐在床沿上发闷。见宝玉醒来，只得服侍他梳洗。宝玉见他闷闷的，因笑问道："好姐姐，你怎么又不自在了？难道怪我上学去丢的你们冷清了不成？"袭人笑道："这是那里话。读书是极好的事，不然就潦倒一辈子，终久怎么样呢。但只一件：只是念书的时节想着书，念的时节想着家些。别和他们一处顽闹，碰见老爷不是顽的。虽说是奋志要强，那工课宁可少些，一则贪多嚼不烂，二则身子也要保重。这就是我的意思，你可要体谅。"袭人说一句，宝玉应一句。袭人又道："大毛衣服我也包好了，交出给小子们去了。学里冷，好歹想着添换，比不得家里有人照顾。脚炉手炉的炭也交出去了，你可着他们添。那一起懒贼，你不说，他们乐得不动，白冻坏了你。"宝玉道："你放心，出外头我自己都会调停的。你们也别闷死在这屋里，长和林妹妹一处去顽笑着才好。"说着，俱已穿戴齐备，袭人催他去见贾母、贾政、王夫人等。宝玉又去嘱咐了晴雯麝月等几句，方出

正在"发闷"，没情绪，勉强伺候宝玉，所以是"只得"。

"别和他们一处顽闹"，"他们"指谁？如何"顽闹"？袭人都有所知，"闷闷的"，原来为此。

宝玉心里有林妹妹。

袭人嘱咐宝玉，宝玉反过来嘱咐晴雯等，见得晴雯等把伺候宝玉的活都"让给"袭人了。

来见贾母。贾母也未免有几句嘱咐的话。然后去见王夫人，又出来书房中见贾政。

偏生这日贾政回家早些，正在书房中与相公清客们闲谈。忽见宝玉进来请安，回说上学里去，贾政冷笑道："你如果再提'上学'两个字，连我也羞死了。依我的话，你竟顽你的去是正理。仔细站脏了我这地，靠脏了我的门！"众清客相公们都早起身笑道："老世翁何必又如此。今日世兄一去，三二年就可显身成名的了，断不似往年仍作小儿之态了。天也将饭时，世兄竟快请罢。"说着便有两个年老的携了宝玉出去。

贾政因问："跟宝玉的是谁？"只听外面答应了两声，早进来三四个大汉，打千儿请安。贾政看时，认得是宝玉的奶母之子，名唤李贵。因向他道："你们成日家跟他上学，他到底念了些什么书！倒念了些流言混语在肚子里，学了些精致的淘气。等我闲一闲，先揭了你的皮，再和那不长进的算帐！"吓的李贵忙双膝跪下，摘了帽子，碰头有声，连连答应"是"，又回说："哥儿已念到第三本《诗经》，什么'呦呦鹿鸣，荷叶浮萍'，小的不敢撒谎。"说的满座哄然大笑起来。贾政也撑不住笑了。因说道："那怕再念三十本《诗经》，也都是掩耳偷铃，哄人而已。你去请学里太爷的安，就说我说了：什么《诗经》古文，一概不用虚应故事，只是先把《四书》一气讲明背熟，是最要紧的。"李贵忙答应"是"，见贾政无话，方退出去。

此时宝玉独站在院外屏声静候，待他们出来，便忙忙的走了。李贵等一面掸衣服，一面说道："哥儿听见了不曾？可先要揭我们的皮呢！人家的奴才跟主子赚些好体面，我们这等奴才白陪着挨打受骂的。从此后也可怜见些才好。"宝玉笑道："好哥哥，你别委曲，我明儿请你。"李贵道："小祖宗，谁敢望你请，只求听一句半句话就有了。"说着，又至贾母这边，秦钟早来候着了，贾母正和他说话儿呢。于是二人见过，辞了贾母。宝玉忽想起未辞黛玉，因又忙至黛玉房中来作辞。彼时黛玉才在窗下

贾政之言，其前提意义是宝玉过去"上学"没有好好"学"。贾政有这样的儿子是"不幸"，宝玉有这样的父亲更痛苦。

儿子不好好"念书"，而迁怒于奴仆，贾政不"正"。不过，倒让李贵长了记性，为妥善处理"闹学"事件垫底。

贾政所说的"书"，首指《四书》。他心目中读书就是为了科考，而科考必熟读《四书》。这与宝玉的人生观、价值观大相悖谬，父子矛盾盖源于此。

宝玉心有愧疚。

对镜理妆，听宝玉说上学去，因笑道："好，这一去，可定是要'蟾宫折桂'去了。我不能送你了。"宝玉道："好妹妹，等我下了学再吃饭。和胭脂膏子也等我来再制。"劳叨了半日，方撤身去了。黛玉忙又叫住问道："你怎么不去辞辞你宝姐姐呢？"宝玉笑而不答，一径同秦钟上学去了。

原来这贾家之义学，离此也不甚远，不过一里之遥，原系始祖所立，恐族中子弟有贫穷不能请师者，即入此中肄业。凡族中有官爵之人，皆供给银两，按俸之多寡帮助，为学中之费。特共举年高有德之人为塾掌，专为训课子弟。如今宝秦二人来了，一一的都互相拜见过，读起书来。自此以后，他二人同来同往，同坐同起，愈加亲密。又兼贾母爱惜，也时常的留下秦钟，住上三天五日，与自己的重孙一般疼爱。因见秦钟不甚宽裕，更又助他些衣履等物。不上一月之工，秦钟在荣府便熟了。宝玉终是不安本分之人，竟一味的随心所欲，因此又发了癖性，又特向秦钟悄说道："咱们俩个人一样的年纪，况又是同窗，以后不必论叔侄，只论弟兄朋友就是了。"先是秦钟不肯，当不得宝玉不依，只叫他"兄弟"，或叫他的表字"鲸卿"，秦钟也只得混着乱叫起来。

原来这学中虽都是本族人丁与些亲戚的子弟，俗语说的好："一龙生九种，九种各别。"未免人多了，就有龙蛇混杂，下流人物在内。自宝、秦二人来了，都生的花朵儿一般的模样，又见秦钟腼腆温柔，未语面先红，怯怯羞羞，有女儿之风；宝玉又是天生成惯能作小服低，赔身下气，情性体贴，话语绵缠，因此二人更加亲厚，也怨不得那起同窗人起了疑，背地里你言我语，诟谇【suì，责骂】谣诼，布满书房内外。

原来薛蟠自来王夫人处住后，便知一家学，学中广有青年子弟，不免偶动了龙阳之兴，因此也假来上学读书，不过是三日打鱼，两日晒网，白送些束脩礼物与贾代儒，却不曾有一些儿进益，只图结交些契弟【干弟弟，情意相合的弟兄】。谁想这学内

到底忘不了黛玉。了解宝玉的三个人：袭人，贾政，黛玉。都知道他不会"好好读书"，而表达方式迥异：袭人是软语叮咛，贾政是冷嘲热讽，黛玉只有热讽而没有冷嘲。

黛玉此言，与其说是刺宝玉，不如说是为自己的这次"胜利"而得意。

可怜始祖一片苦心。

不以"叔侄"论，摆脱伦理局限。

事出有因，难以一概以"谣诼"论。

是府学之乱吸引了薛蟠，又是薛蟠加剧了府学之乱。环境影响人，人亦影响环境。

就有好几个小学生，图了薛蟠的银钱吃穿，被他哄上手的，也不消多记。更又有两个多情的小学生，亦不知是那一房的亲眷，亦未考真名姓，只因生得妩媚风流，满学中都送了他两个外号，一号"香怜"，一号"玉爱"。虽都有窃慕之意，将不利于孺子之心，只是都惧薛蟠的威势，不敢来沾惹。如今宝、秦二人一来，见了他两个，也不免绻缱羡慕，亦因知系薛蟠相知，故未敢轻举妄动。香、玉二人心中，也一般的留情与宝、秦。因此四人心中虽有情意，只未发迹。每日一入学中，四处各坐，却八目勾留，或设言托意，或咏桑寓柳，遥以心照，却外面自为避人眼目。不意偏又有几个滑贼看出形景来，都背后挤眉弄眼，或咳嗽扬声，这也非止一日。

可巧这日代儒有事，早已回家去了，只留下一句七言对联，命学生对了，明日再来上书；将学中之事，又命贾瑞暂且管理。妙在薛蟠如今不大来学中应卯【照例到场，敷衍了事】了，因此秦钟趁此和香怜挤眉弄眼，递暗号儿，二人假装出小恭，走至后院说梯己话。秦钟先问他："家里的大人可管你交朋友不管？"一语未了，只听背后咳嗽了一声。二人唬的忙回头看时，原来是窗友名金荣者。香怜有些性急，羞怒相激，问他道："你咳嗽什么？难道不许我两个说话不成？"金荣笑道："许你们说话，难道不许我咳嗽不成？我只问你们：有话不明说，许你们这样鬼鬼祟祟的干什么故事？我可也拿住了，还赖什么！先得让我抽个头儿，咱们一声儿不言语，不然大家就奋起来。"秦、香二人急的飞红的脸，便问道："你拿住什么了？"金荣笑道："我现拿住了是真的。"说着，又拍着手笑嚷道："贴的好烧饼【男同性恋者之间的性行为】！你们都不买一个吃去？"秦钟香怜二人又气又急，忙进去向贾瑞前告金荣，说金荣无故欺负他两个。

原来这贾瑞最是个图便宜没行止的人，每在学中以公报私，勒索子弟们请他；后又附助着薛蟠图些银钱酒肉，一任薛蟠横行霸道，他不但不去管约，反助纣为虐讨好儿。偏那薛蟠本是浮萍

如何能避人眼目？掩耳盗铃罢了。矛盾爆发，只待时机。

必得有"可巧"二字，大戏开演的机会来了。

小孩子吵架。香怜心虚，所以"急"；金荣嘴硬，所以"笑"。金荣盯梢，鬼鬼祟祟，只图"抽个头儿"——本指经手人从中抽取好处，这只是索要"封口费"吧。

贾瑞如此不堪，如何当"代理校长"？难怪子弟不服，也顺带为后来之惨死铺垫一笔。

心性，今日爱东，明日爱西，近来又有了新朋友，把香、玉二人
又丢开一边。就连金荣亦是当日的好朋友，自有了香、玉二人，
便弃了金荣。近日连香、玉亦已见弃。故贾瑞也无了提携帮衬之
人，不说薛蟠得新弃旧，只怨香、玉二人不在薛蟠前提携帮补
他，因此贾瑞金荣等一干人，也正在醋妒他两个。今见秦、香二
人来告金荣，贾瑞心中便更不自在起来，虽不好呵叱秦钟，却拿
着香怜作法，反说他多事，着实抢白了几句。香怜反讨了没趣，
连秦钟也讪讪的各归坐位去了。金荣越发得了意，摇头咂嘴的，
口内还说许多闲话，玉爱偏又听了不忿，两个人隔座咕咕唧唧的
角起口来。金荣只一口咬定说："方才明明的撞见他两个在后院
里亲嘴摸屁股，两个商议定了，一对一龛，撅草棍儿抽长短，谁
长谁先干。"金荣只顾得意乱说，却不防还有别人。谁知早又触
怒了一个。你道这个是谁？

　　原来这一个名唤贾蔷，亦系宁府中之正派玄孙，父母早亡，
从小儿跟着贾珍过活，如今长了十六岁，比贾蓉生的还风流俊
俏。他弟兄二人最相亲厚，常相共处。宁府人多口杂，那些不得
志的奴仆们，专能造言诽谤主人，因此不知又有什么小人诟谇谣
诼之词。贾珍想亦风闻得些口声不大好，自己也要避些嫌疑，如
今竟分与房舍，命贾蔷搬出宁府，自去立门户过活去了。

　　这贾蔷外相既美，内性又聪明，虽然应名来上学，亦不过虚
掩眼目而已。仍是斗鸡走狗，赏花玩柳。总恃上有贾珍溺爱，下
有贾蓉匡助，因此族人谁敢来触逆于他。他既和贾蓉最好，今见
有人欺负秦钟，如何肯依？如今自己要挺身出来报不平，心中却
忖度一番，想道："金荣贾瑞一干人，都是薛大叔的相知，向日
我又与薛大叔相好，倘或我一出头，他们告诉了老薛，我们岂不
伤和气？待要不管，如此谣言，说的大家没趣。如今何不用计制
伏，又止息口声，又伤不了脸面。"想毕，也装作出小恭，走至
外面，悄悄的把跟宝玉的书童名唤茗烟者唤到身边，如此这般，
调拨他几句。

贾蔷，贾府艹字辈重要
人物之一，却在这种场合以
一丑角面目亮相。特写出其
与贾珍、贾蓉的特殊关系，
似有深意焉。

到底大几岁，又是个
"聪明"人，做事周密。其
两全其美之计就是"借刀杀
人"。

这茗烟乃是宝玉第一个得用的，且又年轻不谙世事，如今听贾蔷说金荣如此欺负秦钟，连他爷宝玉都干连在内，不给他个利害，下次越发狂纵难制了。这茗烟无故就要欺压人的，如今得了这个信，又有贾蔷助着，便一头进来找金荣，也不叫金相公了，只说"姓金的，你是什么东西！"贾蔷遂跺一跺靴子，故意整整衣服，看看日影儿说："是时候了。"遂先向贾瑞说有事要早走一步。贾瑞不敢强他，只得随他去了。这里茗烟先一把揪住金荣，问道："我们奋屁股不奋屁股，管你乩耙相干，横竖没奋你爹去罢了！你是好小子，出来动一动你茗大爷！"唬的满屋中子弟都怔怔的痴望。贾瑞忙吆喝："茗烟不得撒野！"金荣气黄了脸，说："反了！奴才小子都敢如此，我只和你主子说。"便夺手要去抓打宝玉秦钟。尚未去时，从脑后飕的一声，早见一方砚瓦飞来，并不知系何人打来的，幸未打着，却又打在旁人的座上，这座上乃是贾兰贾菌。

这贾菌亦系荣国府近派的重孙，其母亦少寡，独守着贾菌。这贾菌与贾兰最好，所以二人同桌而坐。谁知贾菌年纪虽小，志气最大，极是淘气不怕人的。他在座上冷眼看见金荣的朋友暗助金荣，飞砚来打茗烟，偏没打着茗烟，便落在他桌上，正打在面前，将一个磁砚水壶打了个粉碎，溅了一书黑水。贾菌如何依得，便骂："好囚攮的们，这不都动了手么！"骂着，也便抓起砚砖来要打回去。贾兰是个省事的，忙按住砚，极口劝道："好兄弟，不与咱们相干。"贾菌如何忍得住，便两手抱起书匣子来，照那边抢了去。终是身小力薄，却抢不到那里，刚到宝玉秦钟桌案上就落了下来。只听哗啷啷一声，砸在桌上，书本纸片等至于笔砚之物撒了一桌，又把宝玉的一碗茶也砸得碗碎茶流。贾菌便跳出来，要揪打那一个飞砚的。

金荣此时随手抓了一根毛竹大板在手，地狭人多，那里经得舞动长板。茗烟早吃了一下，乱嚷："你们还不来动手！"宝玉还有三个小厮：一名锄药，一名扫红，一名墨雨。这三个岂有不淘气的，一齐乱嚷："小妇养的！动了兵器了！"墨雨遂掇起一根门闩，扫红锄药手中都是马鞭子，蜂拥而上。贾瑞急的拦一回这个，劝一回那个，谁听他的话，肆行大闹。众顽童也有趁势帮着打太平拳助乐的，也有胆小藏在一边的，也有直立在桌上拍着手儿乱笑，喝着声儿叫打的。登时间鼎沸起来。

外边李贵等几个大仆人听见里边作起反来，忙都进来一齐喝住。问是何原故，众声不一，这一个如此说，那一个又如彼说。李贵且喝骂了茗烟四个一顿，撵了出去。秦钟的头早撞在金荣的板上，打起一层油皮，宝玉正拿褂襟子替他揉呢，见喝住了众人，便命："李贵，收书！拉马来，我去回太爷去！我们被人欺负了，不敢说别的，守礼来告诉瑞大爷，瑞大爷反倒派我们的不是，听着人家骂我们，还调唆他们打我们。茗烟见人欺负我，他岂有不为我的；他们反打伙儿打了茗烟，连秦钟的头也打破了。还在这里念什么书！茗烟他也是为有人欺侮我的。不如散了罢。"李贵劝道："哥儿不要性急。太爷既有事回家去了，这会子为这点子事去聒噪他老人家，倒显的咱们没理。依我的主意，那里的事那里了结好，何必去惊动他老人家。这都是瑞大爷的不是，太爷不在这里，你老人家就是这学里的头脑了，众人看着你行事。众人有了不是，该打的打，该罚的罚，如何等闹到这步田地还不管？"贾瑞道："我吆喝着都不听。"李贵笑道："不怕你老人家恼我，素日你老人家到底有些不正经，所以这些兄弟才不听。就闹到太爷跟前去，连你老人家也是脱不过的。还不快作主意撕罗开了罢。"宝玉道："撕罗什么？我必是回去的！"秦钟哭道："有金荣，我是不在这里念书的。"宝玉道："这是为什么？难道有人家来的，咱们倒来不得？我必回明白众人，撵了金荣去。"又问李贵："金荣是那一房的亲戚？"李贵想了一想道："也不用问了。若问起那一房的亲戚，更伤了兄弟们的和气。"

茗烟在窗外道："他是东胡同子里璜大奶奶的侄儿。那是什么硬正仗腰子的，也来唬我们。璜大奶奶是他姑娘【"娘"字重

插写一笔"众顽童"，犹如《水浒传》写鲁提辖拳打镇关西之写伙计、众人之反应，以宾衬主，尤见精彩。

李贵出场，情节转入结局。首先撵出茗烟等——这是战斗主力，再安抚宝玉——这是决定性人物。

称"咱们"，表明与宝玉是一条战线的，再说出处理方案，宝玉才容易接受。

秦钟撒娇，宝玉自然袒护。李贵只是息事宁人。

茗烟什么都知道。他敢于揪打金荣，与他知道金荣底细有关。

读，即"姑妈"】。你那姑妈只会打旋磨子，给我们琏二奶奶跪着借当头。我眼里就看不起他那样的主子奶奶！"李贵忙断喝不止，说："偏你这小狗肏的知道，有这些蛆嚼！"宝玉冷笑道："我只当是谁的亲戚，原来是璜嫂子的侄儿，我就去问问他来！"说着便要走。叫茗烟进来包书。茗烟包着书，又得意道："爷也不用自己去见，等我到他家，就说老太太有说的话问他呢，雇上一辆车拉进去，当着老太太问他，岂不省事。"李贵忙喝道："你要死！仔细回去我好不好先捶了你，然后再回老爷太太，就说宝玉全是你调唆的。我这里好容易劝哄好了一半了，你又来生个新法子。你闹了学堂，不说变法儿压息了才是，倒要往大里闹！"茗烟方不敢作声儿了。

此时贾瑞也怕闹大了，自己也不干净，只得委曲着来央告秦钟，又央告宝玉。先是他二人不肯。后来宝玉说："不回去也罢了，只叫金荣赔不是便罢。"金荣先是不肯，后来禁不得贾瑞也来逼他去赔不是，李贵等只得好劝金荣说："原是你起的端，你不这样，怎得了局？"金荣强不得，只得与秦钟作了揖。宝玉还不依，偏定要磕头。贾瑞只要暂息此事，又悄悄的劝金荣说："俗语说的好：'杀人不过头点地。'你既惹出事来，少不得下点气儿，磕个头就完事了。"金荣无奈，只得进前来与秦钟磕头。且听下回分解。

【回后评】

此一回书，最值得鉴赏的是对"闹学"场面的描写。而在"闹学"之前，不能不做必要的铺垫：第一层是写宝玉、秦钟之亲昵缠绵，学中子弟龙蛇混杂，由此生出"诟谇谣诼"，而且已经"布满书房内外"。第二层再加入"香怜""玉爱"，与宝玉、秦钟"四处各坐，却八目勾留"，以至"都背后挤眉弄眼，或咳嗽扬声"，而且"这也非止一日"。谣诼既多，招人注意又久，

宝玉更不把金荣放在眼里，这就决定了金荣必败。

金荣作揖之后还得磕头，受尽屈辱。虽罪有应得，到底是地位低下所致。决定诉讼输赢的，往往不是"真相"，而是权势地位。

山雨欲来风满楼，"闹学"一触即发。

事件爆发只需一个机会、一个引信。机会来了：这日代儒有事，将学中之事命贾瑞暂且管理，偏偏薛蟠如今不大来学中应卯了。而引信就是秦钟与香怜说"体己话"被金荣盯梢。

故事可分为四个阶段：

金荣盯梢与秦钟、香怜发生口角，秦钟、香怜找贾瑞告状，为开端。

贾瑞抢白香怜，金荣得意，贾蔷不平，挑唆茗烟，是事件的发展。

茗烟开打，直至动了"兵器"，是高潮。

李贵出面，金荣磕头服软，是结局。

"闹学"一场大戏，涉及复杂的人物关系。曹公以情节发展为轴，让现实的推进与历史的补叙结合而行，读来脉络清晰，繁而不乱。写宝玉、秦钟"来了"（入学）之后的举动遭遇，先用"原来"一带，交代一下学中弟子"鱼龙混杂"；要写宝玉等四人"八目勾留"之情事，再用"原来"一带，交代薛蟠与香怜、玉爱的特殊关系；秦钟、香怜告状了，又用"原来"一带，交代贾瑞之为人；要推动情节发展，贾蔷出场，而在写他此时此刻的言行之前，再用"原来"一带，交代他与薛蟠以至贾珍、贾蓉的特殊关系；等等。没有这些补叙，情节的发展就没有动力，没有合理性。如此补叙，作者笔如游龙，来去自由，堪称大师风范。

特别精彩的是"高潮"部分：茗烟进屋打金荣，还只是两个人对打；待贾菌加入，三个小厮出手，还有人背后暗助金荣，就成了多人混战。而打斗过程，也由"徒手"升级为"毛竹大板""门闩""马鞭"。负气斗勇，连打带骂，不嫌乱，不怕伤，纯是小孩子的脾气、小孩子的打法，让你哭笑不得。王蒙有一段好评："如闻其声，如见其行，真切实在，令人信服。下流而不失天真，混乱而不失头绪，可恼更复可笑，闹剧而不失分寸。"

有一个问题可以探讨：有关贾府教育的问题。贾府义学，聚贾府子弟而教之。而塾师贾代儒老朽，代管贾瑞下作，学中弟子非亲即族，鱼龙混杂。学校状况竟如此不堪，"接班人"成了大问题，贾府之衰败势成必然。

第十回

金寡妇贪利权受辱
张太医论病细穷源

新样幻情欲收拾，
可卿从此世无缘。
和肝益气浑闲事，
谁知今日寻病源？

公婆关心儿媳病，病源须听张太医

本回书情节较为简单。上回书写到因闹学堂，金荣被逼给秦钟作揖下跪。回家后，金荣说到此事，他的母亲胡氏（金寡妇）贪图在学堂能得到经济上的好处——至于薛蟠为什么会"这二年也帮了咱们有七八十两银子"，做母亲的似乎并不想过问——不许金荣再闹，金荣只好忍气吞声。这就是"金寡妇贪利权受辱"，"权"者，无可奈何，只得如此也。金荣的姑妈金氏——璜大奶奶，闻知此事后大为不平，胡氏阻拦而金氏不听，赌气到宁府要找秦钟之姐秦可卿评理。可一见到尤氏，璜大奶奶就"未敢气高，殷殷勤勤叙过寒温"，只"说了些闲话"。原来，贾璜夫妻守着些小的产业，又时常到宁荣二府里去请安，又会奉承凤姐儿并尤氏，所以凤姐儿、尤氏也时常资助资助她，方能如此度日。待尤氏说到病中的秦可卿"今儿听见有人欺负了他兄弟，又是恼，又是气"，"听了这事，今日索性连早饭也没吃"，金氏"那一团要向秦氏理论的盛气，早吓的都丢在爪洼国去了"，于是就病说医，趁机回家去了。

这个秦可卿，照她婆婆尤氏的说法："他这为人行事，那个亲戚，那个一家的长辈不喜欢他？"她对贾蓉说："倘或他有个好和歹，你再要娶这么一个媳妇，这么个模样儿，这么个性情的人儿，打着灯笼也没地方找去。"

所以，金氏走后，尤氏又和贾珍说起可卿之病。已经请几个大夫，都"断不透是喜是病，又不知有妨碍无妨碍"，实在着急。其实尤氏所说已经道出了可卿的病源："他可心细，心又重，不拘听见个什么话儿，都要度量个三日五夜才罢。这病就是打这个秉性上头思虑出来的。"这天贾珍通过冯紫英请到一位名医。此人"姓张名友士，学问最渊博的，更兼医理极深，且能断人的生死"。这位名医经过诊断，绝然排除"喜脉"之说，指出可卿之病实是"思虑太过"，这就是"张太医论病细穷源"——其实和尤氏之说如出一辙。但他论医理，开药方，虽不敢保证病人得救，总是给家人带来希望。

中间插叙贾敬寿辰之事。这贾敬只在道观修炼，不回家受礼，只命子孙在家中设宴庆祝而已。

话说金荣因人多势众，又兼贾瑞勒令，赔了不是，给秦钟磕了头，宝玉方才不吵闹了。大家散了学，金荣回到家中，越想越气，说："秦钟不过是贾蓉的小舅子，又不是贾家的子孙，附学读书，也不过和我一样。他因仗着宝玉和他好，他就目中无人。他既是这样，就该行些正经事，人也没的说。他素日又和宝玉鬼鬼祟祟的，只当人都是瞎子，看不见。今日他又去勾搭人，偏偏的撞在我眼睛里。就是闹出事来，我还怕什么不成？"

他母亲胡氏听见他咕咕嘟嘟的说，因问道："你又要争什么闲气？好容易我望你姑妈说了，你姑妈千方百计的才向他们西府里的琏二奶奶跟前说了，你才得了这个念书的地方。若不是仗着人家，咱们家里还有力量请的起先生？况且人家学里，茶也是现成的，饭也是现成的。你这二年在那里念书，家里也省好大的嚼用呢。省出来的，你又爱穿件鲜明衣服。再者，不是因你在那里念书，你就认得什么薛大爷了？那薛大爷一年不给不给，这二年也帮了咱们有七八十两银子。你如今要闹出了这个学房，再要找这么个地方，我告诉你说罢，比登天还难呢！你给我老老实实的顽一会子睡你的觉去，好多着呢。"于是金荣忍气吞声，不多一时他自去睡了。次日仍旧上学去了。不在话下。

且说他姑娘【姑妈】，原聘给的是贾家玉字辈的嫡派，名唤贾璜。但其族人那里皆能像宁荣二府的富势，原不用细说。这贾

金荣不服，也不是毫无道理。如果连"气"也不生一回，这孩子就无可救药了。

胡氏是现实主义者。把儿子送进贾府义学，"好容易"，是用了"千方百计"，"况且"家里也省好大的"嚼用"，"再者"还有薛大爷帮了"七八十两银子"。她经济账算得很清楚，遗憾的是完全不问那个"薛大爷"是何许人，为什么好好地会出那么多银子。

璜夫妻守着些小的产业，又时常到宁荣二府里去请请安，又会奉承凤姐儿并尤氏，所以凤姐儿尤氏也时常资助资助他，方能如此度日。今日正遇天气晴明，又值家中无事，遂带了一个婆子，坐上车，来家里走走，瞧瞧寡嫂并侄儿。

闲话之间，金荣的母亲偏提起昨日贾家学房里的那事，从头至尾，一五一十都向他小姑子说了。这璜大奶奶不听则已，听了，一时怒从心上起，说道："这秦钟小崽子是贾门的亲戚，难道荣儿不是贾门的亲戚？人都别忒势利了，况且都作的是什么有脸的好事！就是宝玉，也犯不上向着他到这个样。等我去到东府瞧瞧我们珍大奶奶，再向秦钟他姐姐说说，叫他评评这个理。"这金荣的母亲听了这话，急的了不得，忙说道："这都是我的嘴快，告诉了姑奶奶了，求姑奶奶别去，别管他们谁是谁非。倘或闹起来，怎么在那里站得住。若是站不住，家里不但不能请先生，反倒在他身上添出许多嚼用来呢。"璜大奶奶听了，说道："那里管得许多，你等我说了，看是怎么样！"也不容他嫂子劝，一面叫老婆子瞧了车，就坐上往宁府里来。

到了宁府，进了车门，到了东边小角门前下了车，进去见了贾珍之妻尤氏。也未敢气高，殷殷勤勤叙过寒温，说了些闲话，方问道："今日怎么没见蓉大奶奶？"尤氏说道："他这些日子不知怎么着，经期有两个多月没来。叫大夫瞧了，又说并不是喜。那两日，到了下半天就懒待动，话也懒待说，眼神也发眩。我说他：'你且不必拘礼，早晚不必照例上来，你就好生养养罢。就是有亲戚一家儿来，有我呢。就有长辈们怪你，等我替你告诉。'连蓉哥我都嘱咐了，我说：'你不许累掯他，不许招他生气，叫他静静的养养就好了。他要想什么吃，只管到我这里取来。倘或我这里没有，只管望你琏二婶子那里要去。倘或他有个好和歹，你再要娶这么一个媳妇，这么个模样儿，这么个性情的人儿，打着灯笼也没地方找去。'他这为人行事，那个亲戚，那个一家的长辈不喜欢他？所以我这两日好不烦心，焦的我了不得。偏偏今日早晨他兄弟来瞧他，谁知那小孩子家不知好歹，看见他姐姐身上不大爽快，就有事也不当告诉他，别说是这么一点子小事，就是你受了一万分的委曲，也不该向他说才是。谁知他们昨儿学房里打架，不知是那里附学来的一个人欺侮了他了。里头还有些不干不净的话，都告诉了他姐姐。婶子，你是知道那媳妇的：虽则见了人有说有笑，会行事儿，他可心细，心又重，不拘听见个什么话儿，都要度量个三日五夜才罢。这病就是打这个秉性上头思虑出来的。今儿听见有人欺负了他兄弟，又是恼，又是气。恼的是那群混帐狐朋狗友的扯是搬非、调三惑四的那些人；气的是他兄弟不学好，不上心念书，以致如此学里吵闹。他听了这事，今日索性连早饭也没吃。我听见了，我方到他那边安慰了他一会子，又劝解了他兄弟一会子。我叫他兄弟到那边府里找宝玉去了，我才看着他吃了半盏燕窝汤，我才过来了。婶子，你说我心焦不心焦？况且如今又没个好大夫，我想到他这病上，我心里倒像针扎似的。你们知道有什么好大夫没有？"

金氏听了这半日话，把方才在他嫂子家的那一团要向秦氏理论的盛气，早吓的都丢在爪洼国去了。听见尤氏问他有知道的好大夫的话，连忙答道："我们这么听着，实在也没见人说有个好大夫。如今听起大奶奶这个来，定不得还是喜呢。嫂子倒别教人混治。倘或认错了，这可是了不得的。"尤氏道："可不是呢。"正是说话间，贾珍从外进来，见了金氏，便向尤氏问道："这不是璜大奶奶么？"金氏向前给贾珍请了安。贾珍向尤氏说道："让这大妹妹吃了饭去。"贾珍说着话，就过那屋里去了。金氏此来，原要向秦氏说说秦钟欺负了他侄儿的事，听见秦氏有病，不但不能说，亦且不敢提了。况且贾珍尤氏又待的很好，反转怒为喜，又说了一会子话儿，方家去了。

金氏去后，贾珍方过来坐下，问尤氏道："今日他来，有什么说的事情么？"尤氏答道："倒没说什么。一进来的时候，脸上倒像有些着了恼的气色似的，及说了半天话，又提起媳妇这

她本来就病着，为她弟弟的事"又是恼，又是气"，"今日索性连早饭也没吃"，这个责任该谁负？

责任重大，那股"盛气"当然"早吓的都丢在爪洼国去了"。幸亏尤氏没有"追责"，一句"你们知道有什么好大夫没有"给了台阶，这位大奶奶也够机敏，遂趁机而下，"答道"而"连忙"。

连义互解："不敢"云云，解释着上面的那个"吓"字。

再解释上文的"转怒为喜"，还是连义互解。

璜大奶奶走了，话题自然转回到可卿之病。

病，他倒渐渐的气色平定了。你又叫让他吃饭，他听见媳妇这么病，也不好意思只管坐着，又说了几句闲话儿就去了，倒没求什么事。如今且说媳妇这病，你到那里寻一个好大夫来与他瞧瞧要紧，可别耽误了。现今咱们家走的这群大夫，那里要得，一个个都是听着人的口气儿，人怎么说，他也添几句文话儿说一遍。可倒殷勤的很，三四个人一日轮流着倒有四五遍来看脉。他们大家商量着立个方子，吃了也不见效，倒弄得一日换四五遍衣裳，坐起来见大夫，其实于病人无益。"贾珍说道："可是。这孩子也糊涂，何必脱脱换换的，倘再着了凉，更添一层病，那还了得。衣裳任凭是什么好的，可又值什么，孩子的身子要紧，就是一天穿一套新的，也不值什么。我正进来要告诉你：方才冯紫英来看我，他见我有些抑郁之色，问我是怎么了。我才告诉他说，媳妇忽然身子有好大的不爽快，因为不得个好太医，断不透是喜是病，又不知有妨碍无妨碍，所以我这两日心里着实着急。冯紫英因说起他有一个幼时从学的先生，姓张名友士，学问最渊博的，更兼医理极深，且能断人的生死。今年是上京给他儿子来捐官，现在他家住着呢。这么看来，竟是合该媳妇的病在他手里除灾亦未可知。我即刻差人拿我的名帖请去了。今日倘或天晚了不能来，明日想必一定来。况且冯紫英又即刻回家亲自去求他，务必叫他来瞧瞧。等这个张先生来瞧了再说罢。"

越没本事来得越勤。货物越次，推销得越卖力。

上面"三四个人一日轮流着倒有四五遍来看脉"而于病无补的，别以为是"一般"大夫，那都是有"太医"称号的人物。伪专家、伪教授不自今日始。那么多"太医"群聚于宁府，因为那里有钱。

终于，一位"能断人的生死"的大夫来了。是希望，也是悬念。

尤氏听了，心中甚喜，因说道："后日是太爷的寿日，到底怎么办？"贾珍说道："我方才到了太爷那里去请安，兼请太爷来家来受一受一家子的礼。太爷因说道：'我是清净惯了的，我不愿意往你们那是非场中去闹去。你们必定说是我的生日，要叫我去受众人些头，莫过你把我从前注的《阴骘文》【劝人积德行善的书】给我令人好好的写出来刻了，比叫我无故受众人的头还强百倍呢。倘或明日后日这两日一家子要来，你就在家里好好的款待他们就是了。也不必给我送什么东西来，连你后日也不必来；你要心中不安，你今日就给我磕了头去。倘或后日你要来，

请大夫的事有了着落，喜悦之余，马上提起另一件大事："后天是太爷的寿日，到底怎么办？"家庭生活，原就是这么一宗起一宗落的。

又跟随多少人来闹我，我必和你不依。'如此说了又说，后日我是再不敢去的了。且叫来升来，吩咐他预备两日的筵席。"尤氏因叫人叫了贾蓉来："吩咐来升照旧例预备两日的筵席，要丰丰富富的。你再亲自到西府里去请老太太、大太太、二太太和你琏二婶子来逛逛。你父亲今日又听见一个好大夫，业已打发人请去了，想必明日必来。你可将他这些日子的病症细细的告诉他。"

为下回摆宴席庆寿辰铺垫。

贾蓉一一的答应着出去了。正遇着方才去冯紫英家请那先生的小子回来了，因回道："奴才方才到了冯大爷家，拿了老爷的名帖请那先生去。那先生说道：'方才这里大爷也向我说了。但是今日拜了一天的客，才回到家，此时精神实在不能支持，就是去到府上也不能看脉。'他说等调息一夜，明日务必到府。他又说，他'医学浅薄，本不敢当此重荐，因我们冯大爷和府上的大人既已如此说了，又不得不去，你先替我回明大人就是了。大人的名帖实不敢当。'仍叫奴才拿回来了。哥儿替奴才回一声儿罢。"贾蓉转身复进去，回了贾珍尤氏的话，方出来叫了来升【管家】来，吩咐他预备两日的筵席的话。来升听毕，自去照例料理。不在话下。

最后，话题再转回到为可卿看病，开启下文。

且说次日午间，人回道："请的那张先生来了。"贾珍遂延入大厅坐下。茶毕，方开言道："昨承冯大爷示知老先生人品学问，又兼深通医学之至，小弟不胜欣仰。"张先生道："晚生粗鄙下士，本知见浅陋，昨因冯大爷示知，大人家第谦恭下士，又承呼唤，敢不奉命。但毫无实学，倍增颜汗。"贾珍道："先生何必过谦。就请先生进去看看儿妇，仰仗高明，以释下怀。"

双方用"雅言"对话，初次见面，不失身份。

于是，贾蓉同了进去。到了贾蓉居室，见了秦氏，向贾蓉说道："这就是尊夫人了？"贾蓉道："正是。请先生坐下，让我把贱内的病症说一说再看脉如何？"那先生道："依小弟的意思，竟先看过脉再说的为是。我是初造尊府的，本也不晓得什么，但是我们冯大爷务必叫小弟过来看看，小弟所以不得不来。如今看了脉息，看小弟说的是不是，再将这些日子的病势讲一讲，大家

中医最大的本事在此。

斟酌一个方儿，可用不可用，那时大爷再定夺。"贾蓉道："先生实在高明，如今恨相见之晚。就请先生看一看脉息，可治不可治，以便使家父母放心。"于是家下媳妇们捧过大迎枕来，一面给秦氏拉着袖口，露出脉来。先生方伸手按在右手脉上，调息了至数，宁神细诊了有半刻的工夫，方换过左手，亦复如是。诊毕脉息，说道："我们外边坐罢。"

贾蓉于是同先生到外间房里床上坐下，一个婆子端了茶来。贾蓉道："先生请茶。"于是陪先生吃了茶，遂问道："先生看这脉息，还治得治不得？"先生道："看得尊夫人这脉息：左寸沉数，左关沉伏；右寸细而无力，右关需而无神。其左寸沉数者，乃心气虚而生火；左关沉伏者，乃肝家气滞血亏。右寸细而无力者，乃肺经气分太虚；右关需而无神者，乃脾土被肝木克制。心气虚而生火者，应现经期不调，夜间不寐。肝家血亏气滞者，必然胁下疼胀，月信过期，心中发热。肺经气分太虚者，头目不时眩晕，寅卯间必然自汗，如坐舟中。脾土被肝木克制者，必然不思饮食，精神倦怠，四肢酸软。据我看这脉息，应当有这些症候才对。或以这个脉为喜脉，则小弟不敢从其教也。"旁边一个贴身服侍的婆子道："何尝不是这样呢。真正先生说的如神，倒不用我们告诉了。如今我们家里现有好几位太医老爷瞧着呢，都不能的当真切的这么说。有一位说是喜，有一位说是病，这位说不相干，那位说怕冬至，总没有个准话儿。求老爷明白指示指示。"

那先生笑道："大奶奶这个症候，可是那众位耽搁了。要在初次行经的日期就用药治起来，不但断无今日之患，而且此时已全愈了。如今既是把病耽误到这个地位，也是应有此灾。依我看来，这病尚有三分治得。吃了我的药看，若是夜里睡的着觉，那时又添了二分拿手了。据我看这脉息：大奶奶是个心性高强聪明不过的人；聪明忒过，则不如意事常有；不如意事常有，则思虑太过。此病是忧虑伤脾，肝木忒旺，经血所以不能按时而至。大奶奶从前的行经的日子问一问，断不是常缩，必是常长的。是不是?"这婆子答道:"可不是,从没有缩过,或是长两日三日,以至十日都长过。"先生听了道:"妙啊!这就是病源了。从前若能够以养心调经之药服之,何至于此。这如今明显出一个水亏木旺的症候来。待用药看看。"于是写了方子,递与贾蓉,上写的是:

可卿之病情,须由"贴身伏侍的婆子"说出才最合理。

益气养荣补脾和肝汤

人参 二钱　白术【zhú】二钱 土炒　云苓 三钱　熟地 四钱

归身 二钱 酒洗　白芍 二钱 炒　川芎【xiōng】钱半　黄芪【qí】三钱

香附米 二钱 制　醋柴胡 八分　怀山药 二钱 炒

真阿【ē】胶 二钱 蛤粉炒　延胡索 钱半 酒炒　炙甘草 八分

引用建莲子七粒去心　红枣二枚

贾蓉看了,说:"高明的很。还要请教先生,这病与性命终久有妨无妨?"先生笑道:"大爷是最高明的人。人病到这个地位,非一朝一夕的症候,吃了这药也要看医缘了。依小弟看来,今年一冬是不相干的。总是过了春分,就可望全愈了。"贾蓉也是个聪明人,也不往下细问了。

能把病情说准,就是高明。至于生死,张先生说的是"活话":能熬到春分"就可望全愈了",要是熬不到呢?听话听音。

于是贾蓉送了先生去了,方将这药方子并脉案都给贾珍看了,说的话也都回了贾珍并尤氏了。尤氏向贾珍说道:"从来大夫不像他说的这么痛快,想必用的药也不错。"贾珍道:"人家原不是混饭吃久惯行医的人。因为冯紫英我们好,他好容易求了他来了。既有这个人,媳妇的病或者就能好了。他那方子上有人参,就用前日买的那一斤好的罢。"贾蓉听毕话,方出来叫人打药去煎给秦氏吃。不知秦氏服了此药病势如何,下回分解。

不管大夫怎么说,总是充满希望。人心如此。

【回后评】

和上一回书不同,读上一回书是"哭笑不得",读这一回书就只有一种沉重感。清代张新之(号"太平闲人")所谓"上半写得可怜，下半写得可怕"，确实让人轻松不起来。"金寡妇贪利权受辱"，是人穷志短。我们不赞成她的"志短"，却不能不同情她的"人穷"。那个璜大奶奶为金荣抱打不平，但到了宁府，听了尤氏一番诉说，再不敢开口，不要说找"秦钟的姐姐""评理"，连称呼都改为"蓉大奶奶"了。要论起来，这个璜大奶奶还是有几分"正义感"的，但"经济基础"太差，支撑不起这个"正义"的屋顶。我们或不屑她的"转怒为喜"，但不能忽略那权势的威力。看世态，体人情，不能只从"道德"的象牙塔作俯视状。

上半部说"辱"，下半部说"病"：一个人见人爱的秦可卿病势沉重，即使再高明的医生也不敢保证她能够康复，一个不详的阴影笼罩了下来。

从艺术的角度看，上半部了结前文，下半部开启后事——除了可卿之死，还引出了贾敬诞辰之庆。

对上半部的写作技巧，护花主人有一段不错的分析："金荣大闹书房一节，若竟不再提，则第九回书直可删掉半回；若从贾璜之妻告诉发觉，便难于收拾。今借秦氏病中秦钟诉知，秦氏气恼，转从尤氏口中告知金氏，令金氏不敢声言，随即扫开，真是指挥如意。"

对于后半部大写诊脉开方，作家王蒙有点不以为然，以为是"作者借机卖弄其医学知识"。鄙意倒以为，曹公如此写，恐怕是表示对所谓"太医"的鄙视。"三四个人一日轮流着倒有四五遍来看脉"，竟然"断不透是喜是病，又不知有妨碍无妨碍"。而尤氏倒以平日的观察作出判断：她就是因为"心细，心又重，不拘听见个什么话儿，都要度量个三日五夜才罢。这病就是打这个秉性上头思虑出来的"。这位张友士的结论也就是尤氏的结论，实在算不得高明，但他能对症下药，也就不错了。这也警示世人：不要被虚名所误。

第十一回

庆寿辰宁府排家宴
见熙凤贾瑞起淫心

幻景无端换境生，
玉楼春暖述乖情。
闹中寻静浑闲事，
运得灵机属凤卿。

探秦氏凤姐多怜爱，逢贾瑞纨绔起淫心

回目把此回书的要点都交代清楚了。上回书已说到贾敬寿辰之事。贾敬一心修道，贾珍等自在宁府排家宴以示庆祝，京城勋爵也纷纷送礼。"找了一班小戏儿并一档子打十番的"，两府男女上下都来凑热闹。

王夫人、凤姐等到宁府，最关心的是秦可卿的病情。王夫人问尤氏："前日听见你大妹妹说，蓉哥儿媳妇儿身上有些不大好，到底是怎么样？"尤氏说"竟是很大的一个症候"。凤姐儿听了，眼圈儿红了半天，半日方说道："真是'天有不测风云，人有旦夕祸福'。这个年纪，倘或就因这个病上怎么样了，人还活着有什么趣儿！"

饭后，邢、王等到园子里去看戏，凤姐又去探望可卿，宝玉也跟了去。一见可卿，凤姐吃了一惊说道："我的奶奶！怎么几日不见，就瘦的这么着了。"可卿只叹自己"没福"，她说：公公婆婆当自己的女孩儿似的待，丈夫也从来没有红过脸儿，一家子的长辈同辈之中没有不疼她的。她担心自己"未必熬的过年去呢"。尤氏再三催促，凤姐只好去看戏。临别，可卿还说"我知道我这病不过是挨日子"了。

此后凤姐儿不时亲自来看秦氏。秦氏也有几日好些，也有几日仍是那样。贾珍、尤氏、贾蓉好不焦心。冬至节前后，贾母、王夫人、凤姐儿日日差人去看秦氏。这天，凤姐来到宁府，看见秦氏虽未甚添病，但是那脸上身上的肉全瘦干了。凤姐出来对尤氏说："这实在没法儿了。你也该将一应的后事用的东西给他料理料理，冲一冲也好。"尤氏道："我也叫人暗暗的预备了。就是那件东西不得好木头，暂且慢慢的办罢。"

就在凤姐离开可卿去会芳园听戏的途中，被贾瑞拦住了。他说能在此与凤姐相遇是"有缘"，一面说着，还一面拿眼睛不住地觑着凤姐儿。凤姐见他这个光景，猜透八九分，就笑着与之敷衍，说什么"知道你是个聪明和气的人""一家子骨肉，说什么年轻不年轻的话"等等。但她心里想："这才是知人知面不知心呢，那里有这样禽兽的人呢。他如果如此，几时叫他死在我的手里，他才知道我的手段！"此后贾瑞多次上门求见凤姐不遇，凤姐越发气恼，说："这畜生合该作死，看他来了怎么样！"

话说是日贾敬的寿辰，贾珍先将上等可吃的东西、稀奇些的果品，装了十六大捧盒，着贾蓉带领家下人等与贾敬送去，向贾蓉说道："你留神看太爷喜欢不喜欢，你就行了礼来。你说：'我父亲遵太爷的话未敢来，在家里率领合家都朝上行了礼了。'"贾蓉听罢，即率领家人去了。

这里渐渐的就有人来了。先是贾琏、贾蔷到来，先看了各处的座位，并问："有什么顽意儿没有？"家人答道："我们爷原算计请太爷今日来家来，所以并未敢预备顽意儿。前日听见太爷又不来了，现叫奴才们找了一班小戏儿并一档子打十番的，都在园子里戏台上预备着呢。"

次后邢夫人、王夫人、凤姐儿、宝玉都来了，贾珍并尤氏接了进去。尤氏的母亲已先在这里呢。大家见过了，彼此让了坐。贾珍尤氏二人亲自递了茶，因说道："老太太原是老祖宗，我父亲又是侄儿，这样日子，原不敢请他老人家；但是这个时候，天气正凉爽，满园的菊花又盛开，请老祖宗过来散散闷，看着众儿孙热热闹闹，是这个意思。谁知老祖宗又不肯赏脸。"凤姐儿未等王夫人开口，先说道："老太太昨日还说要来着呢，因为晚上看着宝兄弟他们吃桃儿，老人家又嘴馋，吃了有大半个，五更天的时候就一连起来了两次，今日早晨略觉身子倦些。因叫我回大爷，今日断不能来了，说有好吃的要几样，还要很烂的。"贾珍

紧承上回，接写贾敬寿辰事。

遵贾敬之嘱，摆家宴招待亲朋。"这里"二字与上段贾蓉"率领家人去了"对应衔接。要使纷繁的人事杂而不乱，时空指示语是不可少的。

贾琏、贾蔷，最关心"有什么顽意儿没有"。

荣府女眷到，但贾母缺席，这使尤氏感到没"脸"。这时候出面应答的该是王夫人，但凤姐唯恐王夫人说不圆满，即抢先开口。看凤姐一番话，先声明贾母本是要来的（赏脸），但身体欠安（最应谅解的理由），不过还是要几样"好吃的"（赏脸的具体表示）。如此，贾母不用来，尤氏也得了"脸"。凤姐之言，且不问真假，总是很得体的。

听了笑道："我说老祖宗是爱热闹的，今日不来，必定有个原故，若是这么着就是了。"

王夫人道："前日听见你大妹妹说，蓉哥儿媳妇儿身上有些不大好，到底是怎么样？"尤氏道："他这个病得的也奇。上月中秋还跟着老太太、太太们顽了半夜，回家来好好的。到了二十后，一日比一日觉懒，也懒待吃东西，这将近有半个多月了。经期又有两个月没来。"邢夫人接着说道："别是喜罢？"

正说着，外头人回道："大老爷、二老爷并一家子的爷们都来了，在厅上呢。"贾珍连忙出去了。这里尤氏方说道："从前大夫也有说是喜的。昨日冯紫英荐了他从学过的一个先生，医道很好，瞧了说不是喜，竟是很大的一个症候。昨日开了方子，吃了一剂药，今日头眩的略好些，别的仍不见怎么样大见效。"凤姐儿道："我说他不是十分支持不住，今日这样的日子，再也不肯不扎挣着上来。"尤氏道："你是初三日在这里见他的，他强扎挣了半天，也是因你们娘儿两个好的上头，他才恋恋的舍不得去。"凤姐儿听了，眼圈儿红了半天，半日方说道："真是'天有不测风云，人有旦夕祸福'。这个年纪，倘或就因这个病上怎么样了，人还活着有什么趣儿！"

正说话间，贾蓉进来，给邢夫人、王夫人、凤姐儿前都请了安，方回尤氏道："方才我去给太爷送吃食去，并回说我父亲在家中伺候老爷们，款待一家子的爷们，遵太爷的话并未敢来。太爷听了甚喜欢，说：'这才是。'叫告诉父亲母亲好生伺候太爷太太们，叫我好生伺候叔叔婶子们并哥哥们。还说那《阴骘文》，叫急急的刻出来，印一万张散人。我将此话都回了我父亲了。我这会子得快出去打发太爷们并合家爷们吃饭。"凤姐儿说："蓉哥儿，你且站住。你媳妇今日到底是怎么着？"贾蓉皱皱眉说道："不好么！婶子回来瞧瞧去就知道了。"于是贾蓉出去了。

这里尤氏向邢夫人、王夫人道："太太们在这里吃饭好，还是在园子里吃去好？小戏儿现预备在园子里呢。"王夫人向邢夫

女眷最关心的还是秦可卿的病。邢夫人刚说"别是喜罢"，就被打断。

插一句"爷们都来了"，再回头接邢夫人的话茬。文笔从容。

凤姐由可卿之病而想到"旦夕祸福"，慨叹"人还活着有什么趣儿"，并非讲"人生哲理"，只是说可卿去了，自己失去一个最亲密的伙伴，使生活之趣大受影响。死者长已矣，哪里还有什么趣不趣的问题。

再穿插贾蓉之"汇报"。

《阴骘文》是一本书，不好论"张"。贾敬其人，既有官职可以世袭，又是进士出身，为何离家修道？是摆脱责任，还是对家庭对世道绝望？

贾蓉出去，再回来写屋内女眷。

人道:"我们索性吃了饭再过去罢,也省好些事。"邢夫人道:"很好。"于是尤氏就吩咐媳妇婆子们:"快送饭来。"门外一齐答应了一声,都各人端各人的去了。不多一时,摆上了饭。尤氏让邢夫人、王夫人并他母亲都上了坐,他与凤姐儿、宝玉侧席坐了。邢夫人、王夫人道:"我们来原为给大老爷拜寿,这不竟是我们来过生日来了么?"凤姐儿说道:"大老爷原是好养静的,已经修炼成了,也算得是神仙了。太太们这么一说,这就叫作'心到神知'了。"一句话说的满屋里的人都笑起来了。

于是,尤氏的母亲并邢夫人、王夫人、凤姐儿都吃毕饭,漱了口,净了手;才说要往园子里去,贾蓉进来向尤氏说道:"老爷们并众位叔叔哥哥兄弟们也都吃了饭。大老爷说家里有事,二老爷是不爱听戏又怕人闹的慌,都才去了。别的一家子爷们都被琏二叔并蔷兄弟让过去听戏去了。方才南安郡王、东平郡王、西宁郡王、北静郡王四家王爷,并镇国公牛府等六家,忠靖侯史府等八家,都差人持了名帖送寿礼来,俱回了我父亲,先收在帐房里了,礼单都上上档子了。老爷的领谢的名帖都交给各来人了,各来人也都照旧例赏了,众来人都让吃了饭才去。母亲该请二位太太、老娘、婶子都过园子里坐着去罢。"尤氏道:"也是才吃完了饭,就要过去了。"

凤姐儿说:"我回太太,我先瞧瞧蓉哥儿媳妇,我再过去。"王夫人道:"很是。我们都要去瞧瞧他,倒怕他嫌闹的慌,说我们问他好罢。"尤氏道:"好妹妹,媳妇听你的话,你去开导开导他,我也放心。你就快些过园子里来。"宝玉也要跟了凤姐儿去瞧秦氏去,王夫人道:"你看看就过去罢,那是侄儿媳妇。"于是尤氏请了邢夫人、王夫人并他母亲都过会芳园去了。

凤姐儿、宝玉方和贾蓉到秦氏这边来了。进了房门,悄悄的走到里间房门口,秦氏见了,就要站起来,凤姐儿说:"快别起来,看起猛了头晕。"于是凤姐儿就紧走了两步,拉住秦氏的手,说道:"我的奶奶!怎么几日不见,就瘦的这么着了。"于是就坐

什么话题都能叫凤姐说圆满了。这是第一次见大家一起发出的自然的笑。

再插贾蓉"汇报":一是男眷动态,一是外客情事。不能不写,亦不必详写,通过贾蓉之口,简略带过。详略得宜,疏密有度。

到底凤姐与可卿关系不同一般。而写宝玉之行,令人生疑。

"我的奶奶!"一声惊呼,已见得可卿病态。"几日不见",见得病情发展迅速;"就瘦的这么着了",这是最恰当的表达。到底"怎么着了",人就在眼前,任何形容词都是多余。

在秦氏坐的褥子上。宝玉也问了好，坐在对面椅子上。贾蓉叫："快倒茶来，婶子和二叔在上房还未喝茶呢。"

可卿说三层意思：自道其"福"，深表歉意，亡命在即。

秦氏拉着凤姐儿的手，强笑道："这都是我没福。这样人家，公公婆婆当自己的女孩儿似的待。婶娘的侄儿虽说年轻，却也是他敬我，我敬他，从来没有红过脸儿。就是一家子的长辈同辈之中，除了婶子倒不用说了，别人也从无不疼我的，也无不和我好的。这如今得了这个病，把我那要强的心一分也没了。公婆跟前未得孝顺一天；就是婶娘这样疼我，我就有十分孝顺的心，如今也不能够了。我自想着，未必熬的过年去呢。"

听了可卿的倾诉，不接写凤姐的反应，倒插入宝玉流泪。宝玉如此，凤姐之悲苦不言自明，是以宾衬主。但她懂得在此时不能给病人"反添心酸"，她得忍，并批评宝玉而安慰可卿。

宝玉正眼瞅着那《海棠春睡图》并那秦太虚写的"嫩寒锁梦因春冷，芳气笼人是酒香"的对联，不觉想起在这里睡晌觉梦到"太虚幻境"的事来。正自出神，听得秦氏说了这些话，如万箭攒心，那眼泪不知不觉就流下来了。凤姐儿心中虽十分难过，但恐怕病人见了众人这个样儿反添心酸，倒不是来开导劝解的意思了。见宝玉这个样子，因说道："宝兄弟，你忒婆婆妈妈的了。他病人不过是这么说，那里就到得的这个田地了？况且能多大年纪的人，略病一病儿就这么想那么想的，这不是自己倒给自己添病了么？"贾蓉道："他这病也不用别的，只是吃得些饮食就不怕了。"凤姐儿道："宝兄弟，太太叫你快过去呢。你别在这里只管这么着，倒招的媳妇也心里不好。太太那里又惦着你。"因向贾蓉说道："你先同你宝叔叔过去罢，我还略坐一坐儿。"贾蓉听说，即同宝玉过会芳园来了。

必得把宝玉支开，才好说体己话。

这里凤姐儿又劝解了秦氏一番，又低低的说了许多衷肠话儿，尤氏打发人请了两三遍，凤姐儿才向秦氏说道："你好生养着罢，我再来看你。合该你这病要好，所以前日就有人荐了这个好大夫来，再也是不怕的了。"秦氏笑道："任凭神仙也罢，治得病治不得命。婶子，我知道我这病不过是挨日子。"凤姐儿说道："你只管这么想着，病那里能好呢？总要想开了才是。况且听得大夫说，若是不治，怕的是春天不好呢。如今才九月半，还

能说"许多衷肠话儿"的人才是真朋友。人一生能得几个？难怪凤姐慨叹活着都没趣儿了。

有四五个月的工夫，什么病治不好呢？咱们若是不能吃人参的人家，这也难说了；你公公婆婆听见治得好你，别说一日二钱人参，就是二斤也能够吃的起。好生养着罢，我过园子里去了。"秦氏又道："婶子，恕我不能跟过去了。闲了时候还求婶子常过来瞧瞧我，咱们娘儿们坐坐，多说几遭话儿。"凤姐儿听了，不觉得又眼圈儿一红，遂说道："我得了闲儿必常来看你。"

于是凤姐儿带领跟来的婆子丫头并宁府的媳妇婆子们，从里头绕进园子的便门来。但只见：

黄花满地，白柳横坡。小桥通若耶之溪【富有诗情画意的河流】，曲径接天台之路【传说那里是可以与仙女相遇之地】。石中清流激湍，篱落飘香；树头红叶翩翩，疏林如画。西风乍紧，初罢莺啼；暖日当暄，又添蜇语。遥望东南，建几处依山之榭；纵观西北，结三间临水之轩。笙簧盈耳，别有幽情；罗绮穿林，倍添韵致。【扣住那边戏曲之音】

凤姐儿正自看园中的景致，一步步行来赞赏。猛然从假山石后走过一个人来，向前对凤姐儿说道："请嫂子安。"凤姐儿猛然见了，将身子望后一退，说道："这是瑞大爷不是？"贾瑞说道："嫂子连我也不认得了？不是我是谁！"凤姐儿道："不是不认得，猛然一见，不想到是大爷到这里来。"贾瑞道："也是合该我与嫂子有缘。我方才偷出了席，在这个清净地方略散一散，不想就遇见嫂子也从这里来。这不是有缘么？"一面说着，一面拿眼睛不住的觑着凤姐儿。

凤姐儿是个聪明人，见他这个光景，如何不猜透八九分呢，因向贾瑞假意含笑道："怨不得你哥哥时常提你，说你很好。今日见了，听你说这几句话儿，就知道你是个聪明和气的人了。这会子我要到太太们那里去，不得和你说话儿，等闲了咱们再说话儿罢。"贾瑞道："我要到嫂子家里去请安，又恐怕嫂子年轻，不

有一种生离死别之感。

完全可以写凤姐径直走到会芳园看戏，但那就没有了下面一回大书，失去表现凤姐性格中极端重要的一个方面的机会。

一篇写景小赋，让情节发展得以舒缓，为贾瑞的出现提供背景，贾瑞之丑也与眼前景物之美形成对比。

连用三个"猛然"。贾瑞言行轻佻，且不知自己分量。你是谁呀？为什么人家一定要认得你？说了"有缘"，还要"论证"一番，似乎有几分得意。"觑"字妙：伺视或窥视，不是正视。

"凤姐儿是个聪明人"，但应该把"聪明"用到正地方。猜透了贾瑞心怀邪念，完全可以言辞训教，她却"假意"应答，还说什么"等闲了咱们再说话儿""一家子骨肉"，这就是诱人为恶了。

肯轻易见人。"凤姐儿假意笑道："一家子骨肉，说什么年轻不年轻的话。"贾瑞听了这话，再不想到今日得这个奇遇，那神情光景亦发不堪难看了。凤姐儿说道："你快入席去罢，仔细他们拿住罚你酒。"贾瑞听了，身上已木了半边，慢慢的一面走着，一面回过头来看。凤姐儿故意的把脚步放迟了些儿，见他去远了，心里暗忖道："这才是知人知面不知心呢，那里有这样禽兽样的人呢。他如果如此，几时叫他死在我的手里，他才知道我的手段！"

于是凤姐儿方移步前来。将转过了一重山坡，见两三个婆子慌慌张张的走来，见了凤姐儿，笑说道："我们奶奶见二奶奶只是不来，急的了不得，叫奴才们又来请奶奶来了。"凤姐儿说道："你们奶奶就是这么急脚鬼似的。"凤姐儿慢慢的走着，问："戏唱了几出了？"那婆子回道："有八九出了。"说话之间，已来到了天香楼的后门，见宝玉和一群丫头们在那里玩呢。凤姐儿说道："宝兄弟，别忒淘气了。"有一个丫头说道："太太们都在楼上坐着呢，请奶奶就从这边上去罢。"

凤姐儿听了，款步提衣上了楼，见尤氏已在楼梯口等着呢。尤氏笑说道："你们娘儿两个忒好了，见了面总舍不得来了。你明日搬来和他住着罢。你坐下，我先敬你一钟。"于是凤姐儿在邢、王二夫人前告了坐，又在尤氏的母亲前周旋了一遍，仍同尤氏坐在一桌上吃酒听戏。尤氏叫拿戏单来，让凤姐儿点戏，凤姐儿说道："亲家太太和太太们在这里，我如何敢点。"邢夫人王夫人说道："我们和亲家太太都点了好几出了，你点两出好的我们听。"凤姐儿立起身来答应了一声，方接过戏单，从头一看，点了一出《还魂》，一出《弹词》，递过戏单去说："现在唱的这《双官诰》，唱完了，再唱这两出，也就是时候了。"王夫人道："可不是呢，也该趁早叫你哥哥嫂子歇歇，他们又心里不静。"尤氏说道："太太们又不常过来，娘儿们多坐一会子去，才有趣儿，天还早呢。"凤姐儿立起身来望楼下一看，说："爷们都往那里去了？"旁边一个婆子道："爷们才到凝曦轩，带了打十番的那里吃酒去了。"凤姐儿说道："在这里不便宜，背地里又不知干什么去了！"尤氏笑道："那里都像你这么正经人呢。"

贾府的"爷们"不"正经"，难怪凤姐惦记着。

于是说说笑笑，点的戏都唱完了，方才撤下酒席，摆上饭来。吃毕，大家才出园子来，到上房坐下，吃了茶，方才叫预备车，向尤氏的母亲告了辞。尤氏率同众姬妾并家下婆子媳妇们方送出来；贾珍率领众子侄都在车旁侍立，等候着呢，见了邢夫人、王夫人道："二位婶子明日还过来逛逛。"王夫人道："罢了，我们今日整坐了一日，也乏了，明日歇歇罢。"于是都上车去了。贾瑞犹不时拿眼睛觑着凤姐儿。贾珍等进去后，李贵才拉过马来，宝玉骑上，随了王夫人去了。这里贾珍同一家子的弟兄子侄吃过了晚饭，方大家散了。

贾瑞这一笔不能忘，后面还有大戏开演。

次日，仍是众族人等闹了一日，不必细说。此后凤姐儿不时亲自来看秦氏。秦氏也有几日好些，也有几日仍是那样。贾珍、尤氏、贾蓉好不焦心。

喜忧交织，忧压倒了喜。

且说贾瑞到荣府来了几次，偏都遇见凤姐儿往宁府那边去了。这年正是十一月三十日冬至。到交节的那几日，贾母、王夫人、凤姐儿日日差人去看秦氏，回来的人都说："这几日也没见添病，也不见甚好。"王夫人向贾母说："这个症候，遇着这样大节不添病，就有好大的指望了。"贾母说："可是呢，好个孩子，要是有些原故，可不叫人疼死。"说着，一阵心酸，叫凤姐儿说道："你们娘儿两个也好了一场，明日大初一，过了明日，你后日再去看一看他去。你细细的瞧瞧他那光景，倘或好些儿，你回来告诉我，我也喜欢喜欢。那孩子素日爱吃的，你也常叫人做些给他送过去。"凤姐儿一一的答应了。

这一句两用：既写出贾瑞不死心，又交代凤姐频繁探视可卿。

到了初二日，吃了早饭，来到宁府，看见秦氏的光景，虽未甚添病，但是那脸上身上的肉全瘦干了。于是和秦氏坐了半日，说了些闲话儿，又将这病无妨的话开导了一遍。秦氏说道："好不好，春天就知道了。如今现过了冬至，又没怎么样，或者好的了也未可知。婶子回老太太、太太放心罢。昨日老太太赏的那枣

"脸上身上的肉全瘦干了"，只此一句，见得"无可救药"。一切安慰的话，都只是安慰而已。

泥馅的山药糕，我倒吃了两块，倒像克化的动似的。"凤姐儿说道："明日再给你送来。我到你婆婆那里瞧瞧，就要赶着回去回老太太的话去。"秦氏道："婶子替我请老太太、太太安罢。"

凤姐儿答应着就出来了，到了尤氏上房坐下。尤氏道："你冷眼瞧媳妇是怎么样？"凤姐儿低了半日头，说道："这实在没法儿了。你也该将一应的后事用的东西给他料理料理，冲一冲也好。"尤氏道："我也叫人暗暗的预备了。就是那件东西不得好木头，暂且慢慢的办罢。"于是凤姐儿吃了茶，说了一会子话儿，说道："我要快回去回老太太的话去呢。"尤氏道："你可缓缓的说，别吓着老太太。"凤姐儿道："我知道。"

于是凤姐儿就回来了。到了家中，见了贾母，说："蓉哥儿媳妇请老太太安，给老太太磕头，说他好些了，求老祖宗放心罢。他再略好些，还要给老祖宗磕头请安来呢。"贾母道："你看他是怎么样？"凤姐儿说："暂且无妨，精神还好呢。"贾母听了，沉吟了半日，因向凤姐儿说："你换换衣服歇歇去罢。"

凤姐儿答应着出来，见过了王夫人，到了家中，平儿将烘的家常的衣服给凤姐儿换了。凤姐儿方坐下，问道："家里没有什么事么？"平儿方端了茶来，递了过去，说道："没有什么事。就是那三百银子的利银，旺儿媳妇送进来，我收了。再有瑞大爷使人来打听奶奶在家没有，他要来请安说话。"凤姐儿听了，哼了一声，说道："这畜生合该作死，看他来了怎么样！"平儿因问道："这瑞大爷是因什么只管来？"凤姐儿遂将九月里宁府园子里遇见他的光景，他说的话，都告诉了平儿。平儿说道："癞蛤蟆想天鹅肉吃，没人伦的混帐东西，起这个念头，叫他不得好死！"凤姐儿道："等他来了，我自有道理。"不知贾瑞来时作何光景，且听下回分解。

实话实说，"这实在没法儿了"。

凤姐总是会说话："暂且无妨"，"暂且"而已；"精神还好"，"身体"呢？只言其有，不道其无。但贾母到底听明白了。

有"利银"收入，透出凤姐之"贪"。再提贾瑞，凤姐说"这畜生合该作死"，平儿也说"叫他不得好死"。"死"字临头，且看贾瑞如何行动。

〔 回后评 〕

  贾敬庆寿诞，可卿病日重，贾瑞起淫心，三件事交叉并行，而以可卿之病为主线勾连全篇。为庆贺贾敬寿诞，凤姐来到宁府，顺势写其探望秦氏之病；探病后去看寿诞之戏，偏遇贾瑞调情；此后，一面插写贾瑞不断"求见"，一面写凤姐与尤氏、贾母议论秦氏病情。三件事，既写眼前，又回应过往，还伏脉未来，交织推进，疏密有度，繁而不乱。

  有一点应特别注意：就是一而再再而三地写秦可卿病情，既写大夫之诊断，又写长辈之焦虑，还写她自己之绝望，等等。作者显然是在向读者强调秦氏不是什么"淫丧天香楼"。不管所谓原稿是怎么写的，作者既然改了，就得按定稿去解读。说"淫丧"也好，病亡也罢，都不过是小说家的虚构。有人总把注意力用在"淫丧"的情节上，把贾珍之恸之类都往这上头挂钩，还以为是什么重要"发现"，这恐怕不是文学鉴赏的正路。

  这一回书里最值得注意的人物还是凤姐。曲词说她"机关算尽太聪明，反算了卿卿性命"。她确有极聪明的一面。在这一回书里，但看她的说话就可见一斑。宁府为贾敬庆寿辰，虽请了贾母，而老太太拒绝出席。尤氏说是"老祖宗不肯赏脸"，话语中略含不满。这时凤姐几句话，就把"脸"给了尤氏，让她信服而释怀。在宴席上，邢夫人、王夫人道："我们来原为给大老爷拜寿，这不竟是我们来过生日来了么？"这是心怀歉意。凤姐儿用"心到神知"四字，既捧了贾敬，又让二夫人心安，所以"一句话说的满屋里的人都笑起来了"。探望可卿后，已跟尤氏说到"后事"。尤氏嘱咐凤姐："你可缓缓的说，别吓着老太太。"凤姐儿道："我知道。"怎么又要透露实情，又不"吓着老太太"？凤姐的做法是，不言病情，只说"蓉哥儿媳妇请老太太安，给老太太磕头，说他好些了，求老祖宗放心罢。他再略好些，还要给老祖宗磕头请安来呢。"贾母追问："你看他是怎么样？"不能隐瞒撒谎，又不能说都准备"后事"了，于是说："暂且无妨，精神还好呢。""暂且"而已，只剩了一点"精神"罢了。只言其有，不涉其无，这是说话的策略。

但是，"聪明"不能"太"。"太"就是"过"，"过"就容易变质。她应对贾瑞的话也是够"聪明"的，但这时的"聪明"已经变成了"狡猾"，甚至"阴险"。

最后平儿的两句话透露了两个重要信息，分别显示了凤姐之"贪"与"狠"：一是凤姐放贷牟利，一是贾瑞上门，纠缠不休。贾瑞，作为贾氏家族后代的一员，如此堕落，也从侧面反映出一个大家族的衰败。而凤姐一句"这畜生合该作死，看他来了怎么样"，则预示着贾瑞的悲惨结局。

第十二回

王熙凤毒设相思局
贾天祥正照风月鉴

反正从来总一心，
镜光至意两相寻。
有朝敲破蒙头瓮，
绿水青山任好春。

施凌辱贾瑞受惩，送宝鉴道士多嘱

上回书是几件事交叉并行，此回书则单线推进，回目就把这一段故事之因果梗概交待清楚了。毒，是用心，狠毒也；也是手段，毒辣也。贾瑞，字"天祥"，全是反语，其人其事毫无"祥瑞"可言。"风月宝鉴"，是《红楼梦》的另一书名，具有特殊含义，可以说《红楼梦》就是曹公为世人贡献的一面"宝鉴"。正面看之真善美，从背面看全是假恶丑，劝人不可"以假当真"。

自从会芳园与凤姐调情后，贾瑞多次欲与凤姐相会，凤姐便设下圈套要惩戒他。这天恰逢凤姐在家，贾瑞又来了。凤姐说："晚上起了更你来，悄悄的在西边穿堂儿等我。"那贾瑞如约而往。结果在那里空等了一夜，几乎不曾冻死。回家后又被祖父发狠地打了三四十板，不许吃饭，令他跪在院内读文章，定要补出十天的功课来方罢。贾瑞跪着在风地里读文章，其苦万状。

但他未醒悟，又去跟凤姐调情。这次，凤姐说让他于当日晚上"在我这房后小过道子里那间空屋里等我"。贾瑞又如约而往，黑暗中把埋伏在那里的贾蓉当作凤姐，扑上去就要做好事。结果被贾蓉、贾蔷二人逼着给每人写下五十两银子的欠条。贾蓉二人又把贾瑞安置在一个大台矶底下，嘱咐他不许动。惊恐间，一净桶尿粪从上面直泼下来，浇了他一身一头。

这贾瑞到了自己房中更衣洗濯，心下方想到是凤姐顽他，因此发一回恨，再想想凤姐的模样儿，又恨不得一时搂在怀内。自此贾瑞再不敢到荣府去了，但贾蓉两个常常的来索银子，他又怕祖父知道，正是相思尚且难禁，日间功课又紧，不觉就得了一病。各种药吃了有几十斤下去，也不见个动静。后要吃"独参汤"，贾代儒向凤姐求索，凤姐只拿些渣末泡须凑了几钱，命人送去。

贾瑞垂危之际，一个跛足道人给了他一柄"风月宝鉴"，嘱咐他只能照反面，不可照正面，如此"命可保矣"。谁知那贾瑞见反面是骷髅，而照正面，可以进去与凤姐云雨，就照照不止，直至精尽而亡。所幸亲族资助，丧事办得"丰丰富富"，应了"好就是了，了就是好"的歌词。

　　文章最后交代林如海重病，黛玉返乡，伏黛玉父母双亡、孤身贾府之脉。

　　话说凤姐正与平儿说话，只见有人回说："瑞大爷来了。"凤姐急命"快请进来。"贾瑞见往里让，心中喜出望外，急忙进来，见了凤姐，满面陪笑，连连问好。凤姐儿也假意殷勤，让茶让坐。

　　贾瑞见凤姐如此打扮，亦发酥倒，因饧了眼问道："二哥哥怎么还不回来？"凤姐道："不知什么原故。"贾瑞笑道："别是路上有人绊住了脚了，舍不得回来也未可知？"凤姐道："也未可知。男人家见一个爱一个也是有的。"贾瑞笑道："嫂子这话说错了，我就不这样。"凤姐笑道："像你这样的人能有几个呢，十个里也挑不出一个来。"贾瑞听了，喜的抓耳挠腮，又道："嫂子天天也闷的很。"凤姐道："正是呢，只盼个人来说话解解闷儿。"贾瑞笑道："我倒天天闲着，天天过来替嫂子解解闷闷可好不好？"凤姐笑道："你哄我呢，你那里肯往我这里来。"贾瑞道："我在嫂子跟前，若有一点谎话，天打雷劈！只因素日闻得人说，嫂子是个利害人，在你跟前一点也错不得，所以唬住了我。如今见嫂子最是个有说有笑极疼人的，我怎么不来，——死了也愿意！"凤姐笑道："果然你是个明白人，比贾蓉、贾蔷两个强远了。我看他那样清秀，只当他们心里明白，谁知竟是两个胡涂虫，一点不知人心。"

　　凤姐"急"，是恨，"手段"已定，只待实施；贾瑞"急"，是"迷"，渴望已久，喜出望外。

　　看两人对话，贾瑞句句挑逗，凤姐步步诱引。姚燮批："不意凤姐有此娼女伎俩。"

　　此一"死"字，出自"天祥"之口，正是"不祥"之兆。

贾瑞听了这话，越发撞在心坎儿上，由不得又往前凑了一凑，觑着眼看凤姐带的荷包，然后又问带着什么戒指。凤姐悄悄道："放尊重着，别叫丫头们看了笑话。"贾瑞如听纶音【皇帝的圣旨】佛语一般，忙往后退。凤姐笑道："你该走了。"贾瑞说："我再坐一坐儿。——好狠心的嫂子。"凤姐又悄悄的道："大天白日，人来人往，你就在这里也不方便。你且去，等着晚上起了更你来，悄悄的在西边穿堂儿等我。"贾瑞听了，如得珍宝，忙问道："你别哄我。但只那里人过的多，怎么好躲的？"凤姐道："你只放心。我把上夜的小厮们都放了假，两边门一关，再没别人了。"贾瑞听了，喜之不尽，忙忙的告辞而去，心内以为得手。

盼到晚上，果然黑地里摸入荣府，趁掩门时，钻入穿堂。果见漆黑无一人，往贾母那边去的门户已锁，倒只有向东的门未关。贾瑞侧耳听着，半日不见人来，忽听咯噔一声，东边的门也倒关了。贾瑞急的也不敢则声，只得悄悄的出来，将门撼了撼，关的铁桶一般。此时要求出去亦不能够，南北皆是大房墙，要跳亦无攀援。这屋内又是过门风，空落落；现是腊月天气，夜又长，朔风凛凛，侵肌裂骨，一夜几乎不曾冻死。好容易盼到早晨，只见一个老婆子先将东门开了，进去叫西门。贾瑞瞅他背着脸，一溜烟抱着肩跑了出来，幸而天气尚早，人都未起，从后门一径跑回家去。

原来贾瑞父母早亡，只有他祖父代儒教养。那代儒素日教训最严，不许贾瑞多走一步，生怕他在外吃酒赌钱，有误学业。今忽见他一夜不归，只料定他在外非饮即赌，嫖娼宿妓，那里想到这段公案，因此气了一夜。贾瑞也捻着一把汗，少不得回来撒谎，只说："往舅舅家去了，天黑了，留我住了一夜。"代儒道："自来出门，非禀我不敢擅出，如何昨日私自去了？据此亦该打，何况是撒谎。"因此，发狠到底打了三四十板，不许吃饭，令他跪在院内读文章，定要补出十天的工课来方罢。贾瑞直冻了一夜，今又遭了苦打，且饿着肚子，跪着在风地里读文章，其苦万状。

此时贾瑞前心犹是未改，再想不到是凤姐捉弄他。过后两日，得了空，便仍来找凤姐。凤姐故意抱怨他失信，贾瑞急的赌身发誓。凤姐因见他自投罗网，少不得再寻别计令他知改，故又约他道："今日晚上，你别在那里了。你在我这房后小过道子里那间空屋里等我，可别冒撞了。"贾瑞道："果真？"凤姐道："谁可哄你，你不信就别来。"贾瑞道："来，来，来。死也要来！"凤姐道："这会子你先去罢。"贾瑞料定晚间必妥，此时先去了。凤姐在这里便点兵派将，设下圈套。

那贾瑞只盼不到晚上，偏生家里亲戚又来了，直等吃了晚饭才去，那天已有掌灯时候。又等他祖父安歇了，方溜进荣府，直往那夹道中屋子里来等着，热锅上的蚂蚁一般，只是干转。左等不见人影，右听也没声响，心下自思："别是又不来了，又冻我一夜不成？"正自胡猜，只见黑魆魆【xū】的来了一个人，贾瑞便意定是凤姐，不管皂白，饿虎一般，等那人刚至门前，便如猫捕鼠的一般，抱住叫道："亲嫂子，等死我了。"说着，抱到屋里炕上就亲嘴扯裤子，满口里"亲娘"、"亲爹"的乱叫起来。那人只不作声。贾瑞拉了自己裤子，硬帮帮的就想顶入。忽见灯光一闪，只见贾蔷举着个捻子照道："谁在屋里？"只见炕上那人笑道："瑞大叔要臊我呢。"贾瑞一见，却是贾蓉，真臊的无地可入，不知要怎么样才好，回身就要跑，被贾蔷一把揪住道："别走！如今琏二嫂已经告到太太跟前，说你无故调戏他。他暂用了个脱身计，哄你在这边等着，太太气死过去，因此叫我来拿你。刚才你又拦住他，没的说，跟我去见太太！"

贾瑞听了，魂不附体，只说："好侄儿，只说没有见我，明日我重重的谢你。"贾蔷道："你若谢我，放你不值什么，只不知你谢我多少？况且口说无凭，写一文契来。"贾瑞道："这如何落纸呢？"贾蔷道："这也不妨，写一个赌钱输了外人帐目，借头家银若干两便罢。"贾瑞道："这也容易。只是此时无纸笔。"贾蔷道："这也容易。"说罢，翻身出来，纸笔现成，拿来命贾瑞

你不巧设"罗网"，他何以"自投"？真"令他知改"，何必"再寻别计"？到底有"整人"之心。

贾瑞把"死"字挂在嘴边，凤姐"点兵派将"：一个追求无望之福，一个享受"整人"之乐。

急中，偏缓一笔，愈显其急。

似乎开始觉悟，但一见人来，就完全失去理智。

凤姐所派兵将者，贾蓉、贾蔷也。此等秽事，引此年轻人掺入，怎样策划？是何心肠？

连威胁之语都设计好了。

所需谎言，所用纸笔，都准备好了。其自作聪明，还是凤姐教导有方？贾府后人如此，岌岌乎殆哉！

写。他两作好作歹，只写了五十两，然后画了押，贾蔷收起来。然后撕逻【排解】贾蓉。贾蓉先咬定牙不依，只说："明日告诉族中的人评评理。"贾瑞急的至于叩头。贾蔷作好作歹的，也写了一张五十两欠契才罢。

贾蔷又道："如今要放你，我就担着不是。老太太那边的门早已关了，老爷正在厅上看南京的东西，那一条路定难过去，如今只好走后门。若这一走，倘或遇见了人，连我也完了。等我们先去哨探哨探，再来领你。这屋你还藏不得，少时就来堆东西。等我寻个地方。"说毕，拉着贾瑞，仍熄了灯，出至院外，摸着大台矶底下，说道："这窝儿里好，你只蹲着，别哼一声，等我们来再动。"说毕，二人去了。

贾瑞此时身不由己，只得蹲在那里。心下正盘算，只听头顶上一声响，唰拉拉一净桶尿粪从上面直泼下来，可巧浇了他一身一头。贾瑞撑不住嗳哟了一声，忙又掩住口，不敢声张，满头满脸浑身皆是尿屎，冰冷打战。只见贾蔷跑来叫："快走，快走！"贾瑞如得了命，三步两步从后门跑到家里，天已三更，只得叫门。开门人见他这般景况，问是怎的。少不得扯谎说："黑了，失脚掉在茅厕里了。"一面到了自己房中更衣洗濯，心下方想到是凤姐顽他，因此发一回恨；再想想凤姐的模样儿，又恨不得一时搂在怀内，一夜竟不曾合眼。

自此满心想凤姐，只不敢往荣府去了。贾蓉两个又常常的来索银子，他又怕祖父知道，正是相思尚且难禁，更又添了债务；日间工课又紧，他二十来岁人，尚未娶亲，迩来想着凤姐，未免有那指头告了消乏【手淫】等事；更兼两回冻恼奔波，因此三五下里夹攻，不觉就得了一病。心内发膨胀，口中无滋味，脚下如绵，眼中似醋，黑夜作烧，白昼常倦，下溺连精，嗽痰带血；诸如此症，不上一年都添全了。于是不能支持，一头睡倒，合上眼还只梦魂颠倒，满口乱说胡话，惊怖异常。百般请医疗治，诸如肉桂、附子、鳖甲、麦冬、玉竹等药，吃了有几十斤下去，也不见个动静。

倏又腊尽春回，这病更又沉重。代儒也着了忙，各处请医疗治，皆不见效。因后来吃"独参汤"，代儒如何有这力量，只得往荣府来寻。王夫人命凤姐秤二两给他，凤姐回说："前儿新近都替老太太配了药，那整的太太又说留着送杨提督的太太配药，偏生昨儿我已送了去了。"王夫人道："就是咱们这边没了，你打发个人往你婆婆那边问问，或是你珍大哥哥那府里再寻些来，凑着给人家。吃好了，救人一命，也是你的好处。"凤姐听了，也不遣人去寻，只得将些渣末泡须凑了几钱，命人送去，只说："太太送来的，再也没了。"然后回王夫人，只说："都寻了来，共凑了有二两送去。"

那贾瑞此时要命心甚切，无药不吃，只是白花钱，不见效。忽然这日有个跛足道人来化斋，口称专治冤业之症。贾瑞偏生在内就听见了，直着声叫喊说："快请进那位菩萨来救我！"一面叫，一面在枕上叩首。众人只得带了那道士进来。贾瑞一把拉住，连叫"菩萨救我！"那道士叹道："你这病非药可医。我有个宝贝与你，你天天看时，此命可保矣。"说毕，从褡裢中取出一面镜子来——两面皆可照人，镜把上面錾着"风月宝鉴"四字——递与贾瑞道："这物出自太虚幻境空灵殿上，警幻仙子所制，专治邪思妄动之症，有济世保生之功。所以带他到世上，单与那些聪明杰俊、风雅王孙等看照。千万不可照正面，只照他的背面，要紧，要紧！三日后吾来收取，管叫你好了。"说毕，佯常而去，众人苦留不住。

贾瑞收了镜子，想道："这道士倒有意思，我何不照一照试试。"想毕，拿起"风月鉴"来，向反面一照，只见一个骷髅立在里面，唬得贾瑞连忙掩了，骂："道士混帐，如何吓我！——我倒再照正面是什么。"想着，又将正面一照，只见凤姐站在里面招手叫他。贾瑞心中一喜，荡悠悠的觉得进了镜子，与凤姐云雨一番，凤姐仍送他出来。到了床上，嗳哟了一声，一睁眼，镜

见死不救，其恨未消，还是心肠固然？

当初说为了凤姐"死了也愿意"，凤姐得不到而死期近，一切皆空。

其病确非药可医。那时候又没有合格的"心理医生"。"风月宝鉴"，这才是对症之药。

"邪思妄动之症"，当作广义解。

"凤姐"在这里可以看作一个象征，一切非分的财物、权力等都是"凤姐"。

子从手里掉过来，仍是反面立着一个骷髅。贾瑞自觉汗津津的，底下已遗了一滩精。心中到底不足，又翻过正面来，只见凤姐还招手叫他，他又进去。如此三四次。到了这次，刚要出镜子来，只见两个人走来，拿铁锁把他套住，拉了就走。贾瑞叫道："让我拿了镜子再走。"——只说了这句，就再不能说话了。

旁边服侍贾瑞的众人，只见他先还拿着镜子照，落下来，仍睁开眼拾在手内，末后镜子落下来便不动了。众人上来看看，已没了气，身子底下冰凉渍湿一大滩精，这才忙着穿衣抬床。代儒夫妇哭的死去活来，大骂道士，"是何妖镜！若不早毁此物，遗害于世不小。"遂命架火来烧，只听镜内哭道："谁叫你们瞧正面了！你们自己以假为真，何苦来烧我？"正哭着，只见那跛足道人从外面跑来，喊道："谁毁'风月鉴'，吾来救也！"说着，直入中堂，抢入手内，飘然去了。

当下，代儒料理丧事，各处去报丧。三日起经，七日发引，寄灵于铁槛寺，日后带回原籍。当下贾家众人齐来吊问，荣国府贾赦赠银二十两，贾政亦是二十两，宁国府贾珍亦有二十两，别者族中贫富不等，或三两五两，不可胜数。另有各同窗家分资，也凑了二三十两。代儒家道虽然淡薄，倒也丰丰富富完了此事。

谁知这年冬底，林如海的书信寄来，却为身染重疾，写书特来接林黛玉回去。贾母听了，未免又加忧闷，只得忙忙的打点黛玉起身。宝玉大不自在，争奈父女之情，也不好拦劝。于是贾母定要贾琏送他去，仍叫带回来。一应土仪盘缠，不消烦说，自然要妥贴。作速择了日期，贾琏与林黛玉辞别了贾母等，带领仆从，登舟往扬州去了。要知端的，且听下回分解。

【回后评】

王蒙说这是写得"相当俗"的一回，我倒觉得这是把人性之恶写得最露骨的一回。

至死不能自拔，可怜亦复可恨。

贾瑞之死的来龙去脉，代儒一无所知。作为一桩命案，值得现在的家长、教师，以至心理学家研究。"以假为真"四字点醒世人。

丧礼"丰丰富富"，也是"好就是了，了就是好"。

贾瑞一案既已了结，下一回写可卿之丧，而此处单单交代黛玉省亲。洪秋蕃说："林黛玉若不归省一次，未免缺典，故乘宁府有事无暇叙宝黛时，特写黛玉回扬州省亲，并送林如海之终，以完人子之事。"

此回书写贾瑞之死，更写凤姐之"毒"。凤姐，主也；贾瑞，宾也。以贾瑞之愚蠢衬凤姐之精明——精于设局，以贾瑞之惨死衬凤姐之狠毒——不悯其死。从全书看，是以宾衬主。作者的意图与倾向，在标题中已然明示，一个"毒"字，是对此一事件的评价，也是对王熙凤其人的整体评价。因为凤姐曾想"令他知改"，所以难以判断她一开始就是要置贾瑞于死地的。但既要"令他知改"，为什么还巧言挑逗令他入局？是与人为善还是怂人为恶？这"令他知改"的手段未免太曲折，也太毒辣，岂是一般人想得出的！所谓"机关算尽太聪明"，此其一也。而她以贾蓉、贾蔷为助手或帮凶，更是拉着晚辈作恶，无异于犯罪。

从前面几回书，我们已经看到凤姐的"媚""骄""横""贪"与"野"，这一回特别写她的"毒"。如果再看完协理宁国府那场大戏，凤姐性格的主要方面就完全展露出来了，再以后的戏，就是这些性格特点的发展与丰满。

贾瑞之死，死于凤姐之手，也是死于他的沉迷于情欲而不能自拔。圣人说："饮食男女，人之大欲存焉。"，人之大欲不止是饮食男女之欲，还有财富欲、权力欲等等。单是一个"欲"字，并无善恶之分，其分界在于"向"与"度"。方向对了，又保持适当的尺度，欲就是正当的，而且赋予人生以乐趣，使人生更有动力，更有意义。无情无欲，古井枯木，不过僵尸一具，存在与不存在就都没有意义了。贾瑞有情欲，本无可厚非，但他追求的对象错了，更不该色胆迷心，执迷不悟，毫无自制力，终致一死，令人叹息。

"风月宝鉴"，其实也是"富贵宝鉴""权力宝鉴"等等。正如"风月宝鉴"之显示美女风情不过是一具骷髅，所谓"富贵""权力"等等，从其背后看，也可能都是屠刀、鸩毒。世间"毒"局多矣，凤姐之局，小局也。你沉迷于"富贵"之局，会变得贪，变得懒，变成财富的奴隶，变成行尸走肉；你沉迷于"权力"之局，会变得狠，变得阴，变得疯狂，变得没有人性。《红楼梦》一书，其实也是曹公留给世人的一面"宝鉴"。

第十三回

秦可卿死封龙禁尉

王熙凤协理宁国府

生死穷通何处真？

英明难遏是精神。

微密久藏偏自露，

幻中梦里语惊人。

可卿托梦王熙凤，宝玉赶往宁国府

贾琏护送黛玉去了扬州，凤姐孤居无趣，辗转入梦，见秦可卿前来道别。可卿嘱托凤姐为防"树倒猢狲散"要做两件事：一要趁今日富贵，将祖茔附近多置田庄房舍地亩，以备祭祀供给之费皆出自此处；二要将家塾亦设于此，败落下来，子孙回家读书务农，也有个退步，祭祀又可永继；并预言"眼见不日又有一件非常喜事"。此时丧音传来，凤姐惊醒，原来秦可卿过世了。

贾府上下，莫不悲嚎痛哭。尤氏正犯了胃疼旧疾，睡在床上。贾珍则哭得泪人一般，和贾代儒等说道："合家大小，远近亲友，谁不知我这媳妇比儿子还强十倍。如今伸腿去了，可见这长房内绝灭无人了。"说着又哭起来。众人忙劝："人已辞世，哭也无益，且商议如何料理要紧。"贾珍拍手道："如何料理，不过尽我所有罢了！"于是七七四十九日，僧道拜忏打醮，大作法事，并不听贾政等的劝阻，用一千两银子买了一副万年不坏的棺木。为了丧礼的风光，又花银子通过大明宫掌宫内相戴权向户部买了一个"五品龙禁尉"的职衔。于是"灵前供用执事等物，俱按五品职例"，招牌、榜文上都大书特书"御前侍卫龙禁尉""世袭宁国公冢孙妇、防护内廷御前侍卫龙禁尉贾门秦氏恭人之丧"等。而可卿的两个丫鬟，一个名唤瑞珠者，见秦氏死了，也触柱而亡；一个名唤宝珠者，因见秦氏身无所出，乃甘心愿为义女。

朝廷权贵，亲朋好友，纷纷吊唁，你来我去，不能胜数。只这四十九日，宁国府街上一条白漫漫人来人往，花簇簇官去官来。贾珍虽然此时心意满足，但里面尤氏又犯了旧疾，不能料理事务，于是由宝玉推荐，特请"王熙凤协理宁国府"。"那凤姐素日最喜揽事办，好卖弄才干"，经王夫人允许，满口应承，并于当晚理出宁国府平日家政之五大弊端：

头一件是人口混杂，遗失东西；第二件，事无专执，临期推委；第三件，需用过费，滥支冒领；第四件，任无大小，苦乐不均；第五件，家人豪纵，有脸者不服钤束，无脸者不能上进。此五件实是宁国府中风俗，不知凤姐如何处治，且听下回分解。

话说凤姐儿自贾琏送黛玉往扬州去后，心中实在无趣，每到晚间，不过和平儿说笑一回，就胡乱睡了。

这日夜间，正和平儿灯下拥炉倦绣，早命浓薰绣被，二人睡下，屈指算行程该到何处，不知不觉已交三鼓。平儿已睡熟了。凤姐方觉星眼微朦，恍惚只见秦氏从外走来，含笑说道："婶子好睡！我今日回去，你也不送我一程。因娘儿们素日相好，我舍不得婶子，故来别你一别。还有一件心愿未了，非告诉婶子，别人未必中用。"

凤姐听了，恍惚问道："有何心愿？你只管托我就是了。"秦氏道："婶婶，你是个脂粉队里的英雄，连那些束带顶冠的男子也不能过你，你如何连两句俗语也不晓得？常言'月满则亏，水满则溢'；又道是'登高必跌重'。如今我们家赫赫扬扬，已将百载，一日倘或乐极悲生，若应了那句'树倒猢狲散'的俗语，岂不虚称了一世的诗书旧族了！"凤姐听了此话，心胸大快，十分敬畏，忙问道："这话虑的极是，但有何法可以永保无虞？"秦氏冷笑道："婶子好痴也。否极泰来，荣辱自古周而复始，岂人力能可保常的。但如今能于荣时筹画下将来衰时的世业，亦可谓常保永全【与"永保无虞"同义互解】了。即如今日诸事都妥，只有两件未妥，若把此事如此一行，则后日可保永全了。"

凤姐便问何事。秦氏道："目今祖茔虽四时祭祀，只是无一定的钱粮；第二，家塾虽立，无一定的供给。依我想来，如今盛

入梦。

"别人"，指贾府男人。

从掌权行事的能力说凤姐是"英雄"，她当之无愧。但她没有远见，不知"月满则亏，水满则溢"的道理，尚存"永保无虞"的幻想。在可卿看来，所谓"永保无虞"，不过是"于荣时筹画下将来衰时的世业"。可卿之论，实为曹公之思。

一是保祖坟，二是办教育，如此"可保永全"。

时固不缺祭祀供给，但将来败落之时，此二项有何出处？莫若依我定见，趁今日富贵，将祖茔附近多置田庄房舍地亩，以备祭祀供给之费皆出自此处，将家塾亦设于此。合同族中长幼，大家定了则例，日后按房掌管这一年的地亩、钱粮、祭祀、供给之事。如此周流，又无争竞，亦不有典卖诸弊。便是有了罪，凡物可入官，这祭祀产业连官也不入的。便败落下来，子孙回家读书务农，也有个退步，祭祀又可永继。若目今以为荣华不绝，不思后日，终非长策。眼见不日又有一件非常喜事，真是烈火烹油、鲜花着锦之盛。要知道，也不过是瞬息的繁华，一时的欢乐，万不可忘了那'盛筵必散'的俗语。此时若不早为后虑，临期只恐后悔无益了。"凤姐忙问："有何喜事？"秦氏道："天机不可泄漏。只是我与婶子好了一场，临别赠你两句话，须要记着。"因念道：

三春去后诸芳尽【元春三姊妹或死或远嫁，十二钗全都凋落】，各自须寻各自门【到那时就树倒猢狲散了】。

凤姐还欲问时，只听二门上传事云板连叩四下【"神三鬼四"，连敲四下是丧音】，将凤姐惊醒。人回："东府蓉大奶奶没了。"凤姐闻听，吓了一身冷汗，出了一回神，只得忙忙的穿衣，往王夫人处来。

彼时合家皆知，无不纳罕，都有些疑心。那长一辈的想他素日孝顺，平一辈的想他素日和睦亲密，下一辈的想他素日慈爱，以及家中仆从老小想他素日怜贫惜贱、慈老爱幼之恩，莫不悲嚎痛哭者。

闲言少叙，却说宝玉因近日林黛玉回去，剩得自己孤恓，也不和人顽耍，每到晚间便索然睡了。如今从梦中听见说秦氏死了，连忙翻身爬起来，只觉心中似戳了一刀的不忍，哇的一声，直喷出一口血来。袭人等慌慌忙忙上来揎扶，问是怎么样，又要回贾母来请大夫。宝玉笑道："不用忙，不相干，这是急火攻心，血不归经。"说着便爬起来，要衣服换了，来见贾母，即时要过去。袭人见他如此，心中虽放不下，又不敢拦，只是由他罢了。贾母见他要去，因说："才咳气的人，那里不干净；二则夜里风大，等明早再去不迟。"宝玉那里肯依。贾母命人备车，多派跟随人役，拥护前来。

一直到了宁国府前，只见府门洞开，两边灯笼照如白昼，乱烘烘人来人往，里面哭声摇山振岳。宝玉下了车，忙忙奔至停灵之室，痛哭一番。然后见过尤氏。谁知尤氏正犯了胃疼旧疾，睡在床上。然后又出来见贾珍。彼时贾代儒、代修、贾敕、贾效、贾敦、贾赦、贾政、贾琮、贾珝、贾珖、贾琛、贾琼、贾璘、贾蔷、贾菖、贾菱、贾芸、贾芹、贾䔮、贾萍、贾藻、贾蘅、贾芬、贾芳、贾兰、贾菌、贾芝等都来了。贾珍哭的泪人一般，正和贾代儒等说道："合家大小，远近亲友，谁不知我这媳妇比儿子还强十倍。如今伸腿去了，可见这长房内绝灭无人了。"说着又哭起来。众人忙劝："人已辞世，哭也无益，且商议如何料理要紧。"贾珍拍手道："如何料理，不过尽我所有罢了！"

正说着，只见秦业、秦钟并尤氏的几个眷属尤氏姊妹也都来了。贾珍便命贾琼、贾琛、贾璘、贾蔷四个人去陪客，一面吩咐去请钦天监阴阳司来择日，择准停灵七七四十九日【从丧者死日起，每七天为一"七"，依俗举行祭仪，叫"守七"】，三日后开丧送讣闻。这四十九日，单请一百单八众禅僧在大厅上拜大悲忏【依照忏法礼佛诵念，忏悔罪业】，超度前亡后化诸魂，以免亡者之罪；另设一坛于天香楼上，是九十九位全真道士，打四十九日解冤洗业醮【道士设坛为人做法事，求福禳灾】。然后停灵于会芳园中，灵前另外五十众高僧、五十众高道，对坛按七作好事。那贾敬闻得长孙媳死了，因自为早晚就要飞升，如何肯又回家染了红尘，将前功尽弃呢，因此并不在意，只凭贾珍料理。

贾珍见父亲不管，亦发恣意奢华。看板时，几副杉【shā】木板皆不中用。可巧薛蟠来吊问，因见贾珍寻好板，便说道：

连贾母都拦不住，见得宝玉之心。

用"只见"二字展开，是宝玉的视角。

贾珍之"哭"及"尽我所有"办丧事之言，还应坚持连义互解：他之所以如此，只是认为可卿一去，长房内就"绝灭无人了"——无人可以挽回宁府之败落了。是绝望之悲、无助之苦，反衬可卿之重要。

庞大的僧道队伍，隆重的法事活动。

"并不在意"，不染"红尘"，是耶，非耶？

"我们木店里有一副板，叫作什么樯木，出在潢海铁网山上，作了棺材，万年不坏。这还是当年先父带来，原系义忠亲王老千岁要的，因他坏了事【获罪而失官爵】，就不曾拿去。现在还封在店内，也没有人出价敢买。你若要，就抬来使罢。"贾珍听说，喜之不尽，即命人抬来。大家看时，只见帮底皆厚八寸，纹若槟榔，味若檀麝，以手扣之，玎珰如金玉。大家都奇异称赞。贾珍笑问："价值几何？"薛蟠笑道："拿一千两银子来，只怕也没处买去。什么价不价，赏他们几两工钱就是了。"贾珍听说，忙谢不尽，即命解锯糊漆。贾政因劝道："此物恐非常人可享者，殓以上等杉木也就是了。"此时贾珍恨不能代秦氏之死，这话如何肯听。

因忽又听得秦氏之丫鬟名唤瑞珠者，见秦氏死了，他也触柱而亡。此事可罕，合族人也都称叹。贾珍遂以孙女之礼殓殡，一并停灵于会芳园中之登仙阁。小丫鬟名宝珠者，因见秦氏身无所出，乃甘心愿为义女，誓任摔丧驾灵之任。贾珍喜之不尽，即时传下，从此皆呼宝珠为小姐。那宝珠按未嫁女之丧，在灵前哀哀欲绝。于是，合族人丁并家下诸人，都各遵旧制行事，自不得紊乱。

贾珍因想着贾蓉不过是个黉【hóng 古代学校名】门监【国子监在读生，但贾蓉并不在学】，灵幡经榜上写时不好看，便是执事【仪仗】也不多，因此心下甚不自在。可巧这日正是首七第四日，早有大明宫掌宫内相戴权，先备了祭礼遣人来，次后坐了大轿，打伞鸣锣，亲来上祭。贾珍忙接着，让至逗蜂轩献茶。贾珍心中打算定了主意，因而趁便就说要与贾蓉捐个前程【花钱买官】的话。戴权会意，因笑道："想是为丧礼上风光些。"贾珍忙笑道："老内相所见不差。"戴权道："事倒凑巧，正有个美缺。如今三百员龙禁尉短了两员，昨儿襄阳侯的兄弟老三来求我，现拿了一千五百两银子，送到我家里。你知道，咱们都是老相与，不拘怎么样，看着他爷爷的分上，胡乱应了。还剩了一个缺，谁知永兴节度使冯胖子来求，要与他孩子捐，我就没工夫应他。既是咱们的孩子要捐，快写个履历来。"贾珍听说，忙吩咐："快

用最好的棺木，也是"尽我所有"的表现之一。可卿正非"常人"，贾政劝非中的。

瑞珠，主人一死，自己前途危殆，一死了之。宝珠"愿为义女"，是感激可卿恩惠。

太监卖官，明码标价。世风、官风如此。

先卖个关子，再说"咱们的孩子"，亲疏分明，真会说话。

命书房里人恭敬写了大爷的履历来。"小厮不敢怠慢，去了一刻，便拿了一张红纸来与贾珍。贾珍看了，忙送与戴权。看时，上面写道：

> 江南江宁府江宁县监生贾蓉，年二十岁。曾祖，原任京营节度使世袭一等神威将军贾代化；祖，乙卯科进士贾敬；父，世袭三品爵威烈将军贾珍。

戴权看了，回手便递与一个贴身的小厮收了，说道："回来送与户部堂官老赵，说我拜上他，起一张五品龙禁尉的票，再给个执照，就把这履历填上，明儿我来兑银子送去。"小厮答应了，戴权也就告辞了。贾珍十分款留不住，只得送出府门。临上轿，贾珍因问："银子还是我到部兑，还是一并送入老内相府中？"戴权道："若到部里，你又吃亏了。不如平准一千二百银子，送到我家就完了。"贾珍感谢不尽，只说："待服满后，亲带小犬到府叩谢。"于是作别。

开口称"老赵"，有似"哥们"，见得此太监与户部官员关系不浅。

直接送到官府，"我"那份儿怎么办？

接着，便又听喝道之声，原来是忠靖侯史鼎的夫人来了。王夫人、邢夫人、凤姐等刚迎入上房，又见锦乡侯、川宁侯、寿山伯三家祭礼摆在灵前。少时，三人下轿，贾政等忙接上大厅。如此亲朋你来我去，也不能胜数。只这四十九日，宁国府街上一条白漫漫人来人往，花簇簇官去官来。

品级之高，官网之盛，一言以蔽之，繁简有度。

贾珍命贾蓉次日换了吉服，领凭回来。灵前供用执事等物，俱按五品职例。灵牌疏上皆写"天朝诰授【朝廷用诰命授予封号】贾门秦氏恭人之灵位"。会芳园临街大门洞开，旋【xuàn，临时】在两边起了鼓乐厅，两班青衣按时奏乐，一对对执事摆的刀斩斧齐。更有两面朱红销金大字牌对竖在门外，上面大书："防护内廷紫禁道御前侍卫龙禁尉"。对面高起着宣坛，僧道对坛榜文，榜上大书："世袭宁国公冢孙【嫡长孙】妇、防护内廷御前侍卫龙禁尉贾门秦氏恭人之丧。四大部洲至中之地、奉天承运太平之

花 1200 两银子买个五品虚职，得以大张旗鼓宣扬"诰授"之荣。"皆写"，不能有漏；"大书"，惧人无视：张扬而虚荣至此。按例，五品官的妻子应称"宜人"。

国，总理虚无寂静教门僧录司正堂万虚、总理元始三一教门道录司正堂叶生等，敬谨修斋，朝天叩佛"，以及"恭请诸伽蓝、揭谛、功曹等神，圣恩普锡，神威远镇，四十九日消灾洗业平安水陆道场"等语，亦不消烦记。

只是贾珍虽然此时心意满足，但里面尤氏又犯了旧疾，不能料理事务，惟恐各诰命【受到皇帝封赠的贵妇人】来往，亏了礼数，怕人笑话，因此心中不自在。当下正忧虑时，因宝玉在侧问道："事事都算安贴了，大哥哥还愁什么？"贾珍见问，便将里面无人的话说了出来。宝玉听说笑道："这有何难，我荐一个人与你权理这一个月的事，管必妥当。"贾珍忙问："是谁？"宝玉见座间还有许多亲友，不便明言，走至贾珍耳边说了两句。贾珍听了喜不自禁，连忙起身笑道："果然妥贴，如今就去。"说着拉了宝玉，辞了众人，便往上房里来。

可巧这日非正经日期，亲友来的少，里面不过几位近亲堂客，邢夫人、王夫人、凤姐并合族中的内眷陪坐。闻人报："大爷进来了。"唬的众婆娘唿的一声，往后藏之不迭，独凤姐款款站了起来。贾珍此时也有些病症在身，二则过于悲痛了，因拄个拐踱了进来。邢夫人等因说道："你身上不好，又连日事多，该歇歇才是，又进来做什么？"贾珍一面扶拐，拃挣着要蹲身跪下请安道乏。邢夫人等忙叫宝玉搀住，命人挪椅子来与他坐。

贾珍断不肯坐，因勉强陪笑道："侄儿进来有一件事要求二位婶子并大妹妹。"邢夫人等忙问："什么事？"贾珍忙笑道："婶子自然知道，如今孙子媳妇没了，侄儿媳妇偏又病倒，我看里头着实不成个体统。怎么屈尊大妹妹一个月，在这里料理料理，我就放心了。"邢夫人笑道："原来为这个。你大妹妹现在你二婶子家，只和你二婶子说就是了。"王夫人忙道："他一个小孩子家，何曾经过这样事，倘或料理不清，反叫人笑话，倒是再烦别人好。"贾珍笑道："婶子的意思侄儿猜着了，是怕大妹妹劳苦了。若说料理不开——我包管必料理的开——便是错一点儿，别人看着还是不错的。从小儿大妹妹顽笑着就有杀伐决断，如今出了阁，又在那府里办事，越发历练老成了。我想了这几日，除了大妹妹再无人了。婶子不看侄儿、侄儿媳妇的分上，只看死了的分上罢！"说着滚下泪来。

王夫人心中怕的是凤姐儿未经过丧事，怕他料理不清，惹人耻笑。今见贾珍苦苦的说到这步田地，心中已活了几分，却又眼看着凤姐出神。那凤姐素日最喜揽事办，好卖弄才干，虽然当家妥当，也因未办过婚丧大事，恐人还不服，巴不得遇见这事。今见贾珍如此一来，他心中早已欢喜。先见王夫人不允，后见贾珍说的情真，王夫人有活动之意，便向王夫人道："大哥哥说的这么恳切，太太就依了罢。"王夫人悄悄的道："你可能么？"凤姐道："有什么不能的。外面的大事已经大哥哥料理清了，不过是里头照管照管，便是我有不知道的，问问太太就是了。"王夫人见说的有理，便不作声。贾珍见凤姐允了，又陪笑道："也管不得许多了，横竖要求大妹妹辛苦辛苦。我这里先与妹妹行礼，等事完了，我再到那府里去谢。"说着，就作揖下去，凤姐儿还礼不迭。

贾珍便忙向袖中取了宁国府对牌【领取钱物的凭证】出来，命宝玉送与凤姐，又说："妹妹爱怎样就怎样，要什么只管拿这个取去，也不必问我。只求别存心替我省钱，只要好看为上；二则也要同那府里一样待人才好，不要存心怕人抱怨。只这两件外，我再没不放心的了。"凤姐不敢就接牌，只看着王夫人。王夫人道："你哥哥既这么说，你就照看照看罢了。只是别自作主意，有了事，打发人问你哥哥、嫂子要紧。"宝玉早向贾珍手里接过对牌来，强递与凤姐了。贾珍又问："妹妹住了这里，还是天天来呢？若是天天来，越发辛苦了。不如我这里赶着收拾出一个院落来，妹妹住过这几日倒安稳。"凤姐笑道："不用。那边也离不得我，倒是天天来的好。"贾珍听说，只得罢了。然后又说了一回闲话，方才出去。

一时女眷散后，王夫人因问凤姐："你今儿怎么样？"凤姐

"杀伐决断""历练老成"，八字定评。

贾珍情真意切，王夫人"有活动之意"，凤姐"好卖弄才干"，事情就这么定了。

大伯子与弟媳妇授受不亲，必经宝玉之手。

贾珍用人不疑：只管花钱，不必问我；不管亲疏，一样对待。一是财权，一是人权，都给了。

一人兼管两府事，虽透着卖弄，倒是好本事。

既接任，马上谋划。

情况了然，思路清晰，出招有了基础。"如何处治"，做一悬念。

儿道："太太只管请回去，我须得先理出一个头绪来，才回去得呢。"王夫人听说，便先同邢夫人等回去，不在话下。

这里凤姐儿来至三间一所抱厦内坐了，因想：头一件是人口混杂，遗失东西；第二件，事无专执，临期推委；第三件，需用过费，滥支冒领；第四件，任无大小，苦乐不均；第五件，家人豪纵，有脸者不服钤束，无脸者不能上进。此五件实是宁国府中风俗，不知凤姐如何处治，且听下回分解。正是：

　　　　金紫万千谁治国，裙钗一二可齐家。【此联互文互解：齐家治国，无男人，靠女子。】

【回后评】

读此一回书，最大的问题是如何看待可卿之死，以及贾珍的种种表现。

秦可卿是怎么死的？第十回、十一回有详尽的描述，以至于王蒙颇不以为然地说："可卿的病泼墨如水地写来写去。"是啊，大夫诊脉开方，"思虑太过"是病因；家人焦虑、亲人探视，都是病情发展之见证；连"后事"都已准备了，是其必死的明示：作家如此"泼墨"，要表达的意思不是很清晰了吗？但脂砚斋的一条批语带来了纠缠不清的混乱。据说，曹公原稿有"秦可卿淫丧天香楼"——自缢而亡的情节，是脂砚斋"命雪芹删去"，这才有我们现在看到的"病亡"之说。我们不能怀疑脂砚斋。但曹雪芹是写小说，不是写家史，所谓"真事隐去，假语存焉"，尽管会有生活的模特，但人物到底都是虚构的。作家处理一个人物的存在与命运，必依据其写作的宗旨。如果写可卿仅仅因"淫"而丧，无非表现宁府之腐败；现在写其因"思虑太过"而亡，与托梦凤姐相呼应，这个角色的意义就大了。而这么一个重要人物偏偏早亡，也正明示着宁府之"无人"，预示着宁府必无可救药。

贾珍之恸，可以从这里得到解释。

或许因为改稿未能把"淫丧自缢"之情节的文字删除尽净，论者往往受其影响，用所谓"原稿"做镜子来照看改后的文本，千方百计往原稿上牵连，反觉得难以理解，觉得奇怪。

我们先录几则清人张新之的评语：闻可卿死讯，合家"无不纳罕，都有些疑心"——"写得闪烁"。"贾珍哭得泪人一般"——"怪事"。瑞珠触柱而亡——"怪事"。宝珠愿为义女——"怪事"。贾珍过于悲痛以至"拄杖"——"怪事"。贾珍请凤姐帮忙，说到"只看死了的分上罢"就"流下泪来"——"怪事"……

蔡义江先生说："作者虽遵'命'删去天香楼情节，却留下许多让人去'窥见'其真相的蛛丝马迹。那就是合家闻噩耗'无不纳罕，都有些疑心'，就是'如丧考妣'（脂评语）地'哭得像泪人一般'的种种失常的表现，以及秦氏的丫鬟瑞珠'触柱而亡'，或者还有宝珠'甘心愿为义女'等。"——读小说就读眼下的文本，何必要去"窥见"什么"真相的蛛丝马迹"？小说就是虚构的作品，哪来的"真相"？是读小说还是做侦探？一切都应该就文本说文本，至于作者原来怎么写的，后来怎么改的，对于一般读者，不必关心。而且据作者自己说，他是"批阅十载，增删五次"才有了最后的稿本，谁能把每次的"增删"说清楚？

王蒙先生本来对脂评是深不以为然的，他说"脂砚斋""对文学知之甚少而对曹家知之甚多"，他来"插上一杠子"，给《红楼梦》的解读带来了"干扰"。但在讥讽写可卿的病"泼墨如水"之后，又说："欲为其暴死做铺垫或打掩护吗？借此突出她的地位与人缘吗？总觉得作者似在声东击西，以病写一些隐情。"——怀疑有"隐情"，其实就是被"红学家"套住了。一个完全不知道"索引""考证"为何物的读者，绝不会想到"隐情"上去。

据说红学家俞平伯先生曾有遗言：一切红学家都是反《红楼梦》的！痛哉斯言！

第十四回

林如海捐馆扬州城
贾宝玉路谒北静王

家书一纸千金重，
勾引难防嘱下人。
任你无双肝胆烈，
多情念起自眉颦。

浩浩荡荡大出殡，死后风光秦可卿

读这一回书，首先遇到一个如何看待此回回目的问题。蔡义江先生对此有所批评，说本回回目"上下句所指情节虚实繁简大不相同"，林如海病故这段情节"根本没有正面写到"，而上半回篇幅都是写熙凤协理发丧的。蔡先生意思是回目之词不当。

为什么要在回目中特意标出"林如海捐馆扬州城"？我的理解是，在作者心目中，这是极重要的信息。尽管或不宜或不便详述其事，但必须"提醒"读者注意。现在教人读书的都喜欢用"关键语句"这个概念，而"标题用语"就是"关键语句"之一。特别是一部长篇巨著，人物关系、情节发展，或详或略、或明或暗，总有个整体性布局，略写的、暗写的，是否"重要"，只有从全局看才能明白。林如海之死，意味着林黛玉父母双亡，成了孤儿，而这正是笼罩在她心头的阴影之一。

此回书的主要内容是写凤姐协理宁国府办理可卿丧事。凤姐之严酷声名在外，宁府管家特别嘱咐府内同事"须要比往日小心些"。凤姐走马上任，就职演说就声明："如今可要依着我行，错我半点儿，管不得谁是有脸的，谁是没脸的，一例现清白处治。"于是造册点名，分班任职，宁府积弊一时"都蠲了"。凤姐"见自己威重令行，心中十分得意"。这日偏有一个迎送亲客上的迟到，凤姐毫不容情，杀一儆百，下令打二十板子，革一月银米，并声言再有违规者，惩罚加倍。从此"众人不敢偷闲，自此兢兢业业，执事保全"。至出殡日，凤姐"也预先逐细分派料理，一面又派荣府中车轿人从跟王夫人送殡，又顾自己送殡去占下处"，为写她弄权铁槛寺埋线。协理宁国府，在凤姐只是兼职，荣国府诸事还要她一手打理，以至刚到了宁府，荣府的人又跟到宁府，既回到荣府，宁府的人又找到荣府。但凤姐见如此，心中倒十分欢喜，并不偷安推托，恐落人褒贬，因此日夜不暇，筹划得十分整肃。于是合族上下无不称叹者。后半部分即写大出殡，"一时只见宁府大殡浩浩荡荡，压地银山一般从北而至"，而王公贵族亦纷纷路祭。其中特别写到北静王水溶，他才貌双全，风流潇洒，借机就要见宝玉。相见情形如何，且看下回分解。

话说宁国府中都总管来升闻得里面委请了凤姐，因传齐同事人等说道："如今请了西府里琏二奶奶管理内事，倘或他来支取东西，或是说话，我们须要比往日小心些。每日大家早来晚散，宁可辛苦这一个月，过后再歇着，不要把老脸丢了。那是个有名的烈货，脸酸心硬，一时恼了，不认人的。"众人都道："有理。"又有一个笑道："论理，我们里面也须得他来整治整治，都忒不像了。"正说着，只见来旺媳妇拿了对牌来领取呈文京榜纸札，票上批着数目。众人连忙让坐倒茶，一面命人按数取纸来抱着，同来旺媳妇一路来至仪门口，方交与来旺媳妇自己抱进去了。

凤姐即命彩明钉造簿册。即时传来升媳妇，兼要家口花名册来查看，又限于明日一早传齐家人媳妇进来听差等语。大概点了一点数目单册，问了来升媳妇几句话，便坐车回家。一宿无话。

至次日，卯正二刻【早6：30】便过来了。那宁国府中婆娘媳妇闻得到齐，只见凤姐正与来升媳妇分派，众人不敢擅入，只在窗外听觑。只听凤姐与来升媳妇道："既托了我，我就说不得要讨你们嫌了。我可比不得你们奶奶好性儿，由着你们去。再不要说你们'这府里原是这样'的话，如今可要依着我行，错我半点儿，管不得谁是有脸的，谁是没脸的，一例现清白处治。"说着，便吩咐彩明念花名册，按名一个一个的唤进来看视。

凤姐未到，先有戒惧，所谓"侧面描写"者。"脸酸心硬"，四字酷评。"脸酸"——不顾情面。

自己人都觉得"忒不像了"，确实积弊已久。今逢大事，且看凤姐如何处置。此为凤姐背面敷粉。

为第二天正式"执政"做好准备。

准时"到齐"，难得，也是闻声而惧。凤姐在屋内对来升媳妇说话，实际是说给窗外人听的。

脸酸。立规矩，不讲情面。
第一，点名，看有无迟到者。

第二，分工。不算"下剩的"，计安排134人。分工明确，责任到人，且准时准点，丝毫不差。

一时看完，便又吩咐道："这二十个分作两班，一班十个，每日在里头单管人客来往倒茶，别的事不用他们管。这二十个也分作两班，每日单管本家亲戚茶饭，别的事也不用他们管。这四十个人也分作两班，单在灵前上香添油，挂幔守灵，供饭供茶，随起举哀，别的事也不与他们相干。这四个人单在内茶房收管杯碟茶器，若少一件，便叫他四个描赔【照原样或原价赔偿】。这四个人单管酒饭器皿，少一件，也是他四个描赔。这八个单管监收祭礼。这八个单管各处灯油、蜡烛、纸札，我总支了来，交与你八个，然后按我的定数再往各处去分派。这三十个每日轮流各处上夜，照管门户，监察火烛，打扫地方。这下剩的按着房屋分开，某人守某处，某处所有桌椅古董起，至于痰盒掸帚，一草一苗，或丢或坏，就和守这处的人算账描赔。来升家的每日揽总查看，或有偷懒的，赌钱吃酒的，打架拌嘴的，立刻来回我。你有徇情，经我查出，三四辈子的老脸就顾不成了。如今都有定规，以后那一行乱了，只和那一行说话。素日跟我的人，随身自有钟表，不论大小事，我是皆有一定的时辰。横竖你们上房里也有时辰钟。卯正二刻我来点卯，巳正吃早饭，凡有领牌回事的，只在午初刻。戌初烧过黄昏纸，我亲到各处查一遍，回来上夜的交明钥匙。第二日仍是卯正二刻过来。说不得咱们大家辛苦这几日罢，事完了，你们家大爷自然赏你们。"

只管"罚"不管"赏"，把"赏"这种得人心事留给贾珍。是真帮忙，也是珍惜这"卖弄才干"的好机会。

第三，财物管理，防止丢失或滥支冒领。

说罢，又吩咐按数发与茶叶、油烛、鸡毛掸子、笤帚等物。一面又搬取家伙：桌围、椅搭、坐褥、毡席、痰盒、脚踏之类。一面交发，一面提笔登记，某人管某处，某人领某物，开得十分清楚。众人领了去，也都有了投奔，不似先时只拣便宜的做，剩下的苦差没个招揽。各房中也不能趁乱失迷东西。便是人来客往，也都安静了，不比先前一个正摆茶，又去端饭，正陪举哀，又顾接客。如这些无头绪、荒乱、推托、偷闲、窃取等弊，次日

新政甫行，立竿见影。

一概都蠲【juān，免除】了。

凤姐儿见自己威重令行，心中十分得意。因见尤氏犯病，贾

珍又过于悲哀，不大进饮食，自己每日从那府中煎了各样细粥，精致小菜，命人送来劝食。贾珍也另外吩咐每日送上等菜到抱厦内，单与凤姐。那凤姐不畏勤劳，天天于卯正二刻就过来点卯【查点到班人数】理事，独在抱厦内起坐，不与众姊娌合群，便有堂客来往，也不迎会。

这日乃五七正五日上，那应佛僧正开方破狱，传灯照亡，参阎君，拘都鬼，筵请地藏王，开金桥，引幢幡；那道士们正伏章申表，朝三清，叩玉帝；禅僧们行香，放焰口，拜水忏；又有十三众尼僧，搭绣衣，靸红鞋，在灵前默诵接引诸咒，十分热闹。

那凤姐必知今日人客不少，在家中歇宿一夜，至寅正【凌晨四点】，平儿便请起来梳洗。及收拾完备，更衣盥手，吃了两口奶子糖粳米粥，漱口已毕，已是卯正二刻了。来旺媳妇率领诸人伺候已久。凤姐出至厅前，上了车，前面打了一对明角灯，大书"荣国府"三个大字，款款来至宁府。

大门上门灯朗挂，两边一色戳灯，照如白昼，白汪汪穿孝仆从两边侍立。请车至正门上，小厮等退去，众媳妇上来揭起车帘。凤姐下了车，一手扶着丰儿，两个媳妇执着手把灯罩，簇拥着凤姐进来。宁府诸媳妇迎来请安接待。凤姐缓缓走入会芳园中登仙阁灵前，一见了棺材，那眼泪恰似断线之珠，滚将下来。院中许多小厮垂手伺候烧纸。凤姐吩咐得一声："供茶烧纸。"只听一棒锣鸣，诸乐齐奏，早有人端过一张大圈椅来，放在灵前，凤姐坐了，放声大哭。于是里外男女上下，见凤姐出声，都忙忙接声嚎哭。一时贾珍尤氏遣人来劝，凤姐方才止住。

来旺媳妇献茶漱口毕，凤姐方起身，别过族中诸人，自入抱厦内来。按名查点，各项人数都已到齐，只有迎送亲客上的一人未到。即命传到，那人已张惶愧惧。凤姐冷笑道："我说是谁误了，原来是你！你原比他们有体面，所以才不听我的话。"那人道："小的天天都来的早，只有今儿，醒了觉得早些，因又睡迷了，来迟了一步，求奶奶饶过这次。"正说着，只见荣国府中的

"互相关照，共渡难关。
"不与众姊娌合群"，脂评"写凤姐之骄大"，恐非。日理万机，需集中精力，哪有时间陪姊娌闲聊？

写超度亡灵之事。"热闹"，是旁观者的视角。

入宁府之排场如此。

失去唯一"知心"，是真哭。"里外男女上下"是"陪哭"。

必有违规者，方可见"杀伐决断"之真。
怒而"冷笑"，咄咄可畏。"原来是你！"——没想到只有你这么大胆！你自己觉得是特有脸的吗？

写荣府来人办事，则"凤姐且不发放这人"：一举两得：情节一断，是悬念；在宁府而照理荣府事，是忙，也见真本事。

凤姐且不发放这人，却先问："王兴媳妇作什么？"王兴媳妇巴不得先问他完了事，连忙进去说："领牌取线，打车轿网络。"说着，将个帖儿递上去。凤姐命彩明念道："大轿两顶，小轿四顶，车四辆，共用大小络子若干根，用珠儿线若干斤。"凤姐听了，数目相合，便命彩明登记，取荣国府对牌掷下。王兴家的去了。

再写荣府人来。如果也"一切顺利"，就成赘文。特写其"开销错了"，不予办理，见得凤姐之精细与严明。不如此，如何管理偌大家业。

凤姐方欲说话时，见荣国府的四个执事人进来，都是要支取东西领牌来的。凤姐命彩明要了帖念过，听了一共四件，指两件说道："这两件开销错了，再算清了来取。"说着掷下帖子来。那二人扫兴而去。

一共四个，不能疏漏。特别写到"宝玉外书房"。再忙，也不能忘却宝玉。

凤姐因见张材家的在旁，因问："你有什么事？"张材家的忙取帖儿回说："就是方才车轿围作成，领取裁缝工银若干两。"凤姐听了，便收了帖子，命彩明登记。待王兴家的交过牌，得了买办的回押相符，然后方与张材家的去领。一面又命念那一个，是为宝玉外书房完竣，支买纸料糊裱。凤姐听了，即命收帖儿登记，待张材家的缴清，又发与这人去了。

这才回来处置其人。

凤姐便说道："明儿他也睡迷了，后儿我也睡迷了，将来都没了人了。本来要饶你，只是我头一次宽了，下次人就难管，不如现开发的好。"登时放下脸来，喝命："带出去，打二十板子！"一面又掷下宁国府对牌："出去说与来升，革他一月银米！"众人听说，又见凤姐眉立，知是恼了，不敢怠慢，拖人的出去拖人，执牌传谕的忙去传谕。那人身不由己，已拖出去挨了二十大板，还要进来叩谢。凤姐道："明日再有误的，打四十，后日的六十，有不怕挨打的，只管误！"说着，吩咐："散了罢。"

"杀伐决断"，见于此。杀一儆百，立威之道。外显声势，内含心机。"革他一月银米"——"他"指迟到者，脂砚斋、蔡义江先生皆误以为是"革来升银米"。"他""她"未分故也。

窗外众人听说，方各自执事去了。彼时宁国荣府两处执事领牌交牌的，人来人往不绝，那抱愧被打之人含羞去了，这才知道凤姐利害【通"厉害"，脂砚斋与蔡义江都把它与"弄权铁槛寺"联系起来，误】。众人不敢偷闲，自此兢兢业业，执事保全。不

杀一儆百，效果显著，一句收住。

在话下。

　　如今且说宝玉因见今日人众，恐秦钟受了委曲，因默与他商议，要同他往凤姐处来坐。秦钟道："他的事多，况且不喜人去，咱们去了，他岂不烦腻。"宝玉道："他怎好腻我们，不相干，只管跟我来。"说着，便拉了秦钟，直至抱厦。凤姐才吃饭，见他们来了，便笑道："好长腿子【连义互解：赶着我的饭来了】，快上来罢。"宝玉道："我们偏了【连义互解："吃过了"的客气说法】。"凤姐道："在这边外头吃的，还是那边吃的？"宝玉道："这边同那些浑人吃什么！原是那边，我们两个同老太太吃了来的。"一面归坐。

　　凤姐吃毕饭，就有宁国府中的一个媳妇来领牌，为支取香灯事。凤姐笑道："我算着你们今儿该来支取，总不见来，想是忘了。这会子到底来取，要忘了，自然是你们包出来，都便宜了我。"那媳妇笑道："何尝不是忘了，方才想起来，再迟一步，也领不成了。"说罢，领牌而去。

　　一时登记交牌。秦钟因笑道："你们两府里都是这牌，倘或别人私弄一个，支了银子跑了，怎样？"凤姐笑道："依你说，都没王法了。"宝玉因道："怎么咱们家没人领牌子做东西？"凤姐道："人家来领的时候，你还做梦呢。我且问你，你们这夜书多早晚才念呢？"宝玉道："巴不得这如今就念才好，他们只是不快收拾出书房来，这也无法。"凤姐笑道："你请我一请，包管就快了。"宝玉道："你要快也不中用，他们该作到那里的，自然就有了。"凤姐笑道："便是他们作，也得要东西，搁不住我不给对牌是难的。"宝玉听说，便猴向凤姐身上立刻要牌，说："好姐姐，给出牌子来，叫他们要东西去。"凤姐道："我乏的身子上生疼，还搁的住揉搓。你放心罢，今儿才领了纸裱糊去了，他们该要的还等叫去呢，可不傻了？"宝玉不信，凤姐便叫彩明查册子与宝玉看了。

　　正闹着，人回："苏州去的人昭儿来了。"凤姐急命唤进来。

己见成效，可略为放松，于是宝玉、秦钟来。事有紧松，文有疏密。

过时不候，凤姐心中有数。凤姐的话是警告，那媳妇的话是奉和。

接刚才"宝玉外书房完竣"的话题。

"猴"，是顽皮，也是亲热。凤姐特疼宝玉，与王夫人有关，与贾母有关。

接第十二回回末，且扣住题目。既不可忘宝玉，亦不可忘黛玉。有人指出写林如海死的时间有误，我们不必管，关键是他一死，林黛玉就成了孤儿。

知林如海去世，凤姐能"笑"，而宝玉则"蹙眉长叹"。凤姐关心的是林妹妹可以"长住"，似乎是"恭喜"宝玉，而宝玉关心的是黛玉的悲伤。

必有此情，但还得"先公后私"，凤姐好强。

如同贾政骂李贵，昭儿哪里管得了贾琏！

铁槛寺，贾瑞已在那里。

连用"又"字，见得头绪纷繁，也显出凤姐处理得有条不紊。

记住这个"王仁"。

昭儿打千儿请安。凤姐便问："回来做什么的？"昭儿道："二爷打发回来的。林姑老爷是九月初三日巳时没的。二爷带了林姑娘同送林姑老爷灵到苏州，大约赶年底就回来。二爷打发小的来报个信请安，讨老太太示下，还瞧瞧奶奶家里好，叫把大毛衣服带几件去。"凤姐道："你见过别人了没有？"昭儿道："都见过了。"说毕，连忙退去。凤姐向宝玉笑道："你林妹妹可在咱们家住长了。"宝玉道："了不得，想来这几日他不知哭的怎样呢。"说着，蹙眉长叹。

凤姐见昭儿回来，因当着人未及细问贾琏，心中自是记挂，待要回去，争奈事情繁杂，一时去了，恐有延迟失误，惹人笑话。少不得耐到晚上回来，复令昭儿进来，细问一路平安信息。连夜打点大毛衣服，和平儿亲自检点包裹，再细细追想所需何物，一并包藏交付昭儿。又细细吩咐昭儿："在外好生小心服侍，不要惹你二爷生气；时时劝他少吃酒，别勾引他认得混帐老婆，——回来打折你的腿"等语。赶乱完了，天已四更将尽【将凌晨四点】，纵睡下又走了困，不觉天明鸡唱，忙梳洗过宁府中来。

那贾珍因见发引【即后面说的"出殡"，是把灵柩送往墓地或停灵之所的行动】日近，亲自坐车，带了阴阳司吏，往铁槛【kǎn】寺来踏看寄灵所在。又一一嘱咐住持色空，好生预备新鲜陈设，多请名僧，以备接灵使用。色空忙看晚斋。贾珍也无心茶饭，因天晚不得进城，就在净室【和尚的住室】胡乱歇了一夜。次日早，便进城来料理出殡之事，一面又派人先往铁槛寺，连夜另外修饰停灵之处，并厨茶等项接灵人口坐落。

里面凤姐见日期有限，也预先逐细分派料理，一面又派荣府中车轿人从跟王夫人送殡，又顾自己送殡去占下处。目今正值缮国公诰命亡故，王邢二夫人又去打祭送殡；西安郡王妃华诞，送寿礼；镇国公诰命生了长男，预备贺礼；又有胞兄王仁连家眷回南，一面写家信禀叩父母并备带往之物；又有迎春染病，每日请

医服药，看医生启帖、症源、药案等事，亦难尽述。又兼发引在迩，因此忙的凤姐茶饭也没工夫吃得，坐卧不能清净。刚到了宁府，荣府的人又跟到宁府；既回到荣府，宁府的人又找到荣府。凤姐见如此，心中倒十分欢喜，并不偷安推托，恐落人褒贬，因此日夜不暇，筹画得十分的整肃。于是合族上下无不称叹者。

这日伴宿之夕【出殡前一夜，丧家守灵不睡】，里面两班小戏并耍百戏的与亲朋堂客伴宿，尤氏犹卧于内室，一应张罗款待，独是凤姐一人周全承应。合族中虽有许多妯娌，但或有羞口的【不好意思开口，怕说话】，或有羞脚【忸怩不前，怕和人接触】的，或有不惯见人的，或有惧贵怯官的，种种之类，俱不及凤姐举止舒徐，言语慷慨，珍贵宽大；因此也不把众人放在眼里，挥霍指示，任其所为，目若无人。一夜中灯明火彩，客送官迎，那百般热闹，自不用说的。至天明，吉时已到，一班六十四名青衣【扛抬灵柩的舁夫】请灵，前面铭旌【灵柩前的旗帜】上大书：

奉天洪建兆年不易之朝诰封一等宁国公冢孙妇防护内廷紫禁道御前侍卫龙禁尉享强寿贾门秦氏恭人之灵柩。

一应执事陈设，皆系现赶着新做出来的，一色光艳夺目。宝珠自行未嫁女之礼外，摔丧驾灵，十分哀苦。

那时官客送殡的，有镇国公牛清之孙现袭一等伯牛继宗，理国公柳彪之孙现袭一等子柳芳，齐国公陈翼之孙世袭三品威镇将军陈瑞文，治国公马魁之孙世袭三品威远将军马尚，修国公侯晓明之孙世袭一等子侯孝康；缮国公诰命亡故，故其孙石光珠守孝不曾来得。这六家与宁荣二家，当日所称"八公"的便是。余者更有南安郡王之孙，西宁郡王之孙，忠靖侯史鼎，平原侯之孙世袭二等男蒋子宁，定城侯之孙世袭二等男兼京营游击谢鲸，襄阳侯之孙世袭二等男戚建辉，景田侯之孙五城兵马司裘良。馀者锦

乡伯公子韩奇，神武将军公子冯紫英，陈也俊、卫若兰等诸王孙公子，不可枚数。堂客算来亦有十来顶大轿，三四十小轿，连家下大小轿车辆，不下百馀十乘。连前面各色执事、陈设、百耍，浩浩荡荡，一带摆三四里远。

　　走不多时，路旁彩棚高搭，设席张筵，和音奏乐，俱是各家路祭【看上下文可虚实互解】：第一座是东平王府祭棚，第二座是南安郡王祭棚，第三座是西宁郡王，第四座是北静郡王的。原来这四王，当日惟北静王功高，及今子孙犹袭王爵。现今北静王水溶年未弱冠，生得形容秀美，情性谦和。近闻宁国公冢孙妇告殂，因想当日彼此祖父相与之情，同难同荣，未以异姓相视，因此不以王位自居，上日也曾探丧上祭，如今又设路奠，命麾下各官在此伺候。自己五更入朝，公事一毕，便换了素服，坐大轿鸣锣张伞而来，至棚前落轿。手下各官两旁拥侍，军民人众不得往还。

　　一时只见宁府大殡浩浩荡荡、压地银山一般从北而至。早有宁府开路传事人看见，连忙回去报与贾珍。贾珍急命前面驻扎，同贾赦贾政三人连忙迎来，以国礼相见。水溶在轿内欠身含笑答礼，仍以世交称呼接待，并不妄自尊大。贾珍道："犬妇之丧，累蒙郡驾下临，荫生辈何以克当。"水溶笑道："世交之谊，何出此言。"遂回头命长府官主祭代奠。贾赦等一旁还礼毕，复身又来谢恩。

　　水溶十分谦逊，因问贾政道："那一位是衔宝而诞者？几次要见一见，都为杂冗所阻，想今日是来的，何不请来一会。"贾政听说，忙回去，急命宝玉脱去孝服，领他前来。那宝玉素日就曾听得父兄亲友人等说闲话时，赞水溶是个贤王，且生得才貌双全，风流潇洒，每不以官俗国体所缚。每思相会，只是父亲拘束严密，无由得会，今见反来叫他，自是欢喜。一面走，一面早瞥见那水溶坐在轿内，好个仪表人材。不知近看时又是怎样，且听下回分解。

【 回后评 】

对本回书的内容作一点讨论。就事件本身而言，王蒙先生有个评价："把丧事办得如此辉煌，是荒唐，是作孽，也是异化。"而脂评说："写秦死之盛，贾珍之奢，实是却写得一个凤姐。"这个见解很值得重视。文学就是人学，好的文学作品首先就好在塑造出了鲜活丰满的人物形象。

王熙凤，无疑是《红楼梦》成功刻画的人物之一。前面我们说到她的"媚""傲""贪""毒"等特点，多属于人性的负面。这一回则充分显示出她的"能"，有了这一面，凤姐的形象就完整了。这个"能"是好还是不好？要全面评价，涉及对人性的全面认识。

人性是复杂的，只说"人性善"或"人性恶"都是片面的，是不科学的。一个人，呱呱坠地，只有本能的欲望，这时候的欲望当然无所谓善恶。随着年龄的增长，人的欲望变得多元化。美国人马斯洛有个"需求层次"说，说是人生在世，有五个层次的需求，从低到高，是生理需求、安全需求、情感需求、尊重需求和发展需求等。这些需求都是普遍存在的，而且这些需求本身看上去都是"善"的——不仅是正当的，而且会成为一个人奋斗前行的动力。那么人性之"恶"从何而来？为了满足自己的需求而危害他人、危害社会，这时候人性就呈现为"恶"。当然，问题不这么简单。导致坏的结果，其出发点可能是"善"的，比如溺爱子女；造成好的现实，其出发点可能是"恶"的，比如"技术封锁"促进了自力更生。还有，一个人为了救妻子而去偷窃，这为了行善而作恶；一个人为了利用某人而极力"培养"他，这是为了作"恶"而行"善"。判断一个人的善恶实在不能表面化、简单化。

凤姐积极去宁府协理丧事，有她体恤可卿的一份情感，更主要的是要"卖弄她的才干"。她严刑厉法，八面威风，结果把丧

事协理得众人称赞。是善是恶？难以一言以蔽之。有时候会对一个人"爱恨交加"，就是因为其善其恶交织在一起。

认识到人性的复杂，可以引发三个方面的思考：

一是对自己：我的人性中，哪些是善的？哪些是恶的？如何抑恶扬善？

二是对他人：他的表现中，哪些是善的？哪些是恶的？如何与之相处？

三是对社会：怎样能够使这个社会发挥扬善抑恶的作用，而不是相反？

第十五回

王凤姐弄权铁槛寺
秦鲸卿得趣馒头庵

欲显铮铮不避嫌，
英雄每入小人缘。
鲸卿些子风流事，
胆落魄销已可怜。

凤姐弄权铁槛寺，金哥定情待闺中

除开头收住北静王见宝玉一节，此回书的主要内容诚如回目所标，一是写凤姐弄权，一是写秦钟"得趣"。"弄权"就是倚仗势力，滥用权力；"得趣"指秦钟与智能儿发生性关系。

北静王对宝玉是"久闻"，宝玉对北静王是"久仰"，二人相见，不似君臣，倒像朋友，为以后宝玉进入静王府打下基础。而北静王赠宝玉"圣上亲赐鹡鸰香念珠"，又与后面黛玉视之为秽物相勾连。

送殡铁槛寺后，晚间凤姐住进水月庵——俗称馒头庵。秦钟便只跟着凤姐、宝玉，一时到了水月庵。那净虚带领智善、智能两个徒弟出来迎接，大家见过。那智能儿自幼在荣府走动，无人不识，因常与宝玉、秦钟顽笑。他如今大了，渐知风月，便看上了秦钟人物风流，那秦钟也极爱他妍媚。二人虽未上手，却已情投意合了，结果这天夜间就发生了云雨之事。此后"那秦钟与智能百般不忍分离，背地里多少幽期密约"。

再说庵内老尼净虚，晚间人静，她求凤姐一事：长安府一张姓财主家有女名金哥，本已与原长安守备之子订婚，不料被长安府太爷的小舅子李衙内看中。张家要退婚，守备家不允，最后聚讼公堂。张家以"不惜倾家荡产"之代价，求情贾府帮忙令守备家答应退亲。在老尼的怂恿下，凤姐半推半就，最后是大包大揽："你是素日知道我的，从来不信什么是阴司地狱报应的，凭是什么事，我说要行就行。你叫他拿三千银子来，我就替他出这口气。"她竟以贾琏的名义致信长安节度使云光。那云光久欠贾府之情，岂有不允之理，只要他跟那守备说一声，守备不敢不依。

行文有一段穿插：送殡的队伍走至半路，凤姐带着宝玉、秦钟在一庄户人家歇息更衣。这里有一细节描写：宝玉见了纺车就觉得好玩而当玩具，一村姑跑了来乱嚷："别动坏了！"众小厮忙断喝拦阻。而宝玉忙丢开手，陪笑说道："我因为没见过这个，所以试他一试。"那丫头道："你们那里会弄这个，站开了，我纺与你瞧。"秦钟暗拉宝玉笑道："此卿大有意趣。"宝玉一把推开，笑道："该死的！再胡说，我就打了。"言行动作，三人各有特点。

话说宝玉举目见北静王水溶头上戴着洁白簪缨银翅王帽，穿着江牙海水五爪坐龙白蟒袍，系着碧玉红鞓带，面如美玉，目似明星，真好秀丽人物。宝玉忙抢上来参见，水溶连忙从轿内伸出手来挽住。见宝玉戴着束发银冠，勒着双龙出海抹额，穿着白蟒箭袖，围着攒珠银带，面若春花，目如点漆。水溶笑道："名不虚传，果然如'宝'似'玉'。"因问："衔的那宝贝在那里？"宝玉见问，连忙从衣内取了递与过去。水溶细细的看了，又念了那上头的字，因问："果灵验否？"贾政忙道："虽如此说，只是未曾试过。"水溶一面极口称奇道异，一面理好彩绦，亲自与宝玉带上，又携手问宝玉几岁，读何书。宝玉一一的答应。

水溶见他语言清楚，谈吐有致，一面又向贾政笑道："令郎真乃龙驹凤雏，非小王在世翁前唐突，将来'雏凤清于老凤声'，未可量也。"贾政忙陪笑道："犬子岂敢谬承金奖。赖藩郡馀祯，果如是言，亦荫生辈之幸矣。"水溶又道："只是一件，令郎如是资质，想老太夫人、夫人辈自然钟爱极矣；但吾辈后生，甚不宜钟溺，钟溺则未免荒失学业。昔小王曾蹈此辙，想令郎亦未必不如是也。若令郎在家难以用功，不妨常到寒第。小王虽不才，却多蒙海上众名士凡至都者，未有不另垂青目，是以寒第高人颇聚。令郎常去谈会谈会，则学问可以日进矣。"贾政忙躬身答应。

从宝玉眼中写出，以"秀丽"二字总括其印象。是写北静王形貌，也是写宝玉之"审美"。

"参见"是以礼相见，"挽住"是免受其礼，见得一个敬，一个爱，不像"君臣"而像朋友。评为"如'宝'似'玉'"，"亲自"戴玉，"携手"问话，爱意浓浓。

直接发出邀约，宝玉可以常去静王府了。

水溶又将腕上一串念珠卸了下来，递与宝玉道："今日初会，仓促竟无敬贺之物，此系前日圣上亲赐鹡鸰香念珠一串，权为贺敬之礼。"宝玉连忙接了，回身奉与贾政。贾政与宝玉一齐谢过。于是贾赦、贾珍等一齐上来请回舆，水溶道："逝者已登仙界，非碌碌你我尘寰中之人也。小王虽上叨天恩，虚邀郡袭，岂可越仙辀【ér，丧车】而进也？"贾赦等见执意不从，只得告辞谢恩回来，命手卜掩乐停音，滔滔然将殡过完，方让水溶回舆去了。不在话下。

且说宁府送殡，一路热闹非常。刚至城门前，又有贾赦、贾政、贾珍等诸同僚属下各家祭棚接祭，一一的谢过，然后出城，竟奔铁槛寺大路行来。彼时贾珍带贾蓉来到诸长辈前，让坐轿上马，因而贾赦一辈的各自上了车轿，贾珍一辈的也将要上马。凤姐儿因记挂着宝玉，怕他在郊外纵性逞强，不服家人的话，贾政管不着这些小事，惟恐有个失闪，难见贾母，因此便命小厮来唤他。宝玉只得来到他车前。凤姐笑道："好兄弟，你是个尊贵人，女孩儿一样的人品，别学他们猴在马上。下来，咱们姐儿两个坐车，岂不好？"宝玉听说，忙下了马，爬入凤姐车上，二人说笑前来。

不一时，只见从那边两骑马压地飞来，离凤姐车不远，一齐蹿下来，扶车回说："这里有下处，奶奶请歇更衣。"凤姐急命请邢夫人王夫人的示下，那人回来说："太太们说不用歇了，叫奶奶自便罢。"凤姐听了，便命歇了再走。众小厮听了，一带辕马，岔出人群，往北飞走。宝玉在车内急命请秦相公。那时秦钟正骑马随着他父亲的轿，忽见宝玉的小厮跑来，请他去打尖【中途休息、饮食】。秦钟看时，只见凤姐儿的车往北而去，后面拉着宝玉的马，搭着鞍笼，便知宝玉同凤姐坐车，自己也便带马赶上来，同入一庄门内。早有家人将众庄汉撵尽。那庄农人家无多房舍，婆娘们无处回避，只得由他们去了。那些村姑庄妇见了凤姐、宝玉、秦钟的人品衣服，礼数款段，岂有不爱看的？

一时凤姐进入茅堂，因命宝玉等先出去顽顽。宝玉等会意，因同秦钟出来，带着小厮们各处游顽。凡庄农动用之物，皆不曾见过。宝玉一见了锹、镢、锄、犁等物，皆以为奇，不知何项所使，其名为何。小厮在旁一一的告诉了名色，说明原委。宝玉听了，因点头叹道："怪道古人诗上说，'谁知盘中餐，粒粒皆辛苦'，正为此也。"一面说，一面又至一间房前，只见炕上有个纺车，宝玉又问小厮们："这又是什么？"小厮们又告诉他原委。宝玉听说，便上来拧转作耍，自为有趣。只见一个约有十七八岁的村庄丫头跑了来乱嚷："别动坏了！"众小厮忙断喝拦阻。宝玉忙丢开手，陪笑说道："我因为没见过这个，所以试他一试。"那丫头道："你们那里会弄这个，站开了，我纺与你瞧。"秦钟暗拉宝玉笑道："此卿大有意趣。"宝玉一把推开，笑道："该死的！再胡说，我就打了。"说着，只见那丫头纺起线来。宝玉正要说话时，只听那边老婆子叫道："二丫头，快过来！"那丫头听见，丢下纺车，一径去了。

宝玉怅然无趣。只见凤姐儿打发人来叫他两个进去。凤姐洗了手，换衣服抖灰，问他们换不换。宝玉不换，只得罢了。家下仆妇们将带着行路的茶壶茶杯、十锦屉盒、各样小食端来，凤姐等吃过茶，待他们收拾完备，便起身上车。外面旺儿预备下赏封，赏了本村主人。庄妇等来叩赏。凤姐并不在意，宝玉却留心看时，内中并无二丫头。一时上了车，出来走不多远，只见迎头二丫头怀里抱着他小兄弟，同着几个小女孩子说笑而来。宝玉恨不得下车跟了他去，料是众人不依的，少不得以目相送，争奈车轻马快，一时展眼无踪。

走不多时，仍又跟上大殡了。早有前面法鼓金铙，幢幡宝盖：铁槛寺接灵众僧齐至。少时到入寺中，另演佛事，重设香坛。安灵于内殿偏室之中，宝珠安于里寝室相伴。外面贾珍款待一应亲友，也有扰饭的，也有不吃饭而辞的，一应谢过乏，从公侯伯子男一起一起的散去，至未末时分【下午三点】方才散尽

豪门贵族子弟，未见过"庄农动用之物"，更不知稼穑之辛苦。难得宝玉一叹，但终是清风过耳。

宝玉顽皮，把纺车做玩具，是"有趣"；村姑，嚷一句"别动坏了"，是情急。难得宝玉不耍少爷脾气，对村姑保持可贵的尊重。今之某些"二代"大可学习。

宝玉是"情"，秦钟是"欲"。

村姑质朴爽直，是贵族小姐中所无，宝玉心有不舍。

了。里面的堂客皆是凤姐张罗接待，先从显官诰命散起，也到晌午大错时【与"未末时分"互解】方散尽了。只有几个亲戚是至近的，等做过三日安灵道场方去。那时邢、王二夫人知凤姐必不能来家，也便就要进城。王夫人要带宝玉去，宝玉乍到郊外，那里肯回去，只要跟凤姐住着。王夫人无法，只得交与凤姐便回来了。

原来这铁槛【槛，象征生死界限】寺原是宁荣二公当日修造，现今还是有香火地亩布施，以备京中老了人口，在此便宜寄放。其中阴阳两宅俱已预备妥帖，好为送灵人口寄居。不想如今后辈人口繁盛，其中贫富不一，或性情参商【shēn shāng，有差别，不和睦】：有那家业艰难安分的，便住在这里了；有那尚排场有钱势的，只说这里不方便，一定另外或村庄或尼庵寻个下处，为事毕宴退之所。即今秦氏之丧，族中诸人皆权在铁槛寺下榻，独有凤姐嫌不方便，因而早遣人来和馒头庵的姑子净虚说了，腾出两间房子来作下处。

原来这馒头庵就是水月庵，因他庙里做的馒头好，就起了这个浑号，离铁槛寺不远。当下和尚工课已完，奠过晚茶，贾珍便命贾蓉请凤姐歇息。凤姐见还有几个妯娌陪着女亲，自己便辞了众人，带了宝玉、秦钟往水月庵来。原来秦业年迈多病，不能在此，只命秦钟等待安灵罢了。那秦钟便只跟着凤姐、宝玉，一时到了水月庵，净虚带领智善、智能两个徒弟出来迎接，大家见过。凤姐等来至净室更衣净手毕，因见智能儿【在送官花一节见过的】越发长高了，模样儿越发出息了，因说道："你们师徒怎么这些日子也不往我们那里去？"净虚道："可是这几天都没工夫，因胡老爷府里产了公子，太太送了十两银子来这里，叫请几位师父念三日《血盆经》，忙的没个空儿，就没来请奶奶的安。"

不言老尼陪着凤姐。且说秦钟、宝玉二人正在殿上顽耍，因见智能过来，宝玉笑道："能儿来了。"秦钟道："理那东西作什么？"宝玉笑道："你别弄鬼，那一日在老太太屋里，一个人没有，你搂着他作什么？这会子还哄我。"秦钟笑道："这可是没有的话。"宝玉笑道："有没有也不管你，你只叫住他倒碗茶来我吃，就丢开手。"秦钟笑道："这又奇了，你叫他倒去，还怕他不倒？何必要我说呢。"宝玉道："我叫他倒的是无情意的，不及你叫他倒的是有情意的。"秦钟只得说道："能儿，倒碗茶来给我。"

那智能儿自幼在荣府走动，无人不识，因常与宝玉秦钟顽笑。他如今大了，渐知风月，便看上了秦钟人物风流，那秦钟也极爱他妍媚，二人虽未上手，却已情投意合了。今智能儿见了秦钟，心眼俱开，走去倒了茶来。秦钟笑说："给我。"宝玉叫："给我！"智能儿抿嘴笑道："一碗茶也争，我难道手里有蜜！"宝玉先抢得了，吃着，方要问话，只见智善来叫智能去摆茶碟子，一时来请他两个去吃茶果点心。他两个那里吃这些东西，坐一坐仍出来顽耍。

凤姐也略坐片时，便回至净室歇息，老尼相送。此时众婆娘媳妇见无事，都陆续散了，自去歇息，跟前不过几个心腹常侍小婢，老尼便趁机说道："我正有一事，要到府里求太太，先请奶奶一个示下。"凤姐因问何事。

老尼道："阿弥陀佛！只因当日我先在长安县内善才庵内出家的时节，那时有个施主姓张，是大财主。他有个女儿小名金哥，那年都往我庙里来进香，不想遇见了长安府府太爷的小舅子李衙内。那李衙内一心看上，要娶金哥，打发人来求亲，不想金哥已受了原任长安守备的公子的聘定。张家若退亲，又怕守备不依，因此说已有了人家。谁知李公子执意不依，定要娶他女儿，张家正无计策，两处为难。不想守备家听了此信，也不管青红皂白，便来作践辱骂，说一个女儿许几家，偏不许退定礼，就打官司告状起来。那张家急了，只得着人上京来寻门路，赌气偏要退定礼。我想如今长安节度云老爷与府上最契，可以求太太与老爷说声，打发一封书去，求云老爷和那守备说一声，不怕那守备不依。若是肯行，张家连倾家孝顺也都情愿。"

秦钟有情，智能有意。尼姑谈恋爱，教规难容。

"求太太"之说，是礼，"请奶奶一个示下"是实。老尼会说话。

开口念佛，心中实在无佛！千万不要被此类人骗过。
老尼把个复杂案情说得清清楚楚，关键是最后一句："张家连倾家孝顺也都情愿。"孝顺者，贿赂也。

凤姐听了笑道："这事倒不大，只是太太再不管这样的事。"老尼道："太太不管，奶奶也可以主张了。"凤姐听说笑道："我也不等银子使，也不做这样的事。"净虚听了，打去妄想，半晌叹道："虽如此说，张家已知我来求府里，如今不管这事，张家不知道没工夫管这事，不希罕他的谢礼，倒像府里连这点子手段也没有的一般。"

凤姐听了这话，便发了兴头，说道："你是素日知道我的，从来不信什么是阴司地狱报应的，凭是什么事，我说要行就行。你叫他拿三千银子来，我就替他出这口气。"老尼听说，喜不自禁，忙说："有，有！这个不难。"凤姐又道："我比不得他们扯蓬拉纤的图银子。这三千银子，不过是给打发说去的小厮做盘缠，使他赚几个辛苦钱，我一个钱也不要他的。便是三万两，我此刻也拿的出来。"老尼连忙答应，又说道："既如此，奶奶明日就开恩也罢了。"凤姐道："你瞧瞧我忙的，那一处少了我？既应了你，自然快快的了结。"老尼道："这点子事，在别人的跟前就忙的不知怎么样，若是奶奶的跟前，再添上些也不够奶奶一发挥的。只是俗语说的，'能者多劳'，太太因大小事见奶奶妥贴，越性都推给奶奶了，奶奶也要保重金体才是。"一路话奉承的凤姐越发受用，也不顾劳乏，更攀谈起来。

谁想秦钟趁黑无人，来寻智能。刚至后面房中，只见智能独在房中洗茶碗，秦钟跑来便搂着亲嘴。智能急的跺着脚说："这算什么！再这么我就叫唤。"秦钟求道："好人，我已急死了。你今儿再不依，我就死在这里。"智能道："你想怎样？除非等我出了这牢坑，离了这些人，才依你。"秦钟道："这也容易，只是远水救不得近渴。"说着，一口吹了灯，满屋漆黑，将智能抱到炕上，就云雨起来。

那智能百般的挣挫不起，又不好叫的，少不得依他了。正在得趣，只见一人进来，将他二人按住，也不则声。二人不知是谁，唬的不敢动一动。只听那人嗤的一声，撑不住笑了，二人听声方知是宝玉。秦钟连忙起身，抱怨道："这算什么？"宝玉笑道："你倒不依，咱们就叫喊起来。"羞的智能趁黑地跑了。宝玉拉了秦钟出来道："你可还和我强【jiàng】？"秦钟笑道："好人，你只别嚷的众人知道，你要怎样我都依你。"宝玉笑道："这会子也不用说，等一会睡下，再细细的算帐。"一时宽衣安歇的时节，凤姐在里间，秦钟宝玉在外间，满地下皆是家下婆子，打铺坐更。凤姐因怕通灵玉失落，便等宝玉睡下，命人拿来搌在自己枕边。宝玉不知与秦钟算何帐目，未见真切，未曾记得，此系疑案，不敢纂创。

一宿无话。至次日一早，便有贾母王夫人打发了人来看宝玉，又命多穿两件衣服，无事宁可回去。宝玉那里肯回去，又有秦钟恋着智能，调唆宝玉求凤姐再住一天。凤姐想了一想：凡丧仪大事虽妥，还有一半点小事未曾安插，可以指此再住一日，岂不又在贾珍跟前送了满情；二则又可以完净虚那事；三则顺了宝玉的心，贾母听见，岂不欢喜？因有此三益，便向宝玉道："我的事都完了，你要在这里逛，少不得越性辛苦一日罢了，明儿可是定要走的了。"宝玉听说，千姐姐万姐姐的央求："只住一日，明儿必回去的。"于是又住了一夜。

凤姐便命悄悄将昨日老尼之事，说与来旺儿。来旺儿心中俱已明白，急忙进城找着主文的相公，假托贾琏所嘱，修书一封，连夜往长安县来，不过百里路程，两日工夫俱已妥协。那节度使名唤云光，久见贾府之情，这点小事，岂有不允之理，给了回书，旺儿回来。且不在话下。

却说凤姐等又过一日，次日方别了老尼，着他三日后往府里去讨信。那秦钟与智能百般不忍分离，背地里多少幽期密约，俱不用细述，只得含恨而别。凤姐又到铁槛寺中照望一番。宝珠执意不肯回家，贾珍只得派妇女相伴。后回再见。

宝玉应料到秦钟与智能之所为，所以"及时"赶到，既是救秦钟，也是救智能儿。宝玉从无害人之心。

怎样"算账"，随你去想吧。

说有此"三益"，最要紧的只重"一益"。凤姐善于借风使舵，也是"聪明"处。

假托贾琏之名包揽词讼，胆子越来越大，所陷越来越深，而云光之流因情卖法，见得官网之密。

简约收束，隐含下文。

〖 回后评 〗

凤姐不住铁槛寺，而独栖水月庵，已是"特殊化"；而在那里受老尼静虚之托，包揽词讼，赚取黑钱，更是胆大妄为。之所以如此，一是出于她贪婪的本性，也是由于她的自我膨胀。凭借自己的聪明才智，不仅成了一名"合格"的管家婆，在协理宁府丧事中更是一呼百应，威风八面，造成"凭是什么事，我说要行就行"的心理态势。到这时，"胜利"冲昏头脑，到了"从来不信什么是阴司地狱报应"的程度。老尼几句激将之语就把她的兴头激发起来，再加上白银的诱惑、老尼的奉承，"聪明"的凤姐实际已陷入迷途。而她之所以敢于大胆应承，以为"小事"一桩，不足挂齿，还因为她熟知背后有一个庞大的官场关系网，这个"网"是可靠的灵通的。个人的"恶"，如果没有环境的条件，很难肆意施展；要抑制个人之"恶"的发展与施行，不能不在改造环境上下真功夫。

文中的静虚，也是典型人物之一。身为出家人，偏揽世俗事。她口念"阿弥陀佛"，心想伤天害理之行；她不但心地龌龊黑暗，心机也极为精明狡诈。你看她，把金哥一案的来龙去脉，几句话交代得清清爽爽，并提出解决方案："求太太与老爷说声，打发一封书去，求云老爷和那守备说一声，不怕那守备不依。"更有意思的是，紧跟着有一句："若是肯行，张家连倾家孝顺也都情愿。"——"孝顺"者，金钱答谢也，这当然很有诱惑力。当凤姐真真假假地说"我也不等银子使，也不做这样的事"，静虚就使出激将法："虽如此说……倒像府里连这点子手段也没有的一般。"凤姐听了这话，便发了兴头，说道："你叫他拿三千银子来，我就替他出这口气。"一桩弄权害人的交易就这样做成了。

再说秦钟。他与一个小尼姑相恋，本身就是注定不会有好结果的情事。而他不能自制，不听宝玉的警劝，与智能"背地里多少幽期密约"，就为最后的悲剧结局埋下了种子。

秦钟与宝玉，是亲密的伴侣。从宝玉这方面看，他从小生活在"女人堆里"，难得有秦钟这样的同龄男伴——只有这样的伴侣才可以诉说真正的隐私。再加上秦钟帅气风流，在"审美"方面正合宝玉之心。宝玉视秦钟为知己，可以理解。而实际上，两个人在"精神"层面还是有很大差距的。秦钟见了那位村姑，就暗拉宝玉笑道："此卿大有意趣。"而宝玉则骂他"胡说"，加以制止。至于与智能发生云雨之事，宝玉是不会这么轻率的。

第十六回

贾元春才选凤藻宫

秦鲸卿夭逝黄泉路

请看财势与情根，

万物难逃造化门。

旷典传来空好听，

那如知己解温存？

元春封妃贾府跪拜接旨，黛玉回京宝玉喜在心头

本回书，两头悲，中间喜。悲者，开头承上回书王熙凤包揽词讼一案，交代张家女儿自缢、守备之子投河的悲剧结局；结尾写秦钟夭亡，宝玉失去最亲密的同龄同性伙伴。喜者，贾元春被封为凤藻宫尚书，加封贤德妃，从而许多活动都围绕元春册封展开。

大小姐得到晋封，宁荣两处上下里外，莫不欣然踊跃，个个面上皆有得意之状，言笑鼎沸不绝。而修建省亲别墅之事随之提上日程。独有宝玉因秦钟卧病，心中怅然如有所失。虽闻得元春晋封之事，亦未解得愁闷。至于贾母等如何谢恩，如何回家，亲朋如何来庆贺，宁荣两处近日如何热闹，众人如何得意，独他一个皆视有如无，毫不曾介意。因此众人嘲他越发呆了。且喜贾琏与黛玉回来，宝玉只问得黛玉"平安"二字，余者也就不在意了。

贾琏归来，凤姐接风，自有一段温情。一时贾琏的乳母赵嬷嬷走来。她是闻听要修省亲别院，求凤姐趁机安排她的两个儿子"就业"，凤姐自然满口应承。由贵妃省亲，又扯到当年王家、贾家、甄家"接驾"之盛。赵嬷嬷道："也不过是拿着皇帝家的银子往皇帝身上使罢了！谁家有那些钱买这个虚热闹去？"正说的热闹，东府里贾蓉、贾蔷来向贾琏汇报别墅修建的规划，工程由一个号山子野者，一一筹画起造，贾琏并无异议。而贾蔷说贾珍派他下姑苏聘请教习、采买女孩子、置办乐器行头等事。贾琏略有犹疑，但禁不住凤姐支持，只得同意。贾琏知道这差使"里头大有藏掖"，而贾蔷也悄问贾琏："要什么东西？顺便置来孝敬叔叔。"贾蓉也悄悄地向凤姐道："婶子要什么东西，吩咐我开个帐给蔷兄弟带了去，叫他按帐置办了来。"

此后，各行匠役齐集，金银铜锡以及土木砖瓦之物，搬运移送不歇，别墅修建工程全面展开。贾政不惯于俗务，只凭贾赦、贾珍等安排布置。贾蓉单管打造金银器皿。贾蔷已起身往姑苏去了。贾珍、赖大等点人丁，开册籍，监工等事，一笔不能写到，不过是喧阗热闹非常而已。

中间穿插贾琏护送黛玉回府，贾雨村由王子腾累上保本进京陛见、候补京缺，王熙凤收取放贷利银，等等，既与前文呼应，又为下文伏脉，都是重要信息。

话说宝玉见收拾了外书房，约定与秦钟读夜书。偏那秦钟禀赋最弱，因在郊外受了些风霜，又与智能儿偷期缱绻，未免失于调养，回来时便咳嗽伤风，懒进饮食，大有不胜之态，遂不敢出门，只在家中养息。宝玉便扫了兴头，只得付于无可奈何，且自静候大愈时再约。

那凤姐儿已是得了云光的回信，俱已妥协。老尼达知张家，果然那守备忍气吞声的收了前聘之物。谁知那张家父母如此爱势贪财，却养了一个知义多情的女儿，闻得父母退了前夫，他便一条麻绳悄悄的自缢了。那守备之子闻得金哥自缢，他也是个极多情的，遂也投河而死，不负妻义。张李两家没趣，真是人财两空。这里凤姐却坐享了三千两，王夫人等连一点消息也不知道。自此凤姐胆识愈壮，以后有了这样的事，便恣意的作为起来，也不消多记。

一日正是贾政的生辰，宁荣二处人丁都齐集庆贺，闹热非常。忽有门吏忙忙进来，至席前报说："有六宫都太监夏老爷来降旨。"唬的贾赦贾政等一干人不知是何消息，忙止了戏文，撤去酒席，摆了香案，启中门跪接。早见六宫都太监夏守忠乘马而至，前后左右又有许多内监跟从。那夏守忠也并不曾负诏捧敕，至檐前下马，满面笑容，走至厅上，南面而立，口内说："特旨：

此一回书，从秦钟起，以秦钟结。中写元春封妃、大观园筹建，而宝玉之情，牵于前而淡于后。

"多情"者死于"无情"者，可悲可叹。凤姐以两条人命换得"坐享了三千两"，而且自此"胆识愈壮"，恣意胡为，走上了不归路。最后用一句概括，以虚统实。

已了结金哥一案，遂转入下文。

从贾政庆生开篇，一喜；突然太监传语，一惊；旋即来人报喜，令人心情起伏激荡。其实，从夏守忠的"满面笑容"可以觉察，这次皇帝召见不会是什么坏事。但"伴君如伴虎"，一时紧张，没有注意到。

立刻宣贾政入朝,在临敬殿陛见。"说毕,也不及吃茶,便乘马去了。贾政等不知是何兆头,只得急忙更衣入朝。

贾母等合家人等心中皆惶惶不定,不住的使人飞马来往报信。有两个时辰工夫,忽见赖大等三四个管家喘吁吁跑进仪门报喜,又说"奉老爷命,速请老太太带领太太等进朝谢恩"等语。那时贾母正心神不定,在大堂廊下伫立,那邢夫人、王夫人、尤氏、李纨、凤姐、迎春姊妹以及薛姨妈等皆在一处,听如此信至,贾母便唤进赖大来细问端的。赖大禀道:"小的们只在临敬门外伺候,里头的信息一概不能得知。后来还是夏太监出来道喜,说咱们家大小姐晋封为凤藻宫尚书,加封贤德妃。后来老爷出来亦如此吩咐小的。如今老爷又往东宫去了,速请老太太领着太太们去谢恩。"

贾母等听了方心神安定,不免又都洋洋喜气盈腮。于是都按品大妆起来。贾母带领邢夫人、王夫人、尤氏,一共四乘大轿入朝。贾赦、贾珍亦换了朝服,带领贾蓉、贾蔷奉侍贾母大轿前往。于是宁荣两处上下里外,莫不欣然踊跃,个个面上皆有得意之状,言笑鼎沸不绝。

谁知近日水月庵的智能私逃进城,找至秦钟家下看视秦钟,不意被秦业知觉,将智能逐出,将秦钟打了一顿,自己气的老病发作,三五日光景呜呼死了。秦钟本自怯弱,又带病未愈,受了笞杖,今见老父气死,此时悔痛无及,更又添了许多症候。因此宝玉心中怅然如有所失。虽闻得元春晋封之事,亦未解得愁闷。贾母等如何谢恩,如何回家,亲朋如何来庆贺,宁荣两处近日如何热闹,众人如何得意,独他一个皆视有如无,毫不曾介意。因此众人嘲他越发呆了。

且喜贾琏与黛玉回来,先遣人来报信,明日就可到家,宝玉听了,方略有些喜意。细问原由,方知贾雨村亦进京陛见,皆由王子腾累上保本,此来候补京缺,与贾琏是同宗弟兄,又与黛玉有师从之谊,故同路作伴而来。林如海已葬入祖坟了,诸事停

祖宗荫庇之外,又加皇亲国戚,一人得道鸡犬升天,贾府之盛似乎到达极点,自然"洋洋喜气盈腮"。但"福分祸之所伏",这时的人是不会想到的。

"谁知"二字妙:贾府上下都沉浸在大喜之中,此时此刻"谁"会想到智能、秦钟之灾。几家欢乐几家愁,人间之事从来如此。唯宝玉心系秦钟而不以封妃之事为意。重情轻利,难得宝玉!而人竟以"呆"嘲之,悲哉!

鲸卿去矣,黛玉回矣,宝玉略得慰安矣。
贾雨村的升迁值得重视。

妥，贾琏方进京的。本该出月到家，因闻得元春喜信，遂昼夜兼程而进，一路俱各平安。宝玉只问得黛玉"平安"二字，馀者也就不在意了。

好容易盼至明日午错，果报："琏二爷和林姑娘进府了。"见面时彼此悲喜交集，未免又大哭一阵，后又致喜庆之词。宝玉心中品度黛玉，越发出落的超逸了。黛玉又带了许多书籍来，忙着打扫卧室，安插器具，又将些纸笔等物分送宝钗、迎春、宝玉等人。宝玉又将北静王所赠鹡鸰香串珍重取出来，转赠黛玉。黛玉说："什么臭男人拿过的！我不要他。"遂掷而不取。宝玉只得收回，暂且无话。

且说贾琏自回家参见过众人，回至房中。正值凤姐近日多事之时，无片刻闲暇之工，见贾琏远路归来，少不得拨冗接待，因房内无外人，便笑道："国舅老爷大喜！国舅老爷一路风尘辛苦。小的听见昨日的头起报马来报，说今日大驾归府，略预备了一杯水酒掸尘，不知可赐光谬领否？"贾琏笑道："岂敢岂敢，多承多承。"一面平儿与众丫鬟参拜毕，献茶。

贾琏遂问别后家中的诸事，又谢凤姐的操持劳碌。凤姐道："我那里照管得这些事！见识又浅，口角又笨，心肠又直率，人家给个棒槌，我就认作'针'。脸又软，搁不住人给两句好话，心里就慈悲了。况且又没经历过大事，胆子又小，太太略有些不自在，就吓的我连觉也睡不着了。我苦辞了几回，太太又不容辞，倒反说我图受用，不肯习学了。殊不知我是捻着一把汗儿呢。一句也不敢多说，一步也不敢多走。你是知道的，咱们家所有的这些管家奶奶们，那一位是好缠的？错一点儿他们就笑话打趣，偏一点儿他们就指桑说槐的抱怨。'坐山观虎斗'，'借剑杀人'，'引风吹火'，'站干岸儿'【置身事外看笑话】，'推倒油瓶不扶'【形容非常懒惰】，都是全挂子的武艺。况且我年纪轻，头等不压众，怨不得不放我在眼里。更可笑，那府里忽然蓉儿媳妇死了，珍大哥又再三再四的在太太跟前跪着讨情，只要请我帮他几日；我是再四推辞，太太断不依，只得从命。依旧被我闹了个马仰人翻，更不成个体统，至今珍大哥哥还抱怨后悔呢。你这一来了，明儿你见了他，好歹描补描补，就说我年纪小，原没见过世面，谁叫大爷错委他的。"

正说着，只听外间有人说话，凤姐便问："是谁？"平儿进来回道："姨太太打发了香菱妹子来问我一句话，我已经说了，打发他回去了。"贾琏笑道："正是呢，方才我见姨妈去，不防和一个年轻的小媳妇子撞了个对面，生的好齐整模样。我疑惑咱家并无此人，说话时因问姨妈，谁知就是上京来买的那小丫头，名叫香菱的，竟与薛大傻子作了房里人，开了脸，越发出挑的标致了。那薛大傻子真玷辱了他。"凤姐道："嗳！往苏杭走了一趟回来，也该见些世面了，还是这么眼馋肚饱的。你要爱他，不值什么，我去拿平儿换了他来如何？那薛老大也是'吃着碗里看着锅里'的【比喻贪心不足】，这一年来的光景，他为要香菱不能到手，和姨妈打了多少饥荒【纠缠争吵】。也因姨妈看着香菱模样儿好还是末则，其为人行事，却又比别的女孩子不同，温柔安静，差不多的主子姑娘也跟他不上呢，故此摆酒请客的费事，明堂正道的与他作了妾。过了没半月，也看的马棚风一般了【比喻不看重，不当回事】，我倒心里可惜了的。"一语未了，二门上小厮传报："老爷在大书房等二爷呢。"贾琏听了，忙忙整衣出去。

这里凤姐乃问平儿："方才姨妈有什么事，巴巴【需读儿化，特地】的打发了香菱来？"平儿笑道："那里来的香菱，是我借他暂撒个谎。奶奶说说，旺儿嫂子越发连个成算【心计】也没了。"说着，又走至凤姐身边，悄悄的说道："奶奶的那利钱银子，迟不送来，早不送来，这会子二爷在家，他且送这个来了。幸亏我在堂屋里撞见，不然时走了来回奶奶，二爷倘或问奶奶是什么利钱，奶奶自然不肯瞒二爷的，少不得照实告诉二爷。我们二爷那脾气，油锅里的钱还要找出来花呢，听见奶奶有了这个梯己，他还不放心的花了呢。所以我赶着接了过来，叫我说了他两

用"外间有人说话"打断凤姐长篇大论，且伏下文。

薛蟠在贾琏心中，一个"傻子"而已。
贾琏心意，被凤姐戳穿。

脂评：作者必用阿凤一赞，方知莲卿尊重不虚。

必等贾琏离开，平儿才好说"利银"事。以前背着贾琏收利钱的秘密也就此揭开。夫妻间尚且如此虚虚实实，谁是凤姐真正的贴心人？

句，谁知奶奶偏听见了问，我就撒谎说香菱来了。"凤姐听了笑道："我说呢，姨妈知道你二爷来了，忽喇巴【突然】的反打发个房里人来了？原来你这蹄子偷鬼。"

王蒙："撒谎已经日常化、普泛化、生活化了。"

说话时贾琏已进来，凤姐便命摆上酒馔来，夫妻对坐。凤姐虽善饮，却不敢任兴，只陪侍着贾琏。一时贾琏的乳母赵嬷嬷走来，贾琏凤姐忙让吃酒，令其上炕去。赵嬷嬷执意不肯。平儿等早于炕沿下设下一杌【wù，矮凳】，又有一小脚踏，赵嬷嬷在脚踏上坐了。贾琏向桌上拣两盘肴馔与他放在杌上自吃。凤姐又道："妈妈很嚼不动那个，倒没的砑【qiāng，硌】了他的牙。"因向平儿道："早起我说那一碗火腿炖肘子很烂，正好给妈妈吃，你怎么不拿了去赶着叫他们热来？"又道："妈妈，你尝一尝你儿子带来的惠泉酒。"赵嬷嬷道："我喝呢，奶奶也喝一盅，怕什么？只不要过多了就是了。我这会子跑了来，倒也不为饮酒，倒有一件正经事，奶奶好歹记在心里，疼顾我些罢。我们这爷，只是嘴里说的好，到了跟前就忘了我们。幸亏我从小儿奶了你这么大。我也老了，有的是那两个儿子，你就另眼照看他们些，别人也不敢呲牙儿【议论讥诮】的。我还再四的求了你几遍，你答应的倒好，到如今还是燥屎【歇后语。干搁着，喻事情搁置不办】。这如今又从天上跑出这一件大喜事来，那里用不着人？所以倒是和奶奶来说是正经，靠着我们爷，只怕我还饿死了呢。"

凤姐笑道："妈妈你放心，两个奶哥哥都交给我。你从小儿奶的儿子，你还有什么不知他那脾气的？拿着皮肉倒往那不相干的外人身上贴。可是现放着奶哥哥，那一个不比人强？你疼顾照看他们，谁敢说个'不'字儿？没的白便宜了外人——我这话也说错了，我们看着是'外人'，你却看着'内人'一样呢。"说的满屋里人都笑了。赵嬷嬷也笑个不住，又念佛道："可是屋子里跑出青天来了。若说'内人''外人'这些混帐缘故，我们爷是没有，不过是脸软心慈，搁不住人求两句罢了。"凤姐笑道："可不是呢，有'内人'的他才慈软呢，他在咱们娘儿们跟前才

贾琏必得回来：还没有摆酒接凤姐呢。小小家宴，乳母"走来"，似在无意间，其实是往修建大观园上引渡。

渐入主题：为自己的儿子"找工作"。她知道贵妃省亲，要修园子，这是大工程，得用人；也知道"人事权"在凤姐手上。趁机提出，老妪有心计。

还是凤姐："凭是什么事，我说要行就行。"满足了乳母，不错；尴尬了贾琏，太过。

倒是乳母疼乳儿，在奉承凤姐的同时不忘给贾琏解围。人评凤姐"脸酸心硬"，乳母说贾琏"脸软心慈"。

是刚硬呢！”赵嬷嬷笑道：“奶奶说的太尽情了，我也乐了，再吃一杯好酒。从此我们奶奶作了主，我就没的愁了。”

贾琏此时没好意思，只是讪笑吃酒，说“胡说”二字，——“快盛饭来，吃碗子还要往珍大爷那边去商议事呢！”凤姐道：“可是别误了正事。才刚老爷叫你作什么？”贾琏道：“就为省亲。”凤姐忙问道：“省亲的事竟准了不成？”贾琏笑道：“虽不十分准，也有八分准了。”凤姐笑道：“可见当今的隆恩。历来听书看戏，古时从未有的。”赵嬷嬷又接口道：“可是呢，我也老糊涂了。我听见上上下下吵嚷了这些日子，什么省亲不省亲，我也不理论他去；如今又说省亲，到底是怎么个原故？”贾琏道：“如今当今贴体万人之心，世上至大莫如‘孝’字，想来父母儿女之性，皆是一理，不是贵贱上分别的。当今自为日夜侍奉太上皇、皇太后，尚不能略尽孝意，因见宫里嫔妃才人等皆是入宫多年，抛离父母音容，岂有不思想之理？在儿女思想父母，是分所应当。想父母在家，若只管思念儿女，竟不能见，倘因此成疾致病，甚至死亡，皆由朕躬禁锢，不能使其遂天伦之愿，亦大伤天和之事。故启奏太上皇、皇太后，每月逢二六日期，准其椒房眷属【妃嫔娘家的家属】入宫请候看视。于是太上皇、皇太后大喜，深赞当今至孝纯仁，体天格物【体察上天的意志，推究事物的规律而适应它】。因此二位老圣人又下旨意，说椒房眷属入宫，未免有国体仪制，母女尚不能惬怀。竟大开方便之恩，特降谕诸椒房贵戚，除二六日入宫之恩外，凡有重宇别院之家，可以驻跸关防【皇帝后妃出宫小住而有安全保障】之处，不妨启请内廷鸾舆入其私第，庶可略尽骨肉私情、天伦中之至性。此旨一下，谁不踊跃感戴？现今周贵人的父亲已在家里动了工了，修盖省亲别院呢。又有吴贵妃的父亲吴天祐家，也往城外踏看地方去了。这岂不有八九分了？”

赵嬷嬷道：“阿弥陀佛！原来如此。这样说，咱们家也要预备接咱们大小姐了？”贾琏道：“这何用说呢！不然，这会子忙

终于说到“正事”——省亲。

话题总由老妪引出。

皇上的这份心情，贾琏何以得知？

允许“省亲”，但条件是“有重宇别院之家，可以驻跸关防之处”，所以修园子就成必然之事。说周家、吴家，一是说明“省亲”之事“有八九分了”，一是表明修园子之必须。

“接驾”的话题，还是由老妪引出。

的是什么？"凤姐笑道："若果如此，我可也见个大世面了。可恨我小几岁年纪，若早生二三十年，如今这些老人家也不薄我没见世面了。说起当年太祖皇帝仿舜巡的故事，比一部书还热闹，我偏没造化赶上。"赵嬷嬷道："嗳哟哟，那可是千载希【通"稀"】逢的！那时候我才记事儿，咱们贾府正在姑苏扬州一带监造海舫，修理海塘，只预备接驾一次，把银子都花的淌海水似的！说起来……"凤姐忙接道："我们王府也预备过一次。那时我爷爷单管各国进贡朝贺的事，凡有的外国人来，都是我们家养活。粤、闽、滇、浙所有的洋船货物都是我们家的。"

都以"接驾"为荣。老妪夸"咱们贾府"接过一次，凤姐不甘落后，赶紧也夸"我们王府也预备过一次"。"银子都花的淌海水似的"，那不是水，是老百姓的血汗！

赵嬷嬷道："那是谁不知道的？如今还有个口号儿呢，说'东海少了白玉床，龙王来请江南王'，这说的就是奶奶府上了。还有如今现在江南的甄家，嗳哟哟，好势派！独他家接驾四次，若不是我们亲眼看见，告诉谁谁也不信的。别讲银子成了土泥，凭是世上所有的，没有不是堆山塞海的，'罪过可惜'四个字竟顾不得了。"凤姐道："常听见我们太爷们也这样说，岂有不信的。只纳罕他家怎么就这么富贵呢？"赵嬷嬷道："告诉奶奶一句话，也不过是拿着皇帝家的银子往皇帝身上使罢了！谁家有那些钱买这个虚热闹去？"

阿弥陀佛！老妪到底不是凤姐，她还有"罪过可惜"四个字，能作"虚热闹"之评价。但她不懂，所谓"皇帝家的银子"，一丝一毫都是从老百姓身上刮去的。"谁养活谁"的问题，在中国封建社会都被颠倒了。

正说的热闹，王夫人又打发人来瞧凤姐吃了饭不曾。凤姐便知有事等他，忙忙的吃了半碗饭，漱口要走，又有二门上小厮们回："东府里蓉、蔷二位哥儿来了。"贾琏才漱了口，平儿捧着盆盥手，见他二人来了，便问："什么话？快说。"凤姐且止步稍候，听他二人回些什么。

贾蓉先回说："我父亲打发我来回叔叔：老爷们已经议定了，从东边一带，借着东府里花园起，转至北边，一共丈量准了，三里半大，可以盖造省亲别院了。已经传人画图样去了，明日就得。叔叔才回家，未免劳乏，不用过我们那边去，有话明日一早再请过去面议。"贾琏笑着忙说："多谢大爷费心体谅，我就不过去了。正经是这个主意才省事，盖造也容易；若采置别处地方

回到"工程"上来。

去，那更费事，且倒不成体统。你回去说这样很好，若老爷们再要改时，全仗大爷谏阻，万不可另寻地方。明日一早我给大爷去请安去，再议细话罢。"贾蓉忙应几个"是"。

贾蔷又近前回说："下姑苏割聘教习，采买女孩子，置办乐器行头等事，大爷派了侄儿，带领着来管家两个儿子，还有单聘仁、卜固修两个清客相公，一同前往，所以命我来见叔叔。"贾琏听了，将贾蔷打量了打量，笑道："你能在这一行么？这个事虽不算甚大，里头大有藏掖【徇私舞弊】的。"贾蔷笑道："只好学习着办罢了。"

贾蓉在身旁灯影下悄拉凤姐的衣襟，凤姐会意，因笑道："你也太操心了，难道大爷比咱们还不会用人？偏你又怕他不在行了。谁都是在行的？孩子们已长的这么大了，'没吃过猪肉，也看见过猪跑'。大爷派他去，原不过是个坐纛【dào】旗儿，难道认真的叫他去讲价钱会经纪去呢！依我说就很好。"贾琏道："自然是这样。并不是我驳回，少不得替他算计算计。"因问："这一项银子动那一处的？"贾蔷道："才也议到这里。赖爷爷说，不用从京里带下去，江南甄家还收着我们五万银子。明日写一封书信会票我们带去，先支三万，下剩二万存着，等置办花烛彩灯并各色帘栊帐幔的使费。"贾琏点头道："这个主意好。"

凤姐忙向贾蔷道："既这样，我有两个在行妥当人，你就带他们去办，这个便宜了你呢。"贾蔷忙陪笑说："正要和婶婶讨两个人呢，这可巧了。"因问名字。凤姐便问赵嬷嬷。彼时赵嬷嬷已听呆了话，平儿忙笑推他，他才醒悟过来，忙说："一个叫赵天梁，一个叫赵天栋。"凤姐道："可别忘了，我可干我的去了。"说着便出去了。贾蓉忙送出来，又悄悄的向凤姐道："婶子要什么东西，吩咐我开个帐给蔷兄弟带了去，叫他按帐置办了来。"凤姐笑道："别放你娘的屁！我的东西还没处撂呢，希罕你们鬼鬼祟祟的？"说着一径去了。

这里贾蔷也悄问贾琏："要什么东西？顺便置来孝敬叔叔。"

贾蔷，贾珍、贾蓉所宠爱者，在"闹学"那场戏里我们就见过。有好差事，贾珍首先派他。贾琏不太信任。

贾蓉自然维护贾蔷。洪秋蕃对凤姐的一番话评曰："今之官场，为亲爱斡旋美事，惯操此术，想皆私淑凤姐而拾其牙慧者，凤姐之教亦神矣。"

凤姐不是凭空力保贾蔷，她要安插两个人：乳母的两个儿子。贾蔷机灵，即做顺水人情。

工程刚刚开始，腐败随之而生。不做大工程，难有大贪腐。上有面子，下有银子，所以上上下下乐此不疲。贾蓉行贿，凤姐表面拒绝，贾蓉心知肚明。

贾琏笑道："你别兴头。才学着办事，倒先学会了这把戏。我短了什么，少不得写信来告诉你，且不要论到这里。"说毕，打发他二人去了。接着回事的人来，不止三四次，贾琏害乏，便传与二门上，一应不许传报，俱等明日料理。凤姐至三更时分方下来安歇，一宿无话。

次早贾琏起来，见过贾赦贾政，便往宁府中来，合同老管事的人等，并几位世交门下清客相公，审察两府地方，缮画省亲殿宇，一面察度办理人丁。自此后，各行匠役齐集，金银铜锡以及土木砖瓦之物，搬运移送不歇。先令匠人拆宁府会芳园墙垣楼阁，直接入荣府东大院中。荣府东边所有下人一带群房尽已拆去。当日宁荣二宅，虽有一小巷界断不通，然这小巷亦系私地，并非官道，故可以连属【zhǔ】。会芳园本是从北拐角墙下引来一股活水，今亦无烦再引。其山石树木虽不敷用，贾赦住的乃是荣府旧园，其中竹树山石以及亭榭栏杆等物，皆可挪就前来。如此两处又甚近，凑来一处，省得许多财力，纵亦不敷，所添亦有限。全亏一个老明公号山子野者，一一筹画起造。

贾政不惯于俗务，只凭贾赦、贾珍、贾琏、赖大、来升、林之孝、吴新登、詹光、程日兴等几人安插摆布【安排布置】。凡堆山凿池，起楼竖阁，种竹栽花，一应点景等事，又有山子野制度【规划调度】。下朝闲暇，不过各处看望看望，最要紧处和贾赦等商议商议便罢了。贾赦只在家高卧【高枕而卧，安闲无事】，有芥豆之事，贾珍等或自去回明，或写略节；或有话说，便传呼贾琏、赖大等领命。贾蓉单管打造金银器皿。贾蔷已起身往姑苏去了。贾珍、赖大等又点人丁，开册籍，监工等事，一笔不能写到，不过是喧阗热闹非常而已。暂且无话。

且说宝玉近因家中有这等大事，贾政不来问他的书，心中是件畅事；无奈秦钟之病日重一日，也着实悬心，不能乐业。这日一早起来才梳洗完毕，意欲回了贾母去望候秦钟，忽见茗烟在二门照壁前探头缩脑，宝玉忙出来问他："作什么？"茗烟道："秦

相公不中用了！"宝玉听说，吓了一跳，忙问道："我昨儿才瞧了他来，还明明白白，怎么就不中用了？"茗烟道："我也不知道，才刚是他家的老头子来特告诉我的。"宝玉听了，忙转身回明贾母。贾母吩咐："好生派妥当人跟去，到那里尽一尽同窗之情就回来，不许多耽搁了。"

宝玉听了，忙忙的更衣出来，车犹未备，急的满厅乱转。一时催促的车到，忙上了车，李贵、茗烟等跟随。来至秦钟门首，悄无一人，遂蜂拥至内室，唬的秦钟的两个远房婶母并几个弟兄都藏之不迭。

此时秦钟已发过两三次昏了，移床易箦【人之将死，移卧到一张新的床席上】多时矣。宝玉一见，便不禁失声。李贵忙劝道："不可不可，秦相公是弱症，未免炕上挺扛的骨头不受用，所以暂且挪下来松散些。哥儿如此，岂不反添了他的病？"宝玉听了，方忍住近前，见秦钟面如白蜡，合目呼吸于枕上。宝玉忙叫道："鲸兄【秦钟字鲸卿】！宝玉来了。"连叫两三声，秦钟不睬。宝玉又道："宝玉来了。"

那秦钟早已魂魄离身，只剩得一口悠悠馀气在胸，正见许多鬼判持牌提索来捉他。那秦钟魂魄那里肯就去，又记念着家中无人掌管家务，又记挂着父亲还有留积下的三四千两银子，又记挂着智能尚无下落，因此百般求告鬼判。无奈这些鬼判都不肯徇私，反叱咤秦钟道："亏你还是读过书的人，岂不知俗语说的：'阎王叫你三更死，谁敢留人到五更。'我们阴间上下都是铁面无私的，不比你们阳间瞻情顾意，有许多的关碍处。"

正闹着，那秦钟魂魄忽听见"宝玉来了"四字，便忙又央求道："列位神差，略发慈悲，让我回去，和这一个好朋友说一句话来的。"众鬼道："又是什么好朋友？"秦钟道："不瞒列位，就是荣国公的孙子，小名宝玉。"都判官听了，先就唬慌起来，忙喝骂鬼使道："我说你们放了他回去走走罢，你们断不依我的话，如今只等他请出个运旺时盛的人来才罢。"众鬼见都判如此，也都忙了手脚，一面又抱怨道："你老人家先是那等雷霆电雹，原来见不得'宝玉'二字。依我们愚见，他是阳，我们是阴，怕他们也无益于我们。"都判道："放屁！俗语说的好，'天下官管天下事'，自古人鬼之道却是一般，阴阳并无二理。别管他阴也罢，阳也罢，还是把他放回没有错了的。"

众鬼听说，只得将秦魂放回，哼了一声，微开双目，见宝玉在侧，乃勉强叹道："怎么不肯早来？再迟一步也不能见了。"宝玉忙携手垂泪道："有什么话留下两句。"秦钟道："并无别话。以前你我见识自为高过世人，我今日才知自误了。以后还该立志功名，以荣耀显达为是。"说毕，便长叹一声，萧然长逝了。

说什么"立志功名"，秦钟与宝玉到底不在一个层次上。

【回后评】

从行文布局看，事情千头万绪，写来"合榫贯连，无一毫痕迹"（脂评）。其得力处有二：一是互见互评，借口言说；一是谨严详略。

许多情事，作者不直接出面，而借书中人物之口说出。这和"冷子兴演说荣国府"是同一手法，只不过这次不是一人"演说"，是多人在交谈中把纷繁的事体一一带出。所以"一切安插摆布，写来甚不费力"（护花主人评）。对此，脂砚斋有一个不错的分析："细思大观园一事，若从如何奉旨起造，又如何分派众人，从头细细直写将来，几千样细事，如何能顺笔一气写清？又将落于死板拮据之乡，故只用琏凤夫妻一问一答，上用赵姬讨情作引，下用蓉蔷来说事作收，余者随笔略一点染，则耀然洞彻矣。此是避难法。"所谓夫妻"问答"、赵姬"作引"、蓉蔷"说事"，都是"借口言说"。让人物各言其闻，各道其职，既顺畅，又自由，既收综合之效，又表现人物性格及彼此关系。如果把作者视为"主人"，他笔下的角色就是"宾客"，"借口言说"也就是"以宾代主"。

再就是严格把握详略，有利于表现人物性格及人物关系的，或者情节发展必须要交代清楚的，详写。比如贾琏回府后与凤姐的交接对话，对表现凤姐的个性以及他们的夫妻关系大有作用，又是推动情节发展的"动力"，详写；而"大小姐晋封为凤藻宫尚书，加封贤德妃"后，贾府内外的活动何其频繁热闹，作者只写道："贾母等如何谢恩，如何回家，亲朋如何来庆贺，宁荣两处近日如何热闹，众人如何得意，独他一个皆视有如无，毫不曾介意。"正如脂砚斋所说："只写几个'如何'，将泼天喜事交代完了。"因为比这热闹的场面还在后头，这里没有必要展开，而只要略写。这需要匠心，需要"舍得"。

最后还值得一提的是，即使在略写的部分，作者也总是关照人，关照人之间的关系。秦钟之死，属于略写部分，但却凸显出他与宝玉之间的差别：他临终还有那么多的牵挂，他最后对宝玉说的竟是要他"立志功名"，这与宝玉是格格不入的。而这恰是宝玉"历劫历幻"的一部分。秦钟死了，一个青春的生命消亡了，一个自己唯一的亲密男伴消亡了。特别是，即使这最亲密的伙伴，在价值观上也竟与自己如此隔膜，空留悲伤、痛苦、孤独，这样的尘世，还有多少值得留恋的地方？

第十七回至十八回

豪华虽足羡，离别却难堪。

博得虚名在，谁人识苦甘？

省亲别墅大观园，此为曲径通幽处

十七、十八两回，内容连接紧密，统一在一个标题之下。

因秦钟去世，宝玉忧戚不尽，贾母常命人带他到园中来戏耍。此日贾政来园验收，恰遇宝玉，遂带入园，令其题写匾额对联，以试其才。宝玉题"曲径通幽处"，众人说好，贾政曰"不可谬奖"。宝玉以"沁芳"二字替去"泻玉"，贾政也只拈髯点头不语。宝玉题"有凤来仪"，众人都哄然叫妙，贾政点头道："畜生，畜生，可谓'管窥蠡测'矣。"至"稻香村"，贾政以为有"清幽气象"，而宝玉则批评其有违"自然"之趣，贾政气得喝命："又出去！"至蘅芜苑，贾政及众宾客都不认识香草之名，宝玉乃一一道出——杜若蘅芜、茝兰、清葛等。贾政喝道"谁问你来"，唬得宝玉倒退，不敢再说。总之，凡有题咏，贾政批评多肯定少，更不说一句"好"，宝玉备受折磨。

到十月将近，幸皆全备，再无一些遗漏不当之处了，于是贾政方择日题本。本上之日，奉朱批准奏：次年正月十五上元之日，恩准贾妃省亲。贾府领了此恩旨，益发昼夜不闲，年也不曾好生过的。从正月初八开始，不仅贾府，宫内太监、宫外官员，都忙得人仰马翻。至十四日，俱已停妥。这一夜，上下通不曾睡。至十五日五鼓【凌晨三点】，自贾母等有爵者，皆按品服大妆伺候。而贵妃戌初【晚七点】才起身出宫。及至驾到，贾母等路旁跪迎。女眷相见，行过国礼行家礼，满心里皆有许多话，只是俱说不出，只管呜咽对泣。贵妃说："当日既送我到那不得见人的去处，好容易今日回家娘儿们一会，不说说笑笑，反倒哭起来。一会子我去了，又不知多早晚才来！"说到这句，不禁又哽咽起来。而贾政等男性只能帘外问安。

见面后，元妃起身，命宝玉导引，到园中游幸。一路上见既有匾额对联，或有取舍，或有改作；而闻知皆宝玉之作，深感欣慰。又命宝玉及众姐妹题诗。宝钗帮宝玉改一字，黛玉代宝玉拟一首，争奇斗艳，各显其才。最后是看戏、打赏，时至丑正【深夜两点】三刻，"请驾回銮"，在贾府逗留时间不过六七个小时。贵妃来时在轿内看到园内外如此豪华，就"默默叹息奢华过费"，临行则嘱咐道："倘明岁天恩仍许归省，万不可如此奢华靡费了！"

话说秦钟既死，宝玉痛哭不已，李贵等好容易劝解半日方住，归时犹是凄恻哀痛。贾母帮了几十两银子，外又另备奠仪，宝玉去吊纸。七日后便送殡掩埋了，别无述记。只有宝玉日日思慕感悼，然亦无可如何了。

秦钟之死，"了就是好"；但对宝玉而言，"了"并非"好"。

又不知历几何时，这日贾珍等来回贾政："园内工程俱已告竣，大老爷已瞧过了，只等老爷瞧了，或有不妥之处，再行改造，好题匾额对联的。"贾政听了，沉思一回，说道："这匾额对联倒是一件难事。论理该请贵妃赐题才是，然贵妃若不亲睹其景，大约亦必不肯妄拟；若直待贵妃游幸过再请题，偌大景致，若干亭榭，无字标题，也觉寥落无趣，任有花柳山水，也断不能生色。"众清客在旁笑答道："老世翁所见极是。如今我们有个愚见：各处匾额对联断不可少，亦断不可定名。如今且按其景致，或两字、三字、四字，虚合其意，拟了出来，暂且做灯匾联悬了。待贵妃游幸时，再请定名，岂不两全？"贾政等听了，都道："所见不差。我们今日且看看去，只管题了，若妥当便用；不妥时，然后将雨村请来，令他再拟。"众人笑道："老爷今日一拟定佳，何必又待雨村。"贾政笑道："你们不知，我自幼于花鸟山水题咏上就平平；如今上了年纪，且案牍劳烦，于这怡情悦

建造过程完全省略，迅速接到"题匾额对联"的话题。匾额对联，是中国园林建筑的一大特色，是中国传统文化的一部分，不仅不可阙如，还不得粗造滥制，所以贾政谨慎处之。

是自谦，也是实话。但
不得不勉强为之。

贾政尴尬之际，宝玉来
了。既避免让贾政出乖露
丑，又给宝玉展示才华的好
机会。无巧不成书，但要巧
得合情合理。"贾母常命人
带他到园中来戏耍"一句也
不是闲话——既常来，则熟
悉，拟匾额对联才能开口即
来。

写"正门"与"墙"，
总特点是"不落富丽俗套"。

"一进来园中所有之景
悉入目中"就没有趣味，而
必有所遮拦隐蔽才算"胸中
大有邱壑"，这又是中国传
统审美的一大特点。

性文章上更生疏了。纵拟了出来，不免迂腐古板，反不能使花柳园亭生色，似不妥协，反没意思。"众清客笑道："这也无妨。我们大家看了公拟，各举其长，优则存之，劣则删之，未为不可。"贾政道："此论极是。且喜今日天气和暖，大家去逛逛。"说着起身，引众人前往。

贾珍先去园中知会众人。可巧近日宝玉因思念秦钟，忧戚不尽，贾母常命人带他到园中来戏耍。此时亦才进去，忽见贾珍走来，向他笑道："你还不出去，老爷就来了。"宝玉听了，带着奶娘小厮们，一溜烟就出园来。方转过弯，顶头贾政引众客来了，躲之不及，只得一边站了。贾政近因闻得塾掌称赞宝玉专能对对联，虽不喜读书，偏倒有些歪才情似的，今日偶然撞见这机会，便命他跟来。宝玉只得随往，尚不知何意。

贾政刚至园门前，只见贾珍带领许多执事人来，一旁侍立。贾政道："你且把园门都关上，我们先瞧了外面再进去。"贾珍听说，命人将门关了。贾政先秉正看门【选合适的位置，站直身子看】。只见正门五间，上面桶瓦泥鳅脊；那门栏窗槅，皆是细雕新鲜花样，并无朱粉涂饰；一色水磨群墙，下面白石台矶，凿成西番草花样。左右一望，皆雪白粉墙，下面虎皮石，随势砌去，果然不落富丽俗套，自是欢喜。遂命开门，只见迎面一带翠嶂挡在前面。众清客都道："好山【即"翠嶂"，互解】，好山！"贾政道："非此一山，一进来园中所有之景悉入目中，则有何趣。"众人道："极是。非胸中大有邱壑，焉想及此。"说毕，往前一望，见白石崚嶒，或如鬼怪，或如猛兽，纵横拱立，上面苔藓成斑，藤萝掩映，其中微露羊肠小径。贾政道："我们就从此小径游去，回来由那一边出去，方可遍览。"

说毕，命贾珍在前引导，自己扶了宝玉，逶迤进入山口。抬头忽见山上有镜面白石一块，正是迎面留题处。贾政回头笑道："诸公请看，此处题以何名方妙？"众人听说，也有说该题"叠翠"二字，也有说该题"锦嶂"的，又有说"赛香炉"的，又有说"小终南"的，种种名色，不止几十个。

　　原来众客心中早知贾政要试宝玉的功业进益如何，只将些俗套来敷衍。宝玉亦料定此意。贾政听了，便回头命宝玉拟来。宝玉道："尝闻古人有云：'编新不如述旧，刻古终胜雕今。'况此处并非主山正景，原无可题之处，不过是探景一进步耳。莫若直书'曲径通幽处'【见（唐）常建《题破山寺后禅院》】这句旧诗在上，倒还大方气派。"众人听了，都赞道："是极！二世兄天分高，才情远，不似我们读腐了书的。"贾政笑道："不可谬奖。他年小，不过以一知充十用，取笑罢了。再俟选拟。"

　　说着，进入石洞来。只见佳木茏葱，奇花炯灼，一带清流，从花木深处曲折泻于石隙之下。再进数步，渐向北边，平坦宽豁，两边飞楼插空，雕甍【méng，屋脊】绣槛，皆隐于山坳树杪【miǎo，梢、尖】之间。俯而视之，则清溪泻雪，石磴穿云，白石为栏，环抱池沿，石桥三港【hòng，这里指桥洞】，兽面衔吐。桥上有亭。贾政与诸人上了亭子，倚栏坐了，因问："诸公以何题此？"诸人都道："当日欧阳公《醉翁亭记》有云：'有亭翼然'，就名'翼然'。"贾政笑道："'翼然'虽佳，但此亭压水而成，还须偏于水题方称。依我拙裁，欧阳公之'泻出于两峰之间'，竟用他这一个'泻'字。"有一客道："是极，是极。竟是'泻玉'二字妙。"贾政拈髯寻思，因抬头见宝玉侍侧，便笑命他也拟一个来。

　　宝玉听说，连忙回道："老爷方才所议已是。但是如今追究了去，似乎当日欧阳公题酿泉用一'泻'【见（宋）欧阳修《醉翁亭记》】字则妥，今日此泉若亦用'泻'字，则觉不妥。况此处虽云省亲驻跸别墅，亦当入于应制【指应皇帝之命写作的诗文，自不免歌功颂德之意】之例，用此等字眼，亦觉粗陋不雅。求再拟较此蕴藉含蓄者。"贾政笑道："诸公听此论若何？方才众人编新，你又说不如述古；如今我们述古，你又说粗陋不妥。你且说你的来我听。"宝玉道："有用'泻玉'二字，则莫若'沁芳'

当清客，最重要的是懂得主人心理，并能装痴卖傻。

题用"曲径通幽处"，好在切合沿着"羊肠小径""逶迤进入山口"的实景，又借用古人成句，有文化内涵。

"泻"字，可用于水流从两峰间急冲而下。此处假山假水，哪有如此气势？况贵妃女性，"泻"字太硬，"粗陋不雅"。沁，透出；芳，香气。"沁芳"者，人在亭上，水流花开，香气渗入水流，亦沁人肺腑也。既扣住水，又扣住花，而不露"水""花"的字样，所以"蕴藉含蓄"。

【花香沁入溪流】二字，岂不新雅？"贾政拈髯点头不语。众人都忙迎合，赞宝玉才情不凡。贾政道："匾上二字容易。再作一副七言对联来。"宝玉听说，立于亭上，四顾一望，便机上心来，乃念道：

绕堤柳借【省"予"字】三篙【从深度上代指水，省"以"字】翠，隔岸花分【省"予"字】一脉【从形态上代指水，省"以"字】香。

贾政听了，点头微笑。众人先称赞不已。

于是出亭过池，一山一石，一花一木，莫不着意观览。忽抬头看见前面一带粉垣，里面数楹修舍，有千百竿翠竹遮映。众人都道："好个所在！"于是大家进入，只见入门便是曲折游廊，阶下石子漫成甬路。上面小小两三间房舍，一明两暗，里面都是合着地步打就的床几椅案。从里间房内又得一小门，出去则是后院，有大株梨花兼着芭蕉。又有两间小小退步。后院墙下忽开一隙，得泉一派，开沟仅尺许，灌入墙内，绕阶缘屋至前院，盘旋竹下而出。贾政笑道："这一处还罢了。若能月夜坐此窗下读书，不枉虚生一世。"说毕，看着宝玉，唬的宝玉忙垂了头。

众客忙用话开释，又说道："此处的匾该题四个字。"贾政笑问："那四字？"一个道是"淇水【见《诗经·卫风·淇奥》】遗风"。贾政道："俗。"又一个是"睢园【汉梁孝王所造之园】雅迹"。贾政道："也俗。"贾珍笑道："还是宝兄弟拟一个来。"贾政道："他未曾作，先要议论人家的好歹，可见就是个轻薄人。"众客道："议论的极是，其奈他何。"贾政忙道："休如此纵了他。"因命他道："今日任你狂为乱道，先设议论来，然后方许你作。方才众人说的，可有使得的？"宝玉见问，答道："都似不妥。"贾政冷笑道："怎么不妥？"宝玉道："这是第一处行幸之处，必须颂圣方可。若用四字的匾，又有古人现成的，何必再作。"贾政道："难道'淇水''睢园'不是古人的？"宝玉道："这太板腐了。莫若'有凤来仪'四字。"众人都哄然叫妙。贾政点头道："畜生，畜生，可谓'管窥蠡测'矣。"因命："再题一联来。"宝玉便念道：

宝鼎【茶炉】茶闲【与下句"罢"对解，是停止义】烟尚绿，幽窗棋【围棋】罢指犹凉。

贾政摇头说道："也未见长。"说毕，引众人出来。

此写潇湘馆。烹茶，水停止沸腾后，其冒出的水汽还呈绿色——那是翠竹映照的结果；弈棋，已经不再触摸棋子，手指还有凉意，因为身处森森万竿之中。紧扣"千百竿翠竹遮映"，不说"竹"而"竹"自在。一写烹茶，一写围棋，情趣闲雅，都与"读书"无关，所以贾政"摇头"，众清客似乎也不好高赞。

　　方欲走时，忽又想起一事来，因问贾珍道："这些院落房宇并几案桌椅都算有了，还有那些帐幔帘子并陈设玩器古董，可也都是一处一处合式配就的？"贾珍回道："那陈设的东西早已添了许多，自然临期合式陈设。帐幔帘子，昨日听见琏兄弟说，还不全。那原是一起工程之时就画了各处的图样，量准尺寸，就打发人办去的。想必昨日得了一半。"贾政听了，便知此事不是贾珍的首尾，便命人去唤贾琏。

　　一时，贾琏赶来，贾政问他共有几种，现今得了几种，尚欠几种。贾琏见问，忙向靴桶取靴掖内装的一个纸折略节来，看了一看，回道："妆蟒绣堆、刻丝弹墨并各色绸绫大小幔子一百二十架，昨日得了八十架，下欠四十架。帘子二百挂，昨日俱得了。外有猩猩毡帘二百挂，金丝藤红漆竹帘二百挂，黑漆竹帘二百挂，五彩线络盘花帘二百挂，每样得了一半，也不过秋天都全了。椅搭、桌围、床裙、桌套，每分一千二百件，也有了。"

两段穿插，打断题联活动，表现贾政毕竟关注实务，而文章也略有波折。

　　一面走，一面说，倏尔青山斜阳。转过山怀中，隐隐露出一带黄泥筑就矮墙，墙头皆用稻茎掩护。有几百株杏花，如喷火蒸霞一般。里面数楹茅屋。外面却是桑、榆、槿、柘，各色树稚新条，随其曲折，编就两溜青篱。篱外山坡之下，有一土井，旁有桔槔辘轳之属。下面分畦列亩，佳蔬菜花，漫然无际。

　　贾政笑道："倒是此处有些道理。固然系人力穿凿，此时一

再回到览胜题联。

实际已有一"杏花村"，所以是"犯了正名"。

见，未免勾引起我归农之意。我们且进去歇息歇息。"说毕，方欲进篱门去，忽见路旁有一石碣，亦为留题之备。众人笑道："更妙，更妙！此处若悬匾待题，则田舍家风一洗尽矣。立此一碣，又觉生色许多，非范石湖【宋诗人范成大】田家之咏不足以尽其妙。"贾政道："诸公请题。"众人道："方才世兄有云，'编新不如述旧'，此处古人已道尽矣，莫若直书'杏花村'妙极。"贾政听了，笑向贾珍道："正亏提醒了我。此处都妙极，只是还少一个酒幌。明日竟作一个，不必华丽，就依外面村庄的式样作来，用竹竿挑在树梢。"贾珍答应了，又回道："此处竟还不可养别的雀鸟，只是买些鹅鸭鸡类，才都相称了。"贾政与众人都道："更妙。"贾政又向众人道："'杏花村'固佳，只是犯了正名【真名，实有之名】，村名直待请名【与上"正名"对义，与下面"虚的"同义】方可。"众客都道："是呀。如今虚的，便是什么字样好？"

"杏帘"，即酒店用以招揽顾客之酒幌。"在望"，拉开距离，以酒客之眼视之。扣住如霞之杏花，符合村野之习俗，有生活，有情意。"稻香村"，既扣一"村"字，又以"稻香"名之，照应着"稻茎掩护""分畦列亩"的实景，也有几分乡野农田的风味。

大家想着，宝玉却等不得了，也不等贾政的命，便说道："旧诗有云：'红杏梢头挂酒旗'【见（明）唐寅《题杏林春燕》】。如今莫若'杏帘在望'四字。"众人都道："好个'在望'！又暗合'杏花村'意。"宝玉冷笑道："村名若用'杏花'二字，则俗陋不堪了。又有古人诗云：'柴门临水稻花香'【见（唐）许浑《晚自朝台津至韦隐居郊园》】，何不就用'稻香村'的妙？"众人听了，亦发哄声拍手道："妙！"贾政一声断喝："无知的业障！你能知道几个古人，能记得几首熟诗，也敢在老先生前卖弄！你方才那些胡说的，不过是试你的清浊，取笑而已，你就认真了！"

宝玉一片天真，偏不迎合贾政。"老爷教训的固是"，先退一步，是"礼"；后叫出"天然"二字，是真性情。言之在理，即贾政亦无可辩，只得"又出去"。

说着，引人步入茆【茅草】堂，里面纸窗木榻，富贵气象一洗皆尽。贾政心中自是欢喜，却瞅宝玉道，"此处如何？"众人见问，都忙悄悄的推宝玉，教他说好。宝玉不听人言，便应声道："不及'有凤来仪'多矣。"贾政听了道："无知的蠢物！你只知朱楼画栋、恶赖富丽为佳，那里知道这清幽气象。终是不读书之过！"宝玉忙答道："老爷教训的固是，但古人常云'天然'二字，不知何意？"

众人见宝玉牛心，都怪他呆痴不改。今见问"天然"二字，众人忙道："别的都明白，为何连'天然'不知？'天然'者，天之自然而有，非人力之所成也。"宝玉道："却又来！此处置一田庄，分明见得人力穿凿扭捏而成。远无邻村，近不负郭，背山山无脉，临水水无源，高无隐寺之塔，下无通市之桥，峭然孤出，似非大观。争似先处有自然之理，得自然之气，虽种竹引泉，亦不伤于穿凿。古人云'天然图画'四字，正畏非其地而强为地，非其山而强为山，虽百般精而终不相宜……"未及说完，贾政气的喝命："又出去！"刚出去，又喝命："回来！"命："再题一联，若不通，一并打嘴！"宝玉只得念道：

贾政无理而怒，"喝命""又出去"是保面子。但如果真把宝玉赶走了，则无异于焚琴煮鹤，所以得再"喝命""回来"。

新涨绿【代指春水】添浣葛【洗衣】处，好云【指"如喷火蒸霞"之杏花】香护采芹人【指读书人】。

春天水涨，漫到了洗涤葛布衣服的地方；杏花盛开，香气弥漫，似乎养护着读书的种子。"浣葛""采芹"都是出自《诗经》的典故。前者，旧注说是歌颂"后妃之德"；后者，喻元妃之德庇护贾府。

贾政听了，摇头说："更不好。"一面引人出来，转过山坡，穿花度柳，抚石依泉，过了荼蘼架，再入木香棚，越牡丹亭，度芍药圃，入蔷薇院，出芭蕉坞，盘旋曲折。忽闻水声潺湲，泻出石洞，上则萝薜倒垂，下则落花浮荡。众人都道："好景，好景！"贾政道："诸公题以何名？"众人道："再不必拟了，恰恰乎是'武陵源'三个字。"贾政笑道："又落实了，而且陈旧。"众人笑道："不然就用'秦人旧舍'四字也罢了。"宝玉道："这越发过露了。'秦人旧舍'说避乱之意，如何使得？莫若'蓼汀【水中或水边平地】花溆【xù，水边】'四字。"贾政听了，更批胡说。

此处无非"流水"与"岸花"，"蓼汀花溆"四字足矣。"武陵源""秦人旧舍"乃与世隔绝之地，更是"避乱"之所，贵妃省亲，哪里用得？

于是要进港洞时，又想起有船无船。贾珍道："采莲船共四只，座船一只，如今尚未造成。"贾政笑道："可惜不得入了。"贾珍道："从山上盘道亦可以进去。"说毕，在前导引，大家攀藤抚树过去。只见水上落花愈多，其水愈清，溶溶荡荡，曲折萦迂。池边两行垂柳，杂着桃杏，遮天蔽日，真无一些尘土。忽见柳阴中又露出一个折带朱栏板桥来，度过桥去，诸路可通，便见一所清凉瓦舍，一色水磨砖墙，清瓦花堵。那大主山所分之脉，皆穿墙而过。

贾政道："此处这所房子，无味的很。"因而步入门时，忽迎面突出插天的大玲珑山石来，四面群绕各式石块，竟把里面所有房屋悉皆遮住，而且一株花木也无。只见许多异草：或有牵藤的，或有引蔓的，或垂山巅，或穿石隙，甚至垂檐绕柱，萦砌盘阶，或如翠带飘飘，或如金绳盘屈，或实若丹砂，或花如金桂，味芬气馥，非花香之可比。贾政不禁笑道："有趣！只是不大认识。"有的说："是薜荔藤萝。"贾政道："薜荔藤萝不得如此异香。"宝玉道："果然不是。这些之中也有藤萝薜荔。那香的是杜若蘅芜，那一种大约是茝【chǎi】兰，这一种大约是清葛，那一种是金蔂草，这一种是玉蕗藤，红的自然是紫芸，绿的定是青芷。想来《离骚》、《文选》等书上所有的那些异草，也有叫作什么藿蒳姜荨的，也有叫作什么纶组紫绦的，还有石帆、水松、扶留等样，又有叫什么绿荑的，还有什么丹椒、蘼芜、风连。如今年深岁改，人不能识，故皆像形夺名，渐渐的唤差了，也是有的。"未及说完，贾政喝道："谁问你来！"唬的宝玉倒退，不敢再说。

贾政因见两边俱是抄手游廊，便顺着游廊步入。只见上面五间清厦连着卷棚，四面出廊，绿窗油壁，更比前几处清雅【概括语】不同。贾政叹道："此轩中煮茶操琴，亦不必再焚名香矣。此造已出意外，诸公必有佳作新题以颜其额【题刻在匾额上】，方不负此。"众人笑道："再莫若'兰风蕙露'贴切了。"贾政道："也只好用这四字。其联若何？"一人道："我倒想了一对，大家批削改正。"念道是：

由"无味的很"到"有趣"，贾政被吸引了。奇花异草，贾政"不大认识"，倒是宝玉接连指认数种，其知识之丰富可见一斑。

不许宝玉"说完"，贾政丢了面子吗？

"里面所有房屋悉皆遮住"，哪来的"风""露"？

红楼梦·上

麝兰芳霭斜阳院，杜若香飘明月洲。

众人道："妙则妙矣，只是'斜阳'二字不妥。"那人道："古人诗云'蘼芜满手泣斜晖'。"众人道："颓丧，颓丧。"又一人道："我也有一联，诸公评阅评阅。"因念道：

三径香风飘玉蕙，一庭明月照金兰。

贾政拈髯沉吟，意欲也题一联。忽抬头见宝玉在旁不敢则声，因喝道："怎么你应说话时又不说了？还要等人请教你不成！"宝玉听说，便回道："此处并没有什么'兰麝'、'明月'、'洲渚'之类，若要这样着迹说起来，就题二百联也不能完。"贾政道："谁按着你的头，叫你必定说这些字样呢？"宝玉道："如此说，匾上则莫若'蘅芷清芬'四字。对联则是：

吟成【省"于"字】荳蔻才犹艳【丰满，旺盛】，睡足【酣睡。省"于"字】茶蘼梦也香。

贾政笑道："这是套的'书成蕉叶文犹绿'，不足为奇。"众客道："李太白'凤凰台'之作，全套'黄鹤楼'，只要套得妙。如今细评起来，方才这一联，竟比'书成蕉叶'犹觉幽娴活泼。视'书成'之句，竟似套此而来。"贾政笑道："岂有此理！"

　　说着，大家出来。行不多远，则见崇阁巍峨，层楼高起，面面琳宫合抱，迢迢复道萦纡，青松拂檐，玉栏绕砌，金辉兽面，彩焕螭头。贾政道："这是正殿了，只是太富丽【概括语】了些。"众人都道："要如此方是。虽然贵妃崇节尚俭，天性恶繁悦朴，然今日之尊，礼仪如此，不为过也。"一面说，一面走，只见正面现出一座玉石牌坊来，上面龙蟠螭护，玲珑凿就。贾政道："此处书以何文？"众人道："必是'蓬莱仙境'方妙。"贾

写景而不与实景合，宝玉一句扫清。此处奇花异草众多，不妨以"蘅芷"代之；而香气浓郁是这里的一大特点以至贾政都说"此轩中煮茶操琴，亦不必再焚名香矣"。题以"蘅芷清芬"，切实无争。

在荳蔻花旁吟诗，诗已成而才有余；在茶蘼花旁酣睡，连做梦都是香的。因杜牧曾有诗以"荳蔻"喻少女，此句或可联想：即使吟成像杜牧那样的好诗，也不会江郎才尽，这才是才华横溢。

对此四字贾政为何"摇头不语"？美则美矣，无奈虚幻不实。连义互解：下面宝玉想到"太虚幻境"，更含着眼前之富丽繁华不过是"梦幻"而不可持久的意蕴。

政摇头不语。

　　宝玉见了这个所在，心中忽有所动，寻思起来，倒像那里曾见过的一般，却一时想不起那年月日的事了。贾政又命他作题，宝玉只顾细思前景，全无心于此了。众人不知其意，只当他受了这半日的折磨，精神耗散，才尽词穷了；再要考难逼迫，着了急，或生出事来，倒不便。遂忙都劝贾政："罢，罢，明日再题罢了。"贾政心中也怕贾母不放心，遂冷笑道："你这畜生，也竟有不能之时了。也罢，限你一日，明日若再不能，我定不饶。这是要紧一处，更要好生作来！"

　　说着，引人出来，再一观望，原来自进门起，所行至此，才游了十之五六。又值人来回，有雨村处遣人回话。贾政笑道："此数处不能游了。虽如此，到底从那一边出去，纵不能细观，也可稍览。"说着，引客行来，至一大桥前，见水如晶帘一般奔入。原来这桥便是通外河之闸，引泉而入者。贾政因问："此闸何名？"宝玉道："此乃沁芳泉之正源，就名'沁芳闸'。"贾政道："胡说，偏不用'沁芳'二字。"

　　于是一路行来，或清堂茅舍，或堆石为垣，或编花为牖，或山下得幽尼佛寺，或林中藏女道丹房，或长廊曲洞，或方厦圆亭，贾政皆不及进去。因说半日腿酸，未尝歇息，忽又见前面又露出一所院落来，贾政笑道："到此可要进去歇息歇息了。"说着，一径引人绕着碧桃花，穿过一层竹篱花障编就的月洞门，俄见粉墙环护，绿柳周垂。贾政与众人进去。

　　一入门，两边都是游廊相接。院中点衬几块山石，一边种着数本芭蕉；那一边乃是一棵西府海棠，其势若伞，丝垂翠缕，葩吐丹砂。众人赞道："好花，好花！从来也见过许多海棠，那里有这样妙的。"贾政道："这叫作'女儿棠'，乃是外国之种。俗传系出'女儿国'中，云彼国此种最盛，亦荒唐不经之说罢了。"众人笑道："然虽不经，如何此名传久了？"宝玉道："大约骚人咏士，以此花之色红晕若施脂，轻弱似扶病，大近乎闺阁风度，

"不能细观，也可稍览"。重点之景详写，其他一笔带过。

所以以'女儿'命名。想因被世间俗恶听了，他便以野史纂入为证，以俗传俗，以讹传讹，都认真了。"众人都摇身赞妙。

一面说话，一面都在廊外抱厦下打就的榻上坐了。贾政因问："想几个什么新鲜字来题此？"一客道："'蕉鹤'二字最妙。"又一个道："'崇光泛彩'方妙。"贾政与众人都道："好个'崇光泛彩'！"宝玉也道："妙极。"又叹："只是可惜了。"众人问："如何可惜？"宝玉道："此处蕉棠两植，其意暗蓄'红''绿'二字在内。若只说蕉，则棠无着落；若只说棠，蕉亦无着落。固有蕉无棠不可，有棠无蕉更不可。"贾政道："依你如何？"宝玉道："依我，题'红香绿玉'四字，方两全其妙。"贾政摇头道："不好，不好！"

> 偏而不全，指出要害。

> 此四字兼顾了海棠与芭蕉，但确也没有什么出奇之处。

说着，引人进入房内。只见这几间房内收拾的与别处不同，竟分不出间隔来的。原来四面皆是雕空玲珑木板，或"流云百蝠"，或"岁寒三友"，或山水人物，或翎毛花卉，或集锦，或博古，或卍冨卍㊗【即"万福万寿"】。各种花样，皆是名手雕镂，五彩销金嵌宝的。一槅一槅，或有贮书处，或有设鼎处，或安置笔砚处，或供花设瓶、安放盆景处。其槅各式各样，或天圆地方，或葵花蕉叶，或连环半璧。真是花团锦簇，剔透玲珑。倏尔五色纱糊就，竟系小窗；倏尔彩绫轻覆，竟系幽户。且满墙满壁，皆系随依古董玩器之形抠成的槽子。诸如琴、剑、悬瓶、桌屏之类，虽悬于壁，却都是与壁相平的。众人都赞："好精致想头！难为怎么想来！"

> "花团锦簇，剔透玲珑""精致"，这就是今后宝玉的居处。

原来贾政等走了进来，未进两层，便都迷了旧路，左瞧也有门可通，右瞧又有窗暂隔，及到了跟前，又被一架书挡住。回头再走，又有窗纱明透，门径可行；及至门前，忽见迎面也进来了一群人，都与自己形相一样，——却是一架玻璃大镜相照。及转过镜去，益发见门子多了。贾珍笑道："老爷随我来。从这门出去，便是后院，从后院出去，倒比先近了。"说着，又转了两层纱橱锦槅，果得一门出去，院中满架蔷薇、宝相。转过花障，则

> 这大玻璃镜，等着刘姥姥来呢。

见青溪前阻。众人咤异："这股水又是从何而来？"贾珍遥指道："原从那闸起流至那洞口，从东北山坳里引到那村庄里，又开一道岔口，引到西南上，共总流到这里，仍旧合在一处，从那墙下出去。"众人听了，都道："神妙之极！"说着，忽见大山阻路。众人都道："迷了路了。"贾珍笑道："随我来。"仍在前导引，众人随他，直由山脚边忽一转，便是平坦宽阔大路，豁然大门前见。众人都道："有趣，有趣，真搜神夺巧之至！"于是大家出来。

回到"大门"，游园告一段落。下面进入第十八回。

那宝玉一心只记挂着里边，又不见贾政吩咐，少不得跟到书房。贾政忽想起他来，方喝道："你还不去？难道还逛不足！也不想逛了这半日，老太太必悬挂着。快进去，疼你也白疼了。"宝玉听说，方退了出来。

这个贾政，对宝玉从无善言，好话都不好好说。父"严"如此，也是宝玉"历劫"的一个方面。

至院外，就有跟贾政的几个小厮上来拦腰抱住，都说："今儿亏我们，老爷才喜欢，老太太打发人出来问了几遍，都亏我们回说喜欢；不然，若老太太叫你进去，就不得展才了。人人都说，你才那些诗比世人的都强。今儿得了这样的彩头，该赏我们了。"宝玉笑道："每人一吊钱。"众人道："谁没见那一吊钱！把这荷包赏了罢。"说着，一个上来解荷包，那一个就解扇囊，不容分说，将宝玉所佩之物尽行解去。又道："好生送上去罢。"一个抱了起来，几个围绕，送至贾母二门前。那时贾母已命人看了几次。众奶娘丫鬟跟上来，见过贾母，知不曾难为着他，心中自是欢喜。

小厮们也不易，但"亏我们"之说未免夸张。竟将宝玉"所佩之物尽行解去"，固在表现宝玉和善慷慨，实又为表现宝玉与黛玉的特殊关系埋线。一击两鸣，弹无虚发。

少时袭人倒了茶来，见身边佩物一件无存，因笑道："带的东西又是那起没脸的东西们解了去了。"林黛玉听说，走来瞧瞧，果然一件无存，因向宝玉道："我给的那个荷包也给他们了？你明儿再想我的东西，可不能够了！"说毕，赌气回房，将前日宝玉所烦他作的那个香袋儿——才做了一半——赌气拿过来就铰。宝玉见他生气，便知不妥，忙赶过来，早剪破了。

黛玉计较、赌气，是珍惜与宝玉的一片情。

宝玉已见过这香囊，虽尚未完，却十分精巧，费了许多工夫。今见无故剪了，却也可气。因忙把衣领解了，从里面红袄襟上将黛玉所给的那荷包解了下来，递与黛玉瞧道："你瞧瞧，这是什么！我那一回把你的东西给人了？"林黛玉见他如此珍重，带在里面，可知是怕人拿去之意，因此又自悔莽撞，未见皂白，就剪了香袋。因此又愧又气，低头一言不发。宝玉道："你也不用剪，我知道你是懒待给我东西。我连这荷包奉还，何如？"说着，掷向他怀中便走。黛玉见如此，越发气起来，声咽气堵，又汪汪的滚下泪来，拿起荷包来又剪。宝玉见他如此，忙回身抢住，笑道："好妹妹，饶了他罢！"黛玉将剪子一摔，拭泪说道："你不用同我好一阵歹一阵的，要恼，就撂开手。这当了什么！"说着，赌气上床，面向里倒下拭泪。禁不住宝玉上来"妹妹"长"妹妹"短赔不是。

前面贾母一片声找宝玉。众奶娘丫鬟们忙回说："在林姑娘房里呢。"贾母听说道："好，好，好！让他姊妹们一处顽顽罢。才他老子拘了他这半天，让他开心一会子罢。只别叫他们拌嘴，不许扭了他。"众人答应着。黛玉被宝玉缠不过，只得起来道："你的意思不叫我安生，我就离了你。"说着往外就走。宝玉笑道："你到那里，我跟到那里。"一面仍拿起荷包来带上，黛玉伸手抢道："你说不要了，这会子又带上，我也替你怪臊的！"说着，"嗤"的一声又笑。宝玉道："好妹妹，明儿另替我作个香袋儿罢。"黛玉道："那也只瞧我高兴罢了。"一面说，一面二人出房，到王夫人上房中去了，可巧宝钗亦在那里。

此时王夫人那边热闹非常。原来贾蔷已从姑苏采买了十二个女孩子——并聘了教习——以及行头等事来了。那时薛姨妈另迁于东北上一所幽静房舍居住，将梨香院早已腾挪出来，另行修理了，就令教习在此教演女戏。又另派家中旧有曾演学过歌唱的女人们——如今皆已皤然老妪了，着他们带领管理。就令贾蔷总理其日用出入银钱等事，以及诸凡大小所需之物料账目。

一场误会，宝玉同样珍惜黛玉的一片情。

虽"自悔莽撞"，但少女的自尊使她不肯公开认错，而只是"低头一言不发"。宝玉一生气，她一哭，最后讨饶赔不是的还是宝玉。这是二人相处的常态。在黛玉面前，宝玉从不逞强。黛玉总觉处于"孤危"（风刀霜剑严相逼）之中，她没有再承受"失利"的心理力量。她担心，一旦退却，就再也没有起复的机会。

必"笑了"，才是好结局。

以下紧紧围绕元春省亲展开。那时候，女孩子是可以"采买"的，跟"货物"一样。世态如此。

从此名副其实成了"梨香院"。

贾蔷总有好差事。

又有林之孝家的来回："采访聘买得十个小尼姑、小道姑都有了，连新作的二十分道袍也有了。外有一个带发修行的，本是苏州人氏，祖上也是读书仕宦之家。因生了这位姑娘自小多病，买了许多替身儿皆不中用，足的这位姑娘亲自入了空门，方才好了，所以带发修行，今年才十八岁，法名妙玉。如今父母俱已亡故，身边只有两个老嬷嬷、一个小丫头服侍。文墨也极通，经文也不用学了，模样儿又极好。因听见'长安'都中有观音遗迹并贝叶遗文，去岁随了师父上来，现在西门外牟尼院住着。他师父极精演先天神数，于去冬圆寂了。妙玉本欲扶灵回乡的，他师父临寂遗言，说他'衣食起居不宜回乡，在此静居，后来自然有你的结果'。所以他竟未回乡。"王夫人不等回完，便说："既这样，我们何不接了他来。"林之孝家的回道："接他，他说'侯门公府，必以贵势压人，我再不去的。'"王夫人笑道："他既是官宦小姐，自然骄傲些，就下个帖子请他何妨。"林之孝家的答应了出去，命书启相公写请帖去请妙玉。次日遣人备车轿去接等后话，暂且搁过，此时不能表白。

当下又有人回，工程上等着糊东西的纱绫，请凤姐去开楼拣纱绫；又有人来回，请凤姐开库，收金银器皿。连王夫人并上房丫鬟等众，皆一时不得闲的。宝钗便说："咱们别在这里碍手碍脚，找探丫头去。"说着，同宝玉黛玉往迎春等房中来闲顽，无话。

王夫人等日日忙乱，直到十月将尽，幸皆全备：各处监管都交清账目；各处古董文玩，皆已陈设齐备；采办鸟雀的，自仙鹤、孔雀以及鹿、兔、鸡、鹅等类，悉已买全，交于园中各处像景饲养；贾蔷那边也演出二十出杂戏来；小尼姑、道姑也都学会了念几卷经咒。贾政方略心意宽畅，又请贾母等进园，色色斟酌，点缀妥当，再无一些遗漏不当之处了。于是贾政方择日题本。本上之日，奉朱批准奏：次年正月十五上元之日，恩准贾妃省亲。贾府领了此恩旨，益发昼夜不闲，年也不曾好生过的。

展眼元宵在迩，自正月初八日，就有太监出来先看方向：何处更衣，何处燕坐，何处受礼，何处开宴，何处退息。又有巡察地方总理关防太监等，带了许多小太监出来，各处关防，挡围幙；指示贾宅人员何处退，何处跪，何处进膳，何处启事，种种仪注不一。外面又有工部官员并五城兵备道打扫街道，撵逐闲人。贾赦等督率匠人扎花灯烟火之类，至十四日，俱已停妥。这一夜，上下通不曾睡。

至十五日五鼓，自贾母等有爵者，皆按品服大妆。园内各处，帐舞蟠龙，帘飞彩凤，金银焕彩，珠宝争辉，鼎焚百合之香，瓶插长春之蕊，静悄无人咳嗽。贾赦等在西街门外，贾母等在荣府大门外。街头巷口，俱系围幙挡严。正等的不耐烦，忽一太监坐大马而来，贾母忙接入，问其消息。太监道："早多着呢！未初刻用过晚膳，未正二刻还到宝灵宫拜佛，酉初刻进大明宫领宴看灯方请旨，只怕戌初才起身呢。"凤姐听了道："既这么着，老太太、太太且请回房，等是时候再来也不迟。"于是贾母等暂且自便，园中悉赖凤姐照理。又命执事人带领太监们去吃酒饭。

一时传人一担一担的挑进蜡烛来，各处点灯。方点完时，忽听外边马跑之声。一时，有十来个太监都喘吁吁跑来拍手儿。这些太监会意，都知道是"来了，来了"，各按方向站住。贾赦领合族子侄在西街门外，贾母领合族女眷在大门外迎接。

半日静悄悄的。忽见一对红衣太监骑马缓缓的走来，至西街门下了马，将马赶出围幙之外，便垂手面西站住。半日又是一对，亦是如此。少时便来了十来对，方闻得隐隐细乐之声。一对对龙旌凤翣，雉羽夔头，又有销金提炉焚着御香；然后一把曲柄七凤黄金伞过来，便是冠袍带履。又有值事太监捧着香珠、绣帕、漱盂、拂尘等类。一队队过完，后面方是八个太监抬着一顶金顶金黄绣凤版舆，缓缓行来。贾母等连忙路旁跪下。早飞跑过几个太监来，扶起贾母、邢夫人、王夫人来。那版舆抬进大门，入仪门往东去，到一所院落门前，有执拂太监跪请下舆更衣。于

为一人省亲，不仅贾府，宫内太监、宫外官员都忙得人仰马翻。贾府上下竟一夜不曾睡。

凌晨三点就起来装束，男在街口、女在门口恭候，且"撵逐闲人"（戒严），而贵妃晚七点"才起身呢"。是喜庆？是恐怖？是歌颂？是批判？

好排场！其实都是摆样子，目的是炫耀皇家气派，树立皇家威严，让老百姓望而生畏。但恐怕也会让人生"彼可取而代也"之心。

贾母等也须在路旁"跪下"，这是树立皇权绝对权威的需要。

"石头"现身，无非要说上面所"记"都是实景，绝非杜撰。记住"太平气象，富贵风流"这八个字，且看它如何一步步落得"白茫茫一片大地真干净"。

今之春节元宵，亦有用绸绫纸绢扎花绿树者，渊源有自。

追述一段元春与宝玉的姐弟亲情。

是抬舆入门，太监等散去，只有昭容、彩嫔等引领元春下舆。只见院内各色花灯烂灼，皆系纱绫扎成，精致非常。上面有一匾灯，写着"体仁沐德"四字。元春入室，更衣毕复出，上舆进园。只见园中香烟缭绕，花彩缤纷，处处灯光相映，时时细乐声喧，说不尽这太平气象，富贵风流。

——此时自己回想当初在大荒山中，青埂峰下，那等凄凉寂寞；若不亏癞僧、跛道二人携来到此，又安能得见这般世面。本欲作一篇《灯月赋》、《省亲颂》，以志今日之事，但又恐入了别书的俗套。按此时之景，即作一赋一赞，也不能形容得尽其妙；即不作赋赞，其豪华富丽，观者诸公亦可想而知矣。所以倒是省了这工夫纸墨，且说正经的为是。

且说贾妃在轿内看此园内外如此豪华，因默默叹息奢华过费。忽又见执拂太监跪请登舟，贾妃乃下舆。只见清流一带，势如游龙，两边石栏上，皆系水晶玻璃各色风灯，点的如银花雪浪；上面柳杏诸树虽无花叶，然皆用通草绸绫纸绢依势作成，粘于枝上的，每一株悬灯数盏；更兼池中荷荇凫鹭之属，亦皆系螺蚌羽毛之类作就的。诸灯上下争辉，真系玻璃世界，珠宝乾坤。船上亦系各种精致盆景诸灯，珠帘绣幙，桂楫兰桡，自不必说。已而入一石港，港上一面匾灯，明现着"蓼汀花溆"四字。

按此四字并"有凤来仪"等处，皆系上回贾政偶然一试宝玉之课艺才情耳，何今日认真用此匾联？况贾政世代诗书，来往诸客屏侍座陪者，悉皆才技之流，岂无一名手题撰，竟用小儿一戏之辞苟且搪塞？真似暴发新荣之家，滥使银钱，一味抹油涂朱，毕则大书"前门绿柳垂金锁，后户青山列锦屏"之类，则以为大雅可观，岂《石头记》中通部所表之宁荣贾府所为哉！据此论之，竟大相矛盾了。诸公不知，待蠢物将原委说明，大家方知。

当日这贾妃未入宫时，自幼亦系贾母教养。后来添了宝玉，贾妃乃长姊，宝玉为弱弟，贾妃之心上念母年将迈，始得此弟，是以怜爱宝玉，与诸弟待之不同。且同随祖母，刻未暂离。那宝玉未入学堂之先，三四岁时，已得贾妃手引口传，教授了几本书、数千字在腹内了。其名分虽系姊弟，其情状有如母子。自入宫后，时时带信出来与父母说："千万好生扶养，不严不能成器，过严恐生不虞，且致父母之忧。"眷念切爱之心，刻未能忘。前日贾政闻塾师背后赞宝玉偏才尽有，贾政未信，适巧遇园已落成，令其题撰，聊一试其情思之清浊。其所拟之匾联虽非妙句，在幼童为之，亦或可取。即另使名公大笔为之，固不费难，然想来倒不如这本家风味有趣。更使贾妃见之，知系其爱弟所为，亦或不负其素日切望之意。因有这段原委，故此竟用了宝玉所题之联额。那日虽未曾题完，后来亦曾补拟。

　　闲文少述，且说贾妃看了四字，笑道："'花溆'二字便妥，何必'蓼汀'？"侍座太监听了，忙下小舟登岸，飞传与贾政。贾政听了，即忙移换。

语义重复，自可删减。宝玉所题，必不能尽善尽美，否则何以显贵妃才情？

　　一时，舟临内岸，复弃舟上舆，便见琳宫绰约，桂殿巍峨。石牌坊上明显"天仙宝境"四字，贾妃忙命换"省亲别墅"四字。于是进入行宫。但见庭燎烧空，香屑布地，火树琪花，金窗玉槛。说不尽帘卷虾须，毯铺鱼獭，鼎飘麝脑之香，屏列雉尾之扇。真是：

元妃不接受"天仙"这样的字眼，所以忙令换掉。"省亲别墅"，质言其事，倒是贵妃气象。

金门玉户神仙府，桂殿兰宫妃子家。

贾妃乃问："此殿何无匾额？"随侍太监跪启曰："此系正殿，外臣未敢擅拟。"贾妃点头不语。礼仪太监跪请升座受礼，两陛乐起。礼仪太监二人引贾赦、贾政等于月台下排班，殿上昭容传谕曰："免。"太监引贾赦等退出。又有太监引荣国太君及女眷等自东阶升月台上排班，昭容再谕曰："免。"于是引退。

行"国礼"，臣见君。

　　茶已三献，贾妃降座，乐止。退入侧殿更衣，方备省亲车驾出园。至贾母正室，欲行家礼，贾母等俱跪止不迭。贾妃满眼垂泪，方彼此上前厮见，一手搀贾母，一手搀王夫人，三个人满心

行"家礼"。被压抑的人性、人情终于流露，但仍不敢"放肆"，唯"呜咽对泣"而已。

里皆有许多话，只是俱说不出，只管呜咽对泣。邢夫人、李纨、王熙凤、迎、探、惜三姊妹等，俱在旁围绕，垂泪无言。

半日，贾妃方忍悲强笑，安慰贾母、王夫人道："当日既送我到那不得见人的去处，好容易今日回家娘儿们一会，不说说笑笑，反倒哭起来。一会子我去了，又不知多早晚才来！"说到这句，不禁又哽咽起来。邢夫人等忙上来解劝。贾母等让贾妃归座，又逐次一一见过，又不免哭泣一番。然后东西两府掌家执事人丁在厅外行礼，及两府掌家执事媳妇领丫鬟等行礼毕。贾妃因问："薛姨妈、宝钗、黛玉因何不见？"王夫人启曰："外眷无职，未敢擅入。"贾妃听了，忙命快请。一时，薛姨妈等进来，欲行国礼，亦命免过，上前各叙阔别寒温。又有贾妃原带进宫去的丫鬟抱琴等上来叩见，贾母等连忙扶起，命人别室款待。执事太监及彩嫔、昭容各侍从人等，宁国府及贾赦那宅两处自有人款待，只留三四个小太监答应。母女姊妹深叙些离别情景，及家务私情。

又有贾政至帘外问安，贾妃垂帘行参等事。又隔帘含泪谓其父曰："田舍之家，虽齑盐布帛【齑，jī。粗茶淡饭，素衣布裳】，终能聚天伦之乐；今虽富贵已极，骨肉各方，然终无意趣！"贾政亦含泪启道："臣，草莽寒门，鸠群鸦属之中，岂意得征凤鸾之瑞。今贵人上锡天恩，下昭祖德，此皆山川日月之精奇、祖宗之远德钟于一人，幸及政夫妇。且今上启天地生物之大德，垂古今未有之旷恩，虽肝脑涂地，臣子岂能得报于万一！惟朝乾夕惕【终日勤奋谨慎，不敢懈怠】，忠于厥职外，愿我君万寿千秋，乃天下苍生之同幸也。贵妃切勿以政夫妇残犁为念，懑愤金怀，更祈自加珍爱。惟业业兢兢，勤慎恭肃以侍上，庶不负上体贴眷爱如此之隆恩也。"贾妃亦嘱"只以国事为重，暇时保养，切勿记念"等语。

贾政又启："园中所有亭台轩馆，皆系宝玉所题；如果有一二稍可寓目者，请别赐名为幸。"元妃听了宝玉能题，便含笑

本来皇宫就是"不得见人的去处"，是你们把我"送"进去的！尽管"忍悲强笑"，说到此还是"不禁又哽咽起来"。元春在皇宫没有"获得感"，没有"幸福感"，甚至没有"安全感"。

父与女，也只能"隔帘"对话，为父的还得称"臣"。贾政的一篇感恩戴德之词，合君臣之义，而悖天伦之情。在皇家规矩面前，骨肉之情不过是一地鸡毛。

说："果进益了。"贾政退出。贾妃见宝、林二人亦发比别姊妹不同，真是姣花软玉一般。因问："宝玉为何不进见？"贾母乃启："无谕，外男不敢擅入。"元妃命快引进来。小太监出去引宝玉进来，先行国礼毕，元妃命他进前，携手揽于怀内，又抚其头颈笑道："比先竟长了好些……"一语未终，泪如雨下。

尤氏、凤姐等上来启道："筵宴齐备，请贵妃游幸。"元妃等起身，命宝玉导引，遂同诸人步至园门前。早见灯光火树之中，诸般罗列非常。进园来先从"有凤来仪"、"红香绿玉"、"杏帘在望"、"蘅芷清芬"等处，登楼步阁，涉水缘山，百般眺览徘徊。一处处铺陈不一，一桩桩点缀新奇。贾妃极加奖赞，又劝："以后不可太奢，此皆过分之极。"已而至正殿，谕免礼归座，大开筵宴。贾母等在下相陪，尤氏、李纨、凤姐等亲捧羹把盏。

元妃乃命传笔砚伺候，亲搦【nuò 握，持】湘管，择其几处最喜者赐名。按其书云：

"顾恩思义"匾额

"天地启宏慈【发大慈悲】，赤子苍头【泛指老百姓】同感戴；古今垂旷典【施古来未有之恩】，九州万国被【承受】恩荣。"此一匾一联书于正殿

"大观园"园之名

"有凤来仪"赐名曰"潇湘馆"

"红香绿玉"改作"怡红快绿"即名曰"怡红院"

"蘅芷清芬"赐名曰"蘅芜苑"

"杏帘在望"赐名曰"浣葛山庄"

正楼曰"大观楼"，东面飞楼曰"缀锦阁"，西面斜楼曰"含芳阁"；更有"蓼风轩"、"藕香榭"、"紫菱洲"、"荇叶渚"等名；又有四字的匾额十数个，诸如"梨花春雨"、"桐剪秋风"、"荻芦夜雪"等名，此时悉难全记。又命旧有匾联俱不必摘去。

虽为贵妃，到底没有丧失人情。

四处重点，将分别为黛玉、宝玉、李纨、宝钗住所。

匾额：元妃训导贾府上下要时时不忘皇恩，尽君臣之义，竭力报效朝廷。联语：皇上发挥天高地厚的慈爱，老百姓人人都感恩戴德；皇上施加旷古未有的恩典，普天下都得到了恩惠和荣耀。

"怡红快绿"：使人愉悦的"红"（海棠），令人欢快的"绿"（芭蕉），避免了"香""玉"这种俗字，以色彩代指实体，又写出其怡人的品格。

于是先题一绝云：

衔山抱水【依山傍水】建来精，多少工夫筑始成。
天上人间诸景备，芳园应锡【cì，赐】大观名。

写毕，向诸姊妹笑道："我素乏捷才，且不长于吟咏，妹辈素所深知。今夜聊以塞责，不负斯景而已。异日少暇，必补撰《大观园记》并《省亲颂》等文，以记今日之事。妹辈亦各题一匾一诗，随才之长短，亦暂吟成，不可因我微才所缚。且喜宝玉竟知题咏，是我意外之想。此中'潇湘馆'、'蘅芜苑'二处，我所极爱，次之'怡红院'、'浣葛山庄'，此四大处，必得别有章句题咏方妙。前所题之联虽佳，如今再各赋五言律一首，使我当面试过，方不负我自幼教授之苦心。"宝玉只得答应了，下来自去构思。

迎、探、惜三人之中，要算探春又出于姊妹之上，然自忖亦难与薛林争衡，只得勉强随众塞责而已。李纨也勉强凑成一律。贾妃先挨次看姊妹们的，写道是：

旷性怡情【（大观园使人）心胸开阔，心情愉快】　匾额　迎春
园成景备【四字应元妃所赐"大观"之名】特精奇【下面未能落实此二字】，奉命羞题额旷怡【即"旷性怡情"】。
谁信世间有此境【前已说"园成景备"】，游来宁不【怎不】畅神思【还是"旷性怡情"】？

万象争辉　匾额　探春
名园筑出势巍巍，奉命可惭学浅微【才疏学浅】。
精妙一时言不出，果然万物生光辉。

衔山抱水，建得规模宏大且自然和谐，这得花费多大的工夫（人力、财力）啊！元妃有所体恤。不仅人间，连天上之景观都聚现于此了，那就叫它"大观园"吧。"大观"者，规模宏大、内容齐备也。

命题做诗，既要写出景观特点，又必紧扣元妃省亲之事——含颂圣之意。

《红楼梦》之迎春，绰号"二木头"，最乏才情。作者为她拟作的此诗，用"奉命"字，用"羞"字，表现出懦弱的性格，而句意空洞且重复，凸显其平庸的一面。

探春性豪爽。她不说"羞"，倒说既奉命，又何必自惭才疏学浅？但又实在无力把大观园之美表现在文字上，那就不勉强了，只是觉得"万物生光辉"。只从个人感受说，空灵又不乏颂圣的意味——是贵妃驾到使得这万物"生光辉"的。

文章造化【大观园之文采巧夺天工】　匾额　惜春

山水横拖【迤逦延伸】千里外，楼台高起五云【五彩云霞】中。

园修日月光辉【隐喻帝后的恩泽】里，景夺【胜过】文章造化功【景之"文章"夺"造化之功"】。

文采风流【景物多彩，人物杰出】　匾额　李纨

秀水明山抱复回【要合抱而又回转】，风流文采胜蓬莱。

绿裁【用绿绸裁制】歌扇迷【迷乱，分不清。省"于"字】芳草，红衬【以红妆相衬】湘裙舞【湘裙，淡黄色。省"于"字】落梅。

珠玉【喻指大观园题咏，主要指元妃之作】自应传盛世，神仙【喻指元妃】何幸下瑶台【喻指从皇宫而来】。

名园一自邀【蒙受】游赏，未许凡人到此来。

凝晖钟瑞【皇家的光辉瑞气都凝聚于此】　匾额　薛宝钗

芳园筑向【在】帝城西，华日祥云【喻帝后的光辉】笼罩奇。

高柳喜迁莺出谷【黄莺出谷而迁于高柳，喻元春升为贵妃】，修篁时待凤来仪【修竹等待凤鸟来食竹实，喻期待贵妃归省】。

文风【诗礼教化】已著宸游【皇帝出巡，此指元春归省】夕，孝化【孝道传承】应隆归省时。

睿藻【圣智的文字，指元春题作】仙才盈彩笔，自惭何敢再为辞。

世外仙源　匾额　林黛玉

名园筑何处，仙境别【不同于】红尘。

借得山川秀，添来景物新。

惜春年最幼，善绘画，此诗亦有善画者观察事物的空间感。首句"平视"，夸张地写大观园的阔远；二句"仰视"，楼台高耸入云，恍若仙宫；三句"俯视"，昼日夜月，何等光辉；最后一句虽收点题总合之功，终嫌缺乏新意。

李纨寡居，为人低调，循规蹈矩，诗如其人。首联，"秀"言色彩，"明"言光泽，鲜亮而又秀雅，且曲折萦绕，掩映多趣，这景致，这人文，比蓬莱仙宫还要强啊！第二联写歌舞之盛：绿草如茵，落梅飘飞，歌女之扇与绿茵一色，红衬舞裙与落梅齐舞，一派太平欢乐景象。三联直接颂圣：大观园之题咏，贵妃省亲之盛事，会传世不朽。尾联收住：这是承蒙贵妃游赏过的地方，一般人是不许踏足的。还是颂圣：王后一游即为"圣地"。通观此诗，虽中规中矩，而"歌扇""舞裙"皆为陈词，"神仙""瑶台"并为旧典，颂圣之词也略露封闭之态。

宝钗，是为参加宫廷选秀才进京的。她重礼教，富理性，善于观察，又善于趋奉。此诗八句，没有一句写景，而句句颂圣。首联强调大观园是靠近帝城的，所以最容易受到皇家光辉的笼罩。颔联上句以莺迁高柳喻元春封妃，下句以凤鸟来仪喻元春归省。颈联夸饰元妃省亲的功德，宣扬了礼教，发扬了孝道。尾联，先捧元妃题作是"睿藻""仙才"，再表示自惭无才，不敢再写什么了。可视为典型的马屁之作。

黛玉，仙界绛珠草的化身。自称此诗只是"胡乱"而作，就意味着这不能代表她的最好水平。首联用问答法。之所以"问"，是觉得这园子非同一般，与人世间的不同，它可以说是"世外仙源"，和她在太虚幻境所见的一般。二联写景，流水对，说这里的景物清新秀美，是得力于自然的山水。突出园林的自然之美，也体现自己崇尚自然的性格。颈联转写人事：以石崇金谷豪饮写当下大开筵宴、命题赋诗的盛况，不仅有熏香漫溢以助诗酒之雅兴，更有鲜花妖媚烘托贵妃之雍容。尾联收合，说这美景，这盛况，都来自贵妃的恩宠，而那来往不绝的宫车，更见得贵妃在皇宫的尊崇地位。全诗起承转合，语言较为平易，虽有颂圣，也较委婉含蓄，与宝钗之作大不同。

宝玉作诗，宝钗关注，所以才"转眼瞥见"。她不赞成宝玉用"玉"字，不是说此字本身不好，而是想着有违贵妃之意，其善观察、喜逢迎的性格无意间表露出来。

她心里有"金殿对策"的念头，是对宝玉的期待。

宝钗教以"蜡"字，宝玉认"一字师"，二人关系如此。

宝钗教一字，黛玉代作一首。虽是欲"展其抱负"，但她关注的是让宝玉"省些精神"。

香融【省"于"字】金谷酒【晋代豪富石崇有金谷园，常聚客赋诗豪饮】，花媚【省"于"字】玉堂【妃嫔住所】人。何幸邀【蒙受】恩宠，宫车过往频。

贾妃看毕，称赏一番，又笑道："终是薛林二妹之作与众不同，非愚姊妹可同列者。"原来林黛玉安心今夜大展奇才，将众人压倒，不想贾妃只命一匾一咏，倒不好违谕多作，只胡乱作一首五言律应景罢了。

彼时宝玉尚未作完，只刚作了"潇湘馆"与"蘅芜苑"二首，正作"怡红院"一首，起草内有"绿玉春犹卷"一句。宝钗转眼瞥见，便趁众人不理论，急忙回身悄推他道："他因不喜'红香绿玉'四字，改了'怡红快绿'；你这会子偏用'绿玉'二字，岂不是有意和他争驰了？况且蕉叶之说也颇多，再想一个字改了罢。"宝玉见宝钗如此说，便拭汗道："我这会子总想不起什么典故出处来。"宝钗笑道："你只把'绿玉'的'玉'字改作'蜡'字就是了。"宝玉道："'绿蜡'可有出处？"宝钗见问，悄悄的咂嘴点头笑道："亏你，今夜不过如此，将来金殿对策，你大约连'赵钱孙李'都忘了呢！唐钱珝咏芭蕉诗头一句：'冷烛无烟绿蜡干'，你都忘了不成？"宝玉听了，不觉洞开心臆，笑道："该死，该死！现成眼前之物偏倒想不起来了，真可谓'一字师'了。从此后我只叫你师父，再不叫姐姐了。"宝钗亦悄悄的笑道："还不快作上去，只管姐姐妹妹的。谁是你姐姐，那上头穿黄袍的才是你姐姐！你又认我这姐姐来了。"一面说笑，因说笑又怕他耽延工夫，遂抽身走开了。宝玉只得续成，共有了三首。

此时林黛玉未得展其抱负，自是不快。因见宝玉独作四律，大费神思，何不代他作两首，也省他些精神不到之处。想着，便也走至宝玉案旁，悄问："可都有了？"宝玉道："才有了三首，只少'杏帘在望'一首了。"黛玉道："既如此，你只抄录前三首罢。赶你写完那三首，我也替你作出这首了。"说毕，低头一想，早已吟成一律，便写在纸条上，搓成个团子，掷在他跟前。宝玉打开一看，只觉此首比自己所作的三首高过十倍，真是喜出望外，遂忙恭楷呈上。贾妃看道：

有凤来仪　臣　宝玉谨题

秀玉【喻指竹】初成实，堪宜待凤凰。

竿竿青欲滴，个个【指竹叶】绿生凉。

迸砌【迸溅到台阶上】妨【同"防"】阶水【绕阶的泉水】，穿帘碍【挡住，阻止】鼎香。

莫摇清碎影【竹叶下的阴影】，好梦昼初长。

蘅芷清芬

蘅芜满净苑，萝薜助芬芳【借代】。

软【借代。蘅芜枝叶嫩软】衬三春草，柔【借代。萝薜枝条娇柔】拖一缕香。

轻烟迷【省"于"字】曲径，冷翠【指露水】滴【省"于"字】回廊。

谁谓池塘曲【与下连起来是一句】，谢家幽梦长【南朝诗人谢灵运在自家池畔做梦而得佳句】。

怡红快绿

深庭长日静，两两【代指海棠与芭蕉】出婵娟【形态美好且情意缠绵】。

绿蜡【借喻，指芭蕉】春犹卷，红妆【借喻兼借代，指海棠】夜未眠。

凭栏垂绛袖【喻指花枝】，倚石护青烟【喻指蕉叶】。

对立东风里，主人应解怜【懂得珍爱】。

此咏潇湘馆，紧紧扣住其"有千百竿翠竹掩映"的特点，又自然嵌入"颂圣"之意。首联，以"秀玉"喻修竹，"秀"写其风姿婀娜，"玉"表其质地纯良。而"初成实"就直接递到下句。传说凤凰以竹实为食，而凤又是帝后的象征，竹实既成正待凤凰来食，是说这里正期待着贵妃来游赏。颔联正面写竹：一竿竿青翠欲滴，片片叶绿荫生凉。颈联句法倒装，拓展开来，写竹林与周围环境的关系：遮住了绕阶的泉水，使它不会迸溅到阶台上；挡住了室内的熏香，使它不致穿帘散发。尾联，转出一层新意，是一个祈求：你不要随风摆动，扰乱主人的好梦啊！论者或以为此"梦"暗指宝黛爱情，可以参考。

此写蘅芜苑。此处特点是遍布奇香异草，十七回有详细描述。首联点出香草中最有代表性的品种，"满"谓其丰茂，"净"显其高洁；写"萝薜"，一个"助"字，补足"蘅芜"之有香，又见得香草交杂而相得益彰。颔联，三句承一句，"软"写蘅芜叶之嫩软；四句承二句，"柔"写萝薜枝条之娇柔。蘅芜有春草陪衬，益显妩媚；萝薜枝条蔓延，也带着一缕芳香。颈联拓展空间，曲径青烟（雾气）笼罩，回廊露珠滴响，一片静谧，满野清香。这样的地方，真足以触动诗情，哪里非得谢公那样的池塘春梦呢？尾联以富有诗意结住，含蕴有味。

《怡红快绿》写怡红院，句句不离此地最突出之景物——一蕉一棠。首联先交代其生长环境，院深而日静，幽雅宜人；接着以"婵娟"二字总说此芭蕉与海棠的风姿。"两两"，就是"双双"，包含着相依相伴的情意在。颔联，上写芭蕉，以"绿蜡"喻之，形、色、质俱佳；下写海棠，既喻之以美女，又代之以"红妆"，"夜未眠"，状其花夜开如昼。颈联，上承四句，既以美人红妆指海棠，其下垂之花枝就像其长袖；下承三句，芭蕉倚石栏而立，保护着它的叶子不至受到伤害。尾联收住，它们沐浴着东风，相伴而立，楚楚动人，主人怎么会不珍爱呢？主人，当下是贵妃（整个大观园都是她的），未来就是宝玉。

此黛玉代拟者。首联分解题目，以一酒客的视角切入：远远望去，有一山庄，高挑的酒旗似乎是在招手迎客。下面两联即借来客的眼光写出：白鹅在生长着菱荇的水面嬉戏，燕子在傍晚时分栖于屋梁呢喃，一畦畦春韭蓬勃翠绿，大片的稻花散发芳香。四样景物，有的在眼前，有的是想象，把此处的田园风光描绘得令人神往，而语言流畅自然，无斧凿痕。既为农庄，而无耕织者，岂不荒唐？于是说：现在不是太平盛世吗？既无人饥馁，又何必忙着耕织呢？既解除了逻辑上的矛盾，又完成了"颂圣"的意旨。贵妃命题赋诗，意在颂圣，所以黛玉亦不得不顺水推舟。

杏帘在望

杏帘招客饮，在望有山庄。

菱荇鹅儿水【名词句】，桑榆【借对。借指傍晚时分】燕子梁【名词句】。

一畦春韭绿，十里稻花香。

盛世无饥馁，何须耕织忙。

贾妃看毕，喜之不尽，说："果然进益了！"又指"杏帘"一首为前三首之冠，遂将"浣葛山庄"改为"稻香村"。又命探春另以彩笺誊录出方才一共十数首诗，出令太监传与外厢。贾政等看了，都称颂不已。贾政又进《归省颂》。元春又命以琼酥金脍等物，赐与宝玉并贾兰。此时贾兰极幼，未达诸事，只不过随母依叔行礼，故无别传。贾环从年内染病未痊，自有闲处调养，故亦无传。

那时贾蔷带领十二个女戏，在楼下正等的不耐烦，只见一太监飞跑来说："作完了诗，快拿戏目来！"贾蔷急将锦册呈上，并十二个花名单子。少时，太监出来，只点了四出戏：

第一出，《豪宴》；第二出，《乞巧》；

第三出，《仙缘》；第四出，《离魂》。

贾蔷忙张罗扮演起来。一个个歌欺裂石之音，舞有天魔之态。虽是妆演的形容，却作尽悲欢情状。刚演完了，一太监执一金盘糕点之属进来，问："谁是龄官？"贾蔷便知是赐龄官之物，喜的忙接了，命龄官叩头。太监又道："贵妃有谕，说'龄官极好，再作两出戏，不拘那两出就是了'。"贾蔷忙答应了，因命龄官作《游园》、《惊梦》二出。龄官自为此二出原非本角之戏，执意不作，定要作《相约》、《相骂》二出。贾蔷扭他不过，只得依他作了。贾妃甚喜，命"不可难为了这女孩子，好生教习"，额外赏了两匹宫缎、两个荷包并金银锞子、食物之类。然后撤筵，将未到之处复又游顽。忽见山环佛寺，忙另盥手进去焚香拜佛，又题一匾云："苦海慈航"。又额外加恩与一般幽尼女道。

少时，太监跪启："赐物俱齐，请验等例【按等级所定的条例】。"乃呈上略节【简要的书面报告】。贾妃从头看了，俱甚妥协，即命照此遵行。太监听了，下来一一发放。原来贾母的是金、玉如意各一柄，沉香拐拄一根，伽楠念珠一串，"富贵长春"宫缎四匹，"福寿绵长"宫绸四匹，紫金"笔锭如意"锞十锭，"吉庆有鱼"银锞十锭。邢夫人、王夫人二分，只减了如意、拐、珠四样。贾敬、贾赦、贾政等，每分御制新书二部，宝墨二匣，金、银爵各二只，表礼按前。宝钗、黛玉诸姊妹等，每人新书一部，宝砚一方，新样格式金银锞二对。宝玉亦同此。贾兰则是金银项圈二个，金银锞二对。尤氏、李纨、凤姐等，皆金银锞四锭，表礼四端。外表礼二十四端，清钱一百串，是赐与贾母、王夫人及诸姊妹房中奶娘众丫鬟的。贾珍、贾琏、贾环、贾蓉等，皆是表礼一分，金锞一双。其馀彩缎百端，金银千两，御酒华筵，是赐东西两府凡园中管理工程、陈设、答应及司戏、掌灯诸人的。外有清钱五百串，是赐厨役、优伶、百戏、杂行人丁的。

众人谢恩已毕，执事太监启道："时已丑正三刻，请驾回銮。"贾妃听了，不由的满眼又滚下泪来。却又勉强堆笑，拉住贾母、王夫人的手，紧紧的不忍释放，再四叮咛："不须挂念，好生自养。如今天恩浩荡，一月许进内省视一次，见面是尽有的，何必伤惨。倘明岁天恩仍许归省，万不可如此奢华靡费了！"贾母等已哭的哽噎难言了。贾妃虽不忍别，怎奈皇家规范，违错不得，只得忍心上舆去了。这里诸人好容易将贾母、王夫人安慰解劝，搀扶出园去了。正是——

难得龄官，敢违命不从。而贾蔷乱点鸳鸯谱，可恶！

佛教认为尘世即苦海，僧徒慈悲而劝人出家，即如用船救人脱离苦海。贵妃此题，亦心声也。

事涉皇家，岂敢不奢靡？洒泪一别，再无归省之日。

【 回后评 】

这两回书，有大量的匾文、对联与诗作，对一般读者来说，不妨作为"读诗教科书"来研读。比如在怡红院，有清客题曰"蕉鹤"【两个名词，有蕉无棠】，又有题曰"崇光泛彩"【用苏轼诗意，有棠无蕉】，众人称"妙"。我们读到此处，也会认为"妙"吗？接下来一看宝玉的批评，就知道不妥。宝玉的题词是"红香绿玉"，暂时通过。后来贵妃改为"怡红快绿"。为什么这么改？这有什么高明之处？分析起来，固有元春嫌"香""玉"这类字太俗艳的因素，但"怡红快绿"四字确实更灵动，更有兴味。"红香绿玉"，并列的名词性结构，是静态的描写。而"怡红快绿"，"怡""快"为使动用法，使人愉悦的"红"（海棠），令人欢快的"绿"（芭蕉），虽依然以色彩代指实体，但写出了其怡人的品格。

匾文、对联以及诗词，必言简而意赅，还得有意蕴、合规矩，所以常常运用一些修辞手法。最常见而又容易被误解的有"三借"——借喻、借代、借对。比如宝玉《蘅芷清芬》颔联是："软衬三春草，柔拖一缕香。"蔡义江先生在其《红楼梦诗词曲赋鉴赏》中注为："软衬、柔拖，蘅芜苑的异草香花以牵藤引蔓为多，所以用'软''柔'。写色用'衬'，写香用'拖'。"何士明在其《红楼梦诗词鉴赏辞典》中给出的译文是："每到三春季节，藤萝、薜荔枝叶新发，柔软细弱，好在有连片芳草衬托；新绽的花朵虽柔嫩，但散发着一缕缕幽香，绵延不绝。"这样的注释、翻译，不能说无用，但蔡注不免含混，何译则连"蘅芜"都丢掉了。这首诗，首联说"蘅芜满静苑，萝薜助芬芳"，点出花草中最有代表性的品种，接下来的三、四句，分承一、二句。蘅芜花叶嫩软，以"软"代之，萝薜枝条娇柔，以"柔"代之，这是典型的借代手法。所谓"软衬三春草"，就是说蘅芜有春草陪衬；"柔拖一缕香"，就是说萝薜枝条蔓延，也带着一缕芳香。

当然，这里还涉及对诗作章法的把握，这是另外的话题。

再说黛玉代宝玉拟作的《杏帘在望》。其第二联是："菱荇鹅儿水，桑榆燕子梁。"蔡注："种着菱荇的湖面是鹅儿戏水的地方，桑树榆树的枝叶正是燕子筑巢用的屋梁。"这是违反常识的：燕子有在桑榆树上筑巢的吗？何士明先生发现了问题，其译文说："燕子在桑树、榆树间飞翔，在屋梁上栖息。"燕子"在屋梁上栖息"是不错的，但为什么要"在桑树、榆树间飞翔"呢？匪夷所思。其实，这里就是用了"借对"修辞。借对，修辞中对仗的一种，也称为假对。它通过借义或借音等手段来达到对仗工整的目的。一个词有两种以上的意义，诗人在诗中用的是甲义，但同时借用的是它的乙义或丙义，来与另一词相对。这里，以"桑榆"对"菱荇"，看上去对仗工整，但实际上此"桑榆"取用的是另一意义：日暮。此句不过是说，到傍晚时分，燕子归巢，在屋梁上栖息。

再说说曹公为书中人物设计题咏赋诗的目的。这个过程，除了应时应景之外，还为了表现人物的才华与性格特征。宝玉题咏，尽管众人捧场，贾政只偶尔"点头微笑"，多是加以批评。在客人面前不表扬自己的儿子，是谦逊，但也未免过于古板。宝玉虽战战兢兢，但其"痴"性也偶尔一露：贾政说"稻香村"有"清幽气象"，宝玉就唱反调，说是缺乏"天然"之趣，令贾政大为光火。众姊妹以及宝玉的诗作，也确实都有人物性格的体现。迎春用"羞"字，是内敛愚懦；探春说"何惭"，是豪爽豁达；惜春喜画，有空间视角；宝钗一路颂圣，善于趋奉；黛玉心有不甘，只想展示其才。至于宝玉，题潇湘馆，只说"梦"，题蘅芜苑，只说诗，就是不说"读书"。在游赏潇湘馆时贾政曾说："若能月夜坐此窗下读书，不枉虚生一世。"这里就有人物个性的表现。

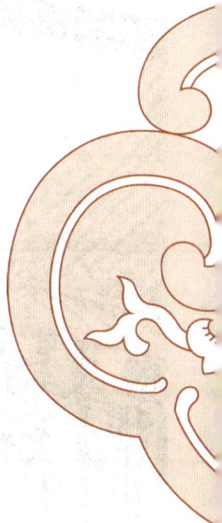

第十九回

情切切良宵花解语

意绵绵静日玉生香

彩笔辉光若转环，

情心魔态几千般。

写成浓淡兼深浅，

活现痴人恋恋间。

茗烟偷情实狼狈，宝黛嬉戏见真纯

此回书，即如回目所标示的，重点写三个人、两种关系：宝玉与袭人，黛玉与宝玉，而以宝玉贯穿始终。所谓"花解语"，是说花袭人能说会道，以骗词箴规宝玉；所谓"玉生香"，是说林黛玉体自生香，引得宝玉与之缠绵嬉戏。

元春省亲后，袭人的母亲接袭人回家吃年茶，宝玉在家无趣，就到宁府看戏。尽是鬼神出没、妖魔毕露的曲目，宝玉觉得不堪入目，就到一个小书房去"望慰"一幅画上的美人，偏撞见茗烟与一个小丫头作不轨之事。宝玉让小丫头"快跑"，还告诉她"你别怕，我是不告诉人的"。茗烟心虚，为了讨好宝玉，就说引宝玉出去逛逛，于是决定去看望袭人。袭人一家自然是热情招待，但宝玉却发现袭人"两眼微红"，是哭过的样子。当晚袭人回到怡红院，说起她姨家的姐妹就要出嫁，她自己也"要回去了"。宝玉一听袭人要走，大吃一惊，设想各种理由留住袭人，都被袭人驳倒。其实，袭人早就打定主意"至死也不回去的"，那"两眼微红"就是为她的母兄要赎她而哭闹的结果。见宝玉不舍，袭人就借机"箴规"说"你果然留我"，得答应三件事：不再说愿与女孩子们生死相守之类的话；读书上进，别惹老爷生气；不可毁僧谤道，调脂弄粉。宝玉不加思考，满口应承。

第二天，宝玉看视黛玉。黛玉正在歇午。宝玉掀帘而进，怕黛玉饭后存食，就把黛玉唤醒了。两人对面躺下。黛玉发现宝玉脸上沾上了胭脂膏子，就用自己的帕子替他揩拭了。宝玉从黛玉袖中闻到一股醉人的香气，问"香气"之由来，黛玉想到宝钗的"冷香丸"，就牵连到宝玉与宝钗的关系（半寒酸）而讥讽宝玉。宝玉胳肢黛玉，黛玉求饶："好哥哥，我可不敢了。"两人说些闲话，宝玉怕黛玉睡出病来，就编了一个耗子精偷香芋的故事，调侃黛玉。黛玉要拧宝玉的嘴，宝玉又求饶："好妹妹，饶我吧，再不敢了！"两人嬉戏间，宝话说贾妃回宫，次日见驾谢恩，并回奏归省之事。龙颜甚悦，又发内帑彩缎金银等物，以赐贾政及各椒房等员，不必细说。

且说荣宁二府中因连日用尽心力，真是人人力倦，各各神疲，又将园中一应陈设动用之物收拾了两三天方完。第一个凤姐事多任重，别人或可偷安躲静，独他是不能脱得的；二则本性要强，不肯落人褒贬，只拵挣着与无事的人一样。

第一个宝玉是极无事最闲暇的。偏这日一早，袭人的母亲又亲来回过贾母，接袭人家去吃年茶，晚间才得回来。因此，宝玉只和众丫头们掷骰子赶围棋作戏。正在房内顽的没兴头，忽见丫头们来回说："东府珍大爷来请过去看戏、放花灯。"宝玉听了，便命换衣裳。才要去时，忽又有贾妃赐出糖蒸酥酪来；宝玉想上次袭人喜吃此物，便命留与袭人了。自己回过贾母，过去看戏。

谁想贾珍这边唱的是《丁郎认父》、《黄伯央大摆阴魂阵》，更有《孙行者大闹天宫》、《姜子牙斩将封神》等类的戏文，倏尔神鬼乱出，忽又妖魔毕露，甚至于扬幡过会，号佛行香，锣鼓喊叫之声远闻巷外。满街之人个个都赞："好热闹戏，别人家断不能有的。"宝玉见繁华热闹到如此不堪的田地，只略坐了一坐，便走开各处闲耍。先是进内去和尤氏和丫鬟姬妾说笑了一回，便出二门来。

尤氏等仍料他出来看戏，遂也不曾照管。贾珍、贾琏、薛蟠等只顾猜枚行令，百般作乐，也不理论，纵一时不见他在座，只道在里边去了，故也不问。至于跟宝玉的小厮们，那年纪大些

一句了结省亲事。

宝玉"最闲暇"，贾妃赐"糖蒸酥酪"，都是为下文伏笔。

对贾珍之类是"繁华热闹"，在宝玉就觉得"不堪"。因为价值观不同，审美情趣不同。余亦曾因演员过于"开放"的表演和音乐的震耳欲聋而不得不逃离剧场，理解宝玉。

伏茗烟、卍儿事。

这就是人谓其"痴"处。所谓"情种"，就是"情不情"——对无情之物也用情。推而广之，一个人能"登山则情满于山，观海则意溢于海"，也就进到"美"的境界了。

宝玉慈悲。既不以此去邀功请赏，也不勒索"封口费"（像贾蓉、贾蔷勒索贾瑞），而是为卍儿不"快跑"急得"跺脚"，还特"赶出去"告诉她"别怕"。

刚被捉了奸，讨好宝玉。

的，知宝玉这一来了，必是晚间才散，因此偷空也有去会赌的，也有往亲友家去吃年茶的，更有或嫖或饮的，都私散了，待晚间再来；那小些的，都钻进戏房里瞧热闹去了。

宝玉见一个人没有，因想"这里素日有个小书房，内曾挂着一轴美人，极画的得神。今日这般热闹，想那里自然无人，那美人也自然是寂寞的，须得我去望慰他一回。"想着，便往书房里来。刚到窗前，闻得房内有呻吟之韵。宝玉倒唬了一跳：敢是美人活了不成？乃乍着胆子，舔破窗纸，向内一看——那轴美人却不曾活，却是茗烟按着一个女孩子，也干那警幻所训之事。宝玉禁不住大叫："了不得！"一脚踹进门去，将那两个唬开了，抖衣而颤。

茗烟见是宝玉，忙跪求不迭。宝玉道："青天白日，这是怎么说。珍大爷知道，你是死是活？"一面看那丫头，虽不标致，倒还白净，些微亦有动人处，羞的脸红耳赤，低首无言。宝玉跺脚道："还不快跑！"一语提醒了那丫头，飞也似去了。宝玉又赶出去，叫道："你别怕，我是不告诉人的。"急的茗烟在后叫："祖宗，这是分明告诉人了！"宝玉因问："那丫头十几岁了？"茗烟道："大不过十六七岁了。"宝玉道："连他的岁属也不问问，别的自然越发不知了。可见他白认得了你。可怜，可怜！"又问："名字叫什么？"茗烟大笑道："若说出名字来话长——真真新鲜奇文，竟是写不出来的。据他说，他母亲养他的时节做了个梦，梦见得了一匹锦，上面是五色富贵不断头卍字的花样，所以他的名字叫作卍儿。"宝玉听了笑道："真也新奇，想必他将来有些造化。"说着，沉思一会。

茗烟因问："二爷为何不看这样的好戏？"宝玉道："看了半日，怪烦的，出来逛逛，就遇见你们了。这会子作什么呢？"茗烟欷欷笑道："这会子没人知道，我悄悄的引二爷往城外逛逛去，一会子再往这里来，他们就不知道了。"宝玉道："不好，仔细花子拐了去。便是他们知道了，又闹大了，不如往熟近些的地方去，还可就来。"茗烟道："熟近地方，谁家可去？这却难了。"
宝玉笑道："依我的主意，咱们竟找你花大姐姐去，瞧他在家作
什么呢。"茗烟笑道："好，好！倒忘了他家。"又道："若他们知
道了，说我引着二爷胡走，要打我呢？"宝玉道："有我呢。"茗
烟听说，拉了马，二人从后门就走了。

幸而袭人家不远，不过一半里路程，展眼已到门前。茗烟
先进去叫袭人之兄花自芳。彼时袭人之母接了袭人与几个外甥女
儿、几个侄女儿来家，正吃果茶。听见外面有人叫"花大哥"，
花自芳慌忙出去看时，见是他主仆两个，唬的惊疑不止，连忙抱
下宝玉来，在院内嚷道："宝二爷来了！"别人听见还可，袭人
听了，也不知为何，忙跑出来迎着宝玉，一把拉着问："你怎么
来了？"宝玉笑道："我怪闷的，来瞧瞧你作什么呢。"袭人听
了，才放下心来，嗔了一声，笑道："你也忒胡闹了，可作什么
来呢！"一面又问茗烟："还有谁跟来？"茗烟笑道："别人都不
知，就只我们两个。"袭人听了，复又惊慌，说道："这还了得！
倘或碰见了人，或是遇见了老爷，街上人挤车碰，马轿纷纷的，
若有个闪失，也是顽得的！你们的胆子比斗还大。都是茗烟调唆
的，回去我定告诉嬷嬷们打你。"茗烟撅了嘴道："二爷骂着打
着，叫我引了来，这会子推到我身上。我说别来罢，——不然我
们还去罢。"花自芳忙劝："罢了，已是来了，也不用多说了。只
是茅檐草舍，又窄又脏，爷怎么坐呢？"

袭人之母也早迎了出来。袭人拉了宝玉进去。宝玉见房中
三五个女孩儿，见他进来，都低了头，羞惭惭的。花自芳母子两
个百般怕宝玉冷，又让他上炕，又忙另摆果桌，又忙倒好茶。袭
人笑道："你们不用白忙，我自然知道。果子也不用摆，也不敢
乱给东西吃。"一面说，一面将自己的坐褥拿了铺在一个机上，
宝玉坐了；用自己的脚炉垫了脚；向荷包内取出两个梅花香饼儿
来，又将自己的手炉掀开焚上，仍盖好，放与宝玉怀内；然后将
自己的茶杯斟了茶，送与宝玉。彼时他母兄已是忙另齐齐整整摆

奴才有奴才的生存之
道：既要讨主子的喜欢，又
要保护好自己。

宝玉主仆忽然驾到，"唬
的惊疑"——出乎意外所以
"惊"，不知何事所以"疑"；
及知道只是"来瞧瞧你作什
么呢"，就"放下心来"；
而听说"就只我们两个"，"复
又惊慌"——害怕有"闪失"
所以"惊"，一时不知怎么
办所以"慌"。曹公措辞，
严谨如此。

袭人深知宝玉之"尊
贵"，所以说其母兄是"白
忙"。连用四个"自己的"（那
"荷包"也是），是对宝玉
的体贴，同时也表明袭人回
家，一切用度都不与家人相
混——贾府的丫头，比"寒
素人家的小姐"还尊贵。

上一桌子果品来。袭人见总无可吃之物，因笑道："既来了，没有空去之理，好歹尝一点儿，也是来我家一趟。"说着，便拈了几个松子穰，吹去细皮，用手帕托着送与宝玉。

宝玉看见袭人两眼微红，粉光融滑，因悄问袭人："好好的哭什么？"袭人笑道："何尝哭，才迷了眼揉的。"因此便遮掩过了。当下宝玉穿着大红金蟒狐腋箭袖，外罩石青貂裘排穗褂。袭人道："你特为往这里来又换新服，他们就不问你往那去的？"宝玉笑道："珍大爷那里去看戏换的。"袭人点头。又道："坐一坐就回去罢，这个地方不是你来的。"宝玉笑道："你就家去才好呢，我还替你留着好东西呢。"袭人悄笑道："悄悄的，叫他们听着什么意思。"一面又伸手从宝玉项上将通灵玉摘了下来，向他姊妹们笑道："你们见识见识。时常说起来都当希罕，恨不能一见，今儿可尽力瞧了。再瞧什么希罕物儿，也不过是这么个东西。"说毕，递与他们传看了一遍，仍与宝玉挂好。又命他哥哥去或雇一乘小轿，或雇一辆小车，送宝玉回去。花自芳道："有我送去，骑马也不妨了。"袭人道："不为不妨，为的是碰见人。"

花自芳忙去雇了一顶小轿来，众人也不敢相留，只得送宝玉出去。袭人又抓些果子与茗烟，又把些钱与他买花炮放，教他"不可告诉人，连你也有不是"。一直送宝玉至门前，看着上轿，放下轿帘。花、茗二人牵马跟随。来至宁府街，茗烟命住轿，向花自芳道："须等我同二爷还到东府里混一混，才好过去的，不然人家就疑惑了。"花自芳听说有理，忙将宝玉抱出轿来，送上马去。宝玉笑说："倒难为你了。"于是仍进后门来。俱不在话下。

却说宝玉自出了门，他房中这些丫鬟们都越性恣意的顽笑，也有赶围棋的，也有掷骰抹牌的，磕了一地瓜子皮。偏奶母李嬷嬷拄拐进来请安，瞧瞧宝玉，见宝玉不在家，丫头们只顾顽闹，十分看不过。因叹道："只从我出去了，不大进来，你们越发没个样儿了，别的妈妈们越不敢说你们了。那宝玉是个丈八的灯台——照见人家，照不见自家的。只知嫌人家脏，这是他的屋

袭人哭过，瞒不过宝玉。

留的什么"好东西"？这里偏不说，是让袭人惦记。而袭人要宝玉"悄悄的"，是显示两人间有"隐私"，而有"隐私"才见得亲密。

让姊妹"见识见识"那"宝玉"，正显示自己是有"见识"的。

对哥哥说话是"命"，见得袭人在家里的地位。

子，由着你们遭塌，越不成体统了。"这些丫头们明知宝玉不讲究这些，二则李嬷嬷已是告老解事出去的了，如今管他们不着，因此只顾顽，并不理他。那李嬷嬷还只管问"宝玉如今一顿吃多少饭"、"什么时辰睡觉"等语。丫头们总胡乱答应。有的说："好一个讨厌的老货！"

李嬷嬷又问道："这盖碗里是酥酪【奶酪】，怎不送与我去？我就吃了罢。"说毕，拿匙就吃。一个丫头道："快别动！那是说了给袭人留着的，回来又惹气了。你老人家自己承认，别带累我们受气。"李嬷嬷听了，又气又愧，便说道："我不信他这样坏了。别说我吃了一碗牛奶【与"酥酪"互解】，就是再比这个值钱的，也是应该的。难道待袭人比我还重？难道他不想想怎么长大了？我的血变的奶，吃的长这么大，如今我吃他一碗牛奶，他就生气了？我偏吃了，看怎么样！你们看袭人不知怎样，那是我手里调理出来的毛丫头，什么阿物儿【什么东西】！"一面说，一面赌气将酥酪吃尽。又一丫头笑道："他们不会说话，怨不得你老人家生气。宝玉还时常送东西孝敬你老去，岂有为这个不自在的。"李嬷嬷道："你们也不必妆狐媚子【献媚讨好】哄我，打量上次为茶撵茜雪的事【见第八回】我不知道呢。明儿有了不是，我再来领！"说着，赌气去了。

少时，宝玉回来，命人去接袭人。只见晴雯躺在床上不动，宝玉因问："敢是病了？再不然输了？"秋纹道："他倒是赢的。谁知李老太太来了，混输了，他气的睡去了。"宝玉笑道："你别和他一般见识，由他去就是了。"说着，袭人已来，彼此相见。袭人又问宝玉何处吃饭，多早晚回来，又代母妹问诸同伴姊妹好。一时换衣卸妆。宝玉命取酥酪来，丫鬟们回说："李奶奶吃了。"宝玉才要说话，袭人便忙笑道："原来是留的这个，多谢费心。前儿我吃的时候好吃，吃过了好肚子疼，足的吐了才好。他吃了倒好，搁在这里倒白遭塌了。我只想风干栗子吃，你替我剥栗子，我去铺床。"

论辈分，李嬷嬷有权力管教丫头；但她却是"告老"者，丫头们不把她放在眼里也有道理。

宝玉留给袭人的原来是这"酥酪"。

李嬷嬷吃掉酥酪，主要是"赌气"，是争宠，是刷存在感。其实大可不必，得放手时且放手，"又气又愧"，岂不伤身？

主人出门回来了，敢"躺在床上不动"，固然有宝玉的包容，也显出晴雯的个性。

袭人截断话题，不让宝玉发作；称自己吃了闹肚子，嬷嬷吃了是好事；提出要吃栗子，让宝玉彻底转移注意力。袭人有息事宁人的厚道，也有息事宁人的智慧。

宝玉听了信以为真，方把酥酪丢开，取栗子来，自向灯前检剥。一面见众人不在房里，乃笑问袭人道："今儿那个穿红的是你什么人？"袭人道："那是我两姨妹子。"宝玉听了，赞叹了两声。袭人道："叹什么？我知道你心里的缘故，想是说他那里配红的。"宝玉笑道："不是，不是。那样的人不配穿红的，谁还敢穿。我因为见他实在好的很，怎么也得他在咱们家就好了。"袭人冷笑道："我一个人是奴才命罢了，难道连我的亲戚都是奴才命不成？定还要拣实在好的丫头才往你家来。"宝玉听了，忙笑道："你又多心了。我说往咱们家来，必定是奴才不成？说亲戚就使不得？"袭人道："那也搬配不上。"

宝玉便不肯再说，只是剥栗子。袭人笑道："怎么不言语了？想是我才冒撞冲犯了你，明儿赌气花几两银子买他们进来就是了。"宝玉笑道："你说的话，怎么叫我答言呢。我不过是赞他好，正配生在这深堂大院里，没的我们这种浊物倒生在这里。"袭人道："他虽没这造化，倒也是娇生惯养的呢，我姨爹姨娘的宝贝。如今十七岁，各样的嫁妆都齐备了，明年就出嫁。"宝玉听了"出嫁"二字，不禁又嗐了两声。正是不自在，又听袭人叹道："只从我来这几年，姊妹们都不得在一处。如今我要回去了，他们又都去了。"

宝玉听这话内有文章，不觉吃一惊，忙丢下栗子，问道："怎么，你如今要回去了？"袭人道："我今儿听见我妈和哥哥商议，教我再耐烦一年，明年他们上来，就赎我出去的呢。"宝玉听了这话，越发怔了，因问："为什么要赎你？"袭人道："这话奇了！我又比不得是你这里的家生子儿【奴婢生的子女。按清代法律，家奴子女世代为奴，永远在主家服役】，一家子都在别处，独我一个人在这里，怎么是个了局？"宝玉道："我不叫你去也难。"袭人道："从来没这道理。便是朝廷宫里，也有个定例，或几年一选，几年一入，也没有个长远留下人的理，别说你了！"

宝玉想一想，果然有理。又道："老太太不放你也难。"袭

袭人为何"冷笑"？连义互解，看宝玉说"你又多心了"就是答案。且有一"又"字，袭人"多心"——吃醋——也非头一次。

姊妹都要出嫁了，考虑到自己的"出嫁"是自然的事。

袭人"出嫁"，要么被赎回家，要么留在贾府。留在贾府最好的出路就是作宝玉的妾——他自己是决心留在贾府的。但她偏说要"回去"，别有用心。

宝玉少爷脾气，随口就说"我不叫你去也难"，被袭人轻轻驳倒。

人道："为什么不放？我果然是个最难得的，或者感动了老太太，老太太必不放我出去的，设或多给我们家几两银子，留下我，然或有之；其实我也不过是个平常的人，比我强的多而且多。自我从小儿来了，跟着老太太，先服侍了史大姑娘几年，如今又服侍了你几年。如今我们家来赎，正是该叫去的，只怕连身价也不要，就开恩叫我去呢。若说为伏侍的你好，不叫我去，断然没有的事。那伏侍的好，是分内应当的，不是什么奇功。我去了，仍旧有好的来，不是没了我就不成事。"

宝玉听了这些话，竟是有去的理，无留的理，心内越发急了，因又道："虽然如此说，我只一心留下你，不怕老太太不和你母亲说。多多给你母亲些银子，他也不好意思接你了，"袭人道："我妈自然不敢强。且漫说和他好说，又多给银子；就便不好和他说，一个钱也不给，安心要强留下我，他也不敢不依。但只是咱们家从没干过这倚势仗贵霸道的事。这比不得别的东西，因为你喜欢，加十倍利弄了来给你，那卖的人不得吃亏，可以行得。如今无故平空留下我，于你又无益，反叫我们骨肉分离，这件事，老太太、太太断不肯行的。"宝玉听了，思忖半晌，乃说道："依你说，你是去定了？"袭人道："去定了。"宝玉听了，自思道："谁知这样一个人，这样薄情无义。"乃叹道："早知道都是要去的，我就不该弄了来，临了剩我一个孤鬼儿。"说着，便赌气上床睡去了。

原来袭人在家，听见他母兄要赎他回去，他就说至死也不回去的。又说："当日原是你们没饭吃，就剩我还值几两银子，若不叫你们卖，没有个看着老子娘饿死的理。如今幸而卖到这个地方，吃穿和主子一样，也不朝打暮骂。况且如今爹虽没了，你们却又整理的家成业就，复了元气。若果然还艰难，把我赎出来，再多掏澄几个钱，也还罢了，其实又不难了。这会子又赎我作什么？权当我死了，再不必起赎我的念头！"因此哭闹了一阵。

他母兄见他这般坚执，自然必不出来的了。况且原是卖倒的

第二回合，宝玉搬出老太太，袭人说得头头是道，宝玉不信也得信。

第三回合，宝玉只是着急。他看惯了"有钱能使鬼推磨"的把戏，就急不择路，拿"银子"说事。但袭人是有备而来，一番"人权"论说得宝玉彻底缴械。

宝玉观察得不错：袭人确是哭过。但宝玉不知道的是，袭人是"至死也不回去的"。

死契，明仗着贾宅是慈善宽厚之家，不过求一求，只怕身价银一并赏了这是有的事呢。二则，贾府中从不曾作践下人，只有恩多威少的。且凡老少房中所有亲侍的女孩子们，更比待家下众人不同，平常寒薄人家的小姐，也不能那样尊重的。因此，他母子两个也就死心不赎了。次后忽然宝玉去了，他二人又是那般景况，他母子二人心下更明白了，越发石头落了地，而且是意外之想，彼此放心，再无赎念了。

如今且说袭人自幼见宝玉性格异常，其淘气憨顽自是出于众小儿之外，更有几件千奇百怪口不能言的毛病儿。近来仗着祖母溺爱，父母亦不能十分严紧拘管，更觉放荡弛纵，任性恣情，最不喜务正。每欲劝时，料不能听，今日可巧有赎身之论，故先用骗词，以探其情，以压其气，然后好下箴规【规劝，告诫】。今见他默默睡去了，知其情有不忍，气已馁堕。自己原不想栗子吃的，只因怕为酥酪又生事故，亦如茜雪之茶等事，是以假以栗子为由，混过宝玉不提就完了。于是命小丫头们将栗子拿去吃了，自己来推宝玉。只见宝玉泪痕满面，袭人便笑道："这有什么伤心的，你果然留我，我自然不出去了。"宝玉见这话有文章，便说道："你倒说说，我还要怎么留你，我自己也难说了。"袭人笑道："咱们素日好处，再不用说。但今日你安心留我，不在这上头。我另说出两三件事来，你果然依了我，就是你真心留我了，刀搁在脖子上，我也是不出去的了。"

宝玉忙笑道："你说，那几件？我都依你。好姐姐，好亲姐姐，别说两三件，就是两三百件，我也依。只求你们同看着我，守着我，等我有一日化成了飞灰，——飞灰还不好，灰还有形有迹，还有知识。——等我化成一股轻烟，风一吹便散了的时候，你们也管不得我，我也顾不得你们了。那时凭我去，我也凭你们爱那里去就去了。"话未说完，急的袭人忙握他的嘴，说："好好的，正为劝你这些，倒更说的狠了。"宝玉忙说道："再不说这话了。"袭人道："这是头一件要改的。"宝玉道："改了，再要说，

明明袭人自己不愿离开贾府（宝玉），其母兄也"再无赎念"，那她为什么跟宝玉说一定要离开呢？

原来如此！"下箴规"还要"先用骗词，以探其情，以压其气"，袭人有手段。

我可以"不出去"，前提是你"果然留我"。探明宝玉是要"留"的，于是乘机"下箴规"了。

头一件，不得轻易说"死"。其实生生死死，说不说都一样。

你就拧嘴。还有什么？"

袭人道："第二件，你真喜读书也罢，假喜也罢，只是在老爷跟前或在别人跟前，你别只管批驳消谤，只作出个喜读书的样子来，也教老爷少生些气，在人前也好说嘴。他心里想着，我家代代读书，只从有了你，不承望你不喜读书，已经他心里又气又愧了。而且背前背后乱说那些混话，凡读书上进的人，你就起个名字叫作'禄蠹'；又说只除'明明德'外无书，都是前人自己不能解圣人之书，便另出己意，混编纂出来的。这些话，怎么怨得老爷不气，不时时打你。叫别人怎么想你？"宝玉笑道："再不说了。那原是那小时不知天高地厚，信口胡说，如今再不敢说了。还有什么？"

袭人道："再不可毁僧谤道，调脂弄粉。还有更要紧的一件，再不许吃人嘴上擦的胭脂了，与那爱红的毛病儿。"宝玉道："都改，都改。再有什么，快说。"袭人笑道："再也没有了。只是百事检点些，不任意任情的就是了。你若果都依了，便拿八人轿也抬不出我去了。"宝玉笑道："你在这里长远了，不怕没八人轿你坐。"袭人冷笑道："这我可不希罕的。有那个福气，没有那个道理。纵坐了，也没甚趣。"

二人正说着，只见秋纹走进来，说："快三更了，该睡了。方才老太太打发嬷嬷来问，我答应睡了。"宝玉命取表来看时，果然针已指到亥正【晚上十点】，方从新盥漱，宽衣安歇，不在话下。

至次日清晨，袭人起来，便觉身体发重，头疼目胀，四肢火热。先时还扎挣的住，次后捱不住，只要睡着，因而和衣躺在炕上。宝玉忙回了贾母，传医诊视，说道："不过偶感风寒，吃一两剂药疏散疏散就好了。"开方去后，令人取药来煎好。刚服下去，命他盖上被渥汗，宝玉自去黛玉房中来看视。

彼时黛玉自在床上歇午，丫鬟们皆出去自便，满屋内静悄悄的。宝玉揭起绣线软帘，进入里间，只见黛玉睡在那里，忙走上

第二件，读书上进，不得骂人"禄蠹"，抹杀群书。袭人把宝玉认作终身依靠的人，当然希望他"好"。而在当时，"好男人"的标准就是读书上进、荣宗耀祖。但这和宝玉的价值观格格不入。

第三，袭人认为宝玉"吃人嘴上擦的胭脂"是"更要紧的一件"。吃胭脂，其实就是与人接吻，袭人当然不能容忍。

约法三章，概括起来就是"百事检点些，不任意任情"。这可是相当严苛的约法。宝玉虽口头答应，着实难以付诸实践。

歇午时分，宝玉揭帘而进，黛玉睡着了，上来就"推"。随意中见无间，匆忙中见体贴。

黛玉只要宝玉"且别处去闹会子再来"，宝玉那肯离开。"见了别人就怪腻的"——除了黛玉，还有不"腻"的人吗？原来跟袭人们在一起也会"腻"。

黛玉笑得开心，要他"老老实实的坐着"说话儿。宝玉要求"也歪着"，黛玉答应了；宝玉要求"共枕"，黛玉不允，但把自己的枕头给了宝玉——保持分寸而又不伤宝玉之情。

见有"血渍"，赶紧近身，既"以手抚之"，又加"细看"，是真关切、真体贴。有洁癖的黛玉竟用自己的帕子揩拭宝玉的胭脂，这是纯爱。

黛玉尽管说，宝玉"总未听见"，更不必发誓言作保证。由于近身，便闻到了黛玉的"体香"。由于是自身生发的，自己反闻不到，所以黛玉说"衣服上熏染的也未可知"。而宝玉说到"奇香"，触动了黛玉的敏感神经——联想到宝钗的"冷香"。

来推他道："好妹妹，才吃了饭，又睡觉。"将黛玉唤醒。黛玉见是宝玉，因说道："你且出去逛逛。我前儿闹了一夜【贵妃近凌晨三点才离开】，今儿还没有歇过来，浑身酸疼。"宝玉道："酸疼事小，睡出来的病大。我替你解闷儿，混过困去就好了。"黛玉只合着眼，说道："我不困，只略歇歇儿，你且别处去闹会子再来。"宝玉推他道："我往那去呢，见了别人就怪腻的。"

黛玉听了，嗤的一声笑道："你既要在这里，那边去老老实实的坐着，咱们说话儿。"宝玉道："我也歪着。"黛玉道："你就歪着。"宝玉道："没有枕头，咱们在一个枕头上。"黛玉道："放屁！外头不是枕头？拿一个来枕着。"宝玉出至外间，看了一看，回来笑道："那个我不要，也不知是那个脏婆子的。"黛玉听了，睁开眼，起身笑道："真真你就是我命中的'天魔星'！请枕这一个。"说着，将自己枕的推与宝玉，又起身将自己的再拿了一个来，自己枕了，二人对面倒下。

黛玉因看见宝玉左边腮上有钮扣大小的一块血渍，便欠身凑近前来，以手抚之细看，又道："这又是谁的指甲刮破了？"宝玉侧身，一面躲，一面笑道："不是刮的，只怕是才刚替他们淘漉胭脂膏子，揾上了一点儿。"说着，便找手帕子要揩拭。黛玉便用自己的帕子替他揩拭了，口内说道："你又干这些事了。干也罢了，必定还要带出幌子来。便是舅舅看不见，别人看见了，又当奇事新鲜话儿去学舌讨好儿，吹到舅舅耳朵里，又该大家不干净惹气。"

宝玉总未听见这些话，只闻得一股幽香，却是从黛玉袖中发出，闻之令人醉魂酥骨。宝玉一把便将黛玉的袖子拉住，要瞧笼着何物。黛玉笑道："冬寒十月，谁带什么香呢。"宝玉笑道："既然如此，这香是那里来的？"黛玉道："连我也不知道。想必是柜子里头的香气，衣服上熏染的也未可知。"宝玉摇头道："未必。这香的气味奇怪，不是那些香饼子、香毬子、香袋子的香。"黛玉冷笑道："难道我也有什么'罗汉''真人'给我些香不成？

便是得了奇香，也没有亲哥哥亲兄弟弄了花儿、朵儿、霜儿、雪儿替我炮制。我有的是那些俗香罢了。”

宝玉笑道：“凡我说一句，你就拉上这么些，不给你个利害，也不知道，从今儿可不饶你了。”说着翻身起来，将两只手呵了两口，便伸手向黛玉膈肢窝内两肋下乱挠。黛玉素性触痒不禁，宝玉两手伸来乱挠，便笑的喘不过气来，口里说：“宝玉！你再闹，我就恼了。”宝玉方住了手，笑问道：“你还说这些不说了？”黛玉笑道：“再不敢了。”一面理鬓笑道：“我有奇香，你有‘暖香’没有？”

宝玉见问，一时解不来，因问：“什么‘暖香’？”黛玉点头叹笑道：“蠢才，蠢才！你有玉，人家就有金来配你；人家有‘冷香’，你就没有‘暖香’去配？”宝玉方听出来，笑道：“方才求饶，如今更说狠了。”说着，又去伸手。黛玉忙笑道：“好哥哥，我可不敢了。”宝玉笑道：“饶便饶你，只把袖子我闻一闻。”说着，便拉了袖子笼在面上，闻个不住。黛玉夺了手道：“这可该去了。”宝玉笑道：“去，不能。咱们斯斯文文的躺着说话儿。”说着，复又倒下。黛玉也倒下，用手帕子盖上脸。宝玉有一搭没一搭的说些鬼话，黛玉只不理。宝玉问他几岁上京，路上见何景致古迹，扬州有何遗迹故事，土俗民风。黛玉只不答。

宝玉只怕他睡出病来，便哄他道：“嗳哟！你们扬州衙门里有一件大故事，你可知道？”黛玉见他说的郑重，且又正言厉色，只当是真事，因问：“什么事？”宝玉见问，便忍着笑顺口诌道：

“扬州有一座黛山，山上有个林子洞。”

黛玉笑道：“就是扯谎，自来也没听见这山。”宝玉道：“天下山水多着呢，你那里知道这些不成。等我说完了，你再批评。”黛玉道：“你且说。”宝玉又诌道：

"林子洞里原来有群耗子精。那一年腊月初七日，老耗子升座议事，因说：'明日乃是腊八，世上人都熬腊八粥。如今我们洞中果品短少，须得趁此打劫些来方妙。'乃拔令箭一枝，遣一能干的小耗前去打听。一时小耗回报：'各处察访打听已毕，惟有山下庙里果米最多。'老耗问："米有几样？果有几品？'小耗道：'米豆成仓，不可胜记。果品有五种：一红枣，二栗子，三落花生，四菱角，五香芋。'老耗听了大喜，即时点耗前去。乃拔令箭问：'谁去偷米？'一耗便接令去偷米。又拔令箭问：'谁去偷豆？'又一耗接令去偷豆。然后一一的都各领令去了。只剩了香芋一种，因又拔令箭问：'谁去偷香芋？'只见一个极小极弱的小耗应道：'我愿去偷香芋。'老耗并众耗见他这样，恐不谙练，且怯懦无力，都不准他去。小耗道："我虽年小身弱，却是法术无边，口齿伶俐，机谋深远。此去管比他们偷的还巧呢。'众耗忙问：'如何比他们巧呢？'小耗道："我不学他们直偷。我只摇身一变，也变成个香芋，滚在香芋堆里，使人看不出，听不见，却暗暗的用分身法搬运，渐渐的就搬运尽了。岂不比直偷硬取的巧些？'众耗听了，都道：'妙却妙，只是不知怎么个变法，你先变个我们瞧瞧。'小耗听了，笑道：'这个不难，等我变来。'说毕，摇身说'变'，竟变了一个最标致美貌的一位小姐。众耗忙笑道：'变错了，变错了。原说变果子的，如何变出小姐来？'小耗现形笑道：'我说你们没见世面，只认得这果子是香芋，却不知盐课林老爷的小姐才是真正的香玉呢。'"

前面是"好哥哥，我可不敢了"，这里又是"好妹妹，饶我罢，再不敢了"，好亲切，好温馨。

黛玉听了，翻身爬起来，按着宝玉笑道："我把你烂了嘴的！我就知道你是编我呢。"说着，便拧的宝玉连连央告，说："好妹妹，饶我罢，再不敢了！我因为闻你香，忽然想起这个故典来。"黛玉笑道："饶骂了人，还说是故典呢。"

一语未了，只见宝钗走来，笑问："谁说故典呢？我也听听。"黛玉忙让坐，笑道："你瞧瞧，有谁！他饶骂了人，还说是故典。"宝钗笑道："原来是宝兄弟，怨不得他，他肚子里的故典原多。只是可惜一件，凡该用故典之时，他偏就忘了。有今日记得的，前儿夜里的芭蕉诗就该记得。眼面前的倒想不起来，别人冷的那样，你急的只出汗。这会子偏又有记性了。"黛玉听了笑道："阿弥陀佛！到底是我的好姐姐。你一般也遇见对子了，可知一还一报，不爽不错的。"刚说到这里，只听宝玉房中一片声嚷，吵闹起来。正是——

这"一字师"不忘自己的"一字"之恩。宝钗也是"玩笑"，但没有温馨，只有尴尬。

【回后评】

此回书，即如回目所标示的，重点写三个人、两种关系。两种关系，两种因缘，性质不同，对比鲜明，给人的体验也大相径庭。

宝玉与黛玉的关系，是"仙缘"。一个绛珠仙草化身，一个神瑛侍者降世，仙草化身临世，就是为追随侍者。他们的缘分是"先天"的，互爱是专一的。他们在一起，不含有任何物性的需求，只是精神的和谐、心灵的沟通。双方在一起，呼吸是自由的，心情是轻松的，整个生命都处在一种超然的状态。这回书所写的宝黛之欢，正是这种关系的最好表现。少男少女，相对而卧，一个用自己的帕子给对方揩拭胭脂痕，一个拉着对方的袖子闻其体香，又编笑话与之解困，一会儿是哥哥向妹妹求饶，一会儿又妹妹叫哥哥饶过。近在咫尺，一片烂漫，一片天籁，而绝无越轨之举，这和柏拉图所谓的"精神恋爱"有几分像。可惜，这样的状态太短暂了，他们之间时常会出现"不和谐"，而那完全是尘世干扰的结果。

宝玉与袭人的关系，是"尘缘"。袭人虽在"太虚幻境"有"户口"，但他们的相逢相接是在尘世，因而就不可避免地染上

尘世的污垢。袭人其人，历来论者多有贬词。姚燮说"阴险莫如袭人"，涂瀛更以"蛇蝎"视之，说："奸而不近人情，此不难辨也，所难辨者近人情耳。袭人者奸之近人情者也。"但仅从这一回书的表现看，似乎还不应该如此辣评这位姑娘。

人性是复杂的，袭人的思想性格也是复杂的。她待人温顺平和，处事沉稳有致，对宝玉体贴入微，这不是很可爱吗？但她既许身宝玉，就希望宝玉"好"；而宝玉的言行举止在世人看来疯疯傻傻，所以她要"箴规"宝玉。而宝玉岂是听人规劝之人，所以她要"探其情，压其气"，用一番谎言把宝玉镇住，让他不得不接受约法三章。这又显露出袭人的另一面——能说会道，既能撒谎，又会使诈，而这一面是不会轻易被人发现的。要全面评价袭人，真得"且看下回分解"。

有意思的是：第八回，写宝玉与宝钗谈金说玉时，黛玉偏巧来了；这一回，宝玉与黛玉温馨相处时，偏是宝钗来了。无巧不成书，宝钗、黛玉，相生相克，作家如此安排，应该是全书总构思的细节体现。

第二十回

王熙凤正言弹妒意

林黛玉俏语谑娇音

智慧生魔多象，

魔生智慧方深。

智慧寂灭万缘根，

不解智魔作甚。

李嬷嬷痛骂花袭人，薛宝钗抚慰贾三爷

此回书内容实际有三个要点：一是李嬷嬷责骂袭人，袭人受辱，宝玉为麝月篦头，晴雯妒忌；二是凤姐"义正辞严地""弹压"赵姨娘对宝玉的嫉妒之意；三是黛玉妒忌宝玉与宝钗、湘云亲密，发生口角，最后和解。"谑娇音"，是说黛玉讥笑史湘云大舌头，把"二"发"爱"的音。

上回书说到宝玉、宝钗、黛玉在房中说笑，忽听宝玉房中吵起来了。原来是宝玉的奶母李嬷嬷进屋，袭人因病没有迎候，她就骂袭人。幸亏凤姐赶到，连哄带吓，把她带走了。宝玉为袭人叫屈，晴雯还认为她罪有应得。宝玉为麝月篦头，偏又被晴雯撞见，嘲笑一番。对此，宝玉无奈，勉强忍着。

第二天，宝玉到宝钗处闲逛，恰遇贾环赌钱输了却赖账。小丫鬟莺儿不满，并说宝玉输了钱就不在乎。贾环挺委屈，说"都欺负我不是太太养的"。宝钗喝令莺儿住口，一面劝贾环"快别说这话，人家笑话你"。宝玉了解情况后也只劝贾环哪里高兴到哪里去玩儿。贾环回到家里跟赵姨娘说："莺儿欺负我，赖我的钱，宝玉哥哥撵我来了。"赵姨娘啐骂他"谁叫你上高台盘去了"等等，可巧凤姐在窗外过就听到了，便隔窗说道："他现是主子，不好了，横竖有教导他的人，与你什么相干！"并把贾环教训了一顿。这就是"王熙凤正言弹妒意"，"弹"在这里就是压制。

再说宝玉正和宝钗玩笑，有人报"史大姑娘来了"。二人一同来见湘云。黛玉在旁，知道宝玉是从宝钗处来的，心生嫉妒。宝玉解释："只许同你顽，替你解闷儿……"黛玉就赌气回房了。宝玉忙跟了来，尽力劝解。偏宝钗又把宝玉拉走，说是"史大妹妹等你呢"。黛玉越发气闷，只向窗前流泪。没两盏茶的工夫，宝玉仍来了，打叠起千百样的款语温言来劝慰，并讲了一番"亲不间疏，先不僭后"的道理。黛玉说："我难道为叫你疏他？我成了个什么人了呢！我为的是我的心。"宝玉道："我也为的是我的心。难道你就知你的心，不知我的心不成？"心心相印，二人和解。此时湘云走来，一声"爱哥哥"被黛玉取笑，湘云反唇相讥，这就是"林黛玉俏语谑娇音"。"谑"就是取笑作乐。

话说宝玉在林黛玉房中说"耗子精"，宝钗撞来，讽刺宝玉元宵不知"绿蜡"之典，三人正在房中互相讥刺取笑。那宝玉正恐黛玉饭后贪眠，一时存了食，或夜间走了困，皆非保养身体之法；幸而宝钗走来，大家谈笑，那林黛玉方不欲睡，自己才放了心。忽听他房中嚷起来，大家侧耳听了一听，林黛玉先笑道："这是你妈妈和袭人叫嚷呢。那袭人也罢了，你妈妈再要认真排场【排挤，责难】他，可见老背晦【脑筋糊涂，作事悖谬】了。"

宝玉忙要赶过来，宝钗忙一把拉住道："你别和你妈妈吵才是，他老糊涂了，倒要让他一步为是。"宝玉道："我知道了。"说毕走来，只见李嬷嬷拄着拐棍，在当地骂袭人："忘了本的小娼妇！我抬举起你来，这会子我来了，你大模大样的躺在炕上，见我来也不理一理。一心只想妆狐媚子【以媚态诱惑】哄宝玉，哄的宝玉不理我，听你们的话。你不过是几两臭银子买来的毛丫头，这屋里你就作耗，如何使得！好不好拉出去配一个小子，看你还妖精似的哄宝玉不哄！"袭人先只道李嬷嬷不过为他躺着生气，少不得分辩说"病了，才出汗，蒙着头，原没看见你老人家"等语。后来只管听他说"哄宝玉"，"妆狐媚"，又说"配小子"等，由不得又愧又委屈，禁不住哭起来。

宝玉虽听了这些话，也不好怎样，少不得替袭人分辨病了吃药等话，又说："你不信，只问别的丫头们。"李嬷嬷听了这话，益发气起来了，说道："你只护着那起狐狸，那里认得我了，叫

宝玉不计较宝钗讥讽，只关心黛玉身体。

黛玉同情袭人，不满李嬷嬷。

宝钗只望"别吵"，不关心袭人。

李嬷嬷之骂，其旨有三：一是"忘本"，一是"妆狐媚子"做"小娼妇"，一是"买来的丫头"。袭人"又愧又委屈"，"愧"的是自己被卖为奴，身份卑微，"委屈"的是嬷嬷所指不实。

宝玉夹在中间，左右不是人。

袭人把谁"拿下马"了？"那些事"是什么事？嬷嬷的话，恐怕不全是空穴来风。说到伤心处，老泪自纵横。

作为管家，凤姐底数清楚。对待李嬷嬷这样的人，一要尊重，所以开口就是"好妈妈，别生气"。但要压住她的气势，必得搬出"老太太"；同时还得给个台阶下，不仅保证"你只说谁不好，我替你打他"，"我家里"还有鸡汤好酒招待。李嬷嬷虽嘴里不饶，还是"脚不沾地跟了凤姐走了"。其言其行，得体而有效。

"撮"字妙！仿佛用簸箕铲除脏东西，不但干净，而且迅速，让人心里痛快。

宝玉为袭人辩护一句，晴雯立马反击。

护着袭人，又不能得罪晴雯，宝玉只得忍气吞声。忍，不是窝囊，是包容，是爱。

我问谁去？谁不帮着你呢，谁不是袭人拿下马来的！我都知道那些事。我只和你在老太太、太太跟前去讲了。把你奶了这么大，到如今吃不着奶了，把我丢在一旁，逼着丫头们要我的强。"一面说，一面也哭起来。彼时黛玉宝钗等也走过来劝说："妈妈，你老人家担待他们一点了就完了。"李嬷嬷见他二人来了，便拉住诉委屈，将当日吃茶，茜雪出去，与昨日酥酪等事，唠唠叨叨说个不清。

可巧凤姐正在上房算完输赢帐，听得后面高声嚷动，便知是李嬷嬷老病发了，排揎宝玉的人。——正值他今儿输了钱，迁怒于人。便连忙赶过来，拉了李嬷嬷，笑道："好妈妈，别生气。大节下，老太太才喜欢了一日，你是个老人家，别人高声，你还要管他们呢；难道你反不知道规矩，在这里嚷起来，叫老太太生气不成？你只说谁不好，我替你打他。我家里烧的滚热的野鸡，快来跟我吃酒去。"一面说，一面拉着走，又叫："丰儿，替你李奶奶拿着拐棍子，擦眼泪的手帕子。"

那李嬷嬷脚不沾地跟了凤姐走了，一面还说："我也不要这老命了，越性今儿没了规矩，闹一场子，讨个没脸，强如受那娼妇蹄子的气！"后面宝钗黛玉随着。见凤姐儿这般，都拍手笑道："亏这一阵风来，把个老婆子撮【cuō】了去了。"宝玉点头叹道："这又不知是那里的帐，只拣软的排揎。昨儿又不知是那个姑娘得罪了，上在他帐上。"

一句未了，晴雯在旁笑道："谁又不疯了，得罪他作什么。便得罪了他，就有本事承认，不犯着带累别人！"袭人一面哭，一面拉宝玉道："为我得罪了一个老奶奶，你这会子又为我得罪这些人，这还不够我受的，还只是拉别人。"宝玉见他这般病势，又添了这些烦恼，连忙忍气吞声，安慰他仍旧睡下出汗。又见他汤烧火热，自己守着他，歪在旁边，劝他只养着病，别想着些没要紧的事生气。袭人冷笑道："要为这些事生气，这屋里一刻还站不得了。但只是天长日久，只管这样，可叫人怎么样才好呢。

时常我劝你，别为我们得罪人，你只顾一时为我们那样，他们都记在心里，遇着坎儿，说的好说不好听，大家什么意思。"一面说，一面禁不住流泪，又怕宝玉烦恼，只得又勉强忍着。

一时杂使的老婆子煎了二和【huò】药来。宝玉见他才有汗意，不肯叫他起来，自己便端着就枕与他吃了，即命小丫头子们铺炕。袭人道："你吃饭不吃饭，到底老太太、太太跟前坐一会子，和姑娘们玩一会子再回来。我就静静的躺一躺也好。"宝玉听说，只得替他去了簪环，看他躺下，自往上房来。

同贾母吃毕饭，贾母犹欲同那几个老管家嬷嬷斗牌解闷，宝玉记着袭人，便回至房中，见袭人朦朦睡去。自己要睡，天气尚早。彼时晴雯、绮霰、秋纹、碧痕都寻热闹，找鸳鸯、琥珀等耍戏去了，独见麝月一个人在外间房里灯下抹骨牌。宝玉笑问道："你怎不同他们玩去？"麝月道："没有钱。"宝玉道："床底下堆着那么些，还不够你输的？"麝月道："都玩去了，这屋里交给谁呢？那一个又病。满屋里上头是灯，地下是火。那些老妈妈子们，老天拔地，服侍一天，也该叫他们歇歇；小丫头子们也是服侍了一天，这会子还不叫他们玩玩去。所以让他们都去罢，我在这里看着。"

宝玉听了这话，公然又是一个袭人。因笑道："我在这里坐着，你放心去罢。"麝月道："你既在这里，越发不用去了，咱们两个说话玩笑岂不好？"宝玉笑道："咱两个作什么呢？怪没意思的。也罢了，早上你说头痒，这会子没什么事，我替你篦头罢。"麝月听了便道："就是这样。"说着，将文具镜匣【梳妆匣子】搬来，卸去钗钏，打开头发，宝玉拿了篦子替他一一的梳篦。

只篦了三五下，只见晴雯忙忙走进来取钱。一见了他两个，便冷笑道："哦，交杯盏还没吃，倒上头【女子出嫁时梳发髻，表示由姑娘变成媳妇】了！"宝玉笑道："你来，我也替你篦一篦。"晴雯道："我没那么大福。"说着，拿了钱，便摔帘子出去了。

宝玉在麝月身后，麝月对镜，二人在镜内相视。宝玉便向镜内笑道："满屋里就只是他磨牙。"麝月听说，忙向镜中摆手，宝玉会意。忽听嗖一声帘子响，晴雯又跑进来问道："我怎么磨牙了？咱们倒得说说。"麝月笑道："你去你的罢，又来问人了。"晴雯笑道："你又护着。你们那瞒神弄鬼的，我都知道。等我捞回本儿来再说话。"说着，一径出去了。这里宝玉通了头，命麝月悄悄的服侍他睡下，不肯惊动袭人。一宿无话。

至次日清晨起来，袭人已是夜间发了汗，觉得轻省了些，只吃些米汤静养。宝玉放了心，因饭后走到薛姨妈这边来闲逛。彼时正月内，学房中放年学，闺阁中忌针黹，却都是闲时。贾环也过来顽，正遇见宝钗、香菱、莺儿三个赶围棋作耍，贾环见了也要玩。宝钗素习看他亦如宝玉，并没他意。今儿听他要玩，让他上来坐了一处。一磊十个钱，头一回自己赢了，心中十分欢喜。后来接连输了几盘，便有些着急。赶着这盘正该自己掷骰子，若掷个七点便赢，若掷个六点，下该莺儿，掷三点就赢了。因拿起骰子来，狠命一掷，一个作定了五，那一个乱转。莺儿拍着手只叫"幺"，贾环便瞪着眼，"六——七——八"混叫。那骰子偏生转出幺来。贾环急了，伸手便抓起骰子来，然后就拿钱，说是个六点。莺儿便说："分明是个幺！"宝钗见贾环急了，便瞅莺儿说道："越大越没规矩，难道爷们还赖你？还不放下钱来呢！"

莺儿满心委屈，见宝钗说，不敢则声，只得放下钱来，口内嘟嚷说："一个作爷的，还赖我们这几个钱，连我也不放在眼里。前儿我和宝二爷玩，他输了那些，也没着急。下剩的钱，还是几个小丫头子们一抢，他一笑就罢了。"宝钗不等说完，连忙断喝。贾环道："我拿什么比宝玉呢。你们怕他，都和他好，都欺负我不是太太养的。"说着，便哭了。宝钗忙劝他："好兄弟，快别说这话，人家笑话你。"又骂莺儿。

正值宝玉走来，见了这般形况，问："是怎么了？"贾环不敢则声。宝钗素知他家规矩，凡作兄弟的，都怕哥哥。却不知那宝玉是不要人怕他的。他想着："兄弟们一并都有父母教训，何必我多事，反生疏了。况且我是正出，他是庶出，饶这样还有人背后谈论，还禁得辖治他了。"更有个呆意思存在心里。——你道是何呆意？因他自幼姊妹丛中长大，亲姊妹有元春、探春，伯叔的有迎春、惜春，亲戚中又有史湘云、林黛玉、薛宝钗等诸人。他便料定，原来天生人为万物之灵，凡山川日月之精秀，只钟于女儿，须眉男子不过是些渣滓浊沫而已。因有这个呆念在心，把一切男子都看成混沌浊物，可有可无。只是父亲叔伯兄弟中，因孔子是亘古第一人说下的，不可忤慢，只得要听他这句话。所以，弟兄之间不过尽其大概的情理就罢了，并不想自己是丈夫，须要为子弟之表率。是以贾环等都不怕他，却怕贾母，才让他三分。

宝玉的一番"兄弟论"，对贾环也只有体贴，既不要他怕，也不给他做什么"表率"。

如今宝钗恐怕宝玉教训他，倒没意思，便连忙替贾环掩饰。宝玉道："大正月里哭什么？这里不好，你别处玩去。你天天念书，倒念糊涂了。比如这件东西不好，横竖那一件好，就弃了这件取那个。难道你守着这个东西哭一会子就好了不成？你原是来取乐玩的，既不能取乐，就往别去再寻乐玩去。哭一会子，难道算取乐玩了不成？倒招自己烦恼，不如快去为是。"贾环听了，只得回来。

以此为念，也就从不把自己当作什么"人物"。

对贾环，是开导，是爱护，并非"教训"，绝无恶意。

赵姨娘见他这般，因问："又是那里垫了踹窝【代人受过，供人践踏】来了？"一问不答，再问时，贾环便说："同宝姐姐玩的，莺儿欺负我，赖我的钱，宝玉哥哥撵我来了。"赵姨娘啐道："谁叫你上高台盘去了？下流没脸的东西！那里顽不得？谁叫你跑了去讨没意思！"

赵姨娘不问是非，开口既骂他人又贬环儿，而贾环也没有实话。一个偏狭，一个猥琐。

正说着，可巧凤姐在窗外过。都听在耳内。便隔窗说道："大正月又怎么了？环兄弟小孩子家，一半点儿错了，你只教导他，说这些淡话作什么！凭他怎么去，还有太太老爷管他呢，就大口啐他！他现是主子，不好了，横竖有教导他的人，与你什么相干！环兄弟，出来，跟我顽去。"

处理完李嬷嬷与袭人的矛盾后，看凤姐如何处置这一对母子。称之"环兄弟"，肯定他的"主子"地位，也拉近与自己的关系，进而得出"与你什么相干"的结论，把赵姨娘打入地下。

贾环素日怕凤姐比怕王夫人更甚，听见叫他，忙唯唯的出当着儿子的面骂其母亲，且语言如此尖刻。赵姨娘岂能不恨，就是贾环也未必真领情。凤姐这次没有解决矛盾，而是激化了矛盾。

以做嫂子的身份似乎不该如此管教贾环，所以搬出"哥哥"说事。

宝玉"抬身就走"，无意识中把史湘云放在宝钗之上？

只要见宝玉跟宝钗在一起，黛玉就不舒服。

跟你玩儿，替你解闷儿，这是"经常"，到宝钗那里去只是"偶然"——可以从"偶然"中读出"经常"来。黛玉赌气回房，是率性，吃亏在此。

黛玉一下子就说到"死"，深层的心理是感到"威胁"太大（不仅有宝钗，还有湘云），自己恐没有抵抗的力量。而宝玉说"死"，反映的是与黛玉生命相依的意识。

来。赵姨娘也不敢则声。凤姐向贾环道："你也是个没气性的！时常说给你：要吃，要喝，要顽，要笑，只爱同那一个姐姐妹妹哥哥嫂子顽，就同那个顽。你不听我的话，反叫这些人教的歪心邪意，狐媚子霸道的。自己不尊重，要往下流走，安着坏心，还只管怨人家偏心。输了几个钱？就这么个样儿！"贾环见问，只得诺诺的回说："输了一二百。"凤姐道："亏你还是爷，输了一二百钱就这样！"回头叫丰儿："去取一吊钱来，姑娘们都在后头顽呢，把他送了顽去。——你明儿再这么下流狐媚子，我先打了你，打发人告诉学里，皮不揭了你的！为你这个不尊重，恨的你哥哥牙根痒痒，不是我拦着，窝心脚把你的肠子窝出来了。"喝命："去罢！"贾环诺诺的跟了丰儿，得了钱，自己和迎春等顽去。不在话下。

且说宝玉正和宝钗顽笑，忽见人说："史大姑娘来了。"宝玉听了，抬身就走。宝钗笑道："等着，咱们两个一齐走，瞧瞧他去。"说着，下了炕，同宝玉一齐来至贾母这边。只见史湘云大笑大说的，见他两个来，忙问好厮见。正值林黛玉在旁，因问宝玉："在那里的？"宝玉便说："在宝姐姐家的。"黛玉冷笑道："我说呢，亏在那里绊住，不然早就飞了来了。"宝玉笑道："只许同你顽，替你解闷儿。不过偶然去他那里一趟，就说这话。"林黛玉道："好没意思的话！去不去管我什么事，我又没叫你替我解闷儿。可许你从此不理我呢！"说着，便赌气回房去了。

宝玉忙跟了来，问道："好好的又生气了？就是我说错了，你到底也还坐在那里，和别人说笑一会子。又来自己纳闷。"林黛玉道："你管我呢！"宝玉笑道："我自然不敢管你，只没有个看着你自己作践了身子呢。"林黛玉道："我作践坏了身子，我死，与你何干！"宝玉道："何苦来，大正月里，死了活了的。"林黛玉道："偏说死！我这会子就死！你怕死，你长命百岁的，如何？"宝玉笑道：要像只管这样闹，我还怕死呢？倒不如死了干净。"黛玉忙道："正是了，要是这样闹，不如死了干净。"宝玉道："我说我自己死了干净，别听错了话赖人。"

正说着，宝钗走来道："史大妹妹等你呢。"说着，便推宝玉走了。这里黛玉越发气闷，只向窗前流泪。没两盏茶的工夫，宝玉仍来了。林黛玉见了，越发抽抽噎噎的哭个不住。宝玉见这样，知难挽回，打叠起千百样的款语温言来劝慰。不料自己未张口，只见黛玉先说道："你又来作什么？横竖如今有人和你顽，比我又会念，又会作，又会写，又会说笑，又怕你生气拉了你去，你又作什么来？死活凭我去罢了！"

宝玉听了，忙上来悄悄的说道："你这么个明白人，难道连'亲不间疏，先不僭后'也不知道？我虽糊涂，却明白这两句话。头一件，咱们是姑舅姊妹，宝姐姐是两姨姊妹，论亲戚，他比你疏。第二件，你先来，咱们两个一桌吃，一床睡，长的这么大了，他是才来的，岂有个为他疏你的？"林黛玉啐道："我难道为叫你疏他？我成了个什么人了呢！我为的是我的心。"宝玉道："我也为的是我的心。难道你就知你的心，不知我的心不成？"林黛玉听了，低头一语不发，半日说道："你只怨人行动嗔怪了你，你再不知道你自己怄人难受。就拿今日天气比，分明今儿冷的这样，你怎么倒反把个青肷披风脱了呢？"宝玉笑道："何尝不穿着，见你一恼，我一暴躁就脱了。"林黛玉叹道："回来伤了风，又该饿着吵吃的了。"

二人正说着，只见湘云走来，笑道："爱哥哥，林姐姐，你们天天一处玩，我好容易来了，也不理我一理儿。"黛玉笑道："偏是咬舌子爱说话，连个'二'哥哥也叫不出来，只是'爱'哥哥'爱'哥哥的。回来赶围棋儿，又该你闹'幺爱三四五'了。"宝玉笑道："你学惯了他，明儿连你还咬起来呢。"史湘云道："他再不放人一点儿，专挑人的不好。你自己便比世人好，也不犯着见一个打趣一个。我指出一个人来，你敢挑他，我就服你。"黛玉忙问是谁。湘云道："你敢挑宝姐姐的短处，就算你是好的。我算不如你，他怎么不及你呢。"黛玉听了，冷笑道："我

史妹妹"等"，宝姐姐"推"，生生把宝玉"抢"了去！这是黛玉最不能接受的事。

宝玉的这一番"道理"其实没有用，爱情不是理性判断、逻辑分析，只在一颗"心"。

原本"心心相印"。黛玉反倒责宝玉不爱惜自己的身子了。有了真爱，就不说"死"了，而是要好好地活。

当是谁，原来是他！我那里敢挑他呢。"宝玉不等说完，忙用话岔开。湘云笑道："这一辈子我自然比不上你。我只保佑着明儿得一个咬舌的林姐夫，时时刻刻你可听'爱''厄'去。阿弥陀佛，那才现在我眼里！"说的众人一笑，湘云忙回身跑了。要知端详，下回分解。

【回后评】

如果说上一回书我们分享了宝黛温馨的片刻幸福，这一回书我们看到的则是纷繁复杂的矛盾。这矛盾可分为三类。一是主与奴的矛盾，包括宝玉与李嬷嬷、宝玉与晴雯、贾环与莺儿、凤姐与赵姨娘等。二是主与主的矛盾，包括宝玉与黛玉，黛玉与宝钗、湘云，宝玉与贾环，凤姐与贾环，等等。三是奴与奴的矛盾，包括李嬷嬷与袭人、袭人与晴雯、晴雯与麝月等。

人人都在矛盾中，对待矛盾的态度不同，就显示出不同的性格。

特别是宝玉。他先是夹在李嬷嬷与袭人之间：李嬷嬷骂袭人，什么"哄宝玉""妆狐媚""配小子"等，袭人"又愧又委屈，禁不住哭起来"。但"宝玉虽听了这些话，也不好怎样"。替袭人辩白了几句，嬷嬷就冲着他发火，说："把你奶了这么大，到如今吃不着奶了，把我丢在一旁，逞着丫头们要我的强。"还"一面说，一面也哭起来"。宝玉左右为难，无可奈何。他还夹在袭人与晴雯之间：李嬷嬷走后，袭人遭到晴雯的奚落。袭人一面哭，一面拉着宝玉道："为我得罪了一个老奶奶，你这会子又为我得罪这些人。"两个丫鬟，如同左右手，宝玉无话可说，也只好"忍气吞声"。宝玉还夹在黛玉与宝钗之间。黛玉一听说宝玉是从宝钗处过来就心生妒忌："我说呢，亏在那里绊住，不然早就飞了来了。"宝玉只说了句："只许同你顽，替你解闷儿。不过偶然去他那里一趟，就说这话。"黛玉便赌气回房去，并由此爆发了一次激烈的冲突。死死活活，直到林黛玉说出"我为的是我的心"，宝玉也说"我也为的是我的心"，二人才又和好如初。这个宝玉，不同人物在他心中的分量虽有轻重，但很难立场分明，偏于一侧。出于爱，出于慈悲之心，他只能调和，只能忍。所谓"美中不足"，这是他降临人世"历劫"的一部分。

再看黛玉。她父母双亡，寄身贾府，唯一的寄托就是宝玉。她不能容忍第三者分享宝玉的情感，而偏偏来了一个薛宝钗，还有一个史湘云，这使她充满危机感。所以她嫉妒，她跟宝玉"闹"。在这种矛盾中，看似她是"进攻者"，其实她是"以攻为守"。

再看宝钗。面对李嬷嬷与袭人的矛盾，她劝宝玉只是不要"吵"，对被欺的袭人不置一词。贾环赖账，她不管输赢是非，只一味地维护贾环而压制莺儿。她要的是"秩序"，根据的是"伦理"。

再看凤姐。作为管家，凤姐底数清楚，对待李嬷嬷这样的人，一要尊重，所以开口就是"好妈妈，别生气"。但要压住她的气势，必得搬出"老太太"，同时还得给个台阶下，不仅保证"你只说谁不好，我替你打他"，"我家里"还有鸡汤好酒招待；所以李嬷嬷虽嘴里不饶，还是"脚不沾地跟了凤姐走了"。有情有理，轻松有效，显示出一个管家婆的聪明与手段。而面对赵姨娘，则未免"穷凶极恶"，如此积仇积怨，岂不愚蠢？

此一回书，写贾环赌钱一节极为精彩。一段故事，一个情节，把几个主要人物都"牵扯"在内，让他们都来表现一番。对赖账的贾环，宝钗是不宜教训，只管"抹平"；宝玉是不愿教训，只是"开导"；姨娘是不会教训，偏来"挑唆"；正面教训者唯凤姐一人，而又粗暴专横。身为贾环者，亦难矣哉！

第二十一回

贤袭人娇嗔箴宝玉
俏平儿软语救贾琏

不惜恩爱为良人，
方是温存一脉真。
俗子妒妇浑可笑，
语言偏自涉风尘。

袭人拿捏，四儿上位；贾琏出轨，平儿遮羞

此回书上半承接上回,写宝玉、黛玉、宝钗、湘云及袭人诸人之情感,展现其人际关系。上一回说到黛玉笑湘云大舌头,把"二哥哥"说成"爱哥哥",湘云反唇相讥,说:"我只保佑着明儿得一个咬舌的林姐夫,时时刻刻你可听'爱''厄'去。"说得众人一笑,湘云忙回身跑了。黛玉追上来,被宝玉拦住。宝钗则旁敲侧击:"我劝你两个看宝兄弟分上,都丢开手罢。"而黛玉则说:"你们是一气的,都戏弄我不成!"四人难解难分,宝玉夹在中间,左右不是人。此后才回到本回书的重点内容。

史湘云到贾府与黛玉同住,宝玉送他二人到房,那天已二更多【晚上十点多】时,袭人来催了几次,方回自己房中来睡。次日天明时,宝玉便披衣靸鞋往黛玉房中来,在那里洗脸、漱口,还让湘云给他梳头。袭人对此很是不满,偏这时宝钗来了,问"宝兄弟那去了"。袭人说:"姊妹们和气,也有个分寸礼节,也没个黑家白日闹的!凭人怎么劝,都是耳旁风。"宝钗听了,就觉得袭人"有些识见","其言语志量深可敬爱"。

袭人见宝玉无晓夜和姊妹们厮闹,若直劝他,料不能改,故用柔情以警之,待宝玉回房,就故意冷落他。而宝玉却因为处在矛盾的夹缝中,费心而不讨好,自己闷闷的,就拿着书解闷,只叫四儿答应。晚间,即命四儿剪灯烹茶,读《南华经》有感而为文,认为宝钗、黛玉、袭人、麝月都不过挖陷阱之人,是用来迷眩缠陷天下的。第二天,袭人仍冷着宝玉,说:"从今咱们两个丢开手,省得鸡声鹅斗,叫别人笑。横竖那边腻了过来,这边又有个什么'四儿''五儿'服侍。"宝玉见她娇嗔满面,情不可禁,乃摔簪为誓:"我再不听你说,就同这个一样。"这就是"贤袭人娇嗔箴宝玉"。

下半回转写凤姐之女大姐儿出痘疹,要在屋内供奉痘疹娘娘，贾琏只得搬出外书房斋戒。那个贾琏，只离了凤姐便要寻事，于是与厨子"多浑虫"之妻"多姑娘儿"私通，还留下那女人的一绺头发作为"海誓山盟"的见证，不料这头发被平儿发现。凤姐对贾琏是不放心的，她让平儿仔细搜搜有没有跟贾琏"相厚的"落下的东西。平儿则巧言瞒过凤姐，保护了贾琏，避免了一场家庭风波，当然也让贾琏对她另眼相看。这就是"俏平儿软语救贾琏"。

话说史湘云跑了出来，怕林黛玉赶上，宝玉在后忙说："仔细绊跌了！那里就赶上了？"林黛玉赶到门前，被宝玉又手在门框上拦住，笑劝道："饶他这一遭罢。"林黛玉扳着手说道："我若饶过云儿，再不活着！"湘云见宝玉拦住门，料黛玉不能出来，便立住脚笑道："好姐姐，饶我这一遭罢。"恰值宝钗来在湘云身后，也笑道："我劝你两个看宝兄弟分上，都丢开手罢。"黛玉道："我不依。你们是一气的，都戏弄我不成！"宝玉劝道："谁敢戏弄你！你不打趣他，他焉敢说你。"四人正难分解，有人来请吃饭，方往前边来。那天早又掌灯时分，王夫人、李纨、凤姐、迎、探、惜等都往贾母这边来，大家闲话了一回，各自归寝。湘云仍往黛玉房中安歇。

宝玉送他二人到房，那天已二更多时，袭人来催了几次，方回自己房中来睡。次日天明时，便披衣趿鞋往黛玉房中来时，不见紫鹃、翠缕二人，只见他姊妹两个尚卧在衾内。那林黛玉严严密密裹着一幅杏子红绫被，安稳合目而睡。那史湘云却一把青丝拖于枕畔，被只齐胸，一弯雪白的膀子摅于被外，又带着两个金镯子。宝玉见了，叹道："睡觉还是不老实！回来风吹了，又嚷肩窝疼了。"一面说，一面轻轻的替他盖上。林黛玉早已醒了，

一段极生动的描写。说四个人"难分解"，最难受的是宝玉：他一片好心，结果宝钗说"劝你两个看宝兄弟分上"，分明是暗妒宝玉与黛玉、湘云的亲好；而黛玉更明白地说"你们是一气的"，让宝玉如何"分解"？

"二更多"才去，"天明"又来，宝玉"情痴"。

觉得有人，就猜着定是宝玉，因翻身一看，果中其料。因说道：
"这早晚就跑过来作什么？"宝玉笑道："这天还早呢！你起来瞧
瞧。"黛玉道："你先出去，让我们起来。"宝玉听了，转身出至
外边。

黛玉起来叫醒湘云，二人都穿了衣服。宝玉复又进来，坐在
镜台旁边，只见紫鹃、雪雁进来服侍梳洗。湘云洗了面，翠缕便
拿残水要泼，宝玉道："站着，我趁势洗了就完了，省得又过去
费事。"说着便走过来，弯腰洗了两把。紫鹃递过香皂去，宝玉
道："这盆里的就不少，不用搓了。"再洗了两把，便要手巾。翠
缕道："还是这个毛病儿，多早晚才改。"

宝玉也不理，忙忙的要过青盐擦了牙，嗽了口，完毕，见湘
云已梳完了头，便走过来笑道："好妹妹，替我梳上头罢。"湘云
道："这可不能了。"宝玉笑道："好妹妹，你先时怎么替我梳了
呢？"湘云道："如今我忘了，怎么梳呢？"宝玉道："横竖我不
出门，又不带冠子勒子，不过打几根散辫子就完了。"说着，又
千妹妹万妹妹的央告。湘云只得扶过他的头来，一一梳篦。在家
不戴冠，并不总角，只将四围短发编成小辫，往顶心发上归了
总，编一根大辫，红绦结住。自发顶至辫梢，一路四颗珍珠，下
面有金坠脚。湘云一面编着，一面说道："这珠子只三颗了，这
一颗不是的。我记得是一样的，怎么少了一颗？"宝玉道："丢
了一颗。"湘云道："必定是外头去掉下来，不防被人拣了去，倒
便宜他。"

黛玉一旁盥手，冷笑道："也不知是真丢了，也不知是给了
人镶什么戴去了！"宝玉不答，因镜台两边俱是妆奁等物，顺手
拿起来赏玩，不觉又顺手拈了胭脂，意欲要往口边送，因又怕史
湘云说。正犹豫间，湘云果在身后看见，一手掠着辫子，便伸手
来"拍"的一下，从手中将胭脂打落，说道："这不长进的毛病
儿，多早晚才改过！"

一语未了，只见袭人进来，看见这般光景，知是梳洗过了，

只得回来自己梳洗。忽见宝钗走来，因问："宝兄弟那去了？"袭人含笑道："宝兄弟那里还有在家里的工夫！"宝钗听说，心中明白。又听袭人叹道："姊妹们和气，也有个分寸礼节，也没个黑家白日闹的！凭人怎么劝，都是耳旁风。"宝钗听了，心中暗忖道："倒别看错了这个丫头，听他说话，倒有些识见。"宝钗便在炕上坐了，慢慢的闲言中套问他年纪家乡等语，留神窥察，其言语志量深可敬爱。

一时宝玉来了，宝钗方出去。宝玉便问袭人道："怎么宝姐姐和你说的这么热闹，见我进来就跑了？"问一声不答，再问时，袭人方道："你问我么？我那里知道你们的原故。"宝玉听了这话，见他脸上气色非往日可比，便笑道："怎么动了真气？"袭人冷笑道："我那里敢动气！只是从今以后别进这屋子了。横竖有人服侍你，再别来支使我。我仍旧还伏侍老太太去。"一面说，一面便在炕上合眼倒下。宝玉见了这般景况，深为骇异，禁不住赶来劝慰。那袭人只管合了眼不理。宝玉无了主意，因见麝月进来，便问道："你姐姐怎么了？"麝月道："我知道么？问你自己便明白了。"宝玉听说，呆了一回，自觉无趣，便起身叹道："不理我罢，我也睡去。"说着，便起身下炕，到自己床上歪下。

袭人听他半日无动静，微微的打鼾，料他睡着，便起身拿一领斗篷来，替他刚压上，只听"忽"的一声，宝玉便掀过去，也仍合目装睡。袭人明知其意，便点头冷笑道："你也不用生气，从此后我只当哑子，再不说你一声儿，如何？"宝玉禁不住起身问道："我又怎么了？你又劝我。你劝我也罢，才刚又没见你劝我，一进来你就不理我，赌气睡了。我还摸不着是为什么，这会子你又说我恼了。我何尝听见你劝我什么话了？"袭人道："你心里还不明白，还等我说呢！"

正闹着，贾母遣人来叫他吃饭，方往前边来，胡乱吃了半碗，仍回自己房中。只见袭人睡在外头炕上，麝月在旁边抹骨牌。宝玉素知麝月与袭人亲厚，一并连麝月也不理，揭起软帘自

"约法三章"失效，袭人大为不满。

宝钗发现了"人才"。什么"见识"？就是强调"姊妹们和气，也有个分寸礼节"。要阻止宝黛（甚至宝湘）没有了"分寸"，袭人是可靠同盟军，所以要"敬"之"爱"之。

"你们的原故"，这"你们"也包括宝钗。袭人似乎也要把宝玉"垄断"起来。

袭人不肯假以辞色，"笑"也是"冷笑"；麝月也冷言冷语。宝玉陷于冷包围之中，只好独去睡觉。

"歪下"，和衣而卧，并非真睡。

"打鼾"也是装睡。袭人还是"冷笑"。

宝玉一片纯情，哪能悟到袭人的满腔醋意，所以"摸不着是为什么"。

往里间来。麝月只得跟进来。宝玉便推他出去，说："不敢惊动你们。"麝月只得笑着出来，唤了两个小丫头进来。宝玉拿一本书，歪着看了半天，因要茶，抬头只见两个小丫头在地下站着。一个大些儿的生得十分水秀，宝玉便问："你叫什么名字？"那丫头便说："叫蕙香。"宝玉便问："是谁起的？"蕙香道："我原叫芸香的，是花大姐姐改了蕙香。"宝玉道："正经该叫'晦气'罢了，什么蕙香呢！"又问："你姊妹几个？"蕙香道："四个。"宝玉道："你第几？"蕙香道："第四。"宝玉道："明儿就叫'四儿'，不必什么'蕙香''兰气'的。那一个配比这些花，没的玷辱了好名好姓。"一面说，一面命他倒了茶来吃。袭人和麝月在外间听了抿嘴而笑。

这一日，宝玉也不大出房，也不和姊妹丫头等厮闹，自己闷闷的，只不过拿着书解闷，或弄笔墨；也不使唤众人，只叫四儿答应。谁知四儿是个聪敏乖巧不过的丫头，见宝玉用他，他变尽方法笼络宝玉。至晚饭后，宝玉因吃了两杯酒，眼饧耳热之际，若往日则有袭人等大家喜笑有兴，今日却冷清清的一人对灯，好没兴趣。待要赶了他们去，又怕他们得了意，以后越发来劝；若拿出做上的规矩来镇唬，似乎无情太甚。说不得横心只当他们死了，横竖自然也要过的。便权当他们死了，毫无牵挂，反能怡然自悦。因命四儿剪灯烹茶，自己看了一回《南华经》。正看至《外篇·胠箧》一则，其文曰：

故绝圣弃知，大盗乃止，擿【掷】玉毁珠，小盗不起；焚符破玺，而民朴鄙；掊斗折衡，而民不争；殚残天下之圣法，而民始可与论议。擢乱六律，铄绝竽瑟，塞瞽旷之耳，而天下始人含其聪矣；灭文章，散五采，胶离朱之目，而天下始人含其明矣；毁绝钩绳【工匠的工具】而弃规矩，攦【lì，折断】工倕之指，而天下始人有其巧矣。

看至此，意趣洋洋，趁着酒兴，不禁提笔续曰：

焚花【袭人】散麝【月】，而闺阁始人含其劝【不再有劝说之言】矣；戕【毁掉】宝钗之仙姿，灰【烧毁】黛玉之灵窍，丧减情意，而闺阁之美恶始相类矣。彼含其劝，则无参商之虞【比喻不和睦的可能】矣；戕其仙姿，无恋爱之心矣；灰其灵窍，无才思之情矣。彼钗、玉、花、麝者，皆张其罗而穴其隧【挖好他们的陷阱】，所以迷眩缠陷天下者也。

续毕，掷笔就寝。头刚着枕便酣然睡去，一夜竟不知所之，直至天明方醒。翻身看时，只见袭人和衣睡在衾上。宝玉将昨日的事已付与度外，便推他说道："起来好生睡，看冻着了。"

原来袭人见他无晓夜和姊妹们厮闹，若直劝他，料不能改，故用柔情以警之，料他不过半日片刻仍复好了。不想宝玉一日一夜竟不回转，自己反不得主意，直一夜没好生睡得。今忽见宝玉如此，料他心意回转，便越性不睬他。宝玉见他不应，便伸手替他解衣，刚解开了钮子，被袭人将手推开，又自扣了。宝玉无法，只得拉他的手笑道："你到底怎么了？"连问几声，袭人睁眼说道："我也不怎么。你睡醒了，你自过那边房里去梳洗，再迟了就赶不上。"宝玉道："我过那里去？"袭人冷笑道："你问我，我知道？你爱往那里去，就往那里去。从今咱们两个丢开手，省得鸡声鹅斗，叫别人笑。横竖那边腻了过来，这边又有个什么'四儿''五儿'服侍。我们这起东西，可是白'玷辱了好名好姓'的。"宝玉笑道："你今儿还记着呢！"袭人道："一百年还记着呢！比不得你，拿着我的话当耳旁风，夜里说了，早起就忘了。"宝玉见他娇嗔满面，情不可禁，便向枕边拿起一根玉簪来，一跌两段，说道："我再不听你说，就同这个一样。"袭人忙的拾了簪子，说道："大清早起，这是何苦来！听不听什么要紧，也值得这种样子。"宝玉道："你那里知道我心里急！"袭人笑道："你也知道着急么！可知我心里怎么样？快起来洗脸去罢。"说着，二人方起来梳洗。

宝玉往上房去后，谁知黛玉走来，见宝玉不在房中，因翻弄案上书看，可巧翻出昨儿的《庄子》来。看至所续之处，不觉又气又笑，不禁也提笔续书一绝云：

> 无端弄笔是何人？作践南华《庄子因》【一部阐释《庄子》的书】。
> 不悔自己无见识，却将丑语怪他人！

写毕，也往上房来见贾母，后往王夫人处来。

谁知凤姐之女大姐病了，正乱着请大夫来诊脉。大夫便说："替夫人奶奶们道喜，姐儿发热是见喜【小儿出痘疹的委婉说法】了，并非别病。"王夫人凤姐听了，忙遣人问："可好不好？"医生回道："病虽险，却顺，倒还不妨。预备桑虫猪尾要紧。"凤姐听了，登时忙将起来：一面打扫房屋供奉痘疹娘娘【传说中管痘疹的神】，一面传与家人忌煎炒等物，一面命平儿打点铺盖衣服与贾琏隔房【有痘疹娘娘在，禁止房事】，一面又拿大红尺头与奶子丫头亲近人等裁衣。外面又打扫净室，款留两个医生，轮流斟酌诊脉下药，十二日不放家去。贾琏只得搬出外书房来斋戒，凤姐与平儿都随着王夫人日日供奉娘娘。

那个贾琏，只离了凤姐便要寻事，独寝了两夜，便十分难熬，便暂将小厮们内有清俊的选来出火。不想荣国府内有一个极不成器破烂酒头厨子，名唤多官，人见他懦弱无能，都唤他作"多浑虫"。因他自小父母替他在外娶了一个媳妇，今年方二十来往年纪，生得有几分人才，见者无不羡爱。他生性轻浮，最喜拈花惹草，多浑虫又不理论，只是有酒有肉有钱，便诸事不管了，所以荣宁二府之人都得入手。因这个媳妇美貌异常，轻浮无比，众人都呼他作"多姑娘儿"。

如今贾琏在外熬煎，往日也曾见过这媳妇，失过魂魄，只是内惧娇妻，外惧娈宠，不曾下得手。那多姑娘儿也曾有意于贾琏，只恨没空。今闻贾琏挪在外书房来，他便没事也要走两趟去招惹。惹的贾琏似饥鼠一般，少不得和心腹的小厮们计议，合同遮掩谋求，多以金帛相许。小厮们焉有不允之理，况都和这媳妇是好友，一说便成。是夜二鼓人定【二更，夜深人静时】，多浑虫醉昏在炕，贾琏便溜了来相会。进门一见其态，早已魄飞魂散，也不用情谈款叙，便宽衣动作起来。

谁知这媳妇有天生的奇趣，一经男子挨身，便觉遍身筋骨瘫软，使男子如卧棉上；更兼淫态浪言，压倒娼妓，诸男子至此岂有惜命者哉。那贾琏恨不得连身子化在他身上。那媳妇故作浪语，在下说道："你家女儿出花儿，供着娘娘，你也该忌两日，倒为我脏了身子。快离了我这里罢。"贾琏一面大动，一面喘吁吁答道："你就是娘娘！我那里管什么娘娘！"那媳妇越浪，贾琏越丑态毕露。一时事毕，两个又海誓山盟，难分难舍，此后遂成相契【彼此相合、情感深厚的人】。

一日大姐毒尽癍回，十二日后送了娘娘，合家祭天祀祖，还愿焚香，庆贺放赏已毕，贾琏仍复搬进卧室。见了凤姐，正是俗语云"新婚不如远别"，更有无限恩爱，自不必烦絮。

次日早起，凤姐往上屋去后，平儿收拾贾琏在外的衣服铺盖，不承望枕套中抖出一绺青丝来。平儿会意，忙拽在袖内，便走至这边房内来，拿出头发来，向贾琏笑道："这是什么？"贾琏看见着了忙，抢上来要夺。平儿便跑，被贾琏一把揪住，按在炕上，掰手要夺，口内笑道："小蹄子，你不趁早拿出来，我把你膀子撅折了。"平儿笑道："你就是没良心的。我好意瞒着他来问，你倒赌狠！你只赌狠，等他回来我告诉他，看你怎么着。"贾琏听说，忙陪笑央求道："好人，赏我罢，我再不赌狠了。"

一语未了，只听凤姐声音进来。贾琏听见松了手，平儿刚起

王希廉评："是本书中最秽衰之文。"

此一男一女，也做什么"海誓山盟"，还"遂成相契"。语言的污染，至少从那时候就开始了。

十二日，怎么是"远别"？这样的贾琏哪来的"无限恩爱"？曹公深恶之。

这"一绺青丝"就是所谓"海誓山盟"的证据吧。平儿瞒着凤姐问贾琏，是威胁，是邀宠；贾琏害怕，生夺硬抢。平儿知道贾琏的软肋，一句话就让他服软赔笑。

知夫莫如妻。凤姐猜对了，是聪明；又被平儿骗住了，是愚蠢。平儿只是顺着凤姐说，向着凤姐说，让凤姐相信了她的忠心而受骗。这"软语"之功，是她周旋于贾琏与凤姐之间而得安全的条件。

身，凤姐已走进来，命平儿快开匣子，替太太找样子。平儿忙答应了找时，凤姐见了贾琏，忽然想起来，便问平儿："拿出去的东西都收进来了么？"平儿道："收进来了。"凤姐道："可少什么没有？"平儿道："我也怕丢下一两件，细细的查了查，也不少。"凤姐道："不少就好，只是别多出来罢？"平儿笑道："不丢万幸，谁还添出来呢？"凤姐冷笑道："这半个月难保干净，或者有相厚的丢下的东西：戒指、汗巾、香袋儿，再至于头发、指甲，都是东西。"一席话，说的贾琏脸都黄了。

贾琏在凤姐身后，只望着平儿杀鸡抹脖使眼色儿。平儿只装着看不见，因笑道："怎么我的心就和奶奶的心一样！我就怕有这些个，留神搜了一搜，竟一点破绽也没有。奶奶不信时，那些东西我还没收呢，奶奶亲自翻寻一遍去。"凤姐笑道："傻丫头，他便有这些东西，那里就叫咱们翻着了！"说着，寻了样子又上去了。

庆祝共同的"胜利"。

到底同床异梦，贾琏不能完全信任平儿。

平儿指着鼻子，晃着头笑道："这件事怎么回谢我呢？"喜的个贾琏身痒难挠，跑上来搂着，"心肝肠肉"乱叫乱谢。平儿仍拿了头发笑道："这是我一生的把柄了。好就好，不好就抖露出来这事来。"贾琏笑道："你只好生收着罢，千万别叫他知道。"口里说着，瞅他不防，便抢了过来，笑道："你拿着终是祸患，不如我烧了他完事了。"一面说着，一面便塞于靴掖内。平儿咬牙道："没良心的东西，过了河就拆桥，明儿还想我替你撒谎！"

这样的夫妻关系：女防男，"像防贼似的"；男对女，"多早晚都死在我手里"。尽管是一时气话，到底让人不寒而栗。

贾琏见他娇俏动情，便搂着求欢，被平儿夺手跑了，急的贾琏弯着腰恨道："死促狭小淫妇！一定浪上人的火来，他又跑了。"平儿在窗外笑道："我浪我的，谁叫你动火了？难道图你受用一回，叫他知道了，又不待见我。"贾琏道："你不用怕他，等我性子上来，把这醋罐打个稀烂，他才认得我呢！他防我像防贼似的，只许他同男人说话，不许我和女人说话；我和女人略近些，他就疑惑，他不论小叔子侄儿，大的小的，说说笑笑，就不怕我吃醋了。以后我也不许他见人！"平儿道："他醋你使得，你醋他使不得。他原行的正走的正；你行动便有个坏心，连我也不放心，别说他了。"贾琏道："你两个一口贼气。都是你们行的是，我凡行动都存坏心。多早晚都死在我手里！"

一句未了，凤姐走进院来，因见平儿在窗外，就问道："要说话两个人不在屋里说，怎么跑出一个来，隔着窗子，是什么意思？"贾琏在窗内接道："你可问他，倒像屋里有老虎吃他呢。"平儿道："屋里一个人没有，我在他跟前作什么？"凤姐儿笑道："正是没人才好呢。"平儿听说，便说道："这话是说我呢？"凤姐笑道："不说你说谁？"平儿道："别叫我说出好话来了。"说着，也不打帘子让凤姐，自己先摔帘子进来，往那边去了。

平儿敢于跟凤姐使气，有多少把柄在她手上？

凤姐自掀帘子进来，说道："平儿疯魔了。这蹄子认真要降伏我，仔细你的皮要紧！"贾琏听了，已绝倒在炕上，拍手笑道："我竟不知平儿这么利害，从此倒伏他了。"凤姐道："都是你惯的他，我只和你说！"贾琏听说忙道："你两个不卯，又拿我来作人。我躲开你们。"凤姐道："我看你躲到那里去。"贾琏道："我就来。"凤姐道："我有话和你商量。"不知商量何事，且听下回分解。正是：

此句中的"你"，指贾琏而非平儿，下面"都是你惯的他，我只和你说"，就是解释。

淑女从来多抱怨，娇妻自古便含酸。

【回后评】

首先，此回回目值得一说。说袭人用一"贤"字。现在的工具书注"贤"字，往往"德才"并举，所以一说到"贤"就容易想到"德"。"贤"本作"臤"，会意兼形声，本义是"抓俘虏多"，引申出"劳苦""能干"等义项。"贤"是后起字，《说文解字》注"多才也"，也不包含"德行"在内。历史上说"十大贤臣"，其义也多在肯定其"才"。所谓"贤袭人"，只是说

"能干的袭人"——她总有办法让宝玉服输、服软。全书回目用此字者，除了这一回还有第五十六回，王蒙、张俊评本都作"贤宝钗小惠全大体"（中华书局版、人民文学出版社版"贤"作"时"），可以参考。说平儿用一"俏"字。"俏"，除了形容外表，还用来表示内在圆滑，处事精明，与"傻"相对。"这么俏个人儿，怎么净说傻话。"此处的"俏"正是"处事精明"之义。第五十二回"俏平儿情掩虾须镯"，可以参考。而七十七回说晴雯"俏"，另当别论。上句"娇嗔"二字好解，下句之"软语"就不常见。软，柔也。"软语"就是"温和而委婉的话语"。至于袭人如何"贤"而"娇嗔"，平儿如何"俏"而"软语"，不能不联系文中的具体描述，这就是"虚实互解"。

看这一回书，不禁想到萨特的一句话："他人即地狱。"

人生在世，都希望独立，希望保有自己的信念、自己的价值观。但人又是社会性动物，他需要"群"的帮助与温暖。群体要"塑造"你，要把你"改造"得适合"他们"的利益；你要改造环境，让环境更适合你的个性。于是产生矛盾以至冲突。

这一回书里，有两个"群"，或说两个"圈子"。一个以宝玉为核心，一个以贾琏为核心。两个圈子性质不同，一个是以"爱"而结成，一个是为"欲"而连接。但其内部互危互害的状态是一样的。

文章开头写到宝玉等四个人，大某山民评曰："好个世界，我为尔诈，尔为我虞。"——四人互为"地狱"。

在宝钗赞袭人一节，洪秋蕃评曰："自时厥后，宝钗于袭人，曲意交欢，多方联络，藉他智力，遂我机谋，离黛玉凤缘，夺宝玉佳偶，以致绛珠反本，顽石归真，其祸皆肇于此日。"——宝钗是黛玉、宝玉的"地狱"。

对平儿救贾琏一节，王蒙评曰："三者有打有拉，有攻有防，有求有应，有信任更有不信任，有帮忙更有背叛，有爱有欲更有妒有恨，这也是'三国演义'。"——夫妻（妾）三人也互为"地狱"。

至于袭人、麝月之"箴规"以至挟制，更让宝玉有时时处于"地狱"的苦恼。

宝玉最后弃家出走，可以看作是"突围"，是逃离"地狱"。至于如何使人不再是他人的"地狱"，那是留给读者自己思考的问题。

第二十二回

听曲文宝玉悟禅机
制灯谜贾政悲谶语

禅理偏成曲调,
灯谜巧隐谶言。
其中冷暖自寻看,
昼夜因循暗转。

宝玉委屈题偈语，钗黛奥落乱参禅

禅机，佛教用语。佛教禅师谈禅说法时，用含有机要秘诀的言辞、动作或事物来给人以启示，使人得以触机领悟，故名。谶语，指事后应验的话。

这回书上半部重在写闺阁中的感情纠葛，而从薛宝钗过生日说起。黛玉看到宝钗的生日比自己的规格高，心里已然不爽。宝玉拉她去听戏，她就冷笑道："你既这样说，你特叫一班戏来，拣我爱的唱给我看。这会子犯不上跐着人借光儿问我。"宝钗点了一出《鲁智深醉闹五台山》，还跟宝玉说其中《寄生草》一曲填得极妙，说得宝玉"拍膝画圈，称赏不已"，又赞宝钗无书不知。林黛玉看了心生妒意，就说："安静看戏罢，还没唱《山门》，你倒《妆疯》了。"散戏时凤姐说那个小旦"扮上活像一个人，你们再看不出来"。宝钗心里也知道，不肯说；宝玉也猜着了，亦不敢说；只有史湘云挑明："倒像林妹妹的模样儿。"宝玉听了，忙给湘云使个眼色。这一个比方，一个眼色，就搅起了一场风波：湘云以为宝玉对她不敬，闹着要回家；黛玉既不满"拿我比戏子取笑"，对宝玉的那个"眼色"也有所不满，等等。弄得宝玉深感做人之难，不仅想起了《南华经》，还深感戏词中"赤条条来去无牵挂"一句深得其心，于是参禅作偈，再露离世之倾向。幸好被黛玉、宝钗"教训"，宝玉自嘲"不过一时顽话罢了"，四人仍复如旧。这就是"听曲文宝玉悟禅机"。

下半部写"制灯谜贾政悲谶语"。因在节间，娘娘差人送出一个灯谜儿命大家猜，猜着了每人也作一个送进去。贾母见元春这般有兴，便命合家上下制灯谜取乐。贾政朝罢，晚上也来承欢。看了众姐妹的灯谜之后，贾政沉思道："娘娘所作爆竹，此乃一响而散之物。迎春所作算盘，是打动乱如麻。探春所作风筝，乃飘飘浮荡之物。惜春所作海灯，一发清净孤独。今乃上元佳节，如何皆作此不祥之物为戏耶？"

看了宝钗的灯谜（更香），"更觉不祥，皆非永远福寿之辈"。愈想愈觉烦闷，大有悲戚之状，只垂头沉思。贾政回至房中，仍只是思索，翻来覆去竟难成寐，不由伤悲感慨。这就是"制灯谜贾政悲谶语"——他是把大家所制的灯谜都看作"谶语"了。

话说贾琏听凤姐儿说有话商量，因止步问是何话。凤姐道："二十一是薛妹妹的生日，你到底怎么样呢？"贾琏道："我知道怎么样！你连多少大生日都料理过了，这会子倒没了主意？"凤姐道："大生日料理，不过是有一定的则例在那里。如今他这生日，大又不是，小又不是，所以和你商量。"贾琏听了，低头想了半日道："你今儿糊涂了。现有比例，那林妹妹就是例。往年怎么给林妹妹过的，如今也照依给薛妹妹过就是了。"凤姐听了，冷笑道："我难道连这个也不知道？我原也这么想定了。但昨儿听见老太太说，问起大家的年纪生日来，听见薛大妹妹今年十五岁，虽不是整生日，也算得将笄之年【表示成年，可以许嫁了】。老太太说要替他作生日。想来若果真替他作，自然比往年与林妹妹的不同了。"贾琏道："既如此，就比林妹妹的多增些。"凤姐道："我也这们想着，所以讨你的口气。我若私自添了东西，你又怪我不告诉明白你了。"贾琏笑道："罢，罢，这空头情我不领。你不盘察我就够了，我还怪你！"说着，一径去了，不在话下。

且说史湘云住了两日，因要回去。贾母因说："等过了你宝姐姐的生日，看了戏再回去。"史湘云听了，只得住下。又一面遣人回去，将自己旧日作的两色针线活计取来，为宝钗生辰之仪【礼物】。

谁想贾母自见宝钗来了，喜他稳重和平，正值他才过第一

老太太知道宝钗"将笄之年"，就决定为她作生日。不但表明贾母看重宝钗，还关乎宝钗的婚事。

"与林妹妹的不同"，怎么不同？请往后看。

"盘察"，应指银钱的开销。夫妻之间不但不能通力合作，还得互相提防着。

"稳重和平"，贾母对宝钗这样评价，似乎是与黛玉有所对照。至于有怎样的"稳重和平"，要虚实互解，看下面的具体表现。

凤姐的一番话，是撒娇，是奉承，也给后面偷其财物以典当做了铺垫。

宝钗有深心，善逢迎，"稳重和平"具体表现之一。效果是"贾母更加欢悦"。

黛玉心有不平，借宝玉请去看戏发泄出来。连义互解：当初给她过生日并不曾搭台唱戏。贾母对黛玉只是"亲"，对宝钗是"重"。

个生辰，便自己蠲资二十两，唤了凤姐来，交与他置酒戏。凤姐凑趣笑道："一个老祖宗给孩子们作生日，不拘怎样，谁还敢争，又办什么酒戏。既高兴要热闹，就说不得自己花上几两。巴巴的找出这霉烂的二十两银子来作东道，这意思还叫我赔上。果然拿不出来也罢了，金的、银的、圆的、扁的，压塌了箱子底，只是勒掯【kèn，强迫，刁难。与下面"苦了我们"同义互解】我们。举眼看看，谁不是儿女？难道将来只有宝兄弟顶了你老人家上五台山【发丧送葬的委婉说法】不成？那些梯己只留于他，我们如今虽不配使，也别苦了我们。这个够酒的？够戏的？"说的满屋里都笑起来。贾母亦笑道："你们听听这嘴！我也算会说的，怎么说不过这猴儿。你婆婆也不敢强嘴，你和我哪哪的。"凤姐笑道："我婆婆也是一样的疼宝玉，我也没处去诉冤，倒说我强嘴。"说着，又引着贾母笑了一回，贾母十分喜悦。

到晚间，众人都在贾母前，定昏【天将黑的时候】之馀，大家娘儿姊妹等说笑时，贾母因问宝钗爱听何戏，爱吃何物等语。宝钗深知贾母年老人，喜热闹戏文，爱吃甜烂之食，便总依贾母往日素喜者说了出来。贾母更加欢悦。次日便先送过衣服玩物礼去，王夫人、凤姐、黛玉等诸人皆有，随分不一，不须多记。

至二十一日，就贾母内院中搭了家常小巧戏台，定了一班新出小戏，昆弋两腔皆有。就在贾母上房排了几席家宴酒席，并无一个外客，只有薛姨妈、史湘云、宝钗是客，馀者皆是自己人。这日早起，宝玉因不见林黛玉，便到他房中来寻，只见林黛玉歪在炕上。宝玉笑道："起来吃饭去，就开戏了。你爱看那一出？我好点。"林黛玉冷笑道："你既这样说，你就特叫一班戏来，拣我爱的唱给我看。这会子犯不上跐着人借光儿问我。"宝玉笑道："这有什么难的。明儿就这样行，也叫他们借咱们的光儿。"一面说，一面拉起他来，携手出去吃了饭。

点戏时，贾母一定先叫宝钗点。宝钗推让一遍，无法，只得点了一折《西游记》。贾母自是欢喜，然后便命凤姐点。凤姐亦知贾母喜热闹，更喜谑笑科诨，便点了一出《刘二当衣》。贾母果真更又喜欢，然后便命黛玉点。黛玉因让薛姨妈王夫人等。贾母道："今日原是我特带着你们取笑，咱们只管咱们的，别理他们。我巴巴的唱戏摆酒，为他们不成？他们在这里白听白吃，已经便宜了，还让他们点呢！"说着，大家都笑了。黛玉方点了一出。然后宝玉、史湘云、迎、探、惜、李纨等俱各点了，按出扮演。

点戏，宝钗比肩凤姐，都能讨老太太喜欢。宝钗"稳重和平"具体表现之二。

至上酒席时，贾母又命宝钗点。宝钗点了一出《鲁智深醉闹五台山》。宝玉道："只好【hào】点这些戏。"宝钗道："你白听了这几年的戏，那里知道这出戏的好处，排场又好，词藻更妙。"宝玉道："我从来怕这些热闹戏。"宝钗笑道："要说这一出热闹，你还算不知戏呢。你过来，我告诉你，这一出戏热闹不热闹。——是一套北《点绛唇》，铿锵顿挫，韵律不用说是好的了；只那词藻中有一支《寄生草》，填的极妙，你何曾知道。"宝玉见说的这般好，便凑近来央告："好姐姐，念与我听听。"宝钗便念道：

黛玉点的是什么，不明言，未必那么讨老太太喜欢吧。

"凑近来央告"，宝玉天真好奇，宝钗恰中下怀，黛玉看在眼里。

漫揾【wèn，擦去】英雄泪，相离处士【不做官的隐居之士，这里指七宝村的赵员外】家。谢慈悲剃度【出家为僧】在莲台下。没缘法转眼分离乍【因醉打山门被长老驱逐出寺】。赤条条来去无牵挂。那里讨烟蓑雨笠卷单行【和尚离寺而去】？一任俺芒鞋破钵随缘化【僧徒向人化缘乞讨】！

"赤条条"一句正中宝玉下怀：独自一人，无牵无挂，来去自由，是一种完全"解脱"的精神状态。

宝玉听了，喜的拍膝画圈，称赏不已，又赞宝钗无书不知。林黛玉道："安静看戏罢，还没唱《山门》，你倒《妆疯》【剧目名，借"妆疯"二字讽刺宝玉太激动】了。"说的湘云也笑了。于是大家看戏。

黛玉终于看不下去了。

"妆疯"，讽刺宝玉在宝钗面前太兴奋了。

至晚散时，贾母深爱那作小旦的与一个作小丑的，因命人带进来，细看时益发可怜见。因问年纪，那小旦才十一岁，小丑才

凤姐挑出话题却不说答案，是"诡"；宝钗"不肯说"，是"稳"；宝玉"不敢说"，是"爱"；湘云说出来，是"直"。见得宝钗"稳重和平"之三。

宝玉的这"一眼"，是怕惹事，结果两面不是人。

为求湘云理解，偏又说出黛玉"是个多心的人"。

宝玉本是为湘云着想，湘云偏理解为是宝玉在维护黛玉。一人一心，清官难断，宝玉只好发誓赌咒。

湘云不依不饶，还把黛玉也搭进去了。矛盾越发复杂。

九岁，大家叹息一回。贾母令人另拿些肉果与他两个，又另外赏钱两串。凤姐笑道："这个孩子扮上活像一个人，你们再看不出来。"宝钗心里也知道，便只一笑不肯说。宝玉也猜着了，亦不敢说。史湘云接着笑道："倒像林妹妹的模样儿。"宝玉听了，忙把湘云瞅了一眼，使个眼色。众人却都听了这话，留神细看，都笑起来了，说果然不错。一时散了。

晚间，湘云更衣时，便命翠缕把衣包打开收拾，都包了起来。翠缕道："忙什么，等去的日子再包不迟。"湘云道："明儿一早就走。在这里作什么？——看人家的鼻子眼睛，什么意思！"宝玉听了这话，忙赶近前拉他说道："好妹妹，你错怪了我。林妹妹是个多心的人。别人分明知道，不肯说出来，也皆因怕他恼。谁知你不防头就说了出来，他岂不恼你。我是怕你得罪了他，所以才使眼色。你这会子恼我，不但辜负了我，而且反倒委曲了我。若是别人，那怕他得罪了十个人，与我何干呢。"湘云摔手道："你那花言巧语别哄我。我也原不如你林妹妹，别人说他，拿他取笑都使得，只我说了就有不是。我原不配说他。他是小姐主子，我是奴才丫头，得罪了他，使不得！"宝玉急的说道："我倒是为你，反为出不是来了。我要有外心，立刻就化成灰，叫万人践踹！"湘云道："大正月里，少信嘴胡说。这些没要紧的恶誓、散话【与正事无干的闲话】、歪话，说给那些小性儿、行动爱恼的人、会辖治你的人听去！别叫我啐你。"说着，一径至贾母里间屋里，忿忿的躺着去了。

宝玉没趣，只得又来寻黛玉。刚到门槛前，黛玉便推出来，将门关上。宝玉又不解何意，在窗外只是吞声叫"好妹妹"。黛玉总不理他。宝玉闷闷的垂头自审。袭人早知端的，当此时断不能劝。那宝玉只是呆呆的站在那里。黛玉只当他回房去了，便起来开门，只见宝玉还站在那里。黛玉反不好意思，不好再关，只得抽身上床躺着。宝玉随进来问道："凡事都有个原故，说出来，人也不委屈。好好的就恼了，终是什么原故起的？"林黛玉冷笑道："问的我倒好，我也不知为什么原故。我原是给你们取笑的，——拿我比戏子取笑。"宝玉道："我并没有比你，我并没笑，为什么恼我呢？"黛玉道："你还要比？你还要笑？你不比不笑，比人家比了笑了的还利害呢！"宝玉听说，无可分辩，不则一声。

黛玉又道："这一节还恕得。再者，你为什么又和云儿使眼色？这安的是什么心？莫不是他和我顽，他就自轻自贱了？他原是公侯的小姐，我原是贫民的丫头，他和我顽，设若我回了口，岂不他自惹人轻贱呢？是这主意不是？这却也是你的好心，只是那一个偏又不领你这好情，一般也恼了。你又拿我作情，倒说我小性儿，行动肯恼。你又怕他得罪了我，我恼他。我恼他，与你何干？他得罪了我，又与你何干？"

宝玉见说，方才与湘云私谈，他也听见了。细想自己原为他二人，怕生隙恼，方在中间调和，不想并未调和成功，反已落了两处的贬谤。正合着前日所看《南华经》【《庄子》】上，有"巧者劳而智者忧，无能者无所求，饱食而遨游，泛若不系之舟"；又曰"山木自寇，源泉自盗"等语。因此越想越无趣。再细想来，目下不过这两个人，尚未应酬妥协，将来犹欲为何？想到其间，也无庸分辩回答，自己转身回房来。林黛玉见他去了，便知他回思无趣，赌气去了，一言也不曾发，不禁自己越发添了气，便说道："这一去，一辈子也别来，也别说话。"

宝玉不理，回房躺在床上，只是瞪瞪的。袭人深知原委，不敢就说，只得以他事来解释，因说道："今儿看了戏，又勾出几天戏来。宝姑娘一定要还席的。"宝玉冷笑道："他还不还，管谁什么相干。"袭人见这话不是往日的口吻，因又笑道："这是怎么说？好好的大正月里，娘儿们姊妹们都喜喜欢欢的，你又怎么这个形景了？"宝玉冷笑道："他们娘儿们姊妹们欢喜不欢喜，也与我无干。"袭人笑道："他们既随和，你也随和，岂不大家彼此有趣。"宝玉道："什么是'大家彼此'！他们有'大家彼此'，

宝玉浑朴，一片好心，至此还不知道自己哪里有错。

说宝玉"不比不笑，比人家比了笑了的还利害呢"，是无理可讲，宝玉只得"不则一声"。

黛玉也觉得上面的话无理，即退一步再进一步："使眼色"是实，为什么？"说我小性儿"的是不是你？

这才明白是怎样造成的尴尬处境，所以又想起《南华经》来。

黛玉赌气，火上浇油。

左右碰壁，里外为难，宝玉要"突围"，就想到了"赤条条来去无牵挂"这一句——所谓"禅机"。虽是一时感情的发泄，到底为最后的出走奠定了基础。

我是'赤条条来去无牵挂'。"谈及此句，不觉泪下。袭人见此光景，不肯再说。宝玉细想这句意味，不禁大哭起来，翻身起来至案，遂提笔立占一偈【佛家的唱词】云：

> 你证我证，心证意证。【彼此都想让对方理解，认为能从具体的表现理解彼此的心。】
>
> 是无有证，斯可云证。【只有没有对彼此理解的需求时（撒手），才是真正的理解。】
>
> 无可云证，是立足境。【没有彼此的需求，没有彼此的牵扯，就到了理想的境地。】

写毕，自虽解悟，又恐人看此不解，因此亦填一支《寄生草》，也写在偈后。自己又念一遍，自觉无挂碍，中心自得，便上床睡了。

谁想黛玉见宝玉此番果断而去，故以寻袭人为由，来视动静。袭人笑回："已经睡了。"黛玉听说，便要回去。袭人笑道："姑娘请站住，有一个字帖儿，瞧瞧是什么话。"说着，便将方才那曲子与偈语悄悄拿来，递与黛玉看。黛玉看了，知是宝玉一时感忿而作，不觉可笑可叹，便向袭人道："作的是顽意儿，无甚关系。"说毕，便携了回房去，与湘云同看。次日又与宝钗看。宝钗看其词曰：

> 无我原非你，从他不解伊。肆行无碍凭来去。茫茫着甚悲愁喜，纷纷说甚亲疏密。从前碌碌却因何，到如今回头试想真无趣！

看毕，又看那偈语，又笑道："这个人悟了。都是我的不是，都是我昨儿一支曲子惹出来的。这些道书禅机最能移性。明儿认真说起这些疯话来，存了这个意思，都是从我这一只曲子上来，我

这里的"证"，是印证、验证，可以引申为被对方理解。宝玉的苦恼就来源于好心管事，而人偏不理解，所以就想着切断一切牵连，到达"赤条条"的境地，获得精神的解脱。

还是黛玉懂宝玉。

回想过去的所作所为，又是"悲愁喜"，又是"亲疏密"，纷纷乱乱，真是"无趣"！什么"你"呀"我"的，没有了"我"与"你"的牵扯，还有什么理解不理解呢？认识到这一层，就可以"肆行无碍凭来去"了。

成了个罪魁了。"说着，便撕了个粉碎，递与丫头们说："快烧了罢。"黛玉笑道："不该撕，等我问他。你们跟我来，包管叫他收了这个痴心邪话。"

三人果然都往宝玉屋里来。一进来，黛玉便笑道："宝玉，我问你：至贵者是'宝'，至坚者是'玉'。尔有何贵？尔有何坚？"宝玉竟不能答。三人拍手笑道："这样钝愚，还参禅【学佛入道】呢。"黛玉又道："你那偈末云，'无可云证，是立足境'，固然好了，只是据我看，还未尽善。我再续两句在后。"因念云："无立足境，是方干净。"宝钗道："实在这方悟彻。当日南宗六祖惠能，初寻师至韶州，闻五祖弘忍在黄梅，他便充役火头僧。五祖欲求法嗣【宗派传法的继承人】，令徒弟诸僧各出一偈。上座神秀说道：'身是菩提树，心如明镜台，时时勤拂拭，莫使有尘埃。'彼时惠能在厨房碓米，听了这偈，说道：'美则美矣，了则未了。'因自念一偈曰：'菩提本非树，明镜亦非台，本来无一物，何处染尘埃？'五祖便将衣钵传他。今儿这偈语，亦同此意了。只是方才这句机锋，尚未完全了结，这便丢开手不成？"黛玉笑道："彼时不能答，就算输了，这会子答上了也不为出奇。只是以后再不许谈禅了。连我们两个所知所能的，你还不知不能呢，还去参禅呢。"宝玉自己以为觉悟，不想忽被黛玉一问，便不能答；宝钗又比出"语录"来，此皆素不见他们能者。自己想了一想："原来他们比我的知觉在先，尚未解悟，我如今何必自寻苦恼。"想毕，便笑道："谁又参禅，不过一时顽话罢了。"说着，四人仍复如旧。

忽然人报，娘娘差人送出一个灯谜儿，命你们大家去猜，猜着了每人也作一个进去。四人听说忙出去，至贾母上房。只见一个小太监，拿了一盏四角平头白纱灯，专为灯谜而制，上面已有一个，众人都争看乱猜。小太监又下谕道："众小姐猜着了，不要说出来，每人只暗暗的写在纸上，一齐封进宫去，娘娘自验是否。"宝钗等听了，近前一看，是一首七言绝句，并无甚新奇，

解铃还须系铃人。

宝玉想着有一个"立足境"，还不是彻底的"觉悟"。黛玉进一步，说连那个"立足境"也是不存在的，这才是"彻悟"。

宝钗引经据典，是证实所谓"彻悟"就是彻底的虚无，也就是佛家参禅悟道的最高境界，而宝玉还差得远呢，由此教训宝玉。

的确，宝玉不过是一时感愤，此时并非真的要信佛入道。自称"顽话"，给自己台阶下。

虚伪的恭敬，虚伪的人格。这种事，曹公把宝钗放在第一位，有何用心？

口中少不得称赞，只说难猜，故意寻思，其实一见就猜着了。宝玉、黛玉、湘云、探春四个人也都解了，各自暗暗的写了半日。一并将贾环、贾兰等传来，一齐各揣机心都猜了，写在纸上。然后各人拈一物作成一谜，恭楷写了，挂在灯上。

太监去了，至晚出来传谕："前日娘娘所制，俱已猜着，惟二小姐与三爷猜的不是。小姐们作的也都猜了，不知是否。"说着，也将写的拿出来。也有猜着的，也有猜不着的，都胡乱说猜着了。太监又将颁赐之物送与猜着之人，每人一个宫制诗筒，一柄茶筅，独迎春、贾环二人未得。迎春自为玩笑小事，并不介意，贾环便觉得没趣。且又听太监说："三爷说的这个不通，娘娘也没猜，叫我带回问三爷是个什么。"众人听了，都来看他作的什么，写道是：

大哥有角只八个，二哥有角只两根。
大哥只在床上坐，二哥爱在房上蹲。

众人看了，大发一笑。贾环只得告诉太监说："一个枕头，一个兽头。"太监记了，领茶而去。

贾母见元春这般有兴，自己越发喜乐，便命速作一架小巧精致围屏灯来，设于堂屋，命他姊妹们各自暗暗的作了，写出来粘于屏上，然后预备下香茶细果以及各色玩物，为猜着之贺。贾政朝罢，见贾母高兴，况在节间，晚上也来承欢取乐。设了酒果，备了玩物，上房悬了彩灯，请贾母赏灯取乐。上面贾母、贾政、宝玉一席，下面王夫人、宝钗、黛玉、湘云又一席，迎、探、惜三个又一席。地下婆娘丫鬟站满。李宫裁、王熙凤二人在里间又一席。

贾政因不见贾兰，便问："怎么不见兰哥？"地下婆娘忙进里间问李氏，李氏起身笑着回道："他说方才老爷并没去叫他，他不肯来。"婆娘回复了贾政。众人都笑说："天生的牛心古怪。"贾政忙遣贾环与两个婆娘将贾兰唤来。贾母命他在身旁坐了，抓果品与他吃。大家说笑取乐。

往常间只有宝玉长谈阔论，今日贾政在这里，便惟有唯唯而已。馀者湘云虽系闺阁弱女，却素喜谈论，今日贾政在席，也自缄口禁言。黛玉本性懒与人共，原不肯多语。宝钗原不妄言轻动，便此时亦是坦然自若。故此一席虽是家常取乐，反见拘束不乐。贾母亦知因贾政一人在此所致之故，酒过三巡，便撵贾政去歇息。贾政亦知贾母之意，撵了自己去后，好让他们姊妹兄弟取乐的。贾政忙陪笑道："今日原听见老太太这里大设春灯雅谜，故也备了彩礼酒席，特来入会。何疼孙子孙女之心，便不略赐与儿子半点？"贾母笑道："你在这里，他们都不敢说笑，没的倒叫我闷。你要猜谜时，我便说一个你猜，猜不着是要罚的。"贾政忙笑道："自然要罚。若猜着了，也是要领赏的。"贾母道："这个自然。"说着便念道：

> 猴子身轻站树梢。
>
> ——打一果名。

贾政已知是荔枝，便故意乱猜别的，罚了许多东西；然后方猜着，也得了贾母的东西。然后也念一个与贾母猜，念道：

> 身自端方，体自坚硬。
> 虽不能言，有言必应。
>
> ——打一用物。

说毕，便悄悄的说与宝玉。宝玉意会，又悄悄的告诉了贾母。贾母想了想，果然不差，便说："是砚台。"贾政笑道："到底是老太太，一猜就是。"回头说："快把贺彩送上来。"地下妇女答应一声，大盘小盘一齐捧上。贾母逐件看去，都是灯节下所用所顽新巧之物，甚喜，遂命："给你老爷斟酒。"宝玉执壶，迎

宝玉"唯唯"，是害怕；湘云"缄口"，是拘礼；黛玉不言，是本性。一个贾政弄得大家"拘束不乐"，该反思。

据《列女传》载："老莱子孝养二亲，行年七十，婴儿自娱，着五色彩衣。尝取浆上堂，跌仆，因卧地为小儿啼。"贾政欲效之乎？

"站树梢"，即"立枝"，"立"与"荔"谐音，故谜底为"荔枝"。但与猴子何干（红似猴屁股）？论者谓"猴子"即"猢狲"，"立"又与"离"音近，猢狲"离"树，即谓"树倒猢狲散"，是贾府衰败的谶语。

砚，石质形方，文房四宝之一。"必"与"笔"谐音，"必应"者，"笔应"也。此可看作贾政的自我标榜，若联系贾母之谜，说"有言必应"，是否有说贾母之"言"必将应验呢？

春送酒。贾母因说："你瞧瞧那屏上，都是他姊妹们做的，再猜一猜我听。"

贾政答应，起身走至屏前，只见头一个写道是：

脂评："才得侥幸，奈寿不长，深可悲哉！"王蒙评："人生与一切富贵荣华均是瞬间的事，物极必反。由瞬间感而产生的破灭感。"

能使妖魔胆尽摧，身如束帛气如雷。

一声震得人方恐，回首相看已化灰。

贾政道："这是炮竹嗄。"宝玉答道："是。"贾政又看道：

算盘，以之算账，是"天运"，但没有"人功"它也算不出结果来。有一横梁，把算盘分为上下两部分，即为阴阳。阴阳相隔，所以"纷纷乱"。脂批："此迎春一生遭际，惜不得其夫何！"

天运人功理不穷，有功无运也难逢。

因何镇日纷纷乱，只为阴阳数不同。

贾政道："是算盘。"迎春笑道："是。"又往下看是：

脂评："此探春远适之谶也。"王蒙评："孤独感，距离感，漂泊与流浪的体味。"

阶下儿童仰面时，清明妆点最堪宜。

游丝一断浑无力，莫向东风怨别离。

贾政道："这是风筝。"探春笑道："是。"又看道是：

脂评："此惜春为尼之谶也。"

前身色相总无成【前世因迷恋色相而未能修成正果】，

不听菱歌听佛经【今世要看破红尘，皈依佛门】。

莫道此生沉黑海【不要说身入佛门就是沉入海底】，

性中自有大光明【人自身有佛性就能得到佛的光焰照耀】。

此是作者借贾政之思破谜底。贾政潜意识中有"不祥"之阴影，所以能从谜底中看到"不祥"之征兆。

贾政道："这是佛前海灯嗄。"惜春笑答道："是海灯。"

贾政心内沉思道："娘娘所作爆竹，此乃一响而散之物。迎春所作算盘，是打动乱如麻。探春所作风筝，乃飘飘浮荡之物。惜春所作海灯，一发清净孤独。今乃上元佳节，如何皆作此不祥之物为戏耶？"心内愈思愈闷，因在贾母之前，不敢形于色，只得仍勉强往下看去。只见后面写着七言律诗一首，却是宝钗所作，随念道：

朝罢谁携两袖烟【臣子朝罢会带朝堂之香归家，没有谁会带更香之气】，琴边衾里总无缘【弹琴要熏香，寝被要熏香，也都用不到更香】。

晓筹不用鸡人报【但点了更香，就用不到宫中卫士专门报晓】，五夜无烦侍女添【点了更香，就用不到漏壶，也无须侍女五更添水】。

焦首朝朝还暮暮【与下句互文：日复一日，年复一年，更香不断燃烧自己】，煎心日日复年年。

光阴荏苒须当惜【警醒世人：光阴荏苒，你们要珍惜啊】，风雨阴晴任变迁【不管世道如何变迁，我只守我的本分，尽我的职责】。

更香，古人用于计时的一种香。在香上标出刻度，根据点燃后香的长短计算时间的长短和迟早。

宝钗选秀无望，最后与宝玉又有夫妻之名而无夫妻之情。此被看作宝钗命运的谶语。

贾政看完，心内自忖道："此物还倒有限。只是小小之人作此词句，更觉不祥，皆非永远福寿之辈。"想到此处，愈觉烦闷，大有悲戚之状，因而将适才的精神减去十分之八九，只垂头沉思。

贾母见贾政如此光景，想到或是他身体劳乏亦未可定，又兼之恐拘束了众姊妹不得高兴顽耍，即对贾政云："你竟不必猜了，去安歇罢。让我们再坐一会，也好散了。"贾政一闻此言，连忙答应几个"是"字，又勉强劝了贾母一回酒，方才退出去了。回至房中只是思索，翻来覆去竟难成寐，不由伤悲感慨，不在话下。

且说贾母见贾政去了，便道："你们可自在乐一乐罢。"一言未了，早见宝玉跑至围屏灯前，指手画脚，满口批评，这个这一句不好，那一个破的不恰当，如同开了锁的猴子一般。宝钗便道："还像适才坐着，大家说说笑笑，岂不斯文些儿。"凤姐自里间忙出来插口道："你这个人，就该老爷每日令你寸步不离方好。

在贾母面前，又一所谓"稳重和平"的表现。

适才我忘了，为什么不当着老爷，撺掇叫你也作诗谜儿。若果如此，怕不得这会子正出汗呢。"说的宝玉急了，扯着凤姐儿，扭股儿糖似的只是厮缠。贾母又与李宫裁并众姐妹说笑了一会，也觉有些困倦起来。听了听已是漏下四鼓【凌晨1：00】，命将食物撤去，赏散与众人，随起身道："我们安歇罢。明日还是节下，该当早起。明日晚间再玩罢。"且听下回分解。

【 回后评 】

宝钗庆生，贾母就拿出二十两银子做东。凤姐觉得这生日应该比黛玉的生日过得更讲究。而这个过程充分表现了宝钗"稳重和平"的一面：贾母问宝钗爱听何戏，爱吃何物，宝钗深知贾母作为老人，喜热闹戏文，爱吃甜烂之食，便总依贾母往日素喜者说了出来。看戏之后，凤姐说唱小旦的那孩子扮起来像一个人，但她不说出像谁。宝钗心里知道，但只一笑不肯说。"不肯说"就是"稳"。"稳重和平"这四字评语，也就是"会做人"。"会做人"，如果不含害人之心，倒也无可厚非。

此回书中有一批灯谜。跟书中的许多诗词、戏文、酒令一样，都被看作"谶语"——将得到应验的预言。把人物的最终结局用曲折委婉的方式预告给读者，这是《红楼梦》艺术构思的一大特点，最明显的就是第五回的判词与歌曲。但曹公似乎不满足于此，又通过各种机会让书中人物（其实是代作）作诗填词，做灯谜，制酒令，夫子自道。但从事理上讲，一个人发言作文，可以体现他的才情与个性，但难说他预知了自己的遭际与结局。所以，对书中人物的这些"作品"，与其从中猜想其命运，不如从中品味其性格。贾政之谜，可以看作是他的人格自喻：方正不移，说到做到（有言必应）。迎春之谜，可以看出她屈于命运的懦弱（只怪阴阳）表现。看探春之谜，可以体会其想远走高飞但又不忍别离的苦境。看惜春之谜，完全可以体会到这个小姑娘想摆脱那个腐烂环境的决心。至于宝钗之诗，则刻画的是一个守礼法、尽妇道之淑女节妇的典型。

作者未必然，读者未必不然。对书中的这些灯谜，王蒙先生有一段很有意思的话："这一批灯谜与其作为谶语来读，不如作为中国式的人生处境的反思。虚无感、忧患意识、孤独感、荒谬感……都有。"这就完全换了一个视角。

还有另一种情况，因为作者有"谶语"之作，有的读者就神经过敏，走向极端，仿佛处处是"谶"，牵强附会，把读书变成了猜谜。

有人说"玉在匣中求善价，钗于奁内待时飞"，贾雨村这副对联，是对林黛玉和薛宝钗的结局的暗示。这近乎胡说，没有人相信。而颇有影响的"脂批"，也有不少值得怀疑。比如对贾元春省亲时所点的四出戏，脂砚斋批：

第一出《豪宴》【《一捧雪》中伏贾家之败】；

第二出《乞巧》【《长生殿》中伏元妃之死】；

第三出《仙缘》【《邯郸梦》中伏甄宝玉送玉】；

第四出《离魂》【《牡丹亭》中伏黛玉死】。【所点之戏剧伏四事，乃通部书之大过节、大关键。】

果真如此，就不是省亲欢聚的盛会，而是念丧败兴的生离死别了。

说到"谶语"，就涉及到对"命运"的看法。其实，"命运"是"命"和"运"的综合。一个人，生在怎样的家庭，有怎样的父母，等等，就是他的"命"，这是先天就有的，是个人无法选择的。而"运"，或者叫"运气"，则是一个人降生后的遭际。大而言之，是和平环境还是战争年代，是欣逢盛世还是末代王朝；小而言之，你遇到了一个怎样的老师、一个怎样的朋友，或者你买彩票中了大奖，或者突然遭遇车祸，等等。这些都会影响人生的走向甚至结局。

看《红楼梦》，看那些人物的终局，似乎在给人传达一种

宿命论：不管你怎样挣扎，"命"是不可抗拒、无法改变的。其实，作为个人，要改变"大局"几乎不可能，但要改变自己的"运"还是可以大有作为的。如果说"鱼只能生活在水里"是它的"命"，它当然不能为抗"命"而上树，但它可以游向更好的水域。作为人，只要努力上进，说不定就有"好运"在等待着你。

第二十三回

西厢记妙词通戏语
牡丹亭艳曲警芳心

群艳大观中，柳弱系轻风。
惜花与度曲，笑看利名空。

高堂宝玉见贾政，桃林宝黛读西厢

"通戏语"，说的是宝玉、黛玉用《西厢记》的语句彼此打趣；"警芳心"，指的是黛玉听了《牡丹亭》的曲词后恋爱之情的萌发。警，启发警醒；芳心，情爱之心。这里描绘的是宝黛由兄妹之情到"男女之情"的质的飞跃。

回目所标示的只是书的重点。在此之前，有四千多字，都是陪衬之笔、过渡之文，所以回目上不予标示。贵妃元春临幸大观园后，下了两道懿旨：一是命探春将那日所有的题咏依次抄录妥协，自己编次，叙其优劣，又命在大观园勒石，"为千古风流雅事"；一是命宝钗等只管在园中居住，命宝玉也随进去读书。娘娘命宝玉进园，宝玉自然高兴，而贾政先就加以训教："你可好生用心习学，再如不守分安常，你可仔细！"

黛玉住潇湘馆，宝玉入怡红院，还有后面一起葬花，都显示着二人审美情趣的一致。宝玉自进花园以后，心满意足，再无别项可生贪求之心。谁想静中生烦恼，忽一日不在起来，这也不好，那也不好，出来进去只是闷闷的。园中那些人多半是女孩儿，正在混沌世界，天真烂漫之时，坐卧不避，嬉笑无心，哪里知宝玉此时的心事。那宝玉心内不自在，便懒在园内，只在外头鬼混，却又痴痴的。宝玉的小厮明白宝玉的心，就到书坊内，把那古今小说并那飞燕、合德、武则天、杨贵妃的外传与那传奇角本买了许多来，引宝玉看。宝玉何曾见过这些书，一看见了便如得了珍宝。一日，他在园中自读《会真记》被黛玉发现，黛玉也"越看越爱看，不到一顿饭工夫，将十六出俱已看完，自觉词藻警人，馀香满口。虽看完了书，却只管出神，心内还默默记诵"。二人以书中之语互相打趣，心心相同，"男女之情"取代了兄妹之情。宝玉走后，黛玉偏又听到梨香院小戏子在排唱《牡丹亭》："良辰美景奈何天，赏心乐事谁家院。""则为你如花美眷，似水

流年……"等等。黛玉听得心动神摇，如醉如痴，站立不住，便一蹲身坐在一块山子石上。细嚼曲中之语，又兼方才所见《西厢记》中"花落水流红，闲愁万种"之句，都一时想起来，凑聚在一处。仔细忖度，不觉心痛神痴，眼中落泪。这时的黛玉，俨然一个崔莺莺，或者杜丽娘了。

话说贾元春自那日幸大观园回宫去后，便命将那日所有的题咏，命探春依次抄录妥协，自己编次，叙其优劣，又命在大观园勒石，为千古风流雅事。因此，贾政命人各处选拔精工名匠，在大观园磨石镌字，贾珍率领蓉、萍等监工。因贾蔷又管着文官等十二个女戏并行头等事，不大得便，因此贾珍又将贾菖、贾菱唤来监工。一日，汤蜡钉朱【在石上刻字的两道工序】，动起手来。这也不在话下。

省亲赋诗，在贵妃也是难得的"盛事"。对贵妃之嘱，贾政事必躬亲。

且说那个玉皇庙并达摩庵两处，一班的十二个小沙弥并十二个小道士，如今挪出大观园来，贾政正想发到各庙去分住。不想后街上住的贾芹之母周氏，正盘算着也要到贾政这边谋一个大小事务与儿子管管，也好弄些银钱使用，可巧听见这件事出来，便坐轿子来求凤姐。凤姐因见他素日不大拿班作势的，便依允了，想了几句话便回王夫人说："这些小和尚道士万不可打发到别处去，一时娘娘出来就要承应。倘或散了，若再用时，可是又费事。依我的主意，不如将他们竟送到咱们家庙里铁槛寺去，月间不过派一个人拿几两银子去买柴米就完了。说声用，走去叫来，一点儿不费事呢。"王夫人听了，便商之于贾政。贾政听了笑道："倒是提醒了我，就是这样。"即时唤贾琏来。

凤姐掌握人事大权，所以知趣的要谋差使的直接找凤姐。

当下贾琏正同凤姐吃饭，一闻呼唤，不知何事，放下饭便走。凤姐一把拉住，笑道："你且站住，听我说话。若是别的事

王夫人听凤姐的，贾政听王夫人的，决策程序是有，但实际起作用的还是凤姐。

我不管，若是为小和尚们的事，好歹依我这么着。"如此这般教了一套话。贾琏笑道："我不知道，你有本事你说去。"凤姐听了，把头一梗，把筷子一放，腮上似笑不笑的瞅着贾琏道："你当真的，还是玩话？"贾琏笑道："西廊下五嫂子的儿子芸儿来求了我两三遭，要个事情管管。我依了，叫他等着。好容易出来这件事，你又夺了去。"凤姐儿笑道："你放心。园子东北角子上，娘娘说了，还叫多多的种松柏树，楼底下还叫种些花草。等这件事出来，我管保叫芸儿管这件工程。"贾琏道："果然这样也罢了。只是昨儿晚上，我不过是要改个样儿，你就扭手扭脚的。"凤姐儿听了，嗤的一声笑了，向贾琏啐了一口，低下头便吃饭。

贾琏已经笑着去了，到了前面见了贾政，果然是小和尚一事。贾琏便依了凤姐的主意，说道："如今看来，芹儿倒大大的出息了，这件事竟交与他去管办。横竖照在里头的规例，每月叫芹儿支领就是了。"贾政原不大理论这些事，听贾琏如此说，便如此依了。贾琏回到房中告诉凤姐儿，凤姐即命人去告诉了周氏。贾芹便来见贾琏夫妻两个，感谢不尽。凤姐又作情央贾琏先支三个月的供给，叫他写了领字，贾琏批票画了押，登时发了对牌出去。银库上按数发出三个月的供给来，白花花二三百两。贾芹随手拈一块，撂与掌平的人，叫他们吃茶罢。于是命小厮拿回家，与母亲商议。登时雇了大叫驴，自己骑上；又雇了几辆车，至荣国府角门前，唤出二十四个人来，坐上车，一径往城外铁槛寺去了。当下无话。

如今且说贾元春，因在宫中自编大观园题咏之后，忽想起那大观园中景致，自己幸过之后，贾政必定敬谨封锁，不敢使人进去骚扰，岂不寥落。况家中现有几个能诗会赋的姊妹，何不命他们进去居住，也不使佳人落魄，花柳无颜。却又想到宝玉自幼在姊妹丛中长大，不比别的兄弟，若不命他进去，只怕他冷清了，一时不大畅快，未免贾母王夫人愁虑，须得也命他进园居住方妙。想毕，遂命太监夏守忠到荣国府来下一道谕，命宝钗等只管在园中居住，不可禁约封锢，命宝玉仍随进去读书。

　　贾政、王夫人接了这谕，待夏守忠去后，便来回明贾母，遣人进去各处收拾打扫，安设帘幔床帐。别人听了还自犹可，惟宝玉听了这谕，喜的无可不可。正和贾母盘算，要这个，弄那个，忽见丫鬟来说："老爷叫宝玉。"宝玉听了，好似打了个焦雷，登时扫去兴头，脸上转了颜色，便拉着贾母扭的好似扭股儿糖，杀死不敢去。贾母只得安慰他道："好宝贝，你只管去，有我呢，他不敢委曲了你。况且你又作了那篇好文章。想是娘娘叫你进去住，他吩咐你几句，不过不教你在里头淘气。他说什么，你只好生答应着就是了。"一面安慰，一面唤了两个老嬷嬷来，吩咐"好生带了宝玉去，别叫他老子唬着他。"老嬷嬷答应了。

　　宝玉只得前去，一步挪不了三寸，蹭到这边来。可巧贾政在王夫人房中商议事情，金钏儿、彩云、彩霞、绣鸾、绣凤等众丫鬟都在廊檐底下站着呢，一见宝玉来，都抿着嘴笑。金钏一把拉住宝玉，悄悄的笑道："我这嘴上是才擦的香浸胭脂，你这会子可吃不吃了？"彩云一把推开金钏，笑道："人家正心里不自在，你还奚落他。趁这会子喜欢，快进去罢。"宝玉只得挨进门去。原来贾政和王夫人都在里间呢。赵姨娘打起帘子，宝玉躬身进去。只见贾政和王夫人对面坐在炕上说话，地下一溜椅子，迎春、探春、惜春、贾环四个人都坐在那里。一见他进来，惟有探春和惜春、贾环站了起来。

　　贾政一举目，见宝玉站在跟前，神彩飘逸，秀色夺人；看看贾环，人物委琐，举止荒疏；忽又想起贾珠来，再看看王夫人只有这一个亲生的儿子，素爱如珍，自己的胡须将已苍白：因这几件上，把素日嫌恶处分宝玉之心不觉减了八九。半晌说道："娘娘吩咐，说你日日外头嬉游，渐次疏懒，如今叫禁管，同你姊妹在园里读书写字。你可好生用心习学，再如不守分安常，你可仔细！"宝玉连连的答应了几个"是"。王夫人便拉他在身旁坐下。他姊弟三人依旧坐下。

王夫人摸挲着宝玉的脖项说道："前儿的丸药都吃完了？"宝玉答道："还有一丸。"王夫人道："明儿再取十丸来，天天临睡的时候，叫袭人服侍你吃了再睡。"宝玉道："只从太太吩咐了，袭人天天晚上想着，打发我吃。"贾政问道："袭人是何人？"王夫人道："是个丫头。"贾政道："丫头不管叫个什么罢了，是谁这样刁钻，起这样的名字？"王夫人见贾政不自在了，便替宝玉掩饰道："是老太太起的。"贾政道："老太太如何知道这话，一定是宝玉。"宝玉见瞒不过，只得起身回道："因素日读诗，曾记古人有一句诗云：'花气袭人知昼暖'。因这个丫头姓花，便随口起了这个名字。"王夫人忙又道："宝玉，你回去改了罢。老爷也不用为这小事动气。"贾政道："究竟也无碍，又何用改。只是可见宝玉不务正，专在这些秾词艳赋上作工夫。"说毕，断喝一声："作业的畜生，还不出去！"王夫人也忙道："去罢，只怕老太太等你吃饭呢。"宝玉答应了，慢慢的退出去，向金钏儿笑着伸伸舌头，带着两个嬷嬷一溜烟去了。

刚至穿堂门前，只见袭人倚门立在那里，一见宝玉平安回来，堆下笑来问道："叫你作什么？"宝玉告诉他："没有什么，不过怕我进园去淘气，吩咐吩咐。"一面说，一面回至贾母跟前，回明原委。只见林黛玉正在那里，宝玉便问他："你住那一处好？"林黛玉正心里盘算这事，忽见宝玉问他，便笑道："我心里想着潇湘馆好，爱那几竿竹子隐着一道曲栏，比别处更觉幽静。"宝玉听了拍手笑道："正和我的主意一样，我也要叫你住这里呢。我就住怡红院，咱们两个又近，又都清幽。"

二人正计较，就有贾政遣人来回贾母说："二月二十二日子好，哥儿姐儿们好搬进去的。这几日内遣人进去分派收拾。"薛宝钗住了蘅芜苑，林黛玉住了潇湘馆，贾迎春住了缀锦楼，探春住了秋爽斋，惜春住了蓼风轩，李氏住了稻香村，宝玉住了怡红院。每一处添两个老嬷嬷，四个丫头，除各人奶娘亲随丫鬟不算外，另有专管收拾打扫的。至二十二日，一齐进去，登时园内花

（左侧批注）

王夫人问药，是关心宝玉，也是有意岔开话题。

袭人在宝玉身边绝非一日，贾政竟然不知道。

"解放"了的感觉。来时何慢，去时何速！

单向金钏"伸舌头"挑逗，透着亲近。

"平安回来"中"平安"二字妙：儿子见父亲是一件"危险"的事！

宝黛之亲，是心心相通，不仅有共同的价值观（这更多表现为理性的判断），而且有共同的美感、共同的情趣。这是人际和谐更为深厚的基础。

招绣带，柳拂香风，不似前番那等寂寞了。

闲言少叙。且说宝玉自进花园以来，心满意足，再无别项可生贪求之心。每日只和姊妹丫头们一处，或读书，或写字，或弹琴下棋，作画吟诗，以至描鸾刺凤，斗草簪花，低吟悄唱，拆字猜枚，无所不至，倒也十分快乐。他曾有几首即事诗，虽不算好，却倒是真情真景，略记几首云：

只是浑朴天真，还没有明确的性别意识。

春夜即事【就当下的情事作诗】

霞绡云幄任铺陈【躺在随意铺陈的霞被云帐里，却难以入眠】，隔巷蟆更【六更】听未真【天近黎明，隐隐约约有更鼓之声传到耳边】。

枕上轻寒窗外雨【窗外淅淅沥沥滴着小雨，在枕上我感到阵阵轻寒】，眼前春色梦中人【目前的春色就像梦中的佳人，那么美好，却又朦胧一片】。

盈盈烛泪因谁泣【那窗前的蜡烛泪流不止，你是为谁如此凄惨】，点点花愁为我【自己】嗔【那窗外的春花肯定生气，为自己遭雨而愁苦不堪】。

自是小鬟娇懒惯【我身边的那些小丫鬟，让我娇惯得又皮又懒】，拥衾不耐【无奈】笑言频【她们躺在被窝里还叽叽喳喳又说又笑，拿她们真没办法】。

几首诗，写的只是初进大观园时富贵闲人的风雅岁月。"即事"，标明其写实的性质。第一首，写宝玉自己的"春夜"情思，透出一种孤独感。

诗的颈联互文：烛与花都有泪有愁，它们也都只是为了自己，并不理解"我"这失眠人的情思。

夏夜即事

倦绣佳人幽梦长【刺绣劳顿后，佳人们放松休憩，好梦悠长】，金笼鹦鹉唤茶汤【一觉醒来，笼中的鹦鹉很乖觉，招呼丫鬟们快递茶汤】。

窗明麝月开宫镜【这时候，皓月照得窗前一片明亮，仿佛打开了皇家宝镜】，室霭檀云品御香【檀香之烟在室内弥漫，其气味好像点燃了宫中的御香】。

琥珀杯倾荷露【酒名】滑【举起琥珀之杯，喝一口美酒，清凉滑爽】，玻璃槛纳柳风凉【到玻璃栏杆旁吹一吹晚

此一首转写女眷。可看出姐妹们的夜生活幸福自由，一片祥和。颔联是比喻句。颈联之"琥珀杯""玻璃槛"作状语。

风，通体清凉】。

水亭处处齐纨动【水亭边，三三两两，姐妹们裙裾飘动，不肯离去】，帘卷朱楼罢晚妆【朱楼上，丫鬟们已卷起绣帘，等待主人卸去晚妆】。

秋夜即事

绛芸轩里绝喧哗【怡红院里丫鬟们的喧哗终于停止，四周一片安宁】，桂魄流光浸茜纱【皎洁的月光透过红色的窗纱，我也得到它的光明】。

苔锁石纹容睡鹤【外面，虎皮石上布满青苔，有仙鹤安安稳稳地酣睡】，井飘桐露湿栖鸦【井旁的梧桐树上，露珠滴落打湿了栖鸦的羽毛，它还迷梦不醒】。

抱衾婢至舒金凤【这时候，有丫鬟抱来绣有金凤的寝被准备铺床就寝】，倚槛人归落翠花【女孩头饰】【倚栏观月的也回来摘下头饰，动作轻轻】。

静夜不眠因酒渴【我却因贪杯，此时口渴难以入睡】，沉烟重拨索烹茶【叫丫鬟重拨火炉重煮茶，我且轻酌慢饮享受秋夜的清平】。

冬夜即事

梅魂竹梦已三更【时至三更，寒梅翠竹都已寂静无声】，锦罽【jì，毛毯】鹴【shuāng，雁的一种】衾睡未成【而我，虽有毛毯羽被，还是难以入梦】。

松影一庭惟见鹤【看窗外，松影一庭，唯见仙鹤独立】，梨花满地不闻莺【满地是莹白的冬雪，再也听不到夜莺的啼鸣】。

女儿翠袖诗怀冷【姐妹们轻挽翠袖，写出的诗句都带有几分寒意】，公子金貂酒力轻【我身穿貂皮衣，连饮数杯酒，仍不能御寒，这酒力实在太轻】。

却喜侍儿知试茗【可喜的是，小丫鬟知道我此时最需热茶】，扫将新雪及时烹【她不辞辛苦扫来新雪及时煮，一股

这一首单写"绛芸轩"——宝玉居处。极写秋夜之宁静，而自己似有心事，饮酒不眠。"桂魄""金凤""翠花"，都是借代手法。

此一首兼写自己和众姐妹。冬夜吟诗，有茶酒伺候，是一种情趣，也是一种享受。"梨花"喻指雪，"翠袖""金貂"，都应看作动词。

因这几首诗，当时有一等势利人，见是荣国府十二三岁的公子作的，抄录出来各处称颂；再有一等轻浮子弟，爱上那风骚妖艳之句，也写在扇头壁上，不时吟哦赏赞。因此竟有人来寻诗觅字，倩画求题的。宝玉亦发得了意，镇日家作这些外务。

谁想静中生烦恼，忽一日不自在起来，这也不好，那也不好，出来进去只是闷闷的。园中那些人多半是女孩儿，正在混沌世界，天真烂漫之时，坐卧不避，嬉笑无心，那里知宝玉此时的心事。那宝玉心内不自在，便懒在园内，只在外头鬼混，却又痴痴的。茗烟见他这样，因想与他开心，左思右想，皆是宝玉顽奈烦了的，不能开心，惟有这件，宝玉不曾看见过。想毕，便走去到书坊内，把那古今小说并那飞燕、合德、武则天、杨贵妃的外传与那传奇角本买了许多来，引宝玉看。宝玉何曾见过这些书，一看见了便如得了珍宝。茗烟又嘱咐他不可拿进园去，"若叫人知道了，我就吃不了兜着走呢"。宝玉那里舍的不拿进去，踟蹰再三，单把那文理细密的拣了几套进去，放在床顶上，无人时自己密看。那粗俗过露的，都藏在外面书房里。

那一日正当三月中浣【中旬】，早饭后，宝玉携了一套《会真记》，走到沁芳闸桥边桃花底下一块石上坐着，展开《会真记》，从头细玩。正看到"落红成阵"，只见一阵风过，把树头上桃花吹下一大半来，落的满身满书满地皆是。宝玉要抖将下来，恐怕脚步践踏了，只得兜了那花瓣，来至池边，抖在池内。那花瓣浮在水面，飘飘荡荡，竟流出沁芳闸去了。回来只见地下还有许多。

宝玉正踟蹰间，只听背后有人说道："你在这里作什么？"宝玉一回头，却是林黛玉来了，肩上担着花锄，锄上挂着花囊，手内拿着花帚。宝玉笑道："好，好，来把这个花扫起来，撂在那水里。我才撂了好些在那里呢。"林黛玉道："撂在水里不好。

一般说来，"十二三岁"的人写出上面这样的诗，有点夸张。但此"公子"非彼"公子"，想到他是神瑛侍者转世，也就不足怪了。

宝玉渐渐长大，有了女孩们"坐卧不避，嬉笑无心"所不能了解的"心事"。这"心事"就是男女之别的意识，就是"性"的觉醒。而这种觉醒，开始时是不分明的，是非理性的。

茗烟弄来情爱之书给宝玉解闷，实际起到性启蒙的作用。在中国，男孩的性启蒙至今仍有不少是靠这"传奇"之类。

书是好书，景是好景，人是好心。

此时，能与宝玉想到一起的只有黛玉。这是天性的契合，在大观园，在贾府，没有第二对。而黛玉比宝玉想得更深入：随水流出去还会被污染，最好的办法是让它入土随化。

"喜不自禁"之际随口说出"书",自然引出下文。知宝莫如黛,岂能瞒过?宝玉说是"好书",黛玉也"越看越爱看",还是精神的契合。

宝玉用书中的语句挑明彼此的"夫妻"缘,黛玉难以当面接受。与其说是"怒",不如说是"羞"。刚刚说过"果然有趣",反过来就说这是"淫词艳曲",是"不讲理";"告诉舅舅舅母去",是虚张声势。所以宝玉一发誓求饶,黛玉就"笑了"。

黛玉说宝玉是"银样镴枪头",无意中也用了书中的原话,所以宝玉说:"你这个呢?我也告诉去。"黛玉当然不在意,反而自豪于自己的"一目十行"。

必是袭人到,才能了结读书、葬花一段情节。

你看这里的水干净,只一流出去,有人家的地方脏的臭的混倒,仍旧把花遭塌了。那畸角上我有一个花冢,如今把他扫了,装在这绢袋里,拿土埋上,日久不过随土化了,岂不干净。"

宝玉听了喜不自禁,笑道:"待我放下书,帮你来收拾。"黛玉道:"什么书?"宝玉见问,慌的藏之不迭,便说道:"不过是《中庸》、《大学》。"黛玉笑道:"你又在我跟前弄鬼。趁早儿给我瞧,好多着呢。"宝玉道:"好妹妹,若论你,我是不怕的。你看了,好歹别告诉别人去。真真这是好书!你要看了,连饭也不想吃呢。"一面说,一面递了过去。林黛玉把花具且都放下,接书来瞧,从头看去,越看越爱看,不到一顿饭工夫,将十六出俱已看完,自觉词藻警人,馀香满口。虽看完了书,却只管出神,心内还默默记诵。

宝玉笑道:"妹妹,你说好不好?"林黛玉笑道:"果然有趣。"宝玉笑道:"我就是个'多愁多病身',你就是那'倾国倾城貌'。"林黛玉听了,不觉带腮连耳通红,登时直竖起两道似蹙非蹙的眉,瞪了两只似睁非睁的眼,微腮带怒,薄面含嗔,指宝玉道:"你这该死的胡说!好好的把这淫词艳曲弄了来,还学了这些混话来欺负我。我告诉舅舅舅母去。"说到"欺负"两个字上,早又把眼睛圈儿红了,转身就走。宝玉着了急,向前拦住说道:"好妹妹,千万饶我这一遭,原是我说错了。若有心欺负你,明儿我掉在池子里,教个癞头鼋吞了去,变个大忘八,等你明儿做了'一品夫人'病老归西的时候,我往你坟上替你驮一辈子的碑去。"说的林黛玉嗤的一声笑了,一面揉着眼睛,一面笑道:"一般也唬的这个调儿,还只管胡说。'呸,原来是苗而不秀,是个银样镴枪头。'"宝玉听了,笑道:"你这个呢?我也告诉去。"林黛玉笑道:"你说你会过目成诵,难道我就不能一目十行么?"

宝玉一面收书,一面笑道:"正经快把花埋了罢,别提那个了。"二人便收拾落花,正才掩埋妥协,只见袭人走来,说道:"那里没找到,摸在这里来。那边大老爷身上不好,姑娘们都过去请安，老太太叫打发你去呢。快回去换衣裳去罢。"宝玉听了，忙拿了书，别了黛玉，同袭人回房换衣不提。

这里林黛玉见宝玉去了，又听见众姊妹也不在房，自己闷闷的。正欲回房，刚走到梨香院墙角上，只听墙内笛韵悠扬，歌声婉转。林黛玉便知是那十二个女孩子演习戏文呢。只因林黛玉素习不大喜看戏文，便不留心，只管往前走。偶然两句吹到耳内，明明白白，一字不落，唱道是："原来姹紫嫣红开遍，似这般都付与断井颓垣。"林黛玉听了，倒也十分感慨缠绵，便止住步侧耳细听，又听唱道："良辰美景奈何天，赏心乐事谁家院。"听了这两句，不觉点头自叹，心下自思道："原来戏上也有好文章。可惜世人只知看戏，未必能领略这其中的趣味。"想毕，又后悔不该胡想，耽误了听曲子。又侧耳时，只听唱道："则为你如花美眷，似水流年……"林黛玉听了这两句上，不觉心动神摇。又听道"你在幽闺自怜"等句，亦发如醉如痴，站立不住，便一蹲身坐在一块山子石上，细嚼"如花美眷，似水流年"八个字的滋味。忽又想起前日见古人诗中有"水流花谢两无情"之句，再又有词中有"流水落花春去也，天上人间"之句，又兼方才所见《西厢记》中"花落水流红，闲愁万种"之句，都一时想起来，凑聚在一处。仔细忖度，不觉心痛神痴，眼中落泪。正没个开交，忽觉背上击了一下，及回头看时，原来是……且听下回分解。正是：

妆晨绣夜心无矣【从此再也没有"妆晨绣夜"那种纯真无忧的心情了】，对月临风恨有之【对月伤怀、临风洒泪的忧愁暗恨会时时伴随着你】。

黛玉也"闷闷的"了——情窦初开了。

刚读了《会真记》，又听到《牡丹亭》。这些唱词表达的是对美好爱情与婚姻的追求，令黛玉"心动神摇""如醉如痴"；再联想到古诗中"流水落花"之类青春易逝的悲吟，触动了黛玉内心深处最隐秘的软处，所以"不觉心痛神痴，眼中落泪"了。

【回后评】

　　此一回书，重要的是写宝黛之情的变化，或者说是升华，就是由兄妹之情升华为男女之情——爱情。如果说第十九回"意绵绵静日玉生香"是写其爱情的萌生，第二十回"林黛玉巧语谑娇音"写其爱情的发展，此一回书就直接揭开了爱情的面纱。

　　这种心理的变化，先从宝玉写起。四首题咏，低吟悄唱，还是"心满意足"状态。随着年龄的增长，大观园女儿们的那种"混沌世界"不能满足他的心理需求了，他于是"在外头鬼混"，可还是"痴痴的"——一种朦胧的不知所求又不知所措的精神状态。茗烟，这个宝玉的男性"知心人"，找来一堆专写男情女爱的书，这使宝玉的"男女"意识豁然明朗了。

　　而通过读《会真记》，就把黛玉带进来，使二人面对面明确了"夫妻缘"。宝玉见黛玉对此书也如醉如痴，就说"我就是个'多愁多病身'，你就是那'倾国倾城貌'"。大胆直白，这是男孩子的口无遮拦。而黛玉则含羞而怒，说宝玉"欺负"她，要去告状揭发，吓得宝玉赶紧发誓求饶。当说到要变个大王八给黛玉驮一辈子的碑，林黛玉就嗤地一声笑了。这一笑，彻底暴露了黛玉的真实心态：她表面上"怒"，实际上是喜。但她不能当面坦然认可，这是一个情窦初开之少女的应有自尊，宝玉当然也心知肚明。黛玉说到"欺负"二字眼圈就红了：不得不这样遮掩羞怯之态，又感到这样说实在委屈了心爱之人，谁欺负谁呀？是两个人都被某种力量欺负了吗？更有意思的是，宝玉一面收书，一面笑道："正经快把花埋了罢，别提那个了。"二人合手葬花，这个细节生动地体现出二人之价值观与审美情趣的心灵契合。

　　宝玉走后，又写黛玉听曲《牡丹亭》。这里，展现了黛玉心理的两个层次——一是更加向往美好的爱情与婚姻，一是哀叹流水落花，青春易逝，情感由喜转悲，预示着宝黛婚事的悲剧结局。

宝黛的姻缘，固起于太虚幻境，但在尘世间，他们的相亲相爱，到底展示出坚实的基础。人之相与，有基于利益者，那些所谓的"政治姻亲"都属于此类；有基于所谓价值观者，影视中所描写的一些"革命情侣"，可以归入此类。而宝黛之间，不仅有着共同价值观——不追求功名利禄，而且有着共同的情怀、共同的美感。共同扫花、葬花，共同欣赏《会真记》之类的"好文章"，并非出于理性的判断与选择，而是出于人性之本，是人性之善、人性之美的自然表现。有此为基础，其"爱"才是纯真的，才会生死以之。

第二十四回

醉金刚轻财尚义侠
痴女儿遗帕惹相思

冷暖时，只自知，金刚、卜氏浑闲事。眼中心，言中意，三生旧债原无底。任你贵比王侯，任你富似郭、石，一时间，风流愿，不怕死。

听曲文黛玉落泪，求差使贾芸运通

　　醉金刚，指泼皮倪二，贾芸的邻居，听说贾芸需要银子，就解囊相助；痴女儿，指小红，宝玉房里的丫头，荣府管家林之孝的女儿，她与贾芸相爱。贾芸与小红之爱情纠葛，详见第二十六回。

　　本回书的题旨是为贾芸、小红立传。贾芸为了谋生养家，到荣府求情找事做。他先是找贾琏求职不成，决定转求凤姐，但求凤姐必得送礼。他去找母舅赊账，求借不成，反被舅舅教训一顿；懊丧中路遇紧邻泼皮倪二。当倪二知道他的难处，竟显出一股豪侠气，把一包银子借给他，且不用写借据，不用付利息。贾芸得了银子，买了麝香、冰片，给凤姐送礼。"送礼"也是一件"艺术"活儿。贾芸深知凤姐是喜奉承尚排场的，一见到凤姐就恭恭敬敬抢上来请安，凤姐似理不理；贾芸又说凤姐身子生得单弱，事情又多，亏她好大精神，竟料理得周周全全，要是差一点儿的，早累得不知怎么样呢。"凤姐听了满脸是笑，不由的便止了步"。这才有了靠近凤姐的机会，为送礼打好基础。他先说这冰麝是朋友给的，再说这东西别人也不配享用，再说凤姐此时正是用此物之时，但绝不当面提出找差事的请求。当然，贾芸求职成功，最终从凤姐那里得到管园里栽种花木的工程，一次就领到白银二百两。第二天，还了倪二的账，贾芸只拿了五十两去买树。其余的事，就"不在话下"了。

　　小红与贾芸的故事是穿插在贾芸求职、上任的过程中的。宝玉认贾芸为"儿子"，约他第二天书房相见。第二天贾芸如约而往，宝玉则早把这事丢在脑后了。贾芸没有见到宝玉，却遇到了宝玉的丫头小红。二人"一见钟情"：小红听说是本家的爷们，"下死眼把贾芸钉了两眼"，并答应为贾芸传话给宝玉。贾芸则"听这丫头说话简便俏丽"，临走还"一面走，一面回头"，"眼睛瞄那丫头还站在那里呢"。其实，小红在怡红院不过是个干粗活的丫头，但"心内着实妄想痴心的往上攀高，每每的要在宝玉面前现弄现弄"。只是宝玉身边一干人，都是伶牙俐爪的，难以插得下手去。在其忧闷之际，听说贾芸要到园中监督种树，就"不觉心中一动"，而且做了一个美梦：贾芸给她送失落的手帕。

　　话说林黛玉正自情思萦逗、缠绵固结之时，忽有人从背后击了他一掌，说道："你作什么一个人在这里？"林黛玉倒唬了一跳，回头看时，不是别人，却是香菱。林黛玉道："你这个傻丫头，唬我这么一跳好的。你这会子打那里来？"香菱嘻嘻的笑道："我来寻我们的姑娘的，找他总找不着。你们紫鹃也找你呢，说琏二奶奶送了什么茶叶来给你的。走罢，回家去坐着。"一面说着，一面拉着黛玉的手回潇湘馆来了。果然凤姐儿送了两小瓶上用新茶来。林黛玉和香菱坐了。况他们有甚正事谈讲，不过说些这一个绣的好，那一个刺的精，又下一回棋，看两句书，香菱便走了。不在话下。

　　如今且说宝玉因被袭人找回房去，果见鸳鸯歪在床上看袭人的针线呢，见宝玉来了，便说道："你往那里去了？老太太等着你呢，叫你过那边请大老爷的安去。还不快换了衣服走呢。"袭人便进房去取衣服。宝玉坐在床沿上，褪了鞋等靴子穿的工夫，回头见鸳鸯穿着水红绫子袄儿，青缎子背心，束着白绉绸汗巾儿，脸向那边低着头看针线，脖子上戴着花领子。宝玉便把脸凑在他脖项上，闻那香油气，不住用手摩挲，其白腻不在袭人之下，便猴上身去涎皮笑道："好姐姐，把你嘴上的胭脂赏我吃了罢。"一面说着，一面扭股糖似的粘在身上。鸳鸯便叫道："袭人，你出来瞧瞧。你跟他一辈子，也不劝劝，还是这么着。"袭

　　还坐在山子石上呢。

　　下棋论"回"，看书论"句"，不用心思，玩玩而已。

　　鸳鸯来的任务是传老太太令。

　　鸳鸯不恼，是习惯了。偏教袭人来管，因为她知道袭人要跟宝玉"一辈子"。袭人"妾身"未明，鸳鸯就看出来了。

对袭人的"警告"，宝玉或诺而不践，或听而不闻。

这一段，主要是写贾芸出场。这出场写得大有"文章"：一是他是来找贾琏"说句话"的。说什么？不知道。二是偏又与宝玉相见，不仅借贾琏之口说出其身份，还为后面贾芸与小红的相见做了伏线。

注意"伶俐乖觉"这四字评语。虚实互解，下面情节都围绕这四个字展开。

宝玉说"倒像我的儿子"，原不过说着玩儿。贾芸故意以假作真，还正正经经讲出一番道理。结识宝玉绝对有百利而无一害。——此其乖觉之一。

宝玉留一句话，为后面留一段文。

听贾母的话，得站起来：家礼。

人抱了衣服出来，向宝玉道："左劝也不改，右劝也不改，你到底是怎么样？你再这么着，这个地方可就难住了。"一边说，一边催他穿了衣服，同鸳鸯往前面来见贾母。

见过贾母，出至外面，人马俱已齐备。刚欲上马，只见贾琏请安回来了，正下马，二人对面，彼此问了两句话。只见旁边转出一个人来，"请宝叔安。"宝玉看时，只见这人容长脸，长挑身材，年纪只好十八九岁，生得着实斯文清秀，倒也十分面善，只是想不起是那一房的，叫什么名字。贾琏笑道："你怎么发呆，连他也不认得？他是后廊上住的五嫂子的儿子芸儿。"宝玉笑道："是了，是了，我怎么就忘了。"因问他母亲好，这会子什么勾当。贾芸指贾琏道："找二叔说句话。"宝玉笑道："你倒比先越发出挑了，倒像我的儿子。"贾琏笑道："好不害臊！人家比你大四五岁呢，就替你作儿子了？"宝玉笑道："你今年十几岁了？"贾芸道："十八岁。"

原来这贾芸最伶俐乖觉，听宝玉这样说，便笑道："俗语说的，'摇车里的爷爷，拄拐的孙孙'。虽然岁数大，山高高不过太阳。只从我父亲没了，这几年也无人照管教导。如若宝叔不嫌侄儿蠢笨，认作儿子，就是我的造化了。"贾琏笑道："你听见了？认儿子不是好开交的呢。"说着就进去了。宝玉笑道："明儿你闲了，只管来找我，别和他们鬼鬼祟祟的。这会子我不得闲儿。明儿你到书房里来，和你说天话儿，我带你园里玩耍去。"说着扳鞍上马，众小厮围随往贾赦这边来。

见了贾赦，不过是偶感些风寒，先述了贾母问的话，然后自己请了安。贾赦先站起来回了贾母话，次后便唤人来："带哥儿去太太屋里坐着。"宝玉退出，来至后面，进入上房。邢夫人见了他来，先倒站了起来，请过贾母安，宝玉方请安。邢夫人拉他上炕坐了，方问别人好，又命人倒茶来。一钟茶未吃完，只见那贾琮来问宝玉好。邢夫人道："那里找活猴儿去！你那奶妈子死绝了，也不收拾收拾你，弄的黑眉乌嘴的，那里像大家子念书的孩子！"

正说着，只见贾环、贾兰小叔侄两个也来了，请过安，邢夫人便叫他两个椅子上坐了。贾环见宝玉同邢夫人坐在一个坐褥上，邢夫人又百般摩挲抚弄他，早已心中不自在了，坐不多时，便和贾兰使眼色儿要走。贾兰只得依他，一同起身告辞。宝玉见他们要走，自己也就起身，要一同回去。邢夫人笑道："你且坐着，我还和你说话呢。"宝玉只得坐了。邢夫人向他两个道："你们回去，各人替我问你们各人母亲好。你们姑娘、姐姐、妹妹都在这里呢，闹的我头晕，今儿不留你们吃饭了。"贾环等答应着，便出来回家去了。

贾环向来嫉妒宝玉得宠，邢夫人的做法自然令他"心中不自在"。"怨不在大，可畏惟人"，积怨成仇，危害就大了。

宝玉笑道："可是姐姐们都过来了，怎么不见？"邢夫人道："他们坐了一会子，都往后头不知那屋里去了。"宝玉道："大娘方才说有话说，不知是什么话？"邢夫人笑道："那里有什么话，不过是叫你等着，同你姊妹们吃了饭去。还有一个好玩的东西给你带回去玩。"娘儿两个说话，不觉早又晚饭时节。调开桌椅，罗列杯盘，母女姊妹们吃毕了饭。宝玉去辞贾赦，同姊妹们一同回家，见过贾母、王夫人等，各自回房安息。不在话下。

且说贾芸进去见了贾琏，因打听可有什么事情。贾琏告诉他："前儿倒有一件事情出来，偏生你婶子再三求了我，给了贾芹了。他许了我，说明儿园里还有几处要栽花木的地方，等这个工程出来，一定给你就是了。"贾芸听了，半晌说道："既是这样，我就等着罢。叔叔也不必先在婶子跟前提我今儿来打听的话，到跟前再说也不迟。"贾琏道："提他作什么，我那里有这些工夫说闲话儿呢。明儿一个五更，还要到兴邑去走一趟，须得当日赶回来才好。你先去等着，后日起更以后你来讨信儿，来早了我不得闲。"说着便回后面换衣服去了。

花开两朵，各表一枝。先了结宝玉"探病"一节，回来说贾芸见贾琏事。

明明是凤姐"夺了去"，偏说凤姐"再三求我"，要面子，可以理解。但贾芸终于明白，求叔叔不如求婶婶。——此其乖觉之二。

贾芸出了荣国府回家，一路思量，想出一个主意来，便一径往他母舅卜世仁【不是人】家来。原来卜世仁现开香料铺，方才从铺子里来，忽见贾芸进来，彼此见过了，因问他这早晚什么事

想出了什么主意？还不明说。

跑了来。贾芸道："有件事求舅舅帮衬帮衬。我有一件事，用些冰片麝香使用，好歹舅舅每样赊四两给我，八月里按数送了银子来。"卜世仁冷笑道："再休提赊欠一事。前儿也是我们铺子里一个伙计，替他的亲戚赊了几两银子的货，至今总未还上。因此我们大家赔上，立了合同，再不许替亲友赊欠。谁要赊欠，就要罚他二十两银子的东道。况且如今这个货也短，你就拿现银子到我们这不三不四的铺子里来买，也还没有这些，只好倒扁儿去。这是一。二则你那里有正经事，不过赊了去又是胡闹。你只说舅舅见你一遭儿就派你一遭儿不是。你小人儿家很不知好歹，也到底立个主见，赚几个钱，弄得穿是穿吃是吃的，我看着也喜欢。"

贾芸笑道："舅舅说的倒干净。我父亲没的时候，我年纪又小，不知事。后来听见我母亲说，都还亏舅舅们在我们家出主意，料理的丧事。难道舅舅就不知道的，还是有一亩地两间房子，如今在我手里花了不成？巧媳妇做不出没米的粥来，叫我怎么样呢？还亏是我呢，要是别个，死皮赖脸三日两头儿来缠着舅舅，要三升米二升豆子的，舅舅也就没有法呢。"

卜世仁道："我的儿，舅舅要有，还不是该的。我天天和你舅母说，只愁你没算计儿。你但凡立的起来，到你大房里，就是他们爷儿们见不着，便下个气，和他们的管家或者管事的人们嬉和嬉和【亲近讨好】，也弄个事儿管管。前日我出城去，撞见你们三房里的老四，骑着大叫驴，带着五辆车，有四五十和尚道士，往家庙去了。他那不亏能干的，就有这样的好事儿到他手里了！"贾芸听他韶刀的不堪，便起身告辞。卜世仁道："怎么急的这样，吃了饭再去罢。"一句未完，只见他娘子说道："你又糊涂了。说着没有米，这里买了半斤面来下给你吃，这会子还装胖呢。留下外甥挨饿不成？"卜世仁说："再买半斤来添上就是了。"他娘子便叫女孩儿："银姐，往对门王奶奶家去问，有钱借二三十个，明儿就送过来。"夫妻两个说话，那贾芸早说了几个"不用费事"，去的无影无踪了。

不言卜家夫妇，且说贾芸赌气离了母舅家门，一径回归旧路，心下正自烦恼，一边想，一边低头只管走，不想一头就碰在一个醉汉身上，把贾芸唬了一跳。听那醉汉骂道："臊你娘的！瞎了眼睛，碰起我来了。"贾芸忙要躲身，早被那醉汉一把抓住，对面一看，不是别人，却是紧邻倪二。原来这倪二是个泼皮，专放重利债，在赌博场吃闲钱，专管打降吃酒。如今正从欠钱人家索了利钱，吃醉回来，不想被贾芸碰了一头，正没好气，抢拳就要打。只听那人叫道："老二住手！是我冲撞了你。"倪二听见是熟人的语音，将醉眼睁开看时，见是贾芸，忙把手松了，趔趄着笑道："原来是贾二爷，我该死，我该死。这会子往那里去？"贾芸道："告诉不得你，平白的又讨了个没趣儿。"倪二道："不妨不妨，有什么不平的事，告诉我，替你出气。这三街六巷，凭他是谁，有人得罪了我醉金刚倪二的街坊，管叫他人离家散！"

贾芸道："老二，你且别气，听我告诉你这原故。"说着，便把卜世仁一段事告诉了倪二。倪二听了大怒，"要不是令舅，我便骂不出好话来，真真气死我倪二。也罢，你也不用愁烦，我这里现有几两银子，你若用什么，只管拿去买办。但只一件，你我作了这些年的街坊，我在外头有名放帐，你却从没有和我张过口。也不知你厌恶我是个泼皮，怕低了你的身分；也不知是你怕我难缠，利钱重？若说怕利钱重，这银子我是不要利钱的，也不用写文约；若说怕低了你的身分，我就不敢借给你了，各自走开。"一面说，一面果然从搭包里掏出一卷银子来。

贾芸心下自思："素日倪二虽然是泼皮无赖，却因人而使，颇颇的有义侠之名。若今日不领他这情，怕他臊了，倒恐生事。不如借了他的，改日加倍还他也倒罢了。"想毕笑道："老二，你果然是个好汉，我何曾不想着你，和你张口。但只是我见你所相与交结的，都是些有胆量的有作为的人，似我们这等无能无为的你倒不理。我若和你张口，你岂肯借给我。今日既蒙高情，我怎敢不领，回家按例写了文约过来便是了。"倪二大笑道："好会说

遭到母舅冷遇，计划看看就要泡汤，这时来一醉汉，峰回路转。

确是醉汉形状。虽是泼皮，但对贾芸却十分敬重，见得贾芸在邻里间口碑尚好。

是泼皮气，也是豪侠气。

是"泼皮"就自称"泼皮"，可爱。不像某些人，明明是贪官污吏，偏自称清正廉明；明明是土皇上、地头蛇，偏自称"人民公仆"。

能如此看待倪二，懂得此人心理，有知人之明。——此其乖觉之四。

不说倪二交结的是地痞流氓，反说是"有胆量的有作为的人"，只能如此措辞。

话的人。我却听不上这话。既说'相与交结'四个字，如何放帐给他，使他的利钱！既把银子借与他，图他的利钱，便不是相与交结了。闲话也不必讲。既肯青目【看得起我】，这是十五两三钱有零的银子，便拿去治买东西。你要写什么文契，趁早把银子还我，让我放给那些有指望的人使去。"贾芸听了，一面接了银子，一面笑道："我便不写罢了，有何着急的。"倪二笑道："这不是话。天气黑了，也不让茶让酒，我还到那边有点事情去，你竟请回去。我还求你带个信儿与舍下，叫他们早些关门睡罢，我不回家去了；倘或有要紧事儿，叫我们女儿明儿一早到马贩子王短腿家来找我。"一面说，一面趔趄着脚儿去了，不在话下。

且说贾芸偶然碰了这件事，心中也十分罕希，想那倪二倒果然有些意思，只是还怕他一时醉中慷慨，到明日加倍的要起来，便怎处，心内犹豫不决。忽又想道："不妨，等那件事成了，也可加倍还他。"想毕，一直走到个钱铺里，将那银子称一称，十五两三钱四分二厘。贾芸见倪二不撒谎，心下越发欢喜，收了银子，来至家门，先到隔壁将倪二的信捎了与他娘子知道，方回家来。见他母亲自在炕上拈线，见他进来，便问那去了一日。贾芸恐他母亲生气，便不说起卜世仁的事来，只说在西府里等琏二叔的，问他母亲吃了饭不曾。他母亲已吃过了，说留的饭在那里。小丫头子拿过来与他吃。

那天已是掌灯时候，贾芸吃了饭收拾歇息，一宿无话。次日一早起来，洗了脸，便出南门，大香铺里买了冰麝，便往荣国府来。打听贾琏出了门，贾芸便往后面来。到贾琏院门前，只见几个小厮拿着大高笤帚在那里扫院子呢。忽见周瑞家的从门里出来叫小厮们："先别扫，奶奶出来了。"贾芸忙上前笑问："二婶婶那去？"周瑞家的道："老太太叫，想必是裁什么尺头。"

正说着，只见一群人簇着凤姐出来了。贾芸深知凤姐是喜奉承尚排场的，忙把手逼着，恭恭敬敬抢上来请安。凤姐连正眼也不看，仍往前走着，只问他母亲好，"怎么不来我们这里逛逛？"

贾芸道："只是身上不大好，倒时常记挂着婶子，要来瞧瞧，又不能来。"凤姐笑道："可是会撒谎，不是我提起他来，你就不说他想我了。"贾芸笑道："侄儿不怕雷打了，就敢在长辈前撒谎。昨儿晚上还提起婶子来，说婶子身子生的单弱，事情又多，亏婶子好大精神，竟料理的周周全全；要是差一点儿的，早累的不知怎么样呢。"

开始奉承：能干，别人干不了。

凤姐听了满脸是笑，不由的便止了步，问道："怎么好好的你娘儿们在背地里嚼起我来？"贾芸道："有个原故，只因我有个朋友，家里有几个钱，现开香铺。只因他身上捐着个通判，前儿选了云南不知那一处，连家眷一齐去，把这香铺也不在这里开了。便把帐物攒了一攒，该给人的给人，该贱发的贱发了，像这细贵的货，都分着送与亲朋。他就一共送了我些冰片、麝香。我就和我母亲商量，若要转卖，不但卖不出原价来，而且谁家拿这些银子买这个作什么，便是很有钱的大家子，也不过使个几分几钱就挺折腰【到头，最多】了；若说送人，也没个人配使这些，倒叫他一文不值半文转卖了。因此我就想起婶子来。往年间我还见婶子大包的银子买这些东西呢，别说今年贵妃宫中，就是这个端阳节下，不用说这些香料自然是比往常加上十倍去的。因此想来想去，只孝顺婶子一个人才合式，方不算遭塌这东西。"一边说，一边将一个锦匣举起来。

果然见效："满脸是笑"，还"止了步"。

凤姐站住了，就可以进一步"说事"了。至此，才明确他借钱买冰片、麝香的用意。单单送礼，不是本事，还能把这送礼说得"合情合理"，真会说话！——此其乖觉之七。

凤姐正是要办端阳的节礼，采买香料药饵的时节，忽见贾芸如此一来，听这一篇话，心下又是得意又是欢喜，便命丰儿："接过芸哥儿的来，送了家去，交给平儿。"因又说道："看着你这样倒很知好歹，怪道你叔叔常提你，说你说话儿也明白，心里有见识。"贾芸听这话入了港【交谈投机】，便打进一步来，故意问道："原来叔叔也曾提我的？"凤姐见问，才要告诉他与他管事情的那话，便忙又止住，心下想道："我如今要告诉他那话，倒叫他看着我见不得东西似的，为得了这点子香，就混许他管事了。今儿先别提起这事。"想毕，便把派他监种花木工程的事都

正当其时，正中下怀。

贾芸时机把握得不错，偏凤姐更有心机，求职事又一波折。

隐瞒的一字不提，随口说了两句淡话，便往贾母那里去了。贾芸也不好提的，只得回来。

因昨日见了宝玉，叫他到外书房等着，贾芸吃了饭便又进来，到贾母那边仪门外绮霰斋书房里来。只见焙茗、锄药两个小厮下象棋，为夺"车"正拌嘴；还有引泉、扫花、挑云、伴鹤四五个，又在房檐上掏小雀儿玩。贾芸进入院内，把脚一跺，说道："猴头们淘气，我来了。"众小厮看见贾芸进来，都才散了。贾芸进入房内，便坐在椅子上问："宝二爷没下来？"焙茗道："今儿总没下来。二爷说什么，我替你哨探哨探去。"说着，便出去了。

这里贾芸便看字画古玩，有一顿饭工夫还不见来，再看看别的小厮，都顽去了。正是烦闷，只听门前娇声嫩语的叫了一声"哥哥"。贾芸往外瞧时，看是一个十六七岁的丫头，生的倒也细巧干净。那丫头见了贾芸，便抽身躲了过去。恰值焙茗走来，见那丫头在门前，便说道："好，好，正抓不着个信儿。"贾芸见了焙茗，也就赶了出来，问怎么样。焙茗道："等了这一日，也没个人儿过来。这就是宝二爷房里的。好姑娘，你进去带个信儿，就说廊上的二爷来了。"

那丫头听说，方知是本家的爷们，便不似先前那等回避，下死眼把贾芸钉了两眼。听那贾芸说道："什么是廊上廊下的，你只说是芸儿就是了。"半晌，那丫头冷笑了一笑："依我说，二爷竟请回家去，有什么话明儿再来。今儿晚上得空儿我回了他。"焙茗道："这是怎么说？"那丫头道："他今儿也没睡中觉，自然吃的晚饭早。晚上他又不下来。难道只是耍的二爷在这里等着挨饿不成！不如家去，明儿来是正经。便是回来有人带信，那都是不中用的。他不过口里应着，他倒给带呢！"贾芸听这丫头说话简便俏丽，待要问他的名字，因是宝玉房里的，又不便问，只得说道："这话倒是，我明儿再来。"说着便往外走。焙茗道："我倒茶去，二爷吃了茶再去。"贾芸一面走，一面回头说："不吃

求职事还在悬念，宝玉这根线不能断。

叫得奇，原来是一个"姑娘"在招呼焙茗。从对话中可知，这姑娘是"宝二爷房里的"，由此又为下面小红出现在宝玉房中做了铺垫。

这丫头对贾芸大有好感。歌曰："只是因为在人群中多看了你一眼，再也没能忘掉你容颜。"大概类似。

这丫头对宝玉的"作息"十分了解，似是"身边人"。

茶，我还有事呢。"口里说话，眼睛瞧那丫头还站在那里呢。

那贾芸一径回家。至次日来至大门前，可巧遇见凤姐往那边去请安，才上了车，见贾芸来，便命人唤住，隔窗子笑道："芸儿，你竟有胆子在我的跟前弄鬼。怪道你送东西给我，原来你有事求我。昨儿你叔叔才告诉我说你求他。"贾芸笑道："求叔叔这事，婶子休提，我昨儿正后悔呢。早知这样，我竟一起头求婶子，这会子也早完了。谁承望叔叔竟不能的。"凤姐笑道："怪道你那里没成儿，昨儿又来寻我。"贾芸道："婶子辜负了我的孝心，我并没有这个意思。若有这个意思，昨儿还不求婶子。如今婶子既知道了，我倒要把叔叔丢下，少不得求婶子好歹疼我一点儿。"

凤姐冷笑道："你们要拣远路儿走，叫我也难说。早告诉我一声儿，有什么不成的，多大点子事，耽误到这会子。那园子里还要种树种花，我只想不出一个人来，你早来不早完了。"贾芸笑道："既这样，婶子明儿就派我罢。"凤姐半晌道："这个我看着不大好。等明年正月里烟火灯烛那个大宗儿下来，再派你罢。"贾芸道："好婶子，先把这个派了我罢。果然这个办的好，再派我那个。"凤姐笑道："你倒会拉长线儿。罢了，要不是你叔叔说，我不管你的事。我也不过吃了饭就过来，你到午错的时候来领银子，后儿就进去种树。"说毕，令人驾起香车，一径去了。

贾芸喜不自禁，来至绮霰斋打听宝玉，谁知宝玉一早便往北静王府里去了。贾芸便呆呆的坐到晌午，打听凤姐回来，便写个领票来领对牌。至院外，命人通报了，彩明走了出来，单要了领票进去，批了银数年月，一并连对牌交与了贾芸。贾芸接了，看那批上银数批了二百两，心中喜不自禁，翻身走到银库上，交与收牌票的，领了银子。回家告诉母亲，自是母子俱各欢喜。次日一过五鼓，贾芸先找了倪二，将前银按数还他。那倪二见贾芸有了银子，他便按数收回，不在话下。这里贾芸又拿了五十两，出西门找到花儿匠方椿家里去买树，不在话下。

两个"会说话"的，贾芸是乞求，凤姐是卖乖。

不能爽快答应——会让人觉得是那礼物起了作用。等明年再说，就跟这次送礼撇清关系了，而且还把人情送给"你叔叔"，更显得跟礼物无关。

凤姐再不露面。

一次领二百两，只花了五十两。凤姐管经济，既没有统筹计划，也没有成本核算。而恰恰如此，上可慷公家之慨，下可投机贪墨。

如今且说宝玉，自那日见了贾芸，曾说明日着他进来说话儿。如此说了之后，他原是富贵公子的口角，那里还把这个放在心上，因而便忘怀了。这日晚上，从北静王府里回来，见过贾母、王夫人等，回至园内，换了衣服，正要洗澡。袭人因被薛宝钗烦了去打结子；秋纹、碧痕两个去催水；檀云又因他母亲的生日接了出去；麝月又现在家中养病；虽还有几个作粗活听唤的丫头，估着叫不着他们，都出去寻伙觅伴的玩去了。不想这一刻的工夫，只剩了宝玉在房内。偏生的宝玉要吃茶，一连叫了两三声，方见两三个老嬷嬷走进来。宝玉见了他们，连忙摇手儿说："罢，罢，不用你们了。"老婆子们只得退出。

宝玉见没丫头们，只得自己下来，拿了碗向茶壶去倒茶。只听背后说道："二爷仔细烫了手，让我们来倒。"一面说，一面走上来，早接了碗过去。宝玉倒唬了一跳，问："你在那里的？忽然来了，唬我一跳。"那丫头一面递茶，一面回说："我在后院子里，才从里间的后门进来，难道二爷就没听见脚步响？"宝玉一面吃茶，一面仔细打量那丫头：穿着几件半新不旧的衣裳，倒是一头黑鬒鬒【zhěn，黑发】的头发，挽着个鬏【zuǎn】，容长脸面，细巧身材，却十分俏丽干净。

宝玉看了，便笑问道："你也是我这屋里的人么？"那丫头道："是的。"宝玉道："既是这屋里的，我怎么不认得？"那丫头听说，便冷笑了一声道："认不得的也多，岂只我一个。从来我又不递茶递水，拿东拿西，眼见的事一点儿不作，那里认得呢。"宝玉道："你为什么不作那眼见的事？"那丫头道："这话我也难说。只是有一句话回二爷：昨儿有个什么芸儿来找二爷。

我想二爷不得空儿，便叫焙茗回他，叫他今日早起来，不想二爷又往北府里去了。"

刚说到这句话，只见秋纹、碧痕嘻嘻哈哈的说笑着进来，两个人共提着一桶水，一手撩着衣裳，趔趔趄趄，泼泼撒撒的。那丫头便忙迎去接。那秋纹、碧痕正对着抱怨，"你湿了我的裙子"，那个又说"你踹了我的鞋"。忽见走出一个人来接水，二人看时，不是别人，原来是小红。二人便都诧异，将水放下，忙进房来东瞧西望，并没个别人，只有宝玉，便心中大不自在。只得预备下洗澡之物，待宝玉脱了衣裳，二人便带上门出来，走到那边房内便找小红，问他方才在屋里说什么。小红道："我何曾在屋里的？只因我的手帕子不见了，往后头找手帕子去。不想二爷要茶吃，叫姐姐们一个没有，是我进去了，才倒了茶，姐姐们便来了。"

秋纹听了，兜脸啐了一口，骂道："没脸的下流东西！正经叫你催水去，你说有事故，倒叫我们去，你可等着做这个巧宗儿。一里一里的，这不上来了。难道我们倒跟不上你了？你也拿镜子照照，配递茶递水不配！"碧痕道："明儿我说给他们，凡要茶要水送东送西的事，咱们都别动，只叫他去便是了。"秋纹道："这么说，不如我们散了，单让他在这屋里呢。"二人你一句，我一句，正闹着，只见有个老嬷嬷进来传凤姐的话说："明日有人带花儿匠来种树，叫你们严紧些，衣服裙子别混晒混晾的。那土山上一溜都拦着帏幙呢，可别混跑。"秋纹便问："明儿不知是谁带进匠人来监工？"那婆子道："说什么后廊上的芸哥儿。"秋纹、碧痕听了都不知道，只管混问别的话。那小红听见了，心内却明白，就知是昨儿外书房所见那人了。

原来这小红本姓林，小名红玉，只因"玉"字犯了林黛玉、宝玉，便都把这个字隐起来，便都叫他"小红"。原是荣国府中世代的旧仆，他父母【林之孝夫妇】现在收管各处房田事务。这红玉年方十六岁，因分人在大观园的时节，把他便分在怡红院中，倒也清幽雅静。不想后来命人进来居住，偏生这一所儿又被宝玉占了。这红玉虽然是个不谙事的丫头，却因他原有三分容貌，心内着实妄想痴心的向上攀高，每每的要在宝玉面前现弄现弄。只是宝玉身边一干人，都是伶牙俐爪的，那里插的下手去。不想今儿才有些消息，又遭秋纹等一场恶意，心内早灰了一半。

正闷闷的，忽然听见老嬷嬷说起贾芸来，不觉心中一动，便闷闷的回至房中，睡在床上暗暗盘算，翻来掉去，正没个抓寻。忽听窗外低低的叫道："红玉，你的手帕子我拾在这里呢。"红玉听了忙走出来看，不是别人，正是贾芸。红玉不觉的粉面含羞，问道："二爷在那里拾着的？"贾芸笑道："你过来，我告诉你。"一面说，一面就上来拉他。那红玉急回身一跑，却被门槛绊倒。要知端的，下回分解。

【 回后评 】

此一回书，重点写两个力图改变自己命运的青年：贾芸与小红。两个人一见钟情，并演绎出一段丝帕定终身的浪漫故事。

作者给贾芸的评语是"伶俐乖觉"。这四个字，通过他求职的过程得以充分表现。

他知人心。母舅留他吃饭，他看透那不过是夫妻在演双簧，于是说几个"不用费事"，"去的无影无踪了"。泼皮倪二主动借银子给他，收还是不收？他决定收。因为他懂得这泼皮的心理：虽为泼皮，也还不失豪侠气。他敬重贾芸，认贾芸为好邻居，贾芸接受他的银子是看得起他，否则就是不把他当朋友，看不起他。对凤姐，更是"深知"她是"喜奉承尚排场"的，所以在凤姐面前句句高抬，声声赞美，把个凤姐捧得十分自在，通体熨帖。

他能见机。对一个求职青年来说，机不可失失不再来，当机会出现时一定得抓住。贾芸很懂得见机行事。宝玉，作为贾府最得宠的公子哥，与之相交当然会有好处。贾芸初见宝玉，宝玉开玩笑说他"像儿子"，贾芸不顾年龄比宝玉还大的事实，立即说："认作儿子，就是我的造化了。"宝玉随口留了一句话"明儿你到书房里来"，贾芸就当真如期赴约，虽未能见到宝玉，总是有收获——与小红相遇。

他善辞令。最精彩的是面对凤姐时，能把奉承的话说得"入情入理"。他要送珍贵的冰片、麝香给凤姐，如果直接说是为请凤姐帮忙，未免太"俗"。你看他，先说此物不是花钱买的，只是朋友送的——这就撇开了此物与钱的关系；再说此物不好处理，卖也不好卖，送别人也没有人配用——这东西放在"我们"那里也没用；再说知道婶子花钱买过，当下也正用得着——"只孝顺婶子一个人才合适，方不算遭塌这东西"。凤姐不但受了礼物，还被抬成人上人，岂能不高兴！

他明事理。人际关系是很复杂的，言行合"理"才能立于不败之地。他的母舅不但拒绝帮他，还说一套现成话。这时他不能恼怒，因为面对的是长辈；但他明事理，有自尊，"笑着"就把母舅之卑劣揭穿了。贾琏答应他的事总办不成，他不能抱怨；而去给凤姐送礼，一定选贾琏不在的时机，如此，既满足了凤姐，又不至于得罪贾琏。对自己的母亲，他知道体贴，自己在外面受了委屈自己忍着，避免让母亲生气。

如此看来，这是一个挺可爱的小伙儿。也许有人会说："他低头认干爹，人前说谎话，有什么可爱？"应该看到，他的种种言行，都只是为了自己的生存，而没有任何损害他人利益的主观意图与结果，所以是止于"善"而与"恶"无缘。

再说那个小红，她为了改变自己的处境，总想"向上攀高"，而她"攀高"的最好途径就是靠近宝玉，所以"每每的要在宝玉面前现弄现弄"。她不过是想从低级的奴才上升到高级的奴才，只让人觉得可怜，而绝对无可厚非。

第二十五回

魇魔法姊弟逢五鬼

红楼梦通灵遇双真

欲深魔重复何疑,

苦海冤河解者谁?

结不休时冤日盛,

并天甚小性难移。

魇魔法叔嫂闹鬼，遇双真通灵显灵

所谓魇【yǎn，施妖术害人】魔法，就是用魔法控制人而使之"中邪"，呈疯魔之态。"通灵"即"宝玉"，当初一僧一道携以入世的那块石头，也是脱胎为人的"贾宝玉"；"双真"即指那一僧一道。

且说王夫人让贾环抄写《金刚咒》。宝玉来了，趁机跟贾环所喜欢的小丫头彩霞厮闹。贾环怀恨，就故意打翻蜡灯，企图烫瞎宝玉的眼睛。幸好只烫到了脸。王夫人为此大骂了赵姨娘一通。赵氏受这场恶气，不但吞声承受，而且还要走去替宝玉收拾。

宝玉被贾环烫伤后，马道婆进荣国府请安，看到贾母为宝玉被烫伤心疼不已，就又是"佛法"又是"经典"胡说一通，骗得贾母每日捐五斤油在道观里点海灯，为宝玉消灾避难。

她又串到赵姨娘处，利用赵氏对凤姐、宝玉的怨恨之情，教她实施报复之法：在模拟宝玉和凤姐的纸人上写上他们各自的生辰八字，再在他们的五个要害穴位上各贴一个纸铰的青面白发的鬼脸，设法把这东西掖在他们各人的床上。这道婆说，她只在家里作法，自有效验。赵氏相信此法可以置凤姐、宝玉于死地，不仅报仇雪恨，更重要的是由此"这份家私也就是环儿的了"。所以不仅把平日之积蓄都给了马道婆作酬金，还签下一张五百两银子的欠条。果然，被马道婆魔法所驱，宝玉、凤姐都发起疯来。不管用什么方法都不见疗效，以至于二人命在垂危，连棺椁都准备好了。这就是"魇魔法姊弟逢五鬼"。

然而，凤姐、宝玉命不该绝，在生命垂危之际，来了一个癞头和尚与一个跛足道人，他们说那"宝玉"本来是可以辟邪的，而"被声色货利所迷，故不灵验了"，只要经他们"持颂持颂"就好了。果如所说，凤姐和宝玉躲过一劫，病愈如初了。这就是"红楼梦通灵遇双真"。

　　此回书中有两个重要的信息不可忽视。黛玉吃了凤姐的茶，凤姐说："你既吃了我们家的茶，怎么还不给我们家作媳妇？"黛玉只是"红了脸"，并未恼怒。而当知道宝玉"精神渐长，邪祟稍退"时，黛玉禁不住念了一声"阿弥陀佛"，竟遭到宝钗的奚落。宝黛的姻缘已被挑明，上下皆知。而宝钗其人，是否第三者，值得注意。

　　话说红玉心神恍惚，情思缠绵，忽朦胧睡去，遇见贾芸要拉他，却回身一跑，被门槛绊了一跤，唬醒过来，方知是梦。因此翻来覆去，一夜无眠。至次日天明，方才起来，就有几个丫头子来会他去打扫房子地面，提洗脸水。这红玉也不梳洗，向镜中胡乱挽了一挽头发，洗了洗手，腰内束了一条汗巾子，便来打扫房屋。

　　谁知宝玉昨儿见了红玉，也就留了心。若要直点名唤他来使用，一则怕袭人等寒心；二则又不知红玉是何等行为，若好还罢了，若不好起来，那时倒不好退送的。因此心下闷闷的，早起来也不梳洗，只坐着出神。一时下了窗子，隔着纱屉子，向外看的真切，只见好几个丫头在那里扫地，都擦胭抹粉，簪花插柳的，独不见昨儿那一个。宝玉便趿了鞋晃出了房门，只装着看花儿，这里瞧瞧，那里望望，一抬头，只见西南角上游廊底下栏杆上似有一个人倚在那里，却恨面前有一株海棠花遮着，看不真切。只得又转了一步，仔细一看，可不是昨儿那个丫头在那里出神。待要迎上去，又不好去的。正想着，忽见碧痕来催他洗脸，只得进去了。不在话下。

　　却说红玉正自出神，忽见袭人招手叫他，只得走上前来。袭

　　以此八字写那几个丫头审美情趣之粗俗；再写小红，她并不梳妆，偏以海棠花为衬，是宝玉心目中之美。

人笑道："我们这里的喷壶还没有收拾了来呢，你到林姑娘那里去，把他们的借来使使。"红玉答应了，便走出来往潇湘馆去。正走上翠烟桥，抬头一望，只见山坡上高处都是拦着帏幙，方想起今儿有匠役在里头种树。因转身一望，只见那边远远一簇人在那里掘土，贾芸正坐在那山子石上。红玉待要过去，又不敢过去，只得闷闷的向潇湘馆取了喷壶回来，无精打彩自向房内倒着。众人只说他一时身上不爽快，都不理论。

展眼过了一日，原来次日就是王子腾夫人的寿诞，那里原打发人来请贾母王夫人的，王夫人见贾母不自在，也便不去了。倒是薛姨妈同凤姐儿并贾家几个姊妹、宝钗、宝玉一齐都去了，至晚方回。

可巧王夫人见贾环下了学，便命他来抄个《金刚咒》唪【fěng】诵唪诵。那贾环正在王夫人炕上坐着，命人点灯，拿腔作势的抄写。一时又叫彩云倒杯茶来，一时又叫玉钏儿来剪剪蜡花，一时又说金钏儿挡了灯影。众丫鬟们素日厌恶他，都不答理。只有彩霞还和他合的来，倒了一钟茶来递与他。因见王夫人和人说话儿，他便悄悄的向贾环说道："你安些分罢，何苦讨这个厌那个厌的。"贾环道："我也知道了，你别哄我。如今你和宝玉好，把我不答理，我也看出来了。"彩霞咬着嘴唇，向贾环头上戳了一指头，说道："没良心的！狗咬吕洞宾，不识好人心。"

两人正说着，只见凤姐来了，拜见过王夫人。王夫人便一长一短的问他，今儿是那几位堂客，戏文好歹，酒席如何等语。说了不多几句话，宝玉也来了，进门见了王夫人，不过规规矩矩说了几句，便命人除去抹额，脱了袍服，拉了靴子，便一头滚在王夫人怀里。王夫人便用手满身满脸摩挲抚弄他，宝玉也扳着王夫人的脖子说长道短的。王夫人道："我的儿，你又吃多了酒，脸上滚热。你还只是揉搓，一会闹上酒来。还不在那里静静的倒一会子呢。"说着，便叫人拿个枕头来。宝玉听说便下来，在王夫人身后倒下，又叫彩霞来替他拍着。宝玉便和彩霞说笑，只见彩霞淡淡的，不大答理，两眼睛只向贾环处看。宝玉便拉他的手笑道："好姐姐，你也理我理儿呢。"一面说，一面拉他的手，彩霞夺手不肯，便说："再闹，我就嚷了。"

二人正闹着，原来贾环听的见，素日原恨宝玉，如今又见他和彩霞闹，心中越发按不下这口毒气。虽不敢明言，却每每暗中算计，只是不得下手，今见相离甚近，便要用热油烫瞎他的眼睛。因而故意装作失手，把那一盏油汪汪的蜡灯向宝玉脸上只一推。只听宝玉"嗳哟"了一声，满屋里众人都唬了一跳。连忙将地下的戳灯挪过来，又将里外间屋的灯拿了三四盏看时，只见宝玉满脸是油。王夫人又急又气，一面命人来替宝玉擦洗，一面又骂贾环。凤姐三步两步的上炕去替宝玉收拾着，一面笑道："老三还是这么慌脚鸡似的，我说你上不得高台盘。赵姨娘时常也该教导教导他。"一句话提醒了王夫人，那王夫人不骂贾环，便叫过赵姨娘来骂道："养出这样黑心不知道理下流种子来，也不管管！几番几次我都不理论，你们得了意了，越发上来了！"

那赵姨娘素日虽然常怀嫉妒之心，不忿凤姐宝玉两个，也不敢露出来；如今贾环又生了事，受这场恶气，不但吞声承受，而且还要走去替宝玉收拾。只见宝玉左边脸上烫了一溜燎泡出来，幸而眼睛竟没动。王夫人看了，又是心疼，又怕明日贾母问怎么回答，急的又把赵姨娘数落一顿。然后又安慰了宝玉一回，又命取败毒消肿药来敷上。宝玉道："有些疼，还不妨事。明儿老太太问，就说是我自己烫的罢了。"凤姐笑道："便说是自己烫的，也要骂人为什么不小心看着，叫你烫了！横竖有一场气生的，到明儿凭你怎么说去罢。"王夫人命人好生送宝玉回房去后，袭人等见了，都慌的了不得。

林黛玉见宝玉出了一天门，就觉闷闷的，没个可说话的人。至晚，正打发人来问了两三遍回来不曾，这遍方才回来，又偏生烫了。林黛玉便赶着来瞧，只见宝玉正拿镜子照呢，左边脸上满满的敷了一脸的药。林黛玉只当烫的十分利害，忙上来问怎么烫

宝玉未顾及贾环之心情，是失察，而非恶意。贾环之"暗中算计""故作失手"，则是真恶。

凤姐之"笑"，是阴笑；给赵姨娘惹下如此大祸，看她怎么收场！果然"提醒"了王夫人，于是"叫过赵姨娘来"臭骂了一顿。殊不知，此一顿骂激起赵氏更深之恨。山雨欲来风满楼，预示着更残酷的报复就在后面。

好宝玉，真能容能忍。可怜宝玉，小过而受大祸。
凤姐仍是"笑"，幸灾乐祸，唯恐天下不乱？

除了宝玉，"没个可说话的人"，更见得宝玉在黛玉心中的地位。黛玉有洁癖，宝玉不让她看烫伤，是体贴；黛玉偏要看，是真爱。

了，要瞧瞧。宝玉见他来了，忙把脸遮着，摇手叫他出去，不肯叫他看。——知道他的癖性喜洁，见不得这些东西。林黛玉自己也知道自己也有这件癖性，知道宝玉的心内怕他嫌脏，因笑道："我瞧瞧，烫了那里了，有什么遮着藏着的。"一面说，一面就凑上来，强搬着脖子瞧了一瞧，问他疼的怎么样。宝玉道："也不很疼，养一两日就好了。"林黛玉坐了一回，闷闷的回房去了。一宿无话。

次日，宝玉见了贾母，虽然自己承认是自己烫的，不与别人相干，免不得那贾母又把跟从的人骂一顿。

过了一日，就有宝玉寄名的干娘马道婆进荣国府来请安。见了宝玉，唬一大跳，问起原由，说是烫的，便点头叹息一回，向宝玉脸上用指头画了一画，口内嘟嘟囔囔的又持诵了一回，说道："管保就好了，这不过是一时飞灾。"又向贾母道："祖宗老菩萨那里知道，那经典佛法上说的利害，大凡那王公卿相人家的子弟，只一生长下来，暗里便有许多促狭鬼跟着他，得空便拧他一下，或掐他一下，或吃饭时打下他的饭碗来，或走着推他一跤，所以往往的那些大家子孙多有长不大的。"

贾母听如此说，便赶着问："这有什么佛法解释【解决、解除】没有呢？"马道婆道："这个容易，只是替他多作些因果善事也就罢了。再那经上还说，西方有位大光明普照菩萨，专管照耀阴暗邪祟，若有善男子善女人虔心供奉者，可以永佑儿孙康宁安静，再无惊恐邪祟撞客【撞见邪祟，鬼魂附体】之灾。"贾母道："倒不知怎么个供奉这位菩萨？"马道婆道："也不值些什么，不过除香烛供养之外，一天多添几斤香油，点上个大海灯。这海灯，便是菩萨现身法像，昼夜不敢息的。"贾母道："一天一夜也得多少油？明白告诉我，我也好作这件功德的。"马道婆听如此说，便笑道："这也不拘，随施主菩萨们随心愿舍罢了。像我们庙里，就有好几处的王妃诰命供奉的：南安郡王府里的太妃，他许的多，愿心大，一天是四十八斤油，一斤灯草，那海灯也只比缸略小些；锦田侯的诰命次一等，一天不过二十四斤油；再还有几家也有五斤的、三斤的、一斤的，都不拘数。那小家子穷人家舍不起这些，就是四两半斤，也少不得替他点。"

贾母听了，点头思忖。马道婆又道："还有一件，若是为父母尊亲长上的，多舍些不妨；若是像老祖宗如今为宝玉，若舍多了倒不好，还怕哥儿禁不起，倒折了福。也不当家花花的【也当不起】，要舍，大则七斤，小则五斤，也就是了。"贾母说："既是这样说，你便一日五斤合准了，每月打躉来关了去【按整数领了去】。"马道婆念了一声"阿弥陀佛慈悲大菩萨"。贾母又命人来吩咐："以后大凡宝玉出门的日子，拿几串钱交给他的小子们带着，遇见僧道穷苦人好舍。"

说毕，那马道婆又坐了一回，便又往各院各房问安，闲逛了一回。一时来至赵姨娘房内，二人见过，赵姨娘命小丫头倒了茶来与他吃。马道婆因见炕上堆着些零碎绸缎湾角，赵姨娘正粘鞋呢。马道婆道："可是我正没了鞋面子了。赵奶奶你有零碎缎子，不拘什么颜色的，弄一双鞋面给我。"赵姨娘听说，便叹口气说道："你瞧瞧那里头，还有那一块是成样的？成了样的东西，也不能到我手里来！有的没的都在这里，你不嫌，就挑两块子去。"马道婆见说，果真便挑了两块袖将起来。

赵姨娘问道："前日我送了五百钱去，在药王跟前上供，你可收了没有？"马道婆道："早已替你上了供了。"赵姨娘叹口气道："阿弥陀佛！我手里但凡从容些，也时常的上个供，只是心有馀力量不足。"马道婆道："你只管放心，将来熬的环哥儿大了，得个一官半职，那时你要作多大的功德不能？"赵姨娘听说，鼻子里笑了一声，说道："罢，罢，再别说起。如今就是个样儿，我们娘儿们跟的上这屋里那一个儿！也不是有了宝玉，竟是得了活龙。他还是小孩子家，长的得人意儿，大人偏疼他些也还罢了；我只不服这个主儿。"一面说，一面伸出两个指头儿来。马道婆会意，便问道："可是琏二奶奶？"赵姨娘唬的忙摇

见贾母犹豫，道婆立即退一步："大则七斤，小则五斤，也就是了。"贾母中招。

看来二人素有交往。能与道婆这种人交接者，一是贾母这样的老妇人，好忽悠，一是赵姨娘这样的卑贱者，有共同语言。

道婆安慰赵氏，原属家常，却引起赵氏满腔怨愤。

怕凤姐到如此地步，侧面反映出凤姐平日之威势。哪里有压迫哪里就有反抗，赵氏岂能不报复？

道婆也用激将法。

领着赵氏上"报复"之路，再献出"暗里算计"之策。又贼又毒。

手儿，走到门前，掀帘子向外看看无人，方进来向马道婆悄悄说道："了不得，了不得！提起这个主儿来，真真把人气杀，叫人一言难尽。我白和你打个赌，明儿这一分家私要不都叫他搬送到娘家去，我也不是个人。"

马道婆见他如此说，便探他口气说道："我还用你说，难道都看不出来。也亏你们，心里也不理论，只凭他去。倒也妙。"赵姨娘道："我的娘，不凭他去，难道谁还敢把他怎么样呢？"马道婆听说，鼻子里一笑，半晌说道："不是我说句造孽的话，你们没有本事！——也难怪别人。明不敢怎样，暗里也就算计了，还等到这如今！"赵姨娘闻听这话里有道理，心内暗暗的欢喜，便说道："怎么暗里算计？我倒有这个意思，只是没这样的能干人。你若教给我这法子，我大大的谢你。"马道婆听说这话打拢了一处，便又故意说道："阿弥陀佛！你快休问我，我那里知道这些事。罪过，罪过。"赵姨娘道："你又来了。你是最肯济困扶危的人，难道就眼睁睁的看人家来摆布死了我们娘儿两个不成？难道还怕我不谢你？"马道婆听说如此，便笑道："若说我不忍叫你娘儿们受人委曲还犹可，若说谢我的这两个字，可是你错打算盘了。就便是我希图你谢，靠你有些什么东西能打动我？"

引对方上路了，再装一回佛，贼。必让赵氏说出一个"谢"字。但赵氏口说"谢"还不行，拿什么谢我？必逼赵氏拿出真金白银。

赵姨娘听这话口气松动了，便说道："你这么个明白人，怎么糊涂起来了。你若果然法子灵验，把他两个绝了，明日这家私不怕不是我环儿的。那时你要什么不得？"马道婆听了，低了头，半晌说道："那时候事情妥了，又无凭据，你还理我呢！"赵姨娘道："这又何难。如今我虽手里没什么，也零碎攒了几两梯己，还有几件衣服簪子，你先拿些去。下剩的，我写个欠银子文契给你，你要什么保人也有，那时我照数给你。"马道婆道："果然这样？"赵姨娘道："这如何还撒得谎。"说着便叫过一个心腹婆子来，耳根底下嘁嘁喳喳说了几句话。

把积攒的体己给了道婆，又签下欠银文契，赵氏孤注一掷，道婆无异杀手。一场杀人的惨剧即将发生。

那婆子出去了，一时回来，果然写了个五百两欠契来。赵姨娘便印了手模，走到厨柜里将梯己拿了出来，与马道婆道："这个你先拿了去做香烛供奉使费，可好不好？"马道婆看看白花花的一堆银子，又有欠契，并不顾青红皂白，满口里应着，伸手先去抓了银子掖起来，然后收了欠契。又向裤腰里掏了半晌，掏出十个纸铰的青面白发的鬼来，并两个纸人，递与赵姨娘，又悄悄的教他道："把他两个的年庚八字写在这两个纸人身上，一并五个鬼都掖在他们各人的床上就完了。我只在家里作法，自有效验。千万小心，不要害怕！"正才说着，只见王夫人的丫鬟进来找道："奶奶可在这里，太太等你呢。"二人方散了，不在话下。

却说林黛玉因见宝玉近日烫了脸，总不出门，倒时常在一处说说话儿。这日饭后看了两篇书，自觉无趣，便同紫鹃雪雁做了一回针线，更觉烦闷。便倚着房门出了一回神，信步出来，看阶下新进出的稚笋，不觉出了院门。来到园中，四顾无人，惟见花光柳影，鸟语溪声。

林黛玉信步便往怡红院中来，只见几个丫头舀水，都在回廊上围着看画眉洗澡呢。听见房内有笑声，林黛玉便入房中看时，原来是李宫裁、凤姐、宝钗都在这里呢，一见他进来都笑道："这不又来了一个。"林黛玉笑道："今儿齐全，谁下帖子请来的？"凤姐道："前儿我打发了丫头送了两瓶茶叶去，你往那去了？"林黛玉笑道："哦，可是倒忘了，多谢多谢。"凤姐儿又道："你尝了可还好不好？"没有说完，宝玉便说道："论理可倒罢了，只是我说不大甚好，也不知别人尝着怎么样。"宝钗道："味倒轻，只是颜色不大好些。"凤姐道："那是暹罗进贡来的。我尝着也没什么趣儿，还不如我每日吃的呢。"林黛玉道："我吃着好，不知你们的脾胃是怎样？"宝玉道："你果然爱吃，把我这个也拿了去吃罢。"凤姐笑道："你要爱吃，我那里还有呢。"林黛玉道："果真的，我就打发丫头取去了。"凤姐道："不用取去，我打发人送来就是了。我明儿还有一件事求你，一同打发人送来。"

林黛玉听了笑道："你们听听，这是吃了他们家一点子茶叶，

这道婆是早有准备的！所谓"我那里知道这些事"，不过是要价的托词。

不但授之以法，还有"千万小心，不要害怕"的八字叮嘱。"小心"，不能泄露机密；"不要害怕"，要死人的，坚持住！够毒。

这是另一个世界：鸟语花香。读者之心可无法随之平静。曹公如此吊人胃口。

谈茶，家常话，主要是为引出"有一件事求你"，但也透着豪门的奢华：进口茶也就那么回事，不可口。

就来使唤人了。"凤姐笑道："倒求你，你倒说这些闲话，吃茶吃水的。你既吃了我们家的茶，怎么还不给我们家作媳妇？"众人听了一齐都笑起来。林黛玉红了脸，一声儿不言语，便回过头去了。李宫裁笑向宝钗道："真真我们二婶子的诙谐是好的。"林黛玉道："什么诙谐，不过是贫嘴贱舌讨人厌恶罢了。"说着便啐了一口。凤姐笑道："你别作梦！你给我们家作了媳妇，少什么？"指宝玉道："你瞧瞧，人物儿、门第配不上，根基配不上，家私配不上？那一点还玷辱了谁呢？"

林黛玉抬身就走。宝钗便叫："颦儿急了，还不回来坐着。走了倒没意思。"说着便站起来拉住。刚至房门前，只见赵姨娘和周姨娘两个人进来瞧宝玉。李宫裁、宝钗、宝玉等都让他两个坐。独凤姐只和林黛玉说笑，正眼也不看他们。宝钗方欲说话时，只见王夫人房内的丫头来说："舅太太来了，请奶奶姑娘们出去呢。"李宫裁听了，连忙叫着凤姐等走了。赵、周两个忙辞了宝玉出去。宝玉道："我也不能出去，你们好歹别叫舅母进来。"又道："林妹妹，你先略站一站，我说一句话。"凤姐听了，回头向林黛玉笑道："有人叫你说话呢。"说着便把林黛玉往里一推，和李纨一同去了。

这里宝玉拉着林黛玉的袖子，只是嘻嘻的笑，心里有话，只是口里说不出来。此时林黛玉只是禁不住把脸红涨了，挣着要走。宝玉忽然"嗳哟"了一声，说："好头疼！"林黛玉道："该，阿弥陀佛！"只见宝玉大叫一声："我要死！"将身一纵，离地跳有三四尺高，口内乱嚷乱叫，说起胡话来了。林黛玉并丫头们都唬慌了，忙去报知王夫人、贾母等。此时王子腾的夫人也在这里，都一齐来时，宝玉益发拿刀弄杖，寻死觅活的，闹得天翻地覆。贾母、王夫人见了，唬的抖衣乱颤，且"儿"一声"肉"一声放声恸哭。于是惊动诸人，连贾赦、邢夫人、贾珍、贾政、贾琏、贾蓉、贾芸、贾萍、薛姨妈、薛蟠并周瑞家的一干家中上上下下里里外外众媳妇丫头等，都来园内看视。

登时园内乱麻一般。正没个主见，只见凤姐手持一把明晃晃钢刀砍进园来，见鸡杀鸡，见狗杀狗，见人就要杀人。众人越发慌了。周瑞媳妇忙带着几个有力量的胆壮的婆娘上去抱住，夺下刀来，抬回房去。平儿、丰儿等哭的泪天泪地。贾政等心中也有些烦难，顾了这里，丢不下那里。

别人慌张自不必讲，独有薛蟠更比诸人忙到十分去：又恐薛姨妈被人挤倒，又恐薛宝钗被人瞧见，又恐香菱被人臊皮，——知道贾珍等是在女人身上做功夫的，因此忙的不堪。忽一眼瞥见了林黛玉风流婉转，已酥倒在那里。

当下众人七言八语，有的说请端公送祟的，有的说请巫婆跳神的，有的又荐玉皇阁的张真人，种种喧腾不一。也曾百般医治祈祷，问卜求神，总无效验。堪堪日落。王子腾夫人告辞去后，次日王子腾也来瞧问。接着小史侯家、邢夫人弟兄辈并各亲戚眷属都来瞧看，也有送符水的，也有荐僧道的，总不见效。他叔嫂二人愈发糊涂，不省人事，睡在床上，浑身火炭一般，口内无般不说。到夜晚间，那些婆娘媳妇丫头们都不敢上前。因此把他二人都抬到王夫人的上房内，夜间派了贾芸带着小厮们挨次轮班看守。贾母、王夫人、邢夫人、薛姨妈等寸地不离，只围着干哭。

此时贾赦、贾政又恐哭坏了贾母，日夜熬油费火，闹的人口不安，也都没了主意。贾赦还各处去寻僧觅道。贾政见不灵效，着实懊恼，因阻贾赦道："儿女之数，皆由天命，非人力可强者。他二人之病出于不意，百般医治不效，想天意该如此，也只好由他们去罢。"贾赦也不理此话，仍是百般忙乱，那里见些效验。看看三日光阴，那凤姐和宝玉躺在床上，益发连气都将没了。合家人口无不惊慌，都说没了指望，忙着将他二人的后世的衣履都治备下了。贾母、王夫人、贾琏、平儿、袭人这几个人更比诸人哭的忘餐废寝，觅死寻活。赵姨娘、贾环等自是称愿。

到了第四日早晨，贾母等正围着宝玉哭时，只见宝玉睁开眼说道："从今以后，我可不在你家了！快收拾了，打发我走罢。"

妖婆"作法"，两人同时发作。府中哪有鸡、狗，不过形容持刀乱砍而已。

特写一笔薛蟠，反衬黛玉此时之孤苦。

黛玉"饭后"到的怡红院，随后宝玉、凤姐中邪发病，各种手段"总无效验"，以至折腾到夜间了，"贾母、王夫人、邢夫人、薛姨妈等寸地不离，只围着干哭"而已。情况危急。

贾府两个当家人表现不同：贾赦有病乱投医，贾政"皆由天命"。一庸一冷。

如此看来，二人性命似乎真的没救了。

"赵姨娘、贾环等自是称愿"这一句必不可少，益发让人相信"魔法"之成功、小人之得志。但如果真如此结局，又显焚琴煮鹤之味。

模拟"石头"话语，照应一下石头"历劫"的大构思。

贾母听了这话，如同摘心去肝一般。赵姨娘在旁劝道："老太太也不必过于悲痛。哥儿已是不中用了，不如把哥儿的衣服穿好，让他早些回去，也免些苦；只管舍不得他，这口气不断，他在那世里也受罪不安生。"这些话没说完，被贾母照脸啐了一口唾沫，骂道："烂了舌头的混帐老婆，谁叫你来多嘴多舌的！你怎么知道他在那世里受罪不安生？怎么见得不中用了？你愿他死了，有什么好处？你别做梦！他死了，我只和你们要命。素日都不是你们调唆着逼他写字念书，把胆子唬破了，见了他老子不像个避猫鼠儿？都不是你们这起淫妇调唆的！这会子逼死了，你们遂了心，我饶那一个！"一面骂，一面哭。

贾政在旁听见这些话，心里越发难过，便喝退赵姨娘，自己上来委婉解劝。一时又有人来回说："两口棺椁都做齐了，请老爷出去看。"贾母听了，如火上浇油一般，便骂："是谁做了棺椁？"一叠声只叫把做棺材的拉来打死。

正闹的天翻地覆，没个开交，只闻得隐隐的木鱼声响，念了一句："南无【nā mó，敬辞，表示皈依】解冤孽菩萨。有那人口不利，家宅颠倾，或逢凶险，或中邪祟者，我们善能医治。"贾母、王夫人听见这些话，那里还耐得住，便命人去快请进来。贾政虽不自在，奈贾母之言如何违拗；想如此深宅，何得听的这样真切，心中亦希罕，命人请了进来。众人举目看时，原来是一个癞头和尚与一个跛足道人。见那和尚是怎的模样：

鼻如悬胆两眉长，目似明星蓄宝光【神佛之光】，
破衲芒鞋无住迹【天上人间任其往来】，腌臜更有满头疮。

那道人又是怎生模样：

一足高来一足低，浑身带水又拖泥。

（左侧旁批）

最悲痛的是贾母。赵氏得意忘形，找骂。不过，老太太也是"浑骂"，并不去想此事与赵氏有什么关系。

不到极处不转弯。到了连棺椁都做好了的地步，救苦救难的人才忽然到来。

携"石头"入世的老相识。

此僧道腌臜丑陋，是"灵仙真人"在世人眼目中扭曲的反应。世人所见之美，实际是丑；所见之丑，实际是美。

相逢若问家何处，却在蓬莱弱水西【蓬莱在东，弱水在西，相距遥远】。

　　贾政问道："你道友二人在那庙里焚修。"那僧笑道："长官不须多话。因闻得府上人口不利，故特来医治。"贾政道："倒有两个人中邪，不知你们有何符水？"那道人笑道："你家现有希世奇珍，如何还问我们有符水？"贾政听这话有意思，心中便动了，因说道："小儿落草时虽带了一块宝玉下来，上面说能除邪祟，谁知竟不灵验。"那僧道："长官你那里知道那物的妙用。只因他如今被声色货利所迷，故不灵验了。你今且取他出来，待我们持颂持颂，只怕就好了。"

　　贾政听说，便向宝玉项上取下那玉来递与他二人。那和尚接了过来，擎在掌上，长叹一声道："青埂峰一别，展眼已过十三载矣！人世光阴，如此迅速，尘缘满日，若似弹指！可羡你当时的那段好处：

　　　　天不拘兮地不羁，心头无喜亦无悲；
　　　　却因锻炼通灵【经女娲锻炼而有了灵性】后，便向人间觅是非。

可叹你今日这番经历：

　　　　粉渍脂痕污宝光【宝玉的灵光被粉渍污染了】，绮栊【华屋】昼夜困【省"于"字】鸳鸯。
　　　　沉酣一梦【沉湎于人世的富贵繁华】终须醒，冤孽偿清【人生在世就是偿还孽债的】好散场！"

念毕，又摩弄一回，说了些疯话【这就是他说的"持颂"，同义互解】，递与贾政道："此物已灵，不可亵渎，悬于卧室上

　　对这一场灾祸的解释：只是那"宝玉""被声色货利所迷"失灵所致，所以只把那"宝玉""持颂持颂"就好了。这是点题之语：人间的灾祸都是贪恋"声色货利"所致。

　　僧道与"石头"的对话，其实是曹公说给世人听的：当年你在青埂峰，不拘不羁，无喜无悲，多么自在！而你有了"灵性"之后，偏要到这人间来享受所谓的荣华富贵，结果陷到是非纠葛之中，何等烦恼、苦痛！这是一种孽债，赶紧还清了吧，债清之日就是"尘缘满日"，就可以回到那个自由的世界去了。

槛，将他二人安在一室之内，除亲身妻母外，不可使阴人冲犯。三十三日之后，包管身安病退，复旧如初。"说着回头便走了。贾政赶着还说话，让二人坐了吃茶，要送谢礼，他二人早已出去了。贾母等还只管着人去赶，那里有个踪影。少不得依言将他二人就安放在王夫人卧室之内，将玉悬在门上。王夫人亲身守着，不许别个人进来。

至晚间他二人竟渐渐醒来，说腹中饥饿。贾母、王夫人如得了珍宝一般，旋熬了米汤来与他二人吃了，精神渐长，邪祟稍退，一家子才把心放下来。李宫裁并贾府三艳、薛宝钗、林黛玉、平儿、袭人等在外间听信息。闻得吃了米汤，省了人事，别人未开口，林黛玉先就念了一声"阿弥陀佛"。薛宝钗便回头看了他半日，嗤的一声笑。众人都不会意，贾惜春道："宝姐姐，好好的笑什么？"宝钗笑道："我笑如来佛比人还忙：又要讲经说法，又要普渡众生；这如今宝玉、凤姐姐病了，又烧香还愿，赐福消灾；今才好些，又管林姑娘的姻缘了。你说忙的可笑不可笑。"林黛玉不觉的红了脸，啐了一口道："你们这起人不是好人，不知怎么死！再不跟着好人学，只跟着凤姐贫嘴烂舌的学。"一面说，一面摔帘子出去了。不知端详，且听下回分解。

看此处，论者对宝钗褒贬不一。

洪秋蕃评：宝玉、凤姐转危为安，黛玉失声念佛，"宝钗乃遽以婚姻之语当众讥笑之，抑何尖刻乃尔"。

王蒙评："宝钗如此超拔冷静？"

蔡义江评："宝钗的笑话，绝无醋意、恶意，一是恢复姊妹间平日的轻松气氛，二是回到发病前彼此正谈论的宝黛婚姻上来。"

【回后评】

正像在十九回我们刚分享了宝黛温馨的片刻幸福，第二十回就把我们带入纷繁复杂的矛盾旋涡。在二十四回，我们看到了贾芸为生存而奋斗的"善"，这一回展现在我们面前的则是为"声色货利"而爆发的"恶"。一喜一悲，一善一恶，大起大落，令我们的情感起伏跌宕。读小说，大概总以此为乐吧。

所谓魇魔法，就是一种迷信活动，认为施行一种魔法可以驱使鬼神折磨人。如果不把这看作什么封建迷信，而以寓言故事视之，它还是很有警示作用的。

作者把宝玉、凤姐之灾看作是贪享"声色货利"（宝玉重在"声色"，凤姐重在"货利"）所致，则贪"声色货利"是一种"恶"，施行魇魔法使二人"中邪"不过是对此"恶"的一种惩罚。而马道婆、赵姨娘施魔法必欲置其叔嫂二人于死地，则是更大的"恶"，于是整个故事就构成了"以恶惩恶"的闹剧。

　　马道婆、赵姨娘之"恶"表现有三：

　　首先是"邪"。她们的人生追求就是贪财。那个马道婆，以"佛门"身份忽悠百姓，不论多少，得捞就捞。在贾母处骗了灯油钱，到了赵姨娘那里，不仅捞走了赵氏的体己钱，还弄得一张五百两欠契。而赵姨娘除了为受"压迫"而不满，心里想的也是如何让儿子继承荣府家业，大富大贵。她们的追求，远远超过人生实际所需，所以是"恶"。

　　其次是"贼"。奸诈狡猾，极善忽悠。见人说人话，见鬼说鬼话，饶骗了你的钱，还能让你感谢她。这在那个道婆身上表现得最突出。以贾母之精明，一来二去还是逃不出那道婆的手心。

　　再次是"狠"。为达目的，不惜杀人害命。不说赵姨娘，就那个马道婆，贾家人与她无冤无仇甚至有恩，那宝玉还是她的"干儿"，为了五百两银子，也毫不犹豫下杀手。

　　此以警世人：三姑六婆今已不在，但其种子绵绵不绝。对阴坏之人，不可不防。

　　从被"惩罚"的一面看，凤姐贪财霸道，是"恶"。宝玉呢？贾环用蜡油烫伤了他，他还要保护贾环，其心之善令人动容，为什么也遭此恶报？其实，这与其说是惩罚宝玉，不如说是报复贾母、王夫人。这二位，宠宝玉，使贾环心理失衡；纵凤姐，使赵氏积怨成仇。凤姐、宝玉"中邪"，最悲伤最痛苦的恰恰就是这二位，也算是天道无亏。

　　此以警世人：心不可太贪，不可太偏，不可欺人太甚。

第二十六回

蜂腰桥设言传心事
潇湘馆春困发幽情

一个是时才得传消息，一个是旧喜化作新歌。真真假假事堪疑，哭向花林月底。

黛玉吟入宝玉耳，薛蟠招引醉醺醺

回目上句概括贾芸与红玉桥边相遇、手帕传情的情节，下句说的是黛玉困倦中自吟《西厢记》词被宝玉听见后发生的情事。两对情人，一以锦帕传情，一以《西厢记》勾连。

宝玉病时，贾芸日夜守护，也与小红渐渐混熟了。那和尚道士来过后，贾芸回到园里监管种树。后小红在蜂腰桥碰巧见到小丫头坠儿带领贾芸往宝玉房中去。"那贾芸一面走，一面拿眼把红玉一溜；那红玉只装着和坠儿说话，也把眼去一溜贾芸：四目恰相对时，红玉不觉脸红了。"宝玉见到贾芸，说了一会闲话，贾芸告辞，再由坠儿送他出去。坠儿说到小红丢了一块手帕，让她当心找。碰巧贾芸曾拣到一块手帕，现知道是小红的，心内不胜喜幸，便向袖内将自己的一块取了出来，让坠儿转交小红。这就是"蜂腰桥设言传心事"，这"心事"自然就是男情女爱之事。

本回的下半部就写"潇湘馆春困发幽情"。贾芸走后，宝玉无聊，就出门走走，顺着脚就到了潇湘馆。走至窗前，往里看时，忽听得黛玉长叹了一声道："'每日家情思睡昏昏。'"宝玉在窗外笑道："为甚么'每日家情思睡昏昏'？"宝玉进了屋，林黛玉自觉忘情，不觉红了脸，拿袖子遮了脸，翻身向里装睡着了。宝玉才走上来要扳她的身子，被黛玉的奶娘并两个婆子阻止道："妹妹睡觉呢，等醒了再请来。"这时黛玉却翻身坐了起来，笑道："谁睡觉呢。"宝玉见她星眼微饧，香腮带赤，不觉神魂早荡，就借机调笑。紫鹃去倒茶，宝玉笑道："好丫头，'若共你多情小姐同鸳帐，怎舍得叠被铺床？'"林黛玉登时擂下脸来，哭道："如今新兴的，外头听了村话来，也说给我听；看了混帐书，也来拿我取笑儿。我成了爷们解闷的。"一面哭着，一面下床往外就走。宝玉心下慌了，赶紧发誓赌咒，求黛玉别告诉去。这就是"潇湘馆春困发幽情"。

正不可开交，宝玉被薛蟠骗去赴生日宴。至晚，黛玉不放心，去探望宝玉。不料宝钗早已在内与宝玉说笑。黛玉叫门，被正在赌气的晴雯拒绝。黛玉伤心不已，独立墙角边花阴之下，悲悲戚戚呜咽起来。宿鸟栖鸦一闻此声，不忍再听，俱忒楞楞飞起远避。

话说宝玉养过了三十三天之后，不但身体强壮，亦且连脸上疮痕平复，仍回大观园内去。这也不在话下。

且说近日宝玉病的时节，贾芸带着家下小厮坐更看守，昼夜在这里，那红玉同众丫鬟也在这里守着宝玉，彼此相见多日，都渐渐混熟了。那红玉见贾芸手里拿的手帕子，倒像是自己从前掉的，待要问他，又不好问的。不料那和尚道士来过，用不着一切男人，贾芸仍种树去了。这件事待要放下，心内又放不下，待要问去，又怕人猜疑。

> 一方手帕，原不足道，一旦成为"道具""线索"，就有价值了。

正是犹豫不决神魂不定之际，忽听窗外问道："姐姐在屋里没有？"红玉闻听，在窗眼内望外一看，原来是本院的个小丫头名叫佳蕙的，因答说："在家里，你进来罢。"佳蕙听了，跑进来就坐在床上，笑道："我好造化！才刚在院子里洗东西，宝玉叫往林姑娘那里送茶叶，花大姐姐交给我送去。可巧老太太那里给林姑娘送钱来，正分给他们的丫头们呢。见我去了，林姑娘就抓了两把给我，也不知多少。你替我收着。"便把手帕子打开，把钱倒了出来，红玉替他一五一十的数了收起。

> 写红玉心事，忽佳蕙来，一断。

> "老太太那里给林姑娘送钱来"，看似闲笔，实为妙笔。从中可看出来：（1）黛玉进贾府没有带生活费；（2）黛玉在钱上不在意，不计较。

佳蕙道："你这一程子心里到底觉怎么样？依我说，你竟家去住两日，请一个大夫来瞧瞧，吃两剂药就好了。"红玉道："那里的话，好好的，家去作什么！"佳蕙道："我想起来了，林姑娘生的弱，时常他吃药，你就和他要些来吃，也是一样。"红玉

> 佳蕙发现红玉"懒吃懒喝"的病态，是暗续红玉心事。但佳蕙终究太小，她只好自哀自怨。

道："胡说！药也是混吃的。"佳蕙道："你这也不是个长法儿，又懒吃懒喝的，终久怎么样？"红玉道："怕什么，还不如早些儿死了倒干净！"佳蕙道："好好的，怎么说这些话？"红玉道："你那里知道我心里的事！"

佳蕙点头想了一会，道："可也怨不得，这个地方难站。就像昨儿老太太因宝玉病了这些日子，说跟着服侍的这些人都辛苦了，如今身上好了，各处还完了愿，叫把跟着的人都按着等儿赏他们。我们算年纪小，上不去，我也不抱怨；像你怎么也不算在里头？我心里就不服。袭人那怕他得十分儿，也不恼他，原该的。说良心话，谁还敢比他呢？别说他素日殷勤小心，便是不殷勤小心，也拚不得。可气晴雯、绮霰他们这几个，都算在上等里去，仗着老子娘的脸面，众人倒捧着他去。你说可气不可气？"红玉道："也不犯着气他们。俗语说的好，'千里搭长棚，没有个不散的筵席'，谁守谁一辈子呢？不过三年五载，各人干各人的去了。那时谁还管谁呢？"这两句话不觉感动了佳蕙的心肠，由不得眼睛红了，又不好意思好端端的哭，只得勉强笑道："你这话说的却是。昨儿宝玉还说，明儿怎么样收拾房子，怎么样做衣裳，倒像有几百年的熬煎。"

红玉听了冷笑了两声，方要说话，只见一个未留头的小丫头子走进来，手里拿着些花样子并两张纸，说道："这是两个样子，叫你描出来呢。"说着向红玉掷下，回身就跑了。红玉向外问道："倒是谁的？也等不得说完就跑，谁蒸下馒头等着你，怕冷了不成！"那小丫头在窗外只说得一声："是绮大姐姐【佳蕙刚说到的"绮霰"】的。"抬起脚来咕咚咕咚又跑了。

红玉便赌气把那样子掷在一边，向抽屉内找笔，找了半天都是秃了的，因说道："前儿一枝新笔，放在那里了？怎么一时想不起来。"一面说着，一面出神，想了一会方笑道："是了，前儿晚上莺儿拿了去了。"便向佳蕙道："你替我取了来。"佳蕙道："花大姐姐还等着我替他抬箱子呢，你自己取去罢。"红玉道：

佳蕙想到的却是赏赐不公，对红玉心事，似续似断，不仅没有减轻红玉的相思之情，反又给她添了一重堵。红玉说"千里搭长棚，没有个不散的筵席"，既是回应佳蕙之言，也是自安自慰。两个人，小小年纪，有如此一番议论，应是从全书人生如梦、一切皆空而来。

该说的都说了，必须一"断"，"来人"是"断"最方便的手法。

红玉正心中不平，所以"赌气把那样子掷在一边"，但她是个既有"追求"又不失理性的丫头，所以还是找笔做活。

"他等着你，你还坐着闲打牙儿？我不叫你取去，他也不等着你了。坏透了的小蹄子！"说着，自己便出房来，出了怡红院，一径往宝钗院内来。

　　刚至沁芳亭畔，只见宝玉的奶娘李嬷嬷从那边走来。红玉立住笑问道："李奶奶，你老人家那去了？怎打这里来？"李嬷嬷站住将手一拍道："你说说，好好的又看上了那个种树的什么云哥儿雨哥儿的，这会子逼着我叫了他来。明儿叫上房里听见，可又是不好。"红玉笑道："你老人家当真的就依了他去叫了？"李嬷嬷道："可怎么样呢？"红玉笑道："那一个要是知道好歹，就回不进来才是。"李嬷嬷道："他又不痴，为什么不进来？"红玉道："既是进来，你老人家该同他一齐来，回来叫他一个人乱碰，可是不好呢。"李嬷嬷道："我有那样工夫和他走？不过告诉了他，回来打发个小丫头子或是老婆子，带进他来就完了。"说着，拄着拐杖一径去了。

　　红玉听说，便站着出神，且不去取笔。一时，只见一个小丫头子跑来，见红玉站在那里，便问道："林姐姐，你在这里作什么呢？"红玉抬头见是小丫头子坠儿。红玉道："那去？"坠儿道："叫我带进芸二爷来。"说着一径跑了。这里红玉刚走至蜂腰桥门前，只见那边坠儿引着贾芸来了。那贾芸一面走，一面拿眼把红玉一溜；那红玉只装着和坠儿说话，也把眼去一溜贾芸：四目恰相对时，红玉不觉脸红了，一扭身往蘅芜苑去了。不在话下。

　　这里贾芸随着坠儿，逶迤来至怡红院中。坠儿先进去回明了，然后方领贾芸进去。贾芸看时，只见院内略略有几点山石，种着芭蕉，那边有两只仙鹤在松树下剔翎。一溜回廊上吊着各色笼子，笼着仙禽异鸟。上面小小五间抱厦，一色雕镂新鲜花样隔扇，上面悬着一个匾额，四个大字，题道是"怡红快绿"。贾芸想道："怪道叫'怡红院'，原来匾上是恁样四个字。"正想着，只听里面隔着纱窗子笑说道："快进来罢。我怎么就忘了你两三

　　红玉不用笔就不会到沁芳桥，不到沁芳桥就不会遇到李嬷嬷，不遇到李嬷嬷就不会知道贾芸要到怡红院：一切都是"巧"，这"巧"得行云流水，读起来丝毫不觉得牵强造作。

　　红玉心细：一问再问三问，得着贾芸肯定要到怡红院的信息。

　　红玉"站着出神，且不去取笔"——要干什么呢？

　　两人相遇，是巧合还是精心安排？只能"溜一眼"而"四目相对"，少男少女连当面说一句话的胆量都没有，可怜。

　　用"互见法"详写宝玉居处。先写院落。

　　宝玉在等。

个月！"

再写室内。

贾芸听得是宝玉的声音，连忙进入房内。抬头一看，只见金碧辉煌，文章炳灼，却看不见宝玉在那里。一回头，只见左边立着一架大穿衣镜，从镜后转出两个一般大的十五六岁的丫头来说："请二爷里头屋里坐。"贾芸连正眼也不敢看，连忙答应了。又进一道碧纱橱，只见小小一张填漆床上，悬着大红销金撒花帐子。宝玉穿着家常衣服，靸着鞋，倚在床上拿着本书看，见他进来，将书掷下，早堆着笑立起身来。贾芸忙上前请了安，宝玉让坐，便在下面一张椅子上坐了。宝玉笑道："只从那个月见了你，我叫你往书房里来，谁知接接连连许多事情，就把你忘了。"贾芸笑道："总是我没福，偏偏又遇着叔叔身上欠安。叔叔如今可大安了？"宝玉道："大好了。我倒听见说你辛苦了好几天。"贾芸道："辛苦也是该当的。叔叔大安了，也是我们一家子的造化。"

宝玉说起贾芸的辛苦，是良知；贾芸说"应当""造化"，是恭敬。

说着，只见有个丫鬟端了茶来与他。那贾芸口里和宝玉说着话，眼睛却溜瞅那丫鬟：细挑身材，容长脸面，穿着银红袄儿，青缎背心，白绫细折裙。——不是别个，却是袭人。那贾芸自从宝玉病了几天，他在里头混了两日，他却把那有名人口认记了一半。他也知道袭人在宝玉房中比别个不同，今见他端了茶来，宝玉又在旁边坐着，便忙站起来笑道："姐姐怎么替我倒起茶来。我来到叔叔这里，又不是客，让我自己倒罢。"宝玉道："你只管坐着罢。丫头们跟前也是这样。"贾芸笑道："虽如此说，叔叔房里姐姐们，我怎么敢放肆呢。"一面说，一面坐下吃茶。

贾芸"溜瞅那丫鬟"，不是花心，是谨慎，要判断端茶者的身份地位，以把握适当的姿态。看出是袭人，又知道袭人是宝玉第一贴身，所以"忙站起来"客气几句。

那宝玉便和他说些没要紧的散话。又说道谁家的戏子好，谁家的花园好，又告诉他谁家的丫头标致，谁家的酒席丰盛，又是谁家有奇货，又是谁家有异物。那贾芸口里只得顺着他说，说了一会，见宝玉有些懒懒的了，便起身告辞。宝玉也不甚留，只说："你明儿闲了，只管来。"仍命小丫头子坠儿送他出去。

蔡义江评："写这些话并非真的'没要紧'，借说'散话'为由，补出未写到的宝玉与王公贵族交接往来的纨绔生活。"此评对。另外，此只是"虚说"其"纨绔生活"，为下面薛蟠请客作铺垫。

出了怡红院，贾芸见四顾无人，便把脚慢慢停着些走，口里一长一短和坠儿说话，先问他"几岁了？名字叫什么？你父母在那一行上？在宝叔房内几年了？一个月多少钱？共总宝叔房内有几个女孩子？"那坠儿见问，便一桩桩的都告诉他了。贾芸又道："才刚那个与你说话的，他可是叫小红？"坠儿笑道："他倒叫小红。你问他作什么？"贾芸道："方才他问你什么手帕子，我倒拣了一块。"坠儿听了笑道："他问了我好几遍，可有看见他的帕子。我有那么大工夫管这些事！今儿他又问我，他说我替他找着了，他还谢我呢。才在蘅芜苑门口说的，二爷也听见了，不是我撒谎。好二爷，你既拣了，给我罢。我看他拿什么谢我。"

贾芸有所思。跟坠儿说话，就是要寻找机会与小红搭上线。他刚听到小红说手帕子，敏锐地抓到了线索——手帕传情。

原来上月贾芸进来种树之时，便拣了一块罗帕，便知是所在园内的人失落的，但不知是那一个人的，故不敢造次。今听见红玉问坠儿，便知是红玉的，心内不胜喜幸。又见坠儿追索，心中早得了主意，便向袖内将自己的一块取了出来，向坠儿笑道："我给是给你，你若得了他的谢礼，不许瞒着我。"坠儿满口里答应了，接了手帕子，送出贾芸，回来找红玉，不在话下。

补说贾芸"拣了一块罗帕"，文理所需。而他却将自己的一块交给坠儿，偷梁换柱，做得有情而巧。

如今且说宝玉打发了贾芸去后，意思懒懒的歪在床上，似有朦胧之态。袭人便走上来，坐在床沿上推他，说道："怎么又要睡觉？闷的很，你出去逛逛不是？"宝玉见说，便拉他的手笑道："我要去，只是舍不得你。"袭人笑道："快起来罢！"一面说，一面拉了宝玉起来。宝玉道："可往那去呢？怪腻腻烦烦的。"袭人道："你出去了就好了。只管这么葳蕤【本义指花木下垂的样子，此指无精打采、萎靡不振】，越发心里烦腻。"

富贵闲人，百无聊赖。

宝玉无精打采【与上"葳蕤"同义互解】的，只得依他。晃出了房门，在回廊上调弄了一回雀儿；出至院外，顺着沁芳溪看了一回金鱼。只见那边山坡上两只小鹿箭也似的跑来，宝玉不解其意。正自纳闷，只见贾兰在后面拿着一张小弓追了下来，一见宝玉在前面，便站住了，笑道："二叔叔在家里呢，我只当出门去了。"宝玉道："你又淘气了。好好的射他作什么？"贾兰笑道："这会子不念书，闲着作什么？所以演习演习骑射。"宝玉道："把牙栽了，那时才不演呢。"

再借贾兰之口说出宝玉是经常"出门去"的——与王公贵族交接往来，过着"纨绔生活"。

说着，顺着脚一径来至一个院门前，只见凤尾森森，龙吟细细。举目望门上一看，只见匾上写着"潇湘馆"三字。宝玉信步走入，只见湘帘垂地，悄无人声。走至窗前，觉得一缕幽香从碧纱窗中暗暗透出。宝玉便将脸贴在纱窗上，往里看时，耳内忽听得细细的长叹了一声道："'每日家情思睡昏昏。'"宝玉听了，不觉心内痒将起来，再看时，只见黛玉在床上伸懒腰。宝玉在窗外笑道："为甚么'每日家情思睡昏昏'？"一面说，一面掀帘子进来了。

林黛玉自觉忘情，不觉红了脸，拿袖子遮了脸，翻身向里装睡着了。宝玉才走上来要扳他的身子，只见黛玉的奶娘并两个婆子却跟了进来说："妹妹睡觉呢，等醒了再请来。"刚说着，黛玉便翻身坐了起来，笑道："谁睡觉呢。"那两三个婆子见黛玉起来，便笑道："我们只当姑娘睡着了。"说着，便叫紫鹃说："姑娘醒了，进来伺侯。"一面说，一面都去了。

黛玉坐在床上，一面抬手整理鬓发，一面笑向宝玉道："人家睡觉，你进来作什么？"宝玉见他星眼微饧，香腮带赤，不觉神魂早荡，一歪身坐在椅子上，笑道："你才说什么？"黛玉道："我没说什么。"宝玉笑道："给你个榧子【捻手指发声，含有轻佻、玩笑的意思】吃！我都听见了。"

二人正说话，只见紫鹃进来。宝玉笑道："紫鹃，把你们的好茶倒碗我吃。"紫鹃道："那里是好的呢？要好的，只是等袭人来。"黛玉道："别理他，你先给我舀水去罢。"紫鹃笑道："他是客，自然先倒了茶来再舀水去。"说着倒茶去了。宝玉笑道："好丫头，'若共你多情小姐同鸳帐，怎舍得叠被铺床？'"林黛玉登时撂下脸来，说道："二哥哥，你说什么？"宝玉笑道："我何尝说什么。"黛玉便哭道："如今新兴的，外头听了村话来，也说给我听；看了混帐书，也来拿我取笑儿。我成了爷们解闷的。"一面哭着，一面下床来往外就走。宝玉不知要怎样，心下慌了，忙赶上来道："好妹妹，我一时该死，你别告诉去。我再要敢，嘴上就长个疔，烂了舌头。"

正说着，只见袭人走来说道："快回去穿衣服，老爷叫你呢。"宝玉听了，不觉打了个焦雷一般，也顾不得别的，疾忙回来穿衣服。出园来，只见焙茗在二门前等着，宝玉便问道："你可知道叫我是为什么？"焙茗道："爷快出来罢，横竖是见去的，到那里就知道了。"一面说，一面催着宝玉。

转过大厅，宝玉心里还自狐疑，只听墙角边一阵呵呵大笑，回头只见薛蟠拍着手笑了出来，笑道："要不说姨父叫你，你那里出来的这么快。"焙茗也笑道："爷别怪我。"忙跪下了。宝玉怔了半天，方解过来了，是薛蟠哄他出来。薛蟠连忙打恭作揖陪不是，又求"不要难为了小子，都是我逼他去的"。宝玉也无法了，只好笑问道："你哄我也罢了，怎么说我父亲呢？我告诉姨娘去，评评这个理，可使得么？"薛蟠忙道："好兄弟，我原为求你快些出来，就忘了忌讳这句话。改日你也哄我，说我的父亲就完了。"宝玉道："嗳，嗳，越发该死了。"又向焙茗道："反叛肏的，还跪着作什么！"焙茗连忙叩头起来。

薛蟠道："要不是，我也不敢惊动，只因明儿五月初三日是我的生日，谁知古董行的程日兴，他不知那里寻了来的这么粗这么长粉脆的鲜藕，这么大的大西瓜，这么长一尾新鲜的鲟鱼，这么大的一个暹罗国进贡的灵柏香熏的暹猪。你说，他这四样礼可难得不难得？那鱼、猪不过贵而难得，这藕和瓜亏他怎么种出来的。我连忙孝敬了母亲，赶着给你们老太太、姨父、姨母送了些去。如今留了些，我要自己吃，恐怕折福，左思右想，除我之外，惟有你还配吃，所以特请你来。可巧唱曲儿的小幺儿又才来了，我同你乐一天何如？"

一面说，一面来至他书房里。只见詹光、程日兴、胡斯来、单聘仁等并唱曲儿的都在这里，见他进来，请安的、问好的，都彼此见过了。吃了茶，薛蟠即命人摆酒来。说犹未了，众小厮七手八脚摆了半天，方才停当归坐。宝玉果见瓜藕新异，因笑道：

"袭人走来"，又一断，而且是雷霆之断。

脂评："若无如此文字收拾二玉，写攀无非至再哭恼哭，玉只以赔尽小心软求漫恳，二人一笑而止；且书内若此亦多多矣，未免有犯雷同之病。故用险句结住，使二玉心中不得不将现事抛却，各怀一惊心意，再作下文。"

薛蟠，活脱脱一个呆子。其呆，故言行常失分寸；也因其呆，没有城府，所以又显得诚直可爱。

一片诚敬之心，宝玉自然领情。呆子没有"形容词"，只会"这么粗这么长"地比划着说，其兴奋之态可以想见。

不忘孝敬长辈，也是此人可爱之处。

宝玉客气，薛蟠实在。

"我的寿礼还未送来，倒先扰了。"薛蟠道："可是呢，明儿你送我什么？"宝玉道："我可有什么可送的？若论银钱吃的穿的东西，究竟还不是我的，惟有我写一张字，画一张画，才算是我的。"

让薛蟠乱谈，插科打诨，应是王公贵族纨绔子弟生活的"乐趣"之一。

薛蟠笑道："你提画儿，我才想起来。昨儿我看人家一张春宫，画的着实好。上面还有许多的字，也没细看，只看落的款，是'庚黄'画的。真真的好的了不得！"宝玉听说，心下猜疑道："古今字画也都见过些，那里有个'庚黄'？"想了半天，不觉笑将起来，命人取过笔来，在手心里写了两个字，又问薛蟠道："你看真了是'庚黄'？"薛蟠道："怎么看不真！"宝玉将手一撒，与他看道："别是这两字罢？其实与'庚黄'相去不远。"众人都看时，原来是"唐寅"两个字，都笑道："想必是这两字，大爷一时眼花了也未可知。"薛蟠只觉没意思，笑道："谁知他'糖银''果银'的。"

正说着，小厮来回"冯大爷来了"。宝玉便知是神武将军冯唐之子冯紫英来了。薛蟠等一齐都叫"快请"。说犹未了，只见冯紫英一路说笑，已进来了。众人忙起席让坐。冯紫英笑道："好呀！也不出门了，在家里高乐罢。"宝玉薛蟠都笑道："一向少会，老世伯身上康健？"紫英答道："家父倒也托庇康健。近来家母偶着了些风寒，不好了两天。"

将军之子，逞勇好斗。"打围"，透露出满族贵族的习俗。

薛蟠见他面上有些青伤，便笑道："这脸上又和谁挥拳的？挂了幌子了。"冯紫英笑道："从那一遭把仇都尉的儿子打伤了，我就记了再不恼气，如何又挥拳？这个脸上，是前日打围，在铁网山教兔鹘捎一翅膀。"宝玉道："几时的话？"紫英道："三月二十八日去的，前儿也就回来了。"宝玉道："怪道前儿初三四儿，我在沈世兄家赴席不见你呢。我要问，不知怎么就忘了。单你去了，还是老世伯也去了？"紫英道："可不是家父去，我没法儿，去罢了。难道我闲疯了，咱们几个人吃酒听唱的不乐，寻那个苦恼去？这一次，大不幸之中又大幸。"

"前儿初三四儿，我在沈世兄家赴席"，宝玉之生活的写照。

薛蟠众人见他吃完了茶，都说道："且入席，有话慢慢的说。"冯紫英听说，便立起身来说道："论理，我该陪饮几杯才是，只是今儿有一件大大要紧的事，回去还要见家父面回，实不敢领。"薛蟠宝玉众人那里肯依，死拉着不放。冯紫英笑道："这又奇了。你我这些年，那回儿有这个道理的？果然不能遵命。若必定叫我领，拿大杯来，我领两杯就是了。"众人听说，只得罢了。薛蟠执壶，宝玉把盏，斟了两大海【大酒杯】。那冯紫英站着，一气而尽。

薛蟠让大家"入席"，为的是"有话慢慢的说"——让冯紫英说那"大不幸之中又大幸"的情事。这冯紫英偏有"大大要紧的事"急着走，留一悬念在此（二十八回见答案）。

宝玉道："你到底把这个'不幸之幸'说完了再走。"冯紫英笑道："今儿说的也不尽兴。我为这个，还要特治一东，请你们去细谈一谈；二则还有所恳之处。"说着执手就走。薛蟠道："越发说的人热刺刺的丢不下。多早晚才请我们，告诉了，也免的人犹疑。"冯紫英道："多则十日，少则八天。"一面说，一面出门上马去了。众人回来，依席又饮了一回方散。

宝玉回至园中，袭人正记挂着他去见贾政，不知是祸是福；只见宝玉醉醺醺的回来，问其原故，宝玉一一向他说了。袭人道："人家牵肠挂肚的等着，你且高乐去，也到底打发人来给个信儿。"宝玉道："我何尝不要送信儿，只因冯世兄来了，就混忘了。"

正说着，只见宝钗走进来笑道："偏【占先享用】了我们新鲜东西了。"宝玉笑道："姐姐家的东西，自然先偏了我们了。"宝钗摇头笑道："昨儿哥哥倒特特的请我吃，我不吃，叫他留着请人送人罢。我知道我的命小福薄，不配吃那个。"说着，丫鬟倒了茶来，吃茶说闲话儿，不在话下。

宝玉刚从薛家吃酒回来，宝钗就跟了来，开口就是"偏了我们新鲜东西了"，用心何在？

却说那林黛玉听见贾政叫了宝玉去了，一日不回来，心中也替他忧虑。至晚饭后，闻听宝玉来了，心里要找他问问是怎么样了。一步步行来，见宝钗进宝玉的院内去了，自己也便随后走了来。刚到了沁芳桥，只见各色水禽都在池中浴水，也认不出名色来，但见一个个文彩炫耀，好看异常，因而站住看了一会。再往怡红院来，只见院门关着，黛玉便以手扣门。

见宝钗刚进去，不便紧随其后，观水禽略作延宕。

谁知晴雯和碧痕正拌了嘴，没好气，忽见宝钗来了，那晴雯正把气移在宝钗身上，正在院内抱怨说："有事没事跑了来坐着，叫我们三更半夜的不得睡觉！"忽听又有人叫门，晴雯越发动了气，也不问是谁，便说道："都睡下了，明儿再来罢！"林黛玉素知丫头们的情性，他们彼此顽耍惯了，恐怕院内的丫头没听真是他的声音，只当是别的丫头们来了，所以不开门，因而又高声说道："是我，还不开么？"晴雯偏生还没听出来，便使性子说道："凭你是谁，二爷吩咐的，一概不许放人进来呢！"

林黛玉听了，不觉气怔在门外，待要高声问他，逗起气来，自己又回思一番："虽说是舅母家如同自己家一样，到底是客边。如今父母双亡，无依无靠，现在他家依栖。如今认真淘气，也觉没趣。"一面想，一面又滚下泪珠来。正是回去不是，站着不是。正没主意，只听里面一阵笑语之声，细听一听，竟是宝玉、宝钗二人。林黛玉心中益发动了气，左思右想，忽然想起了早起的事来："必竟是宝玉恼我要告他的原故。但只我何尝告你了，你也打听打听，就恼我到这步田地。你今儿不叫我进来，难道明儿就不见面了！"越想越伤感起来，也不顾苍苔露冷，花径风寒，独立墙角边花阴之下，悲悲戚戚呜咽起来。

原来这林黛玉秉绝代姿容，具希世俊美，不期这一哭，那附近柳枝花朵上的宿鸟栖鸦一闻此声，俱忒楞楞飞起远避，不忍再听。真是：

花魂默默无情绪【以花拟人，花听到黛玉哭声也默默悲伤】，鸟梦痴痴何处惊【鸟被哭声惊醒，也痴呆呆不知如何是好，就飞走了】。

因有一首诗道：

颦儿才貌世应希【黛玉的才貌举世罕有】，独抱幽芳

心理细腻，层次清楚：本来"没好气"；宝钗来打扰，气上加气，于是迁怒于宝钗；此时再有黛玉敲门，自然"越发动了气"，是第三重"气"。

以黛玉之身，即使叫门也不会高声，加之晴雯在气头上，听不出是黛玉，正常。无巧不成书，但巧要合情合理。

吃闭门羹，一也；父母双亡，他家依栖，二也；玉、钗笑语，三也。晴雯的气话，前时的口角，又使眼前的一切"合理化"。风刀霜剑，遂禁不住"悲悲戚戚呜咽起来"。

其哭声令花默鸟飞，是艺术的夸张，极写黛玉之孤凄惨咽。花鸟如此，人何忍闻？

出绣闺【她独有一份幽怨的情怀和美好的气质，超出其他女性】；

　　呜咽一声犹未了【刚刚发出呜咽之声】，**落花满地鸟惊飞**【就使得落花满地、栖鸟惊飞了】。

那林黛玉正自啼哭，忽听"吱喽"一声，院门开处，不知是那一个出来。要知端的，且听下回分解。

〖 回后评 〗

　　此一回书，有很多的心理描写，有直接的描写，更有通过人物的言行表现其心理的精彩片段。

　　直接的心理描写，一处是宝玉见到黛玉"星眼微饧，香腮带赤"时，"不觉神魂早荡，一歪身坐在椅子上"。这"神魂早荡"四个字，写出宝玉情欲的发动，此时情感压倒了理智，如此才有下面打榧子的轻薄与用《西厢记》词句挑逗的言语。

　　还有一处直接描写林黛玉的心理：在怡红院吃了闭门羹后，"不觉气怔在门外，待要高声问他，逗起气来，自己又回思一番：'虽说是舅母家如同自己家一样，到底是客边。如今父母双亡，无依无靠，现在他家依栖。如今认真淘气，也觉没趣。'一面想，一面又滚下泪珠来"。这一段描写很重要，父母双亡，被贾府收养，这种孤凄感是笼罩在黛玉心头抹不掉的一道浓重的阴影，她的个性，甚至她的病情，都与此有关。

　　通过言行的描写表现人物心理更是曹公的拿手戏。

　　你看他写贾芸与小红的相遇："那贾芸一面走，一面拿眼把红玉一溜；那红玉只装着和坠儿说话，也把眼去一溜贾芸：四目恰相对时，红玉不觉脸红了，一扭身往蘅芜苑去了。"彼此相看，只是"把眼去一溜"。又想看又不敢直视，贪看的情与世俗的礼纠结在一起，矛盾而又不忍之态跃然纸上。而当"四目相对"

时，小红"不觉脸红了"，"一扭身"走了。必心有所思才会"脸红"，"一扭身"则是不得已的决绝，少女的娇羞与自尊都在这里了。

你看他写宝黛之相处：黛玉口吟"每日家情思睡昏昏"之句，宝玉在窗外笑道："为甚么'每日家情思睡昏昏'？""林黛玉自觉忘情，不觉红了脸，拿袖子遮了脸，翻身向里装睡着了。"待奶娘说"妹妹睡觉呢"，让宝玉"等醒了再请来"。黛玉便翻身坐了起来，笑道："谁睡觉呢。"装睡，是羞怯；但绝舍不得宝玉走开。但当宝玉用《西厢记》爱情之语调笑她时，她却恼了，"登时撂下脸来"，还"一面哭着，一面下床来往外就走"，要去告状。他们不是心心相印已经认可了夫妻缘了吗？用《西厢记》调笑也不是第一回了，黛玉为什么恼？因为紫鹃在面前也！宝玉失去了分寸，黛玉不得不做出激烈反应。少男与少女，毕竟不同。

还有，对宝钗的描写也很值得注意。

薛蟠庆生，用几样新鲜瓜果招待宝玉等，他是看得起宝玉。而宝钗，却跑到怡红院对宝玉说："偏了我们新鲜东西了。""昨儿哥哥倒特特的请我吃，我不吃，叫他留着请人送人罢。我知道我的命小福薄，不配吃那个。"这不明摆着表功邀宠吗？更有意思的是，当晚还跑到怡红院跟宝玉说笑，以至于晴雯都抱怨："有事没事跑了来坐着，叫我们三更半夜的不得睡觉！"请注意：一是"有事没事跑了来坐着"，原来跑来得够勤；二是"三更半夜"，见得是长坐不避夜。即使晴雯有所夸张，也八九不离十。在明知宝黛婚姻已定的情况下，这个宝钗在想什么呢？

我们强调读书既要"看到"，更要"看出"。从角色的言行中"看出"他们的思想情感，这就是"以情解文"，是"读懂"的标志之一。

这里可以说说曹公艺术创作的一个特点，就是"穿插断续"的手法。通过此法，可以丰富内容，可以转换情节，可以造成悬

念，既灵活，又有效。

开头写红玉因贾芸而"神魂不定之际"，小丫头佳蕙来了，打断了红玉的情思，插入一段老太太给黛玉送钱的琐事。说是琐事，又有丰富作品内容的作用：可以看出黛玉平日的花销是靠老太太供给的，她自己没有"生活费"。换句话说，当初进贾府，林如海没有让黛玉带一笔钱过来。没有"经济基础"，使得黛玉有强烈的"寄人篱下"的心理阴影。同时，又表现出黛玉不把钱当钱的清高品格——给小丫头钱，只用手"抓"，不计数目。待佳蕙问起红玉的病，再暗暗"续"上红玉情思之事。

佳蕙、红玉谈话到一阶段，"只见一个未留头的小丫头子走进来"，给红玉送来一份描花样子的活计。于是"找笔"，出门，于是遇到李嬷嬷，情节就转换到红玉与贾芸的情事上了。从更大的范围看，也是对开头红玉"神魂不定"之事的"续"。

在宝玉探望黛玉一节，写宝玉的言行，是三断三续，有跌宕起伏之妙。宝玉进屋就要"扳"黛玉的身子，在两人春情洋溢之际，倘或真的"扳"了，未免不堪，于是有奶娘婆子"跟进来"，打断了宝玉的动作。待她们出去，续接宝黛，此时宝玉"神魂早荡"，又打榧子挑逗黛玉，似有情不自禁之态，于是"紫鹃进来"，又一断。宝玉忘形，当着紫鹃的面竟说什么"同鸳帐"，失了分寸，黛玉"撂下脸来"，闹得不可开交，这时就有袭人走来，说是"老爷叫你呢"，又一断。这不但避免了黛玉再哭、宝玉再劝的老套，而且造成悬念：贾政传唤宝玉，凶多吉少，会怎么样呢？直到晚饭后，黛玉不放心，到怡红院看宝玉，才又接续上二人相闹的情节。

《红楼梦》一书，可鉴赏的艺术之花多多，此仅是其小花一朵，已够赏心悦目。

第二十七回

滴翠亭杨妃戏彩蝶

埋香冢飞燕泣残红

心事将谁告，花飞动我悲。

埋香吟哭后，日日敛双眉。

观鹤闲聊园中趣，黛玉悲吟《葬花吟》

宝钗扑蝶与黛玉葬花是此回书的两个重点，在全书中也是表现人物性格的重要环节。杨贵妃喻指宝钗，赵飞燕喻指黛玉。杨妃、飞燕，都以淫乱祸国闻世，此仅取其体态的胖瘦相似而言之。

此回书承接上回黛玉吃闭门羹事。第二天是芒种节，众姐妹依照习俗都在园中祭饯花神，只有黛玉头天晚上二更多天才睡，所以迟起迟到了。宝钗要去叫黛玉，见宝玉进去了，便想此刻自己也跟了进去，一则宝玉不便，二则黛玉嫌疑，所以就抽身往回走。

宝钗见前面一双玉色蝴蝶，取出扇子来扑。一直跟到池中滴翠亭上，只听亭里边喊喊喳喳有人说话，便煞住脚往里细听。这宝钗，从语音就听出那是宝玉房里的丫头小红，而且知道这丫头"素昔眼空心大，是个头等刁钻古怪东西"。原来是小红正跟坠儿商量如何用锦帕与贾芸传递信息的事。宝钗隔窗听了，以为这是"奸淫狗盗"之为，但又怕被小红发现了给自己惹祸，就假装是在追一个人偶然从窗下经过，便故意放重了脚步，笑着叫道："颦儿，我看你往那里藏！"一面说，一面故意往前赶。小红推开窗户看时，宝钗反向他二人笑道："你们把林姑娘藏在那里了？"一面说还一面故意进去寻了一寻，才抽身离开。对此，小红的感想是："若是宝姑娘听见，还倒罢了。林姑娘嘴里又爱刻薄人，心里又细，他一听见了，倘或走露了风声，怎么样呢？"这就是"滴翠亭杨妃戏彩蝶"。而作者对这宝钗，是褒还是贬？其写法实在隐蔽。

这时凤姐要一个人去给平儿传达指示，小红主动跑至凤姐跟前，堆着笑问："奶奶使唤作什么事？"凤姐见她干净俏丽，说话知趣，又听说是宝玉房里的丫头，就把任务交给她了。小红出色完成任务，后被调到凤姐身边服务。

再说黛玉，因为昨晚吃了闭门羹，宝玉来找她，她也不予理睬，只去跟探春、宝钗说话。一会儿探春把宝玉拉到一边，兄妹聊天；而黛玉也就离开宝钗，自己到了昔日葬花之处。宝玉不见了黛玉，就收拾了些落花也到了葬花之处。宝玉"犹未转过山坡，只听山坡那边有呜咽之声"，这就是黛玉在吟唱著名的《葬花吟》。回目"埋香冢飞燕泣残红"，说的就是此事。

话说林黛玉正自悲泣，忽听院门响处，只见宝钗出来了，宝玉袭人一群人送了出来。待要上去问着宝玉，又恐当着众人问着了宝玉不便，因而闪过一旁，让宝钗去了，宝玉等进去关了门，方转过来，犹望着门洒了几点泪。自觉无味，方转身回来，无精打采的卸了残妆。

紫鹃雪雁素日知道林黛玉的情性：无事闷坐，不是愁眉，便是长叹，且好端端的不知为了什么，常常的便自泪道不干的。先时还有人解劝，怕他思父母，想家乡，受了委曲，只得用话宽慰解劝。谁知后来一年一月的竟常常的如此，把这个样儿看惯了，也都不理论了。所以也没人理，由他去闷坐，只管睡觉去了。那林黛玉倚着床栏杆，两手抱着膝，眼睛含着泪，好似木雕泥塑的一般，直坐到二更多天方才睡了。一宿无话。

至次日乃是四月二十六日，原来这日未时交芒种节。尚古风俗：凡交芒种节的这日，都要设摆各色礼物，祭饯花神，言芒种一过，便是夏日了，众花皆卸，花神退位，须要饯行。然闺中更兴这件风俗，所以大观园中之人都早起来了。那些女孩子们，或用花瓣柳枝编成轿马的，或用绫锦纱罗叠成干旄旌幢的，都用彩线系了。每一颗树上，每一枝花上，都系了这些物事。满园里绣

宝钗与宝玉的"笑语"声犹在耳，又见"一群人"送她出来，黛玉是何等心情！最后是"犹望着门洒了几点泪"——不是双泪横流，似乎泪快流干了，陷入了绝望的境地。

黛玉闷坐难眠，连丫鬟都不理她——最需要人情温暖的时候，她遭到的是冷漠。

众人为花神饯行，满园里"绣带飘飘，花枝招展"，一个个"打扮得桃羞柳让，燕妒莺惭"，极大地反衬出黛玉的孤苦凄惶。

带飘飘，花枝招展，更兼这些人打扮得桃羞柳让，燕妒莺惭，一时也道不尽。

且说宝钗、迎春、探春、惜春、李纨、凤姐等并巧姐、大姐、香菱与众丫鬟们在园内玩耍，独不见林黛玉。迎春因说道："林妹妹怎么不见？好个懒丫头！这会子还睡觉不成？"宝钗道："你们等着，我去闹了他来。"说着便丢下了众人，一直往潇湘馆来。正走着，只见文官等十二个女孩子也来了，上来问了好，说了一回闲话。宝钗回身指道："他们都在那里呢，你们找他们去罢。我叫林姑娘去就来。"说着便逶迤往潇湘馆来。

忽然抬头，见宝玉进去了，宝钗便站住低头想了想：宝玉和林黛玉是从小儿一处长大，他兄妹间多有不避嫌疑之处，嘲笑喜怒无常；况且林黛玉素习猜忌，好弄小性儿的。此刻自己也跟了进去，一则宝玉不便，二则黛玉嫌疑。罢了，倒是回来的妙。想毕抽身回来。

刚要寻别的姊妹去，忽见前面一双玉色蝴蝶，大如团扇，一上一下迎风翩跹，十分有趣。宝钗意欲扑了来玩耍，遂向袖中取出扇子来，向草地下来扑。只见那一双蝴蝶忽起忽落，来来往往，穿花度柳，将欲过河去了。倒引的宝钗蹑手蹑脚的，一直跟到池中滴翠亭上，香汗淋漓，娇喘细细。宝钗也无心扑了，刚欲回来，只听滴翠亭里边喊喊喳喳有人说话。原来这亭子四面俱是游廊曲桥，盖造在池中水上，四面雕镂槅子糊着纸。

宝钗在亭外听见说话，便煞住脚往里细听，只听说道："你瞧瞧这手帕子，果然是你丢的那块，你就拿着；要不是，就还芸二爷去。"又有一人说话："可不是我那块！拿来给我罢。"又听道："你拿什么谢我呢？难道白寻了来不成。"又答道："我既许了谢你，自然不哄你。"又听说道："我寻了来给你，自然谢我；但只是拣的人，你就不拿什么谢他？"又回道："你别胡说。他是个爷们家，拣了我的东西，自然该还的。我拿什么谢他呢？"又听说道："你不谢他，我怎么回他呢？况且他再三再四的和我

把宝钗列于首位，而"独不见林黛玉"，偏又是宝钗去找黛玉。宝钗"关心"黛玉？作者有意存焉。

这"低头想了想"很有意思。昨天不是还"半夜三更"的跑到宝玉房里去"笑语"吗？

锦帕传情，并非"奸淫狗盗"，而窃听私语，岂大家闺秀所当为！洪秋蕃评："只此一听，便如小家子妖娆女儿好听壁脚。"

说了，若没谢的，不许我给你呢。"半晌，又听答道："也罢，拿我这个给他，算谢他的罢。——你要告诉别人呢？须说个誓来。"又听说道："我要告诉一个人，就长一个疔，日后不得好死！"又听说道："嗳呀！咱们只顾说话，看有人来悄悄在外头听见。不如把这槅子都推开了，便是有人见咱们在这里，他们只当我们说顽话呢。若走到跟前，咱们也看的见，就别说了。"

宝钗在外面听见这话，心中吃惊，想道："怪道从古至今那些奸淫狗盗的人，心机都不错。这一开了，见我在这里，他们岂不臊了。况才说话的语音，大似宝玉房里的红儿的言语。他素昔眼空心大，是个头等刁钻古怪东西。今儿我听了他的短儿，一时人急造反，狗急跳墙，不但生事，而且我还没趣。如今便赶着躲了，料也躲不及，少不得要使个'金蝉脱壳'的法子。"犹未想完，只听"咯吱"一声，宝钗便故意放重了脚步，笑着叫道："颦儿，我看你往那里藏！"一面说，一面故意往前赶。

那亭内的红玉坠儿刚一推窗，只听宝钗如此说着往前赶，两个人都唬怔了。宝钗反向他二人笑道："你们把林姑娘藏在那里了？"坠儿道："何曾见林姑娘了。"宝钗道："我才在河那边看着林姑娘在这里蹲着弄水儿的。我要悄悄的唬他一跳，还没有走到跟前，他倒看见我了，朝东一绕就不见了。别是藏在这里头了。"一面说，一面故意进去寻了一寻，抽身就走，口内说道："一定是又钻在山子洞里去了。遇见蛇，咬一口也罢了。"一面说一面走，心中又好笑：这件事算遮过去了，不知他二人是怎样。

谁知红玉听了宝钗的话，便信以为真，让宝钗去远，便拉坠儿道："了不得了！林姑娘蹲在这里，一定听了话去了！"坠儿听说，也半日不言语。红玉又道："这可怎么样呢？"坠儿道："便是听了，管谁筋疼，各人干各人的就完了。"红玉道："若是宝姑娘听见，还倒罢了。林姑娘嘴里又爱刻薄人，心里又细，他一听见了，倘或走露了风声，怎么样呢？"二人正说着，只见文官、香菱、司棋、待书等上亭子来了。二人只得掩住这话，且和

里面不过说手帕传情之事，宝钗竟视为"奸淫狗盗"，其上纲上线之速，放在"文革"中也是出色的"革命小将"。

小红其人，连宝玉自己都不熟知，凤姐也毫无印象，宝钗竟能从"语音"听出，见得她对宝玉身边的人很关注，而关注其身边人，正是关注其本人。

知道小红"刁钻古怪"，怕她"狗急跳墙"，自己"金蝉脱壳"无可厚非，为什么让黛玉首当其冲？还"故意进去寻了一寻"，然有介事。不能说是预谋陷害，但这"急中生智"更暴露出其"潜意识"中的秘密。

成功地为黛玉树立了一个暗敌。此人现在在宝玉身边，再后成为凤姐的心腹。

小红对钗黛二人的评价，恰是一种反讽。

他们顽笑。

只见凤姐儿站在山坡上招手叫，红玉连忙弃了众人，跑至凤姐跟前，堆着笑问："奶奶使唤作什么事？"凤姐打谅了一打谅，见他生的干净俏丽，说话知趣，因笑道："我的丫头今儿没跟进我来。我这会子想起一件事来，要使唤个人出去，不知你能干不能干，说的齐全不齐全？"红玉笑道："奶奶有什么话，只管吩咐我说去。若说的不齐全，误了奶奶的事，凭奶奶责罚就是了。"凤姐笑道："你是那位小姐房里的？我使你出去，他回来找你，我好替你说的。"红玉道："我是宝二爷房里的。"凤姐听了笑道："嗳哟！你原来是宝玉房里的，怪道呢。也罢了，等他问，我替你说。你到我们家，告诉你平姐姐：外头屋里桌子上汝窑盘子架儿底下放着一卷银子，那是一百六十两，给绣匠的工价，等张材家的来要，当面称给他瞧了，再给他拿去。再里头床头间有一个小荷包拿了来。"

红玉听说撤身去了，回来只见凤姐不在这山坡子上了。因见司棋从山洞里出来，站着系裙子，便赶上来问道："姐姐，不知道二奶奶往那里去了？"司棋道："没理论。"红玉听了，抽身又往四下里一看，只见那边探春宝钗在池边看鱼。红玉上来陪笑问道："姑娘们可知道二奶奶那去了？"探春道："往你大奶奶院里找去。"红玉听了，才往稻香村来，顶头只见晴雯、绮霰、碧痕、紫绡、麝月、待书、入画、莺儿等一群人来了。

晴雯一见了红玉，便说道："你只是疯罢！院子里花儿也不浇，雀儿也不喂，茶炉子也不炀，就在外头逛。"红玉道："昨儿二爷说了，今儿不用浇花，过一日浇一回罢。我喂雀儿的时侯，姐姐还睡觉呢。"碧痕道："茶炉子呢？"红玉道："今儿不该我炀的班儿，有茶没茶别问我。"绮霰道："你听听他的嘴！你们别说了，让他逛去罢。"红玉道："你们再问问我逛了没有。二奶奶使唤我说话取东西的。"说着将荷包举给他们看，方没言语了。

大家分路走开。晴雯冷笑道："怪道呢！原来爬上高枝儿去

红玉眼尖。

凤姐还不如宝钗，至此才知道红玉是宝玉房里的。

这司棋"系裙子"一句是伏线。

丫头里分等级，彼此间势同水火。要让她们结成"共同体"，很难。

了，把我们不放在眼里。不知说了一句话半句话，名儿姓儿知道了不曾呢，就把他兴的这样！这一遭半遭儿的算不得什么，过了后儿还得听呵！有本事从今儿出了这园子，长长远远的在高枝儿上才算得。"一面说着去了。

这里红玉听说，不便分证，只得忍着气来找凤姐儿。到了李氏房中，果见凤姐儿在这里和李氏说话儿呢。红玉上来回道："平姐姐说，奶奶刚出来了，他就把银子收了起来，才张材家的来讨，当面称了给他拿去了。"说着将荷包递了上去，又道："平姐姐教我回奶奶：才旺儿进来讨奶奶的示下，好往那家子去。平姐姐就把那话按着奶奶的主意打发他去了。"凤姐笑道："他怎么按我的主意打发去了？"红玉道："平姐姐说：我们奶奶问这里奶奶好。原是我们二爷不在家，虽然迟了两天，只管请奶奶放心。等五奶奶好些，我们奶奶还会了五奶奶来瞧奶奶呢。五奶奶前儿打发了人来说，舅奶奶带了信来了，问奶奶好，还要和这里的姑奶奶寻两丸延年神验万全丹。若有了，奶奶打发人来，只管送在我们奶奶这里。明儿有人去，就顺路给那边舅奶奶带去的。"

话未说完，李氏道："嗳哟哟！这些话我就不懂了。什么'奶奶''爷爷'的一大堆。"凤姐笑道："怨不得你不懂，这是四五门子的话呢。"说着，又向红玉笑道："好孩子，难为你说的齐全。别像他们扭扭捏捏的蚊子似的。嫂子你不知道，如今除了我随手使的几个丫头老婆之外，我就怕和他们说话。他们必定把一句话拉长了作两三截儿，咬文咬字，拿着腔儿，哼哼唧唧的，急的我冒火，他们那里知道！先时我们平儿也是这么着，我就问着他：难道必定装蚊子哼哼就是美人了？说了几遭，才好些儿了。"李宫裁笑道："都像你泼皮破落户才好。"凤姐又道："这一个丫头就好。方才两遭，说话虽不多，听那口声就简断。"说着又向红玉笑道："你明儿服侍我去罢。我认你作女儿，我一调理，你就出息了。"

红玉听了，扑哧一笑。凤姐道："你怎么笑？你说我年轻，比你能大几岁，就作你的妈了？你还作春梦呢！你打听打听，这些人头比你大的大的，赶着我叫妈，我还不理。今儿抬举了你呢！"红玉笑道："我不是笑这个，我笑奶奶认错了辈数了。我妈是奶奶的女儿，这会子又认我作女儿。"凤姐道："谁是你妈？"李宫裁笑道："你原来不认得他？他是林之孝之女。"凤姐听了十分诧异，说道："哦！原来是他的丫头。"又笑道："林之孝两口子都是锥子扎不出一声儿来的。我成日家说，他们倒是配就了的一对夫妻，一个天聋，一个地哑。那里承望养出这么个伶俐丫头来！你十几岁了？"红玉道："十七岁了。"又问名字，红玉道："原叫红玉的，因为重了宝二爷，如今只叫红儿了。"

凤姐听说将眉一皱，把头一回，说道："讨人嫌的很！得了玉的益似的，你也玉，我也玉。"因说道："既这么着，肯跟，我还和他妈说，'赖大家的如今事多，也不知这府里谁是谁，你替我好好的挑两个丫头我使'，他一般答应着。他饶不挑，倒把这女孩子送了别处去。难道跟我必定不好？"李氏笑道："你可是又多心了。他进来在先，你说话在后，怎么怨的他妈！"凤姐道："既这么着，明儿我和宝玉说，叫他再要人，叫这丫头跟我去。可不知本人愿意不愿意？"红玉笑道："愿意不愿意，我们也不敢说。只是跟着奶奶，我们也学些眉眼高低，出入上下，大小的事也得见识见识。"刚说着，只见王夫人的丫头来请，凤姐便辞了李宫裁去。红玉回怡红院去，不在话下。

如今且说林黛玉因夜间失寐，次日起来迟了，闻得众姊妹都在园中作饯花会，恐人笑他痴懒，连忙梳洗了出来。刚到了院中，只见宝玉进门来了，笑道："好妹妹，你昨儿可告我了不曾？教我悬了一夜心。"林黛玉便回头叫紫鹃道："把屋子收拾了，摺下一扇纱屉；看那大燕子回来，把帘子放下来，拿狮子倚住；烧了香就把炉罩上。"一面说一面又往外走。宝玉见他这样，还认作是昨日中晌的事，那知晚间的这段公案，还打恭作揖的。林黛玉正眼也不看，各自出了院门，一直找别的姊妹去了。宝玉

小红是林之孝的女儿，凤姐作为管家也不知道，这又比不上薛宝钗。

小红之语得体，既合乎规矩，又捧了凤姐。

插说小红一大段文字，回到"饯花会"，宝玉找黛玉。

宝玉上门，黛玉不予理睬。有宝钗在中间，宝玉被装在葫芦里。

心中纳闷，自己猜疑：看起这个光景来，不像是为昨日的事；但只昨日我回来的晚了，又没有见他，再没有冲撞了他的去处了。一面想，一面由不得随后追了来。

只见宝钗探春正在那边看鹤舞，见黛玉去了，三个一同站着说话儿。又见宝玉来了，探春便笑道："宝哥哥，身上好？我整整的三天没见你了。"宝玉笑道："妹妹身上好？我前儿还在大嫂子跟前问你呢。"探春道："宝哥哥，你往这里来，我和你说话。"宝玉听说，便跟了他，离了钗、玉两个，到了一棵石榴树下。

这里只剩宝钗、黛玉两个。

探春因说道："这几天老爷可曾叫你？"宝玉笑道："没有叫。"探春说："昨儿我恍惚听见说老爷叫你出去的。"宝玉笑道："那想是别人听错了，并没叫的。"探春又笑道："这几个月，我又攒下有十来吊钱了。你还拿了去，明儿出门逛去的时侯，或是好字画，好轻巧顽意儿，替我带些来。"宝玉道："我这么城里城外、大廊小庙的逛，也没见个新奇精致东西，左不过是那些金、玉、铜、磁，没处撂的古董，再就是绸缎吃食衣服了。"探春道："谁要这些。怎么像你上回买的那柳枝儿编的小篮子，整竹子根抠的香盒儿，胶泥垛的风炉儿，这就好了。我喜欢的什么似的，谁知他们都爱上了，都当宝贝似的抢了去了。"宝玉笑道："原来要这个。这不值什么，拿五百钱出去给小子们，管拉一车来。"探春道："小厮们知道什么。你拣那朴而不俗、直而不拙者，这些东西，你多多的替我带了来。我还像上回的鞋作一双你穿，比那一双还加工夫，如何呢？"

探春的审美观：喜欢朴而不俗、直而不拙。

宝玉笑道："你提起鞋来，我想起个故事：那一回我穿着，可巧遇见了老爷，老爷就不受用，问是谁作的。我那里敢提'三妹妹'三个字，我就回说是前儿我生日，是舅母给的。老爷听了是舅母给的，才不好说什么，半日还说：'何苦来！虚耗人力，作践绫罗，作这样的东西。'我回来告诉了袭人，袭人说这还罢了，赵姨娘气的抱怨的了不得：'正经兄弟，鞋搭拉袜搭拉的没人看的见，且作这些东西！'"探春听说，登时沉下脸来，道：

写贾政评"鞋"，与其说是表现其古板无趣，不如说要侧面表现探春为宝玉做鞋之认真。

"这话糊涂到什么田地！怎么我是该作鞋的人么？环儿难道没有分例的？一般的衣裳是衣裳，鞋袜是鞋袜，丫头老婆一屋子，怎么抱怨这些话！给谁听呢！我不过是闲着没事儿，作一双半双，爱给那个哥哥兄弟，随我的心。谁敢管我不成！这也是白气。"宝玉听了，点头笑道："你不知道，他心里自然又有个想头了。"探春听说，益发动了气，将头一扭，说道："连你也糊涂了！他那想头自然是有的，不过是那阴微鄙贱的见识。他只管这么想，我只管认得老爷、太太两个人，别人我一概不管。就是姊妹弟兄跟前，谁和我好，我就和谁好，什么偏的庶的，我也不知道。论理我不该说他，但忒昏愦的不像了！还有笑话呢：就是上回我给你那钱，替我带那顽的东西。过了两天，他见了我，也是说没钱使，怎么难，我也不理论。谁知后来丫头们出去了，他就抱怨起来，说我攒的钱为什么给你使，倒不给环儿使呢。我听见这话，又好笑又好气，我就出来往太太跟前去了。"正说着，只见宝钗那边笑道："说完了，来罢。显见的是哥哥妹妹了，丢下别人，且说梯己去。我们听一句儿就使不得了！"说着，探春宝玉二人方笑着来了。

宝玉因不见了林黛玉，便知他躲了别处去了，想了一想，索性迟两日，等他的气消一消再去也罢了。因低头看见许多凤仙石榴等各色落花，锦重重的落了一地，因叹道："这是他心里生了气，也不收拾这花儿来了。待我送了去，明儿再问着他。"说着，只见宝钗约着他们往外头去。宝玉道："我就来。"说毕，等他二人去远了，便把那花兜了起来，登山渡水，过树穿花，一直奔了那日同林黛玉葬桃花的去处来。

将已到了花冢，犹未转过山坡，只听山坡那边有呜咽之声，一行数落着，哭的好不伤感。宝玉心下想道："这不知是那房里的丫头，受了委曲，跑到这个地方来哭。"一面想，一面煞住脚步，听他哭道是：

花谢花飞花满天，红消香断有谁怜【同情，珍惜】？

游丝软系飘春榭，落絮轻沾扑绣帘。

闺中女儿惜春暮，愁绪满怀无释处，

手把花锄出绣闺，忍踏落花来复去。

【花落花飞，红消香断，多么可怜，却没有人同情而珍惜——看看那些人，虽说是在"饯花"，可一个个兴高采烈，是在享受"过节"的快乐啊！而我，因惜春而"愁绪满怀"，这愁绪实在无法释怀，就来葬花吧——那游丝、飞絮还能幸免于人们的脚底，而满地落花被人们走来走去无情地践踏，我于心不忍。——此一层写葬花的动因。】

柳丝榆荚自芳菲，不管桃飘与李飞。

桃李明年能再发，明年闺中知有谁？

三月香巢已垒成，梁间燕子太无情！

明年花发虽可啄，却不道【不知道，不管】人去梁空巢也倾。

一年三百六十日，风刀霜剑严相逼【紧紧催促，唯恐其衰落、败亡的慢】，

明媚鲜妍能几时，一朝飘泊难寻觅。

【由春花的红消香断，自然想到生命的短促。"桃飘李飞"，"柳丝榆荚"可以不管，但人能不关心吗？年年岁岁花相似，岁岁年年人不同啊！还有那梁间的燕子，并不关心花谢花飞。要知道，当明年花开之际，你们虽然还有啄花筑巢的机会，但也难保不人去梁空，香巢坠地。这世间，寒风如刀，清霜如剑，一年到头，时时存在，处处相逼，一切"明媚鲜妍"的事物都不得常在啊！——此一层叹生命之短促，恨风霜之残酷，且责榆柳、燕子之无情。上一层叹人之无情，此叹榆柳、燕子之无情，是进一步。】

花开易见落难寻，阶前闷杀葬花人，

独倚花锄泪暗洒，洒上空枝见血痕【舜妃哭舜，泪洒青

这一首《葬花吟》，是黛玉长期心理压抑的爆发，而从昨夜在怡红院吃闭门羹到今日的所见所闻则是直接的诱因。

全诗二十六行，可分为三个大的部分，即开头四行与结尾处四行各为一部分，首说"葬花"，尾悲"葬己"，遥相呼应。中间一部分，又可细分为三个层次：由落花而叹生命短促，由葬花而叹人之无情，由眼前而忆昨宵悲歌。

全诗以"葬花"为核心，既言花又射人。惜花，也就是珍惜人的青春；对花所遭风刀霜剑的控诉，也就是对人所遭摧残的控诉；希望花能"质本洁来还洁去"，也就是希望自己能生死高洁，不被尘世玷污。

黛玉个人的遭际，与世间高洁之士以至世间一切美好事物的遭际有相通之处，所以此一悲吟很能引发共鸣。

竹，竹为之"斑"】。

杜鹃无语正黄昏【蜀帝魂化杜鹃，啼血染花，是为杜鹃花】，荷锄归去掩重门。

青灯照壁人初睡，冷雨敲窗被未温。

怪奴【我，自称】底事倍伤神，半为怜春半恼春：

怜春忽至恼忽去，至又无言去不闻。

【回到葬花之事。自己以湘妃洒泪之悲、蜀帝啼血之诚来葬花，一片"怜春""恼春"之情并无人理解，还会怪我无故伤感生悲。自己回到住处，也是青灯冷被，那些丫头更难以懂我、怜我，只有自己为春之来去匆匆而伤神罢了。——此一层叹无人理解葬花之举，是精神的孤独、灵魂的悲戚。】

昨宵庭外悲歌发，知是花魂与鸟魂【见上回书末之联语与绝句】？

花魂鸟魂总难留，鸟自无言花自羞。

愿奴胁下生双翼，随花飞到天尽头。

天尽头，何处有香丘【坟墓，因葬花而"香"】？

未若锦囊收艳骨，一抔【一捧】净土掩风流【指落花】。

质本洁来还洁去，强于污淖陷渠沟。

【由眼前之落花，又想起"昨宵庭外悲歌发"之事。昨晚，在怡红院吃了闭门羹，听到宝钗与宝玉之"笑语"，自己"也不顾苍苔露冷，花径风寒，独立墙角边花阴之下，悲悲戚戚呜咽起来"。而"宿鸟栖鸦一闻此声，俱忒楞楞飞起远避，不忍再听"。这默默之花、远飞之鸟倒算是自己的知心了。但花鸟难留，我真想随之而去，但哪里找得到香丘呢？不如就把眼下的落花收拾好埋掉，让它们"质本洁来还洁去"，也算尽我的一点回馈之心吧！】

尔今死去侬收葬，未卜侬身何日丧？

侬今葬花人笑痴，他年葬侬知是谁？

试看春残花渐落，便是红颜老死时。

一朝春尽红颜老，花落人亡两不知！

【最后，由"葬花"想到"葬己"。今天，花落了有我来管来葬，待到我死的时候有谁来为我下葬让我"质本洁来还洁去"呢？到那时，不但再没人管你们的身后之事，也没人会来管我的身后之事。"两不知"——两不管啊！悲哉痛哉，痛哉悲哉！】

宝玉听了不觉痴倒。要知端详，且听下回分解。

【回后评】

正如蔡义江先生所言："宝钗扑蝶与黛玉葬花这两件事对钗、黛形象来说都属标志性事件，同写于此回之中。"什么"标志性事件"？就是表现两个人心性、品格以至命运的典型性事件。

读书至此，我们对这两个形象有了基本可靠的认知，至于有仁智之歧，那是另一回事。

先说说对宝钗的印象，一言以蔽之：心深而险。

城府甚深，时露险诈。上回书我们已有所分析。宝玉应邀参加薛蟠的生日聚会，吃了几样新鲜果品。宝玉刚醉醺醺地回到怡红院，宝钗就跟了过来，进门第一句话就是："偏了我们新鲜东西了。"又说："昨儿哥哥倒特特的请我吃，我不吃……我知道我的命小福薄，不配吃那个。"薛蟠请客的这点"情"，最后让她揽在自己身上了。所谓"我""不配吃"，意思不就是说只有宝玉才配吃吗？如此自贬而诛人，实在肉麻。再听听晴雯的抱怨："有事没事跑了来坐着，叫我们三更半夜的不得睡觉！"虽是气话，但宝钗"有事没事"三更半夜往宝玉处"跑"，大概不是"造谣"。

此回"扑蝶"一节，重点在"偷听私语"和"金蝉脱壳"

两个环节。而对"偷听"一事，从脂砚斋到蔡义江先生竟都不置一词。洪秋蕃评曰："只此一听，便如小家子妖娆女儿好听壁脚。"是啊，偷听私语，总不能说是什么光明正大的行为。

听了小红跟坠儿的对话，宝钗"心中吃惊"，想道："怪道从古至今那些奸淫狗盗的人，心机都不错……"对此，脂评是："四字写宝钗守身如此。"而对其后的所谓"金蝉脱壳"之计，更是大加赞赏："闺中弱女机变，如此之变，如此之急。"我的观感正相反。小红与坠儿所谈不过是锦帕传情之事，与宝钗自己"三更半夜往宝玉处跑"相比，孰轻孰重？人家怎么就是"奸淫狗盗"了？那样装腔作势地表演，有什么可赞叹的！

且不说宝钗对小红的了解之详细竟远胜凤姐和宝玉，怪哉怪哉！只说她怕小红知道了私语被偷听要"狗急跳墙"地"生事"，于是玩起了"金蝉脱壳"。如果仅仅自保，也无可厚非。但明明知道小红"刁钻古怪"，却还要拉别人当挡箭牌，已是损人利己；而又偏偏拿与宝玉有特殊关系的黛玉说事，更无可原谅了。"红玉听了宝钗的话，便信以为真"，无形中给黛玉树了一个暗敌，还不够"邪"吗？

蔡义江评曰："'想道'二字着眼，以下交代清宝钗将恪守的准则，对人事的洞察力和自己行止的动机。"在玩"金蝉脱壳"时喊"颦儿"，是因为这"最最现成，宝钗本来就为找黛玉而来"。在宝钗得意而逃时，蔡又评："有人以为宝钗有心藏奸，借机嫁祸黛玉，是误会了作意。宝钗当时的心理活动，小说已和盘托出，所谓'想道''犹未想完'是也。把没有的动机硬栽在她身上，或是受续书写钗代黛嫁等情节的影响。"这可以理解为宝钗喊黛玉是出于"下意识"。而这出于"下意识"的一喊，恰恰证明宝钗"潜意识"里对黛玉的"牵挂"。其后又编造什么黛玉蹲在那里，又煞有介事地到亭子里找一找，更是用尽心机地在陷害黛玉了。退一步说，即使不喊黛玉，她喊任何一个人不都是栽赃陷害吗？

张秋蕃有一段评说可以参考："全传写宝钗奸巧虽不止一处，然皆皮里阳秋，世人不察犹可恕。若此扑蝶一回大书特书，不啻马上作露布，列榜示通衢，读者犹双眸瞖蔽，津津然称其贤淑，是其一世为人悉在宝钗遮掩之中，能无齿冷！"

再说黛玉，我的印象也用四个字概括：孤高而危。

她清高而孤独，一种危殆感时时笼罩心头。这危殆感，乃由三大阴影构成。"父母双亡"，又无弟兄，是"孤儿"也，此第一大阴影。"在他家依栖"，连生活费都靠"舅母家"供给，是"乞儿"也，此第二大阴影。幸好有个宝玉，气味相合，心想寄托终身，偏偏来了个薛宝钗。这个宝钗，"心深而险"，不仅紧紧靠近宝玉，还"比黛玉大得下人之心"（第五回）。这就构成黛玉心头的第三大阴影。如果把她的病弱算上，就有四大阴影了。要理解黛玉的所谓"小性儿"，理解她的"闹"她的"哭"，不能不顾及这些阴影。此回书的《葬花吟》一方面倾诉了她的凄苦之境，另一方面也表白了她"质本洁来还洁去，强于污淖陷渠沟"的人生追求。这一点，与薛宝钗形成鲜明对比。

此一对比似乎有所寄寓："扑蝶"是捕捉（残害）美的生命，而"葬花"是怜惜生命的遗骸。孰善孰恶，昭然可见。

第二十八回

蒋玉菡情赠茜香罗
薛宝钗羞笼红麝串

世间最苦是痴情，
不遇知音休应声。
盟誓已成了，
莫迟误今生。

俩多情汗巾互换，众纨绔畅饮开怀

蒋玉菡是忠顺王府戏班子里唱小旦的戏子；"茜香罗"是指一种汗巾子（腰带）；"红麝串"是端午节贾贵妃赐给薛宝钗的手串。

此回书有两个要点，一是宝玉参加冯紫英的聚会，一是继续写宝、黛、钗之间的矛盾。这个冯紫英是跟贾府来往密切的一个纨绔子弟。

第一个要点，从全书看，首先是具有埋线、过渡的作用。小说第五回写十二金钗的"判词"，说袭人是"堪羡优伶有福"，就是指袭人最后嫁给了蒋玉菡。而蒋玉菡与宝玉互换汗巾，又直接导致后来的宝玉"大承笞挞"。

从另一方面看，这也具体地拓展了宝玉的生活面，使宝玉这个形象更立体更丰满。宝玉不仅生活在大观园，也不仅生活在贾府，他还活跃在整个贵族生活的舞台上。这是三个"群"：在大观园，他是护花使者；在贾府，他是不肖子孙；在贵族群，他是纨绔子弟。宝玉的生活面越广，作品展现在读者面前的社会内容就越丰富。

第二个要点，三次展现宝黛矛盾，而每一次都与宝钗相关。

第一次，是黛玉吃闭门羹所引发之矛盾的继续。正因为晚饭后宝钗跑到怡红院惹得晴雯不高兴，才有她拒绝给黛玉开门的情节，才有黛玉的气短销魂，才有"葬花"之吟。这次矛盾，以解除"误会"而告终。

第二次矛盾，因宝玉说"药"而起。宝玉胡诌了一个神奇的药方，无意中得罪了黛玉。到去老太太处吃饭时，黛玉"不叫宝玉"，起身就走，而宝玉也不在意。此时，宝钗就笑道："你正经去罢。吃不吃，陪着林姑娘走一趟，他心里打紧的不自在呢。"宝玉道："理他呢，过一会子就好了。"宝钗之言，似有趁机点火之嫌，而宝玉的回话之冷，也证明确是有了一点"火气"。这一下，更让黛玉堵心了。这个矛盾，因元妃赏赐之事暂时丢开了。

第三次，因元妃赏赐端午节的礼物而起。这礼单，偏宝钗的与宝玉一样，这似乎让宝钗看到了贵妃对她与宝玉关系的一种意向。连宝玉自己都感到奇怪，黛玉自然更心有不安。弄得宝玉以"天诛地灭"之誓来证自己绝无"金玉"之想，才使黛玉的心安定下来。而向来不讲究打扮的宝钗，不仅立即把贵妃所赐之红麝串戴在手腕上，还做出"远着宝玉"的姿态。因为她知道，她的母亲早就跟王夫人说过：她所佩戴的"金锁是个和尚给的，等日后有玉的方可结为婚姻"。天下"有玉的"唯有一人，这就是贾宝玉。说是"总远着"，实际上，她总是千方百计接近宝玉，也从不放过离间宝黛关系的机会。

话说林黛玉只因昨夜晴雯不开门一事，错疑在宝玉身上。至次日又可巧遇见饯花之期，正是一腔无明正未发泄，又勾起伤春愁思，因把些残花落瓣去掩埋，由不得感花伤己，哭了几声，便随口念了几句。不想宝玉在山坡上听见，先不过点头感叹；次后听到"侬今葬花人笑痴，他年葬侬知是谁"，"一朝春尽红颜老，花落人亡两不知"等句，不觉恸倒山坡之上，怀里兜的落花撒了一地。试想林黛玉的花颜月貌，将来亦到无可寻觅之时，宁不心碎肠断！既黛玉终归无可寻觅之时，推之于他人，如宝钗、香菱、袭人等，亦可到无可寻觅之时矣。宝钗等终归无可寻觅之时，则自己又安在哉？且自身尚不知何在何往，则斯处、斯园、斯花、斯柳，又不知当属谁姓矣！——因此一而二，二而三，反复推求了去，真不知此时此际欲为何等蠢物，杳无所知，逃大

这几句可作为黛玉作《葬花吟》动因的解释。

由黛玉之悲吟而想到人生之将终、斯园之将他属，于是心碎肠断，从而产生"逃大造，出尘网"的念头。此既是全书主旨的揭示，也是宝玉结局的暗示。

那林黛玉正自伤感，忽听山坡上也有悲声，心下想道："人人都笑我有些痴病，难道还有一个痴子不成？"想着，抬头一看，见是宝玉。林黛玉看见，便道："啐！我道是谁，原来是这个狠心短命的……"刚说到"短命"二字，又把口掩住，长叹了一声，自己抽身便走了。

这里宝玉悲恸了一回，忽然抬头不见了黛玉，便知黛玉看见他躲开了，自己也觉无味，抖抖土起来，下山寻归旧路，往怡红院来。可巧看见林黛玉在前头走，连忙赶上去，说道："你且站住。我知你不理我，我只说一句话，从今后撂开手。"林黛玉回头看见是宝玉，待要不理他，听他说"只说一句话，从此撂开手"，这话里有文章，少不得站住说道："有一句话，请说来。"宝玉笑道："两句话，说了你听不听？"黛玉听说，回头就走。宝玉在身后面叹道："既有今日，何必当初！"林黛玉听见这话，由不得站住，回头道："当初怎么样？今日怎么样？"宝玉叹道："当初姑娘来了，那不是我陪着玩笑？凭我心爱的，姑娘要，就拿去；我爱吃的，听见姑娘也爱吃，连忙干干净净收着等姑娘吃。一桌子吃饭，一床上睡觉。丫头们想不到的，我怕姑娘生气，我替丫头们想到了。我心里想着：姊妹们从小儿长大，亲也罢，热也罢，和气到了儿，才见得比人好。如今谁承望姑娘人大心大，不把我放在眼睛里，倒把外四路【"外四路"指血缘关系疏远的人。父族、母族、妻族为"三亲"，"父族"关系最近，后者依次递减。所谓"外四路"即在"三亲"之外】的什么宝姐姐凤姐姐的放在心坎儿上，倒把我三日不理四日不见的。我又没个亲兄弟亲姊妹。——虽然有两个，你难道不知道是和我隔母的？我也和你似的独出，只怕同我的心一样。谁知我是白操了这个心，弄的有冤无处诉！"说着不觉滴下眼泪来。

黛玉耳内听了这话，眼内见了这形景，心内不觉灰了大半，

"花影""鸟声"两句从闻《葬花吟》之词生"出尘网"之心而来。连义互解："花影"当喻指黛玉、宝钗诸人，"鸟声"当喻指黛玉之悲吟。"影"虚而"声"渺，都是无可把握的，显出人生的无可奈何。

虽心存芥蒂，终不忍说其"短命"。

宝黛二人，有比"青梅竹马"还亲热的关系，不仅从小同桌吃同床睡，在血缘关系上也更近于宝钗。把"宝姐姐"之类看作"外四路"的姐妹，这是宝玉的"心"。无奈，有人捣鬼，阴差阳错，一对最相亲相爱的人龃龉不断。当然，好事多磨，真的爱总得经受挫折与考验。性格使然，命运使然。

也不觉滴下泪来，低头不语。宝玉见他这般形景，遂又说道："我也知道我如今不好了，但只凭着怎么不好，万不敢在妹妹跟前有错处。便有一二分错处，你倒是或教导我，戒我下次，或骂我两句，打我两下，我都不灰心。谁知你总不理我，叫我摸不着头脑，少魂失魄，不知怎么样才好。就便死了，也是个屈死鬼，任凭高僧高道忏悔也不能超生，还得你申明了缘故，我才得托生呢！"

黛玉听了这个话，不觉将昨晚的事都忘在九霄云外了，便说道："你既这么说，昨儿为什么我去了，你不叫丫头开门？"宝玉诧异道："这话从那里说起？我要是这么样，立刻就死了！"林黛玉啐道："大清早起死呀活的，也不忌讳。你说有呢就有，没有就没有，起什么誓呢。"宝玉道："实在没有见你去。就是宝姐姐坐了一坐，就出来了。"林黛玉想了一想，笑道："是了。想必是你的丫头们懒待动，丧声歪气的也是有的。"宝玉道："想必是这个原故。等我回去问了是谁，教训教训他们就好了。"黛玉道："你的那些姑娘们也该教训教训，只是我论理不该说。今儿得罪了我的事小，倘或明儿宝姑娘来，什么贝姑娘来，也得罪了，事情岂不大了。"说着抿着嘴笑。宝玉听了，又是咬牙，又是笑。

二人正说话，只见丫头来请吃饭，遂都往前头来了。王夫人见了林黛玉，因问道："大姑娘，你吃那鲍太医的药可好些？"林黛玉道："也不过这么着。老太太还叫我吃王大夫的药呢。"宝玉道："太太不知道，林妹妹是内症，先天生的弱，所以禁不住一点风寒，不过吃两剂煎药就好了，散了风寒，还是吃丸药的好。"王夫人道："前儿大夫说了个丸药的名字，我也忘了。"宝玉道："我知道那些丸药，不过叫他吃什么人参养荣丸。"王夫人道："不是。"宝玉又道："八珍益母丸？左归？右归？再不，就是麦味地黄丸。"王夫人道："都不是。我只记得有个'金刚'两个字的。"宝玉扎手笑道："从来没听见有个什么'金刚丸'。若

推心置腹，心结不解死不瞑目，读之泪下。

生死以之，黛玉岂能不受感动！

"一句话的事"，情深似海，一缕野火何难灭之。而必以哭始，以笑终，方成小儿女之态。但黛玉就是黛玉，她对宝钗老是往怡红院"跑"总是不放心的。

一段说"药"，让读者记住：黛玉体弱，不断吃药而"也不过这么着"——病体如故。宝钗及时说出"天王补心丹"，见得博闻多识，也讨王夫人喜欢。

有了'金刚丸'，自然有'菩萨散'了！"说的满屋里人都笑了。宝钗抿嘴笑道："想是天王补心丹。"王夫人笑道："是这个名儿。如今我也糊涂了。"宝玉道："太太倒不糊涂，都是叫'金刚''菩萨'支使糊涂了。"王夫人道："扯你娘的臊！又欠你老子捶你了。"宝玉笑道："我老子再不为这个捶我的。"

王夫人又道："既有这个名儿，明儿就叫人买些来吃。"宝玉笑道："这些都不中用的。太太给我三百六十两银子，我替妹妹配一料丸药，包管一料不完就好了。"王夫人道："放屁！什么药就这么贵？"宝玉笑道："当真的呢，我这个方子比别的不同。那个药名儿也古怪，一时也说不清。只讲那头胎紫河车，人形带叶参——三百六十两不足——龟大何首乌，千年松根茯苓胆，诸如此类的药都不算为奇，只在群药里算。那为君的药，说起来唬人一跳。前儿薛大哥哥求了我一二年，我才给了他这方子。他拿了方子去又寻了二三年，花了有上千的银子，才配成了。太太不信，只问宝姐姐。"宝钗听说，笑着摇手儿说："我不知道，也没听见。你别叫姨娘问我。"王夫人笑道："到底是宝丫头，好孩子，不撒谎。"宝玉站在当地，听见如此说，一回身把手一拍，说道："我说的倒是真话呢，倒说我撒谎。"口里说着，忽一回身，只见林黛玉坐在宝钗身后抿着嘴笑，用手指头在脸上画着羞他。

凤姐因在里间屋里看着人放桌子，听如此说，便走来笑道："宝兄弟不是撒谎，这倒是有的。上日薛大哥亲自和我来寻珍珠，我问他作什么，他说配药。他还抱怨说，不配也罢了，如今那里知道这么费事。我问他什么药，他说是宝兄弟的方子，说了多少药，我也没工夫听。他说不然我也买几颗珍珠了，只是定要头上带过的，所以来和我寻。他说：'妹妹就没散的，花儿上也得，掐下来，过后儿我拣好的再给妹妹穿了来。'我没法儿，把两枝珠花儿现拆了给他。还要了一块三尺上用大红纱去，乳钵乳了隔面子呢。"凤姐说一句，那宝玉念一句佛，说："太阳在屋子里呢！"凤姐说完了，宝玉又道："太太想，这不过是将就呢。正经按那方子，这珍珠宝石定要在古坟里的，有那古时富贵人家装裹的头面，拿了来才好。如今那里为这个去刨坟掘墓，所以只是活人带过的，也可以使得。"王夫人道："阿弥陀佛，不当家花花的【罪过罪过】！就是坟里有这个，人家死了几百年，这会子翻尸盗骨的，作了药也不灵！"

宝玉向林黛玉说道："你听见了没有，难道二姐姐也跟着我撒谎不成？"脸望着黛玉说话，却拿眼睛飘着宝钗。黛玉便拉王夫人道："舅母听听，宝姐姐不替他圆谎，他支吾着我。"王夫人也道："宝玉很会欺负你妹妹。"宝玉笑道："太太不知道这原故。宝姐姐先在家里住着，那薛大哥哥的事，他也不知道，何况如今在里头住着呢，自然是越发不知道了。林妹妹才在背后羞我，打谅我撒谎呢。"

正说着，只见贾母房里的丫头找宝玉林黛玉去吃饭。林黛玉也不叫宝玉，便起身拉了那丫头就走。那丫头说等着宝玉一块儿走。林黛玉道："他不吃饭了，咱们走吧。"那个丫头道："吃不吃，等他一块儿去。老太太问，让他说去。"黛玉道："你就等着。我先走了。"说着便出去了。宝玉道："我今儿还跟着太太吃罢。"王夫人道："罢，罢，我今儿吃斋，你正经吃你的去罢。"宝玉道："我也跟着吃斋。"说着便叫那丫头"去罢"，自己先跑到桌子上坐了。王夫人向宝钗等笑道："你们只管吃你们的，由他去罢。"宝钗因笑道："你正经去罢。吃不吃，陪着林姑娘走一趟，他心里打紧的不自在呢。"宝玉道："理他呢，过一会子就好了。"

一时吃过饭，宝玉一则怕贾母记挂，二则也记挂着林黛玉，忙忙的要茶漱口。探春惜春都笑道："二哥哥，你成日家忙些什么？吃饭吃茶也是这么忙碌碌的。"宝钗笑道："你叫他快吃了瞧林妹妹去罢，叫他在这里胡羼些什么。"

宝玉吃了茶，便出来，一直往西院来。可巧走到凤姐儿院门前，只见凤姐蹬着门槛子拿耳挖子剔牙，看着十来个小厮们挪花盆呢。见宝玉来了，笑道："你来的好。进来，进来，替我写

宝玉也没真懂黛玉的"笑"。

黛玉怪宝玉为宝钗打圆场，不和宝玉一块儿走。

护花主人评："黛玉处处不放宝玉，宝钗处处留心黛玉，二人一般心事，两般做人。"黛玉直，喜怒形于色；宝钗曲，善为皮里阳秋。

宝钗之语，似甜而酸且辣，宝玉不禁吃辣生火。

宝钗心里口里不忘林妹妹，是最"懂"宝玉、最忌妹妹者。

凤姐不雅。

几个字儿。"宝玉只得跟了进来。到了屋里，凤姐命人取过笔砚纸来，向宝玉道："大红妆缎四十匹，蟒缎四十匹，上用纱各色一百匹，金项圈四个。"宝玉道："这算什么？又不是帐，又不是礼物，怎么个写法？"凤姐儿道："你只管写上，横竖我自己明白就罢了。"宝玉听说只得写了。凤姐一面收起，一面笑道："还有句话告诉你，不知你依不依？你屋里有个丫头叫红玉，我要叫了来使唤，明儿我再替你挑几个，可便得？"宝玉道："我屋里的人也多的很，姐姐喜欢谁，只管叫了来，何必问我。"凤姐笑道："既这么着，我就叫人带他去了。"宝玉道："只管带去。"说着便要走。

凤姐儿道："你回来，我还有一句话呢。"宝玉道："老太太叫我呢，有话等我回来说罢。"说着便来至贾母这边，只见都已吃完饭了。贾母因问他："跟着你娘吃了什么好的？"宝玉笑道："也没什么好的，我倒多吃了一碗饭。"因问："林妹妹在那里？"贾母道："里头屋里呢。"

宝玉进来，只见地下一个丫头吹熨斗，炕上两个丫头打粉线，黛玉弯着腰拿着剪子裁什么呢。宝玉走进来笑道："哦，这是作什么呢？才吃了饭，这么空着头，一会子又头疼了。"黛玉并不理，只管裁他的。有一个丫头说道："那块绸子角儿还不好呢，再熨他一熨。"黛玉便把剪子一摞，说道："理他呢，过一会子就好了。"宝玉听了，只是纳闷。

只见宝钗探春等也来了，和贾母说了一回话。宝钗也进来问："林妹妹作什么呢？"因见林黛玉裁剪，因笑道："妹妹越发能干了，连裁剪都会了。"黛玉笑道："这也不过是撒谎哄人罢了。"宝钗笑道："我告诉你个笑话儿，才刚为那个药，我说了个不知道，宝兄弟心里不受用了。"林黛玉道："理他呢，过会子就好了。"宝玉向宝钗道："老太太要抹骨牌，正没人呢，你抹骨牌去罢。"宝钗听说，便笑道："我是为抹骨牌才来了？"说着便走了。

林黛玉道："你倒是去罢，这里有老虎，看吃了你！"说着

"又不是帐，又不是礼物"，凤姐搞什么鬼？

小红从此离开怡红院。

连义互解：原本是为林妹妹才急着过来的。

宝玉一味体贴，黛玉心里还有个"结"：原来她不和宝玉一同到贾母处吃饭，出门后并没有真的离去，而是以为宝玉会跟踪出来。结果宝玉没有跟出，对宝钗说的一句话倒被黛玉听到了。宝玉哪里会想得到，所以"纳闷"。这些地方都需要连义互解，才能把握文理之细密、人物心理之奥妙。

复杂的关系，微妙的心理：黛玉唇枪舌剑，宝玉怕宝钗尴尬，就让她去打牌；而宝钗觉得遭到冷遇，不高兴而去。

又裁。宝玉见他不理，只得还陪笑说道："你也出去逛逛再裁不迟。"林黛玉总不理。宝玉便问丫头们："这是谁叫裁的？"林黛玉见问丫头们，便说道："凭他谁叫我裁，也不管二爷的事！"宝玉方欲说话，只见有人进来回说"外头有人请"。宝玉听了，忙撤身出来。黛玉向外头说道："阿弥陀佛！赶你回来，我死了也罢了。"

"二爷"，人称指示语，比称宝玉为"二哥哥"更冷。偏此时"有人请"，一断，为悬念。

宝玉出来，到外面，只见焙茗说道："冯大爷家请。"宝玉听了，知道是昨日的话，便说："要衣裳去。"自己便往书房里来。焙茗一直到了二门前等人，只见一个老婆子出来了，焙茗上去说道："宝二爷在书房里等出门的衣裳，你老人家进去带个信儿。"那婆子说："放你娘的屁！倒好，宝二爷如今在园里住着，跟他的人都在园里，你又跑了这里来带信儿来了！"焙茗听了，笑道："骂的是，我也糊涂了。"说着一径往东边二门前来。可巧门上小厮在甬路底下踢球，焙茗将原故说了。小厮跑了进去，半日抱了一个包袱出来，递与焙茗。回到书房里，宝玉换了，命人备马，只带着焙茗、锄药、双瑞、双寿四个小厮去了。

接薛蟠庆生时的许诺。

一径到了冯紫英家门口，有人报与了冯紫英，出来迎接进去。只见薛蟠早已在那里久候，还有许多唱曲儿的小厮并唱小旦的蒋玉菡、锦香院的妓女云儿。大家都见过了，然后吃茶。宝玉擎茶笑道："前儿所言幸与不幸之事，我昼悬夜想，今日一闻呼唤即至。"冯紫英笑道："你们令表兄弟倒都心实。前日不过是我的设辞，诚心请你们一饮，恐又推托，故说下这句话。今日一邀即至，谁知都信真了。"说毕大家一笑，然后摆上酒来。依次坐定，冯紫英先命唱曲儿的小厮过来让酒，然后命云儿也来敬。

与会者名单。

那薛蟠三杯下肚，不觉忘了情，拉着云儿的手笑道："你把那梯己新样儿的曲子唱个我听，我吃一坛如何？"云儿听说，只得拿起琵琶来，唱道：

一个悬念，轻轻放下，急转下面饮酒听曲。

　　　两个冤家，都难丢下，想着你来又记挂着他。两个人形

此说男人婚外偷情，妻子跟踪盯梢，庸俗小曲，妓女口吻。云儿是冯紫英招来的陪酒妓，取悦客人是她的本分。

容俊俏，都难描画。想昨宵幽期私订在荼蘼架，一个偷情，一个寻拿，拿住了三曹对案，我也无回话。

唱毕笑道："你喝一坛子罢了。"薛蟠听说，笑道："不值一坛，再唱好的来。"

宝玉笑道："听我说来：如此滥饮，易醉而无味。我先喝一大海【大酒杯】，发一新令，有不遵者，连罚十大海，逐出席外与人斟酒。"冯紫英蒋玉菡等都道："有理，有理。"宝玉拿起海来一气饮干，说道："如今要说悲、愁、喜、乐四字，却要说出女儿来，还要注明这四字原故。说完了，饮门杯。酒面要唱一个新鲜时样曲子；酒底要席上生风一样东西，或古诗、旧对、《四书》《五经》成语。"薛蟠未等说完，先站起来拦道："我不来，别算我。这竟是捉弄我呢！"云儿也站起来，推他坐下，笑道："怕什么？这还亏你天天吃酒呢，难道你连我也不如！我回来还说呢。说是了，罢；不是了，不过罚上几杯，那里就醉死了。你如今一乱令，倒喝十大海，下去斟酒不成？"众人都拍手道妙。薛蟠听说无法，只得坐了。

听宝玉说道：

女儿悲，青春已大守空闺。
女儿愁，悔教夫婿觅封侯。
女儿喜，对镜晨妆颜色美。
女儿乐，秋千架上春衫薄。

众人听了，都道："说得有理。"薛蟠独扬着脸摇头说："不好，该罚！"众人问："如何该罚？"薛蟠道："他说的我通不懂，怎么不该罚？"云儿便拧他一把，笑道："你悄悄的想你的罢。回来说不出，又该罚了。"于是拿琵琶听宝玉唱道：

这酒令，看下面具体做法可知——虚实互解。

这个云儿经过场面，且与薛蟠关系不一般。

这就是所谓"说悲、愁、喜、乐四字，却要说出女儿来，还要注明这四字原故"。
酒令虽是游戏，但毕竟言从口出，口与心应。宝玉生活在女儿群中，故以女儿为题，且词句间似乎可以看到黛玉的影子。既是行酒令，每人面前放一酒杯，即"门杯"；开唱前斟满，为"酒面"。

薛蟠不懂绝不装懂，可爱；云儿"拧他一把"，是妓女之情态。

滴不尽相思血泪抛红豆，开不完春柳春花满画楼，睡不稳纱窗风雨黄昏后，忘不了新愁与旧愁，咽不下玉粒金莼噎满喉，照不见菱花镜里形容瘦。展不开的眉头，捱不明的更漏。呀！恰便似遮不住的青山隐隐，流不断的绿水悠悠。

这就是要求必唱的"新鲜时样曲子"。描绘一个女子相思难眠，食不下咽，形容枯瘦，其愁其怨如青山之堆积，似流水之无穷。这，又似乎有黛玉的影子。

唱完，大家齐声喝彩，独薛蟠说无板。宝玉饮了门杯，便拈起一片梨来，说道：

  雨打梨花深闭门。【出自宋李重元《忆王孙》】

完了令。下该冯紫英，说道：

这"雨打梨花"句就是"酒底"。当时席上果品应该有梨，就"梨"出句，就是"席上生风"。

  女儿悲，儿夫染病在垂危。
  女儿愁，大风吹倒梳妆楼。
  女儿喜，头胎养了双生子。
  女儿乐，私向花园掏蟋蟀。

冯紫英武人之后，其曲平平，尚不俗恶。

说毕，端起酒来，唱道：

  你是个可人，你是个多情，你是个刁钻古怪鬼灵精，你是个神仙也不灵。我说的话儿你全不信，只叫你去背地里细打听，才知道我疼你不疼！

唱完，饮了门杯，说道：

  鸡声茅店月。【出自唐温庭筠《商山早行》】

令完，下该云儿。云儿便说道：

尚知此句，在此类聚会中耳濡目染，总有收获。

云儿虽意在调笑取乐，但句句都有自己的身份与遭遇。

女儿悲，将来终身指靠谁？

薛蟠叹道："我的儿，有你薛大爷在，你怕什么！"众人都道："别混他，别混他！"云儿又道：

女儿愁，妈妈打骂何时休！

薛蟠道："前儿我见了你妈，还吩咐他不叫他打你呢。"众人都道："再多言者罚酒十杯。"薛蟠连忙自己打了一个嘴巴子，说道："没耳性，再不许说了。"云儿又道：

女儿喜，情郎不舍还家里。
女儿乐，住了箫管弄弦索。

说完，便唱道：

此全是性的暗示，猥亵、黄色。放在那个场合，倒也合适。

荳蔻开花三月三，一个虫儿往里钻。钻了半日不得进去，爬到花儿上打秋千。肉儿小心肝，我不开了你怎么钻？

唱毕，饮了门杯，说道：

桃之夭夭。【出自《诗经·周南·桃夭》】

令完了，下该薛蟠。

薛蟠道："我可要说了：女儿悲——"说了半日，不见说底下的。冯紫英笑道："悲什么？快说来。"薛蟠登时急的眼睛铃铛一般，瞪了半日，才说道："女儿悲——"又咳嗽了两声，说道：

女儿悲，嫁了个男人是乌龟。

众人听了都大笑起来。薛蟠道："笑什么，难道我说的不是？一个女儿嫁了，汉子要当忘八，他怎么不伤心呢？"众人笑的弯腰说道："你说的很是，快说底下的。"薛蟠瞪了一瞪眼，又说道："女儿愁——"说了这句，又不言语了。众人道："怎么愁？"薛蟠道：

　　绣房蹿出个大马猴。

众人呵呵笑道："该罚，该罚！这句更不通，先还可恕。"说着便要筛酒【斟酒】。宝玉笑道："押韵就好。"薛蟠道："令官都准了，你们闹什么？"众人听说，方才罢了。云儿笑道："下两句越发难说了，我替你说罢。"薛蟠道："胡说！当真我就没好的了！听我说罢：

　　女儿喜，洞房花烛朝慵起。

众人听了，都诧异道："这句何其太韵？"薛蟠又道：

　　女儿乐，一根玓趏往里戳。

众人听了，都扭着脸说道："该死，该死！快唱了罢。"薛蟠便唱道：

　　一个蚊子哼哼哼。

众人都怔了，说："这是个什么曲儿？"薛蟠还唱道：

　　两个苍蝇嗡嗡嗡。

活脱脱一个"呆霸王"：说粗话，耍无赖，是浑朴，是率真，既可恶，又可爱。

众人都道:"罢,罢,罢!"薛蟠道:"爱听不听!这是新鲜曲儿,叫作哼哼韵。你们要懒待听,连酒底都免了,我就不唱。"众人都道:"免了罢,免了罢,倒别耽误了别人家。"

于是蒋玉菡说道:

> 女儿悲,丈夫一去不回归。
>
> 女儿愁,无钱去打桂花油。
>
> 女儿喜,灯花并头结双蕊。
>
> 女儿乐,夫唱妇随真和合。

说毕,唱道:

> 可喜你天生成百媚娇,恰便似活神仙离碧霄。度青春,年正小;配鸾凤,真也着。呀!看天河正高,听谯楼鼓敲,剔银灯同入鸳帏悄。

唱毕,饮了门杯,笑道:"这诗词上我倒有限。幸而昨日见了一副对子,可巧只记得这句,幸而席上还有这件东西。"说毕,便干了酒,拿起一朵木樨来,念道:

> 花气袭人知昼暖。【出自陆游《村居书喜》】

众人倒都依了,完令。薛蟠又跳了起来,喧嚷道:"了不得,了不得!该罚,该罚!这席上又没有宝贝,你怎么念起宝贝来?"蒋玉菡怔了,说道:"何曾有宝贝?"薛蟠道:"你还赖呢!你再念来。"蒋玉菡只得又念了一遍。薛蟠道:"袭人可不是宝贝是什么!你们不信,只问他。"说毕,指着宝玉。宝玉没好意思起来,说:"薛大哥,你该罚多少?"薛蟠道:"该罚,该罚!"说着拿起酒来,一饮而尽。冯紫英与蒋玉菡等不知原故,云儿便告诉了

蒋玉菡,忠顺王府戏班里的小旦,艺名琪官,这是本次聚会中最"有用"的一个人物。论者一般认为这四句为谶语:将来宝玉出家,袭人与蒋结为夫妇。

其曲写洞房花烛夜,而酒底引陆游诗,则点出"袭人"二字,谶语意义明显。

出来。蒋玉菡忙起身陪罪。众人都道："不知者不作罪。"

少刻，宝玉出席解手，蒋玉菡便随了出来。二人站在廊檐下，蒋玉菡又陪不是。宝玉见他妖媚温柔，心中十分留恋，便紧紧的搭着他的手，叫他："闲了往我们那里去。还有一句话借问：也是你们贵班中，有一个叫琪官的，他在那里？如今名驰天下，我独无缘一见。"蒋玉菡笑道："就是我的小名儿。"宝玉听说，不觉欣然跌足笑道："有幸，有幸！果然名不虚传。今儿初会，便怎么样呢？"想了一想，向袖中取出扇子，将一个玉玦扇坠解下来，递与琪官，道："微物不堪，略表今日之谊。"琪官接了，笑道："无功受禄，何以克当！也罢，我这里得了一件奇物，今日早起方系上，还是簇新的，聊可表我一点亲热之意。"说毕撩衣，将系小衣儿一条大红汗巾子解了下来，递与宝玉，道："这汗巾子是茜香国女国王所贡之物，夏天系着，肌肤生香，不生汗渍。昨日北静王给我的，今日才上身。若是别人，我断不肯相赠。二爷请把自己系的解下来，给我系着。"宝玉听说，喜不自禁，连忙接了，将自己一条松花汗巾解了下来，递与琪官。

二人方束好，只听一声大叫："我可拿住了！"只见薛蟠跳了出来，拉着二人道："放着酒不吃，两个人逃席出来干什么？快拿出来我瞧瞧。"二人都道："没有什么。"薛蟠那里肯依，还是冯紫英出来才解开了。于是复又归坐饮酒，至晚方散。

宝玉回至园中，宽衣吃茶。袭人见扇子上的坠儿没了，便问他："那里去了？"宝玉道："马上丢了。"睡觉时只见腰里一条血点似的大红汗巾子，袭人便猜了八九分，因说道："你有了好的系裤子，把我那条还我罢。"宝玉听说，方想起那条汗巾子原是袭人的，不该给人才是，心里后悔，口里说不出来，只得笑道："我赔你一条罢。"袭人听了，点头叹道："我就知道又干这些事！也不该拿着我的东西给那起混帐人去。也难为你，心里没个算计儿。"再要说几句，又恐恸上他的酒来，少不得也睡了，一宿无话。

二人一见钟情，汗巾互赠，为宝玉挨打埋下祸根。这种男男相恋的情况，据说在那时较盛行。

薛蟠既说"拿住了"，可见即使在那时男男相恋也还不是那么"光明正大"。

袭人最了解宝玉。"又"：宝玉"干这些事"绝非第一次。

至次日天明，方才醒了，只见宝玉笑道："夜里失了盗也不晓得，你瞧瞧裤子上。"袭人低头一看，只见昨日宝玉系的那条汗巾子系在自己腰里呢，便知是宝玉夜间换了，忙一顿把解下来，说道："我不希罕这行子，趁早儿拿了去！"宝玉见他如此，只得委婉解劝了一回。袭人无法，只得系在腰里。过后宝玉出去，终久解下来掷在个空箱子里，自己又换了一条系着。

宝玉并未理论，因问起昨日可有什么事情。袭人便回说："二奶奶打发人叫了红玉去了。他原要等你来的，我想什么要紧，我就作了主，打发他去了。"宝玉道："很是。我已知道了，不必等我罢了。"袭人又道："昨儿贵妃打发夏太监出来，送了一百二十两银子，叫在清虚观初一到初三打三天平安醮，唱戏献供，叫珍大爷领着众位爷们跪香拜佛呢。还有端午儿的节礼也赏了。"说着命小丫头子来，将昨日所赐之物取了出来，只见上等宫扇两柄，红麝香珠二串，凤尾罗二端，芙蓉簟一领。宝玉见了，喜不自胜，问"别人的也都是这个？"袭人道："老太太的多着一个香如意，一个玛瑙枕。太太、老爷、姨太太的只多着一个如意。你的同宝姑娘的一样。林姑娘同二姑娘、三姑娘、四姑娘只单有扇子同数珠儿，别人都没了。大奶奶、二奶奶他两个是每人两匹纱，两匹罗，两个香袋，两个锭子药。"

宝玉听了，笑道："这是怎么个原故？怎么林姑娘的倒不同我的一样，倒是宝姐姐的同我一样！别是传错了罢？"袭人道："昨儿拿出来，都是一份一份的写着签子，怎么就错了！你的是在老太太屋里的，我去拿了来了。老太太说了，明儿叫你一个五更天进去谢恩呢。"宝玉道："自然要走一趟。"说着便叫紫绡来："拿了这个到林姑娘那里去，就说是昨儿我得的，爱什么留下什么。"紫绡答应了，拿了去，不一时回来说："林姑娘说了，昨儿也得了，二爷留着罢。"

宝玉听说，便命人收了。刚洗了脸出来，要往贾母那里请安去，只见林黛玉顶头来了。宝玉赶上去笑道："我的东西叫你拣，

这条红汗巾，最终成为袭人与蒋玉菡婚后相知的证物。

为清虚观打醮铺底，又为争贵妃赏赐开端。

宝玉所说"别人"，是指何人？

连义互解：可以断定宝玉同"别人"，主要就是关心黛玉。在他心目中，只有他们两个人才是"命运共同体"。

唯恐黛玉委屈。

你怎么不拣？"林黛玉昨日所恼宝玉的心事早又丢开，又顾今日的事了，因说道："我没这么大福禁受，比不得宝姑娘，什么金什么玉的，我们不过是草木之人！"宝玉听他提出"金玉"二字来，不觉心动疑猜，便说道："除了别人说什么金什么玉，我心里要有这个想头，天诛地灭，万世不得人身！"林黛玉听他这话，便知他心里动了疑，忙又笑道："好没意思，白白的说什么誓？管你什么金什么玉的呢！"宝玉道："我心里的事也难对你说，日后自然明白。除了老太太、老爷、太太这三个人，第四个就是妹妹了。要有第五个人，我也说个誓。"林黛玉道："你也不用说誓，我很知道你心里有'妹妹'，但只是见了'姐姐'，就把'妹妹'忘了。"宝玉道："那是你多心，我再不的。"林黛玉道："昨儿宝丫头不替你圆谎，为什么问着我呢？那要是我，你又不知怎么样了。"

正说着，只见宝钗从那边来了，二人便走开了。宝钗分明看见，只装看不见，低着头过去了，到了王夫人那里，坐了一回，然后到了贾母这边，只见宝玉在这里呢。薛宝钗因往日母亲对王夫人等曾提过"金锁是个和尚给的，等日后有玉的方可结为婚姻"等语，所以总远着宝玉。昨儿见元春所赐的东西，独他与宝玉一样，心里越发没意思起来。幸亏宝玉被一个林黛玉缠绵住了，心心念念只记挂着林黛玉，并不理论这事。此刻忽见宝玉笑问道："宝姐姐，我瞧瞧你的红麝串子？"可巧宝钗左腕上笼着一串，见宝玉问他，少不得褪了下来。宝钗生的肌肤丰泽，容易褪不下来。宝玉在旁看着雪白一段酥臂，不觉动了羡慕之心，暗暗想道："这个膀子要长在林妹妹身上，或者还得摸一摸，偏生长在他身上。"正是恨没福得摸，忽然想起"金玉"一事来，再看看宝钗形容，只见脸若银盆，眼似水杏，唇不点而红，眉不画而翠，比林黛玉另具一种妩媚风流，不觉就呆了，宝钗褪了串子来递与他也忘了接。

宝钗见他怔了，自己倒不好意思的，丢下串子，回身才要

"昨日"事，为宝玉圆谎之事。一波未平，一波又起。宝玉担心的事还是发生了：对元妃所赐礼物的样数果然心有不安。黛玉未必在乎礼物多少，而是为把宝钗与宝玉放在同一等级感到忧心。

宝玉指天发誓，黛玉释怀，但又把"早又丢开"的圆谎之事拿出来说，有点像"常有理"。

这一段透露了一个重要的信息：薛姨妈"对王夫人等曾提过'金锁是个和尚给的，等日后有玉的方可结为婚姻'"。所谓"有玉的"，当然不是指有"佩玉"的——"佩玉"之人太多太常见了，而只能是指"天生有玉的"，而这样的人，除了宝玉没有第二个。且不说宝钗自己的宝玉之恋，单就"父母之命，媒妁之言"的规矩说，宝玉也不会反对与宝玉的婚姻。

宝玉看到宝钗雪白的臂膀就"恨没福得摸"，"不觉就呆了"。这不是表现宝玉"移情"于宝钗，恰恰相反，是以宝钗之"美"反衬宝玉对黛玉之忠贞。如果宝钗毫无诱人之处，宝玉对黛玉的专情也就不那么可贵了。

走，只见林黛玉蹬着门槛子，嘴里咬着手帕子笑呢。宝钗道："你又禁不得风吹，怎么又站在那风口里？"林黛玉笑道："何曾不是在屋里的。只因听见天上一声叫唤，出来瞧了瞧，原来是个呆雁。"薛宝钗道："呆雁在那里呢？我也瞧一瞧。"林黛玉道："我才出来，他就'忒儿'一声飞了。"口里说着，将手里的帕子一甩，向宝玉脸上甩来。宝玉不防，正打在眼上，"嗳哟"了一声。要知端的，且听下回分解。

黛玉哪里能接受宝玉对宝钗的"羡慕之心"，这下真怒了。

【回后评】

关于宝、黛、钗三者的关系，至此一回书已写得很分明了：黛一心爱宝，宝一心向黛，钗深心窥伺，黛处处警觉。

但这一回书有这样一段描写：

（宝玉跟黛玉路遇聊天）正说着，只见宝钗从那边来了，二人便走开了。宝钗分明看见，只装看不见，低着头过去了，到了王夫人那里，坐了一回，然后到了贾母这边，只见宝玉在这里呢。薛宝钗因往日母亲对王夫人等曾提过"金锁是个和尚给的，等日后有玉的方可结为婚姻"等语，所以总远着宝玉。昨儿见元春所赐的东西，独他与宝玉一样，心里越发没意思起来。幸亏宝玉被一个林黛玉缠绵住了，心心念念只记挂着林黛玉，并不理论这事。

这一段描写会给读者两个印象：一是宝钗对"金玉良缘"不感兴趣，并为此平日"总远着宝玉"；二是宝玉对"金玉良缘"之说也不"理论"，对宝钗也毫无戒心。

仅从此前诸回书的描写，就可以看出宝钗的这段心理活动是与事实不符的。且不说宝钗进京原本是应朝廷之选充为才人赞善之职，此一目的未能实现就寄居到贾府这一不合常理的安排，就说宝钗住进贾府之后的情事。

首先，宝钗对宝玉的那块"玉"是很感兴趣的。第八回"比

通灵金莺微露意　探宝钗黛玉半含酸"写的就是她特意对"金玉良缘"的一次验证。宝钗对宝玉说的是："成日家说你的这玉，究竟未曾细细的赏鉴，我今儿倒要瞧瞧。""成日家说你的这玉"，为什么？难道与"等日后有玉的方可结为婚姻"这种期盼没有关系吗？"宝玉"与"金锁"对看之后，连宝玉都说："姐姐这八个字倒真与我的是一对。"是啊，要的就是这"是一对"的结论。难怪黛玉要"半含酸"了。

宝钗"总远着宝玉"吗？第七回，周瑞家的见到宝钗就曾说："这有两三天也没见姑娘到那边逛逛去，只怕是你宝兄弟冲撞了你不成？"这句话的前提意义就是：宝钗是常去"逛"而且必与宝玉交接的，只是这几天"病发"了才不出屋没去见宝玉。第二十六回，宝玉应薛蟠之请，吃了几样新鲜瓜果之类。天都晚了，宝玉前脚回到怡红院，宝钗后脚就跟着到了，说什么"偏了我们新鲜东西了"，那东西"我知道我的命小福薄，不配吃"；而且坐着不走，以至于晴雯发牢骚："有事没事跑了来坐着，叫我们三更半夜的不得睡觉！"

实际上，宝钗对宝玉的"关注"程度是超乎常人想象的。宝玉写诗"绿玉春犹卷"，宝钗竟然能"转眼瞥见"，教他改"玉"为"蜡"，宝玉感动得直认"一字师"。这且不说，那个小红，开始连宝玉都不认识她，凤姐也不知道她为何许人，而宝钗却仅从语音就能听出那是宝玉房里的小红，而且知道这小红"是个头等刁钻古怪东西"。

还有一点值得注意：举凡宝黛在一起时，往往就有宝钗"走来"。十九回：宝黛两人亲热说笑时，"一语未了，只见宝钗走来"。二十一回：史湘云来了，与黛玉同住，"次日天明时"，"忽见宝钗走来"，问"宝兄弟那去了？"——那时她还在梨香院住呢！

如果看到后面，第三十六回还有在午睡时坐到宝玉身旁给宝玉绣鸳鸯戏莲兜肚的戏码，宝钗对宝玉的态度再鲜明不过了。

那么宝玉是什么态度呢？虽然他偶尔会对宝钗的美貌产生羡慕之情，但对所谓"金玉良缘"始终是抵触的，拒绝的。第五回的曲词就说："都道是金玉良姻，俺只念木石前盟。"他对黛玉赌咒："除了别人说什么金什么玉，我心里要有这个想头，天诛地灭，万世不得人身！"第三十六回，宝玉在梦中还喊骂说："和尚道士的话如何信得？什么是金玉姻缘，我偏说是木石姻缘！"怎么能说宝玉对"金玉良缘"之说"并不理论"呢？这段描写，大概只能作皮里阳秋之解吧？

第二十九回

享福人福深还祷福
痴情女情重愈斟情

一片哭声，总因情重。
金玉无言，何可为证？

元妃有命祈福清虚观，荣府出动车马半条街

此回书之重点，诚如回目所示。享福人，当指元贵妃。上回书写道："贵妃打发夏太监出来，送了一百二十两银子，叫在清虚观初一到初三打三天平安醮。"文中也特别说明这是"贵妃作好事，贾母亲去拈香"。蔡义江先生说"'享福人'指贾母"，似可商。痴情女，指林黛玉。她对宝玉一往情深，也知道宝玉对她爱护有加，但在有"父母之命，媒妁之言"之前，她总是没有安全感，一有"风吹草动"就要"斟"宝玉之情。"斟"者，度量也，比较轻重长短也。

荣府遵贵妃之命，去静虚观打醮，一次普通的打醮祷福的活动，光车就乌压压地占了一街。将至观前，只听钟鸣鼓响，早有张法官执香披衣，带领众道士在路旁迎接。进了山门贾母下轿游览，这时一个躲避不及的小道士撞到了凤姐，被凤姐照脸一下，把那小孩子打了一个筋斗。凤姐骂道："野牛肏的，胡朝那里跑！"众婆娘媳妇也都喝声叫"拿，拿，拿！打，打，打！"幸有贾母拦阻，命人把他领出去了。

在欢迎的队伍中有一位张道士，是被皇帝敕封为"大幻仙人""终了真人"的道教法官，又是"当日荣国府国公的替身"，素与贾府关系密切。与贾母相见，就夸说宝玉，还给宝玉提亲，被贾母婉言谢绝了。这道士又捧了宝玉的玉让众道士欣赏，然后准备了许多贺礼。宝玉见一个金麒麟，因听说史湘云也有一个类似的物件，就揣起来了。此后就是听戏。《白蛇记》《满床笏》《南柯梦》，三出戏似乎象征了贾府百年兴衰的三个阶段。因为是在"神前"所拈，贾母也只好听下去。

第二天，贾母、宝玉、黛玉等都不再去听戏。宝玉惦记黛玉，前去探望，一来二去就争吵起来：宝玉因昨日张道士提亲，心中已大不受用；而一见面，黛玉偏就说要宝玉去"看戏"——事关张道士说亲，也关乎金麒麟。宝玉比往日的烦恼加了百倍，真动了肝火；而黛玉笼罩在所谓"金玉良缘"的阴影下，一个"金"字就让她过敏。二人言语相激，于是爆发了空前激烈的口角，直闹得宝玉摔玉，黛玉剪系"宝玉"的穗子。最后还是贾母、王夫人出面，才得以平息。事后，人居两地，情发一心，宝黛各自后悔不迭。贾母叹息："不是冤家不聚头！"

话说宝玉正自发怔，不想黛玉将手帕子甩了来，正碰在眼睛上，倒唬了一跳，问是谁。林黛玉摇着头儿笑道："不敢，是我失了手。因为宝姐姐要看呆雁，我比给他看，不想失了手。"宝玉揉着眼睛，待要说什么，又不好说的。

一时，凤姐儿来了，因说起初一日在清虚观打醮的事来，遂约着宝钗、宝玉、黛玉等看戏去。宝钗笑道："罢，罢，怪热的。什么没看过的戏，我就不去了。"凤姐儿道："他们那里凉快，两边又有楼。咱们要去，我头几天打发人去，把那些道士都赶出去，把楼打扫干净，挂起帘子来，一个闲人不许放进庙去，才是好呢。我已经回了太太了。你们不去我去，这些日子也闷的很了。家里唱动戏，我又不得舒舒服服的看。"

是元妃所命。

凤姐自有打算。

贾母听说，笑道："既这么着，我同你去。"凤姐听说，笑道："老祖宗也去，干净好了！就只是我又不得受用了。"贾母道："到明儿，我在正面楼上，你在旁边楼上，你也不用到我这边来立规矩，可好不好？"凤姐儿笑道："这就是老祖宗疼我了。"贾母因又向宝钗道："你也去，连你母亲也去。长天老日的，在家里也是睡觉。"宝钗只得答应着。

贾母让去，宝钗不得不去。

贾母又打发人去请了薛姨妈，顺路告诉王夫人，要带了他们姊妹去。王夫人因一则身上不好，二则预备着元春有人出来，早已回了不去的；听贾母如今这样说，笑道："还是这么高兴。"因打发人去到园里告诉："有要逛的，只管初一跟了老太太逛去。"这个话一传开了，别人都还可已，只是那些丫头们天天不得出门槛子，听了这话，谁不要去。便是各人的主子懒怠去，他也百般撺掇了去，因此李宫裁等都说去。贾母越发心中喜欢，早已吩咐人去打扫安置，都不必细说。

单表到了初一这一日，荣国府门前车辆纷纷，人马簇簇。那底下凡执事人等，闻得是贵妃作好事，贾母亲去拈香，正是初一日乃月之首日，况是端阳节间，因此凡动用的什物，一色都是齐全的，不同往日。

少时，贾母等出来。贾母坐一乘八人大轿。李氏、凤姐儿、薛姨妈每人一乘四人轿。宝钗、黛玉二人共坐一辆翠盖珠缨八宝车。迎春、探春、惜春三人共坐一辆朱轮华盖车。然后贾母的丫头鸳鸯、鹦鹉、琥珀、珍珠，林黛玉的丫头紫鹃、雪雁、春纤，宝钗的丫头莺儿、文杏，迎春的丫头司棋、绣桔，探春的丫头待书、翠墨，惜春的丫头入画、彩屏，薛姨妈的丫头同喜、同贵，外带着香菱、香菱的丫头臻儿，李氏的丫头素云、碧月，凤姐儿的丫头平儿、丰儿、小红，并王夫人两个丫头也要跟了凤姐儿去的是金钏、彩云，奶子抱着大姐儿带着巧姐儿另在一车，还有两个丫头，一共又连上各房的老嬷嬷奶娘并跟出门的家人媳妇子，乌压压的占了一街的车。

贾母等已经坐轿去了多远，这门前尚未坐完。这个说"我不同你在一处"，那个说"你压了我们奶奶的包袱"，那边车上又说"蹭了我的花儿"，这边又说"碰折了我的扇子"，咭咭呱呱，说笑不绝。周瑞家的走来过去的说道："姑娘们，这是街上，看人笑话。"说了两遍，方觉好了。前头的全副执事摆开，早已到了清虚观了。宝玉骑着马，在贾母轿前。街上人都站在两边。

将至观前，只听钟鸣鼓响，早有张法官执香披衣，带领众道士在路旁迎接。贾母的轿刚至山门【佛寺的外门，后亦泛称佛寺的二道门为"山门"】以内，贾母在轿内因看见有守门大帅并千里眼、顺风耳、当方土地、本境城隍各位泥胎圣像，便命住轿。贾珍带领各子弟上来迎接。

凤姐儿知道鸳鸯等在后面，赶不上来搀贾母，自己下了轿，忙要上来搀。可巧有个十二三岁的小道士儿，拿着剪筒，照管剪各处蜡花，正欲得便且藏出去，不想一头撞在凤姐儿怀里。凤姐便一扬手，照脸一下，把那小孩子打了一个筋斗，骂道："野牛肏的，胡朝那里跑！"那小道士也不顾拾烛剪，爬起来往外还要跑。正值宝钗等下车，众婆娘媳妇正围随的风雨不透，但见一个小道士滚了出来，都喝声叫"拿，拿，拿！打，打，打！"

贾母听了忙问："是怎么了？"贾珍忙出来问。凤姐上去搀住贾母，就回说："一个小道士儿，剪灯花的，没躲出去，这会子混钻呢。"贾母听说，忙道："快带了那孩子来，别唬着他。小门小户的孩子，都是娇生惯养的，那里见的这个势派。倘或唬着他，倒怪可怜见的，他老子娘岂不疼的慌？"说着，便叫贾珍去好生带了来。贾珍只得去拉了那孩子来。

那孩子还一手拿着蜡剪，跪在地下乱战。贾母命贾珍拉起来，叫他别怕。问他几岁了。那孩子通说不出话来。贾母还说"可怜见的"，又向贾珍道："珍哥儿，带他去罢。给他些钱买果子吃，别叫人难为了他。"贾珍答应，领他去了。这里贾母带着众人，一层一层的瞻拜观玩。外面小厮们见贾母等进入二层山门，忽见贾珍领了一个小道士出来，叫人来带去，给他几百钱，不要难为了他。家人听说，忙上来领了下去。

贾珍站在阶矶上，因问："管家在那里？"底下站的小厮们见问，都一齐喝声说："叫管家！"登时林之孝一手扣着帽子跑了来，到贾珍跟前。贾珍道："虽说这里地方大，今儿不承望来这么些人。你使的人，你就带了往你的那院里去；使不着的，打发到那院里去。把小幺儿们多挑几个在这二层门上同两边的角门上，伺候着要东西传话。你可知道不知道，今儿小姐奶奶们都出

见神像而下轿，虽非尊神大佛亦应如此。

王希廉评："打小道士一下，便一筋斗，不独心狠，亦手辣也。"

贾府"众婆娘媳妇"都如此之恶。这里特别点出宝钗：宝钗在此，是否叫"打"了？

张新之评："演贾母慈善是面，演贾母包庇是里。"

贾珍，此时是在观内的最高领导。

贾珍如此训子，未免过于野蛮。

来，一个闲人也到不了这里。"林之孝忙答应"晓得"，又说了几个"是"。贾珍道："去罢。"又问："怎么不见蓉儿？"

一声未了，只见贾蓉从钟楼里跑了出来。贾珍道："你瞧瞧他，我这里也还没敢说热，他倒乘凉去了！"喝命家人啐他。那小厮们都知道贾珍素日的性子，违拗不得，有个小厮便上来向贾蓉脸上啐了一口。贾珍又道："问着他！"那小厮便问贾蓉道："爷还不怕热，哥儿怎么先乘凉去了？"贾蓉垂着手，一声不敢说。那贾芸、贾萍、贾芹等听见了，不但他们慌了，亦且连贾璜、贾瑞、贾琼等也都忙了，一个一个从墙根下慢慢的溜上来。贾珍又向贾蓉道："你站着作什么？还不骑了马跑到家里，告诉你娘母子去！老太太同姑娘们都来了，叫他们快来伺候。"

贾蓉听说，忙跑了出来，一叠声要马，一面抱怨道："早都不知作什么的，这会子寻趁【故意找碴儿】我。"一面又骂小子："捆着手呢？马也拉不来。"待要打发小子去，又恐后来对出来，说不得亲自走一趟，骑马去了。不在话下。

且说贾珍方要抽身进去，只见张道士站在旁边陪笑说道："论理我不比别人，应该里头伺候。只因天气炎热，众位千金都出来了，法官【此道士有职位，故如此自称】不敢擅入，请爷的示下。恐老太太问，或要随喜【在寺院游览】那里，我只在这里伺候罢了。"贾珍知道，这张道士虽然是当日荣国府国公的替身，曾经先皇御口亲呼为"大幻仙人"，如今现掌"道录司"印【连义互解，可知"法官"乃掌管天下道教事务者，大概类似当今的道教协会会长】，又是当今封为"终了真人"，现今王公藩镇都称他为"神仙"，所以不敢轻慢。二则他又常往两个府里去，凡夫人小姐都是见的。今见他如此说，便笑道："咱们自己，你又说起这话来。再多说，我把你这胡子还捋【xián，拔】了呢！还不跟我进来。"那张道士呵呵大笑，跟了贾珍进来。

贾珍到贾母跟前，控身【躬身】陪笑说："这张爷爷进来请安。"贾母听了，忙道："搀他来。"贾珍忙去搀了过来。那张道士先哈哈笑道："无量寿佛！老祖宗一向福寿安康？众位奶奶小姐纳福【迎祥得福，祝颂之词】？一向没到府里请安，老太太气色越发好了。"贾母笑道："老神仙，你好？"张道士笑道："托老太太万福万寿，小道也还康健。别的倒罢，只记挂着哥儿，一向身上好？前日四月二十六日，我这里做遮天大王的圣诞，人也来的少，东西也很干净，我说请哥儿来逛逛，怎么说不在家？"贾母说道："果真不在家。"一面回头叫宝玉。谁知宝玉解手去了才来，忙上前问："张爷爷好？"张道士忙抱住问了好，又向贾母笑道："哥儿越发发福了。"贾母道："他外头好，里头弱。又搭着他老子逼着他念书，生生的把个孩子逼出病来了。"张道士道："前日我在好几处看见哥儿写的字，作的诗，都好的了不得，怎么老爷还抱怨说哥儿不大喜欢念书呢？依小道看来，也就罢了。"又叹道："我看见哥儿的这个形容身段，言谈举动，怎么就同当日国公爷一个稿子！"说着两眼流下泪来。贾母听说，也由不得满脸泪痕，说道："正是呢，我养这些儿子孙子，也没一个像他爷爷的，就只这玉儿像他爷爷。"

那张道士又向贾珍道："当日国公爷的模样儿，爷们一辈的不用说，自然没赶上，大约连大老爷、二老爷也记不清楚了。"说毕呵呵又一大笑，道："前日在一个人家看见一位小姐，今年十五岁了，生的倒也好个模样儿。我想着哥儿也该寻亲事了。若论这个小姐模样儿，聪明智慧，根基家当，倒也配的过。但不知老太太怎么样，小道也不敢造次。等请了老太太的示下，才敢向人去说。"贾母道："上回有和尚说了，这孩子命里不该早娶，等再大一大儿再定罢。你可如今打听着，不管他根基富贵，只要模样配的上就好，来告诉我。便是那家子穷，不过给他几两银子罢了。只是模样性格儿难得好的。"

说毕，只见凤姐儿笑道："张爷爷，我们丫头的寄名符儿你也不换去。前儿亏你还有那么大脸，打发人和我要鹅黄缎子去！要不给你，又恐怕你那老脸上过不去。"张道士呵呵大笑道："你

深知宝玉在贾母心中的地位，"只记挂着哥儿"一句最能讨好。

夸宝玉的字、诗，还不能打动贾母，而说到宝玉与乃祖"一个稿子"，贾母就"满脸泪痕"了。老道士深通世故。

自卖身份，得意故"大笑"。

洪秋蕃评："张道士所说，并无里居姓氏，明是随口博欢。贾母知其意，故不往下问，故以和尚之言复之，不欲与之絮说也。"

作为"和尚"，不但管宝钗之婚事，也管宝玉之婚事。果有其事乎？

凤姐在玩笑中揭出此道士与贾府的"物质"往来。有贾母在，自然"眼花"没看到凤姐。

凤姐拒绝张道士抱巧姐，用话岔开。

瞧，我眼花了，也没看见奶奶在这里，也没道多谢。符早已有了，前日原要送去的，不指望娘娘来作好事，就混忘了，还在佛前镇着。待我取来。"说着跑到大殿上去，一时拿了一个茶盘，搭着大红蟒缎经袱子，托出符来。大姐儿的奶子接了符。

张道士方欲抱过大姐儿来，只见凤姐笑道："你就手里拿出来罢了，又用个盘子托着。"张道士道："手里不干不净的，怎么拿，用盘子洁净些。"凤姐儿笑道："你只顾拿出盘子来，倒唬我一跳。我不说你是为送符，倒像是和我们化布施来了。"众人听说，哄然一笑，连贾珍也撑不住笑了。贾母回头道："猴儿猴儿，你不怕下割舌头地狱！"凤姐儿笑道："我们爷儿们不相干。他怎么常常的说我该积阴骘【默默行善积德】，迟了就短命呢！"

凤姐在弄权铁槛寺时曾说"从来不信什么是阴司地狱报应的"，这里再次申明其"信仰"。

张道士也笑道："我拿出盘子来一举两用，却不为化布施，倒要将哥儿的这玉请了下来，托出去给那些远来的道友并徒子徒孙们见识见识。"贾母道："既这们着，你老人家老天拔地的跑什么，就带他去，瞧了，叫他进来，岂不省事？"张道士道："老太太不知道，看看小道是八十多岁的人，托老太太的福倒也健壮；二则外面的人多，气味难闻，况是个暑热的天，哥儿受不惯，倘或哥儿受了腌臜气味，倒值多了。"贾母听说，便命宝玉摘下通灵玉来，放在盘内。那张道士兢兢业业的用蟒袱子垫着，捧了出去。

一个茶盘，道具耳，总要让它"物尽其用"。

对贾母自称"小道"，前在贾珍面前自称"法官"。有此一举，张道士在道友及徒子徒孙面前得大"面子"。

这里贾母与众人各处游玩了一回，方去上楼。只见贾珍回说："张爷爷送了玉来了。"刚说着，只见张道士捧了盘子，走到跟前笑道："众人托小道的福，见了哥儿的玉，实在可罕。都没什么敬贺之物，这是他们各人传道的法器，都愿意为敬贺之礼。哥儿便不希罕，只留着在房里顽耍赏人罢。"贾母听说，向盘内看时，只见也有金璜，也有玉玦，或有事事如意，或有岁岁平安，皆是珠穿宝贯，玉琢金镂，共有三五十件。因说道："你也胡闹。他们出家人是那里来的，何必这样，这不能收。"张道士笑道："这是他们一点敬心，小道也不能阻挡。老太太若不留下，

送礼是给面子，收礼也是给面子。出家人与权贵互有需要。

岂不叫他们看着小道微薄，不像是门下出身了。"

　　贾母听如此说，方命人接了。宝玉笑道："老太太，张爷爷既这么说，又推辞不得，我要这个也无用，不如叫小子们捧了这个，跟着我出去散给穷人罢。"贾母笑道："这倒说的是。"张道士又忙拦道："哥儿虽要行好，但这些东西虽说不甚希奇，到底也是几件器皿。若给了乞丐，一则与他们无益，二则反倒遭塌了这些东西。要舍给穷人，何不就散钱与他们。"宝玉听说，便命收下，等晚间拿钱施舍罢了。说毕，张道士方退出去。

　　这里贾母与众人上了楼，在正面楼上归坐。凤姐等占了东楼。众丫头等在西楼，轮流伺候。贾珍一时来回："神前拈了戏，头一本《白蛇记》。"贾母问《白蛇记》是什么故事？"贾珍道："是汉高祖斩蛇方起首的故事。第二本是《满床笏》。"贾母笑道："这倒是第二本上？也罢了。神佛要这样，也只得罢了。"又问第三本，贾珍道："第三本是《南柯梦》。"贾母听了便不言语。贾珍退了下来，至外边预备着申表、焚钱粮、开戏，不在话下。

　　且说宝玉在楼上，坐在贾母旁边，因叫个小丫头子捧着方才那一盘子贺物，将自己的玉戴上，用手翻弄寻拨，一件一件的挑与贾母看。贾母因看见有个赤金点翠的麒麟，便伸手拿了起来，笑道："这件东西好像我看见谁家的孩子也带着这么一个的。"宝钗笑道："史大妹妹有一个，比这个小些。"贾母道："原来是云儿有这个。"宝玉道："他这么往我们家去住着，我也没看见。"探春笑道："宝姐姐有心，不管什么他都记得。"林黛玉冷笑道："他在别的上还有限，惟有这些人带的东西上越发留心。"宝钗听说，便回头装没听见。

　　宝玉听见史湘云有这件东西，自己便将那麒麟忙拿起来揣在怀里。一面心里又想到怕人看见他听见史湘云有了，他就留这件，因此手里揣着，却拿眼睛飘人。只见众人都倒不大理论，惟有林黛玉瞅着他点头儿，似有赞叹之意。宝玉不觉心里没好意思

　　宝玉哪里看得上这些东西。

　　宝玉有钱"施舍"，想想那个贾环，赌输了几百钱就心疼得要赖。

　　《白蛇记》演汉高祖斩蛇起义开基立业，与宝玉高祖建业开基关合；《满床笏》演郭子仪"七子八婿，富贵寿考"，与贾府今之荣华富贵关合；《南柯梦》演淳于梦梦中享尽荣华富贵，醒后一切皆空，是一切如梦、终归一空的暗喻。戏为"神"所拈，戏文就有了谶语的性质。

　　王希廉评："鬟儿笑宝儿留心人带的东西，不知自己更自留心；钗以有而留心，黛以无而留心。各有一心，同此一心。"

　　黛玉"冷笑"，是出击；宝钗"装没听见"，是隐忍。出击者浅而直，隐忍者深而曲。

　　因湘云有而爱之，情有所牵。为何怕人看见？因刚说过这些东西"无用"。唯黛玉"似有赞叹之意"？恐怕是有"叹"无"赞"，宝玉误会了。下面的争吵与此有直接关系。

起来，又掏了出来，向黛玉笑道："这个东西倒好顽，我替你留着，到了家穿上你带。"林黛玉将头一扭，说道："我不希罕。"宝玉笑道："你果然不希罕，我少不得就拿着。"说着又揣了起来。

刚要说话，只见贾珍贾蓉的妻子婆媳两个来了，彼此见过，贾母方说："你们又来做什么，我不过没事来逛逛。"一句话没说了，只见人报："冯将军家有人来了。"原来，冯紫英家听见贾府在庙里打醮，连忙预备了猪羊香烛茶银之类的东西送礼。凤姐儿听了，忙赶过正楼来，拍手笑道："嗳呀！我就不防这个。只说咱们娘儿们来闲逛逛，人家只当咱们大摆斋坛的来送礼。都是老太太闹的。这又不得不预备赏封儿。"刚说了，只见冯家的两个管家娘子上楼来了。冯家两个未去，接着赵侍郎也有礼来了。

于是，接二连三，都听见贾府打醮，女眷都在庙里，凡一应远亲近友、世家相与都来送礼。贾母才后悔起来，说："又不是什么正经斋事，我们不过闲逛逛，就想不到这礼上，没的惊动了人。"因此虽看了一天戏，至下午便回来了，次日便懒怠去。凤姐又说："打墙也是动土，已经惊动了人，今儿乐得还去逛逛。"那贾母因昨日张道士提起宝玉说亲的事来，谁知宝玉一日心中不自在，回家来生气，嗔着张道士与他说了亲，口口声声说，从今以后不再见张道士了，别人也并不知为什么原故；二则林黛玉昨日回家又中了暑：因此二事，贾母便执意不去了。凤姐见不去，自己带了人去，也不在话下。

且说宝玉因见林黛玉又病了，心里放不下，饭也懒去吃，不时来问。林黛玉又怕他有个好歹，因说道："你只管看你的戏去，在家里作什么？"宝玉因昨日张道士提亲，心中大不受用，今听见林黛玉如此说，心里因想着："别人不知道我的心还可恕，连他也奚落起我来。"因此心中更比往日的烦恼加了百倍。若是别人跟前，断不能动这肝火，只是林黛玉说了这话，倒比往日别人说这话不同，由不得立刻沉下脸来，说道："我白认得了你。罢了，罢了！"林黛玉听说，便冷笑了两声道："我也知道白认得了我，那里像人家有什么配的上呢。"宝玉听了，便向前来直问到脸上："你这么说，是安心咒我天诛地灭？"林黛玉一时解不过这个话来。宝玉又道："昨儿还为这个赌了几回咒，今儿你到底又准我一句。我便天诛地灭，你又有什么益处？"林黛玉一闻此言，方想起上日的话来。今日原是自己说错了，又是着急，又是羞愧，便颤颤兢兢的说道："我要安心咒你，我也天诛地灭。何苦来！我知道，昨日张道士说亲，你怕阻了你的好姻缘，你心里生气，来拿我煞性子。"

原来那宝玉自幼生成有一种下流痴病【执着于情】，况从幼时和黛玉耳鬓厮磨，心情相对；及如今稍明时事，又看了那些邪书僻传，凡远亲近友之家所见的那些闺英闱秀，皆未有稍及林黛玉者，所以早存了一段心事，只不好说出来，故每每或喜或怒，变尽法子暗中试探。那林黛玉偏生也是个有些痴病的，也每用假情试探。因你也将真心真意瞒了起来，只用假意，我也将真心真意瞒了起来，只用假意。如此两假相逢，终有一真。其间琐琐碎碎，难保不有口角之争。

即如此刻，宝玉的心内想的是："别人不知我的心，还有可恕，难道你就不想我的心里眼里只有你！你不能为我烦恼，反来以这话奚落堵我。可见我心里一时一刻自有你，你竟心里没我。"心里这意思，只是口里说不出来。那林黛玉心里想着："你心里自然有我，虽有'金玉相对'之说，你岂是重这邪说不重我的。我便时常提这'金玉'，你只管了然自若无闻的，方见得是待我重，而毫无此心了。如何我只一提'金玉'的事，你就着急，可知你心里时时有'金玉'，见我一提，你又怕我多心，故意着急，安心哄我。"

看来两个人原本是一个心，但都多生了枝叶，反弄成两个心了。那宝玉心中又想着："我不管怎么样都好，只要你随意，我便立刻因你死了也情愿。你知也罢，不知也罢，只由我的心，可见你方和我近，不和我远。"那林黛玉心里又想着："你只管你，

黛玉口里的"好姻缘"，不仅指宝钗，这次连史湘云也包括进去了——都有"金"，都与"金玉良缘"有牵连。

有那一堵墙，所以双方都"不好说出来"，只得用"假意""试探"，所以真真假假，猜测误会，口角不可避免。

黛玉对"金"字过敏。

你好我自好，你何必为我而自失。殊不知你失我自失。可见是你不叫我近你，有意叫我远你了。"如此看来，却都是求近之心，反弄成疏远之意。如此之话，皆他二人素习所存私心，也难备述。

如今只述他们外面的形容。那宝玉又听见他说"好姻缘"三个字，越发逆了己意，心里干噎，口里说不出话来，便赌气向颈上抓下通灵宝玉，咬牙恨命往地下一摔，道："什么捞什骨子，我砸了你完事！"偏生那玉坚硬非常，摔了一下，竟文风没动。宝玉见没摔碎，便回身找东西来砸。林黛玉见他如此，早已哭起来，说道："何苦来，你摔砸那哑巴物件。有砸他的，不如来砸我。"二人闹着，紫鹃雪雁等忙来解劝。后来见宝玉下死砸玉，忙上来夺，又夺不下来，见比往日闹的大了，少不得去叫袭人。袭人忙赶了来，才夺了下来。宝玉冷笑道："我砸我的东西，与你们什么相干！"

袭人见他脸都气黄了，眼眉都变了，从来没气的这样，便拉着他的手，笑道："你同妹妹拌嘴，不犯着砸他；倘或砸坏了，叫他心里脸上怎么过的去？"林黛玉一行哭着，一行听了这话说到自己心坎儿上来，可见宝玉连袭人不如，越发伤心大哭起来。心里一烦恼，方才吃的香薷饮解暑汤便承受不住，"哇"的一声都吐了出来。紫鹃忙上来用手帕子接住，登时一口一口的把一块手帕子吐湿。雪雁忙上来捶。紫鹃道："虽然生气，姑娘到底也该保重着些。才吃了药好些，这会子因和宝二爷拌嘴，又吐出来。倘或犯了病，宝二爷怎么过的去呢？"宝玉听了这话说到自己心坎儿上来，可见黛玉不如一紫鹃。

又见林黛玉脸红头胀，一行啼哭，一行气凑，一行是泪，一行是汗，不胜怯弱。宝玉见了这般，又自己后悔方才不该同他较证，这会子他这样光景，我又替不了他。心里想着，也由不的滴下泪来了。袭人见他两个哭，由不得守着宝玉也心酸起来，又摸着宝玉的手冰凉，待要劝宝玉不哭罢，一则又恐宝玉有什么委曲

王蒙评：一块"宝玉"横亘在两个有情男女之间，"使爱者不能沟通，不能信任，不能满意"。

真假问题：宝玉之玉，仙缘之真也；宝钗之锁、湘云之麒麟，尘缘之假也。以假乱真，以假伤真，此为悲剧之根。

丫头的话能说到"心坎儿上"。其实，丫头说的正是主子心里的话。

宝玉先后悔了。

闷在心里，二则又恐薄了林黛玉。不如大家一哭，就丢开手了，因此也流下泪来。紫鹃一面收拾了吐的药，一面拿扇子替林黛玉轻轻的扇着，见三个人都鸦雀无声，各人哭各人的，也由不得伤心起来，也拿手帕子擦泪。四个人都无言对泣。

四人对泣，真是何苦来！

　　一时，袭人勉强笑向宝玉道："你不看别的，你看看这玉上穿的穗子，也不该同林姑娘拌嘴。"林黛玉听了，也不顾病，赶来夺过去，顺手抓起一把剪子来要剪。袭人紫鹃刚要夺，已经剪了几段。林黛玉哭道："我也是白效力。他也不希罕，自有别人替他再穿好的去。"袭人忙接了玉道："何苦来，这是我才多嘴的不是了。"宝玉向林黛玉道："你只管剪，我横竖不带他，也没什么。"

　　只顾里头闹，谁知那些老婆子们见林黛玉大哭大吐，宝玉又砸玉，不知道要闹到什么田地，倘或连累了他们，便一齐往前头回贾母王夫人知道，好不干连了他们。那贾母王夫人见他们忙忙的作一件正经事来告诉，也都不知有了什么大祸，便一齐进园来瞧他兄妹。急的袭人抱怨紫鹃为什么惊动了老太太、太太；紫鹃又只当是袭人去告诉的，也抱怨袭人。那贾母、王夫人进来，见宝玉也无言，林黛玉也无话，问起来又没为什么事，便将这祸移到袭人紫鹃两个人身上，说"为什么你们不小心服侍，这会子闹起来都不管了"！因此将他二人连骂带说教训了一顿。二人都没话，只得听着。还是贾母带出宝玉去了，方才平服。

紫鹃跟袭人之间又误会了，人之互相理解，真是难事。而奴代主受过，为奴者有冤无处诉。

　　过了一日，至初三日，乃是薛蟠生日，家里摆酒唱戏，来请贾府诸人。宝玉因得罪了林黛玉，二人总未见面，心中正自后悔，无精打采的，那里还有心肠去看戏，因而推病不去。林黛玉不过前日中了些暑溽之气，本无甚大病，听见他不去，心里想："他是好吃酒看戏的，今日反不去，自然是因为昨儿气着了。再不然，他见我不去，他也没心肠去。只是昨儿千不该万不该剪了那玉上的穗子。管定他再不带了，还得我穿了他才带。"因而心中十分后悔。

这个也后悔了。

"冤家聚头"之说，见得在老太太心中。兄妹二人之姻缘甚明，其不答应张道士之说亲，用意也可了然。

此二人听了"冤家聚头"之语，"好似参禅的一般"，悟到老太太既以姻缘许之，所以"潸然泣下"，"人居两地，情发一心"。

袭人所劝，在理，且看宝玉如何行动。

那贾母见他两个都生了气，只说趁今儿那边看戏，他两个见了也就完了，不想又都不去。老人家急的抱怨说："我这老冤家是那世里的孽障，偏生遇见了这么两个不省事的小冤家，没有一天不叫我操心。真是俗语说的，'不是冤家不聚头'。几时我闭了这眼，断了这口气，凭着这两个冤家闹上天去，我眼不见心不烦，也就罢了。偏又不咽这口气。"自己抱怨着也哭了。这话传入宝林二人耳内。原来他二人竟是从未听见过"不是冤家不聚头"的这句俗语，如今忽然得了这句话，好似参禅的一般，都低头细嚼这句话的滋味，都不觉潸然泣下。虽不曾会面，然一个在潇湘馆临风洒泪，一个在怡红院对月长吁，却不是人居两地，情发一心！

袭人因劝宝玉道："千万不是，都是你的不是。往日家里小厮们和他们的姊妹拌嘴，或是两口子分争，你听见了，你还骂小厮们蠢，不能体贴女孩儿们的心。今儿你也这么着了。明儿初五，大节下，你们两个再这们仇人似的，老太太越发要生气，一定弄的大家不安生。依我劝，你正经下个气，陪个不是，大家还是照常一样，这么也好，那么也好。"那宝玉听见了不知依与不依，要知端详，且听下回分解。

【回后评】

看这一回书，印象很深的一件事是凤姐打小道士：一个十二三岁的小道士，正欲得便且藏出去，不想一头撞在凤姐儿怀里。"凤姐便一扬手，照脸一下，把那小孩子打了一个筋斗，骂道：'野牛肏的，胡朝那里跑！'"那小道士爬起来还要往外跑。众婆娘媳妇也都喝声叫："拿，拿，拿！打，打，打！"——真是惊心动魄！我们说过，在凤姐的性格中有"毒"的一面，还有"野"的一面。出手就打，能一巴掌把孩子打一个跟头，真够"毒"。而那句骂，粗野如泼妇，竟出自一个贵妇人之口，难以想象。实际上，在曹公笔下，凤姐是一个非常缺乏文明修养的女人。二十八回，曾有这么一个细节：宝玉到凤姐住处，只见"凤姐蹬着门槛子拿耳挖子剔牙，看着十来个小厮们挪花盆呢"。这个形象，会不会让人想到潘金莲？还有那一帮婆娘媳妇，对一个孩子都没有丝毫悲悯之情，竟一起喊"打"。是为凤姐助威，还是人性之恶的本能发泄？曹公写此一场面，实际上是对什么拈香祈福之举的绝妙讽刺：神佛会对如此的恶人增寿赐福吗？当然，凤姐自己也说，她是"不怕下割舌头地狱"的，她之去清虚观只是为了玩儿。

此回书中还写了一个"张道士"。这是芸芸众生中一个，年逾八旬，身为荣国公的"替身"，又有皇上亲赐的"大幻仙人""终了真人"，但他在贾母面前依然十分谦卑，以至于千方百计地讨好。看来，达官贵人固然需要宗教的精神安慰，而宗教也需要达官贵人的抬举支持。

此回书写得最精彩的是宝黛口角。小说，需要以矛盾推动情节发展，在情节发展中刻画人物形象。而矛盾之设置，又必须合情合理——未必是生活中已有之实，但一定是可有之事。这里写的宝黛矛盾，可谓是"多心人偏遇刺心事"。我们说过，黛玉心头有三大阴影（孤儿之身、乞儿之境、宝钗争风），正是这阴影使她"多心"，使她把旁人未必在意的事当作"刺心事"。道士为宝玉提亲，贾母既已抹过，宝玉也心怀怨怼，偏偏就成了黛玉的"刺心事"。一个与湘云有关的金麒麟，因一个"金"字，又成了黛玉的"刺心事"。

不就是"一句话的事"吗？两个人把话挑明：你爱我爱，终成眷属。但这句话就是不能说——这时候有一堵墙，即封建礼教之墙。男婚女嫁，没有"自由"，而必得所谓"父母之命，媒妁之言"。而黛玉父母双亡，贾母不言，无人做主。此又与宝钗形成对比。薛姨妈不是"公开"说要宝钗嫁给一个"有玉的"吗？宝钗家财万贯，他的哥哥可以大摆宴席，她也可以借此"揽情"

于宝玉。正因为如此，黛玉不得不时时在意，处处提防，所谓"求全之毁，不虞之隙"就不可避免了。不是写黛玉之计较，而是写其深度的孤凄与悲苦。

以"三阴影""一堵墙"来看黛玉的"心"以及与宝玉的矛盾，洞若观火。

第三十回

宝钗借扇机带双敲
龄官划蔷痴及局外

爱众不常，多情不寿。
风月情怀，醉人如酒。

龄官画蔷痴情一片，宝玉生气脚踹袭人

　　回目所标示的只是本回书的两个片段。如果要笼罩全文，还得有两句：王夫人掌掴白金钏，贾宝玉脚踹花袭人。

　　此回书还是先承接上回：宝黛激烈争吵之后，各自后悔。宝玉主动上门道歉。他"挨在床沿上坐了"，说道："我知道妹妹不恼我。但只是我不来，叫旁人看着，倒像是咱们又拌了嘴的似的。若等他们来劝咱们，那时节岂不咱们倒觉生分了？不如这会子，你要打要骂，凭着你怎么样，千万别不理我。"说着，又把"好妹妹"叫了几万声。宝玉说"你死了，我作和尚"——这就是生不相离、死不复娶之义，是直以夫妻自居了，惹得黛玉"咬着牙用指头狠命的在他额颅上戳了一下"。两个人你也哭我也哭，黛玉见宝玉用袖子擦眼泪，"回身将枕边搭的一方绡帕子拿起来，向宝玉怀里一摔"——她实在是一时一刻都关心着宝玉。在宝玉拉着黛玉的手劝解时，凤姐来了。凤姐把二人带到贾母面前，告知二人和好。

　　此时宝钗正在这里。因宝钗"体丰怯热"，宝玉随口说了句她像杨贵妃。宝钗大怒，恰有一个小丫头找她讨扇子，她就借机敲打宝玉："你要仔细！我和你顽过，你再疑我。和你素日嘻皮笑脸的那些姑娘们跟前，你该问他们去。"这即是"宝钗借扇机带双敲"。

　　接下来是写"王夫人掌掴白金钏"：午休时，宝玉走到王夫人处，跟王夫人的丫鬟白金钏调情。王夫人并没有真睡着，见此状就怒骂是这丫鬟教坏了宝玉，不但掌掴恶骂，最终还"唤了金钏儿之母白老媳妇来领了下去"。

　　宝玉见王夫人醒来，自己没趣，就进大观园来。他隔了蔷薇花架，听有人哽噎之声。细一看发现那是梨香院的龄官，在反复写一个"蔷"字。花架里面的原是早已痴了，外面的不觉也看痴了，以至于下起雨来两个人都不觉得。这就是"龄官划蔷痴及局外"。

经两个人互相提醒，才发现身上都淋湿了，宝玉这才一气跑回怡红院去。丫鬟们正关起门来追赶水鸟玩，宝玉叫门都没听见。宝玉"一肚子没好气"，待有人来开门，"只当是那些小丫头子们，便抬腿踢在肋上"，一看原来是袭人。这一脚，直踹得袭人吐了血。这就是"贾宝玉脚踹花袭人"。

话说林黛玉自与宝玉角口后，也自后悔，但又无去就他之理，因此日夜闷闷，如有所失。紫鹃度其意，乃劝道："若论前日之事，竟是姑娘太浮躁了些。别人不知宝玉那脾气，难道咱们也不知道的。为那玉也不是闹了一遭两遭了。"黛玉啐道："你倒来替人派我的不是。我怎么浮躁了？"紫鹃笑道："好好的，为什么又剪了那穗子？岂不是宝玉只有三分不是，姑娘倒有七分不是。我看他素日在姑娘身上就好，皆因姑娘小性儿，常要歪派他，才这么样。"

劝人之道，首在"度其意"——"其意"正自"后悔"，然后才可进言规劝。
以"咱们"的口吻说话，这才亲切，明示是一条战线上的。

林黛玉正欲答话，只听院外叫门。紫鹃听了一听，笑道："这是宝玉的声音，想必是来赔不是来了。"林黛玉听了道："不许开门！"紫鹃道："姑娘又不是了。这么热天毒日头地下，晒坏了他如何使得呢！"口里说着，便出去开门，果然是宝玉。一面让他进来，一面笑道："我只当是宝二爷再不上我们这门了，谁知这会子又来了。"宝玉笑道："你们把极小的事倒说大了。好好的，为什么不来？我便死了，魂也要一日来一百遭。妹妹可大好了？"紫鹃道："身上病好了，只是心里还气不大好。"宝玉笑道："我晓得有什么气。"一面说着，一面进来，只见林黛玉又在床上哭。

紫鹃聪明，去"开门"，才是黛玉真意。

那林黛玉本不曾哭，听见宝玉来，由不得伤了心，止不住滚下泪来。宝玉笑着走近床来，道："妹妹身上可大好了？"林黛

又是摔玉，又是剪穿玉的穗子，实在是不可开交。但宝玉说这只是"极小的事"，我们的关系还是"好好的"。这倒不是宝玉"高尚"，而是他"深情"：在他心目中，与黛玉的感情总是压倒一切的，是不可动摇的。

"挨在床沿上坐了"，身子贴近；"若等他们来劝咱们，那时节岂不咱们倒觉生分了"，心贴近。

"咱们"就是"咱们"，不能让"他们"看笑话，更不能等他们介入。此语贴心，动情。

黛玉此时之哭，不是怨，而是感动。

洪秋蕃评："'做和尚'之言，宛然有生不相离死不复娶之义，是直以夫妻自居矣。"黛玉在礼教之"墙"的遮挡下，不能接受此说。

正因为不是为姐妹死而去当和尚，才如此说。

此一"戳"，胜似千言万语。是无奈，也是疼爱。

哭是哭，心里眼里全是宝玉。所以宝玉拭泪，黛玉拿帕子给他。但不是"给"而是"向宝玉怀里一摔"，且一语不发。一双小儿女，扯不清的爱恨缠绵，被曹公描写得淋漓尽致。

宝玉拉手，是"翻墙"；黛玉摔手，是守在"墙"下。在礼教面前，宝玉不禁踩线；而作为女方，黛玉不可越雷池一步。这也是造成彼此矛盾的因素之一。

玉只顾拭泪，并不答应。宝玉因便挨在床沿上坐了，一面笑道："我知道妹妹不恼我。但只是我不来，叫旁人看着，倒像是咱们又拌了嘴的似的。若等他们来劝咱们，那时节岂不咱们倒觉生分了？不如这会子，你要打要骂，凭着你怎么样，千万别不理我。"说着，又把"好妹妹"叫了几万声。

林黛玉心里原是再不理宝玉的，这会子见宝玉说别叫人知道他们拌了嘴就生分了似的这一句话，又可见得比别人原亲近，因又撑不住哭道："你也不用哄我。从今以后，我也不敢亲近二爷，二爷也全当我去了。"宝玉听了笑道："你往那去呢？"林黛玉道："我回家去。"宝玉笑道："我跟了你去。"林黛玉道："我死了呢？"宝玉道："你死了，我做和尚！"林黛玉一闻此言，登时将脸放下来，问道："想是你要死了，胡说的是什么！你家倒有几个亲姐姐亲妹妹呢，明儿都死了，你有几个身子去作和尚？明儿我倒把这话告诉别人去评评。"

宝玉自知这话说的造次了，后悔不来，登时脸上红胀起来，低着头不敢则一声。幸而屋里没人。林黛玉直瞪瞪的瞅了他半天，气的一声儿也说不出话来。见宝玉憋的脸上紫胀，便咬着牙用指头狠命的在他额颅上戳了一下，哼了一声，咬牙说道："你这——"刚说了两个字，便又叹了一口气，仍拿起手帕子来擦眼泪。

宝玉心里原有无限的心事，又兼说错了话，正自后悔；又见黛玉戳他一下，要说又说不出来，自叹自泣，因此自己也有所感，不觉滚下泪来。要用帕子揩拭，不想又忘了带来，便用衫袖去擦。林黛玉虽然哭着，却一眼看见了，见他穿着簇新藕合纱衫，竟去拭泪，便一面自己拭着泪，一面回身将枕边搭的一方绡帕子拿起来，向宝玉怀里一摔，一语不发，仍掩面自泣。宝玉见他摔了帕子来，忙接住拭了泪，又挨近前些，伸手拉了林黛玉一只手，笑道："我的五脏都碎了，你还只是哭。走罢，我同你往老太太跟前去。"林黛玉将手一摔道："谁同你拉拉扯扯的。一天

红楼梦·上

大似一天的，还这么涎皮赖脸的，连个道理也不知道。"

一句没说完，只听喊道："好了！"宝林二人不防，都唬了一跳，回头看时，只见凤姐儿跳了进来，笑道："老太太在那里抱怨天抱怨地，只叫我来瞧瞧你们好了没有。我说不用瞧，过不了三天，他们自己就好了。老太太骂我，说我懒。我来了，果然应了我的话了。也没见你们两个人有些什么可拌的，三日好了，两日恼了，越大越成了孩子了！有这会子拉着手哭的，昨儿为什么又成了乌眼鸡呢！还不跟我走，到老太太跟前，叫老人家也放些心。"说着拉了林黛玉就走。林黛玉回头叫丫头们，一个也没有。凤姐道："又叫他们作什么，有我服侍你呢。"一面说，一面拉了就走。宝玉在后面跟着出了园门。

到了贾母跟前，凤姐笑道："我说他们不用人费心，自己就会好的。老祖宗不信，一定叫我去说合。我及至到那里要说合，谁知两个人倒在一处对赔不是了。对哭对诉，倒像'黄鹰抓住了鹞子的脚'，两个都扣了环了，那里还要人去说合。"说的满屋里都笑起来。

此时宝钗正在这里。那林黛玉只一言不发，挨着贾母坐下。宝玉没甚说的，便向宝钗笑道："大哥哥好日子，偏生我又不好了，没别的礼送，连个头也不得磕去。大哥哥不知我病，倒像我懒，推故不去的。倘或明儿恼了，姐姐替我分辨分辨。"宝钗笑道："这也多事。你便要去也不敢惊动，何况身上不好。弟兄们日日一处，要存这个心倒生分了。"宝玉又笑道："姐姐知道体谅我就好了。"又道："姐姐怎么不看戏去？"宝钗道："我怕热，看了两出，热的很。要走，客又不散。我少不得推身上不好，就来了。"宝玉听说，自己由不得脸上没意思，只得又搭讪笑道："怪不得他们拿姐姐比杨妃，原来也体丰怯热。"

宝钗听说，不由的大怒，待要怎样，又不好怎样。回思了一回，脸红起来，便冷笑了两声，说道："我倒像杨妃，只是没一个好哥哥好兄弟可以作得杨国忠的！"二人正说着，可巧小丫

凤姐能"跳进来"，不由分说"拉了林黛玉就走"，对贾母的汇报是"两个人倒在一处对赔不是了"。是此人的动作、此人的言语：干净利索，总能带来笑声。

有宝钗在场，情节就转换了。看到宝黛和解而来，宝钗有何心思？

上回书说薛蟠庆生，"宝玉因得罪了林黛玉，二人总未见面，心中正自后悔"，所以"推病不去"。

以自己的"推身上不好"，揭穿宝玉不去参加薛蟠庆生活动的假话。所以宝玉"脸上没意思"。

"我要有像杨国忠一样的哥哥（权倾朝野），他庆生你还敢不去！"宝钗还抓宝玉不去庆生做文章。

头靛儿因不见了扇子，和宝钗笑道："必是宝姑娘藏了我的。好姑娘，赏我罢。"宝钗指他道："你要仔细！我和你顽过，你再疑我。和你素日嘻皮笑脸的那些姑娘们跟前，你该问他们去。"说的个靛儿跑了。宝玉自知又把话说造次了，当着许多人，更比才在林黛玉跟前更不好意思，便急回身又同别人搭讪去了。

难得见这种场景，黛玉称心了。

林黛玉听见宝玉奚落宝钗，心中着实得意，才要搭言也趁势儿取个笑，不想靛儿因找扇子，宝钗又发了两句话，他便改口笑道："宝姐姐，你听了两出什么戏？"宝钗因见林黛玉面上有得意之态，一定是听了宝玉方才奚落之言，遂了他的心愿，忽又见问他这话，便笑道："我看的是李逵骂了宋江，后来又赔不是。"宝玉便笑道："姐姐通今博古，色色都知道，怎么连这一出戏的名字也不知道，就说了这么一串子。这叫《负荆请罪》。"宝钗笑道："原来这叫作《负荆请罪》！你们通今博古，才知道'负荆请罪'，我不知道什么是'负荆请罪'！"一句话还未说完，宝玉林黛玉二人心里有病，听了这话早把脸羞红了。

"负荆请罪"四字，重复三遍，以"啰唆"强化力量。宝钗对宝黛和好心怀嫉妒，禁不住露出"牙齿"。

凤姐于这些上虽不通达，但只见他三人形景，便知其意，便也笑着问人道："你们大暑天，谁还吃生姜呢？"众人不解其意，便说道："没有吃生姜。"凤姐故意用手摸着腮，诧异道："既没人吃生姜，怎么这么辣辣的？"宝玉黛玉二人听见这话，越发不好过了。宝钗再要说话，见宝玉十分讨愧，形景改变，也就不好再说，只得一笑收住。别人总未解得他四个人的言语，因此付之流水。

连凤姐都觉出"辣"味，见得宝钗刺激力之强大。所以宝黛二人"越发不好过了"。

一时宝钗凤姐去了，林黛玉笑向宝玉道："你也试着比我利害的人了。谁都像我心拙口笨的，由着人说呢。"宝玉正因宝钗多了心，自己没趣，又见林黛玉来问着他，越发没好气起来。待要说两句，又恐林黛玉多心，说不得忍着气，无精打采一直出来。

没有相关背景，听不懂他们四人的言语——必须以事解文。

谁知目今盛暑之时，又当早饭已过、各处主仆人等多半都因日长神倦之时，宝玉背着手，到一处，一处鸦雀无闻。从贾母这里出来，往西走过了穿堂，便是凤姐的院落。到他们院门前，只

转入下一段故事。

见院门掩着。知道凤姐素日的规矩，每到天热，午间要歇一个时辰的，进去不便，遂进角门，来到王夫人上房内。只见几个丫头子手里拿着针线，却打盹儿呢。

王夫人在里间凉榻上睡着，金钏儿坐在旁边捶腿，也乜斜着眼乱恍。宝玉轻轻的走到跟前，把他耳上带的坠子一拧，金钏儿睁开眼，见是宝玉。宝玉悄悄的笑道："就困的这么着？"金钏抿嘴一笑，摆手令他出去，仍合上眼。宝玉见了他，就有些恋恋不舍的，悄悄的探头瞧瞧王夫人合着眼，便自己向身边荷包里带的香雪润津丹掏了一丸出来，便向金钏儿口里一送。金钏儿并不睁眼，只管噙了。宝玉上来便拉着手，悄悄的笑道："我明日和太太讨你，咱们在一处罢。"金钏儿不答。宝玉又道："不然，等太太醒了我就讨。"

看这一过程，始终是宝玉挑逗金钏，金钏不过回应。

金钏儿睁开眼，将宝玉一推，笑道："你忙什么！'金簪子掉在井里头，有你的只是有你的'，连这句话语难道也不明白？我倒告诉你个巧宗儿，你往东小院子里拿环哥儿同彩云去。"宝玉笑道："凭他怎么去罢，我只守着你。"只见王夫人翻身起来，照金钏儿脸上就打了个嘴巴子，指着骂道："下作小娼妇，好好的爷们，都叫你教坏了。"宝玉见王夫人起来，早一溜烟去了。

金钏这句话，是让宝玉去"捉奸"。实际上宝玉已经"捉"过了秦钟与智能儿（十五回）、茗烟与卍儿（十九回），所以他不感兴趣。宝玉是不是"好好的爷们"？是不是"都叫"金钏"教坏了"？

这里金钏儿半边脸火热，一声不敢言语。登时众丫头听见王夫人醒了，都忙进来。王夫人便叫玉钏儿："把你妈叫来，带出你姐姐去。"金钏儿听说，忙跪下哭道："我再不敢了。太太要打骂，只管发落，别叫我出去就是天恩了。我跟了太太十来年，这会子撵出去，我还见人不见人呢！"王夫人固然是个宽仁慈厚的人，从来不曾打过丫头们一个，今忽见金钏儿行此无耻之事，此乃平生最恨者，故气忿不过，打了一下，骂了几句。虽金钏儿苦求，亦不肯收留，到底唤了金钏儿之母白老媳妇来领了下去。那金钏儿含羞忍辱的出去，不在话下。

金钏"含羞忍辱"，似与王夫人之"宽仁慈厚"的考语难以接榫：一个"宽仁慈厚"的人怎么会令一个伺候她"十来年"的丫鬟"含羞忍辱"呢？

且说那宝玉见王夫人醒来，自己没趣，忙进大观园来。只见赤日当空，树阴合地，满耳蝉声，静无人语。刚到了蔷薇花架，

蔷薇花下，少女思贾蔷，诗意的环境，诗意的青春。

只听有人哽噎之声。宝玉心中疑惑，便站住细听，果然架下那边有人。如今五月之际，那蔷薇正是花叶茂盛之时，宝玉便悄悄的隔着篱笆洞儿一看，只见一个女孩子蹲在花下，手里拿着根绾头的簪子在地下抠土，一面悄悄的流泪。

宝玉心中想道："难道这也是个痴丫头，又像颦儿来葬花不成？"因又自叹道："若真也葬花，可谓'东施效颦'，不但不为新特，且更可厌了。"想毕，便要叫那女子，说："你不用跟着那林姑娘学了。"话未出口，幸而再看时，这女孩子面生，不是个侍儿，倒像是那十二个学戏的女孩子之内的，却辨不出他是生旦净丑那一个角色来。宝玉忙把舌头一伸，将口掩住，自己想道："幸而不曾造次。上两次皆因造次了，颦儿也生气，宝儿也多心，如今再得罪了他们，越发没意思了。"

一面想，一面又恨认不得这个是谁。再留神细看，只见这女孩子眉蹙春山，眼颦秋水，面薄腰纤，袅袅婷婷，大有林黛玉之态。宝玉早又不忍弃他而去，只管痴看。只见他虽然用金簪划地，并不是掘土埋花，竟是向土上画字。宝玉用眼随着簪子的起落，一直一画一点一勾的看了去，数一数，十八笔。自己又在手心里用指头按着他方才下笔的规矩写了，猜是个什么字。写成一想，原来就是个蔷薇花的"蔷"字。

宝玉想道："必定是他也要作诗填词。这会子见了这花，因有所感，或者偶成了两句，一时兴至恐忘，在地下画着推敲，也未可知。且看他底下再写什么。"一面想，一面又看，只见那女孩子还在那里画呢，画来画去，还是个"蔷"字。再看，还是个"蔷"字。里面的原是早已痴了，画完一个又画一个，已经画了有几千个"蔷"。外面的不觉也看痴了，两个眼睛珠儿只管随着簪子动，心里却想："这女孩子一定有什么话说不出来的大心事，才这样个形景。外面既是这个形景，心里不知怎么熬煎。看他的模样儿这般单薄，心里那里还搁的住熬煎。可恨我不能替你分些过来。"

伏中阴晴不定，片云可以致雨，忽一阵凉风过了，唰唰的落下一阵雨来。宝玉看着那女子头上滴下水来，纱衣裳登时湿了。宝玉想道："这时下雨。他这个身子，如何禁得骤雨一激！"因此禁不住便说道："不用写了。你看下大雨，身上都湿了。"那女孩子听说倒唬了一跳，抬头一看，只见花外一个人叫他不要写了，下大雨了。一则宝玉脸面俊秀；二则花叶繁茂，上下俱被枝叶隐住，刚露着半边脸，那女孩子只当是个丫头，再不想是宝玉，因笑道："多谢姐姐提醒了我。难道姐姐在外头有什么遮雨的？"一句提醒了宝玉，"嗳哟"了一声，才觉得浑身冰凉。低头一看，自己身上也都湿了。说声"不好"，只得一气跑回怡红院去了，心里却还记挂着那女孩子没处避雨。

原来明日是端阳节，那文官等十二个女子都放了学，进园来各处顽耍。可巧小生宝官、正旦玉官两个女孩子，正在怡红院和袭人玩笑，被大雨阻住。大家把沟堵了，水积在院内，把些绿头鸭、花鸂鶒、彩鸳鸯，捉的捉，赶的赶，缝了翅膀，放在院内顽耍，将院门关了。袭人等都在游廊上嬉笑。

宝玉见关着门，便以手扣门，里面诸人只顾笑，那里听见。叫了半日，拍的门山响，里面方听见了，估谅着宝玉这会子再不回来的。袭人笑道："谁这会子叫门，没人开去。"宝玉道："是我。"麝月道："是宝姑娘的声音。"晴雯道："胡说！宝姑娘这会子做什么来。"袭人道："让我隔着门缝儿瞧瞧，可开就开，要不可开，叫他淋着去。"说着，便顺着游廊到门前，往外一瞧，只见宝玉淋的雨打鸡一般。袭人见了又是着忙又是可笑，忙开了门，笑的弯着腰拍手道："这么大雨地里跑什么？那里知道是爷回来了。"

宝玉一肚子没好气，满心里要把开门的踢几脚，及开了门，并不看真是谁，还只当是那些小丫头子们，便抬腿踢在肋上。袭人"嗳哟"了一声。宝玉还骂道："下流东西们！我素日担待你们得了意，一点儿也不怕，越发拿我取笑儿了。"口里说着，一低头见是袭人哭了，方知踢错了，忙笑道："嗳哟，是你来了！

一阵雨，写出两个"痴"人，也为脚踹袭人垫底。

怜人而忘己，确实"痴"。

怕水鸟跑出去，所以关门。因关门，才有后面的故事。一切顺理成章。

麝月的这一"猜"，有意思。

"只当是那些小丫头子们，便抬腿踢在肋上"，如果看清是袭人就不踢了。

踢在那里了？"袭人从来不曾受过一句大话的，今儿忽见宝玉生气踢他一下，又当着许多人，又是羞，又是气，又是疼，真一时置身无地。待要怎么样，料着宝玉未必是安心踢他，少不得忍着说道："没有踢着。还不换衣裳去。"

宝玉一面进房来解衣，一面笑道："我长了这么大，今日是头一遭儿生气打人，不想就偏遇见了你！"袭人一面忍痛换衣裳，一面笑道："我是个起头儿的人，不论事大事小事好事歹，自然也该从我起。但只是别说打了我，明儿顺了手也打起别人来。"宝玉道："我才也不是安心。"袭人道："谁说你是安心了！素日开门关门，都是那起小丫头子们的事。他们是惫皮惯了的，早已恨的人牙痒痒，他们也没个怕惧儿。你当是他们，踢一下子，唬唬他们也好些。才刚是我淘气，不叫开门的。"

说着，那雨已住了，宝官、玉官也早去了。袭人只觉肋下疼的心里发闹，晚饭也不曾好生吃。至晚间洗澡时脱了衣服，只见肋上青了碗大一块，自己倒唬了一跳，又不好声张。

一时睡下，梦中作痛，由不得"嗳哟"之声从睡中哼出。宝玉虽说不是安心，因见袭人懒懒的，也睡不安稳。忽夜间听得"嗳哟"，便知踢重了，自己下床悄悄的秉灯来照。刚到床前，只见袭人嗽了两声，吐出一口痰来，"嗳哟"一声，睁开眼见了宝玉，倒唬了一跳道："作什么？"宝玉道："你梦里'嗳哟'，必定踢重了。我瞧瞧。"袭人道："我头上发晕，嗓子里又腥又甜，你倒照一照地下罢。"宝玉听说，果然持灯向地下一照，只见一口鲜血在地。宝玉慌了，只说"了不得了！"袭人见了，也就心冷了半截。要知端的，且听下回分解。

【回后评】

此一回书，集中表现了几个人物的"另一面"。

首先是王夫人。她吃斋念佛，据说"是个宽仁慈厚的人"；

但她对金钏的打骂与惩罚，暴露了她人性中的另一面——恶。蔡义江先生为王夫人作辩护说："王夫人这一巴掌、一声怒骂，设身处地地站在一位妈妈力要保护自己唯一爱子不被人带坏的立场想想，实在并不算过分。"这有点怪：为什么不"站在"金钏的立场想想呢？是宝玉调情在前，金钏应和在后，怎么是金钏教坏了宝玉呢？至于说自己的儿子是"好好的爷们"，也完全是"一面之词"。难道宝玉与袭人的"云雨"之情，宝玉在外面吃花酒、结小旦，这位母亲真的一无所知吗？

蔡义江先生在"总评"中又说："作者在叙述中特意强调了王夫人本是'宽仁慈厚的人'，只是'平生最恨''行无耻之事'，故有此举。她后来还对宝钗说：'我只说气他两天，还叫他上来，谁知他这么气性大，就投井死了。岂不是我的罪过。'"（第三十二回）所谓"作者叙述"，不能作为证据。张新之评："凡此考语，都是似是而非（似乎是肯定，其实是否定）。"因为作者是"狡猾"的，他会变换着"视角"来说话。比如在第三回，有《西江月》词评说宝玉，什么"纵然生得好皮囊，腹内原来草莽"云云，作者说"批宝玉极恰"。曹公果真认为宝玉就是个"草莽"吗？就在本回书，说到宝黛矛盾后，有一句"林黛玉心里原是再不理宝玉的"——岂可信之？至于金钏"含羞忍辱"跳井自杀后王夫人对宝钗所言，更不足信。在贾府，有哪个丫头被"撵了下去"又被召回来的？还有赏银子、给妆裹，不过是刘邦痛哭项羽、曹操厚葬杨修一类的戏码而已。

对王夫人的表现，王蒙先生有一个"心理学"分析，可以参考："'平生最恨'四字，表达了王夫人正人君子、大义凛然的性格。盖封建道德的最敏感最伟大部分在于反淫防淫，尤其是防女性之淫。女性防女性，更甚于男性。王夫人如此深恶痛绝，实有她的心理深层依据。自己越是压抑就越是要压抑别人摧残别人，这是中国的反性灭性道德的运转能源和动力保障体系。"

再说贾宝玉。我们说过，宝玉有三个"群"：在家里是不肖子孙，在大观园是护花使者，在贵族圈子是纨绔子弟。他踢袭人这一脚，正是作为"不肖子孙"与"纨绔子弟"之"基因"的一次暴露。有了这一脚，我们就看到了一个完整的贾宝玉。

再说薛宝钗。端庄稳重，温柔敦厚，豁达大度，这几乎是对此人的定评。然而这次，她看到宝玉与黛玉口角后如此和好，心就不爽。她先抓住宝玉拿她比杨妃而反唇相讥，再借说戏码以"负荆请罪"讥刺嘲讽。其伶牙俐齿，连黛玉都称其"利害"。

对宝钗所说"只是没一个好哥哥好兄弟可以作得杨国忠的"，论者多有不解。洪秋蕃说："或曰此语殊牵扯不上。以哥哥兄弟指薛蟠说，薛蟠未有；罪指宝玉说，宝玉又非真哥哥兄弟：出言无章。颦儿决不若是。余曰非也。此移步换形以骂黛玉也。黛玉无哥哥兄弟，故云然。宝玉得罪，借骂颦儿，真是利口。"这个解释也难以成立：如果是"骂黛玉"，那黛玉还会有"得意之态"吗？其意不过是说："我要有像杨国忠一样的哥哥（权倾朝野），他庆生你还敢不去！"还是抓住宝玉推说有病而不去为薛蟠庆生做文章。

人性是复杂的。写出人性之复杂是作家的责任，读出人性之复杂是读者的收获。

第三十一回

撕扇子作千金一笑
因麒麟伏白首双星

撕扇子，是以不知情之物，供娇嗔不知情时之人一笑，所谓『情不情』。金玉姻缘已定，又写一金麒麟，是间色法也。何颦儿为其所感？故颦儿谓『情情』。

湘云大发阴阳论，宝玉寻觅金麒麟（图中袭人送扇子的情节见下回）

正如回目所标示，此回书核心的情节就是与晴雯撕扇子和湘云捡麒麟有关的情事。

其实，"撕扇子"只是一个故事的尾声。这日是端午节，但大家都没什么好心情，坐了一坐就散了。宝玉是个喜聚不喜散的，因此闷闷不乐，回至自己房中长吁短叹。偏生晴雯不小心把扇子掉地上摔折了扇骨。宝玉责备了几句，晴雯就说：为一把扇子就这么着，干脆打发我走，"好离好散的，倒不好"。宝玉就怕这个"散"字，气得"浑身乱战"，赌气就要"回太太"真打发她走。直到袭人等跪下为晴雯求情，宝玉才叹了一声，在床上坐下，叹道："叫我怎么样才好！这个心使碎了也没人知道。"其实，晴雯的态度是"我一头碰死了也不出这门儿"。连袭人说了个"我们"——自然是她和宝玉了，晴雯都发酸意，夹枪带棒地把袭人奚落一番。晚间，宝玉在外饮酒回来，叫晴雯拿果子来吃。晴雯仍为扇子之事耿耿于怀，宝玉就发了一通"物为人用"的宏论，说什么"那扇子原是扇的，你要撕着玩也可以使得"等，于是就有了晴雯撕扇子取乐的情节。晴雯不仅撕了宝玉手中的扇子，还把麝月的扇子也撕成了几片。二人都大笑，麝月则以为太"造孽"了。

第二天，史湘云又来了。这就涉及回目中的"因麒麟伏白首双星"了。大家聊天中宝玉赞了湘云一句"还是这么会说话，不让人"。林黛玉听了就冷笑道："他不会说话，他的金麒麟会说话。"一面说着，便起身走了——黛玉为史湘云有一个金麒麟而宝玉在清虚观特意收藏金麒麟一直心存芥蒂。湘云此来给袭人等带来了戒指做礼物，在去给袭人送礼的路上，与一个小丫鬟大谈了一通"阴阳"论，又恰巧捡到了"文彩辉煌的一个金麒麟"——湘云还不知道这恰恰是宝玉遗失的。这物件比湘云佩的又大又有文彩，小丫鬟说"可分出阴阳来了"。这样，这麒麟就跟"阴阳"之说发生了联系，所以"湘云伸手擎在掌上，只是默默不语"。

宝玉为湘云收藏金麒麟，遗失了，偏又被湘云捡到。这也太巧了。曹公如此安排，到底所为何来？"因麒麟伏白首双星"到底是什么意思？因为曹公没有写出"下文"，这就成了一桩悬案。

话说袭人见了自己吐的鲜血在地，也就冷了半截，想着往日常听人说："少年吐血，年月不保，纵然命长，终是废人了。"想起此言，不觉将素日想着后来争荣夸耀之心尽皆灰了，眼中不觉滴下泪来。宝玉见他哭了，也不觉心酸起来，因问道："你心里觉的怎么样？"袭人勉强笑道："好好的，觉怎么呢。"宝玉的意思即刻便要叫人烫黄酒，要山羊血黎洞丸来。袭人拉了他的手，笑道："你这一闹不打紧，闹起多少人来，倒抱怨我轻狂。分明人不知道，倒闹的人知道了，你也不好，我也不好。正经明儿你打发小子问问王太医去，弄点子药吃吃就好了。人不知鬼不觉的可不好？"宝玉听了有理，也只得罢了，向案上斟了茶来，给袭人漱了口。袭人知宝玉心内是不安稳的，待要不叫他伏侍，他又必不依；二则定要惊动别人，不如由他去罢：因此只在榻上由宝玉去服侍。

一交五更，宝玉也顾不的梳洗，忙穿衣出来，将王济仁叫来，亲自确问。王济仁问其原故，不过是伤损，便说了个丸药的名字，怎么服，怎么敷。宝玉记了，回园依方调治。不在话下。

这日正是端阳佳节，蒲艾簪门，虎符系臂。午间，王夫人治了酒席，请薛家母女等赏午。宝玉见宝钗淡淡的，也不和他说话，自知是昨儿的原故。王夫人见宝玉没精打采，也只当是金钏

她自己说了，素日是有"争荣夸耀之心"的。她不说，谁能看出来？

"你不好"，是让人知道了你打人，有损形象；"我不好"，是让人知道了我挨了你的打，有失面子。

宝玉真放在心上，袭人应该知足。

全用"互见互评"法。
"端午佳节"而"都无意思"。"无意思"是概括语，虚实互解，就是上面说的"淡淡的""没精打采""懒懒的"。

儿昨日之事，他没好意思的，越发不理他。林黛玉见宝玉懒懒的，只当是他因为得罪了宝钗的原故，心中不自在，形容也就懒懒的。凤姐昨日晚间王夫人就告诉了他宝玉金钏的事，知道王夫人不自在，自己如何敢说笑，也就随着王夫人的气色行事，更觉淡淡的。贾迎春姊妹见众人无意思，也都无意思了。因此，大家坐了一坐就散了。

一段非常值得思考的议论。人有聚散（生死），花有荣枯，是自然规律，无可改易，问题只是如何对待。因有"散"而不"聚"，必然走向因终"死"而勿"生"。因惧"散"而望"常聚"，而"常聚"又不可能，最后与黛玉殊途同归。

林黛玉天性喜散不喜聚。他想的也有个道理，他说，"人有聚就有散，聚时欢喜，到散时岂不清冷？既清冷则生伤感，所以不如倒是不聚的好。比如那花开时令人爱慕，谢时则增惆怅，所以倒是不开的好。"故此人以为喜之时，他反以为悲。那宝玉的情性只愿常聚，生怕一时散了添悲；那花只愿常开，生怕一时谢了没趣；及到筵散花谢，虽有万种悲伤，也就无可如何了。

用扇子事件继续人生聚散的话题。

因此，今日之筵，大家无兴散了，林黛玉倒不觉得，倒是宝玉心中闷闷不乐，回至自己房中长吁短叹。偏生晴雯上来换衣服，不防又把扇子失了手跌在地下，将股子跌折。宝玉因叹道："蠢才，蠢才！将来怎么样？明日你自己当家立事，难道也是这么顾前不顾后的？"晴雯冷笑道："二爷近来气大的很，行动就给脸子瞧。前儿连袭人都打了，今儿又来寻我们的不是。要踢要打凭爷去。就是跌了扇子，也是平常的事。先时连那么样的玻璃缸、玛瑙碗不知弄坏了多少，也没见个大气儿，这会子一把扇子就这么着了。何苦来！要嫌我们就打发我们，再挑好的使。好离好散的，倒不好？"宝玉听了这些话，气的浑身乱战，因说道："你不用忙，将来有散的日子！"

宝玉最怕"好离好散"这样的话，所以"气的浑身乱战"。宝玉说出"你不用忙，将来有散的日子"这样的话，不是谶语，是对客观规律无可奈何的悲叹。

袭人在那边早已听见，忙赶过来向宝玉道："好好的，又怎么了？可是我说的'一时我不到，就有事故儿'。"晴雯听了冷笑道："姐姐既会说，就该早来，也省了爷生气。自古以来，就是你一个人服侍爷的，我们原没服侍过。因为你服侍的好，昨日才挨窝心脚；我们不会服侍的，到明儿还不知是个什么罪呢！"袭人听了这话，又是恼，又是愧，待要说几句话，又见宝玉已经气

袭人包揽责任，无意中暴露了"我是老大"的心态，所以引起晴雯嫉妒。晴雯话语如刀，深深刺伤了袭人，也埋下日后遭逐的祸根。

的黄了脸，少不得自己忍了性子，推晴雯道："好妹妹，你出去逛逛，原是我们的不是。"

晴雯听他说"我们"两个字，自然是他和宝玉了，不觉又添了醋意，冷笑几声，道："我倒不知道你们是谁，别教我替你们害臊了！便是你们鬼鬼祟祟干的那事儿，也瞒不过我去，那里就称起'我们'来了。明公正道，连个姑娘还没挣上去呢，也不过和我似的，那里就称上'我们'了！"袭人羞的脸紫胀起来，想一想，原来是自己把话说错了。宝玉一面说："你们气不忿，我明儿偏抬举他。"袭人忙拉了宝玉的手道："他一个糊涂人，你和他分证什么？况且你素日又是有担待的，比这大的过去了多少，今儿是怎么了？"晴雯冷笑道："我原是糊涂人，那里配和我说话呢！"袭人听说道："姑娘倒是和我拌嘴呢，是和二爷拌嘴呢？要是心里恼我，你只和我说，不犯着当着二爷吵；要是恼二爷，不该这们吵的万人知道。我才也不过为了事，进来劝开了，大家保重。姑娘倒寻上我的晦气。又不像是恼我，又不像是恼二爷，夹枪带棒，终久是个什么主意？我就不多说，让你说去。"说着便往外走。

宝玉向晴雯道："你也不用生气，我也猜着你的心事了。我回太太去，你也大了，打发你出去好不好？"晴雯听见了这话，不觉又伤起心来，含泪说道："为什么我出去？要嫌我，变着法儿打发我出去，也不能够。"宝玉道："我何曾经过这个吵闹？一定是你要出去了。不如回太太，打发你去吧。"说着，站起来就要走。袭人忙回身拦住，笑道："往那里去？"宝玉道："回太太去。"袭人笑道："好没意思！真个的去回，你也不怕臊了？便是他认真的要去，也等把这气下去了，等无事中说话儿回了太太也不迟。这会子急急的当作一件正经事去回，岂不叫太太犯疑？"宝玉道："太太必不犯疑，我只明说是他闹着要去的。"晴雯哭道："我多早晚闹着要去了？饶生了气，还拿话压派我。只管去回，我一头碰死了也不出这门儿。"宝玉道："这也奇了。你又不

袭人说"我们"，潜意识里确是以"妾"自居了，晴雯所说不假。说他们"鬼鬼祟祟干的那事儿"，也绝不是空穴来风。

怎么"抬举"？无非挑明了收她作妾。

袭人的话也厉害：和我拌嘴犹可恕，跟"二爷"拌嘴可就罪不容诛了！

果然，宝玉动了打发晴雯"出去"的念头。

袭人不反对"打发"晴雯出去，只是要做得更巧妙。"等无事中说话儿回了太太也不迟"——不知道袭人是否这样做了。

王蒙评："又是'不为奴，毋宁死'。"其实是，不为奴比为奴命运更惨，不能站着说话不腰疼。

这一跪，跪出了宝玉的少爷威风；众丫鬟都来求情，见得晴雯人缘尚好。

宝玉的心，终究是怕"散"的。而种种矛盾冲突又不可避免，把心"使碎了"也没用。

黛玉直称袭人为"嫂子"，是玩笑，也是对"我们"之称的印证。

日前宝玉刚对黛玉说过"你死了，我作和尚"，这里又对袭人说，所以黛玉嘲笑他。

蔡义江评："此话可一不可再。初次说时，黛玉极认真，放下脸来，斥之为'胡说'。如今再说，只能当作笑料了。"这是误读。

首先想到的还是袭人。
晴雯也不把自己当"外人"。

去，你又闹些什么？我经不起这吵，不如去了倒干净。"说着一定要去回。

袭人见拦不住，只得跪下了。碧痕、秋纹、麝月等众丫鬟见吵闹，都鸦雀无闻的在外头听消息，这会子听见袭人跪下央求，便一齐进来都跪下了。宝玉忙把袭人扶起来，叹了一声，在床上坐下，叫众人起去，向袭人道："叫我怎么样才好！这个心使碎了也没人知道。"说着不觉滴下泪来。袭人见宝玉流下泪来，自己也就哭了。

晴雯在旁哭着，方欲说话，只见林黛玉进来，便出去了。林黛玉笑道："大节下怎么好好的哭起来？难道是为争粽子吃争恼了不成？"宝玉和袭人嗤的一笑。黛玉道："二哥哥不告诉我，我问你就知道了。"一面说，一面拍着袭人的肩，笑道："好嫂子，你告诉我。必定是你两个拌了嘴了。告诉妹妹，替你们和劝和劝。"袭人推他道："林姑娘你闹什么？我们一个丫头，姑娘只是混说。"黛玉笑道："你说你是丫头，我只拿你当嫂子待。"宝玉道："你何苦来替他招骂名儿。饶这么着，还有人说闲话，还搁的住你来说他。"袭人笑道："林姑娘，你不知道我的心事，除非一口气不来死了倒也罢了。"林黛玉笑道："你死了，别人不知怎么样，我先就哭死了。"宝玉笑道："你死了，我作和尚去。"袭人笑道："你老实些罢，何苦还说这些话。"林黛玉将两个指头一伸，抿嘴笑道："作了两个和尚了。我从今以后都记着你作和尚的遭数儿。"宝玉听得，知道是他点前儿的话，自己一笑也就罢了。

一时黛玉去后，就有人说"薛大爷请"，宝玉只得去了。原来是吃酒，不能推辞，只得尽席而散。

晚间回来，已带了几分酒，踉跄来至自己院内，只见院中早把乘凉枕榻设下，榻上有个人睡着。宝玉只当是袭人，一面在榻沿上坐下，一面推他，问道："疼的好些了？"只见那人翻身起来说："何苦来，又招我！"宝玉一看，原来不是袭人，却是晴雯。宝玉将他一拉，拉在身旁坐下，笑道："你的性子越发惯娇了。早起就是跌了扇子，我不过说了那两句，你就说上那些话。说我也罢了，袭人好意来劝，你又括上他，你自己想想，该不该？"晴雯道："怪热的，拉拉扯扯作什么！叫人来看见像什么！我这身子也不配坐在这里。"宝玉笑道："你既知道不配，为什么睡着呢？"晴雯没的话，嗤的又笑了，说："你不来便使得，你来了就不配了。起来，让我洗澡去。袭人麝月都洗了澡。我叫了他们来。"宝玉笑道："我才又吃了好些酒，还得洗一洗。你既没有洗，拿了水来咱们两个洗。"

晴雯摇手笑道："罢，罢，我不敢惹爷。还记得碧痕打发你洗澡，足有两三个时辰，也不知道作什么呢。我们也不好进去的。后来洗完了，进去瞧瞧，地下的水淹着床腿，连席子上都汪着水，也不知是怎么洗了，叫人笑了几天。我也没那工夫收拾，也不用同我洗去。今儿也凉快，那会子洗了，可以不用再洗。我倒舀一盆水来，你洗洗脸通通头。才刚鸳鸯送了好些果子来，都湃在那水晶缸里呢，叫他们打发你吃。"宝玉笑道："既这么着，你也不许洗去，只洗洗手来拿果子来吃罢。"

晴雯笑道："我慌张的很，连扇子还跌折了，那里还配打发吃果子。倘或再打破了盘子，还更了不得呢。"宝玉笑道："你爱打就打，这些东西原不过是借人所用，你爱这样，我爱那样，各自性情不同。比如那扇子原是扇的，你要撕着玩也可以使得，只是不可生气时拿他出气。就如杯盘，原是盛东西的，你喜听那一声响，就故意的碎了也可以使得，只是别在生气时拿他出气。这就是爱物了。"晴雯听了，笑道："既这么说，你就拿了扇子来我撕。我最喜欢撕的。"宝玉听了，便笑着递与他。晴雯果然接过来，嗤的一声，撕了两半，接着嗤嗤又听几声。宝玉在旁笑着说："响的好，再撕响些！"

正说着，只见麝月走过来，笑道："少作些孽罢。"宝玉赶上来，一把将他手里的扇子也夺了递与晴雯。晴雯接了，也撕了

关于"洗澡"一事，王蒙说："设想一下宝玉碧痕洗澡的情景，本应该是很美的。而且，这一段说笑，绝对不含淫亵之意。但是，天国里的纯净的（排除了性意识）身体，又是非人间非现实的。这样就更需要通过艺术表达这种对于人体对于男女的无拘束无设防的快乐相处的幻想与追求。"

宝玉之"爱物"论，似是而非。朱子说："一粥一饭，当思来处不易；半丝半缕，恒念物力维艰。"依宝玉逻辑，一座大楼，本是供人居住或办公的，但他喜欢看大楼燃烧，就一把火烧起来，行吗？褒姒爱看"烽火戏诸侯"，幽王干了，周也就亡了。

"作孽"二字，是曹公的评价。

撕扇子，与其说是写晴雯任性，不如说是写宝玉作孽。此是作为不肖子孙、纨绔子弟之基因的又一次暴露。

史大姑娘来，情节一转。

父母双亡，是婶婶管着。
还是宝钗，不但注意到湘云有金麒麟，还特别记得湘云"爱穿别人的衣裳"——这个"别人"就是"宝兄弟"。
特别记得湘云"事迹"的还有一个林黛玉。
宝钗、黛玉两个"发言"，一方面表现湘云的"男孩子气"，另一方面也表现二人心理。这是互见法的好处。

几半子，二人都大笑。麝月道："这是怎么说，拿我的东西开心儿？"宝玉笑道："打开扇子匣子你拣去，什么好东西！"麝月道："既这么说，就把匣子搬了出来，让他尽力的撕，岂不好？"宝玉笑道："你就搬去。"麝月道："我可不造这孽。他也没折了手，叫他自己搬去。"晴雯笑着，倚在床上说道："我也乏了，明儿再撕罢。"宝玉笑道："古人云，'千金难买一笑'，几把扇子能值几何！"一面说着，一面叫袭人。袭人才换了衣服走出来，小丫头佳蕙过来拾去破扇，大家乘凉，不消细说。

至次日午间，王夫人、薛宝钗、林黛玉众姊妹正在贾母房内坐着，就有人回："史大姑娘来了。"一时果见史湘云带领众多丫鬟媳妇走进院来。宝钗黛玉等忙迎至阶下相见。青年姊妹间经月不见，一旦相逢，其亲密自不必细说。

一时进入房中，请安问好，都见过了。贾母因说："天热，把外头的衣服脱脱罢。"史湘云忙起身宽衣。王夫人因笑道："也没见穿上这些作什么？"史湘云笑道："都是二婶婶叫穿的，谁愿意穿这些。"宝钗一旁笑道："姨娘不知道，他穿衣裳还更爱穿别人的衣裳。可记得旧年三四月里，他在这里住着，把宝兄弟的袍子穿上，靴子也穿上，额子也勒上，猛一瞧倒像是宝兄弟，就是多两个坠子。他站在那椅子后边，哄的老太太只是叫'宝玉，你过来，仔细那上头挂的灯穗子招下灰来迷了眼'。他只是笑，也不过去。后来大家撑不住笑了，老太太才笑了，说'倒扮上男人好看了'。"林黛玉道："这算什么。惟有前年正月里接了他来，住了没两日就下起雪来，老太太和舅母那日想是才拜了影回来，老太太的一个新新的大红猩猩毡斗篷放在那里，谁知眼错不见他就披了，又大又长，他就拿了个汗巾子拦腰系上，和丫头们在后院子扑雪人儿去，一跤栽到沟跟前，弄了一身泥水。"说着，大家想着前情，都笑了。

宝钗笑向那周奶妈道："周妈，你们姑娘还是那么淘气不淘气了？"周奶娘也笑了。迎春笑道："淘气也罢了，我就嫌他爱说话。也没见睡在那里还是咭咭呱呱，笑一阵，说一阵，也不知那里来的那些话。"王夫人道："只怕如今好了。前日有人家来相看，眼见有婆婆家了，还是那们着。"贾母因问："今儿还是住着，还是家去呢？"周奶娘笑道："老太太没有看见衣服都带了来，可不住两天？"史湘云问道："宝玉哥哥不在家么？"宝钗笑道："他再不想着别人，只想宝兄弟，两个人好憨的。这可见还没改了淘气。"贾母道："如今你们大了，别提小名儿了。"

刚说着，只见宝玉来了，笑道："云妹妹来了。前儿打发人接你去，怎么不来？"王夫人道："这里老太太才说这一个，他又来提名道姓的了。"林黛玉道："你哥哥得了好东西，等着你呢。"史湘云道："什么好东西？"宝玉笑道："你信他呢！几日不见，越发高了。"湘云笑道："袭人姐姐好？"宝玉道："多谢你记挂。"湘云道："我给他带了好东西来了。"说着，拿出手帕子来，挽着一个疙瘩。宝玉道："什么好的？你倒不如把前儿送来的那种绛纹石的戒指儿带两个给他。"湘云笑道："这是什么？"说着便打开。众人看时，果然就是上次送来的那绛纹戒指，一包四个。

林黛玉笑道："你们瞧瞧他这主意。前儿一般的打发人给我们送了来，你就把他带来，岂不省事？今儿巴巴的自己带了来，我当又是什么新奇东西，原来还是他。真真你是糊涂人。"史湘云笑道："你才糊涂呢！我把这理说出来，大家评一评谁糊涂。给你们送东西，就是使来的不用说话，拿进来一看，自然就知是送姑娘们的了；若带他们的东西，这得我先告诉来人，这是那一个丫头的，那是那一个丫头的，那使来的人明白还好，再糊涂些，丫头的名字他也不记得，混闹胡说的，反连你们的东西都搅糊涂了。若是打发个女人素日知道的还罢了，偏生前儿又打发小子来，可怎么说丫头们的名字呢？横竖我来给他们带来，岂不清白。"说着，把四个戒指放下，说道："袭人姐姐一个，鸳鸯姐姐一个，金钏儿姐姐一个，平儿姐姐一个：这倒是四个人的，难道众人听了，都笑道："果然明白。"宝玉笑道："还是这么会说话，不让人。"林黛玉听了，冷笑道："他不会说话，他的金麒麟会说话。"一面说着，便起身走了。幸而诸人都不曾听见，只有薛宝钗抿嘴一笑。宝玉听见了，倒自己后悔又说错了话，忽见宝钗一笑，由不得也笑了。宝钗见宝玉笑了，忙起身走开，找了林黛玉去说话。贾母向湘云道："吃了茶歇一歇，瞧瞧你的嫂子们去。园里也凉快，同你姐姐们去逛逛。"

湘云答应了，将三个戒指儿包上，歇了一歇，便起身要瞧凤姐等人去。众奶娘丫头跟着，到了凤姐那里，说笑了一回，出来便往大观园来，见过了李宫裁，少坐片时，便往怡红院来找袭人。因回头说道："你们不必跟着，只管瞧你们的朋友亲戚去，留下翠缕服侍就是了。"

众人听了，自去寻姑觅嫂，单剩下湘云翠缕两个人。翠缕道："这荷花怎么还不开？"史湘云道："时侯没到。"翠缕道："这也和咱们家池子里的一样，也是楼子花？"湘云道："他们这个还不如咱们的。"翠缕道："他们那边有棵石榴，接连四五枝，真是楼子上起楼子，这也难为他长。"史湘云道："花草也是同人一样，气脉充足，长的就好。"翠缕把脸一扭，说道："我不信这话。若说同人一样，我怎么不见头上又长出一个头来的人？"

湘云听了，由不得一笑，说道："我说你不用说话，你偏好说。这叫人怎么好答言？天地间都赋阴阳二气所生，或正或邪，或奇或怪，千变万化，都是阴阳顺逆多少。一生出来，人罕见的就奇，究竟理还是一样。"翠缕道："这么说起来，从古至今，开天辟地，都是些阴阳了？"湘云笑道："糊涂东西，越说越放屁。什么'都是些阴阳'，难道还有两个阴阳不成！'阴''阳'两个字还只是一字，阳尽了就成阴，阴尽了就成阳，不是阴尽了又有个阳生出来，阳尽了又有个阴生出来。"翠缕道："这糊涂死了我！什么是个阴阳，没影没形的。我只问姑娘，这阴阳是怎么个样儿？"湘云道："阴阳可有什么样儿，不过是个气，器物赋了成形。比如天是阳，地就是阴；水是阴，火就是阳；日是阳，月就是阴。"

翠缕听了，笑道："是了，是了，我今儿可明白了。怪道人都管着日头叫'太阳'呢，算命的管着月亮叫什么'太阴星'，就是这个理了。"湘云笑道："阿弥陀佛！刚刚的明白了。"翠缕道："这些大东西有阴阳也罢了，难道那些蚊子、虼蚤、蠓虫儿、花儿、草儿、瓦片儿、砖头儿也有阴阳不成？"湘云道："怎么有没阴阳的呢？比如那一个树叶儿还分阴阳呢，那边向上朝阳的便是阳，这边背阴覆下的便是阴。"翠缕听了，点头笑道："原来这样，我可明白了。只是咱们这手里的扇子，怎么是阳，怎么是阴呢？"湘云道："这边正面就是阳，那边反面就为阴。"

翠缕又点头笑了，还要拿几件东西问，因想不起个什么来，猛低头就看见湘云宫绦上系的金麒麟，便提起来笑道："姑娘，这个难道也有阴阳？"湘云道："走兽飞禽，雄为阳，雌为阴；牝为阴，牡为阳。怎么没有呢！"翠缕道："这是公的，到底是母的呢？"湘云道："这连我也不知道。"翠缕道："这也罢了，怎么东西都有阴阳，咱们人倒没有阴阳呢？"湘云照脸啐了一口道："下流东西，好生走罢。越问越问出好的来了！"翠缕笑道："这有什么不告诉我的呢？我也知道了，不用难我。"湘云笑道："你知道什么？"翠缕道："姑娘是阳，我就是阴。"说着，湘云拿手帕子握着嘴，呵呵的笑起来。翠缕道："说是了，就笑的这样了。"湘云道："很是，很是。"翠缕道："人规矩主子为阳，奴才为阴。我连这个大道理也不懂得？"湘云笑道："你很懂得。"

一面说，一面走，刚到蔷薇架下，湘云道："你瞧那是谁掉的首饰，金晃晃在那里。"翠缕听了，忙赶上拾在手里攥着，笑道："可分出阴阳来了。"说着，先拿史湘云的麒麟瞧。湘云要他拣的瞧，翠缕只管不放手，笑道："是件宝贝，姑娘瞧不得。这

转了半天，其实就是要"讨论"这金麒麟是阴是阳，是雌还是雄，再进而想到"人"的阴阳（雌雄）。

翠缕未必真"傻"，在主子面前，奴才不能什么都明白。

比自己的那个"又大又有文彩"，显系"雄性"。湘云"擎在掌上，只是默默不语"，能想什么呢？

这个麒麟，偏偏宝玉丢了，又偏偏让湘云捡到了，太"巧"了。固然"无巧不成书"，太"巧"了，难以置信了，也"不成书"。

是从那里来的？好奇怪！我从来在这里没见有人有这个。"湘云道："拿来我看。"翠缕将手一撒，笑道："请看。"湘云举目一验，却是文彩辉煌的一个金麒麟，比自己佩的又大又有文彩。湘云伸手擎在掌上，只是默默不语。

正自出神，忽见宝玉从那边来了，笑问道："你两个在这日头底下作什么呢？怎么不找袭人去？"湘云连忙将那麒麟藏起道："正要去呢。咱们一处走。"说着，大家进入怡红院来。

袭人正在阶下倚槛迎风，忽见湘云来了，连忙迎下来，携手笑说一向久别情况。一时进来归坐，宝玉因笑道："你该早来，我得了一件好东西，专等你呢。"说着，一面在身上摸掏，掏了半天，呵呀了一声，便问袭人"那个东西你收起来了么？"袭人道："什么东西？"宝玉道："前儿得的麒麟。"袭人道："你天天带在身上的，怎么问我？"宝玉听了，将手一拍说道："这可丢了，往那里找去！"就要起身自己寻去。湘云听了，方知是他遗落的，便笑问道："你几时又有了麒麟了？"宝玉道："前儿好容易得的呢，不知多早晚丢了，我也糊涂了。"湘云笑道："幸而是顽的东西，还是这么慌张。"说着，将手一撒，笑道："你瞧瞧，是这个不是？"宝玉一见由不得欢喜非常，因说道……不知是如何，且听下回分解。

〔回后评〕

在这一段故事中，包含了一些重要的信息，对于我们理解人物性格以及此后情事的发展态势，都有帮助。

一是袭人用"我们"称自己与宝玉的关系，暴露了她潜意识中以妾自居的心理；而黛玉以"嫂子"称之，更从旁证实了她与宝玉的特殊关系。对此，我们没有必要作什么价值判断，但却是观察袭人此后言行的一个重要坐标。二是晴雯说袭人与宝玉有"鬼鬼祟祟"之事，触到了袭人的痛处；而晴雯说"我一头碰死了也不出这门儿"，更让袭人感到一种威胁——她不出这个门儿，不也是要争宝玉之妾的位置吗？所以，袭人与晴雯的关系正如宝钗与黛玉的关系，是竞争，是二者必存其一。按常理，当宝玉说去回太太把晴雯打发出去的时候，袭人应该支持。可袭人的作法恰恰相反：她阻拦宝玉，见拦不住，竟然"跪下了"。袭人是真的舍不得让晴雯走吗？否。袭人自己说得明白："好没意思！真个的去回，你也不怕臊了？便是他认真的要去，也等把这气下去了，等无事中说话儿回了太太也不迟。"袭人的考虑是"对"的："这会子急急的当作一件正经事去回，岂不叫太太犯疑？"这是说，在吵吵闹闹的途中去说赶走晴雯，太太会以为不过是小孩子吵架，不必当真，而要追究起吵架因由，免不了要把自己也牵连进去。"等把这气下去了，等无事中说话儿回了太太也不迟"：她不是从根本上反对赶走晴雯，而是要寻找更适合的机会。宝玉只是一时冲动，事后绝不会再提赶走晴雯之事；至于袭人是否"无事中说话儿"促使王夫人赶走晴雯，曹公没有明着写。后来王夫人痛责并驱逐晴雯，让人怀疑有袭人背后"告密"的因素，是耶，非耶？

关于"因麒麟伏白首双星"，一般的解读是：双星即牛郎织女星，其情节应是暗示着以"麒麟"为媒介，最后宝玉与湘云结为夫妇，白头到老。但有重视"版本学"的论者持另外一种解读：宝玉之麒麟，后来赠给了一个叫卫若兰的，湘云嫁给卫，而卫发现湘云也有一个麒麟，正是一雌一雄，乃疑湘云与宝玉有私，此后夫妻关系破裂。所谓双星，就是夫妻到老都分居的意思。蔡义江先生就持此说。两种说法孰是孰非，无从判断。

但有一点可以说说：牛郎织女的故事，虽最后以隔河相望为结局，但不意味着所有以"双星"为喻的都是以"盈盈一水间，脉脉不得语"为喻点。宋代秦观《鹊桥仙》词曰："金风玉露一相逢，便胜却人间无数。"他也是写"双星"，但着眼的不是分离之苦，倒是"柔情似水，佳期如梦"的获得感、幸福感。更有宋

代姚勉的《新婚致语》诗句："彩軿【píng，女子乘坐的四面有帷幔的车子】牛女欢云汉，华屋神仙艳洞天。"这是新婚的祝福，倘在祝"夫妇分离"，岂不要挨打？

第三十二回

无情无尽却情多，
情到无多得尽么？
解到多情情尽处，
月中无树影无波。

先来解题。所谓"死金钏",是说性情刚烈的金钏不堪忍受耻辱而投井自杀,"死"是使动用法。与"死金钏"相对的是"活宝玉",宝玉根本没有"死",只是一时跟黛玉互诉肺腑情痴而"迷"了。"迷"写宝玉之痴,"烈"状金钏之气。

再说内容。史湘云送戒指给袭人,袭人说"已得了",是"宝姑娘"给的。湘云就大赞:"这些姐姐们再没一个比宝姐姐好的。"宝玉不爱听,湘云就嘲笑宝玉:"我知道你的心病,恐怕你的林妹妹听见,又怪嗔我赞了宝姐姐。"对此,袭人赞湘云"心直口快",宝玉的感慨则是"你们这几个人难说话"。"这几个人",应是指湘云、袭人和宝钗;所谓"难说话",就是话不投机。

袭人请湘云帮忙给宝玉做鞋,湘云说去叫黛玉做。袭人更直接贬抑黛玉说:"他可不作呢。饶这么着,老太太还怕他劳碌着了……旧年好一年的工夫,做了个香袋儿;今年半年,还没拿针线呢。"

有人叫宝玉去会贾雨村,宝玉懒得去。湘云就劝宝玉"该常常的会会这些为官做宰的人们,谈谈讲讲些仕途经济的学问",惹得宝玉说:"姑娘请别的姊妹屋里坐坐,我这里仔细污了你知经济学问的。"而袭人又借机夸宝钗而贬黛玉:宝钗也这么说过一回,宝玉"拿起脚就走了",可宝姑娘有涵养,不计较;要是林姑娘,不知又闹到怎么样呢。宝玉说:"林姑娘从来说过这些混帐话不曾?若他也说过这些混帐话,我早和他生分了。"正巧,这话被黛玉听到了,不觉又喜又惊,又悲又叹。宝玉见到黛玉,互吐心曲,心灵碰撞,以至于黛玉走了,宝玉竟误把袭人当黛玉,继续说什么"睡里梦里也忘不了你"等。袭人听了吓得魄消魂散,就想将来难免不才之事,令人可惊可畏。

这时宝钗又出现了（她总是适时出现），跟袭人说：宝玉"如今说话越发没了经纬"。两人谈话间，有人来说金钏投井死了。宝钗听见这话，忙向王夫人处道安慰，说金钏"或是在井跟前憨顽，失了脚掉下去的"，纵然是跳井而死"也不过是个糊涂人，也不为可惜"。她劝王夫人："不过多赏他几两银子发送他，也就尽主仆之情了。"王夫人想拿两套新衣服给金钏妆裹——给死人入殓时穿的衣服，宝钗也立即答应拿来给她，毫不忌讳。

话说宝玉见那麒麟，心中甚是欢喜，便伸手来拿，笑道："亏你捡着了。你是那里捡的？"史湘云笑道："幸而是这个，明儿倘或把印也丢了，难道也就罢了不成？"宝玉笑道："倒是丢了印平常，若丢了这个，我就该死了。"

袭人斟了茶来与史湘云吃，一面笑道："大姑娘，听见前儿你大喜了。"史湘云红了脸，吃茶不答。袭人道："这会子又害臊了。你还记得十年前，咱们在西边暖阁住着，晚上你同我说的话儿？那会子不害臊，这会子怎么又害臊了？"史湘云笑道："你还说呢。那会子咱们那么好。后来我们太太没了，我家去住了一程子，怎么就把你派了跟二哥哥，我来了，你就不像先待我了。"袭人笑道："你还说呢。先姐姐长姐姐短哄着我替你梳头洗脸，作这个弄那个，如今大了，就拿出小姐的款来。你既拿小姐的款，我怎敢亲近呢？"史湘云道："阿弥陀佛，冤枉冤哉！我要这样，就立刻死了。你瞧瞧，这么大热天，我来了，必定赶来先瞧瞧你。不信你问问缕儿，我在家时时刻刻那一回不念你几声。"话未了，忙的袭人和宝玉都劝道："玩话你又认真了。还是这么性急。"史湘云道："你不说你的话噎人，倒说人性急。"一面说，

开口就是价值观的对立：湘云看重的是官"印"，宝玉看重的是人"情"——特意为湘云留着，让她看的。

或可视为谶语：失去麒麟，就失去与湘云白首相守的结局，所以话说得很重。

那会子说什么来着？

补出一段当年的情意。

一面打开手帕子，将戒指递与袭人。

袭人感谢不尽，因笑道："你前儿送你姐姐们的，我已得了；今儿你亲自又送来，可见是没忘了我。只这个就试出你来了。戒指儿能值多少，可见你的心真。"史湘云道："是谁给你的？"袭人道："是宝姑娘给我的。"湘云笑道："我只当是林姐姐给你的，原来是宝钗姐姐给了你。我天天在家里想着，这些姐姐们再没一个比宝姐姐好的。可惜我们不是一个娘养的。我但凡有这么个亲姐姐，就是没了父母，也是没妨碍的。"说着，眼睛圈儿就红了。宝玉道："罢，罢，罢！不用提这个话。"史湘云道："提这个便怎么？我知道你的心病，恐怕你的林妹妹听见，又怪嗔我赞了宝姐姐。可是为这个不是？"袭人在旁嗤的一笑，说道："云姑娘，你如今大了，越发心直口快了。"宝玉笑道："我说你们这几个人难说话，果然不错。"史湘云道："好哥哥，你不必说话叫我恶心。只会在我们跟前说话，见了你林妹妹，又不知怎么了。"

袭人道："且别说玩话，正有一件事还要求你呢。"史湘云便问"什么事？"袭人道："有一双鞋，抠了垫心子。我这两日身上不好，不得做，你可有工夫替我做做？"史湘云笑道："这又奇了，你家放着这些巧人不算，还有什么针线上的，裁剪上的，怎么教我做起来？你的活计叫谁做，谁好意思不做呢。"袭人笑道："你又糊涂了。你难道不知道，我们这屋里的针线，是不要那些针线上的人做的。"史湘云听了，便知是宝玉的鞋了，因笑道："既这么说，我就替你做了罢。只是一件，你的我才作，别人的我可不能。"袭人笑道："又来了，我是个什么，就烦你做鞋了。实告诉你，可不是我的。你别管是谁的，横竖我领情就是了。"史湘云道："论理，你的东西也不知烦我做了多少了，今儿我倒不做了的原故，你必定也知道。"袭人道："倒也不知道。"

史湘云冷笑道："前儿我听见把我做的扇套子拿着和人家比，赌气又铰了。我早就听见了，你还瞒我。这会子又叫我做，我成了你们的奴才了。"宝玉忙笑道："前儿的那事，本不知是你做

这个宝姐姐，偏把戒指送给袭人，一举两得：袭人感激，湘云感佩。湘云的一句话，在对比中贬抑了黛玉，强化了宝钗在袭人心目中的地位。

湘云贬斥，袭人应和，黛玉全然不知。唯宝玉站在黛玉一边。

蔡义江评："好湘云，一语中的！难怪袭人说她心直口快。"——背后如此放肆褒贬他人，这样的"心直口快"也值得赞美？

湘云知道是宝玉的才做。

湘云无形中又透露出曾给宝玉做过扇套子。

的。"袭人也笑道:"他本不知是你做的。是我哄他的话,说是新近外头有个会做活的女孩子,说扎的出奇的花,我叫他拿了一个扇套子试试看好不好。他就信了,拿出去给这个瞧给那个看的。不知怎么又惹恼了林姑娘,铰了两段。回来他还叫赶着做去,我才说了是你作的,他后悔的什么似的。"史湘云道:"越发奇了。林姑娘他也犯不上生气,他既会剪,就叫他做。"袭人道:"他可不作呢。饶这么着,老太太还怕他劳碌着了。大夫又说好生静养才好,谁还烦他做?旧年好一年的工夫,做了个香袋儿;今年半年,还没拿针线呢。"

正说着,有人来回说:"兴隆街的大爷来了,老爷叫二爷出去会。"宝玉听了,便知是贾雨村来了,心中好不自在。袭人忙去拿衣服。宝玉一面蹬着靴子,一面抱怨道:"有老爷和他坐着就罢了,回回定要见我。"史湘云一边摇着扇子,笑道:"自然你能会宾接客,老爷才叫你出去呢。"宝玉道:"那里是老爷,都是他自己要请我去见的。"湘云笑道:"主雅客来勤,自然你有些警他的好处,他才只要会你。"宝玉道:"罢,罢,我也不敢称雅,俗中又俗的一个俗人,并不愿同这些人往来。"

湘云笑道:"还是这个情性不改。如今大了,你就不愿读书去考举人进士的,也该常常的会会这些为官做宰的人们,谈谈讲讲些仕途经济的学问,也好将来应酬世务,日后也有个朋友。没见你成年家只在我们队里搅些什么!"宝玉听了道:"姑娘请别的姊妹屋里坐坐,我这里仔细污了你知经济学问的。"袭人道:"云姑娘快别说这话。上回也是宝姑娘也说过一回,他也不管人脸上过的去过不去,他就咳了一声,拿起脚来走了。这里宝姑娘的话也没说完,见他走了,登时羞的脸通红,说又不是,不说又不是。幸而是宝姑娘,那要是林姑娘,不知又闹到怎么样,哭的怎么样呢。提起这个话来,真真的宝姑娘叫人敬重,自己讪了一会子去了。我倒过不去,只当他恼了。谁知过后还是照旧一样,真真有涵养,心地宽大。谁知这一个反倒同他生分了。那林姑

再贬黛玉:铰了湘云做的扇套子,让湘云记恨在心;一年的工夫才"做了个香袋儿;今年半年,还没拿针线呢",让袭人不屑。试想:袭人如此看黛玉,她怎么会接受宝黛的婚姻呢?

直接爆发价值观的冲突。

这个袭人,不遗余力贬黛玉而捧宝钗,而且是在宝玉面前,是何居心?

宝玉一语道破:他的爱憎只基于人生观、价值观。

见你赌气不理他，你得赔多少不是呢！"宝玉道："林姑娘从来说过这些混帐话不曾？若他也说过这些混帐话，我早和他生分了。"袭人和湘云都点头笑道："这原是混帐话。"

原来林黛玉知道史湘云在这里，宝玉又赶来，一定说麒麟的原故。因此心下忖度着，近日宝玉弄来的外传野史，多半才子佳人都因小巧玩物上撮合，或有鸳鸯，或有凤凰，或玉环金珮，或鲛帕鸾绦，皆由小物而遂终身。今忽见宝玉亦有麒麟，便恐借此生隙，同史湘云也做出那些风流佳事来。因而悄悄走来，见机行事，以察二人之意。不想刚走来，正听见史湘云说经济一事，宝玉又说，林妹妹不说这样混帐话，若说这话，我也和他生分了。

林黛玉听了这话，不觉又喜又惊，又悲又叹。所喜者，果然自己眼力不错，素日认他是个知己，果然是个知己。所惊者，他在人前一片私心称扬于我，其亲热厚密，竟不避嫌疑。所叹者，你既为我之知己，自然我亦可为你之知己矣；既你我为知己，则又何必有金玉之论哉；既有金玉之论，亦该你我有之，则又何必来一宝钗哉！所悲者，父母早逝，虽有铭心刻骨之言，无人为我主张。况近日每觉神思恍惚，病已渐成，医者更云气弱血亏，恐致劳怯之症。你我虽为知己，但恐自不能久待；你纵为我知己，奈我薄命何！想到此间，不禁滚下泪来。待进去相见，自觉无味，便一面拭泪，一面抽身回去了。

这里宝玉忙忙的穿了衣裳出来，忽见林黛玉在前面慢慢的走着，似有拭泪之状，便忙赶上来，笑道："妹妹往那里去？怎么又哭了？又是谁得罪了你？"林黛玉回头见是宝玉，便勉强笑道："好好的，我何曾哭了。"宝玉笑道："你瞧瞧，眼睛上的泪珠儿未干，还撒谎呢。"一面说，一面禁不住抬起手来替他拭泪。林黛玉忙向后退了几步，说道："你又要死了！作什么这么动手动脚的！"宝玉笑道："说话忘了情，不觉的动了手，也就顾不的死活。"林黛玉道："你死了倒不值什么，只是丢下了什么金，又是什么麒麟，可怎么样呢？"一句话又把宝玉说急了，赶上来

黛玉忧心而来，闻宝玉一言而惊喜感叹，引出一段推心置腹的情感交流。

大段心理描写。

黛玉心里有"三影一墙"：此生唯一之寄托者就是宝玉，偏偏来一宝钗觊觎其位；而父母双亡，不仅使其成为"孤儿""乞儿"，在婚姻必有"父母之命，媒妁之言"的礼教之墙下，无人为之"主张"，更使之成为"弃儿"。且体弱命薄，难以持久，苦哉悲哉！

黛玉孤立无援，缺乏安全感，对宝钗之"金"、湘云之"麒麟"念念不忘，几成病态。

问道："你还说这话，到底是咒我还是气我呢？"林黛玉见问，方想起前日的事来，遂自悔自己又说造次了，忙笑道："你别着急，我原说错了。这有什么的，筋都暴起来，急的一脸汗。"一面说，一面禁不住近前伸手替他拭面上的汗。

宝玉瞅了半天，方说道"你放心"三个字。林黛玉听了，怔了半天，方说道："我有什么不放心的？我不明白这话。你倒说说怎么放心不放心？"宝玉叹了一口气，问道："你果不明白这话？难道我素日在你身上的心都用错了？连你的意思若体贴不着，就难怪你天天为我生气了。"林黛玉道："果然我不明白放心不放心的话。"宝玉点头叹道："好妹妹，你别哄我。果然不明白这话，不但我素日之意白用了，且连你素日待我之意也都辜负了。你皆因总是不放心的原故，才弄了一身病。但凡宽慰些，这病也不得一日重似一日。"

林黛玉听了这话，如轰雷掣电，细细思之，竟比自己肺腑中掏出来的还觉恳切，竟有万句言语，满心要说，只是半个字也不能吐，却怔怔的望着他。此时宝玉心中也有万句言语，不知从那一句上说起，却也怔怔的望着黛玉。两个人怔了半天，林黛玉只咳了一声，两眼不觉滚下泪来，回身便要走。宝玉忙上前拉住，说道："好妹妹，且略站住，我说一句话再走。"林黛玉一面拭泪，一面将手推开，说道："有什么可说的。你的话我早知道了！"口里说着，却头也不回竟去了。

宝玉站着，只管发起呆来。原来方才出来慌忙，不曾带得扇子。袭人怕他热，忙拿了扇子赶来送与他，忽抬头见了林黛玉和他站着，一时黛玉走了，他还站着不动，因而赶上来说道："你也不带了扇子去，亏我看见，赶了送来。"宝玉出了神，见袭人和他说话，并未看出是何人来，便一把拉住，说道："好妹妹，我的这心事，从来也不敢说，今儿我大胆说出来，死也甘心！我为你也弄了一身的病在这里，又不敢告诉人，只好掩着。只等你的病好了，只怕我的病才得好呢。睡里梦里也忘不了你！"袭人

刚不许宝玉为自己拭泪，自己又为宝玉拭汗：在"礼"与"情"之间挣扎，可爱亦复可悯。

"不放心"三字，是对黛玉心理最好的概括。黛玉不满足"你放心"三个字，是希望听到宝玉更多更贴心的话。

说到心坎上了。

情到深处最无言。"执手相看泪眼，竟无语凝噎"，有似于此。

确是"早知道了"。

需要"大胆说出来"的话，倘真面对黛玉说出，反不得体，今借袭人之身而言之，亏曹公想得出。

听了这话，吓得魄消魂散，只叫"神天菩萨，坑死我了！"便推他道："这是那里的话！敢是中了邪？还不快去？"宝玉一时醒过来，方知是袭人送扇子来，羞的满面紫胀，夺了扇子，便忙忙的抽身跑了。

这里袭人见他去了，自思方才之言，一定是因黛玉而起，如此看来，将来难免不才之事，令人可惊可畏。想到此间，也不觉怔怔的滴下泪来，心下暗度如何处治方免此丑祸。正裁疑间，忽有宝钗从那边走来，笑道："大毒日头地下，出什么神呢？"袭人见问，忙笑道："那边两个雀儿打架，倒也好玩，我就看住了。"宝钗道："宝兄弟这会子穿了衣服，忙忙的那去了？我才看见走过去，倒要叫住问他呢。他如今说话越发没了经纬，我故此没叫他了，由他过去罢。"袭人道："老爷叫他出去。"宝钗听了，忙道："嗳哟！这么黄天暑热的，叫他做什么！别是想起什么来生了气，叫出去教训一场。"袭人笑道："不是这个，想是有客要会。"宝钗笑道："这个客也没意思，这么热天，不在家里凉快，还跑些什么！"袭人笑道："倒是你说说罢。"

宝钗因而问道："云丫头在你们家做什么呢？"袭人笑道："才说了一会子闲话。你瞧，我前儿粘的那双鞋，明儿叫他做去。"宝钗听见这话，便两边回头，看无人来往，便笑道："你这么个明白人，怎么一时半刻的就不会体谅人情。我近来看着云丫头神情，再风里言风里语的听起来，那云丫头在家里竟一点儿作不得主。他们家嫌费用大，竟不用那些针线上的人，差不多的东西多是他们娘儿们动手。为什么这几次他来了，他和我说话儿，见没人在跟前，他就说家里累的很。我再问他两句家常过日子的话，他就连眼圈儿都红了，口里含含糊糊待说不说的。想其形景来，自然从小儿没爹娘的苦。我看着他，也不觉的伤起心来。"

袭人见说这话，将手一拍，说："是了，是了。怪道上月我烦他打十根蝴蝶结子，过了那些日子才打发人送来，还说'打的粗，且在别处能着使罢；要匀净的，等明儿来住着再好生打罢'。

如今听宝姑娘这话，想来我们烦他他不好推辞，不知他在家里怎么三更半夜的做呢。可是我也糊涂了，早知是这样，我也不烦他了。"宝钗道："上次他就告诉我，在家里做活做到三更天，若是替别人做一点半点，他家的那些奶奶太太们还不受用呢。"

袭人道："偏生我们那个牛心左性的小爷，凭着小的大的活计，一概不要家里这些活计上的人作。我又弄不开这些。"宝钗笑道："你理他呢！只管叫人做去，只说是你做的就是了。"袭人道："那里哄的信他，他才是认得出来呢。说不得我只好慢慢的累去罢了。"宝钗笑道："你不必忙，我替你作些如何？"袭人笑道："当真的这样，就是我的福了。晚上我亲自送过来。"

一句话未了，忽见一个老婆子忙忙走来，说道："这是那里说起！金钏儿姑娘好好的投井死了！"袭人唬了一跳，忙问"那个金钏儿？"那老婆子道："那里还有两个金钏儿呢？就是太太屋里的。前儿不知为什么撵他出去，在家里哭天哭地的，也都不理会他，谁知找他不见了。刚才打水的人在那东南角上井里打水，见一个尸首，赶着叫人打捞起来，谁知是他。他们家里还只管乱着要救活，那里中用了！"宝钗道："这也奇了。"袭人听说，点头赞叹，想素日同气之情，不觉流下泪来。宝钗听见这话，忙向王夫人处来道安慰。这里袭人回去。不提。

却说宝钗来至王夫人处，只见鸦雀无闻，独有王夫人在里间房内坐着垂泪。宝钗便不好提这事，只得一旁坐了。王夫人便问："你从那里来？"宝钗道："从园里来。"王夫人道："你从园里来，可见你宝兄弟？"宝钗道："才倒看见了。他穿了衣服出去了，不知那里去。"

王夫人点头哭道："你可知道一桩奇事？金钏儿忽然投井死了！"宝钗见说，道："怎么好好的投井？这也奇了。"王夫人道："原是前儿他把我一件东西弄坏了，我一时生气，打了他几下，撵了他下去。我只说气他两天，还叫他上来，谁知他这么气性大，就投井死了。岂不是我的罪过。"宝钗叹道："姨娘是慈善

宝玉只认袭人的活计，宝钗代之，一方面得袭人之心，另也是望宝玉认之。一举两得。

袭人尚有"同气之情"而流泪，宝钗只道"奇了"。她想到的就是"忙向王夫人处来道安慰"。

王蒙评："当作奇事谈，绝无同情怜惜。""宝钗的冷静得体，时而令人毛骨悚然。"

王夫人固是一片谎言，宝钗为王夫人开脱，更毫无根据地说金钏是失足落井，纵使是气大而死也是"糊涂人"——活该。其心可诛！

人，固然这么想。据我看来，他并不是赌气投井。多半他下去住着，或是在井跟前憨顽，失了脚掉下去的。他在上头拘束惯了，这一出去，自然要到各处去顽顽逛逛，岂有这样大气的理！纵然有这样大气，也不过是个糊涂人，也不为可惜。"王夫人点头叹道："这话虽然如此说，到底我心不安。"宝钗叹道："姨娘也不必念念于兹，十分过不去，不过多赏他几两银子发送他，也就尽主仆之情了。"

王夫人道："刚才我赏了他娘五十两银子，原要还把你妹妹们的新衣服拿两套给他妆裹。谁知凤丫头说可巧都没什么新做的衣服，只有你林妹妹作生日的两套。我想你林妹妹那个孩子素日是个有心的，况且他也三灾八难的，既说了给他过生日，这会子又给人妆裹去，岂不忌讳。因为这么样，我现叫裁缝赶两套给他。要是别的丫头，赏他几两银子也就完了，只是金钏儿虽然是个丫头，素日在我跟前比我的女儿也差不多。"口里说着，不觉泪下。宝钗忙道："姨娘这会子又何用叫裁缝赶去，我前儿倒做了两套，拿来给他岂不省事。况且他活着的时候也穿过我的旧衣服，身量又相对。"王夫人道："虽然这样，难道你不忌讳？"宝钗笑道："姨娘放心，我从来不计较这些。"一面说，一面起身就走。王夫人忙叫了两个人来跟宝姑娘去。

一时宝钗取了衣服回来，只见宝玉在王夫人旁边坐着垂泪。王夫人正才说他，因宝钗来了，却掩了口不说了。宝钗见此光景，察言观色，早知觉了八分，于是将衣服交割明白。王夫人将他母亲叫来拿了去。再看下回便知。

【 回后评 】

此回书中，宝黛爱情之火燃至极旺处，也是围剿宝黛之联盟形成时。这个联盟有宝钗、袭人、湘云，而以宝钗为核心，外围则有薛姨妈、王夫人（宝钗早就布下的那个小红？）等。此联盟有共同的价值观，那就是一个男人应该讲究仕途经济的学问，结交为官做宰的人，以便将来立足官场，建功立业，荣宗耀祖，并以此力劝宝玉。此联盟又有具体的"奋斗"目标，那就是拆散"木石前盟"，完成"金玉良缘"。

宝钗的目标是十分明确的。回顾一下：第八回，宝钗主动看宝玉的"玉"，见证金玉是"一对儿"。而到第二十八回，更明确了："薛宝钗因往日母亲对王夫人等曾提过'金锁是个和尚给的，等日后有玉的方可结为婚姻'……"这里有个"等"字，意谓薛姨妈不仅对王夫人讲，还跟其他人讲，这不是以"和尚"之名在造"金玉良缘"的舆论吗？对此，宝钗心知肚明，且心向往之。宝钗的此心，是被他的亲哥哥戳破的。在第三十四回，薛蟠说道："好妹妹，你不用和我闹，我早知道你的心了。从先妈和我说，你这金要拣有玉的才可正配，你留了心，见宝玉有那劳什骨子，你自然如今行动护着他。"

袭人，宝玉的贴身丫头，第一个与宝玉有云雨之事的人。正如晴雯所揭露的那样，虽然连个通房丫头的名分还都没有，其内心早已以宝玉之妾自居了。既如此，她就自然要考虑谁会成为宝玉的正配。不要说性格，单就价值观，她与黛玉就完全相悖。倘若宝黛成婚，身为小妾，将如何与之相处？而宝钗的出现，让她找到了新的希望。宝钗需要笼络宝玉的身边人（一个戒指，都不赏给自己身边的丫鬟，而偏想着袭人），袭人需要有人取代黛玉，二人结盟，水到渠成。作为丫头，在宝玉面前敢那么放肆地与湘云一唱一和地吹捧宝钗而贬抑黛玉，不过是其潜意识的真实流露。

再说史湘云。从性格、价值观，她都与黛玉格格不入，即使她不对宝玉怀觊觎之心，在与宝钗的"对比"下，她对黛玉大加贬抑，也是必然的。宝钗对湘云有一种特殊的关照，连袭人都不了解的湘云在自家生活的窘况，她都一清二楚。其用心何在？洪秋蕃有一个说法："湘云喜钗而恶黛如此，其于贾母前扬钗抑黛

可知，吾故曰助金以欺林也。"宝钗看准了，湘云是她打击黛玉的有力助手。

有了这么强大的反黛阵营，黛玉的悲剧结局是无可避免了。

此回书中另一个要点是金钏之死。

在此事件中，王夫人是当事人，而与此关系甚远的宝钗却偏偏成了重要参与者。王夫人与金钏之死有直接的关系。她对宝钗说金钏被驱逐的原因，是一片谎言。她确有后悔，但她的后悔是为什么？为金钏儿失去生命而悔，还是为给自己带来心理不安而后悔？以金钏跳井为"奇事"，就是以为丫头的含羞忍辱是平常事，这才不"奇"。这恰恰暴露了王夫人不把人当人的主子的意识。

宝钗去"安慰"王夫人，这本来无错。但为什么去，有不同目的。怎么安慰，有不同言词。明明跳井自杀，宝钗还能编出"不慎落井"的故事；"退一步"说，即使是自杀，她也是"糊涂人"——活该！蔡先生说："退一步说（因不信'有这样大气'），称之为'糊涂人'也并非全无道理，何况是在宽慰痛悔不已的王夫人。但这些话也被批评为编造谎言，冷酷无情。——成见是很可怕的。"这恐怕还是站在王夫人的立场上。如果金钏地下有知，不知该怨谁有"成见"。

在"总评"中，蔡先生又说："不知贬钗者若处在宝钗位置上，将会怎样做，怎么说，是否能做得更妥，说得更好。"读者当然永远不可能"处在宝钗位置上"。但非要"处"之，首先得设计好自己角色的基本"心理背景"：是仅仅安慰之，还是通过安慰讨得欢心，为进一步得到宝玉作投资？

第三十三回

手足眈眈小动唇舌
不肖种种大承笞挞

富贵公子，侯王应袭，容易在红粉场中作罪。风流情性，诗赋文词，偏只为莺花路间留滞。笑嘻嘻，哭啼啼，总是一般情事。

贾环诬告，火上浇油；宝玉挨打，死去活来

　　"手足"句说贾环在贾政面前进谗言，"眈眈"即恶意地注视；"不肖"句说宝玉被贾政痛打一顿，"笞挞"【chī tà】即用棍杖篦板打罚。

　　会见贾雨村出来，听到金钏死了，宝玉深为痛悔，而偏于此时撞见贾政。贾政正为宝玉在贾雨村面前无精打采的表现生气，忠顺王府来人说王府的琪官（蒋玉菡）失踪，而他近日和宝玉相与甚厚，因此要求贾政命宝玉将琪官放回。宝玉搪塞不过，承认了此事。贾政就以为惹了王爷，大有碍于自己的仕途，是给自己惹了祸，气得"目瞪口歪"。他一面送王府来人出门，一面命宝玉"不许动"。恰逢贾环跑过来，向贾政报告了金钏之死，又捏造说是宝玉强奸未遂造成的。于是，贾政心中就构成了宝玉的两大罪状：在外流荡优伶【迷恋戏子】，表赠私物；在家荒疏学业，淫辱母婢。贾政气得面如金纸，大喝"快拿宝玉来！"且不许劝，不许往里头报信。而宝玉急着找人往里头报信，最贴心的小厮焙茗偏偏不在；来了一个老姆姆，又是聋子。贾政"拿"了宝玉，喝令小厮"堵起嘴来，着实打死"。贾政犹嫌小厮打轻了，自己夺大板过来，咬着牙狠命盖了三四十下。待到王夫人闻信赶来时，宝玉早已动弹不得了。

　　王夫人求情：先退一步，承认宝玉该打，再转而说不能打。老爷需"自重"，气坏了老太太，是不孝。此说无效。再以"夫妻"之情感之，以母子之情逼之，贾政这才住手。

　　王夫人抱着宝玉，只见他面白气弱，由臀至胫，或青或紫，或整或破，竟无一点好处，不觉失声大哭起来。又叫着贾珠哭道："若有你活着，便死一百个我也不管了。"惹得李纨禁不住也放声哭了。贾政听了，那泪珠更似滚瓜一般滚了下来。

　　老祖宗驾到，其气"喘吁吁"，其声"颤巍巍"，其言以命相拼，气冲牛斗，怒不可遏。她扣住一个不孝的罪名痛责贾政，且说贾政"厌烦我们娘儿们"，"我们赶早儿离了你，大家干净"，"我和你太太宝玉立刻回南京去"。从对宝玉的教育上说，贾政倒不是完全无理。奈何一是妻一是母，倘真离他而去，其罪名之大无法承受。老太太使出杀手锏，贾政只能委屈自己。

却说王夫人唤他母亲上来，拿几件簪环当面赏与，又吩咐请几众僧人念经超度。他母亲磕头谢了出去。

还是"赏与"，还是"磕头谢"，令人气短。

原来宝玉会过雨村回来听见了，便知金钏儿含羞赌气自尽，心中早又五内摧伤，进来被王夫人数落教训，也无可回说。见宝钗进来，方得便出来，茫然不知何往，背着手，低头一面感叹，一面慢慢的走着，信步来至厅上。

原本是宝玉主动挑逗金钏。

刚转过屏门，不想对面来了一人正往里走，可巧儿撞了个满怀。只听那人喝了一声"站住！"宝玉唬了一跳，抬头一看，不是别人，却是他父亲，不觉的倒抽了一口气，只得垂手一旁站了。贾政道："好端端的，你垂头丧气嗐些什么？方才雨村来了要见你，叫你那半天你才出来；既出来了，全无一点慷慨挥洒谈吐，仍是葳葳蕤蕤。我看你脸上一团思欲愁闷气色，这会子又咳声叹气。你那些还不足，还不自在？无故这样，却是为何？"宝玉素日虽是口角伶俐，只是此时一心总为金钏儿感伤，恨不得此时也身亡命殒，跟了金钏儿去。如今见了他父亲说这些话，究竟不曾听见，只是怔呵呵的站着。

虽为父子，心有鸿沟。为父的从来不问、不听儿子的心声。在客人面前"全无一点慷慨挥洒谈吐"，贾政觉得脸上无光。

贾政见他惶悚，应对不似往日，原本无气的，这一来倒生了三分气。方欲说话，忽有回事人来回："忠顺亲王府里有人来，要见老爷。"贾政听了，心下疑惑，暗暗思忖道："素日并不和忠

气不打一处来，已有了"三分"。

官场各有各的圈子，圈外人忽然到访，难免疑惑。

"王命"二字，吓人。

琪官，在冯紫英的筵席间与宝玉互换汗巾者，与宝玉"相厚"不假，竟然弄得"十停人倒有八停人"都知道，未免夸张。

贾政"惊"是害怕，"气"是恨宝玉给自己肇祸。贵族子弟与男旦"相厚"，在那时原属"风尚"，但这小旦是"王爷驾前承奉的人"，性质就变成"无法无天"了。"王爷"就是"天"，触犯王爷利益就是"无法无天"。

此长史一直在"冷笑"，气势逼人。

顺府来往，为什么今日打发人来？"一面想，一面令"快请"，急走出来看时，却是忠顺府长史官，忙接进厅上坐了献茶。

未及叙谈，那长史官先就说道："下官此来，并非擅造潭府【对他人住宅的尊称。潭，深邃的样子】，皆因奉王命而来，有一件事相求。看王爷面上，敢烦老大人作主，不但王爷知情，且连下官辈亦感谢不尽。"贾政听了这话，抓不住头脑，忙陪笑起身问道："大人既奉王命而来，不知有何见谕【见教，请对方指教】，望大人宣明，学生好遵谕承办。"那长史官便冷笑道："也不必承办，只用大人一句话就完了。我们府里有一个做小旦的琪官【蒋玉菡】，一向好好在府里，如今竟三五日不见回去，各处去找，又摸不着他的道路，因此各处访察。这一城内，十停人倒有八停人都说，他近日和衔玉的那位令郎相与甚厚。下官辈等听了，尊府不比别家，可以擅入索取，因此启明王爷。王爷亦云：'若是别的戏子【与蒋同义互解】呢，一百个也罢了；只是这琪官随机应答，谨慎老诚，甚合我老人家的心，竟断断少不得此人。'故此求老大人转谕令郎，请将琪官放回，一则可慰王爷谆谆奉恩【恳求、请求】，二则下官辈也可免操劳求觅之苦。"说毕，忙打一躬。

贾政听了这话，又惊又气，即命唤宝玉来。宝玉也不知是何原故，忙赶来时，贾政便问："该死的奴才！你在家不读书也罢了，怎么又做出这些无法无天的事来！那琪官现是忠顺王爷驾前承奉的人，你是何等草芥，无故引逗他出来，如今祸及于我。"宝玉听了唬了一跳，忙回道："实在不知此事。究竟连'琪官'两个字不知为何物，岂更又加'引逗'二字！"说着便哭了。

贾政未及开言，只见那长史官冷笑道："公子也不必掩饰。或隐藏在家，或知其下落，早说了出来，我们也少受些辛苦，岂不念公子之德？"宝玉连说不知，"恐是讹传，也未见得。"那长史官冷笑道："现有据证，何必还赖？必定当着老大人说了出来，公子岂不吃亏？既云不知此人，那红汗巾子怎么到了公子腰里？"宝玉听了这话，不觉轰去魂魄，目瞪口呆，心下自思："这话他如何得知！他既连这样机密事都知道了，大约别的瞒他不过，不如打发他去了，免的再说出别的事来。"因说道："大人既知他的底细，如何连他置买房舍这样大事倒不晓得了？听得说他如今在东郊离城二十里有个什么紫檀堡，他在那里置了几亩田地几间房舍。想是在那里也未可知。"那长史官听了，笑道："这样说，一定是在那里。我且去找一回，若有了便罢，若没有，还要来请教。"说着，便忙忙的走了。

宝玉与琪官"相厚"，证据确凿。问题是，那长史知道汗巾系在宝玉腰里，却不知琪官"置买房舍"，见得告密者只是嫉妒宝玉而不想牵连琪官。

贾政此时气的目瞪口歪，一面送那长史官，一面回头命宝玉"不许动！回来有话问你！"一直送那官员去了。才回身，忽见贾环带着几个小厮一阵乱跑。贾政喝令小厮"快打，快打！"贾环见了他父亲，唬的骨软筋酥，忙低头站住。贾政便问："你跑什么？带着你的那些人都不管你，不知往那里逛去，由你野马一般！"喝令叫跟上学的人来。贾环见他父亲盛怒，便乘机说道："方才原不曾跑，只因从那井边一过，那井里淹死了一个丫头，我看见人头这样大，身子这样粗，泡的实在可怕，所以才赶着跑了过来。"贾政听了惊疑，问道："好端端的，谁去跳井？我家从无这样事情，自祖宗以来，皆是宽柔以待下人。——大约我近年于家务疏懒，自然执事人操克夺之权【生杀予夺之权】，致使生出这暴殄轻生的祸患。若外人知道，祖宗颜面何在！"喝令快叫贾琏、赖大、兴儿来。

不是"目瞪口呆"而是"目瞪口歪"。此时，"气"已到八九分了。

小厮们答应了一声，方欲叫去，贾环忙上前拉住贾政的袍襟，贴膝跪下道："父亲不用生气。此事除太太房里的人，别人一点也不知道。我听见我母亲说……"说到这里，便回头四顾一看。贾政知意，将眼一看众小厮，小厮们明白，都往两边后面退去。贾环便悄悄说道："我母亲告诉我说，宝玉哥哥前日在太太屋里，拉着太太的丫头金钏儿强奸不遂，打了一顿。那金钏儿便赌气投井死了。"

贾政绝不会像宝钗那样往"失足落水"上想。其对丫头"跳井"之事的评判，正是对王夫人的批评。

话未完，把个贾政气的面如金纸，大喝"快拿宝玉来！"

贾环之言，或真得之于其母，或自己造作。总之是贾政相信宝玉犯了"强奸"之罪，其"气"到十分，宝玉之灾无可免矣。

不是"唤",是"拿",是捉拿罪犯。一字定罪,彻底爆发,态度决绝,必置宝玉于死地。"再有人劝我"——其"人"直指贾母、王夫人,所以要"关门",不许"传信往里头去"。惊心动魄。

电闪雷鸣,狂风卷地,那雨就要瓢泼而下。宝玉,唯一可做的事就是找人"往里头去捎信"。"偏生没个人",急!一个"老姆姆"来了,正好!她"偏生又聋",天不佑宝玉。

注意:金钏之事,连这个"聋子"都知道了。

两大罪名:流荡优伶,淫辱母婢。

大雨瓢泼。
门客"夺劝",是不忍,也是应尽之责。必有此劝,必不止怒,又推进一层。"弑君杀父"之说源于"无法无天"之断。

一面说,一面便往里边书房里去,喝令"今日再有人劝我,我把这冠带家私一应交与他与宝玉过去!我免不得做个罪人,把这几根烦恼鬓毛剃去,寻个干净去处自了,也免得上辱先人下生逆子之罪。"众门客仆从见贾政这个形景,便知又是为宝玉了,一个个都是咂指咬舌,连忙退出。那贾政喘吁吁直挺挺坐在椅子上,满面泪痕,一叠声"拿宝玉!拿大棍!拿索子捆上!把各门都关上!有人传信往里头去,立刻打死!"众小厮们只得齐声答应,有几个来找宝玉。

那宝玉听见贾政吩咐他"不许动",早知多凶少吉,那里承望贾环又添了许多的话。正在厅上干转,怎得个人来往里头去捎信,偏生没个人,连焙茗也不知在那里。正盼望时,只见一个老姆姆出来。宝玉如得了珍宝,便赶上来拉他,说道:"快进去告诉:老爷要打我呢!快去,快去!要紧,要紧!"宝玉一则急了,说话不明白;二则老婆子偏生又聋,竟不曾听见是什么话,把"要紧"二字只听作"跳井"二字,便笑道:"跳井让他跳去,二爷怕什么?"宝玉见是个聋子,便着急道:"你出去叫我的小厮来罢。"那婆子道:"有什么不了的事?老早的完了。太太又赏了衣服,又赏了银子,怎么不了事的!"

宝玉急的跺脚,正没抓寻处,只见贾政的小厮走来,逼着他出去了。贾政一见,眼都红紫了,也不暇问他在外流荡优伶,表赠私物,在家荒疏学业,淫辱母婢等语,只喝令"堵起嘴来,着实打死!"小厮们不敢违拗,只得将宝玉按在凳上,举起大板打了十来下。贾政犹嫌打轻了,一脚踢开掌板的,自己夺过来,咬着牙狠命盖了三四十下。众门客见打的不祥了,忙上前夺劝。贾政那里肯听,说道:"你们问问他干的勾当可饶不可饶!素日皆是你们这些人把他酿坏了,到这步田地还来解劝。明日酿到他弑君杀父,你们才不劝不成!"

众人听这话不好听,知道气急了,忙又退出,只得觅人进去给信。王夫人不敢先回贾母,只得忙穿衣出来,也不顾有人没人，忙忙赶往书房中来，慌的众门客小厮等避之不及。王夫人一进房来，贾政更如火上浇油一般，那板子越发下去的又狠又快。按宝玉的两个小厮忙松了手走开，宝玉早已动弹不得了。

贾政还欲打时，早被王夫人抱住板子。贾政道："罢了，罢了！今日必定要气死我才罢！"王夫人哭道："宝玉虽然该打，老爷也要自重。况且炎天暑日的，老太太身上也不大好，打死宝玉事小，倘或老太太一时不自在了，岂不事大！"贾政冷笑道："倒休提这话。我养了这不肖的孽障，已不孝；教训他一番，又有众人护持；不如趁今日一发勒死了，以绝将来之患！"说着，便要绳索来勒死。

王夫人连忙抱住哭道："老爷虽然应当管教儿子，也要看夫妻分上。我如今已将五十岁的人，只有这个孽障，必定苦苦的以他为法，我也不敢深劝。今日越发要他死，岂不是有意绝我。既要勒死他，快拿绳子来先勒死我，再勒死他。我们娘儿们不敢含怨，到底在阴司里得个依靠。"说毕，爬在宝玉身上大哭起来。

贾政听了此话，不觉长叹一声，向椅上坐了，泪如雨下。王夫人抱着宝玉，只见他面白气弱，底下穿着一条绿纱小衣皆是血渍，禁不住解下汗巾看，由臀至胫，或青或紫，或整或破，竟无一点好处，不觉失声大哭起来，"苦命的儿吓！"因哭出"苦命儿"来，忽又想起贾珠来，便叫着贾珠哭道："若有你活着，便死一百个我也不管了。"此时里面的人闻得王夫人出来，那李宫裁王熙凤与迎春姊妹早已出来了。王夫人哭着贾珠的名字，别人还可，惟有宫裁禁不住也放声哭了。贾政听了，那泪珠更似滚瓜一般滚了下来。

正没开交处，忽听丫鬟来说："老太太来了。"一句话未了，只听窗外颤巍巍的声气说道："先打死我，再打死他，岂不干净了！"贾政见他母亲来了，又急又痛，连忙迎接出来，只见贾母扶着丫头，喘吁吁的走来。

贾政上前躬身陪笑道："大暑热天，母亲有何生气亲自走

如无人送信进去，王夫人不来，任贾政一路打去，如何？而王夫人的出现，结果是让贾政"火上浇油"，打得更狠了。恨宝玉不肖，更恨夫人平日之溺爱。雨，下得更急更猛了。

夫人求情：先退一步，承认宝玉该打，再转而说不能打。老爷需"自重"，气坏了老太太，是不孝。此说无效。

以"孝道"止之，无效；再以"夫妻"之情感之，以母子之情逼之，贾政住手。雨停了，但雷电仍在。

必由王夫人"验伤"，惨不忍睹。

连锁反应：王哭贾珠，触动李纨，李纨亦罕见地失声痛哭，声声刺激着贾政。

止息雷电的最后力量到了。老祖宗驾到，其气"喘吁吁"，其声"颤巍巍"，其言以命相拼，气冲牛斗，怒不可遏。

不认贾政为儿！贾政即有不孝之名，所以说禁受不起。

一言之责与下死手笞挞，孰轻孰重？"当初你父亲怎么教训你来！"——这样打过你吗？老太太言之如刀，刀刀见血。

老太太说贾政"厌烦我们娘儿们"，从对宝玉的教育上说，其实不假。奈何一是妻一是母，倘真离他而去，其罪名之大无法承受。老太太使出杀手锏，贾政只能委屈自己。

继续以一个"孝"字敲打贾政，真让他"无立足之地"，贾政只能"苦苦叩求认罪"。一场惩罚宝玉的大戏，以惩罚贾政告终。

彻底击溃贾政之后，再来看宝玉伤势，是为故事余波。

来？有话只该叫了儿子进去吩咐。"贾母听说，便止住步喘息一回，厉声说道："你原来是和我说话！我倒有话吩咐，只是可怜我一生没养个好儿子，却教我和谁说去！"贾政听这话不像，忙跪下含泪说道："为儿的教训儿子，也为的是光宗耀祖。母亲这话，我做儿的如何禁得起？"贾母听说，便啐了一口，说道："我说一句话，你就禁不起，你那样下死手的板子，难道宝玉就禁得起了？你说教训儿子是光宗耀祖，当初你父亲怎么教训你来！"说着，不觉就滚下泪来。

贾政又陪笑道："母亲也不必伤感，皆是作儿的一时性起，从此以后再不打他了。"贾母便冷笑道："你也不必和我使性子赌气的。你的儿子，我也不该管你打不打。我猜着你也厌烦我们娘儿们。不如我们赶早儿离了你，大家干净！"说着便令人去看轿马，"我和你太太宝玉立刻回南京去！"家下人只得干答应着。

贾母又叫王夫人道："你也不必哭了。如今宝玉年纪小，你疼他，他将来长大成人，为官作宰的，也未必想着你是他母亲了。你如今倒不要疼他，只怕将来还少生一口气呢。"贾政听说，忙叩头哭道："母亲如此说，贾政无立足之地。"贾母冷笑道："你分明使我无立足之地，你反说起你来！只是我们回去了，你心里干净，看有谁来许你打。"一面说，一面只令快打点行李车轿回去。贾政苦苦叩求认罪。

贾母一面说话，一面又记挂宝玉，忙进来看时，只见今日这顿打不比往日，又是心疼，又是生气，也抱着哭个不了。王夫人与凤姐等解劝了一会，方渐渐的止住。早有丫鬟媳妇等上来，要搀宝玉，凤姐便骂道："糊涂东西，也不睁开眼瞧瞧！打的这么个样儿，还要搀着走！还不快进去把那藤屉子春凳抬出来呢。"众人听说连忙进去，果然抬出春凳来，将宝玉抬放凳上，随着贾母王夫人等进去，送至贾母房中。

彼时贾政见贾母气未全消，不敢自便，也跟了进去。看看宝玉，果然打重了。再看看王夫人，"儿"一声，"肉"一声，"你替珠儿早死了，留着珠儿，免你父亲生气，我也不白操这半世的心了。这会子你倘或有个好歹，丢下我，叫我靠那一个！"数落一场，又哭"不争气的儿"。贾政听了，也就灰心，自悔不该下毒手打到如此地步。先劝贾母，贾母含泪说道："你不出去，还在这里做什么！难道于心不足，还要眼看着他死了才去不成！"贾政听说，方退了出来。

冷静以后，也感到打重了——到底是自己的儿子。

此时薛姨妈同宝钗、香菱、袭人、史湘云也都在这里。袭人满心委屈，只不好十分使出来，见众人围着，灌水的灌水，打扇的打扇，自己插不下手去，便越性走出来到二门前，令小厮们找了焙茗来细问："方才好端端的，为什么打起来？你也不早来透个信儿！"焙茗急的说："偏生我没在跟前，打到半中间我才听见了。忙打听原故，却是为琪官金钏姐姐的事。"袭人道："老爷怎么得知道的？"焙茗道："那琪官的事，多半是薛大爷素日吃醋，没法儿出气，不知在外头唆挑了谁来，在老爷跟前下的火。那金钏儿的事是三爷说的，我也是听见老爷的人说的。"袭人听了这两件事都对景，心中也就信了八九分。然后回来，只见众人都替宝玉疗治。调停完备，贾母令"好生抬到他房内去"。众人答应，七手八脚，忙把宝玉送入怡红院内自己床上卧好。又乱了半日，众人渐渐散去，袭人方进前来经心服侍，问他端的。且听下回分解。

袭人插不上手，遂找焙茗打问事件起因。焙茗关于琪官之事的说法，为宝钗与薛蟠之争伏线。

【 回后评 】

此一回书，续写金钏事件余波，由此可以对此事件作出更全面的解读。首先，当初金钏求王夫人不要撵她出去，因为一旦被撵，就没脸见人了。事实证明，金钏出去后，甚至有被宝玉逼奸的传言，人言可畏至此，金钏确是"忍辱含羞"而死。其次，好事不出门，坏事传千里，不但赵姨娘之类知道了，连一个耳聋的老姆姆都知道了，这对金钏的压力之大可以想见。再次，贾政闻听此事，他认为是"暴殄轻生"的祸患，是与自祖宗以来"宽柔以待下人"的传统相违背的，这无异于是对王夫人的批判。

在艺术上，此回书对事件、场面的描写，很具观赏性。

贾政笞挞宝玉，是书中一大事件，牵扯人物众多，前因后果复杂，而曹公写来，层层推进，行云流水，读来只觉事有必然。而写大场面，缓急相济、宾主相映，令人气息难定，魄动神摇。

贾政对宝玉向来"恨铁不成钢"，父子如同猫鼠，偏偏这回宝玉在为金钏之死伤心痛悔之际"撞"上了贾政。如此背景加上如此情景，就让贾政有了"三分气"。偏此时向无来往的忠顺王府的长史官来说宝玉引逗了王府的琪官，定要他交出人来。贾政以为此属"无法无天"之行，气得"目瞪口歪"，其"气"已到八九分了。又偏在此时，贾环再来添一把火，说宝玉强奸金钏不遂以致金钏跳井自杀。这一下，贾政就火冒三丈了，宝玉挨打就势在难免了。

宝玉急，我们也跟着急。偏偏身边无人，那个贴身的焙茗跑哪里去了？还好，来了一个老姆姆，有救了！她偏是个聋子！唉，宝玉挨打，真的势在难免了。

贾政此一番打宝玉，不是"教训"，他命"拿大棍！拿索子捆上！"，是必欲置之死地。他知道能阻止他打宝玉的只有两个人，一是王夫人，一是老太太。所以他下令："把各门都关上！有人传信往里头去，立刻打死！"读书至此，以为宝玉休矣。

贾政认定宝玉"流荡优伶、淫辱母婢"两大罪行，下死手打去。最终还是有人"进去给信"，王夫人来了。我们以为宝玉可以得救了，稍一松气。孰料"王夫人一进房来，贾政更如火上浇油一般，那板子越发下去的又狠又快"，直至"宝玉早已动弹不得了"。宝玉真的完了吗？

"贾政还欲打时，早被王夫人抱住板子"，贾政岂肯罢休？王夫人以贾母之名求之，无效——贾政仍坚持要把宝玉勒死；王夫人再以夫妻之情感之，以"先勒死我"相逼，贾政才"向椅上坐了"——答挞结束。但我们的心还悬着：宝玉始终一声不发，还活着吗？于是王夫人"验伤"，果然惨不忍睹。但这里有"面白气弱"四字，可见宝玉命不该亡！我们的心放下来了。

至于贾母如何教训贾政，贾政如何自悔，我们会欣赏老太太的言辞犀利，同情贾政的尴尬无奈，但我们的心跳是平静了。

这是贾政与宝玉的父子之争，贾政与贾母、王夫人之争，也是两种人生观、价值观之争。家势渐衰，贾政望子成龙，光宗耀祖，自有他的"道理"；而宝玉痛恨"禄蠹"，唯"情"是重，这冲突无法避免，矛盾也无法从根本上解除。而王夫人只恐"绝后"，贾母一味溺爱，都是既不懂贾政也不懂宝玉的。这一场风波平息了，而矛盾依然存在，这才有后面的种种情事发生。

从人物形象看，诚如张俊、沈治钧所引佚名氏《读红楼梦随笔》所言："写贾政的是贾政，贾母的是贾母，王夫人的是王夫人，以及纨凤诸人，门客小厮，丫鬟仆妇，无不各具身份，各极形容，正如万马千军，纵横变化，而又各按步武止齐，绝无辙乱旗靡之病，煞是奇观。"

第三十四回

情中情因情感妹妹
错里错以错劝哥哥

两条素帕，一片真心；三首新诗，万行珠泪。袭卿高见动夫人，薛家兄妹空争气。自古道情是苦根苗，慧性灵心的，回头须早。

探宝玉颦卿抽噎难言，劝阿兄宝钗苦口婆心

"情中情"，是说因此情而引出更深之情，就是情上加情，这说的是宝玉与黛玉；"错里错"，是说因一个错误引出另一个错误，就是错上加错，这说的是宝钗与薛蟠。本回的内容就是宝玉被"笞挞"的余波。

袭人见宝玉被打得很重，就说："你但凡听我一句话，也不得到这步地位。"正说着，"宝钗手里托着一丸药走进来"，她也劝说："早听人一句话，也不至今日。别说老太太、太太心疼，就是我们看着，心里也疼。"而宝玉此时的想法却是："我便一时死了，得他们如此，一生事业纵然尽付东流，亦无足叹惜……"

天色将晚，黛玉来探视宝玉。为了让黛玉放心，宝玉说："我虽然捱了打，并不觉疼痛。我这个样儿，只装出来哄他们……"黛玉听了宝玉这番话，心中虽然有万句言语，只是不能说得，半日，方抽抽噎噎地说道："你从此可都改了罢！"宝玉听说，便长叹一声，道："你放心，别说这样话。就便为这些人死了，也是情愿的！"黛玉走后，宝玉不放心，又派晴雯去给黛玉送去两条旧手帕。晴雯不解其意，而黛玉心领神会，不觉神魂驰荡，并在手帕上题诗三首，直书相知相爱之情，以至于浑身火热，面上作烧。这就是"情中情"了。

再说"错里错以错劝哥哥"。因为有人说宝玉挨打是薛蟠背后调唆的结果，薛蟠听后大怒，赌身发誓地分辩。宝钗批评他，他急了，就说："好妹妹，你不用和我闹，我早知道你的心了。从先妈和我说，你这金要拣有玉的才可正配，你留了心。见宝玉有那劳什骨子，你自然如今行动护着他。"为此，宝钗"到房里整哭了一夜"。薛蟠犯舌，是错了；争吵中他又揭穿了宝钗的心事，真是错上加错。

本回书回目之外还有一段重要情节：王夫人叫怡红院的人去问问宝玉的伤情，袭人自己去了，趁机对王夫人说："论理，我们二爷也须得老爷教训两顿。若老爷再不管，将来不知做出什么事来呢。"说得王夫人便合掌念声"阿弥陀佛"，由不得赶着袭人叫了一声"我的儿"。于是袭人就向王夫人献了"教二爷搬出园外来住"的计策。王夫人感动得不得了："我就把他交给你了，好歹留心，保全了他，就是保全了我。我自然不辜负你。"

话说袭人见贾母王夫人等去后，便走来宝玉身边坐下，含泪问他："怎么就打到这步田地？"宝玉叹气说道："不过为那些事，问他做什么！只是下半截疼的很，你瞧瞧打坏了那里。"袭人听说，便轻轻的伸手进去，将中衣褪下。宝玉略动一动，便咬着牙叫"嗳哟"，袭人连忙停住手，如此三四次才褪了下来。

袭人看时，只见腿上半段青紫，都有四指宽的僵痕高了起来。袭人咬着牙说道："我的娘，怎么下般的这么狠手！你但凡听我一句话，也不得到这步地位。幸而没动筋骨，倘或打出个残疾来，可叫人怎么样呢！"

正说着，只听丫鬟们说："宝姑娘来了。"袭人听见，知道穿不及中衣，便拿了一床袷纱被替宝玉盖了。只见宝钗手里托着一丸药走进来，向袭人说道："晚上把这药用酒研开，替他敷上，把那淤血的热毒散开，可以就好了。"说毕，递与袭人，又问道："这会子可好些？"宝玉一面道谢，说："好些了。"又让坐。

宝钗见他睁开眼说话，不像先时，心中也宽慰了好些，便点头叹道："早听人一句话，也不至今日。别说老太太、太太心疼，就是我们看着，心里也疼。"刚说了半句又忙咽住，自悔说的话急了，不觉的就红了脸，低下头来。宝玉听得这话如此亲切稠密，竟大有深意，忽见他又咽住不往下说，红了脸，低下头只

贴身丫头才能做的事。

第十九回曾有"约法三章"，其实宝玉无法做到。"叫人怎么样"，是袭人已把宝玉当作终身依靠的心里话。

宝钗"手里托着一丸药走进来"，这动作值得一看。

除去老太太、太太，心疼你的就是"我们"了！这"我们"指谁？在场的只有她和袭人。所谓"听人一句话"，这"人"也是指旁边的袭人。说了半句就"咽住"，还"红了脸，低下头来"，"娇羞怯怯"。如果只是心存友情或亲情，绝不至于此。见得宝钗已把宝玉当作"自己的人"，且把袭人当作同盟军。

管弄衣带，那一种娇羞怯怯，非可形容得出者，不觉心中大畅，将疼痛早丢在九霄云外，心中自思："我不过捱了几下打，他们一个个就有这些怜惜悲感之态露出，令人可玩可观，可怜可敬。假若我一时竟遭殃横死，他们还不知是何等悲感呢！既是他们这样，我便一时死了，得他们如此，一生事业纵然尽付东流，亦无足叹惜，冥冥之中若不怡然自得，亦可谓糊涂鬼祟矣。"想着，只听宝钗问袭人道："怎么好好的动了气，就打起来了？"袭人便把焙茗的话说了出来。

宝玉原来还不知道贾环的话，见袭人说出方才知道。因又拉上薛蟠，惟恐宝钗沉心，忙又止住袭人道："薛大哥哥从来不这样的，你们不可混裁度。"宝钗听说，便知道是怕他多心，用话相拦袭人，因心中暗暗想道："打的这个形象，疼还顾不过来，还是这样细心，怕得罪了人，可见在我们身上也算是用心了。你既这样用心，何不在外头大事上做工夫，老爷也欢喜了，也不能吃这样亏。但你固然怕我沉心，所以拦袭人的话，难道我就不知我的哥哥素日恣心纵欲，毫无防范的那种心性。当日为一个秦钟，还闹的天翻地覆，自然如今比先又更利害了。"想毕，因笑道："你们也不必怨这个，怨那个。据我想，到底宝兄弟素日不正，肯和那些人来往，老爷才生气。就是我哥哥说话不防头，一时说出宝兄弟来，也不是有心调唆：一则也是本来的实话，二则他原不理论这些防嫌小事。袭姑娘从小儿只见宝兄弟这么样细心的人，你何尝见过天不怕地不怕、心里有什么口里就说什么的人。"

袭人因说出薛蟠来，见宝玉拦他的话，早已明白自己说造次了，恐宝钗没意思，听宝钗如此说，更觉羞愧无言。宝玉又听宝钗这番话，一半是堂皇正大，一半是去己疑心，更觉比先畅快了。方欲说话时，只见宝钗起身说道："明儿再来看你，你好生养着罢。方才我拿了药来交给袭人，晚上敷上管就好了。"说着便走出门去。袭人赶着送出院外，说："姑娘倒费心了。改日宝

宝玉之善，总是替人着想。

宝钗永远不能理解宝玉。

金钗不敢否认是其兄"调唆"致祸，但还是为之辩护。在这样的利害面前，绝不能退让，妙的是能说得"堂皇正大"，令袭人"羞愧"，令宝玉"畅快"。

二爷好了，亲自来谢。"宝钗回头笑道："有什么谢处。你只劝他好生静养，别胡思乱想的就好了。要想什么吃的、玩的，你悄悄的往我那里取去，不必惊动老太太、太太众人。倘或吹到老爷耳朵里，虽然彼时不怎么样，将来对景，终是要吃亏的。"说着，一面去了。

袭人抽身回来，心内着实感激宝钗。进来见宝玉沉思默默似睡非睡的模样，因而退出房外，自去栉沐。宝玉默默的躺在床上，无奈臀上作痛，如针挑刀挖一般，更又热如火炙，略展转时，禁不住"嗳哟"之声。那时天色将晚，因见袭人去了，却有两三个丫鬟伺候，此时并无呼唤之事，因说道："你们且去梳洗，等我叫时再来。"众人听了，也都退出。

这里宝玉昏昏默默，只见蒋玉菡走了进来，诉说忠顺府拿他之事；又见金钏儿进来哭说为他投井之情。宝玉半梦半醒，都不在意。忽又觉有人推他，恍恍忽忽听得有人悲泣之声。宝玉从梦中惊醒，睁眼一看，不是别人，却是林黛玉。

宝玉犹恐是梦，忙又将身子欠起来，向脸上细细一认，只见两个眼睛肿的桃儿一般，满面泪光，不是黛玉，却是那个？宝玉还欲看时，怎奈下半截疼痛难忍，支持不住，便"嗳哟"一声，仍就倒下，叹了一声，说道："你又做什么跑来！虽说太阳落下去，那地上的馀热未散，走两趟又要受了暑。我虽然捱了打，并不觉疼痛。我这个样儿，只装出来哄他们，好在外头布散与老爷听，其实是假的。你不可认真。"此时林黛玉虽不是嚎啕大哭，然越是这等无声之泣，气噎喉堵，更觉得利害。听了宝玉这番话，心中虽然有万句言语，只是不能说得，半日，方抽抽噎噎的说道："你从此可都改了罢！"宝玉听说，便长叹一声，道："你放心，别说这样话。就便为这些人死了，也是情愿的！"

一句话未了，只见院外人说："二奶奶来了。"林黛玉便知是凤姐来了，连忙立起身说道："我从后院子去罢，回头再来。"宝玉一把拉住道："这可奇了，好好的怎么怕起他来。"林黛玉急的

探病送药，光明磊落，为什么怕"吹到老爷耳朵里"去呢？

自己遭"笞挞"就为此二事，梦中有此，正常。

黛玉之来，不同于宝钗。她空手，钗托药；她眼睛红肿，满面泪光，钗平静如常。

宝玉的态度也两样：对宝钗只是"道谢""让座"，对黛玉则是一片体贴。

袭人、宝钗劝宝玉"改"是一惯的立场，是借机发动；黛玉说"你从此可都改了罢"，是痛心，是无奈，是被压迫者的哀号。

踩脚，悄悄的说道："你瞧瞧我的眼睛，又该他取笑开心呢。"宝玉听说赶忙的放手。黛玉三步两步转过床后，出后院而去。凤姐从前头已进来了，问宝玉："可好些了？想什么吃，叫人往我那里取去。"接着，薛姨妈又来了。一时贾母又打发了人来。

至掌灯时分，宝玉只喝了两口汤，便昏昏沉沉的睡去。接着，周瑞媳妇、吴新登媳妇、郑好时媳妇，这几个有年纪常往来的，听见宝玉捱了打，也都进来。袭人忙迎出来，悄悄的笑道："婶婶们来迟了一步，二爷才睡着了。"说着，一面带他们到那边房里坐了，倒茶与他们吃。那几个媳妇子都悄悄的坐了一回，向袭人说："等二爷醒了，你替我们说罢。"

特别写一句这袭人"想了一想"，作者有深意焉。

袭人答应了，送他们出去。刚要回来，只见王夫人使个婆子来，口称"太太叫一个跟二爷的人呢。"袭人见说，想了一想，便回身悄悄告诉晴雯、麝月、檀云、秋纹等说："太太叫人，你们好生在房里，我去了就来。"说毕，同那婆子一径出了园子，来至上房。

王夫人本意只是问问宝玉病情。

王夫人正坐在凉榻上摇着芭蕉扇子，见他来了，说："不管叫个谁来也罢了。你又丢下他来，谁服侍他呢？"袭人见说，连忙陪笑回道："二爷才睡安稳了，那四五个丫头如今也好了，会服侍二爷了，太太请放心。恐怕太太有什么话吩咐，打发他们来，一时听不明白，倒耽误了。"王夫人道："也没甚话，白问问他这会子疼的怎么样。"袭人道："宝姑娘送去的药，我给二爷敷上了，比先好些了。先疼的躺不稳，这会子都睡沉了，可见好些了。"

宝姑娘送药之事，必须汇报。奇怪的是，宝玉受那么重的伤，一家人怎么就都不想到用药呢？唯一的解释是：作者必须把这件功劳留给宝钗，以让宝钗接近宝玉，赢得宝玉之心。

王夫人又问："吃了什么没有？"袭人道："老太太给的一碗汤，喝了两口，只嚷干渴，要吃酸梅汤。我想着酸梅是个收敛的东西，才刚捱了打，又不许叫喊，自然急的那热毒热血未免不存在心里，倘或吃下这个去激在心里，再弄出大病来，可怎么样呢。因此我劝了半天才没吃，只拿那糖腌的玫瑰卤子和了吃，吃了半碗，又嫌吃絮了，不香甜。"王夫人道："嗳哟，你不该早来

在曹公笔下，袭人也懂医理。

和我说？前儿有人送了两瓶子香露来，原要给他点子的，我怕他胡糟踏了，就没给。既是他嫌那些玫瑰膏子絮烦，把这个拿两瓶子去。一碗水里只用挑一茶匙儿，就香的了不得呢。"说着就唤彩云来，"把前儿的那几瓶香露拿了来。"袭人道："只拿两瓶来罢，多了也白糟踏。等不够再要，再来取也是一样。"

彩云听说，去了半日，果然拿了两瓶来，付与袭人。袭人看时，只见两个玻璃小瓶，却有三寸大小，上面螺丝银盖，鹅黄笺上写着"木樨清露"，那一个写着"玫瑰清露"。袭人笑道："好金贵东西！这么个小瓶儿，能有多少？"王夫人道："那是进上的，你没看见鹅黄笺子？你好生替他收着，别糟踏了。"

袭人答应着，方要走时，王夫人又叫："站着，我想起一句话来问你。"袭人忙又回来。王夫人见房内无人，便问道："我恍惚听见宝玉今儿挨打，是环儿在老爷跟前说了什么话。你可听见这个了？你要听见，告诉我听听，我也不吵出来教人知道是你说的。"袭人道："我倒没听见这话，只听说为二爷霸占着戏子，人家来和老爷要，为这个打的。"王夫人摇头说道："也为这个，还有别的原故。"袭人道："别的原故实在不知道了。我今儿在太太跟前大胆说句不知好歹的话。论理……"说了半截忙又咽住。王夫人道："你只管说。"袭人笑道："太太别生气，我就说了。"王夫人道："我有什么生气的，你只管说来。"

袭人道："论理，我们二爷也须得老爷教训两顿。若老爷再不管，将来不知做出什么事来呢。"王夫人一闻此言，便合掌念声"阿弥陀佛"，由不得赶着袭人叫了一声"我的儿，亏了你也明白，这话和我的心一样。我何曾不知道管儿子，先时你珠大爷在，我是怎么样管他，难道我如今倒不知管儿子了？只是有个原故：如今我想，我已经快五十岁的人，通共剩了他一个，他又长的单弱，况且老太太宝贝似的，若管紧了他，倘或再有个好歹，或是老太太气坏了，那时上下不安，岂不倒坏了。所以就纵坏了他。我常常掰着口儿劝一阵，说一阵，气的骂一阵，哭一阵，彼

彩云，就是第三十回中金钏对宝玉说的"你往东小院子里拿环哥儿同彩云去"的那个丫头。

"去了半日"才拿来，也见得金贵。这"玫瑰露"，还连着第六十回的故事。

袭人虽"想了一想"才来，但毕竟主子不发问也不好贸然说事。王夫人既问，机会来了。瞒贾环之事，或为怕得罪赵姨娘。我以为，说贾环就是说金钏之死，会触及王夫人心事，所以回避。此正是袭人精明处。

说到"论理"而止，是看主子的态度——主子想听，再说，不想听，则罢，可进可退。

做出"什么事"？当是说男女不伦之事。早有金钏之事在先，袭人之言正中王夫人下怀。王夫人直呼"我的儿"，大受感动，大感亲切。主子在奴才面前倾诉苦衷，视此奴为"亲人"也。

时他好，过后儿还是不相干，端的吃了亏才罢了。若打坏了，将来我靠谁呢！"说着，由不得滚下泪来。

袭人见王夫人这般悲感，自己也不觉伤了心，陪着落泪。又道："二爷是太太养的，岂不心疼。便是我们做下人的服侍一场，大家落个平安，也算是造化了，要这样起来，连平安都不能了。那一日那一时我不劝二爷，只是再劝不醒。偏生那些人又肯亲近他，也怨不得他这样，总是我们劝的倒不好了。今儿太太提起这话来，我还记挂着一件事，每要来回太太，讨太太个主意。只是我怕太太疑心，不但我的话白说了，且连葬身之地都没了。"王夫人听了这话内有因，忙问道："我的儿，你有话只管说。近来我因听见众人背前背后都夸你，我只说你不过是在宝玉身上留心，或是诸人跟前和气，这些小意思好，所以将你和老姨娘一体行事。谁知你方才和我说的话全是大道理，正和我的想头一样。你有什么只管说什么，只别教别人知道就是了。"

袭人道："我也没什么别的说。我只想着讨太太一个示下，怎么变个法儿，以后竟还教二爷搬出园外来住就好了。"王夫人听了，吃一大惊，忙拉了袭人的手问道："宝玉难道和谁作怪了不成？"袭人连忙回道："太太别多心，并没有这话。这不过是我的小见识。如今二爷也大了，里头姑娘们也大了，况且林姑娘宝姑娘又是两姨姑表姊妹，虽说是姊妹们，到底是男女之分，日夜一处起坐不方便，由不得叫人悬心，便是外人看着也不像。一家子的事，俗语说的'没事常思有事'，世上多少无头脑的事，多半因为无心中做出，有心人看见，当作有心事，反说坏了。只是预先不防着，断然不好。二爷素日性格，太太是知道的。他又偏好在我们队里闹，倘或不防，前后错了一点半点，不论真假，人多口杂，那起小人的嘴有什么避讳，心顺了，说的比菩萨还好，心不顺，就贬的连畜牲不如。二爷将来倘或有人说好，不过大家直过没事；若要叫人说出一个不好字来，我们不用说，粉身碎骨，罪有万重，都是平常小事，但后来二爷一生的声名品行岂

"偏生那些人又肯亲近他"，指哪些人？是指蒋玉菡们吗？

此"主意"早就有了。

原来如此。上一回，宝玉在痴迷中把袭人误作黛玉，说了自己的"心事"。当时袭人就想"将来难免不才之事"，"暗度如何处治方免此丑祸"。"教二爷搬出园外来住"，这就是她想出的"处治"之策。而袭人心目中真想"处治"的其实就是黛玉。她不喜欢黛玉，不能眼睁睁看着宝黛成婚。但她的一篇"大道理"，却落在保护"二爷一生的声名品行"和太太的声誉上，让王夫人再次叫出"我的儿"。所谓"保全了他""保全了我"，只是王夫人一面之想，其实最重要的是"保全"袭人的地位与利益。

不完了，二则太太也难见老爷。俗语又说'君子防不然'，不如这会子防避的为是。太太事情多，一时固然想不到。我们想不到则可，既想到了，若不回明太太，罪越重了。近来我为这事日夜悬心，又不好说与人，惟有灯知道罢了。"

王夫人听了这话，如雷轰电掣的一般，正触了金钏儿之事，心内越发感爱袭人不尽，忙笑道："我的儿，你竟有这个心胸，想的这样周全！我何曾又不想到这里，只是这几次有事就忘了。你今儿这一番话提醒了我。难为你成全我娘儿两个声名体面，真真我竟不知道你这样好。罢了，你且去罢，我自有道理。只是还有一句话：你今既说了这样的话，我就把他交给你了，好歹留心，保全了他，就是保全了我。我自然不辜负你。"

袭人连连答应着去了。回来正值宝玉睡醒，袭人回明香露之事。宝玉喜不自禁，即令调来尝试，果然香妙非常。因心下记挂着黛玉，满心里要打发人去，只是怕袭人，便设一法，先使袭人往宝钗那里去借书。

袭人去了，宝玉便命晴雯来吩咐道："你到林姑娘那里看看他做什么呢。他要问我，只说我好了。"晴雯道："白眉赤眼，做什么去呢？到底说句话儿，也像一件事。"宝玉道："没有什么可说的。"晴雯道："若不然，或是送件东西，或是取件东西，不然我去了怎么搭讪呢？"宝玉想了一想，便伸手拿了两条手帕子撂与晴雯，笑道："也罢，就说我叫你送这个给他去了。"晴雯道："这又奇了。他要这半新不旧的两条手帕子？他又要恼了，说你打趣他。"宝玉笑道："你放心，他自然知道。"

晴雯听了，只得拿了帕子往潇湘馆来。只见春纤正在栏杆上晾手帕子，见他进来，忙摆手儿，说："睡下了。"晴雯走进来，满屋魆黑。并未点灯。黛玉已睡在床上。问是谁。晴雯忙答道："晴雯。"黛玉道："做什么？"晴雯道："二爷送手帕子来给姑娘。"黛玉听了，心中发闷："做什么送手帕子来给我？"因问："这帕子是谁送他的？必是上好的，叫他留着送别人罢，我这会

"怕袭人"三字令人吃惊。倒不是可以看出袭人对黛玉之不能相容，重要的是宝玉都如此受袭人的挟制。联系上面袭人给王夫人的献策，见得其人之"厉害"。

晴雯，反倒是宝玉与黛玉之间的桥梁。

宝玉"想了一想"才"拿了两条手帕子撂与晴雯"，有心意存焉，而晴雯不知。从这里可以看出晴雯与袭人的根本性区别。

"晾手帕子"，见得流泪之多。

心心相印，自然懂得宝玉用心。

手帕传情，以情感情，"可喜""可悲""可笑""可惧""可愧"，真个是"神魂驰荡"，百感交集。

三首诗，可与上文"同义互解"。诗只写一个"泪"字——宝玉送帕，不就是让她拭泪的吗？第一首从宝玉赠帕说起：我泪流不止，还不就是为了你吗？你今天赠帕给我，说明你了解我的心，"可喜"；但"不知将来如何"，"可悲"啊！第二首说"可惧"。我整天思你想你，可（只能闲）什么事都不能作，连流泪都不能让人知道，只能"偷潜"。第三首写"可愧"。除了眼泪，我什么都不能给你，所以"愧"。但愿这泪能表明我的心迹：能像当年舜帝的两个妃子一样，为舜帝之死而流泪成血，在竹子上形成斑点，留下永久的纪念。宝玉赠帕之情，更激发了黛玉之情，这就是"情中情"。

薛蟠平日之"错"，造成这次被怀疑"调唆了人来告宝玉"，这就是"错中错"。

子不用这个。"晴雯笑道："不是新的，就是家常旧的。"林黛玉听见，越发闷住，着实细心搜求，思忖一时，方大悟过来，连忙说："放下，去罢。"晴雯听了，只得放下，抽身回去，一路盘算，不解何意。

这里林黛玉体贴出手帕子的意思来，不觉神魂驰荡：宝玉这番苦心，能领会我这番苦意，又令我可喜；我这番苦意，不知将来如何，又令我可悲；忽然好好的送两块旧帕子来，若不是领我深意，单看了这帕子，又令我可笑；再想令人私相传递与我，又可惧；我自己每每好哭，想来也无味，又令我可愧。如此左思右想，一时五内沸然炙起。黛玉由不得馀意绵缠，令掌灯，也想不起嫌疑避讳等事，便向案上研墨蘸笔，便向那两块旧帕上走笔写道：

眼空蓄泪泪空垂，暗洒闲抛却为谁？
尺幅鲛绡劳解赠，叫人焉得不伤悲！

其二

抛珠滚玉只偷潜，镇日无心镇日闲；
枕上袖边难拂拭，任他点点与斑斑。

其三

彩线难收面上珠，湘江旧迹已模糊；
窗前亦有千竿竹，不识香痕渍也无？

林黛玉还要往下写时，觉得浑身火热，面上作烧，走至镜台揭起锦袱一照，只见腮上通红，自羡压倒桃花，却不知病由此萌。一时方上床睡去，犹拿着那帕子思索，不在话下。

却说袭人来见宝钗，谁知宝钗不在园内，往他母亲那里去了，袭人便空手回来。等至二更，宝钗方回来。原来宝钗素知薛蟠情性，心中已有一半疑是薛蟠调唆了人来告宝玉的，谁知又听袭人说出来，越发信了。究竟袭人是听焙茗说的，那焙茗也是私心窥度，并未据实，大家都是一半裁度，一半据实，竟认准是他说的。那薛蟠都因素日有这个名声，其实这一次却不是他干的，被人生生的一口咬死是他，有口难分。

这日正从外头吃了酒回来，见过母亲，只见宝钗在这里，说了几句闲话，因问："听见宝兄弟吃了亏，是为什么？"薛姨妈正为这个不自在，见他问时，便咬着牙道："不知好歹的东西，都是你闹的，你还有脸来问！"薛蟠见说，便怔了，忙问道："我何尝闹什么？"薛姨妈道："你还装憨呢！人人都知道是你说的，还赖呢。"薛蟠道："人人说我杀了人，也就信了罢？"薛姨妈道："连你妹妹都知道是你说的，难道他也赖你不成？"宝钗忙劝道："妈和哥哥且别叫喊，消消停停的，就有个青红皂白了。"因向薛蟠道："是你说的也罢，不是你说的也罢，事情也过去了，不必较证，倒把小事儿弄大了。我只劝你从此以后在外头少去胡闹，少管别人的事。天天一处大家胡逛，你是个不防头的人，过后儿没事就罢了，倘或有事，不是你干的，人人都也疑惑是你干的，不用说别人，我就先疑惑。"

怀疑得有道理。

薛蟠本是个心直口快的人，一生见不得这样藏头露尾的事，又见宝钗劝他不要逛去，他母亲又说他犯舌，宝玉之打是他治的，早已急的乱跳，赌身发誓的分辩。又骂众人："谁这样赃派我？我把那囚攘的牙敲了才罢！分明是为打了宝玉，没的献勤儿，拿我来作幌子。难道宝玉是天王？他父亲打他一顿，一家子定要闹几天。那一回为他不好，姨爹打了他两下子，过后老太太不知怎么知道了，说是珍大哥哥治的，好好的叫了去骂了一顿。今儿越发拉上我了！既拉上，我也不怕，越性进去把宝玉打死了，我替他偿了命，大家干净。"一面嚷，一面抓起一根门闩来就跑。慌的薛姨妈一把抓住，骂道："作死的孽障，你打谁去？你先打我来！"

真急了！看来确实没有"有意识"地干那种事。

薛蟠急的眼似铜铃一般，嚷道："何苦来！又不叫我去，又好好的赖我。将来宝玉活一日，我担一日的口舌，不如大家死了清净。"宝钗忙也上前劝道："你忍耐些儿罢。妈急的这个样

把自己卖了：即使不是有意识地害宝玉，也与他心怀不满有关。

儿，你不说来劝妈，你还反闹的这样。别说是妈，便是旁人来劝你，也为你好，倒把你的性子劝上来了。"薛蟠道："这会子又说这话。都是你说的！"宝钗道："你只怨我说，再不怨你顾前不顾后的形景。"薛蟠道："你只会怨我顾前不顾后，你怎么不怨宝玉外头招风惹草的那个样子！别说多的，只拿前儿琪官的事比给你们听：那琪官，我们见过十来次的，我并未和他说一句亲热话；怎么前儿他见了，连姓名还不知道，就把汗巾子给他了？难道这也是我说的不成？"薛姨妈和宝钗急的说道："还提这个！可不是为这个打他呢。可见是你说的了。"薛蟠道："真真的气死人了！赖我说的我不恼，我只为一个宝玉闹的这样天翻地覆的。"宝钗道："谁闹了？你先持刀动杖的闹起来，倒说别人闹。"

"正在气头上"，所谓急不择言，说出的倒是平时要有意避讳的话头。由薛蟠说出宝钗"留心"了宝玉，无可怀疑了。

薛蟠见宝钗说的话句句有理，难以驳正，比母亲的话反难回答，因此便要设法拿话堵回他去，就无人敢拦自己的话了；也因正在气头上，未曾想话之轻重，便说道："好妹妹，你不用和我闹，我早知道你的心了。从先妈和我说，你这金要拣有玉的才可正配，你留了心，见宝玉有那劳什骨子，你自然如今行动护着他。"话未说了，把个宝钗气怔了，拉着薛姨妈哭道："妈妈你听，哥哥说的是什么话！"薛蟠见妹妹哭了，便知自己冒撞了，便赌气走到自己房里安歇不提。

"整哭了一夜"，确是触到敏感区了。此种心思，只能深埋在心底，所谓讳莫如深。今被揭破，太难堪，太痛苦。如果根本没有那种心思，以其"豁达"之性，何必哭一整夜。

这里薛姨妈气的乱战，一面又劝宝钗道："你素日知那孽障说话没道理，明儿我叫他给你陪不是。"宝钗满心委屈气忿，待要怎样，又怕他母亲不安，少不得含泪别了母亲，各自回来，到房里整哭了一夜。

次日早起来，也无心梳洗，胡乱整理整理，便出来瞧母亲。可巧遇见林黛玉独立在花阴之下，问他那里去。薛宝钗因说"家去"，口里说着，便只管走。黛玉见他无精打采的去了，又见眼上有哭泣之状，大非往日可比，便在后面笑道："姐姐也自保重些儿。就是哭出两缸眼泪来，也医不好棒疮！"不知宝钗如何答对，且听下回分解。

"大非往日可比"，往日怎样？稳重和平啊！

【 回后评 】

这是上一回的余波。如果说宝玉挨打一回最值得欣赏的是描写的艺术，这一回最值得注意的则是"人情"。就像一面镜子，此回书照出了书中人物的情感态度，也鲜明地照出了某些评批者的情感态度。

宝玉：作为贵族子弟，生于繁华之地，享于富贵之乡，既无志于建功立业，亦无意于耀祖荣宗，他的人生追求只有一个"爱"字：爱其所爱，亦享所爱者之爱。笞挞也好，洗脑也好，他是滴水不进。而他的"爱"是有区别的：对黛玉是"专爱"，是唯一；对其他人是"泛爱"，是群体。宝钗探病送药，宝玉只是客气地"道谢""让座"；黛玉来，则先是担心天热会伤其身体，又装着"不疼"，让黛玉放心。这态度的区别是明显的。

黛玉：自三十二回与宝玉"交心"之后，她对宝玉已是完全地"放心"。宝玉挨打，她哭得"两个眼睛肿的桃儿一般"，到了宝玉跟前还是"满面泪光"。面对宝玉被打的惨状，半日，才抽抽噎噎地说道："你从此可都改了罢！"痛苦，无奈，为了宝玉，说出违心的话——如果宝玉真的如宝钗们所希望的那样，还是"宝玉"吗？还是黛玉心中的那个"宝玉"吗？后于旧帕题诗，干脆以"潇湘妃子"自居，其与宝玉同命之心，跃然纸上。

宝钗：她探望宝玉，是"手托"一丸药。为什么要这样？这药可珍贵啊！别人可没有啊！林黛玉除了眼泪可什么都没有啊！她确实没有眼泪，似乎也从未为宝玉挨打哭过。一如既往，她关心的是让宝玉听她们的话——留意于仕途经济。她"爱"宝玉吗？难说。那时候，婚配并非在乎真感情，而重在门第。不管爱不爱，"金玉良缘"的信念她是有的。这一深藏心底的秘密，是由她的哥哥薛蟠直接揭破的。看宝钗的言行，不能不顾及她的这种心理背景。

袭人：作为宝玉的"贴身丫头"，在这一回书里大显身手了。王夫人想了解一下宝玉的伤情，袭人不让别人去，她是有目

的的。在王夫人面前，表示如何关心"二爷一生的声名品行"，陪着王夫人伤心落泪，并趁机献了让宝玉搬出园子的计谋。王夫人感动得直呼"我的儿"，并表示："你今既说了这样的话，我就把他交给你了，好歹留心，保全了他，就是保全了我。我自然不辜负你。"尽管这搬出园子的事没有了下文，但从此袭人的"妾位"确得到了落实。袭人，深心人也。

附：

几位评批者对宝钗、袭人的态度

周汝昌在王夫人说袭人"保全了我"一段后批曰："此段文字，袭人心知日后宝黛二人或难免有越理之事，因欲向王夫人示意留心，以防宝玉声名受此大累，也是一番仁心善意。若视为向王夫人进谗，则非雪芹原旨矣。"在"二爷的声名"一句后，他还特别引"蒙侧"之言："袭卿爱人以德，竟至如此，字字逼来，不觉令人敬听。"对薛蟠揭开宝钗"留心"宝玉的心结后宝钗之哭，周的解释是："宝钗因听哥哥之言，气恼羞愧，委屈满怀，又无人可言，自己哭了一夜。可见其心地清白，并无谋夺姻缘之私意。"

蔡义江对袭人给王夫人的建议，评曰："赶紧先解除王夫人的怀疑，说清只是防范，并无状况发生。为此，特意将'林姑娘、宝姑娘'一起提，绝不让王夫人听起来，自己的话在暗示某人某事。"对宝钗之哭则说："看'满心委屈气忿'六字，便知这是写实。宝钗对宝玉友谊亲情都不错，若说男女爱情是没有的，甚至不屑于有。倘或疑其在人前装作没有，那又何必独自'整哭了一夜'！"在"总评"中又说："宝钗来看宝玉并非虚礼，她有亲情友情。"

张俊、沈治钧评曰："'我们'者，当指自己与袭人也。自悔情急失言，连忙咽住。羞报之态，描摹如画。""宝钗素日稳重和平，此时一反常态，轻怜痛惜，流露一缕真情。""宝钗探伤送药，本光明磊落之事，何以怕老爷知道？何以怕'将来对景'？

何其怪哉！盖宝钗之来问候宝玉，实于种种体贴之中另藏私情。听其言词，观其神态，或可知也。恰如张新之所评：'一段话隐隐绰绰，暧暧昧昧，笔墨悉化云烟。'""宝玉挨打，乃由狎优调婢，此皆园外事也。今袭人反要宝玉搬出园外，于理通乎？于此可知，其所谓'那些人'，实谓'亲近'宝玉之园内人也。不惟晴雯、四儿诸鬟婢，林姑娘尤括其中矣。试思，此时此际之宝黛，如被生生隔离，两人将何以堪？""对'金玉良缘'之说，薛姨妈曾提及，宝钗亦有所感，然当众或佯作不知，或含糊其辞，或讳莫如深；不期乃兄单刀直入，一语道破，直抉其心，宝钗气怔而哭矣。""袭人之言，既有对王夫人之逢迎，亦有对宝玉'声名'之真心维护，乃其分内事也。""宝钗来去堂堂，正言相规，的是淑女身份；黛玉行踪密密，私语以劝，确系痴女形容。"

洪秋蕃在袭人建议宝玉搬出语后批曰："一语破的，垄断之心，和盘托出。淫哉妖婢，心腹何狠！"

姚燮在薛蟠揭宝钗"留心"宝玉之后评曰：宝钗"非气怔，乃嚇极"。对和尚金配玉之说评曰："分明伪造缪托，以求配玉。薛蟠揭其私而发其覆，故宝钗气怔回来，整哭一夜。"

王蒙评曰："以袭人之卑微地位，她要相对地'出人头地'，要有一点'成就'，只有牢牢地靠拢正统、维护正统、效忠正统，才有自己的立足点。自己立住了，才好谈别的。而且，从逻辑上讲，她这样做，最符合主子的利益，方能分享一点主子的利益……道德标准常常与实用标准相悖离，我们又该怎样评价袭人呢？""宝钗则通过看望宝玉及与乃兄的纠纷暴露了真情，她对宝玉的兴趣也已表面化了。""还是触到了痛处。否则一笑一骂而已，哭不了一夜的。"

第三十五回

白玉钏亲尝莲叶羹
黄金莺巧结梅花络

情因相爱反相伤，
何事人多不揣量。
黛玉徘徊还自苦，
莲羹甘受使儿狂。

宝玉倾心达善意，玉钏亲尝荷叶羹（图中黛玉偷窥情节见下回）

此回书内容较杂，但仍是围绕三个主角展开：黛玉，宝玉，宝钗。

首先写的是黛玉的孤凄感：宝玉被打伤，贾府上下纷纷探视，表示关心，黛玉看在眼里，"想起有父母的人的好处来"，不禁泪下。又想起《西厢记》中崔莺莺尚有孀母弱弟，更叹自己"何命薄胜于双文哉"。有时候，黛玉似乎被人忽略了：吃饭时，林黛玉平素十顿饭只好吃五顿，众人也不着意了。在潇湘馆，似乎唯一可以"对话"的就是那只鹦鹉了，黛玉的《葬花吟》那鹦鹉都会念了。精神的寂寞、身体的虚弱，是日甚一日了。

最值得注意的是宝钗和宝玉的纠葛。

自从第八回"金锁"与"宝玉"配上对儿之后，宝钗一直奔着"金玉良缘"的目标在努力——讨好贾府上下（特别是贾母、王夫人），构建反"木石之缘"联盟。这次又得一机会，就说："我来了这么几年，留神看起来，凤丫头凭他怎么巧，再巧不过老太太去。"老太太则说："从我们家四个女孩儿算起，全不如宝丫头。"这"四个"里头显然是把黛玉包括进去了。还特别写到宝钗对袭人的关心：王夫人特送袭人两碗菜，宝玉都不知其意，而宝钗则心知肚明，信息十分灵通。

宝玉求宝钗的丫头莺儿帮助打几根络子，两人讨论做什么用，用什么颜色，打什么花样，等等。这时宝钗走来——宝玉想到的只是装汗巾子，宝钗道："这有什么趣儿，倒不如打个络子把玉络上呢。"而且出主意："把那金线拿来，配着黑珠儿线，一根一根的拈上，打成络子，这才好看。"宝钗对那块玉的关注，此时超过了宝玉，也超过了袭人。

对宝钗打络子的主意，宝玉自是喜欢，但他跟宝钗的心思完全不同，他根本没往"姻缘"上想。宝玉对莺儿说道："宝姐姐也算疼你了。明儿宝姐姐出阁，少不得是你跟去了。"

莺儿抿嘴一笑。宝玉笑道："我常常和袭人说，明儿不知那一个有福的消受你们主子奴才两个呢。"这哪里有丝毫"金玉良缘"的意思？

本回书用了很多笔墨写"荷叶羹"，其意义固在显示贾府生活之豪奢，更重要的是为宝玉向玉钏表示歉意创造条件——对金钏之死，宝玉是一直心怀愧疚的。

话说宝钗分明听见林黛玉刻薄他，因记挂着母亲哥哥，并不回头，一径去了。这里林黛玉还自立于花阴之下，远远的却向怡红院内望着，只见李宫裁、迎春、探春、惜春并各项人等都向怡红院内去过之后，一起一起的散尽了，只不见凤姐儿来，心里自己盘算道："如何他不来瞧宝玉？便是有事缠住了，他必定也是要来打个花胡哨，讨老太太和太太的好儿才是。今儿这早晚不来，必有原故。"一面猜疑，一面抬头再看时，只见花花簇簇一群人又向怡红院内来了。定睛看时，只见贾母搭着凤姐儿的手，后头邢夫人王夫人跟着周姨娘并丫鬟媳妇等人都进院去了。

黛玉看了不觉点头，想起有父母的人的好处来，早又泪珠满面。少顷，只见宝钗薛姨妈等也进去了。忽见紫鹃从背后走来，说道："姑娘吃药去罢，开水又冷了。"黛玉道："你到底要怎么样？只是催，我吃不吃，管你什么相干！"紫鹃笑道："咳嗽的才好了些，又不吃药了。如今虽然是五月里，天气热，到底也该还小心些。大清早起，在这个潮地方站了半日，也该回去歇息歇息了。"一句话提醒了黛玉，方觉得有点腿酸，呆了半日，方慢慢的扶着紫鹃，回潇湘馆来。

一进院门，只见满地下竹影参差，苔痕浓淡，不觉又想起《西厢记》中所云"幽僻处可有人行，点苍苔白露泠泠"二句来，

黛玉远远地望着怡红院，而不"搭伙"去探望，是自觉关系特殊，情感特殊，但也因此陷于孤立。

黛玉看透凤姐之心，但绝学不来，也不屑于学那一套。

"想起有父母的人的好处来"而"珠泪满面"，这是孤儿之泪。我们说过黛玉心头有三道阴影，这没有父母就是阴影之一。父母在，自然有父母疼爱，而且有父母在就会有更多的人来表示关心。

"管你什么相干！"——你又不是我的父母！黛玉孤苦中把气撒在紫鹃身上。

因暗暗的叹道："双文【即崔莺莺】，双文，诚为命薄人矣。然你虽命薄，尚有婿母弱弟；今日林黛玉之命薄，一并连婿母弱弟俱无。古人云'佳人命薄'，然我又非佳人，何命薄胜于双文哉！"

一面想，一面只管走，不防廊上的鹦哥见林黛玉来了，嘎的一声扑了下来，倒吓了一跳，因说道："作死的，又扇了我一头灰。"那鹦哥仍飞上架去，便叫："雪雁，快掀帘子，姑娘来了。"黛玉便止住步，以手扣架道："添了食水不曾？"那鹦哥便长叹一声，竟大似林黛玉素日吁嗟音韵，接着念道："侬今葬花人笑痴，他年葬侬知是谁？试看春尽花渐落，便是红颜老死时。一朝春尽红颜老，花落人亡两不知！"黛玉紫鹃听了都笑起来。紫鹃笑道："这都是素日姑娘念的，难为他怎么记了。"黛玉便令将架摘下来，另挂在月洞窗外的钩上，于是进了屋子，在月洞窗内坐了。吃毕药，只见窗外竹影映入纱来，满屋内阴阴翠润，几簟生凉。黛玉无可释闷，便隔着纱窗调逗鹦哥作戏，又将素日所喜的诗词也教与他念。这且不在话下。

且说薛宝钗来至家中，只见母亲正自梳头呢。一见他来了，便说道："你大清早起跑来作什么？"宝钗道："我瞧瞧妈身上好不好。昨儿我去了，不知他可又过来闹了没有？"一面说，一面在他母亲身旁坐了，由不得哭将起来。薛姨妈见他一哭，自己撑不住，也就哭了一场，一面又劝他："我的儿，你别委曲了，你等我处分他。你要有个好歹，我指望那一个来！"

薛蟠在外边听见，连忙跑了过来，对着宝钗，左一个揖，右一个揖，只说："好妹妹，恕我这一次罢！原是我昨儿吃了酒，回来的晚了，路上撞客【鬼神附体】着了，来家未醒，不知胡说了什么，连自己也不知道，怨不得你生气。"宝钗原是掩面哭的，听如此说，由不得又好笑了，遂抬头向地下啐了一口，说道："你不用做这些像生儿【装模作样】。我知道你的心里多嫌我们娘儿两个，是要变着法儿叫我们离了你，你就心净了。"

由眼前之景联想到《西厢记》之景，再想到景中之人。跟莺莺一比，更觉"薄命"，于是泪又下来了。

写一鹦哥，从侧面写出黛玉平日之孤独苦闷。

更愿意与此鹦哥为伴了。

"我的儿"——王夫人连三次叫袭人"我的儿"，可以参看。

薛蟠听说，连忙笑道："妹妹这话从那里说起来的，这样我连立足之地都没了。妹妹从来不是这样多心说歪话的人。"薛姨妈忙又接着道："你只会听见你妹妹的歪话，难道昨儿晚上你说的那话就应该的不成？当真是你发昏了！"薛蟠道："妈也不必生气，妹妹也不用烦恼，从今以后我再不同他们一处吃酒闲逛如何？"宝钗笑道："这不明白过来了！"薛姨妈道："你要有这个横劲，那龙也下蛋了。"薛蟠道："我若再和他们一处逛，妹妹听见了只管啐我，再叫我畜生，不是人，如何？何苦来，为我一个人，娘儿两个天天操心！妈为我生气还有可恕，若只管叫妹妹为我操心，我更不是人了。如今父亲没了，我不能多孝顺妈多疼妹妹，反教娘生气妹妹烦恼，真连个畜生也不如了。"口里说，眼睛里禁不起也滚下泪来。

薛姨妈本不哭了，听他一说又勾起伤心来。宝钗勉强笑道："你闹够了，这会子又招着妈哭起来了。"薛蟠听说，忙收了泪，笑道："我何曾招妈哭来！罢，罢，罢，丢下这个别提了。叫香菱来倒茶妹妹吃。"宝钗道："我也不吃茶，等妈洗了手，我们就过去了。"薛蟠道："妹妹的项圈我瞧瞧，只怕该炸一炸去了。"宝钗道："黄澄澄的又炸他作什么？"薛蟠又道："妹妹如今也该添补些衣裳了。要什么颜色花样，告诉我。"宝钗道："连那些衣服我还没穿遍了，又做什么？"一时薛姨妈换了衣裳，拉着宝钗进去，薛蟠方出去了。

这里薛姨妈和宝钗进园来瞧宝玉，到了怡红院中，只见抱厦里外回廊上许多丫鬟老婆站着，便知贾母等都在这里。母女两个进来，大家见过了，只见宝玉躺在榻上。薛姨妈问他可好些。宝玉忙欲欠身，口里答应着"好些"，又说："只管惊动姨娘、姐姐，我禁不起。"薛姨妈忙扶他睡下，又问他："想什么，只管告诉我。"宝玉笑道："我想起来，自然和姨娘要去的。"

王夫人又问："你想什么吃？回来好给你送来。"宝玉笑道："也倒不想什么吃，倒是那一回做的那小荷叶儿小莲蓬儿的

薛蟠，号称"呆霸王"，但毕竟不是毫无人性的人。他爽直，不会搞阴谋诡计；在母亲、妹妹面前肯服软，愿意做孝子贤兄——至于做到几分，那是另一回事。

此句接进园探望宝玉事。

前一回凤姐说："想什么吃，叫人往我那里取去。"那是尽管家的责任。王夫人说："你想什么吃？回来好给你送来的。"这是母亲对儿子的关爱。客居的姨妈也说："想什么，只管告诉我。"是把宝玉看作"自家人"吗？

汤还好些。"凤姐一旁笑道："听听，口味不算高贵，只是太磨牙了。巴巴的想这个吃了。"贾母便一叠声的叫人做去。凤姐儿笑道："老祖宗别急，等我想一想这模子谁收着呢。"因回头吩咐个婆子去问管厨房的要去。那婆子去了半天，来回说："管厨房的说，四副汤模子都交上来了。"凤姐儿听说，想了一想，道："我记得交给谁了，多半在茶房里。"一面又遣人去问管茶房的，也不曾收。次后还是管金银器皿的送了来。

薛姨妈先接过来瞧时，原来是个小匣子，里面装着四副银模子，都有一尺多长，一寸见方，上面錾着有豆子大小，也有菊花的，也有梅花的，也有莲蓬的，也有菱角的，共有三四十样，打的十分精巧。因笑向贾母王夫人道："你们府上也都想绝了，吃碗汤还有这些样子。若不说出来，我见这个也不认得这是作什么用的。"凤姐儿也不等人说话，便笑道："姑妈那里晓得，这是旧年备膳，他们想的法儿。不知弄些什么面印出来，借点新荷叶的清香，全仗着好汤，究竟没意思，谁家常吃他了。那一回呈样的作了一回，他今日怎么想起来了。"说着接了过来，递与个妇人，吩咐厨房里立刻拿几只鸡，另外添了东西，做出十来碗来。

王夫人道："要这些做什么？"凤姐儿笑道："有个原故：这一宗东西家常不大作，今儿宝兄弟提起来了，单做给他吃，老太太、姑妈、太太都不吃，似乎不大好。不如借势儿弄些大家吃，托赖连我也上个俊儿。"贾母听了，笑道："猴儿，把你乖的！拿着官中的钱你做人。"说的大家笑了。凤姐也忙笑道："这不相干。这个小东道我还孝敬的起。"便回头吩咐妇人，"说给厨房里，只管好生添补着做了，在我的帐上来领银子。"妇人答应着去了。

宝钗一旁笑道："我来了这么几年，留神看起来，凤丫头凭他怎么巧，再巧不过老太太去。"贾母听说，便答道："我如今老了，那里还巧什么。当日我像凤哥儿这么大年纪，比他还来得呢。他如今虽说不如我们，也就算好了，比你姨娘强远了。你姨娘可怜见的，不大说话，和木头似的，在公婆跟前就不大显好。凤儿嘴乖，怎么怨得人疼他。"宝玉笑道："若这么说，不大说话的就不疼了？"贾母道："不大说话的又有不大说话的可疼之处，嘴乖的也有一宗可嫌的，倒不如不说话的好。"宝玉笑道："这就是了。我说大嫂子倒不大说话呢，老太太也是和凤姐姐的一样看待。若是单是会说话的可疼，这些姊妹里头也只是凤姐姐和林妹妹可疼了。"贾母道："提起姊妹，不是我当着姨太太的面奉承，千真万真，从我们家四个女孩儿算起，全不如宝丫头。"薛姨妈听说，忙笑道："这话是老太太说偏了。"王夫人忙又笑道："老太太时常背地里和我说宝丫头好，这倒不是假话。"宝玉勾着贾母原为赞林黛玉的，不想反赞起宝钗来，倒也意出望外，便看着宝钗一笑。宝钗早扭过头去和袭人说话去了。

宝玉夸黛玉会说话，贾母接着说"我们家四个女孩儿""全不如宝丫头"，这是明白表示，在她心目中黛玉不如宝钗。

忽有人来请吃饭，贾母方立起身来，命宝玉好生养着，又把丫头们嘱咐了一回，方扶着凤姐儿，让着薛姨妈，大家出房去了。因问汤好了不曾，又问薛姨妈等："想什么吃，只管告诉我，我有本事叫凤丫头弄了来咱们吃。"薛姨妈笑道："老太太也会怄他的。时常他弄了东西孝敬，究竟又吃不了多少。"凤姐儿笑道："姑妈倒别这样说。我们老祖宗只是嫌人肉酸，若不嫌人肉酸，早已把我还吃了呢。"一句话没说了，引的贾母众人都哈哈的笑起来。

听着老太太的夸奖，宝钗没有客气。宝玉不爽，一笑，意谓"你得到回报了吧"。

宝玉在房里也撑不住笑了。袭人笑道："真真的二奶奶的这张嘴怕死人！"宝玉伸手拉着袭人笑道："你站了这半日，可乏了？"一面说，一面拉他身旁坐了。袭人笑道："可是又忘了。趁宝姑娘在院子里，你和他说，烦他莺儿来打上几根络子。"宝玉笑道："亏你提起来。"说着，便仰头向窗外道："宝姐姐，吃过饭叫莺儿来，烦他打几根络子，可得闲儿？"宝钗听见，回头道："怎么不得闲儿，一会叫他来就是了。"贾母等尚未听真，都止步问宝钗。宝钗说明了，大家方明白。贾母又说道："好孩子，叫他来替你兄弟作几根。你要无人使唤，我那里闲着的丫头多

薛姨妈也知道凤姐会孝敬贾母。

凤姐看似抱怨贾母，实是恃宠邀宠。

由此引出新的故事。

呢，你喜欢谁，只管叫了来使唤。"薛姨妈宝钗等都笑道："只管叫他来作就是了，有什么使唤的去处。他天天也是闲着淘气。"

大家说着，往前迈步正走，忽见史湘云、平儿、香菱等在山石边掐凤仙花呢，见了他们走来，都迎上来了。少顷至园外，王夫人恐贾母乏了，便欲让至上房内坐。贾母也觉腿酸，便点头依允。王夫人便令丫头忙先去铺设坐位。那时赵姨娘推病，只有周姨娘与众婆娘丫头们忙着打帘子，立靠背，铺褥子。贾母扶着凤姐儿进来，与薛姨妈分宾主坐了。薛宝钗史湘云坐在下面。王夫人亲捧了茶奉与贾母，李宫裁奉与薛姨妈。贾母向王夫人道："让他们小姊妹服侍，你在那里坐了，好说话儿。"王夫人方向一张小杌子上坐下，便吩咐凤姐儿道："老太太的饭在这里放，添了东西来。"凤姐儿答应出去，便令人去贾母那边告诉，那边的婆娘忙往外传了。丫头们忙都赶过来，王夫人便令"请姑娘们去"。请了半天，只有探春惜春两个来了；迎春身上不耐烦，不吃饭；林黛玉自不消说，平素十顿饭只好吃五顿，众人也不着意了。

少顷饭至，众人调放了桌子。凤姐儿用手巾裹着一把牙箸站在地下，笑道："老祖宗和姑妈不用让，还听我说就是了。"贾母笑向薛姨妈道："我们就是这样。"薛姨妈笑着应了。于是凤姐放了四双：上面两双是贾母薛姨妈，两边是薛宝钗史湘云的。王夫人李宫裁等都站在地下看着放菜。凤姐先忙着要干净家伙来，替宝玉拣菜。

少顷，荷叶汤来，贾母看过了。王夫人回头见玉钏儿在那边，便令玉钏与宝玉送去。凤姐道："他一个人拿不去。"可巧莺儿和喜儿都来了。宝钗知道他们已吃了饭，便向莺儿道："宝兄弟正叫你去打络子，你们两个一同去罢。"莺儿答应，同着玉钏儿出来。莺儿道："这么远，怪热的，怎么端了去？"玉钏笑道："你放心，我自有道理。"说着，便令一个婆子来，将汤饭等物放在一个捧盒里，令他端了跟着，他两个却空着手走。一直到了怡红院门内，玉钏儿方接了过来，同莺儿进入宝玉房中。

　　袭人、麝月、秋纹三个人正和宝玉顽笑呢，见他两个来了，都忙起来，笑道："你两个怎么来的这么碰巧，一齐来了。"一面说，一面接了下来。玉钏儿便向一张杌子上坐了，莺儿不敢坐下。袭人便忙端了个脚踏来，莺儿还不敢坐。宝玉见莺儿来了，却倒十分欢喜；忽见了玉钏儿，便想到他姐姐金钏儿身上，又是伤心，又是惭愧，便把莺儿丢下，且和玉钏儿说话。袭人见把莺儿不理，恐莺儿没好意思的，又见莺儿不肯坐，便拉了莺儿出来，到那边房里去吃茶说话儿去了。

　　这里麝月等预备了碗箸来伺候吃饭。宝玉只是不吃，问玉钏儿道："你母亲身子好？"玉钏儿满脸怒色，正眼也不看宝玉，半日，方说了一个"好"字。宝玉便觉没趣，半日，只得又陪笑问道："谁叫你给我送来的？"玉钏儿道："不过是奶奶太太们！"宝玉见他还是这样哭丧，便知他是为金钏儿的原故；待要虚心下气磨转他，又见人多，不好下气的，因而变尽方法，将人都支出去，然后又陪笑问长问短。

　　那玉钏儿先虽不悦，只管见宝玉一些性子没有，凭他怎么丧谤，他还是温存和气，自己倒不好意思的了，脸上方有三分喜色。宝玉便笑求他："好姐姐，你把那汤拿了来我尝尝。"玉钏儿道："我从不会喂人东西，等他们来了再吃。"宝玉笑道："我不是要你喂我。我因为走不动，你递给我吃了，你好赶早儿回去交代了，你好吃饭的。我只管耽误时候，你岂不饿坏了。你要懒待动，我少不了忍了疼下去取来。"说着便要下床来，扎挣起来，禁不住嗳哟之声。玉钏儿见他这般，忍不住起身说道："躺下罢！那世里造了来的业，这会子现世现报。教我那一个眼睛看的上！"一面说，一面哧的一声又笑了，端过汤来。

　　宝玉笑道："好姐姐，你要生气只管在这里生罢，见了老太太、太太可放和气些，若还这样，你就又捱骂了。"玉钏儿道："吃罢，吃罢！不用和我甜嘴蜜舌的，我可不信这样话！"说着，催宝玉喝了两口汤。宝玉故意说:"不好吃,不吃了。"玉钏儿道:"阿弥陀佛!这还不好吃,什么好吃。"宝玉道:"一点味儿也没有,你不信,尝一尝就知道了。"玉钏儿真就赌气尝了一尝。宝玉笑道:"这可好吃了。"玉钏儿听说,方解过意来,原是宝玉哄他吃一口,便说道:"你既说不好吃,这会子说好吃也不给你吃了。"宝玉只管央求陪笑要吃,玉钏儿又不给他,一面又叫人打发吃饭。

丫头方进来时,忽有人来回话:"傅二爷家的两个嬷嬷来请安,来见二爷。"宝玉听说,便知是通判傅试家的嬷嬷来了。那傅试原是贾政的门生,历年来都赖贾家的名势得意,贾政也着实看待,故与别个门生不同,他那里常遣人来走动。

宝玉素习最厌愚男蠢女的,今日却如何又令两个婆子进来?其中原来有个原故:只因那宝玉闻得傅试有个妹子,名唤傅秋芳,也是个琼闺秀玉,常闻人传说才貌俱全,虽自未亲睹,然遐思遥爱之心十分诚敬,不命他们进来,恐薄了傅秋芳,因此连忙命让进来。那傅试原是暴发的,因傅秋芳有几分姿色,聪明过人,那傅试安心仗着妹妹要与豪门贵族结姻,不肯轻易许人,所以耽误到如今。目今傅秋芳年已二十三岁,尚未许人。争奈那些豪门贵族又嫌他穷酸,根基浅薄,不肯求配。那傅试与贾家亲密,也自有一段心事。今日遣来的两个婆子偏生是极无知识的,闻得宝玉要见,进来只刚问了好,说了没两句话。

那玉钏儿见生人来,也不和宝玉厮闹了,手里端着汤只顾听话。宝玉又只顾和婆子说话,一面吃饭,一面伸手去要汤。两个人的眼睛都看着人,不想伸猛了手,便将碗碰翻,将汤泼了宝玉手上。玉钏儿倒不曾烫着,唬了一跳,忙笑道:"这是怎么说!"慌的丫头们忙上来接碗。宝玉自己烫了手倒不觉的,却只管问玉钏儿:"烫了那里了?疼不疼?"玉钏儿和众人都笑了。玉钏儿道:"你自己烫了,只管问我。"宝玉听说,方觉自己烫了。众人上来连忙收拾。宝玉也不吃饭了,洗手吃茶,又和那两个婆子说了两句话。然后两个婆子告辞出去，晴雯等送至桥边方回。

那两个婆子见没人了，一行走，一行谈论。这一个笑道："怪道有人说他家宝玉是外像好里头糊涂，中看不中吃的，果然有些呆气。他自己烫了手，倒问人疼不疼，这可不是个呆子？"那一个又笑道："我前一回来，听见他家里许多人抱怨，千真万真的有些呆气。大雨淋的水鸡似的，他反告诉别人'下雨了，快避雨去罢'。你说可笑不可笑？时常没人在跟前，就自哭自笑的；看见燕子，就和燕子说话；河里看见了鱼，就和鱼说话；见了星星月亮，不是长吁短叹，就是咕咕哝哝的。且是连一点刚性也没有，连那些毛丫头的气都受的。爱惜东西，连个线头儿都是好的；糟踏起来，那怕值千值万的都不管了。"两个人一面说，一面走出园来，辞别诸人回去，不在话下。

如今且说袭人见人去了，便携了莺儿过来，问宝玉打什么络子。宝玉笑向莺儿道："才只顾说话，就忘了你。烦你来不为别的，却为替我打几根络子。"莺儿道："装什么的络子？"宝玉见问，便笑道："不管装什么的，你都每样打几个罢。"莺儿拍手笑道："这还了得！要这样，十年也打不完了。"宝玉笑道："好姐姐，你闲着也没事，都替我打了罢。"

袭人笑道："那里一时都打得完，如今先拣要紧的打两个罢。"莺儿道："什么要紧，不过是扇子、香坠儿、汗巾子。"宝玉道："汗巾子就好。"莺儿道："汗巾子是什么颜色的？"宝玉道："大红的。"莺儿道："大红的须是黑络子才好看的，或是石青的才压的住颜色。"宝玉道："松花色配什么？"莺儿道："松花配桃红。"宝玉笑道："这才娇艳。再要雅淡之中带些娇艳。"莺儿道："葱绿柳黄是我最爱的。"宝玉道："也罢了，也打一条桃红，再打一条葱绿。"莺儿道："什么花样呢？"宝玉道："共有几样花样？"莺儿道："一炷香、朝天凳、象眼块、方胜、连环、梅花、柳叶。"宝玉道："前儿你替三姑娘打的那花样是什么？"莺儿道："那是攒心梅花。"宝玉道："就是那样好。"

通过两个婆子的对话，把宝玉最可贵的一面做了"总结"。只不过她们把宝玉的这种"爱"都视为"呆"，觉得"可笑"。价值观不同，虽在咫尺，如隔大山。虽不可比，还是想起鲁迅写《药》时的感慨。

袭人全不问喝汤事，怪哉！

公子哥全不知"稼穑"之苦。

还是"汗巾子"，那顿打没起什么作用。有的人，你要改造他，给他洗脑，甚至胁迫他，他就是"顽固不化"。

莺儿多才，懂得编织技术，有审美眼光。

一面说，一面叫袭人刚拿了线来，窗外婆子说"姑娘们的饭都有了。"宝玉道："你们吃饭去，快吃了来罢。"袭人笑道："有客在这里，我们怎好去的！"莺儿一面理线，一面笑道："这话又打那里说起，正经快吃了来罢。"袭人等听说方去了，只留下两个小丫头听呼唤。

宝玉一面看莺儿打络子，一面说闲话，因问他"十几岁了？"莺儿手里打着，一面答话说："十六岁了。"宝玉道："你本姓什么？"莺儿道："姓黄。"宝玉笑道："这个名姓倒对了，果然是个黄莺儿。"莺儿笑道："我的名字本来是两个字，叫作金莺。姑娘嫌拗口，就单叫莺儿，如今就叫开了。"宝玉道："宝姐姐也算疼你了。明儿宝姐姐出阁，少不得是你跟去了。"莺儿抿嘴一笑。宝玉笑道："我常常和袭人说，明儿不知那一个有福的消受你们主子奴才两个呢。"

莺儿笑道："你还不知道，我们姑娘有几样世人都没有的好处呢，模样儿还在其次。"宝玉见莺儿娇憨婉转，语笑如痴，早不胜其情了，那更提起宝钗来！便问他道："好处在那里？好姐姐，细细告诉我听。"莺儿笑道："我告诉你，你可不许又告诉他去。"宝玉笑道："这个自然的。"正说着，只听外头说道："怎么这样静悄悄的！"二人回头看时，不是别人，正是宝钗来了。

宝玉忙让坐。宝钗坐了，因问莺儿"打什么呢？"一面问，一面向他手里去瞧，才打了半截。宝钗笑道："这有什么趣儿，倒不如打个络子把玉络上呢。"一句话提醒了宝玉，便拍手笑道："倒是姐姐说得是，我就忘了。只是配个什么颜色才好？"宝钗道："若用杂色断然使不得，大红又犯了色，黄的又不起眼，黑的又过暗。等我想个法儿：把那金线拿来，配着黑珠儿线，一根一根的拈上，打成络子，这才好看。"

宝玉听说，喜之不尽，一叠声便叫袭人来取金线。正值袭人端了两碗菜走进来，告诉宝玉道："今儿奇怪，才刚太太打发人给我送了两碗菜来。"宝玉笑道："必定是今儿菜多，送来给你们

由此可见，宝玉虽"欣赏"宝钗，但绝无与之婚配之想。

未免"滥情"。

宝玉自己并不曾要"络玉"，偏是宝钗想到，提出，而且一定要用"金线"。这"宝玉"在宝钗心目中的地位可见一斑，那"金玉良缘"的意识之深入也可见一斑。

太太特赏菜，袭人未必真的不解其意，还端出来跟人说，怕人不知道吧？而宝钗对其中奥妙倒是一清二楚，怪吗？一是自己留心，二是有可靠的信息通道。

大家吃的。"袭人道："不是，指名给我送来的，还不叫我过去磕头。这可是奇了。"宝钗笑道："给你的，你就吃了，这有什么可猜疑的。"袭人笑道："从来没有的事，倒叫我不好意思的。"宝钗抿嘴一笑，说道："这就不好意思了？明儿比这个更叫你不好意思的还有呢。"袭人听了话内有因，素知宝钗不是轻嘴薄舌奚落人的，自己方想起上日王夫人的意思来，便不再提，将菜与宝玉看了，说："洗了手来拿线。"说毕，便一直的出去了。吃过饭，洗了手，进来拿金线与莺儿打络子。此时宝钗早被薛蟠遣人来请出去了。

这里宝玉正看着打络子，忽见邢夫人那边遣了两个丫鬟送了两样果子来与他吃，问他"可走得了？若走得动，叫哥儿明儿过来散散心，太太着实记挂着呢。"宝玉忙道："若走得了，必请太太的安去。疼的比先好些，请太太放心罢。"一面叫他两个坐下，一面又叫秋纹来，把才拿来的那果子拿一半送与林姑娘去。秋纹答应了，刚欲去时，只听黛玉在院内说话，宝玉忙叫"快请"。要知端的，且听下回分解。

宝玉始终惦念的还是黛玉。

【 回后评 】

清代张新之指出："此回（第三十四回）为黛玉作一束，自'意绵绵''警芳心''发幽情''痴情女'诸回书迤逦而来，到此结穴；为宝钗作一起，凡'梅花络''绛芸轩''解疑癖''金兰语''见土仪'以至'成大礼'诸回书络绎而生，从此发源。黛到此已无心，钗到此方有事，而'情'字又不容上下分析。"

所谓"黛到此已无心"，就是黛玉对宝玉已经完全放心，而再无任何疑心。所以在此回书中写黛玉，转写其无父无母之悲，写她的孤独，写她被冷落，写她的被人"遗忘"。

所谓"为宝钗作一起"，就是开始更直接、更露骨地写其对宝玉的追求。这种追求，在此回书中表现在两个方面：一是间接的，首先是奉承老太太，让老太太喜欢她、欣赏她。再是关注宝玉的贴身丫头袭人的地位。张俊、沈治钧指出："王夫人之意，惟宝钗知之，可知二人呼吸皆通。"有了袭人的"内助"，宝钗取黛玉而代之才更有保障，这一点效果也不错。二是直接的，这在打络子一节表现得十分明显。宝玉要莺儿打络子，只想到络汗巾子，惟有宝钗想到并且直接提出"打个络子把玉络上"。对此，王蒙指出："宝钗直取其玉。宝玉忘玉，宝钗念玉。"清代洪秋蕃批评说"宝钗巧自为媒，籍力于黑心妖婢以夺黛玉婚姻，其计甚工，其谋甚秘，而其心则甚可鄙而可嗤！"而蔡义江先生虽然无法否认"客观上络住通灵玉又自有摆脱不了的命运束缚的暗示"，但仍强调"说话者并无作隐喻的意思"。同是拥钗派的周汝昌先生则对此一节干脆不置一词。

此回书写宝玉，通过他跟莺儿的对话明确表示了他绝无与宝钗弄什么"金玉良缘"之心。对此，张俊、沈治钧指出："此处明说'出嫁'，下文又云'不知那一个'，可知宝玉之于宝钗，虽不乏羡美之词，虽时有艳羡之意，然在其心底，真正属意、倾心爱恋者，实非宝钗也。看下回，宝玉梦中喊骂'金玉良缘'，其意更明矣。"其实，曹公这样写，实际是要与宝钗的作为相对比——"一个越要靠近，一个越要拒绝"。对此，周先生的评批仍是不置一词，而蔡公则顾左右而言他。

有意思的是，这回书借"两个婆子"的对话给宝玉的人生观、价值观做了一个小结：一是因人忘己，一是万物有情，一是没有刚性，一是物从人用。除了第四条，在今天看来，大概都可以归入"正能量"。但在"婆子"们看来，那是"呆""可笑"。人与人之隔膜，自古至今，都是令人悲慨的话题。

第三十六回

绣鸳鸯梦兆绛芸轩

识分定情悟梨香院

造物何尝作主张，
任人禀受福修长。
划薔亦自非容易，
解得臣忠子也良。

此回书，宝玉有一番"生死论"，把他的人生观、价值观集中而鲜明地表达出来了。历来的主流意识形态，无不强调荣宗耀祖、忠君报国，从家庭教育到社会舆论，概莫能外。每个人一生下来，就陷于这种文化氛围之中，被其熏染、洗脑，无论男女，都以成为宝玉眼中的"国贼禄鬼"为荣。特别是所谓"文死谏，武死战"，在宝玉看来，不但毫无意义，而且可鄙可耻。宝玉，绝不愿为那个"朝廷"去死。他的理由冠冕堂皇："那朝廷是受命于天，他不圣不仁，那天也断不把这万几重任与他了。"既如此，还用得着你去"死谏""死战"吗？

正是这种人生观、价值观，决定了他的婚姻观。

从上一回打络子"络"住通灵玉，宝钗就积极地公开向宝玉靠拢了。这天中午，"宝钗独自行来，顺路进了怡红院"，来至宝玉的房内。宝玉在床上睡着了，袭人坐在身旁，手里做针线：为宝玉绣扎着鸳鸯戏莲花样的兜肚。这袭人，不知是有意还是无意，她"出去走走"了。于是，宝钗"便不留心，一蹲身，刚刚的也坐在袭人方才坐的所在……不由的拿起针来，替他代刺"。宝钗之心，司马昭之心也。

而宝玉对此，一直是警惕的，抗拒的。此回书就写道：宝钗辈有时见机导劝，宝玉就生气，说"好好的一个清净洁白女儿，也学的钓名沽誉，入了国贼禄鬼之流……真真有负天地钟灵毓秀之德！"独有林黛玉自幼不曾劝他去立身扬名，所以深敬黛玉。就在宝钗全身心地在宝玉身边绣鸳鸯兜肚的时候，曹公让宝玉在梦中喊骂说："和尚道士的话如何信得？什么是金玉姻缘，我偏说是木石姻缘！"这显然是说给薛宝钗听的。一个追，一个拒，根本就在于价值观的不同。这就是"绣鸳鸯梦兆绛芸轩"。

一日，宝玉闲逛到梨香院，想让龄官唱一段《牡丹亭》

的曲子，遭到拒绝。这龄官的所爱是贾蔷。宝玉似乎第一次见到一个女孩子对另一个男孩的爱，于是省悟：并非所有女孩子的眼泪都是为他流的，"从此后只是各人各得眼泪罢了"。这就是"识分定情悟梨香院"了。

中间还写到凤姐借发月例而贪渎、袭人享妾位而称凤愿，都是意料中之事。

话说贾母自王夫人处回来，见宝玉一日好似一日，心中自是欢喜。因怕将来贾政又叫他，遂命人将贾政的亲随小厮头儿唤来，吩咐他"以后倘有会人待客诸样的事，你老爷要叫宝玉，你不用上来传话，就回他说我说了：一则打重了，得着实将养几个月才走得；二则他的星宿不利，祭了星不见外人，过了八月才许出二门。"那小厮头儿听了，领命而去。贾母又命李嬷嬷袭人等来，将此话说与宝玉，使他放心。

是溺爱，但却保全了宝玉的"天性"。

那宝玉本就懒与士大夫诸男人接谈，又最厌峨冠礼服贺吊往还等事，今日得了这句话，越发得了意，不但将亲戚朋友一概杜绝了，而且连家庭中晨昏定省【旧时侍奉父母的日常礼节：晚间服侍就寝，早上省视问安】亦发都随他的便了，日日只在园中游卧，不过每日一清早到贾母王夫人处走走就回来了，却每每甘心为诸丫鬟充役，竟也得十分闲消日月。或如宝钗辈有时见机导劝，反生起气来，只说"好好的一个清净洁白女儿，也学的钓名沽誉，入了国贼禄鬼之流。这总是前人无故生事，立言竖辞，原为导后世的须眉浊物。不想我生不幸，亦且琼闺绣阁中亦染此风，真真有负天地钟灵毓秀之德！"因此祸延古人，除四书外，竟将别的书焚了。众人见他如此疯颠，也都不向他说这些正经话了。独有林黛玉自幼不曾劝他去立身扬名等语，所以深敬黛玉。

宝钗辈，兼指袭人、湘云。即使是"水作的"女儿，也禁不住"前人""立言竖辞"的引导，"入了国贼禄鬼之流"。这就是"洗脑"的功能。既视宝钗、袭人为"国贼禄鬼"，仍需与之相处，难矣哉！

护花主人评："借众人想要金钏月钱引出王夫人厚待袭人，与周、赵二姨一样，接榫自然。"

到底是凤姐，有人愿送，她就敢收。

必得补一个，算是给送礼者一个交代。

"正要问"，是听到什么了，要查实一下。

闲言少述。如今且说王凤姐自见金钏死后，忽见几家仆人常来孝敬他些东西，又不时的来请安奉承，自己倒生了疑惑，不知何意。这日又见人来孝敬他东西，因晚间无人时笑问平儿道："这几家人不大管我的事，为什么忽然这么和我贴近？"平儿冷笑道："奶奶连这个都想不起来了？我猜他们的女儿都必是太太房里的丫头，如今太太房里有四个大的，一个月一两银子的分例，下剩的都是一个月几百钱。如今金钏儿死了，必定他们要弄这一两银子的巧宗儿呢。"凤姐听了，笑道："是了，是了，倒是你提醒了。我看这些人也太不知足，钱也赚够了，苦事情又侵不着，弄个丫头搪塞着身子也就罢了，又还想这个。也罢了，他们几家的钱容易也不能花到我跟前，这是他们自寻的，送什么来，我就收什么，横竖我有主意。"凤姐儿安下这个心，所以自管迁延着，等那些人把东西送足了，然后乘空方回王夫人。

这日午间，薛姨妈母女两个与林黛玉等正在王夫人房里大家吃西瓜呢，凤姐儿得便回王夫人道："自从玉钏儿的姐姐死了，太太跟前少着一个人。太太或看准了那个丫头好，就吩咐，下月好发放月钱的。"王夫人听了，想了一想，道："依我说，什么是例，必定四个五个的，够使就罢了，竟可以免了罢。"凤姐笑道："论理，太太说的也是。这原是旧例，别人屋里还有两个呢，太太倒不按例了。况且省下一两银子也有限。"王夫人听了，又想一想，道："也罢，这个分例只管关了来，不用补人，就把这一两银子给他妹妹玉钏儿罢。他姐姐服侍了我一场，没个好结果，剩下他妹妹跟着我，吃个双分子也不为过逾了。"凤姐答应着，回头找玉钏儿，笑道："大喜，大喜。"玉钏儿过来磕了头。

王夫人问道："正要问你，如今赵姨娘周姨娘的月例多少？"凤姐道："那是定例，每人二两。赵姨娘有环兄弟的二两，共是四两，另外四串钱。"王夫人道："可都按数给他们？"凤姐见问的奇怪，忙道："怎么不按数给！"王夫人道："前儿我恍惚听见有人抱怨，说短了一吊钱，是什么原故？"凤姐忙笑道："姨娘们的丫头，月例原是人各一吊。从旧年他们外头商议的，姨娘们每位的丫头分例减半，人各五百钱，每位两个丫头，所以短了一吊钱。这也抱怨不着我，我倒乐得给他们呢，他们外头又扣着，难道我添上不成。这个事我不过是接手儿，怎么来，怎么去，由不得我作主。我倒说了两三回，仍旧添上这两分的。他们说只有这个项数，叫我也难再说了。如今我手里每月连日子都不错给他们呢。先时在外头关，那个月不打饥荒，何曾顺顺溜溜的得过一遭儿。"

决定权在"外头"，由不得我做主。理直气壮。

王夫人听说，也就罢了，半日又问："老太太屋里几个一两的？"凤姐道："八个。如今只有七个，那一个是袭人。"王夫人道："这就是了。你宝兄弟也并没有一两的丫头，袭人还算是老太太房里的人。"凤姐笑道："袭人原是老太太的人，不过给了宝兄弟使。他这一两银子还在老太太的丫头分例上领。如今说因为袭人是宝玉的人，裁了这一两银子，断然使不得。若说再添一个人给老太太，这个还可以裁他的。若不裁他的，须得环兄弟屋里也添上一个才公道均匀了。就是晴雯麝月等七个大丫头，每月人各月钱一吊，佳蕙等八个小丫头，每月人各月钱五百，还是老太太的话，别人如何恼得气得呢。"薛姨娘笑道："只听凤丫头的嘴，倒像倒了核桃车子的，只听他的帐也清楚，理也公道。"凤姐笑道："姑妈，难道我说错了不成？"薛姨妈笑道："说的何尝错，只是你慢些说岂不省力。"凤姐才要笑，忙又忍住了，听王夫人示下。

由发月钱，就扯到袭人的待遇了。

管家婆，需要这本事。

王夫人想了半日，向凤姐儿道："明儿挑一个好丫头送去老太太使，补袭人，把袭人的一分裁了。把我每月的月例二十两银子里，拿出二两银子一吊钱来给袭人。以后凡事有赵姨娘周姨娘的，也有袭人的，只是袭人的这一分都从我的分例上匀出来，不必动官中的就是了。"凤姐一一的答应了，笑推薛姨妈道："姑妈听见了，我素日说的话如何？今儿果然应了我的话。"薛姨妈道："早就该如此。模样儿自然不用说的，他的那一种行事大方，说

上面一个"半日"，这里又一个"半日"，王夫人为袭人真是绞尽脑汁。

薛姨妈如此赞袭人，其信息来自宝钗吧？

王蒙评："王夫人含泪赞袭人，昏得可以。"

话见人和气里头带着刚硬要强，这个实在难得。"王夫人含泪说道："你们那里知道袭人那孩子的好处？比我的宝玉强十倍！宝玉果然是有造化的，能够得他长长远远的服侍他一辈子，也就罢了。"凤姐道："既这么样，就开了脸，明放他在屋里岂不好？"王夫人道："那就不好了，一则都年轻，二则老爷也不许，三则那宝玉见袭人是个丫头，纵有放纵的事，倒能听他的劝，如今作了跟前人，那袭人该劝的也不敢十分劝了。如今且浑着，等再过二三年再说。"

说毕半日，凤姐见无话，便转身出来。刚至廊檐上，只见有几个执事的媳妇子正等他回事呢，见他出来，都笑道："奶奶今儿回什么事，这半天？可是要热着了。"凤姐把袖子挽了几挽，跐着那角门的门槛子，笑道："这里过门风倒凉快，吹一吹再走。"又告诉众人道："你们说我回了这半日的话，太太把二百年头里的事都想起来问我，难道我不说罢。"又冷笑道："我从今以后倒要干几样剋毒事了。抱怨给太太听，我也不怕。糊涂油蒙了心，烂了舌头，不得好死的下作东西，别作娘的春梦！明儿一裹脑子扣的日子还有呢。如今裁了丫头的钱，就抱怨了咱们。也不想一想是奴几，也配使两三个丫头！"一面骂，一面方走了，自去挑人回贾母话去，不在话下。

再次写凤姐"跐着那角门的门槛子"，这是一个极不合规矩的动作，可见作者之褒贬。

却说王夫人等这里吃毕西瓜，又说了一回闲话，各自方散去。宝钗与黛玉等回至园中，宝钗因约黛玉往藕香榭去，黛玉回说立刻要洗澡，便各自散了。

在王夫人面前说了半天扣月钱是"外头"做的主，王夫人就信了。现在看来，实际就是凤姐的"剋毒"。

宝钗独自行来，顺路进了怡红院，意欲寻宝玉谈讲以解午倦。不想一入院来，鸦雀无闻，一并连两只仙鹤在芭蕉下都睡了。宝钗便顺着游廊来至房中，只见外间床上横三竖四，都是丫头们睡觉。转过十锦槅子，来至宝玉的房内。宝玉在床上睡着了，袭人坐在身旁，手里做针线，旁边放着一柄白犀麈。宝钗走近前来，悄悄的笑道："你也过于小心了，这个屋里那里还有苍蝇蚊子，还拿蝇帚子【即"犀麈"，同义互解】赶什么？"袭人

一段重要的戏码。原是说去"藕香榭"的，怎么就"顺路进了怡红院"呢？宝玉的"午倦"怎么轮到你来"解"？

既是为"解午倦"而来，人家都睡了，就该回避，倒把袭人"唬了一跳"。

不防，猛抬头见是宝钗，忙放下针线，起身悄悄笑道："姑娘来了，我倒也不防，唬了一跳。姑娘不知道，虽然没有苍蝇蚊子，谁知有一种小虫子，从这纱眼里钻进来，人也看不见，只睡着了，咬一口，就像蚂蚁夹的。"宝钗道："怨不得。这屋子后头又近水，又都是香花儿，这屋子里头又香。这种虫子都是花心里长的，闻香就扑。"

说着，一面又瞧他手里的针线，原来是个白绫红里的兜肚，上面扎着鸳鸯戏莲的花样，红莲绿叶，五色鸳鸯。宝钗道："嗳哟，好鲜亮活计！这是谁的，也值的费这么大工夫？"袭人向床上努嘴儿。宝钗笑道："这么大了，还戴这个？"袭人笑道："他原是不戴，所以特特的做的好了，叫他看见由不得不戴。如今天气热，睡觉都不留神，哄他戴上了，便是夜里纵盖不严些儿，也就不怕了。你说这一个就用了工夫，还没看见他身上现戴的那一个呢。"宝钗笑道："也亏你奈烦。"袭人道："今儿做的工夫大了，脖子低的怪酸的。"又笑道："好姑娘，你略坐一坐，我出去走走就来。"说着便走了。宝钗只顾看着活计，便不留心，一蹲身，刚刚的也坐在袭人方才坐的所在，因又见那活计实在可爱，不由的拿起针来，替他代刺。

不想林黛玉因遇见史湘云约他来与袭人道喜，二人来至院中，见静悄悄的，湘云便转身先到厢房里去找袭人。林黛玉却来至窗外，隔着纱窗往里一看，只见宝玉穿着银红纱衫子，随便睡着在床上，宝钗坐在身旁做针线，旁边放着蝇帚子。

林黛玉见了这个景儿，连忙把身子一藏，手握着嘴不敢笑出来，招手儿叫湘云。湘云一见他这般景况，只当有什么新闻，忙也来一看，也要笑时，忽然想起宝钗素日待他厚道，便忙掩住口。知道林黛玉不让人，怕他言语之中取笑，便忙拉过他来道："走罢。我想起袭人来，他说午间要到池子里去洗衣裳，想必去了，咱们那里找他去。"林黛玉心下明白，冷笑了两声，只得随他走了。

宝钗来了，袭人就该陪着她坐。既停止刺绣，就可以缓解脖子问题，怎么会因为"脖子"需要"出去走走"呢？而宝钗当仁不让，"一蹲身"就"坐在袭人方才坐的所在"，而且"不由的"代刺鸳鸯。曹公此笔所传达的信息，读者岂可视而不见。

为什么黛玉、湘云都觉得可笑？宝钗的作为与其在人前之端庄淑女形象反差太大了。不知今之"拥钗"者是否笑得出来。

这里宝钗只刚做了两三个花瓣，忽见宝玉在梦中喊骂说："和尚道士的话如何信得？什么是金玉姻缘，我偏说是木石姻缘！"薛宝钗听了这话，不觉怔了。忽见袭人走过来，笑道："还没有醒呢。"宝钗摇头。袭人又笑道："我才碰见林姑娘史大姑娘，他们可有进来？"宝钗道："没见他们进来。"因向袭人笑道："他们没告诉你什么话？"袭人笑道："左不过是他们那些玩话，有什么正经说的。"宝钗笑道："他们说的可不是玩话，我正要告诉你呢，你又忙忙的出去了。"

一句话未完，只见凤姐儿打发人来叫袭人。宝钗笑道："就是为那话了。"袭人只得唤起两个丫鬟来，一同宝钗出怡红院，自往凤姐这里来。果然是告诉他这话，又叫他与王夫人叩头，且不必去见贾母，倒把袭人不好意思的。见过王夫人，急忙回来，宝玉已醒了，问起原故，袭人且含糊答应，至夜间人静，袭人方告诉。

宝玉喜不自禁，又向他笑道："我可看你回家去不去了！那一回往家里走了一趟，回来就说你哥哥要赎你，又说在这里没着落，终久算什么，说了那么些无情无义的生分话唬我。从今以后，我可看谁来敢叫你去。"袭人听了，便冷笑道："你倒别这么说。从此以后我是太太的人了，我要走连你也不必告诉，只回了太太就走。"宝玉笑道："就便算我不好，你回了太太竟去了，叫别人听见说我不好，你去了你也没意思。"袭人笑道："有什么没意思，难道作了强盗贼，我也跟着罢。再不然，还有一个死呢。人活百岁，横竖要死，这一口气不在，听不见看不见就罢了。"

宝玉听见这话，便忙握他的嘴，说道："罢，罢，罢，不用说这些话了。"袭人深知宝玉性情古怪，听见奉承吉利话又厌虚而不实，听了这些尽情实话又生悲感，便悔自己说冒撞了，连忙笑着用话截开，只拣那宝玉素喜谈者问之。先问他春风秋月，再谈及粉淡脂莹，然后谈到女儿如何好，又谈到女儿死，袭人忙掩住口。

宝玉谈至浓快时，见他不说了，便笑道："人谁不死，只要死的好。那些个须眉浊物，只知道文死谏，武死战，这二死是大丈夫死名死节。竟何如不死的好！必定有昏君他方谏，他只顾邀名，猛拚一死，将来弃君于何地！必定有刀兵他方战，猛拚一死，他只顾图汗马之名，将来弃国于何地！所以这皆非正死。"袭人道："忠臣良将，出于不得已他才死。"宝玉道："那武将不过仗血气之勇，疏谋少略，他自己无能，送了性命，这难道也是不得已！那文官更不可比武官了，他念两句书汗在心里，若朝廷少有疵瑕，他就胡弹乱谏，只顾他邀忠烈之名，浊气一涌，即时拚死，这难道也是不得已！还要知道，那朝廷是受命于天，他不圣不仁，那天也断不把这万几重任与他了。可知那些死的都是沽名，并不知大义。比如我此时若果有造化，该死于此时的，趁你们在，我就死了，再能够你们哭我的眼泪流成大河，把我的尸首漂起来，送到那鸦雀不到的幽僻之处，随风化了，自此再不要托生为人，就是我死的得时了。"袭人忽见说出这些疯话来，忙说困了，不理他。那宝玉方合眼睡着，至次日也就丢开了。

　　一日，宝玉因各处游的烦腻，便想起《牡丹亭》曲来。自己看了两遍，犹不惬怀，因闻得梨香院的十二个女孩子中有小旦龄官最是唱的好，因着意出角门来找时，只见宝官玉官都在院内，见宝玉来了，都笑嘻嘻的让坐。宝玉因问"龄官独在那里？"众人都告诉他说："在他房里呢。"

　　宝玉忙至他房内，只见龄官独自倒在枕上，见他进来，文风不动。宝玉素习与别的女孩子顽惯了的，只当龄官也同别人一样，因进前来身旁坐下，又陪笑央他起来唱"袅晴丝"一套。不想龄官见他坐下，忙抬身起来躲避，正色说道："嗓子哑了。前儿娘娘传进我们去，我还没有唱呢。"宝玉见他坐正了，再一细看，原来就是那日蔷薇花下划"蔷"字那一个。又见如此景况，从来未经过这番被人弃厌，自己便讪讪的红了脸，只得出来了。

　　宝官等不解何故，因问其所以。宝玉便说了，遂出来。宝

　　宝玉的这一番"生死论"，是他对个体生命价值的肯定。我是我，朝廷是朝廷。"那朝廷是受命于天"的，是又"圣"又"仁"的，用得着你去"死谏""死战"？武的死，是无能；文的死，是邀名。这对历来所谓"忠君报国"的"教育"是一大背叛。既如此，他的生命里就只剩下一个"爱"字了：爱其所爱，享受所爱者之爱。即使如此，也"自此再不要托生为人"。

　　"各处游的烦腻"——宝玉的生活实在太空虚了。

　　这就是雨中写"蔷"字的那位。独立自尊，敢爱敢恨，十分难得。宝玉自以为是"人见人爱"的，却发现还有不爱他甚至不给他"面子"的女孩儿，这对他无异于当头一棒，使他那"爱"的人生意义大打折扣。

官便说道："只略等一等，蔷二爷来了叫他唱，是必唱的。"宝玉听了，心下纳闷，因问："蔷哥儿那去了？"宝官道："才出去了，一定还是龄官要什么，他去变弄去了。"宝玉听了，以为奇特，少站片时，果见贾蔷从外头来了，手里又提着个雀儿笼子，上面扎着个小戏台，并一个雀儿，兴兴头头的往里走着找龄官。见了宝玉，只得站住。宝玉问他："是个什么雀儿，会衔旗串戏台？"贾蔷笑道："是个玉顶金豆。"宝玉道："多少钱买的？"贾蔷道："一两八钱银子。"一面说，一面让宝玉坐，自己往龄官房里来。

宝玉此刻把听曲子的心都没了，且要看他和龄官是怎样。只见贾蔷进去笑道："你起来，瞧这个顽意儿。"龄官起身问是什么，贾蔷道："买了雀儿你顽，省得天天闷闷的无个开心。我先顽个你看。"说着，便拿些谷子哄的那个雀儿在戏台上乱串，衔鬼脸旗帜。众女孩子都笑道"有趣"，独龄官冷笑了两声，赌气仍睡去了。贾蔷还只管陪笑，问他好不好。龄官道："你们家把好好的人弄了来，关在这牢坑里学这个劳什子还不算，你这会子又弄个雀儿来，也偏生干这个。你分明是弄了他来打趣形容我们，还问我好不好。"贾蔷听了，不觉慌起来，连忙赌身立誓。又道："今儿我那里的香脂油蒙了心！费一二两银子买他来，原说解闷，就没有想到这上头。罢，罢，放了生，免免你的灾病。"说着，果然将雀儿放了，一顿把将笼子拆了。

龄官还说："那雀儿虽不如人，他也有个老雀儿在窝里，你拿了他来弄这个劳什子也忍得！今儿我咳嗽出两口血来，太太叫大夫来瞧，不说替我细问问，你且弄这个来取笑。偏生我这没人管没人理的，又偏病。"说着又哭起来。贾蔷忙道："昨儿晚上我问了大夫，他说不相干。他说吃两剂药，后儿再瞧。谁知今儿又吐了。这会子请他去。"说着，便要请去。龄官又叫"站住，这会子大毒日头地下，你赌气子去请了来我也不瞧。"贾蔷听如此说，只得又站住。

此话，由一个小"戏子"说出，一句千钧。

此笼可拆，贾府之笼谁来拆？

宝玉心疼黛玉，说过此类的话；今由龄官说给贾蔷，令宝玉感到自己"管窥蠡测"了。

宝玉见了这般景况，不觉痴了，这才领会了划"蔷"深意。自己站不住，便抽身走了。贾蔷一心都在龄官身上，也不顾送，倒是别的女孩子送了出来。

那宝玉一心裁夺盘算，痴痴的回至怡红院中，正值林黛玉和袭人坐着说话儿呢。宝玉一进来，就和袭人长叹，说道："我昨晚上的话竟说错了，怪道老爷说我是'管窥蠡测'。昨夜说你们的眼泪单葬我，这就错了。我竟不能全得了。从此后只是各人各得眼泪罢了。"袭人昨夜不过是些顽话，已经忘了，不想宝玉今又提起来，便笑道："你可真真有些疯了。"宝玉默默不对，自此深悟人生情缘，各有分定，只是每每暗伤"不知将来葬我洒泪者为谁？"此皆宝玉心中所怀，也不可十分妄拟。

且说林黛玉当下见了宝玉如此形象，便知是又从那里着了魔来，也不便多问，因向他说道："我才在舅母跟前听的明儿是薛姨妈的生日，叫我顺便来问你出去不出去。你打发人前头说一声去。"宝玉道："上回连大老爷的生日我也没去，这会子我又去，倘或碰见了人呢？我一概都不去。这么怪热的，又穿衣裳，我不去姨妈也未必恼。"袭人忙道："这是什么话？他比不得大老爷。这里又住的近，又是亲戚，你不去岂不叫他思量。你怕热，只清早起到那里磕个头，吃钟茶再来，岂不好看。"宝玉未说话，黛玉便先笑道："你看着人家赶蚊子分上，也该去走走。"宝玉不解，忙问："怎么赶蚊子？"袭人便将昨日睡觉无人作伴，宝姑娘坐了一坐的话说了出来。宝玉听了，忙说："不该。我怎么睡着了，亵渎了他。"一面又说："明日必去。"

正说着，忽见史湘云穿的齐齐整整的走来辞，说家里打发人来接他。宝玉林黛玉听说，忙站起来让坐。史湘云也不坐，宝林两个只得送他至前面。那史湘云只是眼泪汪汪的，见有他家人在跟前，又不敢十分委曲。少时薛宝钗赶来，愈觉缱绻难舍。还是宝钗心内明白，他家人若回去告诉了他婶娘，待他家去又恐受气，因此倒催他走了。众人送至二门前，宝玉还要往外送，倒是

这个"叫他思量"的"他"，当不是指薛姨妈——对长辈岂能如此指代？连义互解，黛玉听得明白，"他"即指宝钗也。而宝玉说"明日必去"，因为那是"泛爱之群"的重要一员，万不可"亵渎"的。

湘云，无父无母；黛玉，无父无母；宝钗，有母无父；宝琴、李纹、李绮，都是丧父之人。曹公如此设置，盖出于小说情节安排的需要吧。

湘云拦住了。一时，回身又叫宝玉到跟前，悄悄的嘱道："便是老太太想不起我来，你时常提着打发人接我去。"宝玉连连答应了。眼看着他上车去了，大家方才进来。要知端的，且听下回分解。

【回后评】

宝玉的一番"生死论"，就是表明他不愿意把自己拴在朝廷的那辆马车上。他只想活出自己。在那个时代，在那种特殊的环境里，既没有辛亥革命，也没有五四运动，连吃穿住用也完全不用他操心。他能干什么呢？他只做了一个"护花使者"：他爱身边的每一个女儿，从小姐到丫鬟，不但没有少爷的架子，还能"服软""认错"，以至甘愿为她们"服务"。而周围的小姐、丫鬟又无不喜欢他，虽有龃龉，有口角，总还是让他享受到一种温情的爱。这种生活，不能说没有意义。他保护了，关爱了，给世界以温暖了。这就像歌词所唱的："只要人人都献出一点爱，世界将变成美好的人间。"但这到底是空虚的，是"美中不足"的，所以，他的愿望是"自此再不要托生为人"。后在梨香院遭到龄官的冷遇，他更感到生命的意义实在有限，连自己唯一在乎的"爱"也"不能全得了"，这是他在"历劫"过程中的感悟之一。

再说玉钗矛盾。在上一回书的总评中我们就指出，宝玉之于宝钗，虽不乏羡美之词，虽时有艳羡之意，然在其心底，真正属意、倾心爱恋者，实非宝钗也。

对于宝玉、黛玉、宝钗三者的关系，作者是有明确设计的。书的第五回，在"薄命司""金陵十二钗正册"中钗黛是"同框"的，而这种"同框"现象在所有册页中是唯一的。这表明，这两个女性是一对矛盾，宝玉必须二中取一。而在后面的曲词中，又明确了宝玉的选择，就是"都道是金玉良姻，俺只念木石前盟"。这就是贯穿全书的故事：一方面"都道是金玉良姻"，而宝玉

"只念木石前盟"。

要实现"金玉良缘"，就必须拆散"木石前盟"。这就不仅对黛玉构成威胁，也是对宝玉的挑战。前面书中已有种种为"金玉良缘"作的铺垫与努力，上一回书写宝钗打络子"络玉"就是新阶段中宝钗对"木石前盟"的第一次明确挑战。此一回中，写宝钗坐在宝玉身边绣鸳鸯兜肚，就是进一步的挑战，而遭到宝玉梦中的"喊骂"。

作者的这些描写，再明确不过地表明，宝钗不是一个"可爱"的角色，她是"小三儿"。

附：

名家对宝钗的不同评论

清代张新之评："请告看官，读书至此，一字不可放过。看此行来是独自，是顺路。""是不留心，而不留心即放心矣，宝玉去僧道来矣。""拿起针来是'不由的'，'不由'二字费想。就替她做，到此钗玉事了。"

清代洪秋蕃批："噫！此何所在，而可蹲身坐乎？宝钗一生精细，到处留心，形影之间，亦必筹度行走，以避嫌疑。而况孤男旷女，枕席床帏，反至漫不经心乎！分明欲亲芳泽，窃喜无人，如小虫之闻香即扑。作者称其不留心，特以试读者之眼力耳。""日有所思，夜感为梦，宝玉梦中之喊骂，即其平日之醒骂也。"

张俊、沈治钧指出：二十八回，宝玉因"金玉"之说"所以总远着宝玉"。坐在宝玉身旁："'不留心'耶，抑身不由己耶？"代袭人"绣鸳鸯"："是'活计可爱'耶，抑情不自禁耶？"并引鹤睫诗："漫云轻预人家事，绣到鸳鸯已许身。"

作家王蒙也说："这个场面未免直露，与宝钗的韬光养晦风格不同，故令黛玉好笑。"

作为"拥薛派"的红学家周汝昌，则对"独自""顺路""不留心""坐在袭人方才坐的所在"等描写都不置一词。对宝玉梦

中之"喊骂",不说宝玉抗拒"金玉良缘"而执着于"木石前盟"的心理,却说什么"木石前盟""不知何指"。

蔡义江没有回避,但他从作者的描写中看出的却大有不同:"见黛玉回去,不致猜疑,才顺路进怡红院来。'解午倦'是其来意,故以下写足午倦时景象。""袭人暂离,宝钗独处,毫不在意,正其胸怀坦荡处。"宝钗"俨然像女主人的样子;又听到宝玉梦中喊出不要'金玉良缘'的话。这一切都是未来命运的预兆,故用'梦兆'二字"。——这是无视激烈的矛盾冲突,以命运代替人物性格分析。

第三十七回

秋爽斋偶结海棠社
蘅芜苑夜拟菊花题

海棠名诗社，林史傲秋闺。

纵有才八斗，不如富贵儿。

婆子送帖献海棠，众人商议结诗社

这一日，探春诗兴大发，邀宝玉等到秋爽斋商量起诗社之事。宝玉在去秋爽斋的路上得到消息：贾芸给他送来了两盆白海棠。诗社之名即由此而得。

既结社作诗，黛玉就建议各取雅号。最后是：李纨——稻香老农，探春——秋爽居士、蕉下客，薛宝钗——蘅芜君，黛玉——潇湘妃子，迎春——菱洲，惜春——藕榭，宝玉——绛洞花主、怡红公子。名号既定，李纨乃自荐作社长，并请菱洲、藕榭作副社长，一位出题限韵，一位誊录监场。活动时间则商定每月两次——初二和十六，谁有兴趣自可另起做东，大家一致通过。

探春因此事由她而起，就决定先做一东。当日起社，就以咏白海棠为题，迎春限韵"十三元"，且头一个韵定要用"门"字，其他四韵字必须用"盆""魂""痕""昏"。不但如此，还燃香计时，香尽不能交卷就要受罚。

一时探春便先有了，宝钗也有了。宝玉背着手，在回廊上踱来踱去，心里惦记着黛玉。香只剩了一寸了，黛玉还是不动笔。宝玉无法，只得写了。

李纨开始看诗，待看完探春、宝钗的，黛玉才"提笔一挥而就，掷与众人"。众人看了，都道是这首为上。李纨却把宝钗的评为第一，而宝玉的"压尾"。宝玉不为自己争，只说"蘅潇二首还要斟酌"，被李纨驳回。

宝玉作诗期间，袭人等在怡红院自有许多事务。宝玉回来，袭人把打发宋妈妈与史湘云送东西去的话告诉他。宝玉马上想到起诗社不能忘记史湘云，第二天就把湘云接过来。这湘云提笔作诗，积极入社，并提出要做一回东道。

至晚，宝钗将湘云邀往蘅芜苑安歇去（她原是跟黛玉同住的），说做东"又要自己便宜，又要不得罪了人"，而湘云的那几个月钱肯定不够开销。于是宝钗就"建议"：由她弄螃蟹、好酒，把"从老太太起连上园里的人"都请来，热闹一回。等他们散了，再作诗。湘云自是十分感动。宝钗又与湘云商定了十二个咏菊花的诗题——《忆菊》《访菊》《种菊》《对菊》《供菊》《咏菊》《画菊》《问菊》《簪菊》《菊影》《菊梦》《残菊》，并商定题目个人自选，也不限韵。二人商议妥帖，方才息灯安寝。这就是"蘅芜苑夜拟菊花题"了。

这年贾政又点了学差，择于八月二十日起身。是日拜过宗祠及贾母起身，宝玉诸子弟等送至洒泪亭。

却说贾政出门去后，外面诸事不能多记。单表宝玉每日在园中任意纵性的逛荡，真把光阴虚度，岁月空添。这日正无聊之际，只见翠墨进来，手里拿着一副花笺【写在彩纸上的短信】送与他。宝玉因道："可是我忘了，才说要瞧瞧三妹妹去的，可好些了，你偏走来。"翠墨道："姑娘好了，今儿也不吃药了，不过是凉着一点儿。"宝玉听说，便展开花笺看时，上面写道：

娣【女弟，义同"妹"】探谨奉

二兄文几【书房的几案，敬辞，意谓把此笺送至您的几前】：前夕新霁，月色如洗，因惜清景难逢，讵【岂】忍就卧，时漏已三转，犹徘徊于桐槛【梧桐树下的窗前或廊边栏杆】之下，未防风露所欺，致获采薪之患【自称有病的婉辞】。昨蒙亲劳抚嘱，复又数遣侍儿问切，兼以鲜荔并真卿墨迹见赐，何痌瘝【tōng guān，关心我的病况】惠爱之深哉！今因伏几凭床处默之时，因思及历来古人中处名攻利敌之场，犹置一些【少，小】山滴水之区，远招近揖，投辖攀辕【殷勤留客】，务结二三同志盘桓于其中，或竖词坛，或开吟

要写宝玉等在大观园的"纵性"生活，必需把贾政打发出去，这是情节发展的需要。

这篇短柬，文辞优雅，作者拟与探春之手，是为她发起诗社作一文采之铺垫。柬可分三层：一是对宝玉关心自己的病情表示感谢；二是写自己在"伏几凭床处默之时"发思古之幽情；三是由思古而起诗社之想，邀宝玉会商。

社，虽一时之偶兴，遂成千古之佳谈。娣虽不才，窃同叨栖处于泉石之间【指居处于大观园】，而兼慕薛林【薛宝钗与林黛玉】之技。风庭月榭，惜未宴集诗人；帘杏溪桃，或可醉飞吟盏。孰谓莲社【东晋名僧慧远组织的一个文社】之雄才，独许须眉；直以东山之雅会【东晋谢安曾在东山邀集友人赏景为文】，让余脂粉。若蒙棹雪【东晋王子猷曾冒雪乘舟访友，此谓乘性而行】而来，娣则扫花以待。此谨奉。

宝玉看了，不觉喜的拍手笑道：“倒是三妹妹的高雅，我如今就去商议。”一面说，一面就走，翠墨跟在后面。

　　刚到了沁芳亭，只见园中后门上值日的婆子手里拿着一个字帖走来，见了宝玉，便迎上去，口内说道：“芸哥儿请安，在后门口等着，叫我送来的。”宝玉打开看时，写道是：

不肖男芸恭请

父亲大人万福金安。男思自蒙天恩，认于膝下，日夜思一孝顺，竟无可孝顺之处。前因买办花草，上托大人金福，竟认得许多花儿匠，并认得许多名园。因忽见有白海棠一种，不可多得。故变尽方法，只弄得两盆。大人若视男是亲男一般，便留下赏玩。因天气暑热，恐园中姑娘们不便，故不敢面见。奉书恭启，并叩
台安。

男芸跪书

　　贾芸，宝玉的侄子，比宝玉大四五岁。在第二十四回曾认宝玉为父，故此称宝玉为“父亲大人”。此帖不文不白，恰与探春之柬形成对比。贾芸献白海棠，实为“海棠诗社”的成立作一引线。

宝玉看了，笑道：“独他来了，还有什么人？”婆子道：“还有两盆花儿。”宝玉道：“你出去说，我知道了，难为他想着。你便把花儿送到我屋里去就是了。”一面说，一面同翠墨往秋爽斋来，只见宝钗、黛玉、迎春、惜春已都在那里了。

五·八·二　红楼梦·上

众人见他进来，都笑说："又来了一个。"探春笑道："我不算俗，偶然起个念头，写了几个帖儿试一试，谁知一招皆到。"宝玉笑道："可惜迟了，早该起个社的。"黛玉道："此时还不算迟，也没什么可惜。但是你们只管起社，可别算上我，我是不敢的。"迎春笑道："你不敢谁还敢呢。"宝玉道："这是一件正经大事，大家鼓舞【努力，振作】起来，不要你谦我让的。各有主意自管说出来大家平章【议论评判】。宝姐姐也出个主意，林妹妹也说个话儿。"宝钗道："你忙什么，人还不全呢。"

探春高兴，黛玉客气，宝玉着急，宝钗看出李纨未到，所以等待：各有姿态。

一语未了，李纨也来了，进门笑道："雅的紧！要起诗社，我自荐我掌坛。前儿春天我原有这个意思的。我想了一想，我又不会作诗，瞎乱些什么，因而也忘了，就没有说得。既是三妹妹高兴，我就帮你作兴起来。"

李纨也是应探春之邀而来。大观园所有"居民"都到了。

黛玉道："既然定要起诗社，咱们都是诗翁了，先把这些姐妹叔嫂的字样改了才不俗。"李纨道："极是，何不大家起个别号，彼此称呼则雅。我是定了'稻香老农'，再无人占的。"

黛玉此议，纯是雅兴。

探春笑道："我就'秋爽居士'罢。"宝玉道："居士、主人到底不恰，且又瘰赘。这里梧桐芭蕉尽有，或指梧桐芭蕉起个倒好。"探春笑道："有了，我最喜芭蕉，就称'蕉下客'罢。"众人都道别致有趣。黛玉笑道："你们快牵了他去，炖了脯子吃酒。"众人不解。黛玉笑道："古人曾云'蕉叶覆鹿'。他自称'蕉下客'，可不是一只鹿？快做了鹿脯来。"众人听了都笑起来。

黛玉雅谑，见得博闻强识。

探春因笑道："你别忙中使巧话来骂人，我已替你想了个极当的美号了。"又向众人道："当日娥皇女英洒泪在竹上成斑，故今斑竹又名湘妃竹。如今他住的是潇湘馆，他又爱哭，将来他想林姐夫，那些竹子也是要变成斑竹的。以后都叫他作'潇湘妃子'就完了。"大家听说，都拍手叫妙。林黛玉低了头方不言语。李纨笑道："我替薛大妹妹也早已想了个好的，也只三个字。"惜春迎春都问是什么。李纨道："我是封他'蘅芜君'了，不知你们以为如何。"探春笑道："这个封号极好。"宝玉道："我呢？你

探春的反唇相讥未免太厉害：黛玉倡导作"诗翁"，是充男性身份，而"潇湘妃子"仍是女性；且洒泪斑竹是丈夫死了之后的悲苦，这里说"将来他想林姐夫"，是明言黛玉将遭"哭夫"之祸。众未解其意，黛玉败下阵来而不语。

宝玉的"号"也让宝钗说尽了。在整个过程中，宝钗尽显其强势地位，在这种场合，完全不是"不干己事不张口，一问摇头三不知"的形象。

们也替我想一个。"宝钗笑道："你的号早有了，'无事忙'三字恰当的很。"李纨道："你还是你的旧号'绛洞花主'就好。"宝玉笑道："小时候干的营生，还提他作什么。"探春道："你的号多的很，又起什么。我们爱叫你什么，你就答应着就是了。"宝钗道："还得我送你个号罢。有最俗的一个号，却于你最当。天下难得的是富贵，又难得的是闲散，这两样再不能兼有，不想你兼有了，就叫你'富贵闲人'也罢了。"宝玉笑道："当不起，当不起，倒是随你们混叫去罢。"李纨道："二姑娘四姑娘起个什么号？"迎春道："我们又不大会诗，白起个号作什么？"探春道："虽如此，也起个才是。"宝钗道："他住的是紫菱洲，就叫他'菱洲'；四丫头在藕香榭，就叫他'藕榭'就完了。"

完善组织，拟定规矩。

李纨道："就是这样好。但序齿我大，你们都要依我的主意，管情说了大家合意。我们七个人起社，我和二姑娘四姑娘都不会作诗，须得让出我们三个人去。我们三个各分一件事。"探春笑道："已有了号，还只管这样称呼，不如不有了。以后错了，也要立个罚约才好。"李纨道："立定了社，再定罚约。我那里地方大，竟在我那里作社。我虽不能作诗，这些诗人竟不厌俗客，我作个东道主人，我自然也清雅起来了。若是要推我作社长，我一个社长自然不够，必要再请两位副社长，就请菱洲藕榭二位学究来，一位出题限韵，一位誊录监场。亦不可拘定了我们三个人不作，若遇见容易些的题目韵脚，我们也随便作一首。你们四个却是要限定的。若如此便起，若不依我，我也不敢附骥了。"迎春惜春本性懒于诗词，又有薛林在前，听了这话便深合己意，二人皆说"极是"。

进一步完善规矩。

探春等也知此意，见他二人悦服，也不好强，只得依了。因笑道："这话也罢了，只是自想好笑，好好的我起了个主意，反叫你们三个来管起我来了。"宝玉道："既这样，咱们就往稻香村去。"李纨道："都是你忙，今日不过商议了，等我再请。"宝钗道："也要议定几日一会才好。"探春道："若只管会的多，又没趣了。一月之中，只可两三次才好。"宝钗点头道："一月只要两次就够了。拟定日期，风雨无阻。除这两日外，倘有高兴的，他情愿加一社的，或情愿到他那里去，或附就了来，亦可使得，岂不活泼有趣。"众人都道："这个主意更好。"

探春道："只是原系我起的意，我须得先作个东道主人，方不负我这兴。"李纨道："既这样说，明日你就先开一社如何？"探春道："明日不如今日，此刻就很好。你就出题，菱洲限韵，藕榭监场。"迎春道："依我说，也不必随一人出题限韵，竟是拈阄公道。"李纨道："方才我来时，看见他们抬进两盆白海棠来，倒是好花。你们何不就咏起他来？"迎春道："都还未赏，先倒作诗。"宝钗道："不过是白海棠，又何必定要见了才作。古人的诗赋，也不过都是寄兴写情耳。若都是等见了作，如今也没这些诗了。"

迎春道："既如此，待我限韵。"说着，走到书架前抽出一本诗来，随手一揭，这首竟是一首七言律，递与众人看了，都该作七言律。迎春掩了诗，又向一个小丫头道："你随口说一个字来。"那丫头正倚门立着，便说了个"门"字。迎春笑道："就是门字韵，'十三元'了。头一个韵定要这'门'字。"说着，又要了韵牌匣子过来，抽出"十三元"一屉，又命那小丫头随手拿四块。那丫头便拿了"盆"、"魂"、"痕"、"昏"四块来。宝玉道："这'盆'、'门'两个字不大好作呢！"

待书一样预备下四份纸笔，便都悄然各自思索起来。独黛玉或抚梧桐，或看秋色，或又和丫鬟们嘲笑。迎春又令丫鬟炷了一支"梦甜香"。原来这"梦甜香"只有三寸来长，有灯草粗细，以其易烬，故以此烬为限，如香烬未成便要罚。

一时探春便先有了，自提笔写出，又改抹了一回，递与迎春。因问宝钗："蘅芜君，你可有了？"宝钗道："有却有了，只是不好。"宝玉背着手，在回廊上踱来踱去，因向黛玉说道："你听，他们都有了。"黛玉道："你别管我。"宝玉又见宝钗已誊写

"咏白海棠"，诗题就这样拟定了。不过不是写眼前的白海棠，是写曾见过的、印象中的白海棠。如此，就摆脱了特定时空的局限。

不但限韵，还限韵字，连宝玉都觉得"不大好作"了。如此，才考验诸位的才华——显示作者的才华。

难度大，时间紧，偏黛玉有闲情。

探春诗需"改抹"，宝玉需"踱来踱去"地思考，宝钗"有了"，但还觉得"不好"。黛玉最后交卷，却是"提笔一挥而就，掷与众人"，其敏捷、自信如此。

出来，因说道："了不得！香只剩了一寸了，我才有了四句。"又向黛玉道："香就完了，只管蹲了那潮地下作什么？"黛玉也不理。宝玉道："我可顾不得你了，好歹也写出来罢。"说着也走在案前写了。

李纨道："我们要看诗了，若看完了还不交卷是必罚的。"宝玉道："稻香老农虽不善作却善看，又最公道，你就评阅优劣，我们都服的。"众人都道："自然。"于是先看探春的稿上写道是：

咏白海棠限门盆魂痕昏

斜阳寒草带重门【在斜阳的映照下，秋季的衰草连接着一重重的大门】，苔翠盈铺雨后盆【大门里，有一盆白海棠，雨后花盆里的苔藓，翠绿如茵】。

玉是精神难比洁【看那海棠的精神，会想到白玉，但白玉又难以相比】，雪为肌骨易销魂【看那海棠的肌骨，会想到白雪，但它比白雪更让人销魂】。

芳心一点娇无力【细看那奇花朵朵，在微风中轻摇慢舞，多么娇柔】，倩影三更月有痕【再想它月夜三更，定会留下美妙的身影，耐得寂寞而自好洁身】。

莫谓缟仙能羽化【不要说她是白衣仙子，能够飞升到那美妙的天庭】，多情伴我咏黄昏【那海棠多情多义，在这斜阳衰草的时候，它正陪伴我浅唱低吟】。

大家看了，称赏一回。又看宝钗的是：

珍重芳姿昼掩门【为"珍重"这姿容美妙的海棠，大白天也要把门关紧，闲人免进】，自携手瓮灌苔盆【我亲自提着水罐，及时为它浇灌，保障它叶茂根深】。

胭脂洗出秋阶影【像是秋霜洗去脂粉，它洁白的姿容在石阶上留下倩影】，冰雪招来露砌魂【在那带露的石阶上，

首联，把海棠置于"斜阳"之下、"重门"之中，伴以"寒草""翠苔"，构成凄寒之境。颔联用比喻，虚写其品格之高洁和形貌之赏心悦目。颈联一转，写其娇柔、妩媚的一面。尾联写其多情，整合海棠与"我"的联系，并回应首联之"斜阳"。

首联写自己对海棠的珍重与养护。颔联赞其姿容与品格。颈联一转，由描述到议论说理，强调朴素的美才是最高的美，冷静的理性才是人性的最好境界。尾联归结到海棠的"清洁"，并表示愿以此报答白帝。

我们更看到冰雪一样晶莹的灵魂】。

淡极始知花更艳【人，就像这花，淡到极致才是艳的最高境界】，愁多焉得玉无痕【多愁善感，泪洒不禁，就是美玉也会染上污痕】。

欲偿白帝凭清洁【那海棠，要报答白帝（秋神）的恩德，无须眼泪，而只凭自身的高洁】，不语婷婷日又昏【你看它，婷婷伫立，不言不语，就这样度过一个又一个黄昏】。

李纨笑道："到底是蘅芜君。"说着又看宝玉的，道是：

秋容浅淡映重门【在重门之内，白海棠以其浅淡的姿容在天地间辉映】，七节攒成雪满盆【支撑起满盆如雪的繁花，它枝杈茂盛而丛生】。

出浴太真冰作影【它让我想起刚刚出浴的杨贵妃，那肌肤像冰一样洁净】，捧心西子玉为魂【它让我想起蹙眉捧心的美西施，那品格像玉一样纯正】。

晓风不散愁千点【那千万朵花就是千万个愁结，任晓风吹拂也难以打开】，宿雨还添泪一痕【倘有夜雨飘洒，那花心上的雨滴，就是它泪水的象征】。

独倚画栏如有意【它孤独地依靠在画栏之侧，心中仿佛有无限的愁情】，清砧怨笛送黄昏【但无人可以诉说，黄昏里只听着哀怨之笛与捣衣声声】。

首联写其外貌：花容浅淡，而满盆如雪。颔联写外在之洁净与内在之纯正。颈联具体写花，想象其花朵含愁、雨露如泪。尾联归结到其孤独哀怨，哀怨的笛声、家人为远客的捣衣声，更增添了其愁绪。

大家看了，宝玉说探春的好，李纨才要推宝钗这诗有身分，因又催黛玉。黛玉道："你们都有了？"说着，提笔一挥而就，掷与众人。李纨等看他写道是：

半卷湘帘半掩门【又要欣赏又怕伤着，只好窗帘半卷，也不敢敞开大门】，碾冰为土玉为盆【以冰为土，以玉做盆，此诗，不同于宝钗的种花人口吻，也不同于宝玉的客观描述，而以欣赏者的口吻与海棠对话，这就显得格外新颖活泼，风流别致。首联以珍惜之情引出对种花人的赞美——是通过赞美种花人而赞美花本身。颔联进一步通过赞美种花人的精巧而赞美花的洁白与精神。颈联再转，直接对海棠说话，欣赏它的纯净，体贴它的忧愁。最后，表达对它的同情。

宝玉不喜宝钗之作，而为黛玉一争，情感倾向分明。而宝钗之作，与李纨的价值观相合，所以评为第一。

种花人为你真是百倍用心 】。

看了这句，宝玉先喝起彩来，只说"从何处想来！"又看下面道：

偷来梨蕊三分白【为了你，他从梨花那里偷来了几分洁白 】，借得梅花一缕魂【为了你，他又向梅花那里借来了一缕精魂 】。

众人看了也都不禁叫好，说"果然比别人又是一样心肠。"又看下面道是：

月窟仙人缝缟袂【你，纯洁无瑕，就像月宫里嫦娥缝制的素装 】，秋闺怨女拭啼痕【你，抑郁忧愁，就像哀怨的美女在擦拭泪痕 】。

娇羞默默同谁诉【你生性娇羞，终日默默，满腔的话语无处倾吐 】，倦倚西风夜已昏【到黄昏时节依然背倚西风，疲倦地等待亲人 】。

众人看了，都道是这首为上。李纨道："若论风流别致，自是这首；若论含蓄浑厚，终让蘅稿。"探春道："这评的有理，潇湘妃子当居第二。"李纨道："怡红公子是压尾，你服不服？"宝玉道："我的那首原不好了，这评的最公。"又笑道："只是蘅潇二首还要斟酌。"李纨道："原是依我评论，不与你们相干，再有多说者必罚。"宝玉听说，只得罢了。

李纨道："从此后，我定于每月初二、十六这两日开社，出题限韵都要依我。这其间你们有高兴的，你们只管另择日子补开，那怕一个月每天都开社，我只不管。只是到了初二、十六这两日，是必往我那里去。"宝玉道："到底要起个社名才是。"探春道："俗了又不好，特新了，刁钻古怪也不好。可巧才是海棠

五·八·八

诗开端，就叫个海棠社罢。虽然俗些，因真有此事，也就不碍了。"说毕大家又商议了一回，略用些酒果，方各自散去。也有回家的，也有往贾母王夫人处去的。当下别人无话。

且说袭人因见宝玉看了字贴儿便慌慌张张的同翠墨去了，也不知是何事。后来又见后门上婆子送了两盆海棠花来。袭人问是那里来的，婆子便将宝玉前一番缘故说了。袭人听说便命他们摆好，让他们在下房里坐了，自己走到自己房内秤了六钱银子封好，又拿了三百钱走来，都递与那两个婆子道："这银子赏那抬花来的小子们，这钱你们打酒吃罢。"那婆子们站起来，眉开眼笑，千恩万谢的不肯受，见袭人执意不收，方领了。

袭人又道："后门上外头可有该班的小子们？"婆子忙应道："天天有四个，原预备里面差使的。姑娘有什么差使，我们吩咐去。"袭人笑道："有什么差使？今儿宝二爷要打发人到小侯爷家与史大姑娘送东西去，可巧你们来了，顺便出去叫后门小子们雇辆车来。回来你们就往这里拿钱，不用叫他们又往前头混碰去。"婆子答应着去了。

袭人回至房中，拿碟子盛东西与史湘云送去，却见橱子上碟槽空着。因回头见晴雯、秋纹、麝月等都在一处做针黹，袭人问道："这一个缠丝白玛瑙碟子那去了？"众人见问，都你看我我看你，都想不起来。半日，晴雯笑道："给三姑娘送荔枝去的，还没送来呢。"袭人道："家常送东西的傢伙也多，巴巴的拿这个去。"晴雯道："我何尝不也这样说。他说这个碟子配上鲜荔枝才好看。我送去，三姑娘见了也说好看，叫连碟子放着，就没带来。你再瞧，那橱子尽上头的一对联珠瓶还没收来呢。"

秋纹笑道："提起瓶来，我又想起笑话。我们宝二爷说声孝心一动，也孝敬到二十分。因那日见园里桂花，折了两枝，原是自己要插瓶的，忽然想起来说，这是自己园里的才开的新鲜花，不敢自己先顽，巴巴的把那一对瓶拿下来，亲自灌水插好了，叫个人拿着，亲自送一瓶进老太太，又进一瓶与太太。谁知他孝心一动，连跟的人都得了福了。可巧那日是我拿去的。老太太见了这样，喜的无可无不可，见人就说：'到底是宝玉孝顺我，连一枝花儿也想的到。别人还只抱怨我疼他。'你们知道，老太太素日不大同我说话的，有些不入他老人家的眼的。那日竟叫人拿几百钱给我，说我可怜见的，生的单柔。这可是再想不到的福气。几百钱是小事，难得这个脸面。及至到了太太那里，太太正和二奶奶、赵姨奶奶、周姨奶奶好些人翻箱子，找太太当日年轻的颜色衣裳，不知给那一个。一见了，连衣裳也不找了，且看花儿。又有二奶奶在旁边凑趣儿，夸宝玉又是怎么孝敬，又是怎样知好歹，有的没的说了两车话。当着众人，太太自为又增了光，堵了众人的嘴。太太越发喜欢了，现成的衣裳就赏了我两件。衣裳也是小事，年年横竖也得，却不像这个彩头。"

晴雯笑道："呸！没见世面的小蹄子！那是把好的给了人，挑剩下的才给你，你还充有脸呢。"秋纹道："凭他给谁剩的，到底是太太的恩典。"晴雯道："要是我，我就不要。若是给别人剩下的给我，也罢了。一样这屋里的人，难道谁又比谁高贵些？把好的给他，剩下的才给我，我宁可不要，冲撞了太太，我也不受这口软气。"秋纹忙问："给这屋里谁的？我因为前儿病了几天，家去了，不知是给谁的。好姐姐，你告诉我知道知道。"晴雯道："我告诉了你，难道你这会退还太太去不成？"秋纹笑道："胡说。我白听了喜欢喜欢。那怕给这屋里的狗剩下的，我只领太太的恩典，也不犯管别的事。"众人听了都笑道："骂的巧，可不是给了那西洋花点子哈巴儿了。"袭人笑道："你们这起烂了嘴的！得了空就拿我取笑打牙儿。一个个不知怎么死呢。"秋纹笑道："原来姐姐得了，我实在不知道。我陪个不是罢。"

袭人笑道："少轻狂罢。你们谁取了碟子来是正经。"麝月道："那瓶得空儿也该收来了。老太太屋里还罢了，太太屋里人多手杂。别人还可以，赵姨奶奶一伙的人见是这屋里的东西，又该使黑心弄坏了才罢。太太也不大管这些，不如早些收来是正经。"晴雯听说，便掷下针黹道："这话倒是，等我取去。"秋纹道："还是我取去罢，你取你的碟子去。"晴雯笑道："我偏取一遭儿去。是巧宗儿你们都得了，难道不许我得一遭儿？"麝月笑道："通共秋丫头得了一遭儿衣裳，那里今儿又巧，你也遇见找衣裳不成。"晴雯冷笑道："虽然碰不见衣裳，或者太太看见我勤谨，一个月也把太太的公费里分出二两银子来给我，也定不得。"说着，又笑道："你们别和我装神弄鬼的，什么事我不知道。"一面说，一面往外跑了。秋纹也同他出来，自去探春那里取了碟子来。

袭人打点齐备东西，叫过本处的一个老宋妈妈来，向他说道："你先好生梳洗了，换了出门的衣裳来，如今打发你与史姑娘送东西去。"那宋嬷嬷道："姑娘只管交给我，有话说与我，我收拾了就好一顺去的。"袭人听说，便端过两个小掐丝盒子来。先揭开一个，里面装的是红菱和鸡头两样鲜果；又揭那一个，是一碟子桂花糖蒸新栗粉糕。又说道："这都是今年咱们这里园里新结的果子，宝二爷送来与姑娘尝尝。再前日姑娘说这玛瑙碟子好，姑娘就留下顽罢。这绢包儿里头是姑娘上日叫我作的活计，姑娘别嫌粗糙，能着用罢。替我们请安，替二爷问好就是了。"宋嬷嬷道："宝二爷不知还有什么说的，姑娘再问问去，回来又别说忘了。"袭人因问秋纹："方才可见在三姑娘那里？"秋纹道："他们都在那里商议起什么诗社呢，又都作诗。想来没话，你只去罢。"宋嬷嬷听了，便拿了东西出去，另外穿戴了。袭人又嘱咐他："从后门出去，有小子和车等着呢。"宋妈去后，不在话下。

宝玉回来，先忙着看了一回海棠，至房内告诉袭人起诗社的事。袭人也把打发宋妈妈与史湘云送东西去的话告诉了宝玉。宝玉听了，拍手道："偏忘了他。我自觉心里有件事，只是想不起来，亏你提起来，正要请他去。这诗社里若少了他还有什么意思。"袭人劝道："什么要紧，不过玩意儿。他比不得你们自在，

晴雯既知道袭人"装神弄鬼"的事，又知道王夫人内宠袭人，心有不平，偏又直接说出来，岂不遭人记恨？但袭人绝不露声色。

这宝玉对女儿们的关心细致，到位。

海棠是一定要看的，而诗社不能没有湘云。

家里又作不得主儿。告诉他，他要来又由不得他；不来，他又牵肠挂肚的，没的叫他不受用。"宝玉道："不妨事，我回老太太打发人接他去。"正说着，宋妈妈已经回来，回复道生受，与袭人道乏，又说："问二爷作什么呢，我说和姑娘们起什么诗社作诗呢。史姑娘说，他们作诗也不告诉他去，急的了不的。"宝玉听了立身便往贾母处来，立逼着叫人接去。贾母因说："今儿天晚了，明日一早再去。"宝玉只得罢了，回来闷闷的。

次日一早，便又往贾母处来催逼人接去。直到午后，史湘云才来，宝玉方放了心，见面时就把始末原由告诉他，又要与他诗看。李纨等因说道："且别给他诗看，先说与他韵。他后来，先罚他和了诗：若好，便请入社；若不好，还要罚他一个东道再说。"史湘云道："你们忘了请我，我还要罚你们呢。就拿韵来，我虽不能，只得勉强出丑。容我入社，扫地焚香我也情愿。"

众人见他这般有趣，越发喜欢，都埋怨昨日怎么忘了他，遂忙告诉他韵。史湘云一心兴头，等不得推敲删改，一面只管和人说着话，心内早已和成，即用随便的纸笔录出，先笑说道："我却依韵和了两首，好歹我却不知，不过应命而已。"说着递与众人。众人道："我们四首也算想绝了，再一首也不能了。你倒弄了两首，那里有许多话说，必要重了我们。"一面说，一面看时，只见那两首诗写道：

其一

神仙昨日降都门【好美的白海棠，难道是昨日天神降临】，种得蓝田玉一盆【为美化我们的生活，把它种在了都城】。

自是霜娥偏爱冷【它一身白衣，就像那霜雪女神，本性就爱寒冷】，非关倩女亦离魂【它虽不是倩女，那魂灵也追随女神在寒冷中求生】。

秋阴捧出何方雪【现在还是秋季，那云朵从哪里捧出来这莹白的雪】，雨渍添来隔宿痕【在一夜的秋雨之后，那雨滴会在花朵上闪烁出晶莹的光影】。

却喜诗人吟不倦【可喜的是有人诗兴正浓，吟哦不倦】，岂令寂寞度朝昏【虽在日暮黄昏，它也不会寂寞冷清】。

其二

蘅芷阶通萝薜门【从阶下到门前，庭院里到处有蘅芷、萝薜散发着芳香】，也宜墙角也宜盆【无论花盆还是墙角，这海棠随遇而安，从不挑地方】。

花因喜洁难寻偶【作为花，它洁身自好，孤芳自赏，因而难得伴侣】，人为悲秋易断魂【就像一个人，如果陷于秋的肃杀，那心灵将留下深深的创伤】。

玉烛滴干风里泪【终有一天，它会像蜡烛燃尽，在风中枯萎凋落】，晶帘隔破月中痕【如今，因为它过于洁白，在水晶帘内也看不清它的模样】。

幽情欲向嫦娥诉【它有满腹的幽怨之情想要对嫦娥倾诉】，无奈虚廊夜色昏【无奈长廊之外阴云遮月，那嫦娥也难听它倾诉衷肠】。

众人看一句，惊讶一句，看到了，赞到了，都说："这个不枉作了海棠诗，真该要起海棠社了。"史湘云道："明日先罚我个东道，就让我先邀一社可使得？"众人道："这更妙了。"因又将昨日的与他评论了一回。

至晚，宝钗将湘云邀往蘅芜苑安歇去。湘云灯下计议如何设东拟题。宝钗听他说了半日，皆不妥当，因向他说道："既开社，便要作东。虽然是顽意儿，也要瞻前顾后，又要自己便宜，又要不得罪了人，然后方大家有趣。你家里你又作不得主，一个月通共那几串钱，你还不够盘缠呢。这会子又干这没要紧的事，你姊子听见了，越发抱怨你了。况且你就都拿出来，做这个东道也是不够。难道为这个家去要不成？还是往这里要呢？"一席话提醒

首联说海棠随遇而安的个性。颔联说其孤高自好而难得友朋，这种孤立状态就像人陷于秋肃一样。颈联进而说其与世隔膜，并将因孤苦而凋落。尾联归结到其幽怨满怀而倾诉无地。

张俊、沈治钧评："二十一回有'湘云仍往黛玉房中安歇'句，知往日云儿来时常住黛玉处，此则写宝钗邀湘云去住，是云渐渐远黛而近钗矣。"

湘云一声明做东，宝钗就想到问题所在——首先是钱，她知道湘云缺钱。

了湘云，倒踌蹰起来。

宝钗道："这个我已经有个主意。我们当铺里有个伙计，他家田上出的很好的肥螃蟹，前儿送了几斤来。现在这里的人，从老太太起连上园里的人，有多一半都是爱吃螃蟹的。前日姨娘还说要请老太太在园里赏桂花吃螃蟹，因为有事还没有请呢。你如今且把诗社别提起，只管普通【普遍，一起】一请。等他们散了，咱们有多少诗作不得的。我和我哥哥说，要几篓极肥极大的螃蟹来，再往铺子里取上几坛好酒，再备上四五桌果碟，岂不又省事又大家热闹了。"湘云听了，心中自是感服，极赞他想的周到。

宝钗有足够的资源，这一点，湘云没有，黛玉更没有。妙在宝钗能有钢使在刀刃上，不仅湘云"感服"，"大家"热闹，连老太太、太太也必然高兴。

宝钗又笑道："我是一片真心为你的话。你千万别多心，想着我小看了你，咱们两个就白好了。你若不多心，我就好叫他们办去的。"湘云忙笑道："好姐姐，你这样说，倒多心待我了。凭他怎么糊涂，连个好歹也不知，还成个人了？我若不把姐姐当作亲姐姐一样看，上回那些家常话烦难事也不肯尽情告诉你了。"宝钗听说，便叫一个婆子来："出去和大爷说，依前日的大螃蟹要几篓来，明日饭后请老太太姨娘赏桂花。你说大爷好歹别忘了，我今儿已请下人了。"那婆子出去说明，回来无话。

这里宝钗又向湘云道："诗题也不要过于新巧了。你看古人诗中那些刁钻古怪的题目和那极险的韵了，若题过于新巧，韵过于险，再不得有好诗，终是小家气。诗固然怕说熟话，更不可过于求生，只要头一件立意清新，自然措词就不俗了。究竟这也算不得什么，还是纺绩针黹是你我的本等。一时闲了，倒是于你我深有益的书看几章是正经。"

其"诗论"固然不错，但此时还不忘"纺绩针黹"，不免大煞风景。

湘云只答应着，因笑道："我如今心里想着，昨日作了海棠诗，我如今要作个菊花诗如何？"宝钗道："菊花倒也合景，只是前人太多了。"湘云道："我也是如此想着，恐怕落套。"宝钗想了一想，说道："有了，如今以菊花为宾，以人为主，竟拟出几个题目来，都是两个字：一个虚字，一个实字，实字便用

这里是以名词（菊）为实字，动词、形容词等都为虚字。

'菊'字，虚字就用通用门的。如此又是咏菊，又是赋事，前人也没作过，也不能落套。赋景咏物两关着，又新鲜，又大方。"

湘云笑道："这却很好。只是不知用何等虚字才好。你先想一个我听听。"宝钗想了一想，笑道："《菊梦》就好。"湘云笑道："果然好。我也有一个，《菊影》可使得？"宝钗道："也罢了。只是也有人作过，若题目多，这个也算的上。我又有了一个。"湘云道："快说出来。"宝钗道："《问菊》如何？"湘云拍案叫妙，因接说道："我也有了，《访菊》如何？"宝钗也赞有趣，因说道："越性拟出十个来，写上再来。"说着，二人研墨蘸笔，湘云便写，宝钗便念，一时凑了十个。湘云看了一遍，又笑道："十个还不成幅，越性凑成十二个便全了，也如人家的字画册页一样。"

宝钗听说，又想了两个，一共凑成十二。又说道："既这样，越性编出他个次序先后来。"湘云道："如此更妙，竟弄成个菊谱了。"宝钗道："起首是《忆菊》；忆之不得，故访，第二是《访菊》；访之既得，便种，第三是《种菊》；种既盛开，故相对而赏，第四是《对菊》；相对而兴有馀，故折来供瓶为玩，第五是《供菊》；既供而不吟，亦觉菊无彩色，第六便是《咏菊》；既入词章，不可不供笔墨，第七便是《画菊》；既为菊如是碌碌，究竟不知菊有何妙处，不禁有所问，第八便是《问菊》；菊如解语，使人狂喜不禁，第九便是《簪菊》；如此人事虽尽，犹有菊之可咏者，《菊影》《菊梦》二首续在第十第十一；末卷便以《残菊》总收前题之盛。这便是三秋的妙景妙事都有了。"

湘云依说将题录出，又看了一回，又问"该限何韵？"宝钗道："我平生最不喜限韵的，分明有好诗，何苦为韵所缚。咱们别学那小家派，只出题不拘韵。原为大家偶得了好句取乐，并不为此而难人。"湘云道："这话很是。这样大家的诗还进一层。但只咱们五个人，这十二个题目，难道每人作十二首不成？"宝钗道："那也太难人了。将这题目誊好，都要七言律，明日贴在

总要以"残"字收尾，曹公或有所思哉？

墙上。他们看了，谁作那一个就作那一个。有力量者，十二首都作也可；不能的，一首不成也可。高才捷足者为尊。若十二首已全，便不许他后赶着又作，罚他就完了。"湘云道："这倒也罢了。"二人商议妥贴，方才息灯安寝。要知端的，且听下回分解。

且待好诗。

【 回后评 】

《红楼梦》一书多有诗词歌赋，或讥作者卖弄其才，其实这些作品是全书的有机组成部分。此书既写豪门贵族、公子小姐，为诗作赋乃是他们文化生活中的必需。再有，这些作品，全是作者为其书中人物所设计，一诗一词都反映着各自的心理、各自的品格。清代洪秋蕃说："《红楼》无泛设之文，万古乾坤一枝笔。"这是不错的。

作者既写了诗，读者就不能不来读诗。而要把诗读明白实在不是一件容易的事。除了相关背景、作者用心，还涉及古诗特殊词法、句法、章法诸层次的问题。

曹公为其笔下人物设计诗作，应该有两方面的用心：一是表现人物性格与人物之间的关系；二是预示情节发展、人物命运，即所谓"诗谶"。

探春诗，开社作诗本是一件快乐的事，又是一群年轻人，但她上来就说"斜阳寒草"，完全是凄寒冷寂的氛围。可以看出，她对家道命运有一种感受，她从贾府表面的繁华中感受到了衰败的趋势，这种潜意识不自觉地进入诗句。

宝钗诗，张新之说宝钗"全诗自状"。宝钗是"冷"的，这倒不在乎她吃的是"冷香丸"。所谓"金钗雪里埋"，就是作者对其性格的定位。你看她，前有金钏自杀，别人流泪，她说"不为可惜"；后面还有尤三姐殉情，别人流泪，她说是"前生命定"：她绝不会为此而流一滴眼泪。其诗中还有一句"愁多焉得玉无痕"，自己"冷"，还嘲笑爱动感情的人——或以为是讽刺林黛玉，不排除这种用心。所以她最欣赏白海棠的就是"淡"和"冷"。这不仅是指表面的朴素无华，更是强调内在的"理性"——不动声色，不露情感。

宝玉诗，也赞这海棠，但总不忘它的"愁"和"泪"，令人想起林黛玉。

黛玉诗，那"娇羞默默同谁诉，倦倚西风夜已昏"的形象，不是她自己的写照吗？

再说读懂之难。在最后的评定时，李纨坚持薛诗第一，因为她的诗"含蓄浑厚"。李纨所说的这"含蓄浑厚"体现在哪里？一是"形象"的"朴素端庄"，一是"哲理"的"深微有道"，还有一层，就是她对白帝表达了报恩之心——这在其他所有诗作中都不曾有。要知道，宝钗进京，原就是为了"待选""才人赞善"之类的宫廷女官。她一心向"上"，不忘"上"恩，但平时却总给人一种无欲无求的形象。这里，作者是否也在以"真""假"二字考验读者的眼光呢？

最值得一说的是黛玉的诗。李纨的评价是"风流别致"。怎么个"风流"？又怎么个"别致"？论者一般特别欣赏其第二联，但要读懂它又费点周折。周汝昌说：论者"大抵以为，钗、黛、探、玉四人虽咏海棠，而又兼有多少自喻之深层一面。余则谓此论未必尽然。只看黛玉一联云：'偷来梨蕊三分白，借得梅花一缕魂。'试问黛玉若有自喻之意，岂有自批为偷为借之理，故不必多辩而自明矣"。"以妙语谑人"耳。这说得有道理。但"以妙语谑人"之"人"指谁？还是需要搞明白。原来，此诗的别致之处就在于，黛玉作为观赏者，她与海棠对话，而又偏不说花之自身，而是对花说那栽花、护花之人：那个园丁多好啊！他以冰为土，以玉为盆。为了你，他还从梨花那里偷，从梅花那里借，如此你才有这样的姿容与品格啊！然后一转，虽然此园丁栽培你，养护你，但世俗并不理解你，不喜欢你，以至于你"娇羞

默默同谁诉，倦倚西风夜已昏"。这与神瑛侍者与绛珠仙草的前缘倒是暗合的。

薛宝钗，在此回书中是个重要角色。除了从起诗社、读诗作，还可以从她特邀湘云入住蘅芜苑、为湘云筹划诗社做东等处认识她，评价她。

附：

名家对宝钗的评价

清代姚燮评："宝姐姐为云儿设身处地，真是姐妹。"

清代洪秋蕃评："探春邀社，仅酒果薄束，湘云客中，何必过费？钗必教以普同邀请，上自贾母，下及丫头，均得一快朵颐。明知湘云手头拮据，螯红酒绿，何自而来，贾母、王夫人必不能已于问，湘云必不能不实以对。于是上自贾母，下及丫头，无不啧啧称赞宝钗之贤德，此在宝钗算中。"

蔡义江评："好宝钗，对要好闺蜜，只以诚相待"，"无微不至"，"肝胆相照"。

张俊、沈治钧评："论者或谓宝钗之意，乃为笼络湘云，邀誉贾母，收拾人心，实责之过矣。"

第三十八回

林潇湘魁夺菊花诗
薛蘅芜讽和螃蟹咏

请看此回书中，闺中儿女能作此等豪情韵事，且笔下各能自尽其性情，毫不乖牾，作者之锦心绣口无庸赘渎。其用笔之深，奖劝之勤，读此文者亦不得轻忽，戒之。

十二诗题揭出后，看似悠闲构思中

此一回书紧承上回情事。宝钗、湘云二人计议已妥，第二天就请贾母等赏桂花吃螃蟹。大家落座藕香榭，有酒有茶有螃蟹，贾母很高兴。湘云性格爽直，并不贪天之功为己有，告诉贾母"这是宝姐姐帮着我预备的"。贾母说："我说这个孩子细致，凡事想的妥当。"几篓螃蟹、几坛酒，换来这样一个评价，对宝钗来说，值了。

本来只是一次诗社的活动，现在由宝钗策划、资助，变成荣国府上至贾母下至各房丫鬟共同享受的宴会，主子一桌奴才一桌地大快朵颐。待贾母等离去之后，才开始作诗。而贾母离开时，送她的不是宝玉，也不是黛玉，而是湘云与宝钗。这宝钗的"主人意识"与"存在感"未免过于显露。

十二首诗，依次是蘅芜君作《忆菊》，怡红公子作《访菊》《种菊》，枕霞旧友（湘云）作《对菊》《供菊》，潇湘妃子作《咏菊》，蘅芜君作《画菊》，潇湘妃子作《问菊》，蕉下客作《簪菊》，枕霞旧友作《菊影》，潇湘妃子作《菊梦》，蕉下客作《残菊》。

众人看一首，赞一首，彼此称扬不已。李纨评道，通篇看来，各有各人的警句。潇湘妃子的《咏菊》《问菊》《菊梦》分列前三名，然后《簪菊》《对菊》《供菊》《画菊》《忆菊》次之。宝玉又名落孙山，但他倒不怎么计较。

作诗之后，大家复又要了热蟹来，就在大圆桌子上吃了一回。宝玉说："今日持螯赏桂，亦不可无诗。"他首先献诗一首，其中有这样一联："饕餮王孙应有酒，横行公子却无肠。"没有得到大家好评，倒是黛玉说："你那个很好，比方才的菊花诗还好，你留着他给人看。"最后薛宝钗的一首得到了一致的赞赏，特别是"眼前道路无经纬，皮里春秋空黑黄"一联，大家以为是咏蟹之"绝唱"。有人以为这种严词厉句，与其温厚平和的形象不相吻合。其实，她此诗含有讥讽宝黛之意。在第三十回讥讽宝玉、第三十七回为宝玉取雅号时，其锋芒已经显露了，这回不过是其本相的又一次暴露。

话说宝钗湘云二人计议已妥，一宿无话。湘云次日便请贾母等赏桂花。贾母等都说道："是他有兴头，须要扰他这雅兴。"至午，果然贾母带了王夫人凤姐兼请薛姨妈等进园来。贾母因问"那一处好？"王夫人道："凭老太太爱在那一处，就在那一处。"凤姐道："藕香榭已经摆下了，那山坡下两颗桂花开的又好，河里的水又碧清，坐在河当中亭子上岂不敞亮，看着水眼也清亮。"贾母听了，说："这话很是。"说着，就引了众人往藕香榭来。原来这藕香榭盖在池中，四面有窗，左右有曲廊可通，亦是跨水接岸，后面又有曲折竹桥暗接。众人上了竹桥，凤姐忙上来搀着贾母，口里说："老祖宗只管迈大步走，不相干的，这竹子桥规矩是咯吱咯喳的。"

一时进入榭中，只见栏杆外另放着两张竹案，一个上面设着杯箸酒具，一个上头设着茶筅茶盂各色茶具。那边有两三个丫头煽风炉煮茶，这一边另外几个丫头也煽风炉烫酒呢。贾母喜的忙问："这茶想的到，且是地方，东西都干净！"湘云笑道："这是宝姐姐帮着我预备的。"贾母道："我说这个孩子细致，凡事想的妥当。"一面说，一面又看见柱上挂的黑漆嵌蚌的对子，命人念。湘云念道：

芙蓉影破归兰桨【倒装句：兰桨归（而）芙蓉影破】，
菱藕香深写竹桥【倒装句：竹桥写（而）菱藕香深。写，映照】。

把一次诗社活动变成全府赏花食蟹的热闹，宝钗只做"后台"，出面还是湘云。有点像唱双簧。

具体指挥是凤姐。

商家儿女不做赔本儿的买卖。湘云实在。宝钗没白费心，进一步赢得贾母欢心。

贾母听了，又抬头看匾，因回头向薛姨妈道："我先小时，家里也有这么一个亭子，叫做什么'枕霞阁'。我那时也只像他们这么大年纪，同姊妹们天天顽去。那日谁知我失了脚掉下去，几乎没淹死，好容易救了上来，到底被那木钉把头碰破了。如今这鬓角上那指头顶大一块窝儿就是那残破了。众人都怕经了水，又怕冒了风，都说活不得了，谁知竟好了。"

凤姐不等人说，先笑道："那时要活不得，如今这大福可叫谁享呢！可知老祖宗从小儿的福寿就不小，神差鬼使碰出那个窝儿来，好盛福寿的。寿星老儿头上原是一个窝儿，因为万福万寿盛满了，所以倒凸高出些来了。"未及说完，贾母与众人都笑软了。贾母笑道："这猴儿惯的了不得了，只管拿我取笑起来，恨的我撕你那油嘴。"凤姐笑道："回来吃螃蟹，恐积了冷在心里，讨老祖宗笑一笑开开心，一高兴多吃两个就无妨了。"贾母笑道："明儿叫你日夜跟着我，我倒常笑笑觉的开心，不许回家去。"王夫人笑道："老太太因为喜欢他，才惯的他这样。还这样说，他明儿越发无礼了。"贾母笑道："我喜欢他这样，况且他又不是那不知高低的孩子。家常没人，娘儿们原该这样。横竖礼体不错就罢，没的倒叫他从神儿似的作什么。"

说着，一齐进入亭子，献过茶，凤姐忙着搭桌子，要杯箸。上面一桌，贾母、薛姨妈、宝钗、黛玉、宝玉；东边一桌，史湘云、王夫人、迎、探、惜；西边靠门一小桌，李纨和凤姐的，虚设坐位，二人皆不敢坐，只在贾母王夫人两桌上伺候。凤姐吩咐："螃蟹不可多拿来，仍旧放在蒸笼里，拿十个来，吃了再拿。"一面又要水洗了手，站在贾母跟前剥蟹肉，头次让薛姨妈。薛姨妈道："我自己掰着吃香甜，不用人让。"凤姐便奉与贾母。二次的便与宝玉，又说："把酒烫的滚热的拿来。"又命小丫头们去取菊花叶儿桂花蕊熏的绿豆面子来，预备洗手。

史湘云陪着吃了一个，就下座来让人，又出至外头，令人盛两盘子与赵姨娘周姨娘送去。又见凤姐走来道："你不惯张罗，你吃你的去。我先替你张罗，等散了我再吃。"湘云不肯，又令人在那边廊上摆了两桌，让鸳鸯、琥珀、彩霞、彩云、平儿去坐。鸳鸯因向凤姐笑道："二奶奶在这里伺候，我们可吃去了。"凤姐儿道："你们只管去，都交给我就是了。"说着，史湘云仍入了席。凤姐和李纨也胡乱应个景儿。

凤姐仍是下来张罗，一时出至廊上，鸳鸯等正吃的高兴，见他来了，鸳鸯等站起来道："奶奶又出来作什么？让我们也受用一会子。"凤姐笑道："鸳鸯小蹄子越发坏了，我替你当差，倒不领情，还抱怨我。还不快斟一钟酒来我喝呢。"鸳鸯笑着忙斟了一杯酒，送至凤姐唇边，凤姐一扬脖子吃了。琥珀彩霞二人也斟上一杯，送至凤姐唇边，那凤姐也吃了。平儿早剔了一壳黄子送来，凤姐道："多倒些姜醋。"一面也吃了，笑道："你们坐着吃罢，我可去了。"

忙了半天，来享受一下丫鬟们的孝敬。

鸳鸯笑道："好没脸，吃我们的东西。"凤姐儿笑道："你和我少作怪。你知道你琏二爷爱上了你，要和老太太讨了你作小老婆呢。"鸳鸯道："啐，这也是作奶奶说出来的话！我不拿腥手抹你一脸算不得。"说着赶来就要抹。凤姐儿央道："好姐姐，饶我这一遭儿罢。"琥珀笑道："鸳丫头要去了，平丫头还饶他？你们看看他，没有吃了两个螃蟹，倒喝了一碟子醋，他也算不会揽酸了。"平儿手里正掰了个满黄的螃蟹，听如此奚落他，便拿着螃蟹照着琥珀脸上抹来，口内笑骂"我把你这嚼舌根的小蹄子！"琥珀也笑着往旁边一躲，平儿使空了，往前一撞，正恰恰的抹在凤姐儿腮上。凤姐儿正和鸳鸯嘲笑，不防唬了一跳，嗳哟了一声。众人撑不住都哈哈的大笑起来。凤姐也禁不住笑骂道："死娼妇！吃离了眼了，混抹你娘的。"平儿忙赶过来替他擦了，亲自去端水。鸳鸯道："阿弥陀佛！这是个报应。"

精彩的场面描写，纷繁而不乱。

主奴戏谑，玩笑中有真实，平等中讲身份。

凤姐之骂，不过是她"野"的一种表现。

贾母那边听见，一叠声问："见了什么这样乐，告诉我们也笑笑。"鸳鸯等忙高声笑回道："二奶奶来抢螃蟹吃，平儿恼了，抹了他主子一脸的螃蟹黄子。主子奴才打架呢。"贾母和王夫人

贾母问，必得鸳鸯回答。也只有鸳鸯才可如此说凤姐与平儿。

像如此热闹的场面，黛玉不但无法做东，连助兴都无能为力。

此时，贾母心里最惦记的还是宝玉、黛玉。

送老太出园的"二人"：湘云、宝钗。

原本为诗社，倒请了那么多与写诗无关的人，这当然不是湘云的初心。到底老太太走了，才好作诗。

选择诗题，构思诗篇，各有姿态。

宝玉"无事忙"。

等听了也笑起来。贾母笑道："你们看他可怜见的，把那小腿子脐子给他点子吃也就完了。"鸳鸯等笑着答应了，高声又说道："这满桌子的腿子，二奶奶只管吃就是了。"凤姐洗了脸走来，又服侍贾母等吃了一回。黛玉独不敢多吃，只吃了一点儿夹子肉就下来了。

贾母一时不吃了，大家方散，都洗了手，也有看花的，也有弄水看鱼的，游玩了一回。王夫人因回贾母说："这里风大，才又吃了螃蟹，老太太还是回房去歇歇罢了。若高兴，明日再来逛逛。"贾母听了，笑道："正是呢。我怕你们高兴，我走了又怕扫了你们的兴。既这么说，咱们就都去罢。"回头又嘱咐湘云："别让你宝哥哥林姐姐多吃了。"湘云答应着。又嘱咐湘云宝钗二人说："你两个也别多吃。那东西虽好吃，不是什么好的，吃多了肚子疼。"二人忙应着送出园外，仍旧回来，令将残席收拾了另摆。宝玉道："也不用摆，咱们且作诗。把那大团圆桌就放在当中，酒菜都放着。也不必拘定坐位，有爱吃的去吃，大家散坐岂不便宜。"宝钗道："这话极是。"湘云道："虽如此说，还有别人。"因又命另摆一桌，拣了热螃蟹来，请袭人、紫鹃、司棋、待书、入画、莺儿、翠墨等一处共坐。山坡桂树底下铺下两条花毡，命答应的婆子并小丫头等也都坐了，只管随意吃喝，等使唤再来。

湘云便取了诗题，用针绾在墙上。众人看了，都说："新奇固新奇，只怕作不出来。"湘云又把不限韵的原故说了一番。宝玉道："这才是正理，我也最不喜限韵。"林黛玉因不大吃酒，又不吃螃蟹，自令人掇了一个绣墩倚栏杆坐着，拿着钓竿钓鱼。宝钗手里拿着一枝桂花玩了一回，俯在窗槛上爬了桂蕊掷向水面，引的游鱼浮上来唼喋。湘云出一回神，又让一回袭人等，又招呼山坡下的众人只管放量吃。探春和李纨惜春立在垂柳阴中看鸥鹭。迎春又独在花阴下拿着花针穿茉莉花。宝玉又看了一回黛玉钓鱼，一回又俯在宝钗旁边说笑两句，一回又看袭人等吃螃蟹，

自己也陪他饮两口酒。袭人又剥一壳肉给他吃。

黛玉放下钓竿，走至座间，拿起那乌银梅花自斟壶来，拣了一个小小的海棠冻石蕉叶杯。丫鬟看见，知他要饮酒，忙着走上来斟。黛玉道："你们只管吃去，让我自斟，这才有趣儿。"说着便斟了半盏，看时却是黄酒，因说道："我吃了一点子螃蟹，觉得心口微微的疼，须得热热的喝口烧酒。"宝玉忙道："有烧酒。"便令将那合欢花浸的酒烫一壶来。黛玉也只吃了一口便放下了。

宝钗也走过来，另拿了一只杯来，也饮了一口，便蘸笔至墙上把头一个《忆菊》勾了，底下又赘了一个"蘅"字。宝玉忙道："好姐姐，第二个我已经有了四句了，你让我作罢。"宝钗笑道："我好容易有了一首，你就忙的这样。"黛玉也不说话，接过笔来把第八个《问菊》勾了，接着把第十一个《菊梦》也勾了，也赘一个"潇"字。宝玉也拿起笔来，将第二个《访菊》也勾了，也赘上一个"绛"字。探春走来看看道："竟没有人作《簪菊》，让我作这《簪菊》。"又指着宝玉笑道："才宣过总不许带出闺阁字样来，你可要留神。"

说着，只见史湘云走来，将第四第五《对菊》、《供菊》一连两个都勾了，也赘上一个"湘"字。探春道："你也该起个号。"湘云笑道："我们家里如今虽有几处轩馆，我又不住着，借了来也没趣。"宝钗笑道："方才老太太说，你们家也有这个水亭叫'枕霞阁'，难道不是你的。如今虽没了，你到底是旧主人。"众人都道有理，宝玉不待湘云动手，便代将"湘"字抹了，改了一个"霞"字。

又有顿饭工夫，十二题已全，各自誊出来，都交与迎春，另拿了一张雪浪笺过来，一并誊录出来，某人作的底下赘明某人的号。李纨等从头看起：

忆菊　　　　　　　　　　　　　　**蘅芜君**

怅望西风抱闷思【迎着秋风，有无尽的愁绪闷在心

黛玉的一举一动都在宝玉眼里。这里与其说是写黛玉喝酒，不如说是写宝玉的关心。

各自选定题目——实际是已有构思的那个。

这种一锤定音的事，多有宝钗。

此诗设想面对"空篱"而"忆"往日之菊。蓼花红了，芦花也白了，秋天到了，但哪里有一点它的影子呢？思之念之，也只能在梦中与之相见了。此时此际，北雁南飞，思妇捣砧，我也只能痴坐遥望而静听。没有人同情我为菊花而愁思满怀，只有自我安慰：到了重阳佳节，它会到来，那时我要和它一起尽展英姿。

里】，蓼红苇白断肠时【看到那蓼花红芦花白，我回肠九转，魂断心迷】。

空篱旧圃秋无迹【面对着空空竹篱，我呼唤：你在哪里，你在哪里】，瘦月清霜梦有知【可怜我只有在冷月清霜的梦中，才追寻到你的踪迹】。

念念心随归雁远【念念在心，就请那南飞的鸿雁带去我的问候吧】，寥寥坐听晚砧痴【寥寥痴坐，那思妇的砧杵却声声敲打我的思忆】。

谁怜我为黄花病【为了你我病得不轻，没人理解，更没人在意】，慰语重阳会有期【我自安自慰：重阳佳节，你会英姿怒放，我等你】。

此诗首联上下句倒装，颔联互文——在霜前月下、槛外篱边寻访到了菊花，不知谁人所种，但既然找到了，也就没有什么忧愁了。"情得得"，形容兴致很高。"挂杖头"，代指美酒。

访菊　　　　　　　　怡红公子

闲趁霜晴试一游【正是响晴的秋日，趁着有闲，这就出发】，酒杯药盏莫淹留【停下酒杯，也暂时放下药罐，我要去访菊花】。

霜前月下谁家种【踏一缕霜寒，借云边月色，从昼至夜一路寻来】，槛外篱边何处秋【就在那槛外篱边，是谁不辞辛苦把你种下】。

蜡屐远来情得得【穿着防潮的木屐，我兴致勃勃跑到你的身边】，冷吟不尽兴悠悠【激起无尽的诗情，浅吟低唱，自享一份幽雅】。

黄花若解怜诗客【黄花啊黄花，你如果能与我这个诗客心心相印】，休负今朝挂杖头【那就请你陪我纵情一醉，不要辜负了我的牵挂】。

种菊　　　　　　　　怡红公子

携锄秋圃自移来【我亲自拿着锄头，特意把一丛秋菊从别处挖来】，篱畔庭前故故栽【在庭院的竹篱旁，认认真真把它移栽】。

昨夜不期经雨活【没想到，昨夜一场及时雨，让它伸根展叶自在活】，今朝犹喜带霜开【更可喜，今朝一看，那黄花冒着霜寒朵朵开】。

冷吟秋色诗千首【面对这秋时绝色闲吟咏，百首千首情不衰】，醉酹【lèi】寒香酒一杯【还要敬酒一杯酹根下，让它与我同饮同醉共开怀】。

泉溉泥封勤护惜【取来泉水勤浇灌，再用好泥培根防倒栽】，好知井径绝尘埃【深知它是田野路边逍遥客，我敬它远离世俗保清白】。

此诗首联扣题说"种"，突出一个"故"（特意）字。颔联说其成活且开花，突出一个"喜"字。颈联说对花饮酒赋诗，突出一个"敬"字。尾联点明主旨：之所以移栽此花，养护此花，是钦敬其远离世俗、清高自守的品格。

对菊　　　　　　　　　　　枕霞旧友

别圃移来贵比金【此花是特意从别的花圃移栽而来，格外金贵】，一丛浅淡一丛深【那花色是一丛浅淡一丛深，深浅相映，尽显芳菲】。

萧疏篱畔科头坐【在稀疏的竹篱边，面对此花潇洒盘坐】，清冷香中抱膝吟【在清新的花香里，抱膝而吟忘却人间是是非非】。

数去更无君傲世【在这个世界上，数来数去，还有谁像你一样孤高而傲世】，看来惟有我知音【看来只有我，甘做你的知音，不顾他人眼里或白或黑】。

秋光荏苒休辜负【秋光荏苒，岁月不居，不要辜负了这美好的光景】，相对原宜惜寸阴【我们面面相对，心心相通，每一寸光阴都要永记心扉】。

此诗扣一个"对"字。首联写花的金贵。颔联说对花的欣赏。颈联赞花的傲世品格，并引为知音。尾联回扣"对"字，说这相对的时刻应该珍惜。

供菊　　　　　　　　　　　枕霞旧友

弹琴酌酒喜堪俦【你听我弹琴，陪我饮酒，真高兴有你做我的朋友】，几案婷婷点缀幽【在几案上，你婷婷的身姿把房间点缀得更加清幽】。

供菊，就是折菊插瓶，放在桌案上欣赏。首联重在说"供"。颔联进而说"赏"。颈联说开去，以入梦"忆旧游"来丰富赏菊的人文内涵。尾联归结到气味相投，扣住题目——所以"供"之也。

隔座香分三径露【隔着座位，你与我分享那田园带露的清香】，抛书人对一枝秋【我抛开书本，默默欣赏你那傲霜的劲头】。

霜清纸帐来新梦【清霜微寒，纸帐里，你引我入梦境界清晰】，圃冷斜阳忆旧游【在梦里，披夕阳探菊圃，故人留恋，洒泪分手】。

傲世也因同气味【你孤高傲世，正与我气味相投】，春风桃李未淹留【在那借春风媚世人的桃李跟前，我一刻也不想停留】。

首联写因菊而起诗情，为"咏"字之根。颔联扣"咏"字，无论笔写还是口吟，都因菊而清香秀美。颈联两句互文，从写其外在之美转写其内在之情——它有其"素怨"与"秋心"，而鲜为世人理解与接受。尾联综合，说我是理解你并接受陶令对你的评价的，我们是知音。肯定菊花，也是自我肯定。

咏菊　　　　　　　　　潇湘妃子

无赖诗魔昏晓侵【诗情如魔，无法摆脱，它从早到晚缠绕在心】，绕篱欹石自沉音【绕篱徘徊，倚石沉吟，咏菊的辞藻灿烂缤纷】。

毫端蕴秀临霜写【摊开彩纸，临霜书写，笔下蕴含几多灵秀】，口齿噙香对月吟【伫立篱下，对月低唱，也有香气浸润口吻】。

满纸自怜题素怨【写在纸上的，是你寄人篱下的哀怨】，片言谁解诉秋心【吟在口中的，又有谁懂得你傲岸的精神】。

一从陶令平章后【自从陶令对你做出崇高的评价】，千古高风说到今【你的名声传扬至今，高风亮节成为做人的根本】。

首联说作画起因，诗成之后，逸兴犹存，乃援笔作画。颔联具体写作画过程与技巧，泼墨、瀹染都是作画专用语。颈联说作画效果，浓淡有致，跳脱生动，能让人仿佛看到花影，闻到花香。尾联为"画"作结，即使没有真的黄花在侧，一纸菊花图也可安度重阳了。

画菊　　　　　　　　　蘅芜君

诗馀戏笔不知狂【诗成又为菊画像，任人说我太张狂】，岂是丹青费较量【岂是存心为画匠，游戏笔墨不思量】。

聚叶泼成千点墨【菊叶浓密我泼墨，一丛一丛蕴秋霜】，攒花染出几痕霜【花瓣妖媚用瀹染，一朵一朵扮娇娘】。

淡淡神会风前影【浓淡有致能神会，倩影风前舞秋妆】，跳脱秋生腕底香【活脱生动凭笔力，迎面飘来几缕香】。

莫认东篱闲采掇【笔下功夫能乱真，伸手采掇太荒唐】，粘屏聊以慰重阳【粘贴屏壁聊自慰，黄花一纸度重阳】。

问菊　　　　　　　　　　潇湘妃子

欲讯秋情众莫知【想问一下什么才是秋日的怀抱，东临西舍竟无人知晓】，喃喃负手叩东篱【背负双手去问东篱的菊花，相信它一定会坦诚相告】。

孤标傲世偕谁隐【你孤高傲世，还有谁能跟你一起隐居林野】，一样花开为底迟【同样是开花，你为什么不与争春而从容迟到】？

圃露庭霜何寂寞【花圃庭院露冷霜寒，你独立篱下是何等寂寞】，鸿归蛩【qióng】病可相思【那南归的雁影、寒蛩的悲鸣，可曾引发你的心跳】？

休言举世无谈者【不要说天地之悠悠，叹前无古人后无来者】，解语何妨片语时【如果言语相通，何妨来一番短暂的闲聊】。

首联说因"众"人都不懂得秋日情怀，所以问菊。下两联都是问：颔联问何以孤高傲世，不与群芳争艳；颈联问怎样耐得寂寞，忍受相思之苦。"寂寞""相思"实际是孤高傲世的必然结果，但菊花绝不因此而向世俗妥协。这两联，问中隐答，实际讲明了什么是所谓的"秋情"。尾联惺惺相惜，愿与此菊为友，作推心置腹的交流。

簪菊　　　　　　　　　　蕉下客

瓶供篱栽日日忙【栽种忙插瓶也忙，菊花开时恰逢重阳】，折来休认镜中妆【佳节簪花是高士风尚，不要认作是女儿梳妆】。

长安公子因花癖【长安的杜牧爱菊成癖，他把菊花乱插在头上】，彭泽先生是酒狂【彭泽的陶潜菊前喝酒，一醉如泥便似疯狂】。

短鬓冷沾三径露【我如今也把菊花插在头上，那名流就是我的榜样】，葛巾香染九秋霜【秋霜秋露倍感清爽，头巾上也沾染上菊花的芬芳】。

首联扣"簪"字，因为女儿身份，所以特别强调不要把簪菊看作女儿梳妆。颔联用两个典故，表明簪戴菊花是高雅之士的风尚。颈联互文，渲染簪花之后的精神享受：菊花带露沾霜，插戴在鬓发间，会感到一丝清凉，更会闻到一股清香。尾联批判世俗，表明自己将我行我素，是一种精神的升华。

高情不入时人眼【世俗之人看不习惯，他们哪里懂得这情怀的高尚】，拍手凭他笑路旁【任他们拍手任他们笑吧，我自为之，我得意扬扬】。

此诗咏物，把一个"影"字写得优美有趣，十分难得。首联扣住"影"字，以"重叠"写其浓重，以"潜""偷"写其宁静。颔联把时空定在夜间篱下，写灯下之影、月下之影，充分描绘出菊影的朦胧美。颈联一转，忽想到既有影当有身，既有身当有魂，既有魂当有梦，再一转，影毕竟是虚的，所以即使有梦，也应是空的。曲折婉转，情深而文美。尾联劝人珍重，其实也是劝人珍重一切美好的事物，含蓄而悠远。

菊影　　　　　　　　　　枕霞旧友

秋光叠叠复重重【阳光下阴影叠叠又重重，映衬着枝繁叶茂菊花丛】，潜度偷移三径中【时光移动影移动，影子动动也无声】。

窗隔疏灯描远近【灯光隔窗描出菊身影，远近疏密似丹青】，篱筛破月锁玲珑【月下篱影笼罩菊影上，影上加影愈朦胧】。

寒芳留照魂应驻【菊花留影影生动，其魂其魄也应在其中】，霜印传神梦也空【既有灵魂应有梦，有梦也应属虚空】。

珍重暗香休踏碎【如烟如梦菊花影，切莫踏碎且珍重】，凭谁醉眼认朦胧【一旦踏碎心已碎，影亦无踪梦不成】。

菊，也会有梦，这题目就充满浪漫色彩。写菊之梦，也就是写人之梦，写人之生。首联写梦入高空，无非"和云伴月"，并没有什么值得留恋，所以颔联就转写留恋人生、怀念故友。颈联，写在追寻故友的途中被蛩鸣惊醒。尾联倾诉幽怨之情，慨叹无人倾听。留恋人生又苦于人生，这就是人生的悖论。

菊梦　　　　　　　　　　潇湘妃子

篱畔秋酣一觉清【竹篱边，我沉沉一梦，梦境清晰如醒】，和云伴月不分明【一会儿随云飘，一会儿伴月行，界限并不分明】。

登仙非慕庄生蝶【梦中升上仙境，并非是羡慕庄生要摆脱世俗的人生】，忆旧还寻陶令盟【我不能忘记老友，要追寻那喜我爱我的彭泽县令】。

睡去依依随雁断【我要在梦里与之相会，依依追随远去的飞鸿】，惊回故故恼蛩鸣【好梦忽然被它打断，可恼的就是那寒蛩的悲鸣】。

醒时幽怨同谁诉【满腔的幽怨多想诉说，可这世间谁肯倾听】，衰草寒烟无限情【眼前只有连天衰草、漫漫寒烟，就像我那无限的悲情 】。

残菊　　　　　　　　**蕉下客**

露凝霜重渐倾欹【露珠凝重，霜冻无情，即使耐冷也终于衰残】，宴赏才过小雪时【饮酒赏菊的重阳佳会仿佛才过，小雪节就送来冬寒】。

蒂有馀香金淡泊【花有残瓣，那金黄的颜色已变惨淡】，枝无全叶翠离披【枝无全叶，那翠绿的生命也已零落散乱】。

半床落月蛩声病【孤床一角月洒清光，只听得临终的秋虫叫声凄婉】，万里寒云雁阵迟【长空万里寒云密布，那南归的鸿雁也飞得迟缓】。

明岁秋风知再会【不要悲伤也别留恋，秋风再度起，菊会展新颜】，暂时分手莫相思【赏菊的宴席年年有，暂时分手明年见，不必哀叹】。

咏菊诗最终归结到一个"残"字，虽是自然的规律，也总是透出潜意识里的悲观。此诗归在探春名下，与其《咏白海棠》可以联系起来看，那首诗的第一句就是"斜阳寒草带重门"。

此诗首联两句倒装，是说因为小雪节的到来菊花才渐"倾欹"的。颔联具体描写其花叶衰残之象，颈联则以蛩声雁阵衬托凄寒衰败之境。尾联一转，寄希望于"明岁"，是一个光明的尾巴。但年年岁岁花相似，岁岁年年人不同。谁知道呢？

众人看一首，赞一首，彼此称扬不已。李纨笑道："等我从公评来。通篇看来，各人有各人的警句。今日公评：《咏菊》第一，《问菊》第二，《菊梦》第三，题目新，诗也新，立意更新，恼不得要推潇湘妃子为魁了；然后《簪菊》、《对菊》、《供菊》、《画菊》、《忆菊》次之。"宝玉听说，喜的拍手叫"极是，极公道。"黛玉道："我那首也不好，到底伤于纤巧些。"李纨道："巧的却好，不露堆砌生硬。"

黛玉道："据我看来，头一句好的是'圃冷斜阳忆旧游'，这句背面傅粉。'抛书人对一枝秋'已经妙绝，将供菊说完，没处再说，故翻回来想到未折未供之先，意思深透。"李纨笑道："固如此说，你的'口齿噙香'句也敌的过了。"探春又道："到底要算蘅芜君沉着，'秋无迹'，'梦有知'，把个忆字竟烘染出来了。"宝钗笑道："你的'短鬓冷沾'，'葛巾香染'，也就

"彼此称扬"不过是曹公自卖自夸。

把簪菊形容的一个缝儿也没了。"湘云道："'偕谁隐'，'为底迟'，真个把个菊花问的无言可对。"李纨笑道："你的'科头坐'，'抱膝吟'，竟一时也不能别开，菊花有知，也必腻烦了。"说的大家都笑了。

宝玉笑道："我又落第。难道'谁家种'，'何处秋'，'蜡屐远来'，'冷吟不尽'，都不是访，'昨夜雨'，'今朝霜'，都不是种不成？但恨敌不上'口齿噙香对月吟'、'清冷香中抱膝吟'、'短鬓'、'葛巾'、'金淡泊'、'翠离披'、'秋无迹'、'梦有知'这几句罢了。"又道："明儿闲了，我一个人作出十二首来。"李纨道："你的也好，只是不及这几句新巧就是了。"

大家又评了一回，复又要了热蟹来，就在大圆桌子上吃了一回。宝玉笑道："今日持螯赏桂，亦不可无诗。我已吟成，谁还敢作呢？"说着，便忙洗了手提笔写出。众人看道：

宝玉在女儿群里从不逞强。

此诗写"吃蟹"，但写进了自己的性格、自己的心情。首联直写桂下食蟹的豪情，颔联写"边吃边想"的心里话：我就是饕餮王孙，我就是横行公子，什么光宗耀祖，什么建功立业，都不在话下！颈联写食后洗手，完成了食蟹的过程。尾联就食蟹而发表"感想"：物各有其价值与归宿，螃蟹就是供人吃的，人吃了，它的价值就实现了。自己的价值是什么呢？"护花使者"而已，至于仕途经济之类，甚荒唐：没有兴趣，一窍不通。

持螯更喜桂阴凉【桂花荫浓，桂花飘香，左手持蟹右剥黄】，泼醋擂姜兴欲狂【胃口大开食欲狂，多加醋，还要多加姜】。

饕餮王孙应有酒【我就是那人称的贪吃鬼，还需美酒兴味长】，横行公子却无肠【我就是那人称的横行子，螃蟹肚里本无肠】。

脐间积冷馋忘忌【吃了一只又一只，忘了性寒脾胃伤】，指上沾腥洗尚香【满手都是蟹腥味，洗了又洗尚余香】。

原为世人美口腹【物尽其用人间事，饱人口福是报偿】，坡仙曾笑一生忙【东坡曾笑多为口，我的事业更荒唐】。

黛玉笑道："这样的诗，要一百首也有。"宝玉笑道："你这会子才力已尽，不说不能作了，还贬人家。"黛玉听了，并不答言，也不思索，提起笔来一挥，已有了一首。众人看道：

铁甲长戈死未忘【壳如铁甲螯如枪，死后还呈英雄样】，
堆盘色相喜先尝【堆在盘里上餐桌，个个欢喜抢先尝】。
螯封嫩玉双双满【双螯有肉嫩如玉，敲破才能入口香】，
壳凸红脂块块香【蟹壳凸起掀开看，馋人块块是脂黄】。
多肉更怜卿八足【更爱蟹有八只脚，只只饱满不空仓】，
助情谁劝我千觞【提神助兴唯有你，千杯不醉意气昂】。
对斯佳品酬佳节【年年此日不虚度，幸得肥蟹度重阳】，
桂拂清风菊带霜【尝一口脂黄呷一口酒，清风拂桂菊送凉】。

这是黛玉随口吟咏之作，并无深意，她自己也不满意，所以撕了，令人烧掉。首联说那蟹虽"铁甲长戈"，也不过是餐桌佳品，突出一个"喜"字。颔联写蟹之肥美，颈联更赞其有助酒兴之功，尾联扩写到桂香菊影，还是衬托一个"喜"字。

宝玉看了正喝彩，黛玉便一把撕了，令人烧去，因笑道："我的不及你的，我烧了他。你那个很好，比方才的菊花诗还好，你留着他给人看。"宝钗接着笑道："我也勉强了一首，未必好，写出来取笑儿罢。"说着也写了出来。大家看时，写道是：

心有灵犀一点通。黛玉眼光不错，看出并欣赏宝玉诗的好处。

桂霭桐阴坐举觞【围坐一桌开怀饮，桐树阴下桂花香】，
长安涎口盼重阳【京城馋鬼贪美味，朝朝夕夕盼重阳】。
眼前道路无经纬【道路纵横皆有序，它却横行似眼盲】，
皮里春秋空黑黄【看似满腹精华好，原来只有膏与黄】。

看到这里，众人不禁叫绝。宝玉道："写得痛快！我的诗也该烧了。"又看底下道：

首联说重阳节是吃蟹的好时节，食客正好借机大饱口福。颔联、颈联一转，先痛批螃蟹之横行与无用，再说螃蟹之既有腥膻之味又性寒有损健康。这东西，还是禾黍之害。这就回应了首联，对食客们说：别只顾吃啊，要认清这螃蟹的本质与危害。

酒未敌腥还用菊【腥膻沾手难除去，酒洗还得菊花香】，
性防积冷定须姜【它还性寒伤脾胃，要得防病吃老姜】。
于今落釜成何益【横行一时有何用，如今锅底小命丧】，
月浦空馀禾黍香【从此田野除一害，农人丰收月下忙】。

这当然是以蟹喻人。一般认为，这是对宝玉（还有黛玉）之诗的反驳，也是对他们的批判。有人指出，这种严词厉句与宝钗温厚平和的形象不相吻合。其实，这不过是其本相的又一次暴露。

众人看毕，都说这是食螃蟹绝唱，这些小题目，原要寓大意才算

是大才，只是讽刺世人太毒了些。说着，只见平儿复进园来。不知作什么，且听下回分解。

【 回后评 】

读此一回书，重点与难点都在诗。要读懂文言文已有困难，而要读懂古诗词更不容易。这里仅结合书中的"咏菊诗"和"咏蟹诗"说其语言的几个特点。认识其特点才能识破其奥秘，才好悟其意而赏其美。

从用词的层面看，最值得注意的是借代与借喻。

《供菊》："隔座香分三径露，抛书人对一枝秋。"这里的"露"与"秋"都是指"菊"。菊，盛开在"秋"而常带"露"，是用相关事物指代本体。

《簪菊》："短鬓冷沾三径露，葛巾香染九秋霜。"这里也是用"露""霜"指代"菊"本身。

《访菊》："黄花若解怜诗客，休负今朝挂杖头。""挂杖头"，古人把钱挂在手杖的一头，随时用以买酒，这里就用来代指美酒了。

黛玉《咏蟹》："铁甲长戈死未忘，堆盘色相喜先尝。螯封嫩玉双双满，壳凸红脂块块香。"这里连用比喻，但本体都没有出现，而是直接用喻体指代："铁甲长戈"喻指螃蟹的壳与螯，进而代指蟹本身；"嫩玉"喻指蟹肉；"红脂"喻指蟹黄。

再从造句的层面看，值得注意的地方更多：主语状语之辨，补语宾语之辨，倒装句，紧缩句，等等。

《问菊》："圃露庭霜何寂寞，鸿归蛩病可相思。"句中的"圃露庭霜""鸿归蛩病"都处在主语的位置，但都做状语 ，意谓"面对花圃庭院露冷霜寒（而感到寂寞）"，"当看到那南归的雁影、听到寒蛩的悲鸣时（而生相思之情）"。

《供菊》："霜清纸帐来新梦，圃冷斜阳忆旧游。""霜清纸帐"是"在清霜之时、纸帐之内","围冷斜阳"是"面对着围冷斜阳",都是作状语修饰后面的部分。

《菊影》:"秋光叠叠复重重,潜度偷移三径中。""三径中"之前省略了一个"于"字,是补语,翻译时应前移,是"在三径中潜度偷移"。

《画菊》:"聚叶泼成千点墨,攒花染出几痕霜。淡浓神会风前影,跳脱秋生腕底香。"两联四句,句句倒装。顺言之应是:"聚叶泼墨成千点,攒花染霜出几痕。淡浓风前会神影,跳脱腕底生秋香。"因为韵律的限制,倒装如此,反倒显得古雅有味了。

《咏菊》:"毫端蕴秀临霜写,口齿噙香对月吟。"上下都是因果紧缩句——看似一个单句,实际是复句的紧缩。两句都说因果,而且因果倒装,顺言之应是:因为"临霜写"所以"毫端蕴秀",因为"对月吟"才"口齿噙香"。

薛宝钗《咏蟹》:"眼前道路无经纬,皮里春秋空黑黄。"上下都是转折关系的紧缩句,翻译过来就是:眼前道路纵横有序,它却不按着路径行走;它看似满腹精华,原来只有几块膏黄。

再说章法,这是句间关系的问题。相关的问题也不少,这里只说两点:互文和倒装。

《访菊》:"霜前月下谁家种,槛外篱边何处秋?"两句互文,也就是说,上下两句看似说的是两件事,实则互相呼应、互相阐发、互相补充,合起来说的是一件事。这两句合起来说的就是:在"霜前月下""槛外篱边",是谁,把你种在哪里?

《咏梅》:"满纸自怜题素怨,片言谁解诉秋心。"这两句也是互文,解释出来就是:我"满纸""片言"都在"题素怨""诉秋心",可是只能"自怜"而无人能"解"。

《忆菊》:"怅望西风抱闷思,蓼红苇白断肠时。"按照逻辑,应是在"蓼红苇白断肠时"才"怅望西风抱闷思",两句倒装。

《残菊》:"露凝霜重渐倾欹,宴赏才过小雪时。"两句倒装:是在"宴赏才过小雪时"才有了"露凝霜重渐倾欹"的景象。

第三十九回

村姥姥是信口开河
情哥哥偏寻根究底

只为贫寒不拣行，
富家趋入且逢迎。
岂知著意无名利，
便是三才最上乘。

姥姥请安平儿后，惶恐拜到贾母前

"村姥姥"即刘姥姥，"情哥哥"指贾宝玉；一个信口编故事，一个信以为真，寻根究底。为了与"情哥哥"偶对，用"村"不用"刘"字。回目只反映出这回书的有趣部分，实际上还有值得注意的内容。

承接上回书，宝玉等在那里写诗评诗吃螃蟹，凤姐打发平儿来要螃蟹，被留下喝酒。大家议论起几个大丫鬟，平儿、鸳鸯、彩霞、袭人，个个都是主子离不开的助手。说到此处，引起李纨的伤心——她身边没有得力的帮手。

大家才散了后，平儿回屋，有人报刘姥姥来了。见面后，跟管家婆说起吃螃蟹的事。尽管宝钗提供了七八十斤，上上下下还是不够，也有摸得着的，也有摸不着的。姥姥一听就算起账来："这些螃蟹……再搭上酒菜，一共倒有二十多两银子。阿弥陀佛！这一顿的钱够我们庄家人过一年了。"但姥姥的账单没有引起任何人的注意。

天晚了姥姥要走，偏竟投了两个人的缘。凤姐说："大远的，难为他扛了那些沉东西来，晚了就住一夜明儿再去。"老太太听见了也说："我正想个积古的老人家说话儿，请了来我见一见。"

于是平儿引着刘姥姥去见贾母，两个老人你赞我身体健朗，我赞你多福，甚是融洽。凤姐知道合了贾母的心，吃了饭便又打发姥姥过来陪贾母说话儿。宝玉姊妹们也都在这里坐着，觉得姥姥所说比那些瞽目先生说的书还好听。姥姥见贾母高兴，这些哥儿姐儿们都爱听，便没了的说的也编出些话来讲。

她编了一个故事：一位小姐，老爷太太爱如珍宝，可到十七岁一病死了。老爷太太思念不尽，便盖了个祠堂，塑了这小姐的像，派了人烧香拨火。如今日久年深的，人也没了，庙也烂了，那个像就成了精。他时常变了人出来各村庄店道上闲逛，这天她竟到我们家门外抽柴火了。我们村庄上的人还商议着要打了这塑像平了庙呢。宝玉忙道："快别如此。若平了庙，罪过不小。"并答应要为那小姐修庙塑像，每月供给香火钱。至于那小姐家在何方，庄名何谓，姥姥只是顺口胡诌。

宝玉都信以为真，竟派茗烟按着刘姥姥说的方向地名，先踏看明白，回来再做主意。结果，茗烟只找到一座供着"青脸红发的瘟神爷"的破庙，这时宝玉才醒悟到可能是姥姥哄着他玩呢。

话说众人见平儿来了，都说："你们奶奶作什么呢，怎么不来了？"平儿笑道："他那里得空儿来。因为说没有好生吃得，又不得来，所以叫我来问还有没有，叫我要几个拿了家去吃罢。"湘云道："有，多着呢。"忙令人拿了十个极大的。平儿道："多拿几个团脐的。"众人又拉平儿坐，平儿不肯。

螃蟹有雌雄之分。雌蟹团脐，有黄；雄蟹尖脐，无黄。湘云只知道"大"的好，平儿懂得"团脐"的好。

李纨拉着他笑道："偏要你坐。"拉着他身旁坐下，端了一杯酒送到他嘴边。平儿忙喝了一口就要走。李纨道："偏不许你去。显见得只有凤丫头，就不听我的话了。"说着又命："嬷嬷们先送了盒子去，就说我留下平儿了。"

李纨喜欢平儿，只得摆出"主子"的架子留住她，也隐隐透着对凤姐的不满。

那婆子一时拿了盒子回来说："二奶奶说，叫奶奶和姑娘们别笑话要嘴吃。这个盒子里是方才舅太太那里送来的菱粉糕和鸡油卷儿，给奶奶姑娘们吃的。"又向平儿道："说使你来你就贪住顽不去了。劝你少喝一杯儿罢。"平儿笑道："多喝了又把我怎么样？"一面说，一面只管喝，又吃螃蟹。

平儿对凤姐也有积怨，趁机发泄一下。

李纨揽着他笑道："可惜这么个好体面模样儿，命却平常，只落得屋里使唤。不知道的人，谁不拿你当作奶奶太太看。"平儿一面和宝钗湘云等吃喝，一面回头笑道："奶奶，别只摸的我李纨的动作有点怪，就为引出一句平儿是凤姐的"一把总钥匙"吗？

怪痒的。"李氏道："嗳哟！这硬的是什么？"平儿道："钥匙。"李氏道："什么钥匙？要紧梯己东西怕人偷了去，却带在身上。我成日家和人说笑，有个唐僧取经，就有个白马来驮他；有个刘智远打天下，就有个瓜精来送盔甲；有个凤丫头，就有个你。你就是你奶奶的一把总钥匙，还要这钥匙作什么。"平儿笑道："奶奶吃了酒，又拿了我来打趣着取笑儿了。"

用"互见互评"法为几个丫鬟作传。上面说了平儿，这里再说鸳鸯、彩霞、袭人。其实"总钥匙"之喻，也完全适用于这三位。

宝钗笑道："这倒是真话。我们没事评论起人来，你们这几个都是百个里头挑不出一个来的，妙在各人有各人的好处。"李纨道："大小都有个天理。比如老太太屋里，要没那个鸳鸯如何使得。从太太起，那一个敢驳老太太的回，现在他敢驳回。偏老太太只听他一个人的话。老太太那些穿戴的，别人不记得，他都记得，要不是他经管着，不知叫人诓骗了多少去呢。那孩子心也公道，虽然这样，倒常替人说好话儿，还倒不依势欺人的。"惜春笑道："老太太昨儿还说呢，他比我们还强呢。"平儿道："那原是个好的，我们那里比的上他。"宝玉道："太太屋里的彩霞，是个老实人。"探春道："可不是，外头老实，心里有数儿。太太是那么佛爷似的，事情上不留心，他都知道。凡百一应事都是他提着太太行。连老爷在家出外去的一应大小事，他都知道。太太忘了，他背地里告诉太太。"李纨道："那也罢了。"指着宝玉道："这一个小爷屋里要不是袭人，你们度量到个什么田地！凤丫头就是楚霸王，也得这两只膀子好举千斤鼎。他不是这丫头，就得这么周到了！"

平儿笑道："先时陪了四个丫头，死的死，去的去，只剩下我一个孤鬼了。"李纨道："你倒是有造化的。凤丫头也是有造化的。想当初你珠大爷在日，何曾也没两个人。你们看我还是那容不下人的？天天只见他两个不自在。所以你珠大爷一没了，趁年轻我都打发了。若有一个守得住，我倒有个膀臂。"说着滴下泪来。众人都道："又何必伤心，不如散了倒好。"说着便都洗了手，大家约往贾母王夫人处问安。

李纨之孤苦，无人理解，无人同情。"不如散了倒好"，倒像是谶语。

众婆子丫头打扫亭子，收拾杯盘。袭人和平儿一同往前去，袭人因让平儿到房里坐坐，再喝一杯茶。平儿说："不喝茶了，再来罢。"说着便要出去。袭人又叫住问道："这个月的月钱，连老太太和太太还没放呢，是为什么？"平儿见问，忙转身至袭人跟前，见方近无人，才悄悄说道："你快别问，横竖再迟几天就放了。"

袭人笑道："这是为什么，唬得你这样？"平儿悄悄告诉他道："这个月的月钱，我们奶奶早已支了，放给人使呢。等别处的利钱收了来，凑齐了才放呢。因为是你，我才告诉你，你可不许告诉一个人去。"袭人道："难道他还短钱使，还没个足厌？何苦还操这心。"平儿笑道："何曾不是呢。这几年拿着这一项银子，翻出有几百来了。他的公费月例又使不着，十两八两零碎攒了放出去，只他这梯己利钱，一年不到，上千的银子呢。"

袭人笑道："拿着我们的钱，你们主子奴才赚利钱，哄的我们呆呆的等着。"平儿道："你又说没良心的话。你难道还少钱使？"袭人道："我虽不少，只是我也没地方使去，就只预备我们那一个。"平儿道："你倘若有要紧的事用钱使时，我那里还有几两银子，你先拿来使，明儿我扣下你的就是了。"袭人道："此时也用不着，怕一时要用起来不够了，我打发人去取就是了。"

平儿答应着，一径出了园门，来至家内，只见凤姐儿不在房里。忽见上回来打抽丰【也说"打秋风"，借助某种关系从有钱人那里得到钱财】的那刘姥姥和板儿又来了，坐在那边屋里，还有张材家的周瑞家的陪着，又有两三个丫头在地下倒口袋里的枣子倭瓜并些野菜。

众人见他进来，都忙站起来了。刘姥姥因上次来过，知道平儿的身分，忙跳下地来问"姑娘好"，又说："家里都问好。早要来请姑奶奶的安看姑娘来的，因为庄家【庄稼，指农活】忙。好容易今年多打了两石粮食，瓜果菜蔬也丰盛。这是头一起摘下来的，并没敢卖呢，留的尖儿【最好的】孝敬姑奶奶姑娘们尝尝。姑娘们天天山珍海味的也吃腻了，这个吃个野意儿，也算是

王夫人曾问"月钱"迟发事，这里由平儿揭开其中奥秘：凤姐以月钱放贷年利。凤姐之贪，是贾府败落的原因之一。

"我们那一个"，言语间暴露出袭人把宝玉视为"自己人"的心态。

刘姥姥又来了，是"二进"了。"打抽丰"是穷苦人谋生的一种手段，世情如此。

看出平儿的"地位"，更看出姥姥的说话"技巧"：动词用"孝敬"，因为是面对平儿，称呼就把"奶奶""姑娘"并称，见得心之敬。对自己的礼物，说那是"没敢卖"的"尖儿"，见得心之诚。

我们的穷心。"平儿忙道："多谢费心。"又让坐，自己也坐了。又让"张婶子周大娘坐"，又令小丫头子倒茶去。

周瑞张材两家的因笑道："姑娘今儿脸上有些春色【下面有同义互解】，眼圈儿都红了。"平儿笑道："可不是。我原是不吃的，大奶奶和姑娘们只是拉着死灌，不得已喝了两盅，脸就红了【此即"春色"】。"张材家的笑道："我倒想着要吃呢，又没人让我。明儿再有人请姑娘，可带了我去罢。"说着大家都笑了。周瑞家的道："早起我就看见那螃蟹了，一斤只好秤两个三个。这么三大篓，想是有七八十斤呢。"周瑞家的道："若是上上下下只怕还不够。"平儿道："那里够，不过都是有名儿的吃两个子。那些散众的，也有摸得着的，也有摸不着的。"

刘姥姥道："这样螃蟹，今年就值五分一斤。十斤五钱，五五二两五，三五一十五，再搭上酒菜，一共倒有二十多两银子。阿弥陀佛！这一顿的钱够我们庄家人过一年了。"平儿因问："想是见过奶奶了？"刘姥姥道："见过了，叫我们等着呢。"说着又往窗外看天气，说道："天好早晚了，我们也去罢，别出不去城才是饥荒呢。"周瑞家的道："这话倒是，我替你瞧瞧去。"说着一径去了，半日方来，笑道："可是你老的福来了，竟投了这两个人的缘了。"

平儿等问怎么样，周瑞家的笑道："二奶奶在老太太的跟前呢。我原是悄悄的告诉二奶奶，'刘姥姥要家去呢，怕晚了赶不出城去。'二奶奶说：'大远的，难为他扛了那些沉东西来，晚了就住一夜明儿再去。'这可不是投上二奶奶的缘了。这也罢了，偏生老太太又听见了，问刘姥姥是谁。二奶奶便回明白了。老太太说：'我正想个积古的老人家说话儿，请了来我见一见。'这可不是想不到投上缘分了。"说着，催刘姥姥下来前去。刘姥姥道："我这生像儿怎好见的。好嫂子，你就说我去了罢。"平儿忙道："你快去罢，不相干的。我们老太太最是惜老怜贫的，比不得那个狂三诈四的那些人。想是你怯上，我和周大娘送你去。"说着，同周瑞家的引了刘姥姥往贾母这边来。

二门口该班的小厮【未成年的男性仆从】们见了平儿出来，都站起来了，又有两个跑上来，赶着平儿叫"姑娘"。平儿问："又说什么？"那小厮笑道："这会子也好早晚了，我妈病了，等着我去请大夫。好姑娘，我讨半日假可使的？"平儿道："你们倒好，都商议定了，一天一个告假，又不回奶奶，只和我胡缠。前儿住儿去了，二爷偏生叫他，叫不着，我应起来了，还说我作了情。你今儿又来了。"周瑞家的道："当真的他妈病了，姑娘也替他应着，放了他罢。"平儿道："明儿一早来。听着，我还要使你呢，再睡的日头晒着屁股再来！你这一去，带个信儿给旺儿，就说奶奶的话，问着他那剩的利钱。明儿若不交了来，奶奶也不要了，就越性送他使罢。"那小厮欢天喜地答应去了。

在刘姥姥往贾母处走来的途中，又插入小厮请假。随笔穿插，展现生活的方方面面，也丰富人物的性格。

平儿等来至贾母房中，彼时大观园中姊妹们都在贾母前承奉。刘姥姥进去，只见满屋里珠围翠绕，花枝招展，并不知都系何人。只见一张榻上歪着一位老婆婆，身后坐着一个纱罗裹的美人一般的一个丫鬟在那里捶腿，凤姐儿站着正说笑。刘姥姥便知是贾母了，忙上来陪着笑，道了万福，口里说："请老寿星安。"贾母亦欠身问好，又命周瑞家的端过椅子来坐着。那板儿仍是怯人，不知问候。

由刘姥姥眼中看出，"珠围翠绕，花枝招展"，是眼花缭乱之感。从人物姿态认出贾母，这很自然。称贾母为"老寿星"，又亲切又吉祥，最为得体。

贾母道："老亲家，你今年多大年纪了？"刘姥姥忙立身答道："我今年七十五了。"贾母向众人道："这么大年纪了，还这么健朗。比我大好几岁呢。我要到这么大年纪，还不知怎么动不得呢。"刘姥姥笑道："我们生来是受苦的人，老太太生来是享福的。若我们也这样，那些庄家活也没人作了。"贾母道："眼睛牙齿都还好？"刘姥姥道："都还好，就是今年左边的槽牙活动了。"贾母道："我老了，都不中用了，眼也花，耳也聋，记性也没了。你们这些老亲戚，我都不记得了。亲戚们来了，我怕人笑我，我都不会，不过嚼的动的吃两口，困了睡一觉，闷了时和这些孙子孙女儿顽笑一回就完了。"刘姥姥笑道："这正是老太太的

两个老太太说"受苦""享福"，既是实情心里话，又蕴含着一种哲理："祸兮，福之所倚；福兮，祸之所伏。"

福了。我们想这么着也不能。"贾母道："什么福，不过是个老废物罢了。"说的大家都笑了。

贾母又笑道："我才听见凤哥儿说，你带了好些瓜菜来，叫他快收拾去了，我正想个地里现撷的瓜儿菜儿吃。外头买的，不像你们田地里的好吃。"刘姥姥笑道："这是野意儿，不过吃个新鲜。依我们想鱼肉吃，只是吃不起。"贾母又道："今儿既认着了亲，别空空儿的就去。不嫌我这里，就住一两天再去。我们也有个园子，园子里头也有果子，你明日也尝尝，带些家去，你也算看亲戚一趟。"

凤姐儿见贾母喜欢，也忙留道："我们这里虽不比你们的场院大，空屋子还有两间。你住两天罢，把你们那里的新闻故事儿说些与我们老太太听听。"贾母笑道："凤丫头别拿他取笑儿。他是乡屯里的人，老实，那里搁的住你打趣他。"说着，又命人去先抓果子与板儿吃。板儿见人多了，又不敢吃。贾母又命拿些钱给他，叫小幺儿们带他外头顽去。刘姥姥吃了茶，便把些乡村中所见所闻的事情说与贾母，贾母益发得了趣味。正说着，凤姐儿便令人来请刘姥姥吃晚饭。贾母又将自己的菜拣了几样，命人送过去与刘姥姥吃。

凤姐知道合了贾母的心，吃了饭便又打发过来。鸳鸯忙令老婆子带了刘姥姥去洗了澡，自己挑了两件随常的衣服令给刘姥姥换上。那刘姥姥那里见过这般行事，忙换了衣裳出来，坐在贾母榻前，又搜寻些话出来说。彼时宝玉姊妹们也都在这里坐着，他们何曾听见过这些话，自觉比那些瞽目先生说的书还好听。

那刘姥姥虽是个村野人，却生来的有些见识，况且年纪老了，世情上经历过的，见头一个贾母高兴，第二见这些哥儿姐儿们都爱听，便没了说的也编出些话来讲。因说道："我们村庄上种地种菜，每年每日，春夏秋冬，风里雨里，那有个坐着的空儿，天天都是在那地头子上作歇马凉亭【休息享受之地】，什么奇奇怪怪的事不见呢。就像去年冬天，接连下了几天雪，地下压

这一层属于"礼尚往来"。

凤姐只看贾母的脸色。

刘姥姥除了带来瓜果蔬菜，还带来村俗"文化"，所以贾母"益发得了趣味"。

公子小姐知道的，村妪未必知道；村妪知道的，公子小姐又未必了解。虽不是"闻道有先后，术业有专攻"，但毕竟各有所长，这也蕴含着"哲理"。

能随机编故事，这故事还有点悬念，是赵树理一类的本事。但这故事必须打断，才能更好地表现宝玉的痴。

了三四尺深。我那日起的早，还没出房门，只听外头柴草响。我想着必定是有人偷柴草来了。我爬着窗户眼儿一瞧，却不是我们村庄上的人。"贾母道："必定是过路的客人们冷了，见现成的柴，抽些烤火去也是有的。"刘姥姥笑道："也并不是客人，所以说来奇怪。老寿星当个什么人？原来是一个十七八岁的极标致的一个小姑娘，梳着溜油光的头，穿着大红袄儿，白绫裙子——"

刚说到这里，忽听外面人吵嚷起来，又说："不相干的，别唬着老太太。"贾母等听了，忙问怎么了，丫鬟回说"南院马棚里走了水【失火】，不相干，已经救下去了。"贾母最胆小的，听了这个话，忙起身扶了人出至廊上来瞧，只见东南上火光犹亮。贾母唬的口内念佛，忙命人去火神跟前烧香。王夫人等也忙都过来请安，又回说"已经下去了，老太太请进房去罢。"贾母足的看着火光息了方领众人进来。宝玉且忙着问刘姥姥："那女孩儿大雪地作什么抽柴草？倘或冻出病来呢？"贾母道："都是才说抽柴草惹出火来了，你还问呢。别说这个了，再说别的罢。"宝玉听说，心内虽不乐，也只得罢了。

刘姥姥便又想了一篇，说道："我们庄子东边庄上，有个老奶奶子，今年九十多岁了。他天天吃斋念佛，谁知就感动了观音菩萨夜里来托梦说：'你这样虔心，原来你该绝后的，如今奏了玉皇，给你个孙子。'原来这老奶奶只有一个儿子，这儿子也只一个儿子，好容易养到十七八岁上死了，哭的什么似的。后果然又养了一个，今年才十三四岁，生的雪团儿一般，聪明伶俐非常。可见这些神佛是有的。"这一席话，实合了贾母王夫人的心事，连王夫人也都听住了。

宝玉心中只记挂着抽柴的故事，因闷闷的心中筹画。探春因问他"昨日扰了史大妹妹，咱们回去商议着邀一社，又还了席，也请老太太赏菊花，何如？"宝玉笑道："老太太说了，还要摆酒还史妹妹的席，叫咱们作陪呢。等着吃了老太太的，咱们再请不迟。"探春道："越往前去越冷了，老太太未必高兴。"宝玉道：

对马棚失火，宝玉并不关心，他心里只惦记着那位"小姑娘"。

马上"又想了一篇"，不简单。上一篇对了宝玉的兴趣，这一篇就对了贾母、王夫人的心思：不是贾珠虽死，还生了宝玉吗？刘姥姥既是"信口"，又不是"信口"。

一"席"刚了，又策划一"席"，这是贾府生活的重要内容。

"老太太又喜欢下雨下雪的。不如咱们等下头场雪，请老太太赏雪岂不好？咱们雪下吟诗，也更有趣了。"林黛玉忙笑道："咱们雪下吟诗？依我说，还不如弄一捆柴火，雪下抽柴，还更有趣儿呢。"说着，宝钗等都笑了。宝玉瞅了他一眼，也不答话。

一时散了，背地里宝玉足的拉了刘姥姥，细问那女孩儿是谁。刘姥姥只得编了告诉他道："那原是我们庄北沿地埂子上有一个小祠堂里供的，不是神佛，当先有个什么老爷。"说着又想名姓。宝玉道："不拘什么名姓，你不必想了，只说原故就是了。"刘姥姥道："这老爷没有儿子，只有一位小姐，名叫茗玉。小姐知书识字，老爷太太爱如珍宝。可惜这茗玉小姐生到十七岁，一病死了。"宝玉听了，跌足叹惜，又问后来怎么样。刘姥道："因为老爷太太思念不尽，便盖了这祠堂，塑了这茗玉小姐的像，派了人烧香拨火。如今日久年深的，人也没了，庙也烂了，那个像就成了精。"宝玉忙道："不是成精，规矩这样人是虽死不死的。"刘姥姥道："阿弥陀佛！原来如此。不是哥儿说，我们都当他成精。他时常变了人出来各村庄店道上闲逛。我才说这抽柴火的就是他了。我们村庄上的人还商议着要打了这塑像平了庙呢。"宝玉忙道："快别如此。若平了庙，罪过不小。"刘姥姥道："幸亏哥儿告诉我，我明儿回去告诉他们就是了。"

宝玉道："我们老太太、太太都是善人，合家大小也都好善喜舍，最爱修庙塑神的。我明儿做一个疏头【为敬神佛而向人募捐的册子】，替你化些布施【可以解释"梳头"】，你就做香头，攒了钱把这庙修盖，再装潢了泥像，每月给你香火钱烧香岂不好？"刘姥姥道："若这样，我托那小姐的福，也有几个钱使了。"宝玉又问他地名庄名，来往远近，坐落何方。刘姥姥便顺口胡诌了出来。

宝玉信以为真，回至房中，盘算了一夜。次日一早，便出来给了茗烟几百钱，按着刘姥姥说的方向地名，着茗烟去先踏看明白，回来再做主意。那茗烟去后，宝玉左等也不来，右等也不来，急的热锅上的蚂蚁一般。

好容易等到日落，方见茗烟兴兴头头的回来。宝玉忙问："可有庙了？"茗烟笑道："爷听的不明白，叫我好找。那地名坐落不似爷说的一样，所以找了一日，找到东北上田埂子上才有一个破庙。"宝玉听说，喜的眉开眼笑，忙说道："刘姥姥有年纪的人，一时错记了也是有的。你且说你见的。"茗烟道："那庙门却倒是朝南开，也是稀破的。我找的正没好气，一见这个，我说'可好了'，连忙进去。一看泥胎，唬的我跑出来了，活似真的一般。"宝玉喜的笑道："他能变化人了，自然有些生气。"茗烟拍手道："那里有什么女孩儿，竟是一位青脸红发的瘟神爷。"宝玉听了，啐了一口，骂道："真是一个无用的杀才！这点子事也干不来。"茗烟道："二爷又不知看了什么书，或者听了谁的混话，信真了，把这件没头脑的事派我去碰头，怎么说我没用呢？"宝玉见他急了，忙抚慰他道："你别急。改日闲了你再找去。若是他哄我们呢，自然没了，若真是有的，你岂不也积了阴骘。我必重重的赏你。"正说着，只见二门上的小厮来说："老太太房里的姑娘们站在二门口找二爷呢。"

茗烟的"汇报"也讲得一波三折：找到了庙，宝玉一喜；庙是稀破的，跟刘姥姥说的也对上了，宝玉再喜；见到泥胎，宝玉三喜；然后一转——那是个"青脸红发的瘟神爷"，宝玉情绪一落千丈。最后，宝玉也猜到是姥姥"哄我们"呢，然心有余想，余音绕梁。

【回后评】

此回书，先是螃蟹宴后说螃蟹，饕餮之后说代价。公子小姐老爷太太当然不会算这样的账，所以作者特意请刘姥姥来。姥姥一算，"一共倒有二十多两银子。阿弥陀佛！这一顿的钱够我们庄家人过一年了"。这不是夸张。张俊、沈治钧先生引康熙时人张宸《平圃杂记》文句："近世士大夫，费用日益侈"，"一席之费，率二十金"。又引《高宗实录》中乾隆二十六年五月一日奏折云："查苏城米价，以每石二两上下为贵，一两五钱上下为中，一两上下为贱；麦每石一两为贵，七八钱为中，五六钱为贱。"这样算来，一个四五口之家，每月以一石二斗至一石五斗计，全年需十五石至十八石，正合"二十多两银子"之数。但姥姥"阿弥陀佛"之后，周围的人没有一个有所回应，只有平儿岔开话题，问姥姥："想是见过奶奶了？"看看那个足福足寿的贾母，看看那个贪得无厌的凤姐，看看那一群公子小姐以及花枝招展的丫鬟，真仿佛是两个世界的人。

姥姥既来，曹公就把笔墨转移到她老人家身上。"那刘姥姥虽是个村野人，却生来的有些见识，况且年纪老了，世情上经历过的，见头一个贾母高兴，第二见这些哥儿姐儿们都爱听，便没了说的也编出些话来讲。"你看她，跟平儿说话，跟贾母聊天，那态度，那措辞，都十分得体。她不仅有即兴编故事的"才华"，还有根据"听众"心理设置情节的"心机"，所以不仅吸引了宝玉，还"实合了贾母王夫人的心事，连王夫人也都听住了"。这令人不禁想到一句话："高手在民间。"

曹公写刘姥姥信口编故事，一方面显示这个村野老妪不简单，同时也在写宝玉，写他的一片"痴情"。在曹公笔下，贾宝玉是块"真玉"，莹洁，透明，温润，洒向人间都是"爱"。写他对身边之人的关爱体贴已经很多了，这回只是姥姥口中的一个女儿，宝玉就如此惦念，所谓"情不情"，已无以复加。这正是宝玉最可爱的地方。

这回书里还有一点值得注意，那就是凤姐凭借管家婆的地位和权力，拿月例钱放贷牟利。按平儿的说法，凤姐"这几年拿着这一项银子，翻出有几百来了"，惹得连袭人都发牢骚："拿着我们的钱，你们主子奴才赚利钱，哄的我们呆呆的等着。"人心不足蛇吞象。贪婪的人并不是真的缺钱，他们是欲壑难填，缺的是一种精神境界和道德自律。

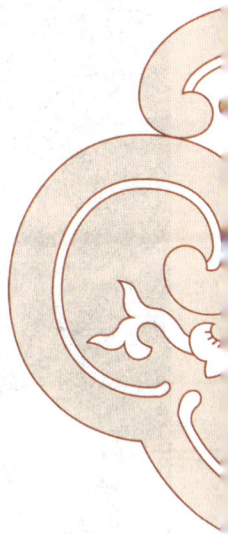

第四十回

史太君两宴大观园
金鸳鸯三宣牙牌令

两宴不觉已深秋，
惜春只如画春游。
可怜富贵谁能保，
只有恩情得到头。

贾母高兴率众乘船游，姥姥出乖食量大似牛

第三十八回书写湘云（实际是宝钗）做东，这回写贾母、王夫人及众姊妹还席。

这天，清晨起来，李纨就率人在园内作准备，而贾母兴致很高，也早早地带了一群人进园里来了。先有丫鬟献菊花，贾母拣了一朵大红的簪于鬓上；这时刘姥姥在身边，凤姐就将一盘子花横三竖四地插了姥姥一头。姥姥不恼，反笑道："我这头也不知修了什么福，今儿这样体面起来。"

众人到沁芳亭赏景，贾母问"这园子好不好"，刘姥姥念声佛说道："竟比那画儿还强十倍。"贾母要领着刘姥姥都见识见识，先到了潇湘馆。见窗下案上设着笔砚，又见书架上磊着满满的书，刘姥姥的评价是"这必定是那位哥儿的书房了"。离了潇湘馆，贾母等坐船来到秋爽斋吃早饭。为了讨老太太高兴，鸳鸯和凤姐商量要拿姥姥"取个笑儿"。

他们特意给姥姥用一双老年四楞象牙镶金的筷子，刘姥姥见了，说道："这叉爬子比俺那里铁锹还沉，那里犟的过他。"说的众人都笑起来。凤姐儿又拣了一碗鸽子蛋放在刘姥姥桌上，还告诉她这东西"一两银子一个"。贾母这边说声"请"，刘姥姥便站起身来，按照鸳鸯所嘱，高声说道："老刘，老刘，食量大似牛，吃一个老母猪不抬头。"自己却鼓着腮不语。众人先是发怔，后来一听，上上下下都哈哈地大笑起来。姥姥看那鸽子蛋，说："这里的鸡儿也俊，下的这蛋也小巧，怪俊的。"用那筷子好容易夹起一个来，又掉地上了，说："一两银子，也没听见个响声儿就没了。"逗得众人已没心吃饭，都看着她笑。

饭后，凤姐等到了探春房中。这里和潇湘馆不同，房间阔朗，陈设着文玩古董、书籍法帖，一派富贵景象。再到蘅芜苑，只觉异香扑鼻，而房屋则雪洞一般，一色玩器全无，案上只有一个土定瓶中供着数枝菊花，并两部书，茶奁茶杯而已。床上只吊着青纱帐幔，衾褥也十分朴素。贾母都怕亲戚"看着不像"，且年轻的姑娘们，房里这样素净，也忌讳。

坐了一回出来，来至缀锦阁下，再次摆下酒席。贾母兴致高，说要行酒令。于是由鸳鸯作令官，就有了"金鸳鸯三宣牙牌令"的活动。此活动至刘姥姥的应答达到高潮。

话说宝玉听了，忙进来看时，只见琥珀站在屏风跟前说："快去吧，立等你说话呢。"宝玉来至上房，只见贾母正和王夫人众姊妹商议给史湘云还席。宝玉因说道："我有个主意。既没有外客，吃的东西也别定了样数，谁素日爱吃的拣样儿做几样。也不要按桌席，每人跟前摆一张高几，各人爱吃的东西一两样，再一个什锦攒心盒子，自斟壶，岂不别致。"贾母听了，说"很是"，忙命传与厨房："明日就拣我们爱吃的东西作了，按着人数，再装了盒子来。早饭也摆在园里吃。"商议之间早又掌灯，一夕无话。

次日清早起来，可喜这日天气清朗。李纨侵晨先起，看着老婆子丫头们扫那些落叶，并擦抹桌椅，预备茶酒器皿。只见丰儿带了刘姥姥板儿进来，说"大奶奶倒忙的紧。"李纨笑道："我说你昨儿去不成，只忙着要去。"刘姥姥笑道："老太太留下我，叫我也热闹一天去。"丰儿拿了几把大小钥匙，说道："我们奶奶说了，外头的高几恐不够使，不如开了楼把那收着的拿下来使一天罢。奶奶原该亲自来的，因和太太说话呢，请大奶奶开了，带着人搬罢。"李氏便令素云接了钥匙，又令婆子出去把二门上的小厮叫几个来。李氏站在大观楼下往上看，令人上去开了缀锦阁，一张一张往下抬。小厮老婆子丫头一齐动手，抬了二十多张下来。李纨道："好生着，别慌慌张张鬼赶来似的，仔细碰了牙

你做一回东，我还一回席，这是贾府日常生活的重要内容。摆席，首先就是"吃"。这"两宴"的"吃"，表现出贾府铺张奢华的一个方面。

这大小钥匙平时都在凤姐手里。

这是备用之物，"万物皆备于我矣"。"五彩炫耀，各有奇妙"，必由刘姥姥眼中看出，才会为其"富有"叫"阿弥陀佛"。

这园子到底有多大，只看看还有游船、驾娘就可以想见。

杜牧诗："尘世难逢开口笑，菊花须插满头归。"把菊花乱插在姥姥头上，本是凤姐的恶作剧，但姥姥不恼不羞，还能"自圆其福"。

这园子好不好？还是由姥姥来"评价"。

闲聊之间为四十二回惜春画大观园伏线。

子。"又回头向刘姥姥笑道："姥姥，你也上去瞧瞧。"刘姥姥听说，巴不得一声儿，便拉了板儿登梯上去。进里面，只见乌压压的堆着些围屏、桌椅、大小花灯之类，虽不大认得，只见五彩炫耀，各有奇妙。念了几声佛，便出来了。然后锁上门，一齐才下来。李纨道："恐怕老太太高兴，越性把舡【chuán，同"船"】上划子、篙桨、遮阳幔子都搬了下来预备着。"众人答应，复又开了，色色的搬了下来。令小厮传驾娘们到舡坞里撑出两只船来。

正乱着安排，只见贾母已带了一群人进来了。李纨忙迎上去，笑道："老太太高兴，倒进来了。我只当还没梳头呢，才撷【xié，摘下】了菊花要送去。"一面说，一面碧月早捧过一个大荷叶式的翡翠盘子来，里面盛着各色的折枝菊花。贾母便拣了一朵大红的簪于鬓上。因回头看见了刘姥姥，忙笑道："过来带花儿。"一语未完，凤姐便拉过刘姥姥来，笑道："让我打扮你。"说着，将一盘子花横三竖四的插了一头。贾母和众人笑的不住。刘姥姥笑道："我这头也不知修了什么福，今儿这样体面起来。"众人笑道："你还不拔下来摔到他脸上呢，把你打扮的成了个老妖精了。"刘姥姥笑道："我虽老了，年轻时也风流，爱个花儿粉儿的，今儿老风流才好。"

说笑之间，已来至沁芳亭子上。丫鬟们抱了一个大锦褥子来，铺在栏杆榻板上。贾母倚柱坐下，命刘姥姥也坐在旁边，因问他："这园子好不好？"刘姥姥念佛说道："我们乡下人到了年下，都上城来买画儿贴。时常闲了，大家都说，怎么得也到画儿上去逛逛。想着那个画儿也不过是假的，那里有这个真地方呢。谁知我今儿进这园里一瞧，竟比那画儿还强十倍。怎么得有人也照着这个园子画一张，我带了家去，给他们见见，死了也得好处。"贾母听说，便指着惜春笑道："你瞧我这个小孙女儿，他就会画。等明儿叫他画一张如何？"刘姥姥听了，喜的忙跑过来，拉着惜春说道："我的姑娘，你这么大年纪儿，又这么个好模样，还有这个能干，别是神仙托生的罢。"

贾母少歇一回，自然领着刘姥姥都见识见识。先到了潇湘馆。一进门，只见两边翠竹夹路，土地下苍苔布满，中间羊肠一条石子漫的路。刘姥姥让出路来与贾母众人走，自己却赶走土地。琥珀拉着他说道："姥姥，你上来走，仔细苍苔滑了。"刘姥姥道："不相干的，我们走熟了的，姑娘们只管走罢。可惜你们的那绣鞋，别沾脏了。"他只顾上头和人说话，不防底下果蹑滑了，咕咚一跤跌倒。众人拍手都哈哈的笑起来。贾母笑骂道："小蹄子们，还不搀起来，只站着笑。"说话时，刘姥姥已爬了起来，自己也笑了，说道："才说嘴就打了嘴。"贾母问他："可扭了腰了不曾？叫丫头们捶一捶。"刘姥姥道："那里说的我这么娇嫩了。那一天不跌两下子，都要捶起来，还了得呢。"

紫鹃早打起湘帘，贾母等进来坐下。林黛玉亲自用小茶盘捧了一盖碗茶来奉与贾母。王夫人道："我们不吃茶，姑娘不用倒了。"林黛玉听说，便命丫头把自己窗下常坐的一张椅子挪到下首，请王夫人坐了。刘姥姥因见窗下案上设着笔砚，又见书架上磊着满满的书，刘姥姥道："这必定是那位哥儿的书房了。"贾母笑指黛玉道："这是我这外孙女儿的屋子。"刘姥姥留神打量了黛玉一番，方笑道："这那像个小姐的绣房，竟比那上等的书房还好。"贾母因问："宝玉怎么不见？"众丫头们答说："在池子里舡上呢。"贾母道："谁又预备下舡了？"李纨忙回说："才开楼拿几，我恐怕老太太高兴，就预备下了。"贾母听了方欲说话时，有人回说："姨太太来了。"贾母等刚站起来，只见薛姨妈早进来了，一面归坐，笑道："今儿老太太高兴，这早晚就来了。"贾母笑道："我才说来迟了的要罚他，不想姨太太就来迟了。"

说笑一会，贾母因见窗上纱的颜色旧了，便和王夫人说道："这个纱新糊上好看，过了后来就不翠了。这个院子里头又没个桃杏树，这竹子已是绿的，再拿这绿纱糊上反不配。我记得咱们先有四五样颜色糊窗的纱呢，明儿给他把这窗上的换了。"凤

都是从刘姥姥"见识"中写来。

如此清幽之地，岂是刘姥姥辈所应涉足的，所以就"咕咚一跤跌倒"。好在身体"健朗"，自己能"爬起来"。众人之"拍手"大笑，可看作人间"隔膜"的象征。

黛玉房间，像"哥儿的书房"，突出其文化品位。

贾母有审美眼光。

让凤姐在贾母跟前"露怯",一是凸显贾母有见识,再是表现贾府富贵弥久,家底深厚。

"银红色"的窗纱,为宝玉《芙蓉女儿诔》之"茜纱窗下"句作铺垫。

姐儿忙道:"昨儿我开库房,看见大板箱里还有好些匹银红蝉翼纱,也有各样折枝花样的,也有流云卍福花样的,也有百蝶穿花花样的,颜色又鲜,纱又轻软,我竟没见过这样的。拿了两匹出来,作两床绵纱被,想来一定是好的。"贾母听了笑道:"呸,人人都说你没有不经过不见过,连这个纱还不认得呢,明儿还说嘴。"薛姨妈等都笑说:"凭他怎么经过见过,如何敢比老太太呢。老太太何不教导了他,我们也听听。"凤姐儿也笑说:"好祖宗,教给我罢。"

贾母笑向薛姨妈众人道:"那个纱,比你们的年纪还大呢。怪不得他认作蝉翼纱,原也有些像,不知道的,都认作蝉翼纱。正经名字叫作'软烟罗'。"凤姐儿道:"这个名儿也好听。只是我这么大了,纱罗也见过几百样,从没听见过这个名色。"贾母笑道:"你能够活了多大,见过几样没处放的东西,就说嘴来了。那个软烟罗只有四样颜色:一样雨过天晴【天蓝色】,一样秋香色【浅橄榄色】,一样松绿的,一样就是银红【有光泽的浅红色】的,若是做了帐子,糊了窗屉,远远的看着,就似烟雾一样,所以叫作'软烟罗'。那银红的又叫作'霞影纱'。如今上用的府纱也没有这样软厚轻密的了。"薛姨妈笑道:"别说凤丫头没见,连我也没听见过。"

凤姐儿一面说,早命人取了一匹来了。贾母说:"可不是这个!先时原不过是糊窗屉,后来我们拿这个作被作帐子,试试也竟好。明儿就找出几匹来,拿银红的替他糊窗子。"凤姐答应着。众人都看了,称赞不已。刘姥姥也觑着眼看个不了,念佛说道:"我们想他作衣裳也不能,拿着糊窗子,岂不可惜?"贾母道:"倒是做衣裳不好看。"凤姐忙把自己身上穿的一件大红绵纱袄子襟儿拉了出来,向贾母薛姨妈道:"看我的这袄儿。"贾母薛姨妈都说:"这也是上好的了,这是如今的上用内造的,竟比不上这个。"凤姐儿道:"这个薄片子,还说是上用内造呢,竟连官用的也比不上了。"贾母道:"再找一找,只怕还有青的。若有时都拿

如此珍贵的纱竟用来"糊窗屉",刘姥姥觉得太可惜。

出来，送这刘亲家两匹，做一个帐子我挂，下剩的添上里子，做些夹背心子给丫头们穿，白收着霉坏了。"凤姐忙答应了，仍令人送去。

贾母起身笑道："这屋里窄，再往别处逛去。"刘姥姥念佛道："人人都说大家子住大房。昨儿见了老太太正房，配上大箱大柜大桌子大床，果然威武。那柜子比我们那一间房子还大还高。怪道后院子里有个梯子。我想并不上房晒东西，预备个梯子作什么？后来我想起来，定是为开顶柜收放东西，非离了那梯子，怎么得上去呢。如今又见了这小屋子，更比大的越发齐整了。满屋里的东西都只好看，都不知叫什么，我越看越舍不得离了这里。"凤姐道："还有好的呢，我都带你去瞧瞧。"说着一径离了潇湘馆。

贾母用一个字概括黛玉房间的特点：窄。顺势由姥姥说出老太太正房的"高大"，由此显示其威严气势、崇高地位。

远远望见池中一群人在那里撑舡。贾母道："他们既预备下船，咱们就坐。"一面说着，便向紫菱洲蓼溆一带走来。未至池前，只见几个婆子手里都捧着一色捏丝戗金五彩大盒子走来。凤姐忙问王夫人早饭在那里摆。王夫人道："问老太太在那里，就在那里罢了。"贾母听说，便回头说："你三妹妹那里就好。你就带了人摆去，我们从这里坐了舡去。"

凤姐听说，便回身同了探春、李纨、鸳鸯、琥珀带着端饭的人等，抄着近路到了秋爽斋，就在晓翠堂上调开桌案。鸳鸯笑道："天天咱们说外头老爷们吃酒吃饭都有一个篾片相公【帮闲凑趣的人】，拿他取笑儿。咱们今儿也得了一个女篾片了。"李纨是个厚道人，听了不解。凤姐儿却知是说的是刘姥姥了，也笑说道："咱们今儿就拿他取个笑儿。"二人便如此这般的商议。李纨笑劝道："你们一点好事也不做，又不是个小孩儿，还这么淘气，仔细老太太说。"鸳鸯笑道："很不与你相干，有我呢。"

早饭，在秋爽斋。

说李纨"厚道"，就意味着鸳鸯、凤姐不厚道。她们要拿姥姥"取笑"，如何"取笑"，"如此这般"，来个悬念。

鸳鸯说"有我呢"——她了解贾母，知道取笑一个村妪能让老太太开心。

正说着，只见贾母等来了，各自随便坐下。先着丫鬟端过两盘茶来，大家吃毕。凤姐手里拿着西洋布手巾，裹着一把乌木三镶银箸，敁敠【掂掇】人位，按席摆下。贾母因说："把那一张鸳鸯给姥姥安排表演内容。

小楠木桌子抬过来，让刘亲家近我这边坐着。"众人听说，忙抬了过来。凤姐一面递眼色与鸳鸯，鸳鸯便拉了刘姥姥出去，悄悄的嘱咐了刘姥姥一席话，又说："这是我们家的规矩，若错了我们就笑话呢。"调停已毕，然后归坐。

薛姨妈是吃过饭来的，不吃，只坐在一边吃茶。贾母带着宝玉、湘云、黛玉、宝钗一桌，王夫人带着迎春姊妹三个人一桌，刘姥姥傍着贾母一桌。贾母素日吃饭，皆有小丫鬟在旁边，拿着漱盂、麈尾、巾帕等物。如今鸳鸯是不当这差的了，今日鸳鸯偏接过麈尾来拂着。丫鬟们知道他要撮弄刘姥姥，便躲开让他。鸳鸯一面侍立，一面悄向刘姥姥说道："别忘了。"刘姥姥道："姑娘放心。"那刘姥姥入了坐，拿起箸来，沉甸甸的不伏手。原是凤姐和鸳鸯商议定了，单拿一双老年四楞象牙镶金的筷子与刘姥姥。刘姥姥见了，说道："这叉爬子比俺那里铁锨还沉，那里犟的过他。"说的众人都笑起来。

"撮弄"姥姥的第一招。

只见一个媳妇端了一个盒子站在当地，一个丫鬟上来揭去盒盖，里面盛着两碗菜。李纨端了一碗放在贾母桌上。凤姐儿偏拣了一碗鸽子蛋放在刘姥姥桌上。贾母这边说声"请"，刘姥姥便站起身来，高声说道："老刘，老刘，食量大似牛，吃一个老母猪不抬头。"自己却鼓着腮不语。

姥姥依导演之嘱生动表演。

众人先是发怔，后来一听，上上下下都哈哈的大笑起来。史湘云撑不住，一口饭都喷了出来；林黛玉笑岔了气，伏着桌子叫"嗳哟"；宝玉早滚到贾母怀里，贾母笑的搂着宝玉叫"心肝"；王夫人笑的用手指着凤姐儿，只说不出话来；薛姨妈也撑不住，口里茶喷了探春一裙子；探春手里的饭碗都合在迎春身上；惜春离了坐位，拉着他奶母叫揉一揉肠子。地下的无一个不弯腰屈背，也有躲出去蹲着笑去的，也有忍着笑上来替他姊妹换衣裳的，独有凤姐鸳鸯二人撑着，还只管让刘姥姥。

王希廉评："只一'笑'字，写得如此离奇，直有滚雪飞花之妙。篇中如'伏'字、'滚'字、'搂'字、'指'字等俱千锤百炼而出，其形状如在目前。""形容桑者哄堂，尽态极妍，文笔如龙。"

洪秋蕃评："真如天女散花，缤纷乱坠。文章能事，此尽之矣。"

刘姥姥拿起箸来，只觉不听使，又说道："这里的鸡儿也俊，下的这蛋也小巧，怪俊的。我且肏攮一个。"众人方住了笑，听见这话又笑起来。贾母笑的眼泪出来，琥珀在后捶着。贾母笑道："这定是凤丫头促狭鬼儿闹的，快别信他的话了。"那刘姥姥正夸鸡蛋小巧，要尝攘一个，凤姐儿笑道："一两银子一个呢，你快尝尝罢，那冷了就不好吃了。"刘姥姥便伸箸子要夹，那里夹的起来，满碗里闹了一阵好的，好容易撮起一个来，才伸着脖子要吃，偏又滑下来滚在地下，忙放下箸子要亲自去捡，早有地下的人捡了出去了。刘姥姥叹道："一两银子，也没听见个响声儿就没了。"

众人已没心吃饭，都看着他笑。贾母又说："这会子又把那个筷子拿了出来，又不请客摆大筵席。都是凤丫头支使的，还不换了呢。"地下的人原不曾预备这牙箸，本是凤姐和鸳鸯拿了来的，听如此说，忙收了过去，也照样换上一双乌木镶银的。刘姥姥道："去了金的，又是银的，到底不及俺们那个伏手。"凤姐儿道："菜里若有毒，这银子下去了就试的出来。"刘姥姥道："这个菜里若有毒，俺们那菜都成了砒霜了。那怕毒死了也要吃尽了。"贾母见他如此有趣，吃的又香甜，把自己的也都端过来与他吃。又命一个老嬷嬷来，将各样的菜给板儿夹在碗上。

一时吃毕，贾母等都往探春卧室中去说闲话。这里收拾过残桌，又放了一桌。刘姥姥看着李纨与凤姐儿对坐着吃饭，叹道："别的罢了，我只爱你们家这行事。怪道说'礼出大家'。"凤姐儿忙笑道："你可别多心，才刚不过大家取笑儿。"一言未了，鸳鸯也进来笑道："姥姥别恼，我给你老人家赔个不是。"刘姥姥笑道："姑娘说那里话，咱们哄着老太太开个心儿，可有什么恼的！你先嘱咐我，我就明白了，不过大家取个笑儿。我要心里恼，也就不说了。"鸳鸯便骂人"为什么不倒茶给姥姥吃。"刘姥姥忙道："刚才那个嫂子倒了茶来，我吃过了。姑娘也该用饭了。"凤姐儿便拉鸳鸯："你坐下和我们吃了罢，省的回来又闹。"鸳鸯便坐下了。婆子们添上碗箸来，三人吃毕。

刘姥姥笑道："我看你们这些人都只吃这一点儿就完了，亏

贾母口头说"凤丫头促狭鬼儿"，实际还是觉得"有趣"。她对姥姥的"怜惜"是有限度的。

也是既定的表演节目。

导演和演员，各有所需，也各有所得。

你们也不饿。怪只道风儿都吹的倒。"鸳鸯便问："今儿剩的菜不少，都那去了？"婆子们道："都还没散呢，在这里等着一齐散与他们吃。"鸳鸯道："他们吃不了这些，挑两碗给二奶奶屋里平丫头送去。"凤姐儿道："他早吃了饭了，不用给他。"鸳鸯道："他不吃了，喂你们的猫。"婆子听了，忙拣了两样拿盒子送去。鸳鸯道："素云那去了？"李纨道："他们都在这里一处吃，又找他作什么。"鸳鸯道："这就罢了。"凤姐儿道："袭人不在这里，你倒是叫人送两样给他去。"鸳鸯听说，便命人也送两样去后，鸳鸯又问婆子们："回来吃酒的攒盒可装上了？"婆子道："想必还得一会子。"鸳鸯道："催着些儿。"婆子应喏了。

凤姐儿等来至探春房中，只见他娘儿们正说笑。探春素喜阔朗，这三间屋子并不曾隔断。当地放着一张花梨大理石大案，案上磊着各种名人法帖，并数十方宝砚，各色笔筒，笔海内插的笔如树林一般。那一边设着斗大的一个汝窑花囊，插着满满的一囊水晶球儿的白菊。西墙上当中挂着一大幅米襄阳《烟雨图》，左右挂着一副对联，乃是颜鲁公墨迹，其词云：

烟霞闲骨格　泉石野生涯

案上设着大鼎。左边紫檀架上放着一个大观窑的大盘，盘内盛着数十个娇黄玲珑大佛手。右边洋漆架上悬着一个白玉比目磬，旁边挂着小锤。那板儿略熟了些，便要摘那锤子要击，丫鬟们忙拦住他。他又要那佛手吃，探春拣了一个与他说："玩罢，吃不得的。"东边便设着卧榻，拔步床上悬着葱绿双绣花卉草虫的纱帐。板儿又跑过来看，说"这是蝈蝈，这是蚂蚱"。刘姥姥忙打了他一巴掌，骂道："下作黄子，没干没净的乱闹。倒叫你进来瞧瞧，就上脸了。"打的板儿哭起来，众人忙劝解方罢。贾母因隔着纱窗往后院内看了一回，说道："后廊檐下的梧桐也好了，就只细些。"

正说话，忽一阵风过，隐隐听得鼓乐之声。贾母问"是谁家娶亲呢？这里临街倒近。"王夫人等笑回道："街上的那里听的见，这是咱们的那十几个女孩子们演习吹打呢。"贾母便笑道："既是他们演，何不叫他们进来演习。他们也逛一逛，咱们可又乐了。"凤姐听说，忙命人出去叫来，又一面吩咐摆下条桌，铺上红毡子。贾母道："就铺排在藕香榭的水亭子上，借着水音更好听。回来咱们就在缀锦阁底下吃酒，又宽阔，又听的近。"众人都说那里好。

必有音乐，才不枯寂。借水听音，是内行，也是雅兴。

贾母向薛姨妈笑道："咱们走罢。他们姊妹们都不大喜欢人来坐着，怕脏了屋子。咱们别没眼色，正经坐一回子船喝酒去。"说着大家起身便走。探春笑道："这是那里的话，求着老太太、姨妈、太太来坐坐还不能呢。"贾母笑道："我的这三丫头却好，只有两个玉儿可恶。回来吃醉了，咱们偏往他们屋里闹去。"

果然，最后姥姥闹到宝玉房里去了。

说着，众人都笑了，一齐出来。走不多远，已到了荇叶渚。那姑苏选来的几个驾娘早把两只棠木舫撑来，众人扶了贾母、王夫人、薛姨妈、刘姥姥、鸳鸯、玉钏儿上了这一只，落后李纨也跟上去。凤姐儿也上去，立在舫头上，也要撑篙。贾母在舱内道："这不是顽的，虽不是河里，也有好深的。你快不给我进来。"凤姐儿笑道："怕什么！老祖宗只管放心。"说着便一篙点开。到了池当中，舫小人多，凤姐只觉乱晃，忙把篙子递与驾娘，方蹲下了。然后迎春姊妹等并宝玉上了那只，随后跟来。其馀老嬷嬷散众丫鬟俱沿河随行。

是好奇，也是逞能。

宝玉道："这些破荷叶可恨，怎么还不叫人来拔去。"宝钗笑道："今年这几日，何曾饶了这园子闲了，天天逛，那里还有叫人来收拾的工夫。"林黛玉道："我最不喜欢李义山的诗，只喜他这一句：'留得残荷听雨声'。偏你们又不留着残荷了。"宝玉道："果然好句，以后咱们就别叫人拔去了。"说着已到了花溆的萝港之下，觉得阴森透骨，两滩上衰草残菱，更助秋情【悲秋的情绪】。

黛玉喜欢，宝玉就不反对。

贾母因见岸上的清厦旷朗，便问"这是你薛姑娘的屋子不是？"众人道："是。"贾母忙命拢岸，顺着云步石梯上去，一同进了蘅芜苑，只觉异香扑鼻。那些奇草仙藤愈冷愈苍翠，都结了实，似珊瑚豆子一般，累垂可爱。及进了房屋，雪洞一般，一色玩器全无，案上只有一个土定瓶中供着数枝菊花，并两部书，茶奁茶杯而已。床上只吊着青纱帐幔，衾褥也十分朴素。

贾母叹道："这孩子太老实了。你没有陈设，何妨和你姨娘要些。我也不理论，也没想到，你们的东西自然在家里没带了来。"说着，命鸳鸯去取些古董来，又嗔着凤姐儿："不送些玩器来与你妹妹，这样小器。"王夫人凤姐儿等都笑回说："他自己不要的。我们原送了来，他都退回去了。"薛姨妈也笑说："他在家里也不大弄这些东西的。"贾母摇头说："使不得。虽然他省事，倘或来一个亲戚，看着不像；二则年轻的姑娘们，房里这样素净，也忌讳。我们这老婆子，越发该住马圈去了。你们听那些书上戏上说的小姐们的绣房，精致的还了得呢。他们姊妹们虽不敢比那些小姐们，也不要很离了格儿。有现成的东西，为什么不摆？若很爱素净，少几样倒使得。我最会收拾屋子的，如今老了，没有这些闲心了。他们姊妹们也还学着收拾的好，只怕俗气，有好东西也摆坏了。我看他们还不俗。如今让我替你收拾，包管又大方又素净。我的梯己两件，收到如今，没给宝玉看见过，若经了他的眼，也没了。"说着叫过鸳鸯来，亲吩咐道："你把那石头盆景儿和那架纱桌屏，还有个墨烟冻石鼎，这三样摆在这案上就够了。再把那水墨字画白绫帐子拿来，把这帐子也换了。"鸳鸯答应着，笑道："这些东西都搁在东楼上的不知那个箱子里，还得慢慢找去，明儿再拿去也罢了。"贾母道："明日后日都使得，只别忘了。"说着，坐了一回方出来，一径来至缀锦阁下。文官等上来请过安，因问"演习何曲"。贾母道："只拣你们生的演习几套罢。"文官等下来，往藕香榭去不提。

这里凤姐儿已带着人摆设整齐，上面左右两张榻，榻上都铺着锦裀蓉簟【diàn】，每一榻前有两张雕漆几，也有海棠式的，也有梅花式的，也有荷叶式的，也有葵花式的，也有方的，也有圆的，其式不一。一个上面放着炉瓶，一分攒盒；一个上面空设着，预备放人所喜食物。上面二榻四几，是贾母薛姨妈；下面一椅两几，是王夫人的，馀者都是一椅一几。东边是刘姥姥，刘姥姥之下便是王夫人。西边便是史湘云，第二便是宝钗，第三便是黛玉，第四迎春、探春、惜春挨次下去，宝玉在末。李纨凤姐二人之几设于三层槛内，二层纱厨之外。攒盒式样，亦随几之式样。每人一把乌银洋錾自斟壶，一个十锦珐琅杯。

大家坐定，贾母先笑道："咱们先吃两杯，今日也行一令才有意思。"薛姨妈等笑道："老太太自然有好酒令，我们如何会呢，安心要我们醉了。我们都多吃两杯就有了。"贾母笑道："姨太太今儿也过谦起来，想是厌我老了。"薛姨妈笑道："不是谦，只怕行不上来倒是笑话了。"王夫人忙笑道："便说不上来，就便多吃一杯酒，醉了睡觉去，还有谁笑话咱们不成。"薛姨妈点头笑道："依令。老太太到底吃一杯令酒才是。"贾母笑道："这个自然。"说着便吃了一杯。

凤姐儿忙走至当地，笑道："既行令，还叫鸳鸯姐姐来行更好。"众人都知贾母所行之令必得鸳鸯提着，故听了这话，都说"很是"。凤姐儿便拉了鸳鸯过来。王夫人笑道："既在令内，没有站着的理。"回头命小丫头子："端一张椅子，放在你二位奶奶的席上。"鸳鸯也半推半就，谢了坐，便坐下，也吃了一钟酒，笑道："酒令大如军令，不论尊卑，惟我是主。违了我的话，是要受罚的。"王夫人等都笑道："一定如此，快些说来。"鸳鸯未开口，刘姥姥便下了席，摆手道："别这样捉弄人，我家去了。"众人都笑道："这却使不得。"鸳鸯喝令小丫头子们："拉上席去！"小丫头子们也笑着，果然拉入席中。刘姥姥只叫"饶了我罢！"鸳鸯道："再多言的罚一壶。"刘姥姥方住了声。

鸳鸯道："如今我说骨牌副儿，从老太太起，顺领说下去，

还没"吃"，先"展示"一下"用"。

老太太兴致高，求雅趣。此令一下，谁能不从？玩儿，也得有权威。

凤姐知趣。老太太又当令，又省心，这才是贾府的最佳"生态"。

一朝权在手，便把令来行。

此处写姥姥害怕求饶，最后写她应对出彩。合乎性格，也合乎身份。欲扬先抑，并不做作。

这就是所谓"三宣"。

至刘姥姥止。比如我说一副儿,将这三张牌拆开,先说头一张,次说第二张,再说第三张,说完了,合成这一副儿的名字。无论诗词歌赋,成语俗话,比上一句,都要叶韵。错了的罚一杯。"众人笑道:"这个令好,就说出来。"

虚实互解:由此一例,可明白鸳鸯所说的"规矩"。

鸳鸯道:"有了一副了。左边是张'天'。"【一宣】贾母道:"头上有青天。"【押"天"字韵】众人道:"好。"鸳鸯道:"当中是个'五与六'。"【二宣】贾母道:"六桥梅花香彻骨。"鸳鸯道:"剩得一张'六与幺'。"【三宣】贾母道:"一轮红日出云霄。"鸳鸯道:"凑成便是个'蓬头鬼'。"【鸳鸯出上句】贾母道:"这鬼抱住钟馗腿。"【贾母对依据,"腿"与"鬼"押韵】说完,大家笑说:"极妙。"贾母饮了一杯。

鸳鸯又道:"有了一副。左边是个'大长五'。"薛姨妈道:"梅花朵朵风前舞。"鸳鸯道:"右边还是个'大五长'。"薛姨妈道:"十月梅花岭上香。"鸳鸯道:"当中'二五'是杂七。"薛姨妈道:"织女牛郎会七夕。"鸳鸯道:"凑成'二郎游五岳'。"薛姨妈道:"世人不及神仙乐。"说完,大家称赏,饮了酒。

鸳鸯又道:"有了一副。左边'长幺'两点明。"湘云道:"双悬日月照乾坤。"鸳鸯道:"右边'长幺'两点明。"湘云道:"闲花落地听无声。"鸳鸯道:"中间还得'幺四'来。"湘云道:"日边红杏倚云栽。"鸳鸯道:"凑成'樱桃是九熟'。"湘云道:"御园却被鸟衔出。"说完饮了一杯。

鸳鸯道:"有了一副。左边是'长三'。"宝钗道:"双双燕子语梁间。"鸳鸯道:"右边是'三长'。"宝钗道:"水荇牵风翠带长。"鸳鸯道:"当中'三六'九点在。"宝钗道:"三山半落青天外。"鸳鸯道:"凑成'铁锁练孤舟'。"宝钗道:"处处风波处处愁。"说完饮毕。

护花主人评:"黛玉说《牡丹》、《西厢》,可见平日喜看情词,且可见其结果处。"宝钗"回头看着他""伏四十二回规劝一层"。

鸳鸯又道:"左边一个'天'。"黛玉道:"良辰美景奈何天。"宝钗听了,回头看着他。黛玉只顾怕罚,也不理论。鸳鸯道:"中间'锦屏'颜色俏。"黛玉道:"纱窗也没有红娘报。"鸳鸯道：“剩了‘二六’八点齐。”黛玉道：“双瞻玉座引朝仪。”鸳鸯道：“凑成‘篮子’好采花。”黛玉道：“仙杖香挑芍药花。”说完，饮了一口。

鸳鸯道：“左边‘四五’成花九。”迎春道：“桃花带雨浓。”众人道：“该罚！错了韵，而且又不像。”迎春笑着饮了一口。原是凤姐儿和鸳鸯都要听刘姥姥的笑话，故意都令说错，都罚了。至王夫人，鸳鸯代说了个，下便该刘姥姥。

刘姥姥道：“我们庄家人闲了，也常会几个人弄这个，但不如说的这么好听。少不得我也试一试。”众人都笑道：“容易说的。你只管说，不相干。”鸳鸯笑道：“左边‘四四’是个人。”刘姥姥听了，想了半日，说道：“是个庄家人罢。”众人哄堂笑了。贾母笑道：“说的好，就是这样说。”刘姥姥也笑道：“我们庄家人，不过是现成的本色，众位别笑。”鸳鸯道：“中间‘三四’绿配红。”刘姥姥道：“大火烧了毛毛虫。”众人笑道：“这是有的，还说你的本色。”鸳鸯道：“右边‘幺四’真好看。”刘姥姥道：“一个萝葡一头蒜。”众人又笑了。鸳鸯笑道：“凑成便是一枝花。”刘姥姥两只手比着，说道：“花儿落了结个大倭瓜。”众人大笑起来。只听外面乱嚷——

别人说的，虽文文绉绉，但可能看过就忘。唯有姥姥，她只说她的生活，拈花带露，形象而生动，有过目难忘之趣。曹公对人物的把握确是超一流的。

护花主人评：“刘姥姥说令固是发笑，然却与巧姐结局暗暗关照。”

【回后评】

要全面展示贾府生活的方方面面，包括物质生活与文化生活，先有黛玉初进之见闻，次有刘姥姥一进之观览，这都是曹公写人状物最喜用的“互见互评”之法。这一回书，写贾府的吃、住、用、玩，很多也是通过刘姥姥的所见所感（评）来完成的。这样写来，尽量回避作者的视角，而渗入现场人物的性格、情感，能收一击两鸣之效。写缀锦阁之收藏，让姥姥一看：“只见乌压压的堆着些围屏、桌椅、大小花灯之类，虽不大认得，只见五彩炫耀，各有奇妙。念了几声佛，便出来了。”要说这园子之“好”，就让贾母来问，由姥姥“评价”：“刘姥姥念佛说道：

'我们乡下人到了年下，都上城来买画儿贴。时常闲了，大家都说，怎么得也到画儿上去逛逛。想着那个画儿也不过是假的，那里有这个真地方呢。谁知我今儿进这园一瞧，竟比那画儿还强十倍。'写黛玉房室的书香气，也全凭姥姥的所见所感："刘姥姥因见窗下案上设着笔砚，又见书架上磊着满满的书"，就说道："这必定是那位哥儿的书房了。"因为陌生，因为有距离感，这样"看"、这样"评"才是"新鲜"而合理的。很难设想，让作者直接描述会有这样的效果。

此回书中写姥姥表演引发大笑的一节历来受论者的激赏："众人先是发怔，后来一听，上上下下都哈哈的大笑起来。史湘云撑不住，一口饭都喷了出来；林黛玉笑岔了气，伏着桌子叫'嗳哟'；宝玉早滚到贾母怀里，贾母笑的搂着宝玉叫'心肝'；王夫人笑的用手指着凤姐儿，只说不出话来；薛姨妈也撑不住，口里茶喷了探春一裙子；探春手里的饭碗都合在迎春身上；惜春离了坐位，拉着他奶母叫揉一揉肠子。地下的无一个不弯腰屈背，也有躲出去蹲着笑去的，也有忍着笑上来替他姊妹换衣裳的，独有凤姐鸳鸯二人撑着，还只管让刘姥姥。"

细说起来，这一段描写的妙处体现在如下几个方面。一是妙在有层次：先写主子，后写奴才；写主子，从最突出的小辈儿（湘云、黛玉、宝玉）写起，后及长一辈儿（贾母、王夫人、薛姨妈），再回到小一辈儿的次要人物（"三春"）。二是妙在有分合：写主子一层，先有一句总说"上上下下都哈哈的大笑起来"，然后再分写单个角色；写奴才一层，也是先合写"地下的无一个不弯腰屈背"，然后再分写。三是妙在有个性：湘云性格豪爽，所以是"喷"饭；黛玉身子娇弱，所以是"岔气儿"；宝玉娇宠，所以是"滚到贾母怀里"；等等。四是妙在有连锁：由宝玉连到贾母，由薛姨妈连到探春，再由探春连到迎春，等等，这种连锁反应更增加了"画面"的整体感。

曹公善写场面，可卿之丧、道观祷福那种大场面，我们赏鉴过了。描写日常生活的小场面，曹公的笔触也算是超绝一世的。

四大名著名师精讲丛书

王俊鸣 管然荣 ⊙ 主编

[清]曹雪芹·著

[清]孙温·绘

王俊鸣·评点

红楼梦

⊙

——

·下·

HONG

LOU

MENG

山东教育出版社
Shandong Education Press

·济南·

第四十一回

栊翠庵茶品梅花雪

怡红院劫遇母蝗虫

任呼牛马从来乐，

随分清高方可安。

自古世情难意拟，

淡妆浓抹有千般。

栊翠庵品茶梅花雪，刘姥姥乱拜"玉皇殿"

　　回目句法倒装，正过来是"栊翠庵品梅花雪（之）茶，怡红院遇母蝗虫（之）劫"。"母蝗虫"（下回书才出现），是对刘姥姥侮辱性称呼。

　　贾母等在大观园玩酒令，因姥姥说怕打碎瓷杯，鸳鸯就取来黄杨根抠出的十个大套杯来，要灌姥姥十下子。大家求情，姥姥只喝了一大杯。酒吃完了，问她这杯子到底是什么木的，刘姥姥十分自信地说"一定是黄松的"，众人听了，又哄堂大笑起来。这时，从藕香榭传来悠扬的乐声，刘姥姥听见这般音乐，且又有了酒，越发喜地手舞足蹈起来。黛玉笑道："当日圣乐一奏，百兽率舞，如今才一牛耳。"众姐妹都笑了。

　　须臾乐止，贾母因又携了刘姥姥至山前树下盘桓了半晌。见到八哥，姥姥说是黑老鸹子长出凤头来，还会说话。众人听了又都笑将起来。

　　一时丫鬟们来请用点心。刘姥姥原不曾吃过这些东西，且都作得小巧，不显盘堆的，他和板儿每样吃了些，就去了半盘子。

　　贾母等吃过茶，又带了刘姥姥至栊翠庵来——这才进入到回目的"栊翠庵茶品梅花雪"。妙玉请贾母等在外面喝茶，特地把宝钗、黛玉约到耳房内，用古玩珍奇之杯喝梅花雪水之茶。而宝玉也跑过来，妙玉就"仍将前番自己常日吃茶的那只绿玉斗来斟与"他喝。而外面，一只"成窑五彩小盖钟"，因为姥姥用过，妙玉就嫌脏不要了，幸亏宝玉求情，最后把这杯子给刘姥姥带走了。

　　后来贾母因觉身上乏倦，便去歇息，其他长辈也都散了；而鸳鸯过来，带着刘姥姥各处去逛，众人也都赶着取笑。先是到了"省亲别墅"。姥姥自夸"牌楼上字我都认得"，结果说成"玉皇宝殿"，众人笑得拍手打脚，还要拿她取笑。

这时刘姥姥觉得腹内一阵乱响，一个婆子指给她"方便"处，便走开去歇息去了。那姥姥蹲了半日方完，及出厕来，酒被风禁，且年迈之人，忽一起身，只觉得眼花头眩，辨不出路径。四顾一望，皆是树木山石楼台房舍，却不知哪一处是往哪里去的了，只得认着一条石子路胡乱走，最后摸到了宝玉房里，在他的卧床上睡着了，鼾齁如雷。待袭人发现她的时候，已是满屋子酒屁臭气——这就是"怡红院劫遇母蝗虫"了。

话说刘姥姥两只手比着说道："花儿落了结个大倭瓜。"众人听了哄堂大笑起来。于是吃过门杯，因又逗趣笑道："实告诉说罢，我的手脚子粗笨，又喝了酒，仔细失手打了这瓷杯。有木头的杯取个子来，我便失了手，掉了地下也无碍。"众人听了，又笑起来。

凤姐儿听如此说，便忙笑道："果真要木头的，我就取了来。可有一句先说下：这木头的可比不得瓷的，他都是一套，定要吃遍一套方使得。"刘姥姥听了心下战殿【心里捉摸】道："我方才不过是趣话取笑儿，谁知他果真竟有。我时常在村庄乡绅大家也赴过席，金杯银杯倒都也见过，从来没见有木头杯之说。哦，是了，想必是小孩子们使的木碗儿，不过诓我多喝两碗。别管他，横竖这酒蜜水儿似的，多喝点子也无妨。"想毕，便说："取来再商量。"凤姐乃命丰儿："到前面里间屋，书架子上有十个竹根套杯取来。"

丰儿听了，答应才然要去，鸳鸯笑道："我知道你这十个杯还小。况且你才说是木头的，这会子又拿了竹根子的来，倒不好看。不如把我们那里的黄杨根整抠的十个大套杯拿来，灌他十下子。"凤姐儿笑道："更好了。"鸳鸯果命人取来。刘姥姥一看，

既然大家都"笑"，姥姥就卖个老脸。这"逗趣"二字表明姥姥是在"表演"，是有意为之。

说什么有什么，姥姥哪里想得到。见得贾府收藏之富。

偏先说"竹根套杯"，再拿"黄杨根"套杯，这是"炫富"——不仅有木制的，还有竹制的呢！

"灌他十下子"，够狠。这凤姐、鸳鸯仍在搓弄姥姥，可见刚才的"道歉"并非真诚。

这样的"酒杯"，谁见了不"惊"？

又惊又喜：惊的是一连十个，挨次大小分下来，那大的足似个小盆子，第十个极小的还有手里的杯子两个大；喜的是雕镂奇绝，一色山水树木人物，并有草字以及图印。因忙说道："拿了那小的来就是了，怎么这样多？"凤姐儿笑道："这个杯没有喝一个的理。我们家因没有这大量的，所以没人敢使他。姥姥既要，好容易寻了出来，必定要挨次吃一遍才使得。"刘姥姥唬的忙道："这个不敢。好姑奶奶，饶了我罢。"贾母、薛姨妈、王夫人知道他上了年纪的人，禁不起，忙笑道："说是说，笑是笑，不可多吃了，只吃这头一杯罢。"刘姥姥道："阿弥陀佛！我还是小杯吃罢。把这大杯收着，我带了家去慢慢的吃罢。"说的众人又笑起来。鸳鸯无法，只得命人满斟了一大杯，刘姥姥两手捧着喝。

贾母薛姨妈都道："慢些，不要呛了。"薛姨妈又命凤姐儿布了菜。凤姐笑道："姥姥要吃什么，说出名儿来，我搛了喂你。"刘姥姥道："我知什么名儿，样样都是好的。"贾母笑道："你把茄鲞【xiǎng】搛【jiān，夹持】些喂他。"凤姐儿听说，依言搛些茄鲞送入刘姥姥口中，因笑道："你们天天吃茄子，也尝尝我们的茄子弄的可口不可口。"刘姥姥笑道："别哄我了，茄子跑出这个味儿来了，我们也不用种粮食，只种茄子了。"众人笑道："真是茄子，我们再不哄你。"刘姥姥诧异道："真是茄子？我白吃了半日。姑奶奶再喂我些，这一口细嚼嚼。"凤姐儿果又搛了些放入口内。

刘姥姥细嚼了半日，笑道："虽有一点茄子香，只是还不像是茄子。告诉我是个什么法子弄的，我也弄着吃去。"凤姐儿笑道："这也不难。你把才下来的茄子把皮鑶【qiān，削】了，只要净肉，切成碎钉子，用鸡油炸了，再用鸡脯子肉并香菌、新笋、蘑菇、五香腐干、各色干果子，俱切成钉子，用鸡汤煨了，将香油一收，外加糟油一拌，盛在瓷罐子里封严，要吃时拿出来，用炒的鸡瓜一拌就是。"刘姥姥听了，摇头吐舌说道："我的佛祖！

老一辈儿的还有点分寸。但如此饮酒，安能不醉？

贾府的菜，自然"样样都是好的"。怎么个好法？作者只拿"茄鲞"说事，举一反三，可见其他。
王希廉评："真靡费之极！一茄之费，至于如此，其余可知！古人日费万钱，岂欺我哉！"

如此靡费，凤姐说"这也不难"，是夸耀，也是实情。

倒得十来只鸡来配他，怪道这个味儿！"一面说笑，一面慢慢的吃完了酒，还只管细玩那杯。

凤姐笑道："还是不足兴，再吃一杯罢。"刘姥姥忙道："了不得，那就醉死了。我因为爱这样范，亏他怎么作了。"鸳鸯笑道："酒吃完了，到底这杯子是什么木的？"刘姥姥笑道："怨不得姑娘不认得，你们在这金门绣户的，如何认得木头！我们成日家和树林子作街坊，困了枕着他睡，乏了靠着他坐，荒年间饿了还吃他，眼睛里天天见他，耳朵里天天听他，口儿里天天讲他，所以好歹真假，我是认得的。让我认一认。"一面说，一面细细端详了半日，道："你们这样人家断没有那贱东西，那容易得的木头，你们也不收着。我掂着这杯体重，断乎不是杨木，这一定是黄松的。"众人听了，哄堂大笑起来。

姥姥觉得终于得到一个发挥"优势"的话题，但她的见识也只是到"黄松"而已。所以还是提供笑料。

只见一个婆子走来请问贾母，说："姑娘们都到了藕香榭，请示下，就演罢还是再等一会子？"贾母忙笑道："可是倒忘了他们，就叫他们演罢。"那个婆子答应去了。不一时，只听得箫管悠扬，笙笛并发。正值风清气爽之时，那乐声穿林度水而来，自然使人神怡心旷。

贾母即兴而动，所有人都是供其享乐的工具。在探春房中曾下令"叫他们进来演习"，而且明示要在"藕香榭的水亭子上"，现在"倒忘了他们"。如果不来"请示"，"姑娘们"就白忙活了。

宝玉先禁不住，拿起壶来斟了一杯，一口饮尽。复又斟上，才要饮，只见王夫人也要饮，命人换暖酒，宝玉连忙将自己的杯捧了过来，送到王夫人口边，王夫人便就他手内吃了两口。一时暖酒来了，宝玉仍归旧坐，王夫人提了暖壶下席来，众人皆都出了席，薛姨妈也立起来，贾母忙命李、凤二人接过壶来："让你姑妈坐了，大家才便。"王夫人见如此说，方将壶递与凤姐，自己归坐。贾母笑道："大家吃上两杯，今日着实有趣。"说着擎杯让薛姨妈，又向湘云宝钗道："你姐妹两个也吃一杯。你妹妹虽不大会吃，也别饶他。"说着自己已干了。湘云、宝钗、黛玉也都干了。当下刘姥姥听见这般音乐，且又有了酒，越发喜的手舞足蹈起来。宝玉因下席过来向黛玉笑道："你瞧刘姥姥的样子。"黛玉笑道："当日圣乐一奏，百兽率舞，如今才一牛耳。"众姐妹

为了贾母这个"着实有趣"，多少人在用心谋划，尽力表演。

姥姥醉了。因前面曾说"老刘，老刘，食量大如牛"，故黛玉有此说。但黛玉也未免太尖刻了。毕竟是贵族小姐，跟刘姥姥是两个世界的人。

都笑了。

　　须臾乐止，薛姨妈出席笑道："大家的酒想也都有了，且出去散散再坐罢。"贾母也正要散散，于是大家出席，都随着贾母游玩。贾母因要带着刘姥姥散闷，遂携了刘姥姥至山前树下盘桓了半晌，又说与他这是什么树，这是什么石，这是什么花。刘姥姥一一的领会，又向贾母道："谁知城里不但人尊贵，连雀儿也是尊贵的。偏这雀儿到了你们这里，他也变俊了，也会说话了。"众人不解，因问什么雀儿变俊了，会讲话。刘姥姥道："那廊下金架子上站的绿毛红嘴是鹦哥儿，我是认得的。那笼子里黑老鸹子怎么又长出凤头来，也会说话呢。"众人听了都笑将起来。

　　一时只见丫鬟们来请用点心。贾母道："吃了两杯酒，倒也不饿。也罢，就拿了这里来，大家随便吃些罢。"丫鬟听说，便去抬了两张几来，又端了两个小捧盒。揭开看时，每个盒内两样：这盒内一样是藕粉桂糖糕，一样是松穰鹅油卷。那盒内一样是一寸来大的小饺儿。贾母因问什么馅儿，婆子们忙回是螃蟹的。贾母听了，皱眉说："这油腻腻的，谁吃这个！"那一样是奶油炸的各色小面果，也不喜欢。因让薛姨妈吃，薛姨妈只拣了一块糕。贾母拣了一个卷子，只尝了一尝，剩的半个递与丫鬟了。

　　刘姥姥因见那各式各样的小面果子都玲珑剔透，便拣了一朵牡丹花样的笑道："我们那里最巧的姐儿们，也不能铰出这么个纸的来。我又爱吃，又舍不得吃，包些家去给他们做花样子去倒好。"众人都笑了。贾母道："家去我送你一瓷坛子。你先趁热吃这个罢。"别人不过拣各人爱吃的吃了一两点就罢了；刘姥姥原不曾吃过这些东西，且都作的小巧，不显堆的，他和板儿每样吃了些，就去了半盘子。剩的，凤姐又命攒了两盘并一个攒盒，与文官等吃去。

　　忽见奶子抱了大姐儿来，大家哄他顽了一会。那大姐儿因抱着一个大柚子玩的，忽见板儿抱着一个佛手，便也要佛手。丫鬟哄他取去，大姐儿等不得，便哭了。众人忙把柚子与了板儿，将

刘姥姥不认识八哥。继续提供笑料，不过已不是有意"表演"，而是因为眼界、认知上的落差。

姥姥这回是自己贪吃。

王希廉评："连小孩子性情都能细细摹出，真是才大心细。"

板儿与巧姐从此结缘。

板儿的佛手哄过来与他才罢。那板儿因顽了半日佛手，此刻又两手抓着些果子吃，又忽见这柚子又香又圆，更觉好顽，且当球踢着玩去，也就不要佛手了。

当下贾母等吃过茶，又带了刘姥姥至栊翠庵来。妙玉忙接了进去。至院中见花木繁盛，贾母笑道："到底是他们修行的人，没事常常修理，比别处越发好看。"一面说，一面便往东禅堂来。妙玉笑往里让，贾母道："我们才都吃了酒肉，你这里头有菩萨，冲了罪过。我们这里坐坐，把你的好茶拿来，我们吃一杯就去了。"妙玉听了，忙去烹了茶来。

宝玉留神看他是怎么行事。只见妙玉亲自捧了一个海棠花式雕漆填金云龙献寿的小茶盘，里面放一个成窑五彩小盖钟，捧与贾母。贾母道："我不吃六安茶。"妙玉笑说："知道。这是老君眉。"贾母接了，又问是什么水。妙玉笑回"是旧年蠲的雨水。"贾母便吃了半盏，便笑着递与刘姥姥说："你尝尝这个茶。"刘姥姥便一口吃尽，笑道："好是好，就是淡些，再熬浓些更好了。"贾母众人都笑起来。然后众人都是一色官窑脱胎填白盖碗。

那妙玉便把宝钗和黛玉的衣襟一拉，二人随他出去，宝玉悄悄的随后跟了来。只见妙玉让他二人在耳房内，宝钗坐在榻上，黛玉便坐在妙玉的蒲团上。妙玉自向风炉上扇滚了水，另泡一壶茶。宝玉便走了进来，笑道："偏你们吃梯己茶呢。"二人都笑道："你又赶了来饧【cí，沾光】茶吃。这里并没你的。"妙玉刚要去取杯，只见道婆收了上面的茶盏来。妙玉忙命："将那成窑的茶杯别收了，搁在外头去罢。"宝玉会意，知为刘姥姥吃了，他嫌脏不要了。

又见妙玉另拿出两只杯来。一个旁边有一耳，杯上镌着"觚瓟斝"【bānpáojiǎ，饮酒器】三个隶字，后有一行小真字是"晋王恺珍玩"，又有"宋元丰五年四月眉山苏轼见于秘府"一行小字。妙玉便斟了一斝，递与宝钗。那一只形似钵而小，也有三个垂珠篆字，镌着"点犀盉"【碗状饮酒器。盉，qiáo】。妙玉斟了

妙玉第一次登场。

还是"互见互评"。张新之评："妙玉必从他眼中写。"

继续表现姥姥的"无知"，还是落到"贾母众人都笑起来"。

王希廉评："妙玉拉宝钗、黛玉衣襟，心中非无宝玉，只是不好拉耳。"

如此"洁癖"，罪过！

王希廉评："妙玉出家人，何以有许多古玩、茶器，五年前又在玄墓住？形迹殊属可疑。"

一盏与黛玉。仍将前番自己常日吃茶的那只绿玉斗来斟与宝玉。

宝玉笑道："常言'世法平等'，他两个就用那样古玩奇珍，我就是个俗器了。"妙玉道："这是俗器？不是我说狂话，只怕你家里未必找的出这么一个俗器来呢。"宝玉笑道："俗话说'随乡入乡'，到了你这里，自然把那金玉珠宝一概贬为俗器了。"妙玉听如此说，十分欢喜，遂又寻出一只九曲十环一百二十节蟠虬整雕竹根的一个大盉【hǎi，大杯】出来，笑道："就剩了这一个，你可吃的了这一海？"宝玉喜的忙道："吃的了。"妙玉笑道："你虽吃的了，也没这些茶糟踏。岂不闻'一杯为品，二杯即是解渴的蠢物，三杯便是饮牛饮骡了'。你吃这一海便成什么？"说的宝钗、黛玉、宝玉都笑。妙玉执壶，只向海内斟了约有一杯。宝玉细细吃了，果觉轻浮【茶味不凡】无比，赏赞不绝。妙玉正色道："你这遭吃的茶是托他两个福，独你来了，我是不给你吃的。"宝玉笑道："我深知道的，我也不领你的情，只谢他二人便是了。"妙玉听了，方说："这话明白。"

黛玉因问："这也是旧年的雨水？"妙玉冷笑道："你这么个人，竟是大俗人，连水也尝不出来。这是五年前我在玄墓【山名，在今江苏吴县】蟠香寺住着，收的梅花上的雪，共得了那一鬼脸青的花瓮一瓮，总舍不得吃，埋在地下，今年夏天才开了。我只吃过一回，这是第二回了。你怎么尝不出来？隔年蠲的雨水那有这样轻浮，如何吃得。"黛玉知他天性怪僻，不好多话，亦不好多坐，吃完茶，便约着宝钗走了出来。

宝玉和妙玉陪笑道："那茶杯虽然脏了，白撂了岂不可惜？依我说，不如就给那贫婆子罢，他卖了也可以度日。你道可使得？"妙玉听了，想了一想，点头说道："这也罢了。幸而那杯子是我没吃过的，若是我吃过的，我就砸碎了也不能给他。你要给他，我也不管你，只交给你，快拿了去罢。"宝玉笑道："自然如此，你那里和他说话授受去，越发连你也脏了。只交与我就是了。"妙玉便命人拿来递与宝玉。

宝玉接了，又道："等我们出去了，我叫几个小幺儿来河里打几桶水来洗地如何？"妙玉笑道："这更好了，只是你嘱咐他们，抬了水只搁在山门外头墙根下，别进门来。"宝玉道："这是自然的。"说着，便袖着那杯，递与贾母房中小丫头拿着，说："明日刘姥姥家去，给他带去罢。"交代明白，贾母已经出来要回去。妙玉亦不甚留，送出山门，回身便将门闭了。不在话下。

且说贾母因觉身上乏倦，便命王夫人和迎春姊妹陪了薛姨妈去吃酒，自己便往稻香村来歇息。凤姐忙命人将小竹椅抬来，贾母坐上，两个婆子抬起，凤姐李纨和众丫鬟婆子围随去了，不在话下。这里薛姨妈也就辞去。王夫人打发文官等出去，将攒盒散与众丫鬟们吃去，自己便也乘空歇着，随便歪在方才贾母坐的榻上，命一个小丫头放下帘子来，又命他捶着腿，吩咐他："老太太那里有信，你就叫我。"说着也歪着睡着了。

宝玉湘云等看着丫鬟们将攒盒搁在山石上，也有坐在山石上的，也有坐在草地下的，也有靠着树的，也有傍着水的，倒也十分热闹。一时又见鸳鸯来了，要带着刘姥姥各处去逛，众人也都赶着取笑。一时来至"省亲别墅"的牌坊底下，刘姥姥道："嗳呀！这里还有个大庙呢。"说着，便爬下磕头。众人笑弯了腰。刘姥姥道："笑什么？这牌楼上字我都认得。我们那里这样的庙宇最多，都是这样的牌坊，那字就是庙的名字。"众人笑道："你认得这是什么庙？"刘姥姥便抬头指那字道："这不是'玉皇宝殿'四字？"众人笑的拍手打脚，还要拿他取笑。刘姥姥觉得腹内一阵乱响，忙的拉着一个小丫头，要了两张纸就解衣。众人又是笑，又忙喝他："这里使不得！"忙命一个婆子带了东北角上去了。那婆子指与地方，便乐得走开去歇息。

那刘姥姥因喝了些酒，他脾气不与黄酒相宜，且吃了许多油腻饮食，发渴多喝了几碗茶，不免通泻起来，蹲了半日方完。及出厕来，酒被风禁，且年迈之人，蹲了半天，忽一起身，只觉得眼花头眩，辨不出路径。四顾一望，皆是树木山石楼台房舍，却

栊翠庵一节文字，重在写妙玉，同时侧面表现妙玉与宝玉的关系。

长一辈儿的都倦了，散了，而小一辈儿的还要带着姥姥取笑。姥姥由扮演丑角转化为真的丑角，由喜剧转化为悲剧。

再由"文化"的丑角进而转化为生活的丑角。

醉酒人坠入迷宫。

不知那一处是往那里去的了，只得认着一条石子路慢慢的走来。及至到了房舍跟前，又找不着门，再找了半日，忽见一带竹篱，刘姥姥心中自忖道："这里也有扁豆架子。"

一面想，一面顺着花障【同义互解，此即姥姥眼中的"扁豆架子"】走了来，得了一个月洞门进去。只见迎面忽有一带水池，只有七八尺宽，石头砌岸，里面碧沥清水流往那边去了，上面有一块白石横架在上面。刘姥姥便度石过去，顺着石子甬路走去，转了两个弯子，只见有一房门。于是进了房门，只见迎面一个女孩儿，满面含笑迎了出来。刘姥姥忙笑道："姑娘们把我丢下来了，要我碰头碰到这里来。"说了，只觉那女孩儿不答。刘姥姥便赶来拉他的手，"咕咚"一声，便撞到板壁上，把头碰的生疼。

细瞧了一瞧，原来是一幅画儿。刘姥姥自忖道："原来画儿有这样活凸出来的。"一面想，一面看，一面又用手摸去，却是一色平的，点头叹了两声。一转身方得了一个小门，门上挂着葱绿撒花软帘。

刘姥姥掀帘进去，抬头一看，只见四面墙壁玲珑剔透，琴剑瓶炉皆贴在墙上，锦笼纱罩，金彩珠光，连地下踩的砖，皆是碧绿凿花，竟越发把眼花了，找门出去，那里有门？左一架书，右一架屏。刚从屏后得了一门转去，只见他亲家母也从外面迎了进来。刘姥姥诧异，忙问道："你想是见我这几日没家去，亏你找我来。那一位姑娘带你进来的？"他亲家只是笑，不还言。刘姥姥笑道："你好没见世面，见这园里的花好，你就没死活戴了一头。"他亲家也不答。便心下忽然想起："常听大富贵人家有一种穿衣镜，这别是我在镜子里头呢罢。"说毕伸手一摸，再细一看，可不是，四面雕空紫檀板壁将镜子嵌在中间。因说："这已经拦住，如何走出去呢？"一面说，一面只管用手摸。

这镜子原是西洋机括，可以开合。不意刘姥姥乱摸之间，其力巧合，便撞开消息，掩过镜子，露出门来。刘姥姥又惊又喜，迈步出来，忽见有一副最精致的床帐。他此时又带了七八分醉，又走乏了，便一屁股坐在床上，只说歇歇，不承望身不由己，前仰后合的，朦胧着两眼，一歪身就睡熟在床上。

且说众人等他不见，板儿见没了他姥姥，急的哭了。众人都笑道："别是掉在茅厕里了？快叫人去瞧瞧。"因命两个婆子去找，回来说没有。众人各处搜寻不见。袭人敠其道路："是他醉了迷了路，顺着这一条路往我们后院子里去了。若进了花障子到后房门进去，虽然碰头，还有小丫头们知道；若不进花障子再往西南上去，若绕出去还好，若绕不出去，可够他绕回子好的。我且瞧瞧去。"一面想，一面回来，进了怡红院便叫人，谁知那几个房子里小丫头已偷空顽去了。

袭人一直进了房门，转过集锦橱子，就听的鼾齁如雷。忙进来，只闻见酒屁臭气，满屋一瞧，只见刘姥姥扎手舞脚的仰卧在床上。袭人这一惊不小，慌忙赶上来将他没死活的推醒。那刘姥姥惊醒，睁眼见了袭人，连忙爬起来道："姑娘，我失错了！并没弄脏了床帐。"一面说，一面用手去掸。

袭人恐惊动了人被宝玉知道了，只向他摇手，不叫他说话。忙将鼎内贮了三四把百合香，仍用罩子罩上。些须收拾收拾，所喜不曾呕吐，忙悄悄的笑道："不相干，有我呢。你随我出来。"刘姥姥满口答应，跟了袭人出至小丫头们房中。命他坐了，向他说道："你就说醉倒在山子石上打了个盹儿。"刘姥姥答应知道。又与他两碗茶吃，方觉酒醒了，因问道："这是那个小姐的绣房，这样精致？我就像到了天宫里的一样。"袭人微微笑道："这个么，是宝二爷的卧室。"那刘姥姥吓的不敢作声。袭人带他从前面出去，见了众人，只说他在草地下睡着了，带了他来的。众人都不理会，也就罢了。

一时贾母醒了，就在稻香村摆晚饭。贾母因觉懒懒的，也不吃饭，便坐了竹椅小敞轿，回至房中歇息，命凤姐儿等去吃饭。他姊妹方复进园来。要知端的——

虽是"最精致的床帐"，此时的姥姥只管"一屁股坐"上去，"一歪身就睡熟"在上头。这也是一种"报应"吧。

要找到姥姥，当然只有袭人。

宝玉见了会作何感想？

袭人最怕"被宝玉知道了"。姥姥评价宝玉房间是"小姐的绣房"，其精致可知。这样精致的卧室，偏让姥姥睡一睡。

【 回后评 】

从第三十九回到这一回书，刘姥姥都是重要的角色，虽然到下一回姥姥才离开贾府，那已经是大丰收的"结局"，与人物性格关系不大了。

这一次进贾府，刘姥姥的角色可分为三个阶段：主动表演，配合表演，被动表演。剧情也由喜剧转为悲剧，最后以喜剧终。第三十九回，姥姥来到贾府最高统治者贾母的身边，陪她聊天，出言得体，编讲故事，体贴人情，她是完全主动的。这一阶段的表演体现着她的世故，她的"智慧"。第四十回，她的角色变了，由主动变为半主动了：凤姐、鸳鸯做导演设计剧情，姥姥充当演员，不是完全主动，但也还是"自觉"地配合。

凤姐将菊花横三竖四地插了姥姥一头。贾母和众人笑得了不得，刘姥姥却笑道："我这头也不知修了什么福，今儿这样体面起来。"众人笑道："你还不拔下来摔到他脸上呢，把你打扮的成了个老妖精了。"刘姥姥笑道："我虽老了，年轻时也风流，爱个花儿粉儿的，今儿老风流才好。"

将调笑讲成"福"，说自己"老风流"，就是一种"配合"。吃饭的时候，更有这样一段"精彩"的表演：

贾母这边说声"请"，刘姥姥便站起身来，高声说道："老刘，老刘，食量大似牛，吃一个老母猪不抬头。"众人都笑翻了，她自己却鼓着腮不语。

直到行酒令，说到"花儿落了结个大倭瓜"，都是在表演，在主动地配合，都不失喜剧的角色。此后，姥姥就完全失去了"自主地位"，而沦为出乖露丑的角色：先是要木制酒杯，结果被罚大杯饮酒。自以为"认得木头"，实际从没有听说过"黄杨"之名。见了"小面果子"，跟板儿一下就吃去"半盘子"。不认识"省亲别墅"几个字，竟说是"玉皇宝殿"。一路下来，反复暴露她的"无知"，让她出丑。还不止此，曹公还要让她泻肚，让她误入宝二爷寝室，在那"精致"床上睡上一觉，以至让"袭人这一惊不小"。从让人"笑"到让人"惊"，由喜剧转为悲剧了。

实际上，自从贾母离开，刘姥姥的"价值"就已经大打折扣了。是鸳鸯"要带着刘姥姥各处去逛"。而当她去"方便"之后，不知道在众人视线中消失了多长时间大家才想起来去找她。

至次日，为凤姐献"送祟"之计，给大姐儿取"巧"为名，一篇妈妈论征服了凤姐，姥姥又回到"主动地位"，再加上最后贾府上下各有馈赠，姥姥满载而归。这就是一个"喜剧"的结尾。

刘姥姥是个善良的村妪，为了子女的生活，她能"勇于"进贾府，且在不少方面应对自如，是无可厚非的。而她毕竟只是个"村妪"，面对豪门贵族的豪华富贵，她的见识又是远远不够的，这就会暴露她的"无知"。这并不可笑，只是让人觉得悲悯。

贾府上下，从刘姥姥那里享受了一次又一次的笑料，最后给予丰厚的"报酬"，他们是用"物质"的代价换取"精神"的享受。凤姐历来心狠手辣，但对姥姥也表现出一丝温情；鸳鸯是善良的，这回她也设法搓弄姥姥；黛玉清高，她说姥姥是"牛"（下一回说她是"母蝗虫"）；宝玉说姥姥是个"贫婆子"，还把妙玉要扔掉的杯子让姥姥带走；等等。我们无法简单地对一个人作出"善"或者"恶"的评价。社会是复杂的，人性是多面的，作者展示给我们的是一个丰富多彩的世界，每个读者都会从中看到自己想看到的东西。

第四十二回

蘅芜君兰言解疑癖
潇湘子雅谑补馀香

谁说诗书解误人，
豪华相尚失天真。
见得古人原立意，
不正心身总莫论。

薛宝钗构想大观图，贾宝玉记录采购单

此回目只概括了后半回的内容，其实前半部分用了很多篇幅写刘姥姥"辞行"。刘姥姥尽管在荣国府受到搓弄，依然感恩戴德。她来辞行，解决了"大姐儿"发热的问题，还给大姐儿取了个好名字——"巧哥儿"。凤姐儿自是欢喜、道谢，于是叫平儿打点送给姥姥的钱物。自贾母、王夫人、凤姐以至平儿、鸳鸯等都有所馈赠，光白银就有一百多两，还有瓜果、衣物等，堆了半炕。第二天，有小厮把所得钱物装在车上，姥姥告辞而去。

这天宝钗把黛玉叫到蘅芜苑，笑道"你跪下，我要审你"。原来昨儿行酒令时（第四十回）黛玉无意间说了两句《牡丹亭》《西厢记》的戏词："良辰美景奈何天"，"纱窗也没有红娘报"。这时经宝钗一提，黛玉也觉得失于检点，不觉红了脸。宝钗说："咱们女孩儿家不认得字的倒好……作诗写字等事，这不是你我分内之事……你我只该做些针黹纺织的事才是，偏又认得了字，既认得了字，不过拣那正经的看也罢了，最怕见了些杂书，移了性情，就不可救了。"一席话，说得黛玉垂头吃茶，心下暗伏，只有答应"是"的一字。这就是"蘅芜君兰言解疑癖"。兰言：朋友间的知心话。疑癖：神经过敏、疑神疑鬼的消极心态。所谓"解疑癖"，就是宝钗解除了黛玉对她的疑心。这之前林妹妹经常怀疑宝钗对宝玉有觊觎之心，此后完全放心，进而把宝钗当成亲人了。

书的下半回扣住"潇湘子雅谑补馀香"展开。雅谑：趣味高雅的戏谑，这里指林黛玉对刘姥姥的戏谑。补馀香：味道好为"香"，刘姥姥在园内时大家已经享受了拿她取笑的"味道"，她人走了，在背后再拿她取乐，所以是"馀香"。

惜春要请假不参与诗社而去画大观园图，围绕图的画法宝玉和众姐妹边讨论边说笑。这时黛玉也许是因为"解疑癖"之故，显得格外活跃。她说刘姥姥在大观园的表现就像"母蝗虫"，把她画在图上，那图就叫《携蝗大嚼图》。众人听了，都哄然大笑，前仰后合。而宝钗则夸黛玉说得"妙""有滋味"。说到怎么画，宝钗颇为内行地做了指导；至于作画所需用具材料，宝钗也详列清单。黛玉开玩笑说："想必他糊涂了，把他的嫁妆单子也写上了。"这又透着两个人关系的和谐。

话说他姊妹复进园来，吃过饭，大家散出，都无别话。

且说刘姥姥带着板儿，先来见凤姐儿，说："明日一早定要家去了。虽住了两三天，日子不多，却把古往今来没见过的，没吃过的，没听见过的，都经验了。难得老太太和姑奶奶并那些小姐们，连各房里的姑娘们，都这样怜贫惜老照看我。我这一回去后没别的报答，惟有请些高香天天给你们念佛，保佑你们长命百岁的，就算我的心了。"

姥姥到底朴实，她知足，感恩，真不计较被"耍"。

凤姐儿笑道："你别喜欢。都是为你，老太太也被风吹病了，睡着说不好过；我们大姐儿也着了凉，在那里发热呢。"刘姥姥听了，忙叹道："老太太有年纪的人，不惯十分劳乏的。"凤姐儿道："从来没像昨儿高兴。往常也进园子逛去，不过到一二处坐坐就回来了。昨儿因为你在这里，要叫你逛逛，一个园子倒走了多半个。大姐儿因为找我去，太太递了一块糕给他，谁知风地里吃了，就发起热来。"

姥姥的这个"诊断"不错。

刘姥姥道："小姐儿只怕不大进园子，生地方儿，小人儿家原不该去。比不得我们的孩子，会走了，那个坟圈子里不跑去。一则风扑了也是有的；二则只怕他身上干净，眼睛又净，或是遇见什么神了。依我说，给他瞧瞧祟书本子，仔细撞客着了。"一语提醒了凤姐儿，便叫平儿拿出《玉匣记》着彩明来念。彩明翻

这个"诊断"符合当时流行的"文化"观念，所以一说凤姐就信。至于一试就灵，属于"信则有"的心理。

了一回念道："八月二十五日，病者在东南方得遇花神。用五色纸钱四十张，向东南方四十步送之，大吉。"凤姐儿笑道："果然不错，园子里头可不是花神！只怕老太太也是遇见了。"一面命人请两分纸钱来，着两个人来，一个与贾母送祟，一个与大姐儿送祟。果见大姐儿安稳睡了。

凤姐儿笑道："到底是你们有年纪的人经历的多。我这大姐儿时常肯病，也不知是个什么原故。"刘姥姥道："这也有的事。富贵人家养的孩子多太娇嫩，自然禁不得一些儿委曲；再他小人儿家，过于尊贵了，也禁不起。以后姑奶奶少疼他些就好了。"凤姐儿道："这也有理。我想起来，他还没个名字，你就给他起个名字。一则借借你的寿；二则你们是庄家人，不怕你恼，到底贫苦些，你贫苦人起个名字，只怕压的住他。"刘姥姥听说，便想了一想，笑道："不知他几时生的？"凤姐儿道："正是生日的日子不好呢，可巧是七月初七日。"刘姥姥忙笑道："这个正好，就叫他是巧哥儿。这叫作'以毒攻毒，以火攻火'的法子。姑奶奶定要依我这名字，他必长命百岁。日后大了，各人成家立业，或一时有不遂心的事，必然是遇难成祥，逢凶化吉，却从这'巧'字上来。"

凤姐儿听了，自是欢喜，忙道谢，又笑道："只保佑他应了你的话就好了。"说着叫平儿来吩咐道："明儿咱们有事，恐怕不得闲儿。你这空儿把送姥姥的东西打点了，他明儿一早就好走的便宜了。"刘姥姥忙说："不敢多破费了。已经遭扰了几日，又拿着走，越发心里不安起来。"凤姐儿道："也没有什么，不过随常的东西。好也罢，歹也罢，带了去，你们街坊邻舍看着也热闹些，也是上城一次。"只见平儿走来说："姥姥过这边瞧瞧。"

刘姥姥忙赶了平儿到那边屋里，只见堆着半炕东西。平儿一一的拿与他瞧着，说道："这是昨日你要的青纱一匹，奶奶另外送你一个实地子月白纱作里子。这是两个茧绸，作袄儿裙子都好。这包袱里是两匹绸子，年下做件衣裳穿。这是一盒子各样内造点心，也有你吃过的，也有你没吃过的，拿去摆碟子请客，比你们买的强些。这两条口袋是你昨日装瓜果子来的，如今这一个里头装了两斗御田粳米，熬粥是难得的；这一条里头是园子里果子和各样干果子。这一包是八两银子。这都是我们奶奶的。这两包，每包里头五十两，共是一百两，是太太给的，叫你拿去或者作个小本买卖，或者置几亩地，以后再别求亲靠友的。"说着又悄悄笑道："这两件袄儿和两条裙子，还有四块包头，一包绒线，可是我送姥姥的。衣裳虽是旧的，我也没大狠穿，你要弃嫌我就不敢说了。"

平儿说一样，刘姥姥就念一句佛，已经念了几千声佛了。又见平儿也送他这些东西，又如此谦逊，忙念佛道："姑娘说那里话？这样好东西我还弃嫌！我便有银子也没处去买这样的呢。只是我怪臊的，收了又不好，不收又辜负了姑娘的心。"平儿笑道："休说外话，咱们都是自己，我才这样。你放心收了罢，我还和你要东西呢。到年下，你只把你们晒的那个灰条菜干子和豇豆、扁豆、茄子、葫芦条儿各样干菜带些来，我们这里上上下下都爱吃。这个就算了，别的一概不要，别罔费了心。"刘姥姥千恩万谢答应了。平儿道："你只管睡你的去。我替你收拾妥当了就放在这里，明儿一早打发小厮们雇辆车装上，不用你费一点心的。"刘姥姥越发感激不尽，过来又千恩万谢的辞了凤姐儿，过贾母这一边睡了一夜，次早梳洗了就要告辞。

因贾母欠安，众人都过来请安，出去传请大夫。一时婆子回大夫来了。老妈妈请贾母进幔子去坐。贾母道："我也老了，那里养不出那阿物儿来，还怕他不成！不要放幔子，就这样瞧罢。"众婆子听了，便拿过一张小桌来，放下一个小枕头，便命人请。

一时只见贾珍、贾琏、贾蓉三个人将王太医领来。王太医不敢走甬路，只走旁阶，跟着贾珍到了阶矶上。早有两个婆子在两边打起帘子，两个婆子在前导引进去，又见宝玉迎了出来。只见贾母穿着青皱绸一斗珠的羊皮褂子，端坐在榻上，两边四个未留

平儿说了句"知心话"：到底都是"底层"的人。平儿的话为刘姥姥再进贾府留了后路。

看个病，也这样讲排场。

头的小丫鬟都拿着蝇帚漱盂等物；又有五六个老嬷嬷雁翅摆在两旁，碧纱橱后隐隐约约有许多穿红着绿戴宝簪珠的人。王太医便不敢抬头，忙上来请了安。

贾母见他穿着六品服色，便知是御医了，也便含笑问："供奉【对在宫廷供职者的尊称】好？"因问贾珍："这位供奉贵姓？"贾珍等忙回"姓王"。贾母道："当日太医院正堂王君效，好脉息。"王太医忙躬身低头，含笑回说："那是晚晚生家叔祖。"贾母听了，笑道："原来这样，也是世交了。"一面说，一面慢慢的伸手放在小枕上。老嬷嬷端着一张小杌：连忙放在小桌前，略偏些。王太医便屈一膝坐下，歪着头诊了半日，又诊了那只手，忙欠身低头退出。贾母笑说："劳动【辛苦】了。珍儿让出去好生看茶。"

贾珍贾琏等忙答了几个"是"，复领王太医出到外书房中。王太医说："太夫人并无别症，偶感一点风凉，究竟不用吃药，不过略清淡些，暖着一点儿，就好了。如今写个方子在这里，若老人家爱吃便按方煎一剂吃，若懒待吃，也就罢了。"说着，吃过茶写了方子。

刚要告辞，只见奶子抱了大姐儿出来，笑说："王老爷也瞧瞧我们。"王太医听说忙起身，就奶子怀中，左手托着大姐儿的手，右手诊了一诊，又摸了一摸头，又叫伸出舌头来瞧瞧，笑道："我说姐儿又骂我了，只是要清清净净的饿两顿就好了。不必吃煎药，我送丸药来，临睡时用姜汤研开，吃下去就是了。"说毕作辞而去。

贾珍等拿了药方来，回明贾母原故，将药方放在桌上出去，不在话下。这里王夫人和李纨、凤姐儿、宝钗姊妹等见大夫出去，方从橱后出来。王夫人略坐一坐，也回房去了。

刘姥姥见无事，方上来和贾母告辞。贾母说："闲了再来。"又命鸳鸯来："好生打发刘姥姥出去。我身上不好，不能送你。"刘姥姥道了谢，又作辞，方同鸳鸯出来。

到了下房，鸳鸯指炕上一个包袱说道："这是老太太的几件

都跟刘姥姥的"诊断"差不多。大夫是好大夫，不"治不病"以唬人。

要来告辞，插一段"看病"。穿插断续，是曹公信手拈来的功夫。

老太太想的更周到，所赠更多样。

衣服，都是往年间生日节下众人孝敬的，老太太从不穿人家做的，收着也可惜，却是一次也没穿过的。昨日叫我拿出两套儿送你带去，或是送人，或是自己家里穿罢，别见笑。这盒子里是你要的面果子。这包子里是你前儿说的药：梅花点舌丹也有，紫金锭也有，活络丹也有，催生保命丹也有，每一样是一张方子包着，总包在里头了。这是两个荷包，带着顽罢。"说着便抽系子，掏出两个笔锭如意的锞子来给他瞧，又笑道："荷包拿去，这个留下给我罢。"刘姥姥已喜出望外，早又念了几千声佛，听鸳鸯如此说，便说道："姑娘只管留下罢。"鸳鸯见他信以为真，仍与他装上，笑道："哄你顽呢，我有好些呢。留着年下给小孩子们罢。"说着，只见一个小丫头拿了个成窑钟子来递与刘姥姥，"这是宝二爷给你的。"刘姥姥道："这是那里说起。我那一世修了来的，今儿这样。"说着便接了过来。鸳鸯道："前儿我叫你洗澡，换的衣裳是我的，你不弃嫌，我还有几件，也送你罢。"刘姥姥又忙道谢。鸳鸯果然又拿出两件来与他包好。刘姥姥又要到园中辞谢宝玉和众姊妹王夫人等去。鸳鸯道："不用去了。他们这会子也不见人，回来我替你说罢。闲了再来。"又命了一个老婆子，吩咐他："二门上叫两个小厮来，帮着姥姥拿了东西送出去。"婆子答应了，又和刘姥姥到了凤姐儿那边一并拿了东西，在角门上命小厮们搬了出去，直送刘姥姥上车去了。不在话下。

且说宝钗等吃过早饭，又往贾母处问过安，回园至分路之处，宝钗便叫黛玉道："颦儿跟我来，有一句话问你。"黛玉便同了宝钗，来至蘅芜苑中。进了房，宝钗便坐了笑道："你跪下，我要审你。"黛玉不解何故，因笑道："你瞧宝丫头疯了！审问我什么？"宝钗冷笑道："好个千金小姐！好个不出闺门的女孩儿！满嘴里说的是什么？你只实说便罢。"黛玉不解，只管发笑，心里也不免疑惑起来，口里只说："我何曾说什么？你不过要捏我的错儿罢了。你倒说出来我听听。"宝钗笑道："你还装憨儿。昨儿行酒令你说的是什么？我竟不知那里来的。"

宝玉也把这事放在心上，不错。

姥姥的"戏"告一段落。一方付出了"精神"，一方回报了"物质"，都无遗憾。

宝钗此一动作，大出意外。

果然被"捏"住了错儿。黛玉说"原是我不知道随口说的"是想赖账。宝钗说"我也不知道,听你说的怪生的"是装傻,都不能自圆其说。

宝钗以自己的"人生观"教育黛玉。"弟兄们"偷着看,她"也偷着看",自己"移了性情"了吗?而以"移了性情,就不可救了"恐吓黛玉,黛玉终于"伏"了。宝钗此举,为人乎,为己乎?且批评"弟兄""男人",似乎隐指宝玉。

什么"要紧的事"?让读者醒目。

所谓"要紧的事",不过如此。

黛玉一想,方想起来昨儿失于检点,那《牡丹亭》、《西厢记》说了两句,不觉红了脸,便上来搂着宝钗,笑道:"好姐姐,原是我不知道随口说的。你教给我,再不说了。"宝钗笑道:"我也不知道,听你说的怪生的,所以请教你。"黛玉道:"好姐姐,你别说与别人,我以后再不说了。"

宝钗见他羞得满脸飞红,满口央告,便不肯再往下追问,因拉他坐下吃茶,款款的告诉他道:"你当我是谁,我也是个淘气的。从小七八岁上也够个人缠的。我们家也算是个读书人家,祖父手里也爱藏书。先时人口多,姊妹弟兄都在一处,都怕看正经书。弟兄们也有爱诗的,也有爱词的,诸如这些'西厢''琵琶'以及'元人百种',无所不有。他们是偷背着我们看,我们却也偷背着他们看。后来大人知道了,打的打,骂的骂,烧的烧,才丢开了。所以咱们女孩儿家不认得字的倒好。男人们读书不明理,尚且不如不读书的好,何况你我。就连作诗写字等事,这不是你我分内之事,究竟也不是男人分内之事。男人们读书明理,辅国治民,这便好了。只是如今并不听见有这样的人,读了书倒更坏了。这是书误了他,可惜他也把书糟踏了,所以竟不如耕种买卖,倒没有什么大害处。你我只该做些针黹纺织的事才是,偏又认得了字,既认得了字,不过拣那正经的看也罢了,最怕见了些杂书,移了性情,就不可救了。"一席话,说的黛玉垂头吃茶,心下暗伏,只有答应"是"的一字。

忽见素云进来说:"我们奶奶请二位姑娘商议要紧的事呢。二姑娘、三姑娘、四姑娘、史姑娘、宝二爷都在那里等着呢。"宝钗道:"又是什么事?"黛玉道:"咱们到了那里就知道了。"说着便和宝钗往稻香村来,果见众人都在那里。

李纨见了他两个,笑道:"社还没起,就有脱滑的了,四丫头要告一年的假呢。"黛玉笑道:"都是老太太昨儿一句话,又叫他画什么园子图儿,惹得他乐得告假了。"探春笑道:"也别要怪老太太,都是刘姥姥一句话。"林黛玉忙笑道:"可是呢,都是他一句话。他是那一门子的姥姥，直叫他是个'母蝗虫'就是了。"说着大家都笑起来。宝钗笑道："世上的话，到了凤丫头嘴里也就尽了。幸而凤丫头不认得字，不大通，不过一概是市俗取笑。更有颦儿这促狭嘴，他用'春秋'的法子，将市俗的粗话，撮其要，删其繁，再加润色比方出来，一句是一句。这'母蝗虫'三字，把昨儿那些形景都现出来了。亏他想的倒也快。"众人听了，都笑道："你这一注解，也就不在他两个以下。"

李纨道："我请你们大家商议，给他多少日子的假。我给了他一个月，他嫌少，你们怎么说？"黛玉道："论理一年也不多。这园子盖才盖了一年，如今要画自然得二年工夫呢。又要研墨，又要蘸笔，又要铺纸，又要着颜色，又要……"刚说到这里，众人知道他是取笑惜春，便都笑问说"还要怎样？"黛玉也自己撑不住笑道："又要照着这样儿慢慢的画，可不得二年的工夫！"众人听了，都拍手笑个不住。宝钗笑道："'又要照着这个慢慢的画'，这落后一句最妙。所以昨儿那些笑话儿虽然可笑，回想是没味的。你们细想颦儿这几句话虽是淡的，回想却有滋味。我倒笑的动不得了。"惜春道："都是宝姐姐赞的他越发逞强，这会子拿我也取笑儿。"

黛玉忙拉他笑道："我且问你，还是单画这园子呢，还是连我们众人都画在上头呢？"惜春道："原说只画这园子的，昨儿老太太又说，单画了园子成个房样子了，叫连人都画上，就像'行乐'似的才好。我又不会这工细楼台，又不会画人物，又不好驳回，正为这个为难呢。"黛玉道："人物还容易，你草虫上不能。"李纨道："你又说不通的话了，这个上头那里又用的着草虫？或者翎毛【代指鸟类】倒要点缀一两样。"黛玉笑道："别的草虫不画罢了，昨儿'母蝗虫'不画上，岂不缺了典！"众人听了，又都笑起来。黛玉一面笑的两手捧着胸口，一面说道："你快画罢，我连题跋都有了，起个名字，就叫作《携蝗大嚼图》。"

众人听了，越发哄然大笑，前仰后合。只听"咕咚"一声

黛玉此话太不厚道。这是一种"恶"，不可笑。

在刘姥姥大出其丑时，独不见宝钗笑，而此时则跟着笑，拱着大家笑。对黛玉之"不厚道"大加赞扬，是促其"不厚道"，其用心更不厚道。

"盖"才用一年，"画自然得二年工夫"，明显不合逻辑，是在取笑。

又是宝钗"分析上纲"加以吹捧，用心何在？

惜春点破是宝钗"赞"着黛玉"逞强"，但取笑惜春在其次，主要是仍在"搓弄"刘姥姥。

要读懂这段话，需"连义互解"：黛玉说"又要照着这样儿慢慢的画"，"这样儿"是什么"样儿"？大家为什么笑？宝钗说"妙"，"妙"在哪里？

响，不知什么倒了，急忙看时，原来是湘云伏在椅子背儿上，那椅子原不曾放稳，被他全身伏着背子大笑，他又不提防，两下里错了劲，向东一歪，连人带椅都歪倒了，幸有板壁挡住，不曾落地。众人一见，越发笑个不住。宝玉忙赶上去扶了起来，方渐渐止了笑。宝玉和黛玉使个眼色儿。黛玉会意，便走至里间将镜袱揭起，照了一照，只见两鬓略松了些，忙开了李纨的妆奁，拿出抿子来，对镜抿了两抿，仍旧收拾好了，方出来，指着李纨道："这是叫你带着我们作针线教道理呢，你反招我们来大顽大笑的。"李纨笑道："你们听他这刁话。他领着头儿闹，引着人笑了，倒赖我的不是。真真恨的我只保佑明儿你得一个利害婆婆，再得几个千刁万恶的大姑子小姑子，试试你那会子还这么刁不刁了。"

林黛玉早红了脸，拉着宝钗说："咱们放他一年的假罢。"宝钗道："我有一句公道话，你们听听。藕丫头虽会画，不过是几笔写意。如今画这园子，非离了肚子里头有几副丘壑的才能成画。这园子却是像画儿一般，山石树木，楼阁房屋，远近疏密，也不多，也不少，恰恰的是这样。你只照样儿往纸上一画，是必不能讨好的。这要看纸的地步远近，该多该少，分主分宾，该添的要添，该减的要减，该藏的要藏，该露的要露。这一起了稿子，再端详斟酌，方成一幅图样。第二件，这些楼台房舍，是必要用界划【一种作画技巧，看下面的说法可了解其大概】的。一点不留神，栏杆也歪了，柱子也塌了，门窗也倒竖过来，阶矶也离了缝，甚至于桌子挤到墙里去，花盆放在帘子上来，岂不倒成了一张笑'话'儿了。第三，要插人物，也要有疏密，有高低。衣折裙带，手指足步，最是要紧；一笔不细，不是肿了手就是跔了腿，染脸撕发倒是小事。依我看来竟难的很。如今一年的假也太多，一月的假也太少，竟给他半年的假，再派了宝兄弟帮着他。并不是为宝兄弟知道教着他画，那就更误了事；为的是有不知道的，或难安插的，宝兄弟好拿出去问问那会画的相公，就容易了。"

宝玉听了，先喜的说："这话极是。詹子亮的工细楼台就极好，程日兴的美人是绝技，如今就问他们去。"宝钗道："我说你是无事忙，说了一声你就问去。等着商议定了再去。如今且拿什么画？"宝玉道："家里有雪浪纸，又大又托墨。"宝钗冷笑道："我说你不中用！那雪浪纸写字画写意画儿，或是会山水的画南宗山水，托墨，禁得皴染。拿了画这个，又不托色，又难涵，画也不好，纸也可惜。我教你一个法子。原先盖这园子，就有一张细致图样，虽是匠人描的，那地步方向是不错的。你和太太要了出来，也比着那纸大小，和凤丫头要一块重绢，叫相公矾了，叫他照着这图样删补着立了稿子，添了人物就是了。就是配这些青绿颜色并泥金泥银，也得他们配去。你们也得另烧上风炉子，预备化胶、出胶、洗笔。还得一张粉油大案，铺上毡子。你们那些碟子也不全，笔也不全，都得从新再置一份儿才好。"惜春道："我何曾有这些画器？不过随手写字的笔画画罢了。就是颜色，只有赭石、广花、藤黄、胭脂这四样。再有，不过是两支着色笔就完了。"宝钗道："你不该早说？这些东西我却还有，只是你也用不着，给你也白放着。如今我且替你收着，等你用着这个的时候我送你些，也只可留着画扇子，若画这大幅的也就可惜了的。今儿替你开个单子，照着单子和老太太要去。你们也未必知道的全，我说着，宝兄弟写。"

宝玉早已预备下笔砚了，原怕记不清白，要写了记着，听宝钗如此说，喜的提起笔来静听。宝钗说道："头号排笔四支，二号排笔四支，三号排笔四支，大染四支，中染四支，小染四支，大南蟹爪十支，小蟹爪十支，须眉十支，大著色二十支，小著色二十支，开面十支，柳条二十支，箭头朱四两，南赭四两，石黄四两，石青四两，石绿四两，管黄四两，广花八两，蛤粉四匣，胭脂十片，大赤飞金二百帖，青金二百帖，广匀胶四两，净矾四两。矾绢的胶矾在外，别管他们，你只把绢交出去叫他们矾去。这些颜色，咱们淘澄飞跌着，又顽了又使了，包你一辈子都够使

说完"怎么画"让宝玉插一句，再过渡到"拿什么画"。

宝钗确是"内行"。当初宝钗受教育，目的是参选公主、郡主的入学陪侍，当个"才人"或者"赞善"。这"官"虽不高，但对"学识"要求是很高的，所以宝钗不仅对绘画，对诗道甚至医道等也都很"内行"。

不但"懂"画，连绘画所需之物都现成。这又从另一侧面表现出其"皇商"的家庭背景。

了。再要顶细绢箩四个，粗绢箩四个，担笔四支，大小乳钵四个，大粗碗二十个，五寸粗碟十个，三寸粗白碟二十个，风炉两个，沙锅大小四个，新瓷罐二口，新水桶四只，一尺长白布口袋四条，柽炭二十斤，柳木炭一斤，三屉木箱一个，实地纱一丈，生姜二两，酱半斤。"黛玉忙道："铁锅一口，锅铲一个。"宝钗道："这作什么？"黛玉笑道："你要生姜和酱这些作料，我替你要铁锅来，好炒颜色吃的。"众人都笑起来。宝钗笑道："你那里知道。那粗色碟子保不住不上火烤，不拿姜汁子和酱预先抹在底子上烤过了，一经了火是要炸的。"众人听说，都道："原来如此。"

黛玉又看了一回单子，笑着拉探春悄悄的道："你瞧瞧，画个画儿又要这些水缸箱子来了。想必他糊涂了，把他的嫁妆单子也写上了。"探春"嗳"了一声，笑个不住，说道："宝姐姐，你还不拧他的嘴？你问问他编排你的话。"宝钗笑道："不用问，狗嘴里还有象牙不成！"一面说，一面走上来，把黛玉按在炕上，便要拧他的脸。黛玉笑着忙央告道："好姐姐，饶了我罢！颦儿年纪小，只知说，不知道轻重，作姐姐的教导我。姐姐不饶我，还求谁去？"众人不知话内有因，都笑道："说的好可怜见的，连我们也软了，饶了他罢。"

宝钗原是和他顽，忽听他又拉扯前番说他胡看杂书的话，便不好再和他厮闹，放起他来。黛玉笑道："到底是姐姐，要是我，再不饶人的。"宝钗笑指他道："怪不得老太太疼你，众人爱你伶俐，今儿我也怪疼你的了。过来，我替你把头发拢一拢。"黛玉果然转过身来，宝钗用手拢上去。宝玉在旁看着，只觉更好看，不觉后悔不该令他抿上鬓去，也该留着，此时叫他替他抿去。正自胡思，只见宝钗说道："写完了，明儿回老太太去。若家里有的就罢，若没有的，就拿些钱去买了来，我帮着你们配。"宝玉忙收了单子。

大家又说了一回闲话。至晚饭后又往贾母处来请安。贾母原没有大病，不过是劳乏了，兼着了些凉，温存了一日，又吃了一

宝钗"演讲"告一段落，需有人来活跃一下气氛。这个任务由黛玉来完成——由黛玉的"无知"烘托宝钗的"博学"。

不能"连义互解"，读者也会"不知话内有因"。

这一个"抿"头发的动作表现了三个人：宝钗示"爱"，黛玉欣然接受，宝玉看到二人如此和谐，由欣慰而产生"美"感。

老太太大安，皆大欢喜。

剂药疏散一疏散，至晚也就好了。不知次日又有何话，且听下回分解。

【 回后评 】

此回目只概括了后半回书的内容，其实前半部分用了很多篇幅在写刘姥姥"辞行"。这是一个"光明"的尾巴：姥姥从被"搓弄"的角色恢复到可以展现其"智慧"的地位——判断老太太、大姐儿的病症，告诉凤姐"送祟"的方法，最后还给大姐儿取了一个"遇难呈祥"的好名字。从其所来之目的看，是大获成功，满载而归；从贾府上下的态度看，也蒙上了一层"怜贫爱老"的粉红色。

书的后半部分，宝钗是核心人物，先是抓住黛玉在行酒令时引用《牡丹亭》《西厢记》的爱情之句加以"训诫"，再是滔滔论画，博学压众。读这一部分时，最要紧的是把握人物心理以及人物间的关系。所谓兰言，就是朋友间的知心话。宝钗训诫黛玉，不可让那些杂书"移了性情"，如果那样就"不可救药"了。这话很有威慑力，说得黛玉"心下暗伏，只有答应'是'的一字"。如何评价这一节"故事"，进而评析宝钗这个人？论者分歧甚大。

王希廉评："贞节处女何得胡看杂书。审问颦儿，谆笃教导，言言可作箴铭，绣闺中也有畏友。"

太平闲人则说："'兰言'皆捉襟见肘之词，只以欺黛玉蠢才耳，恶在'弟兄们'一篇鬼话。"

蔡义江评："兰言"即"好友真诚的话"。"对恪守妇道的宝钗来说，这本是最自然不过的事，黛玉听了心服，也不足为怪。毕竟她们都是那个时代社会的人。"

王蒙则评："这近乎一种有原则的关心、与人为善的批评教育，为了你而与你斗争。诚乎？伪乎？反正宝钗已经胜了一筹。"

庚辰本回前总批更据此明白提出"钗黛合一"说，以为"钗玉名虽二个，人却一身"，是回"使二人合而为一"。

张俊、沈治钧也说："此回之下半，写钗黛达诚申信，突出二人友谊，亦似有'合一'之意。"

鄙意以为，"同为一图""合为一诗"，是鸠占鹊巢之象，不是"合而为一"，是必"二取其一"。从角色的人生观、价值观说，钗黛不可能"合一"；从情节发展的结局看，二者也没有"合一"。所谓兼美乃"太虚幻境"的"假相"，现实生活中的钗黛之争才是"真情"。宝玉失去真爱，从而对尘世彻底失望，乃决心出走。

两人才高难分，而角色不同：一是天缘绝配，一是尘世强入；一"原配"，一"小三"。这是作者给黛钗的角色定位。身为"小三儿"，必有其"竞争力"，否则不能构成矛盾。而且"玉带林中挂，金钗雪里埋"，林在明处，钗在暗处。宝钗之貌美端庄，之多才多艺，正是其"竞争"的资本；其"做人"之八面玲珑，赢得上下交赞，正是其"竞争"的手段。如果不是充当"小三儿"，或者我们离开了这个角色定位的视角，薛宝钗就是那个时代的"妇道"楷模。

至于她对绘画的"内行"与其家藏绘画所需之物，正反映了一个"皇商"之家的财富背景与其所受教育的"政治"色彩——为入选宫廷女官作准备。

其实，回目中的措辞已经隐含着作者的情感态度：所谓雅谑，实在不"雅"，是反讽；与之偶对的"兰言"，也就说是"朋友间的知心话"，不过借机使黛玉放下戒心，以便其从容行"金玉良缘"之事而已。还有，宝钗还批评"弟兄们"（男人）"读了书倒更坏了"。他那个哥哥是不读书的，除了宝玉，这是指谁呢？批评宝玉，其用心也是让黛玉不再怀疑她有"金玉良缘"的追求。人心之险，一至于此！

六·八·二

红楼梦·下

第四十三回

闲取乐偶攒金庆寿

不了情暂撮土为香

了与不了在心头，
迷却原来难自由。
如有如无谁解得，
相生相灭第传流。

人间宝玉情未了，水仙庵里祭金钏

此回书正如回目所标示，上半部分写大家"凑分子"给凤姐过生日，是以"闲取乐"；下半部分写宝玉独自离家祭奠金钏，是为"不了情"。偶，就此一次，不为常例。暂，聊且，无奈之下退一步。

老太太要给凤姐做生日，也为的是"大家好生乐一日"。为了"好玩"她提出"学那小家子大家凑分子"的办法，并即刻遣人去请薛姨妈、邢夫人等，又叫请姑娘们并宝玉，那府里珍儿媳妇并赖大家的等有头脸管事的媳妇也都叫了来，乌压压挤了一屋子。贾母说明"凑分子"之意，率先表示出资二十两。众人谁不凑这趣儿？于是薛姨妈二十两；邢夫人、王夫人降一级，每人十六两；尤氏、李纨每人十二两；众妈妈也都十二两；姑娘、丫鬟们也各有贡献。

其间有两件跟凤姐有关的事：尤氏、李纨说出十二两，贾母疼惜李纨寡妇失业，说"我替你出了罢"。凤姐拦住贾母，说："大嫂子这一分我替他出了罢了。"凤姐又提出本来由贾母承担的黛玉、宝玉的份子让邢、王二夫人分别承担。贾母忙说："这很公道，就是这样。"第二件事：贾母本来没叫两位姨奶奶，凤姐偏不放过她们，最后她们每位也出了二两。尤氏骂凤姐"没足厌"，凤姐说："有了钱也是白填送别人，不如拘来咱们乐。"这样，共凑了一百五十两有余。

贾母又把这件事交给尤氏操办。次日，底下人的银子，邢夫人和姨太太的银子，一早就送到尤氏处，其他的都得到凤姐处去取。凤姐把她那里收到的份子钱交给尤氏，尤氏清点就发现缺少凤姐许诺替李纨出的那一份。尤氏揭发她"赖账"。凤姐儿就说："我看你利害。明儿有了事，我也丁是丁卯是卯的，你也别抱怨。"尤氏说你可以作弊，我就作情，她把鸳鸯、彩云以及两位姨娘的都退回去了。

凤姐生日这天，尤氏办得十分热闹。恰又是诗社的活动日，而宝玉缺席。这天一大早儿，他就瞒着人带了茗烟素服骑马出城去了。到了一座水仙庵，宝玉在井台上焚香，含泪施了半礼——没人知道这是他对金钏的一次祭奠——然后回到怡红院，换了华服与大家见面。他说是去北静王府吊丧，才把自己的行程遮掩过去。

话说王夫人因见贾母那日在大观园不过着了些风寒，不是什么大病，请医生吃了两剂药也就好了，便放了心，因命凤姐来吩咐他预备给贾政带送东西。正商议着，只见贾母打发人来请，王夫人忙引着凤姐儿过来。王夫人又请问"这会子可又觉大安些？"贾母道："今日可大好了。方才你们送来野鸡崽子汤，我尝了一尝，倒有味儿，又吃了两块肉，心里很受用。"王夫人笑道："这是凤丫头孝敬老太太的。算他的孝心虔，不枉了素日老太太疼他。"贾母点头笑道："难为他想着。若是还有生的，再炸上两块，咸浸浸的，吃粥有味儿。那汤虽好，就只不对稀饭。"凤姐听了，连忙答应，命人去厨房传话。

这里贾母又向王夫人笑道："我打发人请你来，不为别的。初二是凤丫头的生日，上两年我原早想替他做生日，偏到跟前有大事，就混过去了。今年人又齐全，料着又没事，咱们大家好生乐一日。"王夫人笑道："我也想着呢。既是老太太高兴，何不就商议定了？"贾母笑道："我想往年不拘谁作生日，都是各自送各自的礼，这个也俗了，也觉很生分似的。今儿我出个新法子，又不生分，又可取笑。"王夫人忙道："老太太怎么想着好，就是怎么样行。"贾母笑道："我想着，咱们也学那小家子大家凑分子，多少尽着这钱去办，你道好顽不好顽？"王夫人笑道："这个很好，但不知怎么凑法？"贾母听说，益发高兴起来，忙遣人

一姑一侄，配合行动，让老太太高兴、放心，荣府大小事项就可以操作随心了。

为给凤姐庆生铺垫。

借凤姐生日"咱们大家好生乐一日"，看来平日还"乐"得不能满足。玩儿，总得有新花样。

连"老妈妈"都要请来。人越多越热闹，人越多"凑分子"的人也就越多，凤姐也就越荣光：老太太也是为凤姐着想。

一呼百应。值得注意的是贾母没有叫两个姨娘。

去请薛姨妈邢夫人等，又叫请姑娘们并宝玉，那府里珍儿媳妇并赖大家的等有头脸管事的媳妇也都叫了来。

众丫头婆子见贾母十分高兴也都高兴，忙忙的各自分头去请的请，传的传，没顿饭的工夫，老的，少的，上的，下的，乌压压挤了一屋子。只薛姨妈和贾母对坐，邢夫人王夫人只坐在房门前两张椅子上，宝钗姊妹等五六个人坐在炕上，宝玉坐在贾母怀前，地下满满的站了一地。贾母忙命拿几个小杌子来，给赖大母亲等几个高年有体面的妈妈坐了。贾府风俗，年高服侍过父母的家人，比年轻的主子还有体面，所以尤氏凤姐儿等只管地下站着，那赖大的母亲等三四个老妈妈告个罪，都坐在小杌子上了。

这主意由老太太提出，"众人谁不凑这趣儿"，不情愿也得情愿。
老太太开口就是二十两。记得二十二回给宝钗庆生，贾母也捐资二十两。

贾母笑着把方才一席话说与众人听了。众人谁不凑这趣儿？再，也有和凤姐儿好的，有情愿这样的；也有畏惧凤姐儿的，巴不得来奉承的；况且都是拿的出来的，所以一闻此言都欣然应诺。贾母先道："我出二十两。"薛姨妈笑道："我随着老太太，也是二十两了。"邢夫人王夫人道："我们不敢和老太太并肩，自然矮一等，每人十六两罢了。"尤氏李纨也笑道："我们自然又矮一等，每人十二两罢。"贾母忙和李纨道："你寡妇失业的，那里还拉你出这个钱，我替你出了罢。"凤姐忙笑道："老太太别高兴，且算一算帐再揽事。老太太身上已有两分呢，这会子又替大嫂子出十二两，说着高兴，一会子回想又心疼了。过后儿又说'都是为凤丫头花了钱'，使个巧法子，哄着我拿出三四分子来暗里补上，我还做梦呢。"说的众人都笑了。贾母笑道："依你怎么样呢？"凤姐笑道："生日没到，我这会子已经折受的不受用了。我一个钱饶不出，惊动这些人实在不安，不如大嫂子这一分我替他出了罢了。我到了那一日多吃些东西，就享了福了。"邢夫人等听了，都说"很是"。贾母方允了。

揽下李纨的一份——为老太太分担，当然"很是"。

凤姐儿又笑道："我还有一句话呢。我想老祖宗自己二十两，又有林妹妹宝兄弟的两分子。姨妈自己二十两，又有宝妹妹的一分子，这倒也公道。只是二位太太每位十六两，自己又少，又不替人出，这有些不公道。老祖宗吃了亏了！"贾母听了，忙笑道："倒是我的凤姐儿向着我，这说的很是。要不是你，我叫他们又哄了去了。"凤姐笑道："老祖宗只把他姐儿两个交给两位太太，一位占一个，派多派少，每位替出一分就是了。"贾母忙说："这很公道，就是这样。"赖大的母亲忙站起来笑说道："这可反了！我替二位太太生气。在那边是儿子媳妇，在这边是内侄女儿，倒不向着婆婆、姑娘，倒向着别人。这儿媳妇成了陌路人，内侄女儿竟成了个外侄女儿了。"说的贾母与众人都大笑起来了。

赖大之母因又问道："少奶奶们十二两，我们自然也该矮一等了。"贾母听说，道："这使不得。你们虽该矮一等，我知道你们这几个都是财主，果位虽低，钱却比他们多。你们和他们一例才使得。"众妈妈听了，连忙答应。贾母又道："姑娘们不过应个景儿，每人照一个月的月例就是了。"又回头叫鸳鸯来，"你们也凑几个人，商议凑了来。"鸳鸯答应着，去不多时带了平儿、袭人、彩霞等还有几个小丫鬟来，也有二两的，也有一两的。贾母因问平儿："你难道不替你主子作生日，还入在这里头？"平儿笑道："我那个私自另外有了，这是官中的，也该出一分。"贾母笑道："这才是好孩子。"

凤姐又笑道："上下都全了。还有二位姨奶奶，他出不出，也问一声儿。尽到他们是理，不然，他们只当小看了他们了。"贾母听了，忙说："可是呢，怎么倒忘了他们！只怕他们不得闲儿，叫一个丫头问问去。"说着，早有丫头去了，半日回来说道："每位也出二两。"贾母喜道："拿笔砚来算明，共计多少。"尤氏因悄骂凤姐道："我把你这没足厌的小蹄子！这么些婆婆婶子来凑银子给你过生日，你还不足，又拉上两个苦瓠子作什么？"凤姐也悄笑道："你少胡说，一会子离了这里，我才和你算帐。他们两个为什么苦呢？有了钱也是白填送别人，不如拘来咱们乐。"

说着，早已合算了，共凑了一百五十两有馀。贾母道："一日戏酒用不了。"尤氏道："既不请客，酒席又不多，两三日的用度都够了。头等，戏不用钱，省在这上头。"贾母道："凤丫头说那一班好，就传那一班。"凤姐儿道："咱们家的班子都听熟了，倒是花几个钱叫一班来听听罢。"贾母道："这件事我交给珍哥媳妇了。越性叫凤丫头别操一点心，受用一日才算。"尤氏答应着。又说了一回话，都知贾母乏了，才渐渐的都散出来。

尤氏等送邢夫人王夫人二人散去，便往凤姐房里来商议怎么办生日的话。凤姐儿道："你不用问我，你只看老太太的眼色行事就完了。"尤氏笑道："你这阿物儿【对人的蔑称或玩笑之称，类同于现在说"东西"】，也忒行了大运了。我当有什么事叫我们去，原来单为这个。出了钱不算，还要我来操心，你怎么谢我？"凤姐笑道："你别扯臊，我又没叫你来，谢你什么！你怕操心？你这会子就回老太太去，再派一个就是了。"尤氏笑道："你瞧他兴的这样儿！我劝你收着些儿好。太满了就泼出来了。"二人又说了一回方散。

次日将银子送到宁国府来，尤氏方才起来梳洗，因问是谁送过来的，丫鬟们回说："是林大娘。"尤氏便命叫了他来。丫鬟走至下房，叫了林之孝家的过来。尤氏命他脚踏上坐了，一面忙着梳洗，一面问他："这一包银子共多少？"林之孝家的回说："这是我们底下人的银子，凑了先送过来。老太太和太太们的还没有呢。"正说着，丫鬟们回说："那府里太太和姨太太打发人送分子来了。"尤氏笑骂道："小蹄子们，专会记得这些没要紧的话。昨儿不过老太太一时高兴，故意的要学那小家子凑分子，你们就记得，到了你们嘴里当正经的说。还不快接了进来好生待茶，再打发他们去。"丫鬟应着，忙接了进来，一共两封，连宝钗黛玉的都有了。尤氏问还少谁的，林之孝家的道："还少老太太、太太、姑娘们的和底下姑娘们的。"尤氏道："还有你们大奶奶的呢？"林之孝家的道："奶奶过去，这银子都从二奶奶手里发，一共都有了。"

说着，尤氏已梳洗了，命人伺候车辆，一时来至荣府，先

老太太着实疼凤姐：交给尤氏操办，让凤姐"受用一日"。

这就是凤姐：一言一行，唯老太太是从。而宝钗过生日，也是一切以老太太的高兴为准。

《书·大禹谟》曰："满招损，谦受益，时乃天道。"尤氏讽之，凤姐拒之。

丫鬟说"送分子来了"，尤氏骂他们是拿"没要紧的话""当正经的说"，似嫌贾母过于宠凤姐，多此一举。

尤氏特别关注李纨那份儿。"太太"的没来，"黛玉"的却有了，表明是邢夫人为黛玉出资。

来见凤姐。只见凤姐已将银子封好，正要送去。尤氏问："都齐了？"凤姐儿笑道："都有了，快拿了去罢，丢了我不管。"尤氏笑道："我有些信不及，倒要当面点一点。"说着果然按数一点，只没有李纨的一分。尤氏笑道："我说你贪鬼呢，怎么你大嫂子的没有？"凤姐儿笑道："那么些还不够使？短一分儿也罢了，等不够了我再给你。"尤氏道："昨儿你在人跟前作人，今儿又来和我赖，这个断不依你。我只和老太太要去。"凤姐儿笑道："我看你利害。明儿有了事，我也丁是丁卯是卯的，你也别抱怨。"尤氏笑道："你一般的也怕。不看你素日孝敬我，我才是不依你呢。"说着，把平儿的一分拿了出来，说道："平儿，来！把你的收起去，等不够了，我替你添上。"平儿会意，因说道："奶奶先使着，若剩下了再赏我一样。"尤氏笑道："只许你那主子作弊，就不许我作情儿。"平儿只得收了。尤氏又道："我看着你主子这么细致，弄这些钱那里使去！使不了，明儿带了棺材里使去。"

一面说着，一面又往贾母处来。先请了安，大概说了两句话，便走到鸳鸯房中和鸳鸯商议，只听鸳鸯的主意行事，何以讨贾母的喜欢。二人计议妥当。尤氏临走时，也把鸳鸯二两银子还他，说："这还使不了呢。"说着，一径出来，又至王夫人跟前说了一回话。因王夫人进了佛堂，把彩云一分也还了他。见凤姐不在跟前，一时把周、赵二人的也还了。他两个还不敢收。尤氏道："你们可怜见的，那里有这些闲钱？凤丫头便知道了，有我应着呢。"二人听说，千恩万谢的方收了。于是尤氏一径出来，坐车回家。不在话下。

展眼已是九月初二日，园中人都打听得尤氏办得十分热闹，不但有戏，连耍百戏并说书的男女先儿【说书者多为盲人，故称为"瞎儿"，儿化就成"先儿"了】全有，都打点取乐顽耍。李纨又向众姊妹道："今儿是正经社日，可别忘了。宝玉也不来，想必他只图热闹，把清雅就丢开了。"说着，便命丫鬟去瞧作什么，快请了来。丫鬟去了半日，回说："花大姐姐说，今儿一早

确是"信不及"。果然，查出凤姐赖账。

你作弊，我作情，谁也别"丁是丁卯是卯的"，这是贾府的处事原则，其实也是"中国人"的处事原则。此"原则"就是"无原则"。

"使不了，明儿带了棺材里使去。"尤氏这句话错了：等不到进棺材，就有人把那钱"抄"走了。

要讨老太太的喜欢，还得听鸳鸯的安排。

尤氏人情做到底，认为该还的都退还了。

一个"正经社日"，就把话题从凤姐庆生转移到宝玉祭钏，简捷而自然。

而宝玉"出门"，却是没有道理，大出意外。

就出门去了。"众人听了，都诧异说："再没有出门之理。这丫头糊涂，不知说话。"因又命翠墨去。

一时翠墨回来说："可不真出了门了。说有个朋友死了，出去探丧去了。"探春道："断然没有的事。凭他什么，再没今日出门之理。你叫袭人来，我问他。"刚说着，只见袭人走来。李纨等都说道："今儿凭他有什么事，也不该出门。头一件，你二奶奶的生日，老太太都这等高兴，两府上下众人来凑热闹，他倒走了；第二件，又是头一社的正日子，他也不告假，就私自去了！"袭人叹道："昨儿晚上就说了，今儿一早起有要紧的事到北静王府里去，就赶回来的。劝他不要去，他必不依。今儿一早起来，又要素衣裳穿，想必是北静王府里的要紧姬妾没了，也未可知。"李纨等道："若果如此，也该去走走，只是也该回来了。"说着，大家又商议："咱们只管作诗，等他回来罚他。"刚说着，只见贾母已打发人来请，便都往前头来了。袭人回明宝玉的事，贾母不乐，便命人去接。

原来宝玉心里有件私事，于头一日就吩咐茗烟："明日一早要出门，备下两匹马在后门口等着，不要别一个跟着。说给李贵，我往北府里去了。倘或要有人找我，叫他拦住不用找，只说北府里留下了，横竖就来的。"茗烟也摸不着头脑，只得依言说了。今儿一早，果然备了两匹马在园后门等着。天亮了，只见宝玉遍体纯素，从角门出来，一语不发跨上马，一弯腰，顺着街就趱【diān，颠】下去了。茗烟也只得跨马加鞭赶上，在后面忙问："往那里去？"宝玉道："这条路是往那里去的？"茗烟道："这是出北门的大道。出去了冷清清没有可顽的。"宝玉听说，点头道："正要冷清清的地方好。"说着，越性加了鞭，那马早已转了两个弯子，出了城门。

茗烟越发不得主意，只得紧紧跟着。一气跑了七八里路出来，人烟渐渐稀少，宝玉方勒住马，回头问茗烟道："这里可有卖香的？"茗烟道："香倒有，不知是那一样？"宝玉想道："别

"探丧"一说，似有理而又不完全可信，所以探春不信。

确是"也不告假，就私自去了"。既是穿"素衣""探丧"，又有几分可信。到底所为何事？

并不去北静王府。得找"冷清清的地方"，宝玉的"私事"到底何事？

的香不好，须得檀、芸、降【三种名贵的香】三样。"茗烟笑道："这三样可难得。"宝玉为难。茗烟见他为难，因问道："要香作什么使？我见二爷时常小荷包有散香，何不找一找。"一句提醒了宝玉，便回手向衣襟上掏出一个荷包来，摸了一摸，竟有两星沉速【星，小块儿；沉速，香名】，心内欢喜："只是不恭些。"再想自己亲身带的，倒比买的又好些。于是又问炉炭。茗烟道："这可罢了。荒郊野外那里有？用这些何不早说，带了来岂不便宜。"宝玉道："糊涂东西，若可带了来，又不这样没的跑了。"

茗烟想了半日，笑道："我得了个主意，不知二爷心下如何？我想二爷不止用这个呢，只怕还要用别的。这也不是事。如今我们往前再走二里地，就是水仙庵了。"宝玉听了忙问："水仙庵就在这里？更好了，我们就去。"说着，就加鞭前行，一面回头向茗烟道："这水仙庵的姑子长往咱们家去，咱们这一去到那里，和他借香炉使使，他自然是肯的。"茗烟道："别说他是咱们家的香火，就是平白不认识的庙里，和他借，他也不敢驳回。只是一件，我常见二爷最厌这水仙庵的，如何今儿又这样喜欢了？"宝玉道："我素日因恨俗人不知原故，混供神混盖庙，这都是当日有钱的老公们和那些有钱的愚妇们听见有个神，就盖起庙来供着，也不知那神是何人，因听些野史小说，便信真了。比如这水仙庵里面因供的是洛神，故名水仙庵，殊不知古来并没有个洛神，那原是曹子建的谎话，谁知这起愚人就塑了像供着。今儿却合我的心事，故借他一用。"

说着早已来至门前。那老姑子见宝玉来了，事出意外，竟像天上掉下个活龙来的一般，忙上来问好，命老道【庵中杂役，不是出家人】来接马。宝玉进去，也不拜洛神之像，却只管赏鉴。虽是泥塑的，却真有"翩若惊鸿，婉若游龙"之态，"荷出绿波，日映朝霞"之姿。宝玉不觉滴下泪来。老姑子献了茶。宝玉因和他借香炉。那姑子去了半日，连香供纸马都预备了来。宝玉道："一概不用。"说着，便命茗烟捧着炉出至后院中，拣一块干净地

要不被人知，就不能带这样的东西。是什么见不得人的事，需如此机密？

必得有此庵，就像《水浒传》写到火烧草料场，必得有一座"山神庙"。这是作家的权利。

此庵供奉的不是别的"神"，恰是极品美人洛神。

不信其"神"，当然不拜。而塑像之美，倒可赏鉴。其姿容之美唤起心中之人，所以"不觉滴下泪来"。

唯有"井台"是"干净地方儿"——不但跟"水"相关，更进一步跟"井"相关，恍惚间似可猜到宝玉之心事了。但还只能猜。

方儿，竟拣不出。茗烟道："那井台儿上如何？"宝玉点头，一齐来至井台上，将炉放下。

茗烟站过一旁。宝玉掏出香来焚上，含泪施了半礼，回身命收了去。茗烟答应，且不收，忙爬下磕了几个头，口内祝道："我茗烟跟二爷这几年，二爷的心事，我没有不知道的，只有今儿这一祭祀没有告诉我，我也不敢问。只是这受祭的阴魂虽不知名姓，想来自然是那人间有一，天上无双，极聪明极俊雅的一位姐姐妹妹了。二爷心事不能出口，让我代祝：若芳魂有感，香魂多情，虽然阴阳间隔，既是知己之间，时常来望候二爷，未尝不可。你在阴间保佑二爷来生也变个女孩儿，和你们一处相伴，再不可又托生这须眉浊物了。"说毕，又磕几个头，才爬起来。

宝玉听他没说完，便撑不住笑了，因踢他道："休胡说，看人听见笑话。"茗烟起来收过香炉，和宝玉走着，因道："我已经和姑子说了，二爷还没用饭，叫他随便收拾了些东西，二爷勉强吃些。我知道今儿咱们里头大排筵宴，热闹非常，二爷为此才躲了出来的。横竖在这里清净一天，也就尽到礼了。若不吃东西，断使不得。"宝玉道："戏酒既不吃，这随便素的吃些何妨。"茗烟道："这便才是。还有一说，咱们来了，还有人不放心。若没有人不放心，便晚了进城何妨？若有人不放心，二爷须得进城回家去才是。第一老太太、太太也放了心，第二礼也尽了，不过如此。就是家去了看戏吃酒，也并不是二爷有意，原不过陪着父母尽孝道。二爷若单为了这个不顾老太太、太太悬心，就是方才那受祭的阴魂也不安生。二爷想我这话如何？"宝玉笑道："你的意思我猜着了，你想着只你一个跟了我出来，回来你怕担不是，所以拿这大题目来劝我。我才来了，不过为尽个礼，再去吃酒看戏，并没说一日不进城。这已完了心愿，赶着进城，大家放心，岂不两尽其道。"茗烟道："这更好了。"说着二人来至禅堂，果然那姑子收拾了一桌素菜，宝玉胡乱吃了些，茗烟也吃了。

二人便上马仍回旧路。茗烟在后面只嘱咐："二爷好生骑着，这马总没大骑的，手里提紧着。"一面说着，早已进了城，仍从后门进去，忙忙来至怡红院中。袭人等都不在房里，只有几个老婆子看屋子，见他来了，都喜的眉开眼笑，说："阿弥陀佛，可来了！把花姑娘急疯了！上头正坐席呢，二爷快去罢。"宝玉听说忙将素服脱了，自去寻了华服换上，问在什么地方坐席，老婆子回说在新盖的大花厅上。

宝玉听说，一径往花厅来，耳内早已隐隐闻得歌管之声。刚至穿堂那边，只见玉钏儿独坐在廊檐下垂泪，一见他来，便收泪说道："凤凰来了，快进去罢。再一会子不来，都反了。"宝玉陪笑道："你猜我往那里去了？"玉钏儿不答，只管擦泪。宝玉忙进厅里，见了贾母王夫人等，众人真如得了凤凰一般。

> 未到花厅，先见玉钏垂泪。是前"祭祀"之行的暗接。特问玉钏"你猜我往那里去了"，其祭金钏之事渐渐明晰。

宝玉忙赶着与凤姐儿行礼。贾母王夫人都说他不知道好歹，"怎么也不说声就私自跑了，这还了得！明儿再这样，等老爷回家来，必告诉他打你。"说着又骂跟的小厮们都偏听他的话，说那里去就去，也不回一声儿。一面又问他到底那去了，可吃了什么，可唬着了。宝玉只回说："北静王的一个爱妾昨日没了，给他道恼去。他哭的那样，不好撇下就回来，所以多等了一会子。"贾母道："以后再私自出门，不先告诉我们，一定叫你老子打你。"宝玉答应着。因又要打跟的小子们，众人又忙说情，又劝道："老太太也不必过虑了，他已经回来，大家该放心乐一回了。"贾母先不放心，自然发狠，如今见他来了，喜且有馀，那里还恨，也就不提了；还怕他不受用，或者别处没吃饱，路上着了惊怕，反百般的哄他。袭人早过来服侍。大家仍旧看戏。当日演的是《荆钗记》。贾母薛姨妈等都看的心酸落泪，也有叹的，也有骂的。要知端的，下回分解。

> 谎言前后一致，没有漏洞。

> 需知《荆钗记》故事，才能明白观众如此的反应。

【 回后评 】

本回书在作法上，上下各有其妙：上半在于从琐事中写人情世故，下半在于步步设疑，小事生波。

写"闲取乐偶攒金庆寿"，重点不在"取乐"，而在"攒金"，在剪裁上就已经是一种创造。而在"攒金"的过程中，一来一往，尽显人情世故。

贾母一心惦记着为凤姐庆寿，且动员所有能动员的人都来参与，而自己一出手就是二十两，还不让凤姐操心，把一切事务交由尤氏操办，足见凤姐在老太太心中的地位。

"贾母笑着把方才一席话说与众人听了。众人谁不凑这趣儿？"有情愿的，有不情愿的，但贾母的权威在那里，凤姐的地位在那里，只好应承。既来"凑趣儿"，看上去就都是"情愿"的了。人际关系是复杂的，表面的和谐未必真和谐，表面的拥护也未必真拥护。

老太太连"老妈妈"都叫来"凑分子"，偏不叫两位姨奶奶，应该是考虑到她们没有这份"闲钱"，是一种体贴。但凤姐偏不肯放过，还能讲一番话，既合情又合理，让人无法否决。从钱上说是贪，从情上说是狠。她在众人面前说替李纨出资，实际又赖账，既邀买人心又无须出血，是一种"机关算尽"。她还出面为老太太抱打不平，提出让两位太太分别承担宝玉、黛玉的份子钱。这一招，看上去是出以公心，实际是"高级黑"：一方面讨得老太太的欢心，一方面算计了邢夫人。宝玉是王夫人的儿子，让她替宝玉出，绝对心甘情愿；而邢夫人与黛玉关系甚远，她人又贪吝，要她为黛玉出资，实在是有苦说不出。

再说尤氏。首先，老太太把为凤姐庆寿的活动交她操办，她实际是不情愿的，但又不能拒绝，所以借"骂"小丫头的话头发泄出来。而对凤姐，不但毫不留情地揭露其赖账作弊的丑事，还几次言带讥讽，掩盖不住内心的不满。凤姐作弊，她干脆"作情"——把能退还的份子钱都给退回去了。这一方面体现了她对"下人"的一点体贴，也是有意做给凤姐看的。

说到宝玉，他在为凤姐庆寿与为金钏设祭之间，选择了首先为金钏设祭。这也是一种情感的选择，难得宝玉有一份"不了情"。

下半部分写宝玉出祭金钏，从瞒着众人骑马奔向郊外开始，步步都走向"祭祀"，又步步令人"不解"，直到最后回到府里，也没有挑明是去祭祀金钏，而只是用玉钏"垂泪"作一暗示。这是常见的"悬念"技术，事件不大，人物不多，却很有吸引力。

第四十四回

变生不测凤姐泼醋
喜出望外平儿理妆

富贵少年多好色，
那如宝玉会风流。
阎王夜叉谁曾说，
死到临头身不由。

滥情人贾琏偷情，泼辣女凤姐撒泼

所谓"变生不测"是说凤姐生日这天，热热闹闹，凤姐享尽尊荣，但一转眼，喜剧变成了闹剧以至悲剧。

凤姐生日，贾母让她痛乐一日。于是大家轮番敬酒，凤姐"自觉酒沉了"，扶着平儿要往家去歇歇。才至穿廊下，一个小丫头子见了她们就跑。被叫回来后，又打又骂，她才交代：是贾琏让她放风的，说是贾琏让她拿了银子等送与鲍二的老婆去，那女人收了，就到"咱们屋里来了"。这下凤姐气得浑身发软。到了屋外，又听那女人说："多早晚你那阎王老婆死了就好了。""他死了，你倒是把平儿扶了正，只怕还好些。"贾琏说自己命里犯了"夜叉星"。

凤姐气得浑身乱战，回身把平儿先打了两下，一脚踢开门进去，也不容分说，抓着鲍二家的撕打一顿。平儿有冤无处诉，只气得干哭，也把鲍二家的撕打起来。贾琏又上来踢骂平儿。平儿气得跑出来要寻死，凤姐则一头撞在贾琏怀里。贾琏急得从墙上拔出剑来，就要杀人。众人来劝，凤姐便趁机哭着跑到贾母那儿，爬在贾母怀里，只说："老祖宗救我！琏二爷要杀我呢！"凤姐半句真三句谎地一说，贾母都信以为真。这时贾琏追来，被老太太赶出去了。

这里邢夫人、王夫人也说凤姐儿。贾母笑道："什么要紧的事！小孩子们年轻，馋嘴猫儿似的，那里保得住不这么着。从小儿世人都打这么过的。"第二天，贾琏忍愧前来在贾母面前跪下领罪，依照贾母之命，向凤姐作揖认错。贾母又命人去叫了平儿来，命凤姐儿和贾琏两个安慰平儿。最后，贾母命人将他三人送回房去，说从此不许"再提此事"。这就是"变生不测凤姐泼醋"的故事。

回目的下一句，单说平儿。她既遭凤姐的打又受贾琏的踢骂，委屈得跑出去要自杀，被李纨拉入大观园，宝玉便让平儿到怡红院中来。宝玉看着平儿也是个薄命之人，深为痛惜。他先是替贾琏夫妇"赔不是"，又劝她换干净的衣服，洗脸，亲为她找脂粉化妆，剪鲜花与她簪在鬓上，等等。平儿甚是感动，而宝玉也觉得是稍尽了一回心愿。这就是喜出望外平儿理妆。

回目之外还有一项重要的内容：鲍二的媳妇自杀了！但贾琏拿出了二百两银子，又仗着王子腾的权势，一场人命官司就轻易了断了。

话说众人看演《荆钗记》，宝玉和姐妹一处坐着。林黛玉因看到《男祭》这一出上，便和宝钗说道："这王十朋也不通的很，不管在那里祭一祭罢了，必定跑到江边子上来作什么！俗语说，'睹物思人'，天下的水总归一源，不拘那里的水舀一碗看着哭去，也就尽情了。"宝钗不答。宝玉回头要热酒敬凤姐儿。

原来贾母说今日不比往日，定要叫凤姐痛乐一日。本来自己懒待坐席，只在里间屋里榻上歪着和薛姨妈看戏，随心爱吃的拣几样放在小几上，随意吃着说话儿；将自己两桌席面赏那没有席面的大小丫头并那应差听差的妇人等，命他们在窗外廊檐下也只管坐着随意吃喝，不必拘礼。王夫人和邢夫人在地下高桌上坐着，外面几席是他姊妹们坐。

贾母不时吩咐尤氏等："让凤丫头坐在上面，你们好生替我待东，难为他一年到头辛苦。"尤氏答应了，又笑回说道："他坐不惯首席，坐在上头横不是竖不是的，酒也不肯吃。"贾母听了，笑道："你不会，等我亲自让他去。"凤姐儿忙也进来笑说："老祖宗别信他们的话，我吃了好几钟了。"贾母笑着，命尤氏："快拉他出去，按在椅子上，你们都轮流敬他。他再不吃，我当真的就亲自去了。"尤氏听说，忙笑着又拉他出来坐下，命人拿了台

宝玉祭奠金钏，瞒不过黛玉。黛玉借王十朋到江边祭奠亡妻的故事调笑宝玉。宝钗"不答"，是不支持黛玉。

"定要叫凤姐痛乐一日"，也是贾母自己特别享受的一日。

只看到她"一年到头辛苦"的一面，看不到她营私自肥的一面。贾府之败，起于贾母。

就此一个细节，岂有必将其灌醉之理？爱之抑或害之？中国的酒文化，历来如此乎？

斟了酒，笑道："一年到头难为你孝顺老太太、太太和我。我今儿没什么疼你的，亲自斟杯酒，乖乖儿的在我手里喝一口。"凤姐儿笑道："你要安心孝敬我，跪下我就喝。"尤氏笑道："说的你不知是谁！我告诉你说，好容易今儿这一遭，过了后儿，知道还得像今儿这样不得了？趁着尽力灌丧两钟罢。"凤姐儿见推不过，只得喝了两钟。

接着，众姊妹也来，凤姐也只得每人的喝一口。赖大妈妈见贾母尚这等高兴，也少不得来凑趣儿，领着些嬷嬷们也来敬酒。凤姐儿也难推脱，只得喝了两口。鸳鸯等也来敬，凤姐儿真不能了，忙央告道："好姐姐们，饶了我罢，我明儿再喝罢。"鸳鸯笑道："真个的，我们是没脸的了？就是我们在太太跟前，太太还赏个脸儿呢。往常倒有些体面，今儿当着这些人，倒拿起主子的款儿来了。我原不该来。不喝，我们就走。"说着真个回去了。凤姐儿忙赶上拉住，笑道："好姐姐，我喝就是了。"说着拿过酒来，满满的斟了一杯喝干。鸳鸯方笑了散去，然后又入席。

凤姐儿自觉酒沉了，心里突突的似往上撞，要往家去歇歇，只见那耍百戏的上来，便和尤氏说："预备赏钱，我要洗洗脸去。"尤氏点头。凤姐儿瞅人不防，便出了席，往房门后檐下走来。平儿留心，也忙跟了来，凤姐儿便扶着他。才至穿廊下，只见他房里的一个小丫头正在那里站着，见他两个来了，回身就跑。凤姐儿便疑心，忙叫："站住！"那丫头先只装听不见，无奈后面连平儿也叫，只得回来。

凤姐儿越发起了疑心，忙和平儿进了穿堂，叫那小丫头子也进来，把槅扇关了。凤姐儿坐在小院子的台矶上，命那丫头子跪了，喝命平儿："叫两个二门上的小厮来，拿绳子鞭子，把那眼睛里没主子的小蹄子打烂了！"那小丫头子已经唬的魂飞魄散，哭着只管碰头求饶。凤姐儿问道："我又不是鬼，你见了我，不说规规矩矩站住，怎么倒往前跑？"小丫头子哭道："我原没看见奶奶来。我又记挂着房里无人，所以跑了。"凤姐儿道："房里既没人，谁叫你来的？你便没看见我，我和平儿在后头扯着脖子叫了你十来声，越叫越跑。离的又不远，你聋了不成？你还和我强嘴！"说着便扬手一掌打在脸上，打的那小丫头一栽；这边脸上又一下，登时小丫头子两腮紫胀起来。平儿忙劝："奶奶仔细手疼。"凤姐便说："你再打着问他跑什么。他再不说，把嘴撕烂了他的！"那小丫头子先还强嘴，后来听见凤姐儿要烧了红烙铁来烙嘴，方哭道："二爷在家里，打发我来这里瞧着奶奶的，若见奶奶散了，先叫我送信儿去的。不承望奶奶这会子就来了。"

二十九回，打小道士："一扬手，照脸一下，把那小孩子打了一个筋斗，骂道：'野牛犊的，胡朝那里跑！'"

凤姐儿见话中有文章，便又问道："叫你瞧着我作什么？难道怕我家去不成？必有别的原故，快告诉我，我从此以后疼你。你若不细说，立刻拿刀子来割你的肉。"说着，回头向头上拔下一根簪子来，向那丫头嘴上乱戳，唬的那丫头一行躲，一行哭求道："我告诉奶奶，可别说我说的。"平儿一旁劝，一面催他，叫他快说。丫头便说道："二爷也是才来房里的，睡了一会醒了，打发人来瞧瞧奶奶，说才坐席，还得好一会才来呢。二爷就开了箱子，拿了两块银子，还有两根簪子，两匹缎子，叫我悄悄的送与鲍二的老婆去，叫他进来。他收了东西就往咱们屋里来了。二爷叫我来瞧着奶奶，底下的事我就不知道了。"

真下得去手！

这女人"收了东西"就来了，贱。

凤姐听了，已气的浑身发软，忙立起身来一径来家。刚至院门，只见又有一个小丫头在门前探头儿，一见了凤姐，也缩头就跑。凤姐儿提着名字喝住。那丫头本来伶俐，见躲不过了，越性跑了出来，笑道："我正要告诉奶奶去呢，可巧奶奶来了。"凤姐儿道："告诉我什么？"那小丫头便说二爷在家这般如此如此，将方才的话也说了一遍。凤姐啐道："你早作什么了？这会子我看见你了，你来推干净儿！"说着也扬手一下打的那丫头一个趔趄，便蹑手蹑脚的走至窗前。

"伶俐"也是遭打。既知"二爷在家这般如此如此"，凤姐还要"蹑手蹑脚的走至窗前"，什么心理？

往里听时，只听里头说笑。那妇人笑道："多早晚你那阎王老婆死了就好了。"贾琏道："他死了，再娶一个也是这样，又怎么样呢？"那妇人道："他死了，你倒是把平儿扶了正，只怕还

称之为"阎王老婆"，也够毒。

贾琏说"平儿也是一肚子委曲不敢说",大概有根据。二十一回平儿跟凤姐赌气回房,三十九回赌气喝酒,都可以参证。

浑打浑骂,符合其本性,也跟酒"涌了上来"有关。

贾琏"因吃多了酒",才"未曾作的机密"。如果不喝酒,就能把事情作得"机密"了。看来作得机密的时候不少。

在奴才辈儿里,平儿是"有脸"的,但主子说打就打说骂就骂。世态如此,甘愿当奴才的人不知作何感想。

第二十一回,贾琏曾对平儿说:"将来都死在我手里。"

酒能乱性,又可以作为幌子。

添油加醋,凤姐满嘴谎话。原有几分同情,至此全消。

好些。"贾琏道:"如今连平儿他也不叫我沾一沾了。平儿也是一肚子委曲不敢说。我命里怎么就该犯了'夜叉星'。"

凤姐听了,气的浑身乱战,又听他俩都赞平儿,便疑平儿素日背地里自然也有愤怨语了,那酒越发涌了上来,也并不忖度,回身把平儿先打了两下,一脚踢开门进去,也不容分说,抓着鲍二家的撕打一顿。又怕贾琏走出去,便堵着门站着骂道:"好淫妇!你偷主子汉子,还要治死主子老婆!平儿过来!你们淫妇忘八一条藤儿,多嫌着我,外面儿你哄我!"说着又把平儿打几下。打的平儿有冤无处诉,只气得干哭,骂道:"你们做这些没脸的事,好好的又拉上我做什么!"说着也把鲍二家的撕打起来。

贾琏也因吃多了酒,进来高兴,未曾作的机密,一见凤姐来了,已没了主意,又见平儿也闹起来,把酒也气上来了。凤姐儿打鲍二家的,他已又气又愧,只不好说的,今见平儿也打,便上来踢骂道:"好娼妇!你也动手打人!"平儿气怯,忙住了手,哭道:"你们背地里说话,为什么拉我呢?"凤姐见平儿怕贾琏,越发气了,又赶上来打着平儿,偏叫打鲍二家的。平儿急了,便跑出来找刀子要寻死。外面众婆子丫头忙拦住解劝。这里凤姐见平儿寻死去,便一头撞在贾琏怀里,叫道:"你们一条藤儿害我,被我听见了,倒都唬起我来。你也勒死我!"贾琏气的墙上拔出剑来,说道:"不用寻死,我也急了,一齐杀了,我偿了命,大家干净。"

正闹的不开交,只见尤氏等一群人来了,说:"这是怎么说,才好好的,就闹起来。"贾琏见了人,越发"倚酒三分醉",逞起威风来,故意要杀凤姐儿。凤姐儿见人来了,便不似先前那般泼了,丢下众人,便哭着往贾母那边跑。

此时戏已散出,凤姐跑到贾母跟前,爬在贾母怀里,只说:"老祖宗救我!琏二爷要杀我呢!"贾母、邢夫人、王夫人等忙问怎么了。凤姐儿哭道:"我才家去换衣裳,不防琏二爷在家和人说话,我只当是有客来了,唬得我不敢进去。在窗户外头听了一听，原来是和鲍二家的媳妇商议，说我利害，要拿毒药给我吃了治死我，把平儿扶了正。我原气了，又不敢和他吵，原打了平儿两下，问他为什么要害我。他臊了，就要杀我。"贾母等听了，都信以为真，说："这还了得！快拿了那下流种子来！"一语未完，只见贾琏拿着剑赶来，后面许多人跟着。

贾琏明仗着贾母素习疼他们，连母亲婶母也无碍，故逞强闹了来。邢夫人王夫人见了，气的忙拦住骂道："这下流种子！你越发反了，老太太在这里呢！"贾琏也斜着眼，道："都是老太太惯的他，他才这样，连我也骂起来了！"邢夫人气的夺下剑来，只管喝他："快出去！"那贾琏撒娇撒痴，涎言涎语的还只乱说。贾母气的说道："我知道你也不把我们放在眼里，叫人把他老子叫来！"贾琏听见这话，方趔趄着脚儿出去了，赌气也不往家去，便往外书房来。

这里邢夫人王夫人也说凤姐儿。贾母笑道："什么要紧的事！小孩子们年轻，馋嘴猫儿似的，那里保得住不这么着。从小儿世人都打这么过的。都是我的不是，叫你多吃了两口酒，又吃起醋来。"说的众人都笑了。贾母又道："你放心，等明儿我叫他来替你赔不是。你今儿别要过去臊着他。"因又骂："平儿那蹄子，素日我倒看他好，怎么暗地里这么坏。"尤氏等笑道："平儿没有不是，是凤丫头拿着人家出气。两口子不好对打，都拿着平儿煞性子。平儿委曲的什么似的呢，老太太还骂人家。"贾母道："原来这样，我说那孩子倒不像那狐媚魔道的。既这么着，可怜见的，白受他们的气。"因叫琥珀来："你出去告诉平儿，就说我的话：我知道他受了委曲，明儿我叫凤姐儿替他赔不是。今儿是他主子的好日子，不许他胡闹。"

原来平儿早被李纨拉入大观园去了。平儿哭的哽咽难抬。宝钗劝道："你是个明白人，素日凤丫头何等待你，今儿不过他多吃一口酒。他可不拿你出气，难道倒拿别人出气不成？别人又笑话他吃醉了。你只管这会子委曲，素日你的好处，岂不都是假的

"都信以为真"，不止于此。贾母一直被凤姐所蒙蔽。骂贾琏是"下流种子"，倒还不算离谱。

这里的规矩是：妻子不能骂的是丈夫，儿子最怕的是老子。

贾母的这一番高论，值得讨论。让凤姐"多吃了两口酒"还是小事。凤姐之泼，贾琏之淫，这才是大事，她却都不当回事。

幸有尤氏说几句实话，既提示了贾母，也批评了凤姐。

宝钗的话隐含着一个前提：主子拿奴才出气是天经地义的，特别是素日主子待奴才"好"，奴才更不应该有"委曲"之感。这是典型的"主子"立场，是她"冷"的一种表现。

了？"正说着，只见琥珀走来，说了贾母的话。平儿自觉面上有了光辉，方才渐渐的好了，也不往前头来。宝钗等歇息了一回，方来看贾母凤姐。

宝玉便让平儿到怡红院中来。袭人忙接着，笑道："我先原要让你的，只因大奶奶和姑娘们都让你，我就不好让的了。"平儿也陪笑说"多谢"。因又说道："好好儿的从那里说起，无缘无故白受了一场气。"袭人笑道："二奶奶素日待你好，这不过是一时气急了。"平儿道："二奶奶倒没说的，只是那淫妇治的我，他又偏拿我凑趣，况还有我们那糊涂爷倒打我。"说着便又委曲，禁不住落泪。宝玉忙劝道："好姐姐，别伤心，我替他两个赔不是罢。"平儿笑道："与你什么相干？"宝玉笑道："我们弟兄姊妹都一样。他们得罪了人，我替他赔个不是也是应该的。"又道："可惜这新衣裳也沾了，这里有你花妹妹的衣裳，何不换了下来，拿些烧酒喷了熨一熨。把头也另梳一梳。"一面说，一面便吩咐了小丫头子们舀洗脸水，烧熨斗来。

平儿素习只闻人说宝玉专能和女孩儿们接交；宝玉素日因平儿是贾琏的爱妾，又是凤姐儿的心腹，故不肯和他厮近，因不能尽心，也常为恨事。平儿今见他这般，心中也暗暗的战敥：果然话不虚传，色色想的周到。又见袭人特特的开了箱子，拿出两件不大穿的衣裳来与他换，便赶忙的脱下自己的衣服，忙去洗了脸。宝玉一旁笑劝道："姐姐还该擦上些脂粉，不然倒像是和凤姐姐赌气子似的。况且又是他的好日子，而且老太太又打发了人来安慰你。"

平儿听了有理，便去找粉，只不见粉。宝玉忙走至妆台前，将一个宣窑瓷盒揭开，里面盛着一排十根玉簪花棒，拈了一根递与平儿。又笑向他道："这不是铅粉，这是紫茉莉花种，研碎了兑上香料制的。"平儿倒在掌上看时，果见轻白红香，四样俱美，摊在面上也容易匀净，且能润泽肌肤，不似别的粉青重涩滞。然后看见胭脂也不是成张的，却是一个小小的白玉盒子，里面盛着

平儿到底还是委屈。

宝玉有爱心，有担当。他与宝钗不同，与袭人也不同。他没有"主奴意识"，不是站在"主子"的立场，而认为打了平儿是一种"得罪"。

宝玉的体贴，不但"方式"个别，有时还会让人觉得"过分"，但正是这与那些"主子"形成鲜明的对比。宝钗教训平儿一番之后，有什么实际的帮助吗？

一盒，如玫瑰膏子一样。宝玉笑道："那市卖的胭脂都不干净，颜色也薄。这是上好的胭脂拧出汁子来，淘澄净了渣滓，配了花露蒸叠成的。只用细簪子挑一点儿抹在手心里，用一点水化开抹在唇上；手心里就够打颊腮了。"平儿依言妆饰，果见鲜艳异常，且又甜香满颊。宝玉又将盆内的一枝并蒂秋蕙用竹剪刀撷了下来，与他簪在鬓上。忽见李纨打发丫头来唤他，方忙忙的去了。

宝玉因自来从未在平儿前尽过心——且平儿又是个极聪明极清俊的上等女孩儿，比不得那起俗蠢拙物——深为恨怨。今日是金钏儿的生日，故一日不乐。不想落后闹出这件事来，竟得在平儿前稍尽片心，亦今生意中不想之乐也。因歪在床上，心内怡然自得。忽又思及贾琏惟知以淫乐悦己，并不知作养脂粉。又思平儿并无父母兄弟姊妹，独自一人，供应贾琏夫妇二人。贾琏之俗，凤姐之威，他竟能周全妥帖，今儿还遭涂毒，想来此人薄命，比黛玉犹甚。想到此间，便又伤感起来，不觉洒然泪下。因见袭人等不在房内，尽力落了几点痛泪。复起身，又见方才的衣裳上喷的酒已半干，便拿熨斗熨了叠好；见他的手帕子忘去，上面犹有泪渍，又拿至脸盆中洗了晾上。又喜又悲，闷了一回，也往稻香村来，说一回闲话，掌灯后方散。

平儿就在李纨处歇了一夜，凤姐儿只跟着贾母。贾琏晚间归房，冷清清的，又不好去叫，只得胡乱睡了一夜。次日醒了，想昨日之事，大没意思，后悔不来。邢夫人记挂着昨日贾琏醉了，忙一早过来，叫了贾琏过贾母这边来。

贾琏只得忍愧前来，在贾母面前跪下。贾母问他："怎么了？"贾琏忙陪笑说："昨儿原是吃了酒，惊了老太太的驾了，今儿来领罪。"贾母啐道："下流东西，灌了黄汤，不说安分守己的挺尸去，倒打起老婆来了！凤丫头成日家说嘴，霸王似的一个人，昨儿唬得可怜。要不是我，你要伤了他的命，这会子怎么样？"贾琏一肚子的委屈，不敢分辩，只认不是。贾母又道："那凤丫头和平儿还不是个美人胎子？你还不足！成日家偷鸡摸

"今日是金钏儿的生日，故一日不乐"——这才挑明是为金钏生日而"不乐"——即使凤姐过生日热热闹闹，他也"不乐"。

"贾琏之俗，凤姐之威"，这是宝玉的评价。贾琏之"俗"就是淫乱，凤姐之"威"就是狠毒。

王希廉评："贾母终身为凤姐蒙蔽，溺爱之弊，一至于此！"

这个意思，安慰凤姐时的说法是："什么要紧的事！小孩子们年轻，馋嘴猫儿似的，那里保得住不这么着。从小儿世人都打这么过的。"可以同义互解。

是贾琏给凤姐赔不是，而不是相反。确是"越发纵了"凤姐。

对平儿，老太太用的是"安慰"一词，而不是"赔不是"。其主奴界限是分明的。

平儿，就是奴才，非常合格的奴才。读者不能期望她有别样的表现。

在整个事件中，真正把她当人对待的只有宝玉。

一场闹剧过去，三人和好"如初"。

狗，脏的臭的，都拉了你屋里去。为这起淫妇打老婆，又打屋里的人，你还亏是大家子的公子出身，活打了嘴了。若你眼睛里有我，你起来，我饶了你，乖乖的替你媳妇赔个不是，拉了他家去，我就喜欢了。要不然，你只管出去，我也不敢受你的跪。"

贾琏听如此说，又见凤姐儿站在那边，也不盛妆，哭的眼睛肿着，也不施脂粉，黄黄脸儿，比往常更觉可怜可爱。想着："不如赔了不是，彼此也好了，又讨老太太的喜欢了。"想毕，便笑道："老太太的话，我不敢不依，只是越发纵了他了。"贾母笑道："胡说！我知道他最有礼的，再不会冲撞人。他日后得罪了你，我自然也作主，叫你降伏就是了。"贾琏听说，爬起来，便与凤姐儿作了一个揖，笑道："原来是我的不是，二奶奶饶过我罢。"满屋里的人都笑了。贾母笑道："凤丫头，不许恼了，再恼我就恼了。"

说着，又命人去叫了平儿来，命凤姐儿和贾琏两个安慰平儿。贾琏见了平儿，越发图不得了，所谓"妻不如妾，妾不如偷"，听贾母一说，便赶上来说道："姑娘昨日受了委屈了，都是我的不是。奶奶得罪了你，也是因我而起。我赔了不是不算外，还替你奶奶赔个不是。"说着，也作了一个揖，引的贾母笑了，凤姐儿也笑了。贾母又命凤姐儿来安慰他。平儿忙走上来给凤姐儿磕头，说："奶奶的千秋，我惹了奶奶生气，是我该死。"凤姐儿正自愧悔昨日酒吃多了，不念素日之情，浮躁起来，为听了旁人的话，无故给平儿没脸。今反见他如此，又是惭愧，又是心酸，忙一把拉起来，落下泪来。平儿道："我服侍了奶奶这么几年，也没弹我一指甲。就是昨儿打我，我也不怨奶奶，都是那淫妇治的，怨不得奶奶生气。"说着，也滴下泪来了。贾母便命人将他三人送回房去，"有一个再提此事，即刻来回我，我不管是谁，拿拐棍子给他一顿。"

三个人从新给贾母、邢王二位夫人磕了头。老嬷嬷答应了，送他三人回去。至房中，凤姐儿见无人，方说道："我怎么像个阎王，又像夜叉？那淫妇咒我死，你也帮着咒。我千日不好，也有一日好。可怜我熬的连个淫妇也不如了，我还有什么脸来过这日子？"说着，又哭了。贾琏道："你还不足？你细想想，昨儿谁的不是多？今儿当着人还是我跪了一跪，又赔不是，你也争足了光了。这会子还叨叨，难道还叫我替你跪下才罢？太要足了强也不是好事。"说的凤姐儿无言可对，平儿嗤的一声又笑了。贾琏也笑道："又好了！真真我也没法了。"

正说着，只见一个媳妇来回说："鲍二媳妇吊死了。"贾琏凤姐儿都吃了一惊。凤姐忙收了怯色，反喝道："死了罢了，有什么大惊小怪的！"一时，只见林之孝家的进来悄回凤姐道："鲍二媳妇吊死了，他娘家的亲戚要告呢。"凤姐儿笑道："这倒好了，我正想要打官司呢！"林之孝家的道："我才和众人劝了他们，又威吓了一阵，又许了他几个钱，也就依了。"凤姐儿道："我没一个钱！有钱也不给，只管叫他告去。也不许劝他，也不用镇吓他，只管让他告去。告不成，倒问他个'以尸讹诈'！"

林之孝家的正在为难，见贾琏和他使眼色儿，心下明白，便出来等着。贾琏道："我出去瞧瞧，看是怎么样。"凤姐儿道："不许给他钱。"贾琏一径出来，和林之孝来商议，着人去作好作歹，许了二百两发送才罢。贾琏生恐有变，又命人去和王子腾说，将番役仵作人等叫了几名来，帮着办丧事。那些人见如此，纵要复辨亦不敢辨，只得忍气吞声罢了。贾琏又命林之孝将那二百银子入在流年帐上，分别添补开销过去。又梯己给鲍二些银两，安慰他说："另日再挑个好媳妇给你。"鲍二又有体面，又有银子，有何不依，便仍然奉承贾琏，不在话下。

里面凤姐心中虽不安，面上只管佯不理论，因房中无人，便拉平儿笑道："我昨儿灌丧了酒了，你别埋怨，打了那里，让我瞧瞧。"平儿道："也没打重。"只听得说，奶奶姑娘都进来了。要知端的，下回分解。

"内部"事务一了，接着再起风波。对事件中的另一方——鲍二媳妇，也该给个结果了。

凤姐不怕打官司，因为有王子腾那里"罩着"呢。一条人命，在她真也不当回事。我们应该记得贾瑞，还有那殉情的金哥与她的未婚夫。

一场人命官司，一使钱，一靠权，完事大吉。王子腾的作用不可小觑。看待世事，切不可书生气。

【回后评】

贾琏偷情，凤姐泼醋，纯是一场闹剧。重要的是看在这场闹剧中各种角色的表现。最惨的是鲍二家的，羞愧而亡，在银子的作用下，连鲍二也不以为意了。其次是平儿，无辜受辱，主子几句好话也就没什么"委曲"了。我们也只能哀其不幸了。

最重要的角色是贾母。作为贾府的最高统治者，她是这次事件的评判者、平息者。她对凤姐说："什么要紧的事！小孩子们年轻，馋嘴猫儿似的，那里保得住不这么着。从小儿世人都打这么过的。"

论者或以此证明伤风败俗的丑行在贾府中历来如此，或指责贾母纵容儿孙辈胡来。蔡义江先生深不以为然。他评论说："不应对贾母责之太过。一来，此时为宽慰凤姐，劝其不要醋劲太大，要想得开；二来，所言的对象是'世人'，是普遍现象，非'家里人'或'我辈'，是阅人多矣，洞明世事之言。难道能说世上年轻人都能够清心寡欲吗？"

说贾母的话是在"宽慰凤姐"，这自然不错。但说此"世人"仅仅是泛指，不包括"家里人"，就值得考虑了。在教训贾琏时，贾母的说法是："那凤丫头和平儿还不是个美人胎子？你还不足！成日家偷鸡摸狗，脏的臭的，都拉了你屋里去。"这和"从小儿世人都打这么过的"所指的"客观事实"是同一的，只不过面对不同对象，一为宽慰而肯定，一为教训而否定而已。——同样的意思，面对不同对象，为了不同目的，说法不同，可以"同义互解"。

按诸事实，贾琏"成日家偷鸡摸狗，脏的臭的，都拉了你屋里去"，这不必多说了。就说那贾母的长子贾赦，是公认的老色鬼，至少一妻、一继配、四小妾。连贾母都骂他："作什么左一个小老婆右一个小老婆放在屋里，没得耽误了人家。放着身子不保养，官儿也不好生作去，成日家和小老婆喝酒。"贾赦要娶鸳鸯作妾不成，"终久费了八百两银子买了一个十七岁的女孩子来，名唤嫣红，收在屋内"（第四十七回）。贾母知道儿子如此，只是口头"批评"而并不认真处理。如此这般，说她纵容儿孙辈胡来，似乎并不过分。

世界上的事并非都只有两个极端。不赞成荒淫纵欲，并不意味着"世上年轻人都能够清心寡欲"。蔡先生似乎有点意气用事。

从对此事件的处理，还可以看出贾母被凤姐完全蒙蔽的状况。凤姐善于逢迎，取得了贾母的完全信任。就说这次跑到她那里告状——"只当是有客来了"，"和鲍二家的媳妇商议，说我利害，要拿毒药给我吃了治死我，把平儿扶了正"，"他腻了，就要杀我"，等等，没有一句完全符合实际。而"贾母等听了，都信以为真"。假的既"信以为真"，那"真的"一面就不管不问了：凤姐如何虐打小丫鬟，又如何先打平儿，如何撕打鲍二家的，种种恶行，完全在她的视听之外。至于凤姐"毒设相思局"治死贾瑞、包揽词讼导致金哥情侣双双殉情、利用公款放贷牟利等等，贾母似乎连一点影子都不知道——且不说知道了也有纵容的可能——一个"国王"，把管理国家的全权交给这样一位"宰相"，这个国家因而衰败了，能说"国王"没有责任吗？

贾府之败，根子在贾母，这是一个难以回避的话题。

至于宝玉为平儿"理妆"一节，看似荒唐，其实在这个事件中真正把平儿当"人"而不是"奴才"加以同情且给予帮助的，唯此一人。这是一点人性之光，值得珍惜。而宝钗劝平儿不得有"委曲"之心，说什么"他可不拿你出气，难道倒拿别人出气不成"，完全是主子的视角、主子的口气，寒气逼人，而与宝玉的态度对照鲜明。

第四十五回

金兰契互剖金兰语
风雨夕闷制风雨词

富贵荣华春暖，梦破黄粱愁晚。金玉作楼台，也是戏场妆点。莫缓，莫缓，遗却灵光不远。

宝钗巧言感黛玉，宝玉冒雨探颦卿

金兰契：至交，深厚的友谊。契：相合，相投。四十二回已见"兰言"之词，这一回是说宝钗与黛玉互诉"衷肠"。回目下句说的是林黛玉在风雨之夕作"风雨词"抒发悲凉凄苦之情。

此回书回到大观园诗社之事。李纨与众姊妹找到凤姐，要她做"监社御史"。凤姐马上意识到这不过是跟她要银子做东道，无奈之下，就交出五十两银子。惜春要画大观园图，用的东西这般那般不全，也要凤姐帮助解决，凤姐也一一答应。

这时，天气凉爽，夜复渐长，宝钗日间至贾母处、王夫人处省候两次，不免又承色陪坐闲话半时，园中姊妹处也要度时闲话一回，故日间不大得闲，每夜灯下女工必至三更方寝。

而黛玉每年此时，必犯嗽疾，近日又复咳嗽起来，觉得比往常又重，所以总不出门，只在自己房中将养。这日宝钗来看望她，因说起这病症来。宝钗说太医的方子不对症，建议她吃燕窝粥。这让黛玉十分感动，兼以前日有不看"杂书"之劝诫，黛玉就推心置腹了：自己过去是错怪了宝钗；自己寄居贾府，婆子丫头们已嫌太多事了，再要吃燕窝粥，更遭他们咒骂了。宝钗安慰黛玉说"我在这里一日，我与你消遣一日"，并答应由她提供燕窝。

这天黛玉喝了两口稀粥，仍歪在床上，到晚上，不想淅淅沥沥下起雨来，顿倍感凄凉。宝钗原答应晚上来陪说话的，下雨了，就只让人送了燕窝和雪花洋糖来。于是黛玉作成《秋窗风雨夕》一诗。吟罢搁笔，方要安寝，宝玉来了。宝玉进屋忙问："今儿好些？吃了药没有？今儿一日吃了多少饭？"一面说，一面摘了斗笠，脱了蓑衣，忙一手举起灯来，一手遮住灯光，向黛玉脸上照了一照，觑着眼细瞧了一瞧，笑道："今儿气色好了些。"临别，宝玉还说："你想什么吃，告诉我，我明儿一早回老太太……"黛玉则催宝玉"雨越发紧了，快去罢"，还怕天暗路滑，拿了一盏玻璃绣球灯，命点一支小蜡烛，递与宝玉。

此回书中插叙了一段赖嬷嬷的孙子封了官摆酒请客的事。这位老太太的的一番"为官论"，所谓"州县官儿虽小，事情却大"，应该"安分守己，尽忠报国"云云，倒值得一看。

话说凤姐儿正抚恤平儿，忽见众姊妹进来，忙让坐了，平儿斟上茶来。凤姐儿笑道："今儿来的这么齐，倒像下帖子请了来的。"探春笑道："我们有两件事：一件是我的，一件是四妹妹的，还夹着老太太的话。"凤姐儿笑道："有什么事，这么要紧？"探春笑道："我们起了个诗社，头一社就不齐全，众人脸软，所以就乱了。我想必得你去作个监社御史，铁面无私才好。再四妹妹为画园子，用的东西这般那般不全，回了老太太。老太太说：'只怕后头楼底下还有当年剩下的，找一找，若有呢拿出来，若没有，叫人买去。'"凤姐笑道："我又不会作什么'湿的''干的'，要我吃东西去不成？"探春道："你虽不会作，也不要你作。你只监察着我们里头有偷安怠惰的，该怎么样罚他就是了。"凤姐儿笑道："你们别哄我，我猜着了：那里是请我作监社御史，分明是叫我作个进钱【供给钱】的铜商【富商】！你们弄什么社，必是要轮流作东道的。你们的月钱不够花了，想出这个法子来拟了我去，好和我要钱。可是这个主意？"一席话说的众人都笑起来了。

李纨笑道："真真你是个水晶心肝玻璃人。"凤姐儿笑道："亏你是个大嫂子呢！把姑娘们原交给你带着念书学规矩针线

凤姐精明，一针见血。

的，他们不好，你要劝。这会子他们起诗社，能用几个钱，你就不管了？老太太、太太罢了，原是老封君。你一个月十两银子的月钱，比我们多两倍银子。老太太、太太还说你寡妇失业的，可怜，不够用，又有个小子，足的又添了十两，和老太太、太太平等。又给你园子地，各人取租子。年终分年例，你又是上上分儿。你娘儿们，主子奴才共总没十个人，吃的穿的仍旧是官中的。一年通共算起来，也有四五百银子。这会子你就每年拿出一二百两银子来陪他们顽顽，能几年的限？他们各人出了阁，难道还要你赔不成？这会子你怕花钱，调唆他们来闹我，我乐得去吃一个河涸海干，我还通不知道呢！"

李纨笑道："你们听听，我说了一句，他就疯了，说了两车的无赖泥腿市俗专会打细算盘分斤拨两的话出来。这东西亏他托生在诗书大宦名门之家做小姐，出了嫁又是这样，他还是这么着；若是生在贫寒小户人家，作个小子，还不知怎么下作贫嘴恶舌的呢！天下人都被你算计了去！昨儿还打平儿呢，亏你伸的出手来！那黄汤难道灌丧了狗肚子里去了？气的我只要给平儿打报不平儿。忖度了半日，好容易'狗长尾巴尖儿'的好日子，又怕老太太心里不受用，因此没来，究竟气还未平。你今儿又招我来了。给平儿拾鞋也不要，你们两个只该换一个过子才是。"说的众人都笑了。凤姐儿忙笑道："竟不是为诗为画来找我，这脸子竟是为平儿来报仇的。竟不承望平儿有你这一位仗腰子的人。早知道，便有鬼拉着我的手打他，我也不打了。平姑娘，过来！我当着大奶奶姑娘们替你赔个不是，担待我酒后无德罢。"说着，众人又都笑起来了。李纨笑问平儿道："如何？我说必定要给你争争气才罢。"平儿笑道："虽如此，奶奶们取笑，我禁不起。"

李纨道："什么禁不起，有我呢。快拿了钥匙叫你主子开了楼房找东西去。"

凤姐儿笑道："好嫂子，你且同他们回园子里去。才要把这米帐和他们算一算，那边大太太又打发人来叫，又不知有什么话说，须得过去走一趟。还有年下你们添补的衣服，还没打点给他们做去。"李纨笑道："这些事我都不管，你只把我的事完了我好歇着去，省得这些姑娘小姐闹我。"凤姐忙笑道："好嫂子，赏我一点空儿。你是最疼我的，怎么今儿为平儿就不疼我了？往常你还劝我说，事情虽多，也该保养身子，捡点着偷空儿歇歇，你今儿反倒逼我的命了。况且误了别人的年下衣裳无碍，他姊妹们的若误了，却是你的责任，老太太岂不怪你不管闲事，这一句现成的话也不说？我宁可自己赔不是，岂敢带累你呢。"李纨笑道："你们听听，说的好不好？把他会说话的！我且问你，这诗社你到底管不管？"凤姐儿笑道："这是什么话，我不入社花几个钱，不成了大观园的反叛了，还想在这里吃饭不成？明儿一早就到任，下马拜了印，先放下五十两银子给你们慢慢作会社东道。过后几天，我又不作诗作文，只不过是个俗人罢了。'监察'也罢，不'监察'也罢，有了钱了，你们还撺出我来！"说的众人又都笑起来。凤姐儿道："过会子我开了楼房，凡有这些东西都叫人搬出来你们看，若使得，留着使，若少什么，照你们单子，我叫人替你们买去就是了。画绢我就裁出来。那图样没有在太太跟前，还在那边珍大爷那里呢。说给你们，别碰钉子去。我打发人取了来，一并叫人连绢交给相公们矾去，如何？"李纨点首笑道："这难为你，果然这样还罢了。既如此，咱们家去罢，等着他不送了去再来闹他。"说着，便带了他姊妹就走。

凤姐儿道："这些事再没两个人，都是宝玉生出来的。"李纨听了，忙回身笑道："正是为宝玉来，反忘了他。头一社是他误了。我们脸软，你说该怎么罚他？"凤姐想了一想，说道："没有别的法子，只叫他把你们各人屋子里的地罚他扫一遍才好。"众人都笑道："这话不差。"

说着才要回去，只见一个小丫头扶了赖嬷嬷进来。凤姐儿等忙站起来，笑道："大娘坐。"又都向他道喜。赖嬷嬷向炕沿上坐了，笑道："我也喜，主子们也喜。若不是主子们的恩典，我

这件事还没有落实，李纨追问。凤姐识趣，事关宝玉、黛玉、宝钗诸人，岂能得罪？于是"先放下五十两银子"。

这才补足特请凤姐作"监察御史"的理由，文笔周到。

主子们的事告一段落，插一段奴才辈儿的事。如此穿插断续，便于更广泛地展现社会风貌。

上来就说一个"喜"字，何喜之有？"孙子""上任"，连义互解，慢慢可以看明白。

们这喜从何来？昨儿奶奶又打发彩哥儿赏东西，我孙子在门上朝上磕了头了。"李纨笑道："多早晚上任去？"赖嬷嬷叹道："我那里管他们，由他们去罢！前儿在家里给我磕头，我没好话，我说：'哥哥儿，你别说你是官儿了，横行霸道的！你今年活了三十岁，虽然是人家的奴才，一落娘胎胞，主子恩典，放你出来，上托着主子的洪福，下托着你老子娘，也是公子哥儿似的读书认字，也是丫头、老婆、奶子捧凤凰似的，长了这么大，你那里知道那"奴才"两字是怎么写的！只知道享福，也不知道你爷爷和你老子受的那苦恼，熬了两三辈子，好容易挣出你这么个东西来。从小儿三灾八难，花的银子也照样打出你这么个银人儿来了。到二十岁上，又蒙主子的恩典，许你捐个前程在身上。你看那正根正苗的忍饥挨饿的要多少？你一个奴才秧子，仔细折了福！如今乐了十年，不知怎么弄神弄鬼的，求了主子，又选了出来。州县官儿虽小，事情却大，为那一州的州官，就是那一方的父母。你不安分守己，尽忠报国，孝敬主子，只怕天也不容你。'"李纨凤姐儿都笑道："你也多虑。我们看他也就好了。先那几年还进来了两次，这有好几年没来了，年下生日，只见他的名字就罢了。前儿给老太太、太太磕头来，在老太太那院里，见他又穿着新官的服色，倒越发的威武了，比先时也胖了。他这一得了官，正该你乐呢，反倒愁起这些来！他不好，还有他父亲呢，你只受用你的就完了。闲了坐个轿子进来，和老太太斗一日牌，说一天话儿，谁好意思的委屈了你。家去一般也是楼房厦厅，谁不敬你，自然也是老封君似的了。"

平儿斟上茶来，赖嬷嬷忙站起来接了，笑道："姑娘不管叫那个孩子倒来罢了，又折受我。"说着，一面吃茶，一面又道："奶奶不知道。这些小孩子们全要管的严。饶这么严，他们还偷空儿闹个乱子来叫大人操心。知道的说小孩子们淘气；不知道的，人家就说仗着财势欺人，连主子名声也不好。恨的我没法儿，常把他老子叫来骂一顿，才好些。"因又指宝玉道："不怕你嫌我，如今老爷不过这么管你一管，老太太护在头里。当日老爷小时挨你爷爷的打，谁没看见的。老爷小时，何曾像你这么天不怕地不怕的了。还有那大老爷，虽然淘气，也没像你这扎窝子的样儿，也是天天打。还有东府里你珍哥儿的爷爷，那才是火上浇油的性子，说声恼了，什么儿子，竟是审贼！如今我眼里看着，耳朵里听着，那珍大爷管儿子倒也像当日老祖宗的规矩，只是管的到三不着两的。他自己也不管一管自己，这些兄弟侄儿怎么怨的不怕他？你心里明白，喜欢我说，不明白，嘴里不好意思，心里不知怎么骂我呢。"

正说着，只见赖大家的来了。接着，周瑞家的张材家的都进来回事情。凤姐儿笑道："媳妇来接婆婆来了。"赖大家的笑道："不是接他老人家，倒是打听打听奶奶姑娘们赏脸不赏脸？"赖嬷嬷听了，笑道："可是我糊涂了，正经说的话且不说，且说陈谷子烂芝麻的混捣熟。因为我们小子选了出来，众亲友要给他贺喜，少不得家里摆个酒。我想，摆一日酒，请这个也不是，请那个也不是。又想了一想，托主子洪福，想不到的这样荣耀，就倾了家，我也是愿意的。因此吩咐他老子连摆三日酒：头一日，在我们破花园子里摆几席酒，一台戏，请老太太、太太们、奶奶姑娘们去散一日闷；外头大厅上一台戏，摆几席酒，请老爷们、爷们去增增光。第二日再请亲友。第三日再把我们两府里的伴儿请一请。热闹三天，也是托着主子的洪福一场，光辉光辉。"李纨凤姐儿都笑道："多早晚的日子？我们必去，只怕老太太高兴要去也定不得。"赖大家的忙道："择【zhái】了十四的日子，只看我们奶奶的老脸罢了。"凤姐笑道："别人不知道，我是一定去的。先说下，我是没有贺礼的，也不知道放赏，吃完了一走，可别笑话。"赖大家的笑道："奶奶说那里话？奶奶要赏，赏我们三二万银子就有了。"赖嬷嬷笑道："我才去请老太太，老太太也说去，可算我这脸还好。"说毕又叮咛了一回，方起身要走，因看见周瑞家的，便想起一事来，因说道："可是还有一句话问奶

仗着"老奴才"有脸，才敢这样批评贾珍。

赖嬷嬷的孙子当了官，要"连摆三日酒"，谱儿不小。主子在奴才辈儿里选拔"人才"，是扩大自己势力的常见手段。不过，人情冷暖，有的奴才一旦得势，也未必再"孝敬主子"。

奶，这周嫂子的儿子犯了什么不是，撵了他不用？"凤姐儿听
了，笑道："正是我要告诉你媳妇，事情多也忘了。赖嫂子回去
说给你老头子，两府里不许收留他小子，叫他各人去罢。"

赖大家的只得答应着。周瑞家的忙跪下央求。赖嬷嬷忙道：
"什么事？说给我评评。"凤姐儿道："前日我生日，里头还没吃
酒，他小子先醉了。老娘那边送了礼来，他不说在外头张罗，他
倒坐着骂人，礼也不送进来。两个女人进来了，他才带着小幺们
往里抬。小幺们倒好，他拿的一盒子倒失了手，撒了一院子馒
头。人去了，打发彩明去说他，他倒骂了彩明一顿。这样无法无
天的忘八羔子，不撵了作什么！"赖嬷嬷笑道："我当什么事情，
原来为这个。奶奶听我说：他有不是，打他骂他，使他改过，撵
了去断乎使不得。他又比不得是咱们家的家生子儿，他现是太太
的陪房。奶奶只顾撵了他，太太脸上不好看。依我说，奶奶教导
他几板子，以戒下次，仍旧留着才是。不看他娘，也看太太。"
凤姐儿听说，便向赖大家的说道："既这样，打他四十棍，以后
不许他吃酒。"赖大家的答应了。周瑞家的磕头起来，又要与赖
嬷嬷磕头，赖大家的拉着方罢。然后他三人去了，李纨等也就回
园中来。

至晚，果然凤姐命人找了许多旧收的画具出来，送至园中。
宝钗等选了一回，各色东西可用的只有一半，将那一半又开了单
子，与凤姐儿去照样置买，不必细说。

一日，外面矾了绢，起了稿子进来。宝玉每日便在惜春这里
帮忙。探春、李纨、迎春、宝钗等也多往那里闲坐，一则观画，
二则便于会面。宝钗因见天气凉爽，夜复渐长，遂至母亲房中商
议打点些针线来。日间至贾母处王夫人处省候两次，不免又承色
陪坐闲话半时，园中姊妹处也要度时闲话一回，故日间不大得
闲，每夜灯下女工必至三更方寝。

黛玉每岁至春分秋分之后，必犯嗽疾；今秋又遇贾母高兴，
多游玩了两次，未免过劳了神，近日又复嗽起来，觉得比往常又

又补叙前日生日一事。

生杀予夺，权在凤姐。

张新之评："承色陪坐，
又必两次省候，俨事舅姑
矣。语中有刺。"

"日间"正好做女工的
时间偏不做，既要拜老又要
顾小，弄得"不大得闲"。
对这种人该怎么评价？作
者是在赞许她吗？

重，所以总不出门，只在自己房中将养。有时闷了，又盼个姊妹来说些闲话排遣；及至宝钗等来望候他，说不得三五句话又厌烦了。众人都体谅他病中，且素日形体娇弱，禁不得一些委屈，所以他接待不周，礼数粗忽，也都不苛责。

这日宝钗来望他，因说起这病症来。宝钗道："这里走的几个太医虽都还好，只是你吃他们的药总不见效，不如再请一个高明的人来瞧一瞧，治好了岂不好？每年间闹一春一夏，又不老又不小，成什么？不是个常法。"黛玉道："不中用。我知道我这样病是不能好的了。且别说病，只论好的日子我是怎么形景，就可知了。"宝钗点头道："可正是这话。古人说'食谷者生'，你素日吃的竟不能添养精神气血，也不是好事。"黛玉叹道："'死生有命，富贵在天'，也不是人力可强的。今年比往年反觉又重了些似的。"说话之间，已咳嗽了两三次。宝钗道："昨儿我看你那药方上，人参肉桂觉得太多了。虽说益气补神，也不宜太热。依我说，先以平肝健胃为要，肝火一平，不能克土，胃气无病，饮食就可以养人了。每日早起拿上等燕窝一两，冰糖五钱，用银铫子熬出粥来，若吃惯了，比药还强，最是滋阴补气的。"

黛玉叹道："你素日待人，固然是极好的，然我最是个多心的人，只当你心里藏奸。从前日你说看杂书不好，又劝我那些好话，竟大感激你。往日竟是我错了，实在误到如今。细细算来，我母亲去世的早，又无姊妹兄弟，我长了今年十五岁，竟没一个人像你前日的话教导我。怨不得云丫头说你好，我往日见他赞你，我还不受用，昨儿我亲自经过，才知道了。比如若是你说了那个，我再不轻放过你的；你竟不介意，反劝我那些话，可知我竟自误了。若不是从前日看出来，今日这话，再不对你说。你方才说叫我吃燕窝粥的话，虽然燕窝易得，但只我因身上不好了，每年犯这个病，也没什么要紧的去处。请大夫，熬药，人参肉桂，已经闹了个天翻地覆，这会子我又兴出新文来熬什么燕窝粥，老太太、太太、凤姐姐这三个人便没话说，那些底下的婆子

仅此一项，就完败在宝钗手下。

这个"高明的人"其实就是宝钗自己。

这个宝钗比太医还高明？而黛玉要照宝钗所开之方常吃"燕窝粥"，显然不是件容易做到的事，于是宝钗的财富优势就有用武之地了。——黛玉喝了此粥，果然"滋阴补气"，身体大好了吗？

黛玉竟有如此一番自我检讨。

张新之评："一似真知灼见而浑身堕入，写黛之呆，正形钗之险。"

父母既亡，又无手足，偏疾病缠身，且吃穿用度全靠赏赐，以致底下人都"虎视眈眈"，这都是笼罩在黛玉心头的阴影。黛玉全部的心事都暴露给宝钗了。原宝钗夺婚一层阴影似乎在心头消失了。

丫头们，未免不嫌我太多事了。你看这里这些人，因见老太太多疼了宝玉和凤丫头两个，他们尚虎视眈眈，背地里言三语四的，何况于我？况我又不是他们这里正经主子，原是无依无靠投奔了来的，他们已经多嫌着我了。如今我还不知进退，何苦叫他们咒我？"

宝钗道："这样说，我也是和你一样。"黛玉道："你如何比我？你又有母亲，又有哥哥，这里又有买卖地土，家里又仍旧有房有地。你不过是亲戚的情分，白住了这里，一应大小事情，又不沾他们一文半个，要走就走了。我是一无所有，吃穿用度，一草一纸，皆是和他们家的姑娘一样，那起小人岂有不多嫌的。"宝钗笑道："将来也不过多费得一副嫁妆罢了，如今也愁不到这里。"黛玉听了，不觉红了脸，笑道："人家才拿你当个正经人，把心里的烦难告诉你听，你反拿我取笑儿。"宝钗笑道："虽是取笑儿，却也是真话。你放心，我在这里一日，我与你消遣一日。你有什么委屈烦难，只管告诉我，我能解的，自然替你解一日。我虽有个哥哥，你也是知道的，只有个母亲比你略强些。咱们也算同病相怜。你也是个明白人，何必作'司马牛之叹'？你才说的也是，多一事不如省一事。我明日家去和妈妈说了，只怕我们家里还有，与你送几两，每日叫丫头们就熬了，又便宜，又不惊师动众的。"黛玉忙笑道："东西事小，难得你多情如此。"宝钗道："这有什么放在口里的！只愁我人人跟前失于应候罢了。只怕你烦了，我且去了。"黛玉道："晚上再来和我说句话儿。"宝钗答应着便去了，不在话下。

这里黛玉喝了两口稀粥，仍歪在床上，不想日未落时天就变了，淅淅沥沥下起雨来。秋霖脉脉【mòmò，连绵不断】，阴晴不定，那天渐渐的黄昏，且阴的沉黑，兼着那雨滴竹梢，更觉凄凉。知宝钗不能来，便在灯下随便拿了一本书，却是《乐府杂稿》，有《秋闺怨》、《别离怨》等词。黛玉不觉心有所感，亦不禁发于章句，遂成《代别离》一首，拟《春江花月夜》之格，乃名其词曰《秋窗风雨夕》。其词曰：

秋花惨淡秋草黄，耿耿【隐隐有些光亮的样子】秋灯秋夜长【"耿耿秋灯"为"秋灯耿耿"倒装】。

已觉秋窗秋不尽，那堪风雨助凄凉！

助秋风雨来何速【早，急】，惊破秋窗秋梦绿【"惊破"的是"梦"。绿，梦中的春色，生命的象征】。

抱得【怀有】秋情不忍【能】眠，自向秋屏移泪烛【蜡烛。蜡燃烧时蜡油流下如泪】。

泪烛摇摇爇短檠【"爇于短檠"之省。爇，点燃；檠，烛台】，牵愁照恨动离情【扣题之"代别离"】。

谁家秋院无风入，何处秋窗无雨声！【两句互文：谁何处无风入雨声。】

罗衾不奈【耐，禁受】秋风力，残漏【漏声将尽，天将亮】声催秋雨急。

连宵脉脉复飕飕，灯前似伴离人泣。

寒烟【雾气】小院转【更加】萧条，疏竹虚窗时【常，不断】滴沥。

不知风雨几时休，已教泪洒窗纱湿。【两句倒装：已然泪湿窗纱，风雨尚不知何时休。】

此诗触景生情，模拟"离人"口吻书写自己的悲凉心境。全诗二十句，每四句一韵，各为一层。第一层：秋窗秋夜已然"凄凉"，偏有风雨来助之，扣住题目。二层：承上"风雨"，说惊醒好梦，引发满腹悲秋之情，再难入眠。三层：承上"情"字，面对泪烛，由己及人，想到普天下该有多少人家在此风雨之夕禁受秋思之苦。四层：继续写一"情"字，离情难禁，彻夜难眠，唯有凄风苦雨相伴。五层：天亮了，窗外依然雨声渐沥，寒气更加浓重。这风雨什么时候才能停止呢？是苦不堪言的哀叹。

全诗模拟离人风雨秋夕之孤凄惨淡，正是此时黛玉自己之处境与心情的反映。"离人"，拟其孤处之境；"秋夕"，喻其生命之危；"风雨"，言其环境之恶。

吟罢搁笔，方要安寝，丫鬟报说："宝二爷来了。"一语未完，只见宝玉头上带着大箬笠，身上披着蓑衣。黛玉不觉笑了："那里来的渔翁！"宝玉忙问："今儿好些？吃了药没有？今儿一日吃了多少饭？"一面说，一面摘了笠，脱了蓑衣，忙一手举起灯来，一手遮住灯光，向黛玉脸上照了一照，觑着眼细瞧了一瞧，笑道："今儿气色好了些。"

时间已晚，天又下雨，此时来看望黛玉者，唯宝玉一人耳！一问药，二问食，再细看气色，是真关心，真体贴。

黛玉看脱了蓑衣，里面只穿半旧红绫短袄，系着绿汗巾子，膝下露出油绿绸撒花裤子，底下是掐金满绣的绵纱袜子，趿着蝴蝶落花鞋。黛玉问道："上头怕雨，底下这鞋袜子是不怕雨的？也倒干净。"宝玉笑道："我这一套是全的。有一双棠木屐，才

黛玉细看宝玉衣着，是怕他着雨受寒，所以发现鞋袜"干净"。

刚说了宝玉像"渔翁"，
这又说自己像"渔婆"，所
以害羞。这次的"伏在桌上
嗽个不住"，倒像是以嗽遮
羞，所以宝玉也不"留心"。

两个人，你惦记着我，
我惦记着你。在这风雨之
夜，是何等温馨。

谁说黛玉不会疼人？

穿了来，脱在廊檐上了。"黛玉又看那蓑衣斗笠不是寻常市卖的，十分细致轻巧，因说道："是什么草编的？怪道穿上不像那刺猬似的。"宝玉道："这三样都是北静王送的。他闲了下雨时在家里也是这样。你喜欢这个，我也弄一套来送你。别的都罢了，惟有这斗笠有趣，竟是活的。上头的这顶儿是活的，冬天下雪，带上帽子，就把竹信子抽了，去下顶子来，只剩了这圈子。下雪时男女都戴得，我送你一顶，冬天下雪戴。"黛玉笑道："我不要他。戴上那个，成个画儿上画的和戏上扮的渔婆了。"及说了出来，方想起话未忖夺，与方才说宝玉的话相连，后悔不及，羞的脸飞红，便伏在桌上嗽个不住。

宝玉却不留心，因见案上有诗，遂拿起来看了一遍，又不禁叫好。黛玉听了，忙起来夺在手内，向灯上烧了。宝玉笑道："我已背熟了，烧也无碍。"黛玉道："我也好了许多，谢你一天来几次瞧我，下雨还来。这会子夜深了，我也要歇着，你且请回去，明儿再来。"宝玉听说，回手向怀中掏出一个核桃大小的一个金表来，瞧了一瞧，那针已指到戌末亥初之间【夜九点左右】，忙又揣了，说道："原该歇了，又扰的你劳了半日神。"说着，披蓑戴笠出去了，又翻身进来问道："你想什么吃，告诉我，我明儿一早回老太太，岂不比老婆子们说的明白？"黛玉笑道："等我夜里想着了，明儿早起告诉你。你听雨越发紧了，快去罢。可有人跟着没有？"

有两个婆子答应："有人，外面拿着伞点着灯笼呢。"黛玉笑道："这个天点灯笼？"宝玉道："不相干，是明瓦的，不怕雨。"黛玉听说，回手向书架上把个玻璃绣球灯拿了下来，命点一支小蜡来，递与宝玉，道："这个又比那个亮，正是雨里点的。"宝玉道："我也有这么一个，怕他们失脚滑倒了打破了，所以没点来。"黛玉道："跌了灯值钱，跌了人值钱？你又穿不惯木屐子。那灯笼命他们前头照着。这个又轻巧又亮，原是雨里自己拿着的，你自己手里拿着这个，岂不好？明儿再送来。就失了手也有限的，怎么忽然又变出这'剖腹藏珠'【爱物而伤身】的脾气来！"宝玉听说，连忙接了过来，前头两个婆子打着伞提着明瓦灯，后头还有两个小丫鬟打着伞。宝玉便将这个灯递与一个小丫头捧着，宝玉扶着他的肩，一径去了。

就有蘅芜苑的一个婆子，也打着伞提着灯，送了一大包上等燕窝来，还有一包子洁粉梅片雪花洋糖，说："这比买的强。姑娘说了：姑娘先吃着，完了再送来。"黛玉道："回去说'费心'。"命他外头坐了吃茶。婆子笑道："不吃茶了，我还有事呢。"黛玉笑道："我也知道你们忙。如今天又凉，夜又长，越发该会个夜局，痛赌两场。"婆子笑道："不瞒姑娘说，今年我大沾光儿了。横竖每夜各处有几个上夜的人，误了更也不好，不如会个夜局，又坐了更，又解闷儿。今儿又是我的头家，如今园门关了，就该上场了。"黛玉听说笑道："难为你。误了你发财，冒雨送来。"命人给他几百钱，打些酒吃，避避雨气。那婆子笑道："又破费姑娘赏酒吃。"说着，磕了一个头，外面接了钱，打伞去了。

紫鹃收起燕窝，然后移灯下帘，服侍黛玉睡下。黛玉自在枕上感念宝钗，一时又羡他有母兄；一面又想宝玉虽素习和睦，终有嫌疑【总得保持一定距离】。又听见窗外竹梢焦叶之上，雨声渐沥，清寒透幕，不觉又滴下泪来。直到四更将阑【尽】，方渐渐的睡了。暂且无话。要知端的——

答应的东西一定送来，宝钗自己是不会来的。

百感交集，孤枕难眠，比一般"离人"更苦。

【 回后评 】

此回书最值得讨论的是如何看待宝钗对黛玉的"关心"以及黛玉对宝钗的完全信任。我们先来看两家针锋相对的意见：

清代张新之说："宝钗知宝玉所主在黛一人，纵有绛芸轩之笼络，而于事仍无济。则一日有黛，必一日不能移宝玉之情，唯有杀之而已；不能磨刀霍霍，则唯有暗刀杀之而已。而暗刀之

用，不合则不及，不密则不深，必步步笼络，步步窝盘，使其引虎以自卫，甘鸩而代饴，纵有明眼人从而指点之，亦无从破其一心之固结，夫而后饮我暗刀，至于死而犹不觉也。"

张俊、沈治钧说："钗黛谈心一段，写二人肝胆相照，情孚意合。黛玉一边，说病情，叹身世，诉烦难，吐心事，不知忌讳，以罄所怀，终将宝钗引为知己。心地坦诚，胸无宿物，黛玉实是一不善处世、不谙人情之人。宝钗一边，为黛玉解慰宽怀，亦恳挚情真，此所谓'金兰契'也。'风雨夕'实为黛钗关系转捩之枢纽。张新之则斥钗为'奸险''阴柔'之人，所谓'金兰语'实是'笼络人心'而已。后世亦有将宝钗致送燕窝，视为'糖衣炮弹'者。真是'欲加之罪，其无辞乎'！"

在第四十二回的总评中我们曾指出：评价宝钗的言行，不能脱离全书作者给她的角色定位，那就是插在宝黛姻缘之间的第三者，即今之俗谓"小三儿"。要让宝玉放弃黛玉，或者要黛玉放弃宝玉，都不可能，所以钗黛之间就构成二者必去其一的矛盾。第五回"金陵十二钗正册"中钗黛合为一图，合咏为一诗，不是表示"合而为一"，而是说在这个本来只该有一个人的位置上出现了两个人，二者不能相容，结果是必有一人出局。从宝钗进入贾府以后，黛玉的心头就蒙上了一层厚重的阴影：宝钗要夺婚！宝钗大造"金玉良缘"的舆论，千方百计谋得掌权者的欢心，一有机会就接近、笼络宝玉，等等。所以，黛玉对此极为敏感，一旦有所发现，必揭露，必讽刺，甚至要吵要闹。为此，宝钗采取"化敌为友"的策略：亲近黛玉，安慰黛玉，"帮助"黛玉，让黛玉蒙上眼睛。而黛玉心无城府，又孤苦无依，宝钗送来的"温暖"极易使之感动，最终推心置腹，把宝钗视为了知己。

宝钗是以"冷"著称的人，她为什么对黛玉特别地"热"起来？又为什么整个白天都忙于拜望贾府长者、团结诸位姐妹，以致连作女工的时间都没有了？他说太医不高明，所开药方有毛病，她果然比太医还高明吗？她开出的药方就是喝燕窝粥，而她又是燕窝的供给者。黛玉竟被她的一番"医理"所折服，而对她的感激之情也就无以复加了。那么黛玉喝"粥"之后效果如何，似并不见佳——实际上是黛玉身体日益干瘦，她都自叹来日无多了。如此种种，张新之说黛玉"呆"而宝钗"险"，似乎并不过分。

至于作者的情感倾向，回目的上下两句对言，似有暗示：那"金兰语"为什么没有给黛玉带来心灵的寄托呢？风雨之夕，来看望黛玉的不是宝钗，而是宝玉，这一来一不来，也是一个对比。

第四十六回

尴尬人难免尴尬事
鸳鸯女誓绝鸳鸯偶

裹脚与缠头，欲觅终身伴。
顾影自为怜，静住深深院。
好事不称心，恶语将人慢。
誓死守香闺，远却杨花片。

贾母跟前鸳鸯女，痛骂见利忘义人

这一回主要写贾赦要娶贾母的丫鬟鸳鸯为妾遭到抗拒的故事。

这一天，邢夫人把凤姐叫了去，说是"老爷因看上了老太太的鸳鸯，要他在房里"，叫她和老太太讨去。她怕老太太不给，跟凤姐讨主意。凤姐干脆说"别碰这个钉子去"。邢夫人哪里听得进劝告，于是凤姐转变态度，顺水推舟，邢夫人怎么说她就怎么是。那邢夫人的"策略"是先悄悄地和鸳鸯说，她同意了，再告诉老太太。凤姐就说："到底是太太有智谋，这是千妥万妥的。"

邢夫人跟鸳鸯说了一通给贾赦做姨娘"又体面，又尊贵"等等之后，拉了她的手就要去见贾母，结果是"鸳鸯红了脸，夺手不行"。邢夫人以为鸳鸯是在等"父母之言"，而鸳鸯的父母都在南京，就把她的嫂子搬出来了。那嫂子跟鸳鸯说是"天大的喜事"，鸳鸯就照她嫂子脸上下死劲啐了一口，痛骂一顿。她嫂子自觉没趣，赌气去了。

原来，这鸳鸯早打定主意，"他三媒六聘的娶我去作大老婆，我也不能去"。平儿跟她说：现在老太太在，"大老爷"不敢把你怎么样，等老太太不在了，"落了他的手，倒不好了"。鸳鸯的态度是："到了至急为难，我剪了头发作姑子去；不然，还有一死。"

那嫂子羞恼回来，对邢夫人说"不中用"。邢夫人无计，晚间告诉了贾赦。贾赦不甘心，又把鸳鸯的哥哥金文翔搬出来劝说，鸳鸯只咬定牙不愿意。金如实回禀，贾赦大怒，逼迫他们再去劝说鸳鸯，并威胁：不管如何，鸳鸯也"难出我的手心"。

鸳鸯见贾赦不肯放手，决定到贾母面前做一了结。于是把贾赦逼婚的前前后后一五一十地诉说一遍，表示："就是老太太逼着我，我一刀抹死了，也不能从命！"待老太太归了西，或是寻死，或是剪了头发当尼姑去！说着就剪自己的头发。贾母听了，气得浑身乱战，口内只说："我通共剩了这么一个可靠的人，他们还要来算计！"又对王夫人说："你们原来都是哄我的！外头孝敬，暗地里盘算我。有好东西也来要，有好人也要，剩了这么个毛丫头，见我待他好了，你们自然气不过，弄开了他，好摆弄我！"——这话说得不错，只是王夫人有点冤枉，她跟此事无关。

至于后事如何，得看下回了。

话说林黛玉直到四更将阑，方渐渐的睡去，暂且无话。

如今且说凤姐儿因见邢夫人叫他，不知何事，忙另穿戴了一番，坐车过来。邢夫人将房内人遣出，悄向凤姐儿道："叫你来不为别事，有一件为难的事，老爷托我，我不得主意，先和你商议。老爷因看上了老太太的鸳鸯，要他在房里，叫我和老太太讨去。我想这倒平常有的事，只是怕老太太不给，你可有法子？"凤姐儿听了，忙道："依我说，竟别碰这个钉子去。老太太离了鸳鸯，饭也吃不下去的，那里就舍得了？况且平日说起闲话来，老太太常说，老爷如今上了年纪，作什么左一个小老婆右一个小老婆放在屋里，没的耽误了人家。放着身子不保养，官儿也不好生作去，成日家和小老婆喝酒。太太听这话，很喜欢老爷呢？这会子回避还恐回避不及，倒拿草棍儿戳老虎的鼻子眼儿去了！太太别恼，我是不敢去的。明放着不中用，而且反招出没意思来。老爷如今上了年纪，行事不妥，太太该劝才是。比不得年轻，作这些事无碍。如今兄弟、侄儿、儿子、孙子一大群，还这么闹起来，怎样见人呢？"

邢夫人冷笑道："大家子三房四妾的也多，偏咱们就使不

贾赦要纳鸳鸯为妾，邢夫人想到的唯一难处是"怕老太太不给"。

凤姐态度明确：别去！其理由之一是老太太离不开（舍不得给）。用"况且"说出第二条理由：老太太不喜欢老爷（舍得也不给他）。还有第三条理由：老爷"如今上了年纪"，"还这么闹起来"，无法见人（根本就不应该有此一举）。难得凤姐能这样直言相劝。

听不进凤姐之劝，坚持"我说去"：一是怕贾赦"恼"，二是幻想贾母会答应。

借凤姐之口给邢夫人作一"鉴定"。

到底是凤姐，一看风向不对，马上转舵。不但推翻了刚刚讲过的三条理由，还怂恿邢氏"今儿就讨去"，并且自己还愿意帮忙。没有邢氏之愚，就没有凤姐之诈。

邢氏的人生观，以为鸳鸯也会跟其他丫鬟一样"巴高望上"，愿意作个姨太太。凤姐顺水推舟，反正或成或败自己都没什么损失。

得？我劝了也未必依。就是老太太心爱的丫头，这么胡子苍白了又作了官的一个大儿子，要了作房里人，也未必好驳回的。我叫了你来，不过商议商议，你先派上了一篇不是。也有叫你要去的理？自然是我说去。你倒说我不劝，你还不知道那性子的，劝不成，先和我恼了。"

凤姐儿知道邢夫人禀性愚獃，只知承顺贾赦以自保，次则婪聚财货为自得，家下一应大小事务，俱由贾赦摆布。凡出入银钱事务，一经他手，便克啬异常，以贾赦浪费为名"须得我就中俭省，方可偿补"，儿女奴仆，一人不靠，一言不听的。如今又听邢夫人如此的话，便知他又弄左性，劝了不中用，连忙陪笑说道："太太这话说的极是。我能活了多大，知道什么轻重？想来父母跟前，别说一个丫头，就是那么大的活宝贝，不给老爷给谁？背地里的话那里信得？我竟是个呆子。琏二爷或有日得了不是，老爷太太恨的那样，恨不得立刻拿来一下子打死；及至见了面，也罢了，依旧拿着老爷太太心爱的东西赏他。如今老太太待老爷，自然也是那样了。依我说，老太太今儿喜欢，要讨今儿就讨去。我先过去哄着老太太发笑，等太太过去了，我搭讪着走开，把屋子里的人我也带开，太太好和老太太说的。给了更好，不给也没妨碍，众人也不知道。"

邢夫人见他这般说，便又喜欢起来，又告诉他道："我的主意先不和老太太要。老太太要说不给，这事便死了。我心里想着先悄悄的和鸳鸯说。他虽害臊，我细细的告诉了他，他自然不言语，就妥了。那时再和老太太说，老太太虽不依，搁不住他愿意，常言'人去不中留'，自然这就妥了。"凤姐儿笑道："到底是太太有智谋，这是千妥万妥的。别说是鸳鸯，凭他是谁，那一个不想巴高望上，不想出头的？这半个主子不做，倒愿意做个丫头，将来配个小子就完了。"邢夫人笑道："正是这个话了。别说鸳鸯，就是那些执事的大丫头，谁不愿意这样呢。你先过去，别露一点风声，我吃了晚饭就过来。"

凤姐儿暗想："鸳鸯素习是个可恶的，虽如此说，保不严他就愿意。我先过去了，太太后过去，若他依了便没话说；倘或不依，太太是多疑的人，只怕就疑我走了风声，使他拿腔作势的。那时太太又见了应了我的话，羞恼变成怒，拿我出起气来，倒没意思。不如同着一齐过去了，他依也罢，不依也罢，就疑不到我身上了。"想毕，因笑道："方才临来，舅母那边送了两笼子鹌鹑，我吩咐他们炸了，原要赶太太晚饭上送过来的。我才进大门时，见小子们抬车，说太太的车拔了缝，拿去收拾去了。不如这会子坐了我的车一齐过去倒好。"邢夫人听了，便命人来换衣服。凤姐忙着服侍了一回，娘儿两个坐车过来。凤姐儿又说道："太太过老太太那里去，我若跟了去，老太太若问起我过去作什么的，倒不好。不如太太先去，我脱了衣裳再来。"

邢夫人听了有理，便自往贾母处，和贾母说了一回闲话，便出来假托往王夫人房里去，从后门出去，打鸳鸯的卧房前过。只见鸳鸯正然坐在那里做针线，见了邢夫人，忙站起来。邢夫人笑道："做什么呢？我瞧瞧，你扎的花儿越发好了。"一面说，一面便接他手内的针线瞧了一瞧，只管赞好。放下针线，又浑身打量。只见他穿着半新的藕合色的绫袄，青缎掐牙背心，下面水绿裙子。蜂腰削背，鸭蛋脸面，乌油头发，高高的鼻子，两边腮上微微的几点雀斑。

鸳鸯见这般看他，自己倒不好意思起来，心里便觉诧异，因笑问道："太太，这会子不早不晚的，过来做什么？"邢夫人使个眼色儿，跟的人退出。邢夫人便坐下，拉着鸳鸯的手笑道："我特来给你道喜来了。"鸳鸯听了，心中已猜着三分，不觉红了脸，低了头不发一言。听邢夫人道："你知道，你老爷跟前竟没个可靠的人，心里再要买一个，又怕那些人牙子家出来的不干净，也不知道毛病儿，买了来家，三日两日，又要肏鬼吊猴的。因满府里要挑一个家生女儿收了，又没个好的。不是模样儿不好，就是性子不好，有了这个好处，没了那个好处。因此冷眼

完全了解邢氏性格，凤姐步步小心：与邢氏同行，又不与之同见贾母，避免一切嫌疑，不担任何责任。

邢氏举动，确令人"诧异"。

"道喜"来得有点突然，而鸳鸯竟能"猜着三分"，见得对邢氏为人有所了解。

亏得邢氏既能夸鸳鸯之"好"，又能许作姨娘之"贵"，而鸳鸯只是一言不发，"夺手不行"。

选了半年，这些女孩子里头，就只你是个尖儿，模样儿，行事作人，温柔可靠，一概是齐全的。意思要和老太太讨了你去，收在屋里。你比不得外头新买的，你这一进去，进门就开了脸，就封你姨娘，又体面，又尊贵。你又是个要强的人，俗话说的'金子终得金子换'，谁知竟被老爷看中了你。如今这一来，你可遂了素日志大心高的愿了，也堵一堵那些嫌你的人的嘴。跟了我回老太太去！"说着拉了他的手就要走。鸳鸯红了脸，夺手不行。

邢夫人知他害臊，因又说道："这有什么臊处？你又不用说话，只跟着我就是了。"鸳鸯只低了头不动身。邢夫人见他这般，便又说道："难道你不愿意不成？若果然不愿意，可真是个傻丫头了。放着主子奶奶不作，倒愿意作丫头！三年二年，不过配上个小子，还是奴才。你跟了我们去，你知道我的性子又好，又不是那不容人的人。老爷待你们又好。过一年半载，生下个一男半女，你就和我并肩了。家里人你要使唤谁，谁还不动？现成主子不做去，错过这个机会，后悔就迟了。"鸳鸯只管低了头，仍是不语。邢夫人又道："你这么个响快人，怎么又这样积粘起来？有什么不称心之处，只管说与我，我管保你遂心如意就是了。"鸳鸯仍不语。邢夫人又笑道："想必你有老子娘，你自己不肯说话，怕臊。你等他们问你，这也是理。让我问他们去，叫他们来问你，有话只管告诉他们。"说毕，便往凤姐儿房中来。

凤姐儿早换了衣服，因房内无人，便将此话告诉了平儿。平儿也摇头笑道："据我看，此事未必妥。平常我们背着人说起话来，听他那主意，未必是肯的。也只说着瞧罢了。"凤姐儿道："太太必来这屋里商议。依了还可，若不依，白讨个臊，当着你们，岂不脸上不好看。你说给他们炸鹌鹑，再有什么配几样，预备吃饭。你且别处逛逛去，估量着去了再来。"平儿听说，照样传给婆子们，便逍遥自在的往园子里来。

这里鸳鸯见邢夫人去了，必在凤姐儿房里商议去了，必定有人来问他的，不如躲了这里，因找了琥珀说道："老太太要问我，

鸳鸯不语、不行，邢氏所能想到的只有"害臊"二字。一个丫头还有什么独立的志气、品格，是她不能想象不能理解的。邢氏劝婚失败。

自然引出鸳鸯家人参与此事。

平儿对鸳鸯有所了解，但话有余地——"未必是肯的"而已。

平儿出去，才有与鸳鸯对话的机会。层层布局，步步发展。

只说我病了，没吃早饭，往园子里逛逛就来。"琥珀答应了。鸳鸯也往园子里来，各处游玩，不想正遇见平儿。平儿因见无人，便笑道："新姨娘来了！"鸳鸯听了，便红了脸，说道："怪道你们串通一气来算计我！等着我和你主子闹去就是了。"

平儿听了，自悔失言，便拉他到枫树底下，坐在一块石上，越性把方才凤姐过去回来所有的形景言词始末原由告诉与他。鸳鸯红了脸，向平儿冷笑道："这是咱们好，比如袭人、琥珀、素云、紫鹃、彩霞、玉钏儿、麝月、翠墨，跟了史姑娘去的翠缕，死了的可人和金钏，去了的茜雪，连上你我，这十来个人，从小儿什么话儿不说？什么事儿不作？这如今因都大了，各自干各自的去了，然我心里仍是照旧，有话有事，并不瞒你们。这话我且放在你心里，且别和二奶奶说：别说大老爷要我做小老婆，就是太太这会子死了，他三媒六聘的娶我去作大老婆，我也不能去。"

平儿方欲笑答，只听山石背后哈哈的笑道："好个没脸的丫头，亏你不怕牙碜。"二人听了不免吃了一惊，忙起身向山石背后找寻，不是别个，却是袭人笑着走了出来问："什么事情？告诉我。"说着，三人坐在石上。平儿又把方才的话说与袭人，袭人听了说道："真真这话论理不该我们说，这个大老爷太好色了，略平头正脸的，他就不放手了。"

平儿道："你既不愿意，我教你个法子，不用费事就完了。"鸳鸯道："什么法子？你说来我听。"平儿笑道："你只和老太太说，就说已经给了琏二爷了，大老爷就不好要了。"鸳鸯啐道："什么东西！你还说呢，前儿你主子不是这么混说的！谁知应到今儿了。"袭人笑道："他们两个都不愿意，我就和老太太说，叫老太太说，把你已经许了宝玉了，大老爷也就死了心了。"鸳鸯又是气，又是臊，又是急，因骂道："两个蹄子不得好死的！人家有为难的事，拿着你们当正经人，告诉你们与我排解排解，你们倒替换着取笑儿。你们自为都有了结果了，将来都是做姨娘的。据我看，天下的事未必都遂心如意。你们且收着些儿，别忒

虽是调笑，也见得平儿不认为给贾赦作姨娘是坏事。

在此表明心迹。

连袭人都说"这个大老爷太好色了"，可见贾赦口碑之差。

平儿是"通房丫头"，身份与妾相当；袭人虽没有"验明正身"，实际已享受姨娘的待遇。让他们二人想出更好的法子是不可能的。鸳鸯又气又急，说"你们且收着些儿，别忒乐过了头儿"，不是没有根据。赵、周两位姨娘的遭遇就摆在那里。

乐过了头儿！"

　　二人见他急了，忙陪笑央告道："好姐姐，别多心，咱们从小儿都是亲姊妹一般，不过无人处偶然取个笑儿。你的主意告诉我们知道，也好放心。"鸳鸯道："什么主意！我只不去就完了。"平儿摇头道："你不去未必得干休。大老爷的性子你是知道的。虽然你是老太太房里的人，此刻不敢把你怎么样，将来难道你跟老太太一辈子不成？也要出去的。那时落了他的手，倒不好了。"鸳鸯冷笑道："老太太在一日，我一日不离这里。若是老太太归西去了，他横竖还有三年的孝呢，没个娘才死了他先放小老婆的！等过三年，知道又是怎么个光景，那时再说。纵到了至急为难，我剪了头发作姑子去；不然，还有一死。一辈子不嫁男人，又怎么样？乐得干净呢！"平儿袭人笑道："真这蹄子没了脸，越发信口儿都说出来了。"鸳鸯道："事到如此，臊一会怎么样！你们不信，慢慢的看着就是了。太太才说了，找我老子娘去。我看他南京找去！"平儿道："你的父母都在南京看房子，没上来，终久也寻的着。现在还有你哥哥嫂子在这里。可惜你是这里的家生女儿，不如我们两个人是单在这里。"鸳鸯道："家生女儿怎么样？'牛不吃水强按头'？我不愿意，难道杀我的老子娘不成？"

　　正说着，只见他嫂子从那边走来。袭人道："当时找不着你的爹娘，一定和你嫂子说了。"鸳鸯道："这个娼妇专管是个'九国贩骆驼的'【钻营谋利的】，听了这话，他有个不奉承去的！"说话之间，已来到跟前。他嫂子笑道："那里没找到，姑娘跑了这里来！你跟了我来，我和你说话。"平儿袭人都忙让坐。他嫂子说："姑娘们请坐，我找我们姑娘说句话。"袭人平儿都装不知道，笑道："什么话这样忙？我们这里猜谜儿赢手批子打呢，等猜了这个再去。"鸳鸯道："什么话？你说罢。"他嫂子笑道："你跟我来，到那里我告诉你，横竖有好话儿。"鸳鸯道："可是大太太和你说的那话？"他嫂子笑道："姑娘既知道，还奈何我！快来，我细细的告诉你，可是天大的喜事。"

　　其实，鸳鸯也没有什么"好"法子："我只不去就完了。"至于"将来"，"纵到了至急为难，我剪了头发作姑子去；不然，还有一死"。面对权势浩大的贾赦，她确实没有别的出路。

　　老子娘来了也没用。以上插三人对话，借以让鸳鸯表明志向与决心。

　　邢氏劝婚不成，令鸳鸯之嫂出面。

　　对他们来说，是"天大的喜事"。

鸳鸯听说，立起身来，照他嫂子脸上下死劲啐了一口，指着他骂道："你快夹着屄嘴离了这里，好多着呢！什么'好话'！宋徽宗的鹰，赵子昂的马，都是好画儿。什么'喜事'！状元痘儿灌的浆儿又满——是喜事。怪道成日家羡慕人家女儿作了小老婆，一家子都仗着他横行霸道的，一家子都成了小老婆了！看的眼热了，也把我送在火坑里去。我若得脸呢，你们在外头横行霸道，自己就封自己是舅爷了。我若不得脸败了时，你们把忘八脖子一缩，生死由我。"一面说，一面哭，平儿袭人拦着劝。

在邢夫人面前一直忍而不发的怒火，都发到这嫂子身上了。视给贾赦作妾是进"火坑"，是看透了。

他嫂子脸上下不来，因说道："愿意不愿意，你也好说，不犯着牵三挂四的。俗语说'当着矮人，别说短话'。姑奶奶骂我，我不敢还言；这二位姑娘并没惹着你，小老婆长小老婆短，人家脸上怎么过得去？"袭人平儿忙道："你倒别这么说，他也并不是说我们，你倒别牵三挂四的。你听见那位太太、太爷们封我们做小老婆？况且我们两个也没有爹娘哥哥兄弟在这门子里仗着我们横行霸道的。他骂的人自有他骂的，我们犯不着多心。"鸳鸯道："他见我骂了他，他臊了，没的盖脸，又拿话挑唆你们两个，幸亏你们两个明白。原是我急了，也没分别出来，他就挑出这个空儿来。"他嫂子自觉没趣，赌气去了。

这位嫂子也不简单，当面挑唆平儿与袭人。

其嫂劝婚，又失败。

鸳鸯气得还骂，平儿袭人劝他一回，方才罢了。平儿因问袭人道："你在那里藏着做甚么的？我们竟没看见你。"袭人道："我因为往四姑娘房里瞧我们宝二爷去的，谁知迟了一步，说是来家里来了。我疑惑怎么不遇见呢，想要往林姑娘家里找去，又遇见他的人说也没去。我这里正疑惑是出园子去了，可巧你从那里来了，我一闪，你也没看见。后来他又来了。我从这树后头走到山子石后，我却见你两个说话来了，谁知你们四个眼睛没见我。"

一语未了，又听身后笑道："四个眼睛没见你？你们六个眼睛竟没见我！"三人唬了一跳，回身一看，不是别个，正是宝玉走来。袭人先笑道："要我好找，你那里来？"宝玉笑道："我从四妹妹那里出来，迎头看见你来了，我就知道是找我去的，我就藏了起来哄你。看你越着头过去了，进了院子就出来了，逢人就问。我在那里好笑，只等你到了跟前唬你一跳的，后来见你也藏藏躲躲的，我就知道也是要哄人了。我探头往前看了一看，却是他两个，所以我就绕到你身后。你出去，我就躲在你躲的那里了。"平儿笑道："咱们再往后找找去，只怕还找出两个人来也未可知。"宝玉笑道："这可再没了。"

鸳鸯已知话俱被宝玉听了，只伏在石头上装睡。宝玉推他笑道："这石头上冷，咱们回房里去睡，岂不好？"说着拉起鸳鸯来，又忙让平儿来家坐吃茶。平儿和袭人都劝鸳鸯走，鸳鸯方立起身来，四人竟往怡红院来。宝玉将方才的话俱已听见，心中自然不快，只默默的歪在床上，任他三人在外间说笑。

那边邢夫人因问凤姐儿鸳鸯的父母，凤姐因回说："他爹的名字叫金彩，两口子都在南京看房子，从不大上京。他哥哥金文翔，现在是老太太那边的买办。他嫂子也是老太太那边浆洗上的头儿。"邢夫人便令人叫了他嫂子金文翔媳妇来，细细说与他。金家媳妇自是喜欢，兴兴头头找鸳鸯，指望一说必妥，不想被鸳鸯抢白一顿，又被袭人平儿说了几句，羞恼回来，便对邢夫人说："不中用，他倒骂了我一场。"

因凤姐儿在旁，不敢提平儿，只说："袭人也帮着他抢白我，也说了许多不知好歹的话，回不得主子的。太太和老爷商议再买罢。谅那小蹄子也没有这么大福，我们也没有这么大造化。"邢夫人听了，因说道："又与袭人什么相干？他们如何知道的？"又问："还有谁在跟前？"金家的道："还有平姑娘。"凤姐儿忙道："你不该拿嘴巴子打他回来？我一出了门，他就逛去了，回家来连一个影儿也摸不着他！他必定也帮着说什么呢！"金家的道："平姑娘没在跟前，远远的看着倒像是他，可也不真切，不过是我白忖度。"凤姐便命人去："快找了他来，告诉他我来家了，太太也在这里，请他来帮个忙儿。"丰儿忙上来回道："林姑娘打发了人下请字请了三四次，他才去了。奶奶一进门我就叫他

这是宝玉唯一能做的事了。

金文翔媳妇是受邢氏之嘱去找鸳鸯的。

都没实话，你骗我骗大家骗。这个丰儿也跟着骗，是事先布置好的吗？

去的。林姑娘说：'告诉你奶奶，我烦他有事呢。'"凤姐儿听了方罢，故意的还说："天天烦他，有些什么事！"

邢夫人无计，吃了饭回家，晚间告诉了贾赦。贾赦想了一想，即刻叫贾琏来说："南京的房子还有人看着，不止一家，即刻叫上金彩来。"贾琏回道："上次南京信来，金彩已经得了痰迷心窍，那边连棺材银子都赏了，不知如今是死是活，便是活着，人事不知，叫来也无用。他老婆子又是个聋子。"贾赦听了，喝了一声，又骂："下流囚攮的，偏你这么知道，还不离了我这里！"唬得贾琏退出，一时又叫传金文翔。贾琏在外书房伺候着，又不敢家去，又不敢见他父亲，只得听着。一时金文翔来了，小幺儿们直带入二门里去，隔了五六顿饭的工夫才出来去了。贾琏暂且不敢打听，隔了一会，又打听贾赦睡了，方才过来。至晚间凤姐儿告诉他，方才明白。

鸳鸯一夜没睡。至次日，他哥哥回贾母接他家去逛逛，贾母允了，命他出去。鸳鸯意欲不去，又怕贾母疑心，只得勉强出来。他哥哥只得将贾赦的话说与他，又许他怎么体面，又怎么当家作姨娘。鸳鸯只咬定牙不愿意。

他哥哥无法，少不得去回覆了贾赦。贾赦怒起来，因说道："我这话告诉你，叫你女人向他说去，就说我的话'自古嫦娥爱少年'，他必定嫌我老了。大约他恋着少爷们，多半是看上了宝玉，只怕也有贾琏。果有此心，叫他早早歇了心。我要他不来，此后谁还敢收？此是一件。第二件，想着老太太疼他，将来自然往外聘作正头夫妻去。叫他细想，凭他嫁到谁家去，也难出我的手心。除非他死了，或是终身不嫁男人，我就服了他！若不然时，叫他趁早回心转意，有多少好处。"贾赦说一句，金文翔应一声"是"。贾赦道："你别哄我，我明儿还打发你太太过去问鸳鸯，你们说了，他不依，便没你们的不是。若问他，他再依了，仔细你的脑袋！"

金文翔忙应了又应，退出回家，也不等得告诉他女人转说，

贾赦不甘心，又与鸳鸯之兄设计。

这就是贾赦与"他哥哥"商量的办法了。这一招又失败了。

在贾赦的意识里，鸳鸯也不过是"自古嫦娥爱少年"，他也是不能想象、不能理解一个丫头会有什么独立人格。

劝婚不成，就仗势威胁。贾赦之恶如此。

鸳鸯无奈，就将计就计。她现在唯一的救星就是贾母了。

当面揭露，当面明志，人越多越好，所以"喜"。

一番话把贾赦夫妇的丑恶面目完全揭露出来。发毒誓，剪头发，刚烈动人。

贾母之"气"，不是为鸳鸯感到不平，而是因触犯了自己的利益。"弄开了他，好摆弄我"，这话有道理。不是鸳鸯给看着、管着，老太太的财富不知道被"摆弄"走多少了。贾赦必娶鸳鸯，除了好其"色"，未必没有借以夺取贾母财富的打算。

竟自己对面说了这话。把个鸳鸯气的无话可回，想了一想，便说道："便愿意去，也须得你们带了我回声老太太去。"他哥嫂听了，只当回想过来，都喜之不胜。他嫂子即刻带了他上来见贾母。

可巧王夫人、薛姨妈、李纨、凤姐儿、宝钗等姊妹并外头的几个执事有头脸的媳妇，都在贾母跟前凑趣儿呢。鸳鸯喜之不尽，拉了他嫂子，到贾母跟前跪下，一行哭，一行说，把邢夫人怎么来说，园子里他嫂子又如何说，今儿他哥哥又如何说，"因为不依，方才大老爷越性说我恋着宝玉，不然要等着往外聘，我到天上，这一辈子也跳不出他的手心去，终久要报仇。我是横了心的，当着众人在这里，我这一辈子莫说是'宝玉'，便是'宝金''宝银''宝天王''宝皇帝'，横竖不嫁人就完了！就是老太太逼着我，我一刀抹死了，也不能从命！若有造化，我死在老太太之先；若没造化，该讨吃的命，服侍老太太归了西，我也不跟着我老子娘哥哥去，我或是寻死，或是剪了头发当尼姑去！若说我不是真心，暂且拿话来支吾，日后再图别的，天地鬼神，日头月亮照着嗓子，从嗓子里头长疔烂了出来，烂化成酱在这里！"原来他一进来时，便袖了一把剪子，一面说着，一面左手打开头发，右手便铰。众婆娘丫鬟忙来拉住，已剪下半绺来了。众人看时，幸而他的头发极多，铰的不透，连忙替他挽上。

贾母听了，气的浑身乱战，口内只说："我通共剩了这么一个可靠的人，他们还要来算计！"因见王夫人在旁，便向王夫人道："你们原来都是哄我的！外头孝敬，暗地里盘算我。有好东西也来要，有好人也要，剩了这么个毛丫头，见我待他好了，你们自然气不过，弄开了他，好摆弄我！"王夫人忙站起来，不敢还一言。薛姨妈见连王夫人怪上，反不好劝的了。李纨一听见鸳鸯的话，早带了姊妹们出去。

探春有心的人，想王夫人虽有委曲，如何敢辩；薛姨妈也是亲姊妹，自然也不好辩的；宝钗也不便为姨母辩；李纨、凤姐、宝玉一概不敢辩；这正用着女孩儿之时，迎春老实，惜春小，因此窗外听了一听，便走进来陪笑向贾母道："这事与太太什么相干？老太太想一想，也有大伯子要收屋里的人，小婶子如何知道？便知道，也推不知道。"犹未说完，贾母笑道："可是我老糊涂了！姨太太别笑话我。你这个姐姐他极孝顺我，不像我那大太太一味怕老爷，婆婆跟前不过应景儿。可是委屈了他。"薛姨妈只答应"是"，又说："老太太偏心，多疼小儿子媳妇，也是有的。"贾母道："不偏心！"因又说道："宝玉，我错怪了你娘，你怎么也不提我，看着你娘受委屈？"宝玉笑道："我偏着娘说大爷大娘不成？通共一个不是，我娘在这里不认，却推谁去？我倒要认是我的不是，老太太又不信。"贾母笑道："这也有理。你快给你娘跪下，你说太太别委屈了，老太太有年纪了，看着宝玉罢。"

宝玉听了，忙走过去，便跪下要说。王夫人忙笑着拉他起来，说："快起来，快起来，断乎使不得。终不成你替老太太给我赔不是不成？"宝玉听说，忙站起来。贾母又笑道："凤姐儿也不提我。"凤姐儿笑道："我倒不派老太太的不是，老太太倒寻上我了？"贾母听了，与众人都笑道："这可奇了！倒要听听这不是。"凤姐儿道："谁教老太太会调理人，调理的水葱儿似的，怎么怨得人要？我幸亏是孙子媳妇，若是孙子，我早要了，还等到这会子呢。"贾母笑道："这倒是我的不是了？"凤姐儿笑道："自然是老太太的不是了。"贾母笑道："这样，我也不要了，你带了去罢！"凤姐儿道："等着修了这辈子，来生托生男人，我再要罢。"贾母笑道："你带了去，给琏儿放在屋里，看你那没脸的公公还要不要了！"凤姐儿道："琏儿不配，就只配我和平儿这一对烧糊了的卷子和他混罢。"说的众人都笑起来了。丫鬟回说："大太太来了。"王夫人忙迎了出去。要知端的——

真是老糊涂了。

老太太找台阶下，又怪罪宝玉。宝玉所答亦在理上。

又怪罪凤姐。凤姐之答，假批评以吹捧，化尴尬为嬉笑。论语言"艺术"，《红楼梦》首屈一指。

【回后评】

此一回书的重点虽在"鸳鸯抗婚"，从这一事件中可以看到各种人物的价值观，但在此事件中显现的家庭成员之间的关系更值得关注。俗谓"家和万事兴"，而贾府之"家"恰恰在这个"和"字上出现了严重的问题，这包括夫妻关系、父（母）子关系、婆媳关系、弟兄关系等，在贾府，自然还有一层复杂的主奴关系。

先说夫妻关系。第四十四回凤姐泼醋、贾琏拔剑那样的尖锐场面刚看过了。就说此回书中涉及的贾赦与邢夫人的关系。作者借凤姐的视角说道："凤姐儿知道邢夫人禀性愚侮，只知承顺贾赦以自保，次则婪聚财货为自得，家下一应大小事务，俱由贾赦摆布。"夫妻和谐，互帮互助，是保障家庭稳定、生活幸福的基本条件。而邢氏"只知承顺贾赦以自保"，一切"由贾赦摆布"，贾赦也就失去了一层重要的道德约束，可以在邪路上自由行走。这家庭也就失去了平衡，失去了稳定，自然也就没有幸福可言。贾赦要纳鸳鸯为妾，邢氏不加劝阻，反而为之游说奔走，最后"尴尬"收场，罪固在贾赦，而邢氏也难辞其咎。

次说父（母）子关系。贾赦怒骂贾琏（后还有为石呆子古扇事痛责贾琏），毫无道理，这且不说。就说贾母与贾赦的关系。贾赦之好色无德，贾母是知道的，所以她不喜欢这个儿子。"老太太常说，老爷如今上了年纪，作什么左一个小老婆右一个小老婆放在屋里，没的耽误了人家。放着身子不保养，官儿也不好生作去，成日家和小老婆喝酒。"这是凤姐之言，完全可信。荣府家政大权（主要是财权）都交由贾政一房掌管，也是贾母"偏心"的明证。贾赦当然知道自己在家族中的地位，这次决心纳老太太之贴身丫头为妾，自然是好其色，但也不排除争夺家族财产权的意图。鸳鸯是贾母财产的掌管者、守护者，如果把她变成"自己人"，要取贾母名下的财产不就如探囊取物一般容易了吗？老太太说"弄开了他，好摆弄我"，也是看破了这一点。所以"纳妾"事件实际也是一次母子之间的博弈。

再说婆媳关系。首先看邢夫人与凤姐。邢氏向凤姐讨教贾

赦纳妾之事，这本身就于礼不合。凤姐在直言相劝而邢氏愚拗不听之后，立马变向，阿谀之外还为之"出谋划策"，让邢氏由怒而喜。其实，邢氏完全掉入凤姐的掌心，婆媳之间就像杂耍人与被耍的猴子一样了。这一事件中，还有贾母与邢氏的冲突。纳妾风波延续到下一回书，贾母有一段"训邢"的话："我听见你替你老爷说媒来了。你倒也三从四德，只是这贤惠也太过了！你们如今也是孙子儿子满眼了，你还怕他，劝两句都使不得，还由着你老爷性儿闹。"邢氏回道："我劝过几次不依。老太太还有什么不知道呢，我也是不得已儿。"贾母道："他逼着你杀人，你也杀去？"这就是婆媳之间面对面的"斗争"了。

至于弟兄之间，主要是政、赦二者的关系。他们没有正面冲突，但彼此人生观、价值观存在着明显的差异，这且不说。主奴之间，当然得说贾赦与鸳鸯的矛盾。贾赦有钱有势，是主子，对奴才有生杀予夺之权，不在话下。但偏有一个鸳鸯不服那一套，她并不想"造反"，而只是"自卫"。她唯一的武器就是"生命"，到无可奈何之时，一死了之而已。她的抗婚，是奴才对主子的一次示威，虽然谈不上"胜利"，但它影响到主子，也影响到其他奴才。大厦将倾，任何一点力量都会起作用。

第四十七回

呆霸王调情遭苦打
冷郎君惧祸走他乡

不是同人，且莫浪作知心语。似假如真，事事应难许。着紧温存，白雪阳春曲。谁堪比？船上要离，未解奸侠起。

赖家捐官摆家宴，湘莲城外惩薛蟠

此回目只概括了书的后半内容，但其概括用语也值得研究。文本内容实际是柳湘莲在痛打薛蟠之前就跟宝玉说了："眼前我还要出门去走走，外头逛个三年五载再回来。"可见湘莲的"走他乡"，根本不是因为"惧祸"。《红楼梦》一书的回目似乎并不总是正面反映此一回书的内容，如果仅仅根据回目之语来判定文本内容，可能会走入误区。除此回之外，再比如刚刚读过的第四十五回说"金兰契互剖金兰语"。金兰，原指朋友间感情投合，后来用作结拜为兄弟姐妹的代称。而实际上是宝钗以笼络之语换黛玉无防之心，既算不上"感情投合"，更不是"结拜为兄弟姐妹"。第四十六回说"鸳鸯女誓绝鸳鸯偶"。所谓"鸳鸯偶"乃比喻和睦的夫妻，鸳鸯与贾赦怎会成为"鸳鸯偶"呢？

上回书说到邢夫人为贾赦出面劝娶鸳鸯为妾的事，贾母狠狠地教训了她一番，又说："他要什么人，我这里有钱，叫他只管一万八千的买去，就只这个丫头不能。"说毕，就命人请了姨太太及姑娘们来斗牌，把邢夫人晾在那里了。四个人打牌，三个都只是为了哄老太太高兴，所以老太太总是赢家。她还说："我不是小器爱赢钱，原是个彩头儿。"这时贾琏奉贾赦之命来叫邢夫人，邢夫人才趁机走掉，回去报告了老太太的话。贾赦无法，终究费了八百两银子买了一个十七岁的女孩子来，收在屋内。

鸳鸯抗婚一段故事了结后，才说到回目所标示的内容。

四十五回已说到，赖大家因儿子得了官，要设宴请客。这日的宴席上薛蟠、宝玉、柳湘莲等碰面了。这柳湘莲原是世家子弟，读书不成，父母早丧，素性爽侠，不拘细事，酷好耍枪舞剑，赌博吃酒，以至眠花卧柳，吹笛弹筝，无所不为。他和宝玉交好，告诉宝玉要出门去走走。而薛蟠偏有龙阳之癖，对柳湘莲轻薄挑逗。柳设法把薛骗到郊外一苇塘边痛打一通，然后"丢下薛蟠，便牵马认镫去了"。

贾蓉等找到薛蟠，把他带回家。薛姨妈"意欲告诉王夫人，遣人寻拿柳湘莲"，而薛宝钗以为此事不可张扬，薛蟠也只好在卧房将养，推病不见人。

话说王夫人听见邢夫人来了，连忙迎了出去。邢夫人犹不知贾母已知鸳鸯之事，正还要来打听信息，进了院门，早有几个婆子悄悄的回了他，他方知道。待要回去，里面已知，又见王夫人接了出来，少不得进来，先与贾母请安，贾母一声儿不言语，自己也觉得愧悔。凤姐儿早指一事回避了。鸳鸯也自回房去生气。薛姨妈王夫人等恐碍着邢夫人的脸面，也都渐渐的退了。邢夫人且不敢出去。

贾母见无人，方说道："我听见你替你老爷说媒来了。你倒也三从四德，只是这贤慧也太过了！你们如今也是孙子儿子满眼了，你还怕他，劝两句都使不得，还由着你老爷性儿闹。"邢夫人满面通红，回道："我劝过几次不依。老太太还有什么不知道呢，我也是不得已儿。"贾母道："他逼着你杀人，你也杀去？如今你也想想，你兄弟媳妇本来老实，又生得多病多痛，上上下下那不是他操心？你一个媳妇虽然帮着，也是天天丢下笆儿弄扫帚。凡百事情，我如今都自己减了。他们两个就有一些不到的去处，有鸳鸯，那孩子还心细些，我的事情他还想着一点子，该要去的，他就要了来，该添什么，他就度空儿告诉他们添了。鸳鸯再不这样，他娘儿两个，里头外头，大的小的，那里不忽略一件半件，我如今反倒自己操心去不成？还是天天盘算和你们要东西去？我这屋里有的没的，剩了他一个，年纪也大些，我凡百的脾气性格儿他还知道些。二则他还投主子们的缘法，也并不指着我

婆婆如此训教儿媳。

这样夸赞凤姐、王夫人，徒增邢氏之嫉恨。

和这位太太要衣裳去，又和那位奶奶要银子去。所以这几年一应事情，他说什么，从你小婶和你媳妇起，以至家下大大小小，没有不信的。所以不单我得靠，连你小婶媳妇也都省心。我有了这么个人，便是媳妇和孙子媳妇有想不到的，我也不得缺了，也没气可生了。这会子他去了，你们弄个什么人来我使？你们就弄他那么一个真珠的人来，不会说话也无用。我正要打发人和你老爷说去，他要什么人，我这里有钱，叫他只管一万八千的买去，就只这个丫头不能。留下他服侍我几年，就比他日夜服侍我尽了孝的一般。你来的也巧，你就去说，更妥当了。"

最终竟是出钱让他去买！

说毕，命人来："请了姨太太你姑娘们来说个话儿。才高兴，怎么又都散了？"丫头们忙答应着去了。众人忙赶着又来。只有薛姨妈向丫鬟道："我才来了，又作什么去？你就说我睡了觉了。"那丫头道："好亲亲的姨太太，姨祖宗！我们老太太生气呢，你老人家不去，没个开交了，只当疼我们罢。你老人家嫌乏，我背了你老人家去。"薛姨妈道："小鬼头儿，你怕些什么？不过骂几句完了。"说着，只得和这小丫头子走来。贾母忙让坐，又笑道："咱们斗牌罢。姨太太的牌也生，咱们一处坐着，别叫凤姐儿混了我们去。"薛姨妈笑道："正是呢，老太太替我看着些儿。就是咱们娘儿四个斗呢，还是再添个呢？"王夫人笑道："可不只四个。"凤姐儿道："再添一个人热闹些。"贾母道："叫鸳鸯来，叫他在这下手里坐着。姨太太眼花了，咱们两个的牌都叫他瞧着些儿。"凤姐儿叹了一声，向探春道："你们知书识字的，倒不学算命！"探春道："这又奇了。这会子你倒不打点精神赢老太太几个钱，又想算命。"凤姐儿道："我正要算算命，今儿该输多少呢？我还想赢呢！你瞧瞧，场子没上，左右都埋伏下了。"说的贾母薛姨妈都笑起来。

不想再听邢氏一言。

小丫头真会说话！不怕姨太太不去。

这样勉强去打牌，无论输赢，都不会开心，但又不能不去。薛姨妈何苦来！

王希廉评："凤姐真善于承欢，一生行实，只此节可取。"

一时鸳鸯来了，便坐在贾母下手，鸳鸯之下便是凤姐儿。铺下红毡，洗牌告幺，五人起牌。斗了一回，鸳鸯见贾母的牌已十严，只等一张二饼，便递了暗号与凤姐儿。凤姐儿正该发牌，便故意踌躇了半晌，笑道："我这一张牌定在姨妈手里扣着呢。我若不发这一张，再顶不下来的。"薛姨妈道："我手里并没有你的牌。"凤姐儿道："我回来是要查的。"薛姨妈道："你只管查。你且发下来，我瞧瞧是张什么。"凤姐儿便送在薛姨妈跟前。薛姨妈一看是个二饼，便笑道："我倒不稀罕他，只怕老太太满了。"凤姐儿听了，忙笑道："我发错了。"贾母笑的已掷下牌来，说："你敢拿回去！谁叫你错的不成？"凤姐儿道："可是我要算一算命呢！这是自己发的，也怨埋伏。"贾母笑道："可是呢，你自己该打着你那嘴，问着你自己才是。"又向薛姨妈笑道："我不是小器爱赢钱，原是个彩头儿。"薛姨妈笑道："可不是这样，那里有那样糊涂人说老太太爱钱呢？"凤姐儿正数着钱，听了这话，忙又把钱穿上了，向众人笑道："够了我的了。竟不为赢钱，单为赢彩头儿。我到底小器，输了就数钱，快收起来罢。"

贾母规矩是鸳鸯代洗牌，因和薛姨妈说笑，不见鸳鸯动手，贾母道："你怎么恼了，连牌也不替我洗。"鸳鸯拿起牌来，笑道："二奶奶不给钱。"贾母道："他不给钱，那是他交运了。"便命小丫头子："把他那一吊钱都拿过来。"小丫头子真就拿了，搁在贾母旁边。凤姐儿笑道："赏我罢，我照数儿给就是了。"薛姨妈笑道："果然是凤丫头小器，不过是顽儿罢了。"凤姐听说，便站起来，拉着薛姨妈，回头指着贾母素日放钱的一个木匣子笑道："姨妈瞧瞧，那个里头不知顽了我多少去了。这一吊钱顽不了半个时辰，那里头的钱就招手儿叫他了。只等把这一吊也叫进去了，牌也不用斗了，老祖宗的气也平了，又有正经事差我办去了。"话说未完，引的贾母众人笑个不住。偏有平儿怕钱不够，又送了一吊来。凤姐儿道："不用放在我跟前，也放在老太太的那一处罢。一齐叫进去倒省事，不用做两次叫箱子里的钱费事。"贾母笑的手里的牌撒了一桌子，推着鸳鸯，叫："快撕他的嘴！"

平儿依言放下钱，也笑了一回，方回来。至院门前遇见贾

斗牌，不过是哄老太太高兴。三个人合伙作弊，贾母尚谓赢得"彩头儿"。是真不明白，还是装不明白？在游戏欢笑的背后，有酸，有苦。

姚燮评："言之舌底有神，作书者笔端有鬼，真真令人爱杀。"

老太太爱杀凤姐也！

"站了这半日还没动"，没人理，又不敢走，邢氏好尴尬，好恨！

琏，问他："太太在那里呢？老爷叫我请过去呢。"平儿忙笑道："在老太太跟前呢，站了这半日还没动呢。趁早儿丢开手罢。老太太生了半日气，这会子亏二奶奶凑了半日趣儿，才略好了些。"贾琏道："我过去只说讨老太太的示下，十四往赖大家去不去，好预备轿子的。又请了太太，又凑了趣儿，岂不好？"平儿笑道："依我说，你竟不去罢。合家子连太太宝玉都有了不是，这会子你又填限【代人受过，无辜受责】去了。"贾琏道："已经完了，难道还找补不成？况且与我又无干。二则老爷亲自吩咐我请太太的，这会子我打发了人去，倘或知道了，正没好气呢，指着这个拿我出气罢。"说着就走。平儿见他说得有理，也便跟了过来。

贾琏到了堂屋里，便把脚步放轻了，往里间探头，只见邢夫人站在那里。凤姐儿眼尖，先瞧见了，使眼色儿不命他进来，又使眼色与邢夫人。邢夫人不便就走，只得倒了一碗茶来，放在贾母跟前。贾母一回身，贾琏不防，便没躲伶俐。贾母便问："外头是谁？倒像个小子一伸头。"凤姐儿忙起身说："我也恍惚看见一个人影儿，让我瞧瞧去。"一面说，一面起身出来。贾琏忙进去，陪笑道："打听老太太十四可出门？好预备轿子。"贾母道："既这么样，怎么不进来？又作鬼作神的。"贾琏陪笑道："见老太太玩牌，不敢惊动，不过叫媳妇出来问问。"贾母道："就忙到这一时，等他家去，你问多少问不得？那一遭儿你这么小心来着！又不知是来作耳报神的，也不知是来作探子的，鬼鬼祟祟

骂贾琏，也给邢氏听。

的，倒唬了我一跳。什么好下流种子！你媳妇和我顽牌呢，还有半日的空儿，你家去再和那赵二家的商量治你媳妇去罢。"说着，众人都笑了。鸳鸯笑道："鲍二家的，老祖宗又拉上赵二家的。"贾母也笑道："可是，我那里记得什么抱着背着的，提起这些事来，不由我不生气！我进了这门子作重孙子媳妇起，到如今我也有了重孙子媳妇了，连头带尾五十四年，凭着大惊大险千奇百怪的事，也经了些，从没经过这些事。还不离了我这里呢！"

"这些事"：贾琏偷情，贾赦逼婚。"还不离了我这里呢"，兼指贾琏、邢氏。

贾琏一声儿不敢说，忙退了出来。平儿站在窗外悄悄的笑道："我说着你不听，到底碰在网里了。"正说着，只见邢夫人也出来，贾琏道："都是老爷闹的，如今都搬在我和太太身上。"邢夫人道："我把你没孝心雷打的下流种子！人家还替老子死呢，白说了几句，你就抱怨了。你还不好好的呢，这几日生气，仔细他捶你。"贾琏道："太太快过去罢，叫我来请了好半日了。"说着，送他母亲出来过那边去。

邢夫人将方才的话只略说了几句，贾赦无法，又含愧，自此便告病，且不敢见贾母，只打发邢夫人及贾琏每日过去请安。只得又各处遣人购求寻觅，终久费了八百两银子买了一个十七岁的女孩子来，名唤嫣红，收在屋内。不在话下。

这里斗了半日牌，吃晚饭才罢。此一二日间无话。

展眼到了十四日，黑早，赖大的媳妇又进来请。贾母高兴，便带了王夫人薛姨妈及宝玉姊妹等，到赖大花园中坐了半日。那花园虽不及大观园，却也十分齐整宽阔，泉石林木，楼阁亭轩，也有好几处惊人骇目的。外面厅上，薛蟠、贾珍、贾琏、贾蓉并几个近族的，很远的也没来，贾赦也没来。赖大家内也请了几个现任的官长并几个世家子弟作陪。因其中有柳湘莲，薛蟠自上次会过一次，已念念不忘。又打听他最喜串戏，且串的都是生旦风月戏文，不免错会了意，误认他作了风月子弟，正要与他相交，恨没有个引进，这日可巧遇见，乐得无可不可。且贾珍等也慕他的名，酒盖住了脸，就求他串了两出戏。下来，移席和他一处坐着，问长问短，说此说彼。

那柳湘莲原是世家子弟，读书不成，父母早丧，素性爽侠，不拘细事，酷好耍枪舞剑，赌博吃酒，以至眠花卧柳，吹笛弹筝，无所不为。因他年纪又轻，生得又美，不知他身分的人，却误认作优伶【演艺人员】一类。那赖大之子赖尚荣与他素习交好，故他今日请来作陪。不想酒后别人犹可，独薛蟠又犯了旧病。他心中早已不快，得便意欲走开完事，无奈赖尚荣死也不

对儿子又是一幅嘴脸。太丑恶。

贾赦逼婚不成，终于又纳一妾。是为满足欲望，还是跟人赌气？

上接四十五回赖嬷嬷请酒一节，引出薛蟠、柳湘莲故事。

张新之评："（柳湘莲）其姓名，浅言之，则柳之风流、莲之清净，乃出淤泥而不染，又潇湘云梦，状其归空，已足尽其名其人之义。"

柳湘莲出场，锁定其身份、性格，是以后故事发展的基础。

在古代，中国民间有句很俗白的话——"婊子无情，戏子无义"，把优伶、娼妓划入"下九流"。他们从小就得逢场作戏，笑面迎人，被人玩弄而不耻，受人侮辱而不怒。此处薛蟠"又犯了旧病"——玩弄男性，把柳湘莲视为"优伶"，确是"瞎了眼"。

补出秦钟是他们共同的朋友。

一个修坟，一个供莲，其情不浅。秦钟地下有知，亦当欣慰。

放。赖尚荣又说："方才宝二爷又嘱咐我，才一进门虽见了，只是人多不好说话，叫我嘱咐你散的时候别走，他还有话说呢。你既一定要去，等我叫出他来，你两个见了再走，与我无干。"说着，便命小厮们到里头找一个老婆子，悄悄告诉，"请出宝二爷来。"那小厮去了没一盏茶时，果见宝玉出来了。赖尚荣向宝玉笑道："好叔叔，把他交给你，我张罗人去了。"说着，一径去了。

宝玉便拉了柳湘莲到厅侧小书房中坐下，问他这几日可到秦钟的坟上去了。湘莲道："怎么不去？前日我们几个人放鹰【打猎】去，离他坟上还有二里。我想今年夏天的雨水勤，恐怕他的坟站不住。我背着众人，走去瞧了一瞧，果然又动了一点子。回家来就便弄了几百钱，第三日一早出去，雇了两个人收拾好了。"宝玉道："怪道呢，上月我们大观园的池子里头结了莲蓬，我摘了十个，叫茗烟出去到坟上供他去，回来我也问他，可被雨冲坏了没有。他说不但不冲，且比上回又新了些。我想着，不过是这几个朋友新筑了。我只恨我天天圈在家里，一点儿做不得主，行动就有人知道，不是这个拦就是那个劝的，能说不能行。虽然有钱，又不由我使。"湘莲道："这个事也用不着你操心，外头有我，你只心里有了就是。眼前十月一，我已经打点下上坟的花消。你知道我一贫如洗，家里是没的积聚，纵有几个钱来，又随手就光的，不如趁空儿留下这一分，省得到了跟前扎煞手【束手无策】。"

"这一分"，即指"已经打点下上坟的花消"。

宝玉道："我也正为这个要打发茗烟找你，你又不大在家，知道你天天萍踪浪迹，没个一定的去处。"湘莲道："这也不用找我。这个事不过各尽其道。眼前我还要出门去走走，外头逛个三年五载再回来。"宝玉听了，忙问道："这是为何？"柳湘莲冷笑道："你不知道我的心事，等到跟前你自然知道。我如今要别过了。"宝玉道："好容易会着，晚上同散岂不好？"湘莲道："你那令姨表兄还是那样，再坐着未免有事，不如我回避了倒好。"宝玉想了一想，道："既是这样，倒是回避他为是。只是你要果

到底为何要"外头逛个三年五载再回来"，连宝玉都不得知之，读者更不必瞎猜。

真远行，必须先告诉我一声，千万别悄悄的去了。"说着便滴下泪来。柳湘莲道："自然要辞的。你只别和别人说就是。"说着便站起来要走，又道："你们进去，不必送我。"一面说，一面出了书房。

　　刚至大门前，早遇见薛蟠在那里乱嚷乱叫说："谁放了小柳儿走了！"柳湘莲听了，火星乱迸，恨不得一拳打死，复思酒后挥拳，又碍着赖尚荣的脸面，只得忍了又忍。薛蟠忽见他走出来，如得了珍宝，忙趔趄着上来一把拉住，笑道："我的兄弟，你往那里去了？"湘莲道："走走就来。"薛蟠笑道："好兄弟，你一去都没兴了，好歹坐一坐，你就疼我了。凭你有什么要紧的事，交给哥，你只别忙，有你这个哥，你要做官发财都容易。"

　　湘莲见他如此不堪，心中又恨又愧，早生一计，便拉他到避人之处，笑道："你真心和我好，假心和我好呢？"薛蟠听这话，喜的心痒难挠，乜斜着眼忙笑道："好兄弟，你怎么问起我这话来？我要是假心，立刻死在眼前！"湘莲道："既如此，这里不便。等坐一坐，我先走，你随后出来，跟到我下处，咱们替另喝一夜酒。我那里还有两个绝好的孩子，从没出门。你可连一个跟的人也不用带，到了那里，服侍的人都是现成的。"薛蟠听如此说，喜得酒醒了一半，说："果然如此？"湘莲道："如何人拿真心待你，你倒不信了！"薛蟠忙笑道："我又不是呆子，怎么有个不信的呢！既如此，我又不认得，你先去了，我在那里找你？"湘莲道："我这下处在北门外头，你可舍得家，城外住一夜去？"薛蟠笑道："有了你，我还要家做什么！"湘莲道："既如此，我在北门外头桥上等你。咱们席上且吃酒去。你看我走了之后你再走，他们就不留心了。"薛蟠听了，连忙答应。于是二人复又入席，饮了一回。那薛蟠难熬，只拿眼看湘莲，心内越想越乐，左一壶右一壶，并不用人让，自己便吃了又吃，不觉酒已八九分了。

　　湘莲便起身出来，瞅人不防去了，至门外，命小厮杏奴：

　　"乱嚷乱叫"是肆无忌惮，口称"小柳儿"是轻薄不尊，难怪柳湘莲"火星乱迸"。

　　不忍当众挥拳，这呆子却纠缠不已，湘莲乃设计教训之。

　　薛蟠之丑态，总令论者想起贾瑞在凤姐面前的表现；而湘莲设计，也与凤姐之设"相思局"好有一比。

　　呆子从不承认自己呆，醉鬼从不承认自己醉。

　　喜至"心痒难挠"，乐又心急"难熬"。此病，除了拳脚无以疗之。

"先家去罢，我到城外就来。"说毕，已跨马直出北门，桥上等候薛蟠。没顿饭时工夫，只见薛蟠骑着一匹大马，远远的赶了来，张着嘴，瞪着眼，头似拨浪鼓一般不住左右乱瞧。及至从湘莲马前过去，只顾望远处瞧，不曾留心近处，反踩过去了。湘莲又是笑，又是恨，便也撒马随后赶来。薛蟠往前看时，渐渐人烟稀少，便又圈马回来再找，不想一回头见了湘莲，如获奇珍，忙笑道："我说你是个再不失信的。"湘莲笑道："快往前走，仔细人看见跟了来，就不便了。"说着，先就撒马前去，薛蟠也紧紧的跟来。

喜，急，呆，一至于此。

湘莲见前面人迹已稀，且有一带苇塘，便下马，将马拴在树上，向薛蟠笑道："你下来，咱们先设个誓，日后要变了心，告诉人去的，便应了誓。"薛蟠笑道："这话有理。"连忙下了马，也拴在树上，便跪下说道："我要日久变心，告诉人去的，天诛地灭！"一语未了，只听"噗"的一声，颈后好似铁锤砸下来，只觉得一阵黑，满眼金星乱迸，身不由己，便倒下来。

必待其跪下才好在颈后砸他。

湘莲走上来瞧瞧，知道他是个笨家，不惯揸打，只使了三分气力，向他脸上拍了几下，登时便开了果子铺。薛蟠先还要挣挫起来，又被湘莲用脚尖点了两点，仍旧跌倒，口内说道："原是两家情愿，你不依，只好说，为什么哄出我来打我？"一面说，一面乱骂。湘莲道："我把你瞎了眼的，你认认柳大爷是谁！你不说哀求，你还伤我！我打死你也无益，只给你个利害罢。"说着，便取了马鞭过来，从背至胫，打了三四十下。薛蟠酒已醒了大半，觉得疼痛难禁，不禁有"嗳哟"之声。湘莲冷笑道："也只如此！我只当你是不怕打的。"一面说，一面又把薛蟠的左腿拉起来，朝苇中洿泥处拉了几步，滚的满身泥水，又问道："你可认得我了？"薛蟠不应，只伏着哼哼。

手下留情，只想教训他，不想夺其性命。

湘莲又掷下鞭子，用拳头向他身上擂了几下。薛蟠便乱滚乱叫，说："肋条折了。我知道你是正经人，因为我错听了旁人的话了。"湘莲道："不用拉别人，你只说现在的。"薛蟠道："现

还嘴硬。

在没什么说的。不过你是个正经人，我错了。"湘莲道："还要说软些才饶你。"薛蟠哼哼着道："好兄弟。"湘莲便又一拳。薛蟠"嗳哟"了一声道："好哥哥。"湘莲又连两拳。薛蟠忙"嗳哟"叫道："好老爷，饶了我这没眼睛的瞎子罢！从今以后我敬你怕你了。"湘莲道："你把那水喝两口。"薛蟠一面听了，一面皱眉道："那水脏得很，怎么喝得下去！"湘莲举拳就打。薛蟠忙道："我喝，喝。"说着说着，只得俯头向苇根下喝了一口，犹未咽下去，只听"哇"的一声，把方才吃的东西都吐出来。湘莲道："好脏东西，你快吃尽了饶你。"薛蟠听了，叩头不迭道："好歹积阴功饶我罢！这至死不能吃的。"湘莲道："这样气息，倒熏坏了我。"说着丢下薛蟠，便牵马认镫去了。这里薛蟠见他已去，方放下心来，后悔自己不该误认了人。待要挣挫起来，无奈遍身疼痛难禁。

谁知贾珍等席上忽不见了他两个，各处寻找不见。有人说："恍惚出北门去了。"薛蟠的小厮们素日是惧他的，他吩咐不许跟去，谁还敢找去？后来还是贾珍不放心，命贾蓉带着小厮们寻踪问迹的直找出北门，下桥二里多路，忽见苇坑边薛蟠的马拴在那里。众人都道："可好了！有马必有人。"一齐来至马前，只听苇中有人呻吟。大家忙走来一看，只见薛蟠衣衫零碎，面目肿破，没头没脸，遍身内外，滚的似个泥猪一般。

贾蓉心内已猜着九分了，忙下马令人搀了出来，笑道："薛大叔天天调情，今儿调到苇子坑里来了。必定是龙王爷也爱上你风流，要你招驸马去，你就碰到龙犄角上了。"薛蟠羞的恨没地缝儿钻不进去，那里爬的上马去？贾蓉只得命人赶到关厢里雇了一乘小轿子，薛蟠坐了，一齐进城。贾蓉还要抬往赖家去赴席，薛蟠百般央告，又命他不要告诉人，贾蓉方依允了，让他各自回家。贾蓉仍往赖家回复贾珍，并说方才形景。贾珍也知为湘莲所打，也笑道："他须得吃个亏才好。"至晚散了，便来问候。薛蟠自在卧房将养，推病不见。

谁跟你称兄道弟！

到底打怕了。

不认为自己喜欢男宠有什么不对，只是"误认了人"，这是当时社会风气使然。

薛蟠被打后的形象，由"大家"眼中看出，还是"互见互评"法。

贾蓉也是情场老手，所以一看就"猜着九分"了。其调笑薛蟠，该是他们"圈子"里的常态。

　　贾母等回来各自归家时，薛姨妈与宝钗见香菱哭得眼睛肿了。问其原故，忙赶来瞧薛蟠时，脸上身上虽有伤痕，并未伤筋动骨。薛姨妈又是心疼，又是发恨，骂一回薛蟠，又骂一回柳湘莲，意欲告诉王夫人，遣人寻拿柳湘莲。宝钗忙劝道："这不是什么大事，不过他们一处吃酒，酒后反脸常情。谁醉了，多挨几下子打，也是有的。况且咱们家的无法无天，也是人所共知的。妈不过是心疼的缘故。要出气也容易，等三五天哥哥养好了出的去时，那边珍大爷琏二爷这干人也未必白丢开了，自然备个东道，叫了那个人来，当着众人替哥哥赔不是认罪就是了。如今妈先当件大事告诉众人，倒显得妈偏心溺爱，纵容他生事招人，今儿偶然吃了一次亏，妈就这样兴师动众，倚着亲戚之势欺压常人。"薛姨妈听了道："我的儿，到底是你想的到，我一时气糊涂了。"宝钗笑道："这才好呢。他又不怕妈，又不听人劝，一天纵似一天，吃过两三个亏，他倒罢了。"

　　薛蟠睡在炕上痛骂柳湘莲，又命小厮们去拆他的房子，打死他，和他打官司。薛姨妈禁住小厮们，只说柳湘莲一时酒后放肆，如今酒醒，后悔不及，惧罪逃走了。薛蟠听见如此说了，要知端的——

【 回后评 】

　　回目中未加提及的前半部分，其实很值得重视，特别是贾母的"表演"，是我们认识这一角色的重要章节。从这里，我们可以看到她的自私、无理、无情。

　　贾母明明知道自己的儿子不是东西，已上了年纪，还"左一个小老婆右一个小老婆放在屋里，没的耽误了人家。放着身子不保养，官儿也不好生作去，成日家和小老婆喝酒"，她自己并不加以阻止，如今却责怪邢氏"由着你老爷性儿闹"。邢氏回了一句"我劝过几次不依"，贾母就说："他逼着你杀人，你也杀去？"完全是不讲理的婆婆嘴脸。最后竟然说："我正要打发人和你老爷说去，他要什么人，我这里有钱，叫他只管一万八千的买，就只这个丫头不能。"对此，张俊、沈治钧评说："四十四回写贾琏与鲍二媳妇通奸，贾母尝云：'从小儿世人都打这么过的，'此写贾赦垂老好色，强逼鸳鸯为妾不成，贾母不责一字，反说'要什么人''买去就是'。是知所谓'诗礼之族'之贾府，不惟教子无方，实乃纵子胡为也。对宝玉过分溺爱，对贾赦过分放纵，贾府走向败亡，贾母亦有责矣。"

再说她对鸳鸯：她讲了一大堆鸳鸯对她的"重要性"，但没有一句是为鸳鸯着想的——整个逼婚的过程都没有讲一句"同情"鸳鸯的话。"留下他伏侍我几年，就比他日夜伏侍我尽了孝的一般。"她可以伏侍你"几年"，"几年"之后呢？你死了，她怎么办？你那个儿子不是还虎视眈眈地在那里等着鸳鸯吗？这些，都不在老太太的考虑之内。

再说打牌：由于邢氏的到来，大家都回避了。待训邢结束，立即又把大家召集起来打牌。特别是那位姨太太，小丫鬟来叫，她说："我才来了，又作什么去？你就说我睡了觉了。"这是实话，但逃不过去，最终还是得陪着老太太玩儿，并且千方百计哄她老人家高兴。整个打牌的过程，不但让她"赢钱"，凤姐还口吐莲花，极尽插科打诨之本领。老太太赢了，高兴了，别人真高兴吗？这，她不管。

此回书写柳湘莲打薛蟠，笔墨酣畅淋漓，十分精彩。湘莲一拳一脚的威力，薛蟠一言一动的狼狈，如在眼前，令人想起鲁提辖"拳打镇关西"的场面。但鲁提辖是一武人，更加威猛而恨怒，所以使镇关西丧命拳下。而柳湘莲毕竟是"世家子弟"，虽心怒而自有分寸，所以薛蟠受辱而不至丧命。同中有异，各有精神，很值得鉴赏。

第四十八回

滥情人情误思游艺

慕雅女雅集苦吟诗

心地聪明性自灵，喜同雅品讲诗经，娇柔倍觉可怜形。皓齿朱唇真袅袅，痴情专意更娉娉，宜人解语小星星。

众亲眷贾府做客，林黛玉耐心说诗

薛蟠纵欲，毫不约束自己，所以称为"滥情人"；"情误"，指其误把柳湘莲当作"风月"之人，结果被痛打了一顿；"思游艺"，这里指其想借学经商之名出门"躲躲羞"。下句，"慕"，羡慕，是说香菱因羡慕大观园中小姐结社吟诗而自己"苦"学作诗。此回目基本概括了全回书的内容。

时至年终岁末，薛家铺面的伙计有的要回家休假，其中就有一个当铺内揽总张德辉。薛蟠因为遭了打而难以见人，想着要躲又没处去躲，天天装病也不是事，于是趁机提出要跟了张德辉去学做生意。开始薛姨妈还不同意，经薛宝钗说服，还是达成了薛蟠的意愿。

薛蟠一走，还带走了几个人，外面只剩了一两个男子。于是薛姨妈加紧防盗，还命那两个跟去的男子之妻一并也进来睡觉。奇怪的是，此时宝钗竟说："妈既有这些人作伴，不如叫菱姐姐和我作伴去。"

这香菱住进园子后，对宝钗说："好姑娘，你趁着这个工夫，教给我作诗罢。"宝钗的回答是："我说你'得陇望蜀'呢。"香菱无法，就趁机找黛玉。黛玉笑道："既要作诗，你就拜我作师。我虽不通，大略也还教得起你。"此后香菱就以黛玉为师作起诗来。黛玉先教她一些律诗的基本格律，又让她好好读王维、杜甫、李白的诗。香菱学诗，废寝忘食，如病如魔，一稿二稿，每次黛玉都认真评析，要香菱重作。香菱苦志学诗，精血诚聚，日间做不出，忽于梦中得了八句。

此回书还有一个重要的内容，就是石呆子古扇案。

贾赦想要寻找几把珍稀古扇。叫人各处搜求，打听得一个诨号石呆子的有二十把旧扇子，便命贾琏去买。那呆子说："我饿死冻死，一千两银子一把我也不卖！""要扇子，先要我的命！"贾赦就天天骂贾琏没能为。谁知贾雨村听说了此事，便设了个法子，讹石呆子拖欠了官银，须变卖家产赔补，把这扇子抄了来，作了官价送给了贾赦。贾赦拿着扇子问贾琏说："人家怎么弄了来？"贾琏说了一句："为这点子小事，弄得人坑家败业，也不算什么能为！"贾赦就把贾琏"打了个动不得"。这父子关系真令人咋舌。

且说薛蟠听见如此说了，气方渐平。三五日后，疼痛虽愈，伤痕未平，只装病在家，愧见亲友。

展眼已到十月，因有各铺面伙计内有算年帐要回家的，少不得家内治酒钱行。内有一个张德辉，年过六十，自幼在薛家当铺内揽总，家内也有二三千金的过活，今岁也要回家，明春方来。因说起"今年纸札香料短少，明年必是贵的。明年先打发大小儿上来当铺内照管，赶端阳前我顺路贩些纸札香扇来卖。除去关税花销，亦可以剩得几倍利息。"薛蟠听了，心中忖度："我如今捱了打，正难见人，想着要躲个一年半载，又没处去躲。天天装病，也不是事。况且我长了这么大，文又不文，武又不武，虽说做买卖，究竟戥子算盘从没拿过，地土风俗远近道路又不知道，不如也打点几个本钱，和张德辉逛一年来。赚钱也罢，不赚钱也罢，且躲躲羞去。二则逛逛山水也是好的。"心内主意已定，至酒席散后，便和张德辉说知，命他等一二日一同前往。

晚间薛蟠告诉了他母亲。薛姨妈听了虽是欢喜，但又恐他在外生事，花了本钱倒是末事，因此不命他去。只说："好歹你守着我，我还能放心些。况且也不用做这买卖，也不等着这几百银子来用。你在家里安分守己的，就强似这几百银子了。"薛蟠主意已定，那里肯依。只说："天天又说我不知世事，这个也不知，那个也不学。如今我发狠把那些没要紧的都断了，如今要成人立事，学习着做买卖，又不准我了，叫我怎么样呢？我又不是

尚有羞愧之心，或可救药。而续书八十六回又写其打死张三，身陷囹圄。

见得薛家为皇商，又开当铺。此种"伙计"当为合伙经营者，而非普通雇员。（参看张俊、沈治钧夹注）

好打算！此"命"不是"命令"只是"让、叫"之义。

不缺钱。

总要说得冠冕堂皇。跟自己的妈妈也不好说去"躲躲羞"，去"逛逛山水"。

个丫头，把我关在家里，何日是个了日？况且那张德辉又是个年高有德的，咱们和他世交，我同他去，怎么得有舛【chuǎn】错？我就一时半刻有不好的去处，他自然说我劝我。就是东西贵贱行情，他是知道的，自然色色问他，何等顺利，倒不叫我去。过两日我不告诉家里，私自打点了一走，明年发了财回家，那时才知道我呢。"说毕，赌气睡觉去了。

薛姨妈听他如此说，因和宝钗商议。宝钗笑道："哥哥果然要经历正事，正是好的了。只是他在家时说着好听，到了外头，旧病复犯，越发难拘束他了。但也愁不得许多。他若是真改了，是他一生的福。若不改，妈也不能又有别的法子。一半尽人力，一半听天命罢了。这么大人了，若只管怕他不知世路，出不得门，干不得事，今年关在家里，明年还是这个样儿。他既说的名正言顺，妈就打谅着丢了八百一千银子，竟交与他试一试。横竖有伙计们帮着，也未必好意思哄骗他的。二则他出去了，左右没有助兴的人，又没了倚仗的人，到了外头，谁还怕谁，有了的吃，没了的饿着，举眼无靠，他见这样，只怕比在家里省了事也未可知。"薛姨妈听了，思忖半晌说道："倒是你说的是。花两个钱，叫他学些乖来也值了。"商议已定，一宿无话。

至次日，薛姨妈命人请了张德辉来，在书房中命薛蟠款待酒饭，自己在后廊下，隔着窗子，向里千言万语嘱托张德辉照管薛蟠。张德辉满口应承，吃过饭告辞，又回说："十四日是上好出行日期，大世兄即刻打点行李，雇下骡子，十四一早就长行了。"薛蟠喜之不尽，将此话告诉了薛姨妈。薛姨妈便和宝钗香菱并两个老年的嬷嬷连日打点行装，派下薛蟠之乳父老苍头一名，当年谙事旧仆二名，外有薛蟠随身常使小厮二人，主仆一共六人，雇了三辆大车，单拉行李使物，又雇了四个长行骡子。薛蟠自骑一匹家内养的铁青大走骡，外备一匹坐马。诸事完毕，薛姨妈宝钗等连夜劝戒之言，自不必备说。

至十三日，薛蟠先去辞了他舅舅【王子腾】，然后过来辞了贾宅诸人。贾珍等未免又有饯行之说，也不必细述。至十四日一早，薛姨妈宝钗等直同薛蟠出了仪门，母女两个四只泪眼看他去了，方回来。

薛姨妈上京带来的家人不过四五房，并两三个老嬷嬷小丫头，今跟了薛蟠一去，外面只剩了一两个男子。因此薛姨妈即日到书房，将一应陈设玩器并帘幔等物尽行搬了进来收贮，命那两个跟去的男子之妻一并也进来睡觉。又命香菱将他屋里也收拾严紧，"将门锁了，晚间和我去睡。"宝钗道："妈既有这些人作伴，不如叫菱姐姐和我作伴去。我们园里又空，夜长了，我每夜作活，越多一个人岂不越好。"薛姨妈听了，笑道："正是我忘了，原该叫他同你去才是。我前日还同你哥哥说，文杏又小，道三不着两，莺儿一个人不够服待的，还要买一个丫头来你使。"宝钗道："买的不知底里，倘或走了眼，花了钱小事，没的淘气。倒是慢慢的打听着，有知道来历的，买个还罢了。"一面说，一面命香菱收拾了衾褥妆奁，命一个老嬷嬷并臻儿送至蘅芜苑去，然后宝钗和香菱才同回园中来。

香菱道："我原要和奶奶说的，大爷去了，我和姑娘作伴儿去。又恐怕奶奶多心，说我贪着园里来顽；谁知你竟说了。"宝钗笑道："我知道你心里羡慕这园子不是一日两日了，只是没个空儿。就每日来一趟，慌慌张张的，也没趣儿。所以趁着机会，越性住上一年，我也多个作伴的，你也遂了心。"香菱笑道："好姑娘，你趁着这个工夫，教给我作诗罢。"宝钗笑道："我说你'得陇望蜀'呢。我劝你今儿头一日进来，先出园东角门，从老太太起，各处各人你都瞧瞧，问候一声儿，也不必特意告诉他们说搬进园来。若有提起因由，你只带口说我带了你进来作伴儿就完了。回来进了园，再到各姑娘房里走走。"

香菱应着才要走时，只见平儿忙忙的走来。香菱忙问了好，平儿只得陪笑相问。宝钗因向平儿笑道："我今儿带了他来作伴儿，正要去回你奶奶一声儿。"平儿笑道："姑娘说的是那里话？

浩浩荡荡而去。如此惹眼，岂不招贼？

此时不是更需要人陪同吗？应是宝钗搬出园子的机会。她不但不回家，还把香菱叫进园子，当另有所思。

香菱出生于仕宦之家，其父甄士隐即喜饮酒赋诗，她虽被拐被卖，由小姐沦为奴婢，似乎仍有"贵族"基因在，向往高层次的精神生活，所以非常羡慕大观园少女们集会吟诗的活动。宝钗却以"得陇望蜀"拒之，冷。

写香菱入园拜主，又插进一段贾琏挨打。

我竟没话答言了。"宝钗道："这才是正理。店房也有个主人，庙里也有个住持。虽不是大事，到底告诉一声，便是园里坐更上夜的人知道添了他两个，也好关门候户的了。你回去告诉一声罢，我不打发人去了。"平儿答应着，因又向香菱笑道："你既来了，也不拜一拜街坊邻舍去？"宝钗笑道："我正叫他去呢。"平儿道："你且不必往我们家去，二爷病了在家里呢。"香菱答应着去了，先从贾母处来，不在话下。

且说平儿见香菱去了，便拉宝钗忙说道："姑娘可听见我们的新闻了？"宝钗道："我没听见新闻。因连日打发我哥哥出门，所以你们这里的事，一概也不知道，连姊妹们这两日也没见。"平儿笑道："老爷把二爷打了个动不得，难道姑娘就没听见？"宝钗道："早起恍惚听见了一句，也信不真。我也正要瞧你奶奶去呢，不想你来了。又是为了什么打他？"

平儿咬牙骂道："都是那贾雨村什么风村，半路途中那里来的饿不死的野杂种！认了不到十年，生了多少事出来！今年春天，老爷不知在那个地方看见了几把旧扇子，回家看家里所有收着的这些好扇子都不中用了，立刻叫人各处搜求。谁知就有一个不知死的冤家，混号儿世人叫他作石呆子，穷的连饭也没的吃，偏他家就有二十把旧扇子，死也不肯拿出大门来。二爷好容易烦了多少情，见了这个人，说之再三，把二爷请到他家里坐着，拿出这扇子略瞧了一瞧。据二爷说，原是不能再有的，全是湘妃、棕竹、麋鹿、玉竹的，皆是古人写画真迹，因来告诉了老爷。老爷便叫买他的，要多少银子给他多少。偏那石呆子说：'我饿死冻死，一千两银子一把我也不卖！'老爷没法子，天天骂二爷没能为。已经许了他五百两，先兑银子后拿扇子。他只是不卖，只说：'要扇子，先要我的命！'姑娘想想，这有什么法子？谁知雨村那没天理的听见了，便设了个法子，讹他拖欠了官银，拿他到衙门里去，说所欠官银，变卖家产赔补，把这扇子抄了来，作了官价送了来。那石呆子如今不知是死是活。老爷拿着扇子问着二爷说：'人家怎么弄了来？'二爷只说了一句：'为这点子小事，弄得人坑家败业，也不算什么能为！'老爷听了就生了气，说二爷拿话堵老爷，因此这是第一件大的。这几日还有几件小的，我也记不清，所以都凑在一处，就打起来了。也没拉倒用板子棍子，就站着，不知拿什么混打一顿，脸上打破了两处。我们听见姨太太这里有一种丸药，上棒疮的，姑娘快寻一丸子给我。"宝钗听了，忙命莺儿去要了一丸来与平儿。宝钗道："既这样，替我问候罢，我就不去了。"平儿答应着去了，不在话下。

且说香菱见过众人之后，吃过晚饭，宝钗等都往贾母处去了，自己便往潇湘馆中来。此时黛玉已好了大半，见香菱也进园来住，自是欢喜。香菱因笑道："我这一进来了，也得了空儿，好歹教给我作诗，就是我的造化了。"黛玉笑道："既要作诗，你就拜我作师。我虽不通，大略也还教得起你。"香菱笑道："果然这样，我就拜你作师。你可不许腻烦的。"

黛玉道："什么难事，也值得去学！不过是起承转合，当中承转是两副对子，平声对仄声，虚的对实的，实的对虚的，若是果有了奇句，连平仄虚实不对都使得的。"香菱笑道："怪道我常弄一本旧诗偷空儿看一两首，又有对的极工的，又有不对的，又听见说'一三五不论，二四六分明'。看古人的诗上亦有顺的，亦有二四六上错了的，所以天天疑惑。如今听你一说，原来这些格调规矩竟是末事，只要词句新奇为上。"黛玉道："正是这个道理，词句究竟还是末事，第一立意要紧。若意趣真了，连词句不用修饰，自是好的，这叫做'不以词害意'。"

香菱笑道："我只爱陆放翁的诗'重帘不卷留香久，古砚微凹聚墨多'，说的真有趣！"黛玉道："断不可看这样的诗。你们因不知诗，所以见了这浅近的就爱，一入了这个格局，再学不出来的。你只听我说，你若真心要学，我这里有《王摩诘全集》，你且把他的五言律读一百首，细心揣摩透熟了，然后再读一二百首老杜的七言律，次再李青莲的七言绝句读一二百首。肚子里先

贾赦行凶，平儿讨药，一方面续写贾赦之恶，一方面回应宝玉挨打宝钗送药一节。不仅让人想起那一次的父亲打儿子，也见得宝钗送药一事已众所周知。此一节插叙，非无谓之闲笔也。

注意："宝钗等都往贾母处去了"，而黛玉没去；宝钗拒绝教香菱作诗，黛玉欣然应命。

会者不难，难者不会。
按照规矩，应该是虚对虚、实对实。不知为何有此一失。

第一是"意趣真"，其次是"词句新奇"，再次才是格律规矩。

说此诗"浅近"，意谓其格局小、立意浅。

有了这三个人作了底子，然后再把陶渊明、应场、谢、阮、庾、鲍等人的一看。你又是一个极聪敏伶俐的人，不用一年的工夫，不愁不是诗翁了！"香菱听了，笑道："既这样，好姑娘，你就把这书给我拿出来，我带回去，夜里念几首也是好的。"

黛玉听说，便命紫娟将王右丞的五言律拿来，递与香菱，又道："你只看有红圈的都是我选的，有一首念一首。不明白的问你姑娘，或者遇见我，我讲与你就是了。"香菱拿了诗，回至蘅芜苑中，诸事不顾，只向灯下一首一首的读起来。宝钗连催他数次睡觉，他也不睡。宝钗见他这般苦心，只得随他去了。

一日，黛玉方梳洗完了，只见香菱笑吟吟的送了书来，又要换杜律。黛玉笑道："共记得多少首？"香菱笑道："凡红圈选的我尽读了。"黛玉道："可领略了些滋味没有？"香菱笑道："领略了些滋味，不知可是不是，说与你听听。"黛玉笑道："正要讲究讨论，方能长进。你且说来我听。"

香菱笑道："据我看来，诗的好处，有口里说不出来的意思，想去却是逼真的。有似乎无理的，想去竟是有理有情的。"黛玉笑道："这话有了些意思，但不知你从何处见得？"香菱笑道："我看他《塞上》一首，那一联云：'大漠孤烟直，长河落日圆。'想来烟如何直？日自然是圆的。这'直'字似无理，'圆'字似太俗。合上书一想，倒像是见了这景的。若说再找两个字换这两个，竟再找不出两个字来。再还有'日落江湖白，潮来天地青'，这'白''青'两个字也似无理。想来，必得这两个字才形容得尽，念在嘴里倒像有几千斤重的一个橄榄。还有'渡头馀落日，墟里上孤烟'，这'馀'字和'上'字，难为他怎么想来！我们那年上京来，那日下晚便湾住船，岸上又没有人，只有几棵树，远远的几家人家作晚饭，那个烟竟是碧青，连云直上。谁知我昨日晚上读了这两句，倒像我又到了那个地方去了。"

正说着，宝玉和探春也来了，也都入坐听他讲诗。宝玉笑道："既是这样，也不用看诗。会心处不在多，听你说了这两句，

要写诗，先读诗，且必取法乎上，这有道理。但"夫诗有别材，非关书也；诗有别趣，非关理也"，仅仅靠多读书是成不了真"诗翁"的。

如此刻苦，如此入迷，是珍惜其难得的机会。

交流讨论是进学的重要途径，难得黛玉如此热心。

这都不是"想来"的，是来自生活，来自对真实场景的体悟与把握。

真正的好诗，能唤起读者共鸣。

可知'三昧'【事物的要领、真谛】你已得了。"黛玉笑道："你说他这'上孤烟'好，你还不知他这一句还是套了前人来的。我给你这一句瞧瞧，更比这个淡而现成。"说着便把陶渊明的"暧暧远人村，依依墟里烟"翻了出来，递与香菱。香菱瞧了，点头叹赏，笑道："原来'上'字是从'依依'两个字上化出来的。"宝玉大笑道："你已得了，不用再讲，越发倒学杂了。你就作起来，必是好的。"探春笑道："明儿我补一个柬来，请你入社。"香菱笑道："姑娘何苦打趣我，我不过是心里羡慕，才学着顽罢了。"

探春黛玉都笑道："谁不是顽？难道我们是认真作诗呢！若说我们认真成了诗，出了这园子，把人的牙还笑倒了呢。"宝玉道："这也算自暴自弃了。前日我在外头和相公们商议画儿，他们听见咱们起诗社，求我把稿子给他们瞧瞧。我就写了几首给他们看看，谁不真心叹服。他们都抄了刻去了。"探春黛玉忙问道："这是真话么？"宝玉笑道："说谎的是那架上的鹦哥。"黛玉探春听说，都道："你真真胡闹！且别说那不成诗，便是成诗，我们的笔墨也不该传到外头去。"宝玉道："这怕什么！古来闺阁中的笔墨不要传出去，如今也没有人知道了。"说着，只见惜春打发了入画来请宝玉，宝玉方去了。

香菱又逼着黛玉换出杜律来，又央黛玉探春二人："出个题目，让我诌去，诌了来，替我改正。"黛玉道："昨夜的月最好，我正要诌一首，竟未诌成，你竟作一首来。十四寒的韵，由你爱用那几个字去。"

香菱听了，喜的拿回诗来，又苦思一回作两句诗，又舍不得杜诗，又读两首。如此茶饭无心，坐卧不定。宝钗道："何苦自寻烦恼。都是颦儿引的你，我和他算帐去。你本来呆头呆脑的，再添上这个，越发弄成个呆子了。"香菱笑道："好姑娘，别混我。"一面说，一面作了一首，先与宝钗看。宝钗看了笑道："这个不好，不是这个作法。你别怕臊，只管拿了给他瞧去，看他是怎么说。"香菱听了，便拿了诗找黛玉。

有所借鉴是好的，可以雅而浑厚。但也不必字字有"来历"，有"出处"。如果说王维写"上孤烟"是借鉴了陶诗，那么他写"孤烟直"时又借鉴了谁呢？

"入社"，是香菱梦寐以求的。

自知之明！"顽"（旧同"玩"）而已。黛玉教香菱作诗，其实也就是"顽"诗。

抄去刻印，是因为诗好，还是因为作者特殊？

所谓"十四寒"，标明是用平水韵。平水韵，是宋人依据唐人用韵情况，把汉字划分成106个韵部，每个韵部包含若干字，作律绝诗用韵，其韵脚的字必须出自同一韵部，不能出韵、错用。

宝钗不理解香菱的精神追求，一味泼冷水。

此为香菱初稿。黛玉评为"措词不雅","影团团""常思玩"之类太直,"玉镜""冰盘"之类太俗。所谓"被他缚住了",就是总说月说月,除了说其形就是写其光,不能"放开"。所谓"意思却有",是指毕竟联想到了"诗人""野客"。

黛玉看时,只见写道是:

月挂中天夜色寒,清光皎皎影【月形】团团。

诗人助兴常思玩【赏,古为去声】,野客【游子】添愁不忍观。

翡翠楼边悬玉镜【喻月】,珍珠帘外挂冰盘【喻月】。

良宵何用烧银烛,晴彩【月光】辉煌映画栏。

黛玉笑道:"意思却有,只是措词不雅。皆因你看的诗少,被他缚住了。把这首丢开,再作一首,只管放开胆子去作。"

想起贾岛"推敲"的故事。不过朱光潜先生早就指出:是"推"是"敲",当由其时的情境来决定,而韩愈的指导未必合理。

香菱听了,默默的回来,越性连房也不入,只在池边树下,或坐在山石上出神,或蹲在地下抠土,来往的人都诧异。李纨、宝钗、探春、宝玉等听得此信,都远远的站在山坡上瞧看他。只见他皱一回眉,又自己含笑一回。

宝钗笑道:"这个人定要疯了!昨夜嘟嘟哝哝直闹到五更天才睡下,没一顿饭的工夫天就亮了。我就听见他起来了,忙忙碌碌梳了头就找颦儿去。一回来了,呆了一日,作了一首又不好,这会子自然另作呢。"宝玉笑道:"这正是'地灵人杰',老天生人再不虚赋情性的。我们成日叹说可惜他这么个人竟俗了,谁知到底有今日。可见天地至公。"宝钗笑道:"你能够像他这苦心就好了,学什么有个不成的。"宝玉不答。

大家说诗,宝钗偏忍不住于此时规劝宝玉"学什么"——当然是仕途经济之类,大煞风景。"宝玉不答",没有拔脚就走,实在是给她面子。

只见香菱兴兴头头的又往黛玉那边去了。探春笑道:"咱们跟了去,看他有些意思没有。"说着,一齐都往潇湘馆来。只见黛玉正拿着诗和他讲究。众人因问黛玉作的如何。黛玉道:"自然算难为他了,只是还不好。这一首过于穿凿了,还得另作。"

对于志同道合之人,黛玉不但平等待之,且满腔热情。而宝钗,始终是以主奴关系看待香菱的。

众人因要诗看时,只见作道:

非银非水【反喻月光】映窗寒,试看晴空护玉盘【喻月】。

淡淡梅花香欲染【香气浓郁袭人】，丝丝柳带【柳条】露初干。

只疑残粉涂金砌，恍若轻霜抹玉栏。

梦醒西楼人迹绝，馀容【残月】犹可隔帘看。

第二稿。黛玉说"过于穿凿"：梅花喜寒，柳丝在春，把两个不同时空的事物扯到一个时空来，是牵强。"涂"字"抹"字硬而不雅。又是"金""玉"之类，还在凑数。宝钗说"句句倒是月色"，也很中肯。

宝钗笑道："不像吟月了，月字底下添一个'色'字倒还使得，你看句句倒是月色。这也罢了，原来诗从胡说来，再迟几天就好了。"

香菱自为这首妙绝，听如此说，自己扫了兴，不肯丢开手，便要思索起来。因见他姊妹们说笑，便自己走至阶前竹下闲步，挖心搜胆，耳不旁听，目不别视。一时探春隔窗笑说道："菱姑娘，你闲闲罢。"香菱怔怔答道："'闲'字是十五删的，你错了韵了。"众人听了，不觉大笑起来。宝钗道："可真是诗魔了。都是颦儿引的他！"黛玉道："圣人说，'诲人不倦'，他又来问我，我岂有不说之理。"李纨笑道："咱们拉了他往四姑娘房里去，引他瞧瞧画儿，叫他醒一醒才好。"

在"平水韵"表中"寒"在平声十四，"闲"在十五，是临韵。一听到"闲"字就马上想到诗韵，见得香菱"入迷"之深。

说着，真个出来拉了他过藕香榭，至暖香坞中。惜春正乏倦，在床上歪着睡午觉，画缯立在壁间，用纱罩着。众人唤醒了惜春，揭纱看时，十停方有了三停。香菱见画上有几个美人，因指着笑道："这一个是我们姑娘，那一个是林姑娘。"探春笑道："凡会作诗的都画在上头，快学罢。"说着，顽笑了一回。

你学会了，也要画在上头的！

各自散后，香菱满心中还是想诗。至晚间对灯出了一回神，至三更以后上床卧下，两眼鳏鳏【guān，从"鱼"，鱼不闭目，形容眼睁难眠】，直到五更方才朦胧睡去了。一时天亮，宝钗醒了，听了一听，他安稳睡了，心下想："他翻腾了一夜，不知可作成了？这会子乏了，且别叫他。"正想着，只听香菱从梦中笑道："可是有了，难道这一首还不好？"宝钗听了，又是可叹，又是可笑，连忙唤醒了他，问他："得了什么？你这诚心都通了仙了。学不成诗，还弄出病来呢。"一面说，一面梳洗了，会同姊妹往贾母处来。

梦中得之，或有其事。

原来香菱苦志学诗，精血诚聚，日间做不出，忽于梦中得了八句。梳洗已毕，便忙录出来，自己并不知好歹，便拿来又找黛玉。刚到沁芳亭，只见李纨与众姊妹方从王夫人处回来，宝钗正告诉他们说他梦中作诗说梦话。众人正笑，抬头见他来了，便都争着要诗看。且听下回分解。

【 回后评 】

本回书重在写香菱学诗，但并非作诗学讲义，写其作诗，也是写其做人。

写诗，要解决两个问题：内容与形式。香菱学的是"近体诗"，当然要懂得"近体"的规矩，包括平仄、韵脚等项。写诗是为了"表达"而不是作"码字"游戏，所以在掌握了形式之后，立意就是最重要的事项，不但要有"意"，而且这"意"要新。所谓新，就是道人所未道。一首诗的价值全在于此。炒剩饭，鹦鹉学舌，玩玩儿可以，不能算是诗。

清人作诗，还要用《平水韵》。而《平水韵》是宋朝人根据唐朝人的诗作总结出来的。之所以要"总结"，说明语音有了变化。不根据当时语言的实际而偏以前朝为准，实际是刻舟求剑、胶柱鼓瑟。而后世偏又以宋人为榜样，时至今日，仍有人主张作律诗得遵《平水韵》，据说这样才显得"有学问"。其实，真要较起真来，不但韵字，要每一个字的平仄都应和唐人一致，这恐怕很难做到。

立意要新，又得靠阅历与见识，凭气质与才思。所以，写诗的人很多，而真正成为诗人的很少。在大观园内，一群少爷小姐，加上一堆丫鬟仆妇，生活单调，视野狭窄，除了自己那点悲欢离合，可写的内容有限。他们写不出"大漠孤烟直，长河落日圆"，因为他们没有那样的眼界；他们写不出"朱门酒肉臭，路

有冻死骨"，因为他们没有那样的悲悯；他们也写不出"采菊东篱下，悠然见南山"，因为他们没有那样的襟怀。好在他们自己很清醒：不过是玩玩儿而已。写诗，只是他们玩儿的一种方式，对其所作，不必太当回事。而从中"看人"，看作者的脾气个性，倒是更有价值的。

　　首先是香菱。她羡慕大观园内的结社吟诗，不是一般的好奇，而是作为一种精神生活的追求。她身为奴婢而不甘平庸，是作者赋予她的一种气质，一种不同于众丫鬟婢妾的美德。而宝钗则站在主子的立场，视之为"得陇望蜀"，始终不予支持。黛玉不同，香菱提出拜师学诗，黛玉立即应允，且始终满腔热情，耐心指导。不是黛玉太寂寞了，而是她没有那么鲜明的主奴意识，且又得一精神世界的同道，她何乐而不为。

　　中间插入贾赦打贾琏一事，绝非节外生枝。这是在逼娶鸳鸯不成之后贾赦之"恶"的延续。其所以痛打贾琏，是逼婚失败后的发泄，是迁怒。但仅凭此一事难得下手，于是又有买石呆子古扇一事。此一节顺势引出平儿找宝钗寻棒疮药，从而与贾政笞挞宝玉、宝钗托送药丸之事呼应起来，荣国府两对父子的关系也就打成一片了。平儿寻药，还透露出一个信息：当初宝钗送药给宝玉虽是私下之事，但已贾府皆知，成为宝钗道德桂冠上的一颗明珠了。

　　从石呆子一案，我们还可以观察三种关系——父子关系、官民关系、官官关系，这是观察所谓人情世态的一次好机会。

第四十九回

琉璃世界白雪红梅

脂粉香娃割腥啖膻

此回原为起社，而起社却在下回。然起社之地，起社之人，起社之景，起社之题，起社之酒肴，色色皆备，真令人跃然起舞。

天降瑞雪堪吟咏，宝玉山前赏红梅

香菱在梦中得了八句诗，写出来给大家看，得到大家的好评："这首不但好，而且新巧有意趣。"从此她就成了诗社的一员，而且为本回书的诗社活动烘托了氛围。

本回书可分为上下两部分：上半写群芳汇聚大观园，为下半作铺垫；下半才是回目所标示的内容——宝玉及众姊妹赏雪观梅烤吃鹿肉。

说来也巧，一时间各路亲戚都进到贾府：邢夫人之兄嫂带来了岫烟，李纨之寡婶带来了李纹、李绮，薛蟠之从弟薛蝌带来了宝琴，保龄侯史鼐因迁委了外省大员，要带了家眷去上任，贾母就把湘云接到家中。除了薛宝琴被贾母留在身边，其他人都住进了大观园。此时大观园中比先前更热闹了不少。叙起年庚，除李纨年纪最长，其他连他们自己也不能细细分晰，不过是"弟""兄""姊""妹"四个字随便乱叫。

众芳荟萃，宝玉、探春、李纨等都惦记着起诗社的事。天遂人愿，偏下了一场大雪。宝玉及众姊妹聚集到稻香村，商定第二日在芦雪广拥炉作诗。

第二天一早，积雪已有一尺多厚，天上仍是搓绵扯絮一般，天地浑白一色，红梅艳如胭脂，十分有趣。宝玉急于诗社之事，连早饭都没好好吃，贾母就吩咐留着鹿肉与他晚上吃。说到"鹿肉"，史湘云和宝玉就特意跟凤姐要了一块。众人在芦雪广聚齐，地炕屋内杯盘果菜俱已摆齐，墙上已贴出诗题、韵脚、格式来了。题目是"即景联句，五言排律一首，限二萧韵"。独不见湘云、宝玉二人。原来他二人在烤吃鹿肉。大家来催他们，湘云一面吃，一面说道："若不是这鹿肉，今儿断不能作诗。"黛玉说："我为芦雪广一大哭！"湘云则道："'是真名士自风流'，你们都是假清高，最可厌的。我们这会子腥膻大吃大嚼，回来却是锦心绣口。"

此回书中有一个情节值得注意：贾母赏宝琴一件金翠辉

煌的凫靥裘，有人说黛玉会妒忌，而宝钗立即为黛玉辩护。看到钗黛如此和谐，宝玉"心中闷闷不解"，跟黛玉说："先时你只疑我，如今你也没的说，我反落了单。"待听黛玉解释后，宝玉说："原来是从'小孩儿口没遮拦'就接了案了。"话语间透露出对宝钗的怀疑、为黛玉的担心。

话说香菱见众人正说笑，他便迎上去笑道："你们看这一首。若使得，我便还学；若还不好，我就死了这作诗的心了。"说着，把诗递与黛玉及众人看时，只见写道是：

精华【月之光华】欲掩料应难，影【月之形】自娟娟【美好貌】魄【魂魄，精神】自寒【高洁，使人敬畏】。

一片砧敲千里白【"砧敲千里一片白"之倒装，意谓敲砧之声随着月色传到千里边塞】，半轮鸡唱五更残【"鸡唱五更半轮残"之倒装，意谓戍边之人望月思亲，彻夜难眠。】。

绿蓑【代指披蓑之游子】江上秋闻笛，红袖【代指红妆之思妇】楼头夜倚栏。

博得【取得，得到】嫦娥应借问【人间的这些苦难理应博得嫦娥的同情】，缘何不使永团圆【连她也要问：为什么不让人永得团圆呢】！

众人看了笑道："这首不但好，而且新巧有意趣。可知俗语说'天下无难事，只怕有心人'。社里一定请你了。"香菱听了心下不信，料着是他们瞒哄自己的话，还只管问黛玉宝钗等。

正说之间，只见几个小丫头并老婆子忙忙的走来，都笑道："来了好些姑娘奶奶们，我们都不认得，奶奶姑娘们快认亲去。"

这是香菱的"成功之作"，得到大家的一致好评。从内容上说，这首诗打破了就月说月的狭隘思路，融入了社会内容以至身世之感。首联，以月喻人，说自己出身高贵，其聪明才智总要表现出来。尾联，又让人联想到她自幼与家人离散的不幸和对团圆的渴望。海上生明月，天涯共此时。中间两联，写月下思妇与征人、游子的离别之苦、相思之痛，使诗的境界更为开阔。从形式上说，用词有借代，句法有倒装，句间有呼应，做到了"新巧有意趣"。

香菱学诗既成，情节发展以作诗会友是最好的选择，于是四路亲友纷纷到来。

无巧不成书，四家亲戚同时到达。这是编书人的权利。虽"巧"得有点"过"，也无伤大雅。不然，如何使众艳会诗大观园？

邢夫人不"喜欢"？读书，既要看作者写了什么，也要关注他不写什么。

凤姐是"忙"。李纨、宝钗是喜，黛玉是悲。知黛玉者，宝玉一人耳。

宝玉的反应最特殊也最强烈。作者借宝玉之口对美好的青春与生命发出赞叹之声。

李纨笑道："这是那里的话？你到底说明白了是谁的亲戚？"那婆子丫头都笑道："奶奶的两位妹子都来了。还有一位姑娘，说是薛大姑娘的妹妹，还有一位爷，说是薛大爷的兄弟。我这会子请姨太太去呢，奶奶和姑娘们先上去罢。"说着，一径去了。宝钗笑道："我们薛蝌和他妹妹来了不成？"李纨也笑道："我们婶子又上京来了不成？他们也不能凑在一处，这可是奇事。"大家纳闷，来至王夫人上房，只见乌压压一地的人。

原来邢夫人之兄嫂带了女儿岫烟进京来投邢夫人的，可巧凤姐之兄王仁也正进京，两亲家一处打帮来了。走至半路泊船时，正遇见李纨之寡婶带着两个女儿——大名李纹，次名李绮——也上京。大家叙起来又是亲戚，因此三家一路同行。后有薛蟠之从弟【即下文"叔伯兄弟"，同义互解】薛蝌，因当年父亲在京时已将胞妹薛宝琴许配都中梅翰林之子为婚，正欲进京发嫁，闻得王仁进京，他也带了妹子随后赶来。所以今日会齐了来访投各人亲戚。

于是大家见礼叙过，贾母王夫人都欢喜非常。贾母因笑道："怪道昨日晚上灯花爆了又爆，结了又结，原来应到今日。"一面叙些家常，一面收看带来的礼物，一面命留酒饭。凤姐儿自不必说，忙上加忙。李纨宝钗自然和婶母姊妹叙离别之情。黛玉见了，先是欢喜，次后想起众人皆有亲眷，独自己孤单，无个亲眷，不免又去垂泪。宝玉深知其情，十分劝慰了一番方罢。

然后宝玉忙忙来至怡红院中，向袭人、麝月、晴雯等笑道："你们还不快看人去！谁知宝姐姐的亲哥哥是那个样子，他这叔伯兄弟形容举止另是一样了，倒像是宝姐姐的同胞兄弟似的。更奇在你们成日家只说宝姐姐是绝色的人物，你们如今瞧瞧他这妹子，更有大嫂嫂这两个妹子，我竟形容不出了。老天，老天，你有多少精华灵秀，生出这些人上之人来！可知我井底之蛙，成日家自说现在的这几个人是有一无二的，谁知不必远寻，就是本地风光，一个赛似一个，如今我又长了一层学问了。除了这几个，难道还有几个不成？"一面说，一面自笑自叹。袭人见他又有了魔意，便不肯去瞧。晴雯等早去瞧了一遍回来，欵欵笑向袭人道："你快瞧瞧去！大太太的一个侄女儿，宝姑娘一个妹妹，大奶奶两个妹妹，倒像一把子四根水葱儿。"

一语未了，只见探春也笑着进来找宝玉，因说道："咱们的诗社可兴旺了。"宝玉笑道："正是呢。这是你一高兴起诗社，所以鬼使神差来了这些人。但只一件，不知他们可学过作诗不曾？"探春道："我才都问了问他们，虽是他们自谦，看其光景，没有不会的。便是不会也没难处，你看香菱就知道了。"

袭人笑道："他们说薛大姑娘的妹妹更好，三姑娘看着怎么样？"探春道："果然的话。据我看，连他姐姐并这些人总不及他。"袭人听了，又是诧异，又笑道："这也奇了，还从那里再瞧好的去呢？我倒要瞧瞧去。"探春道："老太太一见了，喜欢的无可不可，已经逼着太太认了干女儿了。老太太要养活，才刚已经定了。"宝玉喜的忙问："这果然的？"探春道："我几时说过谎！"又笑道："有了这个好孙女儿，就忘了你这孙子了。"宝玉笑道："这倒不妨，原该多疼女儿些才是正理。明儿十六，咱们可该起社了。"

探春道："林丫头刚起来【病情好转，与下"刚好""大好"连义互解】了，二姐姐又病了，终是七上八下的。"宝玉道："二姐姐又不大作诗，没有他又何妨。"探春道："越性等几天，他们新来的混熟了，咱们邀上他们岂不好？这会子大嫂子宝姐姐心里自然没有诗兴的【连义互解：因为不得"闲"】，况且湘云没来，颦儿刚好了，人人不合式。不如等着云丫头来了，这几个新的也熟了，颦儿也大好了，大嫂子和宝姐姐心也闲了，香菱诗也长进了：如此邀一满社，岂不好？咱们两个如今且往老太太那里去听听，除宝姐姐的妹妹不算外，他一定是在咱们家住定了的。倘或那三个要不在咱们这里住，咱们央告着老太太留下他们在园子里住下，咱们岂不多添几个人，越发有趣了。"宝玉听了，喜的眉开眼笑，忙说道："倒是你明白。我终久是个糊涂心肠，空喜欢一会子，却想不到这上头来。"

说着，兄妹两个一齐往贾母处来。果然王夫人已认了宝琴作干女儿，贾母欢喜非常，连园中也不命住，晚上跟着贾母一处安寝。薛蝌自向薛蟠书房中住下。贾母便和邢夫人说："你侄女儿也不必家去了，园里住几天，逛逛再去。"

邢岫烟到来而邢夫人不"喜"，原因在此。

邢夫人兄嫂家中原艰难，这一上京，原仗的是邢夫人与他们治房舍，帮盘缠，听如此说，岂不愿意。邢夫人便将岫烟交与凤姐儿。凤姐儿筹算得园中姊妹多，性情不一，且又不便另设一处，莫若送到迎春一处去，倘日后邢岫烟有些不遂意的事，纵然邢夫人知道了，与自己无干。从此后若邢岫烟家去住的日期不算，若在大观园住到一个月上，凤姐儿亦照迎春的分例送一分与岫烟。凤姐儿冷眼敁敠岫烟心性为人，竟不像邢夫人及他的父母一样，却是温厚可疼的人。因此凤姐儿又怜他家贫命苦，比别的姊妹多疼他些，邢夫人倒不大理论了。

凤姐精明，也不是绝无人情。她对邢岫烟的照顾真的没有功利性。这也与邢夫人成一对比。

贾母王夫人因素喜李纨贤惠，且年轻守节，令人敬服，今见他寡婶来了，便不肯令他外头去住。那李婶虽十分不肯，无奈贾母执意不从，只得带着李纹李绮在稻香村住下来。

当下安插既定，谁知保龄侯史鼐又迁委了外省大员，不日要带了家眷去上任。贾母因舍不得湘云，便留下他了，接到家中，原要命凤姐儿另设一处与他住。史湘云执意不肯，只要与宝钗一处住，因此就罢了。

安插既定：岫烟住缀锦楼，二李住稻香村，湘云住蘅芜苑，独宝琴与贾母同住。

此时大观园中比先更热闹了多少。李纨为首，馀者迎春、探春、惜春、宝钗、黛玉、湘云、李纹、李绮、宝琴、邢岫烟，再添上凤姐儿和宝玉，一共十三个。叙起年庚，除李纨年纪最长，他十二个人皆不过十五六七岁，或有这三个同年，或有那五个共岁，或有这两个同月同日，那两个同刻同时，所差者大半是时刻月分而已。连他们自己也不能细细分晰，不过是"弟"、"兄"、"姊"、"妹"四个字随便乱叫。

如此才好：不拘礼，亲切平等。

如今香菱正满心满意只想作诗，又不敢十分罗唣宝钗，可巧来了个史湘云。那史湘云又是极爱说话的，那里禁得起香菱又请教他谈诗，越发高了兴，没昼没夜高谈阔论起来。宝钗因笑道："我实在聒噪的受不得了。一个女孩儿家，只管拿着诗作正经事讲起来，叫有学问的人听了，反笑话说不守本分的。一个香菱没闹清，偏又添了你这么个话口袋子，满嘴里说的是什么：怎么是杜工部【杜甫】之沉郁，韦苏州【韦应物】之淡雅，又怎么是温八叉【温庭筠】之绮靡，李义山【李商隐】之隐僻。放着两个现成的诗家不知道，提那些死人做什么！"湘云听了，忙笑问道："是那两个？好姐姐，你告诉我。"宝钗笑道："呆香菱之心苦，疯湘云之话多。"湘云香菱听了，都笑起来。

正说着，只见宝琴来了，披着一领斗篷，金翠辉煌，不知何物。宝钗忙问："这是那里的？"宝琴笑道："因下雪珠儿，老太太找了这一件给我的。"香菱上来瞧道："怪道这么好看，原来是孔雀毛织的。"湘云道："那里是孔雀毛，就是野鸭子头上的毛作的。可见老太太疼你了，这样疼宝玉，也没给他穿。"宝钗道："真俗语说'各人有缘法'。我也再想不到他这会子来，既来了，又有老太太这么疼他。"湘云道："你除了在老太太跟前，就在园里来，这两处只管顽笑吃喝。到了太太屋里，若太太在屋里，只管和太太说笑，多坐一回无妨；若太太不在屋里，你别进去，那屋里人多心坏，都是要害咱们的。"说的宝钗、宝琴、香菱、莺儿等都笑了。宝钗笑道："说你没心，却又有心；虽然有心，到底嘴太直了。我们这琴儿就有些像你。你天天说要我作亲姐姐，我今儿竟叫你认他作亲妹妹罢了。"湘云又瞅了宝琴半日，笑道："这一件衣裳也只配他穿，别人穿了，实在不配。"

正说着，只见琥珀走来笑道："老太太说了，叫宝姑娘别管紧了琴姑娘。他还小呢，让他爱怎么样就怎么样。要什么东西只管要去，别多心。"宝钗忙起身答应了，又推宝琴笑道："你也不知是那里来的福气！你倒去罢，仔细我们委曲着你。我就不信我

再说香菱学诗。宝钗"受不得了"，一是因为他们"不守本分"，二是话太多。而必有如此谈诗，才与起诗社的氛围相吻合。

宝琴正式亮相——前面只是"侧面描写"（互见互评法）——也只是拿一件斗篷说事。

"雪"字初现。写斗篷，也是为了引出"雪"字。

王夫人屋里人指谁？湘云是贾母的人，贾母宠之，王夫人手下的人大概看不惯。

这宝琴到底怎样好？还只是从老太太、宝钗的角度来侧面烘托。

那些儿不如你。"说话之间，宝玉黛玉都进来了，宝钗犹自嘲笑。湘云因笑道："宝姐姐，你这话虽是顽话，恰有人真心是这样想呢。"琥珀笑道："真心恼的再没别人，就只是他。"口里说，手指着宝玉。宝钗湘云都笑道："他倒不是这样人。"琥珀又笑道："不是他，就是他。"说着又指着黛玉。湘云便不则声。宝钗忙笑道："更不是了。我的妹妹和他的妹妹一样。他喜欢的比我还疼呢，那里还恼？你信云儿混说。他的那嘴有什么实据。"

宝玉素习深知黛玉有些小性儿，且尚不知近日黛玉和宝钗之事，正恐贾母疼宝琴他心中不自在，今见湘云如此说了，宝钗又如此答，再审度黛玉声色亦不似往时，果然与宝钗之说相符，心中闷闷不解。因想："他两个素日不是这样的好，今看来竟更比他人好十倍。"一时林黛玉又赶着宝琴叫妹妹，并不提名道姓，直是亲姊妹一般。那宝琴年轻心热，且本性聪敏，自幼读书识字，今在贾府住了两日，大概人物已知。又见诸姊妹都不是那轻薄脂粉，且又和姐姐皆和契，故也不肯怠慢。其中又见林黛玉是个出类拔萃的，便更与黛玉亲敬异常。宝玉看着只是暗暗的纳罕。

一时宝钗姊妹往薛姨妈房内去后，湘云往贾母处来，林黛玉回房歇着。宝玉便找了黛玉来，笑道："我虽看了《西厢记》，也曾有明白的几句，说了取笑，你曾恼过。如今想来，竟有一句不解，我念出来你讲讲我听。"黛玉听了，便知有文章，因笑道："你念出来我听听。"宝玉笑道："那《闹简》上有一句说得最好，'是几时孟光接了梁鸿案？'【《后汉书·梁鸿传》有梁鸿接了孟光之案的记载。《西厢记》这句唱词是说崔莺莺接受了张生的爱情，这里则是问黛玉几时接受了宝钗的友情。】'孟光接了梁鸿案'这七个字，不过是现成的典，难为他这'是几时'三个虚字问的有趣。是几时接了？你说说我听。"黛玉听了，禁不住也笑起来，因笑道："这原问的好。他也问的好，你也问的好。"宝玉道："先时你只疑我，如今你也没的说，我反落了单。"黛玉

宝钗为黛玉辩护。

黛玉喜欢宝琴，未必都从宝钗身上来。钗黛关系突然大变，宝玉都"闷闷不解""暗暗的纳罕"。

写宝琴只此八字："年轻心热，本性聪敏。"此一"热"字恰与宝钗之"冷"相对。

如果不能理解宝玉所问何事，可以从黛玉所答中得到解释。

笑道："谁知他竟真是个好人，我素日只当他藏奸。"因把说错了酒令起，连送燕窝病中所谈之事，细细告诉了宝玉。宝玉方知缘故，因笑道："我说呢，正纳闷'是几时孟光接了梁鸿案'，原来是从'小孩儿口没遮拦'就接了案了。"

黛玉因又说起宝琴来，想起自己没有姊妹，不免又哭了。宝玉忙劝道："你又自寻烦恼了。你瞧瞧，今年比旧年越发瘦了，你还不保养。每天好好的，你必是自寻烦恼，哭一会子，才算完了这一天的事。"黛玉拭泪道："近来我只觉心酸，眼泪却像比旧年少了些的。心里只管酸痛，眼泪却不多。"宝玉道："这是你哭惯了心里疑的，岂有眼泪会少的！"

正说着，只见他屋里的小丫头子送了猩猩毡斗篷来，又说："大奶奶才打发人来说，下了雪，要商议明日请人作诗呢。"一语未了，只见李纨的丫头走来请黛玉。宝玉便邀着黛玉同往稻香村来。黛玉换上掐金挖云红香羊皮小靴，罩了一件大红羽纱面白狐狸里的鹤氅，束一条青金闪绿双环四合如意绦，头上罩了雪帽。

二人一齐踏雪行来。只见众姊妹都在那边，都是一色大红猩猩毡与羽毛缎斗篷，独李纨穿一件青哆罗呢对襟褂子，薛宝钗穿一件莲青斗纹锦上添花洋线番羓丝的鹤氅；邢岫烟仍是家常旧衣，并无避雪之衣。一时史湘云来了，穿着贾母与他的一件貂鼠脑袋面子大毛黑灰鼠里子里外发烧大褂子，头上带着一顶挖云鹅黄片金里大红猩猩毡昭君套，又围着大貂鼠风领。黛玉先笑道："你们瞧瞧，孙行者来了。他一般的也拿着雪褂子，故意装出个小骚达子【即下文说的"小子的样儿"，女扮男装】来。"湘云笑道："你们瞧我里头打扮的。"一面说，一面脱了褂子。只见他里头穿着一件半新的靠色三镶领袖秋香色盘金五色绣龙窄褙小袖掩衿银鼠短袄，里面短短的一件水红妆缎狐肷褶子，腰里紧紧束着一条蝴蝶结子长穗五色宫绦，脚下也穿着麂皮小靴，越显的蜂腰猿臂，鹤势螂形。众人都笑道："偏他只爱打扮成个小子的样儿，原比他打扮女儿更俏丽了些。"

宝玉对所谓"钗黛友情"并不欣赏。"原来是从'小孩儿口没遮拦'就接了案了"——那不是友情，是控制，是利用的你的天真幼稚笼络了你。

黛玉"今年比旧年越发瘦了"，连眼泪都比旧年少了。看来吃药无效，喝"燕窝粥"也无效。

再说斗篷，再说雪，为作诗创造境界。

众皆穿"红"。李纨穿"青"，因为寡居；宝钗也穿"青"，见其素朴？岫烟衣旧，见得困穷。

写史湘云单独出场，凸显其个性：像男孩儿一样有豪爽气，以至于喜欢女扮男装。

湘云道："快商议作诗！我听听是谁的东家？"李纨道："我的主意。想来昨儿的正日已过了，再等正日又太远，可巧又下雪，不如大家凑个社，又替他们接风，又可以作诗。你们意思怎么样？"宝玉先道："这话很是。只是今日晚了，若到明儿，晴了又无趣。"众人都道："这雪未必晴，纵晴了，这一夜下的也够赏了。"李纨道："我这里虽好，又不如芦雪广【yǎn，因岩架成之屋】好。我已经打发人笼地炕去了，咱们大家拥炉作诗。老太太想来未必高兴，况且咱们小顽意儿，单给凤丫头个信儿就是了。你们每人一两银子就够了，送到我这里来。"指着香菱、宝琴、李纹、李绮、岫烟道，"他们五个不算外，咱们里头二丫头病了不算，四丫头告了假也不算，你们四分子送了来，我包总五六两银子也尽够了。"宝钗等一齐应诺。因又拟题限韵，李纨笑道："我心里自己定了，等到了明日临期，横竖知道。"说毕，大家又闲话了一回，方往贾母处来。本日无话。

到了次日一早，宝玉因心里记挂着这事，一夜没好生得睡，天亮了就爬起来。掀开帐子一看，虽门窗尚掩，只见窗上光辉夺目，心内早踌躇起来，埋怨定是晴了，日光已出。一面忙起来揭起窗屉，从玻璃窗内往外一看，原来不是日光，竟是一夜大雪，下将有一尺多厚，天上仍是搓绵扯絮一般。宝玉此时欢喜非常，忙唤人起来，盥漱已毕，只穿一件茄色哆罗呢狐皮袄子，罩一件海龙皮小小鹰膀褂，束了腰，披了玉针蓑，戴上金藤笠，登上沙棠屐，忙忙的往芦雪广来。出了院门，四顾一望，并无二色，远远的是青松翠竹，自己却如装在玻璃盒内一般。于是走至山坡之下，顺着山脚刚转过去，已闻得一股寒香拂鼻。回头一看，恰是妙玉门前栊翠庵中有十数株红梅如胭脂一般，映着雪色，分外显得精神，好不有趣！宝玉便立住，细细的赏玩一回方走。只见蜂腰板桥上一个人打着伞走来，是李纨打发了请凤姐儿去的人。

宝玉来至芦雪广，只见丫鬟婆子正在那里扫雪开径。原来这芦雪广盖在傍山临水河滩之上，一带几间，茅檐土壁，槿篱竹牖，推窗便可垂钓，四面都是芦苇掩覆，一条去径透迤穿芦度苇过去，便是藕香榭的竹桥了。众丫鬟婆子见他披蓑戴笠而来，都笑道："我们才说正少一个渔翁，如今都全了。姑娘们吃了饭才来呢，你也太性急了。"宝玉听了，只得回来。刚至沁芳亭，见探春正从秋爽斋来，围着大红猩猩毡斗篷，戴着观音兜，扶着小丫头，后面一个妇人打着青绸油伞。宝玉知他往贾母处去，便立在亭边，等他来到，二人一同出园前去。宝琴正在里间房内梳洗更衣。

一时众姊妹来齐，宝玉只嚷饿了，连连催饭。好容易等摆上来，头一样菜便是牛乳蒸羊羔。贾母便说："这是我们有年纪的人的菜，没见天日的东西，可惜你们小孩子们吃不得。今儿另外有新鲜鹿肉，你们等着吃。"众人答应了。宝玉却等不得，只拿茶泡了一碗饭，就着野鸡瓜齑忙忙的咽完了。贾母道："我知道你们今儿又有事情，连饭也不顾吃了。"便叫"留着鹿肉与他晚上吃"，凤姐忙说"还有呢"，方才罢了。史湘云便悄和宝玉计较道："有新鲜鹿肉，不如咱们要一块，自己拿了园里弄着，又顽又吃。"宝玉听了，巴不得一声儿，便真和凤姐要了一块，命婆子送入园去。

一时大家散后，进园齐往芦雪广来，听李纨出题限韵，独不见湘云宝玉二人。黛玉道："他两个再到不了一处，若到一处，生出多少故事来。这会子一定算计那块鹿肉去了。"正说着，只见李婶也走来看热闹，因问李纨道："怎么一个带玉的哥儿和那一个挂金麒麟的姐儿，那样干净清秀，又不少吃的，他两个在那里商议着要吃生肉呢，说的有来有去的。我只不信肉也生吃得的。"众人听了，都笑道："了不得，快拿了他两个来。"黛玉笑道："这可是云丫头闹的，我的卦再不错。"

李纨等忙出来找着他两个说道："你们两个要吃生的，我送你们到老太太那里吃去。那怕吃一只生鹿，撑病了不与我相干。这么大雪，怪冷的，替我作祸呢。"宝玉笑道："没有的事，我们

紧锣密鼓。幸有众多"丫鬟婆子""笼地炕""扫雪开径"等，不然，少爷小姐们也只能望雪兴叹。

见得此"羊羔"是未出生的羊胎。

自己弄鹿肉吃，必由湘云提出，必有宝玉应和。为写诗又添一道色彩。

知此二人者，黛玉也；见此行径者，李婶也。

"拿"者，捉拿也，缉捕也，妙！

尽到社长的责任。

烧着吃呢。"李纨道："这还罢了。"只见老婆们拿了铁炉、铁叉、铁丝缳来，李纨道："仔细割了手，不许哭！"说着，同探春进去了。

凤姐打发了平儿来回复不能来，为发放年例正忙。湘云见了平儿，那里肯放。平儿也是个好顽的，素日跟着凤姐儿无所不至，见如此有趣，乐得顽笑，因而褪去手上的镯子，三个围着火炉儿，便要先烧三块吃。那边宝钗黛玉平素看惯了，不以为异，宝琴等及李婶深为罕事。探春与李纨等已议定了题韵。探春笑道："你闻闻，香气这里都闻见了，我也吃去。"说着，也找了他们来。李纨也随来说："客已齐了，你们还吃不够？"湘云一面吃，一面说道："我吃这个方爱吃酒，吃了酒才有诗。若不是这鹿肉，今儿断不能作诗。"说着，只见宝琴披着凫靥裘站在那里笑。湘云笑道："傻子，过来尝尝。"宝琴笑说："怪脏的。"宝钗道："你尝尝去，好吃的。你林姐姐弱，吃了不消化，不然他也爱吃。"宝琴听了，便过去吃了一块，果然好吃，便也吃起来。

一时凤姐儿打发小丫头来叫平儿。平儿说："史姑娘拉着我呢，你先走罢。"小丫头去了。一时只见凤姐也披了斗篷走来，笑道："吃这样好东西，也不告诉我！"说着也凑着一处吃起来。黛玉笑道："那里找这一群花子【乞丐】去！罢了，罢了，今日芦雪广遭劫，生生被云丫头作践了。我为芦雪广一大哭！"湘云冷笑道："你知道什么！'是真名士自风流'，你们都是假清高，最可厌的。我们这会子腥膻大吃大嚼，回来却是锦心绣口。"宝钗笑道："你回来若作的不好了，把那肉掏了出来，就把这雪压的芦苇子摁上些，以完此劫。"

说着，吃毕，洗漱了一回。平儿带镯子时却少了一个，左右前后乱找了一番，踪迹全无。众人都诧异。凤姐儿笑道："我知道这镯子的去向。你们只管作诗去，我们也不用找，只管前头去，不出三日包管就有了。"说着又问："你们今儿作什么诗？老太太说了，离年又近了，正月里还该作些灯谜儿大家顽笑。"众

此镯子埋下一段故事。

插入"脂粉香娃割腥啖膻"一节，添了一种豪气、野气，大有助于诗兴也。

宝琴穿着如此华贵，也禁不住烤鹿肉的诱惑。这正是生活的"两面"：内与外，文与野。

湘云狂态，无人计较。

和谐之中必有不和谐，诗尚未作又要制灯谜，都是为后来情节铺垫。

人听了，都笑道："可是倒忘了。如今赶着作几个好的，预备正月里顽。"说着，一齐来至地炕屋内，只见杯盘果菜俱已摆齐，墙上已贴出诗题、韵脚、格式来了。宝玉湘云二人忙看时，只见题目是"即景联句，五言排律一首，限二萧韵。"后面尚未列次序。李纨道："我不大会作诗，我只起三句罢，然后谁先得了谁先联。"宝钗道："到底分个次序。"要知端的，且听下回分解。

【 回后评 】

　　此一回书带有过渡性质：收住香菱学诗，开启众芳联句。

　　香菱咏月诗的第三稿，众人看了都说："这首不但好，而且新巧有意趣。可知俗语说'天下无难事，只怕有心人'。社里一定请你了。"相比之下，确比前两稿好。前两稿，内容拘谨狭隘，形式生硬牵强。这一稿，内容上放开了，因月联想，有征人游子，写相离相思；形式上"新巧"了，用词有借代，造句有倒装，等等。特别是融入了个人的身世之感，有作诗人的情态口吻——"精华欲掩料应难"，"缘何不使永团圆"，让人能感到作者的心跳。但就此说"天下无难事，只怕有心人"恐怕就牵强了。实际上，一个人即使天资过人，也难以"三稿过关"。当然，小说可以这样写，可以这样说，读者切不可信以为真。

　　再说，香菱此诗，从写着"顽"的层次看，说它好没有问题。如果说到诗歌创作上去，它就没有多大的价值。其中间两联，不过是"掉书袋"："一片砧敲千里白"从李白的《子夜吴歌·秋歌》之"长安一片月，万户捣衣声"化出，"绿蓑江上秋闻笛"从张若虚的《春江花月夜》之"谁家今夜扁舟子？何处相思明月楼？"化出。原作者是源于生活，香菱则只是源于前人之作；而且，这两联语意重叠，是为诗之忌。

　　语曰"读万卷书，行万里路"，要成为诗人，二者不可缺一。

　　我们在评批中一直使用"互解"这个概念，就此回书不妨做一点解释。众所周知，凡是合格的文本，都是有机整体，其构成因素之间有一种既互相制约又互相阐释的关系，这就是"互解"。互解有多种形态：同样的意思，用不同的说法，可以"同义互解"；在相对的结构中，相对应的词语意义或相反相对，或相同相近，可以"对义互解"；积词成句，积句成章，构成一个语义链，环环相扣，可以"连义互解"；等等。此回书中，就有多处需作"互解"。

比如下面这段文字：

探春道："林丫头刚起来了，二姐姐又病了，终是七上八下的。"宝玉道："二姐姐又不大作诗，没有他又何妨。"探春道："越性等几天，他们新来的混熟了，咱们邀上他们岂不好？这会子大嫂子宝姐姐心里自然没有诗兴的，况且湘云没来，颦儿刚好了，人人不合式。不如等着云丫头来了，这几个新的也熟了，颦儿也大好了，大嫂子和宝姐姐心也闲了，香菱诗也长进了：如此邀一满社，岂不好？……"

"林丫头刚起来了"——什么叫"刚起来了"？这是没有"工具书"可查的。但从相对的"二姐姐又病了"这句可以悟到，那是说黛玉的病有好转了，这就是"对义互解"。再看下面——"颦儿刚好了""颦儿也大好了"，显然都在说黛玉病情的变化，这就是"连义互解"。再看这句："这会子大嫂子宝姐姐心里自然没有诗兴的"——为什么"这会子""没有诗兴"？下面说"大嫂子和宝姐姐心也闲了"就是解释：因为不得"闲"。为什么不得"闲"？就还得往前"倒"，因为有亲眷刚到，得招待安排。这又是"连义互解"。还有"邀一满社"之说，要弄明白也得靠"互解"——这又涉及虚实问题，概括地说属虚，详细地说属实，虚实互解是"同义互解"的一种形态。

我们评批《红楼梦》，价值取向之一就是训练阅读思维，从根本上提高把书读明白的能力，这"互解"思维就是其内涵之一。

第五十回

芦雪广争联即景诗

暖香坞雅制春灯谜

此回着重在宝琴，却出色写湘云。出色写宝琴者，全为与宝玉提亲作引也。金针暗度，不可不知。

脂粉香娃大吃烤肉，聪男智女争胜联诗

上一回书为诗社活动准备了充足的条件：天时——大雪，地利——有芦雪广，人和——群芳汇聚。此一回书就直接进入作诗的活动。

先写"芦雪广争联即景诗"。在这个过程中，最为活跃的当属史湘云。上回书已经说过，她喝酒吃鹿肉，说："我吃这个方爱吃酒，吃了酒才有诗。若不是这鹿肉，今儿断不能作诗。""我们这会子腥膻大吃大嚼，回来却是锦心绣口。"果然，开始还按次序发言，后来就形成宝钗、宝琴、黛玉三人共战湘云的局面。宝玉插了一回嘴，湘云竟然说："你快下去，你不中用，倒耽搁了我。"再到后来，就不等上家出句，纷纷抢着一句接一句地斗起来。湘云说："我也不是作诗，竟是抢命呢。"

联句结束，一统计，自然是湘云最多，而宝玉最少。于是罚他到栊翠庵折红梅，并商定要作咏梅诗：分别以"红梅花"三字为第一韵字，由邢岫烟、李纹、薛宝琴三人各作七言律一首，而让宝玉回来作《访妙玉乞红梅》。

宝玉折回红梅一枝，众人都笑称谢。宝玉笑道："你们如今赏罢，也不知费了我多少精神呢。"赏梅之际，邢岫烟、李纹、薛宝琴三人的诗都已吟成，各自写了出来，大家称赏了一番。待宝玉的写出来，大家才评论时，有小丫鬟跑进来道："老太太来了。"

话题即刻转移。老太太说："有作诗的，不如作些灯谜，大家正月里好玩。"众人答应了。她又关心惜春的画儿，就带着大家去看。惜春说："天气寒冷了，胶性皆凝涩不润，画了恐不好看，故此收起来。"贾母只说："我年下就要的。你别拖懒儿，快拿出来给我快画。"在回去的路上，贾母又见到宝琴和一个丫鬟抱着一瓶红梅站在山坡上，第二天就亲嘱惜春："不管冷暖，你只画去，赶到年下，十分不能便罢了。第一要紧把昨日琴儿和丫头梅花，照模照样，一笔别错，快快添上。"惜春听了虽是为难，只得应了。

因为老太太嘱咐让作灯谜，李纨把作好的几个取自《四书》的念给大家听。宝钗道："这些虽好，不合老太太的意思，不如作些浅近的物儿，大家雅俗共赏才好。"接下来，就是按照这个原则编制灯谜了。

中间插说一节贾母欲给宝琴说亲，将她嫁给宝玉，似乎表明老太太对"木石之盟"已经动摇。

话说薛宝钗道："到底分个次序，让我写出来。"说着，便令众人拈阄【jiū】为序。起首恰是李氏，然后按次各各开出。凤姐儿说道："既是这样说，我也说一句在上头。"众人都笑说道："更妙了！"宝钗便将稻香老农之上补了一个"凤"字，李纨又将题目讲与他听。凤姐儿想了半日，笑道："你们别笑话我。我只有一句粗话，下剩的我就不知道了。"众人都笑道："越是粗话越好，你说了只管干正事去罢。"凤姐儿笑道："我想下雪必刮北风。昨夜听见了一夜的北风，我有了一句，就是'一夜北风紧'，可使得？"众人听了，都相视笑道："这句虽粗，不见底下的，这正是会作诗的起法。不但好，而且留了多少地步与后人。就是这句为首，稻香老农快写上续下去。"凤姐和李婶平儿又吃了两杯酒，自去了。这里李纨便写了：

一夜北风紧，

自己联道：

大家知道这是在"玩儿"，不是"正事"。

凤姐不会掉书袋，这一句倒是来源于生活。

开门雪尚飘。

入泥怜洁白【可惜洁白的雪化入泥而污】,

香菱道:

匝【满】地惜琼瑶【那满地积雪恰如美玉,更值得珍惜】。

有意荣枯草【那雪化为水,是要滋润枯草,助它逢春萌发】,

探春道:

无心饰萎苕【那积雪却无心去做那枯萎芦花的装饰品】。

价高村酿熟【雪大天寒,连村酿的烧酒都要涨价了】,

李绮道:

年稔【rěn 庄稼成熟】府梁饶【可瑞雪兆丰年,预示着府库的粮食将会更加丰盈】。

葭动灰飞管【"葭灰"在观测节气的律管中飞动,表明冬至节到】,

李纹道:

阳回斗转杓【连北斗星的斗柄也指向东方,天地间阳气上升,春天即将到来】。

寒山已失翠【大雪封山,再也看不到往日的苍翠】,

岫烟道:

冻浦不闻潮【河面封冻，再也听不到水浪冲击的声响】。

易挂疏枝柳【那雪花很容易粘挂在稀疏的柳枝之上】，

湘云道：

难堆破叶蕉【但很难在那破败的芭蕉叶上堆积】。

麝煤融【燃烧】宝鼎【雪大风寒，鼎形的火炉内燃烧着有香味的煤炭】，

宝琴道：

绮袖【代指双手】笼金貂【即使如此，还是觉得冷，就把双手熘在貂皮衣里】。

光夺【压倒，遮掩】窗前镜【窗前的雪光比明镜还亮】，

黛玉道：

香粘壁上椒【雪花飞舞，似乎也沾染上椒墙的芳香】。

斜风仍故故【寒风依然阵阵地吹来】，

宝玉道：

清梦转聊聊【短暂】【天气寒冷，辗转难眠，连梦也被冻醒】。

何处梅花笛【难眠之夜，是谁在吹那幽幽怨怨的《梅花落》笛曲】？

宝钗道：

谁家碧玉箫【又是哪里传来呜呜咽咽的《碧玉歌》的箫声】？

鳌愁坤轴陷【雪越积越厚，南海鳌鱼都要担心大地会被压塌】，

李纨笑道："我替你们看热酒去罢"。宝钗命宝琴续联，只见湘云站起来道：

龙斗阵云销【雪花飞扬，原是玉龙交战的败鳞残甲，龙战一停，就会云散天晴】。

野岸回孤棹【有人冒雪驾舟访故友，兴尽而归也风流】，

宝琴也站起道：

吟鞭指灞桥【有人遇雪诗兴高，挥鞭吟咏过灞桥】。

赐裘怜抚戍【怜惜戍边将士，皇家赐予皮衣表示关心与爱抚】，

湘云打破既有秩序，开始"抢答"。

湘云那里肯让人，且别人也不如他敏捷，都看他扬眉挺身的说道：

加絮念征徭【体恤服役征人，就多加棉絮，把冬衣做得更加保暖】。

坳垤【dié，小土丘】审夷险【地面高低不平，因有雪覆盖，走路要细察看清】，

宝钗连声赞好，也便联道：

枝柯怕动摇【不要摇动树杈，一摇上面冻结的冰雪就会

掉下来】。

皑皑轻趁步【人们走在皑皑白雪之上，脚步都放得很
轻】，

黛玉忙联道：

翦翦【寒风吹动的样子】舞随腰【寒风吹过，人们走
路时腰肢扭动，就像在舞蹈】。

煮芋成新赏【苏东坡曾赞赏以"煮芋"拟雪之白的比
喻】，

一面说，一面推宝玉，命他联。宝玉正看宝钗、宝琴、黛玉三人
共战湘云，十分有趣，那里还顾得联诗，今见黛玉推他，方
联道：

"战"字好：比才学，
比敏捷，如同作战。

撒盐是旧谣【在更早就有拿"撒盐"比喻飘雪的记载】。
苇蓑犹泊钓【有人穿着蓑衣还在苇塘边垂钓】，

湘云笑道："你快下去，你不中用，倒耽搁了我。"一面只听宝琴
联道：

湘云兴致高，不让宝玉
插嘴。

林斧不闻樵【天气太冷，再也听不到林中砍柴的声音】。
伏象千峰凸【那雪下连绵的山峰就像趴伏的大象】，

湘云忙联道：

盘蛇一径遥【那山间的小路，看上去就像盘绕的长蛇】。
花缘经冷聚【那雪花，正是因为经受寒冷才凝聚成形】，

宝钗与众人又忙赞好。探春又联道：

色岂畏霜凋【那雪的洁白之色哪里会因为霜寒而凋残】。
深院惊寒雀【积雪太深，鸟雀到深院觅食见人而惊飞】，

湘云正渴了，忙忙的吃茶，已被岫烟联道：

空山泣老鸮【大雪覆盖照如白昼，老鸮无食也鸣声
凄惨】。
阶墀【chí】随上下【雪落到台阶上，就随着台阶分出
上下】，

湘云忙丢了茶杯，忙联道：

池水任浮漂【雪落到池水上，就随波而逐流】。
照耀临清晓【大雪铺地，雪光照亮了黎明】，

黛玉联道：

缤纷入永宵【直到夜来，它依然纷纷扬扬不肯停止】。
诚忘三尺【指剑】冷【将士因为忠于王朝而忘记了戍
边的寒苦】，

湘云忙笑联道：

瑞释九重焦【帝王因为瑞雪丰年而消除了饥荒的焦虑】。
僵卧谁相问【大雪封门，有人干脆长卧不起，谁也不去
拜访】，

宝琴也忙笑联道：

狂游客喜招【有的人却踏雪出游，喜欢邀请其来做客】。
天机断缟带【大雪洁白，就像天上的织机飘下的白丝绸】，

湘云又忙道：

海市失鲛绡【又像从海市移来的鲛人所制造的白纱】。

林黛玉不容他出，接着便道：

寂寞对台榭【有人因为寂寞，就怀念起过去在台榭间友
朋相聚的时刻】，

湘云忙联道：

清贫怀箪瓢【有人因为衣食无着，怀念起箪食瓢饮的
日子】。

宝琴也不容情，也忙道：

烹茶冰渐沸【有人用冰雪烹茶，水沸得很慢】，

湘云见这般，自为得趣，又是笑，又忙联道：

煮酒叶难烧【要煮酒，因为雪打柴湿，火很难烧旺】。

黛玉也笑道：

不待上家出句，节奏加
快。还是宝琴、黛玉、宝钗
三人"战"湘云。

没帚山僧扫【山僧扫雪，那雪把扫帚都淹没了】，

宝琴也笑道：

笑、喊、嚷，这才见得对"战"之酣。

埋【低】琴稚子挑【让孩童弹琴，那琴弦因雪受潮，声音也低下而不响亮】。

湘云笑的弯了腰，忙念了一句，众人问"到底说的什么？"湘云喊道：

石楼闲睡鹤【因为大雪，白鹤在石楼上懒洋洋地打瞌睡】，

黛玉笑的握着胸口，高声嚷道：

锦罽暖亲猫【因为天冷，猫咪紧紧地偎依着毛毡取暖】。

宝琴也忙笑道：

月窟翻【倾泻】银浪【雪光之亮，就如月光泼洒大地】，

湘云忙联道：

霞城隐赤标【积雪之厚，把赤城山都掩埋得无影无踪】。

黛玉忙笑道：

沁梅香可嚼【雪沁梅花，其香可人，正可以大快朵颐】，

宝钗笑称好，也忙联道：

淋竹醉堪调【雪打竹林，声如碎玉，令人陶醉，正好弹琴应和】。

宝琴也忙道：

或湿鸳鸯带【风雪扑打，有时会沾湿了腰间的鸳鸯带】，

湘云忙联道：

时凝翡翠翘【又有时会凝结在头上的翡翠翘上】。

黛玉又忙道：

无风仍脉脉【风停了，那雪花仍脉脉地飘飞】，

宝琴又忙笑联道：

不雨亦潇潇【不是下雨，但也有如雨般的潇潇之声】。

湘云伏着已笑软了。众人看他三人对抢，也都不顾作诗，看着也只是笑。黛玉还推他往下联，又道："你也有才尽之时。我听听还有什么舌根嚼了！"湘云只伏在宝钗怀里，笑个不住。宝钗推他起来道："你有本事，把'二萧'的韵全用完了，我才服你。"湘云起身笑道："我也不是作诗，竟是抢命呢。"众人笑道："倒是你说罢。"探春早已料定没有自己联的了，便早写出来，因说："还没收住呢。"李纨听了，接过来便联了一句道：

这个韵部有 100 多字。

的确不在作诗，而是比拼才气。

李绮收了一句道：

凭诗祝舜尧【只有在尧舜一般的太平盛世，才能有今天这样的盛会，这些诗就算是我们对盛世的歌颂吧】。

李纨道："够了，够了。虽没作完了韵，腾的字若生扭用了，倒不好了。"说着，大家来细细评论一回，独湘云的多，都笑道："这都是那块鹿肉的功劳。"

李纨笑道："逐句评去都还一气，只是宝玉又落了第了。"宝玉笑道："我原不会联句，只好担待我罢。"李纨笑道："也没有社社担待你的。又说韵险了，又整误了，又不会联句了，今日必罚你。我才看见栊翠庵的红梅有趣，我要折一枝来插瓶。可厌妙玉为人，我不理他。如今罚你去取一枝来。"众人都道这罚的又雅又有趣。

宝玉也乐为，答应着就要走。湘云黛玉一齐说道："外头冷得很，你且吃杯热酒再去。"湘云早执起壶来，黛玉递了一个大杯，满斟了一杯。湘云笑道："你吃了我们的酒，你要取不来，加倍罚你。"宝玉忙吃一杯，冒雪而去。李纨命人好好跟着。黛玉忙拦说："不必，有了人反不得了。"李纨点头说："是。"一面命丫鬟将一个美女耸肩瓶拿来，贮了水准备插梅，因又笑道："回来该咏红梅了。"

湘云忙道："我先作一首。"宝钗忙道："今日断乎不容你再作了。你都抢了去，别人都闲着，也没趣，回来还罚宝玉，他说不会联句，如今就叫他自己作去。"黛玉笑道："这话很是。我还有个主意，方才联句不够，莫若拣着联的少的人作红梅。"宝钗笑道："这话是极。方才邢李三位屈才，且又是客。琴儿和颦儿云儿三个人也抢了许多，我们一概都别作，只让他三个作才是。"

收在颂圣上，作"政治安全"的面罩。

上回书写湘云、宝玉吃烤鹿肉，湘云说："我们这会子腥膻大吃大嚼，回来却是锦心绣口。"

在女儿面前，宝玉从来退让。而跟妙玉打交道，宝玉却是最佳人选。自然转入乞梅一段。

宝、妙关系微妙，黛玉知之。

钗黛"和谐"，一唱一和。

李纨因说："绮儿也不大会作，还是让琴妹妹作罢。"宝钗只得依允，又道："就用'红梅花'三个字作韵，每人一首七律。邢大妹妹作'红'字，你们李大妹妹作'梅'字，琴儿作'花'字。"李纨道："饶过宝玉去，我不服。"湘云忙道："有个好题目命他作。"众人问何题目？湘云道："命他就作'访妙玉乞红梅'，岂不有趣？"众人听了，都说有趣。

一语未了，只见宝玉笑欣欣掮【qián，用肩扛】了一枝红梅进来，众丫鬟忙已接过，插入瓶内。众人都笑称谢。宝玉笑道："你们如今赏罢，也不知费了我多少精神呢。"说着，探春早又递过一钟暖酒来，众丫鬟走上来接了蓑笠掸雪。各人房中丫鬟都添送衣服来，袭人也遣人送了半旧的狐腋褂来。李纨命人将那蒸的大芋头盛了一盘，又将朱橘、黄橙、橄榄等物盛了两盘，命人带与袭人去。湘云且告诉宝玉方才的诗题，又催宝玉快作。宝玉道："姐姐妹妹们，让我自己用韵罢，别限韵了。"众人都说："随你作去罢。"

怎么"费精神"，虚写一句。

一面说，一面大家看梅花。原来这枝梅花只有二尺来高，旁有一横枝纵横而出，约有五六尺长，其间小枝分歧，或如蟠螭，或如僵蚓，或孤削如笔，或密聚如林，花吐胭脂，香欺兰蕙，各各称赏。谁知邢岫烟、李纹、薛宝琴三人都已吟成，各自写了出来。众人便依"红梅花"三字之序看去，写道是：

咏红梅花　得"红"字　邢岫烟

桃未芳菲杏未红【与下句合为一句。此句说：在桃、杏尚未开花的时候】，冲寒先已笑东风【红梅就不待东风而冒寒开放了。笑，嘲笑、傲视】。

魂【代指梅花】飞庚岭春难辨【那精神抖擞的红梅如果开上庚岭，你会把冬天错认为是春天】，霞隔罗浮梦未通【那如霞的红梅如果开上罗浮山，你做梦也不会想到淡妆素服的美人】。

"得'红'字"，即以"红"字所在韵部作此诗的韵脚。"红"在"东"部。

此诗重点扣住一个"红"字展开。首联赞美红梅冒寒而开，是"起"。颔联用两个典故，写其点染春色，令人遐想，是"承"。颈联写绿梅、白梅对红梅的艳美，是"转"。尾联以"不寻常"三字总而括之，是"合"。

绿萼添妆融【点燃】宝炬【那绿梅想要和红梅媲美，就化妆打扮，还要点燃红烛来辉映】，缟仙扶醉跨【兼有】残虹【那白梅羡慕红梅，为使脸色发红就带着醉颜且借助残虹之色】。

看来岂是寻常色【这红梅花看来真是非比寻常】，浓淡由他冰雪中【或浓或淡，它只在冰雪中自由开放】。

咏红梅花　得"梅"字　李纹

白梅懒赋赋红梅【有此红梅，就懒得去写那白梅了】，逞艳先迎醉眼开【它先于百花开放争红斗艳，令观赏者陶醉。醉，使动用法】。

冻脸有痕皆是血【其花色犹如人在冰雪中冻红的脸，泪痕都是血色】，酸心无恨亦成灰【花落成梅，虽心酸而无悔，仍保持着淡漠之心】。

误吞丹药移真骨【应该是白梅误食了丹药变成了这等模样】，偷下瑶池脱旧胎【也许是瑶池碧桃偷下人间变成了这红梅】。

江北江南春灿烂【这红梅开遍大江南北，打扮出灿烂的春光】，寄言蜂蝶漫疑猜【我要告诉蜜蜂、蝴蝶：你们不必犹疑，快去赏花采蜜吧】。

咏红梅花　得"花"字　薛宝琴

疏是枝条艳是花【那疏阔的枝条上满是花朵】，春妆儿女竞奢华【就像春妆打扮的少女，争着展示自己的娇姿美态】。

闲庭曲槛无馀雪【庭院里、回栏边，全不见白梅的身影。雪，喻指白梅】，流水空山有落霞【流水边、空山里，到处都有如霞之红梅的绽放。与上句互文】。

幽梦冷随红袖笛【它的冷艳恐怕会随着《梅花落》的

"梅"在"灰"部。

此诗首联说红梅先于百花开放，色彩格外艳丽，比白梅更值得观赏，值得抒写。颔联赞颂红梅精神：为了早早给人间奉献一分春色，即使冻得满脸血色也要冒寒怒放，即使花败落了只结一枚酸果，也无怨无悔，心淡如灰。颈联以白梅、碧桃衬托红梅的可贵：它们都美慕红梅，千方百计把自己打扮成红梅的样子。尾联总上：红梅带来了春色，劝蜂蝶采蜜，也是呼唤人们观赏。

"花"在"麻"部。

此诗，首联以少女春妆赞红梅的姿容艳美。颔联继续说红梅之美，它漫山遍野，如红霞落地。颈联拓开：它的气质之冷，可以随笛入梦；它的香气之浓，可以一直飘散到银河之槎。尾联总合，说她是仙界之种，毋庸置疑。

笛音浸入少女的幽梦 】，游仙香泛绛河槎【 竹排，木筏 】【 它的浓香能一直飘散到乘槎游银河者的身边 】。

前身定是瑶台【 神仙居处 】种【 这红梅的前身一定是瑶池的品种 】，无复相疑色相差【 看那色彩姿容，不要再怀疑与仙种有什么不同 】。

众人看了，都笑称赏了一番，又指末一首说更好。宝玉见宝琴年纪最小，才又敏捷，深为奇异。黛玉湘云二人斟了一小杯酒，齐贺宝琴。宝钗笑道："三首各有各好。你们两个天天捉弄厌了我，如今捉弄他来了。"李纨又问宝玉："你可有了？"宝玉忙道："我倒有了，才一看见那三首，又吓忘了，等我再想。"湘云听了，便拿了一支铜火箸击着手炉，笑道："我击鼓了，若鼓绝不成，又要罚的。"宝玉笑道："我已有了。"黛玉提起笔来，说道："你念，我写。"湘云便击了一下笑道："一鼓绝。"宝玉笑道："有了，你写吧。"众人听他念道：

酒未开樽句未裁【 酒还没有饮，诗也还未写——这是半句话 】，

黛玉写了，摇头笑道："起的平平。"湘云又道："快着！"宝玉笑道：

寻春问腊到蓬莱【 我就受命到栊翠庵去寻春光访腊梅 】。

黛玉湘云都点头笑道："有些意思了。"宝玉又道：

不求大士瓶中露【 不是求讨观音大士那宝瓶中救苦救难的甘露水 】，为乞嫦娥槛外梅【 只是求乞出家人庵中的一枝红梅 】。

宝玉这首与前者不同，前者皆为咏物，这一首是叙事。首联说奉命去栊翠庵折取红梅，"春""腊"都代指红梅，"蓬莱"喻指栊翠庵。颔联没有什么新意，只是说求取红梅之意。颈联写求取红梅的过程，两句倒装。"离尘"意为"出世"，这里指到出家人的所在；"入世"指回到人世间，也就是回到芦雪广。"红雪""紫云"喻指红梅，"割"是折断，"挑"是肩扛。尾联表功：为折取这红梅，衣服上都沾上青苔了；我用瘦弱的肩膀把它扛回来，你们可要知道我多不容易啊！

黛玉写了，又摇头道："凑巧而已。"湘云忙催二鼓，宝玉又笑道：

入世冷挑红雪去【又扛着红梅回到你们身边】，离尘香割紫云来【我到那尘世之外的地方去折取梅花】。

槎枒谁惜诗肩瘦【这红梅枝杈多姿，我这小肩膀把它扛回来，多不容易啊】，衣上犹沾佛院苔【我这衣上还沾着那佛院的青苔呢】。

写诗告一段落。老太太一来，话题转了。

黛玉写毕，湘云大家才评论时，只见几个丫鬟跑进来道："老太太来了。"众人忙迎出来。大家又笑道："怎么这等高兴！"说着，远远见贾母围了大斗篷，带着灰鼠暖兜，坐着小竹轿，打着青绸油伞，鸳鸯琥珀等五六个丫鬟，每人都是打着伞，拥轿而来。李纨等忙往上迎，贾母命人止住说："只在那里就是了。"来至跟前，贾母笑道："我瞒着你太太和凤丫头来了。大雪地下坐着这个无妨，没的叫他们蹈雪。"众人忙一面上前接斗篷，搀扶着，一面答应着。

贾母来至室中，先笑道："好俊梅花！你们也会乐，我来着了。"说着，李纨早命拿了一个大狼皮褥来铺在当中。贾母坐了，因笑道："你们只管顽笑吃喝。我因为天短了，不敢睡中觉，抹了一回牌，想起你们来了，我也来凑个趣儿。"李纨早又捧过手

不但有酒，还有美食，这里补一笔。

炉来，探春另拿了一副杯箸来，亲自斟了暖酒，奉与贾母。贾母便饮了一口，问那个盘子里是什么东西。众人忙捧了过来，回说是糟鹌鹑。贾母道："这倒罢了，撕一两点腿子来。"李纨忙答应了，要水洗手，亲自来撕。贾母又道："你们仍旧坐下说笑我听。"又命李纨："你也坐下，就如同我没来的一样才好，不然我就去了。"

老太太不懂作诗的乐趣，只知道"灯谜"好玩，众人只好"答应"，未免煞风景。她还特别关心惜春的画儿。

众人听了，方依次坐下。只李纨便挪到尽下边。贾母因问作何事了，众人便说作诗。贾母道："有作诗的，不如作些灯谜，大家正月里好玩。"众人答应了。说笑了一回，贾母便说："这

里潮湿，你们别久坐，仔细受了潮湿。"因说："你四妹妹那里暖和，我们到那里瞧瞧他的画儿，赶年可有了。"众人笑道："那里能年下就有了？只怕明年端阳有了。"贾母道："这还了得！他竟比盖这园子还费工夫了。"

说着，仍坐了竹轿，大家围随，过了藕香榭，穿入一条夹道，东西两边皆有过街门，门楼上里外皆嵌着石头匾，如今进的是西门，向外的匾上凿着"穿云"二字，向里的凿着"度月"两字。来至当中，进了向南的正门，贾母下了轿，惜春已接了出来。从里边游廊过去，便是惜春卧房，门斗上有"暖香坞"三个字。早有几个人打起猩红毡帘，已觉温香拂脸。大家进入房中，贾母并不归坐，只问画在那里。惜春因笑问："天气寒冷了，胶性皆凝涩不润，画了恐不好看，故此收起来。"贾母笑道："我年下就要的。你别托懒儿，快拿出来给我快画。"

一语未了，忽见凤姐儿披着紫羯绒褂，笑欵欵的来了，口内说道："老祖宗今儿也不告诉人，私自就来了，要我好找。"贾母见他来了，心中自是喜悦，便道："我怕你们冷着了，所以不许人告诉你们去。你真是个鬼灵精儿，到底找了我来。以理，孝敬也不在这上头。"凤姐儿笑道："我那里是孝敬的心找了来？我因为到了老祖宗那里，鸦没雀静的，问小丫头子们，他又不肯说，叫我找到园里来。我正疑惑，忽然来了两三个姑子，我心里才明白。我想姑子必是来送年疏，或要年例香例银子，老祖宗年下的事也多，一定是躲债来了。我赶忙问了那姑子，果然不错。我连忙把年例给了他们去。如今来回老祖宗，债主已去，不用躲着了。已预备下希嫩的野鸡，请用晚饭去，再迟一回就老了。"他一行说，众人一行笑。

凤姐儿也不等贾母说话，便命人抬过轿子来。贾母笑着，挽了凤姐的手，仍旧上轿，带着众人，说笑出了夹道东门。一看四面粉妆银砌，忽见宝琴披着凫靥裘站在山坡上遥等，身后一个丫鬟抱着一瓶红梅。众人都笑道："少了两个人，他却在这里等着，

老太太有点不讲理：只要完成任务，不问有什么困难。

玩笑间就把自己的"工作"汇报了，接着就请老太太去用晚饭，连"希嫩的野鸡"都准备好了。

也弄梅花去了。"贾母喜的忙笑道："你们瞧，这山坡上配上他的这个人品，又是这件衣裳，后头又是这梅花，像个什么？"众人都笑道："就像老太太屋里挂的仇十洲画的《双艳图》"。贾母摇头笑道："那画的那里有这件衣裳？人也不能这样好！"

一语未了，只见宝琴背后转出一个披大红猩毡的人来。贾母道："那又是那个女孩儿？"众人笑道："我们都在这里，那是宝玉。"贾母笑道："我的眼越发花了。"说话之间，来至跟前，可不是宝玉和宝琴。宝玉笑向宝钗黛玉等道："我才又到了栊翠庵。妙玉每人送你们一枝梅花，我已经打发人送去了。"众人都笑说："多谢你费心。"

说话之间，已出了园门，来至贾母房中。吃毕饭大家又说笑了一回。忽见薛姨妈也来了，说："好大雪，一日也没过来望候老太太。今日老太太倒不高兴？正该赏雪才是。"贾母笑道："何曾不高兴！我找了他们姊妹们去顽了一会子。"薛姨妈笑道："昨日晚上，我原想着今日要和我们姨太太借一日园子，摆两桌粗酒，请老太太赏雪的，又见老太太安息的早。我闻得女儿说，老太太心下不大爽，因此今日也没敢惊动。早知如此，我正该请。"贾母笑道："这才是十月里头场雪，往后下雪的日子多呢，再破费不迟。"薛姨妈笑道："果然如此，算我的孝心虔了。"

凤姐儿笑道："姨妈仔细忘了，如今先称五十两银子来，交给我收着，一下雪，我就预备下酒，姨妈也不用操心，也不得忘了。"贾母笑道："既这么说，姨太太给他五十两银子收着，我和他每人分二十五两，到下雪的日子，我装心里不快，混过去了，姨太太更不用操心，我和凤丫头倒得了实惠"。凤姐将手一拍，笑道："妙极了，这和我的主意一样。"众人都笑了。贾母笑道："呸！没脸的，就顺着竿子爬上来了！你不该说姨太太是客，在咱们家受屈，我们该请姨太太才是，那里有破费姨太太的理！不这样说呢，还有脸先要五十两银子，真不害臊！"凤姐儿笑道："我们老祖宗最是有眼色的，试一试姨妈，若松呢，拿出五十两来，就和我分。这会子估量着不中用了，翻过来拿我做法子，说出这些大方话来。如今我也不和姨妈要银子，竟替姨妈出银子治了酒，请老祖宗吃了，我另外再封五十两银子孝敬老祖宗，算是罚我个包揽闲事。这可好不好？"话未说完，众人已笑倒在炕上。

贾母因又说及宝琴雪下折梅比画儿上还好，因又细问他的年庚八字并家内景况。薛姨妈度其意思，大约是要与宝玉求配。薛姨妈心中固也遂意，只是已许过梅家了，因贾母尚未明说，自己也不好拟定，遂半吐半露告诉贾母道："可惜这孩子没福，前年他父亲就没了。他从小儿见的世面倒多，跟他父母四山五岳都走遍了。他父亲是好乐的，各处因有买卖，带着家眷，这一省逛一年，明年又往那一省逛半年，所以天下十停走了有五六停了。那年在这里，把他许了梅翰林的儿子，偏第二年他父亲就辞世了，他母亲又是痰症。"凤姐也不等说完，便嗤声跺脚的说："偏不巧，我正要作个媒呢，又已经许了人家。"贾母笑道："你要给谁说媒？"凤姐儿说道："老祖宗别管，我心里看准了他们两个是一对。如今已许了人，说也无益，不如不说罢了。"贾母也知凤姐儿之意，听见已有了人家，也就不提了。大家又闲话了一会方散。一宿无话。

次日雪晴。饭后，贾母又亲嘱惜春："不管冷暖，你只画去，赶到年下，十分不能便罢了。第一要紧把昨日琴儿和丫头梅花，照模照样，一笔别错，快快添上。"惜春听了虽是为难，只得应了。一时众人都来看他如何画，惜春只是出神。

李纨因笑向众人道："让他自己想去，咱们且说话儿。昨儿老太太只叫作灯谜，回家和绮儿纹儿睡不着，我就编了两个'四书'的。他两个每人也编了两个。"众人听了，都笑道："这倒该作的。先说了，我们猜猜。"李纨笑道："'观音未有世家传'【史书上没有观音菩萨的传记】，打'四书'一句。"湘云接着就说："在止于至善。"宝钗笑道："你也想一想'世家传'三个字的意思再猜。"李纨笑道："再想。"黛玉笑道："哦，是了。是'虽善

"包揽闲事"无罪，"包揽词讼"有罪！

可见宝黛婚姻在老太太心里已经动摇。黛玉为无父母做主而悲伤，是有道理的——外祖母靠不住，她总是以"内"为主的。薛姨妈为宝钗必配"有玉的"已努力多时，怎么会"遂意"于宝琴配宝玉呢？曹公的有些话得"分析"着看。凤姐的表演更不可信以为真——她不是早就说过黛玉喝了贾家的茶就该做贾家的媳妇吗？

外行领导如此，实在无计可想。

老太太之命弄得觉都睡不好了。

无征'【语见《中庸》。观音至善，但史无记载，无从考证】。"众人都笑道："这句是了。"李纨又道："一池青草草何名。"湘云忙道："这一定是'蒲芦也'【语见《中庸》："夫政也者，蒲芦也。"义谓从政者要顺应自然】。再不是不成？"李纨笑道："这难为你猜。纹儿的是'水向石边流出冷'，打一古人名。"探春笑问道："可是山涛？"李纹笑道："是。"李纨又道："绮儿的是个'萤'字，打一个字。"众人猜了半日，宝琴笑道："这个意思却深，不知可是花草的'花'字？"李绮笑道："恰是了"。众人道："萤与花何干？"黛玉笑道："妙得很！萤可不是草化的？"众人会意，都笑了说"好"！

还是宝钗更能体贴老太太的心思。

宝钗道："这些虽好，不合老太太的意思，不如作些浅近的物儿，大家雅俗共赏才好。"众人都道："也要作些浅近的俗物才是。"湘云笑道："我编了一支《点绛唇》，恰是俗物，你们猜猜。"说着便念道：

溪壑分离，红尘游戏，真何趣？名利犹虚，后事终难继。

众人不解，想了半日，也有猜是和尚的，也有猜是道士的，也有猜是偶戏人的。宝玉笑了半日，道："都不是，我猜着了，一定是耍的猴儿。"湘云笑道："正是这个了。"众人道："前头都好，末后一句怎么解？"湘云道："那一个耍的猴子不是剁了尾巴去的？"众人听了，都笑起来，说："偏他编个谜儿也是刁钻古怪的。"李纨道："昨日姨妈说，琴妹妹见的世面多，走的道路也多，你正该编谜儿，正用着了。你的诗又好，何不编几个我们猜一猜？"宝琴听了，点头含笑，自去寻思。宝钗也有了一个，念道：

这几个灯谜没有答案。读者诸君可以自己猜猜看。

镂檀锲梓一层层，岂系良工堆砌成？
虽是半天风雨过，何曾闻得梵铃【佛寺、宝塔檐角上挂的铃铛】声!

——打一物。

众人猜时，宝玉也有了一个，念道：

> 天上人间两渺茫，琅玕【lánggān，指竹子】节过谨
> 隄防。
> 鸾音鹤信须凝睇【注视】，好把唏嘘答上苍。

黛玉也有了一个，念道是：

> 骇骊【lù'ěr，马名】何劳缚紫绳？驰城逐堑势狰狞。
> 主人指示风雷动，鳌背三山独立名。

探春也有了一个，方欲念时，宝琴走过来笑道："我从小儿所走的地方的古迹不少。我如今拣了十个地方的古迹，作了十首怀古的诗。诗虽粗鄙，却怀往事，又暗隐俗物十件，姐姐们请猜一猜。"众人听了，都说："这倒巧，何不写出来大家一看？"要知端的——

【回后评】

多人聚会，莫过于"联句"为雅事。联句，就是规定题材、体裁并限定韵部之后你一句我一句地联唱。这种"作品"，从局部看，比如一个偶句的上下联，要绝对符合对偶的规范：内容相关，结构一致，平仄相对，虚实相等。但联与联之间的关系往往就不那么谨严，看上去有东拉西扯的感觉。好在联句赋诗，比的是学识之丰厚与反应之敏捷，并不太在乎最后的"成果"。所以我们不对此次联句以及咏梅诗的内容作什么评价，只是从形式的角

度——诗家语——作一些说明，对读者解读"诗句"或有所帮助。

> 麝煤融宝鼎，
> 绮袖笼金貂。

——从修辞的角度看，"麝煤""宝鼎"是借喻，"绮袖""金貂"是借代。从句法看，"宝鼎""金貂"都作补语，其前是省略了介词"于"。

——句意是：雪大风寒，鼎形的火炉内燃烧着有香味的木炭；即使如此，还是觉得冷，就把双手抄在貂皮衣里。

> 伏象千峰凸，
> 盘蛇一径遥。

——倒装比喻句。既不用表示比喻的"像""似"之类的词语，又把喻体放在本体之前。

——句意是：那雪下连绵的山峰就像趴伏的大象，那山间的小路看上去就像盘绕的长蛇。

> 花缘经冷聚，
> 色岂畏霜凋。

——这一联诗，涉及音节与义节的关系。一般情况下音节与义节是统一的，但也有二者不一致的时候。"西陆蝉声唱，南冠客思深"，其音节是"西陆 / 蝉声 // 唱，南冠 / 客思 // 深"。但从语义的角度看，这里的"蝉声""客思"都不应作为一个单位，其义节应是"西陆蝉 / 声唱，南冠客 / 思深"。联句的这一联，从语义的角度应作这样的切分："花 / 缘 // 经冷聚，色 / 岂 // 畏霜凋。"

——句意是：那雪花，正是因为经受寒冷才凝聚成形；那雪的洁白之色，哪里会因怕霜寒而凋残。

寂寞对台榭，
清贫怀箪瓢。

——这一联涉及"紧缩句"概念，即形式上是一个单句，实际上是复句的紧缩。这里的每一行诗都含有两个分句，这两个分句是因果关系：因为"寂寞"，所以"对台榭"；因为"清贫"，所以"怀箪瓢"。

——句意是：有人因为寂寞，就回忆起过去在台榭间友朋相聚的时刻；有人因为衣食无着，才怀念起箪食瓢饮的日子。

邢岫烟《咏红梅花》中有一联，也是典型的紧缩句：

绿萼／添妆／／融【点燃】宝炬，
缟仙／扶醉／／跨【兼有】残虹。

——这是目的复句的紧缩："绿萼"（为了与红梅媲美）就"添妆"且"融宝炬"；"缟仙"（为了与红梅媲美）就"扶醉"且"跨残虹"。

——句意是：那绿梅想要和红梅媲美，就化妆打扮，还要点燃红烛来辉映；那白梅羡慕红梅，为使脸色发红就带着醉颜且借助残虹之色。

根据偶句的规则，可以"对义互解"，从而准确把握语句含义。对此联句中的诗句，有几处误读。

皑皑轻趁【沿着】步，
翾翾舞随腰。

——句法倒装，顺言之是："趁皑皑（而）轻步，随翾翾

（而）舞腰。"

——句意是：人们走在皑皑白雪之上，脚步都放得很轻；寒风吹过，人们走路时腰肢扭动，就像在舞蹈。这两句是互文，合起来解释：白雪皑皑，寒风阵阵，人们走路都放轻了脚步，有时脚下不稳，腰肢扭动如同在舞蹈。

对此二句，蔡义江注："诗文中多以'风回雪舞'喻女子步态，此则以轻步舞腰来点风雪。"

人民文学版《红楼梦》中不注上句，对下句注曰："以轻盈舞姿喻白雪的随风飞旋。"

【按：此联以"步""腰"描写人在风雪中的姿态，不是描写风雪本身。"皑皑"是形容积雪之色，与"风回雪舞"不搭界。上联既写人，下联亦当写人，如此才能"对偶"。】

没帚山僧扫，

埋【低】琴稚子挑【弹琴】。

——句法倒装，顺言之是："山僧扫（因雪而）帚没，稚子挑（因雪而）琴埋。"

——句意是：山僧扫雪，那雪把扫帚都淹没了；让孩童弹琴，那琴弦因雪受潮，声音也低下而不响亮。

对此二句，蔡义江注："意即'山僧扫没帚【之雪】'，稚子挑埋【于雪中之】琴。"

【按：蔡先生没读懂，他的解读破坏了对句结构的一致性。除了句法关系，与对"埋""挑"二字的理解有关。从事理上讲，"帚"可以"没"，"琴"怎么能"埋"？】

读《红楼梦》的过程，也可以是学习怎样把诗词读明白的过程。

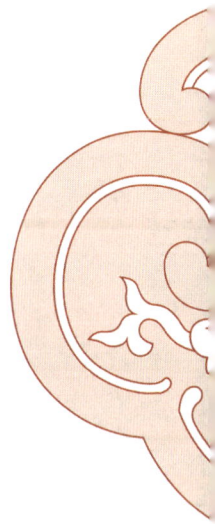

第五十一回

薛小妹新编怀古诗

胡庸医乱用虎狼药

文有数千言写一琐事者。如一吃茶，偏能于未吃以前，既吃以后，细细描写；如一拿银，偏能于开柜时生无数波折，秤银时又生无数波折，心细如发。

　　这回书，承接上回贾母让制作灯谜的情节，薛宝琴作了十首怀古绝句，最后两首分别是出于《西厢记》的普救寺和《牡丹亭》的梅花观。众人看了，都称奇道妙。宝钗却说："前八首都是史鉴上有据的；后二首却无考，我们也不大懂得，不如另作两首为是。"结果遭到黛玉、探春、李纨一致的反驳，宝钗也只得"罢了"——这是宝钗从来没有过的一次挫败。至于把这些诗看作"灯谜"，却是谁也猜不出谜底。

　　接下来写的是两个丫鬟的情事：袭人探母，晴雯患病。所谓"胡庸医乱用虎狼药"，只涉及晴雯。

　　袭人的哥哥花自芳来报，母亲病重，求贾府"恩典"，让袭人回家探望。王夫人让凤姐"酌量去办理"。凤姐心领神会，嘱咐管家婆：陪送袭人的要媳妇丫头四人，跟车的四人，大小车各一辆，衣服要穿颜色好的，包袱也要好的，手炉也要拿好的。凤姐还不放心，又亲自审查，还嫌褂子太素了些，把自己的"一件大毛的"让袭人穿了。嘱咐袭人道："你妈若好了就罢；若不中用了，只管住下，打发人来回我，我再另打发人给你送铺盖去。可别使人家的铺盖和梳头的家伙。"又嘱咐周瑞家的要遵照贾府的规矩：袭人回去，得叫他们的人回避。若住下，必是另要一两间内房。——显然，这袭人享受的是贾府之"妾"的待遇，这也正是王夫人所要求的"酌量去办理"。姑母侄女之间总是心心相通的。

　　袭人走后，夜里伺候宝玉的就是晴雯跟麝月。夜半时分，麝月出屋方便，晴雯要唬他玩儿，不畏寒冷，也不披衣，只穿着小袄就跟了出去。结果，晴雯至次日起来就鼻塞声重，懒怠动弹了。按照规矩，丫鬟病了就得回自己的家去养息。宝玉说："家去虽好，到底冷些，不如在这里。你就在里间屋里躺着，我叫人请了大夫，悄悄的从后门来瞧瞧就是了。"大夫诊过脉，说是"小伤寒"，就开了方子。宝玉一看，上面的几味药药效甚猛——虎狼药，即命又请了一个熟的来，重新开方下药。此时已知袭人的母亲去世了，宝玉一面伺候晴雯吃药，一面又嘱咐麝月打点东西，遣老嬷嬷去看袭人，劝她少哭。这个"无事忙"，其实还真的很忙。

众人闻得宝琴将素习所经过各省内的古迹为题，作了十首怀古绝句，内隐十物，皆说这自然新巧。都争着看时，只见写道是：

赤壁怀古　其一

赤壁沉埋水不流【曹军折戟沉沙，江水为之阻塞不流】，徒留名姓载空舟【战舰上只留下那标有将帅姓名的旗帜在飘荡悠悠】。

喧阗【声音大而杂】一炬悲风冷【吴军在呐喊声中借东风放了一把大火】，无限英魂在内游【无数将士的魂灵从此在此江流中沉浮不休】。

此诗借赤壁之战咏史：叹历史无情，哀人生不幸。

交趾怀古　其二

铜铸金镛振纪纲【镇压叛乱，收民间之铜铸造金钟以整顿王朝纲纪】，声传海外播戎羌【声名在王朝统治的区域之外得到传扬】。

马援自是功劳大【马援的功劳当然非常之大】，铁笛无烦说子房【有笛曲曾歌颂他的事迹，不必再提那汉初的张良】。

此诗歌颂马援，他的功绩在于能"振纪纲"。

钟山怀古　其三

名利何曾伴汝身【哪里想过会有什么世俗名利落到身

此诗借咏南朝周颙以隐居为名谋取官位，揭露其虚伪性。前两句都是反语，即所谓"终南捷径"也。

上，那周颙一心隐居钟山】，无端被诏出凡尘【却平白无故被朝廷下令，做个县令在海盐】。

牵连大抵难休绝【这种受世俗牵累的事大概很难拒绝吧】，莫怨他人嘲笑频【但是人们嘲笑所谓隐士"身在江湖，心存魏阙"，你也别抱怨】。

此同情淮阴侯韩信。他少时受胯下之辱，后建功立业，仍没有逃出"恶犬"的陷害。在为人方面，他能至死不忘一饭之恩，也难能可贵。

淮阴怀古 　其四

壮士须防恶犬欺【人生各有各的命运，堂堂壮士竟然受辱于淮阴恶少】，三齐位定盖棺时【虽然位至齐王，到底躲不过那个恶毒的女人】。

寄言世俗休轻鄙【也奉劝世人不要看不起韩信】，一饭之恩死也知【除了能小忍而成大谋，他还至死不忘老妇人的一饭之恩】。

此诗评说隋炀帝："风流"一世，遗臭万年。

广陵怀古 　其五

蝉噪鸦栖转眼过【当年隋炀帝开凿运河，两岸遍植杨柳，蝉噪鸦栖，风光无限】，隋堤风景近如何【时过境迁，那千里隋堤已是树死鸦飞，一片荒残】。

只缘占得风流号【他耗尽国力，奢靡无度，最后只落得个"风流"皇帝的名号】，惹得纷纷口舌多【惹得后人多少批评、多少辱骂，真真是遗臭万年】。

此诗描写了桃叶渡的萧瑟景色，引起了对六朝兴衰的感慨。

桃叶渡怀古 　其六

衰草闲花映浅池【这个当年王献之与其爱妾离别的渡口，如今草衰花落，水也变浅】，桃枝桃叶总分离【就像桃树叶总会离开桃树枝，人的分手离别实难避免】。

六朝梁栋多如许【六朝以来留下的雕梁画栋太多太多了，可游览的美景太多了】，小照空悬壁上题【那桃叶的画像虽还悬挂在墙上，但有谁去关注去看她一眼】。

青冢怀古　其七

黑水茫茫咽不流【四野茫茫，昭君墓旁的大黑河哽咽着难以流淌】，冰弦拨尽曲中愁【当年昭君被迫出塞和亲，那琵琶曲中充满了怨恨与哀伤】。

汉家制度诚堪叹【汉朝那种靠"和亲"求取安定和平的制度实在令人感叹】，樗【chū，臭椿树】栎应惭万古羞【满朝文武都像不成材的樗木和栎树，万年之后他们也应愧羞难当】。

此诗批判"汉家制度"。满朝文武皆无能之辈，以女人求和平，遗羞万古。

马嵬怀古　其八

寂寞脂痕渍汗光【杨贵妃缢死时，孤尸寂寞，脸上的脂粉沾着汗光】，温柔一旦付东洋【一代美人丧命于一旦，一切荣华付诸东洋】。

只因遗得风流迹【当年虽然草草下葬，还是留下了寻找她的踪迹】，此日衣衾尚有香【玄宗归来，开棺改葬，发现她的衣被还散发着芳香】。

此诗哀叹杨贵妃，得宠忘形，终惹杀身之祸，连皇帝也保护不了她。

蒲东寺怀古　其九

小红骨贱最身轻【小红身为奴婢，身份低微，生来苦命】，私掖偷携强撮成【小姐与书生婚姻却由她牵线促成】。

虽被夫人时吊起【事发后虽被老妇人吊打拷问】，已经勾引彼同行【可早已经撮合得莺莺与张生同卧同行】。

此诗赞红娘机智大胆，成人好事，虽被吊打也无怨无悔。蒲东寺即《西厢记》里的普救寺。宝琴把文学作品中的处所作"古迹"吟咏，引起宝钗的不满。

梅花观怀古　其十

不在梅边在柳边【杜丽娘生前自题画像，说自己死葬梅下而终归"柳"边】，个中谁拾画婵娟【丫鬟把她的画像藏于梅花观中，这美人图偏被柳氏梦梅发现】。

团圆莫忆春香到【柳梦梅拾图而恋，最终使杜丽娘死而复生，二人结为伉俪】，一别西风又一年【从梦中相恋到此

"梅花观"是《牡丹亭》中杜丽娘死后其父为之修建的，柳梦梅寄居于此而与杜丽娘魂灵相遇、相爱，最终使杜丽娘死而复生，二人结为夫妻。

众人看了，都称奇道妙。宝钗先说道："前八首都是史鉴上有据的；后二首却无考，我们也不大懂得，不如另作两首为是。"黛玉忙拦道："这宝姐姐也忒'胶柱鼓瑟'，矫揉造作了。这两首虽于史鉴上无考，咱们虽不曾看这些外传，不知底里，难道咱们连两本戏也没有见过不成？那三岁孩子也知道，何况咱们？"探春便道："这话正是了。"李纨又道："况且他原是到过这个地方的。这两件事虽无考，古往今来，以讹传讹，好事者竟故意的弄出这古迹来以愚人。比如那年上京的时节，单是关夫子的坟，倒见了三四处。关夫子一生事业，皆是有据的，如何又有许多的坟？自然是后来人敬爱他生前为人，只怕从这敬爱上穿凿出来，也是有的。及至看《广舆记》上，不止关夫子的坟多，自古来有些名望的人，坟就不少，无考的古迹更多。如今这两首虽无考，凡说书唱戏，甚至于求的签上皆有注批，老小男女，俗语口头，人人皆知皆说的。况且又并不是看了'西厢''牡丹'的词曲，怕看了邪书。这竟无妨，只管留着。"宝钗听说，方罢了。

大家猜了一回，皆不是。

冬日天短，不觉又是前头吃晚饭之时，一齐前来吃饭。因有人回王夫人说："袭人的哥哥花自芳进来说，他母亲病重了，想他女儿。他来求恩典，接袭人家去走走。"王夫人听了，便道："人家母女一场，岂有不许他去的。"一面就叫了凤姐儿来，告诉了凤姐儿，命酌量去办理。

凤姐儿答应了，回至房中，便命周瑞家的去告诉袭人原故。又吩咐周瑞家的："再将跟着出门的媳妇传一个，你两个人，再带两个小丫头子，跟了袭人去。外头派四个有年纪跟车的。要一辆大车，你们带着坐；要一辆小车，给丫头们坐。"周瑞家的答应了，才要去，凤姐儿又道："那袭人是个省事的，你告诉他说我的话：叫他穿几件颜色好衣裳，大大的包一包袱衣裳拿着，包

宝钗是懂装不懂。她不赞成最后两首，其实是因为其典出自《西厢记》《牡丹亭》，他认为女孩子不应该读这样的书。

李纨的反驳说中宝钗的要害：此典，并非出自"邪书"。

宝琴虽说此诗也是灯谜，但"大家猜了一回，皆不是"。这应是作者的障眼法：这根本不是"灯谜"。咏古，就是咏史，就是以史为鉴。

此丫鬟在王夫人心中地位不一般，特命凤姐"酌量去办理"，话有深意。

凤姐是王夫人的膀臂，是"利益共同体"，对王夫人之意了然于心。其"酌量去办理"的结果是：袭人探母犹如贵族小姐出行——史湘云每次到贾府来都没有这样的排场。

袄也要好好的，手炉也要拿好的。临走时，叫他先来我瞧瞧。"周瑞家的答应去了。

半日，果见袭人穿戴来了，两个丫头与周瑞家的拿着手炉与衣包。凤姐儿看袭人头上戴着几枝金钗珠钏，倒华丽；又看身上穿着桃红百子刻丝银鼠袄子，葱绿盘金彩绣绵裙，外面穿着青缎灰鼠褂。凤姐儿笑道："这三件衣裳都是太太的，赏了你倒是好的，但只这褂子太素了些，如今穿着也冷，你该穿一件大毛的。"袭人笑道："太太就只给了这灰鼠的，还有一件银鼠的。说赶年下再给大毛的，还没有得呢。"凤姐儿笑道："我倒有一件大毛的，我嫌凤毛儿出不好了，正要改去。也罢，先给你穿去罢。等年下太太给作的时节我再作罢，只当你还我一样。"众人都笑道："奶奶惯会说这话。成年家大手大脚的，替太太不知背地里赔垫了多少东西，真真的赔的是说不出来，那里又和太太算去。偏这会子又说这小气话取笑儿。"凤姐儿笑道："太太那里想的到这些。究竟这又不是正经事，再不照管，也是大家的体面。说不得我自己吃些亏，把众人打扮体统了，宁可我得个好名也罢了。一个一个像'烧糊了的卷子'似的，人先笑话我当家倒把人弄出个花子来。"众人听了，都叹说："谁似奶奶这样圣明！在上体贴太太，在下又疼顾下人。"

一面说，一面只见凤姐儿命平儿将昨日那件石青刻丝八团天马皮褂子拿出来，与了袭人。又看包袱，只得一个弹墨花绫水红绸里的夹包袱，里面只包着两件半旧棉袄与皮褂。凤姐儿又命平儿把一个玉色绸里的哆罗呢的包袱拿出来，又命包上一件雪褂子。

平儿走去拿了出来，一件是半旧大红猩猩毡的，一件是大红羽纱的。袭人道："一件就当不起了。"平儿笑道："你拿这猩猩毡的。把这件顺手拿将出来，叫人给邢大姑娘送去。昨儿那么大雪，人人都是有的，不是猩猩毡，就是羽缎羽纱的，十来件大红衣裳映着大雪，好不齐整。就只他穿着那件旧毡斗篷，越发显

"都是太太"送的！

奉承得好。凤姐与王夫人不仅是权力的上下级，还是血缘上的大小辈儿。她背后为王夫人"赔垫"，是为王夫人，更是为了自己。

借此显示自己"当家"的身份，连奴才都如此"体面"，说明这"家"当得好。

平儿为凤姐锦上添花。

的拱肩缩背，好不可怜见的。如今把这件给他罢。"凤姐儿笑道："我的东西，他私自就要给人。我一个还花不够，再添上你提着，更好了！"众人笑道："这都是奶奶素日孝敬太太，疼爱下人。若是奶奶素日是小气的，只以东西为事，不顾下人的，姑娘那里还敢这样了。"凤姐儿笑道："所以知道我的心的，也就是他还知三分罢了。"说着，又嘱咐袭人道："你妈若好了就罢；若不中用了，只管住下，打发人来回我，我再另打发人给你送铺盖去。可别使人家的铺盖和梳头的家伙。"又吩咐周瑞家的道："你们自然也知道这里的规矩的，也不用我嘱咐了。"周瑞家的答应："都知道。我们这去到那里，总叫他们的人回避。若住下，必是另要一两间内房的。"说着，跟了袭人出去，又吩咐预备灯笼，遂坐车往花自芳家来，不在话下。

这里凤姐又将怡红院的嬷嬷唤了两个来，吩咐道："袭人只怕不来家，你们素日知道那大丫头们，那两个知好歹，派出来在宝玉屋里上夜。你们也好生照管着，别由着宝玉胡闹。"两个嬷嬷答应着去了，一时来回说："派了晴雯和麝月在屋里，我们四个人原是轮流着带管上夜的。"凤姐儿听了，点头道："晚上催他早睡，早上催他早起。"老嬷嬷们答应了，自回园去。一时果有周瑞家的带了信回凤姐儿说："袭人之母业已停床【人死后尚未入殓，停尸于床】，不能回来。"凤姐儿回明了王夫人，一面着人往大观园去取他的铺盖妆奁。

宝玉看着晴雯麝月二人打点妥当。送去之后，晴雯麝月皆卸罢残妆，脱换过裙袄。晴雯只在熏笼上围坐。麝月笑道："你今儿别装小姐了，我劝你也动一动儿。"晴雯道："等你们都去尽了，我再动不迟。有你们一日，我且受用一日。"麝月笑道："好姐姐，我铺床，你把那穿衣镜的套子放下来，上头的划子划上，你的身量比我高些。"说着，便去与宝玉铺床。晴雯嗐了一声，笑道："人家才坐暖和了，你就来闹。"此时宝玉正坐着纳闷，想袭人之母不知是死是活，忽听见晴雯如此说，便自己起身出去，放下镜套，划上消息，进来笑道："你们暖和罢，都完了。"晴雯笑道："终久暖和不成的，我又想起来汤婆子还没拿来呢。"麝月道："这难为你想着！他素日又不要汤婆子，咱们那熏笼上暖和，比不得那屋里炕冷，今儿可以不用。"宝玉笑道："这个话，你们两个都在那上头睡了，我这外边没个人，我怪怕的，一夜也睡不着。"晴雯道："我是在这里睡的。麝月往他外边睡去。"说话之间，天已二更，麝月早已放下帘幔，移灯炷香，服侍宝玉卧下，二人方睡。

晴雯自在熏笼上，麝月便在暖阁外边。至三更以后，宝玉睡梦之中，便叫袭人。叫了两声，无人答应，自己醒了，方想起袭人不在家，自己也好笑起来。晴雯已醒，因笑唤麝月道："连我都醒了，他守在旁边还不知道，真是个挺死尸的。"麝月翻身打个哈气笑道："他叫袭人，与我什么相干！"因问："作什么？"宝玉说："要吃茶。"麝月忙起来，单穿红绸小棉袄儿。宝玉道："披上我的袄儿再去，仔细冷着。"麝月听说，回手便把宝玉披着起夜的一件貂颏满襟暖袄披上，下去向盆内洗手，先倒了一钟温水，拿了大漱盂，宝玉漱了一口；然后才向茶槅上取了茶碗，先用温水㵕了一㵕，向暖壶中倒了半碗茶，递与宝玉吃了；自己也漱了一漱，吃了半碗。晴雯笑道："好妹子，也赏我一口儿。"麝月笑道："越发上脸儿了！"晴雯道："好妹妹，明儿晚上你别动，我服侍你一夜，如何？"麝月听说，只得也服侍他漱了口，倒了半碗茶与他吃过。麝月笑道："你们两个别睡，说着话儿，我出去走走【出去方便】回来。"晴雯笑道："外头有个鬼等着你呢。"宝玉道："外头自然有大月亮的，我们说话，你只管去。"一面说，一面便嗽了两声。

麝月便开了后门，揭起毡帘一看，果然好月色。晴雯等他出去，便欲唬他玩耍。仗着素日比别人气壮，不畏寒冷，也不披衣，只穿着小袄，便蹑手蹑脚的下了熏笼，随后出来。宝玉笑劝道："看冻着，不是玩的。"晴雯只摆手，随后出了房门。只见月宝玉喊"晴雯出去了",不仅是为麝月,也是怕晴雯冻着,心细,办法也对。

光如水,忽然一阵微风,只觉侵肌透骨,不禁毛骨悚然。心下自思道:"怪道人说热身子不可被风吹,这一冷果然利害。"一面正要唬麝月,只听宝玉高声在内道:"晴雯出去了!"晴雯忙回身进来,笑道:"那里就唬死了他?偏你惯会这蝎蝎螫螫老婆汉像的!"宝玉笑道:"倒不为唬坏了他,头一则你冻着也不好;二则他不防,不免一喊,倘或唬醒了别人,不说咱们是玩意,倒反说袭人才去了一夜,你们就见神见鬼的。你来把我的这边被掖一掖。"晴雯听说,便上来掖了掖,伸手进去渥【通"焐"】一渥时,宝玉笑道:"好冷手!我说看冻着。"一面又见晴雯两腮如胭脂一般,用手摸了一摸,也觉冰冷。宝玉道:"快进被来渥渥罢。"

一语未了,只听咯噔的一声门响,麝月慌慌张张的笑了进来,说道:"吓了我一跳好的。黑影子里,山子石后头,只见一个人蹲着。我才要叫喊,原来是那个大锦鸡,见了人一飞,飞到亮处来,我才看真了。若冒冒失失一嚷,倒闹起人来。"一面说,一面洗手【便后洗手】,又笑道:"晴雯出去我怎么不见?一定是要唬我去了。"宝玉笑道:"这不是他,在这里渥呢!我若不叫的快,可是倒唬一跳。"晴雯笑道:"也不用我唬去,这小蹄子已经自怪自惊的了。"一面说,一面仍回自己被中去了。麝月道:"你就这么'跑解马'似的打扮得伶伶俐俐的出去了不成?"宝玉笑道:"可不就这么出去了。"麝月道:"你死不拣好日子!你出去站一站,把皮不冻破了你的。"说着,又将火盆上的铜罩揭起,拿灰锹重将熟炭埋了一埋,拈了两块素香放上,仍旧罩了,至屏后重剔了灯,方才睡下。

晴雯钻到宝玉被中取暖,双方既无男女之欲,也无男女之防,全天然,无污染,与袭人完全不同。

晴雯因方才一冷,如今又一暖,不觉打了两个喷嚏。宝玉叹道:"如何?到底伤了风了。"麝月笑道:"他早起就嚷不受用,一日也没吃饭。他这会还不保养些,还要捉弄人。明儿病了,叫他自作自受。"宝玉问:"头上可热?"晴雯嗽了两声,说道:"不相干,那里这么娇嫩起来了。"说着,只听外间房中十锦槅上

晴雯调皮,但不"娇嫩"。

的自鸣钟当当两声，外间值宿的老嬷嬷嗽了两声，因说道："姑娘们睡罢，明儿再说罢。"宝玉方悄悄的笑道："咱们别说话了，又惹他们说话。"说着，方大家睡了。

至次日起来，晴雯果觉有些鼻塞声重，懒怠动弹。宝玉道："快不要声张！太太知道，又叫你搬了家去养息。家去虽好，到底冷些，不如在这里。你就在里间屋里躺着，我叫人请了大夫，悄悄的从后门来瞧瞧就是了。"晴雯道："虽如此说，你到底要告诉大奶奶一声儿，不然一时大夫来了，人问起来，怎么说呢？"宝玉听了有理，便唤一个老嬷嬷吩咐道："你回大奶奶去，就说晴雯白冷着了些，不是什么大病。袭人又不在家，他若家去养病，这里更没有人了。传一个大夫，悄悄的从后门进来瞧瞧，别回太太罢了。"老嬷嬷去了半日，来回说："大奶奶知道了，说两剂药好了便罢，若不好时，还是出去为是。如今时气【因气候失常而流行疾病】不好，恐沾带了别人事小，姑娘们的身子要紧的。"晴雯睡在暖阁里，只管咳嗽，听了这话，气的喊道："我那里就害瘟病了，只怕过了人！我离了这里，看你们这一辈子都头疼脑热的。"说着，便真要起来。宝玉忙按他，笑道："别生气，这原是他的责任，唯恐太太知道了说他，不过白说一句。你素习好生气，如今肝火自然盛了。"

正说时，人回大夫来了。宝玉便走过来，避在书架之后。只见两三个后门口的老嬷嬷带了一个大夫进来。这里的丫鬟都回避了，有三四个老嬷嬷放下暖阁上的大红绣幔，晴雯从幔中单伸出手去。那大夫见这只手上有两根指甲，足有三寸长，尚有金凤花染的通红的痕迹，便忙回过头来。有一个老嬷嬷忙拿了一块手帕掩了。那大夫方诊了一回脉，起身到外间，向嬷嬷们说道："小姐的症是外感内滞，近日时气不好，竟算是个小伤寒。幸亏是小姐素日饮食有限，风寒也不大，不过是血气原弱，偶然沾带了些，吃两剂药疏散疏散就好了。"说着，便又随婆子们出去。

彼时，李纨已遣人知会过后门上的人及各处丫鬟回避，那

丫鬟有病，不问病情，不管疗治，但令回家，此举固在防止传染主子，但对奴才未免冷酷。这与袭人的风光似乎又很不协调。

宝玉善良至此，贾府没有第二人。

李纨责任在身，必须如此，这是"制度性"的问题。

"时气"即指"瘟病"——传染病。晴雯只是冻着了，所以生气。

丫鬟也不能直接面对陌生的男人；晴雯的这两根指甲，在后面还有文章。

此大夫偏把晴雯的病往"时气"上说，很有点看问题喜欢"上纲上线"的思维习惯。当一个人不会对具体问题做具体分析时，最好的办法就是"先国际再国内"。

大夫只见了园中的景致，并不曾见一女子。一时出了园门，就在守园门的小厮们的班房内坐了，开了药方。老嬷嬷道："你老且别去，我们小爷罗唆，恐怕还有话说。"大夫忙道："方才不是小姐，是位爷不成？那屋子竟是绣房一样，又是放下幔子来的，如何是位爷呢？"老嬷嬷悄悄笑道："我的老爷，怪道小厮们才说今儿请了一位新大夫来了，真不知我们家的事。那屋子是我们小哥儿的，那人是他屋里的丫头，倒是个大姐，那里的小姐？若是小姐的绣房，小姐病了，你那么容易就进去了？"说着，拿了药方进去。

少见多怪。

宝玉看时，上面有紫苏、桔梗、防风、荆芥等药，后面又有枳实、麻黄。宝玉道："该死，该死，他拿着女孩儿们也像我们一样的治，如何使得！凭他有什么内滞，这枳实、麻黄如何禁得。谁请了来的？快打发他去罢！再请一个熟的来。"

宝玉的医学知识并非来自书本，看到后面就知道了。

老婆子道："用药好不好，我们不知道这理。如今再叫小厮去请王太医去倒容易，只是这大夫又不是告诉总管房请来的，这轿马钱【类似于交通费】是要给他的。"宝玉道："给他多少？"婆子道："少了不好看，也得一两银子，才是我们这门户的礼。"宝玉道："王太医来了给他多少？"婆子笑道："王太医和张太医每常来了，也并没个给钱的，不过每年四节大趸送礼，那是一定的年例。这人新来了一次，须得给他一两银子去。"宝玉听说，便命麝月去取银子。麝月道："花大奶奶还不知搁在那里呢？"宝玉道："我常见他在螺甸小柜子里取钱，我和你找去。"

不当家，不管事，连银子放哪里都不知道。麝月称袭人为"花大奶奶"，语义含讽。

说着，二人来至宝玉堆东西的房子，开了螺甸柜子，上一榀子都是些笔墨、扇子、香饼、各色荷包、汗巾等物；下一榀却是几串钱。于是开了抽屉，才看见一个小簸箩内放着几块银子，倒也有一把戥子【一种小型的秤，用来称金、银、药品等分量小的东西】。麝月便拿了一块银子，提起戥子来问宝玉："那是一两的星儿？"宝玉笑道："你问我？有趣，你倒成了才来的了。"麝月也笑了，又要去问人。宝玉道："拣那大的给他一块就是了。

又不作买卖，算这些做什么！"麝月听了，便放下戥子，拣了一块掂了一掂，笑道："这一块只怕是一两了。宁可多些好，别少了，叫那穷小子笑话，不说咱们不识戥子，倒说咱们有心小器似的。"那婆子站在外头台矶上，笑道："那是五两的锭子夹了半边，这一块至少还有二两呢！这会子又没夹剪，姑娘收了这块，再拣一块小些的罢。"麝月早掩了柜子出来，笑道："谁又找去！多了些你拿了去罢。"宝玉道："你只快叫茗烟再请王大夫去就是了。"婆子接了银子，自去料理。

一两二两银子，不但宝玉不在乎，连麝月都不在乎。

一时茗烟果请了王太医来，诊了脉后，说的病症与前相仿，只是方子上果没有枳实、麻黄等药，倒有当归、陈皮、白芍等，药之分量较先也减了些。宝玉喜道："这才是女孩儿们的药，虽然疏散，也不可太过。旧年我病了，却是伤寒内里饮食停滞，他瞧了，还说我禁不起麻黄、石膏、枳实等狼虎药。我和你们一比，我就如那野坟圈子里长的几十年的一棵老杨树，你们就如秋天芸儿进我的那才开的白海棠，连我禁不起的药，你们如何禁得起。"麝月等笑道："野坟里只有杨树不成？难道就没有松柏？我最嫌的是杨树，那么大笨树，叶子只一点子，没一丝风，他也是乱响。你偏比他，也太下流【下游，层次低】了。"宝玉笑道："松柏不敢比。连孔子都说：'岁寒然后知松柏之后凋也。'可知这两件东西高雅，不怕羞臊的才拿他混比呢。"

宝玉的医学知识来源于自己的治病实践。这与宝钗的大讲"医理"不同。

宝玉自比"老杨树"，不过说自己是男儿身，粗壮而禁得起风雨。又引出什么孔子之论，不过借题发挥。

说着，只见老婆子取了药来。宝玉命把煎药的银吊子找了出来，就命在火盆上煎。晴雯因说："正经给他们茶房里煎去，弄得这屋里药气，如何使得。"宝玉道："药气比一切的花香果子香都雅。神仙采药烧药，再者高人逸士采药治药，是最妙的一件东西。这屋里我正想各色都齐了，就只少药香，如今恰好全了。"一面说，一面早命人煨上。又嘱咐麝月打点东西，遣老嬷嬷去看袭人，劝他少哭。——妥当，方过前边来贾母王夫人处问安吃饭。

喜欢"药香"，自是雅人高致，但也是出于对晴雯的关爱。

一面照顾晴雯，一面还不忘袭人。

正值凤姐儿和贾母王夫人商议说："天又短又冷，不如以后大嫂子带着姑娘们在园子里吃饭一样。等天长暖和了，再来回的跑也不妨。"王夫人笑道："这也是好主意。刮风下雪倒便宜。吃些东西受了冷气也不好；空心走来，一肚子冷风，压上些东西也不好。不如后园门里头的五间大房子，横竖有女人们上夜的，挑两个厨子女人在那里，单给他姊妹们弄饭。新鲜菜蔬是有分例的，在总管房里支去，或要钱，或要东西；那些野鸡、獐、狍各样野味，分些给他们就是了。"贾母道："我也正想着呢，就怕又添一个厨房多事些。"凤姐道："并不多事。一样的分例，这里添了，那里减了。就便多费些事，小姑娘们冷风朔气的，别人还可，第一林妹妹如何禁得住？就连宝兄弟也禁不住，何况众位姑娘。"贾母道："正是这话了。上次我要说这话，我见你们的大事太多了，如今又添出这些事来。"要知端的——

【回后评】

薛宝琴写这一组"咏古"诗，她自称是灯谜一类，且有谜底。但书中的"众人"都猜不透，于是成了红学家研究的课题之一。一些论者，把书中角色的命运视为谜底，搜索枯肠，左牵右扯，我们总觉得过于勉强。书中人物的命运，从判词到曲词，又有不断的诗谶、酒令、灯谜，暗示得已经够多了，何必让宝琴借"咏古"再啰唆一遍呢？何况书中"众人"都猜不着，你又何必自作解人？

作为一般读者，鄙意以为，她"咏古"我们就看"咏古"好了。此前，该书都是以四大家族为背景、以荣宁二府为核心的描述，而此一回书，借薛宝琴见多识广的特点，拓展时空，以咏古之诗抒历史情怀。从历史中看社会千姿，看人生百态，是作者的一次精神释放。至于有谜底云云，也许是曹公的障眼法吧。

第一首写赤壁之战，双方交兵，钩心斗角，鼓噪杀伐，不知多少良家子弟葬身江底。整个中国的历史，不就是这样的你胜我负、我兴你亡的过程吗？在这个过程中，从帝王将相到芸芸众生，无论伟大还是渺小，无论悲苦还是享乐，最后都会变成"古迹"。那些帝王将相的名字或被记载下来，而"无限英灵"则永远沉埋在历史的长河中。那在历史上留下姓名的又能怎么样呢？有的固然会名垂千古，有的遗臭万年，更多的则是湮灭无闻。人生如此，历史如此，还是看透一点吧，最后是"落了片白茫茫大地真干净"。这倒与全书的基调相吻合。

以下各首，分写一人一事，是"历史"的展开，是"历史"的具体化。

书的后半部分主要写怡红院的两个丫鬟，一是袭人回家探母，一是晴雯受寒生病。两个人的不同性格与不同遭际，在此回书中似作对比性的描写。袭人回家，从穿着打扮到礼仪规矩，都是"妾"的等级。凤姐如此办理，当然是秉承着王夫人的意旨。而晴雯，因为伤风感冒，如果不是宝玉"包庇"，就会被打发回家"养病"。这当然不会有婆子丫头伺候，更不会衣冠锦绣车辆送行。袭人，在宝玉身边，最"贴身"，也最"负责"，她受王夫人宠信，待遇最高，以致其他丫鬟心生妒忌。这不平情绪最激烈的就是晴雯。所以她"懒"，不争着去为宝玉"服务"；还伶牙俐齿，什么刺激的话都敢直说。但她单纯，干净，以至于为取暖能钻到宝玉的被窝里。因为没有任何杂念，也就没有任何羞耻感，别人（包括麝月）也都没有任何"不良"反应。一切都很自然，很正常，也很温馨。不能设想，袭人会"当众"有这样的举动；如果袭人也如此，"众人"自会有别样的反应。人物的差别，在这样的细节中总能表现出来。

第五十二回

俏平儿情掩虾须镯
勇晴雯病补雀金裘

写黛玉弱症的是弱症，写晴雯时症的是时症，；写湘云性快的是性快，写晴雯性傲的是性傲。彼何人斯？而具肖物手段如此！

金鸳鸯回避贾宝玉，勇晴雯病补雀金裘

此回目中说平儿用"俏",说晴雯用"勇"。"俏"字何意？即"情掩虾须镯"也；"勇"字何意？即"病补雀金裘"也。这是最直接的"虚实互解"。

这回书以晴雯为主。上回书已经说到，晴雯受寒感冒。她独卧于炕上，听说了小丫头坠儿偷拿平儿虾须镯的事——"俏平儿情掩虾须镯"，平儿本不想让晴雯知道——气得"蛾眉倒蹙，凤眼圆睁"，就要找坠儿算账，幸被宝玉拦下。第二天，晴雯抓住了坠儿，一面用簪子戳她的手，一面痛骂，并命把坠儿撵了出去。

为坠儿的事，晴雯又闪了风，着了气，反觉更不好了，翻腾至掌灯，才安静了些。这时宝玉回来，进门就嗐声跺脚，说"雀金裘"被烧了一块。

原来，这天宝玉去给舅老爷庆生日，因为天阴欲雪，贾母就把一件氅衣给他穿。那是从俄罗斯进口，用孔雀毛捻了线织的，故叫"雀金裘"。王夫人还特别嘱咐宝玉：仔细穿，别糟踏了它。谁知不防后襟子上竟烧了一块。幸而天晚了，老太太、太太还都没发现。连夜叫人悄悄地拿出去找人织补，竟都不认得这是什么，都不敢揽。可第二天还必得穿这个去。这时，唯有晴雯知道如何织补。宝玉说："这如何使得！才好了些，如何做得活。"晴雯道："不用你蝎蝎螫螫的，我自知道。"一面说，一面坐起来，披了衣裳，只觉头重身轻，满眼金星乱迸，实实撑不住。若不做，又怕宝玉着急，少不得恨命咬牙捱着，补不上三五针，就伏在枕上歇一会。宝玉在旁边一会儿问喝水不，一会儿又让歇一歇；晴雯反央道："小祖宗！你只管睡罢。再熬上半夜，明儿把眼睛抠搂了，怎么处！"就这样，直到凌晨四点才算补完。晴雯说了一声："补虽补了，到底不像，我也再不能了！"嗳哟了一声，便身不由主倒下了——这就是"勇晴雯病补雀金裘"。

文中有一个小插曲：宝玉提议起社咏水仙花，黛玉奚落他"作一回，罚一回"。这时宝钗却说出一个"分明难人"根本无法完成的诗题，不知用心何在。似乎与三十八回"林潇湘魁夺菊花诗"有关——那一回，前二名都是林黛玉的，宝钗的两首只排到第七、第八。

贾母道："正是这话了。上次我要说这话，我见你们的大事多，如今又添出这些事来，你们固然不敢抱怨，未免想着我只顾疼这些小孙子孙女儿们，就不体贴你们这当家人了。你既这么说出来，更好了。"因此时薛姨妈李婶都在座，邢夫人及尤氏婆媳也都过来请安，还未过去，贾母向王夫人等说道："今儿我才说这话，素日我不说，一则怕逞了凤丫头的脸，二则众人不服。今日你们都在这里，都是经过妯娌姑嫂的，还有他这样想的到的没有？"薛姨妈、李婶、尤氏等齐笑说："真个少有。别人不过是礼上面子情儿，实在他是真疼小叔子小姑子。就是老太太跟前，也是真孝顺。"

贾母点头叹道："我虽疼他，我又怕他太伶俐也不是好事。"凤姐儿忙笑道："这话老祖宗说差了。世人都说太伶俐聪明，怕活不长。世人都说得，人人都信，独老祖宗不当说，不当信。老祖宗只有伶俐聪明过我十倍的，怎么如今这样福寿双全的？只怕我明儿还胜老祖宗一倍呢！我活一千岁后，等老祖宗归了西，我才死呢。"贾母笑道："众人都死了，单剩下咱们两个老妖精，有什么意思。"说的众人都笑了。

宝玉因记挂着晴雯袭人等事，便先回园里来。到房中，药香满屋，一人不见，只见晴雯独卧于炕上，脸面烧的飞红，又摸了一摸，只觉烫手。忙又向炉上将手烘暖，伸进被去摸了一摸身

凤姐作为贾府"总经理"，想得周到不假，但为人更是为己，不必问那个"真"字。

凡事有度，"太"就是"过"，就是把"伶俐"用到了不该用的地方，这就走向反面，即"聪明反被聪明误"。

可惜凤姐没有理会老太太的心思，化严肃话题为玩笑，最终短命惨死。

再说晴雯之病。

上,也是火烧。因说道:"别人去了也罢,麝月秋纹也这样无情,各自去了?"晴雯道:"秋纹是我撵了他去吃饭的,麝月是方才平儿来找他出去了。两人鬼鬼祟祟的,不知说什么。必是说我病了不出去。"宝玉道:"平儿不是那样人。况且他并不知你病特来瞧你,想来一定是找麝月来说话,偶然见你病了,随口说特瞧你的病,这也是人情乖觉取和的常事。便不出去,有不是,与他何干?你们素日又好,断不肯为这无干的事伤和气。"晴雯道:"这话也是,只是疑他为什么忽然又瞒起我来。"宝玉笑道:"让我从后门出去,到那窗根下听听他们说些什么,来告诉你。"说着,果然从后门出去,至窗下潜听。

只闻麝月悄问道:"你怎么就得了的?"平儿道:"那日洗手时不见了,二奶奶就不许吵嚷,出了园子,即刻就传给园里各处的妈妈们小心查访。我们只疑惑邢姑娘的丫头,本来又穷,只怕小孩子家没见过,拿了起来也是有的。再不料定是你们这里的。幸而二奶奶没有在屋里,你们这里的宋妈妈去了,拿着这支镯子,说是小丫头子坠儿偷起来的,被他看见,来回二奶奶的。我赶忙接了镯子,想了一想:宝玉是偏在你们身上留心用意、争胜要强的,那一年有一个良儿偷玉,刚冷了一二年间,还有人提起来趁愿,这会子又跑出一个偷金子的来了。而且更偷到街坊家去了。偏是他这样,偏是他的人打嘴。所以我倒忙叮咛宋妈,千万别告诉宝玉,只当没有这事,别和一个人提起。第二件,老太太、太太听了也生气。三则袭人和你们也不好看。所以我回二奶奶,只说:'我往大奶奶那里去的,谁知镯子褪了口,丢在草根底下,雪深了没看见。今儿雪化尽了,黄澄澄的映着日头,还在那里呢,我就拣了起来。'二奶奶也就信了,所以我来告诉你们。你们以后防着他些,别使唤他到别处去。等袭人回来,你们商议着,变个法子打发出去就完了。"麝月道:"这小娼妇也见过些东西,怎么这么眼皮子浅。"平儿道:"究竟这镯子能多少重,原是二奶奶的,说这叫做'虾须镯',倒是这颗珠子还罢了。晴雯那

宝玉知情达理,但毕竟可疑,所以去"潜听"。唯此才能获得最真实的信息,让晴雯相信。

事发时凤姐之说"不出三日包管就有了",这里补出凤姐的破案法。

平儿对此事的处理,一是有"情",替宝玉考虑,替袭人、晴雯等考虑,还替老太太、太太考虑;二是有"智",能编个理由让凤姐相信,不容易;三是有"勇",就是勇于承担责任,此案件是凤姐办理的,平儿如此做,是担风险的。

蹄子是块爆炭，要告诉了他，他是忍不住的。一时气了，或打或骂，依旧嚷出来不好，所以单告诉你，留心就是了。"说着便作辞而去。

宝玉听了，又喜又气又叹。喜的是平儿竟能体贴自己；气的是坠儿小窃；叹的是坠儿那样一个伶俐人，作出这丑事来。因而回至房中，把平儿之话一长一短告诉了晴雯。又说："他说你是个要强的，如今病着，听了这话越发要添病，等好了再告诉你。"晴雯听了，果然气的蛾眉倒蹙，凤眼圆睁，即时就叫坠儿。宝玉忙劝道："你这一喊出来，岂不辜负了平儿待你我之心了。不如领他这个情，过后打发他就完了。"晴雯道："虽如此说，只是这口气如何忍得！"宝玉道："这有什么气的？你只养病就是了。"

不能不如实告之。

晴雯服了药，至晚间又服二和，夜间虽有些汗，还未见效，仍是发烧，头疼鼻塞声重。次日，王太医又来诊视，另加减汤剂。虽然稍减了烧，仍是头疼。宝玉便命麝月："取鼻烟来，给他嗅些，痛打几个嚏喷，就通了关窍。"麝月果真去取了一个金镶双扣金星玻璃的一个扁盒来，递与宝玉。宝玉便揭翻盒扇，里面有西洋珐琅的黄发赤身女子，两肋又有肉翅，里面盛着些真正汪恰洋烟。晴雯只顾看画儿，宝玉道："嗅些，走了气就不好了。"晴雯听说，忙用指甲挑了些嗅入鼻中，不怎样。便又多多挑了些嗅入。忽觉鼻中一股酸辣透入囟门，接连打了五六个嚏喷，眼泪鼻涕登时齐流。晴雯忙收了盒子，笑道："了不得，好爽快！拿纸来。"早有小丫头子递过一搭子细纸，晴雯便一张一张的拿来擦鼻子。宝玉笑问："如何？"晴雯笑道："果觉通快些，只是太阳还疼。"

其实，宝玉对此事看得很淡。

贾府有"洋烟"，是富贵；宝玉肯拿来给晴雯用，是关爱。

宝玉笑道："越性尽用西洋药治一治，只怕就好了。"说着，便命麝月："和二奶奶要去，就说我说了：姐姐那里常有那西洋贴头疼的膏子药，叫做'依弗哪'，找寻一点儿。"麝月答应了，去了半日，果拿了半节来。便去找了一块红缎子角儿，铰了两块指顶大的圆式，将那药烤和了，用簪挺摊上。晴雯自拿着一面靶

不仅有"洋烟"，还有"贴头疼的膏子药"。

顺带一句，说出凤姐经常"头疼"——操心太过故也。

开始说到做客穿衣的问题，宝玉对此类活动不感兴趣，对穿着也不想讲究。

说黛玉的病，自然言及晴雯的病，脉络不断。

镜，贴在两太阳上。麝月笑道："病的蓬头鬼一样，如今贴了这个，倒俏皮了。二奶奶贴惯了，倒不大显。"说毕，又向宝玉道："二奶奶说了：明日是舅老爷生日，太太说了叫你去呢。明儿穿什么衣裳？今儿晚上好打点齐备了，省得明儿早起费手。"宝玉道："什么顺手就是什么罢了。一年闹生日也闹不清。"说着，便起身出房，往惜春房中去看画。

刚到院门外边，忽见宝琴的小丫鬟名小螺者从那边过去，宝玉忙赶上问："那去？"小螺笑道："我们二位姑娘都在林姑娘房里呢，我如今也往那里去。"宝玉听了，转步也便同他往潇湘馆来。不但宝钗姊妹在此，且连邢岫烟也在那里，四人围坐在熏笼上叙家常。紫鹃倒坐在暖阁里，临窗作针黹。一见他来，都笑说："又来了一个！可没了你的坐处了。"宝玉笑道："好一幅'冬闺集艳图'！可惜我迟来了一步。横竖这屋子比各屋子暖，这椅子坐着并不冷。"说着，便坐在黛玉常坐的搭着灰鼠椅搭的一张椅上。

因见暖阁之中有一玉石条盆，里面攒三聚五栽着一盆单瓣水仙，点着宣石，便极口赞："好花！这屋子越发暖，这花香的越清香。昨日未见。"黛玉因说道："这是你家的大总管赖大婶子送薛二姑娘的，两盆腊梅，两盆水仙。他送了我一盆水仙，送了蕉丫头一盆腊梅。我原不要的，又恐辜负了他的心。你若要，我转送你如何？"宝玉道："我屋里却有两盆，只是不及这个。琴妹妹送你的，如何又转送人，这个断使不得。"黛玉道："我一日药吊子不离火，我竟是药培着呢，那里还搁的住花香来熏？越发弱了。况且这屋子里一股药香，反把这花香搅坏了。不如你抬了去，这花也清净了，没杂味来搅他。"宝玉笑道："我屋里今儿也有病人煎药呢，你怎么知道的？"黛玉笑道："这话奇了，我原是无心的话，谁知你屋里的事？你不早来听说古记，这会子来了，自惊自怪的。"

宝玉笑道："咱们明儿下一社又有了题目了，就咏水仙腊

梅。"黛玉听了，笑道："罢，罢！我再不敢作诗了，作一回，罚一回，没的怪羞的。"说着，便两手握起脸来。宝玉笑道："何苦来！又奚落我作什么。我还不怕臊呢，你倒握起脸来了。"宝钗因笑道："下次我邀一社，四个诗题，四个词题。每人四首诗，四阕词。头一个诗题《咏〈太极图〉》，限一先的韵，五言律，要把一先的韵都用尽了，一个不许剩。"

宝琴笑道："这一说，可知是姐姐不是真心起社了，这分明难人。若论起来，也强扭的出来，不过颠来倒去弄些《易经》上的话生填，究竟有何趣味。我八岁时节，跟我父亲到西海沿子上买洋货，谁知有个真真国的女孩子，才十五岁，那脸面就和那西洋画上的美人一样，也披着黄头发，打着联垂，满头带的都是珊瑚、猫儿眼、祖母绿这些宝石；身上穿着金丝织的锁子甲洋锦袄袖；带着倭刀，也是镶金嵌宝的，实在画儿上的也没他好看。有人说他通中国的诗书，会讲五经，能作诗填词，因此我父亲央烦了一位通事官，烦他写了一张字，就写的是他作的诗。"众人都称奇道异。宝玉忙笑道："好妹妹，你拿出来我瞧瞧。"宝琴笑道："在南京收着呢，此时那里去取来？"

宝玉听了，大失所望，便说："没福得见这世面。"黛玉笑拉宝琴道："你别哄我们。我知道你这一来，你的这些东西未必放在家里，自然都是要带了来的，这会子又扯谎说没带来。他们虽信，我是不信的。"宝琴便红了脸，低头微笑不语。宝钗笑道："偏这个颦儿惯说这些白话，把你就伶俐的。"黛玉道："若带了来，就给我们见识见识也罢了。"宝钗笑道："箱子笼子一大堆还没理清，知道在那个里头呢！等过日收拾清了，找出来大家再看就是了。"又向宝琴道："你若记得，何不念念我们听听。"宝琴方答道："记得是首五言律，外国的女子也就难为他了。"宝钗道："你且别念，等把云儿叫了来，也叫他听听。"说着，便叫小螺来吩咐道："你到我那里去，就说我们这里有一个外国美人来了，作的好诗，请你这'诗疯子'来瞧去，再把我们'诗呆子'

因花又言及诗社，是生活的逻辑——宝玉每日无所事事，与众姐妹聚会作诗是一大乐事。

宝钗不明说反对，反出一不可作之诗题令事不可为。

宝琴说穿宝钗之用心，而话题仍不离诗。前既"咏古"，此再说"洋"，展现的是曹公的视野。

四十九回写明宝琴此次进京是专为"发嫁"的，她的要紧的东西岂能不带来？被黛玉说破，所以"红了脸"。

也带来。"小螺笑着去了。

半日，只听湘云笑问："那一个外国美人来了？"一头说，一头果和香菱来了。众人笑道："人未见形，先已闻声。"宝琴等忙让坐，遂把方才的话重叙了一遍。湘云笑道："快念来听听。"宝琴因念道：

昨夜朱楼梦【昨夜还在红楼美梦中享受温馨】，今宵水国吟【今晚就到这岛国月下独吟】。

岛云蒸大海【大海的云气飘浮在海岛的上空】，岚气接丛林【岛上山中的雾气笼罩了树林】。

月本无今古【一轮明月本无古今】，情缘自浅深【望月之情因人而异有浅有深】。

汉南春历历【我的家乡正是一片春光明媚】，焉得不关心【千里海外，怎能不怀故乡之亲】。

众人听了，都道："难为他！竟比我们中国人还强。"一语未了，只见麝月走来说："太太打发人来告诉二爷，明儿一早往舅舅那里去，就说太太身上不大好，不得亲自来。"宝玉忙站起来答应道："是。"因问宝钗宝琴可去。宝钗道："我们不去，昨儿单送了礼去了。"大家说了一回方散。

宝玉因让诸姊妹先行，自己落后。黛玉便又叫住他问道："袭人到底多早晚回来。"宝玉道："自然等送了殡才来呢。"黛玉还有话说，又不曾出口，出了一回神，便说道："你去罢。"宝玉也觉心里有许多话，只是口里不知要说什么，想了一想，也笑道："明日再说罢。"一面下了阶矶，低头正欲迈步，复又忙回身问道："如今的夜越发长了，你一夜咳嗽几遍？醒几次？"黛玉道："昨儿夜里好了，只嗽了两遍，却只睡了四更一个更次，就再不能睡了。"宝玉又笑道："正是有句要紧的话，这会子才想起来。"一面说，一面便挨过身来，悄悄道："我想宝姐姐送你的燕窝——"一语未了，只见赵姨娘走了进来瞧黛玉，问："姑娘这两天好？"黛玉便知他是从探春处来，从门前过，顺路的人情。黛玉忙陪笑让坐，说："难得姨娘想着，怪冷的，亲身走来。"又忙命倒茶，一面又使眼色与宝玉。宝玉会意，便走了出来。

正值吃晚饭时，见了王夫人，王夫人又嘱他早去。宝玉回来，看晴雯吃了药。此夕宝玉便不命晴雯挪出暖阁来，自己便在晴雯外边。又命将熏笼抬至暖阁前，麝月便在熏笼上。一宿无话。

至次日，天未明时，晴雯便叫醒麝月道："你也该醒了，只是睡不够！你出去叫人给他预备茶水，我叫醒他就是了。"麝月忙披衣起来道："咱们叫起他来，穿好衣裳，抬过这火箱去，再叫他们进来。老嬷嬷们已经说过，不叫他在这屋里，怕过了病气。如今他们见咱们挤在一处，又该唠叨了。"晴雯道："我也是这么说呢。"二人才叫时，宝玉已醒了，忙起身披衣。麝月先叫进小丫头子来，收拾妥当了，才命秋纹檀云等进来，一同服侍宝玉梳洗毕。麝月道："天又阴阴的，只怕有雪，穿那一套毡的罢。"宝玉点头，即时换了衣裳。小丫头便用小茶盘捧了一盖碗建莲红枣儿汤来，宝玉喝了两口。麝月又捧过一小碟法制紫姜来，宝玉嚼了一块。又嘱咐了晴雯一回，便往贾母处来。

贾母犹未起来，知道宝玉出门，便开了房门，命宝玉进去。宝玉见贾母身后宝琴面向里也睡着未醒。贾母见宝玉身上穿着荔色哆罗呢的天马箭袖，大红猩猩毡盘金彩绣石青妆缎沿边的排穗褂子。贾母道："下雪呢么？"宝玉道："天阴着，还没下呢。"贾母便命鸳鸯来："把昨儿那一件乌云豹的氅衣给他罢。"鸳鸯答应了，走去果取了一件来。

宝玉看时，金翠辉煌，碧彩闪灼，又不似宝琴所披之凫靥裘。只听贾母笑道："这叫作'雀金呢'，这是俄罗斯国拿孔雀毛拈了线织的。前儿把那一件野鸭子的给了你小妹妹，这件给你罢。"宝玉磕了一个头，便披在身上。贾母笑道："你先给你娘瞧瞧去再去。"宝玉答应了，便出来，只见鸳鸯站在地下揉眼睛。

宝玉对宝钗送燕窝给黛玉吃总是心存疑虑，但"一语未了"——半截话，待到五十七回才接榫。所谓草蛇灰线，即此类也。

天阴有雪，这才引出"雀金裘"，一切自然，水到渠成。

进口奇货，只此一件。祖母所赐，母亲也说"可惜了的"，要"仔细穿，别遭踏了他"——太宝贵了。

因自那日鸳鸯发誓决绝之后，他总不和宝玉讲话。宝玉正自日夜不安，此时见他又要回避，宝玉便上来笑道："好姐姐，你瞧瞧，我穿着这个好不好。"鸳鸯一摔手，便进贾母房中来了。宝玉只得到了王夫人房中，与王夫人看了，然后又回至园中，与晴雯麝月看过后，复回至贾母房中，回说："太太看了，只说可惜了的，叫我仔细穿，别遭踏了他。"贾母道："就剩下了这一件，你遭踏了也再没了。这会子特给你做这个也是没有的事。"说着又嘱咐他："不许多吃酒，早些回来。"宝玉应了几个"是"。

老嬷嬷跟至厅上，只见宝玉的奶兄李贵和王荣、张若锦、赵亦华、钱启、周瑞六个人，带着茗烟、伴鹤、锄药、扫红四个小厮，背着衣包，抱着坐褥，笼着一匹雕鞍彩辔的白马，早已伺候多时了。老嬷嬷又吩咐了他六人些话，六个人忙答应了几个"是"，忙捧鞭坠镫。宝玉慢慢的上了马，李贵和王荣笼着嚼环，钱启周瑞二人在前引导，张若锦、赵亦华在两边紧贴宝玉后身。宝玉在马上笑道："周哥，钱哥，咱们打这角门走罢，省得到了老爷的书房门口又下来。"周瑞侧身笑道："老爷不在家，书房天天锁着的，爷可以不用下来罢了。"宝玉笑道："虽锁着，也要下来的。"钱启李贵等都笑道："爷说的是。便托懒不下来，倘或遇见赖大爷林二爷，虽不好说爷，也劝两句。有的不是，都派在我们身上，又说我们不教爷礼了。"周瑞钱启便一直出角门来。

正说话时，顶头果见赖大进来。宝玉忙笼住马，意欲下来。赖大忙上来抱住腿。宝玉便在镫上站起来，笑携他的手，说了几句话。接着又见一个小厮带着二三十个拿扫帚簸箕的人进来，见了宝玉，都顺墙垂手立住，独那为首的小厮打千儿，请了一个安。宝玉不识名姓，只微笑点了点头儿。马已过去，那人方带人去了。于是出了角门，门外又有李贵等六人的小厮并几个马夫，早预备下十来匹马专候。一出了角门，李贵等都各上了马，前引傍围的一阵烟去了，不在话下。

这里晴雯吃了药，仍不见病退，急的乱骂大夫，说："只会骗人的钱，一剂好药也不给人吃。"麝月笑劝他道："你太性急了，俗语说：'病来如山倒，病去如抽丝。'又不是老君的仙丹，那有这样灵药！你只静养几天，自然好了。你越急越着手。"晴雯又骂小丫头子们："那里钻沙去了！瞅我病了，都大胆子走了。明儿我好了，一个一个的才揭你们的皮呢！"唬的小丫头子篆儿忙进来问："姑娘作什么。"晴雯道："别人都死绝了，就剩了你不成？"

说着，只见坠儿也蹭了进来。晴雯道："你瞧瞧这小蹄子，不问他还不来呢。这里又放月钱了，又散果子了，你该跑在头里了。你往前些，我不是老虎吃了你！"坠儿只得前凑。晴雯便冷不防欠身一把将他的手抓住，向枕边取了一丈青，向他手上乱戳，口内骂道："要这爪子作什么？拈不得针，拿不动线，只会偷嘴吃。眼皮子又浅，爪子又轻，打嘴现世的，不如戳烂了！"坠儿疼的乱哭乱喊。麝月忙拉开坠儿，按晴雯睡下，笑道："才出了汗，又作死。等你好了，要打多少打不的？这会子闹什么！"晴雯便命人叫宋嬷嬷进来，说道："宝二爷才告诉了我，叫我告诉你们，坠儿很懒，宝二爷当面使他，他拨嘴儿不动，连袭人使他，他背后骂。今儿务必打发他出去，明儿宝二爷亲自回太太就是了。"宋嬷嬷听了，心下便知镯子事发，因笑道："虽如此说，也等花姑娘回来知道了，再打发他。"晴雯道："宝二爷今儿千叮咛万嘱咐的，什么'花姑娘''草姑娘'，我们自然有道理。你只依我的话，快叫他家的人来领他出去。"麝月道："这也罢了，早也去，晚也去，带了去早清净一日。"

宋嬷嬷听了，只得出去唤他母亲来。打点了他的东西，又来见晴雯等，说道："姑娘们怎么了，你侄女儿不好，你们教导他，怎么撵出去？也到底给我们留个脸儿。"晴雯道："你这话只等宝玉来问他，与我们无干。"那媳妇冷笑道："我有胆子问他去！他那一件事不是听姑娘们的调停？他纵依了，姑娘们不依，也未必中用。比如方才说话，虽是背地里，姑娘就直叫他的名

脾气暴躁如此：骂大夫，骂小丫头子。但需这一骂，坠儿才能进屋。

坠儿是"蹭了进来"，是"只得前凑"，见得心中有鬼。

晴雯恨小丫头子不守规矩，可以理解；但大丫头打小丫头，还动"私刑"，未免太过。贾府等级森严，除了主子内部的等级、主奴之间的等级，奴才之间也分三六九等。等级越森严，越有利于统治，但大不利于发展。

对袭人如此不恭，不怕有人向袭人"学舌"，为自己埋下祸根？

晴雯推说是宝玉的主意，坠儿娘还不甘示弱，她抓住晴雯直呼主子名号的问题加以反击，遭麝月一顿羞辱。

字。在姑娘们就使得，在我们就成了野人了。"

晴雯听说，一发急红了脸，说道："我叫了他的名字了，你在老太太跟前告我去，说我撒野，也撵出我去。"麝月忙道："嫂子，你只管带了人出去，有话再说。这个地方岂有你叫喊讲礼的？你见谁和我们讲过礼？别说嫂子你，就是赖奶奶林大娘，也得担待我们三分。便是叫名字，从小儿直到如今，都是老太太吩咐过的，你们也知道的，恐怕难养活，巴巴的写了他的小名儿，各处贴着叫万人叫去，为的是好养活。连挑水、挑粪、花子都叫得，何况我们！连昨儿林大娘叫了一声'爷'，老太太还说他呢，此是一件。二则，我们这些人常回老太太的话去，可不叫着名字回话，难道也称'爷'？那一日不把宝玉两个字念二百遍，偏嫂子又来挑这个了！过一日嫂子闲了，在老太太、太太跟前，听听我们当着面儿叫他就知道了。嫂子原也不得在老太太、太太跟前当些体统差事，成年家只在三门外头混，怪不得不知我们里头的规矩。这里不是嫂子久站的，再一会，不用我们说话，就有人来问你了。有什么分证话，且带了他去，你回了林大娘，叫他来找二爷说话。家里上千的人，你也跑来，我也跑来，我们认人问姓，还认不清呢！"说着，便叫小丫头子："拿了擦地的布来擦地！"

那媳妇听了，无言可对，亦不敢久立，赌气带了坠儿就走。宋妈妈忙道："怪道你这嫂子不知规矩，你女儿在这屋里一场，临去时，也给姑娘们磕个头。没有别的谢礼——便有谢礼，他们也不希罕——不过磕个头，尽了心。怎么说走就走？"坠儿听了，只得翻身进来，给他两个磕了两个头，又找秋纹等。他们也不睬他。那媳妇嗐声叹气，不敢多言，抱恨而去。

晴雯方才又闪了风，着了气，反觉更不好了，翻腾至掌灯，刚安静了些。只见宝玉回来，进门就嗐声跺脚。麝月忙问原故，宝玉道："今儿老太太喜喜欢欢的给了这个褂子，谁知不防后襟子上烧了一块，幸而天晚了，老太太、太太都不理论。"一面说，一面脱下来。麝月瞧时，果见有指顶大的烧眼，说："这必定是手炉里的火迸上了。这不值什么，赶着叫人悄悄的拿出去，叫个能干织补匠人织上就是了。"说着便用包袱包了，交与一个妈妈送出去。说："赶天亮就有才好。千万别给老太太、太太知道。"

婆子去了半日，仍旧拿回来，说："不但能干织补匠人，就连裁缝绣匠并作女工的问了，都不认得这是什么，都不敢揽。"麝月道："这怎么样呢！明儿不穿也罢了。"宝玉道："明儿是正日子，老太太、太太说了，还叫穿这个去呢。偏头一日就烧了，岂不扫兴。"晴雯听了半日，忍不住翻身说道："拿来我瞧瞧罢。没那个福气穿就罢了。这会子又着急。"宝玉笑道："这话倒说的是。"说着，便递与晴雯，又移过灯来，细看了一会。晴雯道："这是孔雀金线织的，如今咱们也拿孔雀金线就像界线似的界密了，只怕还可混得过去。"麝月笑道："孔雀线现成的，但这里除了你，还有谁会界线？"晴雯道："说不得，我挣命罢了。"宝玉忙道："这如何使得！才好了些，如何做得活。"

晴雯道："不用你蝎蝎螫螫的【咋咋呼呼的，小题大做】，我自知道。"一面说，一面坐起来，挽了一挽头发，披了衣裳，只觉头重身轻，满眼金星乱迸，实实撑不住。若不做，又怕宝玉着急，少不得恨命咬牙捱着。便命麝月只帮着拈线。晴雯先拿了一根比一比，笑道："这虽不很像，若补上，也不很显。"宝玉道："这就很好，那里又找俄罗斯国的裁缝去。"晴雯先将里子拆开，用茶杯口大的一个竹弓钉牢在背面，再将破口四边用金刀刮的散松松的，然后用针纫了两条，分出经纬，亦如界线之法，先界出地子后，依本衣之纹来回织补。补两针，又看看，织补两针，又端详端详。无奈头晕眼黑，气喘神虚，补不上三五针，便伏在枕上歇一会。

宝玉在旁，一时又问："吃些滚水不吃？"一时又命："歇一歇。"一时又拿一件灰鼠斗篷替他披在背上，一时又命拿个拐枕与他靠着。急的晴雯央道："小祖宗！你只管睡罢。再熬上半夜，明儿把眼睛抠搂了，怎么处！"宝玉见他着急，只得胡乱睡下，

无人能做。明天必穿。

"挣命"，拼命而为之，"勇"也。

既识货，又有技巧，"智"也。

宝玉关心晴雯而坐卧不宁，晴雯关心宝玉而怨言央告。这种"情"是双方的、对等的，真诚，纯洁，深厚。

仍睡不着。

一时只听自鸣钟已敲了四下，刚刚补完；又用小牙刷慢慢的剔出绒毛来。麝月道："这就很好，若不留心，再看不出的。"宝玉忙要了瞧瞧，说道："真真一样了。"晴雯已嗽了几阵，好容易补完了，说了一声："补虽补了，到底不像，我也再不能了！"嗳哟了一声，便身不由主倒下了。要知端的，且听下回分解。

为了宝玉辛苦至此，并无居功之意，而是心怀歉意，"仁"也。

【回后评】

儒家经典讲究"智仁勇"三者的统一，徒具其一难言修身，也难以成事。这回目里单说晴雯的一个"勇"字。如果单从"勇"的一面去看，虽然可贵，但补不成雀金裘。这个"勇"——勇于担当——是建立在"仁"和"智"的基础上的，也就是说，作者标出一个"勇"字，我们要能看到背后的"智"与"仁"。没有对宝玉的一片真情——仁，她就不会逞其"勇"；既有其"仁"又有其"勇"，如果没有其"智"——精湛的技艺——那"仁"与"勇"也是毫无用处。晴雯平时"懒"，就是懒得做那些琐琐碎碎的杂务，但她有她的长处。宝玉的身边如果都是袭人一类，这次的危机恐怕就很难度过了。

就写作技巧言，最成功的是为写"补裘"而作的层层铺垫。这铺垫沿着两条线进行，一条从"裘"上说，一条从"病"上说。

从宝玉需去给舅舅祝寿开始，说到衣着问题，而宝玉对此并不太在乎；偏偏此时天阴欲雪，于是贾母决定给宝玉一件既防寒又体面的雀金裘。没有这一层就没有"补裘"的故事发生。然后就说到此"裘"的珍贵：是进口货，而且只此一件。老祖母把这么贵重的衣服送给孙子，这是一份"情"，更增加了此裘的分量。王夫人见后，又特别嘱咐"仔细穿，别遭踏了他"，这似乎又不仅是一件衣服，而是一份责任了。可偏偏第一次穿就烧了一个洞，心疼，罪孽！但还不能就此收藏，要不被发现，必须马上织补好。但"不但能干织补匠人，就连裁缝绣匠并作女工的问了，都不认得这是什么，都不敢揽"，几乎是死结。

此时，晴雯"挺身而出"了。要知道，晴雯有病，病得不轻。作者一直在写晴雯的病，也是在为此一搏作铺垫。此时，晴雯"只觉头重身轻，满眼金星乱迸，实实撑不住。若不做，又怕宝玉着急，少不得恨命咬牙捱着"，"头晕眼黑，气喘神虚，补不上三五针，伏在枕上歇一会"，直到"自鸣钟已敲了四下"才补完，"又用小牙刷慢慢的剔出绒毛来"。连麝月都说："这就很好，若不留心，再看不出的。"宝玉也说："真真一样了。"但晴雯却说："补虽补了，到底不像，我也再不能了！"然后"嗳哟了一声，便身不由主倒下了"。她不但不居功自傲，反倒觉得补得"不像"，很惭愧。没有这"病"，没有这最后的"歉意"表达，同样"补裘"，其感人的力量恐怕要削弱很多吧。

书中有一个小的环节，就是在黛玉奚落宝玉诗社受罚之后，宝钗忽然说要以《咏〈太极图〉》为诗题，还要限一先的韵，五言律，把一先的韵都用尽了，一个不许剩。此为何意？

蔡义江评："特挑出为了难人而设极限的方法来，连诗题也是最抽象无趣的。可知也只是说笑而已。"

张俊、沈治钧评："宝钗欲以此为诗题，切合其道德思想。"

洪秋蕃评："分明因黛玉方才笑宝玉每社落第，故出此难题，使人人皆束手，看谁又笑谁；一边为宝玉解嘲，一边堵颦儿夸嘴。"

我罗列了三家之论，觉得洪秋蕃所说较切实际。从过去诗社"创作"的实践看，显然是黛玉占了上风，宝玉并不放在心上，而宝钗则未免芥蒂于心——咏菊诗前三名都属于黛玉，宝钗的两首只列第七第八——此时借机发泄，冷气袭人。

第五十三回

宁国府除夕祭宗祠
荣国府元宵开夜宴

『除夕祭宗祠』一题极博大，『元宵开夜宴』一题极富丽，拟此二题于一回中，早令人惊心动魄。不知措手处，乃作者偏就宝琴眼中款款叙来。

荣国府元宵开夜宴，灯火下众人聚一堂

此回书，先收结晴雯病补雀金裘一事。当下离年日近，王夫人与凤姐治办年事。贾珍那边，则忙着准备"除夕祭宗祠"。

此时，黑山村的乌庄头押着车队来缴纳租赋了。他们在泥泞中走了一个月零两日，送来农牧渔各种产品，另有白银二千五百两。据他说：这年从三月下雨起，直到八月，竟没有一连晴过五日。九月里一场碗大的雹子，方近一千三百里地，连人带房并牲口粮食，打伤了上千上万的，年成实在不好。而贾珍嫌少，说："我算定了你至少也有五千两银子来，这够作什么的！……真真是又教别过年了。"贾珍还诉入不敷出之苦，说："不和你们要，找谁去！"

至除夕这天进行"庙祭"。从大门到抱厦都有对联，对祖宗歌功颂德，祈子孙福寿永昌。先到正殿祭神主：贾敬主祭，贾赦陪祭，贾珍献爵，贾琏、贾琮献帛【哈达一类的礼仪用品】，宝玉捧香，贾菖、贾菱展拜毯，守焚池【焚化祭品的器皿】。青衣【乐工】乐奏，三献爵，拜兴【跪拜和起立】毕，焚帛奠酒，礼毕，乐止，退出。

再到正堂供奉祖宗遗像，等贾母拈香下拜，众人方一齐跪下。每一道菜，从仪门传入，经过数人之手，最后才由贾母捧放在桌上。一时礼毕，大家至荣府专候与贾母行礼。至晚，各处佛堂灶王前焚香上供，明灯高照。上下人等皆打扮得花团锦簇，一夜人声嘈杂，语笑喧阗【tián，充满】，爆竹起火，络绎不绝。第二天起，探亲访友，饮酒看戏打牌，一连忙了七八日才完了。

至十五日之夕，贾母便在大花厅上摆了十来桌席酒，定一班小戏，满挂各色佳灯，带领荣宁二府子侄孙男孙媳等家宴。贾母歪在榻上，与众人说笑一回，又自取眼镜向戏台上照一回，又命琥珀坐在榻上，拿着美人拳捶腿。当下族人虽不全，在家庭小宴中，也算是热闹的了。

当一出戏结束的时候，那小演员乖巧，说道："恰好今日正月十五，荣国府中老祖宗家宴，待我骑了这马，赶进去讨些果子吃是要紧的。"贾母高兴，一声"赏"，就有人往台上撒钱，"只听豁啷啷满台的钱响"。

还有一条重要信息：王子腾升了九省都检点，贾雨村补授了大司马，协理军机参赞朝政。

话说宝玉见晴雯将雀裘补完，已使的力尽神危，忙命小丫头子来替他捶着，彼此捶打了一会歇下。没一顿饭的工夫，天已大亮，且不出门，只叫快传大夫。一时王太医来了，诊了脉，疑惑说道："昨日已好些，今日如何反虚微浮缩起来，敢是吃多了饮食？不然就是劳了神思。外感却倒清了，这汗后失于调养，非同小可。"一面说，一面出去开了药方进来。

宝玉看时，已将疏散驱邪诸药减去了，倒添了茯苓、地黄、当归等益神养血之剂。宝玉一面忙命人煎去，一面叹说："这怎么处！倘或有个好歹，都是我的罪孽。"晴雯睡在枕上嗐道："好太爷！你干你的去罢，那里就得痨病了。"宝玉无奈，只得去了。至下半天，说身上不好就回来了。

晴雯此症虽重，幸亏他素习是个使力不使心的；再素习饮食清淡，饥饱无伤。这贾宅中的风俗秘法，无论上下，只一略有些伤风咳嗽，总以净饿为主，次则服药调养。故于前日一病时，净饿了两三日，又谨慎服药调治，如今劳碌了些，又加倍培养了几日，便渐渐的好了。近日园中姊妹皆各在房中吃饭，炊爨饮食亦便，宝玉自能变法要汤要羹调停，不必细说。

袭人送母殡后，业已回来，麝月便将平儿所说宋妈坠儿一

既看生理，又关照心理，此中医异于西医处，惜乎今日更难得也。

情事确然如此，难得宝玉不以主子自居，而晴雯毫无居功之意。

所谓"使力不使心"，就是毫无城府，不用心机。此诚可贵，而极易遭人暗算。晴雯如此，黛玉亦然。

事，并晴雯撵逐出去也曾回过宝玉等话，一一告诉袭人。袭人也没说别的，只说太性急了些。只因李纨亦因时气感冒；邢夫人又正害火眼，迎春岫烟皆过去朝夕侍药；李婶之弟又接了李婶和李纹李绮家去住几日；宝玉又见袭人常常思母含悲，晴雯犹未大愈：因此诗社之日，皆未有人作兴，便空了几社。

当下已是腊月，离年日近，王夫人与凤姐治办年事。王子腾升了九省都检点，贾雨村补授了大司马，协理军机参赞朝政，不题。

且说贾珍那边，开了宗祠，着人打扫，收拾供器，请神主，又打扫上房，以备悬供遗真影像。此时荣宁二府内外上下，皆是忙忙碌碌。这日宁府中尤氏正起来同贾蓉之妻打点送贾母这边的针线礼物，正值丫头捧了一茶盘押岁锞子进来，回说："兴儿回奶奶，前儿那一包碎金子共是一百五十三两六钱七分，里头成色不等，共总倾了二百二十个锞子。"说着递上去。尤氏看了看，只见也有梅花式的，也有海棠式的，也有笔锭如意的，也有八宝联春的。尤氏命："收起这个来，叫他把银锞子快快交了进来。"丫鬟答应去了。

一时贾珍进来吃饭，贾蓉之妻回避了。贾珍因问尤氏："咱们春祭的恩赏可领了不曾？"尤氏道："今儿我打发蓉儿关【"关"即"领"，同义互解】去了。"贾珍道："咱们家虽不等这几两银子使，多少是皇上天恩。早关了来，给那边老太太见过，置了祖宗的供，上领皇上的恩，下则是托祖宗的福。咱们那怕用一万银子供祖宗，到底不如这个又体面，又是沾恩锡福的。除咱们这样一二家之外，那些世袭穷官儿家，若不仗着这银子，拿什么上供过年？真正皇恩浩大，想的周到。"尤氏道："正是这话。"

二人正说着，只见人回："哥儿来了"。贾珍便命叫他进来。只见贾蓉捧了一个小黄布口袋进来。贾珍道："怎么去了这一日。"贾蓉陪笑回说："今儿不在礼部关领，又分在光禄寺库上，因又到了光禄寺才领了下来。光禄寺的官儿们都说问父亲好，多日不见，都着实想念。"贾珍笑道："他们那里是想我。这又到了年下了，不是想我的东西，就是想我的戏酒了。"一面说，一面瞧那黄布口袋上有印，就是"皇恩永锡"四个大字，那一边又有礼部祠祭司的印记，又写着一行小字，道是"宁国公贾演荣国公贾源恩赐永远春祭赏共二分，净折银若干两，某年月日龙禁尉候补侍卫贾蓉当堂领讫，值年寺丞某人"，下面一个朱笔花押。

数量不多，但郑重其事。

贾珍看了，吃过饭，盥漱毕，换了靴帽，命贾蓉捧着银子跟了来，回过贾母王夫人，又至这边回过贾赦邢夫人，方回家去，取出银子，命将口袋向宗祠大炉内焚了。又命贾蓉道："你去问问你琏二婶子，正月里请吃年酒的日子拟了没有。若拟定了，叫书房里明白开了单子来，咱们再请时，就不能重犯了。旧年不留心重了几家，不说咱们不留神，倒像两宅商议定了送虚情怕费事一样。"贾蓉忙答应了过去。一时，拿了请人吃年酒的日期单子来了。贾珍看了，命交与赖升去看了，请人别重这上头日子。因在厅上看着小厮们抬围屏，擦抹几案金银供器。只见小厮手里拿着个禀帖并一篇帐目，回说："黑山村的乌庄头来了。"

第四件事：拟好正月里请吃年酒的日子——避免两府请酒的日子重了。

贾珍道："这个老砍头的今儿才来。"说着，贾蓉接过禀帖和帐目，忙展开捧着，贾珍倒背着两手，向贾蓉手内只看红禀帖上写着："门下庄头乌进孝叩请爷、奶奶万福金安，并公子小姐金安。新春大喜大福，荣贵平安，加官进禄，万事如意。"贾珍笑道："庄家人有些意思。"贾蓉也忙笑说："别看文法，只取个吉利罢了。"一面忙展开单子看时，只见上面写着：

第五件事：验收庄头岁例银子。

"黑山村的乌庄头"——村是"黑"的，庄头姓"乌"，一片黑暗。

我们一看这单子：哇，够丰盛！这是多少"庄家人"的劳动成果啊！

大鹿三十只，獐子五十只，狍子五十只，暹猪二十个，汤猪二十个，龙猪二十个，野猪二十个，家腊猪二十个，野羊二十个，青羊二十个，家汤羊二十个，家风羊二十个，鲟鳇鱼二个，各色杂鱼二百斤，活鸡、鸭、鹅各二百只，风鸡、鸭、鹅二百只，野鸡、兔子各二百对，熊掌二十对，鹿筋二十斤，海参五十斤，鹿舌五十条，牛舌五十条，蛏干二十斤，榛、松、桃、杏穰各二口袋，大对虾五十对，干虾二百斤，银霜炭上等选用一千斤、中等二千斤，柴炭三万斤，御田胭脂米二石，碧糯五十斛，白糯五十斛，粉粳五十斛，杂色粱谷各五十斛，下用常米一千石，各色干菜一车，外卖粱谷，牲口各项之银共折银二千五百两。外门下孝敬哥儿姐儿顽意：活鹿两对，活白兔四对，黑兔四对，活锦鸡两对，西洋鸭两对。

租赋送上门，还磕头请安，贾珍总得有几句客套话。

贾珍看完，便命带进他来。一时，只见乌进孝进来，只在院内磕头请安。贾珍命人拉他起来，笑说："你还硬朗。"乌进孝笑回："托爷的福，还能走得动。"贾珍道："你儿子也大了，该叫他走走也罢了。"乌进孝笑道："不瞒爷说，小的们走惯了，不来也闷的慌。他们可不是都愿意来见见天子脚下世面？他们到底年轻，怕路上有闪失，再过几年就可放心了。"

生产难，送来也不易。

贾珍道："你走了几日？"乌进孝道："回爷的话，今年雪大，外头都是四五尺深的雪，前日忽然一暖一化，路上竟难走的很，耽搁了几日。虽走了一个月零两日，因日子有限了，怕爷心焦，可不赶着来了。"贾珍道："我说呢，怎么今儿才来。我才看那单子上，今年你这老货又来打擂台来了。"乌进孝忙进前了两步，回道："回爷说，今年年成实在不好。从三月下雨起，接接连连直到八月，竟没有一连晴过五日。九月里一场碗大的雹子，方近一千三百里地，连人带房并牲口粮食，打伤了上千上万的，所以才这样。小的并不敢说谎。"贾珍皱眉道："我算定了你至少也有五千两银子来，这够作什么的！如今你们一共只剩了八九个庄子，今年倒有两处报了旱涝，你们又打擂台，真真是又教别过年了。"

路途如此艰苦，贾珍不但不加体恤，竟说"今年你这老货又来打擂台来了"。"老货"，贱称也；"打擂台"，上门博弈，讨便宜也；"又"，不是第一次也。庄头陈说灾情，贾珍仍毫无体恤之意，只是嫌少："这够作什么的！""真真是又教别过年了。"

乌进孝道："爷的这地方还算好呢！我兄弟离我那里只一百多里，谁知竟大差了。他现管着那府里八处庄地，比爷这边多着

"那府"，荣府也。

几倍，今年也只这些东西，不过多二三千两银子，也是有饥荒打呢。"贾珍道："正是呢，我这边都可，已没有什么外项大事，不过是一年的费用。我受用些，就费些；我受些委屈就省些。再者年例送人请人，我把脸皮厚些，可省些也就完了。比不得那府里，这几年添了许多花钱的事，一定不可免是要花的，却又不添些银子产业。这一二年倒赔了许多，不和你们要，找谁去！"乌进孝笑道："那府里如今虽添了事，有去有来，娘娘和万岁爷岂不赏的！"贾珍听了，笑向贾蓉等道："你们听，他这话可笑不可笑？"贾蓉等忙笑道："你们山坳海沿子上的人，那里知道这道理。娘娘难道把皇上的库给了我们不成！他心里纵有这心，他也不能作主。岂有不赏之理，按时到节不过是些彩缎古董顽意儿。纵赏银子，不过一百两金子，才值了一千两银子，够一年的什么？这二年那一年不多赔出几千银子来！头一年省亲连盖花园子，你算算那一注共花了多少，就知道了。再两年再一回省亲，只怕就精穷了。"贾珍笑道："所以他们庄家老实人，外明不知里暗的事。黄柏木作磬槌子——外头体面里头苦。"贾蓉又笑向贾珍道："果真那府里穷了。前儿我听见凤姑娘和鸳鸯悄悄商议，要偷出老太太的东西去当银子呢。"贾珍笑道："那又是你凤姑娘的鬼，那里就穷到如此。他必定是见去路太多了，实在赔的狠了，不知又要省那一项的钱，先设此法使人知道，说穷到如此了。我心里却有一个算盘，还不至如此田地。"说着，命人带了乌进孝出去，好生待他，不在话下。

这里贾珍吩咐将方才各物，留出供祖的来，将各样取了些，命贾蓉送过荣府里。然后自己留了家中所用的，馀者派出等例来，一分一分的堆在月台下，命人将族中的子侄唤来与他们。接着荣国府也送了许多供祖之物及与贾珍之物。

贾珍看着收拾完备供器，靸着鞋，披着猺狐狲大裘，命人在厅柱下石矶上太阳中铺了一个大狼皮褥子，负暄闲看各子弟们来领取年物。因见贾芹亦来领物，贾珍叫他过来，说道："你作什

"不和你们要，找谁去！"说得"理直气壮"。也难怪："溥天之下，莫非王土；率土之滨，莫非王臣。""天下"是他们打下来的，也就意味着"天下"百姓就是他们的奴仆了，奉养他们，伺候他们，都是应该的。这就是他们的"理"，他们的"气"也由此而来。

皇亲国戚仗着皇权盘剥百姓，再拿钱去讨皇家的欢心。

凤姐如此的"机密"竟然告诉贾蓉，关系确实非同一般。

分发年例是府里规矩，这是年前要做的最后一件事。虽不是"劳动所得"，贾珍还是享受一下济困扶贫的幸福感。

么也来了？谁叫你来的？"贾芹垂手回说："听见大爷这里叫我们领东西，我没等人去叫就来了。"贾珍道："我这东西，原是给你那些闲着无事的无进益的小叔叔兄弟们的。那二年你闲着，我也给过你的。你如今在那府里管事，家庙里管和尚道士们，一月又有你的分例外，这些和尚的分例银子都从你手里过，你还来取这个，太也贪了！你自己瞧瞧，你穿的可像个手里使钱办事的？先前说你没进益，如今又怎么了？比先倒不像了。"贾芹道："我家里原人口多，费用大。"贾珍冷笑道："你还支吾我。你在家庙里干的事，打谅我不知道呢。你到了那里自然是爷了，没人敢违拗你。你手里又有了钱，离着我们又远，你就为王称霸起来，夜夜招聚匪类赌钱，养老婆小子。这会子花的这个形象，你还敢领东西来？领不成东西，领一顿驮水棍去才罢。等过了年，我必和你琏二叔说，换回你来。"贾芹红了脸，不敢答应。

人回："北府水王爷送了字联、荷包来了。"贾珍听说，忙命贾蓉出去款待，"只说我不在家。"贾蓉去了，这里贾珍看着领完东西，回房与尤氏吃毕晚饭，一宿无话。至次日，更比往日忙，都不必细说。

已到了腊月二十九日了，各色齐备，两府中都换了门神、联对、挂牌，新油了桃符，焕然一新。宁国府从大门、仪门、大厅、暖阁、内厅、内三门、内仪门并内塞门，直到正堂，一路正门大开，两边阶下一色朱红大高照，点的两条金龙一般。

次日，由贾母有诰封者，皆按品级着朝服，先坐八人大轿，带领着众人进宫朝贺，行礼领宴毕回来，便到宁国府暖阁下轿。诸子弟有未随入朝者，皆在宁府门前排班伺侯，然后引入宗祠。

且说宝琴是初次，一面细细留神打谅这宗祠，原来宁府西边另一个院子，黑油栅栏内五间大门，上悬一块匾，写着是"贾氏宗祠"四个字，旁书"衍圣公孔继宗书"。两旁有一副长联，写道是：

肝脑涂地，兆姓赖保育之恩【贾氏先祖效忠皇帝不惜肝脑涂地，天下百姓都仰赖其保护养育的恩德】；

功名贯天，百代仰蒸尝之盛【其功劳之大名满天下，其子孙世世代代都会隆重地祭祀他们】。

上联赞其功德，下联颂其福受。

亦衍圣公所书。进入院中，白石甬路，两边皆是苍松翠柏。月台上设着青绿古铜鼎彝等器。抱厦前上面悬一九龙金匾，写道是："星辉辅弼"【辅佐帝王之贾氏先祖，就像捧月之星】。乃先皇御笔。两边一副对联，写道是：

进入院中。

勋业有光昭日月【宁荣二公的功勋业绩像日月一样光辉照耀】，功名无间及儿孙【其功名恩德将永不间断地惠及儿孙】。

上联赞其勋业，下联说惠及儿孙，也是世代永继之意。

亦是御笔。五间正殿前悬一闹龙填青匾，写道是："慎终追远"【父母寿终，要认真送丧守丧；还要按时祭祀，追念远古祖先】。旁边一副对联，写道是：

到了正殿。

已后儿孙承福德【贾氏子孙都承受着祖宗的福泽恩德】，至今黎庶念荣宁【老百姓至今怀念着荣宁二位先公】。

俱是御笔。里边香烛辉煌，锦幛绣幕，虽列着神主，却看不真切。只见贾府人分昭穆排班立定：贾敬主祭，贾赦陪祭，贾珍献爵，贾琏贾琮献帛，宝玉捧香，贾菖贾菱展拜毯，守焚池。青衣乐奏，三献爵，拜兴毕，焚帛奠酒，礼毕，乐止，退出。

宝琴不能入内，所以"看不真切"那神主。

祭神主。礼仪，如此肃穆庄重。

众人围随着贾母至正堂上，影前锦幔高挂，彩屏张护，香烛辉煌。上面正居中悬着宁荣二祖遗像，皆是披蟒腰玉；两边还有几轴列祖遗影。贾荇贾芷等从内仪门挨次列站，直到正堂廊下。槛外方是贾敬贾赦，槛内是各女眷。众家人小厮皆在仪门之外。

至正堂。正堂是供奉先祖遗像之地。

每一道菜至，传至仪门，贾荇贾芷等便接了，按次传至阶子孙如是之众，成才者几人？礼仪如是整肃，其心同在者几人？"丧礼，与其哀不足而礼有余也，不若礼不足而哀有余也；祭礼，与其敬不足而礼有余也，不若礼不足而敬有余也。"（《礼记·檀弓上》）

至荣府行家礼。

贾母到尤氏房中暂歇：分坐，献茶，留饭。

老太太也会说话。拒绝之后必有所补偿，是说话艺术。

上贾敬手中。贾蓉系长房长孙，独他随女眷在槛内。每贾敬捧菜至，传于贾蓉，贾蓉便传于他妻子，又传于凤姐尤氏诸人，直传至供桌前，方传于王夫人。王夫人传于贾母，贾母方捧放在桌上。邢夫人在供桌之西，东向立，同贾母供放。直至将菜饭汤点酒茶传完，贾蓉方退出下阶，归入贾芹阶位之首。

凡从文旁之名者，贾敬为首；下则从玉者，贾珍为首；再下从草头者，贾蓉为首；左昭右穆，男东女西。俟贾母拈香下拜，众人方一齐跪下，将五间大厅，三间抱厦，内外廊檐，阶上阶下两丹墀内，花团锦簇，塞的无一隙空地。鸦雀无闻，只听铿锵叮当，金铃玉珮微微摇曳之声，并起跪靴履飒沓之响。一时礼毕，贾敬贾赦等便忙退出，至荣府专候与贾母行礼。

尤氏上房早已袭地铺满红毡，当地放着象鼻三足鳅沿鎏金珐琅大火盆，正面炕上铺新猩红毡，设着大红彩绣云龙捧寿的靠背引枕，外另有黑狐皮的袄子搭在上面，大白狐皮坐褥，请贾母上去坐了。两边又铺皮褥，让贾母一辈的两三个妯娌坐了。这边横头排插之后小炕上，也铺了皮褥，让邢夫人等坐了。地下两面相对十二张雕漆椅上，都是一色灰鼠椅搭小褥，每一张椅下一个大铜脚炉，让宝琴等姊妹坐了。尤氏用茶盘亲捧茶与贾母，蓉妻捧与众老祖母，然后尤氏又捧与邢夫人等，蓉妻又捧与众姊妹。凤姐李纨等只在地下伺侯。茶毕，邢夫人等便先起身来侍贾母。贾母吃茶，与老妯娌闲话了两三句，便命看轿。

凤姐儿忙上去挽起来。尤氏笑回说："已经预备下老太太的晚饭。每年都不肯赏些体面用过晚饭过去，果然我们就不及凤丫头不成？"凤姐儿挽着贾母笑道："老祖宗快走，咱们家去吃饭，别理他。"贾母笑道："你这里供着祖宗，忙的什么似的，那里搁得住我闹。况且每年我不吃，你们也要送去的。不如还送了去，我吃不了留着明儿再吃，岂不多吃些。"说的众人都笑了。又吩咐他："好生派妥当人夜里看香火，不是大意得的。"尤氏答应了。一面走出来至暖阁前上了轿。尤氏等闪过屏风，小厮们才领轿夫，请了轿出大门。尤氏亦随邢夫人等同至荣府。

这里轿出大门，这一条街上，东一边合面设列着宁国府的仪仗执事乐器，西一边合面设列着荣国府的仪仗执事乐器，来往行人皆屏退不从此过。一时来至荣府，也是大门正厅直开到底。如今便不在暖阁下轿了，过了大厅，便转弯向西，至贾母这边正厅上下轿。

由府内写到"街上"，进一步表现其排场之盛。

众人围随同至贾母正室之中，亦是锦裀绣屏，焕然一新。当地火盆内焚着松柏香、百合草。贾母归了坐，老嬷嬷来回："老太太们来行礼。"贾母忙又起身要迎，只见两三个老妯娌已进来了。大家挽手，笑了一回，让了一回。吃茶去后，贾母只送至内仪门便回来，归正坐。

贾敬贾赦等领诸子弟进来。贾母笑道："一年价难为你们，不行礼罢。"一面说着，一面男一起，女一起，一起一起俱行过了礼。左右两旁设下交椅，然后又按长幼挨次归坐受礼。两府男妇小厮丫鬟亦按差役上中下行礼毕，散押岁钱、荷包、金银锞，摆上合欢宴来。男东女西归坐，献屠苏酒、合欢汤、吉祥果、如意糕毕，贾母起身进内间更衣，众人方各散出。

来至荣府。行家礼。

那晚各处佛堂灶王前焚香上供，王夫人正房院内设着天地纸马香供，大观园正门上也挑着大明角灯，两溜高照，各处皆有路灯。上下人等，皆打扮的花团锦簇，一夜人声嘈杂，语笑喧阗，爆竹起火，络绎不绝。

除夕之夜，几句概括，也足见奢华热闹。

至次日五鼓，贾母等又按品大妆，摆全副执事进宫朝贺，兼祝元春千秋。领宴回来，又至宁府祭过列祖，方回来受礼毕，便换衣歇息。所有贺节来的亲友一概不会，只和薛姨妈李婶二人说话取便，或者同宝玉、宝琴、钗、玉等姊妹赶围棋抹牌作戏。王夫人与凤姐是天天忙着请人吃年酒，那边厅上院内皆是戏酒，亲友络绎不绝，一连忙了七八日才完了。早又元宵将近，宁荣二府皆张灯结彩。十一日是贾赦请贾母等，次日贾珍又请，贾母皆去随便领了半日。王夫人和凤姐儿连日被人请去吃年酒，不能胜记。

至正日，仍是"进宫朝贺"（同时特为元妃庆生）、祭祖、行家礼三部曲，结住"宁国府除夕祭宗祠"一节。

正日之后，元宵之前，玩的玩，忙的忙，都一笔带过。

"十五日之夕"，这才接到"荣国府元宵开夜宴"一节。

重点写一"慧纹"璎珞，此物珍稀，而贾府有藏，见得家底富厚。

至十五日之夕，贾母便在大花厅上命摆几席酒，定一班小戏，满挂各色佳灯，带领荣宁二府各子侄孙男孙媳等家宴。贾敬素不茹酒，也不去请他，于后十七日祖祀已完，他便仍出城去修养。便这几日在家内，亦是净室默处，一概无听无闻，不在话下。贾赦略领了贾母之赐，也便告辞而去。贾母知他在此彼此不便，也就随他去了。贾赦自到家中与众门客赏灯吃酒，自然是笙歌聒耳，锦绣盈眸，其取便快乐另与这边不同的。

这边贾母花厅之上共摆了十来席。每一席旁边设一几，几上设炉瓶三事【焚香所用之香炉、香盒、铲瓶】，焚着御赐百合宫香。又有八寸来长四五寸宽二三寸高的点着山石布满青苔的小盆景，俱是新鲜花卉。又有小洋漆茶盘，内放着旧窑茶杯并十锦小茶吊，里面泡着上等名茶。一色皆是紫檀透雕，嵌着大红纱透绣花卉并草字诗词的璎珞。

原来绣这璎珞的也是个姑苏女子，名唤慧娘。因他亦是书香宦门之家，他原精于书画，不过偶然绣一两件针线作耍，并非市卖之物。凡这屏上所绣之花卉，皆仿的是唐、宋、元、明各名家的折枝花卉，故其格式配色皆从雅，本来非一味浓艳匠工可比。每一枝花侧皆用古人题此花之旧句，或诗词歌赋不一，皆用黑绒绣出草字来，且字迹勾踢、转折、轻重、连断皆与笔草无异，亦不比市绣字迹板强可恨。他不仗此技获利，所以天下虽知，得者甚少，凡世宦富贵之家，无此物者甚多，当今便称为"慧绣"。竟有世俗射利者，近日仿其针迹，愚人获利。偏这慧娘命夭，十八岁便死了，如今竟不能再得一件的了。凡所有之家，纵有一两件，皆珍藏不用。有那一干翰林文魔先生们，因深惜"慧绣"之佳，便说这"绣"字不能尽其妙，这样笔迹说一"绣"字，反似乎唐突了，便大家商议了，将"绣"字便隐去，换了一个"纹"字，所以如今都称为"慧纹"。

若有一件真"慧纹"之物，价则无限。贾府之荣，也只有两三件，上年将那两件已进了上，目下只剩这一副璎珞，一共十六扇，贾母爱如珍宝，不入在请客各色陈设之内，只留在自己这边，高兴摆酒时赏玩。又有各色旧窑小瓶中都点缀着"岁寒三友"、"玉堂富贵"等新鲜花草。

上面两席是李婶薛姨妈二位。贾母于东边设一透雕夔龙护屏矮足短榻，靠背引枕皮褥俱全。榻之上一头又设一个极轻巧洋漆描金小几，几上放着茶吊、茶碗、漱盂、洋巾之类，又有一个眼镜匣子。贾母歪在榻上，与众人说笑一回，又自取眼镜向戏台上照一回，又向薛姨妈李婶笑说："恕我老了，骨头疼，容我放肆些，歪着相陪罢。"因又命琥珀坐在榻上，拿着美人拳捶腿。

交代"夜宴"席次。

榻下并不摆席面，只有一张高几，却设着璎珞花瓶香炉等物。外另设一精致小高桌，设着酒杯匙箸，将自己这一席设于榻旁，命宝琴、湘云、黛玉、宝玉四人坐着。每一馔一果来，先捧与贾母看了，喜则留在小桌上尝一尝，仍撤了放在他四人席上，只算他四人是跟着贾母坐。故下面方是邢夫人王夫人之位，再下便是尤氏、李纨、凤姐、贾蓉之妻。西边一路便是宝钗、李纹、李绮、岫烟、迎春姊妹等。两边大梁上，挂着一对联三聚五玻璃芙蓉彩穗灯。每一席前竖一柄漆干倒垂荷叶，叶上有烛信插着彩烛。这荷叶乃是錾珐琅的，活信可以扭转，如今皆将荷叶扭转向外，将灯影逼住全向外照，看戏分外真切。窗格门户一齐摘下，全挂彩穗各种宫灯。廊檐内外及两边游廊罩棚，将各色羊角、玻璃、戳纱、料丝或绣、或画、或堆、或抠、或绢、或纸诸灯挂满。

宝琴取代了宝钗。

廊上几席，便是贾珍、贾琏、贾环、贾琮、贾蓉、贾芹、贾芸、贾菱、贾菖等。贾母也曾差人去请众族中男女，奈他们或有年迈懒于热闹的；或有家内没有人不便来的；或有疾病淹缠，欲来竟不能来的；或有一等妒富愧贫不来的；甚至于有一等憎畏凤姐之为人而赌气不来的；或有羞口羞脚，不惯见人，不敢来的：因此族众虽多，女客来者只不过贾菌之母娄氏带了贾菌来了，男子只有贾芹、贾芸、贾菖、贾菱四个现是在凤姐麾下办事的来

揭出繁华之下的不和谐。人不全，透露出衰落之象。

了。当下人虽不全，在家庭间小宴中，数来也算是热闹的了。

当下又有林之孝之妻带了六个媳妇，抬了三张炕桌，每一张上搭着一条红毡，毡上放着选净一般大新出局的铜钱，用大红彩绳串着，每二人搭一张，共三张。林之孝家的指示将那两张摆至薛姨妈李婶的席下，将一张送至贾母榻下来。贾母便说："放在当地罢。"这媳妇们都素知规矩的，放下桌子，一并将钱都打开，将彩绳抽去，散堆在桌上。

此时正唱《西楼·楼会》【该剧描写书生于叔夜与妓女穆素徽悲欢离合的故事】这出将终，于叔夜因赌气去了，那文豹便发科诨道："你赌气去了，恰好今日正月十五，荣国府中老祖宗家宴，待我骑了这马，赶进去讨些果子吃是要紧的。"说毕，引的贾母等都笑了。薛姨妈等都说："好个鬼头孩子，可怜见的。"凤姐便说："这孩子才九岁了。"贾母笑说："难为他说的巧。"便说了一个"赏"字。早有三个媳妇已经手下预备下小簸箩，听见一个"赏"字，走上去向桌上的散钱堆内，每人便撮了一簸箩，走出来向戏台说："老祖宗、姨太太、亲家太太赏文豹买果子吃的！"说着，向台上便一撒，只听豁啷啷满台的钱响。

贾珍贾琏已命小厮们抬了大簸箩的钱来，暗暗的预备在那里。听见贾母一赏，要知端的——

唱戏的都是小孩子，一般出身贫苦，且学艺艰难，大不同于今日之演艺人员。"可怜见的"，是同情中含有喜爱。

给他们的赏钱只是铜板，不会用金银锞子。

【回后评】

从"祭宗祠"到"开夜宴"，重仪节，讲排场，竞奢华，是其特点。这三个特点正好构成三个对比。

一是"仪节"形式的隆重与参与者生活龌龊的对比。那祠堂建筑何等宏伟，那一楹一联何等精警，那祭祀器用何等贵重，那礼仪氛围何等庄严，那一跪一起何等整肃；而贾府这些子孙，有几个是真正心念"皇恩祖德"而能继承祖宗基业且为皇家辅弼之臣的？贾敬修道，贾赦荒淫，下一辈的贾珍、贾琏，再下一辈的贾蓉、贾芹，等等，可以说都是"于国于家无望"的废物乃至败类。只有一个贾政，还偏偏不在此次祭祀之列——是巧合，还是作者有意安排？

二是贾府的奢华排场与"庄家人"的辛苦艰难的对比。不要说可卿之丧、元妃省亲，单这次过年的压岁钱就很可观：宁府，光金"锞子"就用去黄金一百五十三两六钱七分。我们没见过世面，庄头进奉租赋，觉得那货单真是够丰盛了，但在贾珍看来，那还是太少了，是庄头在"打擂台"呢。而"庄家人"呢，单是"九月里一场碗大的雹子，方近一千三百里地，连人带房并牲口粮食，打伤了上千上万的"，他们的日子怎么过呢？"朱门酒肉臭，路有冻死骨"，绝非虚言。

特别是贾珍所言"不和你们要，找谁去"，说得如此"理直气壮"，初闻觉得"怪哉"。但在那"溥天之下，莫非王土；率土之滨，莫非王臣"的时代，这又很"正常"。"天下"是他们"打"下来的。他们"打天下"，不管是用"枪杆子"还是用"笔杆子"，绝不是"为人民服务"，而只是为了夺取政权，也就是夺取对天下百姓的统治权、奴役权。既已夺得天下，也就意味着天下百姓就是他们的奴仆了，奉养他们，伺候他们，都是应该的。至于百姓之生死苦乐，那是他们自己的事。这就是贾珍们的"理"，也是他们的"气"之所来。

三是今日之繁盛豪奢与最终败落凄凉的对比。这是隐含的，得到败落那一天才会显现出其间巨大的落差。好在第一回就有《好了歌》，第五回又有《飞鸟各投林》："好一似食尽鸟投林，落了片白茫茫大地真干净！"或谓此不过是回光返照，也有道理。

我们一直在说《红楼梦》写人叙事常用的一种手法——互见互评法：或借书中角色观评眼前事物，或让书中角色彼此互观互评，总之是作者不出面，不说话，不做"全知全能"的叙事者。此一回书，写贾府祭祀，全由宝琴眼中看出，也是此一手法的运用。对此，论者多有评析，可以参看。

护花主人评："宗祠、联匾、殿宇及行礼等事若竟直叙，则作书者并非贾氏宗友，不在与祭之列，何由得知其细？便为识者所笑。今借宝琴留神细看，一一铺叙，文笔即有根底。"——不存在"不在与祭之列"就不能"知其细"的问题，小说作者完全可以充当"全知全能"的角色。

张俊、沈治钧评："以下祭宗祠景象，均自'初次'进祠之薛宝琴眼中看出，叙事视点极新颖。盖宝琴乃一陌生人，所见皆新鲜，借其眼光写此重要场景，新奇自然，不落俗套。若径以全知观点叙述，则板矣。"——此法为曹公常用，并不"新颖"。

第五十四回

史太君破陈腐旧套
王熙凤效戏彩斑衣

积德于今到子孙，
都中旺族首吾门。
可怜立业英雄辈，
遗脉谁知祖父恩？

夜宴上击鼓传花讲笑话，王熙凤伶牙俐齿哄太君

此回书为上回"元宵开夜宴"之继续。回目上句说的是贾母对所谓"才子佳人"文艺作品的批判；下句说凤姐，所谓"效戏彩斑衣"，是说凤姐效法"老莱娱亲"。老莱子行年七十，为尽孝道，他身着彩衣，走路时装着跳舞的样子，不小心跌了一跤，就装着婴儿啼哭的声音，并在地上打滚，来让父母开心。

元宵之夜，贾母夜宴族人，一面看戏一面饮酒，"听满台钱响，贾母大悦"。

一时戏歇了，喝汤吃元宵，又叫来两个说书的，讲起《凤求鸾》的一段故事。贾母批道：这些书左不过是些佳人才子，可说的佳人算不得佳人，才子也算不得才子，都是那编书的心怀嫉妒编出来污秽富贵人家，或者是看书着魔编出来取乐的。所以不许说这些书，丫头们也不懂这些话。李薛二人都笑说："这正是大家的规矩，连我们家也没这些杂话给孩子们听见。"

凤姐插科打诨，赞贾母的这一番议论可以叫作《掰谎记》。贾母笑道："可是这两日我竟没有痛痛的笑一场，倒是亏他才一路笑的我心里痛快了些……"说书的又奉命要弹一套《将军令》，此时已是三更，贾母都觉得"寒浸浸的"，就叫挪进暖阁里地炕上，再添换了果馔摆好，命人把梨香院的女孩子们叫了来唱戏。因为这时薛姨妈、李纨的婶母都在，贾母命葵官唱一出《惠明下书》，说道："叫他们听个疏异罢了。若省一点力，我可不依。"

凤姐儿因见贾母十分高兴，便提议玩击鼓传花，行一个"春喜上眉梢"的令，谁输了谁说个笑话。贾母第一个，讲的是一家十个媳妇，只有一个心巧嘴乖，原来那巧的是吃了猴儿尿了。说毕，大家都笑起来。第二个凤姐，讲了个"聋子放炮仗"的故事，顺便就说："外头已经四更，依我说，老祖宗也乏了，咱们也该'聋子放炮仗——散了'罢。"但贾母却不肯散，又吩咐道："他提起炮仗来，咱们也把烟火放了解解酒。"于是又放爆竹。放罢，又命小戏子打了一回"莲花落"，撒了满台钱，命那孩子们满台抢钱取乐。最后，大家又随便随意吃了些，用过漱口茶，方散。

此后，又有一些请酒赴宴的事，直至二十几儿这元宵节才算过去。

却说贾珍贾琏暗暗预备下大簸箩的钱，听见贾母说"赏"，他们也忙命小厮们快撒钱。只听满台钱响，贾母大悦。

闻"满台钱响"而"大悦"，贵族老太太的独特享受。

二人遂起身，小厮们忙将一把新暖银壶捧在贾琏手内，随了贾珍趋至里面。贾珍先至李婶席上，躬身取下杯来，回身，贾琏忙斟了一盏；然后便至薛姨妈席上，也斟了。二人忙起身笑说："二位爷请坐着罢了，何必多礼。"于是除邢、王二夫人，满席都离了席，俱垂手旁侍。

先敬客人。客人一起身，"满席都离了席"，邢、王二夫人属同辈，故不起身。礼，一丝不能差。

贾珍等至贾母榻前，因榻矮，二人便屈膝跪了。贾珍在先捧杯，贾琏在后捧壶。虽止二人奉酒，那贾环弟兄等，却也是排班按序，一溜随着他二人进来，见他二人跪下，也都一溜跪下。宝玉也忙跪下了。史湘云悄推他笑道："你这会又帮着跪下作什么？有这样，你也去斟一巡酒岂不好？"宝玉悄笑道："再等一会子再斟去。"说着，等他二人斟完起来，方起来。又与邢夫人王夫人斟过来。贾珍笑道："妹妹们怎么样呢？"贾母等都说："你们去罢，他们倒便宜些。"说了，贾珍等方退出。

前面是"躬身"，这里是"跪下"，更加虔敬。
宝琴、湘云、黛玉、宝玉四人陪坐在贾母旁边，所以湘云有此动作。

当下天未二鼓【不到夜十一点】，戏演的是《八义》中《观灯》八出。正在热闹之际，宝玉因下席往外走。贾母因说："你往那里去！外头爆竹利害，仔细天上掉下火纸来烧了。"宝玉回

除夕夜，正是放爆竹的时候。

因宝玉外出就发现袭人不在，意下颇有不满。

王夫人为袭人解释，只说一个"孝"字，贾母不能释怀。

贾母既不赞成奴才因守孝就不伏侍主子，凤姐就撇开这一层，而强调让她"看屋子"的重要作用。一提对宝玉的好处，老太太立即转变态度。凤姐之言，不仅保护了袭人，也让王夫人下了台。

对袭人之母的去世，贾母真的不当回事。

四十两银子，是赏"妾"的规格。袭人在王夫人心目中地位不一般。

顺便交代出鸳鸯的娘也死了，而不许鸳鸯归家守孝。这是老太太的规矩，也是老太太的心肠。

"他早去了"——鸳鸯去了。

说："不往远去，只出去就来。"贾母命婆子们好生跟着。于是宝玉出来，只有麝月秋纹并几个小丫头随着。

贾母因说："袭人怎么不见？他如今也有些拿大了，单支使小女孩子出来。"王夫人忙起身笑回道："他妈前日没了，因有热孝，不便前头来。"贾母听了点头，又笑道："跟主子却讲不起这孝与不孝。若是他还跟我，难道这会子也不在这里不成？皆因我们太宽了，有人使，不查这些，竟成了例了。"凤姐儿忙过来笑回道："今儿晚上他便没孝，那园子里也须得他看着，灯烛花炮最是耽险的。这里一唱戏，园子里的人谁不偷来瞧瞧。他还细心，各处照看照看。况且这一散后宝兄弟回去睡觉，各色都是齐全的。若他再来了，众人又不经心，散了回去，铺盖也是冷的，茶水也不齐备，各色都不便宜，所以我叫他不用来，只看屋子。散了又齐备，我们这里也不耽心，又可以全他的礼，岂不三处有益。老祖宗要叫他，我叫他来就是了。"

贾母听了这话，忙说："你这话很是，比我想的周到，快别叫他了。但只他妈几时没了，我怎么不知道。"凤姐笑道："前儿袭人去亲自回老太太的，怎么倒忘了。"贾母想了一想笑说："想起来了。我的记性竟平常了。"众人都笑说："老太太那里记得这些事。"贾母因又叹道："我想着，他从小儿服侍了我一场，又服侍了云儿一场，末后给了一个魔王宝玉，亏他魔了这几年。他又不是咱们家的根生土长的奴才，没受过咱们什么大恩典。他妈没了，我想着要给他几两银子发送，也就忘了。"凤姐儿道："前儿太太赏了他四十两银子，也就是了。"

贾母听说，点头道："这还罢了。正好鸳鸯的娘前儿也死了，我想他老子娘都在南边，我也没叫他家去守孝，如今叫他两个一处作伴儿去。"又命婆子将些果子菜馔点心之类与他两个吃去。琥珀笑说："还等这会子呢，他早就去了。"说着，大家又吃酒看戏。

且说宝玉一径来至园中，众婆子见他回房，便不跟去，只坐在园门里茶房里烤火，和管茶的女人偷空饮酒斗牌。宝玉至院中，虽是灯光灿烂，却无人声。麝月道："他们都睡了不成？咱们悄悄的进去唬他们一跳。"于是大家蹑足潜踪的进了镜壁一看，只见袭人和一人对面都歪在地炕上，那一头有两三个老嬷嬷打盹。

宝玉只当他两个睡着了，才要进去，忽听鸳鸯叹了一声，说道："可知天下事难定。论理你单身在这里，父母在外头，每年他们东去西来，没个定准，想来你是不能送终的了，偏生今年就死在这里，你倒出去送了终。"袭人道："正是。我也想不到能够看父母回首。太太又赏了四十两银子，这倒也算养我一场，我也不敢妄想了。"宝玉听了，忙转身悄向麝月等道："谁知他也来了。我这一进去，他又赌气走了。不如咱们回去罢，让他两个清清静静的说一回。袭人正一个闷着，他幸而来的好。"说着，仍悄悄的出来。

宝玉便走过山石之后去站着撩衣，麝月秋纹皆站住背过脸去，口内笑说："蹲下再解小衣，仔细风吹了肚子。"后面两个小丫头子知是小解，忙先出去茶房预备去了。这里宝玉刚转过来，只见两个媳妇子迎面来了，问是谁，秋纹道："宝玉在这里，你大呼小叫，仔细唬着他。"那媳妇们忙笑道："我们不知道，大节下来惹祸了。姑娘们可连日辛苦了。"说着，已到了跟前。

麝月等问："手里拿的是什么？"媳妇们道："是老太太赏金、花二位姑娘吃的。"秋纹笑道："外头唱的是《八义》，没唱《混元盒》，那里又跑出'金花娘娘'【《混元盒》里的人物】来了。"宝玉笑命："揭起来我瞧瞧。"秋纹麝月忙上去将两个盒子揭开。两个媳妇忙蹲下身子，宝玉看了两盒内都是席上所有的上等果品菜馔，点了一点头，迈步就走。麝月二人忙胡乱掩了盒盖，跟上来。宝玉笑道："这两个女人倒和气，会说话，他们天天乏了，倒说你们连日辛苦，倒不是那矜功自伐的。"麝月道："这好的也很好，那不知礼的也太不知礼。"宝玉笑道："你们是

鸳鸯为不能为母亲送终慨叹，正是对贾母不许她回家去守孝的不满。

宝玉最能体贴。

此为宝玉小解。
小丫头子"忙先出去茶房预备去了"——预备什么？连义可解。

宝玉还要亲眼看看才放心。

明白人，耽待他们是粗笨可怜的人就完了。"一面说，一面来至园门。

那几个婆子虽吃酒斗牌，却不住出来打探，见宝玉来了，也都跟上了。来至花厅后廊上，只见那两个小丫头一个捧着小沐盆，一个搭着手巾，又拿着沤子壶在那里久等。秋纹先忙伸手向盆内试了一试，说道："你越大越粗心了，那里弄的这冷水。"小丫头笑道："姑娘瞧瞧这个天，我怕水冷，巴巴的倒的是滚水，这还冷了。"

正说着，可巧见一个老婆子提着一壶滚水走来。小丫头便说："好奶奶，过来给我倒上些。"那婆子道："哥哥儿，这是老太太泡茶的，劝你走了罢去罢，那里就走大了脚。"秋纹道："凭你是谁的，你不给？我管把老太太茶吊子倒了洗手。"那婆子回头见是秋纹，忙提起壶来就倒。秋纹道："够了。你这么大年纪也没个见识，谁不知是老太太的水！要不着的人就敢要了。"婆子笑道："我眼花了，没认出这姑娘来。"宝玉洗了手，那小丫子拿小壶倒了些沤子【润肤品】在他手内，宝玉沤了。秋纹麝月也趁热水洗了一回，沤了，跟进宝玉来。

宝玉便要了一壶暖酒，也从李婶薛姨妈斟起，二人也让坐。贾母便说："他小，让他斟去，大家倒要干过这杯。"说着，便自己干了。邢、王二夫人也忙干了，让他二人。薛李也只得干了。贾母又命宝玉道："连你姐姐妹妹一齐斟上，不许乱斟，都要叫他干了。"宝玉听说，答应着，一一按次斟了。

至黛玉前，偏他不饮，拿起杯来，放在宝玉唇上边，宝玉一气饮干。黛玉笑说："多谢。"宝玉替他斟上一杯。凤姐儿便笑道："宝玉，别喝冷酒，仔细手颤，明儿写不得字，拉不得弓。"宝玉忙道："没有吃冷酒。"凤姐儿笑道："我知道没有，不过白嘱咐你。"然后宝玉将里面斟完，只除贾蓉之妻是丫头们斟的。复出至廊上，又与贾珍等斟了。坐了一回，方进来仍归旧坐。

一时上汤后，又接献元宵来。贾母便命将戏暂歇歇："小孩

"那两个小丫头"原来是为宝玉预备洗手水去了。"便后洗手"，贾府早就有这规矩。

大观园内，人分三六九等，"等"高一级压死人，跟官场颇有几分相似。

洗手后还要涂润肤品，宝玉的手好娇嫩。

转接前湘云让宝玉斟酒的话题。

黛玉、宝玉不回避二人关系，是坦诚，也是天真。

凤姐就有点看不下去了——"不过白嘱咐你"，就是在提醒宝玉在人前要注意旁人观感。

子们可怜见的，也给他们些滚汤滚菜的吃了再唱。"又命将各色果子元宵等物拿些与他们吃去。

一时歇了戏，便有婆子带了两个门下常走的女先生儿进来，放两张杌子在那一边命他坐了，将弦子琵琶递过去。贾母便问李薛听何书，他二人都回说："不拘什么都好。"贾母便问："近来可有添些什么新书？"那两个女先儿回说道："倒有一段新书，是残唐五代的故事。"贾母问是何名，女先儿道："叫做《凤求鸾》。"贾母道："这一个名字倒好，不知因什么起的，先大概说说原故，若好再说。"女先儿道："这书上乃说残唐之时，有一位乡绅，本是金陵人氏，名唤王忠，曾做过两朝宰辅。如今告老还家，膝下只有一位公子，名唤王熙凤。"

众人听了，笑将起来。贾母笑道："这重了我们凤丫头了。"媳妇忙上去推他，"这是二奶奶的名字，少混说。"贾母笑道："你说，你说。"女先生忙笑着站起来，说："我们该死了，不知是奶奶的讳。"凤姐儿笑道："怕什么，你们只管说罢，重名重姓的多呢。"

女先生又说道："这年王老爷打发了王公子上京赶考，那日遇见大雨，进到一个庄上避雨。谁知这庄上也有个乡绅，姓李，与王老爷是世交，便留下这公子住在书房里。这李乡绅膝下无儿，只有一位千金小姐。这小姐芳名叫作雏鸾，琴棋书画，无所不通。"贾母忙道："怪道叫作《凤求鸾》。不用说，我猜着了，自然是这王熙凤要求这雏鸾小姐为妻。"女先儿笑道："老祖宗原来听过这一回书。"众人都道："老太太什么没听过！便没听过，也猜着了。"

贾母笑道："这些书都是一个套子，左不过是些佳人才子，最没趣儿。把人家女儿说的那样坏，还说是佳人，编的连影儿也没有了。开口都是书香门第，父亲不是尚书就是宰相，生一个小姐必是爱如珍宝。这小姐必是通文知礼，无所不晓，竟是个绝代佳人。只一见了一个清俊的男人，不管是亲是友，便想起终身大

在无关"规矩"与"利害"的时候，贾母很慷慨，慈悲。

偏是"残唐五代的故事"，偏就叫"王熙凤"，是"巧"，但令人联想到贾府之"残"时的王熙凤。

这时的凤姐的确不怕。

才子佳人老一套，一猜就着。但那些说书的艺人那时不懂什么"正能量"，也没有"新鲜"的段子可说。

只批"佳人"，不批"才子"。

事来，父母也忘了，书礼也忘了，鬼不成鬼，贼不成贼，那一点儿是佳人？便是满腹文章，做出这些事来，也算不得是佳人了。比如男人满腹文章去作贼，难道那王法就说他是才子就不入贼情一案不成？可知那编书的是自己塞了自己的嘴。再者，既说是世宦书香大家小姐都知礼读书，连夫人都知书识礼，便是告老还家，自然这样大家人口不少，奶母丫鬟服侍小姐的人也不少，怎么这些书上，凡有这样的事，就只小姐和紧跟的一个丫鬟？你们白想想，那些人都是管什么的，可是前言不答后语？"

这是根据贾府的情形做出的判断吧。

众人听了，都笑说："老太太这一说，是谎都批出来了。"贾母笑道："这有个原故：编这样书的，有一等妒人家富贵，或有求不遂心，所以编出来污秽人家。再一等，他自己看了这些书看魔了，他也想一个佳人，所以编了出来取乐。何尝他知道那世宦读书家的道理！别说他那书上那些世宦书礼大家，如今眼下真的，拿我们这中等人家说起，也没有这样的事，别说是那些大家子。可知是诌掉了下巴的话。所以我们从不许说这些书，丫头们也不懂这些话。这几年我老了，他们姊妹们住的远，我偶然闷了，说几句听听，他们一来，就忙歇了。"李薛二人都笑说："这正是大家的规矩，连我们家也没这些杂话给孩子们听见。"

贾母把所有"作者"都打倒了。
其实，"才子佳人"的故事，既有现实的根据，又表达了人们对爱情自由的向往。

凤姐儿走上来斟酒，笑道："罢，罢，酒冷了，老祖宗喝一口润润嗓子再掰谎【拆穿谎言】。这一回就叫作《掰谎记》，就出在本朝本地本年本月本日时，老祖宗一张口难说两家话，花开两朵，各表一枝，是真是谎且不表，再整那观灯看戏的人。老祖宗且让这二位亲戚吃一杯酒看两出戏之后，再从昨朝话言掰起如何？"他一面斟酒，一面笑说，未曾说完，众人俱已笑倒。两个女先生也笑个不住，都说："奶奶好刚口【好口才，说话利索有趣】。奶奶要一说书，真连我们吃饭的地方也没了。"

凤姐模拟说书人的口吻，所以逗笑。

薛姨妈笑道："你少兴头些，外头有人，比不得往常。"凤姐儿笑道："外头的只有一位珍大爷。我们还是论哥哥妹妹，从小儿一处淘气了这么大。这几年因做了亲，我如今立了多少规矩

凤姐的言行，总以让老太太高兴为目标。

了。便不是从小儿的兄妹，便以伯叔论，那《二十四孝》上'斑衣戏彩'，他们不能来'戏彩'引老祖宗笑一笑，我这里好容易引的老祖宗笑了一笑，多吃了一点儿东西，大家喜欢，都该谢我才是，难道反笑话我不成？"贾母笑道："可是这两日我竟没有痛痛的笑一场，倒是亏他才一路笑的我心里痛快了些，我再吃一钟酒。"吃着酒，又命宝玉："也敬你姐姐一杯。"凤姐儿笑道："不用他敬，我讨老祖宗的寿罢。"说着，便将贾母的杯拿起来，将半杯剩酒吃了，将杯递与丫鬟，另将温水浸的杯换了一个上来。于是各席上的杯都撤去，另将温水浸着待换的杯斟了新酒上来，然后归坐。

女先生回说："老祖宗不听这书，或者弹一套曲子听听罢。"贾母便说道："你们两个对一套《将军令》罢。"二人听说，忙和弦按调拨弄起来。贾母因问："天有几更了。"众婆子忙回："三更【半夜十一点至翌晨一点】了。"贾母道："怪道寒浸浸的起来。"早有众丫鬟拿了添换的衣裳送来。王夫人起身笑说道："老太太不如挪进暖阁里地炕上倒也罢了。这二位亲戚也不是外人，我们陪着就是了。"贾母听说，笑道："既这样说，不如大家都挪进去，岂不暖和？"王夫人道："恐里间坐不下。"贾母笑道："我有道理。如今也不用这些桌子，只用两三张并起来，大家坐在一处挤着，又亲香，又暖和。"众人都道："这才有趣。"说着，便起了席。

众媳妇忙撤去残席，里面直顺并了三张大桌，另又添换了果馔摆好。贾母便说："这都不要拘礼，只听我分派你们就坐才好。"说着便让薛李正面上坐，自己西向坐了，叫宝琴、黛玉、湘云三人皆紧依左右坐下，向宝玉说："你挨着你太太。"于是邢夫人王夫人之中夹着宝玉，宝钗等姊妹在西边，挨次下去便是娄氏带着贾菌，尤氏李纨夹着贾兰，下面横头便是贾蓉之妻。贾母便说："珍哥儿带着你兄弟们去罢，我也就睡了。"

贾珍忙答应，又都进来。贾母道："快去罢！不用进来，才

为什么"这两日我竟没有痛痛的笑一场"？其实，从除夕至今，让人笑不出的人和事恐非个别。上一回已写到贾敬之"出城去修养"，贾赦之"取便快乐"。这里又写到元宵开夜宴差人去请众族中男女，而响应者寥寥。这是族人不和、家道衰败的表征之一。

三更了，感到"寒浸浸的"了，但还不肯歇息。

贾珍等也一直奉陪。

坐好了，又都起来。你快歇着，明日还有大事呢。"贾珍忙答应了，又笑说："留下蓉儿斟酒才是。"贾母笑道："正是忘了他。"贾珍答应了一个"是"，便转身带领贾琏等出来。二人自是欢喜，便命人将贾琮贾璜各自送回家去，便邀了贾琏去追欢买笑，不在话下。

这里贾母笑道："我正想着虽然这些人取乐，竟没一对双全的，就忘了蓉儿。这可全了，蓉儿就合你媳妇坐在一处，倒也团圆了。"因有媳妇回说开戏，贾母笑道："我们娘儿们正说的兴头，又要吵起来。况且那孩子们熬夜怪冷的，也罢，叫他们且歇歇，把咱们的女孩子们叫了来，就在这台上唱两出给他们瞧瞧。"媳妇听了，答应了出来，忙的一面着人往大观园去传人，一面二门口去传小厮们伺候。小厮们忙至戏房将班中所有的大人一概带出，只留下小孩子们。

一时，梨香院的教习带了文官等十二个人，从游廊角门出来。婆子们抱着几个软包，因不及抬箱，估料着贾母爱听的三五出戏的彩衣包了来。婆子们带了文官等进去见过，只垂手站着。贾母笑道："大正月里，你师父也不放你们出来逛逛。你等唱什么？刚才八出《八义》闹得我头疼，咱们清淡些好。你瞧瞧，薛姨太太这李亲家太太都是有戏的人家，不知听过多少好戏的。这些姑娘都比咱们家姑娘见过好戏，听过好曲子。如今这小戏子又是那有名玩戏家的班子，虽是小孩子们，却比大班还强。咱们好歹别落了褒贬，少不得弄个新样儿的。叫芳官唱一出《寻梦》，只提琴至管箫合，笙笛一概不用。"文官笑道："这也是的，我们的戏自然不能入姨太太和亲家太太姑娘们的眼，不过听我们一个发脱口齿，再听一个喉咙罢了。"贾母笑道："正是这话了。"李婶薛姨妈喜的都笑道："好个灵透孩子，他也跟着老太太打趣我们。"贾母笑道："我们这原是随便的顽意儿，又不出去做买卖，所以竟不大合时。"说着又道："叫葵官唱一出《惠明下书》，也不用抹脸。只用这两出叫他们听个疏异罢了。若省一点力，我可不依。"

　　文官等听了出来，忙去扮演上台，先是《寻梦》，次是《下书》。众人都鸦雀无闻，薛姨妈因笑道："实在亏他，戏也看过几百班，从没见用箫管的。"贾母道："也有，只是像方才《西楼·楚江情》一支，多有小生吹箫和的。这大套的实在少，这也在主人讲究不讲究罢了。这算什么出奇？"指湘云道："我像他这么大的时节，他爷爷有一班小戏，偏有一个弹琴的凑了来，即如《西厢记》的《听琴》，《玉簪记》的《琴挑》，《续琵琶》的《胡笳十八拍》，竟成了真的了，比这个更如何？"众人都道："这更难得了。"贾母便命个媳妇来，吩咐文官等叫他们吹一套《灯月圆》。媳妇领命而去。

　　当下贾蓉夫妻二人捧酒一巡，凤姐儿因见贾母十分高兴，便笑道："趁着女先儿们在这里，不如叫他们击鼓，咱们传梅，行一个'春喜上眉梢'的令如何？"贾母笑道："这是个好令，正对时对景。"忙命人取了一面黑漆铜钉花腔令鼓来，与女先儿们击着，席上取了一枝红梅。贾母笑道："若到谁手里住了，吃一杯，也要说个什么才好。"凤姐儿笑道："依我说，谁像老祖宗要什么有什么呢。我们这不会的，岂不没意思。依我说也要雅俗共赏，不如谁输了谁说个笑话罢。"众人听了，都知道他素日善说笑话，最是他肚内有无限的新鲜趣谈。今儿如此说，不但在席的诸人喜欢，连地下服侍的老小人等无不欢喜。那小丫头子们都忙出去，找姐唤妹的告诉他们："快来听，二奶奶又说笑话儿了。"众丫头子们便挤了一屋子。

　　于是戏完乐罢。贾母命将些汤点果菜与文官等吃去，便命响鼓。那女先儿们皆是惯的，或紧或慢，或如残漏之滴，或如迸豆之疾，或如惊马之乱驰，或如疾电之光而忽暗。其鼓声慢，传梅亦慢；鼓声疾，传梅亦疾。恰恰至贾母手中，鼓声忽住。大家呵呵一笑，贾蓉忙上来斟了一杯。众人都笑道："自然老太太先喜了，我们才托赖些喜。"贾母笑道："这酒也罢了，只是这笑话倒

薛姨妈说"从没见用箫管的"，不管真假，这正合了贾母的心思。

再出新招：击鼓传花。

烘云托月，凤姐没开口，她的"善说笑话"的本事就显出来了。

这是用小孩子的手段哄老太太玩儿。

贾母"拔尖"，连说笑话都要最好最多。

有些个难说。"众人都说："老太太的比凤姐儿的还好还多，赏一个我们也笑一笑儿。"

贾母笑道："并没什么新鲜发笑的，少不得老脸皮子厚的说一个罢了。"因说道："一家子养了十个儿子，娶了十房媳妇。惟有第十个媳妇聪明伶俐，心巧嘴乖，公婆最疼，成日家说那九个不孝顺。这九个媳妇委屈，便商议说：'咱们九个心里孝顺，只是不像那小蹄子嘴巧，所以公公婆婆老了，只说他好，这委屈向谁诉去？'大媳妇有主意，便说道：'咱们明儿到阎王庙去烧香，和阎王爷说去，问他一问，叫我们托生人，为什么单单的给那小蹄子一张乖嘴，我们都是笨的。'众人听了都喜欢，说这主意不错。第二日便都到阎王庙里来烧了香，九个人都在供桌底下睡着了。九个魂专等阎王驾到，左等不来，右等也不到。正着急，只见孙行者驾着筋斗云来了，看见九个魂便要拿金箍棒打，唬得九个魂忙跪下央求。孙行者问原故，九个人忙细细的告诉了他。孙行者听了，把脚一跺，叹了一口气道：'这原故幸亏遇见我，等着阎王来了，他也不得知道的。'九个人听了，就求说：'大圣发个慈悲，我们就好了。'孙行者笑道：'这却不难。那日你们妯娌十个托生时，可巧我到阎王那里去的，因为撒了泡尿在地下，你那小婶子便吃了。你们如今要伶俐嘴乖，有的是尿，再撒泡你们吃了就是了。'"说毕，大家都笑起来。

凤姐儿笑道："好的，幸而我们都笨嘴笨腮的，不然也就吃了猴儿尿了。"尤氏娄氏都笑向李纨道："咱们这里谁是吃过猴儿尿的，别装没事人儿。"薛姨妈笑道："笑话儿不在好歹，只要对景就发笑。"说着又击起鼓来。小丫头子们只要听凤姐儿的笑话，便悄悄的和女先儿说明，以咳嗽为记。须臾传至两遍，刚到了凤姐儿手里，小丫头子们故意咳嗽，女先儿便住了。

众人齐笑道："这可拿住他了。快吃了酒说一个好的，别太逗的人笑的肠子疼。"凤姐儿想了一想，笑道："一家子也是过正月半，合家赏灯吃酒，真真的热闹非常，祖婆婆、太婆婆、婆

这不是在说凤姐吗？老太太什么意思？

听者都知道这"对景"对的就是凤姐，凤姐之言是"此地无银三百两"。

婆、媳妇、孙子媳妇、重孙子媳妇、亲孙子、侄孙子、重孙子、灰孙子、滴滴搭搭的孙子、孙女儿、外孙女儿、姨表孙女儿、姑表孙女儿，……嗳哟哟，真好热闹！"众人听他说着，已经笑了，都说："听数贫嘴，又不知编派那一个呢？"尤氏笑道："你要招我，我可撕你的嘴。"凤姐儿起身拍手笑道："人家费力说，你们混，我就不说。"贾母笑道："你说你说，底下怎么样？"凤姐儿想了一想，笑道："底下就团团的坐了一屋子，吃了一夜酒就散了。"众人见他正言厉色的说了，别无他话，都怔怔的还等下话，只觉冰冷无味。

史湘云看了他半日。凤姐儿笑道："再说一个过正月半的。几个人抬着个房子大的炮仗往城外放去，引了上万的人跟着瞧去。有一个性急的人等不得，便偷着拿香点着了。只听'噗哧'一声，众人哄然一笑都散了。这抬炮仗的人抱怨卖炮仗的扦的不结实，没等放就散了。"湘云道："难道他本人没听见响？"凤姐儿道："这本人原是聋子。"众人听说，一回想，不觉一齐失声都大笑起来。又想着先前那一个没完的，问他："先一个怎么样？也该说完。"凤姐儿将桌子一拍，说道："好罗唆，到了第二日是十六日，年也完了，节也完了，我看着人忙着收东西还闹不清，那里还知道底下的事了。"众人听说，复又笑将起来。凤姐儿笑道："外头已经四更，依我说，老祖宗也乏了，咱们也该'聋子放炮仗——散了'罢。"尤氏等用手帕子握着嘴，笑的前仰后合，指他说道："这个东西真会数贫嘴。"贾母笑道："真真这凤丫头越发贫嘴了。"一面说，一面吩咐道："他提起炮仗来，咱们也把烟火放了解解酒。"

贾蓉听了，忙出去带着小厮们就在院内安下屏架，将烟火设吊齐备。这烟火皆系各处进贡之物，虽不甚大，却极精巧，各色故事俱全，夹着各色花炮。林黛玉禀气柔弱，不禁毕驳之声，贾母便搂他在怀中。薛姨妈搂着湘云。湘云笑道："我不怕。"宝钗等笑道："他专爱自己放大炮仗，还怕这个呢。"王夫人便将宝

凤姐似乎在说贾母，说到这里觉得不妥，所以就以"散了"匆匆收住。这是第一次表现凤姐与老太太的不和谐。"冰冷无味"四字打破了夜宴红红火火的氛围。

曹公已让凤姐连说了多个"散了"，似乎意有所指。而贾母坚持不散，偏又"吩咐"放炮仗。

玉搂入怀内。凤姐儿笑道："我们是没有人疼的了。"尤氏笑道："有我呢，我搂着你。也不怕臊，你这会子又撒娇了，听见放炮仗，吃了蜜蜂儿屎的，今儿又轻狂起来。"凤姐儿笑道："等散了，咱们园子里放去。我比小厮们还放的好呢。"

说话之间，外面一色一色的放了又放，又有许多的满天星、九龙入云、一声雷、飞天十响之类的零碎小爆竹。放罢，然后又命小戏子打了一回"莲花落"【打竹板说唱的艺术形式】，撒了满台的钱，命那些孩子们满台抢钱取乐。又上汤时，贾母说道："夜长，觉的有些饿了。"凤姐儿忙回说："有预备的鸭子肉粥。"贾母道："我吃些清淡的罢。"凤姐儿忙道："也有枣儿熬的粳米粥，预备太太们吃斋的。"贾母笑道："不是油腻腻的就是甜的。"凤姐儿又忙道："还有杏仁茶，只怕也甜。"贾母道："倒是这个还罢了。"说着，又命人撤去残席，外面另设上各种精致小菜。大家随便随意吃了些，用过漱口茶，方散。

十七日一早，又过宁府行礼，伺候掩了宗祠，收过影像，方回来。此日便是薛姨妈家请吃年酒。十八日便是赖大家，十九日便是宁府赖升家，二十日便是林之孝家，二十一日便是单大良家，二十二日便是吴新登家。这几家，贾母也有去的，也有不去的，也有高兴直待众人散了方回的，也有兴尽半日一时就来的。凡诸亲友来请或来赴席的，贾母一概怕拘束不会，自有邢夫人、王夫人、凤姐儿三人料理。连宝玉只除王子腾家去了，馀者亦皆不会，只说贾母留下解闷。所以倒是家下人家来请，贾母可以自便之处，方高兴去逛逛。闲言不提，且说当下元宵已过——

又一个"散了"。

在大花厅摆酒设宴，唱戏说书，击鼓传花，放炮仗，中间跪拜敬酒，几次添换果馔，直至四更之后，再吃宵夜才散。

这年总算过完了。

【 回后评 】

从上回书的"宁国府除夕祭宗祠"到"荣国府元宵开夜宴"，核心人物都是贾母。所以，除了要关注贾府之排场豪奢，还应注意贾母这一角色的表现。鄙以为，从这次的活动中可以看到贾母性格（心理）中的三重矛盾。

一是尊荣与隐忧的矛盾。

贾母在贾府中辈分最高，是实际的最高"领导"。朝贺，是她领班；祭祖，是她最后把菜供奉到祖宗遗像台前。祭祖礼后，宗族子弟还得追随她到荣府行家礼，跪拜敬酒，一丝不苟。夜宴之中，更是一切以她为中心，不但玩什么节目，连众人的座位都由她分派指定。老太太从奢华中满足物欲，从权力中获得幸福感。但她自己承认："这两日我竟没有痛痛的笑一场"了。"这两日"，就是"这几天"，应该是从"过年"开始。老太太看到了什么、想到了什么而不能"痛痛的笑一场"呢？但说贾敬、贾赦，这文字辈的两位，既负皇恩又背祖德，于国于家都是"无望"的。平时眼不见心不烦，"过年"了，二位出现在眼前，除了添堵还能怎么样呢？贾母设宴，差人去请众族中男女，而并非所有人都听她老人家的召唤，应者寥寥。族中不合，衰败之征，这又是添堵。书有明文，这都是深藏于贾母心中的隐忧吧。

二是慈悲与冷酷的矛盾。

一般情况下，贾母是一个心怀悲悯的老太太。就说此次夜宴间，仆人献上元宵，贾母便命将戏暂歇歇："小孩子们可怜见的，也给他们些滚汤滚菜的吃了再唱。"又命将各色果子元宵等物拿些与他们吃去。看上去不是很慈祥吗？但我们还要看看她对袭人、鸳鸯的态度。这两个丫鬟都是贾母"喜欢"的角色。但夜宴间发现袭人不在宝玉身边伺候就大为不满。王夫人告诉她袭人因为母亲去世，守孝不便出来，她的意见却是"跟主子却讲不起这孝与不孝"的。同时，鸳鸯丧母，贾母也没允许她去守孝。丧母之痛，痛莫大焉，作儿女的守丧尽孝，乃人性人情之常，而贾母竟轻易地否定之，剥夺之，其心肠还不够冷酷吗？由此可以看出，贾母的"慈悲"是有限度的，那就是不违背她的"规矩"，不损害她的"利益"。

三是理论与实践的矛盾。

此回书中，让贾母对所谓"才子佳人"的文艺创作发了一通议论，脂评似乎把贾母的这一番"文艺论"与曹公的创作观等同了起来。

在首回书中，作者曾对当时的"风月笔墨"和"佳人才子等书"有所批评：内容上，反对其"淫秽污臭，坏人子弟"；形式上，反对其"千部共出一套"。

戚序本有评："首回楔子内云'古今小说千部共成一套'云云，犹未泄真。今借老太君一写，是劝后来胸中无机轴之诸君子不可动笔作书。"其总评中又说："单着眼史太君一席话，将普天下不近理之'奇文'、不近情之'妙作'一起抹倒。"

而贾母所言，虽在反对"套路"，其实更根本的是在反对所谓"才子佳人"。她不批评"才子"而只批评"佳人"，而且她认定文艺作品中所写的"佳人"根本不存在，是那些写作者动机不良，是对富贵仕宦人家的污蔑与亵渎。这是站在封建道德的制高点上评判"才子佳人"的文艺作品。她反对的是恋爱"自由"。

老太太论调甚高，但她照样欣赏《寻梦》《惠明下书》。这不都明摆着是表演"才子佳人"吗？理论与实践之矛盾就是这样鲜明，只是其周围的人都装作不知道而已。

第五十五回

辱亲女愚妾争闲气

欺幼主刁奴蓄险心

噫！事亦难矣哉！探春以姑娘之尊，以贾母之爱，以王夫人之托付，以凤姐之未谢事，暂代数月，而奸奴蜂起，内外欺侮，锱铢小事，突动风波，不亦难乎！

贾探春协理荣国府，赵姨娘愚顽争闲气

回目上句说的是赵姨娘跟探春的纠缠，下句说的是吴新登家的【荣国府管家婆】对探春的刁难。作者直用"辱""愚""闲""欺""刁""险"等情态语，情感态度十分鲜明。

荣国府的大管家凤姐病了，不能理事，王夫人便令李纨、探春协理、裁处家事，后又恐园中人多，失于照管，特请了宝钗来。

众人见李纨比凤姐儿好搪塞，探春一年轻姑娘，也都不在意，比凤姐儿前更懈怠了许多。但只三四日后，几件事过手，渐觉探春精细处不让凤姐。宝钗上任，每夜巡查，更使那些婆子媳妇连夜里偷着吃酒顽的工夫都没了。众人不免抱怨。

这天，管家婆吴新登家的来报：赵姨娘的兄弟赵国基死了。她本该说出按例的作法，但她藐视李纨老实，探春年轻，要试他二人有何主见，做不对好看她们的笑话。"说毕，便垂手旁侍，再不言语。"李纨说按袭人之母的例，赏银四十两。这是不合规矩的，但吴氏不予纠正，接了对牌就走。倒是探春发现问题，揭穿了吴氏的险恶用心。弄得那吴氏满面通红，众媳妇们也都直伸舌头，最后按例只给了二十两。这就是"欺幼主刁奴蓄险心"一节故事。

赵姨娘闻听此事，就跑来跟探春胡闹起来。她心想探春是自己的亲生女，赵国基是探春的亲舅舅，现在探春执掌家政，应该给她出气、长脸；而探春却忘了本，攀高枝，办个丧事她连袭人都不如，太没脸了。探春则根本不认赵氏的舅舅，表示只是按着旧规矩办事，并不敢犯法违理。探春是庶出，这本是她心头的一道阴影，这赵姨娘偏偏把这一点挂在嘴上，让探春伤心不已。

一时平儿来了，说是"或有该添该减的去处二奶奶没行到，姑娘竟一添减"。恰这时有人来领贾环、贾兰家学里一年所用的银子。探春想到各人本都有月钱的，这一笔是多余的，当着李纨的面下令："从今儿起，把这一项蠲了。"

平儿回去跟凤姐汇报，凤姐说："好，好，好，好个三姑娘！我说他不错。只可惜他命薄，没托生在太太肚里。""如今他既有这主意，正该和他协同，大家做个膀臂，我也不孤不独了。"

探春掌权还有更大的筹划，到下回书再说。

且说元宵已过，只因当今以孝治天下，目下宫中有一位太妃欠安，故各嫔妃皆为之减膳谢妆，不独不能省亲，亦且将宴乐俱免。故荣府今岁元宵亦无灯谜之集。

刚将年事忙过，凤姐儿便小月了，在家一月，不能理事，天天两三个太医用药。凤姐儿自恃强壮，虽不出门，然筹画计算，想起什么事来，便命平儿去回王夫人，任人谏劝，他只不听。王夫人便觉失了膀臂，一人能有许多的精神？凡有了大事，自己主张；将家中琐碎之事，一应都暂令李纨协理。李纨是个尚德不尚才的，未免逞纵了下人。王夫人便命探春合同李纨裁处，只说过了一月，凤姐将息好了，仍交与他。

见得病情严重。但同时"两三个"医生用药，岂不乱套了？

凤姐病，李纨"尚德"，不得已命探春暂时"参政"。

谁知凤姐禀赋气血不足，兼年幼不知保养，平生争强斗智，心力更亏，故虽系小月，竟着实亏虚下来，一月之后，复添了下红之症。他虽不肯说出来，众人看他面目黄瘦，便知失于调养。王夫人只令他好生服药调养，不令他操心。他自己也怕成了大症，遗笑于人，便想偷空调养，恨不得一时复旧如常。谁知一直服药调养到八九月间，才渐渐的起复过来，下红也渐渐止了。此是后话。

如今且说目今王夫人见他如此，探春与李纨暂难谢事，园中

列出病情加重的三条原因。即使得了"大症"有什么"遗笑于人"的？可知那"年幼不知保养"即指淫欲过甚。

命宝钗参与贾府家政，讲了三条理由，宝钗便"只得答应了"。对此事该如何评价？

两个不中用的。

家事繁杂，也见得平日凤姐之劳碌。

考验来了："众人"欺她是个"未出闺阁的年轻小姐"，就"不在意"了，就"更懈怠了许多"。

被称为"镇山太岁"，先点明宝钗之"功"。

人多，又恐失于照管，因又特请了宝钗来，托他各处小心："老婆子们不中用，得空儿吃酒斗牌，白日里睡觉，夜里斗牌，我都知道的。凤丫头在外头，他们还有个惧怕，如今他们又该取便了。好孩子，你还是个妥当人，你兄弟妹妹们又小，我又没工夫，你替我辛苦两天，照看照看。凡有想不到的事，你来告诉我，别等老太太问出来，我没话回。那些人不好了，你只管说。他们不听，你来回我。别弄出大事来才好。"宝钗听说，只得答应了。

时届孟春，黛玉又犯了嗽疾。湘云亦因时气所感，亦卧病于蘅芜苑，一天医药不断。探春同李纨相住间隔，二人近日同事，不比往年，来往回话人等亦不便，故二人议定：每日早晨皆到园门口南边的三间小花厅上去会齐办事，吃过早饭，于午错【过午】方回房。这三间厅原系预备省亲之时众执事太监起坐之处，故省亲之后也用不着了，每日只有婆子们上夜。如今天已和暖，不用十分修饰，只不过略略的铺陈了，便可他二人起坐。这厅上也有一匾，题着"辅仁谕德"四字，家下俗呼皆只叫"议事厅"儿。如今他二人每日卯正【早六点】至此，午正方散。凡一应执事媳妇等来往回话者，络绎不绝。

众人先听见李纨独办，各各心中暗喜，以为李纨素日原是个厚道多恩无罚的，自然比凤姐儿好搪塞。便添了一个探春，也都想着不过是个未出闺阁的年轻小姐，且素日也最平和恬淡，因此都不在意，比凤姐儿前更懈怠了许多。只三四日后，几件事过手，渐觉探春精细处不让凤姐，只不过是言语安静，性情和顺而已。

可巧连日有王公侯伯世袭官员十几处，皆系荣宁非亲即友或世交之家，或有升迁，或有黜降，或有婚丧红白等事，王夫人贺吊迎送，应酬不暇，前边更无人。他二人便一日皆在厅上起坐。宝钗便一日在上房监察，至王夫人回方散。每于夜间针线暇时，临寝之先，坐了小轿带领园中上夜人等各处巡察一次。他三人如此一理，更觉比凤姐儿当权时倒更谨慎了些。因而里外下人都暗中抱怨说："刚刚的倒了一个'巡海夜叉'，又添了三个'镇山太岁’，越性连夜里偷着吃酒顽的工夫都没了。”

这日王夫人正是往锦乡侯府去赴席，李纨与探春早已梳洗，伺候出门去后，回至厅上坐了。刚吃茶时，只见吴新登的媳妇进来回说：“赵姨娘的兄弟赵国基昨日死了。昨日回过太太，太太说知道了，叫回姑娘奶奶来。”说毕，便垂手旁侍，再不言语。彼时来回话者不少，都打听他二人办事如何：若办得妥当，大家则安个畏惧之心；若少有嫌隙不当之处，不但不畏伏，出二门还要编出许多笑话来取笑。吴新登的媳妇心中已有主意，若是凤姐前，他便早已献勤说出许多主意，又查出许多旧例来任凤姐儿拣择施行。如今他藐视李纨老实，探春是青年的姑娘，所以只说出这一句话来，试他二人有何主见。

探春便问李纨。李纨想了一想，便道：“前儿袭人的妈死了，听见说赏银四十两。这也赏他四十两罢了。”吴新登家的听了，忙答应了是，接了对牌就走。探春道：“你且回来。”吴新登家的只得回来。探春道：“你且别支银子。我且问你：那几年老太太屋里的几位老姨奶奶，也有家里的【家奴之子女】也有外头的【外买来的奴仆】这两个分别。家里的若死了人是赏多少，外头的死了人是赏多少，你且说两个我们听听。”

一问，吴新登家的便都忘了，忙陪笑回说：“这也不是什么大事，赏多少谁还敢争不成？”探春笑道：“这话胡闹。依我说，赏一百倒好。若不按例，别说你们笑话，明儿也难见你二奶奶。”吴新登家的笑道：“既这么说，我查旧帐去，此时却记不得。”探春笑道：“你办事办老了的，还记不得，倒来难我们。你素日回你二奶奶也现查去？若有这道理，凤姐姐还不算利害，也就算是宽厚了！还不快找了来我瞧。再迟一日，不说你们粗心，反像我们没主意了。”吴新登家的满面通红，忙转身出来。众媳妇们都伸舌头。这里又回别的事。

一时，吴家的取了旧帐来。探春看时，两个家里的赏过皆二十两，两个外头的皆赏过四十两。外还有两个外头的，一个赏过一百两，一个赏过六十两。这两笔底下皆注有原故：一个是隔省迁父母之枢，外赏六十两；一个是现买葬地，外赏二十两。探春便递与李纨看了。探春便说："给他二十两银子。把这帐留下，我们细看看。"吴新登家的去了。

忽见赵姨娘进来，李纨探春忙让坐。赵姨娘开口便说道："这屋里的人都踩下我的头去还罢了。姑娘你也想一想，该替我出气才是。"一面说，一面眼泪鼻涕哭起来。探春忙道："姨娘这话说谁，我竟不解。谁踩姨娘的头？说出来我替姨娘出气。"赵姨娘道："姑娘现踩我，我告诉谁！"探春听说，忙站起来，说道："我并不敢。"李纨也站起来劝。

赵姨娘道："你们请坐下，听我说。我这屋里熬油似的熬了这么大年纪，又有你和你兄弟，这会子连袭人都不如了，我还有什么脸？连你也没脸面，别说我了！"探春笑道："原来为这个。我说我并不敢犯法违理。"一面便坐了，拿帐翻与赵姨娘看，又念与他听，又说道："这是祖宗手里旧规矩，人人都依着，偏我改了不成？也不但袭人，将来环儿收了外头的，自然也是同袭人一样。这原不是什么争大争小的事，讲不到有脸没脸的话上。他是太太的奴才，我是按着旧规矩办。说办的好，领祖宗的恩典、太太的恩典；若说办的不均，那是他糊涂不知福，也只好凭他抱怨去。太太连房子赏了人，我有什么有脸之处；一文不赏，我也没什么没脸之处。依我说，太太不在家，姨娘安静些养神罢了，何苦只要操心。太太满心疼我，因姨娘每每生事，几次寒心。我但凡是个男人，可以出得去，我必早走了，立一番事业，那时自有我一番道理。偏我是女孩儿家，一句多话也没有我乱说的。太太满心里都知道。如今因看重我，才叫我照管家务，还没有做一件好事，姨娘倒先来作践我。倘或太太知道了，怕我为难不叫我管，那才正经没脸，连姨娘也真没脸！"一面说，一面不禁滚下泪来。

赵姨娘没了别话答对，便说道："太太疼你，你越发拉扯拉扯我们。你只顾讨太太的疼，就把我们忘了。"探春道："我怎么忘了？叫我怎么拉扯？这也问你们各人，那一个主子不疼出力得用的人？那一个好人用人拉扯的？"李纨在旁只管劝说："姨娘别生气。也怨不得姑娘，他满心里要拉扯，口里怎么说的出来。"探春忙道："这大嫂子也糊涂了。我拉扯谁？谁家姑娘们拉扯奴才了？他们的好歹，你们该知道，与我什么相干。"赵姨娘气的问道："谁叫你拉扯别人去了？你不当家我也不来问你。你如今现说一是一，说二是二。如今你舅舅死了，你多给了二三十两银子，难道太太就不依你？分明太太是好太太，都是你们尖酸刻薄，可惜太太有恩无处使。姑娘放心，这也使不着你的银子。明儿等出了阁，我还想你额外照看赵家呢。如今没有长羽毛，就忘了根本，只拣高枝儿飞去了！"

探春没听完，已气的脸白气噎，抽抽咽咽的一面哭，一面问道："谁是我舅舅？我舅舅年下才升了九省检点，那里又跑出一个舅舅来？我倒素习按理尊敬，越发敬出这些亲戚来了。既这么说，环儿出去为什么赵国基又站起来，又跟他上学？为什么不拿出舅舅的款来？何苦来，谁不知道我是姨娘养的，必要过两三个月寻出由头来，彻底来翻腾一阵，生怕人不知道，故意的表白表白。也不知谁给谁没脸？幸亏我还明白，但凡糊涂不知理的，早急了。"李纨急的只管劝，赵姨娘只管还唠叨。

忽听有人说："二奶奶打发平姑娘说话来了。"赵姨娘听说，方把口止住。只见平儿进来，赵姨娘忙陪笑让坐，又忙问："你奶奶好些？我正要瞧去，就只没得空儿。"李纨见平儿进来，因问他来做什么。平儿笑道："奶奶说，赵姨奶奶的兄弟没了，恐怕奶奶和姑娘不知有旧例，若照常例，只得二十两。如今请姑娘裁夺着，再添些也使得。"探春早已拭去泪痕，忙说道："又好好的添什么，谁又是二十四个月养下来的？不然也是那出兵放马背着主子逃出命来过的人不成？你主子真个倒巧，叫我开了例，他做好人，拿着太太不心疼的钱乐的做人情。你告诉他，我不敢添

洪秋蕃评："赵姨娘心中横一母女之见，探春眼中却只有嫡庶之分。"

李纨本是好心，却与探春之心相悖。

这就是上面所说的姨娘每每生事令探春"心寒"。"庶出"是探春的软肋，而她又是姨娘的亲生，一个忌讳，一个不放，是解不开的结。

赵姨娘最怕凤姐，牵连也怕平儿。给平儿"陪笑让座"，一副媚态。

凤姐给探春一个裁夺的机会，未必是坏心。探春一驳，正显出其公正无私。

减混出主意。他添他施恩，等他好了出来，爱怎么添添去。"平儿一来时已明白了对半，今听这一番话，越发会意，见探春有怒色，便不敢以往日喜乐之时相待，只一边垂手默侍。

时值宝钗也从上房中来，探春等忙起身让坐。未及开言，又有一个媳妇进来回事。因探春才哭了，便有三四个小丫鬟捧了沐盆、巾帕、靶镜等物来。此时探春因盘膝坐在矮板榻上，那捧盆的丫鬟走至跟前，便双膝跪下，高捧沐盆；那两个小丫鬟，也都在旁屈膝捧着巾帕并靶镜脂粉之饰。平儿见待书不在这里，便忙上来与探春挽袖卸镯，又接过一条大手巾来，将探春面前衣襟掩了。探春方伸手向面盆中盥沐。那媳妇便回道："回奶奶姑娘，家学里支环爷和兰哥儿的一年公费。"平儿先道："你忙什么！你睁着眼看，见姑娘洗脸，你不出去伺候着，先说话来。二奶奶跟前你也这么没眼色来着？姑娘虽然恩宽，我去回了二奶奶，只说你们眼里都没姑娘，你们都吃了亏，可别怨我。"唬的那个媳妇忙陪笑道："我粗心了。"一面说，一面忙退出去。

探春一面匀脸，一面向平儿冷笑道："你迟了一步，还有可笑的：连吴姐姐这么个办老了事的，也不查清楚了，就来混我们。幸亏我们问他，他竟有脸说忘了。我说他回你主子事也忘了再找去？我料着你那主子未必有耐性儿等他去找。"平儿忙笑道："他有这一次，管包腿上的筋早折了两根。姑娘别信他们。那是他们瞅着大奶奶是个菩萨，姑娘又是个腼腆小姐，固然是托懒来混。"说着，又向门外说道："你们只管撒野，等奶奶大安了，咱们再说。"门外的众媳妇都笑道："姑娘，你是个最明白的人，俗语说'一人作罪一人当'，我们并不敢欺蔽小姐。如今小姐是娇客，若认真惹恼了，死无葬身之地。"

平儿冷笑道："你们明白就好了。"又陪笑向探春道："姑娘知道二奶奶本来事多，那里照看的这些，保不住不忽略。俗语说'旁观者清'，这几年姑娘冷眼看着，或有该添该减的去处二奶奶没行到，姑娘竟一添减，头一件于太太的事有益，第二件也不

平儿有眼色。

凤姐给探春几个出题，不管是真是假，是又一考验。

枉姑娘待我们奶奶的情义了。"

话未说完，宝钗李纨皆笑道："好丫头，真怨不得凤丫头偏疼他！本来无可添减的事，如今听你一说，倒要找出两件来斟酌斟酌，不辜负你这话。"探春笑道："我一肚子气，没人煞性子，正要拿他奶奶出气去，偏他碰了来，说了这些话，叫我也没了主意了。"

一面说，一面叫进方才那媳妇来，问："环爷和兰哥儿家学里这一年的银子，是做那一项用的？"那媳妇便回说："一年学里吃点心或者买纸笔，每位有八两银子的使用。"探春道："凡爷们的使用，都是各屋里领了月钱的。环哥的是姨娘领二两，宝玉的是老太太屋里袭人领二两，兰哥儿的是大奶奶屋里领。怎么学里每人又多这八两？原来上学去的是为这八两银子！从今儿起，把这一项蠲了。平儿，回去告诉你奶奶，说我的话，把这一条务必免了。"平儿笑道："早就该免。旧年奶奶原说要免的，因年下忙，就忘了。"那个媳妇只得答应着去了。就有大观园中媳妇捧了饭盒来。

探春当即做出反应，蠲免了两个人的"学费"银子——当着李纨的面免去贾兰的学费，是何等气量。

平儿顺情说好话。

待书素云早已抬过一张小饭桌来，平儿也忙着上菜。探春笑道："你说完了话干你的去罢，在这里忙什么。"平儿笑道："我原没事的。二奶奶打发了我来，一则说话，二则恐这里人不方便，原是叫我帮着妹妹们服侍奶奶姑娘的。"探春因问："宝姑娘的饭怎么不端来一处吃？"丫鬟们听说，忙出至檐外命媳妇去说："宝姑娘如今在厅上一处吃，叫他们把饭送了这里来。"探春听说，便高声说道："你别混支使人！那都是办大事的管家娘子们，你们支使他要饭要茶的，连个高低都不知道！平儿这里站着，你叫叫去。"

平儿忙答应了一声出来。那些媳妇们都忙悄悄的拉住笑道："那里用姑娘去叫，我们已有人叫去了。"一面说，一面用手帕掸石矶上说："姑娘站了半天乏了，这太阳影里且歇歇。"平儿便坐下。又有茶房里的两个婆子拿了个坐褥铺下，说："石头冷，这

众人敬重平儿，固然是他自己的人缘好，背后也有凤姐威权的影子。

是极干净的，姑娘将就坐一坐儿罢。"平儿忙陪笑道："多谢。"一个又捧了一碗精致新茶出来，也悄悄笑说："这不是我们的常用茶，原是伺候姑娘们的，姑娘且润一润罢。"

平儿忙欠身接了，因指众媳妇悄悄说道："你们太闹的不像了。他是个姑娘家，不肯发威动怒，这是他尊重，你们就藐视欺负他。果然招他动了大气，不过说他个粗糙就完了，你们就现吃不了的亏。他撒个娇儿，太太也得让他一二分，二奶奶也不敢怎样。你们就这么大胆子小看他，可是鸡蛋往石头上碰。"众人都忙道："我们何尝敢大胆了，都是赵姨奶奶闹的。"

平儿也悄悄的说："罢了，好奶奶们。'墙倒众人推'，那赵姨奶奶原有些倒三不着两，有了事都就赖他。你们素日那眼里没人，心术利害，我这几年难道还不知道？二奶奶若是略差一点儿的，早被你们这些奶奶治倒了。饶这么着，得一点空儿，还要难他一难，好几次没落了你们的口声。"众人都道："如何敢！"平儿道："他利害，你们都怕他，惟我知道他心里也就不算不怕你们呢。前儿我们还议论到这里，再不能依头顺尾，必有两场气生。那三姑娘虽是个姑娘，你们都横看了他。二奶奶在这些大姑子小姑子里头，也就只单畏他五分。你们这会子倒不把他放在眼里了。"

正说着，只见秋纹走来。众媳妇忙赶着问好，又说："姑娘也且歇一歇，里头摆饭呢。等撤下饭桌子，再回话去。"秋纹笑道："我比不得你们，我那里等得。"说着便直要上厅去。平儿忙叫："快回来。"秋纹回头见了平儿，笑道："你又在这里充什么外围的防护？"一面回身便坐在平儿褥上。

平儿悄问："回什么？"秋纹道："问一问宝玉的月银我们的月钱多早晚才领。"平儿道："这什么大事。你快回去告诉袭人，说我的话，凭有什么事今儿都别回。若回一件，管驳一件；回一百件，管驳一百件。"秋纹听了，忙问："这是为什么了？"平儿与众媳妇等都忙告诉他原故，又说："正要找几件利害事与有体面的人开例作法子，镇压与众人作榜样呢。何苦你们先来碰在

平儿好心：为探春立威，为下人指路。

领导者与被领导者之间的矛盾是无法避免的。领导如李纨者，下面就怠惰生事；而如凤姐者，又必招致怨恨。今探春既无李纨之为德宽纵，又无凤姐之偏私刻毒，最为难得。

宝玉房里的事也不敢回了。

这钉子上。你这一去说了,他们若拿你们也作一二件榜样,又碍着老太太、太太;若不拿着你们作一二件,人家又说偏一个向一个,仗着老太太、太太威势的就怕,也不敢动,只拿着软的作鼻子头。你听听罢,二奶奶的事,他还要驳两件,才压的众人口声呢。"秋纹听了,伸舌笑道:"幸而平姐姐在这里,没的臊一鼻子灰。我赶早知会他们去。"说着,便起身走了。

接着宝钗的饭至,平儿忙进来服侍。那时赵姨娘已去,三人在板床上吃饭。宝钗面南,探春面西,李纨面东。众媳妇皆在廊下静候,里头只有他们紧跟常侍的丫鬟伺候,别人一概不敢擅入。这些媳妇们都悄悄的议论说:"大家省事罢,别安着没良心的主意。连吴大娘才都讨了没意思,咱们又是什么有脸的。"他们一边悄议,等饭完回事。

只觉里面鸦雀无声,并不闻碗箸之声。一时只见一个丫鬟将帘栊高揭,又有两个将桌抬出。茶房内早有三个丫头捧着三沐盆水,见饭桌已出,三人便进去了。一回又捧出沐盆并漱盂来,方有待书、素云、莺儿三个,每人用茶盘捧了三盖碗茶进去。一时等他三人出来,待书命小丫头子:"好生伺候着,我们吃饭来换你们,别又偷坐着去。"众媳妇们方慢慢的一个一个的安分回事,不敢如先前轻慢疏忽了。

探春气方渐平,因向平儿道:"我有一件大事,早要和你奶奶商议,如今可巧想起来。你吃了饭快来。宝姑娘也在这里,咱们四个人商议了,再细细问你奶奶可行可止。"平儿答应回去。

凤姐因问为何去这一日,平儿便笑着将方才的原故细细说与他听了。凤姐儿笑道:"好,好,好,好个三姑娘!我说他不错。只可惜他命薄,没托生在太太肚里。"平儿笑道:"奶奶也说糊涂话了。他便不是太太养的,难道谁敢小看他,不与别的一样看了?"凤姐儿叹道:"你那里知道,虽然庶出一样,女儿却比不得男人,将来攀亲时,如今有一种轻狂人,先要打听姑娘是正出庶出,多有为庶出不要的。殊不知别说庶出,便是我们的丫

家庭餐会,面东为尊,其次面南、面北、面西。鸿门宴座次亦如是。

服了。

心中有"大事",这才是探春。什么"大事"?得往后看。

凤姐真心佩服的人有几个?这里连呼四个"好"。探春锋芒崭露,赢得好评。

道出"庶出"之难,世态人情如此。

头，比人家的小姐还强呢。将来不知那个没造化的，挑庶正误了事呢；也不知那个有造化的，不挑庶正的得了去。"

说着，又向平儿笑到："你知道，我这几年生了多少省俭的法子，一家子大约也没个不背地里恨我的。我如今也是骑上老虎了。虽然看破些，无奈一时也难宽放；二则家里出去的多，进来的少。凡百大小事仍是照着老祖宗手里的规矩，却一年进的产业又不及先时。多省俭了，外人又笑话，老太太、太太也受委屈，家下人也抱怨刻薄。若不趁早儿料理省俭之计，再几年就都赔尽了。"平儿道："可不是这话！将来还有三四位姑娘，还有两三个小爷，一位老太太，这几件大事未完呢。"

凤姐儿笑道："我也虑到这里，倒也够了：宝玉和林妹妹他两个一娶一嫁，可以使不着官中的钱，老太太自有梯己拿出来。二姑娘是大老爷那边的，也不算。剩了三四个，满破着每人花上一万银子。环哥娶亲有限，花上三千两银子，不拘那里省一抿子也就够了。老太太事出来，一应都是全了的，不过零星杂项，便费也满破三五千两。如今再俭省些，陆续也就够了。只怕如今平空又生出一两件事来，可就了不得了。咱们且别虑后事，你且吃了饭，快听他商议什么。这正碰了我的机会，我正愁没个膀臂。虽有个宝玉，他又不是这里头的货，纵收伏了他也不中用。大奶奶是个佛爷，也不中用。二姑娘更不中用，亦且不是这屋里的人。四姑娘小呢。兰小子更小。环儿更是个燎毛的小冻猫子，只等有热灶火坑让他钻去罢。真真一个娘肚子里跑出这样天悬地隔的两个人来，我想到这里就不服。再者林丫头和宝姑娘他两个倒好，偏又都是亲戚，又不好管咱家务事。况且一个是美人灯儿，风吹吹就坏了；一个是拿定了主意，'不干己事不张口，一问摇头三不知'，也难十分去问他。倒只剩了三姑娘一个，心里嘴里都也来的，又是咱家的正人，太太又疼他，虽然面上淡淡的，皆因是赵姨娘那老东西闹的，心里却是和宝玉一样疼呢。比不得环儿，实在令人难疼，要依我的性早撵出去了。如今他既有这主

骑虎难下：一是管家，向来严峻，一时难以"放宽"；二是入不敷出，又不能"多省俭"。

家道至此，无以挽回矣。

张俊、沈治钧评："闲闲一语，提到宝黛婚姻，似在未定，然味凤姐语气，似料其事必谐。"

省亲、修园子之类。

凤姐对宝钗的评价如此，且说"不好管咱家务事"，可那宝钗竟然就管起来了。

意，正该和他协同，大家做个膀臂，我也不孤不独了。按正理，天理良心上论，咱们有他这个人帮着，咱们也省些心，于太太的事也有些益。若按私心藏奸上论，我也太行毒了，也该抽头退步。回头看看了，再要穷追苦克，人恨极了，暗地里笑里藏刀，咱们两个才四个眼睛，两个心，一时不防，倒弄坏了。趁着紧溜之中，他出头一料理，众人就把往日恨咱们的恨心暂可解了。还有一件，我虽知你极明白，恐怕你心里挽不过来，如今嘱咐你：他虽是姑娘家，心里却事事明白，不过是言语谨慎；他又比我知书识字，更利害一层了。如今俗语'擒贼必先擒王'，他如今要作法开端，一定是先拿我开端。倘或他要驳我的事，你可别分辩，你只越恭敬，越说驳的是才好。千万别想着怕我没脸，和他一犟，就不好了。"

"转移视线"，是"统治者"惯用的手段。凤姐有此私心，可以理解。她知道"回头看"了，有危机感了。

平儿不等说完，便笑道："你太把人看糊涂了。我才已经行在先，这会子又反嘱咐我。"凤姐儿笑道："我是恐怕你心里眼里只有了我，一概没有别人之故，不得不嘱咐。既已行在先，更比我明白了。你又急了，满口里'你''我'起来。"平儿道："偏说'你'！你不依，这不是嘴巴子，再打一顿。难道这脸上还没尝过的不成！"凤姐儿笑道："你这小蹄子，要掂多少过子才罢。看我病的这样，还来怄我。过来坐下，横竖没人来，咱们一处吃饭是正经。"

四十四回凤姐"泼醋"，平儿曾遭凤姐批颊。

说着，丰儿等三四个小丫头子进来放小炕桌。凤姐只吃燕窝粥，两碟子精致小菜，每日分例菜已暂减去。丰儿便将平儿的四样分例菜端至桌上，与平儿盛了饭来。平儿屈一膝于炕沿之上，半身犹立于炕下，陪着凤姐儿吃了饭，服侍漱盥。漱毕，嘱咐了丰儿些话，方往探春处来。只见院中寂静，人已散去。要知端的——

日常饭菜之讲究，主仆礼仪之严格，三言两语，尽数展现。

【 回后评 】

探春，是《红楼梦》整部书中极富光彩的人物。"判词"说她是"才自精明志自高，生于末世运偏消"。除了"生于末世"这一大背景，还有两大困扰使她的精明才智不得施展：生为女儿身，又是庶出。在那个时代，男尊女卑，一般女儿在家庭中不要说有所作为，连说话的权利都受限制，正如探春所说："偏我是女孩儿家，一句多话也没有我乱说的。"至于"庶出"，更构成先天身份的"卑贱"。凤姐说："虽然庶出一样，女儿却比不得男人，将来攀亲时，如今有一种轻狂人，先要打听姑娘是正出庶出，多有为庶出不要的。"

而曹公还是为探春的出人头地创造了条件：一是凤姐病中，"不能理事"；二是李纨"尚德不尚才"，"逞纵了下人"。只有第一条，还轮不到探春出面，必得有第二条，王夫人"不得已"才把探春拉入"执政"的班子。

机会有了，就看自己有没有真本事了。

第一个考验就是面对"吴新登家的"的挑战。回目指吴为"刁奴"，并不过分。你看她，报告赵姨娘弟之死，按照规矩，她应给主子提出处理方案，供主子选择，但她"说毕，便垂手旁侍，再不言语"。待李纨说依袭人母死之例后，此人明知不妥，唯恐探春发现破绽，"答应了是，接了对牌就走"，以为这"笑话"算是作成了。但探春毕竟"精明"，她要查"老例"。此人先是推说"忘了"，又故意出歪主意："这也不是什么大事，赏多少谁还敢争不成？"这一招又被探春识破，斥之为"胡闹"。探春进而揭穿其故意"来难我们"的险恶用心，使之"满脸通红"。探春取得了第一个胜利。

第二个考验是面对姨娘的无理取闹。此人见识鄙俗，行为偏狭，但她是探春的生母。她紧紧抓住这一点，给探春造成极大困扰。这次，她显然是受了吴新登家的挑拨，为讨赵国基的丧葬费而来。她的理论是：袭人娘死给的是四十两，而赵国基死只给二十两，因此她没脸，探春也没脸了。我们看探春的回答：她首先说"我并不敢犯法违理"——一个"法"一个"理"，以此作为立论的根基，牢不可破。接着，就从"脸"字说起：（1）"这是祖宗手里旧规矩"，我只是照规矩办事，"讲不到有脸没脸的话上"。（2）给袭人四十两是太太赏的。"他是太太的奴才"，太太赏多赏少是太太的事，跟我的"脸"没有关系。（3）你这样折腾，我"那才正经没脸，连姨娘也真没脸"。理直气壮，逻辑严密，无懈可击，赵姨娘无言答对。但她不肯干休，仍从"血缘"上做文章，探春则紧守"主奴"之分，虽然痛苦，但是寸步不让，姨娘也没有办法。

第三个考验，凤姐让平儿传话，说"或有该添该减的去处二奶奶没行到"，让"姑娘竟一添减"。如果说丧葬费是按旧有"规矩"办，这要求"添减"可就是"破规矩"的事了。这更需要胆识与魄力。恰好有人来领贾环、贾兰的"学费"，每人八两。探春问明情由，当机立断：蠲免。要知道，贾兰乃李纨之子，当着她的面，连商量的余地都没有，一言立决。

公正无私，精明干练，经过这样的考验，"众人"服了：先是"以为李纨素日原是个厚道多恩无罚的，自然比凤姐儿好搪塞。便添了一个探春，也都想着不过是个未出闺阁的年轻小姐，且素日也最平和恬淡，因此都不在意，比凤姐儿前更懈怠了许多"。现在，看到吴新登家的"满面通红，忙转身出来"，"众媳妇们都伸舌头"。平儿也说："他有这一次，管包腿上的筋早折了两根。"这些媳妇们都悄悄地议论："大家省事罢，别安着没良心的主意。连吴大娘才都讨了没意思，咱们又是什么有脸的。""众媳妇们方慢慢的一个一个的安分回事，不敢如先前轻慢疏忽了。"连凤姐都说："好，好，好，好个三姑娘！"并视之为难得的"膀臂"。

从创造出场条件，到经受重重考验，再写出"演出"效果，

曹公把探春的这一登场，描写得满堂光彩。

对宝钗应王夫人之约参与贾府家政，有不同评价，罗列几家供参考。

书中凤姐说："林丫头和宝姑娘他两个倒好，偏又都是亲戚，又不好管咱家务事。况且一个是美人灯儿，风吹吹就坏了；一个是拿定了主意，'不干己事不张口，一问摇头三不知'，也难十分去问他。"

洪秋蕃评：是"尸祝越樽俎而代之也"，"盖有深意存焉：一可悦王夫人之意，二可显自己之能，三可形黛玉之绌，四可借助微劳，以图异日当家之地。有此数利，乃绝妙大机会也"。

张俊、沈治钧评："宝钗素善明哲保身，装愚守拙犹恐不及，焉肯自赴旋涡？特因王夫人苦请，难以推辞也。"宝钗"向晚乘轿巡察，有如管家媳妇，乃大观园中新鲜景象也"。

周汝昌先生、蔡义江先生对此都未予置评。

第五十六回

敏探春兴利除宿弊
时宝钗小惠全大体

叙园圃事极板重，却极活泼。营心孔方，带以图记，劳形案牍，不费讴吟。高人焉肯以书香混于铜臭也哉！

回目中对探春着一"敏"字，而对宝钗着一"时"字。何谓"敏"，何谓"时"，不能搬用工具书的定义，而应根据文章内容加以具体阐释，这就是"虚实互解"的原则。

此一"敏"字，首先是"敏锐""敏感"，能发现问题，抓住机会；同时有"勤勉"义，所谓"敏于事"者。此一"时"字，也是形容词，义为善于抓住时机，因时而动，所谓"圣之时"者。善于抓住时机，能为人为世做出贡献，善莫大焉；若抓住时机而只图谋私利己，则不足道也。这回目上句说探春兴利除弊，下句却说是宝钗广施恩惠，或有深意。

上回书已说到探春的"兴利除弊"，此回书继续展开她的"改革"大计。先是把每月交买办的脂粉钱蠲了，又借鉴赖大家管理花园的经验，提出大观园管理施行承包责任制：从园子里老妈妈中选出几个本分老诚能知园圃事的，派准他们收拾料理，也不必要他们交租纳税，只问他们一年可以孝敬些什么。这得到李纨、凤姐的一致支持。

于是确定人选。在说到负责"香料香草"之人选的时候，平儿就推荐宝钗的丫鬟莺儿之母。宝钗想到那是自己的下人，安插进去会被人"看小了"。于是另辟蹊径，让莺儿之母的亲密伙伴、茗烟的娘接了此一差使。

人选既定，又讨论收益分配问题。探春提出"竟归到里头来才好"——直接交到凤姐手里。而宝钗却说："里头也不用归帐"，"不如问他们谁领这一分的，他就揽一宗事去"，都是他们包了去。这样既给官家省了，还有富余的，就给她们贴补贴补自家。再有，园里几个老妈妈，每年也让她们沾带些利息。

众婆子听了这个议论，各各欢喜异常。宝钗发表演说说："我如今替你们想出这个额外的进益来，也为大家齐心把这园里周全的谨谨慎慎，使那些有权执事的看见这般严肃谨慎，且不用他们操心，他们心里岂不敬服。"

家人都欢声鼎沸说："姑娘说的很是。从此姑娘奶奶只管放心，姑娘奶奶这样疼顾我们，我们再要不体上情，天地也不容了。"

回目之外，后面写到甄宝玉、贾宝玉的梦中交汇，其实要表达的仍是"甄宝玉"不"真"、"贾宝玉"不"假"的意旨。

话说平儿陪着凤姐儿吃了饭，服侍盥漱毕，方往探春处来。只见院中寂静，只有丫鬟婆子诸内壸【kǔn，通"阃"，内宫】近人在窗外听候。

平儿进入厅中，他姊妹三人正议论些家务，说的便是年内赖大家请吃酒，他家花园中事故。见他来了，探春便命他脚踏上坐了，因说道："我想的事不为别的，因想着我们一月有二两月银外，丫头们又另有月钱。前儿又有人回，要我们一月所用的头油脂粉，每人又是二两。这又同才刚学里的八两一样，重重叠叠，事虽小，钱有限，看起来也不妥当。你奶奶怎么就没想到这个？"

平儿笑道："这有个原故：姑娘们所用的这些东西，自然是该有分例。每月买办买了，令女人们各房交与我们收管，不过预备姑娘们使用就罢了，没有一个我们天天各人拿钱找人买头油又是脂粉去的理。所以外头买办总领了去，按月使女人按房交与我们的。姑娘们的每月这二两，原不是为买这些的，原为的是一时当家的奶奶太太或不在，或不得闲，姑娘们偶然一时可巧要几个钱使，省得找人去。这原是恐怕姑娘们受委屈，可知这个钱并不是买这个才有的。如今我冷眼看着，各房里的我们的姊妹都是现拿钱买这些东西的，竟有一半。我就疑惑，不是买办脱了空，迟

正说赖大家的花园，平儿一来，打断了。曹公善用此交叉断续的叙事法，内容丰富且避免平直。

探春又发现了凤姐"没想到"的一件事。

这个"我们"，指凤姐处。作为凤姐的贴身助手，对"买办"的手段一清二楚。

些日子，就是买的不是正经货，弄些使不得的东西来搪塞。"

探春、李纨都笑道："你也留心看出来了。脱空【落空，拿了钱不办事】是没有的，也不敢，只是迟些日子；催急了，不知那里弄些来，不过是个名儿，其实使不得，依然得现买。就用这二两银子，另叫别人的奶妈子的或是弟兄哥哥的儿子买了来才使得。若使了官中的人【府内当差的人】，依然是那一样的。不知他们是什么法子，是铺子里坏了不要的，他们都弄了来，单预备给我们？"平儿笑道："买办买的是那样的，他买了好的来，买办岂肯和他善开交，又说他使坏心要夺这买办了。所以他们也只得如此，能可得罪了里头，不肯得罪了外头办事的人。姑娘们只能可使奶妈妈们，他们也就不敢闲话了。"

探春道"因此我心中不自在。钱费两起，东西又白丢一半，通算起来，反费了两折子，不如竟把买办的每月蠲了为是。此是一件事。第二件，年里往赖大家去，你也去的，你看他那小园子比咱们这个如何？"平儿笑道："还没有咱们这一半大，树木花草也少多了。"探春道："我因和他家女儿说闲话儿，谁知那么个园子，除他们带的花、吃的笋菜鱼虾之外，一年还有人包了去，年终足有二百两银子剩。从那日我才知道，一个破荷叶，一根枯草根子，都是值钱的。"

宝钗笑道："真真膏粱纨绮之谈。虽是千金小姐，原不知这事，但你们都念过书识字的，竟没看见朱夫子有一篇《不自弃文》不成？"探春笑道："虽看过，那不过是勉人自励，虚比浮词，那里都真有的？"宝钗道："朱子都有虚比浮词？那句句都是有的。你才办了两天时事，就利欲熏心，把朱子都看虚浮了。你再出去见了那些利弊大事，越发把孔子也看虚了！"探春笑道："你这样一个通人，竟没看见子书？当日姬子有云，登利禄之场，处运筹之界者，窃尧舜之词，背孔孟之道。"宝钗笑道："底下一句呢？"探春笑道："如今只断章取意，念出底下一句，我自己骂我自己不成？"宝钗道："天下没有不可用的东西；既

读懂此段话，需弄清对象指示语："他们"时而指代买办，时而指代官中的人。

当差的如果买来了"好的"，买办就断了财路；而让奶妈子帮助去买，买办也就不敢说闲话了。

探春"发现"的"第二件"事。此类事，贾府其他人绝无第二人加以关注。而探春之所以关注到此类事情，是因为她心里有"经济"，是"过日子"的人。

探春说朱熹之文不过是脱离实际的空话，宝钗则批评探春刚"办了两天时事"，就满脑子的"利弊"而把圣人之言"看虚"了。探春再反唇相讥：一些人不过是打着圣人的旗号谋取利禄而已。

不知"底下一句"是什么。

可用，便值钱。难为你是个聪敏人，这些正事大节目事竟没经历，也可惜迟了。"李纨笑道："叫了人家来，不说正事，你们且对讲学问。"宝钗道："学问中便是正事。此刻于小事上用学问一提，那小事越发作高一层了。不拿学问提着，便都流入市俗去了。"

三人只是取笑之谈，说了笑了一回，便仍谈正事。探春因又接说道："咱们这园子只算比他们的多一半，加一倍算，一年就有四百银子的利息。若此时也出脱生发银子，自然小器，不是咱们这样人家的事。若派出两个一定的人来，既有许多值钱之物，一味任人作践，也似乎暴殄天物。不如在园子里所有的老妈妈中，拣出几个本分老诚能知园圃的事的，派准他们收拾料理，也不必要他们交租纳税，只问他们一年可以孝敬些什么。一则园子有专定之人修理，花木自又一年好似一年的，也不用临时忙乱；二则也不至作践，白辜负了东西；三则老妈妈们也可借此小补，不枉年日在园中辛苦；四则亦可以省了这些花儿匠山子匠打扫人等的工费。将此有馀，以补不足，未为不可。"

宝钗正在地下看壁上的字画，听如此说一句，便点一回头，说完，便笑道："善哉，三年之内无饥馑矣！"李纨笑道："好主意。这果一行，太太必喜欢。省钱事小，第一有人打扫，专司其职，又许他们去卖钱。使之以权，动之以利，再无不尽职的了。"平儿道："这件事须得姑娘说出来。我们奶奶虽有此心，也未必好出口。此刻姑娘们在园里住着，不能多弄些玩意儿去陪衬，反叫人去监管修理，图省钱，这话断不好出口。"

宝钗忙走过来，摸着他的脸笑道："你张开嘴，我瞧瞧你的牙齿舌头是什么作的。从早起来到这会子，你说了这些话，一套一个样子，也不奉承三姑娘，也没见你说奶奶才短想不到，也并没有三姑娘说一句，你就说一句是；横竖三姑娘一套话出来，你就有一套话进去；总是三姑娘想的到的，你奶奶也想到了，只是必有个不可办的原故。这会子又是因姑娘住的园子，

李纨、探春，是就事论事，解决现实问题；宝钗则要把"小事"上升到"学问"上去，即披上理论色彩，或叫"上纲上线"。

回到探春所关心的实际问题：对如何管理这园子，已有了一套基本的设想。两个"若"字，排除了两种不可行的办法，只有第三种办法可行，并讲出四条效果。可见是深思熟虑了。

探春说自己的设想，宝钗却"看壁上的字画"，是一种悠然世外的姿态；而探春说完，她又"转文"，似有讥讽之意。与李纨的态度对比鲜明。注意"太太必喜欢"这句话，应该让宝钗听进去了。

平儿机巧，她为凤姐说辞，原本正常。

平儿实际上提出来一个应该注意的问题：若果真交与人弄钱去，那承包者天天与小姑娘们就吵不清。

提出问题，才能使实施方案更完美。

所谓"姑娘待我们奶奶素日的情意"，就是替凤姐说出想说想办法而无法说无法办的事。

凤姐还是实际的当家人，探春尊重她，礼当如此。要革故鼎新，实际意味着是抓了前任的缺失，探春才如此说。

平儿提出的问题还没有解决。开始考虑人选了，自告奋勇者不少。

不好因省钱令人去监管。你们想想这话，若果真交与人弄钱去的，那人自然是一枝花也不许掐，一个果子也不许动了，姑娘们分中自然不敢，天天与小姑娘们就吵不清。他这远愁近虑，不亢不卑。他奶奶便不是和咱们好，听他这一番话，也必要自愧的变好了，不和也变和了。"

探春笑道："我早起一肚子气，听他来了，忽然想起他主子来，素日当家使出来的好撒野的人，我见了他便生了气。谁知他来了，避猫鼠儿似的站了半日，怪可怜的。接着又说了那么些话，不说他主子待我好，倒说'不枉姑娘待我们奶奶素日的情意了'。这一句，不但没了气，我倒愧了，又伤起心来。我细想，我一个女孩儿家，自己还闹得没人疼没人顾的，我那里还有好处去待人。"口内说到这里，不免又流下泪来。

李纨等见他说的恳切，又想他素日因赵姨娘每生诽谤，在王夫人跟前亦为赵姨娘所累，亦都不免流下泪来，都忙劝道："趁今日清净，大家商议两件兴利剔弊的事，也不枉太太委托一场。又提这没要紧的事做什么？"平儿忙道："我已明白了。姑娘竟说谁好，竟一派人就完了。"探春道："虽如此说，也须得回你奶奶一声。我们这里搜剔小遗，已经不当，皆因你奶奶是个明白人，我才这样行，若是糊涂多蛊多妒的，我也不肯，倒像抓他乖一般。岂可不商议了行。"平儿笑道："既这样，我去告诉一声。"说着去了，半日方回来，笑说："我说是白走一趟，这样好事，奶奶岂有不依的。"

探春听了，便和李纨命人将园中所有婆子的名单要来，大家参度，大概定了几个。又将他们一齐传来，李纨大概告诉与他们。众人听了，无不愿意，也有说："那一片竹子单交给我，一年工夫，明年又是一片。除了家里吃的笋，一年还可交些钱粮。"这一个说："那一片稻地交给我，一年这些顽的大小雀鸟的粮食不必动官中钱粮，我还可以交钱粮。"

探春才要说话，人回："大夫来了，进园瞧姑娘。"众婆子只得去接大夫。平儿忙说："单你们，有一百个也不成个体统，难道没有两个管事的头脑带进大夫来？"回事的那人说："有，吴大娘和单大娘他两个在西南角上聚锦门等着呢。"平儿听说，方罢了。

众婆子去后，探春问宝钗如何。宝钗笑答道："幸于始者怠于终，缮其辞者嗜其利。"探春听了点头称赞，便向册上指出几人来与他三人看。平儿忙去取笔砚来。他三人说道："这一个老祝妈是个妥当的，况他老头子和他儿子代代都是管打扫竹子，如今竟把这所有的竹子交与他。这一个老田妈本是种庄稼的，稻香村一带凡有菜蔬稻稗之类，虽是顽意儿，不必认真大治大耕，也须得他去，再一按时加些培植，岂不更好？"

探春又笑道："可惜，蘅芜苑和怡红院这两处大地方竟没有出利息之物。"李纨忙笑道："蘅芜苑更利害。如今香料铺并大市大庙卖的各处香料香草儿，都不是这些东西？算起来比别的利息更大。怡红院别说别的，单只说春夏天一季玫瑰花，共下多少花？还有一带篱笆上蔷薇、月季、宝相、金银藤，单这没要紧的草花干了，卖到茶叶铺药铺去，也值几个钱。"探春笑道："原来如此。只是弄香草的没有在行的人。"

平儿忙笑道："跟宝姑娘的莺儿他妈就是会弄这个的，上回他还采了些晒干了编成花篮葫芦给我顽的，姑娘倒忘了不成？"宝钗笑道："我才赞你，你到来捉弄我了。"三人都诧异，都问这是为何。宝钗道："断断使不得！你们这里多少得用的人，一个一个闲着没事办，这会子我又弄个人来，叫那起人连我也看小了。我倒替你们想出一个人来：怡红院有个老叶妈，他就是茗烟的娘。那是个诚实老人家，他又和我们莺儿的娘极好，不如把这事交与叶妈。他有不知的，不必咱们说，他就找莺儿的娘去商议了。那怕叶妈全不管，竟交与那一个，那是他们私情儿，有人说闲话，也就怨不到咱们身上了。如此一行，你们办的又至公，于事又甚妥。"李纨平儿都道："是极。"探春笑道："虽如此，只

黛玉、湘云都病着，这里带一笔。

探春向宝钗请教，宝钗仍是"转文"，似乎居高临下，只作"原则性"指导。如果说她客居于此不了解具体情况，不便插嘴，情有可原。但从既有的表现看，她对贾府状况是"门儿清"的。

李纨补探春之不足，连蘅芜苑都说到了，宝钗仍不参议。

涉及自身利益了，宝钗终于参议具体事务了。

茗烟，宝玉最贴身的小厮。施恩与茗烟之母，茗烟感激，宝玉也会高兴。宝钗不出手则已，一出手就有算计，且见得她对园中人事十分了解。

怕他们见利忘义。"平儿笑道："不相干，前儿莺儿还认了叶妈做干娘，请吃饭吃酒，两家和厚的好的很呢。"探春听了，方罢了。又共同斟酌出几人来，俱是他四人素昔冷眼取中的，用笔圈出。

一时婆子们来回大夫已去，将药方送上去。三人看了，一面遣人送出去取药，监派调服，一面探春与李纨明示诸人：某人管某处，按四季除家中定例用多少外，馀者任凭你们采取了去取利，年终算帐。

探春笑道："我又想起一件事：若年终算帐归钱时，自然归到帐房，仍是上头又添一层管主，还在他们手心里，又剥一层皮。这如今我们兴出这事来派了你们，已是跨过他们的头去了，心里有气，只说不出来；你们年终去归帐，他们还不捉弄你们等什么？再者，这一年间管什么的，主子有一全分，他们就得半分。这是家里的旧例，人所共知的，别的偷着的在外。如今这园子里是我的新创，竟别人他手，每年归帐，竟归到里头来才好。"

宝钗笑道："依我说，里头也不用归帐。这个多了那个少了，倒多了事。不如问他们谁领这一分的，他就揽一宗事去。不过是园里的人的动用。我替你们算出来了，有限的几宗事：不过是头油、胭粉、香、纸，每一位姑娘几个丫头，都是有定例的；再者，各处笤帚、撮簸、掸子并大小禽鸟、鹿、兔吃的粮食。不过这几样，都是他们包了去，不用帐房去领钱。你算算，就省下多少来？"

平儿笑道："这几宗虽小，一年通共算了，也省的下四百两银子。"宝钗笑道："却又来，一年四百，二年八百两，取租的钱房子也能看得了几间，薄地也可添几亩。虽然还有富馀的，但他们既辛苦闹一年，也要叫他们剩些，贴补贴补自家。虽是兴利节用为纲，然亦不可太啬。纵再省上二三百银子，失了大体统也不像。所以如此一行，外头帐房里一年少出四五百银子，也不觉得很艰啬了，他们里头却也得些小补。这些没营生的妈妈们也宽裕了，园子里花木，也可以每年滋长蕃盛，你们也得了可使之物。

这庶几不失大体。若一味要省时，那里不搜寻出几个钱来。凡有些馀利的，一概入了官中，那时里外怨声载道，岂不失了你们这样人家的大体？如今这园里几十个老妈妈们，若只给了这几个，那剩的也必抱怨不公。我才说的，他们只供给这个几样，也未免太宽裕了。一年竟除这个之外，他每人不论有馀无馀，只叫他拿出若干贯钱来，大家凑齐，单散与园中这些妈妈们。他们虽不料理这些，却日夜也是在园中照看当差之人，关门闭户，起早睡晚，大雨大雪，姑娘们出入，抬轿子，撑船，拉冰床，一应粗糙活计，都是他们的差使。一年在园里辛苦到头，这园内既有出息，也是分内该沾带些的。还有一句至小的话，越发说破了：你们只管了自己宽裕，不分与他们些，他们虽不敢明怨，心里却都不服，只用假公济私的多摘你们几个果子，多掐几枝花儿，你们有冤还没处诉。他们也沾带了些利息，你们有照顾不到的，他们就替你们照顾了。"

众婆子听了这个议论，又去了帐房受辖制，又不与凤姐儿去算帐，一年不过多拿出若干贯钱来，各各欢喜异常，都齐说："愿意。强如出去被他揉搓着，还得拿出钱来呢。"那不得管地的听了每年终又无故得分钱，也都喜欢起来，口内说："他们辛苦收拾，是该剩些钱贴补的。我们怎么好'稳坐吃三注'【赌博用语，这里指不出力而得钱财】的？"

宝钗笑道："妈妈们也别推辞了，这原是分内应当的。你们只要日夜辛苦些，别躲懒纵放人吃酒赌钱就是了。不然，我也不该管这事；你们一般听见，姨娘亲口嘱托我三五回，说大奶奶如今又不得闲儿，别的姑娘又小，托我照看照看。我若不依，分明是叫姨娘操心。你们奶奶又多病多痛，家务也忙。我原是个闲人，便是个街坊邻居，也要帮着些，何况是亲姨娘托我。我免不得去小就大，讲不起众人嫌我。倘或我只顾了小分沾名钓誉，那时酒醉赌博生出事来，我怎么见姨娘？你们那时后悔也迟了，就连你们素日的老脸也都丢了。这些姑娘小姐们，这么一所大花

讨论大观园管理改革，方案既定，宝钗却又来这么一篇演讲：先说自己受姨母之托，参与贾府家政是不得已而为之，也是"义不容辞"；然后要求众婆子"大家齐心，顾些体统"——这原也不错，但她却说如果"酒醉赌博生出事来，我怎么见姨娘"。这不就把改革大计变成了她个人的荣辱得失了吗？

园，都是你们照看，皆因看得你们是三四代的老妈妈，最是循规遵矩的，原该大家齐心，顾些体统。你们反纵放别人任意吃酒赌博，姨娘听见了，教训一场犹可，倘若被那几个管家娘子听见了，他们也不用回姨娘，竟教导你们一番。你们这年老的反受了年小的教训，虽是他们是管家，管的着你们，何如自己存些体统，他们如何得来作践。所以我如今替你们想出这个额外的进益来，也为大家齐心把这园里周全的谨谨慎慎，使那些有权执事的看见这般严肃谨慎，且不用他们操心，他们心里岂不敬服。也不枉替你们筹画进益，既能夺他们之权，生你们之利，岂不能行无为之治，分他们之忧。你们去细想想这话。"家人都欢声鼎沸说："姑娘说的很是。从此姑娘奶奶只管放心，姑娘奶奶这样疼顾我们，我们再要不体上情，天地也不容了。"

刚说着，只见林之孝家的进来说："江南甄府里家眷昨日到京，今日进宫朝贺。此刻先遣人来送礼请安。"说着，便将礼单送上去。探春接了，看道是："上用的妆缎蟒缎十二匹，上用杂色缎十二匹，上用各色纱十二匹，上用宫绸十二匹，官用各色缎纱绸绫二十四匹。"李纨也看过，说："用上等封儿赏他。"因又命人回了贾母。

贾母便命人叫李纨、探春、宝钗等也都过来，将礼物看了。李纨收过，一边吩咐内库上人说："等太太回来看了再收。"贾母因说："这甄家又不与别家相同，上等赏封赏男人，只怕展眼又打发女人来请安，预备下尺头。"一语未完，果然人回："甄府四个女人来请安。"贾母听了，忙命人带进来。

那四个人都是四十往上的年纪，穿戴之物，皆比主子不甚差别。请安问好毕，贾母命拿了四个脚踏来，他四人谢了坐，待宝钗等坐了，方都坐下。贾母便问："多早晚进京的？"四人忙起身回说："昨日进的京。今日太太带了姑娘进宫请安去了，故令女人们来请安，问候姑娘们。"贾母笑问道："这些年没进京，也不想到今年来。"四人也都笑回道："正是，今年是奉旨进京的。"

贾母问道："家眷都来了？"四人回说："老太太和哥儿、两位小姐并别位太太都没来，就只太太带了三姑娘来了。"贾母道："有人家没有？"四人道："尚没有。"贾母笑道："你们大姑娘和二姑娘这两家，都和我们家甚好。"四人笑道："正是。每年姑娘们有信回去说，全亏府上照看。"贾母笑道："什么照看，原是世交，又是老亲，原应当的。你们二姑娘更好，竟不自尊自大，所以我们才走的亲密。"四人笑道："这是老太太过谦了。"

贾母又问："你这哥儿也跟着你们老太太？"四人回说："也是跟着老太太。"贾母道："几岁了？"又问："上学不曾？"四人笑说："今年十三岁。因长得齐整，老太太很疼。自幼淘气异常，天天逃学，老爷太太也不便十分管教。"贾母笑道："也不成了我们家的了！你这哥儿叫什么名字？"四人道："因老太太当作宝贝一样，他又生的白，老太太便叫作宝玉。"贾母便向李纨等道："偏也叫作个宝玉。"李纨忙欠身笑道："从古至今，同时隔代重名的很多。"四人也笑道："起了这个小名儿之后，我们上下都疑惑，不知那位亲友家也倒似曾有一个的。只是这十来年没进京来，却记不真了。"贾母笑道："岂敢，就是我的孙子。人来。"众媳妇丫头答应了一声，走近几步。贾母笑道："园里把咱们的宝玉叫了来，给这四个管家娘子瞧瞧，比他们的宝玉如何？"

众媳妇听了，忙去了，半刻围了宝玉进来。四人一见，忙起身笑道："唬了我们一跳。若是我们不进府来，倘若别处遇见，还只道我们的宝玉后赶着也进了京了呢。"一面说，一面都上来拉他的手，问长问短。宝玉忙也笑问好。

贾母笑道："比你们的长的如何？"李纨等笑道："四位妈妈才一说，可知是模样相仿了。"贾母笑道："那有这样巧事？大家子孩子们再养的娇嫩，除了脸上有残疾十分黑丑的，大概看去都是一样的齐整。这也没有什么怪处。"四人笑道："如今看来，模样是一样。据老太太说，淘气也一样。我们看来，这位哥儿性情却比我们的好些。"贾母忙问："怎见得？"四人笑道："方才我

特设一"甄家"，重要目的是另写"甄宝玉"。两个宝玉，真真假假，总在幻中。

似是老太太手中的玩物，拉来显摆显摆。

模样相仿，淘气也一样。

们拉哥儿的手说话便知。我们那一个只说我们糊涂，慢说拉手，他的东西我们略动一动也不依。所使唤的人都是女孩子们。"

四人未说完，李纨姊妹等禁不住都失声笑出来。贾母也笑道："我们这会子也打发人去见了你们宝玉，若拉他的手，他也自然勉强忍耐一时。可知你我这样人家的孩子们，凭他们有什么刁钻古怪的毛病儿，见了外人，必是要还出正经礼数来的。若他不还正经礼数，也断不容他刁钻去。就是大人溺爱的，是他一则生的得人意，二则见人礼数竟比大人行出来的不错，使人见了可爱可怜，背地里所以才纵他一点子。若一味他只管没里没外，不与大人争光，凭他生的怎样，也是该打死的。"

四人听了，都笑说："老太太这话正是。虽然我们宝玉淘气古怪，有时见了人客，规矩礼数更比大人有礼。所以无人见了不爱，只说为什么还打他。殊不知他在家里无法无天，大人想不到的话他偏会说，想不到的事他偏要行，所以老爷太太恨的无法。就是弄性，也是小孩子的常情，胡乱花费，这也是公子哥儿的常情，怕上学，也是小孩子的常情，都还治的过来。第一，天生下来这一种刁钻古怪的脾气，如何使得。"一语未了，人回："太太回来了。"王夫人进来问过安。他四人请了安，大概说了两句。贾母便命歇歇去。王夫人亲捧过茶，方退出。四人告辞了贾母，便往王夫人处来，说了一会家务，打发他们回去，不必细说。

这里贾母喜的逢人便告诉，也有一个宝玉，也都一般行景。众人都说天下之大，世宦之多，同名者也甚多，祖母溺爱孙者亦古今之常情，不是什么罕事，故皆不介意。独宝玉是个迂阔呆公子的性情，自为是那四人承悦贾母之词。后至蘅芜苑去看湘云病去，史湘云说他："你放心闹罢，先是'单丝不成线，独树不成林'，如今有了个对子，闹急了，再打很了，你逃走到南京找那一个去。"宝玉道："那里的谎话你也信了，偏又有个宝玉了？"湘云道："怎么列国有个蔺相如，汉朝又有个司马相如呢？"宝玉笑道："这也罢了，偏又模样儿也一样，这是没有

贾母的"底线"："正经礼数"，否则"是该打死的"——够狠。

的事。"湘云道："怎么匡人看见孔子，只当是阳虎呢？"宝玉笑道："孔子阳虎虽同貌，却不同名；蔺与司马虽同名，而又不同貌；偏我和他就两样俱同不成？"湘云没了话答对，因笑道："你只会胡搅，我也不和你分证。有也罢，没也罢，与我无干。"说着便睡下了。

宝玉心中便又疑惑起来：若说必无，然亦似有；若说必有，又并无目睹。心中闷闷了，回至房中榻上默默盘算，不觉就忽忽的睡去，不觉竟到了一座花园之内。宝玉诧异道："除了我们大观园，更又有这一个园子？"

正疑惑间，从那边来了几个女儿，都是丫鬟。宝玉又诧异道："除了鸳鸯、袭人、平儿之外，也竟还有这一干人？"只见那些丫鬟笑道："宝玉怎么跑到这里来了？"宝玉只当是说他自己，忙来陪笑说道："因我偶步到此，不知是那位世交的花园，好姐姐们，带我逛逛。"众丫鬟都笑道："原来不是咱家的宝玉。他生的倒也还干净，嘴儿也倒乖觉。"

宝玉听了，忙道："姐姐们，这里也竟还有个宝玉？"丫鬟们忙道："宝玉二字，我们是奉老太太、太太之命，为保佑他延寿消灾的。我们叫他，他听见喜欢。你是那里远方来的臭小厮，也乱叫起他来。仔细你的臭肉，打不烂你的。"又一个丫鬟笑道："咱们快走罢，别叫宝玉看见，又说同这臭小厮说了话，把咱熏臭了。"说着一径去了。

宝玉纳闷道："从来没有人如此涂毒我，他们如何竟这样？真亦有我这样一个人不成？"一面想，一面顺步早到了一所院内。宝玉又诧异道："除了怡红院，也更还有这么一个院落。"忽上了台矶，进入屋内，只见榻上有一个人卧着，那边有几个女孩儿做针线，也有嘻笑顽耍的。只见榻上那个少年叹了一声。一个丫鬟笑问道："宝玉，你不睡又叹什么？想必为你妹妹病了，你又胡愁乱恨呢。"

宝玉听说，心下也便吃惊。只见榻上少年说道："我听见老

"假作真时真亦假，无为有处有还无。"不是庄生化蝶，而是"贾宝玉"梦中见到"甄宝玉"。

这个"甄宝玉"是为"保佑他延寿消灾"而叫的，不同于投胎而生的"贾宝玉"。在她们眼中，你这个"宝玉"就是个"假"的，是"臭小厮"。

身份认证是个大问题。不是有公司老总因为"身份"没有亮明而被门卫禁止入内的故事吗？

偏这个"甄宝玉"也做梦，也被叫作"臭小厮"。

太太说，长安都中也有个宝玉，和我一样的性情，我只不信。我才作了一个梦，竟梦中到了都中一个花园子里头，遇见几个姐姐，都叫我臭小厮，不理我。好容易找到他房里头，偏他睡觉，空有皮囊，真性不知那去了。"宝玉听说，忙说道："我因找宝玉来到这里。原来你就是宝玉？"榻上的忙下来拉住笑道："原来你就是宝玉？这可不是梦里了。"宝玉道："这如何是梦？真而又真了。"一语未了，只见人来说："老爷叫宝玉。"唬得二人皆慌了。一个宝玉就走，一个宝玉便忙叫："宝玉快回来，快回来！"

两个"宝玉"相认，难分真假了，然而怕"老爷"是一致的。

袭人在旁听他梦中自唤，忙推醒他，笑问道："宝玉在那里？"此时宝玉虽醒，神意尚恍惚，因向门外指说："才出去了。"袭人笑道："那是你梦迷了。你揉眼细瞧，是镜子里照的你影儿。"宝玉向前瞧了一瞧，原是那嵌的大镜对面相照，自己也笑了。早有人捧过漱盂茶卤来，漱了口。麝月道："怪道老太太常嘱咐说小人屋里不可多有镜子。小人魂不全，有镜子照多了，睡觉惊恐作胡梦。如今倒在大镜子那里安了一张床。有时放下镜套还好；往前去，天热困倦不定，那里想的到放他，比如方才就忘了。自然是先躺下照着影儿顽的，一时合上眼，自然是胡梦颠倒；不然如何得看着自己叫着自己的名字？不如明儿挪进床来是正经。"一语未了，只见王夫人遣人来叫宝玉，不知有何话说——

以镜影解释入梦之因并不全面，前面甄府来人说的那个"宝玉"才是深层诱因。我是谁？有另一个我的存在吗？这问题太具有诱惑力了，而这又与全书的"真假"之辨相吻合。

【回后评】

在上一回书中，宝钗完全没有参与探春"改革"的决策过程。她白天"在上房监察"，夜间则"坐了小轿带领园中上夜人等各处巡察一次"。那么在此回书里，在探春"兴利除弊"之方案的制定过程中，宝钗到底充当了怎样的角色、发挥了怎样的作用呢？我们来考察一下。

探春的"兴利除弊"是从眼前的小事做起的。上一回书说到的是蠲免了贾环、贾兰的学费，这回书开始又商议着把买办用的头油脂粉钱给免掉。在这项措施的商定过程中，宝钗未置一词。在说到最重要的一项改革——大观园的管理——的时候，探春刚说了句"从那日我才知道，一个破荷叶，一根枯草根子，都是值钱的"，宝钗就来"打岔"，嘲笑探春是"膏粱纨绮之谈"，把话题转移到所谓"学问"上去了。这引起李纨的不满："叫了人家来，不说正事，你们且对讲学问。"

　　探春的"改革"灵感来源于实践（受赖大家花园管理方式的启发），并且是经过深思熟虑的。在"议事厅"，她认真地讲出自己设计的"方案"：承包责任制以及此办法的好处。奇怪的是，在探春讲这么重要事项的时候，宝钗却"正在地下看壁上的字画"。听探春说完，她对"方案"不发表任何具体意见，只是笑道："善哉，三年之内无饥馑矣！"酸溜溜地"转文"，你猜不透她是支持还是反对。

　　在征得凤姐的认可后，就进一步讨论人选。探春先和李纨命人将园中所有婆子的名单要来，大家参度，大概定了几个。又将他们一齐传来，李纨把大概意思告诉她们。众婆子报名很踊跃，这说明此方案是得人心的。因为宝钗一直不发表意见，探春就主动"问宝钗如何"。这时宝钗的回答是："幸于始者怠于终，缮其辞者嗜其利。"讲原则，讲理论，还是一副"超然"的架势。探春、李纨说到香花香草的管理、利用，直接涉及蘅芜苑了，宝钗仍然是徐庶进曹营。

　　但一涉及个人利益，这宝钗的态度就变了，主意也有了。

　　平儿提议，把弄香花香草的活儿交给"跟宝姑娘的莺儿他妈"，宝钗就赶紧说："断断使不得！你们这里多少得用的人，一个一个闲着没事办，这会子我又弄个人来，叫那起人连我也看小了。"这时候，她的主意也现成了："我倒替你们想出一个人来：怡红院有个老叶妈，他就是茗烟的娘。"这焙茗是宝玉的贴身小厮，把好处给了焙茗的娘，焙茗高兴，宝玉也会感恩吧。而且，这叶妈跟莺儿的娘"极好"，莺儿还认了焙茗的妈做了干娘。拐个弯，好处还是有莺儿娘一份。王希廉评曰："宝姑娘绝妙调停，吾服其才，吾畏其狡。"

方案既定，人事已决，下面最重要的就是具体的利益分配了。这时宝钗就"挺身而出"，且垄断了话语权。探春的意见是把相关收益"归到里头来"，宝钗就"笑道"："依我说，里头也不用归帐"，"虽是兴利节用为纲，然亦不可太啬"，这些老妈妈"既辛苦闹一年，也要叫他们剩些，贴补贴补自家。"这就是一切收益都归承包人。而且，"这园里几个老妈妈们，若只给了这个，那剩的也必抱怨不公"，所以得利益均沾，让承包者每年"拿出若干贯钱来，大家凑齐，单散与园中这些妈妈们"。这两条真是大得人心，众婆子"各各欢喜异常"。

这利益广施的话，不出自李纨之口，也不出自探春之口，而由宝钗不与那二位商量就当众宣布，鄙意以为太过分了。还不止此，他还怕众婆子"误会"，接着又特别强调是"我如今替你们想出这个额外的进益来"——这份恩德全是我宝钗给你们的，你们要听我的话，把我交代你们的事办好！喧宾夺主，利欲熏心，贪功邀宠，一至于此！

哈斯宝曾评说："（这个宝钗）乍看全好，再看就好坏参半，又再看好处不及坏处多，反复看去，全是坏，压根儿没有什么好。"信夫！

第五十七回

慧紫鹃情辞试忙玉

慈姨妈爱语慰痴颦

写宝玉、黛玉呼吸相关，不在字里行间，全从无字句处，运鬼斧神工之笔，摄魄追魂，令我哭一回、叹一回，浑身都是呆气。

紫鹃存心躲宝玉，谎称黛玉要归乡

回目称紫鹃为"慧"而宝玉为"忙"，称薛姨妈为"慈"而黛玉为"痴"，这种措辞值得注意。盖"慧"者非慧，唯对方"忙"她才能"试"得成功；而"慈"者非慈，唯对方"痴"才会以为其"慈"。

宝玉关心黛玉的丫鬟紫鹃，反而遭到拒绝。宝玉"心中忽浇了一盆冷水一般"，一时魂魄失守，心无所知了。紫鹃又出来安慰宝玉，因说到黛玉吃燕窝之事，就说："在这里吃惯了，明年家去，那里有这闲钱吃这个。"宝玉听了，吃了一惊，忙问："谁？往那个家去？"紫鹃道："你妹妹回苏州家去。"宝玉开始不信，搁不住紫鹃一通谎言，宝玉便如头顶上响了一个焦雷一般。回到怡红院，竟两个眼珠儿直直地起来，口角边津液流出，人事不知了。黛玉闻听，哇的一声，将腹中之药一概呛出，抖肠搜肺、炽胃扇肝地痛声大嗽了几阵，一时面红发乱，目肿筋浮，喘得抬不起头来。

贾母来了，了解了前因后果，说："我当有什么要紧大事，原来是这句顽话。"而宝玉"急痛迷心"，服药之后，才渐渐好起来，可闹了不少笑话。紫鹃以为摸透了宝玉的心底，回来向黛玉汇报，并说黛玉无父母无兄弟，趁早儿老太太还明白硬朗的时节，作定了大事要紧。黛玉闻之伤感，直泣了一夜。

这天薛姨妈生日，趁机向凤姐提出把邢岫烟许配薛蝌，求之贾母，一说就成了。

这天，宝钗母女都来看黛玉，说起薛蝌、岫烟的婚事。薛姨妈就说：有姻缘的，终究会作了夫妇；若是无缘的，再不能到一处。又说："比如你姐妹两个的婚姻，此刻也不知在眼前，也不知在山南海北呢。"

黛玉见姨妈疼爱宝钗，不免伤心。薛姨妈说：其实"你不知我心里更疼你呢"。黛玉笑道："姨妈既这么说，我明日就认姨妈做娘。"因薛蝌、岫烟的婚事，薛姨妈又说把林妹妹说给宝玉。紫鹃忙也跑来笑道："姨太太既有这主意，为什么不和太太说去？"薛姨妈哈哈笑道："你这孩子，急什么，想必催着你姑娘出了阁，你也要早些寻一个小女婿去了。"紫鹃羞跑了，此事就没有下文了。

话说宝玉听王夫人唤他，忙至前边来，原来是王夫人要带他拜甄夫人去。宝玉自是欢喜，忙去换衣服，跟了王夫人到那里。见其家中形景，自与荣宁不甚差别，或有一二稍盛者。细问，果有一宝玉。甄夫人留席，竟日方回，宝玉方信。因晚间回家来，王夫人又吩咐预备上等的席面，定名班大戏，请过甄夫人母女。后二日，他母女便不作辞，回任去了。无话。

了结甄氏到访一节。

这日宝玉因见湘云渐愈，然后去看黛玉。正值黛玉才歇午觉，宝玉不敢惊动，因紫鹃正在回廊上手里做针黹，便来问他："昨日夜里咳嗽可好了？"紫鹃道："好些了。"宝玉笑道："阿弥陀佛！宁可好了罢。"紫鹃笑道："你也念起佛来，真是新闻！"宝玉笑道："所谓'病笃乱投医'了。"一面说，一面见他穿着弹墨绫薄绵袄，外面只穿着青缎夹背心，宝玉便伸手向他身上摸了一摸，说："穿这样单薄，还在风口里坐着，春天风馋，时气又不好，你再病了，越发难了。"紫鹃便说道："从此咱们只可说话，别动手动脚的。一年大二年小的，叫人看着不尊重。打紧的那起混帐行子们背地里说你，你总不留心，还只管和小时一般行为，如何使得。姑娘常常吩咐我们，不叫和你说笑。你近来瞧他远着你还恐远不及呢。"说着便起身，携了针线进别房去了。

宝玉见了这般景况，心中忽浇了一盆冷水一般，只瞅着竹子，发了一回呆。因祝妈正来挖笋修竿，便怔怔的走出来，一时

姚燮曰："何苦又动手动脚，留神些。"如果在这些地方"留神"，就不是宝玉了。宝玉的精神特征是"无差别境界"，既无主奴之分，也无男女之界。

"姑娘"何曾有此"吩咐"？"假话"开始了。

不能爱其所爱，就是沉重的精神打击。

魂魄失守，心无所知，随便坐在一块山石上出神，不觉滴下泪来。直呆了五六顿饭工夫，千思万想，总不知如何是可。

偶值雪雁从王夫人房中取了人参来，从此经过，忽扭项看见桃花树下石上一人手托着腮颊出神，不是别人，却是宝玉。雪雁疑惑道："怪冷的，他一个人在这里作什么？春天凡有残疾的人都犯病，敢是他犯了呆病了？"一边想，一边便走过来蹲下笑道："你在这里作什么呢？"宝玉忽见了雪雁，便说道："你又作什么来找我？你难道不是女儿？他既防嫌，不许你们理我，你又来寻我，倘被人看见，岂不又生口舌？你快家去罢了。"雪雁听了，只当是他又受了黛玉的委屈，只得回至房中。

黛玉未醒，将人参交与紫鹃。紫鹃因问他："太太做什么呢？"雪雁道："也歇中觉，所以等了这半日。姐姐你听笑话儿：我因等太太的工夫，和玉钏儿姐姐坐在下房里说话儿，谁知赵姨奶奶招手儿叫我。我只当有什么话说，原来他和太太告了假，出去给他兄弟伴宿坐夜，明儿送殡去，跟他的小丫头子小吉祥儿没衣裳，要借我的月白缎子袄儿。我想他们一般也有两件子的，往脏地方儿去恐怕弄脏了，自己的舍不得穿，故此借别人的。借我的弄脏了也是小事，只是我想，他素日有些什么好处到咱们跟前，所以我说了：'我的衣裳簪环都是姑娘叫紫鹃姐姐收着呢。如今先得去告诉他，还得回姑娘呢。姑娘身上又病着，更费了大事，误了你老出门，不如再转借罢。'"紫鹃笑道："你这个小东西子倒也巧。你不借给他，你往我和姑娘身上推，叫人怨不着你。他这会子就下去了，还是等明日一早才去？"雪雁道："这会子就去的，只怕此时已去了。"紫鹃点点头。雪雁道："姑娘还没醒呢，是谁给了宝玉气受，坐在那里哭呢。"紫鹃听了，忙问在那里。雪雁道："在沁芳亭后头桃花底下呢。"

紫鹃听说，忙放下针线，又嘱咐雪雁好生听叫："若问我，答应我就来。"说着，便出了潇湘馆，一径来寻宝玉，走至宝玉跟前，含笑说道："我不过说了那两句话，为的是大家好，你就赌气跑了这风地里来哭，作出病来唬我。"宝玉忙笑道："谁赌气了！我因为听你说的有理。我想你们既这样说，自然别人也是这样说，将来渐渐的都不理我了，我所以想着自己伤心。"

紫鹃也便挨他坐着。宝玉笑道："方才对面说话你尚走开，这会子如何又来挨我坐着？"紫鹃道："你都忘了？几日前你们兄妹两个正说话，赵姨娘一头走了进来——我才听见他不在家，所以我来问你。正是前日你和他才说了一句'燕窝'就歇住了，总没提起，我正想着问你。"宝玉道："也没什么要紧。不过我想着宝姐姐也是客中，既吃燕窝，又不可间断，若只管和他要，太也托实。虽不便和太太要，我已经在老太太跟前略露了个风声，只怕老太太和凤姐姐说了。我告诉他的，竟没告诉完了他。如今我听见一日给你们一两燕窝，这也就完了。"紫鹃道："原来是你说了，这又多谢你费心。我们正疑惑，老太太怎么忽然想起来叫人每一日送一两燕窝来呢？这就是了。"宝玉笑道："这要天天吃惯了，吃上三二年就好了。"紫鹃道："在这里吃惯了，明年家去，那里有这闲钱吃这个。"

宝玉听了，吃了一惊，忙问："谁？往那个家去？"紫鹃道："你妹妹回苏州家去。"宝玉笑道："你又说白话【下面说"扯谎"，同义互解】。苏州虽是原籍，因没了姑父姑母，无人照看，才就了来的。明年回去找谁？可见是扯谎。"紫鹃冷笑道："你太看小了人。你们贾家独是大族人口多的，除了你家，别人只得一父一母，房族中真个再无人了不成？我们姑娘来时，原是老太太心疼他年小，虽有叔伯，不如亲父母，故此接来住几年。大了该出阁时，自然要送还林家的。终不成林家的女儿在你贾家一世不成？林家虽贫到没饭吃，也是世代书宦之家，断不肯将他家的人丢在亲戚家，落人的耻笑。所以早则明年春天，迟则秋天。这里纵不送去，林家亦必有人来接的。前日夜里姑娘和我说了，叫我告诉你：将从前小时顽的东西，有他送你的，叫你都打点出来还他。他也将你送他的打叠了在那里呢。"宝玉听了，便如头顶上

宝玉的理想境界是无差别，一旦为"防嫌"而划开男女界限，他就感到难以承受的孤独。

"燕窝"事，了结五十二回悬疑。宝玉看待宝钗依然是"客"。

黛玉要"回家"，进一步的"假话"。

明明在说黛玉，宝玉大出意外，所以"一惊"，而其言短促而疾。

把假话说得像"真"的只是小聪明，不是"慧"。

响了一个焦雷一般。紫鹃看他怎样回答，等了半日，见他只不作声。忽见晴雯找来说："老太太叫你呢，谁知在这里。"紫鹃笑道："他这里问姑娘的病症。我告诉了他半日，他只不信。你倒拉他去罢。"说着，自己便走回房去了。

晴雯见他呆呆的，一头热汗，满脸紫胀，忙拉他的手，一直到怡红院中。袭人见了这般，慌起来，只说时气所感，热汗被风扑了。无奈宝玉发热事犹小可，更觉两个眼珠儿直直的起来，口角边津液流出，皆不知觉。给他个枕头，他便睡下；扶他起来，他便坐着；倒了茶来，他便吃茶。众人见他这般，一时忙乱起来，又不敢造次去回贾母，先便差人出去请李嬷嬷。

一时李嬷嬷来了，看了半日，问他几句话也无回答，用手向他脉门摸了摸，嘴唇人中上边着力掐了两下，掐的指印如许来深，竟也不觉疼。李嬷嬷只说了一声"可了不得了"，"呀"的一声便搂着放声大哭起来。急的袭人忙拉他说："你老人家瞧瞧，可怕不怕？且告诉我们去回老太太、太太去。你老人家怎么先哭起来？"李嬷嬷捶床捣枕说："这可不中用了！我白操了一世心了！"袭人等以他年老多知，所以请他来看，如今见他这般一说，都信以为实，也都哭起来。

晴雯便告诉袭人，方才如此这般。袭人听了，便忙到潇湘馆来，见紫鹃正服侍黛玉吃药，也顾不得什么，便走上来问紫鹃道："你才和我们宝玉说了些什么？你瞧他去，你回老太太去，我也不管了！"说着，便坐在椅上。

黛玉忽见袭人满面急怒，又有泪痕，举止大变，便不免也慌了，忙问怎么了。袭人定了一会，哭道："不知紫鹃姑奶奶说了些什么话，那个呆子眼也直了，手脚也冷了，话也不说了，李妈妈掐着也不疼了，已死了大半个了！连李妈妈都说不中用了，那里放声大哭。只怕这会子都死了！"黛玉一听此言，李妈妈乃是经过的老姬，说不中用了，可知必不中用。哇的一声，将腹中之药一概呛出，抖肠搜肺、炽胃扇肝的痛声大嗽了几阵，一时面红发乱，目肿筋浮，喘的抬不起头来。紫鹃忙上来捶背，黛玉伏枕喘息半晌，推紫鹃道："你不用捶，你竟拿绳子来勒死我是正经！"紫鹃哭道："我并没说什么，不过是说了几句顽【通"玩"】话，他就认真了。"袭人道："你还不知道他，那傻子每每顽话认了真。"黛玉道："你说了什么话，趁早儿去解说，他只怕就醒过来了。"紫鹃听说，忙下了床，同袭人到了怡红院。

谁知贾母王夫人等已都在那里了。贾母一见了紫鹃，眼内出火，骂道："你这小蹄子，和他说了什么？"紫鹃忙道："并没说什么，不过说几句顽话。"谁知宝玉见了紫鹃，方嗳呀了一声，哭出来了。众人一见，方都放下心来。贾母便拉住紫鹃，只当他得罪了宝玉，所以拉紫鹃命他打。

谁知宝玉一把拉住紫鹃，死也不放，说："要去连我也带了去。"众人不解，细问起来，方知紫鹃说"要回苏州去"一句顽话引出来的。贾母流泪道："我当有什么要紧大事，原来是这句顽话。"又向紫鹃道："你这孩子素日最是个伶俐聪敏的，你又知道他有个呆根子，平白的哄他作什么？"薛姨妈劝道："宝玉本来心实，可巧林姑娘又是从小儿来的，他姊妹两个一处长了这么大，比别的姊妹更不同。这会子热剌剌的说一个去，别说他是个实心的傻孩子，便是冷心肠的大人也要伤心。这并不是什么大病，老太太和姨太太只管万安，吃一两剂药就好了。"

正说着，人回林之孝家的单大良家的都来瞧哥儿来了。贾母道："难为他们想着，叫他们来瞧瞧。"宝玉听了一个"林"字，便满床闹起来说："了不得了，林家的人接他们来了，快打出去罢！"贾母听了，也忙说："打出去罢。"又忙安慰说："那不是林家的人。林家的人都死绝了，没人来接他的，你只放心罢。"宝玉哭道："凭他是谁，除了林妹妹，都不许姓林的！"贾母道："没姓林的来，凡姓林的我都打走了。"一面吩咐众人："以后别叫林之孝家的进园来，你们也别说'林'字。好孩子们，你们听我这句话罢！"众人忙答应，又不敢笑。

一时宝玉又一眼看见了十锦格子上陈设的一只金西洋自行船，便指着乱叫说："那不是接他们来的船来了，湾在那里呢。"贾母忙命拿下来。袭人忙拿下来，宝玉伸手要，袭人递过，宝玉便掖在被中，笑道："可去不成了！"一面说，一面死拉着紫鹃不放。

一时人回大夫来了，贾母忙命快进来。王夫人、薛姨妈、宝钗等暂避里间，贾母便端坐在宝玉身旁。王太医进来见许多的人，忙上去请了贾母的安，拿了宝玉的手诊了一回。那紫鹃少不得低了头。王大夫也不解何意，起身说道："世兄这症乃是急痛迷心。古人曾云：'痰迷有别。有气血亏柔，饮食不能熔化痰迷者；有怒恼中痰裹而迷者；有急痛壅塞者。'此亦痰迷之症，系急痛所致，不过一时壅蔽，较诸痰迷似轻。"

贾母道："你只说怕不怕，谁同你背药书呢。"王太医忙躬身笑说："不妨，不妨。"贾母道："果真不妨？"王太医道："实在不妨，都在晚生身上。"贾母道："既如此，请到外面坐，开药方。若吃好了，我另外预备好谢礼，叫他亲自捧了送去磕头；若耽误了，打发人去拆了太医院大堂。"王太医只躬身笑说："不敢，不敢。"他原听了说"另具上等谢礼命宝玉去磕头"，故满口说"不敢"，竟未听见贾母后来说拆太医院之戏语，犹说"不敢"，贾母与众人反倒笑了。

一时，按方煎了药来服下，果觉比先安静。无奈宝玉只不肯放紫鹃，只说他去了便是要回苏州去了。贾母王夫人无法，只得命紫鹃守着他，另将琥珀去服侍黛玉。

黛玉不时遣雪雁来探消息，这边事务尽知，自己心中暗叹。幸喜众人都知宝玉原有些呆气，自幼是他二人亲密，如今紫鹃之戏语亦是常情，宝玉之病亦非罕事，因不疑到别事去。

晚间宝玉稍安，贾母王夫人等方回房去。一夜还遣人来问讯几次。李奶母带领宋嬷嬷等几个年老人用心看守，紫鹃、袭人、晴雯等日夜相伴。有时宝玉睡去，必从梦中惊醒，不是哭了说黛玉已去，便是说有人来接。每一惊时，必得紫鹃安慰一番方罢。彼时贾母又命将祛邪守灵丹及开窍通神散各样上方秘制诸药，按方饮服。

次日又服了王太医药，渐次好起来。宝玉心下明白，因恐紫鹃回去，故有时或作佯狂之态。紫鹃自那日也着实后悔，如今日夜辛苦，并没有怨意。袭人等皆心安神定，因向紫鹃笑道："都是你闹的，还得你来治。也没见我们这呆子听了风就是雨，往后怎么好。"暂且按下。

因此时湘云之症已愈，天天过来瞧看，见宝玉明白了，便将他病中狂态形容了与他瞧，引的宝玉自己伏枕而笑。原来他起先那样竟是不知的，如今听人说还不信。无人时，紫鹃在侧，宝玉又拉他的手问道："你为什么唬我？"紫鹃道："不过是哄你顽的，你就认真了。"宝玉道："你说的那样有情有理，如何是顽话。"紫鹃笑道："那些顽话都是我编的。林家实没了人口，纵有也是极远的。族中也都不在苏州住，各省流寓不定。纵有人来接，老太太必不放去的。"

宝玉道："便老太太放去，我也不依。"紫鹃笑道："果真的你不依？只怕是口里的话。你如今也大了，连亲也定下了，过二三年再娶了亲，你眼里还有谁了？"宝玉听了，又惊问："谁定了亲？定了谁？"紫鹃笑道："年里我听见老太太说，要定下琴姑娘呢。不然那么疼他？"宝玉笑道："人人只说我傻，你比我更傻。不过是句顽话，他已经许给梅翰林家了。果然定下了他，我还是这个形景了？先是我发誓赌咒砸这劳什子，你都没劝过，说我疯的？刚刚的这几日才好了，你又来怄我。"

一面说，一面咬牙切齿的，又说道："我只愿这会子立刻我死了，把心迸出来你们瞧见了，然后连皮带骨一概都化成一股灰——灰还有形迹，不如再化一股烟——烟还可凝聚，人还看见，须得一阵大乱风吹的四面八方都登时散了，这才好！"一面说，一面又滚下泪来。

紫鹃忙上来握他的嘴，替他擦眼泪，又忙笑解释道："你不用着急。这原是我心里着急，故来试你。"宝玉听了，更又诧异，

紫鹃不接受教训，还要再"试"宝玉之情。

惹得宝玉又一番痴情话。十九回也曾如是说。

这才点明一个"试"字。原来紫鹃的初始动机是担心黛玉的出路。但她始终没有抓到解决问题的关键：有人出面，有人做主。

问道："你又着什么急？"紫鹃笑道："你知道，我并不是林家的人，我也和袭人鸳鸯是一伙的，偏把我给了林姑娘使。偏生他又和我极好，比他苏州带来的还好十倍，一时一刻我们两个离不开。我如今心里却愁，他倘或要去了，我必要跟了他去的。我是合家在这里，我若不去，辜负了我们素日的情常；若去，又弃了本家。所以我疑惑，故设出这谎话来问你，谁知你就傻闹起来。"宝玉笑道："原来是你愁这个，所以你是傻子。从此后再别愁了。我只告诉你一句趸话：活着，咱们一处活着；不活着，咱们一处化灰化烟，如何？"

紫鹃听了，心下暗暗筹画。忽有人回："环爷兰哥儿问候。"宝玉道："就说难为他们，我才睡了，不必进来。"婆子答应去了。紫鹃笑道："你也好了，该放我回去瞧瞧我们那一个去了。"宝玉道："正是这话。我昨日就要叫你去的，偏又忘了。我已经大好了，你就去罢。"紫鹃听说，方打叠铺盖妆奁之类。宝玉笑道："我看见你文具里头有三两面镜子，你把那面小菱花的给我留下罢。我搁在枕头旁边，睡着好照，明儿出门带着也轻巧。"紫鹃听说，只得与他留下，先命人将东西送过去，然后别了众人，自回潇湘馆来。

林黛玉近日闻得宝玉如此形景，未免又添些病症，多哭几场。今见紫鹃来了，问其原故，已知大愈，仍遣琥珀去服侍贾母。夜间人定后，紫鹃已宽衣卧下之时，悄向黛玉笑道："宝玉的心倒实，听见咱们去就那样起来。"黛玉不答。

紫鹃停了半晌，自言自语的说道："一动不如一静。我们这里就算好人家，别的都容易，最难得的是从小儿一处长大，脾气情性都彼此知道的了。"黛玉啐道："你这几天还不乏，趁这会子不歇一歇，还嚼什么蛆。"紫鹃笑道："倒不是白嚼蛆，我倒是一片真心为姑娘。替你愁了这几年了，无父母无兄弟，谁是知疼着热的人？趁早儿老太太还明白硬朗的时节，作定了大事要紧。俗语说'老健春寒秋后热'，倘或老太太一时有个好歹，那时虽也完事，只怕耽误了时光，还不得趁心如意呢。公子王孙虽多，那一个不是三房五妾，今儿朝东，明儿朝西？要一个天仙来，也不过三夜五夕，也丢在脖子后头了，甚至于为妾为丫头反目成仇的。若娘家有人有势的还好些，若是姑娘这样的人，有老太太一日还好一日，若没了老太太，也只是凭人去欺负了。所以说，拿主意要紧。姑娘是个明白人，岂不闻俗语说：'万两黄金容易得，知心一个也难求'。"

黛玉听了，便说道："这丫头今儿可疯了？怎么去了几日，忽然变了一个人。我明儿必回老太太退回去，我不敢要你了。"紫鹃笑道："我说的是好话，不过叫你心里留神，并没叫你去为非作歹，何苦回老太太，叫我吃了亏，又有何好处？"说着，竟自睡了。

黛玉何尝不认同紫鹃之见，但还得保持必要的矜持。所谓"为非作歹"，盖指莺莺与张生之所为也。

黛玉听了这话，口内虽如此说，心内未尝不伤感，待他睡了，便直泣了一夜，至天明方打了一个盹儿。次日勉强盥漱了，吃了些燕窝粥，便有贾母等亲来看视了，又嘱咐了许多话。

目今是薛姨妈的生日，自贾母起，诸人皆有祝贺之礼。黛玉亦早备了两色针线送去。是日也定了一本小戏请贾母王夫人等，独有宝玉与黛玉二人不曾去得。至散时，贾母等顺路又瞧他二人一遍，方回房去。次日，薛姨妈家又命薛蝌陪诸伙计吃了一天酒，连忙了三四天方完备。

因薛姨妈看见邢岫烟生得端雅稳重，且家道贫寒，是个钗荆裙布的女儿，便欲说与薛蟠为妻。因薛蟠素习行止浮奢，又恐遭踏人家的女儿。正在踌躇之际，忽想起薛蝌未娶，看他二人恰是一对天生地设的夫妻，因谋之于凤姐儿。凤姐儿叹道："姑妈素知我们太太有些左性的，这事等我慢谋。"

因贾母去瞧凤姐儿时，凤姐儿便和贾母说："薛姑妈有件事求老祖宗，只是不好启齿的。"贾母忙问何事，凤姐儿便将求亲一事说了。贾母笑道："这有什么不好启齿？这是极好的事。等我和你婆婆说了，怕他不依？"因回房来，即刻就命人来请邢夫人过来，硬作保山。邢夫人想了一想：薛家根基不错，且现今大富，薛蝌生得又好，且贾母硬作保山，将机就计便应了。贾母十分喜欢，忙命人请了薛姨妈来。

　　二人见了，自然有许多谦辞。邢夫人即刻命人去告诉邢忠夫妇。他夫妇原是此来投靠邢夫人的，如何不依，早极口的说妙极。贾母笑道："我最爱管个闲事，今儿又管成了一件事，不知得多少谢媒钱？"薛姨妈笑道："这是自然的。纵抬了十万银子来，只怕不希罕。但只一件，老太太既是主亲，还得一位才好。"贾母笑道："别的没有，我们家折腿烂手的人还有两个。"说着，便命人去叫过尤氏婆媳二人来。贾母告诉他原故，彼此忙都道喜。

　　贾母吩咐道："咱们家的规矩你是尽知的，从没有两亲家争里争面的。如今你算替我在当中料理，也不可太啬，也不可太费，把他两家的事周全了回我。"尤氏忙答应了。薛姨妈喜之不尽，回家来忙命写了请帖补送过宁府。尤氏深知邢夫人情性，本不欲管，无奈贾母亲自嘱咐，只得应了，惟有忖度邢夫人之意行事。薛姨妈是个无可无不可的人，倒还易说。这且不在话下。

　　如今薛姨妈既定了邢岫烟为媳，合宅皆知。邢夫人本欲接出岫烟去住，贾母因说："这又何妨，两个孩子又不能见面，就是姨太太和他一个大姑，一个小姑，又何妨？况且都是女儿，正好亲香呢。"邢夫人方罢。

　　蝌岫二人前次途中皆曾有一面之遇，大约二人心中也皆如意。只是邢岫烟未免比先时拘泥了些，不好与宝钗姊妹共处闲语；又兼湘云是个爱取笑的，更觉不好意思。幸他是个知书达礼的，虽有女儿身分，还不是那种佯羞诈愧一味轻薄造作之辈。

　　宝钗自见他时，见他家业贫寒，二则别人之父母皆年高有德之人，独他父母偏是酒糟透之人，于女儿分中平常；邢夫人也不过是脸面之情，亦非真心疼爱；且岫烟为人雅重，迎春是个有气的死人，连他自己尚未照管齐全，如何能照管到他身上，凡闺阁中家常一应需用之物，或有亏乏，无人照管，他又不与人张口，

得有人出面具体操作。

婚姻既定，依礼双方不便见面，所以有把邢岫烟接出贾府的想法。

此宝钗，眼观六路耳听八方，几乎无所不知。其体贴接济岫烟，是广交朋友之举。曾不止一次助济湘云，用心一也。

宝钗倒暗中每相体贴接济，也不敢与邢夫人知道，亦恐多心闲话之故耳。如今却出人意料之外奇缘作成这门亲事。岫烟心中先取中宝钗，然后方取薛蝌。有时岫烟仍与宝钗闲话，宝钗仍以姊妹相呼。

　　这日宝钗因来瞧黛玉，恰值岫烟也来瞧黛玉，二人在半路相遇。宝钗含笑唤他到跟前，二人同走至一块石壁后，宝钗笑问他：“这天还冷的很，你怎么倒全换了夹的？”岫烟见问，低头不答。宝钗便知道又有了原故，因又笑问道：“必定是这个月的月钱又没得。凤丫头如今也这样没心没计了。”岫烟道：“他倒想着不错日子给，因姑妈打发人和我说，一个月用不了二两银子，叫我省一两给爹妈送出去，要使什么，横竖有二姐姐的东西，能着些儿搭着就使了。姐姐想，二姐姐也是个老实人，也不大留心，我使他的东西，他虽不说什么，他那些妈妈丫头，那一个是省事的，那一个是嘴里不尖的？我虽在那屋里，却不敢很使他们，过三天五天，我倒得拿出钱来给他们打酒买点心吃才好。因一月二两银子还不够使，如今又去了一两。前儿我悄悄的把绵衣服叫人当了几吊钱盘缠。”

　　宝钗听了，愁眉叹道：“偏梅家又合家在任上，后年才进来。若是在这里，琴儿过去了，好再商议你这事。离了这里就完了。如今不先完了他妹妹的事，也断不敢先娶亲的。如今倒是一件难事。再迟两年，又怕你熬煎出病来。等我和妈再商议，有人欺负你，你只管耐些烦儿，千万别自己熬煎出病来。不如把那一两银子明儿也越性给了他们，倒都歇心。你以后也不用白给那些人东西吃，他尖刺让他们去尖刺，很听不过了，各人走开。倘或短了什么，你别存那小家儿女气，只管找我去。并不是作亲后方如此，你一来时咱们就好的。便怕人闲话，你打发小丫头悄悄的和我说去就是了。”岫烟低头答应了。

　　宝钗又指他裙上一个碧玉珮问道：“这是谁给你的？”岫烟道：“这是三姐姐给的。”宝钗点头笑道：“他见人人皆有，独你

既成“一家人”，自然更加细心关照。

邢夫人之鄙吝一至于此。

奴仆也“欺生”，可恶！

得先把宝琴的婚事办完。

一个没有，怕人笑话，故此送你一个。这是他聪明细致之处。但还有一句话你也要知道，这些妆饰原出于大官富贵之家的小姐，你看我从头至脚可有这些富丽闲妆？然七八年之先，我也是这样来的，如今一时比不得一时了，所以我都自己该省的就省了。将来你这一到了我们家，这些没有用的东西，只怕还有一箱子。咱们如今比不得他们了，总要一色从实守分为主，不比他们才是。"岫烟笑道："姐姐既这样说，我回去摘了就是了。"宝钗忙笑道："你也太听说了。这是他好意送你，你不佩着，他岂不疑心。我不过是偶然提到这里，以后知道就是了。"

岫烟忙又答应，又问："姐姐此时那里去？"宝钗道："我到潇湘馆去。你且回去把那当票叫丫头送来，我那里悄悄的取出来，晚上再悄悄的送给你去，早晚好穿，不然风扇了事大。但不知当在那里了？"岫烟道："叫作'恒舒典'，是鼓楼西大街的。"宝钗笑道："这闹在一家去了。伙计们倘或知道了，好说'人没过来，衣裳先过来'了。"岫烟听说，便知是他家的本钱，也不觉红了脸一笑，二人走开。

宝钗就往潇湘馆来。正值他母亲也来瞧黛玉，正说闲话呢。宝钗笑道："妈多早晚来的？我竟不知道。"薛姨妈道："我这几天连日忙，总没来瞧瞧宝玉和他。所以今儿瞧他二个，都也好了。"黛玉忙让宝钗坐了，因向宝钗道："天下的事真是人想不到的，怎么想的到姨妈和大舅母又作一门亲家。"薛姨妈道："我的儿，你们女孩家那里知道，自古道'千里姻缘一线牵'。管姻缘的有一位月下老人，预先注定，暗里只用一根红丝把这两个人的脚绊住，凭你两家隔着海，隔着国，有世仇的，也终久有机会作了夫妇。这一件事都是出人意料之外，凭父母本人都愿意了，或是年年在一处的，以为是定了的亲事，若月下老人不用红线拴的，再不能到一处。比如你姐妹两个的婚姻，此刻也不知在眼前，也不知在山南海北呢。"

宝钗道："惟有妈，说动话就拉上我们。"一面说，一面伏在他母亲怀里笑说："咱们走罢。"黛玉笑道："你瞧，这么大了，离了姨妈他就是个最老道的，见了姨妈他就撒娇儿。"薛姨妈用手摩弄着宝钗，叹向黛玉道："你这姐姐就和凤哥儿在老太太跟前一样，有了正经事，就和他商量，没了事，幸亏他开开我的心。我见了他这样，有多少愁不散的。"黛玉听说，流泪叹道："他偏在这里这样，分明是气我没娘的人，故意来刺我的眼。"宝钗笑道："妈瞧他轻狂，倒说我撒娇儿。"

薛姨妈道："也怨不得他伤心，可怜没父母，到底没个亲人。"又摩娑黛玉笑道："好孩子别哭。你见我疼你姐姐你伤心了，你不知我心里更疼你呢。你姐姐虽没了父亲，到底有我，有亲哥哥，这就比你强了。我每每和你姐姐说，心里很疼你，只是外头不好带出来的。你这里人多口杂，说好话的人少，说歹话的人多，不说你无依无靠，为人作人配人疼，只说我们看老太太疼你了，我们也沾上水去了。"

黛玉笑道："姨妈既这么说，我明日就认姨妈做娘，姨妈若是弃嫌不认，便是假意疼我了。"薛姨妈道："你不厌我，就认了才好。"宝钗忙道："认不得的。"黛玉道："怎么认不得？"宝钗笑问道："我且问你，我哥哥还没定亲事，为什么反将邢妹妹先说与我兄弟了，是什么道理？"黛玉道："他不在家，或是属相生日不对，所以先说与兄弟了。"宝钗笑道："非也。我哥哥已经相准了，只等来家就下定了，也不必提出人来，我方才说你认不得娘，你细想去。"说着，便和他母亲挤眼儿发笑。

黛玉听了，便也一头伏在薛姨妈身上，说道："姨妈不打他我不依。"薛姨妈忙也搂他笑道："你别信你姐姐的话，他是顽你呢。"宝钗笑道："真个的，妈明儿和老太太求了他作媳妇，岂不比外头寻的好？"黛玉便够上来要抓他，口内笑说："你越发疯了。"薛姨妈忙也笑劝，用手分开方罢。因又向宝钗道："连邢女儿我还怕你哥哥遭踏了他，所以给你兄弟说了。别说这孩子，我也断不肯给他。前儿老太太因要把你妹妹说给宝玉，偏生又有了

在黛玉面前"秀"母女亲情，未免造作。姚燮评："不堪为林姑娘见着。"安知不是做给黛玉看的？黛玉之言，并非没有道理。

薛姨妈说心里更疼黛玉，你信吗？

可怜黛玉，孤苦无依，渴望亲情，竟认薛姨妈为娘。从此，黛玉再也没有丝毫"提防"宝钗、薛姨妈夺婚之心，"金玉良缘"得以无阻碍地谋划进展了。

偏说薛蟠"相准"林黛玉，恶。

人家，不然倒是一门好亲。前儿我说定了邢女儿，老太太还取笑说：'我原要说他的人，谁知他的人没到手，倒被他说了我们的一个去了。'虽是顽话，细想来倒有些意思。我想宝琴虽有了人家，我虽没人可给，难道一句话也不说。我想着，你宝兄弟老太太那样疼他，他又生的那样，若要外头说去，老太太断不中意。不如竟把你林妹妹定与他，岂不四角俱全？"

林黛玉先还怔怔的，听后来见说到自己身上，便啐了宝钗一口，红了脸，拉着宝钗笑道："我只打你！你为什么招出姨妈这些老没正经的话来？"宝钗笑道："这可奇了！妈说你，为什么打我？"紫鹃忙也跑来笑道："姨太太既有这主意，为什么不和太太说去？"薛姨妈哈哈笑道："你这孩子，急什么，想必催着你姑娘出了阁，你也要早些寻一个小女婿去了。"紫鹃听了，也红了脸，笑道："姨太太真个倚老卖老的起来。"说着，便转身去了。黛玉先骂："又与你这蹄子什么相干？"后来见了这样，也笑起来说："阿弥陀佛！该，该，该！也臊了一鼻子灰去了！"薛姨妈母女及屋内婆子丫鬟都笑起来。婆子们因也笑道："姨太太虽是顽话，却倒也不差呢。到闲了时和老太太一商议，姨太太竟做媒保成这门亲事是千妥万妥的。"薛姨妈道："我一出这主意，老太太必喜欢的。"

一语未了，忽见湘云走来，手里拿着一张当票，口内笑道："这是个帐篇子？"黛玉瞧了，也不认得。地下婆子们都笑道："这可是一件奇货，这个乖可不是白教人的。"宝钗忙一把接了，看时，就是岫烟才说的当票，忙折了起来。

薛姨妈忙说："那必定是那个妈妈的当票子失落了，回来急的他们找。那里得的？"湘云道："什么是当票子？"众人都笑道："真真是个呆子，连个当票子也不知道。"薛姨妈叹道："怨不得他，真真是侯门千金，而且又小，那里知道这个？那里去有这个？便是家下人有这个，他如何得见？别笑他呆子，若给你们家的小姐们看了，也都成了呆子。"众婆子笑道："林姑娘方才也不认得，别说姑娘们。此刻宝玉他倒是外头常走出去的，只怕也还没见过呢。"薛姨妈忙将原故讲明。

湘云黛玉二人听了，方笑道："原来为此。人也太会想钱了，姨妈家的当铺也有这个不成？"众人笑道："这又呆了。'天下老鸹一般黑'，岂有两样的？"薛姨妈因又问是那里拣的？湘云方欲说时，宝钗忙说："是一张死了没用的，不知那年勾了帐的，香菱拿着哄他们玩的。"薛姨妈听了此话是真，也就不问了。一时人来回："那府里大奶奶过来请姨太太说话呢。"薛姨妈起身去了。

这里屋内无人时，宝钗方问湘云何处捡的。湘云笑道："我见你令弟媳的丫头篆儿悄悄的递与莺儿。莺儿便随手夹在书里，只当我没看见。我等他们出去了，我偷着看，竟不认得。知道你们都在这里，所以拿来大家认认。"黛玉忙问："怎么，他也当衣裳不成？既当了，怎么又给你去？"宝钗见问，不好隐瞒他两个，遂将方才之事都告诉了他二人。

黛玉便说"兔死狐悲，物伤其类"，不免感叹起来。史湘云便动了气说："等我问着二姐姐去！我骂那起老婆子丫头一顿，给你们出气何如？"说着，便要走。宝钗忙一把拉住，笑道："你又发疯了，还不给我坐着呢。"黛玉笑道："你要是个男人，出去打一个抱不平儿。你又充什么荆轲聂政，真真好笑。"湘云道："既不叫我问他去，明儿也把他接到咱们苑里一处住去，岂不好？"宝钗笑道："明日再商量。"说着，人报："三姑娘四姑娘来了。"三人听了，忙掩了口不提此事。要知端的，且听下回分解。

【回后评】

读此回书，仍不能不遵循"虚实互解"的原则，同时要有"对义互解"的思路。这里，说紫鹃着一"慧"字，说姨妈着一"慈"字。《蔡义江新评红楼梦》之"总评"中有一段话："续作

右侧批注：
"太会想钱了"，"天下老鸹一般黑"，无形中刺了一下薛家。

湘云义勇，但可惜是一女儿身。

者和一些评论者，都对薛姨妈有贬语微词，以为她有心藏奸，言行虚伪，势利而糊涂。这是很不公平的。若从偏见看问题，则本回回目'慈姨妈爱语慰痴颦'就必须改成'奸姨妈假语诓痴颦'才符合实际了。这显然不是作者的本意。"

解读小说，原本就难免见仁见智，很难说谁的见解就是"偏见"。当然要探寻"作者的本意"，这是文本解读之根。而探索作者本意，除了有时需参照某些"背景"，基本的途径就是研读文本自身。文本，一词一句，一章一节，就摆在那里，真看懂了，就容易把握作者的本意了。但真要"看懂"也不容易，所以要探究文本表达的规律，要依据文本之规律整顿阅读的思维路线。

这里，首先还是"虚实互解"。"慧"也好，"慈"也好，都是概括语，是"虚"，其具体的含义，要据"实"以解之，这"实"就是文本讲述的人物的具体言行。

我们先来看"慧"字。

回目标示紫鹃为"慧"，其具体表现不过是：因"燕窝"引出黛玉"回家"的话题，是为"试"玉之始；宝玉不信，则依理而言，说林家非寒族，黛玉归家势在必行，且告之归期大致已定，以释宝玉之疑；再动之以眼前事实——黛玉已在打点旧物，以坚宝玉之信。如此，骗得宝玉之心，致使其"头顶上像响了一个焦雷一般"。编几句谎话，最多算是些小聪明，哪里说得上一个"慧"字。

实际上此一"慧"字，恰是"慧"的反面：张新之谓之以"莽"，是不错的。宝黛之情笃，自三十二回"诉肺腑"已众人皆知，何必"试"之？宝玉有情痴之呆症，怎可轻易"试"之？宝黛姻亲之障碍，就在无人"做主"，紫鹃始终抓不到这个根本，意在帮忙反而添乱，宝黛大受其苦，自己也备受责难。这样害人害己，其"慧"何在？最多算得上是"愚忠"吧。这就是语言表达中的"反语"，是语正而意反。

根据"对义互解"思路，回目两句对偶，上句是用"反语"，下句也应是反语。字面所谓"慈"者,作者实际要说的恰恰是"险"是"恶"。薛姨妈说比疼宝钗更疼黛玉,自难以置信。而黛玉由于渴望亲情而误入姨妈之怀,相信姨妈之言,是彻底放弃对其夺婚的警惕,而把希望寄托在姨妈所谓"月下老人"身上,是"痴"。所谓"慰"者,实为"迷"也,"惑"也。而那个"痴"字则从另一面作了暗示。

这种表达方式,也与全书的"真假"之辨相吻合:紫鹃所言是假,宝玉信以为真;姨妈所言是假,黛玉信以为真。两个主角都遭受着同样的折磨。

从全局看,此回书的逻辑是以邢薛婚姻之易反衬宝黛婚姻之难,从而体现这一婚事关键:有人做主,有人"张罗",婚姻就易成,反之则难就。是为以宾衬主。宝黛婚姻的障碍不在于二人之间的情感,而在于无人出来做主,即所谓"父母之命,媒妁之言"。偏偏在两个条件上出了问题:黛玉父母双亡,宝玉之祖母又犹疑不决;薛姨妈应是适合的媒妁,但她抱定"金玉良缘"的信念,怎么可能成就"木石前盟"呢?

第五十八回

杏子阴假凤泣虚凰

茜纱窗真情揆痴理

用清明烧纸徐徐引入园内烧纸，较之前文用燕窝隔回照应，别有草蛇灰线之趣，令人不觉。

大观园里各得其乐，山石背后悲泣谁知

回目上句说的是戏班子里藕官与菂官的关系：凤凰，一雄一雌，可喻指夫妻。藕官（小生）与菂官（小旦），在舞台上经常扮演夫妻，日久生情，即如"假夫妻"。菂官已死，藕官烧纸祭奠她，故称"假凤泣虚凰"。下句，"真情"说的是藕官与菂官、蕊官的关系：菂官死后，藕官乃与蕊官扮演夫妻，两人情谊也不错。当听到芳官诉说藕官烧纸的情由后，宝玉则因情揆【推究】理，阐发了一通情之真谛在于"诚"的道理。

本回书所写故事的发生有一个特殊背景：一个老太妃死了，贾母、邢、王、尤、许婆媳祖孙等皆每日入朝随祭，还要送灵到墓地，往来得一月光景。而凡有爵之家，一年内不得筵宴音乐，于是就想遣散梨香院的小戏子。但芳官、藕官、蕊官等都自愿留在府内当差，梨香院内伏侍的众婆子也一并散在园内听使。

这天，宝玉要去瞧林黛玉，路上见杏树已然"绿叶成荫子满枝"，想到岫烟即将出嫁，就不免伤心；忽有一只鸟落于枝上乱啼，宝玉又觉得那是"啼哭之声"。正胡思间，忽有一股火光从山石那边发出，宝玉吃了一大惊。原来是藕官烧纸。这是犯忌的。一个婆子要拉她去见管家的奶奶，宝玉保护那藕官，反赖了那婆子一大堆不是。原来，藕官是在祭奠死去的菂官：两人在舞台上常扮演夫妻，日久生情，日常饮食起坐，两个人也是你恩我爱起来。菂官一死，藕官哭得死去活来，至今不忘。宝玉听后大为感慨："天既生这样人，又何用我这须眉浊物玷辱世界。"他又嘱咐藕官：祭祀只在"诚心"二字，以后断不可烧纸钱。以后逢时按节，只备一个炉，到日随便焚香，一心诚虔，就可感格【感于此而达于彼】了。

以上是本回故事的主脉，中间还用了许多笔墨写芳官。

芳官是被分到怡红院当差的。这天她干妈（原在梨香院照管她的婆子）让她用自己女儿用过的水洗头，芳官不满，吵了起来。最后麝月一番唇枪舌剑，羞辱了这婆子一顿，并威胁要把她撵出去，婆子只好屈服。因为宝玉喜欢芳官，袭人、晴雯对她也都有照顾，这芳官就成了可以贴身伺候宝玉的小丫头了。而她的那个干妈，连进入宝玉房间的资格都没有——在那里，奴才的等级也是很严格的。

话说他三人因见探春等进来，忙将此话掩住不提。探春等问候过，大家说笑了一会方散。

谁知上回所表的那位老太妃已薨，凡诰命等皆入朝随班按爵守制。敕谕天下：凡有爵之家，一年内不得筵宴音乐，庶民皆三月不得婚嫁。贾母、邢、王、尤、许婆媳祖孙等皆每日入朝随祭，至未正【下午两点】以后方回。在大内偏宫二十一日后，方请灵入先陵，地名曰孝慈县。这陵离都来往得十来日之功，如今请灵至此，还要停放数日，方入地宫，故得一月光景。宁府贾珍夫妻二人，也少不得是要去的。

两府无人，因此大家计议，家中无主，便报了尤氏产育，将他腾挪出来，协理荣宁两处事体。因又托了薛姨妈在园内照管他姊妹丫鬟。薛姨妈只得也挪进园来。因宝钗处有湘云香菱；李纨处目今李婶母女虽去，然有时亦来住三五日不定，贾母又将宝琴送与他去照管；迎春处有岫烟；探春因家务冗杂，且不时有赵姨娘与贾环来嘈聒，甚不方便；惜春处房屋狭小；况贾母又千叮咛万嘱咐托他照管林黛玉，薛姨妈素习也最怜爱他的，今既巧遇这事，便挪至潇湘馆来和黛玉同房，一应药饵饮食十分经心。黛玉感戴不尽，以后便亦如宝钗之呼，连宝钗前亦直以姐姐呼之，宝

皇家一个老太婆死了，"有爵之家"都是奴才，活该"守制"，谁让他们是利益共同体？可"庶民"凭什么"三月不得婚嫁"？"率土之滨，莫非王臣"，就这么霸道！

向朝廷撒谎请"产假"，不"忠"！

张新之评："引虎自卫。"洪秋蕃评："居然吴越一家矣。然夫差坦率，而长颈鸟喙之勾践则非好相识也。"张俊、沈治钧评："从此'双峰并峙'，诚一时之盛也。"王蒙评："又近了一步，为何要近成这个样子，能解释得清楚吗？反正解释成黛玉中计是太简单化了。也许'红'要写的正是这种解不开的'理还乱'吧。"

琴前直以妹妹呼之，俨似同胞共出，较诸人更似亲切。

贾母见如此，也十分喜悦放心。薛姨妈只不过照管他姊妹，禁约得丫头辈，一应家中大小事务也不肯多口。尤氏虽天天过来，也不过应名点卯，亦不肯乱作威福，且他家内上下也只剩他一个料理，再者每日还要照管贾母王夫人的下处一应所需饮馔铺设之物，所以也甚操劳。

进入本回书正题。此为概述，下一一展开。

当下荣宁两处主人既如此不暇，并两处执事人等，或有人跟随入朝的，或有朝外照理下处事务的，又有先踮踏下处的，也都各各忙乱。因此两处下人无了正经头绪，也都偷安，或乘隙结党，与权暂执事者窃弄威福。荣府只留得赖大并几个管事照管外务。这赖大手下常用几个人已去，虽另委人，都是些生的，只觉不顺手。且他们无知，或赚骗无节，或呈告无据，或举荐无因，种种不善，在在生事，也难备述。

小戏子，王蒙称之为"文艺工作者"。

又见各官宦家，凡养优伶男女者，一概蠲免遣发，尤氏等便议定，待王夫人回家回明，也欲遣发十二个女孩子，又说："这些人原是买的，如今虽不学唱，尽可留着使唤，令其教习们自去也罢了。"王夫人因说："这学戏的倒比不得使唤的，他们也是好人家的儿女，因无能卖了做这事，装丑弄鬼的几年。如今有这机会，不如给他们几两银子盘费，各自去罢。当日祖宗手里都是有这例的。咱们如今损阴坏德，而且还小器。如今虽有几个老的还在，那是他们各有原故，不肯回去的，所以才留下使唤，大了配了咱们家的小厮们了。"尤氏道："如今我们也去问他十二个，有愿意回去的，就带了信儿，叫上父母来亲自来领回去，给他们几两银子盘缠方妥当。若不叫上他父母亲人来，只怕有混帐人顶名冒领出去又转卖了，岂不辜负了这恩典。若有不愿意回去的，就留下。"王夫人笑道："这话妥当。"

此是王夫人"善心"，也是祖宗老例。但看她后来对芳官的处理（七十七回），对她的"善心"就不得不另作思考。

尤氏等又遣人告诉了凤姐儿。一面说与总理房中，每教习给银八两，令其自便。凡梨香院一应物件，查清注册收明，派人上夜。将十二个女孩子叫来面问，倒有一多半不愿意回家的：也有说父母

王蒙评："也是宁做奴隶。"

虽有，他只以卖我们为事，这一去还被他卖了；也有说父母已亡，或被叔伯兄弟所卖的；也有说无人可投的；也有说恋恩不舍的。所愿去者止四五人。王夫人听了，只得留下。将去者四五人皆令其干娘领回家去，单等他亲父母来领；将不愿去者分散在园中使唤。

贾母便留下文官自使，将正旦芳官指与宝玉，将小旦蕊官送了宝钗，将小生藕官指与了黛玉，将大花面葵官送了湘云，将小花面荳官送了宝琴，将老外艾官送了探春，尤氏便讨了老旦茄官去。当下各得其所，就如倦鸟出笼，每日园中游戏。众人皆知他们不能针黹，不惯使用，皆不大责备。其中或有一二个知事的，愁将来无应时之技，亦将本技丢开，便学起针黹纺绩女工诸务。

比在梨香院自由了。

一日正是朝中大祭，贾母等五更便去了，先到下处用些点心小食，然后入朝。早祭已毕，方退至下处，用过早饭，略歇片刻，复入朝待中晚二祭完毕，方出至下处歇息，用过晚饭方回家。可巧这下处乃是一个大官的家庙，乃比丘尼焚修，房舍极多极净。东西二院，荣府便赁了东院，北静王府便赁了西院。太妃少妃每日宴息，见贾母等在东院，彼此同出同入，都有照应。外面细事不消细述。

贾母年逾七旬，不得不尔。

北静王与贾府关系密切，这对贾府很重要。

且说大观园中因贾母王夫人天天不在家内，又送灵去一月方回，各丫鬟婆子皆有闲空，多在园中游玩。更又将梨香院内服侍的众婆子一概撤回，并散在园内听使，更觉园内人多了几十个。因文官等一干人或心性高傲，或倚势凌下，或拣衣挑食，或口角锋芒，大概不安分守理者多。因此众婆子无不含怨，只是口中不敢与他们分证。如今散了学，大家称了愿，也有丢开手的，也有心地狭窄犹怀旧怨的，因将众人皆分在各房名下，不敢来厮侵。

王蒙评："实是文艺工作者的通病。"

可巧这日乃是清明之日，贾琏已备下年例祭祀，带领贾环、贾琮、贾兰三人去往铁槛寺祭柩烧纸。宁府贾蓉也同族中几人各办祭祀前往。因宝玉未大愈，故不曾去得。饭后发倦，袭人因说："天气甚好，你且出去逛逛，省得丢下粥碗就睡，存在心里。"宝玉听说，只得拄了一支杖，靸着鞋，步出院外。

拄杖靸鞋，真是病态。但其"杖"还有别的作用。

探春"改革"见成效。

既能动，总要去瞧黛玉。这是第一个"结"。

未见黛玉，先见"杏"。感物怀人，树犹如此！宝玉诚一情痴也。

张俊、沈治钧评："一片非想，顿入幻境，恍如庄蝶，物我两忘，觉悟人生。"鸟犹如此，人何以堪！

未见黛玉，又见藕官烧纸：第一个"结"尚未解开，就嵌入第二个"结"。火光惊人，那喊叫声也够惊人。见到藕官烧纸，宝玉但问其故，绝无责罚意。而"其故"不言，此一悬念一直悬到结尾部分。

因近日将园中分与众婆子料理，各司各业，皆在忙时，也有修竹的，也有刜【wū，除田草的刀，这里作动词用】树的，也有栽花的，也有种豆的，池中又有驾娘们行着船夹泥种藕。香菱、湘云、宝琴与丫鬟等都坐在山石上，瞧他们取乐。宝玉也慢慢行来。湘云见了他来，忙笑说："快把这船打出去，他们是接林妹妹的。"众人都笑起来。宝玉红了脸，也笑道："人家的病，谁是好意的，你也形容着取笑儿。"湘云笑道："病也比人家另一样，原招笑儿，反说起人来。"说着，宝玉便也坐下，看着众人忙乱了一回。湘云因说："这里有风，石头上又冷，坐坐去罢。"

宝玉便也正要去瞧林黛玉，便起身拄拐辞了他们，从沁芳桥一带堤上走来。只见柳垂金线，桃吐丹霞，山石之后，一株大杏树，花已全落，叶稠阴翠，上面已结了豆子大小的许多小杏。宝玉因想道："能病了几天，竟把杏花辜负了！不觉已到'绿叶成荫子满枝'了！"因此仰望杏子不舍。又想起邢岫烟已择了夫婿一事，虽说是男女大事，不可不行，但未免又少了一个好女儿。不过两年，便也要"绿叶成荫子满枝"了。再过几日，这杏树子落枝空，再几年，岫烟未免乌发如银，红颜似槁了，因此不免伤心，只管对杏流泪叹息。

正悲叹时，忽有一个雀儿飞来，落于枝上乱啼。宝玉又发了呆性，心下想道："这雀儿必定是杏花正开时他曾来过，今见无花空有子叶，故也乱啼。这声韵必是啼哭之声，可恨公冶长不在眼前，不能问他。但不知明年再发时，这个雀儿可还记得飞到这里来与杏花一会了？"

正胡思间，忽见一股火光从山石那边发出，将雀儿惊飞。宝玉吃一大惊，又听那边有人喊道："藕官，你要死，怎弄些纸钱进来烧？我回去回奶奶们去，仔细你的肉！"宝玉听了，益发疑惑起来，忙转过山石看时，只见藕官满面泪痕，蹲在那里，手里还拿着火，守着些纸钱灰作悲。宝玉忙问道："你与谁烧纸钱？快不要在这里烧。你或是为父母兄弟，你告诉我姓名，外头去叫小厮们打了包袱写上名姓去烧。"藕官见了宝玉，只不作一声。

宝玉数问不答，忽见一婆子恶狠狠走来拉藕官，口内说道："我已经回了奶奶们了，奶奶气的了不得。"藕官听了，终是孩气，怕辱没了没脸，便不肯去。婆子道："我说你们别太兴头过馀了，如今还比你们在外头随心乱闹呢。这是尺寸地方儿。"指宝玉道："连我们的爷还守规矩呢，你是什么阿物儿，跑来胡闹。怕也不中用，跟我快走罢！"

宝玉忙道："他并没烧纸钱，原是林妹妹叫他来烧那烂字纸的。你没看真，反错告了他。"藕官正没了主意，见了宝玉，也正添了畏惧，忽听他反掩饰，心内转忧成喜，也便硬着口说道："你很看真是纸钱了么？我烧的是林姑娘写坏了的字纸！"那婆子听如此，亦发狠起来，便弯腰向纸灰中拣那不曾化尽的遗纸，拣了两点在手内，说道："你还嘴硬，有据有证在这里。我只和你厅上讲去！"说着，拉了袖子，就拽着要走。

宝玉忙把藕官拉住，用拄杖敲开那婆子的手，说道："你只管拿了那个回去。实告诉你：我昨夜作了一个梦，梦见杏花神和我要一挂白纸钱，不可叫本房人烧，要一个生人替我烧了，我的病就好的快。所以我请了这白钱，巴巴儿的和林姑娘烦了他来，替我烧了祝赞。原不许一个人知道的，所以我今日才能起来，偏你看见了。我这会子又不好了，都是你冲了！你还要告他去。藕官，只管去，见了他们你就照依我这话说。等老太太回来，我就说他故意来冲神祇，保祐我早死。"

藕官听了，益发得了主意，反倒拉着婆子要走。那婆子听了这话，忙丢下纸钱，陪笑央告宝玉道："我原不知道，二爷若回了老太太，我这老婆子岂不完了？我如今回奶奶们去，就说是爷祭神，我看错了。"宝玉道："你也不许再回去了，我便不说。"婆子道："我已经回了，叫我来带他，我怎好不回去的。也罢，就说我已经叫到了他，林姑娘叫了去了。"宝玉想一想，方点头应允。那婆子只得去了。

这是有规矩的地方！婆子有理。藕官一旦被送到"奶奶们"面前，至少皮肉受苦。

宝玉不问"是非"，只管袒护。第一个善意的谎言被婆子揭穿，藕官危矣！

宝玉手里的拄杖发挥作用——"敲开那婆子的手"，又编了第二个善意的谎言，反守为攻，这一手厉害。

婆子认输，藕官躲过一罚。
宝玉之爱，遍及大观园，贾府没有第二人可比。

到底为谁烧纸？这是隐私，托你护庇之情，可以让你知道，但又不便"面说"，请去问芳官。

一个"益发瘦的可怜"，一个"比先大瘦了"，互见互评，多少体贴，多少伤感，何须多言！

第一个"结"解开。

惦记问芳官，"偏有湘云香菱来了"，仍不得问。

还未及问，芳官又跟干娘吵起来了。

芳官干娘即何妈，而春燕即何妈之亲女。

王蒙评："我们有鄙薄艺术从业人员的悠久传统。"

对芳官，三个人三种态度：晴雯自己"狂"因而嫌她人"狂"，袭人要息事宁人则各打五十大板，宝玉作护花使者则庇护芳官。

宝玉之体贴，不停留在口头，而是立即采取行动。袭人遵旨。

这里宝玉问他："到底是为谁烧纸？我想来若是为父母兄弟，你们皆烦人外头烧过了，这里烧这几张，必有私自的情理。"藕官因方才护庇之情感激于衷，便知他是自己一流的人物，便含泪说道："我这事，除了你屋里的芳官并宝姑娘的蕊官，并没第三个人知道。今日被你遇见，又有这段意思，少不得也告诉了你，只不许再对人言讲。"又哭道："我也不便和你面说，你只回去背人悄问芳官就知道了。"说毕，佯常而去。

宝玉听了，心下纳闷，只得踱到潇湘馆，瞧黛玉益发瘦的可怜，问起来，比往日已算大愈了。黛玉见他也比先大瘦了，想起往日之事，不免流下泪来，些微谈了谈，便催宝玉去歇息调养。宝玉只得回来。因记挂着要问芳官那原委，偏有湘云香菱来了，正和袭人芳官说笑，不好叫他，恐人又盘诘，只得耐着。

一时芳官又跟了他干娘去洗头。他干娘偏又先叫了他亲女儿洗过了后，才叫芳官洗。芳官见了这般，便说他偏心，"把你女儿剩水给我洗。我一个月的月钱都是你拿着，沾我的光不算，反倒给我剩东剩西的。"他干娘羞愧变成恼，便骂他："不识抬举的东西！怪不得人人说戏子没一个好缠的。凭你甚么好人，入了这一行，都弄坏了。这一点子屁崽子，也挑幺挑六，咸嘴淡舌，咬群的骡子似的！"娘儿两个吵起来。

袭人忙打发人去说："少乱嚷，瞅着老太太不在家，一个个连句安静话也不说了。"晴雯因说："都是芳官不省事，不知狂的什么，也不过是会两出戏，倒像杀了贼王、擒了反叛来的。"袭人道："一个巴掌拍不响，老的也太不公些，小的也太可恶些。"宝玉道："怨不得芳官。自古说'物不平则鸣'。他少亲失眷的，在这里没人照看，赚了他的钱。又作践他，如何怪得。"因又向袭人道："他一月多少钱？以后不如你收了过来照管他，岂不省事？"袭人道："我要照看他那里不照看了，又要他那几个钱才照看他？没的讨人骂去了。"说着，便起身至那屋里取了一瓶花露油并些鸡卵、香皂、头绳之类，叫一个婆子来送给芳官去，叫他另要水自洗，不要吵闹了。

他干娘益发羞愧，便说芳官"没良心，花掰我克扣你的钱。"便向他身上拍了几把，芳官便哭起来。宝玉便走出，袭人忙劝："作什么？我去说他。"晴雯忙先过来，指他干娘说道："你老人家太不省事。你不给他洗头的东西，我们饶给他东西，你不自臊，还有脸打他。他要还在学里学艺，你也敢打他不成！"那婆子便说："一日叫娘，终身是母。他排场我，我就打得！"

袭人唤麝月道："我不会和人拌嘴，晴雯性太急，你快过去震吓他两句。"麝月听了，忙过来说道："你且别嚷。我且问你，别说我们这一处，你看满园子里，谁在主子屋里教导过女儿的？便是你的亲女儿，既分了房，有了主子，自有主子打得骂得，再者大些的姑娘姐姐们打得骂得，谁许老子娘又半中间管闲事了？都这样管，又要叫他们跟着我们学什么？越老越没了规矩！你见前儿坠儿的娘来吵，你也来跟他学？你们放心，因连日这个病那个病，老太太又不得闲心，所以我没回。等两日闲了，咱们痛快回一回，大家把威风煞一煞儿才好。宝玉才好了些，连我们也不敢大声说话，你反打的人狼号鬼叫的。上头能出了几日门，你们就无法无天的，眼睛里没了我们，再两天你们就该打我们了。他不要你这干娘，怕粪草埋了他不成？"宝玉恨的用挂杖敲着门槛子说道："这些老婆子都是些铁心石头肠子，也是件大奇的事。不能照看，反倒折挫，天长地久，如何是好！"晴雯道："什么'如何是好'，都撵了出去，不要这些中看不中吃的！"那婆子羞愧难当，一言不发。

那芳官只穿着海棠红的小棉袄，底下丝绸撒花裌裤，敞着裤脚，一头乌油似的头发披在脑后，哭的泪人一般。麝月笑道："把一个莺莺小姐，反弄成拷打红娘了！这会子又不妆扮了，还是这么松怠怠的。"宝玉道："他这本来面目极好，倒别弄紧衬了。"晴雯过去拉了他，替他洗净了发，用手巾拧干，松松的挽了一个慵妆髻，命他穿了衣服过这边来了。

晴雯态度转变——是实在看不下去婆子的作为，还是顺宝玉之情？也许二者兼之。

婆子不服，说话也不能说毫无道理。

对方有"理"，如何"震吓"住她？袭人自认"不会"，又怕晴雯性子太急，反会越闹越大，所以派麝月出马。

针对婆子之逻辑，麝月从"规矩"立论，你在主子屋里"教导"女儿就违背了"规矩"，一下子堵住了婆子的嘴；再以坠儿的娘为例，说明不守规矩的下场；再进一步，指出她如此吵闹的后果是影响了宝玉的健康（这一罪名够大）：总之是到了"无法无天"地步，这样的"干娘"不要也好！

结果，婆子"羞愧难当"：为让一个丫鬟如此教训而"羞"，为自己的无知鲁莽而"愧"。

宝玉的"挂杖"也再次发挥作用。

芳官在舞台上是扮演"莺莺"的，所以这样说。

接着司内厨的婆子来问："晚饭有了，可送不送？"小丫头听了，进来问袭人。袭人笑道："方才胡吵了一阵，也没留心听钟几下了。"晴雯道："那劳什子又不知怎么了，又得去收拾。"说着，便拿过表来瞧了一瞧说："略等半钟茶的工夫就是了。"小丫头去了。麝月笑道："提起淘气，芳官也该打几下。昨儿是他摆弄了那坠子，半日就坏了。"说话之间，便将食具打点现成。

一时小丫头子捧了盒子进来站住。晴雯麝月揭开看时，还是只四样小菜。晴雯笑道："已经好了，还不给两样清淡菜吃。这稀饭咸菜闹到多早晚？"一面摆好，一面又看那盒中，却有一碗火腿鲜笋汤，忙端了放在宝玉跟前。宝玉便就桌上喝了一口，说："好烫！"袭人笑道："菩萨，能几日不见荤，馋的这样起来。"一面说，一面忙端起轻轻用口吹。因见芳官在侧，便递与芳官，笑道："你也学着些服侍，别一味呆憨呆睡。口劲轻着，别吹上唾沫星儿。"芳官依言果吹了几口，甚妥。

他干娘也忙端饭在门外伺候。向日芳官等一到时原从外边认的，就同往梨香院去了。这干婆子原系荣府三等人物，不过令其与他们浆洗，皆不曾入内答应，故此不知内帏规矩。今亦托赖他们方入园中，随女归房。这婆子先领过麝月的排场，方知了一二分，生恐不令芳官认他做干娘，便有许多失利之处，故心中只要买转他们。今见芳官吹汤，便忙跑进来笑道："他不老成，仔细打了碗，让我吹罢。"一面说，一面就接。

晴雯忙喊："出去！你让他砸了碗，也轮不到你吹。你什么空儿跑到这里橱子来了？还不出去。"一面又骂小丫头们："瞎了心的，他不知道，你们也不说给他！"小丫头们都说："我们撵他，他不出去；说他，他又不信。如今带累我们受气，你可信了？我们到的地方儿，有你到的一半，还有你一半到不去的呢。何况又跑到我们到不去的地方还不算，又去伸手动嘴的了。"一面说，一面推他出去。阶下几个等空盒家伙的婆子见他出来，都笑道："嫂子也没用镜子照一照，就进去了。"羞的那婆子又恨又气，只得忍耐下去。

　　芳官吹了几口，宝玉笑道："好了，仔细伤了气。你尝一口，可好了？"芳官只当是顽话，只是笑看着袭人等。袭人道："你就尝一口何妨。"晴雯笑道："你瞧我尝。"说着就喝了一口。芳官见如此，自己也便尝了一口，说："好了。"递与宝玉。宝玉喝了半碗，吃了几片笋，又吃了半碗粥就罢了。

一口汤，喝出"身份"。

　　众人拣收出去了。小丫头捧了沐盆，盥漱已毕，袭人等出去吃饭。宝玉使个眼色与芳官，芳官本自伶俐，又学几年戏，何事不知？便装说头疼不吃饭了。袭人道："既不吃饭，你就在屋里作伴儿，把这粥给你留着，一时饿了再吃。"说着，都去了。

　　这里宝玉和他只二人，宝玉便将方才从火光发起，如何见了藕官，又如何谎言护庇，又如何藕官叫我问你，从头至尾，细细的告诉他一遍，又问他祭的果系何人。芳官听了，满面含笑，又叹一口气，说道："这事说来可笑又可叹。"宝玉听了，忙问如何。芳官笑道："你说他祭的是谁？祭的是死了的菂官。"宝玉道："这是友谊，也应当的。"

七波八折，这才有机会让芳官说出藕官烧纸的情由。

　　芳官笑道："那里是友谊？他竟是疯傻的想头，说他自己是小生，菂官是小旦，常做夫妻，虽说是假的，每日那些曲文排场，皆是真正温存体贴之事，故此二人就疯了，虽不做戏，寻常饮食起坐，两个人竟是你恩我爱。菂官一死，他哭的死去活来，至今不忘，所以每节烧纸。后来补了蕊官，我们见他一般的温柔体贴，也曾问他得新弃旧的。他说：'这又有个大道理。比如男子丧了妻，或有必当续弦者，也必要续弦为是。便只是不把死的丢过不提，便是情深意重了。若一味因死的不续，孤守一世，妨了大节，也不是理，死者反不安了。'你说可是又疯又呆？说来可是可笑？"

撇去"同性恋"这一层，这一份"你恩我爱"的情意，确是难得。

　　宝玉听说了这篇呆话，独合了他的呆性，不觉又是欢喜，又是悲叹，又称奇道绝，说："天既生这样人，又何用我这须眉浊物玷辱世界。"因又忙拉芳官嘱道："既如此说，我也有一句话

依世俗眼光看来，是"又疯又呆"。

涉及隐私，不便当面讲。宝玉既被藕官之情所感动，更由此讲出一番大道理：祭奠亡者不在形式，只在一个"敬"字。只要"心诚意洁"，任何方式的祭奠都是好的——最后还要落到实处：告诉藕官不要再烧纸惹祸。

嘱咐他，我若亲对面与他讲未免不便，须得你告诉他。"芳官问何事。宝玉道："以后断不可烧纸钱。这纸钱原是后人异端，不是孔子的遗训。以后逢时按节，只备一个炉，到日随便焚香，一心诚虔，就可感格了。愚人原不知，无论神佛死人，必要分出等例，各式各例的。殊不知只一'诚心'二字为主。即值仓皇流离之日，虽连香亦无，随便有土有草，只以洁净，便可为祭，不独死者享祭，便是神鬼也来享的。你瞧瞧我那案上，只设一炉，不论日期，时常焚香。他们皆不知原故，我心里却各有所因。随便有清茶便供一钟茶，有新水就供一盏水，或有鲜花，或有鲜果，甚至荤羹腥菜，只要心诚意洁，便是佛也都可来享，所以说，只在敬不在虚名。以后快命他不可再烧纸。"芳官听了，便答应着。一时吃过饭，便有人回："老太太、太太回来了。"——

【回后评】

读此回书，想到了鲁迅的一句名言：中国只有两个时代，"一，想做奴隶而不得的时代；二，暂时做稳了奴隶的时代"。套用一下，皇权之下只有两种人：一是想做奴隶而不得的人，二是暂时做稳了奴隶的人。

皇权社会，就是一个层层垒积的宝塔：顶上的是皇上，之下是皇族，之下是权臣……最底层是无权无势的劳动者。这个结构，最适合皇权的统治。因为除了顶层与最底层的，其间的每一层都具有双重性质——既是奴隶又是主子。对上是奴隶，难受；对下是主子，享受。因而大多数人的理想就是守"规矩"，就是"维稳"。只有最底层的因为"想做奴隶而不得"而想改变现状。但他们既缺"文"又缺"武"，他们的所谓"改变现状"大多也只是希望"做稳了奴隶"而已。

贾母，贾府最高统治者，富贵尊荣，颐指气使，主子也。但皇宫里一个老太妃死了，她以七旬之身，得天天"入朝随祭"，还得离家"一月光景"，送那太妃入葬，奴隶也。权衡利弊，贾母，贾府上下，绝对甘愿做这样的奴隶。他们做稳了这样的奴隶，也就做稳了主子。等而下之，就说大观园里的丫鬟、婆子。袭人、晴雯、麝月等，在贾府主人面前，得守规矩，听使唤，一旦有错，或者主人认为有错，就得接受惩罚；而在"小丫头子""老婆子"们面前，她们又有了"地位"，有了"特权"，可以打，可以骂，可以惩罚，俨然"主子"也。如果要让他们离开贾府，摆脱做"奴隶"的身份，他们是绝对不愿意的。在这里，那些"小丫头子"和众"婆子"是最没有尊严而且"地位"最不稳固的一群，也就是"想做奴隶"而有时都"不得"的一群。已经被逼死的有金钏，被"撵出去"的有坠儿，以后还有芳官（晴雯也成了想做奴隶而不得的一个）等。这芳官的干娘现在就处在"岌岌可危"的地步了：麝月说："他不要你这干娘，怕粪草埋了他不成？"这就意味着，她的"干娘"地位或许不保了，吓得她赶紧拍马巴结，不过是想在既有的奴隶地位上能坐稳而已。

在写到贾府遣散戏班征询小演员去留意向时，多数愿意留在贾府。对此，王蒙先生批曰："也是宁愿做奴隶。"其实，这些人实在没有比做奴隶更好的出路，此时此刻，她们担心的是"想做奴隶而不得"。

读《红楼梦》，常常为这样的人生、这样的世态仰天而叹。

从艺术的角度说，这回书所写琐事多多，但读起来行云流水，"琐"而不觉其"碎"。这得益于作者设计的两个"结"，一是宝玉病未痊愈而拄杖出行，他想的是去看黛玉。但未见黛玉先见"杏"，引发了一通人生虚幻的感慨；未及前行，偏又遇到藕官烧纸——为保护藕官颇费了一番口舌。至此，黛玉未见，而藕官为什么烧纸又添一"结"。藕官不答，要宝玉去问芳官。待看过黛玉，再解藕官烧纸之谜。还没有来得及问芳官，湘云、香菱来了；二人走了，偏芳官又和干娘吵起来了。母女矛盾解决了，又该吃饭了。直到袭人等自去吃饭，宝玉才得机会让芳官说出藕官烧纸的所以然。一波一折，牵连而下，"作者一支笔，便如九折坂"（洪秋蕃评），令读者在曲折起伏的文字中获得审美享受。

第五十九回

柳叶渚边嗔莺咤燕

绛云轩里召将飞符

苏堤柳暖，阆苑春浓，兼之晨妆初罢，疏雨梧桐，正可借软草以慰佳人，采奇花以寄公子。不意莺嗔燕怒，陡起波涛；婆子长舌，丫环碎语，群相聚讼，又是一样烘云托月法。

去潇湘路过柳叶渚，巧莺儿折枝编花篮

此回内容承上回书而来，具有过渡的性质。还是两条线并行：一条是老太妃发丧，贾母等送灵；一条是大观园内婆子"作反"。二者之间存在着某种因果关系。回目只标示后者，这是作者要描述的重点。"嗔莺咤燕"是"作反"，"召将飞符"是镇压。

贾母等都给那老太妃送灵去了，贾府内凤姐病着，只有尤氏帮着理事，薛姨妈住到潇湘馆照管姑娘们，于是各处大小人儿都作起反来了。这一天宝钗屋里的莺儿和蕊官去黛玉处讨蔷薇硝，一路上折柳采花编了个花篮送给黛玉，黛玉直夸莺儿手巧。在回去的时候莺儿又采些柳条编起来。此时春燕来了。这个春燕的母亲，就是刚因为洗头跟芳官闹了一场的那个何婆，而她的姨妈就是拉着藕官要去告状的那一位，而莺儿所折之柳偏又属春燕之姑妈所管辖。不过，春燕对自己这两位长辈的作为深不以为然。那姑妈见莺儿折这里的柳枝，心内便不受用。莺儿开玩笑说是春燕摘的让她编，那婆子就对春燕又打又骂，莺儿劝也无用。偏这时春燕的娘来了。她深妒袭人、晴雯一干人，又正为芳官之事怒气未平，又恨春燕不遂他的心，复又看见了他令姊的冤家藕官，四处凑成一股怒气，一听那姑妈告状，便走上来打春燕耳刮子，还指桑骂槐骂了莺儿。那春燕啼哭着往怡红院跑，他娘追了过去。袭人拦着说："三日两头儿打了干的打亲的，还是卖弄你女儿多，还是认真不知王法？"这婆子不听劝，又赶着打。春燕跑到宝玉身边，把方才莺儿等事都说出来。宝玉越发急起来，说："你只在这里闹也罢了，怎么连亲戚也都得罪起来？"麝月见闹得厉害，就令人去叫平儿。平儿有事，就传话："既这样，且撵他出去，告诉了林大娘在角门外打他四十板子就是了。"那婆子一听，立即服软求饶了事。

请平儿，就是回目中的"召将"——贾母等不在家，凤

姐病中，平儿的作用就相当于"大将"了。平儿人未到，但"令"来了，这"令"就是"飞来之符"。符，本意是指古代朝廷传达命令或调兵用的凭证，也指道士用以驱鬼召神的秘密文书。说平儿的话是"符"，意谓有"驱邪"（镇压闹事的婆子）的作用。

话说宝玉听说贾母等回来，遂多添了一件衣服，挂杖前边来，都见过了。贾母等因每日辛苦，都要早些歇息，一宿无话，次日五鼓，又往朝中去。

离送灵日不远，鸳鸯、琥珀、翡翠、玻璃四人都忙着打点贾母之物，玉钏、彩云、彩霞等皆打叠王夫人之物，当面查点与跟随的管事媳妇们。跟随的一共大小六个丫鬟，十个老婆子媳妇子，男人不算。连日收拾驮轿器械。鸳鸯与玉钏儿皆不随去，只看屋子。一面先几日预发帐幔铺陈之物，先有四五个媳妇并几个男人领了出来，坐了几辆车绕道先至下处，铺陈安插等候。

临日，贾母带着蓉妻坐一乘驮轿，王夫人在后亦坐一乘驮轿，贾珍骑马率了众家丁护卫。又有几辆大车与婆子丫鬟等坐，并放些随换的衣包等件。是日薛姨妈尤氏率领诸人直送至大门外方回。贾琏恐路上不便，一面打发了他父母起身赶上贾母王夫人驮轿，自己也随后带领家丁押后跟来。

荣府内赖大添派人丁上夜，将两处厅院都关了，一应出入人等，皆走西边小角门。日落时，便命关了仪门，不放人出入。园中前后东西角门亦皆关锁，只留王夫人大房之后常系他姊妹出入之门，东边通薛姨妈的角门，这两门因在内院，不必关锁。里面鸳鸯和玉钏儿也各将上房关了，自领丫鬟婆子下房去安歇。每日林之孝之妻进来，带领十来个婆子上夜，穿堂内又添了许多小厮

这老太妃发丧，很类似我们说的"面子工程"：花国库的钱，费下人的力，彰显皇家的体面。其特点是大而奢，不计成本图好看。一家如此，一家败；一国如此，一国败。

仅贾府就得投入多少人力物力。但他们与皇家是"共同体"，不管心里怎么想，必须一切"如仪"。

"关"了，"锁"了，朝着"关门大吉"的方向滑去，不可逆转，无法阻挡。

们坐更打梆子，已安插得十分妥当。

一日清晓，宝钗春困已醒，搴帷下榻，微觉轻寒，启户视之，见园中土润苔青，原来五更时落了几点微雨。于是唤起湘云等人来，一面梳洗，湘云因说两腮作痒，恐又犯了杏癣癣，因问宝钗要些蔷薇硝来。宝钗道："前儿剩的都给了妹子。"因说："颦儿配了许多，我正要和他要些，因今年竟没发痒，就忘了。"因命莺儿去取些来。莺儿应了才去时，蕊官便说："我同你去，顺便瞧瞧藕官。"说着，一径同莺儿出了蘅芜苑。

二人你言我语，一面行走，一面说笑，不觉到了柳叶渚，顺着柳堤走来。因见柳叶才吐浅碧，丝若垂金，莺儿便笑道："你会拿着柳条子编东西不会？"蕊官笑道："编什么东西？"莺儿道："什么编不得？顽的使的都可。等我摘些下来，带着这叶子编个花篮儿，采了各色花放在里头，才是好顽呢。"说着，且不去取硝，且伸手挽翠披金，采了许多的嫩条，命蕊官拿着。莺儿一行走一行编花篮，随路见花便采一二枝，编出一个玲珑过梁的篮子。枝上自有本来翠叶满布，将花放上，却也别致有趣。喜的蕊官笑道："姐姐，给了我罢。"莺儿道："这一个咱们送林姑娘，回来咱们再多采些，编几个大家玩。"说着，来至潇湘馆中。

黛玉也正晨妆，见了篮子，便笑说："这个新鲜花篮是谁编的？"莺儿笑说："我编了送姑娘玩的。"黛玉接了笑道："怪道人赞你的手巧，这玩意儿却也别致。"一面瞧了，一面便命紫鹃挂在那里。莺儿又问候了薛姨妈，方和黛玉要硝。黛玉忙命紫鹃包了一包，递与莺儿。黛玉又道："我好了，今日要出去逛逛。你回去说与姐姐，不用过来问候妈了，也不敢劳他来瞧我，梳了头同妈都往你那里去，连饭也端了那里去吃，大家热闹些。"

莺儿答应了出来，便到紫鹃房中找蕊官，只见藕官与蕊官二人正说得高兴，不能相舍，因说："姑娘也去呢，藕官先同我们去等着岂不好？"紫鹃听如此说，便也说道："这话倒是，他这里淘气的也可厌。"一面说，一面便将黛玉的匙箸【勺子筷子】用一块

"蔷薇硝"，是黛玉自己配制的。

藕官与蕊官，也是"假凤与虚凰"。

两个女孩儿，折柳摘花，编篮自乐，纯是青春景象，孰知引来一场争斗。

莺儿手巧。

黛玉直呼宝钗为"姐"，喊薛姨妈为"妈"，似乎找到了自幼缺失的"亲情"而沉浸其中。

到宝钗处吃饭，要把自己用的"匙箸"带过去——有"分餐制"的样子。

洋巾包了，交与藕官道："你先带了这个去，也算一趟差了。"

藕官接了，笑嘻嘻同他二人出来，一径顺着柳堤走来。莺儿便又采些柳条，越性坐在山石上编起来，又命蕊官先送了硝去再来。他二人只顾爱看他编，那里舍得去。莺儿只顾催说："你们再不去，我也不编了。"藕官便说："我同你去了再快回来。"二人方去了。

这里莺儿正编，只见何婆的小女春燕走来，笑问："姐姐编什么呢？"正说着，蕊藕二人也到了。春燕便向藕官道："前儿你到底烧什么纸？被我姨妈看见了，要告你没告成，倒被宝玉赖了他一大些不是，气的他一五一十告诉我妈。你们在外头这二三年积了些什么仇恨，如今还不解开？"藕官冷笑道："有什么仇恨？他们不知足，反怨我们了。在外头这两年，别的东西不算，只算我们的米菜，不知赚了多少家去，合家子吃不了，还有每日买东买西赚的钱在外。逢我们使他们一使儿，就怨天怨地的。你说说可有良心？"

春燕笑道："他是我的姨妈，也不好向着外人反说他的。怨不得宝玉说：'女孩儿未出嫁，是颗无价之宝珠；出了嫁，不知怎么就变出许多的不好的毛病来，虽是颗珠子，却没有光彩宝色，是颗死珠了；再老了，更变的不是珠子，竟是鱼眼睛了。分明一个人，怎么变出三样来？'这话虽是混话，倒也有些不差。别人不知道，只说我妈和姨妈，他老姊妹两个，如今越老了越把钱看的真了。先时老姐儿两个在家抱怨没个差使，没个进益，幸亏有了这园子，把我挑进来，可巧把我分到怡红院。家里省我一个人的费用不算外，每月还有四五百钱的馀剩，这也还说不够。后来老姊妹二人都派到梨香院去照看他们，藕官认了我姨妈，芳官认了我妈，这几年着实宽裕了。如今挪进来也算撒开手了，还只无厌。你说好笑不好笑？我姨妈刚和藕官吵了，接着我妈为洗头就和芳官吵。芳官连要洗头也不给他洗。昨日得月钱，推不去了，买了东西先叫我洗。我想了一想：我自有钱，就没钱

何婆，春燕的娘，芳官的干娘，上一回刚见识过。发现藕官烧纸的婆子是藕官的干娘、春燕的姨妈。

"在外头这两年"，指在梨香院学戏的时候。在那里小演员每人认一个婆子作干娘，照管日常生活。婆子克扣干女儿，故积了"仇恨"。

宝玉之论，是在论"女儿"之一步步变质，实际也揭示了"外因"对人的影响之大。随着年龄的增长和环境的改变，人总会变的。春燕说她妈和姨妈"越老了越把钱看的真了"，一方面有老而易吝的主观因素，另一方面也是生活压力所致。不当家不知柴米贵，大观园的丫鬟小姐哪里懂这个。

通过春燕之口补叙"洗头"之纠纷的详情。如不用互见互评之法，很难"补"得如此自然。

顺便又引出一个"姑娘"，且预示"纠纷"的到来。

宝钗不要花花草草作装饰，连她的住处都"朴素"得让老太太看不下去。

春燕在宝玉房里当差，"姑娘"本不该再使唤她。

要洗时，不管袭人、晴雯、麝月，那一个跟前和他们说一声，也都容易，何必借这个光儿？好没意思。所以我不洗。他又叫我妹妹小鸠儿洗了，才叫芳官，果然就吵起来。接着又要给宝玉吹汤，你说可笑死了人？我见他一进来，我就告诉那些规矩。他只不信，只要强做知道的，足的讨个没趣儿。幸亏园里的人多，没人分记的清楚谁是谁的亲故。若有人记得，只有我们一家人吵，什么意思呢？你这会子又跑来弄这个。这一带地上的东西都是我姑娘【此"娘"字重读】管着，一得了这地方，比得了永远基业还利害，每日早起晚睡，自己辛苦了还不算，每日逼着我们来照看，生恐有人遭踏，又怕误了我的差使。如今进来了，老姑嫂两个照看得谨谨慎慎，一根草也不许人动。你还掐这些花儿，又折他的嫩树，他们即刻就来，仔细他们抱怨。"

莺儿道："别人乱折乱掐使不得，独我使得。自从分了地基之后，每日里各房皆有分例，吃的不用算，单管花草顽意儿。谁管什么，每日谁就把各房里姑娘丫头戴的，必要各色送些折枝的去，还有插瓶的。惟有我们说了：'一概不用送，等要什么再和你们要。'究竟没有要过一次。我今便掐些，他们也不好意思说的。"

一语未了，他姑娘果然拄了拐走来。莺儿春燕等忙让坐。那婆子见采了许多嫩柳，又见藕官等都采了许多鲜花，心内便不受用；看着莺儿编，又不好说什么，便说春燕道："我叫你来照看照看，你就贪住玩不去了。倘或叫起你来，你又说我使你了，拿我做隐身符儿你来乐。"春燕道："你老又使我，又怕，这会子反说我。难道把我劈做八瓣子不成？"

莺儿笑道："姑妈【此处称"姑妈"，与上称"姑娘"同义互解】，你别信小燕的话。这都是他摘下来的，烦我给他编，我撵他，他不去。"春燕笑道："你可少玩儿，你只顾玩儿，他老人家就认真了。"那婆子本是愚顽之辈，兼之年近昏眊，惟利是命，一概情面不管，正心疼肝断，无计可施，听莺儿如此说，便以老卖老，拿起柱杖来向春燕身上击了几下，骂道："小蹄子，我说着你，你还和我强嘴儿呢。你妈恨的牙根痒痒，要撕你的肉吃呢。你还来和我强梗子【义为"嘴硬""犟嘴"。蔡本、周本、冯本都无"强"字。强，jiàng，通"犟"】似的。"打的春燕又愧又急，哭道："莺儿姐姐玩话，你老就认真打我。我妈为什么恨我？我又没烧胡了洗脸水【没做错什么事】，有什么不是！"

莺儿本是玩话，忽见婆子认真动了气，忙上去拉住，笑道："我才是玩话，你老人家打他，我岂不愧？"那婆子道："姑娘，你别管我们的事，难道为姑娘在这里，不许我管孩子不成？"莺儿听见这般蠢话，便赌气红了脸，撇了手冷笑道："你老人家要管，那一刻管不得，偏我说了一句玩话就管他了。我看你老管去！"说着，便坐下，仍编柳篮子。

偏又有春燕的娘出来找他，喊道："你不来舀水，在那里做什么呢？"那婆子便接声儿道："你来瞧瞧，你的女儿连我也不服！在那里排揎我呢。"那婆子一面走过来说："姑奶奶，又怎么了？我们丫头眼里没娘罢了，连姑妈也没了不成？"莺儿见他娘来了，只得又说原故。他姑娘那里容人说话，便将石上的花柳与他娘瞧道："你瞧瞧，你女儿这么大孩子顽的。他先领着人遭踏我，我怎么说人？"

他娘也正为芳官之气未平，又恨春燕不遂他的心，便走上来打耳刮子，骂道："小娼妇，你能上去了几年？你也跟那起轻狂浪小妇学，怎么就管不得你们了？干的我管不得，你是我屄里掉出来的，难道也不敢管你不成！既是你们这起蹄子到的去的地方我到不去，你就该死在那里伺侯，又跑出来浪汉。"一面又抓起柳条子来，直送到他脸上，问道："这叫作什么？这编的是你娘的屄！"莺儿忙道："那是我们编的，你老别指桑骂槐。"那婆子深妒袭人晴雯一干人，已知凡房中大些的丫鬟都比他们有些体统权势，凡见了这一干人，心中又畏又让，未免又气又恨，亦且迁怒于众，复又看见了藕官，又是他令姊的冤家，四处凑成一股怒气。

那春燕啼哭着往怡红院去了。他娘又恐问他为何哭，怕他又说出自己打他，又要受晴雯等之气，不免着起急来，又忙喊道："你回来！我告诉你再去。"春燕那里肯回来？急的他娘跑了去又拉他。他回头看见，便也往前飞跑。他娘只顾赶他，不防脚下被青苔滑倒，引的莺儿三个人反都笑了。莺儿便赌气将花柳皆掷于河中，自回房去。这里把个婆子心疼的只念佛，又骂："促狭小蹄子！遭踏了花儿，雷也是要打的。"自己且掐花与各房送去不提。

却说春燕一直跑入院中，顶头遇见袭人往黛玉处去问安。春燕便一把抱住袭人，说："姑娘救我！我娘又打我呢。"袭人见他娘来了，不免生气，便说道："三日两头儿打了干的打亲的，还是卖弄你女儿多，还是认真不知王法？"这婆子虽来了几日，见袭人不言不语是好性的，便说道："姑娘你不知道，别管我们闲事！都是你们纵的，这会子还管什么？"说着，便又赶着打。

袭人气的转身进来，见麝月正在海棠下晾手巾，听得如此喊闹，便说："姐姐别管，看他怎样。"一面使眼色与春燕，春燕会意，便直奔了宝玉去。众人都笑说："这可是没有的事都闹出来了。"麝月向婆子道："你再略煞一煞气儿，难道这些人的脸面，和你讨一个情还讨不下来不成？"那婆子见他女儿奔到宝玉身边去，又见宝玉拉了春燕的手说："别怕，有我呢。"

春燕又一行哭，又一行说，把方才莺儿等事都说出来。宝玉越发急起来，说："你只在这里闹也罢了，怎么连亲戚也都得罪起来？"麝月又向婆子及众人道："怨不得这嫂子说我们管不着他们的事，我们虽无知错管了，如今请出一个管得着的人来管一管，嫂子就心服口服，也知道规矩了。"便回头叫小丫头子："去把平儿给我们叫来！平儿不得闲就把林大娘叫了来。"那小丫头应了就走。众媳妇上来笑说："嫂子，快求姑娘们叫回那孩子罢。平姑娘来了，可就不好了。"那婆子说道："凭你那个平姑娘来也凭个理，没有娘管女儿大家管着娘的。"众人笑道："你当是那个平姑娘？是二奶奶屋里的平姑娘。他有情呢，说你两句；他一翻脸，嫂子你吃不了兜着走！"

说话之间，只见小丫头子回来说："平姑娘正有事，问我作什么，我告诉了他，他说：'既这样，且撵他出去，告诉了林大娘在角门外打他四十板子就是了。'"那婆子听如此说，自不舍得出去，便又泪流满面，央告袭人等说："好容易我进来了，况且我是寡妇，家里没人，正好一心无挂的在里头服侍姑娘们。姑娘们也便宜，我家里也省些撧过【嚼裹，日常吃用】。我这一去，又要自己生火过活，将来不免又没了过活。"

袭人见他如此，早又心软了，便说："你既要在这里，又不守规矩，又不听说，又乱打人。那里弄你这个不晓事的来，天天斗口，也叫人笑话，失了体统。"晴雯道："理他呢，打发去了是正经。谁和他去对嘴对舌的。"那婆子又央众人道："我虽错了，姑娘们吩咐了，我以后改过。姑娘们那不是行好积德。"一面又央春燕道："原是我为打你起的，究竟没打成你，我如今反受了罪，你也替我说说。"宝玉见如此可怜，只得留下，吩咐他不可再闹。那婆子走来一一的谢过了下去。

只见平儿走来，问系何事。袭人等忙说："已完了，不必再提。"平儿笑道："'得饶人处且饶人'，得省的将就省些事也罢了。能去了几日，只听各处大小人儿都作起反来了，一处不了又一处，叫我不知管那一处的是。"袭人笑道："我只说我们这里反了，原来还有几处。"平儿笑道："这算什么。正和珍大奶奶算呢，这三四日的工夫，一共大小出来了八九件了。你这里是极小的，算不起数儿来，还有大的可气可笑之事。"不知袭人问他果系何事，且听下回分解。

平儿人未到，但"令"来了，这"令"就是"飞来之符"。

胳膊拧不过大腿，为保住做奴隶的位子，立即服软求饶，不惜求到自己女儿的身上。本要"尊严"，最后是彻底失去尊严。

到处"作反"，固因贾母一行人不在，仿佛打掉了"伏魔殿"的铁锁，放出的虽不是天罡地煞，但其腐蚀破坏作用不可小觑。且"魔"之存在实是"冰冻三尺"。写"群魔"作反，就是写贾府危机。

【回后评】

我们这里只对婆子"作反"做一点讨论。

这里所说"作反"的婆子，一是春燕的姑妈，一是春燕的娘。这姑妈是大观园园林的承包者之一，莺儿等折柳摘花伤害到她的切身利益，所以她不满而"嗔莺咤燕"。应该说，姑妈是站在"理"上的。但她动手打"人"——尽管是自己的晚辈——就违反了贾府的"规矩"，就属于"作反"。曹公显然不站在姑妈这边。

"作反"最凶的是春燕的娘（何婆）。何婆"作反"实际是上回书中在怡红院因芳官而受侮辱的反弹。"那婆子深妒袭人晴雯一干人，已知凡房中大些的丫鬟都比他们有些体统权势，凡见了这一干人，心中又畏又让，未免又气又恨，亦且迁怒于众，复又看见了藕官，又是他令姊的冤家，四处凑成一股怒气"，所以听了姑妈指控春燕的话，她走上来就打春燕的"耳刮子"。上回书是打"干女儿"，不合"规矩"，这回打自己的亲生，"凭你那个平姑娘来也凭个理，没有娘管女儿大家管着娘的"，但贾府就有"娘管女儿大家管着娘"的"规矩"。

"规矩""规则""法规"等都是人制定的，体现的当然是制定者的利益。凡违反"规矩"触犯"法规"，都会触动制定者们的利益，所以就会被制定者们视为"作反"，就会遭到制裁以至镇压。平儿的"撵他出去，告诉了林大娘在角门外打他四十板子"，就是一例。

不过，"怨不在大，可畏惟人"。如果这"作反"的奴隶够规模，够强大，他们就自称是"起义"了。

当然，何婆最后屈服了——怕连奴隶都做不成了。在那个时代，她实在没有什么"体面"的出路。但她毕竟奋争了一回，谁能保证她以后绝不会再"作反"了呢？张俊、沈治钧评："此前气势汹汹，此际'泪流满面'，此后又低声下气，如变色龙然，皆写何婆子之不堪。"对此"不堪"，一些论者冷嘲热讽，而对"鞭扑"之力大加赞美。

洪秋蕃评："婆子桀骜之气百般难驯，及闻平儿传语发打角门，撵逐不用，方流泪哀告。世固有不服劝解，不畏理说，独畏鞭扑者，于是乎鞭扑不可废矣。"

王蒙也说："四十板还未打，弯子就转过来了。所谓愚夯之人，只听得进板子的语言。"

所谓"桀骜"，所谓"愚夯"，确有其缺乏"修养"甚至自私贪鄙的一面，但本质上他们是在维护自己的利益，在维护个人的尊严。奴隶，还不完全等于奴才，他们在内心深处还有人之为"人"的欲望。作为权势者，完全不顾"底下人"的利益与尊严，是强横而无德，是自私而无耻。对此，岂能肯定之，赞美之？即使对权势者自身，王蒙在"总评"中也说："平儿的话有用，仍是依仗了'四十大板'的威慑，这样的话，岂有宁日？"——是啊，"岂有宁日"！

第六十回

茉莉粉替去蔷薇硝

玫瑰露引来茯苓霜

前回叙蔷薇硝，戛然便住，至此回方结过蔷薇案。接笔转出玫瑰露，引起茯苓霜，又戛然便住。着笔如苍鹰搏兔，青狮戏球，不肯下一死爪。绝世妙文！

贾环贾琮问候宝玉，姨娘问罪打骂芳官

此回书继续写大观园内之纠葛纷争。上一回只是婆子与婢女之冲突，此回扩大、升级：因"茉莉粉"一事，贾环卷入；而赵姨娘怒闯怡红院，则是"半主"与婢女的争斗了。

在写法上，这一回书以"物"为线，勾串情节，刻画人物，又别开生面。

上回书说到春燕的娘得罪了莺儿，这里接着说：奉宝玉之命，春燕母女到蘅芜苑给莺儿赔礼道歉。蕊官趁机托付春燕把一包蔷薇硝带给芳官。恰有贾环在怡红院，他看到了就要分一半。芳官不舍，乃包了一包茉莉粉给他。贾环拿回去当蔷薇硝献给彩云，彩云辨出那是茉莉粉。贾环、彩云倒都无所谓，就忍了。而赵姨娘则说：趁着贾母、王夫人不在而凤姐又在病中，正好"吵一出子，大家别心净，也算是报仇"。她调唆贾环去闹，贾环不去。赵氏一气之下，拿了那包茉莉粉就去找芳官算账。

偏碰上藕官的干娘夏婆子。这夏婆子正为被宝玉派不是心里窝火，就趁机煽风点火，怂恿赵氏去"把威风抖一抖"。赵姨娘听了越发得了意，仗着胆子便一径到了怡红院中，见到芳官，便将那粉照着她脸上撒来，还骂了许多难听的话。芳官一行哭，一行诉说。当她说到"我又不是姨奶奶家买的。'梅香拜把子——都是奴几'"时，赵姨娘气得便上来打了她两个耳刮子。芳官便抬头打滚，泼哭泼闹起来。外面跟着赵姨娘来的一干人听见如此，心中各各称愿，都念佛说："也有今日！"又有一干怀怨的老婆子见打了芳官，也都称愿。

藕官、蕊官，还有葵官、荳官，听说芳官被打，一起来到怡红院跟赵姨娘揪打起来。探春等闻讯赶来，将四个喝住。探春说赵氏自己不尊重，大吵小喝失了体统，自己呆，白给人作粗活，等等。一席话说得赵姨娘闭口无言，只得回房去了。

这芳官跟厨娘柳嫂子的女儿五儿相好。五儿因素有弱疾，故没得差，这时正想通过芳官这条线进到怡红院当差。芳官惦记着五儿，跟宝玉讨玫瑰露与五儿去吃，宝玉大方，连瓶带露都给了她。五儿吃了觉得好，她娘想着自己的侄子正病着，就倒了半盏给送过去。那柳氏之兄在门房当差，刚得了些茯苓霜，礼尚往来，又分了些带给五儿吃。

　　谁想得到，这些人情往来的琐事竟引起了轩然大波。

　　话说袭人因问平儿，何事这样忙乱。平儿笑道："都是世人想不到的，说来也好笑，等几日告诉你，如今没头绪呢，且也不得闲儿。"一语未了，只见李纨的丫鬟来了，说："平姐姐可在这里，奶奶等你，你怎么不去？"平儿忙转身出来，口内笑说："来了，来了。"袭人等笑道："他奶奶病了，他又成了香饽饽了，都抢不到手。"平儿去了。不提。

平儿也是半个主子。

　　宝玉便叫春燕："你跟了你妈去，到宝姑娘房里给莺儿几句好话听听，也不可白得罪了他。"春燕答应了，和他妈出去。宝玉又隔窗说道："不可当着宝姑娘说，仔细反叫莺儿受教导。"

宝玉心细如此，处处关照。

　　娘儿两个应了出来，一壁走着，一面说闲话儿。春燕因向他娘道："我素日劝你老人家再不信，何苦闹出没趣来才罢。"他娘笑道："小蹄子，你走罢，俗语道：'不经一事，不长一智。'我如今知道了。你又该来支问着我。"春燕笑道："妈，你若安分守己，在这屋里长久了，自有许多的好处。我且告诉你句话：宝玉常说，将来这屋里的人，无论家里外头的，一应我们这些人，他都要回太太全放出去，与本人父母自便呢。你只说这一件可好不好？"他娘听说，喜的忙问："这话果真？"春燕道："谁可扯这谎做什么？"婆子听了，便念佛不绝。

"安分守己"才能做稳奴隶，不知何婆子能否从此死心塌地。

宝玉善良，以为把丫头们"放出去"是恩典，就怕出去以后想做奴隶都不得了。

为道歉而来，原没有更多的话说。

蕊官与芳官相好，但不料这一包蔷薇硝引起一场风波。

暂时"按住"了一个，下面马上又冒出一个。所谓一波甫平，一波又起。

贾环要一点去讨好自己的相好，可以理解，只是"托着"纸要分"一半儿"，未免强人所难。因为这本不是宝玉自己之物，弄得"宝玉只得要与他"。芳官不肯分享，在情理之中。

"他们那里看得出来"，这"他们"自然是指贾环辈。芳官一"掷"，是无视贾环的"主子"身份；贾环一"拾"，是自己舍弃了"主子"身份。

当下来至蘅芜苑中，正值宝钗、黛玉、薛姨妈等吃饭。莺儿自去泡茶，春燕便和他妈一径至莺儿前，陪笑说"方才言语冒撞了，姑娘莫嗔莫怪，特来陪罪"等语。莺儿忙笑让坐，又倒茶。他娘儿两个说有事，便作辞回来。

忽见蕊官赶出叫："妈妈姐姐，略站一站。"一面走上来，递了一个纸包与他们，说是蔷薇硝，带与芳官去擦脸。春燕笑道："你们也太小气了，还怕那里没这个与他，巴巴的你又弄一包给他去。"蕊官道："他是他的，我送的是我的。好姐姐，千万带回去罢。"春燕只得接了。娘儿两个回来，正值贾环贾琮二人来问候宝玉，也才进去。春燕便向他娘说："只我进去罢，你老不用去。"他娘听了，自此便百依百随的，不敢倔强了。

春燕进来，宝玉知道回复，便先点头。春燕知意，便不再说一语，略站了一站，便转身出来，使眼色与芳官。芳官出来，春燕方悄悄的说与他蕊官之事，并与了他硝。宝玉并无与琮环可谈之语，因笑问芳官手里是什么。芳官便忙递与宝玉瞧，又说是擦春癣的蔷薇硝。宝玉笑道："亏他想得到。"贾环听了，便伸着头瞧了一瞧，又闻得一股清香，便弯腰向靴桶内掏出一张纸来托着，笑说："好哥哥，给我一半儿。"宝玉只得要与他。芳官心中因是蕊官之赠，不肯与别人，连忙拦住，笑说道："别动这个，我另拿些来。"宝玉会意，忙笑包上，说道："快取来。"

芳官接了这个，自去收好，便从奁中去寻自己常使的。启奁看时，盒内已空，心中疑惑，早间还剩了些，如何没了？因问人时，都说不知。麝月便说："这会子且忙着问这个，不过是这屋里人一时短了使了。你不管拿些什么给他们，他们那里看得出来？快打发他们去了，咱们好吃饭。"芳官听了，便将些茉莉粉包了一包拿来。贾环见了，喜的就伸手来接。芳官便忙向炕上一掷。贾环只得向炕上拾了，揣在怀内，方作辞而去。

原来贾政不在家，且王夫人等又不在家，贾环连日也便装病逃学。如今得了硝，兴兴头头来找彩云。正值彩云和赵姨娘闲谈，贾环嘻嘻向彩云道："我也得了一包好的，送你擦脸。你常说，蔷薇硝擦癣，比外头的银硝强。你且看看，可是这个？"彩云打开一看，嗤的一声笑了，说道："你是和谁要来的？"贾环便将方才之事说了。彩云笑道："这是他们哄你这乡老呢。这不是硝，这是茉莉粉。"贾环看了一看，果然比先的带些红色，闻闻也是喷香，因笑道："这也是好的，硝粉一样，留着擦罢，自是比外头买的高便好。"彩云只得收了。

赵姨娘便说："有好的给你！谁叫你要去了，怎怨他们耍你！依我，拿了去照脸摔给他去，趁着这回子撞尸的撞尸去了【指贾母、王夫人】，挺床的便挺床【指凤姐】，吵一出子，大家别心净，也算是报仇。莫不是两个月之后，还找出这个碴儿来问你不成？便问你，你也有话说。宝玉是哥哥，不敢冲撞他罢了。难道他屋里的猫儿狗儿，也不敢去问问不成！"贾环听说，便低了头。彩云忙说："这又何苦生事，不管怎样，忍耐些罢了。"

赵姨娘道："你快休管，横竖与你无干。乘着抓住了理，骂给那些浪淫妇们一顿也是好的。"又指贾环道："呸！你这下流没刚性的，也只好受这些毛崽子的气！平白我说你一句儿，或无心中错拿了一件东西给你，你倒会扭头暴筋瞪着眼蹳摔娘。这会子被那起尸崽子耍弄也罢了。你明儿还想这些家里人怕你呢。你没有尸本事，我也替你羞。"贾环听了，不免又愧又急，又不敢去，只摔手说道："你这么会说，你又不敢去，支使了我去闹。倘或往学里告去捱了打，你敢自不疼呢？遭遭儿调唆了我闹去，闹出了事来，我捱了打骂，你一般也低了头。这会子又调唆我和毛丫头们去闹。你不怕三姐姐，你敢去，我就服你。"只这一句话，便戳了他娘的肺，便喊说："我肠子里爬出来的，我再怕不成！这屋里越发有得说了。"一面说，一面拿了那包子，便飞也似往园中去了。彩云死劝不住，只得躲入别房。贾环便也躲出仪门，自去顽耍。

赵姨娘直进园子，正是一头火，顶头正遇见藕官的干娘夏婆

到底有"看得出来"的，但贾环知足不恼，彩云也"只得收了"。至此，风平浪静。

赵氏心底有"仇"，而以为贾母等不在是个"机会"。看"报仇"二字，既要看一个"报"，还要顾及其"仇"自何来。她的"报仇"，直接对象是芳官，但她的根本目的是"吵一出子，大家别心净"——就是"添乱"，让他们的"天下"不太平。

王希廉评："赵姨娘目无尊长，咒詈不堪以至此，真杀有余辜者。"姚燮评："一味胡闹，何苦，何苦！"张新之评："怨毒之于人甚矣，'报'字是眼。"

赵氏指使贾环闹事，不止一次了。她是想让贾环获得"主子"的尊严，"这些家里人怕你"。看来除了让贾环挨打，没有什么好的效果。

这次，以为"抓住了理"，机会难得，不惜孤军奋战。

这夏婆子为藕官烧纸事，也憋了一肚子气。

芳官八字罪案："以粉作硝轻侮贾环。"

这夏婆子火上浇油：先说烧纸事表达不满，从而表明与何婆子是同一战线的人；再抬高赵氏的地位，鼓励她"撑起来"，"把威风抖一抖"；最后表示要"帮着"她。这使得赵氏"越发得了意"。从一定意义上说，赵氏是成了别人的"枪"，但即使没有这夏婆子的一番"激发"，她也是要去"闹"的。

"你是我银子钱买来学戏的"云云，赵氏这是以"主子"的口吻说话了，而且强调贾环的"主子"地位不容轻视。

芳官之言厉害：既辩说自己以粉代硝并无恶意，再说自己也没有到"外头"去唱戏，扯不上什么"娼妇粉头"，最后反唇相讥——你也不过是奴才而已！赵氏要显示自己的"主子"身份，芳官偏强调其"奴才"的地位。这是赵氏的致命伤，急怒之下便下手打了。

子走来。见赵姨娘气恨恨的走来，因问："姨奶奶那去？"赵姨娘又说："你瞧瞧，这屋里连三日两日进来唱戏的小粉头们，都三般两样掂人分量放小菜碟儿了。若是别一个，我还不恼，若叫这些小娼妇捉弄了，还成个什么！"夏婆子听了，正中己怀，忙问因何。赵姨娘悉将芳官以粉作硝轻侮贾环之事说了。

夏婆子道："我的奶奶，你今日才知道，这算什么事。连昨日这个地方他们私自烧纸钱，宝玉还拦到头里。人家还没拿进个什么儿来，就说使不得，不干不净的忌讳。这烧纸倒不忌讳？你老想一想，这屋里除了太太，谁还大似你？你老自己撑不起来；但凡撑起来的，谁还不怕你老人家？如今我想，乘着这几个小粉头儿恰不是正头货，得罪了他们也有限的，快把这两件事抓着理扎个筏子，我在旁作证据，你老把威风抖一抖，以后也好争别的礼。便是奶奶姑娘们，也不好为那起小粉头子说你老的。"赵姨娘听了这话，益发有理，便说："烧纸的事不知道，你却细细的告诉我。"夏婆子便将前事一一的说了，又说："你只管说去。倘或闹起，还有我们帮着你呢。"赵姨娘听了越发得了意，仗着胆子便一径到了怡红院中。

可巧宝玉听见黛玉在那里，便往那里去了。芳官正与袭人等吃饭，见赵姨娘来了，便都起身笑让："姨奶奶吃饭，有什么事这么忙？"赵姨娘也不答话，走上来便将粉照着芳官脸上撒来，指着芳官骂道："小淫妇！你是我银子钱买来学戏的，不过娼妇粉头之流！我家里下三等奴才也比你高贵些的，你都会看人下菜碟儿。宝玉要给东西，你拦在头里，莫不是要了你的了？拿这个哄他，你只当他不认得呢！好不好，他们是手足，都是一样的主子，那里有你小看他的！"

芳官那里禁得住这话，一行哭，一行说："没了硝我才把这个给他的。若说没了，又恐他不信，难道这不是好的？我便学戏，也没往外头去唱。我一个女孩儿家，知道什么是粉头面头的！姨奶奶犯不着来骂我，我又不是姨奶奶家买的。'梅香拜把子——都是奴儿'呢！"袭人忙拉他说："休胡说！"赵姨娘气的便上来打了两个耳刮子。袭人等忙上来拉劝，说："姨奶奶别和他小孩子一般见识，等我们说他。"芳官捱了两下打，那里肯依，便拾头打滚，泼哭泼闹起来。口内便说："你打得起我么？你照照那模样儿再动手！我叫你打了去，我还活着！"便撞在怀里叫他打。

众人一面劝，一面拉他。晴雯悄拉袭人说："别管他们，让他们闹去，看怎么开交！如今乱为王了，什么你也来打，我也来打，都这样起来还了得呢！"

外面跟着赵姨娘来的一干的人听见如此，心中各各称愿，都念佛说："也有今日！"又有一干怀怨的老婆子见打了芳官，也都称愿。

当下藕官蕊官等正在一处作耍，湘云的大花面葵官，宝琴的荳官，两个闻了此信，慌忙找着他两个说："芳官被人欺侮，咱们也没趣，须得大家破着大闹一场，方争过气来。"四人终是小孩子心性，只顾他们情分上义愤，便不顾别的，一齐跑入怡红院中。荳官先便一头，几乎不曾将赵姨娘撞了一跌。那三个也便拥上来，放声大哭，手撕头撞，把个赵姨娘裹住。晴雯等一面笑，一面假意去拉。急的袭人拉起这个，又跑了那个，口内只说："你们要死！有委曲只好说，这没理的事如何使得！"赵姨娘反没了主意，只好乱骂。蕊官藕官两个一边一个，抱住左右手；葵官荳官前后头顶住。四人只说："你只打死我们四个就罢！"芳官直挺挺躺在地下，哭得死过去。

正没开交，谁知晴雯早遣春燕回了探春。当下尤氏、李纨、探春三人带着平儿与众媳妇走来，将四个喝住。问起原故，赵姨娘便气的瞪着眼粗了筋，一五一十说个不清。尤李两个不答言，只喝禁他四人。探春便叹气说："这是什么大事，姨娘也太肯动气了！我正有一句话要请姨娘商议，怪道丫头说不知在那里，原来在这里生气呢，快同我来。"尤氏、李氏都笑说："姨娘请到厅

原来赵氏来时就有一干人跟着来看热闹了，除了恨小丫鬟的得宠，大有唯恐天下不乱的势头。贾府内部矛盾之普遍之深刻，可见一斑。

你一动手，就陷入混战，哪里还能显出"主子的"威风？不过，本来就是要"添乱"的，求仁得仁又何怨？

晴雯知道，辖制赵姨娘最恰当的人选就是探春。

"一五一十说个不清"，极精妙的一句话。

探春说"正有一句话要请姨娘商议"，是认同了她的"主子"的身份，最为得当。

上来，咱们商量。"

赵姨娘无法，只得同他三人出来，口内犹说长说短。探春便说："那些小丫头子们原是些顽意儿，喜欢呢，和他说说笑笑；不喜欢便可以不理他。便他不好了，也如同猫儿狗儿抓咬了一下子，可恕就恕，不恕时也只该叫了管家媳妇们去说给他去责罚，何苦自己不尊重，大吵小喝失了体统。你瞧周姨娘，怎不见人欺他，他也不寻人去。我劝姨娘且回房去煞煞性儿，别听那些混帐人的调唆，没的惹人笑话，自己呆，白给人作粗活。心里有二十分的气，也忍耐这几天，等太太回来自然料理。"一席话说得赵姨娘闭口无言，只得回房去了。

这里探春气的和尤氏李纨说："这么大年纪，行出来的事总不叫人敬服。这是什么意思，也值得吵一吵，并不留体统，耳朵又软，心里又没有计算。这又是那起没脸面的奴才们的调停，作弄出个呆人替他们出气。"越想越气，因命人查是谁调唆的。媳妇们只得答应着，出来相视而笑，都说是"大海里那里寻针去。"只得将赵姨娘的人并园中人唤来盘诘，都说不知道。众人没法，只得回探春："一时难查，慢慢访查，凡有口舌不妥的，一总来回了责罚。"

探春气渐渐平服方罢。可巧艾官便悄悄的回探春说："都是夏妈和我们素日不对，每每的造言生事。前儿赖藕官烧纸，幸亏是宝玉叫他烧的，宝玉自己应了，他才没话说。今儿我与姑娘送手帕去，看见他和姨奶奶在一处说了半天，喊喊喳喳的，见了我才走开了。"探春听了，虽知情弊，亦料定他们皆是一党，本皆淘气异常，便只答应，也不肯据此为实。

谁知夏婆子的外孙女儿蝉姐儿便是探春处当役的，时常与房中丫鬟们买东西呼唤人，众女孩儿都和他好。这日饭后，探春正上厅理事，翠墨在家看屋子，因命蝉姐儿出去叫小幺儿买糕去。蝉姐儿便说："我才扫了个大院子，腰腿生疼的，你叫个别的人去罢。"翠墨笑说："我又叫谁去？你趁早儿去，我告诉你一句好

探春所说大人不与小人计较之理，原是不错；指出有人背后调唆，也是事实。但赵氏"闭口无言"，并非真的"心服口服"。赵氏心底的"仇"，探春似乎毫无所知。

"查是谁调唆的"，没有抓着问题的根本：即使无人调唆，她也会闹的。况且"媳妇们"是一条战线的，哪里查得出？对这一点，探春似乎也缺乏认识。

探春知道艾官们是一党，却不知道媳妇婆子们也是一党——当然也有裂痕。

此为"以粉代硝"故事的余波。贾府底层人事关系如此盘根错节，一个个又都长舌快嘴，贾府难有宁日矣。

话，你到后门顺路告诉你老娘【即"外婆"。蝉姐儿既是夏婆子的外孙女，她自然管夏婆子叫"外婆"】，防着些儿。"说着，便将艾官告他老娘话告诉了他。蝉姐儿听了，忙接了钱道："这个小蹄子也要捉弄人，等我告诉去。"说着，便起身出来。

至后门边，只见厨房内此刻手闲之时，都坐在阶砌上说闲话呢。他老娘亦在内。蝉姐儿便命一个婆子出去买糕。他且一行骂，一行说，将方才之话告诉与夏婆子。夏婆子听了，又气又怕，便欲去找艾官问他，又欲往探春前去诉冤。蝉姐儿忙拦住说："你老人家去怎么说呢？这话怎得知道的，可又叨登不好了。说给你老防着就是了，那里忙到这一时儿。"

小的比老的还有心计。但夏婆子心中肯定是恨上了艾官。怨恨，就是这样日积月累的，一旦有机会必然爆发。

正说着，忽见芳官走来，扒着院门，笑向厨房中柳家媳妇说道："柳嫂子，宝二爷说了：晚饭的素菜要一样凉凉的酸酸的东西，只别搁上香油弄腻了。"柳家的笑道："知道。今儿怎遣你来了告诉这么一句要紧话。你不嫌脏，进来逛逛儿不是？"

"以粉代硝"一案告一段落，下面进入"玫瑰露引来茯苓霜"故事。

芳官才进来，忽有一个婆子手里托了一碟糕来。芳官便戏道："谁买的热糕？我先尝一块儿。"蝉姐儿一手接了道："这是人家买的，你们还稀罕这个。"柳家的见了，忙笑道："芳姑娘，你喜吃这个？我这里有才买下给你姐姐吃的，他不曾吃，还收在那里，干干净净没动呢。"说着，便拿了一碟出来，递与芳官，又说："你等我进去替你炖口好茶来。"一面进去，现通开火炖茶。芳官便拿着热糕，问到蝉姐儿脸上说："稀罕吃你那糕，这个不是糕不成？我不过说着顽罢了，你给我磕个头，我也不吃。"说着，便将手内的糕一块一块的掰了，掷着打雀儿顽，口内笑说："柳嫂子，你别心疼，我回来买二斤给你。"

又是送糕又是炖茶，柳家的对芳官如此热情，必有缘故。

这芳官得宠而忘形，预示着不良的结局。

小蝉气的怔怔的，瞅着冷笑道："雷公老爷也有眼睛，怎不打这作孽的！他还气我呢。我可拿什么比你们，又有人进贡，又有人作干奴才，溜你们好上好儿，帮衬着说句话儿。"众媳妇都说："姑娘们，罢呀，天天见了就咶唧。"有几个伶透的，见了他们对了口，怕又生事，都拿起脚来各自走开了。当下蝉姐儿也不

这个蝉姐儿也不是省油的灯，几句话既骂了芳官暴殄天物，也骂了柳家的巴结芳官。

敢十分说他，一面咕嘟着去了。

这里柳家的见人散了，忙出来和芳官说："前儿那话儿说了不曾？"芳官道："说了。等一二日再提这事。偏那赵不死的又和我闹了一场。前儿那玫瑰露姐姐吃了不曾，他到底可好些？"柳家的道："可不都吃了。他爱的什么似的，又不好问你再要的。"芳官道："不值什么，等我再要些来给他就是了。"

原来这柳家的有个女儿，今年才十六岁，虽是厨役之女，却生的人物与平、袭、紫、鸳皆类。因他排行第五，因叫他是五儿。因素有弱疾，故没得差。近因柳家的见宝玉房中的丫鬟差轻人多，且又闻得宝玉将来都要放他们，故如今要送他到那里应名儿。正无头路，可巧这柳家的是梨香院的差役，他最小意殷勤，服侍得芳官一干人比别的干娘还好。芳官等亦待他们极好，如今便和芳官了，央芳官去与宝玉说。宝玉虽是依允，只是近日病着，又见事多，尚未说得。

前言少述，且说当下芳官回至怡红院中，回复了宝玉。宝玉正在听见赵姨娘厮吵，心中自是不悦，说又不是，不说又不是，只得等吵完了，打听着探春劝了他去后方从蘅芜苑回来，劝了芳官一阵，方大家安妥。今见他回来，又说还要些玫瑰露与柳五儿吃去。宝玉忙道："有的，我又不大吃，你都给他去罢。"说着命袭人取了出来，见瓶中亦不多，遂连瓶与了他。

芳官便自携了瓶与他去。正值柳家的带进他女儿来散闷，在那边犄角子上一带地方儿逛了一回，便回到厨房内，正吃茶歇脚儿。芳官拿了一个五寸来高的小玻璃瓶来，迎亮照看，里面小半瓶胭脂一般的汁子，还道是宝玉吃的西洋葡萄酒。母女两个忙说："快拿旋子烫滚水，你且坐下。"芳官笑道："就剩了这些，连瓶子都给你们罢。"

五儿听了，方知是玫瑰露，忙接了，谢了又谢。芳官又问他"好些？"五儿道："今儿精神些，进来逛逛。这后边一带，也没什么意思，不过见些大石头大树和房子后墙，正经好景致也没看

"那话儿"是什么话儿，往下看才知道。放下此"话儿"不说，倒说起玫瑰露来，也见得芳官与柳家的关系密切。

用"原来"一转，补出柳家的与芳官的因缘，以及五儿求进怡红院之事。

宝玉大方。唯这"连瓶与了他"似是一句闲话，其实是故事发展的一个要素。文笔细腻如此。

再说这"瓶"。

见。"芳官道："你为什么不往前去？"柳家的道："我没叫他往前去。姑娘们也不认得他，倘有不对眼的人看见了，又是一番口舌。明儿托你携带他有了房头，怕没有人带着他逛呢，只怕逛腻了的日子还有呢。"芳官听了，笑道："怕什么，有我呢。"柳家的忙道："嗳哟哟，我的姑娘，我们的头皮儿薄，比不得你们。"说着，又倒了茶来。芳官那里吃这茶，只漱了一口就走了。柳家的说道："我这里占着手，五丫头送送。"

五儿便送出来，因见无人，又拉着芳官说道："我的话到底说了没有？"芳官笑道："难道哄你不成？我听见屋里正经还少两个人的窝儿，并没补上。一个是红玉的，琏二奶奶要去还没给人来；一个是坠儿的，也还没补。如今要你一个也不算过分。皆因平儿每每的和袭人说，凡有动人动钱的事，得挨的且挨一日更好。如今三姑娘正要拿人扎筏子呢，连他屋里的事都驳了两三件，如今正要寻我们屋里的事没寻着，何苦来往网里碰去。倘或说些话驳了，那时老了，倒难回转。不如等冷一冷，老太太、太太心闲了，凭是天大的事先和老的一说，没有不成的。"五儿道："虽如此说，我却性急等不得了。趁如今挑上来了，一则给我妈争口气，也不枉养我一场；二则添上月钱，家里又从容些；三则我的心开一开，只怕这病就好了——便是请大夫吃药，也省了家里的钱。"芳官道："我都知道了，你只放心。"二人别过，芳官自去不提。

单表五儿回来，与他娘深谢芳官之情。他娘因说："再不承望得了这些东西，虽然是个珍贵物儿，却是吃多了也最动热。竟把这个倒些送个人去，也是个大情。"五儿问："送谁？"他娘道："送你舅舅的儿子，昨日热病，也想这些东西吃。如今我倒半盏与他去。"五儿听了，半日没言语，随他妈倒了半盏子去，将剩的连瓶便放在家伙厨内。五儿冷笑道："依我说，竟不给他也罢了。倘或有人盘问起来，倒又是一场事了。"他娘道："那里怕起这些来，还了得了。我们辛辛苦苦的，里头赚些东西，也是

小孩子不知天高地厚，这样的事也敢大包大揽。芳官如此托大，是宝玉娇宠的结果。

这才回到"那话儿"。
小红，照应二十七回故事；坠儿，照应五十二回情节。

芳官有"内部消息"，五儿自有打算——很了解做稳奴隶的好处。

正常的"人情往来"，也会酿成一场风波。贾府似有"草木皆兵"之势。
这个"瓶子"一提再提。

一句"谶语"。

又扯出钱槐（千坏？）与五儿的矛盾。这贾府上下，千丝万缕，缠绕不清。

"在门上"当班也是可以发"外财"的，世风如此。

收了"玫瑰露"，反送"茯苓霜"，人情往来，看上去没有什么不正常。

应当的。难道是贼偷的不成？"说着，一径去了。直至外边他哥哥家中，他侄子正躺着，一见了这个，他哥嫂侄男无不欢喜。现从井上取了凉水，和吃了一碗，心中一畅，头目清凉。剩的半盏，用纸覆着，放在桌上。

可巧又有家中几个小厮同他侄儿素日相好的，走来问候他的病。内中有一小伙名唤钱槐者，乃系赵姨娘之内亲。他父母现在库上管帐，他本身又派跟贾环上学。因他有些钱势，尚未娶亲，素日看上了柳家的五儿标致，和父母说了，欲娶他为妻。也曾央中保媒人再四求告。柳家父母却也情愿，争奈五儿执意不从，虽未明言，却行止中已带出，父母未敢应允。近日又想往园内去，越发将此事丢开，只等三五年后放出来，自向外边择婿了。钱家见他如此，也就罢了。怎奈钱槐不得五儿，心中又气又愧，发恨定要弄取成配，方了此愿。今也同人来瞧望柳侄，不期柳家的在内。

柳家的忽见一群人来了，内中有钱槐，便推说不得闲，起身便走了。他哥嫂忙说："姑妈怎么不吃茶就走？倒难为姑妈记挂。"柳家的因笑道："只怕里面传饭，再闲了出来瞧侄子罢。"他嫂子因向抽屉内取了一个纸包出来，拿在手内送了柳家的出来，至墙角边递与柳家的，又笑道："这是你哥哥昨儿在门上该班儿，谁知这五日一班，竟偏冷淡，一个外财没发。只有昨儿有粤东的官儿来拜，送了上头两小篓子茯苓霜。馀外给了门上人一篓作门礼，你哥哥分了这些。这地方千年松柏最多，所以单取了这茯苓的精液和了药，不知怎么弄出这怪俊的白霜儿来。说第一用人乳和着，每日早起吃一钟，最补人的；第二用牛奶子；万不得，滚白水也好。我们想着，正宜外甥女儿吃。原是上半日打发小丫头子送了家去的，他说锁着门，连外甥女儿也进去了。本来我要瞧瞧他去，给他带了去的，又想主子们不在家，各处严紧，我又没甚么差使，有要没紧跑些什么。况且这两日风声，闻得里头家反宅乱的，倘或沾带了倒值多的。姑娘来的正好，亲自带去罢。"

柳氏道了生受，作别回来。刚到了角门前，只见一个小幺儿笑道："你老人家那里去了？里头三次两趟叫人传呢，我们三四个人都找你老去了，还没来。你老人家却从那里来了？这条路又不是家去的路，我倒疑心起来。"那柳家的笑骂道："好猴儿崽子……"要知端的，且听下回分解。

【回后评】

看完这一回书，我们可以谈谈赵姨娘这个角色了。她每一出场，都是"丑角"面目。王蒙先生说："雪芹反正是一写到这母子，必让他们出洋相的。何至于斯！"而读者、论者，大多也随着曹公笔墨而嘲笑之，鞭挞之。骂之最毒者当属清人涂瀛。他在《赵姨娘赞》中说："今将赵姨娘合水火五味而烹炮之，不徒臭虫、疮痂也，直狗粪而已矣……"

鄙意以为，这个赵姨娘固然丑陋、鄙俗，但到底还是一个值得同情的人物。

赵氏最让人讨厌的地方是什么？是她的怨，她的争，她的闹。但这里有一个问题：是她无事生非地怨、争、闹，还是因为受到屈辱、压迫才怨、争、闹？这不是先有鸡还是先有蛋的问题。

试想，如果她本来就是个无事生非的角色，贾政会以之为妾（恐怕还得有贾母的同意吧）吗？还会与之孕育一儿一女吗？

王夫人，特别是秉承王夫人意旨的凤姐，对赵氏的鄙视甚至仇视，是显而易见的。

第二十回，贾环赌钱赖账，回家后赵姨娘"啐"他，话不在理，态度可恶。凤姐听后说："凭他怎么去，还有太太老爷管他呢，就大口啐他！他现是主子，不好了，横竖有教导他的人，与你什么相干！"贾环是赵氏亲生，怎么会与赵氏不"相干"？！

这里就触动了赵氏心头的最痛点。赵氏最尴尬的地方就在这里：作为小妾，一半是主子，一半是奴才。她自己看重的是"主

子"，而旁人强调的偏是"奴才"，于是造成她心中极大的不平衡。

她不能像平儿伏侍凤姐一样走"上层路线"吗？恐怕难。如果她没有子女（像周姨娘一样），或者她只生了探春一个女儿，也许王夫人会接纳她。但偏有贾环在，尽管是庶出，尽管不争气，但毕竟是男性，毕竟有继承贾府家业的可能。这就成了王夫人的一大心病。打压她，甚至欺凌她——凤姐不是可以任意克扣她丫鬟的月钱吗——就顺理成章了。

被打压，受欺凌，当然就有怨气，甚至仇恨。而有怨气就要发泄，有仇恨就想报复，于是她争，她闹。

她争她闹，有什么"正大光明"的手段吗？没有。于是她怂恿着贾环去闹，其结果正如贾环所说："遭遭儿调唆了我闹去，闹出了事来，我捱了打骂，你一般也低了头。"贾环也不与她"合作"了。她还以为探春可以依靠，但这个亲生女儿却不认亲情认"主奴"，界限跟她划得清清楚楚。于是，她只能孤军奋战。

她下本最大、手段也最狠毒的一次报复就是请马道婆作妖法，几乎夺了凤姐和宝玉的命。她的盘算触及她与王夫人矛盾的根本，也就是主与奴的地位。她的盘算是："把他两个绝了，明日这家私不怕不是我环儿的。"但凤姐、宝玉命不该绝，赵氏未能得逞。

至于这回书所写的孤身战群优，她的本义固在拿芳官出一口恶气，但其更根本的意图是"趁着这回子撞尸的撞尸去了，挺床的便挺床，吵一出子，大家别心净，也算是报仇"。换句话说，就是趁机添乱添堵，让他们的天下不得安宁。很难说这种"报复"有效还是无效，反正她是屡战屡败，屡败屡战。

我们不能仅看到她的怨、她的闹，而不顾其之所以怨、所以闹的缘由。

我们不能仅看到她"自取其辱"的一面，而忽视其"不甘屈辱"的一面。

我们无法赞同这样的怨、这样的闹，但我们还是对她怀有几分悲悯之情。

第六十一回

投鼠忌器宝玉瞒赃
判冤决狱平儿行权

数回用蝉脱体，络绎写来，读者几
不辨何自起、何自结，浩浩无涯。须看
他争端起自环哥，却起自彩云。争端结
自宝玉，却亦结自彩云。首尾收束精
严，六花长蛇阵也。识者着眼。

芳官传菜柳氏讨取玫瑰露，五儿含冤平儿听取是非情

前几回写贾府上下趁贾母等不在府上，纷纷"作反"，这一回书就写对一个所谓"案件"的处理。所谓"赃"未必是"赃"，而"冤狱"确是"冤狱"。

事情的起因是司棋要吃鸡蛋羹，而司厨的柳氏对来传话的小丫头莲花儿说鸡蛋正缺，让她改日再吃。莲花儿不服，动手从厨房翻出十来个鸡蛋。两个人争吵起来。莲花儿赌气回去，便添了一篇话，告诉了司棋。司棋听了，便带了小丫头们走来，命他们"凡箱柜所有的菜蔬，只管丢出来喂狗"。柳氏忍气吞声蒸了蛋羹送去，司棋赌气泼在了地上。

五儿得了茯苓霜，这天就拿了些去给芳官，却被负责巡察的林之孝家的看到。因近日王夫人房内丢失了玫瑰露，正在查案，林之孝家的就对五儿起了疑心。可巧，莲花儿等走来，笑说"今儿我倒看见一个露瓶子"。根据莲花儿所说，林之孝家的不但搜到玫瑰露瓶，还得到了一包茯苓霜。事情告到凤姐那里，凤姐便吩咐："将他娘打四十板子，撵出去，永不许进二门。把五儿打四十板子，立刻交给庄子上，或卖或配人。"平儿听了五儿的哭诉，就命将她交给上夜的人看守一夜，第二天再行处理。

五儿被人软禁起来，众媳妇有劝的，有怨的，更有来奚落嘲戏她的。五儿心内又气又委屈，竟无处可诉，呜呜咽咽直哭了一夜。

第二天一早，平儿了解到五儿玫瑰露的来龙去脉。但王夫人房里的玫瑰露实际是赵姨娘让彩云拿走的，要追查就必然会牵连到赵姨娘，进而影响到探春；还有茯苓霜的事，也还没法交代。宝玉"投鼠忌器"，就应承说那"露"是他拿的，那"霜"是他给五儿的。平儿回报给凤姐，凤姐说宝玉如此兜揽事情，将来若大事也如此，如何治人，应该把太太屋里的丫头都拿来，虽不便擅加拷打，只叫她们垫着磁瓦子跪在太阳地下，茶饭也别给吃。一日不说跪一日，便是铁打的，一日也管招了。柳家的没偷，到底有些影儿，也革出不用。经平儿"得放手时须放手"的一番劝说，凤姐才罢了。

　　有意思的是，事情还没查清，一大早儿林之孝家的就派司棋的婶娘秦显家的接管了厨房的差事。可既然查清柳家的无罪，秦显家的差事怎么办？

　　那柳家的笑道："好猴儿崽子，你亲婶子找野老儿去了，你岂不多得一个叔叔，有什么疑的！别讨我把你头上的杩子盖似的几根屄毛捭【xián，扯、拔】下来！还不开门让我进去呢。"这小厮且不开门，且拉着笑说："好婶子，你这一进去，好歹偷些杏子出来赏我吃。我这里老等。你若忘了时，日后半夜三更打酒买油的，我不给你老人家开门，也不答应你，随你干叫去。"柳氏啐道："发了昏的，今年不比往年，把这些东西都分给了众奶奶了。一个个的不像抓破了脸的，人打树底下一过，两眼就像那鳖鸡似的，还动他的果子！昨儿我从李子树下一走，偏有一个蜜蜂儿往脸上一过，我一招手儿，偏你那好舅母就看见了。他离的远看不真，只当我摘李子呢，就屄声浪嗓喊起来，说又是'还没供佛呢'，又是'老太太、太太不在家还没进鲜呢，等进了上头，嫂子们都有分的'，倒像谁害了馋痨等李子出汗呢。叫我也没好话说，抢白了他一顿。可是你舅母姨娘两三个亲戚都管着，怎不和他们要去，倒和我来要。这可是'仓老鼠和老鸹去借粮——守着的没有，飞着的有'。"

　　小厮笑道："哎哟哟，没有罢了，说上这些闲话！我看你老以后就用不着我了？就便是姐姐有了好地方，将来更呼唤着的日子多，只要我们多答应他些就有了。"柳氏听了，笑道："你这

看似闲聊的话，却透露出重要的信息：一是这看门的小厮也是可以"一朝权在手"的；二是园子里的婆子"半夜三更"还会出去"打酒买油"，显系夜赌，是为隐患；三是贾府的奴婢仆役联络有亲，难免串联结党，争权夺利。这三点，构成了下面故事发展的背景。

指五儿进怡红院事。事未成而众人知，见得府内小道消息之发达，也见得这是一个令人"美慕"的职位。

个小猴精，又捣鬼吊白的，你姐姐有什么好地方了？"那小厮笑道："别哄我了，早已知道了。单是你们有内牵，难道我们就没有内牵不成？我虽在这里听哈，里头却也有两个姊妹成个体统的，什么事瞒了我们！"

正说着，只听门内又有老婆子向外叫："小猴儿们，快传你柳婶子去罢，再不来可就误了。"柳家的听了，不顾和小厮说话，忙推门进去，笑说："不必忙，我来了。"一面来至厨房——虽有几个同伴的人，他们都不敢自专，单等他来调停分派——一面问众人："五丫头那去了？"众人都说："才往茶房里找他们姊妹去了。"

柳家的听了，便将茯苓霜搁起，且按着房头分派菜馔。忽见迎春房里小丫头莲花儿走来说："司棋姐姐说了，要碗鸡蛋，炖的嫩嫩的。"柳家的道："就是这样尊贵。不知怎的，今年这鸡蛋短的很，十个钱一个还找不出来。昨儿上头给亲戚家送粥米去，四五个买办出去，好容易才凑了二千个来。我那里找去？你说给他，改日吃罢。"

莲花儿道："前儿要吃豆腐，你弄了些馊的，叫他说了我一顿。今儿要鸡蛋又没有了。什么好东西，我就不信连鸡蛋都没了，别叫我翻出来。"一面说，一面真个走来，揭起菜箱一看，只见里面果有十来个鸡蛋，说道："这不是？你就这么利害！吃的是主子的，我们的分例，你为什么心疼？又不是你下的蛋，怕人吃了。"柳家的忙丢了手里的活计，便上来说道："你少满嘴里混嗄！你娘才下蛋呢！通共留下这几个，预备菜上的浇头。姑娘们不要，还不肯做上去呢，预备接急的。你们吃了，倘或一声要起来，没有好的，连鸡蛋都没了。你们深宅大院，水来伸手，饭来张口，只知鸡蛋是平常物件，那里知道外头买卖的行市呢。别说这个，有一年连草根子都没了的日子还有呢。我劝他们，细米白饭，每日肥鸡大鸭子，将就些儿也罢了。吃腻了膈，天天又闹起故事来了。鸡蛋、豆腐，又是什么面筋、酱萝卜炸儿，敢自倒换口味，只是我又不是答应你们的，一处要一样，就是十来样。

这柳婶子掌管园内厨房，也是一种权力。

结上回"茯苓霜"事。

司棋要吃鸡蛋而柳婆子拒绝，引发一场风波。

柳婆子慢待司棋，不是第一回了，所以莲花儿不满。说"翻"就"翻"，见得这丫头并不把柳婆子放在眼里。这就是贾府内奴仆等级观念在作怪。这一"翻"，可就不止发现了鸡蛋。

柳婆子说的也在理。她是看不惯"深宅大院"的人身在福中不知福。

"头层主子""二层主子"，这个说法准确。各房的大丫鬟相当于"半个主子"。这是他们忠于主子的重要原因。

我倒别伺候头层主子，只预备你们二层主子了。"

　　莲花听了，便红了脸，喊道："谁天天要你什么来？你说上这两车子话！叫你来，不是为便宜却为什么。前儿小燕来，说'晴雯姐姐要吃芦蒿'，你怎么忙的还问肉炒鸡炒？小燕说'荤的因不好才另叫你炒个面筋的，少搁油才好'。你忙的倒说'自己发昏'，赶着洗手炒了，狗颠儿似的亲捧了去。今儿反倒拿我作筷子【做样子，比喻找差错予以惩治，以警其余】，说我给众人听。"柳家的忙道："阿弥陀佛！这些人眼见的。别说前儿一次，就从旧年一立厨房以来，凡各房里偶然间不论姑娘姐儿们要添一样半样，谁不是先拿了钱来，另买另添。有的没的，名声好听，说我单管姑娘厨房省事，又有剩头儿，算起帐来，惹人恶心：连姑娘带姐儿们四五十人，一日也只管要两只鸡，两只鸭子，十来斤肉，一吊钱的菜蔬。你们算算，够作什么的？连本项两顿饭还撑持不住，还搁的住这个点这样，那个点那样，买来的又不吃，又买别的去。既这样，不如回了太太，多添些分例，也像大厨房里预备老太太的饭，把天下所有的菜蔬用水牌写了，天天转着吃，吃到一个月现算倒好。连前儿三姑娘和宝姑娘偶然商议了要吃个油盐炒枸杞芽儿来，现打发个姐儿拿着五百钱来给我，我倒笑起来了，说：'二位姑娘就是大肚子弥勒佛，也吃不了五百钱的去。这三二十个钱的事，还预备的起。'赶着我送回钱去，到底不收，说赏我打酒吃，又说：'如今厨房在里头，保不住屋里的人不去叨登【折腾，叨扰】，一盐一酱，那不是钱买的？你不给又不好，给了你又没的赔。你拿着这个钱，全当还了他们素日叨登的东西窝儿。'这就是明白体下的姑娘，我们心里只替他念佛。没的赵姨奶奶听了又气不忿，又说太便宜了我，隔不了十天，也打发个小丫头子来寻这样寻那样，我倒好笑起来。你们竟成了例，不是这个，就是那个，我那里有这些赔的。"

　　正乱时，只见司棋又打发人来催莲花儿，说他："死在这里了，怎么就不回去？"莲花儿赌气回来，便添了一篇话，告诉了

　　各房主子地位不同，其丫鬟之尊崇也有差别。王希廉评："想见若辈之妒忌怡红院诸婢者非一日矣，故于此等事留心记得。"

　　柳婆子撇开给晴雯吃芦蒿事，单说月例开销，强调凡单点饭食是要"先拿了钱来"的。只是赵姨娘要吃不给钱的，而"你们竟成了例"，弄得她管理厨房，不但没有赚头，还要赔钱——这应该不是真话。

姚燮评："司棋何一横至此！"

护花主人评："司棋若不因鸡蛋噪闹，叫小丫头乱翻乱摸，则玫瑰露瓶，莲花儿何由看见？叙司棋噪闹一层，是此回之根线。"

司棋未免过分，毕竟只是"二层"的主子，地位总是不那么牢靠的。

芳官赠五儿玫瑰露，五儿赠芳官茯苓霜，不过人情往来，岂料祸由此起。

园门之关闭，涉及诸多事体。

林婆子是负责"巡夜"的，已是日落黄昏，五儿不该在园内出现，所以查问。

司棋。司棋听了，不免心头起火。此刻伺候迎春饭罢，带了小丫头们走来，见了许多人正吃饭，见他来的势头不好，都忙起身陪笑让坐。司棋便喝命小丫头子动手，"凡箱柜所有的菜蔬，只管丢出来喂狗，大家赚不成。"

小丫头子们巴不得一声，七手八脚抢上去，一顿乱翻乱掷的。众人一面拉劝，一面央告司棋说："姑娘别误听了小孩子的话。柳嫂子有八个头，也不敢得罪姑娘。说鸡蛋难买是真。我们才也说他不知好歹，凭是什么东西，也少不得变法儿去。他已经悟过来了，连忙蒸上了。姑娘不信瞧那火上。"

司棋被众人一顿好言，方将气劝的渐平。小丫头们也没有摔完东西，便拉开了。司棋连说带骂，闹了一回，方被众人劝去。柳家的只好摔碗丢盘自己咕嘟了一回，蒸了一碗蛋令人送去。司棋全泼了地下了。那人回来也不敢说，恐又生事。

柳家的打发他女儿喝了一回汤，吃了半碗粥，又将茯苓霜一节说了。五儿听罢，便心下要分些赠芳官，遂用纸另包了一半，趁黄昏人稀之时，自己花遮柳隐的来找芳官。且喜无人盘问。一径到了怡红院门前，不好进去，只在一簇玫瑰花前站立，远远的望着。

有一盏茶时，可巧小燕出来，忙上前叫住。小燕不知是那一个，至跟前方看真切，因问作什么。五儿笑道："你叫出芳官来，我和他说话。"小燕悄笑道："姐姐太性急了，横竖等十来日就来了，只管找他做什么。方才使了他往前头去了，你且等他一等。不然，有什么话告诉我，等我告诉他。恐怕你等不得，只怕关园门了。"五儿便将茯苓霜递与了小燕，又说这是茯苓霜，如何吃，如何补益，"我得了些送他的，转烦你递与他就是了。"说毕，作辞回来。

正走蓼溆一带，忽见迎头林之孝家的带着几个婆子走来，五儿藏躲不及，只得上来问好。林之孝家的问道："我听见你病了，怎么跑到这里来？"五儿陪笑道："因这两日好些，跟我妈进来散散闷。才因我妈使我到怡红院送家伙去。"林之孝家的说道："这话岔了。方才我见你妈出来我才关门。既是你妈使了你去，他如何不告诉我说你在这里呢，竟出去让我关门，是何主意？可知是你扯谎。"五儿听了，没话回答，只说："原是我妈一早教我取去的，我忘了，挨到这时我才想起来了。只怕我妈错当我先出去了，所以没和大娘说得。"

林之孝家的听他辞钝色虚，又因近日玉钏儿说那边正房内失落了东西，几个丫头对赖，没主儿，心下便起了疑。可巧小蝉、莲花儿并几个媳妇子走来，见了这事，便说道："林奶奶倒要审审他。这两日他往这里头跑的不像，鬼鬼唧唧的，不知干些什么事。"小蝉又道："正是。昨儿玉钏姐姐说，太太耳房里的柜子开了，少了好些零碎东西。琏二奶奶打发平姑娘和玉钏姐姐要些玫瑰露，谁知也少了一罐子。若不是寻露，还不知道呢。"莲花儿笑道："这话我没听见，今儿我倒看见一个露瓶子。"

林之孝家的正因这些事没主儿，每日凤姐儿使平儿催逼他，一听此言，忙问在那里。莲花儿便说："在他们厨房里呢。"林之孝家的听了，忙命打了灯笼，带着众人来寻。五儿急的便说："那原是宝二爷屋里的芳官给我的。"林之孝家的便说："不管你方官圆官，现有了赃证，我只呈报了，凭你主子前辩去。"一面说，一面进入厨房，莲花儿带着，取出露瓶。恐还有偷的别物，又细细搜了一遍，又得了一包茯苓霜，一并拿了，带了五儿，来回李纨与探春。

那时李纨正因兰哥儿病了，不理事务，只命去见探春。探春已归房。人回进去，丫鬟们都在院内纳凉，探春在内盥沐，只有待书回进去。半日，出来说："姑娘知道了，叫你们找平儿回二奶奶去。"林之孝家的只得领出来。到凤姐儿那边，先找着了平儿，平儿进去回了凤姐。

凤姐方才歇下，听见此事，便吩咐："将他娘打四十板子，撵出去，永不许进二门。把五儿打四十板子，立刻交给庄子上，

五儿不善言辩，被林婆子抓住了。

一是府内确有"失窃"之案，玉钏已然报了案；二是五儿（柳家）的"反对党"一味添油加醋。五儿难逃一劫矣。

小蝉儿，受挫于宝玉之夏婆子的外孙女，是怡红院的反对派之一。莲花儿，就是翻厨房找鸡蛋的那位。前面几次说到"露瓶子"，至此"发挥作用"了。

凤姐逼她破案，她好容易找到"赃证"，不肯放过也是可以理解的。

凤姐病中，还是探春、李纨临时执政时期。探春思考"半日"才做出决定，应是参透了此案内情。

或卖或配人。"平儿听了，出来依言吩咐了林之孝家的。五儿唬的哭哭啼啼，给平儿跪着，细诉芳官之事。平儿道："这也不难，等明日问了芳官便知真假。但这茯苓霜前日人送了来，还等老太太、太太回来看了才敢打动，这不该偷了去。"五儿见问，忙又将他舅舅送的一节说了出来。

平儿听了，笑道："这样说，你竟是个平白无辜之人，拿你来顶缸。此时天晚，奶奶才进了药歇下，不便为这点子小事去絮叨。如今且将他交给上夜的人看守一夜，等明儿我回了奶奶，再做道理。"林之孝家的不敢违拗，只得带了出来交与上夜的媳妇们看守，自便去了。

这里五儿被人软禁起来，一步不敢多走。又兼众媳妇也有劝他说，不该做这没行止之事；也有报怨说，正经更还坐不上来，又弄个贼来给我们看，倘或眼不见寻了死，或逃走了，都是我们的不是。于是又有素日一干与柳家不睦的人，见了这般，十分趁愿，都来奚落嘲戏他。这五儿心内又气又委屈，竟无处可诉；且本来怯弱有病，这一夜思茶无茶，思水无水，思睡无衾枕，呜呜咽咽直哭了一夜。

谁知和他母女不和的那些人，巴不得一时撵出他们去，惟恐次日有变，大家先起了个清早，都悄悄的来买转平儿，一面送些东西，一面又奉承他办事简断，一面又讲述他母亲素日许多不好。平儿一一的都应着，打发他们去了，却悄悄的来访袭人，问他可果真芳官给他露了。袭人便说："露却是给了芳官，芳官转给何人我却不知。"袭人于是又问芳官，芳官听了，唬天跳地，忙应是自己送他的。

芳官便又告诉了宝玉，宝玉也慌了，说："露虽有了，若勾起茯苓霜来，他自然也实供。若听见了是他舅舅门上得的，他舅舅又有了不是，岂不是人家的好意，反被咱们陷害了。"因忙和平儿计议："露的事虽完，然这霜也是有不是的。好姐姐，你叫他说也是芳官给他的就完了。"平儿笑道："虽如此，只是他昨晚已经同人说是他舅舅给的了，如何又说你给的？况且那边所丢的露也是无主儿，如今有赃证的白放了，又去找谁？谁还肯认？众人也未必心服。”

晴雯走来笑道：“太太那边的露再无别人，分明是彩云偷了给环哥儿去了。你们可瞎乱说。”平儿笑道：“谁不知是这个原故，但今玉钏儿急的哭，悄悄问着他，他若应了，玉钏儿也罢了，大家也就混着不问了。难道我们好意兜揽这事不成！可恨彩云不但不应，他还挤玉钏儿，说他偷了去。两个人窝里发炮，先吵的合府皆知，我们如何装没事人。少不得要查的。殊不知告失盗的就是贼，又没赃证，怎么说他。”

宝玉道：“也罢，这件事我也应起来，就说是我唬他们顽的，悄悄的偷了太太的来了。两件事都完了。”袭人道：“也倒是件阴骘事，保全人的贼名儿。只是太太听见又说你小孩子气，不知好歹了。”平儿笑道：“这也倒是小事。如今便从赵姨娘屋里起了赃来也容易，我只怕又伤着一个好人的体面。别人都别管，这一个人岂不又生气。我可怜的是他，不肯为打老鼠伤了玉瓶。”说着，把三个指头一伸。袭人等听说，便知他说的是探春。大家都忙说：“可是这话。竟是我们这里应了起来的为是。”

平儿又笑道：“也须得把彩云和玉钏儿两个业障叫了来，问准了他方好。不然他们得了益，不说为这个，倒像我没了本事问不出来，烦出这里来完事，他们以后越发偷的偷，不管的不管了。”袭人等笑道：“正是，也要你留个地步。”

平儿便命人叫了他两个来，说道：“不用慌，贼已有了。”玉钏儿先问贼在那里，平儿道：“现在二奶奶屋里，你问他什么应什么。我心里明知不是他偷的，可怜他害怕都承认。这里宝二爷不过意，要替他认一半。我待要说出来，但只是这做贼的素日又是和我好的一个姊妹，窝主却是平常，里面又伤着一个好人的体面，因此为难，少不得央求宝二爷应了，大家无事。如今反要问你们两个，还是怎样？若从此以后大家小心存体面，这便求宝二

平儿也明知是彩云“偷”了去给贾环了，这背后就是赵姨娘。一说到赵姨娘就牵涉到探春，此所以探春不理此案也。

这里解释了回目中所谓的“投鼠忌器”。

须对所谓“贼主”加以训诫，平儿想得周全。

平儿话不多，但句句有力：先声明“贼已有了”，使对方不存幻想；再说是自己的“好姊妹”，不忍说出，动之以朋友之情；三说若指明窝主会伤害一个好人，启其恻隐之心；四说宝玉已然担当，劝其感恩认错；最后声明，再不认账就交付凤姐处理。

爷应了；若不然，我就回了二奶奶，别冤屈了好人。"

彩云听了，不觉红了脸，一时羞恶之心感发，便说道："姐姐放心，也别冤了好人，也别带累了无辜之人伤体面。偷东西原是赵姨奶奶央告我再三，我拿了些与环哥是情真。连太太在家我们还拿过，各人去送人，也是常事。我原说嚷过两天就罢了。如今既冤屈了好人，我心也不忍。姐姐竟带了我回奶奶去，我一概应了完事。"

众人听了这话，一个个都诧异，他竟这样有肝胆。宝玉忙笑道："彩云姐姐果然是个正经人。如今也不用你应，我只说是我悄悄的偷的唬你们顽，如今闹出事来，我原该承认。只求姐姐们以后省些事，大家就好了。"彩云道："我干的事为什么叫你应，死活我该去受。"平儿袭人忙道："不是这样说，你一应了，未免又叨登出赵姨奶奶来，那时三姑娘听了，岂不生气。竟不如宝二爷应了，大家无事，且除这几个人皆不得知道这事，何等的干净。但只以后千万大家小心些就是了。要拿什么，好歹耐到太太到家，那怕连这房子给了人，我们就没干系了。"彩云听了，低头想了一想，方依允。

于是大家商议妥贴，平儿带了他两个并芳官往前边来，至上夜房中叫了五儿，将茯苓霜一节也悄悄的教他说系芳官所赠，五儿感谢不尽。平儿带他们来至自己这边，已见林之孝家的带领了几个媳妇，押解着柳家的等够多时。

林之孝家的又向平儿说："今儿一早押了他来，恐园里没人伺候姑娘们的饭，我暂且将秦显的女人派了去伺候。姑娘一并回明奶奶，他倒干净谨慎，以后就派他常伺候罢。"平儿道："秦显的女人是谁？我不大相熟。"林之孝家的道："他是园里南角子上夜的，白日里没什么事，所以姑娘不大相识。高高孤拐，大大的眼睛，最干净爽利的。"玉钏儿道："是了。姐姐，你怎么忘了？他是跟二姑娘的司棋的婶娘。司棋的父母虽是大老爷那边的人，他这叔叔却是咱们这边的。"

彩云良心未泯，终于认账。

其实真不是什么大事，只是主子不在，"私自"取物，即视为"偷"。赵姨娘当初让彩云去"拿"，意识里也未必就有个"偷"字。

彩云到凤姐跟前把事情说明了，凤姐也未必就怎么样。

关键只是"太太"没在家。她不在家，公子哥贾环要吃，"拿"一点，算不算"偷"？

柳家的也被"押解"，这林婆子根据的是什么法条？而她之所以如此，乃是为让秦显家的趁机上位。

"司棋的婶娘"，自然是司棋一党的，也是林婆子一党的——林的女儿小红，就是从怡红院被挤兑走的。

平儿听了，方想起来，笑道："哦，你早说是他，我就明白了。"又笑道："也太派急了些。如今这事八下里水落石出了，连前儿太太屋里丢的也有了主儿。是宝玉那日过来和这两个业障要什么的，偏这两个业障怄他顽，说太太不在家不敢拿。宝玉便瞅他两个不堤防的时节，自己进去拿了些什么出来。这两个业障不知道，就唬慌了。如今宝玉听见带累了别人，方细细的告诉了我，拿出东西来我瞧，一件不差。那茯苓霜是宝玉外头得了的，也曾赏过许多人，不独园内人有，连妈妈子们讨了出去给亲戚们吃，又转送人，袭人也曾给过芳官之流的人。他们私情各相来往，也是常事。前儿那两篓还摆在议事厅上，好好的原封没动，怎么就混赖起人来。等我回了奶奶再说。"说毕，抽身进了卧房，将此事照前言回了凤姐儿一遍。

凤姐儿道："虽如此说，但宝玉为人不管青红皂白，爱兜揽事情。别人再求他去，他又搁不住人两句好话，给他个炭篓子戴上，什么事他不应承。咱们若信了，将来若大事也如此，如何治人。还要细细的追求才是。依我的主意，把太太屋里的丫头都拿来，虽不便擅加拷打，只叫他们垫着磁瓦子跪在太阳地下，茶饭也别给吃。一日不说跪一日，便是铁打的，一日也管招了。又道是'苍蝇不抱无缝的蛋'。虽然这柳家的没偷，到底有些影儿，人才说他。虽不加贼刑，也革出不用。朝廷家原有罣误的，倒也不算委屈了他。"

平儿道："何苦来操这心！'得放手时须放手。'什么大不了的事，乐得不施恩呢。依我说，纵在这屋里操上一百分的心，终久咱们是那边屋里去的。没的结些小人仇恨，使人含怨。况且自己又三灾八难的，好容易怀了一个哥儿，到了六七个月还掉了，焉知不是素日操劳太过，气恼伤着的。如今乘早儿见一半不见一半的，也倒罢了。"一席话，说的凤姐儿倒笑了，说道："凭你这小蹄子发放去罢。我才精爽些了，没的淘气。"平儿笑道："这不是正经！"说毕，转身出来，一一发放。要知端的，且听下回分解。

【 回后评 】

对此回书，洪秋蕃有一个评价："此回情事绝似衙门公案，王夫人为失主，彩云为正贼，赵姨娘为窝户，又为主盗，贾环为受赃，玉钏为诬扳，五儿为犯夜，柳家为株连，芳官为要证，小莲花儿为举发，宝玉为包揽，袭人、晴雯为地邻，林之孝家为捕役，上夜婆子为看役，李纨、探春为同知，凤姐为知府，平儿则为府局承审委员，苦心拈合，只图了案，不罪一人。"

他说得煞有介事。但实际上，这与"衙门公案"绝少相似之处。说得直白一点，这里本没有什么"案"，而是吵吵闹闹，弄得有草木皆兵之势。所谓"案"，就是王夫人房里"丢"了一罐儿玫瑰露（还有其他东西，没有列入本案）。这种东西，在贾府并非什么奇珍异品。上一回书中，芳官要玫瑰露送给五儿吃，宝玉说："有的，我又不大吃，你都给他去罢。"本回书中，彩云也说："偷东西原是赵姨奶奶央告我再三，我拿了些与环哥是情真。连太太在家我们还拿过，各人去送人，也是常事。"既然连丫鬟都可以把"各人去送人"当作"常事"，作为"主子"的贾环需要了，去"拿"一点，不是很正常吗。那个王夫人一个月不在家，贾环就得等一个月吗？其实，那个赵姨娘当初指使彩云去"拿"，她的意识里未必就有一个"偷"字——公开讨要随手可得，干嘛要"偷"呢？问题只在于王夫人不在家，而事情又发生在这位姨娘身上，所以这"拿"就变成了"偷"。

曹公叙事，用意本不在事件本身，他是在写人，写人情世态。把本不构成"公案"的小事写得曲曲折折，"轰轰烈烈"，我们正是在这庸人自扰式的曲折、热闹中看到了贾府"生态"之恶浊，看到了人性之复杂。

在此事件中，无辜受害的是柳家母女。仅仅因为在厨房里"搜"出了玫瑰露瓶和茯苓霜，就把五儿"软禁"了一夜。而第二天一早，林家婆子又"押解"着柳家的来见平儿。"软禁""押解"，这都是国家政法部门的权限，而在贾府，这样的事情可以公行无阻。还不止此，"案子"报到此时贾府最高"行政长官"凤姐那里，她不问青红皂白，即下令："将他娘打四十板子，撵出去，永不许进二门。把五儿打四十板子，立刻交给庄子上，或卖或配人。"奴仆、婢女，不要说什么"人权""人身自由"，生杀予夺全依主子的意旨，甚至主子的"一时兴起"。若不是平儿从中斡旋，凤姐的随口命令就会变成现实，而柳家母女绝无伸冤之地。

此事之所以搞得"轰轰烈烈"，跟贾府内帮派权利之争大有关系。从根上说，玫瑰露在宝玉那里，多得很，可以随便送人；而在贾环那里，却得求王夫人的丫鬟去"拿"。这就是不公，不平。林家的值夜巡查，发现五儿而盘问，本属正常；但她内心对怡红院的怨恨，未必没有起作用。而小蝉儿、小莲儿的从旁怂恿，则明显是挟私报复。五儿被"软禁"，"于是又有素日一干与柳家不睦的人，见了这般，十分趁愿，都来奚落嘲戏他"。这就是贾府的生态，除了主奴之间的纷争对立，在底层，在婆子丫鬟之间，更是七姑八姨，盘根错节，形成不同的帮派。争宠，争利，抓辫子，使绊子，落井下石，煽风点火，各有其能，各得其便，日复一日，互害不已。正是：人人都做出一点恶，这世界就变成恐怖的地狱！

人说"大观园"是"青春的乐园"，而看到这一幕之后，我们对这"乐园"的看法就不能不发生变化。这"乐园"只属于少数人，与大多数人无关。但要说这是多数人的"地狱"也未免太过，因为毕竟还有那个"护花天使"贾宝玉，还有那个"半主半奴"的平儿。他们的善良与担当，使天空漏下些许人性的阳光，使人感到些许的温暖。

第六十二回

憨湘云醉眠芍药裀

呆香菱情解石榴裙

看湘云醉卧青石，满身花影，宛若百十名姝，抱云笙月鼓而簇拥太真者。

四寿星上座享寿宴，憨湘云醉卧芍药裀

回目所标示的两件事，不过是宝玉庆生过程中的两个点，前者极写湘云之明朗光艳，后者则写香菱偶然之尴尬。这两件事看似不相干，其实都指向宝玉：写他对"女儿"的欣赏与关爱。

本回书先写"玫瑰露事件"之余波：柳氏照旧当差，秦显家的退回；赵姨娘闻讯安心，而贾环吃醋——疑心起彩云跟宝玉好，把原来彩云送他的东西都扔还给彩云，彩云一气之下把那些东西扔到河里去了。

这日，又是宝玉生日，他清晨起来就忙得不亦乐乎。因为薛蝌送了礼，宝玉过去陪他吃面。之后，宝玉、宝钗、宝琴一起回来。在路上宝钗对宝玉说：玫瑰露和茯苓霜只是小事，这几天贾府还有几件比这两件大的，若叨登出来，不知里头连累多少人。宝钗还嘱咐宝玉：她只告诉了平儿，不要对第二个人讲，云云。

巧的是同日生日的还有宝琴、岫烟和平儿。这天大家凑份子，只在园子里设宴热闹。在宴席上，行令的行令，不喜欢行令的就划拳。这些人因贾母、王夫人不在家，没了管束，便任意取乐，呼三喝四，喊七叫八。满厅中红飞翠舞，玉动珠摇，真是十分热闹。玩了一回，忽然不见了湘云。原来，那湘云酒醉图凉快，她用鲛帕包了一包芍药花瓣枕着，竟在山子后头一块青板石凳上睡着了：这就是"憨湘云醉眠芍药裀"。"憨"者，天真纯朴也；"裀"者，垫子、褥子也。

餐后大家在园子里休闲。袭人端来两钟茶，本来是给宝玉和黛玉的。宝玉饮了一钟，宝钗则用半钟漱口，把剩下的半钟递在黛玉手内，黛玉也就饮了。

小螺和香菱、芳官、蕊官、藕官、荳官等四五个人，采了些花草坐在花草堆中斗草。一时打闹起来，荳官跟香菱两个人滚在草地下，香菱的新裙子沾上了泥水。可巧宝玉见了，深为可惜，就让袭人拿了一条同样的给香菱。这香菱命宝玉背过脸去，自己才将脏了的解下来，将这条系上。这就是"呆香菱情解石榴裙"。"呆"者，死板也；"情"者，难为情也。

值得注意的是，在庆生的欢乐途中，林之孝家的两次率人光临——一次是巡察，一次是让李纨、探春处罚一个"嘴很不好"的仆人，在庆生的乐曲中蹦出几个不和谐的音符。

话说平儿出来吩咐林之孝家的道："大事化为小事，小事化为没事，方是兴旺之家。若得不了一点子小事，便扬铃打鼓的乱折腾起来，不成道理。如今将他母女带回，照旧去当差。将秦显家的仍旧退回。再不必提此事。只是每日小心巡察要紧。"说毕，起身走了。柳家的母女忙向上磕头，林家的带回园中，回了李纨探春，二人皆说："知道了，能可无事，很好。"

司棋等人空兴头了一阵。那秦显家的好容易等了这个空子钻了来，只兴头上半天。在厨房内正乱着接收家伙米粮煤炭等物，又查出许多亏空来，说："粳米短了两石，常用米又多支了一个月的，炭也欠着额数。"一面又打点送林之孝家的礼，悄悄的备了一篓炭，五百斤木柴，一担粳米，在外边就遣了子侄送入林家去了；又打点送帐房的礼；又预备几样菜蔬请几位同事的人，说："我来了，全仗列位扶持。自今以后都是一家人了。我有照顾不到的，好歹大家照顾些。"

正乱着，忽有人来说与他："看过这早饭就出去罢。柳嫂儿原无事，如今还交与他管了。"秦显家的听了，轰去魂魄，垂头丧气，登时掩旗息鼓，卷包而出。送人之物白丢了许多，自己倒要折变了赔补亏空。连司棋都气了个倒仰，无计挽回，只得罢了。

本来"无事"，乘草木皆兵之机，夤缘钻营、踩着别人往上爬的，又摔下来了。可悲，可叹！这也许是曹公"炫"此一案的动机之一吧。

姚燮评："不知林之孝家的受其多少贿矣。"

王希廉评："方寻人'炭米'亏空，而自己之送'礼'者妙在即是'炭米'，作者真刻毒。"

在上者凤姐贪贿，在下一个厨房掌班也如此贪贿。贾府之"烂"，无可救药矣。

偷鸡不成蚀把米。得实利者，林家也。

这一对母子，母亲"心虚"，儿子翻脸。"心虚"尚有可说，"翻脸"纯属不知好歹。

没有自信，所以"不信"。

萝卜白菜，各有所爱，这个彩云偏就喜欢贾环。宝玉在只喜欢贾蔷的龄官那里已有所感悟。（三十六回）

以上结园中之"混乱"与"悲伤"，以宝玉庆生为转机，写园中的集聚与欢乐。大观园中两重天，人情世态最昭然。

庆生，从祭天地、祀祖宗到拜尊长，一路行礼，一丝不苟。

赵姨娘正因彩云私赠了许多东西，被玉钏儿吵出，生恐查诘出来，每日捏一把汗打听信儿。忽见彩云来告诉说："都是宝玉应了，从此无事。"赵姨娘方把心放下来。谁知贾环听如此说，便起了疑心，将彩云凡私赠之物都拿了出来，照着彩云的脸摔了去，说："这两面三刀的东西！我不稀罕。你不和宝玉好，他如何肯替你应。你既有担当给了我，原该不与一个人知道。如今你既然告诉他，我再要这个，也没趣儿。"

彩云见如此，急的发身赌誓，至于哭了。百般解说，贾环执意不信，说："不看你素日之情，去告诉二嫂子，就说你偷来给我，我不敢要。你细想去。"说毕，摔手出去了。急的赵姨娘骂："没造化的种子，蛆心孽障。"气的彩云哭个泪干肠断。赵姨娘百般的安慰他："好孩子，他辜负了你的心，我看的真。让我收起来，过两日他自然回转过来了。"说着，便要收东西。彩云赌气一顿包起来，乘人不见时，来至园中，都撒在河内，顺水沉的沉漂的漂了。自己气的夜间在被内暗哭。

当下又值宝玉生日已到，原来宝琴也是这日，二人相同。因王夫人不在家，也不曾像往年闹热。只有张道士送了四样礼，换的寄名符儿；还有几处僧尼庙的和尚姑子送了供尖儿，并寿星纸马疏头，并本命星官值年太岁周年换的锁儿。家中常走的男女先儿来上寿。王子腾那边，仍是一套衣服，一双鞋袜，一百寿桃，一百束上用银丝挂面。薛姨娘处减一等。其馀家中人，尤氏仍是一双鞋袜；凤姐儿是一个宫制四面和合荷包，里面装一个金寿星，一件波斯国所制玩器。各庙中遣人去放堂舍钱。又另有宝琴之礼，不能备述。姐妹中皆随便，或有一扇的，或有一字的，或有一画的，或有一诗的，聊复应景而已。

这日宝玉清晨起来，梳洗已毕，冠带出来。至前厅院中，已有李贵等四五个人在那里设下天地香烛，宝玉炷了香。行毕礼，奠茶焚纸后，便至宁府中宗祠祖先堂两处行毕礼，出至月台上，又朝上遥拜过贾母、贾政、王夫人等。一顺到尤氏上房，行过礼，坐了一回，方回荣府。先至薛姨妈处，薛姨妈再三拉着，然后又遇见薛蝌，让一回，方进园来。晴雯、麝月二人跟随，小丫头夹着毡子，从李氏起，一一挨着比他长的房中到过。复出二门，至李、赵、张、王四个奶妈家让了一回，方进来。虽众人要行礼，也不曾受。回至房中，袭人等只都来说一声就是了。王夫人有言，不令年轻人受礼，恐折了福寿，故皆不磕头。

歇一时，贾环、贾兰等来了，袭人连忙拉住，坐了一坐，便去了。宝玉笑说走乏了，便歪在床上。方吃了半盏茶，只听外面咭咭呱呱，一群丫头笑进来，原来是翠墨、小螺、翠缕、入画、邢岫烟的丫头篆儿，并奶子抱着巧姐儿，彩鸾、绣鸾八九个人，都抱着红毡笑着走来，说："拜寿的挤破了门了，快拿面来我们吃。"刚进来时，探春、湘云、宝琴、岫烟、惜春也都来了。宝玉忙迎出来，笑说："不敢起动，快预备好茶。"进入房中，不免推让一回，大家归坐。袭人等捧过茶来，才吃了一口，平儿也打扮的花枝招展的来了。

宝玉忙迎出来，笑说："我方才到凤姐姐门上，回了进去，不能见，我又打发人进去让姐姐的。"平儿笑道："我正打发你姐姐梳头，不得出来回你。后来听见又说让我，我那里禁当的起，所以特赶来磕头。"宝玉笑道："我也禁当不起。"袭人早在外间安了座，让他坐。平儿便福下去，宝玉作揖不迭。平儿便跪下去，宝玉也忙还跪下，袭人连忙搀起来。又下了一福，宝玉又还了一揖。袭人笑推宝玉："你再作揖。"宝玉道："已经完了，怎么又作揖？"袭人笑道："这是他来给你拜寿。今儿也是他的生日，你也该给他拜寿。"宝玉听了，喜的忙作下揖去，说："原来今儿也是姐姐的芳诞。"平儿还万福不迭。

湘云拉宝琴、岫烟说："你们四个人对拜寿，直拜一天才是。"探春忙问："原来邢妹妹也是今儿？我怎么就忘了？"忙命丫头："去告诉二奶奶，赶着补了一分礼，与琴姑娘的一样，送到二姑娘屋里去。"丫头答应着去了。岫烟见湘云直口说出来，

晚辈、丫鬟等，纷纷来拜。"拜寿的挤破了门了"，见得宝玉在贾府的地位与人缘。

从李纨、探春临时执政，平儿就成了"重要人物"，而且此日也是她的生日，所以安排她单独出场。

"福下去"，古代女子所行的敬礼。

又一个同日庆生的。

再添一位。四人同日生，无巧不成书，无巧不热闹。

寿星得还礼，所以"少不得要到各房去让让"。

黛玉到贾府后，已有庆生之举，探春竟然忘了。由袭人提出，黛玉知道会作何感想？

丫鬟，在贾府没有"受礼职分"，所以生辰之日不为人知。

平儿说"等姑娘们回房，我再行礼去"，就是上面所说"到各房去让让"，同义互解。

平儿为探春"执政"多有帮助，处理"玫瑰露"事件又为探春着想，所以探春说"我心才过得去"。

"里头"指大观园里。

"磕头"，比"下福"之礼更重。平儿是丫头身份，柳家的以主子待之，见得平儿的实际权力与人缘。

少不得要到各房去让让。

探春笑道："倒有些意思，一年十二个月，月月有几个生日。人多了，便这等巧，也有三个一日、两个一日的。大年初一日也不白过，大姐姐占了去。怨不得他福大，生日比别人就占先。又是太祖太爷的生日。过了灯节，就是姨太太和宝姐姐，他们娘儿两个遇的巧。三月初一日是太太，初九日是琏二哥哥。二月没人。"袭人道："二月十二是林姑娘，怎么没人？就只不是咱家的人。"探春笑道："我这个记性是怎么了！"宝玉笑指袭人道："他和林妹妹是一日，所以他记的。"

探春笑道："原来你两个倒是一日。每年连头也不给我们磕一个。平儿的生日我们也不知道，这也是才知道。"平儿笑道："我们是那牌儿名上的人，生日也没拜寿的福，又没受礼职分，可吵闹什么，可不悄悄的过去。今儿他又偏吵出来了，等姑娘们回房，我再行礼去罢。"探春笑道："也不敢惊动。只是今儿倒要替你过个生日，我心才过得去。"宝玉、湘云等一齐都说："很是。"探春便吩咐了丫头："去告诉他奶奶，就说我们大家说了，今儿一日不放平儿出去，我们也大家凑了分子过生日呢。"丫头笑着去了，半日，回来说："二奶奶说了，多谢姑娘们给他脸。不知过生日给他些什么吃，只别忘了二奶奶，就不来絮聒他了。"众人都笑了。

探春因说道："可巧今儿里头厨房不预备饭，一应下面弄菜都是外头收拾。咱们就凑了钱叫柳家的来揽了去，只在咱们里头收拾倒好。"众人都说是极。探春一面遣人去问李纨、宝钗、黛玉、一面遣人去传柳家的进来，吩咐他内厨房中快收拾两桌酒席。

柳家的不知何意，因说外厨房都预备了。探春笑道："你原来不知道，今儿是平姑娘的华诞。外头预备的是上头的，这如今我们私下又凑了分子，单为平姑娘预备两桌请他。你只管拣新巧的菜蔬预备了来，开了帐和我那里领钱。"柳家的笑道："原来今日也是平姑娘的千秋，我竟不知道。"说着，便向平儿磕下头去，慌的平儿拉起他来。柳家的忙去预备酒席。

这里探春又邀了宝玉，同到厅上去吃面，等到李纨宝钗一齐来全，又遣人去请薛姨妈与黛玉。因天气和暖，黛玉之疾渐愈，故也来了。花团锦簇，挤了一厅的人。

谁知薛蟠又送了巾扇香帕四色寿礼与宝玉，宝玉于是过去陪他吃面。两家皆治了寿酒，互相酬送，彼此同领。至午间，宝玉又陪薛蟠吃了两杯酒。宝钗带了宝琴过来与薛蟠行礼，把盏毕，宝钗因嘱薛蟠："家里的酒也不用送过那边去，这虚套竟可收了。你只请伙计们吃罢。我们和宝兄弟进去还要待人去呢，也不能陪你了。"薛蟠忙说："姐姐兄弟只管请，只怕伙计们也就好来了。"宝玉忙又告过罪，方同他姊妹回来。

薛家为宝琴治寿酒。

一进角门，宝钗便命婆子将门锁上，把钥匙要了自己拿着。宝玉忙说："这一道门何必关，又没多的人走。况且姨娘、姐姐、妹妹都在里头，倘或家去取什么，岂不费事。"宝钗笑道："小心没过逾的。你瞧你们那边，这几日七事八事，竟没有我们这边的人，可知是这门关的有功效了。若是开着，保不住那起人图顺脚，抄近路从这里走，拦谁的是？不如锁了，连妈和我也禁着些，大家别走。纵有了事，就赖不着这边的人了。"

关门避嫌，是宝钗的性格。

宝玉笑道："原来姐姐也知道我们那边近日丢了东西？"宝钗笑道："你只知道玫瑰露和茯苓霜两件，乃因人而及物。若非因人，你连这两件还不知道呢。殊不知还有几件比这两件大的呢。若以后叨登不出来，是大家的造化；若叨登出来，不知里头连累多少人呢。你也是不管事的人，我才告诉你。平儿是个明白人，我前儿也告诉了他，皆因他奶奶不在外头，所以使他明白了。若不出来，大家乐得丢开手。若犯出来，他心里已有稿子，自有头绪，就冤屈不着平人了。你只听我说，以后留神小心就是了，这话也不可对第二个人讲。"

贾府有"不知里头连累多少人"的大案，宝钗怎么一清二楚？是什么案件，平儿都知道了，为什么不"叨登"出来？

在写"集聚欢乐"时，不忘那个"混乱悲伤"的阴影。

说着，来到沁芳亭边，只见袭人、香菱、待书、素云、晴雯、麝月、芳官、蕊官、藕官等十来个人都在那里看鱼作耍。见他们来了，都说："芍药栏里预备下了，快去上席罢。"宝钗等随携了他们同到了芍药栏中红香圃三间小敞厅内。连尤氏已请过来了，诸人都在那里，只没平儿。

"芍药栏"，是湘云醉卧处。

原来平儿出去，有赖林诸家送了礼来，连三接四，上中下三等家人来拜寿送礼的不少，平儿忙着打发赏钱道谢，一面又色色的回明凤姐儿，不过留下几样，也有不收的，也有收下即刻赏与人的。忙了一回，又直待凤姐儿吃过面，方换了衣裳往园里来。

见得平儿半主半奴身份。

刚进了园，就有几个丫鬟来找他，一同到了红香圃中。只见筵开玳瑁，褥设芙蓉。众人都笑："寿星全了。"上面四座定要让他们四个人坐，四人皆不肯。薛姨妈说："我老天拔地，又不合你们的群儿，我倒觉拘的慌，不如我到厅上随便躺躺去倒好。我又吃不下什么去，又不大吃酒，这里让他们倒便宜【便，biàn】。"尤氏等执意不从。宝钗道："这也罢了，倒是让妈在厅上歪着自如些，有爱吃的送些过去，倒自在了。且前头没人在那里，又可照看了。"探春等笑道："既这样，恭敬不如从命。"因大家送了他到议事厅上，眼看着命丫头们铺了一个锦褥并靠背引枕之类，又嘱咐："好生给姨妈捶腿，要茶要水别推三扯四的。回来送了东西来，姨妈吃了就赏你们吃。只别离了这里出去。"小丫头们都答应了。

姨妈知趣，自己方便，年轻人也不必拘束。

探春等方回来。终久让宝琴、岫烟二人在上，平儿面西坐，宝玉面东坐。探春又接了鸳鸯来，二人并肩对面相陪。西边一桌，宝钗、黛玉、湘云、迎春、惜春，一面又拉了香菱、玉钏儿二人打横。三桌上，尤氏李纨又拉了袭人、彩云陪坐。四桌上便是紫鹃、莺儿、晴雯、小螺、司棋等人围坐。当下探春等还要把盏，宝琴等四人都说："这一闹，一日都坐不成了。"方才罢了。两个女先儿要弹词上寿，众人都说："我们没人要听那些野话【荒诞故事】，你厅上去说给姨太太解闷儿去罢。"一面又将各色吃食拣了，命人送与薛姨妈去。

客人为尊。

年轻人有自己的玩法，薛姨妈既离开，再把说书人请出去，可以无拘无束了。

宝玉便说："雅坐无趣，须要行令才好。"众人有的说行这个令好，那个又说行那个令好。黛玉道："依我说，拿了笔砚将各色全都写了，拈成阄儿，咱们抓出那个来，就是那个。"众人都道妙。即拿了一副笔砚花笺。香菱近日学了诗，又天天学写字，见了笔砚便图不得，连忙起座说："我写。"

大家想了一回，共得了十来个，念着，香菱一一的写了，搓成阄儿，掷在一个瓶中间。探春便命平儿拣，平儿向内搅了一搅，用箸拈了一个出来，打开看，上写着"射覆"二字。宝钗笑道："把个酒令的祖宗拈出来。'射覆'从古有的，如今失了传，这是后人纂的，比一切的令都难。这里头倒有一半是不会的，不如毁了，另拈一个雅俗共赏的。"探春笑道："既拈了出来，如何又毁。如今再拈一个，若是雅俗共赏的，便叫他们行去。咱们行这个。"说着又着袭人拈了一个，却是"拇战"【划拳】。史湘云笑着说："这个简断爽利，合了我的脾气。我不行这个'射覆'，没的垂头丧气闷人，我只划拳去了。"探春道："惟有他乱令，宝姐姐快罚他一钟。"宝钗不容分说，便灌湘云一杯。

探春道："我吃一杯，我是令官，也不用宣，只听我分派。"命取了令骰令盆来，"从琴妹掷起，挨下掷去，对了点的二人射覆。"宝琴一掷，是个三，岫烟宝玉等皆掷的不对，直到香菱方掷了个三。宝琴笑道："只好室内生春，若说到外头去，可太没头绪了。"探春道："自然。三次不中者罚一杯。你覆，他射。"宝琴想了一想，说了个"老"字。香菱原生于这令，一时想不到，满室满席都不见有与"老"字相连的成语。湘云先听了，便也乱看，忽见门斗上贴着"红香圃"三个字，便知宝琴覆的是"吾不如老圃"的"圃"字。见香菱射不着，众人击鼓又催，便悄悄的拉香菱，教他说"药"字。黛玉偏看见了，说："快罚他，又在那里私相传递呢。"哄的众人都知道了，忙又罚了一杯，恨的湘云拿筷子敲黛玉的手。于是罚了香菱一杯。

下则宝钗和探春对了点子。探春便覆了一个"人"字。宝钗笑道："这个'人'字泛的很。"探春笑道："添一字，两覆一射

饮酒必行令，几成套路，读多了有点厌烦。

总不忘宝钗"博学"，或者是借宝钗之口显示自己的博学。"射覆"是一种游戏：把东西覆于器物下，让人猜。"射"就是"猜"。后也用于称行酒令时用字句暗指事物，让人猜测。这"射覆"的玩法，从下面的过程可以了解。

湘云豪爽而乱令，喝下第一杯酒。

这就是"对点"，二人一覆一射。"室内生春"即只在室内取物射谜，下面一句就是解释。

湘云着急帮香菱，又犯令，罚第二杯。

脑筋急转弯！因"席上有鸡"，就覆"人"字，这"人"和"鸡"怎么联系起来？有"鸡人"一语，周官名，掌供办鸡牲。凡举行大典，则报时以警夜。"鸡"跟"人"联系起来了，又不能只说"鸡"，还得说"埘"——鸡窝。

也不泛了。"说着，便又说了一个"窗"字。宝钗一想，因见席上有鸡，便射着他是用"鸡窗"、"鸡人"二典了，因射了一个"埘"字。探春知他射着，用了"鸡栖于埘"的典，二人一笑，各饮一口门杯。

湘云等不得，早和宝玉"三"、"五"乱叫，划起拳来。那边尤氏和鸳鸯隔着席也"七"、"八"乱叫划起来。平儿袭人也作了一对划拳，叮叮当当只听得腕上的镯子响。一时湘云赢了宝玉，袭人赢了平儿，尤氏赢了鸳鸯，三个人限酒底酒面，湘云便说："酒面要一句古文，一句旧诗，一句骨牌名，一句曲牌名，还要一句时宪书【历书】上的话，共总凑成一句话。酒底要关人事的果菜名。"众人听了，都笑说："惟有他的令也比人唠叨，倒也有意思。"便催宝玉快说。宝玉笑道："谁说过这个，也等想一想儿。"黛玉便道："你多喝一钟，我替你说。"宝玉真个喝了酒，听黛玉说道：

姚燮评："是色界天宫，是极乐福地。"王希廉评："人间那得几回闻。"

这考验的是博闻强识。

十八回黛玉曾替宝玉作《杏帘在望》诗，真心体贴。

　　落霞与孤鹜齐飞【古文】，风急江天过雁哀【古诗】，却是一只折足雁【骨牌名】，叫的人九回肠【曲牌名】，这是鸿雁来宾【旧时历书上的话】。

说的大家笑了，说："这一串子倒有些意思。"黛玉又拈了一个榛穰，说酒底道：

　　榛子非关隔院砧，何来万户捣衣声。

令完，鸳鸯、袭人等皆说的是一句俗话，都带一个"寿"字的，不能多赘。

大家轮流乱划了一阵，这上面湘云又和宝琴对了手，李纨和岫烟对了点子。李纨便覆了一个"瓢"字，岫烟便射了一个"绿"字，二人会意，各饮一口。湘云的拳却输了，请酒面酒底。

宝琴笑道："请君入瓮。"大家笑起来，说："这个典用的当。"湘云便说道：

奔腾而砰湃，江间波浪兼天涌，须要铁锁缆孤舟，既遇着一江风，不宜出行。

说的众人都笑了，说："好个诌断了肠子的。怪道他出这个令，故意惹人笑。"又听他说酒底。湘云吃了酒，拣了一块鸭肉呷口，忽见碗内有半个鸭头，遂拣了出来吃脑子。众人催他，"别只顾吃，到底快说了。"湘云便用箸子举着说道：

这鸭头不是那丫头，头上那讨桂花油。

众人越发笑起来，引的晴雯、小螺、莺儿等一干人都走过来说："云姑娘会开心儿，拿着我们取笑儿，快罚一杯才罢。怎见得我们就该擦桂花油的？倒得每人给一瓶子桂花油擦擦。"黛玉笑道："他倒有心给你们一瓶子油，又怕挂误着打盗窃的官司。"众人不理论，宝玉却明白，忙低了头。彩云有心病，不觉的红了脸。宝钗忙暗暗的瞅了黛玉一眼。黛玉自悔失言，原是趣宝玉的，就忘了趣着彩云。自悔不及，忙一顿行令划拳岔开了。

底下宝玉可巧和宝钗对了点子。宝钗覆了一个"宝"字，宝玉想了一想，便知是宝钗作戏指自己所佩通灵玉而言，便笑道："姐姐拿我作雅谑，我却射着了。说出来姐姐别恼，就是姐姐的讳'钗'字就是了。"众人道："怎么解？"宝玉道："他说'宝'，底下自然是'玉'了。我射'钗'字，旧诗曾有'敲断玉钗红烛冷'，岂不射着了。"湘云说道："这用时事却使不得，两个人都该罚。"香菱忙道："不止时事，这也有出处。"湘云道："'宝玉'二字并无出处，不过是春联上或有之，诗书纪载并无，算不得。"香菱道："前日我读岑嘉州五言律，现有一句说'此乡

湘云出的主意，现在轮到她自己得照做，所以说是"请君入瓮"。

这种玩法真是要"诌断了肠子的"。

又罚一杯。

"挂误着打盗窃的官司"，暗指前面玫瑰露"案件"。三个人三种表现，传神。

多宝玉'，怎么你倒忘了？后来又读李义山七言绝句，又有一句'宝钗无日不生尘'，我还笑说他两个名字都原来在唐诗上呢。"众人笑说："这可问住了，快罚一杯。"湘云无语，只得饮了。

大家又该对点的对点，划拳的划拳。这些人因贾母王夫人不在家，没了管束，便任意取乐，呼三喝四，喊七叫八。满厅中红飞翠舞，玉动珠摇，真是十分热闹。顽了一回，大家方起席散了一散，倏然不见了湘云，只当他外头自便就来，谁知越等越没了影响，使人各处去找，那里找得着。

接着林之孝家的同着几个老婆子来，生恐有正事呼唤，二者恐丫鬟们年轻，乘王夫人不在家不服探春等约束，恣意痛饮，失了体统，故来请问有事无事。探春见他们来了，便知其意，忙笑道："你们又不放心，来查我们来了。我们没有多吃酒，不过是大家顽笑，将酒作个引子，妈妈们别耽心。"李纨尤氏都也笑说："你们歇着去罢，我们也不敢叫他们多吃了。"林之孝家的等人笑说："我们知道，连老太太叫姑娘吃酒姑娘们还不肯吃，何况太太们不在家，自然顽罢了。我们怕有事，来打听打听。二则天长了，姑娘们顽一回子还该点补些小食儿。素日又不大吃杂东西，如今吃一两杯酒，若不多吃些东西，怕受伤。"探春笑道："妈妈们说的是，我们也正要吃呢。"因回头命取点心来。

两旁丫鬟们答应了，忙去传点心。探春又笑让："你们歇着去罢，或是姨妈那里说话儿去。我们即刻打发人送酒你们吃去。"林之孝家的等人笑回："不敢领了。"又站了一回，方退了出来。平儿摸着脸笑道："我的脸都热了，也不好意思见他们。依我说竟收了罢，别惹他们再来，倒没意思了。"探春笑道："不相干，横竖咱们不认真喝酒就罢了。"

正说着，只见一个小丫头笑嘻嘻的走来："姑娘们快瞧云姑娘去，吃醉了图凉快，在山子后头一块青板石凳上睡着了。"众人听说，都笑道："快别吵嚷。"说着，都走来看时，果见湘云卧于山石僻处一个石凳子上，业经香梦沉酣，四面芍药花飞了一

总写一句众人，下单写一个湘云。

张俊、沈治钧评："当日是大观园狂欢节，众婆子却像巡警，而以林之孝家的为督察，音符甚不和谐。此为七十四回'惑奸谗抄检大观园'伏脉。"

这林之孝家的除了巡察，还有"教导"之责。

正在找湘云之际，插入林之孝家的来了，一"断"；现在再"续"前文。

前面一而再再而三写湘云被罚酒，到底醉了。能在花丛中醉卧一眠，难得之福。而在迷迷糊糊中还能说出合乎要求的酒令，我们只能说她是天才。

身，满头脸衣襟上皆是红香散乱，手中的扇子在地下，也半被落花埋了，一群蜂蝶闹穰穰的围着他，又用鲛帕包了一包芍药花瓣枕着。众人看了，又是爱，又是笑，忙上来推唤挽扶。湘云口内犹作睡语说酒令，唧唧嘟嘟说：

> 泉香而酒冽，玉碗盛来琥珀光，直饮到梅梢月上，醉扶
> 归，却为宜会亲友。

众人笑推他，说道："快醒醒儿吃饭去，这潮凳上还睡出病来呢。"湘云慢启秋波，见了众人，低头看了一看自己，方知是醉了。原是来纳凉避静的，不觉的因多罚了两杯酒，娇嫩不胜，便睡着了，心中反觉自愧。连忙起身扎挣着同人来至红香圃中，用过水，又吃了两盏酽茶。探春忙命将醒酒石拿来给他衔在口内，一时又命他喝了一些酸汤，方才觉得好了些。

当下又选了几样果菜与凤姐送去，凤姐儿也送了几样来。宝钗等吃过点心，大家也有坐的，也有立的，也有在外观花的，也有扶栏观鱼的，各自取便说笑不一。探春便和宝琴下棋，宝钗岫烟观局。林黛玉和宝玉在一簇花下唧唧哝哝不知说些什么。

只见林之孝家的和一群女人带了一个媳妇进来。那媳妇愁眉苦脸，也不敢进厅，只到了阶下，便朝上跪下了，碰头有声。探春因一块棋受了敌，算来算去纵得了两个眼，便折了官着，两眼只瞅着棋枰，一只手却伸在盒内，只管抓弄棋子作想，林之孝家的站了半天，因回头要茶时才看见，问："什么事？"林之孝家的便指那媳妇说："这是四姑娘屋里的小丫头彩儿的娘，现是园内伺候的人。嘴很不好，才是我听见了问着他，他说的话也不敢回姑娘，竟要撵出去才是。"探春道："怎么不回大奶奶？"林之孝家的道："方才大奶奶都往厅上姨太太处去了，顶头看见，我已回明白了，叫回姑娘来。"探春道："怎么不回二奶奶？"平儿道："不回去也罢，我回去说一声就是了。"探春点点头，道：

这些"醒酒"的办法真是有效的吗？

即使不露面，也始终是核心人物。

一个意味深长的特写镜头。

林之孝家的又来了！这回是押解一个人要求"撵出去"。这不是谢安闻战报之喜，而是关乎一个人乃至一家人的生计命运的事。探春执棋不顾，不是摆什么大将风度，只是不想断绝其人后路而已，这与凤姐不同。

黛玉并非不关心贾府家计大事，只是不在其位不谋其政。注意其人称指示语——"咱们家—你们"，宝玉说"咱们两个人"，黛玉即"转身"走了。心理之微妙，可鉴可赏。

这是一个非常有趣而值得注意的细节，直接关乎如何看待钗黛关系。论者见解不同。

宝玉宠芳官。

"既这么着，就撵出他去，等太太来了，再回定夺。"说毕仍又下棋。这林之孝家的带了那人去。不提。

黛玉和宝玉二人站在花下，遥遥知意。黛玉便说道："你家三丫头倒是个乖人。虽然叫他管些事，倒也一步儿不肯多走。差不多的人就早作起威福来了。"宝玉道："你不知道呢。你病着时，他干了好几件事。这园子也分了人管，如今多掐一草也不能了。又蠲了几件事，单拿我和凤姐姐作筏子禁别人。最是心里有算计的人，岂只乖而已。"黛玉道："要这样才好，咱们家里也太花费了。我虽不管事，心里每常闲了，替你们一算计，出的多进的少，如今若不省俭，必致后手不接。"宝玉笑道："凭他怎么后手不接，也短不了咱们两个人的。"黛玉听了，转身就往厅上寻宝钗说笑去了。

宝玉正欲走时，只见袭人走来，手内捧着一个小连环洋漆茶盘，里面可式放着两钟新茶，因问："他往那去了？我见你两个半日没吃茶，巴巴的倒了两钟来，他又走了。"宝玉道："那不是他，你给他送去。"说着自拿了一钟。袭人便送了那钟去，偏和宝钗在一处，只得一钟茶，便说："那位渴了那位先接了，我再倒去。"宝钗笑道："我却不渴，只要一口漱一漱就够了。"说着先拿起来喝了一口，剩下半杯递在黛玉手内。袭人笑说："我再倒去。"黛玉笑道："你知道我这病，大夫不许我多吃茶，这半钟尽够了，难为你想的到。"说毕，饮干，将杯放下。袭人又来接宝玉的。宝玉因问："这半日没见芳官，他在那里呢？"袭人四顾一瞧说："才在这里几个人斗草的，这会子不见了。"

宝玉听说，便忙回至房中，果见芳官面向里睡在床上。宝玉推他说道："快别睡觉，咱们外头顽去，一回儿好吃饭的。"芳官道："你们吃酒不理我，教我闷了半日，可不来睡觉罢了。"宝玉拉了他起来，笑道："咱们晚上家里再吃，回来我叫袭人姐姐带了你桌上吃饭，何如？"芳官道："藕官蕊官都不上去，单我在那里也不好。我也不惯吃那个面条子，早起也没好生吃。才刚饿了，我已告诉了柳嫂子，先给我做一碗汤盛半碗粳米饭送来，我这里吃了就完事。若是晚上吃酒，不许教人管着我，我要尽力吃够了才罢。我先在家里，吃二三斤好惠泉酒呢。如今学了这劳什子，他们说怕坏嗓子，这几年也没闻见。乘今儿我是要开斋了。"宝玉道："这个容易。"

有这样的酒量，为下回"夜宴"铺垫。

说着，只见柳家的果遣了人送了一个盒子来。小燕接着揭开，里面是一碗虾丸鸡皮汤，又是一碗酒酿清蒸鸭子，一碟腌的胭脂鹅脯，还有一碟四个奶油松瓤卷酥，并一大碗热腾腾碧荧荧蒸的绿畦香稻粳米饭。小燕放在案上，走去拿了小菜并碗箸过来，拨了一碗饭。芳官便说："油腻腻的，谁吃这些东西。"只将汤泡饭吃了一碗，拣了两块腌鹅就不吃了。宝玉闻着，倒觉比往常之味又胜些似的，遂吃了一个卷酥，又命小燕也拨了半碗饭，泡汤一吃，十分香甜可口。小燕和芳官都笑了。吃毕，小燕便将剩的要交回。宝玉道："你吃了罢，若不够再要些来。"小燕道："不用要，这就够了。方才麝月姐姐拿了两盘子点心给我们吃了，我再吃了这个，尽不用再吃了。"

为了五儿，柳家的对怡红院确是特别照顾，难怪莲花儿心有不平。

连这芳官也吃腻味了，反觉"汤泡饭"香甜可口。贾府日常饮食之奢华可见一斑。

说着，便站在桌旁一顿吃了，又留下两个卷酥，说："这个留着给我妈吃。晚上要吃酒，给我两碗酒吃就是了。"宝玉笑道："你也爱吃酒？等着咱们晚上痛喝一阵。你袭人姐姐和晴雯姐姐量也好，也要喝，只是每日不好意思。今儿大家开斋。还有一件事，想着嘱咐你，我竟忘了，此刻才想起来。以后芳官全要你照看他，他或有不到的去处，你提他，袭人照顾不过这些人来。"小燕道："我都知道，都不用操心。但只这五儿怎么样？"宝玉道："你和柳家的说去，明儿直叫他进来罢，等我告诉他们一声就完了。"芳官听了，笑道："这倒是正经。"小燕又叫两个小丫头进来，服侍洗手倒茶，自己收了家伙，交与婆子，也洗了手，便去找柳家的。不在话下。

都是爱喝酒的，晚上见。

小燕、芳官、五儿是亲密的一伙。叫五儿进园，宝玉自己就做主了，怪不得柳家的一直走宝玉的门子呢。

宝玉便出来，仍往红香圃寻众姐妹，芳官在后拿着巾扇。刚出了院门，只见袭人晴雯二人携手回来。宝玉问："你们做什么?"袭人道:"摆下饭了,等你吃饭呢。"宝玉便笑着将方才吃的饭一节告诉了他两个。袭人笑道:"我说你是猫儿食,闻见了香就好。隔锅饭儿香。虽然如此,也该上去陪他们多少应个景儿。"晴雯用手指戳在芳官额上,说道:"你就是个狐媚子,什么空儿跑了去吃饭,两个人怎么就约下了,也不告诉我们一声儿。"袭人笑道:"不过是误打误撞的遇见了,说约下了,可是没有的事。"

晴雯道:"既这么着,要我们无用。明儿我们都走了,让芳官一个人就够使了。"袭人笑道:"我们都去了使得,你却去不得。"晴雯道:"惟有我是第一个要去,又懒又笨,性子又不好,又没用。"袭人笑道:"倘或那孔雀褂子再烧个窟窿,你去了谁可会补呢。你倒别和我拿三撇四的,我烦你做个什么,把你懒的横针不拈,竖线不动。一般也不是我的私活烦你,横竖都是他的,你就都不肯做。怎么我去了几天,你病的七死八活,一夜连命也不顾给他做了出来,这又是什么原故?你到底说话,别只佯憨,和我笑,也当不了什么。"大家说着,来至厅上。薛姨妈也来了。大家依序坐下吃饭。宝玉只用茶泡了半碗饭,应景而已。一时吃毕,大家吃茶闲话,又随便顽笑。

外面小螺和香菱、芳官、蕊官、藕官、荳官等四五个人,都满园中顽了一回,大家采了些花草来兜着,坐在花草堆中斗草。这一个说:"我有观音柳。"那一个说:"我有罗汉松。"那一个又说:"我有君子竹。"这一个又说:"我有美人蕉。"这个又说:"我有星星翠。"那个又说:"我有月月红。"这个又说:"我有《牡丹亭》上的牡丹花。"那个又说:"我有《琵琶记》里的枇杷果。"荳官便说:"我有姐妹花。"众人没了,香菱便说:"我有夫妻蕙。"荳官说:"从没听见有个夫妻蕙。"香菱道:"一箭一花为兰,一箭数花为蕙。凡蕙有两枝,上下结花者为兄弟蕙,有并头结花者为夫妻蕙。我这枝并头的,怎么不是夫妻蕙。"荳官没的说了,便起身笑道:"依你说,若是这两枝一大一小,就是老子儿子蕙了。若两枝背面开的,就是仇人蕙了。你汉子去了大半年，你想夫妻了？便扯上蕙也有夫妻，好不害羞！"香菱听了，红了脸，忙要起身拧他，笑骂道："我把你这个烂了嘴的小蹄子！满嘴里汗嬮的胡说了。等我起来打不死你这小蹄子！"

荳官见他要勾来，怎容他起来，便忙连身将他压倒。回头笑着央告蕊官等："你们来，帮着我拧他这诌嘴。"两个人滚在草地下。众人拍手笑说："了不得了，那是一洼子水，可惜污了他的新裙子了。"荳官回头看了一看，果见旁边有一汪积雨，香菱的半扇裙子都污湿了，自己不好意思，忙夺了手跑了。众人笑个不住，怕香菱拿他们出气，笑着一哄而散。

香菱起身低头一瞧，那裙上犹滴滴点点流下绿水来。正恨骂不绝，可巧宝玉见他们斗草，也寻了些花草来凑戏，忽见众人跑了，只剩了香菱一个低头弄裙，因问："怎么散了？"香菱便说："我有一枝夫妻蕙，他们不知道，反说我诌，因此闹起来，把我的新裙子也脏了。"宝玉笑道："你有夫妻蕙，我这里倒有一枝并蒂菱。"口内说，手内却真个拈着一枝并蒂菱花，又拈了那枝夫妻蕙在手内。香菱道："什么夫妻不夫妻，并蒂不并蒂，你瞧瞧这裙子。"

宝玉方低头一瞧，便嗳呀了一声，说："怎么就拖在泥里了？可惜这石榴红绫最不经染。"香菱道："这是前儿琴姑娘带了来的。姑娘做了一条，我做了一条，今儿才上身。"宝玉跌脚叹道："若你们家，一日遭踏这一百件也不值什么。只是头一件既系琴姑娘带来的，你和宝姐姐每人才一件，他的尚好，你的先脏了，岂不辜负他的心。二则姨妈老人家嘴碎，饶这么样，我还听见常说你们不知过日子，只会遭踏东西，不知惜福呢。这叫姨妈看见了，又说一个不清。"

香菱听了这话，却碰在心坎儿上，反倒喜欢起来了，因笑道："就是这话了。我虽有几条新裙子，都不和这一样的，若有一样的，赶着换了，也就好了。过后再说。"宝玉道："你快休动，只站着方好，不然连小衣儿膝裤鞋面都要拖脏。我有个主

这荳官唱戏，知道的多。

众人散了，才有宝玉出现。众人不散，宝玉也不好凑趣、帮忙。

不是"并蒂莲"，偏是"并蒂菱"，宝玉凑趣。香菱却顾不得这个，只顾及自己的新裙子。

这第二条很重要：宝钗穿着朴素，跟她这个娘的"嘴碎"应该有关。

宝玉说话这么体贴，所以香菱"喜欢起来了"。

这个宝玉，在女儿身上实在细心，连袭人有什么裙子都清楚。

意：袭人上月做了一条和这个一模一样的，他因有孝，如今也不穿。竟送了你换下这个来，如何？"香菱笑着摇头说："不好。他们倘或听见了倒不好。"宝玉道："这怕什么。等他们孝满了，他爱什么难道不许你送他别的不成。你若这样，还是你素日为人了！况且不是瞒人的事，只管告诉宝姐姐也可，只不过怕姨妈老人家生气罢了。"香菱想了一想有理，便点头笑道："就是这样罢了，别辜负了你的心。我等着，你千万叫他亲自送来才好。"

宝玉听了，喜欢非常，答应了忙忙的回来。一壁里低头心下暗算："可惜这么一个人，没父母，连自己本姓都忘了，被人拐出来，偏又卖与了这个霸王。"因又想起上日平儿也是意外想不到的，今日更是意外之意外的事了。一壁胡思乱想，来至房中，拉了袭人，细细告诉了他原故。

香菱之为人，无人不怜爱的。袭人又本是个手中撒漫的，况与香菱素相交好，一闻此信，忙就开箱取了出来折好，随了宝玉来寻着香菱，他还站在那里等呢。袭人笑道："我说你太淘气了，足的淘出个故事来才罢。"香菱红了脸，笑说："多谢姐姐了，谁知那起促狭鬼使黑心。"说着，接了裙子，展开一看，果然同自己的一样。又命宝玉背过脸去，自己叉手向内解下来，将这条系上。袭人道："把这脏了的交与我拿回去，收拾了再给你送来。你若拿回去，看见了也是要问的。"香菱道："好姐姐，你拿去不拘给那个妹妹罢。我有了这个，不要他了。"袭人道："你倒大方的好。"香菱忙又万福道谢，袭人拿了脏裙便走。

香菱见宝玉蹲在地下，将方才的夫妻蕙与并蒂菱用树枝儿抠了一个坑，先抓些落花来铺垫了，将这菱蕙安放好，又将些落花来掩了，方撮土掩埋平服。香菱拉他的手，笑道："这又叫做什么？怪道人人说你惯会鬼鬼祟祟使人肉麻的事。你瞧瞧，你这手弄的泥乌苔滑的，还不快洗去。"宝玉笑着，方起身走了去洗手，香菱也自走开。二人已走远了数步，香菱复转身回来叫住宝玉。宝玉不知有何话，扎着两只泥手，笑嘻嘻的转来问："什么？"

香菱只顾笑。因那边他的小丫头臻儿走来说："二姑娘等你说话呢。"香菱方向宝玉道："裙子的事可别向你哥哥说才好。"说毕，即转身走了。宝玉笑道："可不我疯了，往虎口里探头儿去呢。"说着，也回去洗手去了。不知端详，且听下回分解。

【回后评】

此次宝玉庆生，是大观园里的一次狂欢。因为此回只写到"日宴"，到下一回要接着写"夜宴"，所以对这"狂欢"要说的话，留待下回再说。在此只说相关的两点。

一是大观园上空的阴云。大观园，本是贵妃省亲的遗留，属于皇家圣地，由于元春下旨，它才成了贾府少爷小姐的洞天福地。但一开始就留下一个矛盾：那个贾环，虽为庶出，毕竟是"主子"，是少爷，但却被拒之园门之外。不管出于什么考虑，这个区别对待，就是一个明显的歧视。书里写贾环猥琐不堪，没有"主子"的样子——在整个贾府，谁真把他当主子看待了？他与宝玉这种不同人生处境的矛盾，必然反映到大观园内。大观园内不可能总是阳光明媚。

大观园内，除了主奴之分，光丫鬟就分好几等，丫鬟之下更有大批的"婆子媳妇"，他们地位不同，处境不同，命运也不同。即使都是奴隶，有的暂时做稳了，有的就面临危机。宝玉庆生之际，一会儿林之孝家的率队来巡察，"生恐有正事呼唤"，又担心"乘王夫人不在家不服探春等约束，恣意痛饮，失了体统"，给人一种危机四伏的印象。一会儿又押解一个人来报告，说她"嘴很不好"，请求"撵出去"。如果说那"巡察"还只是一片阴云，那个被"撵出去"的就是遭了风雨，甚至雷击了。

再就是对宝钗的观察。本回书有三处写到宝钗。

一是宝钗对宝玉的一番告诫。她说："你只知道玫瑰露和茯苓霜两件，乃因人而及物。若非因人，你连这两件还不知道

呢。殊不知还有几件比这两件大的呢。若以后叼登不出来，是大家的造化；若叼登出来，不知里头连累多少人呢。你也是不管事的人，我才告诉你。平儿是个明白人，我前儿也告诉了他，皆因他奶奶不在外头，所以使他明白了。若不出来，大家乐得丢开手。若犯出来，他心里已有稿子，自有头绪，就冤屈不着平人了。你只听我说，以后留神小心就是了，这话也不可对第二个人讲。"——这很奇怪，作为客居贾府的一员，怎么对贾府的大事小情了解得如此清楚，连平儿、凤姐都得从她这里获取信息？既说宝玉"是不管事的人"，为什么还要告诉他，且"不可对第二个人讲"？告诉平儿，是与平儿、凤姐建立统一战线；告诉宝玉，则是拉宝玉为"自己人"，不过司马昭之心也。

二是一个喝茶的细节。袭人送来两杯茶，本来是给宝玉、黛玉的。宝玉喝了一杯，另一杯袭人给黛玉送去。此时黛玉偏和宝钗在一处，袭人说："那位渴了那位先接了，我再倒去。"宝钗笑道："我却不渴，只要一口漱一漱就够了。"说着先拿起来喝了一口，剩下半杯递在黛玉手内。袭人笑道："我再倒去。"黛玉笑道："你知道我这病，大夫不许我多吃茶，这半钟尽够了，难为你想的到。"说毕，饮干，将杯放下。——这个细节也很奇怪：怪在宝钗本"不渴"，却以"漱口"为名抢先享用，且"剩下半杯递在黛玉手内"；而黛玉竟然找个理由把宝钗用剩的茶"饮干"。

对此，蔡义江先生的解读是："真真闺阁金兰契，借二人同喝一杯茶细节，写出钗、黛情真谊深来，匆匆匆看过！"张俊、沈治钧二位则说："区区一茶，写尽黛钗亲密之状。"

而清人张新之的解读是："此茶乃袭人递过，又是绛云轩案，而（宝钗）可喝可不喝。""好至忘形，而隐意存焉。""行茶，婚礼也。"【关于"行茶，婚礼也"，二十五回凤姐曾说黛玉："你既吃了我们家的茶，怎么还不给我们家作媳妇？"】

鄙意以为，这很难说是钗黛"情真谊深"。相反，是宝钗在黛玉面前肆无忌惮，而黛玉则完全被宝钗所降服。所谓"二人

同喝一杯茶"，是黛玉不得已也。那宝钗"剩下半杯递在黛玉手内"，而不是交给袭人，明摆着就是要黛玉喝。黛玉只得喝下去，而且还得找个合情合理的说辞。《红楼梦》一书写钗黛矛盾，其根本点在于"金玉良缘"与"木石前盟"的博弈。没有任何证据证明薛家放弃了"金玉良缘"的追求，更不能设想黛玉放弃了"木石前盟"的坚守。就在"喝茶"这一细节前面，曹公特别写了一段宝黛交谈的情景，两个人都在用"咱们"来设想将来的生活。那为什么黛玉放松乃至最后完全失去了对宝钗的警觉呢？薛家的"怀柔"政策使然也。黛玉无父无母，渴望亲情，薛家母女就从此入手，关怀之，温暖之，使黛玉投入了他们的怀抱，以宝钗为姐，认姨妈为母——为姐为母者还会破坏自己的姻缘吗？没有了黛玉这双警觉的眼睛，薛家"金玉良缘"的"工程"就可以更顺利地推进了。黛玉喝宝钗之"剩茶"，实在是一个悲剧的象征。

本回书还有一个地方间接地写到了宝钗。

香菱的新裙子被泥水沾污了，宝玉跌脚叹道："若你们家，一日遭踏这一百件也不值什么。只是头一件既系琴姑娘带来的，你和宝姐姐每人才一件，他的尚好，你的先脏了，岂不辜负他的心。二则姨妈老人家嘴碎，饶这么样，我还听见常说你们不知过日子，只会遭踏东西，不知惜福呢。这叫姨妈看见了，又说一个不清。"——这是对"姨妈老人家"的一个重要评价。由此我们可以想到那个宝钗，她平日的"朴素""知过日子"大概不能与其母的教导没有关系吧？而宝玉能喜欢以这样的人为"丈人婆"吗？

第六十三回

寿怡红群芳开夜宴

死金丹独艳理亲丧

宝玉品高性雅，其终日花围翠绕，用力维持其间，淫荡之至，而能使旁人不觉，彼人不厌。贾蓉不分长幼微贱，纵意驰骋于中，恶习可恨。二人之形景天渊而终归于邪，其滥一也，所谓五十步之间耳。持家有意于子弟者，揣此以照察之可也。

斗花草丫鬟各显能，寿怡红群芳开夜宴

这个回目句法有点特殊，需要注意。"寿怡红"，即为"怡红"祝寿。"怡红"代指宝玉；"群芳"指贾府女眷；"寿"，为动用法。"死金丹"，是说贾敬因服用金丹而死；"独艳"，指尤氏，因家里男人不在，其公公贾敬的丧事由她独自处理。

上回书写宝玉庆生，是白日。这回书继续写其晚间的活动。

丫鬟们凑钱，预备四十碟果子，还抬了一坛好绍兴酒藏在那边。他们关了门，酒馔果菜都摆好，有两个老婆子蹲在外面火盆上筛酒，大家将正装脱去，酒宴开始。要行酒令而嫌人少无趣，又把宝钗、黛玉、宝琴、香菱、探春、李纨等也请了来。黛玉说："你们日日说人夜聚饮博，今儿我们自己也如此，往后怎么说人。"李纨笑道："这有何妨。一年之中不过生日节间如此，并无夜夜如此，这倒也不怕。"于是，喝酒，行令。巧了，每个人所得的签都是他们命运的预示。据说这都是作者设置的"谶语"。

时至夜半，黛玉等散去，袭人等关了门，大家复又行起令来。彼此有了三分酒，便猜拳唱小曲儿。那天已四更时分，方收拾盥漱睡觉。大家黑甜一觉，不知所之。次日天色晶明，大家才起身梳洗。宝玉梳洗了正吃茶，发现了一个帖子，落款是"槛外人妙玉恭肃遥叩芳辰"，原来是妙玉送来的。宝玉只好以"槛内人"的名义回谢。

忽传贾敬去世了。此时贾珍父子并贾琏等皆不在家，作为儿媳的尤氏则挺身而出，审道士，查病源，并将遗体移至家庙，主持择日入殓，一面且做起道场来等贾珍。

贾珍父子闻信，即告假星夜驰回。在路上听说两个姨娘来了，这父子便相视一笑。一到铁槛寺，贾珍、贾蓉放声大哭，从大门外便跪爬进来，至棺前稽颡泣血，直哭到天亮喉咙都哑了方住，然后料理丧事。贾蓉回至家中，见了尤二姐便调情，连众丫头都看不过。而贾蓉撇下他姨娘，便抱着丫头们亲嘴。这贾蓉还对尤老娘说："我父亲每日为两位姨娘操心，要寻两个又有根基又富贵又年青又俏皮的两位姨爹，好聘嫁这二位姨娘的。这几年总没拣得，可巧前日路上才相准了一个。"

这个人是谁呢？得看下回。

话说宝玉回至房中洗手，因与袭人商议："晚间吃酒，大家取乐，不可拘泥。如今吃什么，好早说给他们备办去。"袭人笑道："你放心，我和晴雯、麝月、秋纹四个人，每人五钱银子，共是二两。芳官、碧痕、小燕、四儿四个人，每人三钱银子，他们有假的不算，共是三两二钱银子，早已交给了柳嫂子，预备四十碟果子。我和平儿说了，已经抬了一坛好绍兴酒藏在那边了。我们八个人单替你过生日。"宝玉听了，喜的忙说："他们是那里的钱，不该叫他们出才是。"晴雯道："他们没钱，难道我们是有钱的！这原是各人的心。那怕他偷的呢，只管领他们的情就是。"宝玉听了，笑说："你说的是。"袭人笑道："你一天不挨他两句硬话村【讥诮；奚落】你，你再过不去。"晴雯笑道："你如今也学坏了，专会架桥拨火儿。"说着，大家都笑了。

宝玉说："关院门罢。"袭人笑道："怪不得人说你是'无事忙'，这会子关了门，人倒疑惑，越性再等一等。"宝玉点头，因说："我出去走走【如厕】，四儿舀水去，小燕一个跟我来罢。"说着，走至外边，因见无人，便问五儿之事。小燕道："我才告诉了柳嫂子，他倒喜欢的很。只是五儿那夜受了委屈烦恼，回家去又气病了，那里来得。只等好了罢。"宝玉听了，不免后悔长

丫鬟自愿出钱为主子庆生，"这原是各人的心"——这个主子深得"民心"。

袭人、晴雯，宝玉最亲近的两个丫头，一个城府深而平和柔顺，一个性子直而暴烈刚强。晴雯敢"吡儿"宝玉，而袭人直称宝玉为"你"，都是宝玉"平等意识"的反映。

让五儿进怡红院，是宝玉一人做的主，连袭人都瞒过。因假装出去如厕，所以回来"故意洗手"，算是一点"隐私"吧。理解"出去走走"，需与让四儿"舀水"、回来"洗手"连解。

叹，因又问："这事袭人知道不知道？"小燕道："我没告诉，不知芳官可说了不曾。"宝玉道："我却没告诉过他，也罢，等我告诉他就是了。"说毕，复走进来，故意洗手。

已是掌灯时分，听得院门前有一群人进来。大家隔窗悄视，果见林之孝家的和几个管事的女人走来，前头一人提着大灯笼。晴雯悄笑道："他们查上夜的人来了。这一出去，咱们好关门了。"只见怡红院凡上夜的人都迎了出去，林之孝家的看了不少。林之孝家的吩咐："别耍钱吃酒，放倒头睡到大天亮。我听见是不依的。"众人都笑说："那里有那样大胆子的人。"林之孝家的又问："宝二爷睡下了没有？"众人都回不知道。

幸亏没有早早关门。

袭人忙推宝玉。宝玉靸了鞋，便迎出来，笑道："我还没睡呢。妈妈进来歇歇。"又叫："袭人倒茶来。"林之孝家的忙进来，笑说："还没睡？如今天长夜短了，该早些睡，明儿起的方早。不然到了明日起迟了，人笑话说不是个读书上学的公子了，倒像那起挑脚汉了。"说毕，又笑。宝玉忙笑道："妈妈说的是。我每日都睡的早，妈妈每日进来可都是我不知道的，已经睡了。今儿因吃了面，怕停住食，所以多顽一会子。"林之孝家的又向袭人等笑说："该沏些个普洱茶吃。"袭人晴雯二人忙笑说："沏了一盅子女儿茶，已经吃过两碗了。大娘也尝一碗，都是现成的。"说着，晴雯便倒了一碗来。

"靸了鞋"出来，装成准备睡觉的样子，小孩子捣鬼有术。只顾"装睡"，不留神叫了一句"袭人倒茶来"。

林之孝家的又笑道："这些时我听见二爷嘴里都换了字眼，赶着这几位大姑娘们竟叫起名字来。虽然在这屋里，到底是老太太、太太的人，还该嘴里尊重些才是。若一时半刻偶然叫一声使得，若只管叫起来，怕以后兄弟侄儿照样，便惹人笑话，说这家子的人眼里没有长辈。"宝玉笑道："妈妈说的是。我原不过是一时半刻的。"袭人晴雯都笑说："这可别委屈了他。直到如今，他可姐姐没离了口。不过顽的时候叫一声半声名字，若当着人却是和先一样。"林之孝家的笑道："这才好呢，这才是读书知礼的。越自己谦越尊重，别说是三五代的陈人，现从老太太、太太屋里

到底让她抓住一点疏漏——宝玉直呼袭人之名，按规矩应叫"姐姐"。林婆子是尽责，还是刷存在感？

拨过来的，便是老太太、太太屋里的猫儿狗儿，轻易也伤他不的。这才是受过调教的公子行事。"说毕，吃了茶，便说："请安歇罢，我们走了。"宝玉还说："再歇歇。"那林之孝家的已带了众人，又查别处去了。

这位公子的作为完全背离她的所谓"调教"，不是玩笑，是讽刺。

这里晴雯等忙命关了门，进来笑说："这位奶奶那里吃了一杯来了，唠三叨四的，又排场了我们一顿去了。"麝月笑道："他也不是好意的，少不得也要常提着些儿。也堤防着怕走了大褶儿【失了大礼】的意思。"说着，一面摆上酒果。

袭人道："不用高桌，咱们把那张花梨圆炕桌子放在炕上坐，又宽绰，又便宜。"说着，大家果然抬来。麝月和四儿那边去搬果子，用两个大茶盘做四五次方搬运了来。两个老婆子蹲在外面火盆上筛酒【将酒由坛倒入壶内，放于火上加热】。宝玉说："天热，咱们都脱了大衣裳才好。"众人笑道："你要脱你脱，我们还要轮流安席【筵宴入席时的一种礼节】呢。"宝玉笑道："这一安就安到五更天了。知道我最怕这些俗套子，在外人跟前不得已的，这会子还怄我就不好了。"众人听了，都说："依你。"于是先不上坐，且忙着卸妆宽衣。

前面说准备了一坛好绍兴酒，得把酒从坛里倒入壶中加热，所以这里说"筛"。

"最怕俗套子"——就难免违背所谓的"调教"。

一时将正装卸去，头上只随便挽着纂儿，身上皆是长裙短袄。宝玉只穿着大红棉纱小袄子，下面绿绫弹墨袷裤【夹裤】，散着裤脚，倚着一个各色玫瑰芍药花瓣装的玉色夹纱新枕头，和芳官两个先划拳。当时芳官满口嚷热，只穿着一件玉色红青酡绒三色缎子斗的水田小夹袄，束着一条柳绿汗巾，底下是水红撒花夹裤，也散着裤腿。头上眉额编着一圈小辫，总归至顶心，结一根鹅卵粗细的总辫，拖在脑后。右耳眼内只塞着米粒大小的一个小玉塞子，左耳上单带着一个白果大小的硬红镶金大坠子，越显的面如满月犹白，眼如秋水还清。引的众人笑说："他两个倒像是双生的弟兄两个。"

第三回黛玉初见宝玉有类似的描写，所以说像"弟兄两个"。

袭人等一一的斟了酒来，说："且等等再划拳，虽不安席，每人在手里吃我们一口罢了。"于是袭人为先，端在唇上吃了一口，馀依次下去，一一吃过，大家方团圆坐定。小燕四儿因炕沿坐不下，便端了两张椅子，近炕放下。那四十个碟子，皆是一色白粉定窑的，不过只有小茶碟大，里面不过是山南海北，中原外国，或干或鲜，或水或陆，天下所有的酒馔果菜。

宝玉因说："咱们也该行个令才好。"袭人道："斯文些的才好，别大呼小叫，惹人听见。二则我们不识字，可不要那些文的。"麝月笑道："拿骰子咱们抢红罢。"宝玉道："没趣，不好。咱们占花名儿好。"晴雯笑道："正是早已想弄这个顽意儿。"袭人道："这个顽意虽好，人少了没趣。"小燕笑道："依我说，咱们竟悄悄的把宝姑娘林姑娘请了来顽一回子，到二更天再睡不迟。"袭人道："又开门喝户的闹，倘或遇见巡夜的问呢？"宝玉道："怕什么，咱们三姑娘也吃酒，再请他一声才好。还有琴姑娘。"众人都道："琴姑娘罢了，他在大奶奶屋里，叨登的大发了。"宝玉道："怕什么，你们就快请去。"小燕四儿都得不了一声，二人忙命开了门，分头去请。

晴雯、麝月、袭人三人又说："他两个去请，只怕宝林两个不肯来，须得我们请去，死活拉他来。"于是袭人晴雯忙又命老婆子打个灯笼，二人又去。果然宝钗说夜深了，黛玉说身上不好，他二人再三央求说："好歹给我们一点体面，略坐坐再来。"探春听了却也欢喜。因想："不请李纨，倘或被他知道了倒不好。"便命翠墨同了小燕也再三的请了李纨和宝琴二人，会齐，先后都到了怡红院中。袭人又死活拉了香菱来。炕上又并了一张桌子，方坐开了。

宝玉忙说："林妹妹怕冷，过这边靠板壁坐。"又拿个靠背垫着些。袭人等都端了椅子在炕沿下一陪。黛玉却离桌远远的靠着靠背，因笑向宝钗、李纨、探春等道："你们日日说人夜聚饮博，今儿我们自己也如此，往后怎么说人。"李纨笑道："这有何妨。一年之中不过生日节间如此，并无夜夜如此，这倒也不怕。"

说着，晴雯拿了一个竹雕的签筒来，里面装着象牙花名签子，摇了一摇，放在当中。又取过骰子来，盛在盒内，摇了一摇，揭开一看，里面是五点，数至宝钗。宝钗便笑道："我先抓，不知抓出个什么来。"说着，将筒摇了一摇，伸手掣出一根。大家一看，只见签上画着一支牡丹，题着"艳冠群芳"四字，下面又有镌的小字一句唐诗，道是：

　　任是无情也动人。

又注着："在席共贺一杯，此为群芳之冠，随意命人，不拘诗词雅谑，道一则以侑酒。"众人看了，都笑说："巧的很，你也原配牡丹花。"说着，大家共贺了一杯。宝钗吃过，便笑说："芳官唱一支我们听罢。"芳官道："既这样，大家吃门杯好听的。"于是大家吃酒。芳官便唱：

　　寿筵开处风光好。

众人都道："快打回去。这会子很不用你来上寿，拣你极好的唱来。"芳官只得细细的唱了一支《赏花时》【出自汤显祖《邯郸记》。这是何仙姑对吕洞宾说话，要他快点到凡间度化人来替代自己的扫花之职】：

　　翠凤毛翎扎帚叉【何仙姑口吻："我"每天手持"翠凤毛翎"扎的扫把】，闲为仙人扫落花【在天门悠闲地打扫落花】。您看那风起玉尘沙【您看，一阵风来，吹起碎玉的尘沙。天官无土，碾玉成沙。句中隐含落花。】。猛可的那一层云下【您一下子要到那云层之下】，抵多少门外即天涯【那该是多么遥远的天涯】。您再休要剑斩黄龙一线儿差【您千万别再惹是生非误正事】，再休向东老贫穷卖酒家【您休要贪杯醉倒在酒家】。您与俺高眼向云霞【您要时时惦记

"艳冠群芳"，重在一个"艳"字，突出其"富贵"相，"莲"为"君子"，突出其品质。

宝钗之"无情"，即其"冷也：冷静而逢场作戏不露真情，冷漠而乏悲悯之心漠视死亡。"洪秋蕃评引蓬仙女史语云："无情有两解：一贴宝钗说，谓人虽无情，貌颇动人；一贴宝玉说，谓宝玉虽于彼无情，观之亦足动人。"

单看此句，是在赞美其艳丽动人，其实是在暗示其不幸的命运，句出唐罗隐《牡丹花》，其诗尾联是："可怜韩令功成后，辜负秾华过此身。"宝钗就像被韩弘铲除的牡丹一样，"辜负秾华"，寂寞地了却"此身"了。

本来是祝寿会，偏不听祝寿辞而听"扫落花"，非吉兆也。

我在云霞之上等着您】。洞宾呵，您得了人可便早些儿回话【您要是找到适合替代我的人选就早些回话】；若迟呵，错教人留恨碧桃花【若迟了，我就来不及去参加王母的蟠桃会啦】。

才罢。宝玉却只管拿着那签，口内颠来倒去念"任是无情也动人"，听了这曲子，眼看着芳官不语。湘云忙一手夺了，掷与宝钗。宝钗又掷了一个十六点，数到探春。

探春笑道："我还不知得个什么呢。"伸手掣了一根出来，自己一瞧，便掷在地下，红了脸，笑道："这东西不好，不该行这令。这原是外头男人们行的令，许多混话在上头。"众人不解，袭人等忙拾了起来，众人看上面是一枝杏花，那红字写着"瑶池仙品"四字，诗云：

> 日边红杏倚云栽。

注云："得此签者，必得贵婿，大家恭贺一杯，共同饮一杯。"众人笑道："我说是什么呢。这签原是闺阁中取戏的，除了这两三根有这话的，并无杂话，这有何妨。我们家已有了个王妃，难道你也是王妃不成。大喜，大喜。"说着，大家来敬。探春那里肯饮，却被史湘云、香菱、李纨等三四个人强死强活灌了下去。探春只命蠲了这个，再行别的，众人断不肯依。湘云拿着他的手强掷了个十九点出来，便该李氏掣。

李氏摇了一摇，掣出一根来一看，笑道："好极。你们瞧瞧，这劳什子竟有些意思。"众人瞧那签上，画着一枝老梅，是写着"霜晓寒姿"四字，那一面旧诗是：

> 竹篱茅舍自甘心。

宝玉若有所思。这芳官如此"动人"，可并非"无情"者啊！

原诗说"天上碧桃和露种，日边红杏倚云栽"，是比喻进士及第者都有贵人帮助从而获得皇家的宠幸，是喜庆之词。而"必得贵婿"，预示其嫁为海外王妃的命运。远嫁不归，其实也是一场悲剧。其诗的下一联就说："芙蓉生在秋江上，不向东风怨未开。"

原诗说："不受尘埃半点侵，竹篱茅舍自甘心。"这是赞美梅花孤高自守，用以喻指李纨，与其身份格格相吻合。李纨年轻寡居，寂寞自守，说是"自甘"，其实也是自苦。"我只自吃一杯，不问你们的废与兴"，是一种看透，也是一种疏离。

红楼梦·下

注云："自饮一杯，下家掷骰。"李纨笑道："真有趣，你们掷去罢。我只自吃一杯，不问你们的废与兴。"说着，便吃酒，将骰过与黛玉。黛玉一掷，是个十八点，便该湘云掣。

湘云笑着，揎拳掳袖的伸手掣了一根出来。大家看时，一面画着一枝海棠，题着"香梦沉酣"四字，那面诗道是：

只恐夜深花睡去。

黛玉笑道："'夜深'两个字，改'石凉'两个字。"众人便知他趣白日间湘云醉卧的事，都笑了。湘云笑指那自行船与黛玉看，又说"快坐上那船家去罢，别多话了。"众人都笑了。因看注云："既云'香梦沉酣'，掣此签者不便饮酒，只令上下二家各饮一杯。"湘云拍手笑道："阿弥陀佛，真真好签！"恰好黛玉是上家，宝玉是下家。二人斟了两杯只得要饮。宝玉先饮了半杯，瞅人不见，递与芳官，端起来便一扬脖。黛玉只管和人说话，将酒全折在漱盂内了。湘云便绰起骰子来一掷个九点，数去该麝月。

麝月便掣了一根出来。大家看时，这面上一枝荼蘼花，题着"韶华胜极"四字，那边写着一句旧诗，道是：

开到荼蘼花事了。

注云："在席各饮三杯送春。"麝月问怎么讲，宝玉愁眉，忙将签藏了，说："咱们且喝酒。"说着，大家吃了三口，以充三杯之数。麝月一掷个十九点，该香菱。

香菱便掣了一根并蒂花，题着"联春绕瑞"，那面写着一句诗，道是：

连理枝头花正开。

注云："共贺掣者三杯，大家陪饮一杯。"香菱便又掷了个六点，该黛玉掣。

黛玉默默的想道："不知还有什么好的被我掣着方好。"一面伸手取了一根，只见上面画着一枝芙蓉，题着"风露清愁"四字，那面一句旧诗，道是：

莫怨东风当自嗟。

周敦颐《爱莲说》云："牡丹，花之富贵者也"，而"莲，花之君子者也"。恰与宝钗对比。

原诗的上句是"红颜胜人多薄命"，可知这个"当自嗟"是嗟叹自己的"命"，而非自己的失误。

注云："自饮一杯，牡丹陪饮一杯。"众人笑说："这个好极。除了他，别人不配作芙蓉。"黛玉也自笑了。于是饮了酒，便掷了个二十点，该着袭人。

袭人便伸手取了一支出来，却是一枝桃花，题着"武陵别景"四字，那一面旧诗写着道是：

桃红又是一年春。

原诗的上句是"寻得桃源好避秦"，这里是说袭人出离贾府而嫁得蒋玉菡，好比再度逢春。

注云："杏花陪一盏，坐中同庚者陪一盏，同辰者陪一盏，同姓者陪一盏。"众人笑道："这一回热闹有趣。"大家算来，香菱、晴雯、宝钗三人皆与他同庚，黛玉与他同辰，只无同姓者。芳官忙道："我也姓花，我也陪他一钟。"于是大家斟了酒，黛玉因向探春笑道："命中该着招贵婿的，你是杏花，快喝了，我们好喝。"探春笑道："这是个什么，大嫂子顺手给他一下子。"李纨笑道："人家不得贵婿反挨打，我也不忍的。"说的众人都笑了。

此时薛姨妈住在黛玉处。

袭人才要掷，只听有人叫门。老婆子忙出去问时，原来是薛姨妈打发人来了接黛玉的。众人因问几更了，人回："二更以后了，钟打过十一下了。"宝玉犹不信，要过表来瞧了一瞧，已是子初初刻十分了。黛玉便起身说："我可撑不住了，回去还要吃药呢。"众人说："也都该散了。"袭人宝玉等还要留着众人。李纨宝钗等都说："夜太深了不像，这已是破格了。"袭人道："既如此，每位再吃一杯再走。"说着，晴雯等已都斟满了酒，每人吃了，都命点灯。袭人等直送过沁芳亭河那边方回来。

关了门，大家复又行起令来。袭人等又用大钟斟了几钟，用盘攒了各样果菜与地下的老嬷嬷们吃。彼此有了三分酒，便猜拳赢唱小曲儿。那天已四更时分，老嬷嬷们一面明吃，一面暗偷，酒坛已罄，众人听了纳罕，方收拾盥漱睡觉。

这个"大家"，只剩怡红院的几位了。直到酒罄"方收拾盥漱睡觉"——一醉方休。

芳官吃的两腮胭脂一般，眉稍眼角越添了许多丰韵，身子图不得，便睡在袭人身上，道："好姐姐，心跳的很。"袭人笑道："谁许你尽力灌起来。"小燕四儿也图不得，早睡了。晴雯还只管叫。宝玉道："不用叫了，咱们且胡乱歇一歇罢。"自己便枕了那红香枕，身子一歪，便也睡着了。袭人见芳官醉的很，恐闹他唾酒，只得轻轻起来，就将芳官扶在宝玉之侧，由他睡了。自己却在对面榻上倒下。

大家黑甜【沉酣】一觉，不知所之。及至天明，袭人睁眼一看，只见天色晶明，忙说："可迟了。"向对面床上瞧了一瞧，只见芳官头枕着炕沿上，睡犹未醒，连忙起来叫他。宝玉已翻身醒了，笑道："可迟了！"因又推芳官起身。那芳官坐起来，犹发怔揉眼睛。袭人笑道："不害羞，你吃醉了，怎么也不拣地方儿乱挺下了。"芳官听了，瞧了一瞧，方知道和宝玉同榻，忙笑的下地来，说："我怎么吃的不知道了。"宝玉笑道："我竟也不知道了。若知道，给你脸上抹些黑墨。"说着，丫头进来伺候梳洗。

是袭人故意"将芳官扶在宝玉之侧"睡的，此时又笑她"不害羞"，用意何在？

宝玉笑道："昨儿有扰，今儿晚上我还席。"袭人笑道："罢罢罢，今儿可别闹了，再闹就有人说话了。"宝玉道："怕什么，不过才两次罢了。咱们也算是会吃酒了，那一坛子酒，怎么就吃光了。正是有趣，偏又没了。"袭人笑道："原要这样才有趣。必至兴尽，反无后味了。昨儿都好上来了，晴雯连臊也忘了，我记得他还唱了一个。"四儿笑道："姐姐忘了，连姐姐还唱了一个呢。在席的谁没唱过！"众人听了，俱红了脸，用两手握着笑个不住。

补叙昨晚事：酒"没了"——"老嬷嬷们一面明吃，一面暗偷"；"在席的谁没唱过"——"彼此有了三分酒，便猜拳赢唱小曲儿"。之所以"红了脸"，总是唱了浓情艳曲吧。真是一次人性的解放。

忽见平儿笑嘻嘻的走来，说亲自来请昨日在席的人："今儿我还东，短一个也使不得。"众人忙让坐吃茶。晴雯笑道："可惜昨夜没他。"平儿忙问："你们夜里做什么来？"袭人便说："告诉不得你。昨儿夜里热闹非常，连往日老太太、太太带着众人顽也不及昨儿这一顽。一坛酒我们都鼓捣光了，一个个吃的把臊都丢了，三不知的又都唱起来。四更多天才横三竖四的打了一个盹儿。"平儿笑道："好，白和我要了酒来，也不请我，还说着给我听，气我。"晴雯道："今儿他还席，必来请你的，等着罢。"平儿笑问道："他是谁，谁是他？"晴雯听了，赶着笑打，说着："偏你这耳朵尖，听得真。"平儿笑道："这会子有事不和你说，我干事去了。一回再打发人来请，一个不到，我是打上门来的。"宝玉等忙留，他已经去了。

这里宝玉梳洗了正吃茶，忽然一眼看见砚台底下压着一张纸，因说道："你们这随便混压东西也不好。"袭人晴雯等忙问："又怎么了，谁又有了不是了？"宝玉指道："砚台下是什么？一定又是那位的样子【绣花的底稿】忘记了收的。"晴雯忙启砚拿了出来，却是一张字帖儿，递与宝玉看时，原来是一张粉笺子，上面写着"槛外人【出离尘世之人】妙玉恭肃遥叩芳辰"。

宝玉看毕，直跳了起来，忙问："这是谁接了来的？也不告诉。"袭人晴雯等见了这般，不知当是那个要紧的人来的帖子，忙一齐问："昨儿谁接下了一个帖子？"四儿忙飞跑进来，笑说："昨儿妙玉并没亲来，只打发个妈妈送来。我就搁在那里，谁知一顿酒就忘了。"众人听了，道："我当谁的，这样大惊小怪。这也不值的。"宝玉忙命："快拿纸来。"当时拿了纸，研了墨，看他下着"槛外人"三字，自己竟不知回帖上回个什么字样才相敌。只管提笔出神，半天仍没主意。因又想："若问宝钗去，他必又批评怪诞，不如问黛玉去。"

想罢，袖了帖儿，径来寻黛玉。刚过了沁芳亭，忽见岫烟颤颤巍巍的【轻盈袅娜貌】迎面走来。宝玉忙问："姐姐那里去？"岫烟笑道："我找妙玉说话。"宝玉听了诧异，说道："他为人孤癖，不合时宜，万人不入他目。原来他推重姐姐，竟知姐姐不是我们一流的俗人。"岫烟笑道："他也未必真心重我，但我和他做过十年的邻居，只一墙之隔。他在蟠香寺修炼，我家原寒素，赁房居住，就赁的是他庙里的房子，住了十年，无事到他庙里去作伴。我所认的字都是承他所授。我和他又是贫贱之交，又有半师之分。因我们投亲去了，闻得他因不合时宜，权势不容，竟投到这里来。如今又天缘凑合，我们得遇，旧情竟未易。承他青目，更胜当日。"

宝玉听了，恍如听了焦雷一般，喜的笑道："怪道姐姐举止言谈，超然如野鹤闲云，原来有本而来。正因他的一件事我为难，要请教别人去。如今遇见姐姐，真是天缘巧合，求姐姐指教。"说着，便将拜帖取与岫烟看。岫烟笑道："他这脾气竟不能改，竟是生成这等放诞诡僻了。从来没见拜帖上下别号的，这可是俗语说的'僧不僧，俗不俗，女不女，男不男'，成个什么道理。"宝玉听说，忙笑道："姐姐不知道，他原不在这些人中，算他原是世人意外之人。因取我是个些微有知识的，方给我这帖子。我因不知回什么字样才好，竟没了主意，正要去问林妹妹，可巧遇见了姐姐。"

岫烟听了宝玉这话，且只顾用眼上下细细打量了半日，方笑道："怪道俗语说的'闻名不如见面'，又怪不得妙玉竟下这帖子给你，又怪不得上年竟给你那些梅花。既连他这样，少不得我告诉你原故。他常说：'古人中自汉晋五代唐宋以来皆无好诗，只有两句好，说道："纵有千年铁门槛，终须一个土馒头。"'所以他自称'槛外之人'。又常赞文是庄子的好，故又或称为'畸人'。他若帖子上是自称'畸人'的，你就还他个'世人'。畸人者，他自称是畸零之人；你谦自己乃世中扰扰之人，他便喜了。如今他自称'槛外之人'，是自谓蹈于铁槛之外了；故你如今只下'槛内人'，便合了他的心了。"宝玉听了，如醍醐灌顶，嗳哟了一声，方笑道："怪道我们家庙说是'铁槛寺'呢，原来有这一说。姐姐就请，让我去写回帖。"岫烟听了，便自往栊翠庵来。宝玉回房写了帖子，上面只写"槛内人宝玉熏沐谨拜"几

宝玉对妙玉的评语："为人孤癖，不合时宜。"

妙玉"因不合时宜，权势不容"才遁入空门，并非虔心向佛之人。她对宝玉有情可以理解。

无论僧俗男女，都"没见拜帖上下别号的"，这就是"放诞诡僻"。放诞：放纵不羁，不守规范。诡僻：荒谬邪僻。

所闻宝玉何"名"？连义互解，两个"怪不得"中即有答案：护花使者之名，人见人爱之名。

"畸人"与"世人"、"槛外人"与"槛内人"，都可对义互解。

并不见面，见面反俗。

字，亲自拿了到栊翠庵，只隔门缝儿投进去便回来了。

因又见芳官梳了头，挽起纂来，带了些花翠，忙命他改妆，又命将周围的短发剃了去，露出碧青头皮来，当中分大顶，又说："冬天作大貂鼠卧兔儿带，脚上穿虎头盘云五彩小战靴，或散着裤腿，只用净袜厚底镶鞋。"又说："芳官之名不好，竟改了男名才别致。"因又改作"雄奴"。芳官十分称心，又说："既如此，你出门也带我出去。有人问，只说我和茗烟一样的小厮就是了。"宝玉笑道："到底人看的出来。"芳官笑道："我说你是无才的。咱家现有几家土番，你就说我是个小土番儿。况且人人说我打联垂好看，你想这话可妙？"

宝玉听了，喜出意外，忙笑道："这却很好。我亦常见官员人等多有跟从外国献俘之种，图其不畏风霜，鞍马便捷。既这等，再起个番名，叫作"耶律雄奴"。'雄奴'二音，又与匈奴相通，都是犬戎名姓。况且这两种人自尧舜时便为中华之患，晋唐诸朝，深受其害。幸得咱们有福，生在当今之世，大舜之正裔，圣虞之功德仁孝，赫赫格天，同天地日月亿兆不朽，所以凡历朝中跳梁猖獗之小丑，到了如今竟不用一干一戈，皆天使其拱手俛头缘远来降。我们正该作践他们，为君父生色。"芳官笑道："既这样着，你该去操习弓马，学些武艺，挺身出去拿几个反叛来，岂不尽忠效力了。何必借我们，你鼓唇摇舌的，自己开心作戏，却说是称功颂德呢。"宝玉笑道："所以你不明白。如今四海宾服，八方宁静，千载百载不用武备。咱们虽一戏一笑，也该称颂，方不负坐享升平了。"芳官听了有理，二人自为妥帖甚宜。宝玉便叫他"耶律雄奴"。

究竟贾府二宅皆有先人当年所获之囚赐为奴隶，只不过令其饲养马匹，皆不堪大用。湘云素习憨戏异常，他也最喜武扮的，每每自己束銮带，穿折袖。近见宝玉将芳官扮成男子，他便将葵官也扮了个小子。那葵官本是常刮剔短发，好便于面上粉墨油彩，手脚又伶便，打扮了又省一层手。李纨探春见了也爱，便

喜欢女扮男装，也是一种特殊的审美吧。

此即上面所说"咱家现有几家土番"，连义互解。

将宝琴的荳官也就命他打扮了一个小童，头上两个丫髻，短袄红鞋，只差了涂脸，便俨是戏上的一个琴童。湘云将葵官改了，换作"大英"。因他姓韦，便叫他作韦大英，方合自己的意思，暗有"惟大英雄能本色"之语，何必涂朱抹粉，才是男子。荳官身量年纪皆极小，又极鬼灵，故曰荳官。园中人也有唤他作"阿荳"的，也有唤作"炒豆子"的。宝琴反说琴童书童等名太熟了，竟是荳字别致，便换作"荳童"。

生活太单调无聊，总得找点乐子。把小戏子打扮成男孩儿，也是对女性世界的一种调剂、一种补充。

因饭后平儿还席，说红香圃太热，便在榆荫堂中摆了几席新酒佳肴。可喜尤氏又带了佩凤偕鸳二妾过来游玩。这二妾亦是青年姣憨女子，不常过来的，今既入了这园，再遇见湘云、香菱、芳蕊一干女子，所谓"方以类聚，物以群分"二语不错，只见他们说笑不了，也不管尤氏在那里，只凭丫鬟们去服侍，且同众人一一的游玩。一时到了怡红院，忽听宝玉叫"耶律雄奴"，把佩凤、偕鸳、香菱三个人笑在一处，问是什么话，大家也学着叫这名字，又叫错了音韵，或忘了字眼，甚至于叫出"野驴子"来，引的合园中人凡听见者无不笑倒。宝玉又见人人取笑，恐作践了他，忙又说："海西福朗思牙，闻有金星玻璃宝石，他本国番语以金星玻璃名为'温都里纳'。如今将你比作他，就改名唤叫'温都里纳'可好？"芳官听了更喜，说："就是这样罢。"因此又唤了这名。众人嫌拗口，仍翻汉名，就唤"玻璃"。

闲言少述，且说当下众人都在榆荫堂中以酒为名，大家顽笑，命女先儿击鼓。平儿采了一枝芍药，大家约二十来人传花为令，热闹了一回。因人回说："甄家有两个女人送东西来了。"探春和李纨尤氏三人出去议事厅相见，这里众人且出来散一散。佩凤偕鸳两个去打秋千顽耍，宝玉便说："你两个上去，让我送。"慌的佩凤说："罢了，别替我们闹乱子，倒是叫'野驴子'来送送使得。"宝玉忙笑说："好姐姐们别顽了，没的叫人跟着你们学着骂他。"偕鸳又说："笑软了，怎么打呢。掉下来栽出你的黄子来。"佩凤便赶着他打。

平儿"还席"，略写。

这二妾也难得"解放"一回。

晴天霹雳，剧情突转。

此时见得尤氏也并非无能之辈。查明死因是首要任务，锁道士候审、赶赴现场视察、请太医诊断，三招都为确认死因。"吞金服砂，烧胀而殁"，就是"死金丹"。"升仙"云云，精神安慰罢了。

贾珍、贾蓉等都随老太妃之葬在外，"命人去飞马报信"是必然之举。择日入殓，停灵铁槛寺，三日后开丧破孝，"且做起道场来等贾珍"，有条不紊，紧而不乱。

二尤到来，从此多事。"放心"二字，似有反讽。

正玩笑不绝，忽见东府中几个人慌慌张张跑来说："老爷宾天了。"众人听了，唬了一大跳，忙都说："好好的并无疾病，怎么就没了？"家下人说："老爷天天修炼，定是功行圆满，升仙去了。"尤氏一闻此言，又见贾珍父子并贾琏等皆不在家，一时竟没个着己的男子来，未免忙了。只得忙卸了妆饰，命人先到玄真观将所有的道士都锁了起来，等大爷来家审问。一面忙忙坐车带了赖升一干老家人媳妇出城。又请太医看视到底系何病。大大们见人已死，何处诊脉来，素知贾敬导气之术总属虚诞，更至参星礼斗，守庚申，服灵砂，妄作虚为，过于劳神费力，反因此伤了性命的。如今虽死，肚中坚硬似铁，面皮嘴唇烧的紫绛皱裂。便向媳妇回说："系玄教中吞金服砂，烧胀而殁。"众道士慌的回说："原是老爷秘法新制的丹砂吃坏事，小道们也曾劝说'功行未到且服不得'，不承望老爷于今夜守庚申时悄悄的服了下去，便升仙了。这恐是虔心得道，已出苦海，脱去皮囊，自了去也。"

尤氏也不听，只命锁着，等贾珍来发放，且命人去飞马报信。一面看视这里窄狭，不能停放，横竖也不能进城的，忙装裹好了，用软轿抬至铁槛寺来停放，掐指算来，至早也得半月的工夫，贾珍方能来到。目今天气炎热，实不得相待，遂自行主持，命天文生择了日期入殓。寿木已系早年备下寄在此庙的，甚是便宜。三日后便开丧破孝【丧家于大殓后成服并接受亲友的吊唁】。一面且做起道场来等贾珍。

荣府中凤姐儿出不来，李纨又照顾姊妹，宝玉不识事体，只得将外头之事暂托了几个家中二等管事人。贾瑞、贾珖、贾珩、贾璎、贾菖、贾菱等各有执事。尤氏不能回家，便将他继母接来在宁府看家。他这继母只得将两个未出嫁的小女带来，一并起居才放心。

且说贾珍闻了此信，即忙告假。礼部因贾珍并贾蓉是有职之员。而且当今隆敦孝弟，不敢自专，具本请旨。原来天子极是仁孝过天的，且更隆重功臣之裔，一见此本，便诏问贾敬何职。礼部代奏："系进士出身，祖职已荫其子贾珍。贾敬因年迈多疾，常养静于都城之外玄真观。今因疾殁于寺中，其子珍，其孙蓉，现因国丧随驾在此，故乞假归殓。"天子听了，忙下额外恩旨曰："贾敬虽白衣无功于国，念彼祖父之功，追赐五品之职。令其子孙扶枢由北下之门进都，入彼私第殡殓。任子孙尽丧礼毕扶枢回籍外，着光禄寺按上例赐祭。朝中由王公以下准其祭吊。钦此。"此旨一下，不但贾府中人谢恩，连朝中所有大臣皆嵩呼称颂不绝。

追赐贾敬五品之职，准许灵枢入都，回私第殡殓，"着光禄寺按上例赐祭"等等，就是所谓皇恩浩荡。

　　贾珍父子星夜驰回，半路中又见贾瑞贾珖二人领家丁飞骑而来，看见贾珍，一齐滚鞍下马请安。贾珍忙问："作什么？"贾瑞回说："嫂子恐哥哥和侄儿来了，老太太路上无人，叫我们两个来护送老太太的。"贾珍听了，赞称不绝，又问家中如何料理。

这也是尤氏思虑周到之处。

贾瑞等便将如何拿了道士，如何挪至家庙，怕家内无人接了亲家母和两个姨娘在上房住着。贾蓉当下也下了马，听见两个姨娘来了，便和贾珍一笑。贾珍忙说了几声"妥当"，加鞭便走，店也不投，连夜换马飞驰。一日到了都门，先奔入铁槛寺。那天已是四更天气，坐更的闻知，忙喝起众人来。贾珍下了马，和贾蓉放声大哭，从大门外便跪爬进来，至棺前稽颡泣血，直哭到天亮喉咙都哑了方住。尤氏等都一齐见过。贾珍父子忙按礼换了凶服，在棺前俯伏，无奈自要理事，竟不能目不视物，耳不闻声，少不得减些悲戚，好指挥众人。因将恩旨备述与众亲友听了。一面先打发贾蓉家中料理停灵之事。

初闻父祖去世，未闻其哭，先见其"笑"，而且是父子相视而笑。贾敬不理家事，不教子孙，其子孙如此不孝，亦报应也。

至铁槛寺，忽然大悲大痛，又是需辨"真""假"的一幕。

　　贾蓉得不得一声儿，先骑马飞来至家，忙命前厅收桌椅，下槅扇，挂孝幔子，门前起鼓手棚牌楼等事。又忙着进来看外祖母两个姨娘。原来尤老安人年高喜睡，常歪着，他二姨娘三姨娘都和丫头们作活计，见他来了，都道烦恼。贾蓉且嘻嘻的望他二姨娘笑说："二姨娘，你又来了，我们父亲正想你呢。"尤二姐便红了脸，骂道："蓉小子，我过两日不骂你几句，你就过不得了。越发连个体统都没了。还亏你是大家公子哥儿，每日念书学礼

这"飞来至家"，动力十足。

看来，这尤二姐与贾珍早有瓜葛。

的，越发连那小家子瓢坎的也跟不上。"说着顺手拿起一个熨斗来，搂头就打，吓的贾蓉抱着头滚到怀里告饶。尤三姐便上来撕嘴，又说："等姐姐来家，咱们告诉他。"贾蓉忙笑着跪在炕上求饶，他两个又笑了。贾蓉又和二姨抢砂仁吃，尤二姐嚼了一嘴渣子，吐了他一脸。贾蓉用舌头都舔着吃了。

众丫头看不过，都笑说："热孝在身上，老娘才睡了觉，他两个虽小，到底是姨娘家，你太眼里没有奶奶了。回来告诉爷，你吃不了兜着走。"贾蓉撇下他姨娘，便抱着丫头们亲嘴："我的心肝，你说的是，咱们谗他两个。"丫头们忙推他，恨的骂："短命鬼儿，你一般有老婆丫头，只和我们闹。知道的说是顽；不知道的人，再遇见那脏心烂肺的爱多管闲事嚼舌头的人，吵嚷的那府里谁不知道，谁不背地里嚼舌说咱们这边乱帐。"贾蓉笑道："各门另户，谁管谁的事。都够使的了。从古至今，连汉朝和唐朝，人还说脏唐臭汉，何况咱们这宗人家。谁家没风流事，别讨我说出来。连那边大老爷这么利害，琏叔还和那小姨娘不干净呢。凤姑娘那样刚强，瑞叔还想他的帐。那一件瞒了我！"

贾蓉只管信口开合胡言乱道之间，只见他老娘醒了，请安问好，又说："难为老祖宗劳心，又难为两位姨娘受委屈，我们爷儿们感戴不尽。惟有等事完了，我们合家大小，登门去磕头。"尤老安人点头道："我的儿，倒是你们会说话。亲戚们原是该的。"又问："你父亲好？几时得了信赶到的？"贾蓉笑道："才刚赶到的，先打发我瞧你老人家来了。好歹求你老人家事完了再去。"说着，又和他二姨挤眼，那尤二姐便悄悄咬牙含笑骂："很会嚼舌头的猴儿崽子，留下我们给你爹作娘不成！"贾蓉又戏他老娘道："放心罢，我父亲每日为两位姨娘操心，要寻两个又有根基又富贵又年轻又俏皮的两位姨爹，好聘嫁这二位姨娘的。这几年总没拣得，可巧前日路上才相准了一个。"尤老只当真话，忙问是谁家的，二姊妹丢了活计，一头笑，一头赶着打。说："妈别信这雷打的。"连丫头们都说："天老爷有眼，仔细雷要紧！"又值人来回话："事已完了，请哥儿出去看了，回爷的话去。"那贾蓉方笑嘻嘻的去了。不知如何，且听下回分解。

【 回后评 】

此回书的上半，是上回书庆生的延续。不同的是，上回写日间活动，且四人同寿，有"集体性"，而此回专写夜间，且寿星只是宝玉一人。

自二十三回宝玉与众姐妹入住大观园，有饯花会、海棠社、螃蟹宴、即景争联等，算起来这是第五次聚集欢会。这也是最后一次，作者放笔一写，使寻欢之情尽放，使隐秘之性尽显，达到狂欢的高潮。

一开始，宝玉就对袭人说："晚间吃酒，大家取乐，不可拘泥。"这"不可拘泥"可看作此次"夜宴"的指导方针。为此，他们哄过了巡察队长林之孝家的，然后关起门来，以确保不被干扰。宝玉以"天热"为由，要大家"脱了大衣裳"，于是一个个"卸妆宽衣"，接着连"安席"的礼节也取消了。这是身体的解放，也是心灵的松绑。

这样的夜宴，在一般情况下，作为临时执政的探春、李纨是不宜参与的。但宝玉一句"怕什么"，全都请来了。李纨还说："这有何妨。一年之中不过生日节间如此，并无夜夜如此，这倒也不怕。"在夜宴中，大家掣签饮酒，直到"二更以后了，钟打过十一下了"，要不是薛姨妈打发人来接黛玉，大家还都沉浸在酒宴的享受中。

然而，"高潮"还在后面 。众人散后，怡红院关了门，大家复又行起酒令来。彼此有了三分酒，便猜拳唱小曲儿，直到那天已四更时分——凌晨一点至三点钟，方收拾盥漱睡觉：芳官是"身子图不得，便睡在袭人身上"，"小燕四儿也图不得，早睡了"，而宝玉"自己便枕了那红香枕，身子一歪，便也睡着

了"……大家黑甜一觉，不知所之。直到第二天天色晶明，大家才醒。这情景，令人想起苏东坡《赤壁赋》的句子："肴核既尽，杯盘狼籍。相与枕藉乎舟中，不知东方之既白。"

这是彻底的释放：人情的释放，人性的释放。这里的情是真而热烈的情，这里的性是善而纯净的性。而妙玉作为出家人，本该四大皆空，也来与宝玉贺寿，其实也是一次释放。

与之对照鲜明的是，书的下半回，由群芳狂欢转为独艳埋丧，而人之情也变得假而可憎，人之性也变得邪而丑陋。贾珍、贾蓉父子就是这假情恶性的典型代表，而其父祖贾敬的亡故与二尤的入府为这父子提供了表演的机会。

贾珍父子听到贾敬亡故的信息后，并无丝毫哀痛之情，而听说二尤入府，这父子竟然相视而笑，贾珍则忙说了几声"妥当"。至到铁槛寺，这父子就"放声大哭，从大门外便跪爬进来，至棺前稽颡泣血，直哭到天亮喉咙都哑了方住"。无悲情而哭丧，不管怎么做作，都是假的。那个贾蓉回到家里，更绝无悲情哀色，不管什么热孝在身，也不管他老娘的脸面，跟他的"姨娘"调情，低级下流，连丫头都看不下去了。不仅如此，他还振振有词，说什么"脏唐臭汉，何况咱们这宗人家"。弃人伦之正道如敝屣，视人性之淫恶为当然，恣行无忌，真恶之恶者也。

狂欢之日既去，衰亡之象日增。子孙如此，贾府不败，天理何在！

附：筛酒·烫酒

在许多古典名著里，会用到"筛酒"一词。因为元朝以前的酒都是发酵的浊酒，需要过滤才能喝。筛，就是过滤。后来也指把酒从坛子里舀或倒进酒壶里；再进一步，"斟酒"也说成"筛酒"了。

黄酒需要加热后喝，因为黄酒是以糯米为原料，并由许多混杂培养的霉菌、酵母等共同作用酿成的。在酿制过程中会有微量有害的有机物存在，饮用时加热，使这些有机物随温度升高而挥发，有利于身体健康。

第六十四回

幽淑女悲题五美吟
浪荡子情遗九龙珮

深闺有奇女，绝世空珠翠。
情痴苦泪多，未惜颜憔悴。
哀哉千秋魂，薄命无二致。
嗟彼桑间人，好丑非其类。

贾二爷私赠九龙珮，尤三姐怒骂无耻人（下联内容见下回书）

此回书有两个背景，一是"国丧"——老太妃之丧事，一是"家丧"——贾敬之丧事。回目中一个"幽"字一个"悲"字，显示出黛玉作《五美吟》的情境。而"情遗九龙珮"则是贾琏与尤二姐勾搭成婚故事的一个细节。

贾敬灵柩回到宁府后，贾珍、贾蓉为礼法所拘，不免在灵柩之旁藉草枕块，恨苦居丧。人散后，仍乘空寻他小姨子们厮混。

宝玉见无客至，遂回家看视黛玉。进到潇湘馆，见林黛玉脸上有泪痕，就劝黛玉："凡事当各自宽解，不可过作无益之悲。若作践坏了身子，使我……"说到这里，觉得以下的话有些难说，连忙咽住。想一想自己的心实在的是为黛玉好，可又怕黛玉恼他，因而转急为悲，不觉滚下泪来。黛玉起先原恼宝玉说话不论轻重，如今见此光景，心有所感，亦不免无言对泣。宝玉见砚台底下微露一纸角，伸手拿起看，原来是黛玉写的诗稿。那黛玉见古史中有才色的女子，终身遭际令人可欣可羡可悲可叹者甚多，饭后无事，因欲择出数人，写了五首诗以寄感慨。

一语未了，只见宝钗来了。说到黛玉作诗，宝钗就发了一通议论："女子无才便是德"，总以贞静为主，女工还是第二件。其余诗词，不过是闺中游戏，原可以会可以不会，等等。待看过诗作之后，宝玉赞不绝口，称为《五美吟》，宝钗也称命意新奇，别开生面。

此时，给老太妃送灵的贾琏、贾母、王夫人等也先后回来，无不到贾敬灵前痛哭哀悼。又过了数日，贾敬灵柩移送铁槛寺，贾珍、尤氏并贾蓉在寺中守灵，等过百日后，方扶柩回籍。家中则仍托尤老娘并二姐、三姐照管。贾琏素日既闻尤氏姐妹之名，恨无缘得见。近因贾敬停灵在家，每日与二姐、三姐相认已熟，不禁动了垂涎之意，此时便趁机至宁府中来勾搭二姐。贾蓉知贾琏心意，便建言贾琏娶二姐为妾，并为之出谋划策。而二姐也有意于贾琏，贾琏偷赠其九龙珮为信物，她也收下了。紧锣密鼓，征得了尤老娘的应允，勒逼着原与二姐订婚的张华写了退婚书，在宁荣街后二里远近小花枝巷内买定一所房子，置买妆奁及新房中应用床帐等物，选定伏侍的家丁仆妇。诸事具备，就等着择日成婚了。

　　话说贾蓉见家中诸事已妥，连忙赶至寺中，回明贾珍。于是连夜分派各项执事人役，并预备一切应用幡杠等物。择于初四日卯时请灵柩进城，一面使人知会诸位亲友。

　　是日，丧仪焜耀【极体面】，宾客如云，自铁槛寺至宁府，夹路看的何止数万人。内中有嗟叹的，也有羡慕的，又有一等半瓶醋的读书人，说是"丧礼与其奢易莫若俭戚"的，一路纷纷议论不一。至未申时方到，将灵柩停放在正堂之内。供奠举哀已毕，亲友渐次散回，只剩族中人分理迎宾送客等事。近亲只有邢大舅相伴未去。

八字写出排场，几句概括评价——还是互见互评之法。

　　贾珍贾蓉此时为礼法所拘，不免在灵旁藉草枕块【居父母之丧，在灵前睡干草枕土块】，恨苦居丧。人散后，仍乘空寻他小姨子们厮混。宝玉亦每日在宁府穿孝，至晚人散，方回园里。凤姐身体未愈，虽不能时常在此，或遇开坛诵经亲友上祭之日，亦扎挣过来，相帮尤氏料理。

"恨苦"就是"痛苦"，为父祖守丧，不是悲苦，而是"痛苦"。这个词用得有意味，所谓"为礼法所拘"，勉强为之，不得不尔。"乘空寻他小姨子们厮混"！贾敬有灵，作何感想？

　　一日，供毕早饭，因此时天气尚长，贾珍等连日劳倦，不免在灵旁假寐【打盹儿，打瞌睡】。宝玉见无客至，遂欲回家看视黛玉，因先回至怡红院中。进入门来，只见院中寂静无人，有几个老婆子与小丫头们在回廊下取便乘凉，也有睡卧的，也有坐着打盹的。宝玉也不去惊动。只有四儿看见，连忙上前来打帘子。

心上最惦记的人。

将掀起时,只见芳官自内带笑跑出,几乎与宝玉撞个满怀。一见宝玉,方含笑站住,说道:"你怎么来了?你快与我拦住晴雯,他要打我呢。"

一语未了,只听得屋内嘻嘻哗喇的乱响,不知是何物撒了一地。随后晴雯赶来骂道:"我看你这小蹄子往那里去,输了不叫打。宝玉不在家,我看你有谁来救你。"宝玉连忙带笑拦住,说道:"你妹子小,不知怎么得罪了你,看我的分上,饶他罢。"晴雯也不想宝玉此时回来,乍一见,不觉好笑,遂笑说道:"芳官竟是个狐狸精变的,竟是会拘神遣将的符咒也没有这样快。"又笑道:"就是你真请了神来,我也不怕。"遂夺手仍要捉拿芳官。芳官早已藏在宝玉身后。

宝玉遂一手拉了晴雯,一手携了芳官,进入屋内。看时,只见西边炕上麝月、秋纹、碧痕、紫绡等正在那里抓子儿赢瓜子儿【一种游戏,赢者可以弹输者脑门或打其手心】呢。却是芳官输与晴雯,芳官不肯叫打,跑了出去。晴雯因赶芳官,将怀内的子儿撒了一地。宝玉欢喜道:"如此长天,我不在家,正恐你们寂寞,吃了饭睡觉睡出病来,大家寻件事顽笑消遣甚好。"因不见袭人,又问道:"你袭人姐姐呢?"晴雯道:"袭人么,越发道学了,独自个在屋里面壁呢。这好一会我没进去,不知他作什么呢,一些声气也听不见。你快瞧瞧去罢,或者此时参悟了,也未可定。"

宝玉听说,一面笑,一面走至里间。只见袭人坐在近窗床上,手中拿着一根灰色绦子,正在那里打结子呢。见宝玉进来,连忙站起来,笑道:"晴雯这东西编派我什么呢。我因要赶着打完了这结子,没工夫和他们瞎闹,因哄他们道:'你们玩去罢,趁着二爷不在家,我要在这里静坐一坐,养一养神。'他就编派了我这些混话,什么'面壁了''参禅了'的,等一会我不撕他那嘴。"

宝玉笑着挨近袭人坐下,瞧他打结子,问道:"这么长天,你也该歇息歇息，或和他们玩笑，要不，瞧瞧林妹妹去也好。怪热的，打这个那里使？"袭人道："我见你带的扇套还是那年东府里蓉大奶奶的事情上作的。那个青东西除族中或亲友家夏天有丧事方带得着，一年遇着带一两遭，平常又不犯做。如今那府里有事，这是要过去天天带的，所以我赶着另作一个。等打完了结子，给你换下那旧的来。你虽然不讲究这个，若叫老太太回来看见，又该说我们躲懒，连你的穿带之物都不经心了。"宝玉笑道："这真难为你想的到。只是也不可过于赶，热着了倒是大事。"

说着，芳官早托了一杯凉水内新湃【bá，其义见下可知，连义互解】的茶来。因宝玉素昔秉赋柔脆，虽暑月不敢用冰，只以新汲井水将茶连壶浸在盆内，不时更换，取其凉意而已。宝玉就芳官手内吃了半盏，遂向袭人道："我来时已吩咐了茗烟，若珍大哥那边有要紧的客来时，叫他即刻送信；若无要紧的事，我就不过去了。"说毕，遂出了房门，又回头向碧痕等道："如有事往林姑娘处来找我。"于是一径往潇湘馆来看黛玉。

将过了沁芳桥，只见雪雁领着两个老婆子，手中都拿着菱藕瓜果之类。宝玉忙问雪雁道："你们姑娘从来不吃这些凉东西的，拿这些瓜果何用？不是要请那位姑娘奶奶么？"雪雁笑道："我告诉你，可不许你对姑娘说去。"宝玉点头应允。雪雁便命两个婆子："先将瓜果送去交与紫鹃姐姐。他要问我，你就说我做什么呢，就来。"那婆子答应着去了。雪雁方说道："我们姑娘这两日方觉身上好些了。今日饭后，三姑娘来会着要瞧二奶奶去，姑娘也没去。又不知想起了甚么来，自己伤感了一回，提笔写了好些，不知是诗是词。叫我传瓜果去时，又听叫紫鹃将屋内摆着的小琴桌上的陈设搬下来，将桌子挪在外间当地，又叫将那龙文鼒【zī，小型鼎】放在桌上，等瓜果来时听用。若说是请人呢，不犯先忙着把个炉摆出来。若说点香呢，我们姑娘素日屋内除摆新鲜花果木瓜之类，又不大喜熏衣服；就是点香，亦当点在常坐卧之处。难道是老婆子们把屋子熏臭了要拿香熏熏不成。究竟连我也

亲密之态，体贴之言。

为宝玉打扇套，主要是给"老太太"看的。

这芳官已有"献茶"的"资格"，比那个小红幸运多了。不过"祸兮福之所倚，福兮祸之所伏"，是福是祸还得往后看。

宝玉进怡红院之门，遇到"怪事"；去看黛玉，半路上又遇见"怪事"：生活琐事，总写得有曲折，有趣味。

黛玉伤感，自然情有所动，而提笔作诗，也就不是无病呻吟了。

雪雁不明黛玉用心，合情合理，而读者就只得"看下回分解"，这就是文字的诱惑力。

不知何故。"说毕，便连忙的去了。

宝玉这里不由的低头心内细想道："据雪雁说来，必有原故。若是同那一位姊妹们闲坐，亦不必如此先设馔具。或者是姑爹姑妈的忌辰，但我记得每年到此日期老太太都吩咐另外整理肴馔送去与林妹妹私祭，此时已过。大约必是七月因为瓜果之节，家家都上秋祭的坟，林妹妹有感于心，所以在私室自己奠祭，取《礼记》'春秋荐其时食'之意，也未可定。但我此刻走去，见他伤感，必极力劝解，又怕他烦恼郁结于心；若不去，又恐他过于伤感，无人劝止。两件皆足致疾。莫若先到凤姐姐处一看，在彼稍坐即回。如若见林妹妹伤感，再设法开解，既不至使其过悲，哀痛稍申，亦不至抑郁致病。"想毕，遂出了园门，一径到凤姐处来。

正有许多执事婆子们回事毕，纷纷散出。凤姐儿正倚着门和平儿说话呢。一见了宝玉，笑道："你回来么。我才吩咐了林之孝家的。叫他使人告诉跟你的小厮，若没什么事趁便请你回来歇息歇息。再者那里人多，你那里禁得住那些气味。不想恰好你倒来了。"宝玉笑道："多谢姐姐记挂。我也因今日没事，又见姐姐这两日没往那府里去，不知身上可大愈否，所以回来看视看视。"凤姐道："左右也不过是这样，三日好两日不好的。老太太、太太不在家，这些大娘们，嗳，那一个是安分的，每日不是打架，就拌嘴，连赌博偷盗的事情，都闹出来了两三件了。虽说有三姑娘帮着办理，他又是个没出阁的姑娘。也有叫他知道得的，也有往他说不得的事，也只好强扎挣着罢了。总不得心静一会儿。别说想病好，求其不添，也就罢了。"宝玉道："虽如此说，姐姐还要保重身体，少操些心才是。"说毕，又说了些闲话，别了凤姐，一直往园中走来。

进了潇湘馆院门看时，只见炉袅残烟，奠馀玉醴【祭奠余下了美酒】。紫鹃正看着人往里搬桌子，收陈设呢。宝玉便知已经祭完了，走入屋内，只见黛玉面向里歪着，病体恹恹，大有不

宝玉再猜，似乎合理，而仍是悬念。

描述宝玉心理，真是细致体贴。

宝玉"遂出了园门，一径到凤姐处来"，悬念犹存，又一曲折。妙！

插叙一段凤姐带病理事，写府内混乱不宁，照应前文。然后转接宝玉"别了凤姐，一直往园中走来"，断续穿插，圆转自如。

是宝钗所谓的"大事"吗？

必得是祭奠结束，才好作"情感"的衔接。

胜之态。紫鹃连忙说道："宝二爷来了。"黛玉方慢慢的起来，含笑让坐。宝玉道："妹妹这两天可大好些了？气色倒觉静些，只是为何又伤心了？"黛玉道："可是你没的说了，好好的我多早晚又伤心了？"宝玉笑道："妹妹脸上现有泪痕，如何还哄我呢。只是我想妹妹素日本来多病，凡事当各自宽解，不可过作无益之悲。若作践坏了身子，使我……"说到这里，觉得以下的话有些难说，连忙咽住。只因他虽说和黛玉一处长大，情投意合，又愿同生死，却只是心中领会，从来未曾当面说出。况兼黛玉心多，每每说话造次，得罪了他。今日原为的是来劝解，不想把话又说造次了，接不下去，心中一急，又怕黛玉恼他。又想一想自己的心实在的是为好，因而转急为悲，早已滚下泪来。黛玉起先原恼宝玉说话不论轻重，如今见此光景，心有所感，本来素昔爱哭，此时亦不免无言对泣。

却说紫鹃端了茶来，打谅二人又为何事角口，因说道："姑娘才身上好些，宝二爷又来怄气了，到底是怎么样？"宝玉一面拭泪笑道："谁敢怄妹妹了。"一面搭讪着起来闲步。只见砚台底下微露一纸角，不禁伸手拿起。黛玉忙要起身来夺，已被宝玉揣在怀内，笑央道："好妹妹，赏我看看罢。"黛玉道："不管什么，来了就混翻。"

一语未了，只见宝钗走来，笑道："宝兄弟要看什么？"宝玉因未见上面是何言词，又不知黛玉心中如何，未敢造次回答，却望着黛玉笑。黛玉一面让宝钗坐，一面笑说道："我曾见古史中有才色的女子，终身遭际令人可欣可羡可悲可叹者甚多。今日饭后无事，因欲择出数人，胡乱凑几首诗以寄感慨，可巧探丫头来会我瞧凤姐姐去，我也身上懒懒的没同他去。才将做了五首，一时困倦起来，撂在那里，不想二爷来了就瞧见了，其实给他看也倒没有什么，但只我嫌他是不是的写给人看去。"宝玉忙道："我多早晚给人看来呢。昨日那把扇子，原是我爱那几首白海棠的诗，所以我自己用小楷写了，不过为的是拿在手中看着便易。

宝玉心中所想，黛玉心中自知，"愿同生死"不就是"白头偕老"吗？但拘于礼法，这层窗户纸不能捅破。"无言对泣"，其情可悯。

妙玉的贺寿笺压在砚下，黛玉诗也压在砚下，是一"巧"。"巧"则惹人联想。

宝玉刚到，宝钗就"走来"，似乎鬼使神差，如影随形。

张新之评："必接此人。"

王蒙评："'宝钗走来'四字十分突兀，竟像是'此处略'一般。"

黛玉自道为诗缘起，是"我要作"，不同于诗社之"要我作"。

我岂不知闺阁中诗词字迹是轻易往外传诵不得的。自从你说了，我总没拿出园子去。"

宝钗道："林妹妹这虑的也是。你既写在扇子上，偶然忘记了，拿在书房里去被相公们看见了，岂有不问是谁做的呢。倘或传扬开了，反为不美。自古道'女子无才便是德'，总以贞静为主，女工还是第二件。其馀诗词，不过是闺中游戏，原可以会可以不会。咱们这样人家的姑娘，倒不要这些才华的名誉。"因又笑向黛玉道："拿出来给我看看无妨，只不叫宝兄弟拿出去就是了。"黛玉笑道："既如此说，连你也可以不必看了。"又指着宝玉笑道："他早已抢了去了。"宝玉听了，方自怀内取出，凑至宝钗身旁，一同细看。只见写道：

宝钗从不放过宣传自己价值观的机会。未看黛玉之诗，先来这么一通高论，教训之味甚浓。

不满于宝钗的高论，黛玉略略反抗。

"凑至宝钗身旁，一同细看"，宝玉无心，宝钗得志。

勾践灭吴后，或说西施随范蠡而去，或说被吴人沉入大江。

西施

一代倾城逐浪花【一代倾国倾城的佳人以奸细的罪名化作大江的一朵浪花】，吴宫空自忆儿家【吴国破灭，吴宫荒废，人们徒然地忆念着她当年忍辱娱王的年华】。

效颦莫笑东村女【看来那个效颦的东施并没有什么可笑】，头白溪边尚浣纱【她能安享晚年，白头到老还在溪边浣纱】。

虞姬

肠断乌骓夜啸风【四面楚歌，乌骓长啸，这情境令人肝肠寸断】，虞兮幽恨对重瞳【军帐内，面对末路英雄，虞姬满怀幽怨】。

黥彭甘受他年醢【那投降汉王的黥布与彭越，最后都被剁成了肉酱】，饮剑何如楚帐中【跟虞姬拔剑自刎、宁死不屈相比，荣辱自成天渊】。

明妃

绝艳惊人出汉宫【王昭君本是绝代佳人，却被用来和亲送出了汉宫】，红颜命薄古今同【红颜佳丽福薄命蹇，真是古今相同】。

君王纵使轻颜色【作为君王，即使轻视女色】，予夺权何畀画工【又怎能把嫔妃的命运交给一个画工】？

绿珠

瓦砾明珠一例抛【妻妾不管美丑，就像不管是瓦砾还是明珠，他都丢在一旁】，何曾【为何，为什么】石尉重娇娆【那个富豪石崇不知为何偏把绿珠放在心上】。

都缘顽福前生造【仿佛是前生注定，石崇该享一种艳福】，更有同归慰寂寥【绿珠生前做他的红颜知己，最后还为他坠楼殉葬】。

红拂

长揖雄谈态自殊【李靖布衣见杨素，长揖不拜，雄辩滔滔，仪态不俗】，美人具眼识穷途【红拂女独具只眼，看出李靖将来必有光明前途】。

尸居馀气杨公幕【那个杨素气息奄奄，是个行将就木之人】，岂得羁縻女丈夫【他怎么能笼络牵制住女中豪杰真丈夫】。

绿珠为西晋大富豪石崇的红颜知己。后石崇被陷害，权财尽失。一时得权得势的孙秀索要绿珠，石崇大怒回绝，却因此招来杀身之祸。绿珠得此消息，决意以死相随，愤然坠楼。

红拂初为隋朝大臣杨素的侍女。一次，李靖以布衣见杨素，长揖不拜，仪态潇洒，雄辩服人。红拂眼光敏锐，看出李靖必有作为，乃与之私奔。李靖后成唐朝开国功臣之一，封卫国公。

宝玉看了，赞不绝口，又说道："妹妹这诗恰好只做了五首，何不就命曰《五美吟》。"于是不容分说，便提笔写在后面。宝钗亦说道："做诗不论何题，只要善翻古人之意。若要随人脚踪走去，纵使字句精工，已落第二义，究竟算不得好诗。即如前人所咏昭君之诗甚多，有悲挽昭君的，有怨恨延寿的，又有讥汉帝不能使画工图貌贤臣而画美人的，纷纷不一。后来王荆公复有'意态由来画不成，当时枉杀毛延寿'；永叔有'耳目所见尚如此，万里安能制夷狄'。二诗俱能各出己见，不与人同。今日林妹妹这五首诗，亦可谓命意新奇，别开生面了。"

仍欲往下说时，只见有人回道："琏二爷回来了。适才外间

刚还说"女子无才便是德"，这又随着宝玉的口吻说其诗"命意新奇，别开生面"了。

王蒙评："宝钗这一段话大模大样。"

传说，往东府里去了好一会了，想必就回来的。"宝玉听了，连忙起身，迎至大门以内等待。恰好贾琏自外下马进来。于是宝玉先迎着贾琏跪下，口中给贾母王夫人等请了安，又给贾琏请了安。二人携手走了进来。只见李纨、凤姐、宝钗、黛玉、迎、探、惜等早在中堂等候，一一相见已毕。因听贾琏说道："老太太明日一早到家，一路身体甚好。今日先打发了我来回家看视，明日五更，仍要出城迎接。"说毕，众人又问了些路途的景况。因贾琏是远归，遂大家别过，让贾琏回房歇息。一宿晚景，不必细述。

至次日饭时前后，果见贾母王夫人等到来。众人接见已毕，略坐了一坐，吃了一杯茶，便领了王夫人等人过宁府中来。只听见里面哭声震天，却是贾赦贾琏送贾母到家即过这边来了。当下贾母进入里面，早有贾赦贾琏率领族中人哭着迎了出来。他父子一边一个挽了贾母，走至灵前，又有贾珍贾蓉跪着扑入贾母怀中痛哭。贾母暮年人，见此光景，亦搂了珍蓉等痛哭不已。贾赦贾琏在旁苦劝，方略略止住。又转至灵右，见了尤氏婆媳，不免又相持大痛一场。哭毕，众人方上前一一请安问好。贾珍因贾母才回家来，未得歇息，坐在此间，看着未免要伤心，遂再三求贾母回家；王夫人等亦再三相劝。贾母不得已，方回来了。果然年迈的人禁不住风霜伤感，至夜间便觉头闷目酸，鼻塞声重。连忙请了医生来诊脉下药，足足的忙乱了半夜一日。幸而发散的快，未曾传经，至三更天，些须发了点汗，脉静身凉，大家方放了心。至次日仍服药调理。

又过了数日，乃贾敬送殡之期，贾母犹未大愈，遂留宝玉在家侍奉。凤姐因未曾甚好，亦未去。其馀贾赦、贾琏、邢夫人、王夫人等率领家人仆妇，都送至铁槛寺，至晚方回。贾珍尤氏并贾蓉仍在寺中守灵，等过百日后，方扶柩回籍。家中仍托尤老娘并二姐三姐照管。

却说贾琏素日既闻尤氏姐妹之名，恨无缘得见。近因贾敬停

《五美吟》叙过，送灵之事也告一段落，下转入"红楼二尤"故事，"浪荡子情遗九龙珮"，其一细节耳。

总是一个"哭"字，其中多少人情世故。

"扑入贾母怀中痛哭"，这一"扑"一"痛"，反面文章正面做，用字狠。

灵在家，每日与二姐三姐相认已熟，不禁动了垂涎之意。况知与贾珍贾蓉等素有聚麀【yōu，父子同时占有一个女子】之诮，因而乘机百般撩拨，眉目传情。那三姐却只是淡淡相对，只有二姐也十分有意。但只是眼目众多，无从下手。贾琏又怕贾珍吃醋，不敢轻动，只好二人心领神会而已。

此时出殡以后，贾珍家下人少，除尤老娘带领二姐三姐并几个粗使的丫鬟老婆子在正室居住外，其馀婢妾，都随在寺中。外面仆妇，不过晚间巡更，日间看守门户。白日无事，亦不进里面去。所以贾琏便欲趁此下手。遂托相伴贾珍为名，亦在寺中住宿，又时常借着替贾珍料理家务，不时至宁府中来勾搭二姐。

一日，有小管家俞禄来回贾珍道："前者所用棚杠孝布并请杠人青衣，共使银一千一百十两，除给银五百两外，仍欠六百零十两。昨日两处买卖人俱来催讨，小的特来讨爷的示下。"贾珍道："你且向库上领去就是了，这又何必来回我。"俞禄道："昨日已曾上库上去领，但只是老爷宾天以后，各处支领甚多，所剩还要预备百日道场及庙中用度，此时竟不能发给。所以小的今日特来回爷，或者爷内库里暂且发给，或者挪借何项，吩咐了小的好办。"贾珍笑道："你还当是先呢，有银子放着不使。你无论那里借了给他罢。"俞禄笑回道："若说一二百，小的还可以挪借；这五六百，小的一时那里办得来。"

贾珍想了一回，向贾蓉道："你问你娘去，昨日出殡以后，有江南甄家送来打祭银五百两，未曾交到库上去，你先要了来，给他去罢。"贾蓉答应了，连忙过这边来回了尤氏，复转来回他父亲道："昨日那项银子已使了二百两，下剩的三百两令人送至家中交与老娘【外婆】收了。"贾珍道："既然如此，你就带了他去，向你老娘要了出来交给他。再也瞧瞧家中有事无事，问你两个姨娘好。下剩的俞禄先借了添上罢。"

贾蓉与俞禄答应了，方欲退出，只见贾琏走了进来。俞禄忙上前请了安。贾琏便问何事，贾珍一一告诉了。贾琏心中想道：

二姐是有裂缝的鸡蛋，贾琏就是苍蝇。

一边办丧事，一边泡女人。丧中取乐，贾府男人的特色之一。

精神早已崩溃，物质上也捉襟见肘了。

借贷无门，何等窘迫。

银子还没有着落，那两个姨娘是不能忘记的。

看上去，理由都极正当，为人十分孝敬。

"趁此机会正可至宁府寻二姐。"一面遂说道："这有多大事，何必向人借去。昨日我方得了一项银子还没有使呢，莫若给他添上，岂不省事。"贾珍道："如此甚好。你就吩咐了蓉儿，一并令他取去。"贾琏忙道："这必得我亲身取去。再我这几日没回家了，还要给老太太、老爷、太太们请请安去。到大哥那边查查家人们有无生事，再也给亲家太太请请安。"贾珍笑道："只是又劳动你，我心里倒不安。"贾琏也笑道："自家兄弟，这有何妨呢。"贾珍又吩咐贾蓉道："你跟了你叔叔去，也到那边给老太太、老爷、太太们请安，说我和你娘都请安，打听打听老太太身上可大安了？还服药呢没有？"贾蓉一一答应了，跟随贾琏出来，带了几个小厮，骑上马一同进城。

如此贬斥凤姐，其夫妻之情何在？而贾蓉深得凤姐宠爱，竟然主动为贾琏做媒，是何居心？

在路叔侄闲话。贾琏有心，便提到尤二姐，因夸说如何标致，如何做人好，举止大方，言语温柔，无一处不令人可敬可爱，"人人都说你婶子好，据我看那里及你二姨一零儿呢。"贾蓉揣知其意，便笑道："叔叔既这么爱他，我给叔叔作媒，说了做二房，何如？"贾琏笑道："你这是顽话还是正经话？"贾蓉道："我说的是当真的话。"贾琏又笑道："敢自好呢。只是怕你婶子不依，再也怕你老娘不愿意。况且我听见说你二姨儿已有了人家了。"

贾琏想到了三大困难：婶子不依，老娘不愿，既已许人。

好个贾蓉，面对三大困难，竟然说"这都无妨"。且看他如何分解。有银子有势力，张家必同意退婚；原想将二姐转嫁，又是嫁给贾琏这样的人，老娘保管愿意。只剩了"婶子不依"这一条了。

贾蓉道："这都无妨。我二姨儿三姨儿都不是我老爷养的，原是我老娘带了来的。听见说，我老娘在那一家时，就把我二姨儿许给皇粮庄头张家，指腹为婚。后来张家遭了官司败落了，我老娘又自那家嫁了出来，如今这十数年，两家音信不通。我老娘时常报怨，要与他家退婚，我父亲也要将二姨转聘。只等有了好人家，不过令人找着张家，给他十几两银子，写上一张退婚的字儿。想张家穷极了的人，见了银子，有什么不依的。再他也知道咱们这样的人家，也不怕他不依。又是叔叔这样人说了做二房，我管保我老娘和我父亲都愿意。倒只是婶子那里却难。"贾琏听到这里，心花都开了，那里还有什么话说，只是一味呆笑而已。

贾蓉又想了一想，笑道："叔叔若有胆量，依我的主意管保无妨，不过多花上几个钱。"贾琏忙道："有何主意，快些说来，我没有不依的。"贾蓉道："叔叔回家，一点声色也别露，等我回明了我父亲，向我老娘说妥，然后在咱们府后方近左右买上一所房子及应用家伙，再拨两窝子家人过去服侍。择了日子，人不知鬼不觉娶了过去，嘱咐家人不许走漏风声。姨子在里面住着，深宅大院，那里就得知道了。叔叔两下里住着，过个一年半载，即或闹出来，不过挨上老爷一顿骂。叔叔只说姨子总不生育，原是为子嗣起见，所以私自在外面作成此事。就是姨子，见生米做成熟饭，也只得罢了。再求一求老太太，没有不完的事。"

自古道"欲令智昏"，贾琏只顾贪图二姐美色，听了贾蓉一篇话，遂为计出万全，将现今身上有服，并停妻再娶，严父妒妻种种不妥之处，皆置之度外了。却不知贾蓉亦非好意，素日因同他姨娘有情，只因贾珍在内，不能畅意。如今若是贾琏娶了，少不得在外居住，趁贾琏不在时，好去鬼混之意。贾琏那里思想及此，遂向贾蓉致谢道："好侄儿，你果然能够说成了，我买两个绝色的丫头谢你。"说着，已至宁府门首。

贾蓉说道："叔叔进去，向我老娘要出银子来，就交给俞禄罢。我先给老太太请安去。"贾琏含笑点头道："老太太跟前别说我和你一同来的。"贾蓉道："知道。"又附耳向贾琏道："今日要遇见二姨，可别性急了，闹出事来，往后倒难办了。"贾琏笑道："少胡说，你快去罢。我在这里等你。"于是贾蓉自去给贾母请安。

贾琏进入宁府，早有家人头儿率领家人等请安，一路围随至厅上。贾琏一一的问了些话，不过塞责而已，便命家人散去，独自往里面走来。原来贾琏贾珍素日亲密，又是弟兄，本无可避忌之人，自来是不等通报的。于是走至上房，早有廊下伺候的老婆子打起帘子，让贾琏进去。

贾琏进入房中一看，只见南边炕上只有尤二姐带着两个丫鬟

偷娶二姐，生米煮成熟饭，那姨子"也只得罢了"。"老爷"（贾赦）不过"一顿骂"，"老太太""求一求"也就完事。贾蓉对"老爷""老太太"的脾气了如指掌。面上是小一辈儿在胡闹，背后是老一辈儿在纵容。

这里列出三大罪名。前两种为虚，这"妒妻"一项可实实在在，那个"姨子"岂是省油的灯！贾琏"欲令智昏"，留下后患。

贾蓉极力怂恿贾琏娶二姐，原来"并非好意"。和贾琏相比，可算是"胜于蓝"了。

鬼鬼祟祟。

既说"只见"，又说"却不见"，正是贾琏此时心理——必要搜寻一下，确定了尤老娘与三姐不在，方可放肆调情。

"瞟"者，斜眼看也。

"撂"者，丢也，扔也。

汉玉九龙珮，拴在手绢上"仍撂了过去"。如此传递信物倒也"别致"，所以曹公取以为回目之文。

一处做活，却不见尤老娘与三姐。贾琏忙上前问好相见。尤二姐含笑让坐，便靠东边排插儿坐下。贾琏仍将上首让与二姐儿，说了几句见面情儿，便笑问道："亲家太太和三妹妹那里去了。怎么不见？"尤二姐笑道："才有事往后头去了，也就来的。"此时伺候的丫鬟因倒茶去，无人在跟前，贾琏不住的拿眼瞟着二姐。二姐低了头，只含笑不理。

贾琏又不敢造次动手动脚，因见二姐手中拿着一条拴着荷包的绢子摆弄，便搭讪着往腰里摸了摸，说道："槟榔荷包也忘记了带了来，妹妹有槟榔，赏我一口吃。"二姐道："槟榔倒有，就只是我的槟榔从来不给人吃。"贾琏便笑着欲近身来拿。二姐怕人看见不雅，便连忙一笑，撂了过来。贾琏接在手中，都倒了出来，拣了半块吃剩下的撂在口中吃了，又将剩下的都揣了起来。刚要把荷包亲身送过去，只见两个丫鬟倒了茶来。

贾琏一面接了茶吃茶，一面暗将自己带的一个汉玉九龙珮解了下来，拴在手绢上，趁丫鬟回头时，仍撂了过去。二姐亦不去拿，只装看不见，坐着吃茶。只听后面一阵帘子响，却是尤老娘三姐带着两个小丫鬟自后面走来。贾琏送目与二姐，令其拾取，这尤二姐亦只是不理。贾琏不知二姐何意，甚是着急，只得迎上来与尤老娘三姐相见。一面又回头看二姐时，只见二姐笑着，没事人似的；再又看一看绢子，已不知那里去了，贾琏方放了心。

于是大家归坐后，叙了些闲话。贾琏说道："大嫂子说，前日有一包银子交给亲家太太收起来了，今日因要还人，大哥令我来取。再也看看家里有事无事。"尤老娘听了，连忙使二姐拿钥匙去取银子。这里贾琏又说道："我也要给亲家太太请请安，瞧瞧二位妹妹。亲家太太脸面倒好，只是二位妹妹在我们家里受委屈。"尤老娘笑道："咱们都是至亲骨肉，说那里的话。在家里也是住着，在这里也是住着。不瞒二爷说，我们家里自从先夫去世，家计也着实艰难了，全亏了这里姑爷帮助。如今姑爷家里有了这样大事，我们不能别的出力，白看一看家，还有什么委屈了的呢。"正说着，二姐已取了银子来，交与尤老娘。尤老娘便递与贾琏。贾琏叫一个小丫头叫了一个老婆子来，吩咐他道："你把这个交给俞禄，叫他拿过那边去等我。"老婆子答应了出去。

只听得院内是贾蓉的声音说话。须臾进来，给他老娘姨娘请了安，又向贾琏笑道："才刚老爷还问叔叔呢，说是有什么事情要使唤。原要使人到庙里去叫，我回老爷说叔叔就来。老爷还吩咐我，路上遇着叔叔叫快去呢。"贾琏听了，忙要起身，又听贾蓉和他老娘说道："那一次我和老太太说的，我父亲要给二姨说的姨父，就和我这叔叔的面貌身量差不多儿。老太太说好不好？"一面说着，又悄悄的用手指着贾琏和他二姨努嘴。二姐倒不好意思说什么，只见三姐似笑非笑、似恼非恼的骂道："坏透了的小猴儿崽子！没了你娘的说了！多早晚我才撕他那嘴呢！"一面说着，便赶了过来。贾蓉早笑着跑了出去，贾琏也笑着辞了出来。走至厅上，又吩咐了家人们不可耍钱吃酒等话。又悄悄的央贾蓉，回去急速和他父亲说。一面便带了俞禄过来，将银子添足，交给他拿去。一面给贾赦请安，又给贾母去请安。不提。

却说贾蓉见俞禄跟了贾琏去取银子，自己无事，便仍回至里面，和他两个姨娘嘲戏一回，方起身。至晚到寺，见了贾珍回道："银子已经交给俞禄了。老太太已大愈了，如今已经不服药了。"说毕，又趁便将路上贾琏要娶尤二姐做二房之意说了。又说如何在外面置房子住，不使凤姐知道，"此时总不过为的是子嗣艰难起见。为的是二姨是见过的，亲上做亲，比别处不知道的人家说了来的好。所以二叔再三央我对父亲说。"只不说是他自己的主意。

贾珍想了想，笑道："其实倒也罢了。只不知你二姨心中愿意不愿意。明日你先去和你老娘商量，叫你老娘问准了你二姨，再作定夺。"于是又教了贾蓉一篇话，便走过来将此事告诉了尤氏。尤氏却知此事不妥，因而极力劝止。无奈贾珍主意已定，素

尤老娘还不知道，这绝不是"白看一看家"。

处心积虑要促成贾琏与二姐之事。

三姐这"似笑非笑、似恼非恼"的骂，心情有点复杂。

父子关系亦如此。

日又是顺从惯了的，况且他与二姐本非一母，不便深管，因而也只得由他们闹去了。

至次日一早，果然贾蓉复进城来见他老娘，将他父亲之意说了。又添上许多话，说贾琏做人如何好，目今凤姐身子有病，已是不能好的了，暂且买了房子在外面住着，过个一年半载，只等凤姐一死，便接了二姨进去做正室。又说他父亲此时如何聘，贾琏那边如何娶，如何接了你老人家养老，往后三姨也是那边应了替聘，说得天花乱坠，不由得尤老娘不肯。况且素日全亏贾珍周济，此时又是贾珍作主替聘，而且妆奁不用自己置买，贾琏又是青年公子，比张华胜强十倍，遂连忙过来与二姐商议。二姐又是水性的人，在先已和姐夫不妥，又常怨恨当时错许张华，致使后来终身失所，今见贾琏有情，况是姐夫将他聘嫁，有何不肯，也便点头依允。当下回复了贾蓉，贾蓉回了他父亲。

次日命人请了贾琏到寺中来，贾珍当面告诉了他尤老娘应允之事。贾琏自是喜出望外，感谢贾珍贾蓉父子不尽。于是二人商量着，使人看房子打首饰，给二姐置买妆奁及新房中应用床帐等物。不过几日，早将诸事办妥。已于宁荣街后二里远近小花枝巷内买定一所房子，共二十馀间。又买了两个小丫鬟。贾珍又给了一房家人，名叫鲍二，夫妻两口，以备二姐过来时服侍。那鲍二两口子听见这个巧宗儿，如何不来呢？又使人将张华父子叫来，逼勒着与尤老娘写退婚书。

却说张华之祖，原当皇粮庄头，后来死去。至张华父亲时，仍充此役，因与尤老娘前夫相好，所以将张华与尤二姐指腹为婚。后来不料遭了官司，败落了家产，弄得衣食不周，那里还娶得起媳妇呢。尤老娘又自那家嫁了出来，两家有十数年音信不通。今被贾府家人唤至，逼他与二姐退婚，心中虽不愿意，无奈惧怕贾珍等势焰，不敢不依，只得写了一张退婚文约。尤老娘与了二十两银子，两家退亲不提。

这里贾琏等见诸事已妥，遂择了初三黄道吉日，以便迎娶二姐过门。下回分解。

〖 回后评 〗

本回书仍用美丑善恶对比之法。护花主人评："上半回写幽淑女悲吟，下半回写浪荡子调情，是两扇反对文字。"王蒙先生也说："林黛玉吟咏完了历史上的名女子，再让读者面对一下现实中尤二、三姐这等女性。这样的结构，有深意乎？"

我们读此回文字，赏《五美吟》，觉得不乏审美的享受。读到宝黛"无言对泣"，禁不住起悲悯之情。但周汝昌先生的"批点"却表达了相反的感受与见解。先生说："红学论者早有一说，第六十四回、第六十七两回均非雪芹原作，而出于另一补作者之手，可谓具言，我素表认同……其开端写宝黛忽又无端哭泣，无情乏味，强充篇幅，此乃一种文字……直至贾蓉与其叔贾琏于路上计谋偷娶二姐等情文，其文笔忽又大为轻健自如，神气完足……"既说"第六十四回""非雪芹原作"，又说"贾蓉与其叔贾琏于路上计谋偷娶二姐等情文"如何美妙，那么这一回书，至少该有这一部分是雪芹原作了吧？

我们读《红楼梦》常说到两个特点：一是"互见互评"之视角，二是"断续穿插"之技巧。

一开头，写贾府请灵柩进城，就借"观众"之口加以评价："内中有嗟叹的，也有羡慕的，又有一等半瓶醋的读书人，说是'丧礼与其奢易莫若俭戚'的……"写黛玉准备祭奠，就用宝玉的眼睛看："将过了沁芳桥，只见雪雁领着两个老婆子，手中都拿着菱藕瓜果之类。"写黛玉祭奠完毕，还是通过宝玉的眼睛："进了潇湘馆院门看时，只见炉袅残烟，奠馀玉醴。紫鹃正看着人往里搬桌子，收陈设呢。"

——互见互评，曹公善用之法也。

写宝玉回怡红院，一进门，遇到"怪事"：芳官跑出求救，晴雯动手捉拿！怎么回事？把读者的心提起来，然后再做交代。宝玉去探望黛玉，半路上又遇见"怪事"：雪雁往潇湘馆运菱藕瓜果之类，这黛玉是不吃的，那做什么用的呢？悬疑。如果宝玉径直进入馆内，真相自然可知，而宝玉偏"遂出了园门，一径到凤姐处来"，悬念犹存。作者从从容容，我们亟待下文分解。生活琐事，总能写得有曲折，有趣味。

——断续穿插，曹公善用之巧也。

再说措辞造句，恰切，严谨，灵动，耐咀嚼，是曹公超一流的本事。且看这几句：

（晴雯）"又笑道：'就是你真请了神来，我也不怕。'遂夺手仍要捉拿芳官。芳官早已藏在宝玉身后。""宝玉遂一手拉了晴雯，一手携了芳官，进入屋内。"

"夺手"是从宝玉手中挣脱出来，"捉拿"是晴雯心里把芳官当作了"逃罪者"。对晴雯用"拉"，是勉强之；对芳官用"携"，是温情爱护之。

——这文字还不够精妙吗？怎么非得说这"非雪芹原作"呢？

在《五美吟》诗后周先生评曰："《五美吟》以诗格而论可谓佳作。然实是士大夫常作之咏史诗，又绝不类黛玉口吻。我疑此原为雪芹诗稿中偶然而作者，本与《石头记》并无直接关联，其后为某补作者借来以充篇幅，上下左右，孤零零地全不相干。"

曹雪芹让黛玉自己说："我曾见古史中有才色的女子，终身遭际令人可欣可羡可悲可叹者甚多。今日饭后无事，因欲择出数人，胡乱凑几首诗以寄感慨。"此诗不同于诗社之作。开诗社，是命题作文，而且是要比要评的，所以一定是要公开给人看的。此《五美吟》乃自己有感而发，原不想给人看的。

黛玉孤处贾府，无法把握自己的命运，因古史中"可欣可羡可悲可叹"之女子而抒发"感慨"——由古及今，因人及己，不是太正常了吗？她所"感慨"的就是"命运"二字：思古人之命运，想自己之命运。五人之中，四死一生。西施，屈侍吴王，帮助勾践灭了吴国，而自己却被吴人沉入江中：她的死，悲苦。虞姬，知项王末路，遂拔剑自刎，在前面去等她心中的英雄：她的死，刚烈。明妃，糊里糊涂去做"和亲"的工具，被那个昏王误了终身：她的死，冤枉。绿珠，作为石崇的红颜知己，最后殉情：她的死，忠贞。红拂，慧眼识英雄，大胆抉择，既智且勇，成为所谓"风尘三侠"之一，最堪艳羡。——自己的命运将会如何呢？"才将做了五首，一时困倦起来"，自称"困倦"，实是伤感，所以写不下去了。这怎么会"与《石头记》并无直接关联"，且"绝不类黛玉口吻"呢？

——是先有"非原作"之观念才觉得它"不相干"，还是就从文字水平上看出其"非原作"？是先认定其"非原作"才认定《五美吟》不是黛玉口吻，还是就从诗句本身看出来不是黛玉口吻？愚眼拙，实在看不出这些奥妙。索引也好，考证也好，都是学问。但一钻牛角尖，学问就可能变成病毒，而一旦感染，眼睛里就会出现"偷斧子"的人。

最后，值得关注的还有宝钗的"出场"。宝玉刚到，宝钗就"走来"，似乎鬼使神差，如影随形。

蔡义江先生评："正为说出这段'诗序'（黛玉说作诗因由）来，才让宝钗上场，向她说明最恰当。"——此说有些牵强，说或不说，都无可无不可。

张新之评："必接此人。"

王蒙评："'宝钗走来'四字十分突兀，竟像是'此处略'一般。"

鄙意以为，宝钗此时上场，看似是曹公使然，其实是人物性格必然，曹公也拦不住的。

第六十五回

贾二舍偷娶尤二姨

尤三姐思嫁柳二郎

文有双管齐下法，此文是也。事在宁府，却把凤姐之奸毅刻薄、平儿之任侠直鲠、李纨之号菩萨、探春之号玫瑰、林姑娘之怕倒、薛姑娘之怕化，一时齐现，是何等妙文！

弃前嫌薛柳成兄弟，遇贾琏酒店定姻缘

贾二舍，指贾琏，相当于"贾二爷"；柳二郎，即柳湘莲，但本回书中柳湘莲并没有露面。

经过一番紧锣密鼓的准备，贾琏就与二姐拜了天地，过起"百般恩爱"的生活。贾琏命下人对二姐"不许提三说二的，直以奶奶称之，自己也称奶奶，竟将凤姐一笔勾倒"。

但贾珍仍惦记着尤氏姐妹。这天打听得贾琏不在，掌灯时分，悄悄地来到尤氏住处，四人一处吃酒。二姐看出贾珍心在三姐身上，就和老娘借故退出去。这贾珍便和三姐挨肩擦脸，百般轻薄起来。小丫头子们看不过，也都躲了出去，凭他两个自在取乐。

偏这时贾琏来了。因二姐跟他说到三姐的归宿，这贾琏就起了把三姐许给贾珍为妾的念头。他把这意思一说，三姐大怒，就痛骂起来，笑骂中又绰起壶来斟了一杯酒，自己先喝了半杯，搂过贾琏的脖子来就灌。贾琏被唬得酒都醒了，反不好轻薄起来。三姐又高谈阔论，任意挥霍洒落一阵，"拿他弟兄二人嘲笑取乐，竟真是他嫖了男人，并非男人淫了他。一时他的酒足兴尽，也不容他弟兄多坐，撵了出去，自己关门睡去了"。自此后，或略有丫鬟婆娘不到之处，便将贾琏、贾珍、贾蓉三个泼声厉言痛骂，说他爷儿三个诓骗了他寡妇孤女。贾珍以后亦不敢轻易再来。贾琏来了，只在二姐房内，心中也悔上来。

二姐常劝贾琏"拣个熟的人，把三丫头聘了"。尤三姐得知其意，就表示："既如今姐姐也得了好处安身，妈也有了安身之处，我也要自寻归结去。但终身大事，一生至一死，非同儿戏。我如今改过守分，只要拣一个素日可心如意的人方跟他去。"尤三姐还说她已有心上人。问她是哪一个，她只说："别只在眼前想，姐姐只在五年前想就是了。"

不待三姐说出此人姓名，贾琏有事离开，二姐乘机向贾琏的小厮兴儿询问荣国府状况，于是就有"兴儿演说荣国府"一节。其中最重要的是对凤姐的"评价"："心里歹毒，口里尖快"；"合家大小除了老太太、太太两个人，没有不恨他的"；"嘴甜心苦，两面三刀；上头一脸笑，脚下使绊子；明是一盆火，暗是一把刀：都占全了"；等等。这可以说是对凤姐最为苛刻的一次评价了。

　　话说贾琏、贾珍、贾蓉三人商议，事事妥帖，至初二日，先将尤老和三姐送入新房。尤老一看，虽不似贾蓉口内之言，也十分齐备，母女二人已称了心。鲍二夫妇见了如一盆火，赶着尤老一口一声唤老娘，又或是老太太；赶着三姐唤三姨，或是姨娘。至次日五更天，一乘素轿，将二姐抬来。各色香烛纸马，并铺盖以及酒饭，早已备得十分妥当。一时，贾琏素服坐了小轿而来，拜过天地，焚了纸马。那尤老见二姐身上头上焕然一新，不似在家模样，十分得意。揽入洞房。是夜贾琏同他颠鸾倒凤，百般恩爱，不消细说。

　　那贾琏越看越爱，越瞧越喜，不知要怎生奉承这二姐，乃命鲍二等人不许提三说二的，直以奶奶称之，自己也称奶奶，竟将凤姐一笔勾倒。有时回家中，只说在东府有事羁绊，凤姐辈因知他和贾珍相得，自然是或有事商议，也不疑心。再家下人虽多，都不管这些事。便有那游手好闲专打听小事的人，也都去奉承贾琏，乘机讨些便宜，谁肯去露风。于是贾琏深感贾珍不尽。贾琏一月出五两银子做天天的供给。若不来时，他母女三人一处吃饭；若贾琏来了，他夫妻二人一处吃，他母女便回房自吃。贾琏又将自己积年所有的梯己，一并搬了与二姐收着，又将凤姐素日之为人行事，枕边衾内尽情告诉了他，只等一死，便接他

　　所谓"事事妥帖"，是贾琏等人的感觉；所谓"母女二人已称了心"，只是"尤老""十分得意"，三姐并没有"表态"。对曹公文字，往往需透过一层看。

　　不称"姨娘"而称"奶奶"，"将凤姐一笔勾倒"，是所谓"停妻再娶"也。张俊、沈治钧引《大清律例》评："凡以妻为妾者，杖一百；妻在以妾为妻者，杖九十，并改正。"

　　"梯己"，是"私人的积蓄"，凤姐不知，而"一并搬了与二姐收着"，见得贾琏与凤姐之同床异梦，也见得贾琏对二姐却有一份情感。

进去。二姐听了，自是愿意。当下十来个人，倒也过起日子来，十分丰足。

眼见已是两个月光景。这日贾珍在铁槛寺作完佛事，晚间回家时，因与他姨妹久别，竟要去探望探望。先命小厮去打听贾琏在与不在，小厮回来说不在。贾珍欢喜，将左右一概先遣回去，只留两个心腹小童牵马。一时，到了新房，已是掌灯时分，悄悄入去。两个小厮将马拴在圈内，自往下房去听候。

贾珍进来，屋内才点灯，先看过了尤氏母女，然后二姐出见，贾珍仍唤二姨。大家吃茶，说了一回闲话。贾珍因笑说："我作的这保山如何？若错过了，打着灯笼还没处寻，过日你姐姐【贾珍妻】还备了礼来瞧你们呢。"说话之间，尤二姐已命人预备下酒馔，关起门来，都是一家人，原无避讳。那鲍二来请安，贾珍便说："你还是个有良心的小子，所以叫你来服侍。日后自有大用你之处，不可在外头吃酒生事。我自然赏你。倘或这里短了什么，你琏二爷事多，那里人杂，你只管去回我。我们弟兄不比别人。"鲍二答应道："是，小的知道。若小的不尽心，除非不要这脑袋了。"贾珍点头说："要你知道。"当下四人一处吃酒。

尤二姐知局【知趣，知贾珍用意】，便邀他母亲说："我怪怕的，妈同我到那边走走来。"尤老也会意，便真个同他出来，只剩小丫头们。贾珍便和三姐挨肩擦脸，百般轻薄起来。小丫头子们看不过，也都躲了出去，凭他两个自在取乐，不知作些什么勾当。

跟的两个小厮都在厨下和鲍二饮酒，鲍二女人上灶。忽见两个丫头也走了来嘲笑，要吃酒。鲍二因说："姐儿们不在上头服侍，也偷来了。一时叫起来没人，又是事。"他女人骂道："胡涂浑呛了的忘八！你撞丧那黄汤罢。撞丧醉了，夹着你那膫子挺你的尸去。叫不叫，与你屄相干！一应有我承当，风雨横竖洒不着你头上来。"这鲍二原因妻子发迹的，近日越发亏他。自己除赚钱吃酒之外，一概不管，贾琏等也不肯责备他，故他视妻如母，

二姐原与贾珍有染，今既已嫁与贾琏，贾珍便在三姐身上打主意。特"打听贾琏在与不在"，显系心中有鬼。

总要找机会往这里跑。

这尤老母女竟然为贾珍"创造"机会，很难说是出于恶意，但见识鄙俗，完全不懂三姐的心。

贾珍轻薄三姐，连小丫头子们都看不过，三姐犹然不做反抗。

极端粗野。亏她连这种村野乡骂也写得出。

这鲍二的女人讨好丫鬟小厮，实是为讨好贾珍。

百依百随，且吃够了便去睡觉。这里鲍二家的陪着这些丫鬟小厮吃酒，讨他们的好，准备在贾珍前上好。

四人正吃的高兴，忽听扣门之声，鲍二家的忙出来开门，看见是贾琏下马，问有事无事。鲍二女人便悄悄告他说："大爷在这里西院里呢。"贾琏听了，便回至卧房。只见尤二姐和他母亲都在房中，见他来了，二人面上便有些讪讪的。贾琏反推不知，只命："快拿酒来，咱们吃两杯好睡觉。我今日很乏了。"尤二姐忙上来陪笑接衣奉茶，问长问短。贾琏喜的心痒难受。一时鲍二家的端上酒来，二人对饮。他丈母不吃，自回房中睡去了。两个小丫头分了一个过来服侍。

贾琏的心腹小童隆儿拴马去，见已有了一匹马，细瞧一瞧，知是贾珍的，心下会意，也来厨下。只见喜儿寿儿【贾珍的小厮】两个正在那里坐着吃酒，见他来了，也都会意，故笑道："你这会子来的巧。我们因赶不上爷的马，恐怕犯夜，往这里来借宿一宵的。"隆儿便笑道："有的是炕，只管睡。我是二爷使我送月银的，交给了奶奶，我也不回去了。"喜儿便说："我们吃多了，你来吃一钟。"隆儿才坐下，端起杯来，忽听马棚内闹将起来。原来二马同槽，不能相容，互相蹶踢起来。隆儿等慌的忙放下酒杯，出来喝马，好容易喝住，另拴好了，方进来。鲍二家的笑说："你三人就在这里罢，茶也现成了，我可去了。"说着，带门出去。

二马尚不同槽，而贾珍、贾琏却能相容，孰优孰劣？

这里喜儿喝了几杯，已是楞子眼了。隆儿寿儿关了门，回头见喜儿直挺挺的仰卧炕上，二人便推他说："好兄弟，起来好生睡，只顾你一个人，我们就苦了。"那喜儿便说道："咱们今儿可要公公道道的贴一炉子烧饼【男性之间发生性关系。第九回写金荣嘲弄秦钟与香怜就说"贴的好烧饼"】，要有一个充正经的人，我痛把你妈一奍。"隆儿寿儿见他醉了，也不必多说，只得吹了灯，将就睡下。

有其主，亦有其仆。

尤二姐听见马闹，心下便不自安，只管用言语混乱【打岔】贾琏。那贾琏吃了几杯，春兴发作，便命收了酒果，掩门宽衣。尤二姐只穿着大红小袄，散挽乌云，满脸春色，比白日更增了颜色。贾琏搂他笑道："人人都说我们那夜叉婆齐整，如今我看来，给你拾鞋也不要。"尤二姐道："我虽标致，却无品行。看来到底是不标致的好。"贾琏忙问道："这话如何说？我却不解。"尤二姐滴泪说道："你们拿我作愚人待，什么事我不知。我如今和你作了两个月夫妻，日子虽浅，我也知你不是愚人。我生是你的人，死是你的鬼，如今既作了夫妻，我终身靠你，岂敢瞒藏一字。我算是有靠，将来我妹子却如何结果？据我看来，这个形景恐非长策，要作长久之计方可。"贾琏听了，笑道："你且放心，我不是拈酸吃醋之辈。前事我已尽知，你也不必惊慌。你因妹夫倒是作兄的，自然不好意思，不如我去破了这例。"说着走了，便至西院中来，只见窗内灯烛辉煌，二人正吃酒取乐。

贾琏便推门进去，笑说："大爷在这里，兄弟来请安。"贾珍羞的无话，只得起身让坐。贾琏忙笑道："何必又作如此景象，咱们弟兄从前是如何样来！大哥为我操心，我今日粉身碎骨，感激不尽。大哥若多心，我意何安。从此以后，还求大哥如昔方好；不然，兄弟能可绝后，再不敢到此处来了。"说着，便要跪下。慌的贾珍连忙搀起，只说："兄弟怎么说，我无不领命。"贾琏忙命人："看酒来，我和大哥吃两杯。"又拉尤三姐说："你过来，陪小叔子一杯。"贾珍笑着说："老二，到底是你，哥哥必要吃干这钟。"说着，一扬脖。

尤三姐站在炕上，指贾琏笑道："你不用和我花马吊嘴的，清水下杂面，你吃我看见。见提着影戏人子上场，好歹别戳破这层纸儿。你别油蒙了心，打谅我们不知道你府上的事。这会子花了几个臭钱，你们哥儿俩拿着我们姐儿两个权当粉头【妓女】来取乐儿，你们就打错了算盘了。我也知道你那老婆太难缠，如今把我姐姐拐了来做二房，偷的锣儿敲不得。我也要会会那凤奶奶去，看他是几个脑袋几只手。若大家好取和便罢；倘若有一点叫

贾琏自称"小叔子"，是视三姐为"嫂"，即贾珍之妾。此话说出了要以三姐嫁贾珍的谋划，所以激起三姐的反抗。

拐，就是诱骗。用一"拐"字，说破整个事件的性质。而公开叫板凤姐，乃《红楼梦》第一人。

人过不去，我有本事先把你两个的牛黄狗宝掏了出来，再和那泼妇拼了这命，也不算是尤三姑奶奶！喝酒怕什么，咱们就喝！"说着，自己绰起壶来斟了一杯，自己先喝了半杯，搂过贾琏的脖子来就灌，说："我和你哥哥已经吃过了，咱们来亲香亲香。"唬的贾琏酒都醒了。

贾珍也不承望尤三姐这等无耻老辣。弟兄两个本是风月场中耍惯的，不想今日反被这闺女一席话说住。尤三姐一叠声又叫："将姐姐请来，要乐咱们四个一处同乐。俗语说'便宜不过当家'，他们是弟兄，咱们是姊妹，又不是外人，只管上来。"尤二姐反不好意思起来。贾珍得便就要一溜，尤三姐那里肯放。贾珍此时方后悔，不承望他是这种为人，与贾琏反不好轻薄起来。

这尤三姐松松挽着头发，大红袄子半掩半开，露着葱绿抹胸，一痕雪脯。底下绿裤红鞋，一对金莲或翘或并，没半刻斯文。两个坠子却似打秋千一般，灯光之下，越显得柳眉笼翠雾，檀口点丹砂。本是一双秋水眼，再吃了酒，又添了饧涩淫浪，不独将他二姊压倒，据珍琏评去，所见过的上下贵贱若干女子，皆未有此绰约风流者。二人已酥麻如醉，不禁去招他一招，他那淫态风情，反将二人禁住。那尤三姐放出手眼来略试了一试，他弟兄两个竟全然无一点别识别见，连口中一句响亮话都没了，不过是酒色二字而已。自己高谈阔论，任意挥霍洒落一阵，拿他弟兄二人嘲笑取乐，竟真是他嫖了男人，并非男人淫了他。一时他的酒足兴尽，也不容他弟兄多坐，撵了出去，自己关门睡去了。

自此后，或略有丫鬟婆娘不到之处，便将贾琏、贾珍、贾蓉三个泼声厉言痛骂，说他爷儿三个诓骗了他寡妇孤女。贾珍回去之后，以后亦不敢轻易再来，有时尤三姐自己高了兴悄命小厮来请，方敢去一会，到了这里，也只好随他的便。谁知这尤三姐天生脾气不堪，仗着自己风流标致，偏要打扮的出色，另式作出许多万人不及的淫情浪态来，哄的男子们垂涎落魄，欲近不能，欲远不舍，迷离颠倒，他以为乐。

他母姊二人也十分相劝，他反说："姐姐糊涂。咱们金玉一般的人，白叫这两个现世宝沾污了去，也算无能。而且他家有一个极利害的女人，如今瞒着他不知，咱们方安。倘或一日他知道了，岂有干休之理，势必有一场大闹，不知谁生谁死。趁如今我不拿他们取乐作践准折，到那时白落个臭名，后悔不及。"因此一说，他母女见不听劝，也只得罢了。那尤三姐天天挑拣穿吃，打了银的，又要金的；有了珠子，又要宝石；吃的肥鹅，又宰肥鸭。或不趁心，连桌一推；衣裳不如意，不论绫缎新整，便用剪刀剪碎，撕一条，骂一句，究竟贾珍等何曾随意了一日，反花了许多昧心钱。

贾琏来了，只在二姐房内，心中也悔上来。无奈二姐倒是个多情人，以为贾琏是终身之主了，凡事倒还知疼着痒。若论起温柔和顺，凡事必商必议，不敢恃才自专，实较凤姐高十倍；若论标致，言谈行事，也胜五分。虽然如今改过，但已经失了脚，有了一个"淫"字，凭他有甚好处也不算了。偏这贾琏又说："谁人无错，知过必改就好。"故不提已往之淫，只取现今之善，便如胶投漆，似水如鱼，一心一计，誓同生死，那里还有凤平二人在意了！

二姐在枕边衾内，也常劝贾琏说："你和珍大哥商议商议，拣个相熟的人，把三丫头聘了罢。留着他不是常法子，终久要生出事来怎么处？"贾琏道："前日我曾回过大哥的，他只是舍不得。我说'是块肥羊肉，只是烫的慌；玫瑰花儿可爱，刺大扎手。咱们未必降的住，正经拣个人聘了罢'。他只意意思思，就丢开手了。你叫我有何法。"二姐道："你放心。咱们明日先劝三丫头，他肯了，让他自己闹去。闹的无法，少不得聘他。"贾琏听了说："这话极是。"

至次日，二姐另备了酒，贾琏也不出门，至午间特请他小妹过来，与他母亲上坐。尤三姐便知其意，酒过三巡，不用姐姐开口，先便滴泪泣道："姐姐今日请我，自有一番道理要说。但妹子不是那愚人，也不用絮絮叨叨提那从前丑事，我已尽知，说也无益。既如今姐姐也得了好处安身，妈也有了安身之处，我也要自寻归结去，方是正理。但终身大事，一生至一死，非同儿戏。我如今改过守分，只要我拣一个素日可心如意的人方跟他去。若凭你们拣择，虽是富比石崇，才过子建，貌比潘安的，我心里进不去，也白过了一世。"

贾琏笑道："这也容易。凭你说是谁就是谁，一应彩礼都有我们置办，母亲也不用操心。"尤三姐泣道："姐姐知道，不用我说。"贾琏笑问二姐是谁，二姐一时也想不起来。大家想来，贾琏便料定是此人无疑了，便拍手笑道："我知道了！这人原不差，果然好眼力。"二姐笑问是谁，贾琏笑道："别人他如何进得去，一定是宝玉。"二姐与尤老听了，亦以为然。尤三姐便啐了一口，道："我们有姊妹十个，也嫁你弟兄十个不成。难道除了你家，天下就没了好男子了不成！"众人听了都诧异："除去他，还有那一个？"尤三姐笑道："别只在眼前想，姐姐只在五年前想就是了。"

正说着，忽见贾琏的心腹小厮兴儿走来请贾琏说："老爷那边紧等着叫爷呢。小的答应往舅老爷那边去了，小的连忙来请。"贾琏又忙问："昨日家里没人问？"兴儿道："小的回奶奶说，爷在家庙里同珍大爷商议作百日的事，只怕不能来家。"贾琏忙命拉马，隆儿跟随去了，留下兴儿答应人来事务。

尤二姐拿了两碟菜，命拿大杯斟了酒，就命兴儿在炕沿下蹲着吃，一长一短向他说话儿。问他家里奶奶多大年纪，怎个利害的样子，老太太多大年纪，太太多大年纪，姑娘几个，各样家常等语。兴儿笑嘻嘻的在炕沿下一头吃，一头将荣府之事备细告诉他母女。又说："我是二门上该班的人。我们共是两班，一班四个，共是八个。这八个人有几个是奶奶的心腹，有几个是爷的心腹。奶奶的心腹我们不敢惹，爷的心腹奶奶的就敢惹。提起我们奶奶来，心里歹毒，口里尖快。我们二爷也算是个好的，那里见

这里道出了三姐由"破着没脸"到"改过守分"之转变的心理机制。

原来，三姐早已心中有人。而到底此心谁属，偏被打断，直到下回才见分晓。此亦曹公惯用断续穿插之法。

二姐之询问实属自然，以下便是兴儿"演说荣国府"——全是互见互评法。首说凤姐，罪状条条！张俊、沈治钧归纳为"十大罪状"。

夫妻各有心腹，真真是"同床异梦"。

得他。倒是跟前的平姑娘为人很好，虽然和奶奶一气，他倒背着奶奶常作些个好事。小的们凡有了不是，奶奶是容不过的，只求求他去就完了。如今合家大小除了老太太、太太两个人，没有不恨他的，只不过面子情儿怕他。皆因他一时看的人都不及他，只一味哄着老太太、太太两个人喜欢。他说一是一，说二是二，没人敢拦他。又恨不得把银子钱省下来堆成山，好叫老太太、太太说他会过日子，殊不知苦了下人，他讨好儿。估着有好事，他就不等别人去说，他先抓尖儿；或有了不好的事，或他自己错了，他便一缩头推到别人身上来，他还在旁边拨火儿。如今连他正经婆婆大太太都嫌了他，说他'雀儿拣着旺处飞，黑母鸡一窝儿，自家的事不管，倒替人家去瞎张罗'。若不是老太太在头里，早叫过他去了。"

尤二姐笑道："你背着他这等说他，将来你又不知怎么说我呢。我又差他一层儿，越发的说了。"兴儿忙跪下说道："奶奶要这样说，小的不怕雷打！但凡小的们有造化起来，先娶奶奶时若得了奶奶这样的人，小的们也少挨些打骂，也少提心吊胆的。如今跟爷的这几个人，谁不背前背后称扬奶奶盛德怜下。我们商量着叫二爷要出来，情愿来答应奶奶呢。"尤二姐笑道："猴儿崽的，还不起来呢。说句顽话，就唬的那样起来。你们作什么来，我还要找了你奶奶去呢。"兴儿连忙摇手说："奶奶千万不要去。我告诉奶奶，一辈子别见他才好。嘴甜心苦，两面三刀；上头一脸笑，脚下使绊子；明是一盆火，暗是一把刀：都占全了。只怕三姨的这张嘴还说他不过。奶奶这样斯文良善人，那里是他的对手！"尤氏笑道："我只以礼待他，他敢怎么样！"

兴儿道："不是小的吃了酒放肆胡说，奶奶便有礼让，他看见奶奶比他标致，又比他得人心，他怎肯干休善罢？人家是醋罐子，他是醋缸醋瓮。凡丫头们二爷多看一眼，他有本事当着爷打个烂羊头。虽然平姑娘在屋里，大约一年二年之间两个有一次到一处，他还要口里掂十个过子呢，气的平姑娘性子发了，哭闹一阵，说：'又不是我自己寻来的，你又浪着劝我，我原不依，你反说我反了，这会子又这样。'他一般的也罢了，倒央告平姑娘。"尤二姐笑道："可是扯谎？这样一个夜叉，怎么反怕屋里的人呢？"兴儿道："这就是俗语说的'天下逃不过一个理字去'了。这平儿是他自幼的丫头，陪了过来一共四个，嫁人的嫁人，死的死了，只剩了这个心腹。他原为收了屋里，一则显他贤良名儿，二则又拴爷的心，好不外头走邪的。又还有一段因果：我们家的规矩，凡爷们大了，未娶亲之先都先放两个人服侍的。二爷原有两个，谁知他来了没半年，都寻出不是来，都打发出去了。别人虽不好说，自己脸上过不去，所以强逼着平姑娘作了房里人。那平姑娘又是个正经人，从不把这一件事放在心上，也不会挑妻窝夫的，倒一味忠心赤胆服侍他，才容下了。"

尤二姐笑道："原来如此。但我听见你们家还有一位寡妇奶奶和几位姑娘。他这样利害，这些人如何依得？"兴儿拍手笑道："原来奶奶不知道。我们家这位寡妇奶奶，他的浑名叫作'大菩萨'，第一个善德人。我们家的规矩又大，寡妇奶奶们不管事，只宜清净守节。妙在姑娘又多，只把姑娘们交给他，看书写字，学针线，学道理，这是他的责任。除此，问事不知，说事不管。只因这一向他病了，事多，这大奶奶暂管几日。究竟也无可管，不过是按例而行，不像他多事逞才。我们大姑娘不用说，但凡不好也没这段大福了。二姑娘的浑名是'二木头'，戳一针也不知嗳哟一声。三姑娘的浑名是'玫瑰花'。"尤氏姊妹忙笑问何意。兴儿笑道："玫瑰花又红又香，无人不爱的，只是刺戳手。也是一位神道，可惜不是太太养的，'老鸹窝里出凤凰'。四姑娘小，他正经是珍大爷的亲妹子，因自幼无母，老太太命太太抱过来养这么大，也是一位不管事的。奶奶不知道，我们家的姑娘不算，另外有两个姑娘，真是天上少有，地下无双。一个是咱们姑太太的女儿，姓林，小名儿叫什么黛玉，面庞身段和三姨不差什么，一肚子文章，只是一身多病，这样的天，还穿夹的，

出来风儿一吹就倒了。我们这起没王法的嘴都悄悄的叫他'多病西施'。还有一位姨太太的女儿，姓薛，叫什么宝钗，竟是雪堆出来的。每常出门或上车，或一时院子里瞥见一眼，我们鬼使神差，见了他两个，不敢出气儿。"尤二姐笑道："你们大家规矩，虽然你们小孩子进的去，然遇见小姐们，原该远远藏开。"兴儿摇手道："不是，不是。那正经大礼，自然远远的藏开，自不必说。就藏开了，自己不敢出气，是生怕这气大了，吹倒了姓林的；气暖了，吹化了姓薛的。"说的满屋里都笑起来了。不知端详，且听下回分解。

【回后评】

此回书最值得注意的是其对尤三姐的描写。其文字之运用、形象之塑造，自古至今都获一致好评。王希廉评："（三姐）如单骑入万人阵，左冲右突，四面俱摧。""不图《渔阳三挝》后复听此鼓槌声。"大某山人评："尤三姐倾倒而言，旁若无人，其激昂慷慨之气概，为大观园中所无。"王昆仑说三姐的形象是"一朵怒放在野渎寒塘的'出污泥而不染''可远观而不可亵玩'的红荷花"。蔡义江先生也说："一段骇人耳目的精彩奇文，从未在别的小说中读到过类似尤三姐这样的奇女子形象。"

曹公的笔墨功夫，自不必赘言，就说这个尤三姐，怎么就成了"奇女子"呢？

她本来是"坏女人"吗？那怎么会忽然变好了？本不是"坏女人"，"出污泥而不染"吗？为什么有那些她自己都承认的"丑事""臭名"？前者无法解释，后者需要分析。

蔡义江先生认定三姐本是"淫奔女"。他评批的版本即以"淫奔女改行自择夫"为回目，并肯定只有此说"能符合作者原意"。他还说："三姐不同于二姐处，不在谁贞谁淫，有行无行，而在于三姐秉性刚烈，看得透彻，不甘心受人欺侮，被人当粉头，供人取乐一时。"问题是，既为"淫奔女"，如何保持"刚烈"而不"供人取乐一时"？为何此前贾家兄弟竟没有觉察其"刚烈"而屡屡轻薄之？又为何三姐偏于此时要把那"刚烈"表现出来？

张俊、沈治钧认为：三姐"貌虽浮艳，心实沉着；行若轻狂，志甚豪迈"。此说不错，但需要说明她为什么"心实沉着"而偏又"貌浮艳"，为什么"志甚豪迈"而偏又"行若轻狂"。

连王蒙都说："三姐这段表现，精彩则精彩矣，唯略感突兀。"是啊，不理清三姐的心理脉络，确实觉得有点"突兀"。

这尤氏姐妹，在贾家三男心目中原都是可以轻薄的对象，并没有明确的区别。六十三回写那贾蓉"听见两个姨娘来了，便和贾珍一笑。贾珍忙说了几声'妥当'"——是说"两个姨娘"。六十四回写道："贾珍贾蓉此时为礼法所拘，不免在灵旁藉草枕块，恨苦居丧。人散后，仍乘空寻他小姨子们厮混。"——还是说"小姨子们"。连贾琏也是"素日既闻尤氏姐妹之名，恨无缘得见"。

但实际上三姐与二姐的态度有所不同，她们与贾家父子的关系也有区别。贾蓉到家见二姨娘、三姨娘都和丫头们作活计，他却只嘻嘻地望他二姨娘笑说："二姨娘，你又来了，我们父亲正想你呢。"这就看出三姐跟贾家父子的关系不同于二姐。六十四回写贾琏乘机撩拨，"那三姐却只是淡淡相对，只有二姐也十分有意"。

六十四回还有一段描写：

贾蓉和他老娘说道："那一次我和老太太说的，我父亲要给二姨说的姨父，就和我这叔叔的面貌身量差不多儿。老太太说好不好？"一面说着，又悄悄的用手指着贾琏和他二姨努嘴。二姐倒不好意思说什么，只见三姐似笑非笑、似恼非恼的骂道："坏透了的小猴儿崽子！没了你娘的说了！多早晚我才撕他那嘴呢！"

这"似笑非笑、似恼非恼"八个字描写的正是三姐复杂的

心情。

　　但三姐毕竟是贾府男人追逐、轻薄的对象，尽管"淡淡"，尽管"似笑非笑"，在一般人看来，她并没有拒绝。但这不同于"淫奔"。淫奔者，男淫女奔也，贾家男人"淫"不假，但三姐并非"奔"者。套一句成语，三姐不过是忍受"胯下之辱"而已。况且，三姐早在"五年前"就已锁定了婚姻目标，她怎么会去做"淫奔女"呢？

　　三姐为什么要忍辱偷生？尤老娘的话透露出重要的信息："我们家里自从先夫去世，家计也着实艰难了，全亏了这里姑爷帮助。"这还只说到"经济"因素。而在谈到自己婚姻大事的时候，三姐更"滴泪泣道"："姐姐今日请我，自有一番大礼要说。但妹子不是那愚人，也不用絮絮叨叨提那从前丑事，我已尽知，说也无益。既如今姐姐也得了好处安身，妈也有了安身之处，我也要自寻归结去，方是正理。但终身大事，一生至一死，非同儿戏。我如今改过守分，只要我拣一个素日可心如意的人方跟他去。若凭你们拣择，虽是富比石崇，才过子建，貌比潘安的，我心里进不去，也白过了一世。"

　　原来，她之所以"忍"贾家之辱，留下了"丑事"，实在是为了姐姐与母亲。张俊、沈治钧新批校注本中有这样一句话："向来人家看着咱们娘儿们微息（家无男丁。息，指男儿），不知都安着什么心，我所以破着没脸，人家才不敢欺负。"而如今，"姐姐也得了好处安身，妈也有了安身之处"，她不需要再"忍"，于是有了大家称道的那一幕："自己高谈阔论，任意挥霍洒落一阵，拿他弟兄二人嘲笑取乐，竟真是他嫖了男人，并非男人淫了他。一时他的酒足兴尽，也不容他弟兄多坐，撵了出去，自己关门睡去了。"

　　郁积太久的愤懑，如火山爆发，畅快淋漓，摧枯拉朽。但，这"火"并不闪烁正义、理性之光。这是一种"邪火""恶火"，它摧毁了对方，也在毁坏自己。"趁如今我不拿他们取乐作践准折，到那时白落个臭名，后悔不及。"

王蒙评说："尤三姐的表现，令人想起古代名言：'即以其人之道，还治其人之身。'现代名言：'我是流氓我怕谁？'绝对的正人君子，常常败在流氓手里，奈何？"但三姐面对的不是正人君子而是极端无耻的流氓，以她的身份地位，要"战胜"对手，只得以恶制恶，你流氓，我更流氓！

这是弱者的反抗。所谓"竟真是他嫖了男人，并非男人淫了他"，精神胜利而已。——他本流氓，你把自己弄得比他还流氓，杀敌八百自损一千啊！谁能说，她最后的悲剧与这"比流氓还流氓"没有关系呢？

弱者的反抗，真是无奈而惨烈！三姐之"奇"，就在于此吧。

第六十六回

情小妹耻情归地府

冷二郎一冷入空门

三姐项下一横是绝情，乃是正情；情人，死为情鬼，故结句曰："来自情天，去自情地。"岂非一篇尽情文字？再看他书，则全是淫不是情了。

湘莲万根皆削是无情，乃是至情。生为

柳湘莲梦见尤三姐，跛道人引度后悔人

　　贾宝玉在贾府，真能理解他的只有林黛玉。现在来了个尤三姐，倒有几分"情投意合"。但贾宝玉一时尚可逍遥度日；而尤三姐的超俗浪漫，却使她走向毁灭。

　　原来，三姐的心上人叫柳湘莲，五年前，在一次观戏时看上的。这柳湘莲萍踪无定。三姐对二姐表示："这人一年不来，他等一年；十年不来，等十年；若这人死了再不来了，他情愿剃了头当姑子去，吃长斋念佛，以了今生。"为了湘莲，这三姐开始吃斋念佛，静心持家，还将一根玉簪击作两段，以明心志。

　　事有凑巧，贾琏在去平安州办事的途中与出外经商的薛蟠相遇，而这柳湘莲偏又同在。这二人已由仇人变成了"生死弟兄"。薛蟠说到要给湘莲"寻一门好亲事"，贾琏就说"我正有一门好亲事堪配二弟"。说着，便将自己娶尤氏，如今又要发嫁小姨一节说了出来，只不说尤三姐自择之语。湘莲听了，满口应承，并以祖传的鸳鸯剑交给贾琏做了"定礼"。

　　贾琏从平安州回来，说明相遇湘莲一事，又将鸳鸯剑取出，递与三姐。三姐喜出望外，连忙收了，挂在自己绣房床上，每日望着剑，自笑终身有靠。而湘莲进京后，来见宝玉，说到与三姐定亲之事。这时湘莲冷静下来，觉得当初在路上匆忙定亲有些不妥，后悔不该留下宝剑作定。他向宝玉细问"底里"，宝玉告诉他，说在宁国府跟尤氏姐妹相处了一个月，那真真是"一对尤物"。湘莲听了，跌足道："这事不好，断乎做不得了。你们东府里除了那两个石头狮子干净，只怕连猫儿狗儿都不干净。我不做这剩忘八。"湘莲又问宝玉那三姐"品行"到底如何，宝玉笑道："你既深知，又来问我作甚？"

　　湘莲下定决心，便一径来找贾琏退婚，要索回那鸳鸯剑。

三姐闻听，便知他是嫌自己乃淫奔无耻之流，不屑为妻。于是摘下剑来，将一股雌锋隐在肘内，出来说"还你的定礼"，一面泪如雨下，左手将剑并鞘送与湘莲，右手回肘只往项上一横，倒在血泊之中。这就是"情小妹耻情归地府"。

那湘莲此时才明白三姐乃"刚烈"之人，实在可敬，扶尸大哭一场。等买了棺木，眼见入殓，又抚棺大哭一场，方告辞而去。他昏昏默默之中遇一道士，乃挥剑断发，随那道士不知往哪里去了。这就是"冷二郎一冷入空门"。

话说鲍二家的打他一下子，笑道："原有些真的，叫你又编了这混话，越发没了捆儿。你倒不像跟二爷的人，这些混话倒像是宝玉那边的了。"尤二姐才要又问，忽见尤三姐笑问道："可是你们家那宝玉，除了上学，他作些什么？"兴儿笑道："姨娘别问他，说起来姨娘也未必信。他长了这么大，独他没有上过正经学堂。我们家从祖宗直到二爷，谁不是寒窗十载，偏他不喜欢读书。老太太的宝贝，老爷先还管，如今也不敢管了。成天家疯疯癫癫的，说的话人也不懂，干的事人也不知。外头人人看着好清俊模样儿，心里自然是聪明的，谁知是外清而内浊，见了人，一句话也没有。所有的好处，虽没上过学，倒难为他认得几个字。每日也不习文，也不学武，又怕见人，只爱在丫头群里闹。再者也没刚柔，有时见了我们，喜欢时没上没下，大家乱顽一阵；不喜欢各自走了，他也不理人。我们坐着卧着，见了他也不理，他也不责备。因此没人怕他，只管随便，都过的去。"

尤三姐笑道："主子宽了，你们又这样；严了，又抱怨。可知难缠。"尤二姐道："我们看他倒好，原来这样。可惜了一个好胎子。"尤三姐道："姐姐信他胡说，咱们也不是见过一面两面

> 兴儿评说了荣府诸女性，这里又对宝玉作一评价。

> 特立独行，往往被视为"疯癫"，而权势者迫害异己更常常以此名将其关入"疯人院"。

> 当奴才习惯了主子的横暴时，有一个不耍威风不使性子的，他们反不习惯。

的，行事言谈吃喝，原有些女儿气，那是只在里头惯了的。若说糊涂，那些儿糊涂？姐姐记得，穿孝时咱们同在一处，那日正是和尚们进来绕棺，咱们都在那里站着，他只站在头里挡着人。人说他不知礼，又没眼色。过后他即悄悄的告诉咱们说：'姐姐不知道，我并不是没眼色。想和尚们脏，恐怕气味熏了姐姐们。'接着他吃茶，姐姐又要茶，那个老婆子就拿了他的碗倒。他赶忙说：'我吃脏了的，另洗了再拿来。'这两件上，我冷眼看去，原来他在女孩子们前不管怎样都过的去，只不大合外人的式，所以他们不知道。"尤二姐听说，笑道："依你说，你两个已是情投意合了。竟把你许了他，岂不好？"三姐见有兴儿，不便说话，只低头磕瓜子。

兴儿笑道："若论模样儿行事为人，倒是一对好的。只是他已有了，只未露形。将来准是林姑娘定了的。因林姑娘多病，二则都还小，故尚未及此。再过三二年，老太太便一开言，那是再无不准的了。"大家正说话，只见隆儿又来了，说："老爷有事，是件机密大事，要遣二爷往平安州去，不过三五日就起身，来回也得半月工夫。今日不能来了。请老奶奶早和二姨定了那事，明日爷来，好作定夺。"说着，带了兴儿回去了。

这里尤二姐命掩了门早睡，盘问他妹子一夜。至次日午后，贾琏方来了。尤二姐因劝他说："既有正事，何必忙忙又来，千万别为我误事。"贾琏道："也没甚事，只是偏偏的又出来了一件远差。出了月就起身，得半月工夫才来。"尤二姐道："既如此，你只管放心前去，这里一应不用你记挂。三妹子他从不会朝更暮改的。他已说了改悔，必是改悔的。他已择定了人，你只要依他就是了。"贾琏问是谁，尤二姐笑道："这人此刻不在这里，不知多早才来，也难为他眼力不错。自己说了，这人一年不来，他等一年；十年不来，等十年；若这人死了再不来了，他情愿剃了头当姑子去，吃长斋念佛，以了今生。"

贾琏问："到底是谁，这样动他的心？"二姐笑道："说来话长。五年前我们老娘家里做生日，妈和我们到那里与老娘拜寿。他家请了一起串客【票友】，里头有个作小生的叫作柳湘莲，他看上了，如今要是他才嫁。旧年我们闻得柳湘莲惹了一个祸逃走了，不知可又回来了不曾？"贾琏听了道："怪道呢！我说是个什么样人，原来是他！果然眼力不错。你不知道这柳二郎，那样一个标致人，最是冷面冷心的，差不多的人，他都无情无义。他最和宝玉合的来。去年因打了薛呆子，他不好意思见我们的，不知那里去了一向。后来听见有人说来了，不知是真是假。一问宝玉的小子们就知道了。倘或没来，他萍踪浪迹，知道几年才来，岂不白耽搁了？"尤二姐道："我们这三丫头说的出来，干的出来，他怎样说，只依他便了。"

　　二人正说之间，只见尤三姐走来说道："姐夫，你只放心。我们不是那心口两样的人，说什么是什么。若有了姓柳的来，我便嫁他。从今日起，我吃斋念佛，只服侍母亲，等他来了，嫁了他去，若一百年不来，我自己修行去了。"说着，将一根玉簪击作两段，"一句不真，就如这簪子！"说着，回房去了，真个竟非礼不动，非礼不言起来。贾琏无了法，只得和二姐商议了一回家务，复回家与凤姐商议起身之事。一面着人问茗烟，茗烟说："竟不知道。大约未来；若来了，必是我知道的。"一面又问他的街坊，也说未来。贾琏只得回复了二姐。至起身之日已近，前两天便说起身，却先往二姐这边来住两夜，从这里再悄悄长行。果见小妹竟又换了一个人，又见二姐持家勤慎，自是不消记挂。

　　是日一早出城，就奔平安州大道，晓行夜住，渴饮饥餐。方走了三日，那日正走之间，顶头来了一群驮子【duòzi，负载货物的骡马】，内中一伙，主仆十来骑马，走的近来一看，不是别人，竟是薛蟠和柳湘莲来了。贾琏深为奇怪，忙伸马迎了上来，大家一齐相见，说些别后寒温，大家便入酒店歇下，叙谈叙谈。

　　贾琏因笑说："闹过之后，我们忙着请你两个和解，谁知柳兄踪迹全无。怎么你两个今日倒在一处了？"薛蟠笑道："天下

　　至此方续接上回三姐所说"五年前"事。"柳湘莲"之名至此才出。

　　通过贾琏道出湘莲"冷面冷心"的特点。但接着一句"他最和宝玉合的来"，又对这"冷面冷心"做了补充：他并非对任何人都是"冷面冷心"的。

　　确有一片痴情，可惜无由让湘莲知晓。

　　此是一"巧"、一"奇"，兼有一"怪"。

　　此"平安州"与贾家之瓜葛，牵连到贾府被抄家。

竟有这样奇事。我同伙计贩了货物，自春天起身，往回里走，一路平安。谁知前日到了平安州界，遇一伙强盗，已将东西劫去。不想柳二弟从那边来了，方把贼人赶散，夺回货物，还救了我们的性命。我谢他又不受，所以我们结拜了生死弟兄，如今一路进京。从此后我们是亲弟亲兄一般。到前面岔口上分路，他就分路往南二百里有他一个姑妈，他去望候望候。我先进京去安置了我的事，然后给他寻一所宅子，寻一门好亲事，大家过起来。"贾琏听了道："原来如此，倒教我们悬了几日心。"因又听道寻亲，又忙说道："我正有一门好亲事堪配二弟。"说着，便将自己娶尤氏，如今又要发嫁小姨一节说了出来，只不说尤三姐自择之语。又嘱薛蟠且不可告诉家里，等生了儿子，自然是知道的。

薛蟠听了大喜，说："早该如此，这都是舍表妹【指凤姐】之过。"湘莲忙笑说："你又忘情了，还不住口。"薛蟠忙止住不语，便说："既是这等，这门亲事定要做的。"湘莲道："我本有愿，定要一个绝色的女子。如今既是贵昆仲高谊，顾不得许多了，任凭裁夺，我无不从命。"贾琏笑道："如今口说无凭，等柳兄一见，便知我这内娣的品貌是古今有一无二的了。"

湘莲听了大喜，说："既如此说，等弟探过姑娘【姑妈】，不过月中就进京的，那时再定如何？"贾琏笑道："你我一言为定，只是我信不过柳兄。你乃是萍踪浪迹，倘然淹滞不归，岂不误了人家。须得留一定礼。"湘莲道："大丈夫岂有失信之理。小弟素系寒贫，况且客中，何能有定礼。"薛蟠道："我这里现成，就备一分二哥带去。"贾琏笑道："也不用金帛之礼，须是柳兄亲身自有之物，不论物之贵贱，不过我带去取信耳。"湘莲道："既如此说，弟无别物，此剑防身，不能解下。囊中尚有一把鸳鸯剑，乃吾家传代之宝，弟也不敢擅用，只随身收藏而已。贾兄请拿去为定。弟纵系水流花落之性，然亦断不舍此剑者。"说毕，解囊出剑，捧与贾琏。贾琏命人收了。大家又饮了几杯，方各自上马，作别起程。正是：

> 将军不下马，各自奔前程。

且说贾琏一日到了平安州，见了节度，完了公事。因又嘱他十月前后务要还来一次，贾琏领命。次日连忙取路回家，先到尤二姐处探望。谁知贾琏出门之后，尤二姐操持家务十分谨肃，每日关门闭户，一点外事不闻。他小妹子果是个斩钉截铁之人，每日侍奉母姊之馀，只安分守己，随分过活。虽是夜晚间孤衾独枕，不惯寂寞，奈一心丢了众人，只念柳湘莲早早回来完了终身大事。这日贾琏进门，见了这般景况，喜之不尽，深念二姐之德。大家叙些寒温之后，贾琏便将路上相遇湘莲一事说了出来，又将鸳鸯剑取出，递与三姐。

三姐看时，上面龙吞夔护，珠宝晶荧，将靶一掣，里面却是两把合体的。一把上面錾着一"鸳"字，一把上面錾着一"鸯"字，冷飕飕，明亮亮，如两痕秋水一般。三姐喜出望外，连忙收了，挂在自己绣房床上，每日望着剑，自笑终身有靠。贾琏住了两天，回去复了父命，回家合宅相见。那时凤姐已大愈，出来理事行走了。贾琏又将此事告诉了贾珍。贾珍因近日又遇了新友，将这事丢过，不在心上，任凭贾琏裁夺，只怕贾琏独力不加，少不得又给了他三十两银子。贾琏拿来交与二姐预备妆奁。

谁知八月内湘莲方进了京，先来拜见薛姨妈，又遇见薛蝌，方知薛蟠不惯风霜，不服水土，一进京时便病倒，在家请医调治。听见湘莲来了，请入卧室相见。薛姨妈也不念旧事，只感救恩，母子们十分称谢。又说起亲事一节，凡一应东西皆已妥当，只等择日。柳湘莲也感激不尽。

次日又来见宝玉，二人相会，如鱼得水。湘莲因问贾琏偷娶二房之事，宝玉笑道："我听见茗烟一干人说，我却未见，我也不敢多管。我又听见茗烟说，琏二哥哥着实问你，不知有何话

贾赦交接外官，犯了大忌。

"鸳鸯剑"形制，须由三姐眼中写出，见其珍重之意。

"凤姐已大愈"，这个交代很重要，不然哪有精气神大闹宁府。

薛蟠倒是真把湘莲婚事当一回事，似乎万事俱备只欠东风了。

这"如鱼得水"几个字，隐喻着二人非同一般的关系。恐与刘备所说"孤之有孔明，犹鱼之有水也"不同。

说？"湘莲就将路上所有之事一概告诉宝玉，宝玉笑道："大喜，大喜！难得这个标致人，果然是个古今绝色，堪配你之为人。"湘莲道："既是这样，他那里少了人物，如何只想到我。况且我又素日不甚和他厚，也关切不至此。路上工夫忙忙的就那样再三要来定，难道女家反赶着男家不成。我自己疑惑起来，后悔不该留下这剑作定。所以后来想起你来，可以细细问个底里才好。"宝玉道："你原是个精细人，如何既许了定礼又疑惑起来？你原说只要一个绝色的，如今既得了个绝色便罢了，何必再疑？"

湘莲道："你既不知他娶，如何又知是绝色？"宝玉道："他是珍大嫂子的继母带来的两位小姨。我在那里和他们混了一个月，怎么不知？真真一对尤物，他又姓尤。"湘莲听了，跌足道："这事不好，断乎做不得了。你们东府里除了那两个石头狮子干净，只怕连猫儿狗儿都不干净。我不做这剩忘八。"宝玉听说，红了脸。

湘莲自惭失言，连忙作揖说："我该死胡说。你好歹告诉我，他品行如何？"宝玉笑道："你既深知，又来问我作甚么？连我也未必干净了。"湘莲笑道："原是我自己一时忘情，好歹别多心。"宝玉笑道："何必再提，这倒似有心了。"湘莲作揖告辞出来，心中想着若去找薛蟠，一则他现卧病，二则他又浮躁，不如去索回定礼。主意已定，便一径来找贾琏。

贾琏正在新房中，闻得湘莲来了，喜之不禁，忙迎了出来，让到内室与尤老相见。湘莲只作揖称老伯母，自称晚生，贾琏听了诧异。吃茶之间，湘莲便说："客中偶然忙促，谁知家姑母于四月间订了弟妇，使弟无言可回。若从了老兄背了姑母，似非合理。若系金帛之订，弟不敢索取，但此剑系祖父所遗，请仍赐回为幸。"贾琏听了，便不自在，回说："定者，定也。原怕反悔所以为定。岂有婚姻之事，出入随意的？还要斟酌。"湘莲笑道："虽如此说，弟愿领责领罚，然此事断不敢从命。"贾琏还要饶舌，湘莲便起身说："请兄外坐一叙，此处不便。"

当时一激动，什么都答应；冷静下来才生"疑惑"而后悔。他疑的是"难道女家反赶着男家不成"，而宝玉不知底里，难以释疑，只得说既许何疑，且求"绝色"而得之，"何必再疑"。

宁府声名狼藉至此！三姐并非"东府"之人，暂居而已。所谓"出污泥而不染"，人常见其"出污泥"而难断其是否"污染"也。

宝玉既不满湘莲之说，却亦不为三姐辩诬，见得三姐在宝玉心中实为不洁者。

至此，湘莲悔婚有了三层理由：女赶男；在宁府；问"品行"于宝玉，宝玉回避。

既已订婚，湘莲见尤老不当称"老伯母"而自称"晚生"，所以贾琏"诧异"。

湘莲悔婚，只托言姑妈已给定了亲——前特别交代湘莲回乡望候姑妈，至此接榫。

那尤三姐在房明明听见。好容易等了他来，今忽见反悔，便知他在贾府中得了消息，自然是嫌自己淫奔无耻之流，不屑为妻。今若容他出去和贾琏说退亲，料那贾琏必无法可处，自己岂不无趣。一听贾琏要同他出去，连忙摘下剑来，将一股雌锋隐在肘内，出来便说："你们不必出去再议，还你的定礼。"一面泪如雨下，左手将剑并鞘送与湘莲，右手回肘只往项上一横。可怜：

揉碎桃花红满地，玉山倾倒再难扶。

芳灵蕙性，渺渺冥冥，不知那边去了。当下唬得众人急救不迭。尤老一面嚎哭，一面又骂湘莲。贾琏忙揪住湘莲，命人捆了送官。

尤二姐忙止泪反劝贾琏："你太多事，人家并没威逼他死，是他自寻短见。你便送他到官，又有何益，反觉生事出丑。不如放他去罢，岂不省事。"贾琏此时也没了主意，便放了手命湘莲快去。湘莲反不动身，泣道："我并不知是这等刚烈贤妻，可敬，可敬。"湘莲反伏尸大哭一场。等买了棺木，眼见入殓，又抚棺大哭一场，方告辞而去。

出门无所之，昏昏默默，自想方才之事。原来尤三姐这样标致，又这等刚烈，自悔不及。正走之间，只见薛蟠的小厮寻他家去，那湘莲只管出神。那小厮带他到新房之中，十分齐整。忽听环珮叮当，尤三姐从外而入，一手捧着鸳鸯剑，一手捧着一卷册子，向柳湘莲泣道："妾痴情待君五年矣。不期君果冷心冷面，妾以死报此痴情。妾今奉警幻之命，前往太虚幻境修注案中所有一干情鬼。妾不忍一别，故来一会，从此再不能相见矣。"说着便走。湘莲不舍，忙欲上来拉住问时，那尤三姐便说："来自情天，去由情地。前生误被情惑，今既耻情而觉，与君两无干涉。"说毕，一阵香风，无踪无影去了。

湘莲警觉，似梦非梦，睁眼看时，那里有薛家小童，也非新

真正的理由不便当众说出，而三姐心如明镜。既出"污泥"，跳进黄河也洗不清。三姐之饮剑，只是显示自己的"执着"：非尔不嫁，尔既不娶，唯死而已，乃是彻底的绝望。弱者之反抗，最可悲可痛的就是毁灭自己。

蔡义江评："简捷的叙述，加上两句七言诗语，便立臻完美了。"王蒙则说："这两句引用得太隔也太戏曲化了，反减弱了人道主义力量。"——审美趣味如此不同！

此时，保持理性的倒是二姐，难得。

为什么一死就"可敬"了？三姐能以死洗清她"淫奔无耻"的污名吗？

恍惚如梦。借三姐魂灵之口，揭示人生悲剧乃是"误被情惑"的主题。

这位跛足道人，时不时地被曹公请出来救苦救难。但做道士不是当和尚，"烦恼丝"似不必削去。

室，竟是一座破庙，旁边坐着一个跏腿【"跏"音 jiā，佛教徒的一种坐姿】道士捕虱。湘莲便起身稽首相问："此系何方？仙师仙名法号？"道士笑道："连我也不知道此系何方，我系何人，不过暂来歇足而已。"柳湘莲听了，不觉冷然如寒冰侵骨，掣出那股雄剑，将万根烦恼丝一挥而尽，便随那道士，不知往那里去了。后回便见——

【回后评】

尤三姐之死，是本回书最值得研究的话题。尤三姐到底是怎么死的？当然是"饮剑"而亡，问题是究竟是哪些因素促成了这一悲剧。洪秋蕃说："尤三姐饮剑而返太虚，柳湘莲祝发而辞尘世，皆贾琏偾【fèn，败坏，搞糟】之也。"张俊、沈治钧认为："要之，三姐横死，非贾琏失着，非宝玉无义，亦非湘莲多疑所致。其罪魁祸首，实惟贾珍"；"故三姐之死，其罪魁，乃宁府也，社会也，时代也"。张新之说："琏杀之，凤杀之，而实宝玉自杀之。"论者纷纷，各有其理，但终究难以一言以蔽之，而需从主客两方面加以综合考察。社会家庭环境、时代主流意识、个人脾气性格，都是必须顾及的方面，而这些因素又集中反映在相关的几个人物身上。我们不妨以人物为纲，略加分析。

先看尤三姐。尤老娘曾说："我们家里自从先夫去世，家计也着实艰难了，全亏了这里姑爷帮助。"一个失去男人的家庭，孤儿寡母，不仅家计艰难，而且更有人看着她们"娘儿们微息，不知都安着什么心"，所以不得不投靠宁府。孰知这宁府乃一淫窟，尤氏姊妹陷入其中，三姐虽有守节之心，到底不得不虚与委蛇，所谓"貌虽浮艳，心实沉着；行若轻狂，志甚豪迈"。但"貌"可见而"心"难知，"行"易察而"志"难明。俗所谓"出污泥而不染"，其实"出污泥"都看得见，那"染"与"不染"，即使出污泥者自道，人岂可尽信之？再者，三姐的生活空间极为狭小，能见外男的机会实在有限，而她偏又有自己择婿的意愿。这种意愿本身就是与时代主流意识相违背的。更有甚者，三姐自己择定的对象竟然是只在戏剧舞台上见过一回的票友。对柳湘莲的家庭身世、脾气秉性以及行踪事业，一概不知，也无从追踪"调查"。连贾琏都说："知道几年才来，岂不白耽搁了？"把自己的终身寄托在这样一个人身上，而且笃誓非此人不嫁。这也太浪漫了，也可以说太冒险了。三姐之饮剑，只是显示自己的"执着"。这是由虚幻的希望走到彻底的绝望，是对"浪漫"与"冒险"的惩罚。事实证明，这个柳湘莲，真的并不那么可靠。

再看柳湘莲。四十七回有个介绍，说他原是世家子弟，父母早丧，读书不成又素性豪爽，酷好舞枪弄剑、赌博吃酒，以至眠花宿柳，吹笛弹筝，无所不为。他对宝玉说："你知道我一贫如洗，家里是没的积聚，纵有几个钱来，又随手就光的。"他本来想"出门去走走，外头逛个三年五载再回来"，恰遇薛蟠酒后向他调情，他把薛蟠打了个半死，于是远走他乡。这"三年五载"靠何为生？是怎么度过的？档案空白。直到薛蟠遇盗，他才突然出现，"把贼人赶散，夺回货物"。这出现，与其说是"巧"，不如说是"妙"。这"赶散"二字也耐人寻味：不打不杀，"赶散"而已，这湘莲与劫道的贼人是什么关系？

说到与三姐的婚事，概言之，是应之草率，悔之鲁莽。在途中偶然相遇，只听贾琏一说，薛蟠一赞，这柳湘莲就说"任凭裁夺，我无不从命"，还以祖传鸳鸯剑作了定礼。这岂是对待婚姻的郑重态度？轻信必易疑，而他的"疑"又并非都在正理上。他第一个怀疑是："既是这样，他那里少了人物，如何只想到我。况且我又素日不甚和他厚，也关切不至此。路上工夫忙忙的就那样再三要来定，难道女家反赶着男家不成。我自己疑惑起来，后悔不该留下这剑作定。"他认为"女家反赶着男家"是不正常的，也即意味着三姐自己择婿是他不能接受的。他的第二个怀疑是：宁府只有两个石狮子是干净的，三姐既与宁府相

关，所以也是不干净的。如果第一个怀疑表明他在思想意识层面仍是守旧而"从众"的，第二个怀疑则表明他思维习惯的固陋和偏执。待三姐绝望而死，他又认作"贤妻"，"等买了棺木，眼见入殓，又抚棺大哭一场，方告辞而去"，并就此削发而辞尘世。三姐之死，并不能否认是"女家反赶着男家"，也不能证明三姐原本是"干净的"。为什么非等三姐横死他才"原谅"了这一切呢？

第三说到贾琏。洪秋蕃评曰："贾琏与柳湘莲说亲时，若将尤三姐自择之语备细说明，俾知夜光之珠非无因至前，湘莲何致复起猜疑？且将三姐吃斋守志、断簪明心等语备以实告，湘莲更当念其肫挚之情，副其缠绵之意，乃不悉宣底蕴，而曰自嫁小姨，致湘莲受宠若惊，自疑齐大非耦【表示不敢高攀，因不是门当户对而辞婚】，要盟可背，竟同江祐薄情。尤三姐饮剑而返太虚，柳湘莲祝发而辞尘世，皆贾琏偾之也。"这说法看似有理，其实不通。贾琏既不以女子自己择婿为荣，所以不说；那湘莲也本来就蔑视"女家反赶着男家"，如果说了也许当时就吹，三姐的下场大概是一样的。

最后说到宝玉。因为湘莲向宝玉"咨询"，宝玉只好实话实说——肯定三姐是"绝色"佳人，真真"尤物"，而对其品行不作评价。张俊、沈治钧引陈其泰批云："宝玉亦有信不过三姐贞节处，乃姊之声名，既有以累之，而贾珍父子之行迹，又众目共见。宝玉岂能无疑于三姐哉？故说到品行，始终不置一词也。"宝玉不肯欺蒙朋友，也没有贬低三姐，宝玉无罪。

每个人都生活在特定的时代特定的社会环境中，都或多或少地受到主流意识形态的制约，而脾气秉性更是人人不同。三姐之死，是个人的悲剧，也是时代的、社会的悲剧。这也是"弱者的反抗"，以毁灭自己来证明自己。论者多赞美其"刚烈"，在下更伤痛其"惨烈"。

第六十七回

见土仪颦卿思故里

闻秘事凤姐讯家童

末回「撒手」，乃是已悟，此虽眷恋，却破迷关，是何必削发。青埂峰证了前缘，仍不出士隐梦中，而中秋前引即三姐。

见土仪颦卿思故里，闻秘事凤姐审家童

　　尤三姐自尽身亡，柳湘莲飘然而去。薛姨妈知道后"心甚叹息"。而薛蟠带了小厮们在各处寻找而无果，也不免伤心落泪。直至设宴答谢陪他出门做生意的伙计时，说到此事还长吁短叹，无精打采。

　　与此不同的是宝钗。她听说湘莲与三姐的情事后"并不在意"，只说："俗话说的好，'天有不测风云，人有旦夕祸福'。这也是他们前生命定。"她最惦记的是家里的生意，催促薛蟠抓紧时间酬谢同伴去的伙计。

　　薛蟠特从江南给宝钗买回来一些新鲜物件做礼物。宝钗除了自己留用之外，别的配合妥当，命人送往各处。姊妹诸人收到礼物，自然纷纷道谢。因贾环也有一份，那赵姨娘喜欢得不得了，心想："怨不得别人都说那宝丫头好，会做人，很大方，如今看起来果然不错……若是那林丫头，他把我们娘儿们正眼也不瞧，那里还肯送我们东西？"

　　而宝钗送黛玉的"比别人不同，且又加厚一倍"。那黛玉却"触物伤情，想起父母双亡，又无兄弟，寄居亲戚家中，那里有人也给我带些土物？想到这里，不觉的又伤起心来了"。这就是"见土仪颦卿思故里"，"仪"者，礼物也。接下来便是"闻秘事凤姐讯家童"。

　　贾琏偷娶尤二姐之事，终于被凤姐知道了。气得不得了，于是把小厮旺儿传进来审问。旺儿料着瞒不过，就让问兴儿——他是长跟二爷出门的。兴儿进来，凤姐就说："好小子啊！你和你爷办的好事啊！你只实说罢！"兴儿一闻此言，又看见凤姐儿气色及两边丫头们的光景，早唬软了，不觉跪下，只是磕头。他还想隐瞒，凤姐就命他自打嘴巴。实在瞒不过，这兴儿才如实招来：是贾蓉哄着贾琏娶尤二姐的，也是贾蓉帮贾琏找的房子，那房子就在"府后头"。兴儿又说：那尤二姐原来从小儿有人家的，姓张，叫什么张华，如今穷的待好讨饭。珍大爷许了他银子，他就退了亲了。凤姐又问："你大奶奶没来吗？"兴儿道："过了两天，大奶奶才拿了些东西来瞧的。"听完兴儿的"供词"，凤姐又给他三条指令：随叫随到，不许告诉贾琏，不许对外提一个字儿。

凤姐越想越气，歪在枕上只是出神，忽然眉头一皱，计上心来。未知凤姐如何办理，下回分解。

话说尤三姐自尽之后，尤老娘和二姐儿、贾珍、贾琏等俱不胜悲恸，自不必说，忙令人盛殓，送往城外埋葬。柳湘莲见尤三姐身亡，痴情眷恋，却被道人数句冷言打破迷关，竟自截发出家，跟随疯道人飘然而去，不知何往。暂且不表。

且说薛姨妈闻知湘莲已说定了尤三姐为妻，心中甚喜，正是高高兴兴要打算替他买房子，治家伙，择吉迎娶，以报他救命之恩。忽有家中小厮吵嚷"三姐儿自尽了"，被小丫头们听见，告知薛姨妈。薛姨妈不知为何，心甚叹息。正在猜疑，宝钗从园里过来，薛姨妈便对宝钗说道："我的儿，你听见了没有？你珍大嫂子的妹妹三姑娘，他不是已经许定给你哥哥的义弟柳湘莲了么，不知为什么自刎了。那柳湘莲也不知往那里去了。真正奇怪的事，叫人意想不到。"

宝钗听了，并不在意，便说道："俗话说的好，'天有不测风云，人有旦夕祸福'。这也是他们前生命定。前日妈妈为他救了哥哥，商量着替他料理，如今已经死的死了，走的走了，依我说，也只好由他罢了。妈妈也不必为他们伤感了。倒是自从哥哥打江南回来了一二十日，贩了来的货物，想来也该发完了。那同伴去的伙计们辛辛苦苦的，回来几个月了，妈妈和哥哥商议商议，也该请一请，酬谢酬谢才是。别叫人家看着无礼似的。"

了结尤三姐、柳湘莲情事，镜头顺势转入薛家。

宝钗当已尽知。她关心的是家里的买卖。

蔡义江评："平时关心别人冷暖的宝钗，对一个自刎一个出家倒不在意，也是想不到的。"

张俊、沈治钧评："此写宝钗之冷，出乎常情。""陈其泰斥其'真是无情之尤'。"

王蒙评："为何如此不在意？连好奇心都没有了吗？""不仅冷面冷心，而且冷血了。""刚说过她'艳冠群芳'，如何又用春秋笔法贬损之？"

薛蟠的"泪痕"，映照出宝钗的一颗冰冷的心。

母女正说话间，见薛蟠自外而入，眼中尚有泪痕。一进门来，便向他母亲拍手说道："妈妈可知道柳二哥尤三姐的事么？"薛姨妈说："我才听见说，正在这里和你妹妹说这件公案呢。"薛蟠道："妈妈可听见说柳湘莲跟着一个道士出了家了么？"薛姨妈道："这越发奇了。怎么柳相公那样一个年轻的聪明人，一时糊涂，就跟着道士去了呢。我想你们好了一场，他又无父母兄弟，只身一人在此，你该各处找找他才是。靠那道士能往那里远去，左不过是在这方近左右的庙里寺里罢了。"薛蟠说："何尝不是呢。我一听见这个信儿，就连忙带了小厮们在各处寻找，连一个影儿也没有。又去问人，都说没看见。"

姨妈最关心的也是自家的买卖。

提出薛蟠"自己娶媳妇"之事，为夏金桂出场作准备。

薛姨妈说："你既找寻过没有，也算把你作朋友的心尽了。焉知他这一出家不是得了好处去呢。只是你如今也该张罗张罗买卖，二则把你自己娶媳妇应办的事情，倒早些料理料理。咱们家没人，俗语说的'夯雀儿先飞'，省得临时丢三落四的不齐全，令人笑话。再者你妹妹才说，你也回家半个多月了，想货物也该发完了，同你去的伙计们，也该摆桌酒给他们道道乏才是。人家陪着你走了二三千里的路程，受了四五个月的辛苦，而且在路上又替你担了多少的惊怕沉重。"薛蟠听说，便道："妈妈说的很是。倒是妹妹想的周到。我也这样想着，只因这些日子为各处发货闹的脑袋都大了。又为柳二哥的事忙了这几日，反倒落了一个空，白张罗了一会子，倒把正经事都误了。要不然定了明儿后儿下帖儿请罢。"薛姨妈道："由你办去罢。"

渐渐集中到宝钗身上来。

话犹未了，外面小厮进来回说："管总的张大爷差人送了两箱子东西来，说这是爷各自买的，不在货帐里面。本要早送来，因货物箱子压着，没得拿；昨儿货物发完了，所以今日才送来了。"一面说，一面又见两个小厮搬进了两个夹板夹的大棕箱。薛蟠一见，说："嗳哟，可是我怎么就糊涂到这步田地了！特特的给妈和妹妹带来的东西，都忘了没拿了家里来，还是伙计送了来了。"宝钗说："亏你说，还是特特的带来的才放了一二十天，若不是特特的带来，大约要放到年底下才送来呢。我看你也诸事太不留心了。"薛蟠笑道："想是在路上叫人把魂吓掉了，还没归窍呢。"说着大家笑了一回，便向小丫头说："出去告诉小厮们，东西收下，叫他们回去罢。"

薛姨妈同宝钗因问："到底是什么东西，这样捆着绑着的？"薛蟠便命叫两个小厮进来，解了绳子，去了夹板，开了锁看时，这一箱都是绸缎绫锦洋货等家常应用之物。薛蟠笑着道："那一箱是给妹妹带的。"亲自来开。母女二人看时，却是些笔、墨、纸、砚、各色笺纸、香袋、香珠、扇子、扇坠、花粉、胭脂等物；外有虎丘带来的自行人、酒令儿，水银灌的打筋斗小小子，沙子灯，一出一出的泥人儿的戏，用青纱罩的匣子装着；又有在虎丘山上泥捏的薛蟠的小像，与薛蟠毫无相差。宝钗见了，别的都不理论，倒是薛蟠小像，拿着细细看了一看，又看看他哥哥，不禁笑起来了。因叫莺儿带着几个老婆子将这些东西连箱子送到园里去，又和母亲哥哥说了一回闲话儿，才回园里去了。这里薛姨妈将箱子里的东西取出，一分一分的打点清楚，叫同喜送给贾母并王夫人等处不提。

且说宝钗到了自己房中，将那些玩意儿一件一件的过了目，除了自己留用之外，一分一分配合妥当，也有送笔墨纸砚的，也有送香袋扇子香坠的，也有送脂粉头油的，有单送顽意儿的。只有黛玉的比别人不同，且又加厚一倍。一一打点完毕，使莺儿同着一个老婆子，跟着送往各处。

这边姊妹诸人都收了东西，赏赐来使，说见面再谢。惟有林黛玉看见他家乡之物，反自触物伤情，想起父母双亡，又无兄弟，寄居亲戚家中，那里有人也给我带些土物？想到这里，不觉的又伤起心来了。

紫鹃深知黛玉心肠，但也不敢说破，只在一旁劝道："姑娘的身子多病，早晚服药，这两日看着比那些日子略好些。虽说精神长了一点儿，还算不得十分大好。今儿宝姑娘送来的这些东西，

可见宝姑娘素日看得姑娘很重,姑娘看着该喜欢才是,为什么反倒伤起心来。这不是宝姑娘送东西来倒叫姑娘烦恼了不成?就是宝姑娘听见,反觉脸上不好看。再者这里老太太们为姑娘的病体,千方百计请好大夫配药诊治,也为是姑娘的病好。这如今才好些,又这样哭哭啼啼,岂不是自己遭踏了自己身子,叫老太太看着添了愁烦了么?况且姑娘这病,原是素日忧虑过度,伤了血气。姑娘的千金贵体,也别自己看轻了。"紫鹃正在这里劝解,只听见小丫头子在院内说:"宝二爷来了。"紫鹃忙说:"请二爷进来罢。"

只见宝玉进房来了,黛玉让坐毕,宝玉见黛玉泪痕满面,便问:"妹妹,又是谁气着你了?"黛玉勉强笑道:"谁生什么气。"旁边紫鹃将嘴向床后桌上一努,宝玉会意,往那里一瞧,见堆着许多东西,就知道是宝钗送来的,便取笑说道:"那里这些东西,不是妹妹要开杂货铺啊?"黛玉也不答言。紫鹃笑着道:"二爷还提东西呢。因宝姑娘送了些东西来,姑娘一看就伤起心来了。我正在这里劝解,恰好二爷来的很巧,替我们劝劝。"宝玉明知黛玉是这个缘故,却也不敢提头儿,只得笑说道:"你们姑娘的缘故,想来不为别的,必是宝姑娘送来的东西少,所以生气伤心。妹妹,你放心,等我明年叫人往江南去,与你多多的带两船来,省得你淌眼抹泪的。"

黛玉听了这些话,也知宝玉是为自己开心,也不好推,也不好任,因说道:"我任凭怎么没见世面,也到不了这步田地,因送的东西少,就生气伤心。我又不是两三岁的小孩子,你也试把人看得小气了。我有我的缘故,你那里知道。"说着,眼泪又流下来了。宝玉忙走到床前,挨着黛玉坐下,将那些东西一件一件拿起来摆弄着细瞧,故意问这是什么,叫什么名字;那是什么做的,这样齐整;这是什么,要他做什么使用。又说这一件可以摆在面前,又说那一件可以放在条桌上当古董儿倒好呢。一味的将些没要紧的话来厮混。

黛玉见宝玉如此,自己心里倒过不去,便说:"你不用在这里混搅了。咱们到宝姐姐那边去罢。"宝玉巴不得黛玉出去散散闷，解了悲痛，便道："宝姐姐送咱们东西，咱们原该谢谢去。"黛玉道："自家姊妹，这倒不必。只是到他那边，薛大哥回来了，必然告诉他些南边的古迹儿，我去听听，只当回了家乡一趟的。"说着，眼圈儿又红了。宝玉便站着等他。黛玉只得同他出来，往宝钗那里去了。

且说薛蟠听了母亲之言，急下了请帖，办了酒席。次日，请了四位伙计，俱已到齐，不免说些贩卖帐目发货之事。不一时，上席让坐，薛蟠挨次斟了酒。薛姨妈又使人出来致意。大家喝着酒说闲话儿。内中一个道："今日这席上短两个好朋友。"众人齐问是谁，那人道："还有谁，就是贾府上的琏二爷和大爷的盟弟柳二爷。"大家果然都想起来，问着薛蟠道："怎么不请琏二爷和柳二爷来？"薛蟠闻言，把眉一皱，叹口气道："琏二爷又往平安州去了，头两天就起了身的。那柳二爷竟别提起，真是天下头一件奇事。什么是柳二爷，如今不知那里作柳道爷去了。"

众人都诧异道："这是怎么说？"薛蟠便把湘莲前后事体说了一遍。众人听了，越发骇异，因说道："怪不的前日我们在店里仿仿佛佛也听见人吵嚷说，有一个道士三言两语把一个人度了去了，又说一阵风刮了去了，只不知是谁。我们正发货，那里有闲工夫打听这个事去，到如今还是似信不信的，谁知就是柳二爷呢。早知是他，我们大家也该劝他劝才是。任他怎么着，也不叫他去。"内中一个道："别是这么着罢？"众人问怎么样，那人道："柳二爷那样个伶俐人，未必是真跟了道士去罢。他原会些武艺，又有力量，或看破那道士的妖术邪法，特意跟他去，在背地摆布他，也未可知。"薛蟠道："果然如此倒也罢了。世上这些妖言惑众的人，怎么没人治他一下子。"众人道："那时难道你知道了也没找寻他去？"薛蟠说："城里城外，那里没有找到？不怕你们笑话，我找不着他，还哭了一场呢。"言毕，只是长吁短叹无精打彩的，不像往日高兴。众伙计见他这样光景，自然不便久坐，不过随便喝了几杯酒，吃了饭，大家散了。

　　且说宝玉同着黛玉到宝钗处来。宝玉见了宝钗，便说道："大哥哥辛辛苦苦的带了东西来，姐姐留着使罢，又送我们。"宝钗笑道："原不是什么好东西，不过是远路带来的土物儿，大家看着新鲜些就是了。"黛玉道："这些东西我们小时候倒不理会，如今看见，真是新鲜物儿了。"宝钗因笑道："妹妹知道，这就是俗语说的'物离乡贵'，其实可算什么呢。"宝玉听了这话正对了黛玉方才的心事，连忙拿话岔道："明年好歹大哥哥再去时，替我们多带些来。"黛玉瞅了他一眼，便道："你要你只管说，不必拉扯上人。姐姐你瞧，宝哥哥不是给姐姐来道谢，竟又要定下明年的东西来了。"说的宝钗宝玉都笑了。

　　三个人又闲话了一回，因提起黛玉的病来。宝钗劝了一回，因说道："妹妹若觉着身子不爽快，倒要自己勉强扎挣着出来各处走走逛逛，散散心，比在屋里闷坐着到底好些。我那两日不是觉着发懒，浑身发热，只是要歪着，也因为时气不好，怕病，因此寻些事情自己混着。这两日才觉着好些了。"黛玉道："姐姐说的何尝不是。我也是这么想着呢。"大家又坐了一会子方散。宝玉仍把黛玉送至潇湘馆门首，才各自回去了。

　　且说赵姨娘因见宝钗送了贾环些东西，心中甚是喜欢，想道："怨不得别人都说那宝丫头好，会做人，很大方，如今看起来果然不错。他哥哥能带了多少东西来，他挨门儿送到，并不遗漏一处，也不露出谁薄谁厚，连我们这样没时运的，他都想到了。若是那林丫头，他把我们娘儿们正眼也不瞧，那里还肯送我们东西？"一面想，一面把那些东西翻来覆去的摆弄瞧看一回。忽然想到宝钗系王夫人的亲戚，为何不到王夫人跟前卖个好儿呢。自己便蝎蝎螫螫的拿着东西，走至王夫人房中，站在旁边，陪笑说道："这是宝姑娘才刚给环哥儿的。难为宝姑娘这么年轻的人，想的这么周到，真是大户人家的姑娘，又展样，又大方，怎么叫人不敬服呢。怪不得老太太和太太成日家都夸他疼他。我

蔡义江评："黛玉早不愿与宝钗争风，故撇开宝玉拉扯，说趣话。"——这一次看得准：宝玉故意用"我们"拉近与黛玉的关系给宝钗看，而黛玉竟然自己"撇开"，是彻底被宝钗降服收编了。

送双份的礼物，讲养生的经验，宝钗捧送给黛玉的都是"糖果"。

写赵姨娘正是写宝钗，表现宝钗此次"投资"的效果：凭借自家的"财力"，一方面博众人之欢心，一方面增黛玉之"困窘"。黛玉只是"做自己"，而宝钗是要"做人"。一个女孩子，又是寄居贾府，为什么如此努力"做人"？

实际上，宝钗到贾府不久，就有了这样的"对比"：宝钗"不比黛玉孤高自许，目下无尘，故比黛玉大得下人之心"。这背后的功夫，作者难以一一写出。

也不敢自专就收起来，特拿来给太太瞧瞧，太太也喜欢喜欢。"王夫人听了，早知道来意了，又见他说的不伦不类，也不便不理他，说道："你自管收了去给环哥顽罢。"赵姨娘来时兴兴头头，谁知抹了一鼻子灰，满心生气，又不敢露出来，只得讪讪的出来了。到了自己房中，将东西丢在一边，嘴里咕咕哝哝自言自语道："这个又算了个什么儿呢。"一面坐着，各自生了一回闷气。

却说莺儿带着老婆子们送东西回来，回复了宝钗，将众人道谢的话并赏赐的银钱都回完了，那老婆子便出去了。莺儿走近前来一步，挨着宝钗悄悄的说道："刚才我到琏二奶奶那边，看见二奶奶一脸的怒气。我送下东西出来时，悄悄的问小红，说刚才二奶奶从老太太屋里回来，不似往日欢天喜地的，叫了平儿去，唧唧咕咕的不知说了些什么。看那个光景，倒像有什么大事似的。姑娘没听见那边老太太有什么事？"宝钗听了，也自己纳闷，想不出凤姐是为什么有气，便道："各人家有各人的事，咱们那里管得。你去倒茶去罢。"莺儿于是出来，自去倒茶不提。

且说宝玉送了黛玉回来，想着黛玉的孤苦，不免也替他伤感起来。因要将这话告诉袭人，进来时却只有麝月、秋纹在房中。因问："你袭人姐姐那里去了？"麝月道："左不过在这几个院里，那里就丢了他。一时不见，就这样找。"宝玉笑着道："不是怕丢了他。因我方才到林姑娘那边，见林姑娘又正伤心呢。问起来却是为宝姐姐送了他东西，他看见是他家乡的土物，不免对景伤情。我要告诉你袭人姐姐，叫他闲时过去劝劝。"正说着，晴雯进来了，因问宝玉道："你回来了，你又要叫劝谁？"宝玉将方才的话说了一遍。晴雯道："袭人姐姐才出去，听见他说要到琏二奶奶那边去。保不住还到林姑娘那里。"宝玉听了，便不言语。秋纹倒了茶来，宝玉漱了一口，递给小丫头子，心中着实不自在，就随便歪在床上。

却说袭人因宝玉出门，自己作了回活计，忽想起凤姐身上不好，这几日也没有过去看看，况闻贾琏出门，正好大家说说话晴雯总是这个口吻，袭人似乎已经习惯。

袭人去看凤姐，并不与上文的凤姐"一脸的怒气"相接，而是欲擒故纵，腾出笔来从从容容写一段夏末秋初的园中景象，借婆子之语回应探春改革的成果。断续穿插，信笔拈来。

婆子一片好心，却不合贾府"规矩"，反被袭人一顿教训。袭人不是装腔做作，而是"规矩"的病毒侵入膏肓，且无意中显现出自己半个主子的身份。

终于"来到凤姐这边"。凤姐一句"天理良心"，如晴天霹雳，既与前"一脸的怒气"接榫，又往前推进一步，"知道有原故了"，但终不知道所为何情。悬疑。

儿。便告诉晴雯："好生在屋里，别都出去了，叫宝玉回来抓不着人。"晴雯道："嗳哟，这屋里单你一个人记挂着他，我们都是白闲着混饭吃的。"袭人笑着，也不答言，就走了。

刚来到沁芳桥畔，那时正是夏末秋初，池中莲叶新残相间，红绿离披。袭人走着，沿堤看顽了一回。猛抬头看见那边葡萄架底下有人拿着掸子在那里掸什么呢，走到跟前，却是老祝妈。那老婆子见了袭人，便笑嘻嘻的迎上来，说道："姑娘怎么今日得工夫出来逛逛？"袭人道："可不是。我要到琏二奶奶家瞧瞧去。你在这里做什么呢？"那婆子道："我在这里赶蜜蜂儿。今年三伏里雨水少，这果子树上都有虫子，把果子吃的疤癞流星的掉了好些下来。姑娘还不知道呢，这马蜂最可恶的，一嘟噜上只咬破三两个儿，那破的水滴到好的上头，连这一嘟噜都是要烂的。姑娘你瞧，咱们说话的空儿没赶，就落上许多了。"袭人道："你就是不住手的赶，也赶不了许多。你倒是告诉买办，叫他多多做些小冷布口袋儿，一嘟噜套上一个，又透风，又不遭塌。"婆子笑道："倒是姑娘说的是。我今年才管上，那里知道这个巧法儿呢。"因又笑着说道："今年果子虽遭踏了些，味儿倒好，不信摘一个姑娘尝尝。"袭人正色道："这那里使得。不但没熟吃不得，就是熟了，上头还没有供鲜，咱们倒先吃了。你是府里使老了的，难道连这个规矩都不懂了？"老祝忙笑道："姑娘说得是。我见姑娘很喜欢，我才敢这么说，可就把规矩错了，我可是老糊涂了。"袭人道："这也没有什么。只是你们有年纪的老奶奶们，别先领着头儿这么着就好了。"说着遂一径出了园门，来到凤姐这边。

一到院里，只听凤姐说道："天理良心，我在这屋里熬的越发成了贼了。"袭人听见这话，知道有原故了，又不好回来，又不好进去，遂把脚步放重些，隔着窗子问道："平姐姐在家里呢么？"平儿忙答应着迎出来。袭人便问："二奶奶也在家里呢么，身上可大安了？"说着，已走进来。

凤姐装着在床上歪着呢，见袭人进来，也笑着站起来，说："好些了，叫你惦着。怎么这几日不过我们这边坐坐？"袭人道："奶奶身上欠安，本该天天过来请安才是。但只怕奶奶身上不爽快，倒要静静儿的歇歇儿，我们来了，倒吵的奶奶烦。"凤姐笑道："烦是没的话。倒是宝兄弟屋里虽然人多，也就靠着你一个照看他，也实在的离不开。我常听见平儿告诉我，说你背地里还惦着我，常常问我。这就是你尽心了。"一面说着，叫平儿挪了张杌子放在床边，让袭人坐下。

袭人知道分寸，不贸然进屋，进屋后只问安致意绝不涉其他；而凤姐也只好暂时收敛，"装着在床上歪着"，"见袭人进来，也笑着站起来"客客气气"聊天"。这都是"做人"的功夫。

丰儿端进茶来，袭人欠身道："妹妹坐着罢。"一面说闲话儿。只见一个小丫头子在外间屋里悄悄的和平儿说："旺儿来了。在二门上伺候着呢。"又听见平儿也悄悄的道："知道了。叫他先去，回来再来，别在门口儿站着。"袭人知他们有事，又说了两句话，便起身要走。凤姐道："闲来坐坐，说说话儿，我倒开心。"因命平儿："送送你妹妹。"平儿答应着送出来。只见两三个小丫头子，都在那里屏声息气齐齐的伺候着。袭人不知何事，便自去了。

"只听""只见""又听见"，凤姐处的状况都从袭人的视角写出。读者只能从袭人的所听所见获得信息，虽属点滴，也急不得。互见互评之法，妙！

却说平儿送出袭人，进来回道："旺儿才来了，因袭人在这里，我叫他先到外头等等儿，这会子还是立刻叫他呢，还是等着？请奶奶的示下。"凤姐道："叫他来。"平儿忙叫小丫头去传旺儿进来。这里凤姐又问平儿："你到底是怎么听见说的？"平儿道："就是头里那小丫头子的话。他说他在二门里头听见外头两个小厮说：'这个新二奶奶比咱们旧二奶奶还俊呢，脾气儿也好。'不知是旺儿是谁，吆喝了两个一顿，说：'什么新奶奶旧奶奶的，还不快悄悄儿的呢，叫里头知道了，把你的舌头还割了呢。'"平儿正说着，只见一个小丫头进来回说："旺儿在外头伺候着呢。"凤姐听了，冷笑了一声说："叫他进来。"那小丫头出来说："奶奶叫呢。"旺儿连忙答应着进来。

第一个向凤姐打报告的是平儿。作为贴身丫头，平儿听到不利于凤姐的消息而打报告，只是"忠诚"，未必有害人之心。但最后二姐死于凤姐之手，平儿作何感想？

凤姐一声"叫他来"，"讯家童"开始。

旺儿请了安，在外间门口垂手侍立。凤姐儿道："你过来，我问你话。"旺儿才走到里间门旁站着。凤姐儿道："你二爷在单刀直入，直奔主题。

旺儿立马把兴儿交待出来。也难说是"出卖"朋友。

做奴才的连"人"都做不成，怎么保持自己的"良心"？一仆二主，而二主不和，奴才只能随风倒。

凤姐连叹三个"好"，是愤怒，更是"伤心"。

其实，贾琏所作所为与兴儿何干，兴儿只是听命"服务"而已。怎么是"你和你爷办的好事"？

先扣一顶大的罪名，再退一步，哄兴儿交代实情。软硬兼施，刚柔相济，凤姐"审案"也有一手。

兴儿不按凤姐指示出牌，凤姐暴怒。而让被审人自打嘴巴，不知道是否属于"国粹"。

外头弄了人，你知道不知道？"旺儿又打着千儿回道："奴才天天在二门上听差事，如何能知道二爷外头的事呢。"凤姐冷笑道："你自然不知道。你要知道，你怎么拦人呢。"旺儿见这话，知道刚才的话已经走了风了，料着瞒不过，便又跪回道："奴才实在不知。就是头里兴儿和喜儿两个人在那里混说，奴才吆喝了他们两句。内中深情底里奴才不知道，不敢妄回。求奶奶问兴儿，他是长跟二爷出门的。"

凤姐听了，下死劲啐了一口，骂道："你们这一起没良心的混帐忘八崽子！都是一条藤儿，打量我不知道呢。先去给我把兴儿那个忘八崽子叫了来，你也不许走。问明白了他，回来再问你。好，好，好，这才是我使出来的好人呢！"那旺儿只得连声答应几个是，磕了个头爬起来出去，去叫兴儿。

却说兴儿正在帐房儿里和小厮们玩呢，听见说二奶奶叫，先唬了一跳，却也想不到是这件事发作了，连忙跟着旺儿进来。旺儿先进去，回说："兴儿来了。"凤姐儿厉声道："叫他来！"那兴儿听见这个声音儿，早已没了主意了，只得乍着胆子进来。凤姐儿一见，便说："好小子啊！你和你爷办的好事啊！你只实说罢！"兴儿一闻此言，又看见凤姐儿气色及两边丫头们的光景，早唬软了，不觉跪下，只是磕头。

凤姐儿道："论起这事来，我也听见说不与你相干。但只你不早来回我知道，这就是你的不是了。你要实说了，我还饶你；再有一字虚言，你先摸摸你腔子上几个脑袋瓜子！"兴儿战兢兢的朝上磕头道："奶奶问的是什么事，奴才同爷办坏了？"凤姐听了，一腔火都发作起来，喝命："打嘴巴！"旺儿过来才要打时，凤姐儿骂道："什么糊涂忘八崽子！叫他自己打，用你打吗？一会子你再各人打你那嘴巴子还不迟呢。"那兴儿真个自己左右开弓打了自己十几个嘴巴。凤姐儿喝声"站住"，问道："你二爷外头娶了什么新奶奶旧奶奶的事，你大概不知道啊。"

兴儿见说出这件事来，越发着了慌，连忙把帽子抓下来在砖地上咕咚咕咚碰的头山响，口里说道："只求奶奶超生，奴才再不敢撒一个字儿的谎。"凤姐道："快说！"兴儿直蹶蹶的跪起来回道，"这事头里奴才也不知道。就是这一天，东府里大老爷送了殡，俞禄往珍大爷庙里去领银子。二爷同着蓉哥儿到了东府里，道儿上爷儿两个说起珍大奶奶那边的二位姨奶奶来。二爷夸他好，蓉哥儿哄着二爷，说把二姨奶奶说给二爷。"凤姐听到这里，使劲啐道："呸！没脸的忘八蛋！他是你那一门子的姨奶奶！"

兴儿忙又磕头说："奴才该死！"往上瞅着，不敢言语。凤姐儿道："完了吗？怎么不说了？"兴儿方才又回道："奶奶恕奴才，奴才才敢回。"凤姐啐道："放你妈的屁，这还什么恕不恕了。你好生给我往下说，好多着呢。"兴儿又回道："二爷听见这个话就喜欢了。后来奴才也不知道怎么就弄真了。"凤姐微微冷笑道："这个自然么，你可那里知道呢！你知道的只怕都烦了呢。是了，说底下的罢！"兴儿回道："后来就是蓉哥儿给二爷找了房子。"凤姐忙问道："如今房子在那里？"兴儿道："就在府后头。"凤姐儿道："哦。"回头瞅着平儿道："咱们都是死人哪。你听听！"平儿也不敢作声。

兴儿又回道："珍大爷那边给了张家不知多少银子，那张家就不问了。"凤姐道："这里头怎么又扯拉上什么张家李家咧呢？"兴儿回道："奶奶不知道，这二奶奶……"刚说到这里，又自己打了个嘴巴，把凤姐儿倒怄笑了。两边的丫头也都抿着嘴儿笑。兴儿想了想，说道："那珍大奶奶的妹子……"凤姐儿接着道："怎么样？快说呀！"兴儿道："那珍大奶奶的妹子原来从小儿有人家的，姓张，叫什么张华，如今穷的待好讨饭。珍大爷许了他银子，他就退了亲了。"

凤姐儿听到这里，点了点头儿，回头便望丫头们说道："你们都听见了？小忘八崽子，头里他还说他不知道呢！"兴儿又回道："后来二爷才叫人裱糊了房子，娶过来了。"凤姐道："打那里娶过来的？"兴儿回道："就在他老娘家抬过来的。"凤姐道："好

开始交代。先说事情的缘起：贾敬送殡之日，贾琏、贾蓉相谋。说"蓉哥儿哄着二爷"，第一罪人是贾蓉。

继续交代：此事成真。房子是贾蓉帮找的，"就在府后头"，这一条重要。

偏又交代出给"张家"银子的事。这里的底细，兴儿未必真知道——也不能说绝对不知道，但不说出这一条，凤姐的官司就不好打了。小说要情节发展，不得不如此。

这一"点头"，是凤姐抓到可用之机了。凤姐也"懂法"，但她并不依法行事，只是利用"法条"达到自己的目的。

再问迎娶细节：整个宁府，特别是尤氏、贾蓉，全参与其中，这就让凤姐明确了"报复"的对象。

罢咧。"又问："没人送亲么？"兴儿道："就是蓉哥儿。还有几个丫头老婆子们，没别人。"凤姐道："你大奶奶没来吗？"兴儿道："过了两天，大奶奶才拿了些东西来瞧的。"凤姐儿笑了一笑，回头向平儿道："怪道那两天二爷称赞大奶奶不离嘴呢。"掉过脸来又问兴儿，"谁服侍呢？自然是你了。"兴儿赶着碰头不言语。

凤姐又问："前头那些日子说给那府里办事，想来办的就是这个了。"兴儿回道："也有办事的时候，也有往新房子里去的时候。"凤姐又问道："谁和他住着呢。"兴儿道："他母亲和他妹子。昨儿他妹子各人抹了脖子了。"凤姐道："这又为什么？"兴儿随将柳湘莲的事说了一遍。凤姐道："这个人还算造化高，省了当那出名儿的忘八。"因又问道："没了别的事了么？"兴儿道："别的事奴才不知道。奴才刚才说的字字是实话，一字虚假，奶奶问出来只管打死奴才，奴才也无怨的。"

凤姐低了一回头，便又指着兴儿说道："你这个猴儿崽子就该打死。这有什么瞒着我的？你想着瞒了我，就在你那糊涂爷跟前讨了好儿了，你新奶奶好疼你。我不看你刚才还有点怕惧儿，不敢撒谎，我把你的腿不给你砸折了呢。"说着喝声，"起去。"兴儿磕了个头，才爬起来，退到外间门口，不敢就走。凤姐道："过来，我还有话呢。"兴儿赶忙垂手敬听。凤姐道："你忙什么，新奶奶等着赏你什么呢？"兴儿也不敢抬头。

凤姐道："你从今日不许过去。我什么时候叫你，你什么时候到。迟一步儿，你试试！出去罢。"兴儿忙答应几个"是"，退出门来。凤姐又叫道："兴儿！"兴儿赶忙答应回来。凤姐道："快出去告诉你二爷去，是不是啊？"兴儿回道："奴才不敢。"凤姐道："你出去提一个字儿，隄防你的皮！"兴儿连忙答应着才出去了。

凤姐又叫："旺儿呢？"旺儿连忙答应着过来。凤姐把眼直瞪瞪的瞅了两三句话的工夫，才说道："好旺儿，很好，去罢！外头有人提一个字儿，全在你身上。"旺儿答应着也出去了。

凤姐便叫倒茶。小丫头子们会意，都出去了。这里凤姐才和平儿说："你都听见了？这才好呢。"平儿也不敢答言，只好陪笑儿。凤姐越想越气，歪在枕上只是出神，忽然眉头一皱，计上心来，便叫："平儿来。"平儿连忙答应过来。凤姐道："我想这件事竟该这么着才好。也不必等你二爷回来再商量了。"未知凤姐如何办理，下回分解。

凤姐这"计上心来"，预示着一场腥风血雨。

对此用语，张俊、沈治钧评："忽用稗官熟语，是作者故作诙谐，凤姐实已成竹在胸，二姐死期不远矣。"

【回后评】

此回书重要的内容是写两个女人各自的"战斗"：凤姐为垄断贾琏之宠而战，宝钗为实现"金玉良缘"而战。一个是手持利刃，即使藏在背后，作者也让你看到那刀的寒光；一个手捧糖果，作者不说那是真的营养佳品还是糖衣炮弹，只是用各种方法提醒读者：仔细看！

宝钗的人生哲学就是"好风凭借力，送我上青云"（见七十回）。她要上的"青云"是什么？原本是进京待选公主、郡主的陪侍，充为才人、赞善之职的，这一招失败，她（还有她的母亲）就把"金玉良缘"作为奋斗目标了。她"凭借"的"好风"又是什么呢？一是万贯家财，一是与贾府掌权者王夫人的特殊关系。

有钱有物有关系，还得会开销会利用。商家出身的宝钗，的确有商人的基因。商人的每一笔支出都是为了交易，都是"投资"，都是要回报的。我们不妨回看一下她主动出资为湘云办"螃蟹宴"的事。第三十七回，史湘云要单独举办一场诗社活动，宝钗就说："既开社，便要作东。虽然是玩意儿，也要瞻前顾后，又要自己便宜，又要不得罪了人，然后方大家有趣。"这"又要自己便宜，又要不得罪了人"，就是典型的生意经。正是本着这样的"原则"，她为湘云"出资"办了个轰轰烈烈的螃蟹宴。结果自然是"大家有趣"，湘云感激涕零。而湘云并不贪天功为己有，她告诉老太太"这是宝姐姐帮着我预备的"。老太太说："我

说这个孩子细致，凡事想的妥当。"好！一箭三雕，宝钗不愧是善于经营的投资人。

再看本回书所写。薛蟠从南方买回一些土特产、小玩意儿，宝钗"将那些玩意儿一件一件的过了目，除了自己留用之外，一分一分配合妥当，也有送笔墨纸砚的，也有送香袋扇子香坠的，也有送脂粉头油的，有单送顽意儿的。只有黛玉的比别人不同，且又加厚一倍。一一打点完毕，使莺儿同着一个老婆子，跟着送往各处。"结果自然是"姊妹诸人都收了东西，赏赐来使，说见面再谢"。还不止此，作者还特地写了一笔赵姨娘。她见宝钗送了贾环些东西，心中甚是喜欢，就想道："怨不得别人都说那宝丫头好，会做人，很大方，如今看起来果然不错。他哥哥能带了多少东西来，他挨门儿送到，并不遗漏一处，也不露出谁薄谁厚，连我们这样没时运的，他都想到了。若是那林丫头，他把我们娘儿们正眼也不瞧，那里还肯送我们东西？"作者写这一段文字，与其说是为了恶心这位姨娘，倒不如说是为了强化宝钗"投资"的效果：人们得到宝钗的好处时，常会自然地与黛玉作对比，褒钗而贬黛就成了"舆论"。这正是宝钗所要的。实际上，宝钗到贾府不久（第五回），就有了这样的"对比"：宝钗"不比黛玉孤高自许，目下无尘，故比黛玉大得下人之心"。宝钗在背后下了多少功夫，由此可见一斑，而作者难以一一写出。

特别值得注意的是，作者写宝钗此次的"投资"是在三姐自杀、湘莲失踪之后。如果说"投资"行为看上去是"热"——热情热烈热心肠，那么她对三姐、湘莲就是"冷"——冷面冷血冷心肠。对宝钗的这种冷，论者，不管是贬钗派还是挺钗派，无不讶异感叹。

洪秋蕃评："尤三姐自刎，柳湘莲失踪，闻者无不骇然，独宝钗听了，并不在意，若非矫情镇物，即是天下忍人。"

蔡义江评："平时关心别人冷暖的宝钗，对一个自刎一个出家倒不在意，也是想不到的。"

张俊、沈治钧评："此写宝钗之冷，出乎常情。""陈其泰斥其'真是无情之尤'。"

王蒙评："为何如此不在意？连好奇心都没有了吗？""不仅冷面冷心，而且冷血了。""刚说过她'艳冠群芳'，如何又用春秋笔法贬损之？"

所谓"想不到"，所谓"出乎常情"，是因为没有把握住宝钗这个形象的本质特征。在作者笔下，宝钗就是"天下忍人"。所不同的是，她有美艳的外貌、诱人的芳姿，更有商人市侩的遗传基因，善观察，有心机，会"做人"。她的奋斗目标是明确的，手段是多样的，意志是坚定的。所谓"金钗雪里埋"，就是对其性格的形象概括：金钗，美而冷，且埋于雪中，难见其真面目也。

这里，作者先极写宝钗之"冷"，再极写其"热"——"冷""热"并存，是人格分裂吗？你能相信这"热"是真慷慨真体贴吗？"刚说过她'艳冠群芳'，如何又用春秋笔法贬损之？"这不难理解。这种不动声色的"对比"，乃是作者发给读者的警号。如果对如此强烈的警号都视而不见或仅仅以"想不到"忽略过去，就太可惜了。

再说凤姐。按照当时的法律及社会习俗，一个男人三妻六妾是"正常"的。但凤姐是个醋坛子，她是卧榻之旁岂容他人鼾睡，只有一个平儿，还看得紧紧的呢。所以当她闻知贾琏在外边有了"小三儿"，就怒火中烧了。不过，她又不是浅薄鲁莽的人。她调查研究，摸清底数，"计上心来"：不仅要除掉小三儿，还要从中牟利。这一回书还只是她战斗的序幕，真正的战斗还在下回。

第六十八回

苦尤娘赚入大观园
酸凤姐大闹宁国府

余读《左氏》见郑庄，读《后汉》见魏武，谓古之大奸巨滑，惟此为最。今读《石头记》，又见凤姐作威作福，用柔用刚，占步高，留步宽，杀得死，救得活。天生此等人，所丧元气不少。

凤姐大闹宁国府，贾蓉跪地告哀情

上回书说到那凤姐"计上心来",此回书就是她按"计"而行的展开。回目中之"赚"字,音 zuàn,义为"欺骗"。一个"赚"一个"闹",是此回书的纲领。

先是"赚"。她闻知二姐之事后,不是直接撒泼大闹,而是乘贾琏外出之机,素服拜访,谦恭执礼,花言巧语,赚得二姐信任,让她搬入了大观园。从此,二姐之身,连同她所有的财物,包括贾琏的"梯己",都被凤姐牢牢控制了。凤姐又用自己的人换掉二姐原来的丫鬟,并指使她想法折磨二姐:不过三天,日用不供了,连饭食都早一顿、晚一顿,所拿来之物,皆是剩的了。二姐只有忍。

凤姐那边,查清了二姐退婚张华的底细,决定大闹一场,"大家没脸"。于是收买张华,唆使他去告状,就告贾琏"国孝家孝之中,背旨瞒亲,仗财依势,强逼退亲,停妻再娶"等等。都察院见状,不敢传唤贾琏,只拿小厮旺儿问话。那张华又按凤姐之意把贾蓉牵扯出来。察院要传贾蓉;凤姐又传话托察院,只要虚张声势警唬而已,又拿了三百银子去打点。

贾蓉一听察院传他问案,即刻封了二百银子着人去打点,又命家人去对词。正商议之间,凤姐就打上门来"大闹"了:

见到尤氏,那凤姐照脸就啐了一口,接着开骂:什么国孝家孝两重在身,就把个人送来了。什么这会子被人家告我们,如今指名提我,要休我——我不得已偷把太太的五百两银子去打点了。一面说,一面大哭,拉着尤氏,只要去见官。一面又骂贾蓉,哭骂着还扬手就打。凤姐儿滚到尤氏怀里,嚎天动地,大放悲声,又要寻死撞头。把个尤氏揉搓成一个面团,衣服上全是眼泪鼻涕。尤氏无可奈何,贾蓉则自打嘴巴,磕头不绝,只求凤姐能把官司了了。

至此,凤姐又转过了一副形容言谈来:反过来赔礼道歉,说"先把这官司按下去才好"。尤氏、贾蓉自然答应，五百两银子肯定送过去。

凤姐又说如何跟老太太、太太撒谎把二姐接进府去，尤氏、贾蓉直赞凤姐宽洪大量，足智多谋。凤姐回去对二姐说——她怎么操心，怎么设法子，须得如此如此方救下众人无罪，等等，为进一步整治二姐布下罗网。这一回书把凤姐的"太聪明"表现得淋漓尽致。

话说贾琏起身去后，偏值平安节度巡边在外，约一个月方回。贾琏未得确信，只得住在下处等候。及至回来相见，将事办妥，回程已是将两个月的限了。

谁知凤姐心下早已算定，只待贾琏前脚走了，回来便传各色匠役，收拾东厢房三间，照依自己正室一样装饰陈设。至十四日便回明贾母王夫人，说十五日一早要到姑子庙进香去。只带了平儿、丰儿、周瑞媳妇、旺儿媳妇四人，未曾上车，便将原故告诉了众人。又吩咐众男人，素衣素盖，一径前来。

兴儿引路，一直到了二姐门前扣门。鲍二家的开了。兴儿笑说："快回二奶奶去，大奶奶来了。"鲍二家的听了这句，顶梁骨走了真魂，忙飞进报与尤二姐。尤二姐虽也一惊，但已来了，只得以礼相见，于是忙整衣迎了出来。至门前，凤姐方下车进来。尤二姐一看，只见头上皆是素白银器，身上月白缎袄，青缎披风，白绫素裙。眉弯柳叶，高吊两梢，目横丹凤，神凝三角。俏丽若三春之桃，清素若九秋之菊。周瑞旺儿二女人搀入院来。尤二姐陪笑忙迎上来万福，张口便叫："姐姐下降，不曾远接，望恕仓促之罪。"说着便福了下来。凤姐忙陪笑还礼不迭。二人携手同入室中。

站在"制高点"上，一举数得。张俊、沈治钧评："以惑二姐之心，以塞贾琏之口，以障众人之目，以博贤德之名，凤姐可谓处心积虑。"

素衣素盖，以示"国孝家孝"之礼。

兴儿早已被降服，成为"引路人"。口称二姐为"奶奶"以示"尊重"，显系凤姐所命。

从二姐眼中写出"素服"之具体形制。并非凶神恶煞，"俏丽""清洁"是她对凤姐之第一印象。

行礼如仪，还"携手"入室，和谐，融洽。

凤姐上座，尤二姐命丫鬟拿褥子来便行礼，说："奴家年轻，一从到了这里，诸事皆系家母和家姐商议主张。今日有幸相会，若姐姐不弃奴家寒微，凡事求姐姐的指示教训。奴亦倾心吐胆，只服侍姐姐。"说着，便行下礼去。

不小心把尤氏卖到里头了。

凤姐儿忙下座以礼相还，口内忙说："皆因奴家妇人之见，一味劝夫慎重，不可在外眠花卧柳，恐惹父母担忧。此皆是你我之痴心，怎奈二爷错会奴意。眠花宿柳之事瞒奴或可；今娶姐姐二房之大事亦人家大礼，亦不曾对奴说。奴亦曾劝二爷早行此礼，以备生育。不想二爷反以奴为那等嫉妒之妇，私自行此大事，并不说知。使奴有冤难诉，惟天地可表。前于十日之先奴已风闻，恐二爷不乐，遂不敢先说。今可巧远行在外，故奴家亲自拜见过，还求姐姐下体奴心，起动大驾，挪至家中。你我姊妹同居同处，彼此合心谏劝二爷，慎重世务，保养身体，方是大礼。若姐姐在外，奴在内，虽愚贱不堪相伴，奴心又何安。再者，使外人闻知，亦甚不雅观。二爷之名也要紧，倒是谈论奴家，奴亦不怨。所以今生今世奴之名节全在姐姐身上。那起下人小人之言，未免见我素日持家太严，背后加减些言语，自是常情。姐姐乃何等样人物，岂可信真。若我实有不好之处，上头三层公婆，中有无数姊妹妯娌，况贾府世代名家，岂容我到今日。今日二爷私娶姐姐在外，若别人则怒，我则以为幸。正是天地神佛不忍我被小人们诽谤，故生此事。我今来求姐姐进去和我一样同居同处，同分同例，同侍公婆，同谏丈夫。喜则同喜，悲则同悲；情似亲妹，和比骨肉。不但那起小人见了，自悔从前错认了我；就是二爷来家一见，他作丈夫之人，心中也未免暗悔。所以姐姐竟是我的大恩人，使我从前之名一洗无馀了。若姐姐不随奴去，奴亦情愿在此相陪。奴愿作妹子，每日服侍姐姐梳头洗面。只求姐姐在二爷跟前替我好言方便方便，容我一席之地安身，奴死也愿意。"说着，便呜呜咽咽哭将起来。尤二姐见了这般，也不免滴下泪来。

一段说辞，正反利害，有情有理，周全而恳切，不由二姐不信、不服。

二人对见了礼，分序坐下。平儿忙也上来要见礼。尤二姐见他打扮不凡，举止品貌不俗，料定是平儿，连忙亲身挽住，只叫"妹子快休如此，你我是一样的人。"凤姐忙也起身笑说："折死他了！妹子只管受礼，他原是咱们的丫头。以后快别如此。"说着，又命周瑞家的从包袱里取出四匹上色尺头，四对金珠簪环为拜礼。尤二姐忙拜受了。

贬低平儿，献上拜礼，用"实际行动"赢得二姐信任。

二人吃茶，对诉已往之事。凤姐口内全是自怨自错，"怨不得别人，如今只求姐姐疼我"等语。尤二姐见了这般，便认作他是个极好的人，小人不遂心诽谤主子亦是常理，故倾心吐胆，叙了一回，竟把凤姐认为知己。又见周瑞家的等媳妇在旁边称扬凤姐素日许多善政，只是吃亏心太痴了，惹人怨；又说："已经预备了房屋，奶奶进去一看便知。"

写出凤姐一番表演的"效果"：二姐"竟把凤姐认为知己"。一个"竟"字，透露出作者的态度。而"周瑞家的等媳妇"再从旁"印证"，不容二姐有丝毫怀疑。

尤氏心中早已要进去同住方好，今又见如此，岂有不允之理，便说："原该跟了姐姐去，只是这里怎样？"凤姐儿道："这有何难，姐姐的箱笼细软只管着小厮搬了进去。这些粗笨货要他无用，还叫人看着。姐姐说谁妥当就叫谁在这里。"尤二姐忙说："今日既遇见姐姐，这一进去，凡事只凭姐姐料理。我也来的日子浅，也不曾当过家，世事不明白，如何敢作主。这几件箱笼拿进去罢。我也没有什么东西，那也不过是二爷的。"凤姐听了，便命周瑞家的记清，好生看管着抬到东厢房去。

把自己交出去了，也把贾琏给的"梯己"交出去了，从此堕入牢笼。

于是催着尤二姐穿戴了，二人携手上车，又同坐一处，又悄悄的告诉他："我们家的规矩大。这事老太太一概不知，倘或知二爷孝中娶你，管把他打死了。如今且别见老太太、太太。我们有一个花园子极大，姊妹住着，容易没人去的。你这一去且在园里住两天，等我设个法子回明白了，那时再见方妥。"尤二姐道："任凭姐姐裁处。"那些跟车的小厮们皆是预先说明的，如今不去大门，只奔后门而来。

又不住进"东厢房"，而是寄住园内。这是凤姐事先策划好的。不让老太太、太太知道，她才能把二姐严密控制起来。至此，二姐也只能"任凭姐姐裁处"了。

下了车，赶散众人。凤姐便带尤氏进了大观园的后门，来到李纨处相见了。彼时大观园中十停人已有九停人知道了，今忽见凤姐带了进来，引动多人来看问。尤二姐一一见过。众人见他标致和悦，无不称扬。凤姐一一的吩咐了众人："都不许在外走了风声，若老太太、太太知道，我先叫你们死。"园中婆子丫鬟都素惧凤姐的，又系贾琏国孝家孝中所行之事，知道关系非常，都不管这事。凤姐悄悄的求李纨收养几日，"等回明了，我们自然过去的。"李纨见凤姐那边已收拾房屋，况在服中，不好倡扬，自是正理，只得收下权住。凤姐又变法将他的丫头一概退出，又将自己的一个丫头送他使唤。暗暗吩咐园中媳妇们："好生照看着他。若有走失逃亡，一概和你们算帐。"自己又去暗中行事。合家之人都暗暗纳罕的说："看他如何这等贤惠起来了。"

那尤二姐得了这个所在，又见园中姊妹各各相好，倒也安心乐业的自为得其所矣。谁知三日之后，丫头善姐便有些不服使唤起来。尤二姐因说："没了头油了，你去回声大奶奶拿些来。"善姐便道："二奶奶，你怎么不知好歹没眼色。我们奶奶天天承应了老太太，又要承应这边太太那边太太。这些妯娌姊妹，上下几百男女，天天起来，都等他的话。一日少说，大事也有一二十件，小事还有三五十件。外头的从娘娘算起，以及王公侯伯家多少人情客礼，家里又有这些亲友的调度。银子上千钱上万，一日都从他一个手一个心一个口里调度，那里为这点子小事去烦琐他。我劝你能【忍】着些儿罢。咱们又不是明媒正娶来的，这是他亘古少有一个贤良人才这样待你，若差些儿的人，听见了这话，吵嚷起来，把你丢在外，死不死，活不活，你又敢怎样呢！"一席话，说的尤氏垂了头，自为有这一说，少不得将就些罢了。

那善姐渐渐连饭也怕端来与他吃，或早一顿，或晚一顿，所拿来之物，皆是剩的。尤二姐说过两次，他反先乱叫起来。尤二姐又怕人笑他不安分，少不得忍着。隔上五日八日见凤姐一面，那凤姐却是和容悦色，满嘴里姐姐不离口。又说："倘有下人不到之处，你降不住他们，只管告诉我，我打他们。"又骂丫头媳

李纨无奈接收，无形中成了"共犯"。撤换丫鬟，是虐杀二姐的第一步。

凤姐"暗中行事"，何所作为？

好日子刚过三天，噩梦就开始了。贾府人事大权在凤姐手中，安排亲信，控制对手，是"兵家"平常手段。

"善姐"不善，正如称某人"贤"者不贤。此人话锋之犀利，颇有几分像凤姐。凤姐用人，当是精心挑选得力干将。

妇说："我深知你们，软的欺，硬的怕，背开我的眼，还怕谁。倘或二奶奶告诉我一个不字，我要你们的命。"尤氏见他这般的好心，思想，"既有他，何必我又多事。下人不知好歹，也是常情。我若告了，他们受了委屈，反叫人说我不贤良。"因此反替他们遮掩。

既如此严厉，二姐反不好"告状"了。二姐的善良与忍让被利用了。

凤姐一面使旺儿在外打听细事，这尤二姐之事皆已深知。原来已有了婆家的，女婿现在才十九岁，成日在外嫖赌，不理生业，家私花尽，父亲撵他出来，现在赌钱场存身。父亲得了尤婆十两银子退了亲的，这女婿尚不知道。原来这小伙子名叫张华。凤姐都一一尽知原委，便封了二十两银子与旺儿，悄悄命他将张华勾来养活，着他写一张状子，只管往有司衙门中告去，就告琏二爷"国孝家孝之中，背旨瞒亲，仗财依势，强逼退亲，停妻再娶"等语。这张华也深知利害，先不敢造次。

这就是她的"暗中行事"。她站在法律、道德的制高点上给贾琏定罪，22个字，证据确凿，无可辩驳，这是她的"聪明"；但她不是以此"伸张正义"，而是以此为据兴风作浪，泄愤谋私，这就是她的"阴毒"。

旺儿回了凤姐，凤姐气的骂："癞狗扶不上墙的种子。你细细的说给他，便告我们家谋反也没事的。不过是借他一闹，大家没脸。若告大了，我这里自然能够平息的。"旺儿领命，只得细说与张华。凤姐又吩咐旺儿："他若告了你，你就和他对词去。"如此如此，这般这般，"我自有道理。"旺儿听了有他做主，便又命张华状子上添上自己，说："你只告我来往过付，一应调唆二爷做的。"张华便得了主意，和旺儿商议定了，写了一纸状子，次日便往都察院喊了冤。

"便告我们家谋反也没事的"，不过"借他一闹"：她了解衙门的腐败，确信自家的权势。这"聪明"变成阴毒，就是拿司法诉讼当工具，甚至当儿戏。

察院坐堂看状，见是告贾琏的事，上面有家人旺儿一人，只得遣人去贾府传旺儿来对词。青衣【衙役】不敢擅入，只命人带信。那旺儿正等着此事，不用人带信，早在这条街上等候。见了青衣，反迎上去笑道："起动众位兄弟，必是兄弟的事犯了。说不得，快来套上。"众青衣不敢，只说："你老去罢，别闹了。"于是来至堂前跪了。

别说"传"贾琏，察院衙役对贾府奴才都称"你老"，见得贾府势力之大。难怪凤姐敢于"闹"。

察院命将状子与他看。旺儿故意看了一遍，碰头说道："这事小的尽知，小的主人实有此事。但这张华素与小的有仇，故意攀扯小的在内。其中还有别人，求老爷再问。"张华碰头说："虽还有人，小的不敢告他，所以只告他下人。"旺儿故意急的说："糊涂东西，还不快说出来！这是朝廷公堂之上，凭是主子，也要说出来。"张华便说出贾蓉来。

凤姐本意就是让宁府"无脸"，所以让张华说出贾蓉来。

察院听了无法，只得去传贾蓉。凤姐又差了庆儿暗中打听，告了起来，便忙将王信唤来，告诉他此事，命他托察院只虚张声势警唬而已，又拿了三百银子与他去打点。是夜王信到了察院私第，安了根子。那察院深知原委，收了赃银。次日回堂，只说张华无赖，因拖欠了贾府银两，枉捏虚词，诬赖良人。都察院又素与王子腾相好，王信也只到家说了一声，况是贾府之人，巴不得了事，便也不提此事，且都收下，只传贾蓉对词。

凤姐敢于"告状"，底气一半源于"都察院又素与王子腾相好"。如此，再加上银子"打点"，贾琏无事，而贾蓉反陷入官司，而下面的"见官"之说就不是空话了。

且说贾蓉等正忙着贾珍之事，忽有人来报信，说有人告你们如此如此，这般这般，快作道理。贾蓉慌了，忙来回贾珍。贾珍说："我防了这一着，只亏他大胆子。"即刻封了二百银子着人去打点察院，又命家人去对词。正商议之间，人报："西府二奶奶来了。"贾珍听了这个，倒吃了一惊，忙要同贾蓉藏躲。不想凤姐进来了，说："好大哥哥，带着兄弟们干的好事！"贾蓉忙请安，凤姐拉了他就进来。贾珍还笑说："好生伺候你姑娘，吩咐他们杀牲口备饭。"说了，忙命备马，躲往别处去了。

宁府陷入官司，只得拿银子"打点"。官司未了，凤姐就打上门来了。

这里凤姐儿带着贾蓉走来上房，尤氏正迎了出来，见凤姐气色不善，忙笑说："什么事情这等忙？"凤姐照脸一口吐沫啐道："你尤家的丫头没人要了，偷着只往贾家送！难道贾家的人都是好的，普天下死绝了男人了！你就愿意给，也要三媒六证，大家说明，成个体统【规矩，体面】才是。你痰迷了心，脂油蒙了窍，国孝家孝两重在身，就把个人送来了。这会子被人家告我们，我又是个没脚蟹，连官场中都知道我利害吃醋，如今指名提我，要休我。我来了你家，干错了什么不是，你这等害我？或是老太太、太太有了话在你心里，使你们做这圈套，要挤我出去。

凤姐之"闹"，从"啐"开始，透着野蛮污秽；其"闹"不是"胡闹"，而是"聪明"的闹。审其话语，居高临下，步步紧逼，极富杀伤力。

王希廉评："先为轻贱之言以辱之，继为捏造之言以诬之，终为撒赖之言以逼之，何口锋之利乃尔，吾愿终身不见其人也。"

如今咱们两个一同去见官，分证明白。回来咱们公同请了合族中人，大家觌【dí，见】面说个明白。给我休书，我就走路。”一面说，一面大哭，拉着尤氏，只要去见官。急的贾蓉跪在地下碰头，只求："姑娘婶子息怒。"

凤姐儿一面又骂贾蓉："天雷劈脑子五鬼分尸的没良心的种子！不知天有多高，地有多厚，成日家调三窝四，干出这些没脸面没王法败家破业的营生。你死了的娘阴灵也不容你，祖宗也不容，还敢来劝我！”哭骂着扬手就打。贾蓉忙磕头有声说："婶子别动气，仔细手，让我自己打。婶子别生气。"说着，自己举手左右开弓自己打了一顿嘴巴子，又自己问着自己说："以后可再顾三不顾四的混管闲事了？以后还单听叔叔的话不听婶子的话了？”众人又是劝，又要笑，又不敢笑。

凤姐儿滚到尤氏怀里，嚎天动地，大放悲声，只说："给你兄弟娶亲我不恼。为什么使他违旨背亲，将混帐名儿给我背着？咱们只去见官，省得捕快皂隶来拿。再者咱们只过去见了老太太、太太和众族人，大家公议了，我既不贤良，又不容丈夫娶亲买妾，只给我一纸休书，我即刻就走。你妹妹我也亲身接来家，生怕老太太、太太生气，也不敢回，现在三茶六饭金奴银婢的住在园里。我这里赶着收拾房子，和我一样的道理，只等老太太知道了。原说接过来大家安分守己的，我也不提旧事了。谁知又是有了人家的。不知你们干的什么事，我一概又不知道。如今告我，我昨日急了，纵然我出去见官，也丢的是你贾家的脸，少不得偷把太太的五百两银子去打点。如今把我的人还锁在那里。”说了又哭，哭了又骂，后来放声大哭起祖宗爹妈来，又要寻死撞头。把个尤氏揉搓成一个面团，衣服上全是眼泪鼻涕，并无别语，只骂贾蓉："孽障种子！和你老子作的好事！我就说不好的。"

凤姐儿听说，哭着两手搬着尤氏的脸紧对相问道："你发昏了？你的嘴里难道有茄子塞着？不然他们给你嚼子衔上了？为什么你不告诉我去？你若告诉了我，这会子平安不了？怎得经官动上面主要是威之以"法"，这里再责之以"理"。都是站在制高点上，令尤氏毫无还手之力。

府，闹到这步田地，你这会子还怨他们。自古说：'妻贤夫祸少，表壮不如里壮。'你但凡是个好的，他们怎得闹出这些事来！你又没才干，又没口齿，锯了嘴子的葫芦，就只会一味瞎小心图贤良的名儿。总是他们也不怕你，也不听你。"说着咔了几口。尤氏也哭道："何曾不是这样。你不信问问跟的人，我何曾不劝的，也得他们听。叫我怎么样呢，怨不得妹妹生气，我只好听着罢了。"

众姬妾丫鬟媳妇已是乌压压跪了一地，陪笑求说："二奶奶最圣明的。虽是我们奶奶的不是，奶奶也作践的够了。当着奴才们，奶奶们素日何等的好来，如今还求奶奶给留脸。"说着，捧上茶来。凤姐也掸了，一面止了哭挽头发，又喝骂贾蓉："出去请大哥哥来。我对面问他，亲大爷的孝才五七，侄儿娶亲，这个礼我竟不知道。我问问，也好学着日后教导子侄的。"贾蓉只跪着磕头，说："这事原不与父母相干，都是儿子一时吃了屎，调唆叔叔作的。我父亲也并不知道。如今我父亲正要商量接太爷出殡，婶子若闹起来，儿子也是个死。只求婶子责罚儿子，儿子谨领。这官司还求婶子料理，儿子竟不能干这大事。婶子是何等样人，岂不知俗语说的'胳膊只折在袖子里'。儿子糊涂死了，既作了不肖的事，就同那猫儿狗儿一般。婶子既教训，就不和儿子一般见识的，少不得还要婶子费心费力将外头的事压住了才好。原是婶子有这个不肖的儿子，既惹了祸，少不得委屈，还要疼儿子。"说着，又磕头不绝。

仍不肯罢休。追究贾珍，令尤氏、贾蓉反有求于她，享受了"揉搓"他人的快感，再来享受被求乞被谄媚的愉悦。

凤姐见他母子这般，也再难往前施展了，只得又转过了一副形容言谈来，与尤氏反陪礼说："我是年轻不知事的人，一听见有人告诉【提起诉讼】了，把我吓昏了，不知方才怎样得罪了嫂子。可是蓉儿说的'胳膊折了往袖子里藏'，少不得嫂子要体谅我。还要嫂子转替哥哥说了，先把这官司按下去才好。"尤氏贾蓉一齐都说："婶子放心，横竖一点儿连累不着叔叔。婶子方才说用过了五百两银子，少不得我娘儿们打点五百两银子与婶子送过去，好补上的，不然岂有反教婶子又添上亏空之名，越发我们

恶是真恶，善是伪善，而在二者之间转换自如，"聪明的阴毒"，恶中之恶也。

还是扣住"官司"说，得落实那五百两银子。

该死了。但还有一件，老太太，太太们跟前婶子还要周全方便，别提这些话方好。"

凤姐儿又冷笑道："你们饶压着我的头干了事，这会子反哄着我替你们周全。我虽然是个呆子，也呆不到如此。嫂子的兄弟是我的丈夫，嫂子既怕他绝后，我岂不比嫂子更怕他绝后。嫂子的令妹就是我的妹子一样。我一听见这话，连夜喜欢的连觉也睡不成，赶着传人收拾了屋子，就要接进来同住。倒是奴才小人的见识，他们倒说：'奶奶太好性了。若是我们的主意，先回了老太太、太太看是怎样，再收拾房子去接也不迟。'我听了这话，教我要打要骂的，才不言语。谁知偏不称我的意，偏打我的嘴，半空里又跑出一个张华来告了一状。我听见了，吓的两夜没合眼儿，又不敢声张，只得求人去打听这张华是什么人，这样大胆。打听了两日，谁知是个无赖的花子。我年轻不知事，反笑了，说：'他告什么？'倒是小子们说：'原是二奶奶许了他的。他如今正是急了，冻死饿死也是个死；现在有这个理他抓着，纵然死了，死的倒比冻死饿死还值些。怎么怨的他告呢。这事原是爷做的太急了。国孝一层罪，家孝一层罪，背着父母私娶一层罪，停妻再娶一层罪。俗语说："拚着一身剐，敢把皇帝拉下马。"他穷疯了的人，什么事作不出来，况且他又拿着这满理，不告等请不成。'嫂子说，我便是个韩信张良，听了这话，也把智谋吓回去了。你兄弟又不在家，又没个商议，少不得拿钱去垫补，谁知越使钱越被人拿住了刀靶，越发来讹。我是耗子尾巴上长疮——多少脓血儿？所以又急又气，少不得来找嫂子。"

尤氏贾蓉不等说完，都说："不必操心，自然要料理的。"贾蓉又道："那张华不过是穷急，故舍了命才告。咱们如今想了一个法儿，竟许他些银子，只叫他应了妄告不实之罪，咱们替他打点完了官司。他出来时再给他些个银子就完了。"凤姐儿笑道："好孩子，怨不得你顾一不顾二的作这些事出来。原来你竟糊涂。若你说得这话，他暂且依了，且打出官司来又得了银子，眼前自

为下一步收拾二姐创造条件。凤姐之"棋"，步步紧凑。

还要再给自己"圆谎"。凤姐说假话似乎无需思索，脸不红心不跳，流利不打奔儿，"假话之国"固有传承也。

掀起一场诉讼，唯一后遗症就是张华。这件事凤姐料得到是"聪明"，但把这收拾残局的责任推给宁府，就是"阴毒"。

然了事。这些人既是无赖之徒，银子到手一旦光了，他又寻事故讹诈。倘又叨登起来这事，咱们虽不怕，也终担心。搁不住他说既没毛病为什么反给他银子，终久是不了之局。"

贾蓉原是个明白人，听如此一说，便笑道："我还有个主意，'来是是非人，去是是非者'，这事还得我了才好。如今我竟去问张华个主意，或是他定要人，或是他愿意了事得钱再娶。他若说一定要人，少不得我去劝我二姨，叫他出来仍嫁他去；若说要钱，我们这里少不得给他。"凤姐儿忙道："虽如此说，我断舍不得你姨娘出去，我也断不肯使他去。好侄儿，你若疼我，只能可多给他钱为是。"贾蓉深知凤姐口虽如此，心却是巴不得只要本人出来，他却做贤良人。如今怎说怎依。

凤姐儿欢喜了，又说："外头好处了，家里终久怎么样？你也同我过去回明才是。"尤氏又慌了，拉凤姐讨主意如何撒谎才好。凤姐冷笑道："既没这本事，谁叫你干这事了。这会子又这个腔儿，我又看不上。待要不出个主意，我又是个心慈面软的人，凭人撮弄我，我还是一片痴心。说不得让我应起来。如今你们只别露面，我只领了你妹妹去与老太太、太太们磕头，只说原系你妹妹，我看上了很好。正因我不大生长，原说买两个人放在屋里的，今既见你妹妹很好，而又是亲上做亲的，我愿意娶来做二房。皆因家中父母姊妹新近一概死了，日子又艰难，不能度日，若等百日之后，无奈无家无业，实难等得。我的主意接了进来，已经厢房收拾了出来暂且住着，等满了服再圆房。仗着我不怕臊的脸，死活赖去，有了不是，也寻不着你们了。你们母子想想，可使得？"尤氏贾蓉一齐笑说："到底是婶子宽洪大量，足智多谋。等事妥了，少不得我们娘儿们过去拜谢。"尤氏忙命丫鬟们服侍凤姐梳妆洗脸，又摆酒饭，亲自递酒拣菜。

凤姐也不多坐，执意就走了。进园中将此事告诉与尤二姐，又说我怎么操心打听，又怎么设法子，须得如此如此方救下众人无罪，少不得我去拆开这鱼头，大家才好。不知端详，且听下回分解。

【 回后评 】

第五回曲词《聪明累》说凤姐"机关算尽太聪明，反误了卿卿性命"。聪明，是好事，越聪明越好。这个"太"，不是说程度，而是说性质。太，就是越界，就是变质。一变质，"聪明"就成了阴毒险恶。

戚序本回前评曰："凤姐作威作福，用柔用刚，占步高，留步宽，杀得死，救得活。天生此等人，斫伤元气不少。"本回书中，一"赚"一"闹"是凤姐的行动方针；而这一"赚"一"闹"恰是"太聪明"的两种表现形态。赚，得有心机，不然对手如何上当；闹，得有手段，得豁得出去，不然对手如何肯服。而且"赚"中有"闹"，"闹"中有"赚"，二者相辅相成，相得益彰。

凤姐，作为荣府的管家婆，"日理万机"，有条不紊，精明强干，确有过人之处。她倘把聪明劲儿都用在正道上，未尝不是贾府之幸。就说本回书，她的"聪明"就有多方面的表现。

一是注重调查研究，且能把握最有价值的信息。一旦听到贾琏偷娶的消息，她立即审讯跟随贾琏的两个小厮。当小厮交代到有关张华的事项时，凤姐就"点了点头儿"，因为这是事关国法的重要材料。为此，她又"暗中""使旺儿在外打听细事，这尤二姐之事皆已深知"。有事实为据，她才"导演"了那一场官司。

二是知己知彼，充分发挥自己的优势而利用对手的弱点。她深知：在贾府之内，上有贾母、王夫人娇宠袒护，下有众婆子媳妇畏惧服从，做起事来可以畅通无阻；在贾府之外，除了贾府的声势威力，更有王子腾在官场的人脉关系可以利用。她的对手，尤二姐柔弱孤栖，且有进入贾府的心理需求；而尤氏、贾蓉除了性格上的庸懦，还背负着怂恿贾琏"国孝家孝之中，背旨瞒亲，

仗财依势，强逼退亲，停妻再娶”的罪名。扬己之长，攻敌之短，游刃有余。

三是总站在“制高点”上，发挥自己善于“表演”的才能。她去见二姐而“素衣素盖”，就是严守国丧家丧的“正面”形象。她说贾琏以之为“妒”是误解，她本就是“劝二爷早行此礼，以备生育”的，从而把自己打扮成“贤德”之妇。对尤氏、贾蓉，她则紧紧咬住“国孝家孝之中，背旨瞒亲，仗财依势，强逼退亲，停妻再娶”这几条，使自己成为法律与道德的维护者，居高临下，令对方抬不起头来。

四是善于抓住有利时机，及时出击。假如不是贾琏出差在外，凤姐的这一“赚”一“闹”恐怕都难以实施。贾琏虽是“祸首”，但毕竟是她的丈夫，她的主要目标不是伤害贾琏，而是把他从二姐那里夺回来。贾琏出差，既可使之脱身事外，又不会阻止她计划的实施。机不可失，失不再来，凤姐机敏地抓住了这个时机。

本来可以造福他人、家庭以及社会的“聪明”，在凤姐这里都变成了“赚”与“闹”：骗二姐易于孺子，辱尤氏如同病狂，玩司法无异儿戏；二姐既入牢笼，尤氏颜面扫地，白银可得二百两。这样的“聪明”，令人唏嘘，更令人恐惧。

第六十九回

弄小巧用借剑杀人
觉大限吞生金自逝

写凤姐写不尽，却从上下左右写。写秋桐极淫邪，正写凤姐极淫邪；写平儿极义气，正写凤姐极不义气；写使女欺压二姐，正写凤姐欺压二姐；写下人感戴二姐，正写下人不感戴凤姐。史公用意，非念死书子之所知。

二姐被骗拜见贾母，小妹提剑欲斩妒妇

　　大闹宁国府之后，凤姐回过头来收拾尤二姐。她把二姐拉到贾母面前，让她验收之后，确认是一个"齐全孩子"，就答应让二姐住进府内，"只是一年后方可圆得房"。

　　凤姐本调唆张华，叫他只要原妻；后又想，还是二姐不去，自己相伴着更妥当；最后连哄带吓，让张华父子回原籍去了。凤姐又担心张华以后翻案，便命旺儿去"剪草除根"。幸亏旺儿良心未泯，张华父子才得了一条生路。

　　那贾琏事毕归来，贾赦赏一个丫头秋桐给他作妾。他见"凤姐和尤二姐和美非常，更比亲姊亲妹还胜十倍"，而对秋桐，凤姐儿不但不恼，反摆酒接风，心中也暗暗地纳罕。

　　原来，凤姐心中一刺未除，又平空添了一刺，说不得且吞声忍气，将好颜面换出来遮掩。那秋桐对二姐不能相容，天天辱骂不绝；凤姐对二姐也施以精神的压迫，诱导众丫头媳妇对二姐言三语四，指桑说槐，暗相讥刺。渐渐连那茶饭也都系不堪之物了。这时只有平儿看不过，有时来开解一番，或设法弄些汤菜与她吃。园中姊妹和李纨等人，皆以为凤姐是好意，只有宝黛一干人暗为二姐担心，但也无法施以援手。而贾琏在二姐身上之心也渐渐淡了，只有秋桐一人是命。

　　凤姐虽恨秋桐，且喜借她先可发脱二姐，自己且抽头，用"借剑杀人"之法，"坐山观虎斗"，等秋桐杀了尤二姐，自己再杀秋桐。于是挑拨秋桐。那秋桐对二姐除了浑骂，还到贾母、王夫人跟前搬弄是非。贾母听了，就认定二姐"是个贱骨头"。很快，二姐被折磨得得了一病，四肢懒动，茶饭不进，渐次黄瘦下去。夜里一梦，三姐劝她剑斩妒妇，不然，则白白地丧命。而二姐自认一生品行既亏，今日之报实系当然。

　　贾珍请大夫给二姐诊病。二姐实为怀孕，并寄希望于此；那大夫却开虎狼之药，打掉了那胎儿。二姐绝望之际，吞金自杀了。贾琏操办二姐丧事，凤姐不闻不问，丧葬费用也是平儿偷偷资助；原想把二姐的灵柩寄存家庙，然后归葬祖籍，贾母听信凤姐谗言，命贾琏只能或一烧或乱葬地上埋了完事。

一代风流，就这样香消玉殒了。

话说尤二姐听了，又感谢不尽，只得跟了他来。尤氏那边怎好不过来的，少不得也过来跟着凤姐去回，方是大礼。凤姐笑说："你只别说话，等我去说。"尤氏道："这个自然。但一有个不是，是往你身上推的。"说着，大家先来至贾母房中。

正值贾母和园中姊妹们说笑解闷，忽见凤姐带了一个标致小媳妇进来，忙觑着眼看，说："这是谁家的孩子！好可怜见的。"凤姐上来笑道："老祖宗倒细细的看看，好不好？"说着，忙拉二姐说："这是太婆婆，快磕头。"二姐忙行了大礼，展拜起来。又指着众姊妹说：这是某人某人，你先认了，太太瞧过了再见礼。二姐听了，一一又从新故意的问过，垂头站在旁边。贾母上下瞧了一遍，因又笑问："你姓什么？今年十几了？"凤姐忙又笑说："老祖宗且别问，只说比我俊不俊。"贾母又戴了眼镜，命鸳鸯琥珀："把那孩子拉过来，我瞧瞧肉皮儿。"众人都抿嘴儿笑着，只得推他上去。贾母细瞧了一遍，又命琥珀："拿出手来我瞧瞧。"鸳鸯又揭起裙子来。贾母瞧毕，摘下眼镜来，笑说道："竟是个齐全孩子，我看比你俊些。"

凤姐听说，笑着忙跪下，将尤氏那边所编之话，一五一十细细的说了一遍，"少不得老祖宗发慈心，先许他进来，住一年后再圆房。"贾母听了道："这有什么不是。既你这样贤良，很好。只是一年后方可圆得房。"凤姐听了，叩头起来，又求贾母着两个女人一同带去见太太们，说是老祖宗的主意。贾母依允，遂使

二姐是"只得"，尤氏是"少不得"：都被一个"礼"字拘住了，而现在，这个"礼"的代理人就是凤姐。正如罗兰夫人所说："自由，自由，多少罪恶假汝之名以行！"礼，礼，多少罪恶假汝之名以行！

贾母每日就是寻欢解闷，但却掌握着生杀予夺之权。其"审视"二姐，"上下"看头看脚，还要看"肉皮儿"看"手"，结论是"齐全"，就是说作贾家的媳妇够格。有了这一层，凤姐再提出让二姐"进来"，就没有问题了。而"住一年后再圆房"，这是以"礼"掐断二姐与贾琏的联系。

一通假话，既得贾母认可，二姐、贾琏被控，自己又得"贤良"之名。

"自此见了天日"是二姐的认知与感觉，不是作者的"视角"。"互见互评""自见自评"，都是曹公的笔法，不可把"互评""自评"视为作者的立场、态度。

二人带去见了邢夫人等。王夫人正因他风声不雅，深为忧虑，见他今行此事，岂有不乐之理。于是尤二姐自此见了天日，挪到厢房住居。

凤姐一面使人暗暗调唆张华，只叫他要原妻，这里还有许多赔送外，还给他银子安家过活。张华原无胆无心告贾家的，后来又见贾蓉打发人来对词，那人原说的："张华先退了亲。我们皆是亲戚。接到家里住着是真，并无婆嫁之说。皆因张华拖欠了我们的债务，追索不与，方诬赖小的主人那些个。"察院都和贾王两处有瓜葛，况又受了贿，只说张华无赖，以穷讹诈，状子也不收，打了一顿赶出来。庆儿在外替他打点，也没打重。又调唆张华："亲原是你家定的，你只要亲事，官必还断给你。"于是又告。王信那边又透了消息与察院，察院便批："张华所欠贾宅之银，令其限内按数交还；其所定之亲，仍令其有力时娶回。"又传了他父亲来当堂批准。他父亲亦系庆儿说明，乐得人财两进，便去贾家领人。

凤姐儿一面吓的来回贾母，说如此这般，"都是珍大嫂子干事不明，并没和那家退准，惹人告了，如此官断。"贾母听了，忙唤了尤氏过来，说他作事不妥，"既是你妹子从小曾与人指腹为婚，又没退断，使人混告了。"尤氏听了，只得说："他连银子都收了，怎么没准。"凤姐在旁又说："张华的口供上现说不曾见银子，也没见人去。他老子说：'原是亲家母说过一次，并没应准。亲家母死了，你们就接进去作二房。'如此没有对证的话，只好由他去混说。幸而琏二爷不在家，没曾圆房，这还无妨。只是人已来了，怎好送回去，岂不伤脸。"贾母道："又没圆房，没的强占人家有夫之人，名声也不好，不如送给他去。那里寻不出好人来。"尤二姐听了，又回贾母说："我母亲实于某年月日给了他十两银子退准的。他因穷急了告，又翻了口。我姐姐原没错办。"贾母听了，便说："可见刁民难惹。既这样，凤丫头去料理料理。"凤姐听了无法，只得应着。回来只命人去找贾蓉。

贾蓉深知凤姐之意，若要使张华领回，成何体统，便回了贾珍，暗暗遣人去说张华："你如今既有许多银子，何必定要原人。若只管执定主意，岂不怕爷们一怒，寻出个由头，你死无葬身之地。你有了银子，回家去什么好人寻不出来。你若走时，还赏你些路费。"张华听了，心中想了一想，这倒是好主意，和父亲商议已定，约共也得了有百金，父子次日起个五更，便回原籍去了。

　　贾蓉打听得真了，来回了贾母凤姐，说："张华父子妄告不实，惧罪逃走，官府亦知此情，也不追究，大事完毕。"凤姐听了，心中一想：若必定着张华带回二姐去，未免贾琏回来再花几个钱包占住，不怕张华不依。还是二姐不去，自己相伴着还妥当，且再作道理。只是张华此去不知何往，他倘或再将此事告诉了别人，或日后再寻出这由头来翻案，岂不是自己害了自己。原先不该如此将刀靶付与外人去的。因此悔之不迭，复又想了一条主意出来，悄命旺儿遣人寻着了他，或讹他作贼，和他打官司将他治死，或暗中使人算计，务将张华治死，方剪草除根，保住自己的名誉。

　　旺儿领命出来，回家细想：人已走了完事，何必如此大作，人命关天，非同儿戏，我且哄过他去，再作道理。因此在外躲了几日，回来告诉凤姐，只说张华是有了几两银子在身上，逃去第三日在京口地界，五更天已被截路人打闷棍打死了。他老子唬死在店房，在那里验尸掩埋。凤姐听了不信，说："你要扯谎，我再使人打听出来敲你的牙！"自此方丢过不究。凤姐和尤二姐和美非常，更比亲姊亲妹还胜十倍。

　　那贾琏一日事毕回来，先到了新房中，已竟悄悄的封锁，只有一个看房子的老头儿。贾琏问他原故，老头子细说原委，贾琏只在镫中跌足。少不得来见贾赦与邢夫人，将所完之事回明。贾赦十分欢喜，说他中用，赏了他一百两银子，又将房中一个十七岁的丫鬟名唤秋桐者，赏他为妾。贾琏叩头领去，喜之不尽。见了贾母和家中人，回来见凤姐，未免脸上有些愧色。谁知凤姐儿

他反不似往日容颜，同尤二姐一同出迎，叙了寒温。贾琏将秋桐之事说了，未免脸上有些得意之色，骄矜之容。凤姐听了，忙命两个媳妇坐车在那边接了来。心中一刺未除，又平空添了一刺，说不得且吞声忍气，将好颜面换出来遮掩。一面又命摆酒接风，一面带了秋桐来见贾母与王夫人等。贾琏心中也暗暗的纳罕。

那日已是腊月十二日，贾珍起身，先拜了宗祠，然后过来辞拜贾母等人。和族中人直送到洒泪亭方回，独贾琏贾蓉二人送出三日三夜方回。一路上贾珍命他好生收心治家等语，二人口内答应，也说些大礼套话，不必烦叙。

且说凤姐在家，外面待尤二姐自不必说得，只是心中又怀别意。无人处只和尤二姐说："妹妹的声名很不好听，连老太太、太太们都知道了，说妹妹在家做女孩儿就不干净，又和姐夫有些首尾，'没人要的了你拣了来，还不休了再寻好的。'我听见这话，气得倒仰，查是谁说的，又查不出来。这日久天长，这些个奴才们跟前，怎么说嘴。我反弄了个鱼头来拆。"说了两遍，自己又气病了，茶饭也不吃，除了平儿，众丫头媳妇无不言三语四，指桑说槐，暗相讥刺。

秋桐自为系贾赦之赐，无人僭他的，连凤姐、平儿皆不放在眼里，岂肯容他。张口是"先奸后娶没汉子要的娼妇，也来要我的强"。凤姐听了暗乐，尤二姐听了暗愧暗怒暗气。凤姐既装病，便不和尤二姐吃饭了。每日只命人端了菜饭到他房中去吃，那茶饭都系不堪之物。平儿看不过，自拿了钱出来弄菜与他吃，或是有时只说和他园中去顽，在园中厨内另做了汤水与他吃，也无人敢回凤姐。只有秋桐一时撞见了，便去说舌告诉凤姐说："奶奶的名声，生是平儿弄坏了的。这样好菜好饭浪着不吃，却往园里去偷吃。"凤姐听了，骂平儿说："人家养猫拿耗子，我的猫只倒咬鸡。"平儿不敢多说，自此也要远着了。又暗恨秋桐，难以出口。

园中姊妹如李纨、迎春、惜春等人，皆为凤姐是好意，然宝黛一干人暗为二姐担心。虽都不便多事，惟见二姐可怜，常来了，倒还都悯恤他。每日常无人处说起话来，尤二姐便淌眼抹泪，又不敢抱怨。凤姐儿又并无露出一点坏形来。

贾琏来家时，见了凤姐贤良，也便不留心。况素习以来因贾赦姬妾丫鬟最多，贾琏每怀不轨之心，只未敢下手。如这秋桐辈等人，皆是恨老爷年迈昏愦，贪多嚼不烂，没的留下这些人作什么，因此除了几个知礼有耻的，馀者或有与二门上小幺儿们嘲戏的。甚至于与贾琏眉来眼去相偷期的，只惧贾赦之威，未曾到手。这秋桐便和贾琏有旧，从未来过一次。今日天缘凑巧，竟赏了他，真是一对烈火干柴，如胶投漆，燕尔新婚，连日那里拆的开。那贾琏在二姐身上之心也渐渐淡了，只有秋桐一人是命。

凤姐虽恨秋桐，且喜借他先可发脱二姐，自己且抽头，用"借剑杀人"之法"坐山观虎斗"，等秋桐杀了尤二姐，自己再杀秋桐。主意已定，没人处常又私劝秋桐说："你年轻不知事。他现是二房奶奶，你爷心坎儿上的人，我还让他三分，你去硬碰他，岂不是自寻其死？"那秋桐听了这话，越发恼了，天天大口乱骂说："奶奶是软弱人，那等贤惠，我却做不来。奶奶把素日的威风怎都没了。奶奶宽洪大量，我却眼里揉不下沙子去。让我和他这淫妇做一回，他才知道。"凤姐儿在屋里，只装不敢出声儿。气的尤二姐在房里哭泣，饭也不吃，又不敢告诉贾琏。次日贾母见他眼红红的肿了，问他，又不敢说。

秋桐正是抓乖卖俏之时，他便悄悄的告诉贾母王夫人等说："专会作死，好好的成天家号丧，背地里咒二奶奶和我早死了，他好和二爷一心一计的过。"贾母听了便说："人太生娇俏了，可知心就嫉妒。凤丫头倒好意待他，他倒这样争锋吃醋的。可是个贱骨头。"因此渐次便不大欢喜。众人见贾母不喜，不免又往下踏践起来，弄得这尤二姐要死不能，要生不得。还是亏了平儿，时常背着凤姐，看他这般，与他排解排解。

那尤二姐原是个花为肠肚雪作肌肤的人，如何经得这般磨

宝黛等"暗为二姐担心"，但"都不便多事"。在层塔中的位置，决定了他们怜恤而不能施救。

尤二姐"不敢"，是被凤姐在精神上完全压住了。

贾蓉说荣府不干净，确有根据。贾琏喜新厌旧，"在二姐身上之心也渐渐淡了"——也是凤姐的"不同房"之计的效应。

似乎是"天"助凤姐，其实是贾府之层塔内的昏乱腐败给凤姐创造了"借剑杀人"的机会。

这也"不敢"，那也"不敢"，精神垮了，似乎已经失去做人的勇气。

处在塔尖的贾母，昏聩而刚愎，对下层情况不调查不追寻，只听耳边风。凤姐吹，秋桐吹，吹什么她就信什么，并由此做决断、发指示，终使二姐陷入"要死不能，要生不得"的境地。

既"要死不能，要生不得"，焉得不病？此时对凤姐之"外作贤良，内藏奸狡"应有所察觉，而借梦中三姐之口说出。但恨自己"淫奔不才"，"一生品行既亏，今日之报既系当然"，死而无怨。二姐的这种"认命"，实是凤姐阴谋得逞的重要条件。倘有三姐在，断"不容他这样"。

此时才把有身孕之事告知贾琏，晚矣。二姐维系生命的唯一动力就是这身孕了。

巧了，偏是曾给晴雯开虎狼药的胡医生。

胡医生的惊魂，有点匪夷所思。

折，不过受了一个月的暗气，便恹恹得了一病，四肢懒动，茶饭不进，渐次黄瘦下去。夜来合上眼，只见他小妹子手捧鸳鸯宝剑前来说："姐姐，你一生为人心痴意软，终吃了这亏。休信那妒妇花言巧语，外作贤良，内藏奸狡，他发恨定要弄你一死方罢。若妹子在世，断不肯令你进来，即进来时，亦不容他这样。此亦系理数应然，你我生前淫奔不才，使人家丧伦败行，故有此报。你依我将此剑斩了那妒妇，一同归至警幻案下，听其发落。不然，你则白白的丧命，且无人怜惜。"尤二姐泣道："妹妹，我一生品行既亏，今日之报既系当然，何必又生杀戮之冤。随我去忍耐。若天见怜，使我好了，岂不两全。"小妹笑道："姐姐，你终是个痴人。自古'天网恢恢，疏而不漏'，天道好还。你虽悔过自新，然已将人父子兄弟致于麀聚之乱，天怎容你安生。"尤二姐泣道："既不得安生，亦是理之当然，奴亦无怨。"小妹听了，长叹而去。

尤二姐惊醒，却是一梦。等贾琏来看时，因无人在侧，便泣说："我这病便不能好了。我来了半年，腹中也有身孕，但不能预知男女。倘天见怜，生了下来还可，若不然，我这命就不保，何况于他。"贾琏亦泣说："你只放心，我请明人来医治。"于是出去即刻请医生。

谁知王太医亦谋干了军前效力，回来好讨荫封的。小厮们走去，便请了个姓胡的太医，名叫君荣。进来诊脉看了，说是经水不调，全要大补。贾琏便说："已是三月庚信不行，又常作呕酸，恐是胎气。"胡君荣听了，复又命老婆子们请出手来再看看。尤二姐少不得又从帐内伸出手来。胡君荣又诊了半日，说："若论胎气，肝脉自应洪大。然木盛则生火，经水不调亦皆因由肝木所致。医生要大胆，须得请奶奶将金面略露露，医生观观气色，方敢下药。"贾琏无法，只得命将帐子掀起一缝，尤二姐露出脸来。胡君荣一见，魂魄如飞上九天，通身麻木，一无所知。

一时掩了帐子，贾琏就陪他出来，问是如何。胡太医道：

"不是胎气，只是瘀血凝结。如今只以下迁血通经脉要紧。"于是写了一方，作辞而去。贾琏命人送了药礼，抓了药来，调服下去。只半夜，尤二姐腹痛不止，谁知竟将一个已成形的男胎打下来。于是血行不止，二姐就昏迷过去。贾琏闻知，大骂胡君荣。一面再遣人去请医调治，一面命人去打告胡君荣。胡君荣听了，早已卷包逃走。

这里太医便说："本来气血生成亏弱，受胎以来，想是着了些气恼，郁结于中。这位先生擅用虎狼之剂，如今大人元气十分伤其八九，一时难保就愈。煎丸二药并行，还要一些闲言闲事不闻，庶可望好。"说毕而去。急的贾琏查是谁请了姓胡的来，一时查了出来，便打了半死。

凤姐比贾琏更急十倍，只说："咱们命中无子，好容易有了一个，又遇见这样没本事的大夫。"于是天地前烧香礼拜，自己通陈【向上天申明己愿】祷告说："我或有病，只求尤氏妹子身体大愈，再得怀胎生一男子，我愿吃长斋念佛。"贾琏众人见了，无不称赞。贾琏与秋桐在一处时，凤姐又做汤做水的着人送与二姐。又骂平儿不是个有福的，"也和我一样。我因多病了，你却无病也不见怀胎。如今二奶奶这样，都因咱们无福，或犯了什么，冲的他这样。"因又叫人出去算命打卦。偏算命的回来又说："系属兔的阴人冲犯。"大家算将起来，只有秋桐一人属兔，说他冲的。

秋桐近见贾琏请医治药，打人骂狗，为尤二姐十分尽心，他心中早浸了一缸醋在内了。今又听见如此说他冲了，凤姐儿又劝他说："你暂且别处去躲几个月再来。"秋桐便气的哭骂道："理那起瞎肏的混咬舌根！我和他'井水不犯河水'，怎么就冲了他！好个爱八哥儿，在外头什么人不见，偏来了就有人冲了。白眉赤脸，那里来的孩子？他不过指着哄我们那个棉花耳朵的爷罢了。纵有孩子，也不知姓张姓王。奶奶希罕那杂种羔子，我不喜欢！老了【死了】谁不成！谁不会养！一年半载养一个，倒还是一点搀杂没有的呢！"骂的众人又要笑，又不敢笑。

已告知是"胎气"，却诊断为"迁血凝结"，开出"下迁血通经脉"之方，分明是要堕胎。此胡医生究竟何许人也？

已是徒劳。

既知二姐命已难保，就把二姐致死的罪名推给秋桐。由为二姐"烧香祷告"到"算命打卦"指向秋桐，过渡自然。

既隐隐把罪名推给秋桐，又激起秋桐对二姐更恶毒的咒骂。秋桐的价值，被凤姐充分利用了。

有邢夫人撑腰，秋桐自以为身份在二姐之上，"塔高一层压死人"，所以敢如此放肆。

二姐陷入苦难后，唯一关照她的就是平儿。

平儿有忏悔之心，可惜于事无补。
二姐明白，确实不能怪平儿。

这也是"不在沉默中爆发，就在沉默中灭亡"。二姐早已失去抗争的勇气与意愿，唯死而已。

可巧邢夫人过来请安，秋桐便哭告邢夫人说："二爷奶奶要撵我回去，我没了安身之处，太太好歹开恩。"邢夫人听说，慌的数落凤姐儿一阵，又骂贾琏："不知好歹的种子，凭他怎不好，是你父亲给的。为个外头来的撵他，连老子都没了。你要撵他，你不如还你父亲去倒好。"说着，赌气去了。秋桐更又得意，越性走到他窗户根底下大哭大骂起来。尤二姐听了，不免更添烦恼。

晚间，贾琏在秋桐房中歇了，凤姐已睡，平儿过来瞧他，又悄悄劝他："好生养病，不要理那畜生。"尤二姐拉他哭道："姐姐，我从到了这里，多亏姐姐照应。为我，姐姐也不知受了多少闲气。我若逃的出命来，我必答报姐姐的恩德；只怕我逃不出命来，也只好等来生罢。"平儿也不禁滴泪说道："想来都是我坑了你。我原是一片痴心，从没瞒他的话。既听见你在外头，岂有不告诉他的。谁知生出这些个事来。"尤二姐忙道："姐姐这话错了。若姐姐便不告诉他，他岂有打听不出来的，不过是姐姐说的在先。况且我也要一心进来，方成个体统，与姐姐何干。"二人哭了一回，平儿又嘱咐了几句，夜已深了，方去安息。

这里尤二姐心下自思："病已成势，日无所养，反有所伤，料定必不能好。况胎已打下，无可悬心，何必受这些零气，不如一死，倒还干净。常听见人说，生金子可以坠死，岂不比上吊自刎又干净。"想毕，拄挣起来，打开箱子，找出一块生金，也不知多重，恨命含泪便吞入口中，几次狠命直脖，方咽了下去。于是赶忙将衣服首饰穿戴齐整，上炕躺下了。当下人不知，鬼不觉。

到第二日早晨，丫鬟媳妇们见他不叫人，乐得且自己去梳洗。凤姐便和秋桐都上去了。平儿看不过，说丫头们："你们就只配没人心的打着骂着使也罢了，一个病人，也不知可怜可怜。他虽好性儿，你们也该拿出个样儿来，别太过逾了，墙倒众人推。"丫鬟听了，急推房门进来看时，却穿戴的齐齐整整，死在炕上。于是方吓慌了，喊叫起来。平儿进来看了，不禁大哭。众人虽素习惧怕凤姐，然想尤二姐实在温和怜下，比凤姐原强，如今死去，谁不伤心落泪，只不敢与凤姐看见。

当下合宅皆知。贾琏进来，搂尸大哭不止。凤姐也假意哭道："狠心的妹妹！你怎么丢下我去了，辜负了我的心！"尤氏贾蓉等也来哭了一场，劝住贾琏。贾琏便回了王夫人，讨了梨香院停放五日，挪到铁槛寺去，王夫人依允。贾琏忙命人去开了梨香院的门，收拾出正房来停灵。贾琏嫌后门出灵不像，便对着梨香院的正墙上通街现开了一个大门。两边搭棚，安坛场做佛事。用软榻铺了锦缎衾褥，将二姐抬上榻去，用衾单盖了。八个小厮和几个媳妇围随，从内子墙一带抬往梨香院来。那里已请下天文生预备，揭起衾单一看，只见这尤二姐面色如生，比活着还美貌。贾琏又搂着大哭，只叫"奶奶，你死的不明，都是我坑了你！"

贾蓉忙上来劝："叔叔解着些儿，我这个姨娘自己没福。"说着，又向南指大观园的界墙，贾琏会意，只悄悄跌脚说："我忽略了，终久对出来，我替你报仇。"天文生回说："奶奶卒于今日正卯时，五日出不得，或是三日，或是七日方可。明日寅时入殓大吉。"贾琏道："三日断乎使不得，竟是七日。因家叔家兄皆在外，小丧不敢多停，等到外头，还放五七，做大道场才掩灵。明年往南去下葬。"天文生应诺，写了殃榜而去。宝玉已早过来陪哭一场。众族中人也都来了。

贾琏忙进去找凤姐，要银子治办棺椁丧礼。凤姐见抬了出去，推有病，回："老太太、太太说我病着，忌三房，不许我去。"因此也不出来穿孝，且往大观园中来。绕过群山，至北界墙根下往外听，隐隐绰绰听了一言半语，回来又回贾母说如此这般。贾母道："信他胡说，谁家痨病死的孩子不烧了一撒，也认真的开丧破土起来。既是二房一场，也是夫妻之分，停五七日抬出来，或一烧或乱葬地上埋了完事。"凤姐笑道："可是这话。我又不敢劝他。"

正说着，丫鬟来请凤姐，说："二爷等着奶奶拿银子呢。"凤

平时追随凤姐嘲骂二姐的是谁？这伤心落泪的又是谁？

作者也忍不住直书凤姐"假意哭"。

生时"忽略"，死后认真，悲哉！贾琏终于省悟："你死的不明，都是我坑了你！"

贾琏终有所悟，既立为二姐"报仇"之志，凤姐难得善终。"机关算尽太聪明，反误了卿卿性命"，至此明矣。判词说其"一从二令三人木，哭向金陵事更哀"，续书第一〇五回写其遭贾琏嫌恶，或得曹公之心。

二姐既死，在丧礼上还要使毒计；而贾母只听凤姐一言，就推翻了贾琏的丧礼之设。凤姐之恶，无以复加矣；贾母之昏，亦无以复加矣。

姐只得来了，便问他："什么银子？家里近来艰难，你还不知道？咱们的月例，一月赶不上一月，鸡儿吃了过年粮。昨儿我把两个金项圈当了三百银子，你还做梦呢。这里还有二三十两银子，你要就拿去。"说着，命平儿拿了出来，递与贾琏，指着贾母有话，又去了。恨的贾琏没话可说，只得开了尤氏箱柜，去拿自己的梯己。及开了箱柜，一滴无存，只有些折簪烂花并几件半新不旧的绸绢衣裳，都是尤二姐素习所穿的，不禁又伤心哭了起来。自己用个包袱一齐包了，也不命小厮丫鬟来拿，便自己提着来烧。

二三十两银子发丧二姐，凤姐彻底撕下面纱。

平儿又是伤心，又是好笑，忙将二百两一包的碎银子偷了出来，到厢房拉住贾琏，悄递与他，说："你只别作声才好，你要哭，外头多少哭不得，又跑了这里来点眼。"贾琏听说，便说："你说的是。"接了银子，又将一条裙子递与平儿，说："这是他家常穿的，你好生替我收着，作个念心儿。"平儿只得掩了，自己收去。贾琏拿了银子与衣服，走来命人先去买板。好的又贵，中的又不要。贾琏骑马自去要瞧，至晚间，果抬了一副好板进来，价银五百两赊着，连夜赶造。一面分派了人口穿孝守灵，晚来也不进去，只在这里伴宿。正是——

二姐生时，平儿真心关照；二姐丧事，平儿实心帮助。这些都为最终写平儿"扶正"铺垫。

【回后评】

读此回书，不能只看凤姐一面，只看她的阴毒险恶。任何时候都会有凤姐一样的奸鬼邪魔，但他们能生存，甚至能大行其道，必是那个时代、那个社会、那个具体的生态环境给他们创造了生存的条件，使他们有所依靠与凭借。回目中的这个"借"字，狭隘地看，就是借助于秋桐。其实，如果说凤姐是混世魔王，那么她所凭借的就是那个混账世界。那个混账世界有一套混账的礼法，而宁荣二府和那个都察院则是混账世界的活标本。

宁国府就是一个淫窟，贾珍父子无异于衣冠禽兽，而尤二姐

不幸陷入其中。但在法理上，在舆情上，贾珍父子无罪，有罪的倒是弱者尤二姐。这种混账逻辑的结果是，当二姐命在垂危之际，连三姐都说："你我生前淫奔不才，使人家丧伦败行，固有此报。"二姐更是伏罪认命："我一生品行既亏，今日之报既系当然，何必又生杀戮之冤。随我去忍耐。"二姐的这种负罪心理，这种完全塌陷的精神世界，使她没有了丝毫抗争的意愿。面对这样的"敌人"，凤姐自然是可以随心所欲地加以摆布，加以蹂躏的。

贾珍父子把二姐嫁给贾琏，更是混账人做混账事。首先，这是在"国丧家丧"期间。按照国法，五十八回就写到太妃之死，"凡诰命等皆入朝随班按爵守制。敕谕天下：凡有爵之家，一年内不得筵宴音乐，庶民皆三月不得婚嫁。"论家法，贾敬刚刚去世，尸骨未寒，作为亲侄子，贾琏怎么能享受燕尔新婚呢？其次，这二姐本已是有了人家的，而婚约一经订立，具有法律效力，双方都必须严格遵守。《大清律例》规定："若许嫁女已报婚书及有私约而辄悔者，笞五十；若再许他人，未成婚者，杖七十，已成婚者，杖八十；男家悔者，罪亦如之。"再次，这又是"偷娶"。《大清会典事例》明确规定："婚嫁皆由祖父母、父母主婚。祖父母、父母俱无者，从余亲主婚。"这"偷娶"明摆着是"瞒亲"的。还有，娶进二姐后，下人都尊称之为"奶奶"，这又犯了妻妾颠倒之罪。《大清律例》规定："凡以妻为妾者，杖一百；妻在，以妾为妻者，杖九十，并改正。"这种混账作为，被凤姐抓住，概括为数宗大罪："国孝家孝之中，背旨瞒亲，仗财依势，强逼退亲，停妻再娶。"如此，贾珍父子（还有尤氏）在凤姐面前自然直不起腰，抬不起头，那凤姐即使倒行逆施，他们也只好逆来顺受。

这个世界的混账还体现在贾府的生态结构上。这是一个相对封闭的塔式结构：主与奴、不同地位的主、不同地位的奴，都处在既定的层次，各有其本分，既少有沟通，又不得僭越。贾母，坐在塔的顶层，是最高统治者。但她老迈而刚愎，既不肯了解下

情，又轻于做判断，下指令，而且一言九鼎，金口玉言。对于二姐之事，基本是凤姐跟她说什么她就信什么，并毫不犹豫地据此发出指令。直到二姐被虐致死，贾琏本想停灵家庙，再归葬祖籍，而贾母听了凤姐谗言，就说："信他胡说，谁家痨病死的孩子不烧了一撒，也认真的开丧破土起来。既是二房一场，也是夫妻之分，停五七日抬出来，或一烧或乱葬地上埋了完事。"贾琏无奈，只得遵命。

那个秋桐为什么可以成为杀死二姐的一把利剑？因为她是贾赦赠给贾琏的，并得到邢夫人的袒护。在这座层塔中，她无形中就处在二姐之上。她野蛮放肆，精神崩塌的二姐只能忍耐。

在这个生态结构中，不是完全没有"善"的存在。平儿同情二姐，但只能偷偷摸摸避开凤姐的视线予以帮助；恨秋桐，但"难以出口"：因为她只是个丫鬟，没有"出口"的资格。"宝黛一干人暗为二姐担心"，虽见二姐可怜，但又"都不便多事"。正是由于这个生态系统结构的制约，善者不得不沉默，甚至冷漠。

被凤姐玩于股掌之间的，还有那个都察院。它既屈从于贾、王两家的势力，又极度贪婪。这是那个混账世界里极黑暗极龌龊的一角，是混世魔王凤姐导演此一悲剧不可或缺的助力。

对于尤二姐之死，王蒙先生有一个说法："尤二姐之死，小说着重渲染凤姐之阴毒，将凤姐作为主凶。其实，主凶是贾琏，其次贾珍、贾蓉，其次凤姐、秋桐，以及一些旁人——包括胡君荣医生。"——他偏放过了那个最高决策者。

鄙意以为，主凶当然还是凤姐，但她之所以恶行无阻，是客观上为她提供了可用的条件。看不到凤姐之恶，就会放过真凶；而看不到恶人横行的客观条件，就未免高估了恶人的能量。没有混账世界，哪有混世魔王的舞台！

第七十回

林黛玉重建桃花社
史湘云偶填柳絮词

空将佛事图相报，
已触飘风散艳花。
一片精神传好句，
题成谶语任吁嗟。

宝玉情浓多伤悼，群芳共赏桃花诗

说是"林黛玉重建桃花社",并不准确,因为《桃花行》固是林黛玉所作,而正面提出"桃花社"之名的却是史湘云。

时至仲春,这日清晨方醒,湘云打发了翠缕来跟宝玉说:"请二爷快出去瞧好诗。"原来黛玉、宝钗、湘云、宝琴、探春都在沁芳亭上拿着一篇题为《桃花行》的诗在看。这一向因府内多事,竟将诗社搁起,而此诗就引发了重起诗社的念头,湘云即提议把"海棠社"改称"桃花社"。

宝玉看那诗,只见:"桃花帘外开仍旧,帘中人比桃花瘦。""泪眼观花泪易干,泪干春尽花憔悴。憔悴花遮憔悴人,花飞人倦易黄昏。一声杜宇春归尽,寂寞帘栊空月痕!"便知出自黛玉,所以不觉落下泪来。大家到了稻香村,商量起诗社之事,正说着,人回"舅太太(王子腾夫人)来了",姑娘们只好出去请安了。

接着,有探春过生日,再有贾政要返京的消息,为帮宝玉补写"作业",诗社一再延期。直至暮春之际,史湘云无聊,因见柳花飘舞,便偶成一阕调寄《如梦令》的小令。大家看了觉得有趣,就决定以咏柳絮为题,各拈牌调,填起词来。

探春之词只有半阕,意思扣到"一任东西南北各分离",宝玉续之,则曰"纵是明春再见隔年期"。黛玉作《唐多令》,有"飘泊亦如人命薄,空缱绻,说风流"之句。宝琴作《西江月》,慨叹"江南江北一般同,偏是离人恨重"。宝钗笑她们的词作"终不免过于丧败",她作《临江仙》,表达的是一种志向——"好风频借力,送我上青云"。大家看了都"拍案叫绝"。独宝玉交了白卷,正嚷着要罚他,只听窗外竹子上一声响,恰似窗屉子倒了一般,众人唬了一跳。原来一个大蝴蝶风筝挂在竹梢上了。

这时大家的兴趣就转移到风筝上来:要放风筝,放晦气。

独有宝玉的美人放不起去。宝玉说："若不是个美人，我一顿脚踩个稀烂。"而其他的风筝都起在半空中去了。紫鹃拿一把剪子来，把黛玉的风筝线齐篦子根下铰断，笑道："这一去把病根儿可都带了去了。"那风筝飘飘摇摇，只管往后退了去，一时只有鸡蛋大小，展眼只剩了一点黑星，再展眼便不见了。众人皆仰面睃眼说："有趣，有趣。"待姊妹都把风筝放去了，大家方散。

话说贾琏自在梨香院伴宿七日夜，天天僧道不断做佛事。贾母唤了他去，吩咐不许送往家庙中。贾琏无法，只得又和时觉说了，就在尤三姐之上点了一个穴，破土埋葬。那日送殡，只不过族中人与王信夫妇、尤氏婆媳而已。凤姐一应不管，只凭他自去办理。

贾母一句话，使二姐不得进家庙。而凤姐此时大功告成，乐得"不管"。贾琏心中之恨当何如哉！

因又年近岁逼，诸务猬集不算外，又有林之孝开了一个人名单子来，共有八个二十五岁的单身小厮应该娶妻成房，等里面有该放的丫头们好求指配。凤姐看了，先来问贾母和王夫人。大家商议，虽有几个应该发配的，奈各人皆有原故：第一个鸳鸯发誓不去。自那日之后，一向未和宝玉说话，也不盛妆浓饰。众人见他志坚，也不好相强。第二个琥珀，又有病，这次不能了。彩云因近日和贾环分崩，也染了无医之症。只有凤姐儿和李纨房中粗使的大丫鬟出去了，其余年纪未足。令他们外头自娶去了。

家奴适龄，指名婚配，是主家的权力。

鸳鸯事回应四十六回"鸳鸯女誓绝鸳鸯偶"；彩云事回应六十二回贾环疑心彩云。

原来这一向因凤姐病了，李纨探春料理家务不得闲暇，接着过年过节，出来许多杂事，竟将诗社搁起。如今仲春天气，虽得了工夫，争奈宝玉因冷遁了柳湘莲，剑刎了尤小妹，金逝了尤二姐，气病了柳五儿，连连接接，闲愁胡恨，一重不了一重添。弄得情色若痴，语言常乱，似染怔忡【惊恐不安】之疾。慌的袭人

衰败之气笼罩贾府，丧亡之事接连而出，哪有闲情起社吟诗。宝玉的"怔忡"之态，正反映出现实的衰败丧亡。

等又不敢回贾母，只百般逗他顽笑。

这日清晨方醒，只听外间房内咭咭呱呱之笑声不断。袭人因笑说："你快出去解救，晴雯和麝月两个人按住温都里那【芳官】膈肢呢。"宝玉听了，忙披上灰鼠袄子出来一瞧，只见他三人被褥尚未叠起，大衣也未穿。那晴雯只穿着葱绿院绸小袄，红小衣红睡鞋，披着头发，骑在雄奴身上。麝月是红绫抹胸，披着一身旧衣，在那里抓雄奴的肋肢。雄奴却仰在炕上，穿着撒花紧身儿，红裤绿袜，两脚乱蹬，笑的喘不过气来。宝玉忙上前笑说："两个大的欺负一个小的，等我助力。"说着，也上床来膈肢晴雯。晴雯触痒，笑的忙丢下雄奴，和宝玉对抓。雄奴趁势又将晴雯按倒，向他肋下抓动。袭人笑说："仔细冻着了。"看他四人裹在一处倒好笑。

忽有李纨打发碧月来说："昨儿晚上奶奶在这里把块手帕子忘了，不知可在这里？"小燕说："有，有，有，我在地下拾了起来，不知是那一位的，才洗了出来晾着，还未干呢。"碧月见他四人乱滚，因笑道："倒是这里热闹，大清早起就咭咭呱呱的顽到一处。"宝玉笑道："你们那里人也不少，怎么不顽？"碧月道："我们奶奶不顽，把两个姨娘和琴姑娘也宾住了。如今琴姑娘又跟了老太太前头去了，更寂寞了。两个姨娘今年过了，到明年冬天都去了，又更寂寞呢。你瞧宝姑娘那里，出去了一个香菱，就冷清了多少，把个云姑娘落了单。"

正说着，只见湘云又打发了翠缕来说："请二爷快出去瞧好诗。"宝玉听了，忙问："那里的好诗？"翠缕笑道："姑娘们都在沁芳亭上，你去了便知。"宝玉听了，忙梳洗了出来，果见黛玉、宝钗、湘云、宝琴、探春都在那里，手里拿着一篇诗看。见他来时，都笑说："这会子还不起来，咱们的诗社散了一年，也没有人作兴。如今正是初春时节，万物更新，正该鼓舞另立起来才好。"湘云笑道："一起诗社时是秋天，就不应发达。如今却好万物逢春，皆主生盛。况这首桃花诗又好，就把海棠社改作桃花

难得一乐。在宝玉心目中，主奴无别，男女无别，是无差别境界。进入此境，方得解脱。

寂寞，冷清，重要的情态语。跟过去比是今不如昔，跟未来比堪应珍惜。

正当寂寞、冷清之际，一首"好诗"犹如一缕春风，吹醒了少男少女的心。

知秋为衰飒之节而不能发达，不知"桃花"乃薄命之象，岂能长久？

社。"宝玉听着，点头说："很好。"且忙着要诗看。众人都又说："咱们此时就访稻香老农去，大家议定好起的。"说着，一齐起来，都往稻香村来。

宝玉一壁走，一壁看那纸上写着《桃花行》一篇，曰：

桃花帘外东风软【软，柔和。写帘外桃花在轻柔的春风中绽放而摇曳】，桃花帘内晨妆懒【帘内桃花喻帘内佳人。懒得起床梳妆，心情不佳也。帘内外对比】。

帘外桃花帘内人，人与桃花隔不远。【这一联当放在开头，这是与第一联的倒装。】

东风有意揭帘栊【帘栊，窗帘。把春风拟人化，春风意欲掀开屋室的窗帘】，花欲窥人帘不卷【春风掀帘，是帘外桃花想窥视帘内佳人，但佳人此时心情不好，自愧不如，不予接受】。

【以上为一层，写帘内外对比。桃花有情，佳人无绪，重在一个"懒"字。此"懒"，不是"懒惰"，而是心神疲惫的慵懒。】

桃花帘外开仍旧，帘中人比桃花瘦【还是内外对比。由"懒"而"瘦"，形象更具体了】。

花解怜人花也愁【花有情】，隔帘消息风吹透【"花解怜人"，所以就隔帘把外面的消息传递给帘内人】。

风透湘帘花满庭，庭前春色倍伤情【满院桃花，并非欣然自喜，而是"倍伤情"的】。

闲苔院落门空掩【因为院门紧闭，满地青苔，环境是一片孤凄】，斜日栏杆人自凭【有时也会有人在日暮时分倚栏赏花】。

凭栏人向东风泣【她依靠栏杆，迎风而泣】，茜裙【代指佳人】偷傍桃花立【会偷倚树下，久久伫立，欲语无人，欲呼无应】。

且不说此诗之由来，作者为谁。

蔡义江评："帘外桃花与帘内人，先是一盛一衰，两相对照，渐至好花易落，与红颜同命，都归黄土，是此诗立意。"

【以上为一层，写桃花传递给帘内的消息：桃花虽美，但独处孤院，能知心而赏者寥寥，且不被他人理解，要"傍桃花"而立，还得"偷"！】

桃花桃叶乱纷纷【视角回到室内。听到"消息"后，佳人禁不住举目窗外】，花绽新红叶凝碧【所见的还是花红叶绿，随风摇曳，茂密繁盛】。

雾裹烟封一万株【那桃木，株株相连，如烟如雾】，烘楼照壁红模糊【那桃花，朵朵怒放，映照得四周楼墙都泛红闪光】。

【以上为一层，以室内人的视角写室外桃林花繁叶茂的景象，过渡到下面抒情议论。】

天机烧【彩霞，作动词】破鸳鸯锦【天空的彩霞映照到佳人的鸳鸯锦被】，春酣欲醒移珊枕【这才从酣睡中醒来，推开珊瑚枕而起床】。

侍女金盆进水来【起床后，有侍女端来香泉之水洗脸】，香泉影蘸【映照】胭脂冷【蘸香泉之影以涂胭脂也。"懒起画峨眉"，心还是冷的】。

胭脂鲜艳何相类，花之颜色人之泪【那红红的胭脂，与桃花相似，也与人之泪相似】；

若将人泪比桃花，泪自长流花自媚【人之泪长流不止，而桃花可以自开自媚，人不如花】。

泪眼观花泪易干，泪干春尽花憔悴【人泪有干时，而花也终会憔悴凋零，花与人终有相同的命运】。

憔悴花遮【兼，同时存在】憔悴人【花也憔悴，人也憔悴，概莫例外】，花飞人倦易黄昏【花飞人倦，生命都是短促的。"易黄昏"，容易到生命的终点】。

一声杜宇春归尽【到那杜鹃啼血、春去无归的时候】，寂寞帘栊空月痕【帘外无花内无人，帘栊内外一片寂寞，只有月光一痕惨淡辉映】！

【以上为一层，承接第一层，由"晨妆懒"到起床梳妆。中间借东风传递的"消息"写花的寂寞，而由花的寂寞引起隔帘一望的兴趣——原来是花繁叶茂。花繁叶茂，却依然寂寞，或者说正因为花繁叶茂才显得寂寞。最后把人跟花联系起来议论抒情：一方面，人不如花；另一方面，花与人又有着共同的命运与归宿。】

宝玉看了并不称赞，却滚下泪来。便知出自黛玉，因此落下泪来，又怕众人看见，又忙自己擦了。因问："你们怎么得来？"宝琴笑道："你猜是谁作的？"宝玉笑道："自然是潇湘子稿。"宝琴笑道："现是我作的呢。"宝玉笑道："我不信。这声调口气，迥乎不像蘅芜之体，所以不信。"宝钗笑道："所以你不通。难道杜工部首首只作'丛菊两开他日泪'之句不成！一般的也有'红绽雨肥梅''水荇牵风翠带长'之媚语。"宝玉笑道："固然如此说。但我知道姐姐断不许妹妹有此伤悼语句，妹妹虽有此才，是断不肯作的。比不得林妹妹曾经离丧，作此哀音。"众人听说，都笑了。

诸艳都称"好诗"，大概是停留在辞藻之美、音韵之调。宝玉则读之泪下。他对此诗的感受是"伤悼"，是"哀音"，并断定出自黛玉之手。这是真读懂了。

杜诗之"丛菊两开他日泪"，乃"丛菊两开他日泪流"之省，意谓去年菊开之时曾为归乡不得而流泪，又是一年菊花开，我的羁留难归之泪也再次流下。

　　已至稻香村中，将诗与李纨看了，自不必说称赏不已。说起诗社，大家议定：明日乃三月初二日，就起社，便改"海棠社"为"桃花社"，林黛玉就为社主。明日饭后，齐集潇湘馆。因又大家拟题。黛玉便说："大家就作桃花诗一百韵。"宝钗道："使不得。从来桃花诗最多，纵作了必落套，比不得你这一首古风。须得再拟。"正说着，人回："舅太太来了。姑娘出去请安。"因此大家都往前头来见王子腾的夫人，陪着说话。吃饭毕，又陪入园中来，各处游玩一遍。至晚饭后掌灯方去。

　　次日乃是探春的寿日，元春早打发了两个小太监送了几件玩器。合家皆有寿仪，自不必说。饭后，探春换了礼服，各处去行礼。黛玉笑向众人道："我这一社开的又不巧了，偏忘了这两日是他的生日。虽不摆酒唱戏的，少不得都要陪他在老太太、太太

黛玉既为"社主"，宝钗对其意见直截了当说"使不得"，见得此时已完全不把黛玉放在眼里。

宝钗刚说完"须得再拟"，就有人回"舅太太来了。姑娘出去请安"。总不肯一件事一说到底，仍是断续穿插之法。

又插入探春生日一节。"这一社开的又不巧了"，题目未拟，又得由初二改到初五。

跟前玩笑一日，如何能得闲空儿。"因此改至初五。

这日众姊妹皆在房中侍早膳毕，便有贾政书信到了。宝玉请安，将请贾母的安禀拆开念与贾母听，上面不过是请安的话，说六月中准进京等语。其馀家信事务之帖，自有贾琏和王夫人开读。众人听说六七月回京，都喜之不尽。偏生近日王子腾之女许与保宁侯之子为妻，择于五月初十日过门，凤姐儿又忙着张罗，常三五日不在家。这日王子腾的夫人又来接凤姐儿，一并请众甥男甥女闲乐一日。贾母和王大人命宝玉、探春、林黛玉、宝钗四人同凤姐去。众人不敢违拗，只得回房去另妆饰了起来。五人作辞，去了一日，掌灯方回。

宝玉进入怡红院，歇了半刻，袭人便乘机见景劝他收一收心，闲时把书理一理预备着。宝玉屈指算一算说："还早呢。"袭人道："书是第一件，字是第二件。到那时你纵有了书，你的字写的在那里呢？"宝玉笑道："我时常也有写了的好些，难道都没收着？"袭人道："何曾没收着。你昨儿不在家，我就拿出来，共总数了一数，才有五六十篇。这三四年的工夫，难道只有这几张字不成。依我说，从明日起，把别的心全收了起来，天天快临几张字补上。虽不能按日都有，也要大概看得过去。"宝玉听了，忙的自己又亲检了一遍，实在搪塞不去，便说："明日为始，一天写一百字才好。"说话时大家安下。

至次日起来梳洗了，便在窗下研墨，恭楷临帖。贾母因不见他，只当病了，忙使人来问。宝玉方去请安，便说写字之故，先将早起清晨的工夫尽了出来，再作别的，因此出来迟了。贾母听了，便十分欢喜，吩咐他："以后只管写字念书，不用出来也使得。你去回你太太知道。"宝玉听说，便往王夫人房中来说明。王夫人便说："临阵磨枪，也不中用。有这会子着急，天天写写念念，有多少完不了的。这一赶，又赶出病来才罢。"宝玉回说不妨事。这里贾母也说怕急出病来。探春宝钗等都笑说："老太太不用急。书虽替他不得，字却替得的。我们每人每日临一篇给

再插入两件事：贾政即将回京，王子腾之女出嫁。诗社的事又排不上号了。

贾政归来必查宝玉的"书"与"字"，而宝玉欠账太多。现在头等大事是把所欠的"字"补上，诗社之事先不要提了。

临阵磨枪，事急磨墨。

老太太、太太怕宝玉急出病来，就有众姐妹替他写。"贾母听说，喜之不尽"，这作弊的后台就是老太太。

他，搪塞过这一步就完了。一则老爷到家不生气，二则他也急不出病来。"贾母听说，喜之不尽。

原来林黛玉闻得贾政回家，必问宝玉的功课，宝玉肯分心，恐临期吃了亏。因此自己只装作不耐烦，把诗社便不起，也不以外事去勾引他。探春宝钗二人每日也临一篇楷书字与宝玉，宝玉自己每日也加工，或写二百三百不拘。至三月下旬，便将字又集凑出许多来。这日正算，再得五十篇，也就混的过了。谁知紫鹃走来，送了一卷东西与宝玉，拆开看时，却是一色老油竹纸上临的钟王蝇头小楷，字迹且与自己十分相似。喜的宝玉和紫鹃作了一个揖，又亲自来道谢。接着，史湘云、宝琴二人亦皆临了几篇相送。凑成虽不足功课，亦足搪塞了。

宝玉放了心，于是将所应读之书，又温理过几遍。正是天天用功，可巧近海一带海啸，又遭踏了几处生民。地方官题本奏闻，奉旨就着贾政顺路查看赈济回来。如此算去，至冬底方回。宝玉听了，便把书字又搁过一边，仍是照旧游荡。

时值暮春之际，史湘云无聊，因见柳花飘舞，便偶成一小令，调寄《如梦令》，其词曰：

岂【哪里】是绣绒【用绒线绣的花，比喻柳絮】残吐【暮春时节，飘飞的只是残留的柳絮】，卷起半帘香雾【比喻在窗帘外被风吹起的柳絮】，纤手自拈来【自己用手拈起柳絮，就仿佛留住了春光一样】，空使鹃啼燕妒【其实，抓住一点柳絮怎么能算是把春光留住了呢？那啼叫的燕子还嫉妒我，真是白费精神】。且住，且住【春光啊，你停下来，停下来！但它哪里听得进去】！莫使春光别去【只得从心底发出呼吁：老天啊，不要让春光逝去】。

自己作了，心中得意，便用一条纸儿写好，与宝钗看了，又来找黛玉。黛玉看毕，笑道："好，也新鲜有趣。我却不能。"湘云笑

黛玉当然最关心宝玉。他人是论"篇"，黛玉是"一卷"，而且是"蝇头小楷"。

上下合伙"搪塞"贾政，这做家长的实在可怜。

既是为"搪塞"而读书写字，无需搪塞时自然就"游荡"自乐了。无所事事、"无聊"而为诗，于是才又回到"起社"的话题。

感春光将尽，欲留难驻。抒发青春易逝，而又无可奈何的情绪。

王蒙评："并无创意。"

道："咱们这几社总没有填词。你明日何不起社填词，
岂不新鲜些。"黛玉听了，偶然兴动，便说："这话说的极是。我
如今便请他们去。"说着，一面吩咐预备了几色果点之类，一面
就打发人分头去请众人。这里他二人便拟了柳絮之题，又限出几
个调来，写了绾在壁上。

众人来看时，以柳絮为题，限各色小调。又都看了史湘云
的，称赏了一回。宝玉笑道："这词上我们倒平常，少不得也要
胡诌起来。"于是大家拈阄，宝钗便拈得了《临江仙》，宝琴拈得
了《西江月》，探春拈得了《南柯子》，黛玉拈得了《唐多令》，
宝玉拈得了《蝶恋花》。紫鹃炷了一支梦甜香，大家思索起来。

一时黛玉有了，写完。接着宝琴宝钗都有了。他三人写完，
互相看时，宝钗便笑道："我先瞧完了你们的，再看我的。"探
春笑道："嗳呀，今儿这香怎么这样快，已剩了三分了。我才有
了半首。"因又问宝玉可有了。宝玉虽作了些，只是自己嫌不好，
又都抹了，要另作，回头看香，已将烬了。李纨笑道："这算输
了。蕉丫头的半首且写出来。"探春听说，忙写了出来。众人看
时，上面却只半首《南柯子》，写道是：

> 空挂纤纤缕【纤纤缕，柳条】，徒垂络络丝【络络丝，
> 柳条。两句反复，"徒"亦"空"，是在强调】，也难绾
> 系也难羁【"绾系"与"羁"同义，"羁"的对象是"柳
> 絮"】，一任东西南北各分离【柳絮之分离是它主观的欲求，
> 想"绾系"也做不到】。

李纨笑道："这也却好作，何不续上？"宝玉见香没了，情愿认
负，不肯勉强塞责，将笔搁下，来瞧这半首。见没完时，反倒动
了兴开了机，乃提笔续道是：

> 落去君休惜【飞絮落去是它自己的选择，请不要为之痛

惜】，飞来我自知【我知道，到明年此时，她还会再次飞来的】。莺愁蝶倦晚芳时【当"莺愁蝶倦"的暮春时节，它就会再来】，纵是明春再见隔年期【当然，即使明春能再见，毕竟隔了一年之久了】！

众人笑道："正经你分内的又不能，这却偏有了。纵然好，也不算得。"说着，看黛玉的《唐多令》：

　　粉堕百花洲【那飞絮，会堕落在百花凋零的洲渚——柳絮本与百花同质】，香残燕子楼【那飞絮，会残留在美人孤居的名楼——柳絮可共佳人风流】。一团团逐对成毬【而现在，一团团滚来滚去，像是被人踢来踢去的皮球】。飘泊亦如人命薄【柳絮之漂泊正如人时乖命蹇】，空缱绻，说风流【尽管你情意缠绵，尽管你文采风流，无人珍惜也是徒然】。　草木也知愁【唉，难怪草木也有排遣不掉的忧愁】，韶华竟白头【还在三春之际竟衰老而白头】！叹今生谁舍谁收【可叹你，今生今世，还有谁会把你收留】？嫁与东风春不管【它们把你交给了东风，就再也不管不顾】，凭尔去，忍淹留【凭你漂泊到什么地方，它们忍心，绝不挽留】。

众人看了，俱点头感叹，说："太作悲了，好是固然好的。"因又看宝琴的是《西江月》：

　　汉苑零星有限【不管是汉代苑囿中零星的柳树】，隋堤点缀无穷【还是隋堤上连绵无穷的柳林】。三春事业付东风【从初春、仲春到暮春，所养育的生命之花都被东风一吹而尽】，明月梅花一梦【三春美景犹如梦中之月下梅花，醒来就是一场空】。　几处落红庭院【那飞絮，飘落到几家落红的庭院】，谁家香雪帘栊【又挂满谁家的帘栊——那都是游子乡愁之所在啊。与上句互文】？江南江北一般同【不管江南还是江北，都是一样】，偏是离人恨重【那些离乡背井的游子，见到飞絮都会引发离别之恨】！

众人都笑说："到底是他的声调壮。'几处''谁家'两句最妙。"宝钗笑道："终不免过于丧败。我想，柳絮原是一件轻薄无根无绊的东西，然依我的主意，偏要把他说好了，才不落套。所以我诌了一首来，未必合你们的意思。"众人笑道："不要太谦。我们且赏鉴，自然是好的。"因看这一首《临江仙》道是：

> 白玉堂前春解舞【在白玉堂前，柳絮飘动，像是翩翩起舞】，东风卷得均匀【舞姿之美，全靠东风卷得均匀】。

湘云先笑道："好一个'东风卷得均匀'！这一句就出人之上了。"又看底下道：

> 蜂团蝶阵乱纷纷【春将归去，蜜蜂、蝴蝶都急得乱飞乱转】。几曾随逝水【但柳絮却翩然起舞，它们何曾随流水而消失】，岂必委芳尘【又哪里一定会委落于地而化为灰尘】。 万缕千丝终不改【那千丝万缕的柳条对絮花的态度从未改变】，任他随聚随分【任凭絮花或聚或分，全然不予约束】。韶华休笑本无根【春光中的花花草草啊，你们不要嘲笑它无根无本】，好风频借力【你们看它随风起舞，仿佛在说】，送我上青云【我要借助这东风的力量，让它把我送入高高的云天】！

众人拍案叫绝，都说："果然翻得好，气力自然是这首为尊。缠绵悲戚，让潇湘妃子；情致妩媚，却是枕霞；小薛与蕉客今日落第，要受罚的。"宝琴笑道："我们自然受罚，但不知付白卷子的

其他词作基本是言"情"，宝钗这首却在言"志"。其志在"青云"，即入宫待选，"为公主、郡主入学陪侍，充为才人、赞善之职"。但可惜，她的这一"理想"终未能实现。那么她一家久寄贾府（薛姨妈娘家王府也在京城），所为何来？从薛姨妈们宣扬"金玉良缘"的活动中可以看清就里。

又怎么罚？"李纨道："不要忙，这定要重重罚他。下次为例。"

一语未了，只听窗外竹子上一声响，恰似窗屉子倒了一般，众人唬了一跳。丫鬟们出去瞧时，帘外丫鬟嚷道："一个大蝴蝶风筝挂在竹梢上了。"众丫鬟笑道："好一个齐整风筝！不知是谁家放断了绳，拿下他来。"宝玉等听了，也都出来看时，宝玉笑道："我认得这风筝。这是大老爷那院里娇红姑娘放的，拿下来给他送过去罢。"紫鹃笑道："难道天下没有一样的风筝，单他有这个不成？我不管，我且拿起来。"探春道："紫鹃也学小气了。你们一般的也有，这会子拾人走了的，也不怕忌讳。"黛玉笑道："可是呢，知道是谁放晦气的，快掉出去罢。把咱们的拿出来，咱们也放晦气。"紫鹃听了，赶着命小丫头们将这风筝送出与园门上值日的婆子去了，倘有人来找，好与他们去的。

这里小丫头们听见放风筝，巴不得一声儿，七手八脚都忙着拿出个美人风筝来。也有搬高凳去的，也有捆剪子股的，也有拔籰子【绕线的工具。籰，yuè】的。宝钗等都立在院门前，命丫头们在院外敞地下放去。宝琴笑道："你这个不大好看，不如三姐姐的那一个软翅子大凤凰好。"宝钗笑道："果然。"因回头向翠墨笑道："你把你们的拿来也放放。"翠墨笑嘻嘻的果然也取去了。

宝玉又兴头起来，也打发个小丫头子家去，说："把昨儿赖大娘送我的那个大鱼取来。"小丫头子去了半天，空手回来，笑道："晴姑娘昨儿放走了。"宝玉道："我还没放一遭儿呢。"探春笑道："横竖是给你放晦气罢了。"宝玉道："也罢。再把那个大螃蟹拿来罢。"丫头去了，同了几个人扛了一个美人并籰子来，说道："袭姑娘说，昨儿把螃蟹给了三爷了。这一个是林大娘才送来的，放这一个罢。"宝玉细看了一回，只见这美人做的十分精致。心中欢喜，便叫放起来。

此时探春的也取了来，翠墨带着几个小丫头子们在那边山坡上已放了起来。宝琴也命人将自己的一个大红蝙蝠也取来。宝钗也高兴，也取了一个来，却是一连七个大雁的，都放起来。独有

说到要"罚"，立即被外面的声音打断，不然，真要接着写谁谁受了什么罚，岂不无聊？且这"一声响"，很自然地把情节过渡到放风筝，这就是艺术。

放风筝，是"放晦气"，做做心理按摩。

人人都有风筝。看来，放风筝是习惯性娱乐活动。

风筝的花样也很多。

必有事故才有情趣。宝玉的话，只能出自宝玉之口。开口就是性格。

宝玉的美人放不起去。宝玉说丫头们不会放，自己放了半天，只起房高便落下来了。急的宝玉头上出汗，众人又笑。宝玉恨的掷在地下，指着风筝道："若不是个美人，我一顿脚跺个稀烂。"黛玉笑道："那是顶线不好，拿出去另使人打了顶线就好了。"宝玉一面使人拿去打顶线，一面又取一个来放。大家都仰面而看，天上这几个风筝都起在半空中去了。

一时丫鬟们又拿了许多各式各样的送饭的【放风筝的一种附加物，可增加活动的乐趣】来，顽了一回。紫鹃笑道："这一回的劲大，姑娘来放罢。"黛玉听说，用手帕垫着手，顿了一顿，果然风紧力大，接过籰子来，随着风筝的势将籰子一松，只听一阵豁剌剌响，登时籰子线尽。黛玉因让众人来放。众人都笑道："各人都有，你先请罢。"黛玉笑道："这一放虽有趣，只是不忍。"李纨道："放风筝图的是这一乐，所以又说放晦气，你更该多放些，把你这病根儿都带了去就好了。"紫鹃笑道："我们姑娘越发小气了。那一年不放几个子，今儿忽然又心疼了。姑娘不放，等我放。"说着便向雪雁手中接过一把西洋小银剪子来，齐籰子根下寸丝不留，略登一声铰断，笑道："这一去把病根儿可都带了去了。"那风筝飘飘摇摇，只管往后退了去，一时只有鸡蛋大小，展眼只剩了一点黑星，再展眼便不见了。

风筝断线，就飘摇而去了，也就把"晦气"带走了。

众人皆仰面睃眼说："有趣，有趣。"宝玉道："可惜不知落在那里去了。若落在有人烟处，被小孩子得了还好；若落在荒郊野外无人烟处，我替他寂寞。想起来把我这个放去，教他两个作伴儿罢。"于是也用剪子剪断，照先放去。探春正要剪自己的凤凰，见天上也有一个凤凰，因道："这也不知是谁家的。"众人皆笑说："且别剪你的，看他倒像要来绞的样儿。"说着，只见那凤凰渐逼近来，遂与这凤凰绞在一处。众人方要往下收线，那一家也要收线，正不开交，又见一个门扇大的玲珑喜字带响鞭【这"带响鞭"就是"送饭的"的效果】，在半天如钟鸣一般，也逼近来。众人笑道："这一个也来绞了。且别收，让他三个绞在一处倒有趣呢。"说着，那喜字果然与这两个凤凰绞在一处。三下齐收乱顿，谁知线都断了，那三个风筝飘飘摇摇都去了。

众人拍手哄然一笑，说："倒有趣，可不知那喜字是谁家的，忒促狭了些。"黛玉说："我的风筝也放去了，我也乏了，我也要歇歇去了。"宝钗说："且等我们放了去，大家好散。"说着，看姊妹们都放去了，大家方散。黛玉回房歪着养乏。要知端的，下回便见。

洪秋蕃评："咏柳絮，已有漂泊之象；放风筝，更伏星散之机。伤哉！"

【 回后评 】

此前几回都写园外社情之污秽、人命之丧亡，令读者心伤气短，眼倦神疲。这一回先用简短文字了结二姐之事，即转入久被冷落的大观园。黛玉赋桃花，群芳咏柳絮，是此回书的重点。桃花薄命，柳絮飘零，风将至而花残絮落，园将芜而人散鸟悲，诗词所咏，尽是悲音。我们不妨借此再说说如何解读《红楼梦》中诗词的问题。

有三种读法：看成隐语——隐含历史真实之事件；看成谶语——预言人物命运之必然；看成情语——体现角色此时之情态。

第一种读法，可以以周汝昌先生对宝琴一词的解读为例。

"宝琴此词虽被评为落选，其实最为重要。开篇汉苑隋堤即已表露是政局中两方之对立，其下三春事业付东风所指失败者之一方，三春若仅指常言春景而言，而又何事业之可言。盖谓此番政局争夺已历三年光景，故谓之三春事业。明月梅花又已点破失败者乃是弘皙月派一方。下篇方写出失败者已分散流落大江南北，沦于不幸。离人二字尤为全篇眼目。"——这是说宝琴此词写的是乾隆帝与康熙嫡长孙弘皙的一场斗争。乾隆疑弘皙有篡位之心，即拘禁审讯，历时三月而结案；三年后，弘皙死去。不知道周先生怎样把这段历史与宝琴的小词一一对应起来，也不知道该怎样解释为什么此时此境宝琴会突然要写这一段历史。再有，几个人聚首填词，为什么作者只让宝琴一人用此"影射"写法，其他人都只或抒情或言志？

第二种读法，可以举出蔡义江先生的解读来说明。比如他评湘云之词：

"《柳絮词》又都是每个人未来的自况。我们知道，湘云后来与卫若兰结合，新婚是美满的。所以词中不承认用以寄情的柳絮是衰残景象。对于她的幸福，有人可能会触痛伤感，有人可能会羡慕妒忌，这也是很自然的。她父母双亡，寄居贾府，关心她终身大事的人可能少些。她自诩"纤手自拈来"，总是凭某种见面机会，以"金麒麟"为信物而凑成的……词中从占春一转而为惜春、留春，而且情绪上是那样无可奈何，这正预示着她的所谓美满婚姻是好景不长的。"——把书中的诗词看成"谶语"，让每个角色都预言自己的结局，这在逻辑上有点问题：他们都是算命先生吗？一般的算命先生也不能算出自己的最终结局。就说湘云此词，她此时尚未婚嫁，如何能预言自己"所谓美满婚姻是好景不长的"？或曰这是作者代角色之言。角色的最终结局确实掌握在作者手中，但他有必要一而再再而三地让角色自己向读者宣示这种结局吗？未免太啰唆，也太弱智了吧？

第三种读法，是我们所主张的，除了第五回的判词、歌曲，就把每一篇作品都看作是人物此时此境之心理情绪的表达，作者代角色为诗作赋乃是为了刻画人物、表现个性。

湘云之词，偶然感兴，见柳絮飘飞春光将尽，遂起青春易逝之感，生留春永驻之情，如此而已。这类作品很多很多（所以王蒙先生说"并无创意"）。如果有兴趣，可以从宋词中找出几首，把蔡先生的结论对上去，似乎不是很困难。

探春之词，表达的是脱离贾府之困窘而远走高飞的意愿，这也正是她的处境、她的性格所使然。她苦于生母赵姨娘的纠缠，曾说："我但凡是个男人，可以出得去，我必早走了，立一番事业……"这可以做此词的解说。而宝玉作为同父异母之兄长，最理解她，所以触动词兴而续之。

黛玉悲其身世，宝钗言其志向，都适合其身份，显示其性格，如此而已。

把这些诗词看作人物性情的表现，就要把心思放到对文本自身的解读上，力求"读明白"。我们一直讲，读书首要的要求就是"读明白"，就是尽量避免误读，更不能随意歪曲。就以本回书中黛玉的《桃花行》为例，要"读明白"得过三关：词法之关，句法之关，章法之关。

其中一联曰："天机烧破鸳鸯锦，春酣欲醒移珊枕。"

蔡义江先生注上句云："说桃花如仙女用天机所织出的红色云锦烧破了落于地面。'烧'、'鸳鸯'（表示喜兆的图案）皆示红色。"——"云锦烧破了"，即使不成灰也是"残品"，这样的"桃花"还有什么"美"？"烧"为什么就是"红色"？参读之后，不得其解。其实，"天机"并非指"天女的织机"，而是指南斗之星，并由此代指天空。"烧"也不是"燃烧"，而是指"彩霞"，在这里活用作动词。"破"不是"残破"，在这里它只是一个助词，意谓"着也，在也，了也，得也"。连起来，这句话就是说"天空的彩霞映照在佳人的鸳鸯锦被上"，如此解释才能与下句自然衔接："（室内佳人）这才从酣睡中醒来，推开珊瑚枕而起床。"

其中还有一联："侍女金盆进水来，香泉影蘸胭脂冷。"

蔡先生对下句的注解是："蘸着有影的水洗脸而感到有些冷。传说以桃花雪水洗脸能使容貌更好。"——"蘸着水洗脸"，这是怎样的动作？这水为什么是"冷"的？"桃花雪水"？这也太难得了。桃花盛开之时到哪里去弄雪？是储存的雪水吗？这跟宝钗的"冷香丸"之难得差不多了。为什么强调这水是"有影"的呢？是说水的清澈吗？如此种种，还是不得其解。其实，这里的"蘸"字，义为"映照"，工具书上就有此义项的。从句法看，应是"蘸香泉之影而涂胭脂","冷"字当另读,是指此时的心情。整联意思是:她起床后,有侍女端来香泉之水洗脸,并以水照影以涂胭脂。此时是"懒起画峨眉",妆是化了,心还是冷冷的。这才和全诗的情感基调相吻合。

解读此诗最大的难点还在章法。句与句之间的联系、段与段之间的逻辑,这些都弄不清楚,就很难说是"读明白"了。

诗的前六句,写帘内外对比,桃花有情,佳人无绪,重在一个"懒"字。但后面就出现了这样的句子:"闲苔院落门空掩,斜日栏杆人自凭。凭栏人向东风泣,茜裙偷傍桃花立。"是帘内之人去"凭栏"去"偷傍桃花立"了吗?刚还"晨妆懒"呢,时间怎么一下子跳到"斜日"(黄昏)了?再往后看,"侍女金盆进水来",又回到清晨,这才与前面之"晨妆懒"相衔接,写帘内之人起床洗脸。怎么理解?论者一概回避。鄙意以为,在写帘内人"晨妆懒"之后,她并没有起床,更没有去"凭栏""独立",这些景象乃是东风"隔帘消息风吹透",也就是说,这都是"东风"报告的"消息"。听到这样的消息后,帘内人才隔帘窥景,并引发出一段抒情议论,归结到"憔悴花遮憔悴人,花飞人倦易黄昏"。

要把握此诗的层次脉络,关键是抓住"指示语",特别是对象指示语、时空指示语。文句的主体,主要有"桃花""帘内人""东风"。忽视了"东风"这个主体,就难以理解"凭栏"一段的内容。时空指示语,最重要的是"晨妆懒"之"晨"和"天机烧破鸳鸯锦"一句所透露的"起床"的时间点,如此才不至于让"帘内人"黄昏时分去"凭栏""独立"。

真要把书"读明白",大不易。而在读《红楼梦》一书时,踏踏实实地把这些诗词弄懂,不仅有助于对人物情感个性的理解,还能有效地训练阅读思维。

第七十一回

嫌隙人有心生嫌隙
鸳鸯女无意遇鸳鸯

叙一番灯火未息，门户未关；叙一番赵姨失体，费婆憋气；叙一番林家托传信；非为本文渲染，全为下文引逗。大，周家献勤；叙一番凤姐灰心，鸳鸯传信；非为本文渲染，全为下文引逗。良工苦心，可谓惨淡经营。

贾母寿宴高朋满座，荣庆堂里富丽堂皇

嫌隙，因彼此不满或猜疑而发生的恶感。此回目是指邢夫人衔恨借机羞辱王熙凤，也可用以概括书中所描写的错综复杂的人际矛盾斗争。鸳鸯女，即老太太身边的大丫鬟鸳鸯。所谓"无意遇鸳鸯"，是说她无意间撞见了司棋与其表哥的私相密会。

这年八月初三是贾母八旬之庆，从七月二十八日起至八月初五日止，荣宁二府齐开筵宴。上至皇亲国戚、诰命妇人，下至族中上下男女，络绎不绝，礼仪繁缛，所收礼物更是不可胜计。

因宁国府中单请官客，荣国府中单请堂客，尤氏日间只在荣府这边伺候，晚间在园内李氏房中歇宿。这天，尤氏来至园中，只见园中正门与各处角门仍未关，犹吊着各色彩灯，因命小丫头叫该班的女人。谁知那该班的女人因尤氏是东府的，竟不听使唤，说什么"各家门，另家户"，"我们这边，你们还早些呢"。尤氏知道了很生气，但碍于贾母的千秋，就未加追究。

此事被王夫人的陪房周瑞家的知道了，便回了凤姐。凤姐说：等过了这几日，把这二人捆了送到那府里凭大嫂子开发就得了。这周瑞家的素日因与这几个人不睦，出来便命人把这两个婆子捆了起来，交到马圈里派人看守。

原来，其中的一个婆子乃是邢夫人陪房费大娘的亲家。这费婆子原已为遭到冷落愤愤不平，听了周瑞家的捆了他亲家，越发火上浇油，便来求邢夫人。邢夫人也为贾母偏心、凤姐的体面反胜自己等事而嫉妒挟怨，于是借机发作：当着许多人赔笑跟凤姐求情，口称"二奶奶"，说："我想老太太好日子，发狠的还舍钱舍米，周贫济老，咱们家先倒折磨起老人家来了。不看我的脸，权且看老太太，竟放了他们罢。"说毕，上车去了。

凤姐听了这话，又羞又气，一时抓寻不着头脑，憋得脸紫涨。王夫人又说："你太太说的是……老太太的千秋要紧，放了他们为是。"说着，回头便命人去放了那两个婆子。凤姐由不得越想越气越愧，不觉灰心转悲，滚下泪来。

这天晚上，鸳鸯从园内往回走，刚至园门前，竟发现了司棋与其表兄（潘又安）幽会。这司棋又羞又怕，跪求鸳鸯保守秘密，鸳鸯答应她"横竖不告诉一个人"，就出园去了。

话说贾政回京之后，诸事完毕，赐假一月在家歇息。因年景渐老，事重身衰，又近因在外几年，骨肉离异，今得晏然复聚于庭室，自觉喜幸不尽。一应大小事务一概益发付于度外，只是看书，闷了便与清客们下棋吃酒，或日间在里面母子夫妻共叙天伦庭闱之乐。

连宝玉的学业也没有过问吗？

因今岁八月初三日乃贾母八旬之庆，又因亲友全来，恐筵宴排设不开，便早同贾赦及贾珍贾琏等商议，议定于七月二十八日起至八月初五日止荣宁两处齐开筵宴，宁国府中单请官客，荣国府中单请堂客【与上"官客"相对，此为女客，可知上为男客】，大观园中收拾出缀锦阁并嘉荫堂等几处大地方来作退居。二十八日请皇亲附马王公诸公主郡主王妃国君太君夫人等，二十九日便是阁下都府督镇及诰命等，三十日便是诸官长及诰命并远近亲友及堂客。初一日是贾赦的家宴，初二日是贾政，初三日是贾珍贾琏，初四日是贾府中合族长幼大小共凑的家宴。初五日是赖大林之孝等家下管事人等共凑一日。

八十大寿，贾府大事，是政治盟友间联络感情的好机会。时间，整整八天；空间，荣宁两府同时开宴，再加上大观园作为"退居"——宾客临时休息的地方。

日程排得满满的。

自七月上旬，送寿礼者便络绎不绝。礼部奉旨：钦赐金玉如意一柄，彩缎四端，金玉环四个，帑银五百两。元春又命太监送出金寿星一尊，沉香拐一只，伽南珠一串，福寿香一盒，金锭一

送寿礼者络绎不绝，各色礼物连贾母都懒得过目了。

对，银锭四对，彩缎十二匹，玉杯四只。馀者自亲王驸马以及大小文武官员之家凡所来往者，莫不有礼，不能胜记。堂屋内设下大桌案，铺了红毡，将凡所有精细之物都摆上，请贾母过目。贾母先一二日还高兴过来瞧瞧，后来烦了，也不过目，只说："叫凤丫头收了，改日闷了再瞧。"

至二十八日，两府中俱悬灯结彩，屏开鸾凤，褥设芙蓉，笙箫鼓乐之音，通衢越巷。宁府中本日只有北静王、南安郡王、永昌驸马、乐善郡王并几个世交公侯应袭，荣府中南安王太妃、北静王妃并几位世交公侯诰命。贾母等俱是按品大妆迎接。大家厮见，先请入大观园内嘉荫堂，茶毕更衣后，方出至荣庆堂上拜寿入席。大家谦逊半日，方才入席。

上面两席是南、北王妃，下面依序，便是众公侯诰命。左边下手一席，陪客是锦乡侯诰命与临昌伯诰命；右边下手一席，方是贾母主位。邢夫人王夫人带领尤氏凤姐并族中几个媳妇，两溜雁翅站在贾母身后侍立。林之孝赖大家的带领众媳妇都在竹帘外面伺候上菜上酒，周瑞家的带领几个丫鬟在围屏后伺候呼唤。凡跟来的人，早又有人管待别处去了。

一时台上参了场【演出前出台致辞祝贺】，台下一色十二个未留发的小厮伺候。须臾，一小厮捧了戏单至阶下，先递与回事的媳妇。这媳妇接了，才递与林之孝家的，林之孝家的用一小茶盘托上，挨身入帘来递与尤氏的侍妾佩凤。佩凤接了才奉与尤氏。尤氏托着走至上席，南安太妃谦让了一回，点了一出吉庆戏文，然后又谦让了一回，北静王妃也点了一出。众人又让了一回，命随便拣好的唱罢了。少时，菜已四献，汤始一道，跟来各家的放了赏。大家便更衣复入园来，另献好茶。

南安太妃因问宝玉，贾母笑道："今日几处庙里念'保安延寿经'，他跪经去了。"又问众小姐们，贾母笑道："他们姊妹们病的病，弱的弱，见人腼腆，所以叫他们给我看屋子去了。有的是小戏子，传了一班在那边厅上陪着他姨娘家姊妹们也看戏呢。"

南安太妃笑道："既这样，叫人请来。"贾母回头命凤姐儿去把史、薛、林带来，"再只叫你三妹妹陪着来罢。"

凤姐答应了，来至贾母这边，只见他姐妹们正吃果子看戏，宝玉也才从庙里跪经回来。凤姐儿说了话。宝钗姐妹与黛玉探春湘云五人来至园中，大家见了，不过请安问好让坐等事。众人中也有见过的，还有一两家不曾见过的，都齐声夸赞不绝。其中湘云最熟，南安太妃因笑道："你在这里，听见我来了还不出来，还只等请去。我明儿和你叔叔算帐。"因一手拉着探春，一手拉着宝钗，问几岁了，又连声夸赞。因又松了他两个，又拉着黛玉宝琴，也着实细看，极夸一回。又笑道："都是好的，你不知叫我夸那一个的是。"早有人将备用礼物打点出五分来：金玉戒指各五个，腕香珠五串。南安太妃笑道："你姐妹们别笑话，留着赏丫头们罢。"五人忙拜谢过。北静王妃也有五样礼物，馀者不必细说。

吃了茶，园中略逛了一逛，贾母等因又让入席。南安太妃便告辞，说身上不快，"今日若不来，实在使不得，因此恕我竟先要告别了。"贾母等听说，也不便强留，大家又让了一回，送至园门，坐轿而去。接着北静王妃略坐一坐也就告辞了。馀者也有终席的，也有不终席的。

贾母劳乏了一日，次日便不出来会人，一应都是邢夫人王夫人管待。有那些世家子弟拜寿的，只到厅上行礼，贾赦、贾政、贾珍等还礼管待，至宁府坐席。不在话下。

这几日，尤氏晚间也不回那府里去，白日间待客，晚间陪贾母顽笑，又帮着凤姐料理出入大小器皿，以及收放赏礼事务。晚间在园内李氏房中歇宿。这日晚间服侍过贾母晚饭后，贾母因说："你们也乏了，我也乏了，早些寻一点子吃的歇歇去。明儿还要起早闹呢。"尤氏答应着退了出来，到凤姐儿房里来吃饭。凤姐儿在楼上看着人收送礼的新围屏，只有平儿在房里与凤姐儿叠衣服。尤氏因问："你们奶奶吃了饭了没有？"平儿笑道："吃饭岂不请奶奶去的。"尤氏笑道："既这样，我别处找吃

周汝昌按："史、薛、林三人名次如此排列以前未见。今在贾母口中首次道出，值得玩味。至于贾氏姐妹中特选探春一人陪同，又有深意。暗伏以后探春远嫁之事，非闲笔也。"

按：看不出贾母有什么深意，连义互解，大概是因为"湘云太熟"，迎春太"木"，惜春太小，要在太妃面前"露脸"，只有探春"拿得出手"。

出来一见，可得礼物。邢夫人之所以计较，为迎春失去得礼物之良机乎？

来祝寿实出于礼——政治的需要，而非出于情，所以礼成即退。

这第一日，只落了个"劳乏"。

没有"欢"没有"笑"，几天过去，"你们也乏了，我也乏了"，不仅是身累，更是心累。

的去。饿的我受不得了。"说着，就走。平儿忙笑道："奶奶请回来。这里有点心，且点补一点儿，回来再吃饭。"尤氏笑道："你们忙的这样，我园里和他姊妹们闹去。"一面说，一面就走。平儿留不住，只得罢了。

且说尤氏一径来至园中，只见园中正门与各处角门仍未关，犹吊着各色彩灯，因回头命小丫头叫该班的女人。那丫鬟走入班房中，竟没一个人影，回来回了尤氏。尤氏便命传管家的女人。这丫头应了便出去，到二门外鹿顶内，乃是管事的女人议事取齐之所。到了这里，只有两个婆子分菜果呢。因问："那一位奶奶在这里？东府奶奶立等一位奶奶，有话吩咐。"

这两个婆子只顾分菜果，又听见是东府里的奶奶，不大在心上，因就回说："管家奶奶们才散了。"小丫头道："散了，你们家里传他去。"婆子道："我们只管看屋子，不管传人。姑娘要传人再派传人的去。"小丫头听了道："嗳呀，嗳呀，这可反了！怎么你们不传去？你哄那新来了的，怎么哄起我来了！素日你们不传谁传去！这会子打听了梯己信儿，或是赏了那位管家奶奶的东西，你们争着狗颠儿似的传去的，不知谁是谁呢。琏二奶奶要传，你们可也这么回？"这两个婆子一则吃了酒，二则被这丫头揭挑着弊病，便羞激怒了，因回口道："扯你的臊！我们的事，传不传不与你相干！你不用揭挑我们，你想想，你那老子娘在那边管家爷们跟前比我们还更会溜须呢。什么'清水下杂面你吃我也见'的事，各家门，另家户，你有本事，排场你们那边人去。我们这边，你们还早些呢！"丫头听了，气白了脸，因说道："好，好，这话说的好！"一面转身进来回话。

尤氏已早入园来，因遇见了袭人、宝琴、湘云三人同着地藏庵的两个姑子正说故事顽笑，尤氏因说饿了，先到怡红院，袭人装了几样荤素点心出来与尤氏吃。两个姑子、宝琴、湘云等都吃茶，仍说故事。

那小丫头子一径找了来，气狠狠的把方才的话都说了出来。

尤氏听了，冷笑道："这是两个什么人？"两个姑子并宝琴湘云等听了，生怕尤氏生气，忙劝说："没有的事，必是这一个听错了。"两个姑子笑推这丫头道："你这孩子好性气，那糊涂老嬷嬷们的话，你也不该来回才是。咱们奶奶万金之躯，劳乏了几日，黄汤辣水没吃，咱们哄他欢喜一会还不得一半儿，说这些话做什么。"袭人也忙笑拉出他去，说："好妹子，你且出去歇歇，我打发人叫他们去。"尤氏道："你不要叫人，你去就叫这两个婆子来，到那边把他们家的凤儿叫来。"袭人笑道："我请去。"尤氏道："偏不要你去。"两个姑子忙立起身来，笑说："奶奶素日宽洪大量，今日老祖宗千秋，奶奶生气，岂不惹人议论。"宝琴湘云二人也都笑劝。尤氏道："不为老太太的千秋，我断不依。且放着就是了。"

说话之间，袭人早又遣了一个丫头去到园门外找人，可巧遇见周瑞家的，这小丫头子就把这话告诉周瑞家的。周瑞家的虽不管事，因他素日仗着是王夫人的陪房，原有些体面，心性乖滑，专管各处献勤讨好，所以各处房里的主人都喜欢他。他今日听了这话，忙的便跑入怡红院来，一面飞走，一面口内说："气坏了奶奶了，可了不得！我们家里，如今惯的太不堪了。偏生我不在跟前，若在跟前，且打给他们几个耳刮子，再等过了这几日算帐。"尤氏见了他，也便笑道："周姐姐你来，有个理你说说。这早晚门还大开着，明灯亮烛，出入的人又杂，倘有不防的事，如何使得？因此叫该班的人吹灯关门。谁知一个人芽儿也没有。"周瑞家的道："这还了得！前儿二奶奶还吩咐了他们，说这几日事多人杂，一晚就关门吹灯，不是园里人不许放进去。今儿就没了人。这事过了这几日，必要打几个才好。"

尤氏又说小丫头子的话。周瑞家的道："奶奶不要生气，等过了事，我告诉管事的打他个臭死。只问他们，谁叫他们说这'各家门各家户'的话！我已经叫他们吹了灯，关上正门和角门子。"正乱着，只见凤姐儿打发人来请吃饭。尤氏道："我也不饿

了，才吃了几个饽饽，请你奶奶自吃罢。"

一时周瑞家的得便出去，便把方才的事回了凤姐，又说："这两个婆子就是管家奶奶，时常我们和他说话，都似狠虫一般。奶奶若不戒饬，大奶奶脸上过不去。"凤姐道："既这么着，记上两个人的名字，等过了这几日，捆了送到那府里凭大嫂子开发，或是打几下子，或是他开恩饶了他们，随他去就是了，什么大事。"周瑞家的听了，得不的一声，素日因与这几个人不睦，出来了便命一个小厮到林之孝家传凤姐的话，立刻叫林之孝家的进来见大奶奶；一面又传人立刻捆起这两个婆子来，交到马圈里派人看守。

林之孝家的不知有什么事，此时已经点灯，忙坐车进来，先见凤姐。至二门上传进话去，丫头们出来说："奶奶才歇了。大奶奶在园里，叫大娘见了大奶奶就是了。"林之孝家的只得进园来到稻香村，丫鬟们回进去，尤氏听了反过意不去，忙唤进他来，因笑向他道："我不过为找人找不着因问你，你既去了，也不是什么大事，谁又把你叫进来，倒要你白跑一遭。不大的事，已经撒开手了。"林之孝家的也笑道："二奶奶打发人传我，说奶奶有话吩咐。"尤氏笑道："这是那里的话，只当你没去，白问你。这是谁又多事告诉了凤丫头，大约周姐姐说的。你家去歇着罢，没有什么大事。"李纨又要说原故，尤氏反拦住了。

林之孝家的见如此，只得便回身出园去。可巧遇见赵姨娘，姨娘因笑道："嗳哟哟，我的嫂子！这会子还不家去歇歇，还跑些什么？"林之孝家的便笑说何曾不家去的，如此这般进来了。又是个齐头故事。赵姨娘原是好察听这些事的，且素日又与管事的女人们扳援，互相连络，好作首尾。方才之事，已竟闻得八九，听林之孝家的如此说，便怎般如此告诉了林之孝家的一遍，林之孝家的听了，笑道："原来是这事，也值一个屁！开恩呢，就不理论；心窄些儿，也不过打几下子就完了。"赵姨娘道："我的嫂子，事虽不大，可见他们太张狂些。巴巴的传进你来，明明戏弄你，

这两个婆子是邢夫人线上的人，与周瑞家的"不睦"。她借机报复，不小心触动到邢夫人。偏又叫林之孝家的"进来见大奶奶"，看似执行凤姐之命，实际把凤姐说的"什么大事"当成"大事"来忽悠了。想帮忙，实在添乱。

连尤氏都嫌周瑞家的"多事"了。

前面刚"巧"——袭人碰见周瑞家的，这里又"巧"——林之孝家的遇到赵姨娘，正是所谓"无巧不成书"。

赵妾趁机挑拨林之孝家的与凤姐的关系，但周瑞家的所作所为确是给赵氏提供了机会。

顽算你。快歇歇去，明儿还有事呢，也不留你吃茶去。"

说毕，林之孝家的出来，到了侧门前，就有方才两个婆子的女儿上来哭着求情。林之孝家的笑道："你这孩子好糊涂，谁叫你娘吃酒混说了，惹出事来，连我也不知道。二奶奶打发人捆他，连我还有不是呢。我替谁讨请去。"这两个小丫头子才七八岁，原不识事，只管哭啼求告。缠的林之孝家的没法，因说道："糊涂东西！你放着门路不去，却缠我来。你姐姐现给了那边太太作陪房费大娘的儿子，你走过去告诉你姐姐，叫亲家娘和太太一说，什么完不了的事！"一语提醒了这一个，那一个还求。林之孝家的啐道："糊涂攘的！他过去一说，自然都完了。没有个单放了他妈，又只打你妈的理。"说毕，上车去了。

这一个小丫头果然过来告诉了他姐姐，和费婆子说了。这费婆子原是邢夫人的陪房，起先也曾兴过时，只因贾母近来不大作兴邢夫人，所以连这边的人也减了威势。凡贾政这边有些体面的人，那边各各皆虎视眈眈。这费婆子常倚老卖老，仗着邢夫人，常吃些酒，嘴里胡骂乱怨的出气。如今贾母庆寿这样大事，干看着人家逞才卖技办事，呼幺喝六弄手脚，心中早已不自在，指鸡骂狗，闲言闲语的乱闹。这边的人也不和他较量。如今听了周瑞家的捆了他亲家，越发火上浇油，仗着酒兴，指着隔断的墙大骂了一阵，便走上来求邢夫人，说他亲家并没什么不是，"不过和那府里的大奶奶的小丫头白斗了两句话，周瑞家的便调唆了咱家二奶奶捆到马圈里，等过了这两日还要打。求太太——我那亲家娘也是七八十岁的老婆子——和二奶奶说声，饶他这一次罢。"

邢夫人自为要鸳鸯之后讨了没意思，后来见贾母越发冷淡了他，凤姐的体面反胜自己；且前日南安太妃来了，要见他姊妹，贾母又只令探春出来，迎春竟似有如无，自己心内早已怨忿不乐，只是使不出来。又值这一干小人在侧，他们心内嫉妒挟怨之事不敢施展，便背地里造言生事，挑拨主人。先不过是告那边的奴才，后来渐次告到凤姐"只哄着老太太喜欢了他好就中作威作

又一个"陪房"！恰巧被捆的一个婆子跟邢夫人的陪房费大娘是亲家，这就跟邢夫人连上线了。这又触发了婆媳矛盾。

又是荣国府内两房之间的矛盾。

言其"老"罢了，说"七八十岁"未免夸张。

这里揭示出三重矛盾：邢夫人与贾母，邢夫人与王夫人，邢夫人与凤姐。说是"小人""挑拨"，其实都是客观存在。回目中说"嫌隙人"说的就是这位夫人。

福，辖治着琏二爷，调唆二太太，把这边的正经太太倒不放在心上。"后来又告到王夫人，说："老太太不喜欢太太，都是二太太和琏二奶奶调唆的。"邢夫人纵是铁心铜胆的人，妇女家终不免生些嫌隙之心，近日因此着实恶绝凤姐。今听了如此一篇话，也不说长短。

至次日一早，见过贾母，众族中人到齐，坐席开戏。贾母高兴，又见今日无远亲，都是自己族中子侄辈，只便衣常妆出来，堂上受礼。当中独设一榻，引枕靠背脚踏俱全，自己歪在榻上。榻之前后左右，皆是一色的小矮凳，宝钗、宝琴、黛玉、湘云、迎春、探春、惜春姊妹等围绕。因贾瑞之母也带了女儿喜鸾，贾琼之母也带了女儿四姐儿，还有几房的孙女儿，大小共有二十来个。贾母独见喜鸾和四姐儿生得又好，说话行事与众不同，心中喜欢，便命他两个也过来榻前同坐。宝玉却在榻上脚下与贾母捶腿。

首席便是薛姨妈，下边两溜皆顺着房头辈数下去。帘外两廊都是族中男客，也依次而坐。先是那女客一起一起行礼，后方是男客行礼。贾母歪在榻上，只命人说"免了罢"，早已都行完了。然后赖大等带领众家人，从仪门直跪至大厅上，磕头礼毕，又是众家下媳妇，然后各房的丫鬟，足闹了两三顿饭时。然后又抬了许多雀笼来，在当院中放了生。贾赦等焚过了天地寿星纸，方开戏饮酒。直到歇了中台，贾母方进来歇息，命他们取便，因命凤姐儿留下喜鸾四姐儿顽两日再去。凤姐儿出来便和他母亲说，他两个母亲素日都承凤姐的照顾，也巴不得一声儿。他两个也愿意在园内顽耍，至晚便不回家了。

邢夫人直至晚间散时，当着许多人陪笑和凤姐求情说："我听见昨儿晚上二奶奶生气，打发周管家的娘子捆了两个老婆子，可也不知犯了什么罪。论理我不该讨情，我想老太太好日子，发狠的还舍钱舍米，周贫济老，咱们家先倒折磨起老人家来了。不看我的脸，权且看老太太，竟放了他们罢。"说毕，上车去了。

凤姐听了这话，又当着许多人，又羞又气，一时抓寻不着头

天伦之乐，才是真乐。太妃、王妃来访，自己身份先矮了一截，有什么"乐"处？

"都行完了"再"命"人说"免了吧"，要的就是这个"谱"：真不让晚辈行礼，不合规矩；不说"免了吧"，不能显示对晚辈的疼爱。

邢夫人抓住机会羞辱凤姐：一是"当着许多人"，二是称其为"奶奶"（婆婆称儿媳），三是说此乃在老太太的好日子折磨人（不孝不义）。更厉害的是，"说毕，上车去了"——不给凤姐说话的机会。矛盾公开化，这羞辱的是凤姐，其实内含着对贾母、王夫人的不满。

所以凤姐是"又羞又气"。

脑，憋得脸紫涨，回头向赖大家的等笑道："这是那里的话。昨儿因为这里的人得罪了那府里的大嫂子，我怕大嫂子多心，所以尽让他发放，并不为得罪了我。这又是谁的耳报神这么快。"王夫人因问为什么事，凤姐儿笑将昨日的事说了。尤氏也笑道："连我并不知道，你原也太多事了。"凤姐儿道："我为你脸上过不去，所以等你开发，不过是个礼。就如我在你那里有人得罪了我，你自然送了来尽我开发。凭他是什么好奴才，到底错不过这个礼去。这又不知谁过去没的献勤儿，这也当作一件事情去说。"王夫人道："你太太说的是。就是珍哥儿媳妇也不是外人，也不用这些虚礼。老太太的千秋要紧，放了他们为是。"说着，回头便命人去放了那两个婆子。

凤姐由不得越想越气越愧，不觉的灰心转悲，滚下泪来。因赌气回房哭泣，又不使人知觉。偏是贾母打发了琥珀来叫立等说话。琥珀见了，诧异道："好好的，这是什么原故？那里立等你呢。"凤姐听了，忙擦干了泪，洗面另施了脂粉，方同琥珀过来。

贾母因问道："前儿这些人家送礼来的共有几家有围屏？"凤姐儿道："共有十六家有围屏，十二架大的，四架小的炕屏。内中只有江南甄家一架大屏十二扇，大红缎子缂丝'满床笏'，一面是泥金'百寿图'的，是头等的。还有粤海将军邬家一架玻璃的还罢了。"贾母道："既这样，这两架别动，好生搁着，我要送人的。"凤姐儿答应了。

鸳鸯忽过来向凤姐儿面上只管瞧，引的贾母问说："你不认得他？只管瞧什么。"鸳鸯笑道："怎么他的眼肿肿的，所以我诧异，只管看。"贾母听说，便叫进前来，也觑着眼看。凤姐笑道："才觉的一阵痒痒，揉肿了些。"鸳鸯笑道："别又是受了谁的气了不成？"凤姐道："谁敢给我气受，便受了气，老太太好日子，我也不敢哭的。"贾母道："正是呢。我正要吃晚饭，你在这里打发我吃，剩下的你就和珍儿媳妇吃了。你两个在这里帮着两个师傅替我拣佛豆儿，你们也积积寿，前儿你姊妹们和宝玉都拣了，

尤氏不特别表示感谢，王夫人也只得说"你太太说的是"，最后所有的"不是"都成了凤姐的。

由前面的"又羞又气"变成了"越气越愧"。那夫人作为婆婆，不问是非，当众羞辱她，陷其于不孝不义，所以"羞""气"。这里说其"愧"，是因为出力没讨好，也正为此而"不觉的灰心转悲，滚下泪来"。这是凤姐心理的一个重要转折点。

补说所收礼物，强调"江南甄家"的是"头等的"，不仅显示其豪富，更突出其与贾家的密切关系。

说得好听，怎么就没人给你气受？可悲的是，受了气还不能说。

越是偏心的人越要声称自己不偏心，此地无银三百两。

如今也叫你们拣拣，别说我偏心。"

　　说话时，先摆上一桌素的来，两个姑子吃了。然后才摆上荤的，贾母吃毕，抬出外间。尤氏凤姐儿二人正吃，贾母又叫把喜鸾四姐儿二人也叫来，跟他二人吃毕，洗了手，点上香，捧过一升豆子来。两个姑子先念了佛偈，然后一个一个的拣在一个簸箩内，每拣一个，念一声佛。明日煮熟了，令人在十字街结寿缘。贾母歪着听两个姑子又说些佛家的因果善事。

什么叫"拣佛豆儿"？任何注解都是多余的，读到这一段就可以明白。这就是虚实互解。

　　鸳鸯早已听见琥珀说凤姐哭之事，又和平儿前打听得原故。晚间人散时，便回说："二奶奶还是哭的，那边大太太当着人给二奶奶没脸。"贾母因问为什么原故，鸳鸯便将原故说了。贾母道："这才是凤丫头知礼处，难道为我的生日由着奴才们把一族中的主子都得罪了也不管罢。这是大太太素日没好气，不敢发作，所以今儿拿着这个作法子，明是当着众人给凤儿没脸罢了。"正说着，只见宝琴等进来，也就不说了。

邢夫人"素日没好气"，跟你这个最高统治者没有关系吗？

　　贾母因问："你在那里来。"宝琴道："在园里林姐姐屋里大家说话的。"贾母忽想起一事来，忙唤一个老婆子来，吩咐他："到园里各处女人们跟前嘱咐嘱咐，留下的喜姐儿和四姐儿，虽然穷，也和家里的姑娘们是一样，大家照看经心些。我知道咱们家的男男女女都是'一个富贵心，两只体面眼'，未必把他两个放在眼里。有人小看了他们，我听见可不依。"婆子应了方要走时，鸳鸯道："我说去罢。他们那里听他的话。"说着，便一径往园子来。

贾母这十个字概括得不错。在众多晚辈中单选出这两个加以宠爱，是什么"眼"？

　　先到稻香村中，李纨与尤氏都不在这里。问丫鬟们，说："都在三姑娘那里呢。"鸳鸯回身又来至晓翠堂，果见那园中人都在那里说笑。见他来了，都笑说："你这会子又跑来做什么？"又让他坐。鸳鸯笑道："不许我也逛逛么？"于是把方才的话说了一遍。李纨忙起身听了，就叫人把各处的头儿唤了一个来。令他们传与诸人知道。不在话下。

　　这里尤氏笑道："老太太也太想的到，实在我们年轻力壮的人捆上十个也赶不上。"李纨道："凤丫头仗着鬼聪明儿，还离脚踪儿不远。咱们是不能的了。"鸳鸯道："罢哟，还提凤丫头虎丫头呢，他也可怜见儿的。虽然这几年没有在老太太、太太跟前有个错缝儿，暗里也不知得罪了多少人。总而言之，为人是难作的：若太老实了没有个机变，公婆又嫌太老实了，家里人也不怕；若有些机变，未免又治一经损一经。如今咱们家里更好，新出来的这些底下奴字号的奶奶们，一个个心满意足，都不知要怎么样才好，稍有不得意，不是背地里咬舌根，就是挑三窝四的。我怕老太太生气，一点儿也不肯说。不然我告诉出来，大家别过太平日子。这不是我当着三姑娘说，老太太偏疼宝玉，有人背地里怨言还罢了，算是偏心。如今老太太偏疼你，我听着也是不好。这可笑不可笑？"探春笑道："糊涂人多，那里较量得许多。我说倒不如小人家人少，虽然寒素些，倒是欢天喜地，大家快乐。我们这样人家人多，外头看着我们不知千金万金小姐，何等快乐，殊不知我们这里说不出来的烦难，更利害。"宝玉道："谁都像三妹妹好多心。事事我常劝你，总别听那些俗话，想那些俗事，只管安富尊荣才是。比不得我们没这清福，该应浊闹的。"尤氏道："谁都像你，真是一心无挂碍，只知道和姊妹们玩笑，饿了吃，困了睡，再过几年，不过还是这样，一点后事也不虑。"宝玉笑道："我能够和姊妹们过一日是一日，死了就完了。什么后事不后事。"

李纨等都笑道："这可又是胡说。就算你是个没出息的，终老在这里，难道他姊妹们都不出阁的？"尤氏笑道："怨不得人都说他是假长了一个胎子，究竟是个又傻又呆的。"宝玉笑道："人事莫定，知道谁死谁活。倘或我在今日明日、今年明年死了，也算是遂心一辈子了。"众人不等说完，便说："可是又疯了，别和他说话才好。若和他说话，不是呆话，就是疯话。"喜鸾因笑道："二哥哥，你别这样说，等这里姐姐们果然都出了阁，横竖老太太、太太也寂寞，我来和你作伴儿。"李纨尤氏等都笑道：

"奴字号的奶奶们"指哪些人？陪房？管家婆子？从鸳鸯眼中看出贾府之危机乱象。而老太太"偏心"，连鸳鸯也不讳言。

大概指只让探春见太妃之类的事。

探春深感生存的"烦难"，宝玉知道，但并非真的理解。宝玉不能理解探春，尤氏更难理解宝玉。人类最大的悲哀就是彼此隔膜，身在咫尺，而心隔万里。这"隔膜"越深，人间越像"地狱"。

宝玉本来是"顽石"下界来历劫历幻的，当然没有什么"后事"可虑。

"又傻又呆"，开口"不是呆话就是疯话"，这就是宝玉在人们眼中的形象。宝玉活着就为一个"情"字、一个"爱"字，既不想振兴家业，更不想为国立功。在"家国"看来，他就是个"没出息"的。但他体现的是人生的另一种价值——人生在世，非名非利，只为给周围带来温暖，使人间更像人间。

"姑娘也别说呆话，难道你是不出阁的？这话哄谁。"说的喜鸾低了头。当下已是起更时分，大家各自归房安歇，众人都且不提。

且说鸳鸯一径回来，刚至园门前，只见角门虚掩，犹未上闩。此时园内无人来往，只有该班的房内灯光掩映，微月半天。鸳鸯又不曾有个作伴的，也不曾提灯笼，独自一个，脚步又轻，所以该班的人皆不理会。偏生又要小解，因下了甬路，寻微草处，行至一湖山石后大桂树阴下来。刚转过石后，只听一阵衣衫响，吓了一惊不小。定睛一看，只见是两个人在那里，见他来了，便想往石后树丛藏躲。鸳鸯眼尖，趁月色见准一个穿红裙子梳髢头高大丰壮身材，的是迎春房里的司棋。鸳鸯只当他和别的女孩子也在此方便，见自己来了，故意藏躲恐吓着耍，因便笑叫道："司棋，你不快出来，吓着我，我就喊起来当贼拿了。这么大丫头了，没个黑家白日的只是顽不够。"

这本是鸳鸯的戏语，叫他出来。谁知他贼人胆虚，只当鸳鸯已看见他的首尾了，生恐叫喊起来使众人知觉更不好，且素日鸳鸯又和自己亲厚不比别人，便从树后跑出来，一把拉住鸳鸯，便双膝跪下，只说："好姐姐，千万别嚷！"鸳鸯反不知因何，忙拉他起来，笑问道："这是怎么说？"司棋满脸红胀，又流下泪来。鸳鸯再一回想，那一个人影恍惚像个小厮，心下便猜着了八九，自己反羞的面红耳赤，又怕起来。因定了一会，忙悄问："那个是谁？"司棋复跪下道："是我姑舅兄弟。"鸳鸯啐了一口，道："要死，要死。"司棋又回头悄道："你不用藏着，姐姐已看见了，快出来磕头。"那小厮听了，只得也从树后爬出来，磕头如捣蒜。

鸳鸯忙要回身，司棋拉住苦求，哭道："我们的性命，都在姐姐身上，只求姐姐超生要紧！"鸳鸯道："你放心，我横竖不告诉一个人就是了。"一语未了，只听角门上有人说道："金姑娘已出去了，角门上锁罢。"鸳鸯正被司棋拉住，不得脱身，听见如此说，便接声道："我在这里有事，且略住手，我出来了。"司

灯光掩映，微月半天，湖山石后，大桂树阴下，是一个幽僻的环境。鸳鸯能从背影认出司棋，也属正常，但"是两个人"，就有点不寻常。

司棋突然跪地求情，到底怎么回事？悬念。

鸳鸯想明白了。大姑娘面对此种事而害羞很正常，为什么"又怕起来"了？怕的是贾府的规矩、当事者的命运，更恐怕这不是唯一的——前面刚说过，就她所掌握的情事若"告诉出来，大家别过太平日子"。

司棋到底不放心，读者也"不放心"，且看下回分解吧。

棋听了，只得松手让他去了——

【 回后评 】

　　嫌隙人有心生嫌隙，鸳鸯女无意遇鸳鸯。以上两件事，都发生在贾母八十寿辰之际。作者这样安排，实际是他全书宏大构思的一部分。贾府，就像高楼，像长堤，看上去宏伟，牢固；但楼内鼠洞相通，堤下蚁穴纵横，这楼、堤根基日朽，楼倾堤溃已成必然之势。

　　贾母八十大寿，在贾府绝对是一桩大事。这不仅是为了"敬老"，借婚丧嫁娶之机显示家族之富贵，联络政治盟友之感情，也是重要的目的。这庆生之礼仪，够隆重，够排场，筵宴连排八天，礼物不可胜计，郡王、驸马，太妃、王妃等都是座上客。然而，尽管一切井井有条，一切执礼如仪，但感不到喜庆之氛围，看不到欢笑之场面。强弩之末，师老兵疲。作者只用了不足两千字，就把这"重大"事件交代过去了。

　　但这场面还是必须写的，正是在这样的背景下，后面所写的种种矛盾冲突才能被赋予特殊的意义。

　　这矛盾冲突是有层次而错综复杂的——是利益之争，也是"派系"之斗。

　　首先是荣宁两府之间的矛盾。两府的先祖贾演、贾源是亲兄弟，至贾珍、贾琏已是第四代，血缘关系渐行渐远，虽有凤姐协理宁国府、尤氏协办凤姐生日的互助，但毕竟"这府""那府"的意识越来越分明。为尤二姐之事，两府结怨更深。凤姐大闹宁国府，最后置二姐于死地，宁府，特别是尤氏，能无怨乎？正是主子之间的嫌隙影响到下面的仆妇，她们才会有"各家门各家户"的话头，才会不把尤氏放在眼里。而尤氏，在为凤姐操办寿诞活动时就曾流露勉强之意，现在为贾母生辰奔忙，是否那么心甘情愿？

其次是荣府贾赦、贾政两家之间的矛盾。贾赦为长，其妇邢夫人本该做荣府的管家人。而贾母偏心，把家政大权交给了王夫人，颇有点"废长立幼"的意思。更让邢夫人不满的是，自己的儿媳妇王熙凤，偏是王夫人的侄女，她在王夫人的支持下，取悦于老太太，成了荣府实际的掌权者，而邢夫人则被晾在一边。所谓"嫌隙人有心生嫌隙"，邢夫人当众羞辱凤姐，就是这种矛盾的一次爆发。邢夫人恨凤姐，也对王夫人、对贾母深怀不满。

更纷繁的是主奴矛盾、奴奴矛盾。

这回书里赵姨娘又露了一面，她的宗旨就是挑拨是非，唯恐天下不乱。这次是借机挑拨林之孝家的跟凤姐的关系。论者一般恨这个赵妾，骂她"令人欲呕""自甘下贱"等。但她正是那个社会、那个生存环境所塑造出来的角色。只要那个生态环境存在，就会有那样的角色存在——那个天下不属于她。至于司棋之私相约会，也可以说是对主子之规矩的冒犯。王蒙先生说："从另一个角度看，关着这么多青春年少的丫头，岂能没有春色出墙入园？"

在荣府，奴才不但分等级，还分帮派。大体上说，围绕在王夫人、凤姐周围的是一派，相对的就是她们的反对派。此回的事件，就起源于王夫人的陪房周瑞家的。她为打击"不睦"的对象，把两个不听话的婆子捆了起来。而这两个女人偏就是邢夫人陪房的亲家。奴才之间的矛盾牵连到主子之间的关系，牵一发动全身，小事变成大事，最终都成鼠洞蚁穴。

王蒙先生有一段总结，可以借用一下："各种合力，已使大观园【贾府】乱套了。贾母八旬大寿，大庆之中显出了颓败，给人强弩之末之感。下人无礼，山头互斗，凤姐吃憋，鸳鸯睹异，都是不祥之兆。"

第七十二回

夏雨冬风，常不解其何自来、何自去。鸳鸯与司棋相哭发誓，事已瓦释冰消，及平地风波一起，措手不及，亦不解何自来、何自去。

贾琏拮据求乞鸳鸯，贾母严令整顿歪风（下联内容见下回书）

思雨露深

上回书写道"鸳鸯女无意遇鸳鸯"，鸳鸯答应司棋"横竖不告诉一个人"，但司棋到底心内怀着鬼胎，茶饭无心，起坐恍惚。她后来又听说那表兄畏罪逃跑了，因此又添了一层气，恹恹地成了大病。

这天，鸳鸯过来看望司棋，安慰一番后，又去望候凤姐。凤姐午睡，只听平儿说这凤姐已经"支持不住"了。鸳鸯问："怎么不早请大夫来治？"平儿叹道："别说请大夫来吃药。我看不过，白问了一声身上觉怎么样，他就动了气，反说我咒他病了。饶这样，天天还是察三访四，自己再不肯看破些且养身子。"

说话间，贾琏回来了，就趁机向鸳鸯央求一事：这两日因老太太的千秋，所有的几千两银子都使了。几处房租地税通在九月才得，这会子竟接不上。接下来几项开支至少还得三二千两银子用，一时难去支借。"说不得，姐姐担个不是，暂且把老太太查不着的金银家伙偷着运出一箱子来，暂押千数两银子支腾过去"。

鸳鸯未置可否就走了。贾琏又求凤姐"晚上再和他一说"，但凤姐马上开出条件：有了银子，她先拿一二百两使。贾琏无奈，只好答应。

其实，缺钱的不仅是贾琏，王夫人也一样。老太太生日，王夫人急了两个月，想不出法儿来，最后把后楼上现有些没要紧的大铜锡家伙四五箱子，拿去弄了三百银子，才把遮羞礼儿搪过去了。凤姐也有她的难处：把一个金自鸣钟卖了五百六十两银子，没有半个月，大事小事倒有十来件，白填在里头了。

祸不单行，夏太府又打发了一个小内监来说话了：夏爷爷因今儿偶见一所房子，还缺二百两银子来借。凤姐只得用两个金项圈押了四百两银子，一半给了那小太监，一半用来办八月中秋的节。因为元妃在宫里，太监借机到家来勒索的还不止一个"夏爷爷"。还有一个周太监，昨儿来了张口就是一千两。略应慢了些，他就不自在。

这回书特别说到一桩婚事：凤姐的陪房旺儿家的要为儿子娶王夫人的丫鬟彩霞。因为那小子"酗酒赌博，容颜丑陋，一技不知"，彩霞不愿意。于是凤姐出面做媒，那彩霞之母满心纵不愿意，也只好心不由意地满口应了出去。这就是"来旺妇倚势霸成亲"。

且说鸳鸯出了角门，脸上犹红，心内突突的，真是意外之事。因想这事非常，若说出来，奸盗相连，关系人命，还保不住带累了旁人。横竖与自己无干，且藏在心内，不说与一人知道。回房复了贾母的命，大家安息。从此凡晚间便不大往园中来。因思园中尚有这样奇事，何况别处，因此连别处也不大轻走动了。

原来，那司棋因从小儿和他姑表兄弟在一处顽笑起住时，小儿戏言，便都订下将来不娶不嫁。近年大了，彼此又出落的品貌风流，常时司棋回家时，二人眉来眼去，旧情不忘，只不能入手。又彼此生怕父母不从，二人便设法彼此里外买嘱园内老婆子们留门看道，今日趁乱，方初次入港。虽未成双，却也海誓山盟，私传表记，已有无限风情了。忽被鸳鸯惊散，那小厮早穿花度柳，从角门出去了。司棋一夜不曾睡着，又后悔不来。至次日，见了鸳鸯，自是脸上一红一白，百般过不去。心内怀着鬼胎，茶饭无心，起坐恍惚。挨了两日，竟不听见有动静，方略放下了心。

这日晚间，忽有个婆子来悄告诉他道："你兄弟竟逃走了，三四天没归家。如今打发人四处找他呢。"司棋听了，气个倒仰，因思道："纵是闹了出来，也该死在一处。他自为是男人，先就

鸳鸯担心的是。对鸳鸯而言，"意外之事"还多着呢。

看门的婆子可以买通，大观园难保净土了。但司棋并非"淫奔"之女，她知羞有悔。作者似乎也笔下留情。

此婆子当是被买通者。真有"死在一处"的决心，忠于情而刚烈。（续书九十二回，写司棋、潘又安双双殉情，终于是"死在一处"了。）

走了，可见是个没情意的。"因此又添了一层气。次日便觉心内不快，百般支持不住，一头睡倒，恹恹的成了大病。

鸳鸯闻知那边无故走了一个小厮，园内司棋又病重，要往外挪，心下料定是二人惧罪之故，"生怕我说出来，方吓到这样。"因此自己反过意不去，指着来望候司棋，支出人去，反自己立身发誓，与司棋说："我若告诉一个人，立刻现死现报！你只管放心养病，别白糟踏了小命儿。"司棋一把拉住，哭道："我的姐姐，咱们从小儿耳鬓厮磨，你不曾拿我当外人待，我也不敢待慢了你。如今我虽一着走错，你若果然不告诉一个人，你就是我的亲娘一样。从此后我活一日是你给我一日，我的病好之后，把你立个长生牌位，我天天焚香礼拜，保佑你一生福寿双全。我若死了时，变驴变狗报答你。再俗语说，'千里搭长棚，没有不散的筵席。'再过三二年，咱们都是要离这里的。俗语又说，'浮萍尚有相逢日，人岂全无见面时。'倘或日后咱们遇见了，那时我又怎么报你的德行。"一面说，一面哭。

这一席话反把鸳鸯说的心酸，也哭起来了。因点头道："正是这话。我又不是管事的人，何苦我坏你的声名，我白去献勤。况且这事我自己也不便开口向人说。你只放心。从此养好了，可要安分守己，再不许胡行乱作了。"司棋在枕上点首不绝。

鸳鸯又安慰了他一番，方出来。因知贾琏不在家中，又因这两日凤姐儿声色怠惰了些，不似往日一样，因顺路也来望候。因进入凤姐院门，二门上的人见是他来，便立身待他进去。鸳鸯刚至堂屋中，只见平儿从里间出来，见了他来，便忙上来悄声笑道："才吃了一口饭歇了午睡，你且这屋里略坐坐。"

鸳鸯听了，只得同平儿到东边房里来。小丫头倒了茶来。鸳鸯因悄问："你奶奶这两日是怎么了？我看他懒懒的。"平儿见问，因房内无人，便叹道："他这懒懒的也不止今日了，这有一月之前便是这样。又兼这几日忙乱了几天，又受了些闲气，从新又勾起来。这两日比先又添了些病，所以支持不住，便露

男女私会，究竟是多大的罪过？竟然把两个人吓成这样。想一想贾琏与多姑娘、鲍二家的吧，也是只许州官放火，不许百姓点灯。

鸳鸯"心酸"，是出于对司棋的同情，也有对自己命运的隐忧。

凤姐之"声色怠惰"已明显可见。

平儿说清病因：原就有病（六十一回就说其因操劳而"小月"），操劳过度，气恼伤身，旧病复发。

出马脚来了。"鸳鸯忙道："既这样，怎么不早请大夫来治？"平儿叹道："我的姐姐，你还不知道他的脾气的。别说请大夫来吃药。我看不过，白问了一声身上觉怎么样，他就动了气，反说我咒他病了。饶这样，天天还是察三访四，自己再不肯看破些且养身子。"

鸳鸯道："虽然如此，到底该请大夫来瞧瞧是什么病，也都好放心。"平儿道："我的姐姐，说起病来，据我看也不是什么小症候。"鸳鸯忙道："是什么病呢？"平儿见问，又往前凑了一凑，向耳边说道："只从上月行了经之后，这一个月竟沥沥淅淅的没有止住。这可是大病不是？"鸳鸯听了，忙答道："嗳哟！依你这话，这可不成了血山崩了。"平儿忙啐了一口，又悄笑道："你女孩儿家，这是怎么说的，倒会咒人呢。"鸳鸯见说，不禁红了脸，又悄笑道："究竟我也不知什么是崩不崩的，你倒忘了不成，先我姐姐不是害这病死了。我也不知是什么病，因无心听见妈和亲家妈说，我还纳闷，后来也是听见妈细说原故，才明白了一二分。"平儿笑道："你该知道的，我竟也忘了。"

二人正说着，只见小丫头进来向平儿道："方才朱大娘又来了。我们回了他奶奶才歇午觉，他往太太上头去了。"平儿听了点头。鸳鸯问："那一个朱大娘？"平儿道："就是官媒婆【职业媒婆】那朱嫂子。因有什么孙大人家来和咱们求亲，所以他这两日天天弄个帖子来赖死赖活。"一语未了，小丫头跑来说："二爷进来了。"说话之间，贾琏已走至堂屋门，口内唤平儿。

平儿答应着才迎出去，贾琏已找至这间房内来。至门前，忽见鸳鸯坐在炕上，便煞住脚，笑道："鸳鸯姐姐，今儿贵脚踏贱地。"鸳鸯只坐着，笑道："来请爷奶奶的安，偏又不在家的不在家，睡觉的睡觉。"贾琏笑道："姐姐一年到头辛苦服侍老太太，我还没看你去，那里还敢劳动来看我们。正是巧的很，我才要找姐姐去。因为穿着这袍子热，先来换了夹袍子再过去找姐姐，不想天可怜，省我走这一趟，姐姐先在这里等我了。"一面说，一

この辺の余白の注記：

此所谓"恃强羞说病"也。题与文虚实互解。

所谓"血山崩"，平儿的话就是"说明"，是为虚实互解。"先我姐姐不是害这病死了"，既说清自己"知识"的由来，又暗示着凤姐之病的严重。

"孙大人"即被称为"中山狼"的孙绍祖。官媒婆所提，即迎春亲事。

张俊、沈治钧引黄小田批云："贾琏夫妇结交鸳鸯，亦如朝中权幸必结交亲近内侍，始得希旨固宠。幸鸳鸯守正，否则家事尤不可问，故鸳鸯实婢女中第一人。"

面在椅上坐下。

鸳鸯因问："又有什么说的？"贾琏未语先笑道："因有一件事，我竟忘了，只怕姐姐还记得。上年老太太生日，曾有一个外路和尚来孝敬一个蜡油冻的佛手，因老太太爱，就即刻拿过来摆着了。因前日老太太生日，我看古董帐上还有这一笔，却不知此时这件东西着落何方。古董房里的人也回过我两次，等我问准了好注上一笔。所以我问姐姐，如今还是老太太摆着呢，还是交到谁手里去了呢？"鸳鸯听说，便道："老太太摆了几日厌烦了，就给了你们奶奶。你这会子又问我来。我连日子还记得，还是我打发了老王家的送来的。你忘了，或是问你们奶奶和平儿。"

平儿正拿衣服，听见如此说，忙出来回说："交过来了，现在楼上放着呢。奶奶已经打发过人出去说过给了这屋里，他们发昏，没记上，又来叮登这些没要紧的事。"贾琏听说，笑道："既然给了你奶奶，我怎么不知道，你们就昧下了。"平儿道："奶奶告诉二爷，二爷还要送人，奶奶不肯，好容易留下的。这会子自己忘了，倒说我们昧下。那是什么好东西，什么没有的物儿。比那强十倍的东西也没昧下一遭，这会子爱上那不值钱的！"

贾琏垂头含笑想了一想，拍手道："我如今竟糊涂了！丢三忘四，惹人抱怨，竟大不像先了。"鸳鸯笑道："也怨不得。事情又多，口舌又杂，你再喝上两杯酒，那里清楚的许多。"一面说，一面就起身要去。

贾琏忙也立身说道："好姐姐，再坐一坐，兄弟还有事相求。"说着便骂小丫头："怎么不沏好茶来！快拿干净盖碗，把昨儿进上的新茶沏一碗来。"说着向鸳鸯道："这两日因老太太的千秋，所有的几千两银子都使了。几处房租地税通在九月才得，这会子竟接不上。明儿又要送南安府里的礼，又要预备娘娘的重阳节礼，还有几家红白大礼，至少还得三二千两银子用，一时难去支借。俗语说'求人不如求己'。说不得，姐姐担个不是，暂且把老太太查不着的金银家伙偷着运出一箱子来，暂押千数两银子支腾过去。不上半年的光景，银子来了，我就赎了交还，断不能叫姐姐落不是。"

鸳鸯听了，笑道："你倒会变法儿，亏你怎么想来。"贾琏笑道："不是我扯谎，若论除了姐姐，也还有人手里管的起千数两银子的，只是他们为人都不如你明白有胆量。我若和他们一说，反吓住了他们。所以我'宁撞金钟一下，不打破鼓三千'。"一语未了，忽有贾母那边的小丫头子忙忙走来找鸳鸯，说："老太太找姐姐半日，我们那里没找到，却在这里。"鸳鸯听说，忙的且去见贾母。

贾琏见他去了，只得回来瞧凤姐。谁知凤姐已醒了，听他和鸳鸯借当，自己不便答话，只躺在榻上。听见鸳鸯去了，贾琏进来，凤姐因问道："他可应准了？"贾琏笑道："虽然未应准，却有几分成手，须得你晚上再和他一说，就十分成了。"凤姐笑道："我不管这事。倘或说准了，这会子说得好听，到有了钱的时节，你就丢在脖子后头，谁去和你打饥荒去。倘或老太太知道了，倒把我这几年的脸面都丢了。"

贾琏笑道："好人，你若说定了，我谢你如何？"凤姐笑道："你说，谢我什么？"贾琏笑道："你说要什么就给你什么。"平儿一旁笑道："奶奶倒不要谢的。昨儿正说，要作一件什么事，恰少一二百银子使，不如借了来，奶奶拿一二百银子，岂不两全其美。"凤姐笑道："幸亏提起我来，就是这样也罢。"贾琏笑道"你们太也狠了。你们这会子别说一千两的当头，就是现银子要三五千，只怕也难不倒。我不和你们借就罢了。这会子烦你说一句话，还要个利钱，真真了不得。"

凤姐听了，翻身起来说："我有三千五万，不是赚的你的。如今里里外外上上下下背着我嚼说我的不少，就差你来说了，可知没家亲引不出外鬼来。我们王家可那里来的钱，都是你们贾家赚的。别叫我恶心了。你们看着你家什么石崇邓通【两个人都是古代的富豪】。把我王家的地缝子扫一扫，就够你们过一辈子

鸳鸯听了不以为怪，反而能"笑"，"心有灵犀一点通"吗？

话题打断得及时，否则鸳鸯怎样表态？

偷老太太的东西，所谓"借当"，凤姐并不反对，只是得有利可图。见得凤姐对老太太也非"绝对忠诚"。

洪秋蕃评："贾琏和鸳鸯借当，只烦凤姐一缓颊，便诈谢金二百两。贪财盘剥，乃及其夫。"

夫妻合谋算计老太太，妻妾合谋算计自己的男人。人与人的关系都建立在"利益"的基础上。宝玉的存在，正是对此一现实的否定。

凤姐对自己的名声是在乎的，但把气撒在贾琏身上是找错了对象。

"你们"贾家、"我们"王家，这是夫妻间对话应有的口风吗？贾琏困难当头，只得屈服。

呢。说出来的话也不怕臊！现有对证：把太太和我的嫁妆细看看，比一比你们的，那一样是配不上你们的。"贾琏笑道："说句顽话就急了。这有什么这样的，要使一二百两银子值什么，多的没有，这还有，先拿进来，你使了再说，如何？"凤姐道："我又不等着衔口垫背，忙了什么。"贾琏道："何苦来，不犯着这样肝火盛。"

凤姐听了，又自笑起来，"不是我着急，你说的话戳人的心。我因为我想着后日是尤二姐的周年，我们好了一场，虽不能别的，到底给他上个坟烧张纸，也是姊妹一场。他虽没留下个男女，也不要'前人撒土迷了后人的眼'才是。"一语倒把贾琏说没了话，低头打算了半晌，方道："难为你想的周全，我竟忘了。既是后日才用，若明日得了这个，你随便使多少就是了。"

一语未了，只见旺儿媳妇走进来。凤姐便问："可成了没有？"旺儿媳妇道："竟不中用。我说须得奶奶作主就成了。"贾琏便问："又是什么事？"凤姐儿见问，便说道："不是什么大事。旺儿有个小子，今年十七岁了，还没得女人，因要求太太房里的彩霞，不知太太心里怎么样，就没有计较得。前日太太见彩霞大了，二则又多病多灾的，因此开恩打发他出去了，给他老子娘随便自己拣女婿去罢。因此旺儿媳妇来求我。我想他两家也就算门当户对的，一说去自然成的，谁知他这会子来了说不中用。"贾琏道："这是什么大事，比彩霞好的多着呢。"

旺儿家的陪笑道："爷虽如此说，连他家还看不起我们，别人越发看不起我们了。好容易相看准一个媳妇，我只说求爷奶奶的恩典，替作成了。奶奶又说他必肯的，我就烦了人走过去试一试，谁知白讨了没趣。若论那孩子倒好，据我素日私意儿试他，他心里没有甚说的，只是他老子娘两个老东西太心高了些。"一语戳动了凤姐和贾琏，凤姐因见贾琏在此，且不作一声，只看贾琏的光景。贾琏心中有事，那里把这点子事放在心里。待要不管，只是看着他是凤姐儿的陪房，且又素日出过力的，脸上实在

这凤姐来得快，装得像，而贾琏未必信以为真，只是此时此刻不便戳破。

周汝昌评："凤姐与贾琏虽为夫妻，但凤姐时常或用权术，或用感情等种种手段摆布之，通部书中观之用权术多于用感情。"

旺儿媳妇一来，话题即转。

凤姐并不了解实情就说"门当户对"，显系偏向自己的奴才。

过不去，因说道："什么大事，只管咕咕唧唧的。你放心且去，我明儿作媒打发两个有体面的人，一面说，一面带着定礼去，就说我的主意。他十分不依，叫他来见我。"旺儿家的看着凤姐，凤姐便扭嘴儿。

旺儿家的会意，忙爬下就给贾琏磕头谢恩。贾琏忙道："你只给你姑娘磕头。我虽如此说了这样行，到底也得你姑娘打发个人叫他女人上来，和他好说更好些。虽然他们必依，然这事也不可霸道了。"凤姐忙道："连你还这样开恩操心呢，我倒反袖手旁观不成。旺儿家的，你听见说了这事？你也忙忙的给我完了事来。说给你男人，外头所有的帐，一概赶今年年底下收了进来，少一个钱我也不依的。我的名声不好，再放一年，都要生吃了我呢。"旺儿媳妇笑道："奶奶也太胆小了。谁敢议论奶奶！若收了时，公道说，我们倒还省些事，不大得罪人。"

凤姐冷笑道："我也是一场痴心白使了。我真个的还等钱作什么，不过为的是日用出的多，进的少。这屋里有的没的，我和你姑爷一月的月钱，再连上四个丫头的月钱，通共一二十两银子，还不够三五天的使用呢。若不是我千凑万挪的，早不知道到什么破窑里去了。如今倒落了一个放帐破落户的名儿。既这样，我就收了回来。我比谁不会花钱？咱们以后就坐着花，到多早晚是多早晚。这不是样儿：前儿老太太生日，太太急了两个月，想不出法儿来，还是我提了一句，后楼上现有些没要紧的大铜锡家伙四五箱子，拿去弄了三百银子，才把太太遮羞礼儿搪过去了。我是你们知道的，那一个金自鸣钟卖了五百六十两银子。没有半个月，大事小事倒有十来件，白填在里头。今儿外头也短住了，不知是谁的主意，搜寻上老太太了。明儿再过一年，各人搜寻到头面衣服，可就好了！"

旺儿媳妇笑道："那一位太太奶奶的头面衣服折变了不够过一辈子的，只是不肯罢了。"凤姐道："不是我说没了能耐的话，要像这样，我竟不能了。昨晚上忽然作了一个梦，说来也可笑，

不问女方拒绝的理由，只归结到面子问题。仗势欺人，"就说我的主意"，他们还敢不依吗？

贾琏都觉得凤姐未免"霸道"。

"外头的账"即凤姐放的贷，此事由旺儿负责。凤姐能不为这样的奴才"霸道"吗？

虽是为自己的放贷找借口，也确有几分实情。

当卖筹款，王夫人已开了先例。

梦见一个人，虽然面善，却又不知名姓，找我。问他作什么，他说娘娘打发他来要一百匹锦。我问他是那一位娘娘，他说的又不是咱们家的娘娘。我就不肯给他，他就上来夺。正夺着，就醒了。"旺儿家的笑道："这是奶奶的日间操心，常应候宫里的事。"

一语未了，人回："夏太府打发了一个小内家来说话。"贾琏听了，忙皱眉道："又是什么话，一年他们也搬够了。"凤姐道："你藏起来，等我见他，若是小事罢了，若是大事，我自有话回他。"贾琏便躲入内套间去。这里凤姐命人带进小太监来，让他椅子上坐了吃茶，因问何事。

那小太监便说："夏爷爷因今儿偶见一所房子，如今竟短二百两银子，打发我来问舅奶奶家里，有现成的银子暂借一二百，过一两日就送过来。"凤姐儿听了，笑道："什么是送过来，有的是银子，只管先兑了去。改日等我们短了，再借去也是一样。"小太监道："夏爷爷还说了，上两回还有一千二百两银子没送来，等今年年底下，自然一齐都送过来。"凤姐笑道："你夏爷爷好小气，这也值得提在心上。我说一句话，不怕他多心，若都这样记清了还我们，不知还了多少了。只怕没有；若有，只管拿去。"因叫旺儿媳妇来，"出去不管那里先支二百两来。"旺儿媳妇会意，因笑道："我才因别处支不动，才来和奶奶支的。"凤姐道："你们只会里头来要钱，叫你们外头弄去就不能了。"说着叫平儿，"把我那两个金项圈拿出去，暂且押四百两银子。"

平儿答应了，去半日，果然拿了一个锦盒子来，里面两个锦袱包着。打开时，一个金累丝攒珠的，那珍珠都有莲子大小；一个点翠嵌宝石的。两个都与宫中之物不离上下。一时拿去，果然拿了四百两银子来。凤姐命与小太监打叠起一半，那一半命人与了旺儿媳妇，命他拿去办八月中秋的节。

那小太监便告辞了，凤姐命人替他拿着银子，送出大门去了。这里贾琏出来笑道："这一起外祟何日是了！"凤姐笑道："刚说着，就来了一股子。"贾琏道："昨儿周太监来，张口一千两。我略应慢了些，他就不自在。将来得罪人之处不少。这会子再发个三二百万的财就好了。"一面说，一面平儿服侍凤姐另洗了面，更衣往贾母处去伺候晚饭。

这里贾琏出来，刚至外书房，忽见林之孝走来。贾琏因问何事。林之孝说道："方才听得雨村降了，却不知因何事，只怕未必真。"贾琏道："真不真，他那官儿也未必保得长。将来有事，只怕未必不连累咱们，宁可疏远着他好。"林之孝道："何尝不是，只是一时难以疏远。如今东府大爷和他更好，老爷又喜欢他，时常来往，那个不知。"贾琏道："横竖不和他谋事，也不相干。你去再打听真了，是为什么。"

贾琏到底有几分清醒。贾赦为几把古扇迫害石呆子，就是借助贾雨村之手。（见第四十八回）

林之孝答应了，却不动身，坐在下面椅子上，且说些闲话。因又说起家道艰难，便趁势又说："人口太重了。不如拣个空日回明老太太老爷，把这些出过力的老家人用不着的，开恩放几家出去。一则他们各有营运，二则家里一年也省些口粮月钱。再者里头的姑娘也太多。俗语说'一时比不得一时'，如今说不得先时的例了，少不得大家委屈些，该使八个的使六个，该使四个的便使两个。若各房算起来，一年也可以省得许多月米月钱。况且里头的女孩子们一半都太大了，也该配人的配人。成了房，岂不又孳生出人来。"贾琏道："我也这样想着，只是老爷才回家来，多少大事未回，那里议到这个上头。前儿官媒拿了个庚帖来求亲，太太还说老爷才来家，每日欢天喜地的说骨肉完聚，忽然就提起这事，恐老爷又伤心，所以且不叫提这事。"林之孝道："这也是正理，太太想的周到。"

林之孝，贾府旧仆，负责管理田房。他也深知贾府之"家道艰难"，他的建议是削减人口。

林之孝见到的，贾琏还没有认识到，不以为是"大事"。

贾琏道："正是，提起这话我想起了一件事来。我们旺儿的小子要说太太房里的彩霞。他昨儿求我，我想什么大事，不管谁去说一声去。这会子有谁闲着，我打发个人去说一声，就说我的话。"林之孝听了，只得应着，半晌笑道："依我说，二爷竟别管这件事。旺儿的那小儿了虽然年轻，在外头吃酒赌钱，无所不至。虽说都是奴才们，到底是一辈子的事。彩霞那孩子这几年我

由官媒提亲想到旺儿儿子要彩霞，很自然。

彩霞家拒绝，这是重要原因。

虽没见，听得越发出挑的好了，何苦来白糟踏一个人。"

贾琏道："他小儿子原会吃酒，不成人？"林之孝冷笑道："岂只吃酒赌钱，在外头无所不为。我们看他是奶奶的人，也只见一半不见一半罢了。"贾琏道："我竟不知道这些事。既这样，那里还给他老婆，且给他一顿棍，锁起来，再问他老子娘。"林之孝笑道："何必在这一时。那是错也等他再生事，我们自然回爷处治。如今且恕他。"贾琏不语，一时林之孝出去。

晚间，凤姐已命人唤了彩霞之母来说媒。那彩霞之母满心纵不愿意，见凤姐亲自和他说，何等体面，便心不由意的满口应了出去。今凤姐问贾琏，可说了没有，贾琏因说："我原要说的，打听得他小儿子大不成人，故还不曾说。若果然不成人，且管教他两日，再给他老婆不迟。"凤姐听说，便说："你听见谁说他不成人？"贾琏道："不过是家里的人，还有谁。"凤姐笑道："我们王家的人，连我还不中你们的意，何况奴才呢。我才已经和他母亲说了，他娘已经欢天喜地应了，难道又叫进他来不要了不成？"贾琏道："既你说了，又何必退，明儿说给他老子好生管他就是了。"这里说话不提。

且说彩霞因前日出去，等父母择人，心中虽是与贾环有旧，尚未作准。今日又见旺儿每每来求亲，早闻得旺儿之子酗酒赌博，而且容颜丑陋，一技不知，自此心中越发懊恼。生恐旺儿仗凤姐之势，一时作成，终身为患，不免心中急躁。遂至晚间悄命他妹子小霞进二门来找赵姨娘，问了端的。

赵姨娘素日深与彩霞契合，巴不得与了贾环，方有个膀臂，不承望王夫人又放了出去。每唆贾环去讨，一则贾环羞口难开，二则贾环也不大甚在意，不过是个丫头，他去了，将来自然还有，遂迁延住不说，意思便丢开手。无奈赵姨娘又不舍，又见他妹子来问，是晚得空，便先求了贾政。贾政因说道："且忙什么，等他们再念一二年书再放人不迟。我已经看中了两个丫头，一个与宝玉，一个给环儿。只是年纪还小，又怕他们误了书，所以再

因为是"奶奶的人"——凤姐的亲信，别人就不敢多管，从侧面反映出凤姐的威势。

奴才屈从于主子，无可奈何，但一个女孩子的青春、生命就这样被"糟蹋"了。凤姐之罪行录上又多了一笔。

这旺儿的儿子，凤姐看作是"我们王家的人"。

彩霞的努力，付诸东流。

等一二年。"赵姨娘道:"宝玉已有了二年了,老爷还不知道?"贾政听了,忙问道:"谁给的?"赵姨娘方欲说话,只听外面一声响,不知何物,大家吃了一惊不小。要知端的,且听下回分解。

【 回后评 】

凤姐之病,也是贾府之病,可看作是贾府大厦将颓的象征;而"来旺妇倚势霸成亲",其所倚靠之"势"也正是凤姐。丫鬟彩霞被逼嫁给凤姐的不成人的奴才,是在她的罪行录上又添上了一笔。回目所标,不过如此。"回目"之外,实际还有一项重要的内容,就是写贾府的"经济"。

如果说上一回是着重写人事纠纷以示贾府的衰败,此一回书就重点写其经济状况,用冷子兴的话说就是:"如今的这宁荣两门,也都萧疏了,不比先时的光景。""主仆上下,安富尊荣者尽多,运筹谋画者无一;其日用排场费用,又不能将就省俭,如今外面的架子虽未甚倒,内囊却也尽上来了。"

阿Q爱说一句话:"我们先前,比你阔的多了!"贾府的"先前"确是"阔",只预备接驾一次,就"把银子都花的淌海水似的";但现在,确实到了"外面的架子虽未甚倒,内囊却也尽上来了"的境地。

荣府的财政收入,第一项是官职俸禄和朝廷赏赐。据查,贾赦是世袭一品将军(每年俸银410两,禄米410斛),而贾政是五品工部员外郎(每年俸银80两,禄米80斛)。对贾家而言,其收入是远远不够用的。至于皇上赏赐,乌庄头年底交租的时候问过贾珍。贾珍道:"岂有不赏之理,按时到节不过是些彩缎古董顽意儿。纵赏银子,不过一百两金子,才值了一千两银子,够一年的什么?"他还说:"咱们家虽不等这几两银子使,多少是皇上天恩……除咱们这样一二家之外,那些世袭穷官儿家,若不仗着这银子,拿什么上供过年?"这就是说,一般世袭的官儿,除了既

定的俸禄，再加上特殊的赏赐，也只勉强可以"上供过年"。

贾府最大的一笔收入是地税房租。五十三回写庄头乌进孝交租，除了大量的实物，还有现银二千五百两。不过贾珍认为太少，起码也要送五千两才对。乌进孝所管的这样的田庄，宁府起码有十处。而荣府那边，仅他兄弟给看管的田庄就有八处。但这种收入是有定期的，不是什么时候需要什么时候就有，而且也不稳定。贾琏手头拮据，跟鸳鸯说："几处房租地税通在九月才得，这会子竟接不上。"

收入如此，而生活依然挥霍，门面必须支撑。仅看这一回书所写。贾琏诉苦说："这两日因老太太的千秋，所有的几千两银子都使了……明儿又要送南安府里的礼，又要预备娘娘的重阳节礼，还有几家红白大礼，至少还得三二千两银子用。"除此之外，还有"外祟"——宫中太监的勒索。先是"周太监来，张口一千两"；接着是夏太监来，这位夏爷"上两回还有一千二百两银子没送来"，这次又索要二百两。 各处的"礼"是必须送的，这是支撑贾府大厦之"架子"的必要条件。而对朝廷，自然得供奉有加——修省亲别墅就是一例；就连宫中太监，也是不敢得罪的。这关乎元妃的地位，更关乎贾府的命运。那位夏太监，就是夏守忠，当年元春封妃的圣旨就是他传到贾府的，可见他在皇帝身边的分量。

还有一项，贾府真正的主子人口不多，而丫鬟仆妇却多得惊人，就是林之孝所说："人口太重了。"荣国府和宁国府人口加起来有近两千人左右。在刘姥姥来之前，书中就介绍了当时荣国府有三四百丁，丁代表男子，显然女子会更多，再加上老人和小孩，荣国府人口绝不止一千，要养活这么多人，月米月钱，就是一个庞大的数量。

贾蓉曾感慨地说："这二年那一年不多赔出几千银子来！头一年省亲连盖花园子，你算算那一注共花了多少，就知道了。再两年再一回省亲，只怕就精尽了。"

祖宗留下来的花光了（贾琏说"这会子再发个三二百万的财就好了"，大概是说他的先辈曾有过这样的好运），现收入的不够开支，只能寅吃卯粮。如此恶性循环，其结果只能是越吃越不够吃。更重要的是，"主仆上下，安富尊荣者尽多，运筹谋画者无一"。于是就走上没落贵族之家常走的道路：典当度日。为了给贾母庆生，王夫人先典当了"后楼上现有些没要紧的大铜锡家伙四五箱子，拿去弄了三百银子"；对付夏太监，凤姐又把"两个金项圈拿出去，暂且押四百两银子"。而最严重的是贾琏的"三二千两"没有着落，于是就有了下面的一幕：

（贾琏）向鸳鸯道："一时难去支借。俗语说'求人不如求己'。说不得，姐姐担个不是，暂且把老太太查不着的金银家伙偷着运出一箱子来，暂押千数两银子支腾过去。不上半年的光景，银子来了，我就赎了交还，断不能叫姐姐落不是。"

不仅是典当，还沾上一个"偷"字，财政濒临崩溃，人伦道德也踏着底线了。

第七十三回

痴丫头误拾绣春囊

懦小姐不问累金凤

贾母一席话，隐隐照起全文，便可一直叙去。接笔却置贼不论，转出赌钱；接笔又置赌钱不论，转出奸证；接笔又置奸证不论，转出讨情。一波未平，一波又起，势如怒蛇出穴，蜿蜒不就捕。

众仆人争执不下，懦小姐自去读书

一天晚上，一个小丫鬟误听了贾政的话，就跑来报告宝玉："仔细明儿老爷问你话。"宝玉听了，便如孙大圣听见了紧箍咒一般。想来想去，别无他法，只有理熟了书预备盘考。于是起来读书，累着一房丫鬟也都不能睡了。忙乱之间，一个丫鬟跑进来说有"一个人从墙上跳下来了"。晴雯由此心生一计："趁这个机会快装病，只说唬着了。"由此引发对大观园安全的关注。贾母又闻知园内的人开了赌局等，以为事关重大，有"藏贼引奸引盗"之危机，命即刻严查。

贾母命将所查得的骰子牌一并烧毁，所有的钱入官分散与众人，将为首者每人打四十大板，撵出，总不许再入，等等。其中一个就是迎春之乳母。黛玉、宝钗、探春等求情，贾母不允。

贾母所谓"藏贼引奸引盗"并非虚言，迎春的乳母就把迎春的一个金丝凤拿去典了银子放头儿了。丫鬟绣桔正要把此事去报告凤姐，迎春乳母的儿媳妇来了。她一面要绣桔"别去生事"，一面求迎春往老太太那边去讨个情面，把她婆婆救出来。迎春不愿出面，而绣桔则强调"取了金凤来再说"。那媳妇儿一时脸上过不去，也明欺迎春素日好性儿，就跟绣桔吵了起来。迎春制止道："罢，罢，罢。你不能拿了金凤来，不必牵三扯四乱嚷。我也不要那凤了。便是太太们问时，我只说丢了，也妨碍不着你什么的，出去歇息歇息倒好。"还劝止不住，就自拿了一本《太上感应篇》来看。

三人正没开交，可巧探春等因恐迎春今日不自在，都约来安慰她。听见说什么"金凤"，又是那媳妇说什么"没有钱只和我们奴才要"之类的话，就究问起来。把那媳妇训斥了一顿，并把平儿召来。平儿问迎春"怎么样为是"，当下迎春只和宝钗阅"感应篇"故事，究竟连探春之语亦不曾闻得，忽见平儿如此说，乃笑道："他们的不是，自作自受，我也不能讨情，我也不去苛责就是了。至于私自拿去的东西，送来我收下，不送来我也不要了。"众人听了，都好笑起来。

回目所说"痴丫头误拾绣春囊"一节只是一个插曲，为的是给后面抄检大观园作铺垫。而探春之为迎春挺身而出，严词理事，也为后文打下基础。

话说那赵姨娘和贾政说话，忽听外面一声响，不知何物。忙问时，原来是外间窗屉不曾扣好，塌了屈戍了吊下来。赵姨娘骂了丫头几句，自己带领丫鬟上好，方进来打发贾政安歇。不在话下。

却说怡红院中宝玉正才睡下，丫鬟们正欲各散安歇，忽听有人击院门。老婆子开了门，见是赵姨娘房内的丫鬟名唤小鹊的。问他什么事，小鹊不答，直往房内来找宝玉。只见宝玉才睡下，晴雯等犹在床边坐着，大家顽笑，见他来了，都问："什么事，这时候又跑了来作什么？"小鹊笑向宝玉道："我来告诉你一个信儿。方才我们奶奶这般如此在老爷前说了你。仔细明儿老爷问你话。"说着回身就去了。袭人命留他吃茶，因怕关门，遂一直去了。

这里宝玉听了，便如孙大圣听见了紧箍咒一般，登时四肢五内一齐皆不自在起来。想来想去，别无他法，且理熟了书预备明儿盘考。口内不舛错，便有他事，也可搪塞一半。想罢，忙披衣起来要读书。心中又自后悔，这些日子只说不提了，偏又丢生，早知该天天好歹温习些的。

如今打算打算，肚子内现可背诵的，不过只有"学"、"庸"、"二论"是带注背得出的。至上本《孟子》，就有一半是夹生的，若凭空提一句，断不能接背的；至"下孟"，就有一大

贾政在赵姨娘处"安歇"。

王希廉评："小鹊报信一层，暗写赵姨娘平日挑唆生事，及宝玉平日为人人所爱。"

贾政归来，一直未检查宝玉的学业。他跟赵姨娘说不急于给宝玉、贾环配丫鬟，并没有说要检查其学业的意思。小鹊好心传递的是假消息，宝玉即以假作真，慌作一团。

宝玉不是有"过目不忘"之功吗？第二十三回就有林黛玉说宝玉："你说你会过目成诵，难道我就不能一目十行么？"第四十五回，林黛玉所作《秋窗风雨夕》，贾宝玉只看一遍就全记住了。看来，记忆的效果与对读物的兴趣有关。

半忘了。算起"五经"来，因近来作诗，常把《诗经》读些，虽不甚精阐，还可塞责。别的虽不记得，素日贾政也幸未吩咐过读的，纵不知，也还不妨。

至于古文，这是那几年所读过的几篇，连《左传》、《国策》、《公羊》、《谷梁》汉唐等文，不过几十篇，这几年竟未曾温得半篇片语，虽闲时也曾遍阅，不过一时之兴，随看随忘，未下苦工夫，如何记得。这是断难塞责的。

更有时文八股一道，因平素深恶此道，原非圣贤之制撰，焉能阐发圣贤之微奥，不过作后人饵名钓禄之阶。虽贾政当日起身时选了百十篇命他读的，不过偶因见其中或一二股内，或承起之中，有作的或精致、或流荡、或游戏、或悲感，稍能动性者，偶一读之，不过供一时之兴趣，究竟何曾成篇潜心玩索。

如今若温习这个，又恐明日盘诘那个；若温习那个，又恐盘驳这个。况一夜之功，亦不能全然温习。因此越添了焦躁。自己读书不知紧要，却带累着一房丫鬟们皆不能睡。袭人麝月晴雯等几个大的是不用说，在旁剪烛斟茶；那些小的，都困眼朦胧，前仰后合起来。晴雯因骂道："什么蹄子们，一个个黑日白夜挺尸挺不够，偶然一次睡迟了些，就装出这腔调来了。再这样，我拿针戳你们两下子！"

话犹未了，只听外间咕咚一声，急忙看时，原来是一个小丫头子坐着打盹，一头撞到壁上了，从梦中惊醒，恰正是晴雯说这话之时，他怔怔的只当是晴雯打了他一下，遂哭央说："好姐姐，我再不敢了。"众人都发起笑来。

宝玉忙劝道："饶他去罢，原该叫他们都睡去才是。你们也该替换着睡去。"袭人忙道："小祖宗，你只顾你的罢。统共这一夜的工夫，你把心暂且用在这几本书上，等过了这一关，由你再张罗别的去，也不算误了什么。"宝玉听他说的恳切，只得又读。读了没有几句，麝月又斟了一杯茶来润舌，宝玉接茶吃了。因见麝月只穿着短袄，解了裙子，宝玉道："夜静了，冷，到底穿一

借宝玉之心痛批"八股文"。鲁迅说："清朝人称八股文为敲门砖，因为得到功名，就如打开了门，砖即无用。"（《准风月谈·吃教》）

这才是"公子读书"。不过，此处写宝玉之尴尬，更写其人情味。

每到紧要关头，必是晴雯站出来。

到此时，宝玉也不忘关心他人——还是自己的"奴仆"。宝玉的"痴"全在此。

件大衣裳才是。"麝月笑指着书道："你暂且把我们忘了，把心且略对着他些罢。"

话犹未了，只听金星玻璃【芳官】从后房门跑进来，口内喊说："不好了，一个人从墙上跳下来了！"众人听说，忙问在那里，即喝起人来，各处寻找。晴雯因见宝玉读书苦恼，劳费一夜神思，明日也未必妥当，心下正要替宝玉想出一个主意来脱此难，正好忽逢此一惊，即便生计，向宝玉道："趁这个机会快装病，只说唬着了。"

此话正中宝玉心怀，因而遂传起上夜人等来，打着灯笼，各处搜寻，并无踪迹，都说："小姑娘们想是睡花了眼出去，风摇的树枝儿，错认作人了。"晴雯便道："别放诌屁！你们查的不严，怕担不是，还拿这话来支吾。才刚并不是一个人见的，宝玉和我们出去有事，大家亲见的。如今宝玉唬的颜色都变了，满身发热，我如今还要上房里取安魂丸药去。太太问起来，是要回明白的，难道依你说就罢了不成。"

众人听了，吓的不敢则声，只得又各处去找。晴雯和玻璃二人果出去要药，故意闹的众人皆知宝玉吓着了。王夫人听了，忙命人来看视给药，又吩咐各上夜人仔细搜查，又一面叫查二门外邻园墙上夜的小厮们。于是园内灯笼火把，直闹了一夜。至五更天，就传管家男女，命仔细查一查，拷问内外上夜男女等人。

贾母闻知宝玉被吓，细问原由，不敢再隐，只得回明。贾母道："我料到必有此事。如今各处上夜都不小心，还是小事，只怕他们就是贼也未可知。"当下邢夫人并尤氏等都过来请安，凤姐、李纨及姊妹等皆陪侍，听贾母如此说，都默无所答。独探春出位笑道："近因凤姐姐身子不好，几日园内的人比先放肆了许多。先前不过是大家偷着一时半刻，或夜里坐更时，三四个人聚在一处，或掷骰或斗牌，小小的顽意，不过为熬困。近来渐次放诞，竟开了赌局，甚至有头家局主，或三十吊五十吊三百吊的大

小鹊报信即不真，是误假成真；有人"从墙上跳下来了"的报告也未必真，但故意弄假成真。前一假害了宝玉，此一假又救了宝玉。真真假假，假假真真，从宏观到微观，是贯穿全书的主题。

还是晴雯。

假信息造成真追查，由宝玉的读书问题急速转换为园内聚赌问题。

输赢。半月前竟有争斗相打之事。"贾母听了，忙说："你既知道，为何不早回我们来？"探春道："我因想着太太事多，且连日不自在，所以没回。只告诉了大嫂子和管事的人们，戒饬过几次，近日好些。"

贾母忙道："你姑娘家，如何知道这里头的利害。你自为要钱常事，不过怕起争端。殊不知夜间既要钱，就保不住不吃酒；既吃酒，就免不得门户任意开锁。或买东西，寻张觅李，其中夜静人稀，趁便藏贼引奸引盗，何等事作不出来。况且园内的姊妹们起居所伴者皆系丫头媳妇们，贤愚混杂，贼盗事小，再有别事，倘略沾带些，关系不小。这事岂可轻恕。"探春听说，便默然归坐。

贾母的逻辑：聚赌—饮酒—开门—藏贼引奸引盗，其间关系不小。所以聚赌之事不可"轻恕"。

凤姐虽未大愈，精神固比素常稍减，今见贾母如此说，便忙道："偏生我又病了。"遂回头命人速传林之孝家的等总理家事四个媳妇到来，当着贾母申饬了一顿。贾母命即刻查了头家赌家来，有人出首者赏，隐情不告者罚。

马上行动：查赌！

林之孝家的等见贾母动怒，谁敢狥私，忙至园内传齐人，一一盘查。虽不免大家赖一回，终不免水落石出。查得大头家【赌局的主持人】三人，小头家八人，聚赌者通共二十多人，都带来见贾母，跪在院内磕响头求饶。贾母先问大头家名姓和钱之多少。原来这三个大头家，一个就是林之孝的两姨亲家，一个就是园内厨房内柳家媳妇之妹，一个就是迎春之乳母。这是三个为首的，馀者不能多记。

大有收获。既打且罚，"拨入圊厕行内"尤为一大发明。张俊、沈治钧引王伯沆批云："此罚奇妙，终日只好管屎尿，令他臭死。""文革"中，北大王力等一批老教授被罚打扫厕所，是以"继承"；还要写"改造心得"张榜公示，则是一大"发展"。

贾母便命将骰子牌一并烧毁，所有的钱入官分散与众人，将为首者每人打四十大板，撵出，总不许再入；从者每人打二十大板，革去三月月钱，拨入圊【qīng】厕行内。又将林之孝家的申饬了一番。林之孝家的见他的亲戚又与他打嘴，自己也觉没趣。迎春在坐，也觉没意思。

黛玉、宝钗、探春等见迎春的乳母如此，也是物伤其类的意思，遂都起身笑向贾母讨情说："这个妈妈素日原不顽的，不知

怎么也偶然高兴。求看二姐姐面上，饶他这次罢。"贾母道："你们不知。大约这些奶子们，一个个仗着奶过哥儿姐儿，原比别人有些体面，他们就生事，比别人更可恶，专管调唆主子护短偏向。我都是经过的。况且要拿一个作法，恰好果然就遇见了一个。你们别管，我自有道理。"宝钗等听说，只得罢了。

一时贾母歇晌，大家散出，都知贾母今日生气，皆不敢各散回家，只得在此暂候。尤氏便往凤姐处来闲话了一回，因他也不自在，只得往园内寻众姑嫂闲谈。邢夫人在王夫人处坐了一回，也就往园内散散心来。刚至园门前，只见贾母房内的小丫头子名唤傻大姐的笑嘻嘻走来，手内拿着个花红柳绿的东西，低头一壁瞧着，一壁只管走，不防迎头撞见邢夫人，抬头看见，方才站住。邢夫人因说："这痴丫头，又得了个什么狗不识儿这么欢喜？拿来我瞧瞧。"

原来这傻大姐年方十四五岁，是新挑上来的与贾母这边提水桶扫院子专作粗活的一个丫头。只因他生得体肥面阔，两只大脚，作粗活简捷爽利，且心性愚顽，一无知识，行事出言，常在规矩之外。贾母因喜欢他爽利便捷，又喜他出言可以发笑，便起名为"呆大姐"，常闷来便引他取笑一回，毫无避忌，因此又叫他作"痴丫头"。他纵有失礼之处，见贾母喜欢他，众人也就不去苛责。

这丫头也得了这个力，若贾母不唤他时，便入园内来顽耍。今日正在园内掏促织，忽在山石背后得了一个五彩绣香囊，其华丽精致，固是可爱，但上面绣的并非花鸟等物，一面却是两个人赤条条的盘踞相抱，一面是几个字。这痴丫头原不认得是春意，便心下盘算："敢是两个妖精打架？不然必是两口子相打。"左右猜解不来，正要拿去与贾母看，是以笑嘻嘻的一壁看，一壁走，忽见了邢夫人如此说，便笑道："太太真个说的巧，真个是狗不识呢。太太请瞧一瞧。"说着，便送过去。

邢夫人接来一看，吓得连忙死紧攥住，忙问："你是那里得

贾母的另一面露出来了：严厉，无情。

贾母担心会有"引奸引盗"之事发生，不幸而言中。查赌事一断，续出绣春囊事。聚赌，落实一个"盗"字；绣春囊，落实一个"奸"字。

拾到此物者，必须是"傻大姐"。没有这傻大姐，就没有后来惊心动魄的戏码。

这"山石背后"，第二十七回就写红玉"见司棋从山洞里出来，站着系裙子"，第七十一回又写鸳鸯在此处撞见司棋与潘又安私会，此处发现"绣春囊"，见得司棋最为可疑。

倘使由傻大姐直接把绣春囊递到贾母手中，故事该如何发展？

的？"傻大姐道："我掏促织儿在山石上拣的。"邢夫人道："快休告诉一人。这不是好东西，连你也要打死。皆因你素日是傻子，以后再别提起了。"这傻大姐听了，反吓的黄了脸，说："再不敢了。"磕了个头，呆呆而去。邢夫人回头看时，都是些女孩儿，不便递与，自己便塞在袖内，心内十分罕异，揣摩此物从何而至，且不形于声色，且来至迎春室中。

迎春正因他乳母获罪，自觉无趣，心中不自在，忽报母亲来了，遂接入内室。奉茶毕，邢夫人因说道："你这么大了，你那奶妈子行此事，你也不说说他。如今别人都好好的，偏咱们的人做出这事来，什么意思。"迎春低着头弄衣带，半晌答道："我说他两次，他不听也无法。况且他是妈妈，只有他说我的，没有我说他的。"邢夫人道："胡说！你不好了他原该说，如今他犯了法，你就该拿出小姐的身分来。他敢不从，你就回我去才是。如今直等外人共知，是什么意思。再者，只他去放头儿【聚赌作头家】，还恐怕他巧言花语的和你借贷些簪环衣履作本钱，你这心活面软，未必不周接他些。若被他骗去，我是一个钱没有的，看你明日怎么过节。"迎春不语，只低头弄衣带。

邢夫人见他这般，因冷笑道："总是你那好哥哥好嫂子，一对儿赫赫扬扬，琏二爷凤奶奶，两口子遮天盖日，百事周到，竟通共这一个妹子，全不在意。但凡是我身上掉下来的，又有一话说——只好凭他们罢了。况且你又不是我养的，你虽然不是同他一娘所生，到底是同出一父，也该彼此瞻顾些，也免别人笑话。我想，天下的事也难较定，你是大老爷跟前人养的，这里探丫头也是二老爷跟前人养的，出身一样。如今你娘死了，从前看来，你两个的娘，只有你娘比如今赵姨娘强十倍的，你该比探丫头强才是，怎么反不及他一半！谁知竟不然，这可不是异事。倒是我一生无儿无女的，一生干净，也不能惹人笑话。"旁边伺候的媳妇们便趁机道："我们的姑娘老实仁德，那里像他们三姑娘伶牙俐齿，会要姊妹们的强。他们明知姐姐这样，他竟不顾恤一点儿。"

邢夫人道："连他哥哥嫂子还如是，别人又作什么呢。"

一言未了，人回："琏二奶奶来了。"邢夫人听了，冷笑两声，命人出去说："请他自去养病，我这里不用他伺候。"接着又有探事的小丫头来报说："老太太醒了。"邢夫人方起身前边来。迎春送至院外方回。

拒绝凤姐进门，还是不给脸。

绣桔因说道："如何，前儿我回姑娘，那一个攒珠累丝金凤竟不知那里去了。回了姑娘，姑娘竟不问一声儿。我说必是老奶奶拿去典了银子放头儿的，姑娘不信，只说司棋收着呢。问司棋，司棋虽病着，心里却明白。我去问他，他说没有收起来，还在书架上匣内暂放着，预备八月十五日恐怕要戴呢。姑娘就该问老奶奶一声，只是脸软怕人恼。如今竟怕无着落，明儿要都戴时，独咱们不戴，是何意思呢。"

邢夫人所说"恐怕他巧言花语的和你借贷些簪环衣履作本钱"的话落到实处了，同时落实了贾母所说的"盗"字，文笔一丝不漏。

迎春道："何用问，自然是他拿去暂时借一肩了。我只说他悄悄的拿了出去，不过一时半晌，仍旧悄悄的送来就完了，谁知他就忘了。今日偏又闹出来，问他想也无益。"绣桔道："何曾是忘记！他是试准了姑娘的性格，所以才这样。如今我有个主意：我竟走到二奶奶房里，将此事回了他，或他着人去要，或他省事拿几吊钱来替他赔补。如何？"迎春忙道："罢，罢，罢，省些事罢。宁可没有了，又何必生事。"绣桔道："姑娘怎么这样软弱。都要省起事来，将来连姑娘还骗了去呢，我竟去的是。"说着便走。迎春便不言语，只好由他。

迎春老实，这里也是厚道。他说奶母不用"偷"不用"盗"，只说"他悄悄的拿了出去"。

为了"省事"，"宁可没有了"，是"善"，但如此则纵容了"恶"。纵容"恶"，"恶"将益"恶"，"善"就难以言"善"，谓之"软弱"，亦罪之也。

谁知迎春乳母之媳王住儿媳妇正因他婆婆得了罪，来求迎春去讨情，听他们正说金凤一事，且不进去。也因素日迎春懦弱，他们都不放在心上。如今见绣桔立意去回凤姐，估着这事脱不去的，且又有求迎春之事，只得进来，陪笑先向绣桔说："姑娘，你别去生事。姑娘的金丝凤，原是我们老奶奶老糊涂了，输了几个钱，没的捞梢，所以暂借了去。原说一日半晌就赎的，因总未捞过本儿来，就迟住了。可巧今儿又不知是谁走了风声，弄出事来。虽然这样，到底主子的东西，我们不敢迟误下，终久是要赎

纵"恶"的结果。

的。如今还要求姑娘看从小儿吃奶的情常，往老太太那边去讨个情面，救出他老人家来才好。"迎春先便说道："好嫂子，你趁早儿打了这妄想，要等我去说情儿，等到明年也不中用的。方才连宝姐姐林妹妹大伙儿说情，老太太还不依，何况是我一个人。我自己愧还愧不来，反去讨臊去。"绣桔便说："赎金凤是一件事，说情是一件事，别绞在一处说。难道姑娘不去说情，你就不赎了不成？嫂子且取了金凤来再说。"

王住儿家的听见迎春如此拒绝他，绣桔的话又锋利无可回答，一时脸上过不去，也明欺迎春素日好性儿，乃向绣桔发话道："姑娘，你别太张势了。你满家子算一算，谁的妈妈奶子不仗着主子哥儿多得些益，偏咱们就这样丁是丁卯是卯的，只许你们偷偷摸摸的哄骗了去。自从邢姑娘来了，太太吩咐一个月俭省出一两银子来与舅太太去，这里饶添了邢姑娘的使费，反少了一两银子。常时短了这个，少了那个，那不是我们供给？谁又要去？不过大家将就些罢了。算到今日，少说些也有三十两了。我们这一向的钱，岂不白填了限呢。"绣桔不待说完，便啐了一口，道："作什么你白填了三十两，我且和你算算帐，姑娘要了些什么东西？"迎春听见这媳妇发邢夫人之私意，忙止道："罢，罢，罢。你不能拿了金凤来，不必牵三扯四乱嚷。我也不要那凤了。便是太太们问时，我只说丢了，也妨碍不着什么的，你出去歇息歇息倒好。"一面叫绣桔倒茶来。

绣桔又气又急，因说道："姑娘虽不怕，我们是作什么的，把姑娘的东西丢了。他倒赖说姑娘使了他们的钱，这如今竟要准折起来。倘或太太问姑娘为什么使了这些钱，敢是我们就中取势了？这还了得！"一行说，一行就哭了。司棋听不过，只得勉强过来，帮着绣桔问着那媳妇。迎春劝止不住，自拿了一本《太上感应篇》【一本劝善惩恶、宣扬因果报应的书】来看。

三人正没开交，可巧宝钗、黛玉、宝琴、探春等因恐迎春今日不自在，都约来安慰他。走至院中，听得两三个人较口。探春

从纱窗内一看，只见迎春倚在床上看书，若有不闻之状。探春也笑了。小丫鬟们忙打起帘子，报道："姑娘们来了。"迎春方放下书起身。那媳妇见有人来，且又有探春在内，不劝而自止了，遂趁便要去。

探春坐下，便问："才刚谁在这里说话？倒像拌嘴似的。"迎春笑道："没有说什么，左不过是他们小题大作罢了。何必问他。"探春笑道："我才听见什么'金凤'，又是什么'没有钱只和我们奴才要'，谁和奴才要钱了？难道姐姐和奴才要钱了不成？难道姐姐不是和我们一样有月钱的，一样有用度不成？"司棋绣桔道："姑娘说的是了。姑娘们都是一样的，那一位姑娘的钱不是由着奶奶妈妈们使，连我们也不知道怎样是算帐，不过要东西只说得一声儿。如今他偏要说姑娘使过了头儿，他赔出许多来了。究竟姑娘何曾和他要什么了。"

探春笑道："姐姐既没有和他要，必定是我们或者和他们要了不成！你叫他进来，我倒要问问他。"迎春笑道："这话又可笑。你们又无沾碍，何得带累于他。"探春笑道："这倒不然。我和姐姐一样，姐姐的事和我的也是一般，他说姐姐就是说我。我那边的人有怨我的，姐姐听见也即同怨姐姐是一理。咱们是主子，自然不理论那些钱财小事，只知想起什么要什么，也是有的事。但不知金累丝凤因何又夹在里头？"那王住儿媳妇生恐绣桔等告出他来，遂忙进来用话掩饰。探春深知其意，因笑道："你们所以糊涂。如今你奶奶已得了不是，趁此求求二奶奶，把方才的钱尚未散人的拿出些来赎取了就完了。比不得没闹出来，大家都藏着留脸面；如今既是没了脸，趁此时纵有十个罪，也只一人受罚，没有砍两颗头的理。你依我，竟是和二奶奶说去。在这里大声小气，如何使得。"

这媳妇被探春说出真病，也无可赖了，只不敢往凤姐处自首。探春笑道："我不听见便罢，既听见，少不得替你们分解分解。"谁知探春早使个眼色与待书出去了。

这里正说话，忽见平儿进来。宝琴拍手笑说道："三姐姐敢是有驱神召将的符术？"黛玉笑道："这倒不是道家玄术，倒是用兵最精的，所谓'守如处女，脱如狡兔'，出其不备之妙策也。"二人取笑。宝钗便使眼色与二人，令其不可，遂以别话岔开。探春见平儿来了，遂问："你奶奶可好些了？真是病糊涂了，事事都不在心上，叫我们受这样的委屈。"平儿忙道："姑娘怎么委屈？谁敢给姑娘气受，姑娘快吩咐我。"

当时住儿媳妇儿方慌了手脚，遂上来赶着平儿叫："姑娘坐下，让我说原故请听。"平儿正色道："姑娘这里说话，也有你我混插口的礼！你但凡知礼，只该在外头伺候。不叫你进不来的地方，几曾有外头的媳妇子们无故到姑娘们房里来的例。"绣桔道："你不知我们这屋里是没礼的，谁爱来就来。"平儿道："都是你们的不是。姑娘好性儿，你们就该打出去，然后再回太太去才是。"王住儿媳妇见平儿出了言，红了脸方退出去。

探春接着道："我且告诉你，若是别人得罪了我，倒还罢了。如今那住儿媳妇和他婆婆仗着是妈妈，又瞅着二姐姐好性儿，如此这般私自拿了首饰去赌钱，而且还捏造假帐折算，威逼着还要去讨情，和这两个丫头在卧房里大嚷大叫，二姐姐竟不能辖治，所以我看不过，才请你来问一声：还是他原是天外的人，不知道理？还是谁主使他如此，先把二姐姐制伏，然后就要治我和四姑娘了？"平儿忙陪笑道："姑娘怎么今日说这话出来？我们奶奶如何当得起！"

探春冷笑道："俗语说的'物伤其类'，'齿竭唇亡'，我自然有些惊心。"平儿问迎春道："若论此事，还不是大事，极好处置。但他现是姑娘的奶嫂，据姑娘怎么样为是？"当下迎春只和宝钗阅"感应篇"故事，究竟连探春之语亦不曾闻得，忽见平儿如此说，仍笑道："问我，我也没什么法子。他们的不是，自作自受，我也不能讨情，我也不去苛责就是了。至于私自拿去的东西，送来我收下，不送来我也不要了。太太们要

探春厉害，她不直接问住儿媳妇的罪，而是问凤姐治家不严的罪。迎春是小姐，理应得到保护，奴才欺负了主子，让管家婆来管，义正辞严。

明明局中人，偏做局外事。这迎春未免过分——可怜之人必有可恨之处是也。值得注意的是，这个宝钗竟然和迎春一起读"感应篇"，是何居心？

问，我可以隐瞒遮饰过去，是他的造化，若瞒不住，我也没法，没有个为他们反欺枉太太们的理，少不得直说。你们若说我好性儿，没个决断，竟有好主意可以八面周全，不使太太们生气，任凭你们处治，我总不知道。"

众人听了，都好笑起来。黛玉笑道："真是'虎狼屯于阶陛，尚谈因果'。若使二姐姐是个男人，这一家上下若许人，又如何裁治他们。"迎春笑道："正是。多少男人尚如此，何况我哉。"一语未了，只见又有一个人进来。正不知道是那个，且听下回分解。

> 黛玉倒是说了句实话，而迎春之"多少男人尚如此，何况我哉"之语，也反映了她对贾府的绝望之情。

【回后评】

读这一回书，我们且来欣赏作者的行文艺术：以人物推动情节发展，在情节发展中刻画人物；而且情节环环推动，不同情事又断续穿插，双线并行，舒缓有致，总不失全书的主旨。回目中一个"痴"字牵动着"奸"，一个"懦"字牵动着"盗"，而一"奸"一"盗"正是大观园以至贾府混乱而走向衰亡的象征。

本回书的故事波澜发源于赵姨娘的小丫头向宝玉递送的一则假情报，说是贾政要查宝玉的学业，引起怡红院一片惊慌；于是晴雯献计，宝玉装病，说是有人跳墙进园，"吓着了"，使得园内灯笼火把，直闹了一夜。至五更天，还传管家男女，命仔细查一查，拷问内外上夜男女等人。晴雯之忠而狡，宝玉之浪而赖，令人哭笑不得。而这一举动引起府内最高统治者贾母的注意，又听探春说园内仆妇"近来渐次放诞，竟开了赌局，甚至有头家局主，或三十吊五十吊三百吊的大输赢。半月前竟有争斗相打之事"。于是，老太太就推想出有"藏贼引奸引盗"之祸，聚赌之事不可"轻恕"，于是严令查赌。一向以慈祥示人的贾母，露出其世故深通而严厉无情的一面。

所查获的三个赌头之一就是迎春的奶母。由此暴露出此奶母盗取迎春金丝凤一案，贾母所说的"盗"字得到坐实。围绕此案的展开，各色人等都有其个性的表现：住儿媳妇的刁钻，丫头绣桔的锋利，探春的仗义，平儿的沉着，等等。特别突出的自然是迎春的懦弱。

"懦小姐不问累金凤"，是其"懦弱"性格的集中表现。这种懦弱，有其"善"的一面。贾府本来多事，能"省事"就省了吧；盗用其金丝凤的是其奶母，能不追究就别追究了吧。不斤斤计较，更不睚眦必报，这不是好心善意吗？但懦弱并不等于善，它往往走向善的反面——纵恶。

由于迎春的软弱，她的奶母才敢"私自拿了首饰去赌钱"，不但不设法赎回来，她的儿媳妇还敢捏造假账妙算，威逼着迎春去讨情，还和小丫头在卧房里大嚷大叫。这就形成以恶欺善的局面。丫鬟绣桔为迎春争理，迎春也不领情，反说："便是太太们问时，我只说丢了，也妨碍不着你什么的，出去歇息歇息倒好。"再说，她干脆去读什么《太上感应篇》了。及探春挺身而出，跟平儿"分解"其中是非，她竟然"连探春之语亦不曾闻得"。平儿问她解决之道，她竟一推六二五，说："问我，我也没什么法子。他们的不是，自作自受，我也不能讨情，我也不去苛责就是了。至于私自拿去的东西，送来我收下，不送来我也不要。太太们要问，我可以隐瞒遮饰过去，是他的造化，若瞒不住，我也没法，没有个为他们反欺枉太太们的理，少不得直说。你们若说我好性儿，没个决断，竟有好主意可以八面周全，不使太太们生气，任凭你们处治，我总不知道。"完全没有是非，完全不负责任。没有是非就是纵恶，不负责任更是对丑恶现实的妥协。俗话说，可怜之人必有可恨之处，良有以也。王希廉评曰："写迎春懦弱可怜，异时之受婿折磨已先为描出。"这就联想到她最后的命运了。

"痴丫头误拾绣春囊"，是本回书中重要内容之一，所以回目特标示出来。但从文本的整体看，这一节只是一个穿插，为的是扯出另一故事的线头，为下一回的故事作铺垫。这个穿插是自然的：为园中聚赌事老太太生气了，邢夫人等不敢各自回家，而乘机到园子里散散心，这才凑巧从傻大姐手中获得绣春囊。但这件事暂时被压下，故事回到聚赌及"懦小姐不问累金凤"上去。这个穿插是重要的，它不仅为下回书伏笔，还隐隐把贾母的"引奸"之说予以坐实。不然，贾母的说法就成唬人的空话了。文思谨严如此，大可品味。

第七十四回

惑奸谗抄检大观园
矢孤介杜绝宁国府

诸院皆宴息，独探春秉烛以待，大有提防，的是干才，须另席款待。凤姐喜事，忽作打破虚空之语：惜春年幼，偏有老成练达之操。世态何常，知人其难。

全园抄检司棋落难，王善宝妻自打耳光

回目上句说的是王夫人被王善保家的谗言所惑，下令抄检大观园。下句是说贾惜春誓守"孤介"而与宁府断绝关系。矢：发誓。孤介：耿直方正，不随流俗。

本回书在了结"金丝凤"一事之后便回到"绣春囊"的情节。那傻丫头在大观园捡到了一个绣春囊，被邢夫人发现。她不动声色收了去，封好了派人送到王夫人那里。王夫人看后，就认定是凤姐所遗失，怒气冲冲来责怪凤姐。听了凤姐一席话后，这才醒悟，便问凤姐"如今却怎么处"。凤姐便献"暗暗访察"之策，既不致让外人知道，又可借机裁员，省些用度。

此时，邢夫人的陪房王善保家的来了，王夫人便委托她也参与访查之事。此人素日对园内丫鬟就心有芥蒂，生出这事来，她以为得了把柄。又听王夫人委托，正撞在心坎上。她趁机诬告晴雯，并献"查抄"之计。为此，晴雯遭到王夫人一顿无端的辱骂，而王夫人竟然也觉得"查抄"这主意"很是"。

至晚饭后，王善保家的便请了凤姐一并入园。在上夜的婆子处，以及怡红院、潇湘馆、稻香村，都没有发现所要的东西。

再到探春处。那探春已命众丫鬟秉烛开门而待。她要求"先搜"她的箱柜，而不准搜她的丫头。说着便命丫头们把自己的若大若小之物一齐打开，请凤姐去抄阅。她流泪感慨："你们别忙，自然连你们抄的日子有呢！……可知这样大族人家，若从外头杀来，一时是杀不死的……必须先从家里自杀自灭起来，才能一败涂地！"

凤姐说了声都翻过了，那王善保家的竟向前拉起探春的衣襟，故意一掀，说"连姑娘身上我都翻了"，结果就遭到探春的一个嘴巴和一通责骂。

到惜春房中，竟从丫鬟入画处搜出了金银锞子和男人的靴袜。据她说这都是贾珍赏给她哥哥的，暂存在这里。尽管如此，惜春为了保全自己的脸面，见到尤氏后就坚持让她把入画带走，并表示从今后与宁府断绝任何来往。

抄检到了迎春处。偏偏在迎春的丫鬟司棋的箱子里发现了一双男子的锦带袜并一双缎鞋，还有一封情书。司棋乃是王善保的外孙女儿，这时王婆子又气又臊，禁不住自打嘴巴。凤姐命把司棋看守起来，待第二天处理。那司棋却只是低头不语，倒并无畏惧惭愧之意。

话说平儿听迎春说了，正自好笑，忽见宝玉也来了。原来管厨房柳家的媳妇之妹，也因放头开赌得了不是。这园中有素与柳家不睦的，便又告出柳家来，说他和他妹子是伙计，虽然他妹子出名，其实赚了钱两个人平分。因此凤姐要治柳家之罪。

与柳家不睦的，有林之孝家的、秦显家的等。六十一、六十二两回，有软禁五儿、争夺司厨之职的斗争。

各有人脉。这柳家之女五儿是宝玉所喜欢的。

那柳家的因得此信，便慌了手脚，因思素与怡红院人最为深厚，故走来悄悄的央求晴雯金星玻璃等人。金星玻璃告诉了宝玉。宝玉因思内中迎春之乳母也现有此罪，不若来约同迎春讨情，比自己独去单为柳家说情又更妥当，故此前来。忽见许多人在此，见他来时，都问："你的病可好了？跑来作什么？"宝玉不便说出讨情一事，只说："来看二姐姐。"当下众人也不在意，且说些闲话。

平儿便出去办累丝金凤一事。那王住儿媳妇紧跟在后，口内百般央求，只说："姑娘好歹口内超生，我横竖去赎了来。"平儿笑道："你迟也赎，早也赎，既有今日，何必当初。你的意思得过去就过去了。既是这样，我也不好意思告人，趁早去赎了来交与我送去，我一字不提。"王住儿媳妇听说，方放下心来，就拜

平儿一贯作风是息事宁人，从为人之道说是厚道，从持家之道说是精明。

谢，又说："姑娘自去贵干，我赶晚拿了来，先回了姑娘，再送去，如何？"平儿道："赶晚不来，可别怨我。"说毕，二人方分路各自散了。

平儿到房，凤姐问他："三姑娘叫你作什么？"平儿笑道："三姑娘怕奶奶生气，叫我劝着奶奶些，问奶奶这两天可吃些什么。"凤姐笑道："倒是他还记挂着我。刚才又出来了一件事：有人来告柳二媳妇和他妹子通同开局，凡妹了所为，都是他作主。我想，你素日肯劝我'多一事不如省一事'，就可闲一时心，自己保养保养也是好的。我因听不进去，果然应了些，先把太太得罪了，而且自己反赚了一场病。如今我也看破了，随他们闹去罢，横竖还有许多人呢。我白操一会子心，倒惹的万人咒骂。我且养病要紧；便是好了，我也作个好好先生，得乐且乐，得笑且笑，一概是非都凭他们去罢。所以我只答应着知道了，白不在我心上。"平儿笑道："奶奶果然如此，便是我们的造化。"

一语未了，只见贾琏进来，拍手叹气道："好好的又生事！前儿我和鸳鸯借当，那边太太怎么知道了。才刚太太叫过我去，叫我不管那里先迁挪二百银子，做八月十五日节间使用。我回没处迁挪。太太就说：'你没有钱就有地方迁挪。我白和你商量，你就搪塞我。你就说没地方，前儿一千银子的当是那里的？连老太太的东西你都有神通弄出来，这会子二百银子，你就这样。幸亏我没和别人说去。'我想太太分明不短，何苦来要寻事奈何人。"凤姐儿道："那日并没一个外人，谁走了这个消息。"

平儿听了，也细想那日有谁在此，想了半日，笑道："是了。那日说话时没一个外人，但晚上送东西来的时节，老太太那边傻大姐的娘也可巧来送浆洗衣服。他在下房里坐了一会子，见一大箱子东西，自然要问，必是小丫头们不知道，说了出来，也未可知。"因此便唤了几个小丫头来问，那日谁告诉呆大姐的娘。众小丫头慌了，都跪下赌咒发誓，说："自来也不敢多说一句话。有人凡问什么，都答应不知道。这事如何敢多说。"

凤姐详情说："他们必不敢，倒别委屈了他们。如今且把这事靠后，且把太太打发了去要紧。宁可咱们短些，又别讨没意思。"因叫平儿："把我的金项圈拿来，且去暂押二百银子来送去完事。"贾琏道："越性多押二百，咱们也要使呢。"凤姐道："很不必，我没处使钱。这一去还不知指那一项赎呢。"平儿拿去，吩咐一个人唤了旺儿媳妇来领去，不一时拿了银子来。贾琏亲自送去，不在话下。

不知是否与其目前的身心状况有关，凤姐表现出少有的宽容。

不敢得罪婆婆，只得又典当。邢夫人之举，是金钱的掠夺，也是心灵的折磨。

这里凤姐和平儿猜疑、终是谁人走的风声，竟拟不出人来。凤姐儿又道："知道这事还是小事，怕的是小人趁便又造非言，生出别的事来。打紧那边正和鸳鸯结下仇了，如今听得他私自借给琏二爷东西，那起小人眼馋肚饱，连没缝儿的鸡蛋还要下蛆呢，如今有了这个因由，恐怕又造出些没天理的话来也定不得。在你琏二爷还无妨，只是鸳鸯，正经女儿，带累了他受屈，岂不是咱们的过失。"

对鸳鸯也有一分关心。

平儿笑道："这也无妨。鸳鸯借东西，看的是奶奶，并不为的是二爷。一则鸳鸯虽应名是他私情，其实他是回过老太太的。老太太因怕孙男弟女多，这个也借，那个也要，到跟前撒个娇儿，和谁要去，因此只装不知道。纵闹了出来，究竟那也无碍。"凤姐儿道："理固如此。只是你我是知道的，那不知道的，焉得不生疑呢。"

到底是否"回过老太太"，平儿的猜测不是没有道理。

一语未了，人报："太太来了。"凤姐听了诧异，不知为何事亲来，与平儿等忙迎出来。只见王夫人气色更变，只带一个贴己的小丫头走来，一语不发，走至里间坐下。凤姐忙奉茶，因陪笑问道："太太今日高兴，到这里逛逛。"王夫人喝命："平儿出去！"平儿见了这般，着慌不知怎么样了，忙应了一声，带着众小丫头一齐出去，在房门外站住，越性将房门掩了，自己坐在台矶上，所有的人，一个不许进去。

上面一个"一语未了"，穿插了结一段贾琏"借当"事；这里再一个"一语未了"，回到"绣春囊"事件。

来者不善，到底出什么事了？

凤姐也着了慌，不知有何等事。只见王夫人含着泪，从袖内掷出一个香袋子来，说："你瞧。"凤姐忙拾起一看，见是十锦春

"含着泪"——痛苦；"掷出"——愤怒；"你瞧"——只两个字，无须多说。

意香袋，也吓了一跳，忙问："太太从那里得来？"王夫人见问，越发泪如雨下，颤声说道："我从那里得来！我天天坐在井里，拿你当个细心人，所以我才偷个空儿。谁知你也和我一样。这样的东西，大天白日明摆在园里山石上，被老太太的丫头拾着，不亏你婆婆遇见，早已送到老太太跟前去了。我且问你，这个东西如何遗在那里来？"

凤姐听得，也更了颜色，忙问："太太怎知是我的？"王夫人又哭又叹说道："你反问我！你想，一家子除了你们小夫小妻，馀者老婆子们，要这个何用？再女孩子们是从那里得来？自然是那琏儿不长进下流种子那里弄来。你们又和气，当作一件顽意儿，年轻人儿女闺房私意是有的，你还和我赖！幸而园内上下人还不解事，尚未捡得。倘或丫头们捡着，你姊妹看见，这还了得。不然有那小丫头们捡着，出去说是园内拣着的，外人知道，这性命脸面要也不要？"

凤姐听说，又急又愧，登时紫涨了面皮，便依炕沿双膝跪下，也含泪诉道："太太说的固然有理，我也不敢辩我并无这样的东西。但其中还要求太太细详其理：那香袋是外头雇工仿着内工绣的，带这穗子一概是市卖货。我便年轻不尊重些，也不要这劳什子，自然都是好的，此其一。二者这东西也不是常带着的，我纵有，也只好在家里，焉肯带在身上各处去？况且又在园里去，个个姊妹我们都肯拉拉扯扯，倘或露出来，不但在姊妹前，就是奴才看见，我有什么意思？我虽年轻不尊重，亦不能糊涂至此。三则论主子内我是年轻媳妇，算起奴才来，比我更年轻的又不止一个人了。况且他们也常进园，晚间各人家去，焉知不是他们身上的？四则除我常在园里之外，还有那边太太常带过几个小姨娘来，如嫣红翠云等人，皆系年轻侍妾，他们更该有这个了。还有那边珍大嫂子，他也不算甚老，他也常带过佩凤等人来，焉知又不是他们的？五则园内丫头太多，保的住个个都是正经的不成？也有年纪大些的知了人事，或者一时半刻人查问不到偷着

痛心疾首。认定此物为凤姐所遗留，直接问是"如何"遗在那里的。

凤姐问得有理。王夫人说出定罪的理由，未免牵强；所说此事的影响，未免夸大其词。

凤姐到底铁齿铜牙，说出话来合情合理，有条不紊。

凤姐之辩可分两个层次：一是说不是我的，二是说可能是谁的。此为"市卖货"，粗糙，给我也不要；即使我有，怎么会带在身上、遗失在外？所以不是我的。单说"不是我的"还不足说服王夫人，还得指出"可能是谁的"：年轻的奴才，那边的小姨娘，那边的珍大嫂子，还有园内的丫头，都是可怀疑的。

出去，或借着因由同二门上小幺儿们打牙犯嘴，外头得了来的，也未可知。如今不但我没此事，就连平儿，我也可以下保的。太太请细想。"

王夫人听了这一席话大近情理，因叹道："你起来。我也知道你是大家小姐出身，焉得轻薄至此，不过我气急了，拿了话激你。但如今却怎么处？你婆婆才打发人封了这个给我瞧，说是前日从傻大姐手里得的，把我气了个死。"凤姐道："太太快别生气。若被众人觉察了，保不定老太太不知道。且平心静气暗暗访察，才得确实；纵然访不着，外人也不能知道。这叫作'胳膊折在袖内'。如今惟有趁着赌钱的因由革了许多的人这空儿，把周瑞媳妇旺儿媳妇等四五个贴近不能走话的人安插在园里，以查赌为由。再如今他们的丫头也太多了，保不住人大心大，生事作耗，等闹出事来，反悔之不及。如今若无故裁革，不但姑娘们委屈烦恼，就连太太和我也过不去。不如趁此机会，以后凡年纪大些的，或有些咬牙难缠的，拿个错儿撵出去配了人。一则保得住没有别的事，二则也可省些用度。太太想我这话如何？"

王夫人叹道："你说的何尝不是，但从公细想来，你这几个姊妹也甚可怜。也不用远比，只说如今你林妹妹的母亲，未出阁时，是何等的娇生惯养，是何等的金尊玉贵，那才像个千金小姐的体统。如今这几个姊妹，不过比人家的丫头略强些罢了。通共每人只有两三个丫头像个人样，馀者纵有四五个小丫头子，竟是庙里的小鬼。如今还要裁革了去，不但于我心不忍，只怕老太太未必就依。虽然艰难，难不至此。我虽没受过大荣华富贵，比你们是强的。如今我宁可省些，别委屈了他们。以后要省俭先从我来倒使的。如今且叫人传了周瑞家的等人进来，就吩咐他们快快暗地访拿这事要紧。"

凤姐听了，即唤平儿进来吩咐出去。一时，周瑞家的与吴兴家的、郑华家的、来旺家的、来喜家的现在五家陪房进来，馀者皆在南方，各有执事。王夫人正嫌人少不能勘察，忽见邢夫人

王夫人不得不服，但还不肯认错，又不知道"怎么处"。

邢夫人把"这个"交到王夫人手里，就是要看看"当家"的怎么处置。凤姐献暗查之计，不仅要"破案"，还可以借机裁人，缓解财政。第五十二回即以此法处理虾须镯之案。

从贫穷变富贵易，从富贵变贫穷难。

又一"陪房",主子最信任的人。刚送绣春囊过来,这又来了,当是观察动静。

把王善保家的放入查抄队伍,是为了证明此次行动没有猫腻儿吗?可这婆子心地邪恶,一开始就不是为"破案",而是打击报复。"这些女孩子们"——她是要一网打尽。

的陪房王善保家的走来,方才正是他送香囊来的。王夫人向来看视邢夫人之得力心腹人等原无二意,今见他来打听此事,十分关切,便向他说:"你去回了太太,也进园内照管照管,不比别人又强些。"这王善保家的正因素日进园去那些丫鬟们不大趋奉他,他心里大不自在,要寻他们的故事又寻不着,恰好生出这事来,以为得了把柄。又听王夫人委托,正撞在心坎上,说:"这个容易。不是奴才多话,论理这事该早严紧的,太太也不大往园里去,这些女孩子们一个个倒像受了封诰似的,他们就成了千金小姐了。闹下天来,谁敢哼一声儿。不然,就调唆姑娘的丫头们,说欺负了姑娘们了,谁还耽得起。"

明确重点打击对象。

王夫人道:"这也有的常情,跟姑娘的丫头原比别的娇贵些。你们该劝他们。连主子们的姑娘不教导尚且不堪,何况他们。"王善保家的道:"别的都还罢了。太太不知道,一个宝玉屋里的晴雯,那丫头仗着他生的模样儿比别人标致些,又生了一张巧嘴,天天打扮的像个西施的样子,在人跟前能说惯道,掐尖要强。一句话不投机,他就立起两个骚眼睛来骂人,妖妖趫趫,大不成个体统。"

"风流灵巧招人怨,寿夭多因诽谤生。"晴雯此时危矣!忽扯到"林妹妹",无意间透出对林黛玉的印象。回想一下,这王夫人什么时候亲自关心过林姑娘?

王夫人听了这话,猛然触动往事,便问凤姐道:"上次我们跟了老太太进园逛去,有一个水蛇腰、削肩膀、眉眼又有些像你林妹妹的,正在那里骂小丫头。我的心里很看不上那个轻狂样子,因同老太太走,我不曾说得。后来要问是谁,又偏忘了。今日对了坎儿,这丫头想必就是他了。"凤姐道:"若论这些丫头们,共总比起来,都没晴雯生得好。论举止言语,他原有些轻薄。方才太太说的倒很像他,我也忘了那日的事,不敢乱说。"

与宝玉真有"云雨情"的恰恰是那个"笨笨的"。

"况且又出来这个事",这是把绣春囊事件直接与晴雯联系在一起了吗?

王善保家的便道:"不用这样,此刻不难叫了他来太太瞧瞧。"王夫人道:"宝玉房里常见我的只有袭人麝月,这两个笨笨的倒好。若有这个,他自不敢来见我的。我一生最嫌这样的人,况且又出来这个事。好好的宝玉,倘或叫这蹄子勾引坏了,那还了得。"因叫自己的丫头来,吩咐他到园里去,"只说我说有话问他们，留下袭人麝月服侍宝玉不必来，有一个晴雯最伶俐，叫他即刻快来。你不许和他说什么。"

小丫头子答应了，走入怡红院，正值晴雯身上不自在，睡中觉才起来，正发闷，听如此说，只得随了他来。素日这些丫鬟皆知王夫人最嫌趋妆艳饰语薄言轻者，故晴雯不敢出头。今因连日不自在，并没十分妆饰，自为无碍。及到了凤姐房中，王夫人一见他钗軃鬓松，衫垂带褪，有春睡捧心之遗风，而且形容面貌恰是上月的那人，不觉勾起方才的火来。王夫人原是天真烂漫之人，喜怒出于心臆，不比那些饰词掩意之人，今既真怒攻心，又勾起往事，便冷笑道："好个美人！真像个病西施了。你天天作这轻狂样儿给谁看？你干的事，打量我不知道呢！我且放着你，自然明儿揭你的皮！宝玉今日可好些？"

说王夫人"天真烂漫"，笔下留情了，其实是昏聩而偏执。"趁妆艳饰"，她不喜欢；现在晴雯"没十分妆饰"，她又斥为"病西施"，是欲加之罪，混不讲理。"你干的事，打量我不知道呢！"晴雯干了什么事？毫无根据，这就是信口胡说了。

晴雯一听如此说，心内大异，便知有人暗算了他。虽然着恼，只不敢作声。他本是个聪敏过顶的人，见问宝玉可好些，他便不肯以实话对，只说："我不大到宝玉房里去，又不常和宝玉在一处，好歹我不能知道，只问袭人麝月两个。"王夫人道："这就该打嘴！你难道是死人，要你们作什么！"

晴雯只能谎言以对。

晴雯道："我原是跟老太太的人。因老太太说园里空大人少，宝玉害怕，所以拨了我去外间屋里上夜，不过看屋子。我原回过我笨，不能服侍。老太太骂了我，说：'又不叫你管他的事，要伶俐的作什么。'我听了这话才去的。不过十天半个月之内，宝玉闷了大家顽一会子就散了。至于宝玉饮食起坐，上一层有老奶奶老妈妈们，下一层又有袭人麝月秋纹几个人。我闲着还要作老太太屋里的针线，所以宝玉的事竟不曾留心。太太既怪，从此后我留心就是了。"

王夫人信以为实了，忙说："阿弥陀佛！你不近宝玉是我的造化，竟不劳你费心。既是老太太给宝玉的，我明儿回了老太太，再撵你。"因向王善保家的道："你们进去，好生防他几日，不许他在宝玉房里睡觉。等我回过老太太，再处治他。"喝声：

这王夫人竟"信以为实"。与晴雯比，其智商至少低三级。

"去！站在这里，我看不上这浪样儿！谁许你这样花红柳绿的妆扮！"晴雯只得出来，这气非同小可，一出门便拿手帕子握着脸，一头走，一头哭，直哭到园门内去。

这里王夫人向凤姐等自怨道："这几年我越发精神短了，照顾不到。这样妖精似的东西竟没看见。只怕这样的还有，明日倒得查查。"凤姐见王夫人盛怒之际，又因王善保家的是邢夫人的耳目，常调唆着邢夫人生事，纵有千百样言词，此刻也不敢说，只低头答应着。王善保家的道："太太且请养息身体要紧，这些小事只交与奴才。如今要查这个主儿也极容易，等到晚上园门关了的时节，内外不通风，我们竟给他们个猛不防，带着人到各处丫头们房里搜寻。想来谁有这个，断不单只有这个，自然还有别的东西。那时翻出别的来，自然这个也是他的。"王夫人道："这话倒是。若不如此，断不能清的清白的白。"因问凤姐如何。凤姐只得答应说："太太说的是，就行罢了。"王夫人道："这主意很是，不然一年也查不出来。"于是大家商议已定。

至晚饭后，待贾母安寝了，宝钗等入园时，王善保家的便请了凤姐一并入园，喝命将角门皆上锁，便从上夜的婆子处抄检起，不过抄检出些多馀攒下蜡烛灯油等物。王善保家的道："这也是赃，不许动，等明儿回过太太再动。"

于是先就到怡红院中，喝命关门。当下宝玉正因晴雯不自在，忽见这一干人来，不知为何直扑了丫头们的房门去，因迎出凤姐来，问是何故。凤姐道："丢了一件要紧的东西，因大家混赖，恐怕有丫头们偷了，所以大家都查一查去疑。"一面说，一面坐下吃茶。

王善保家的等搜了一回，又细问这几个箱子是谁的，都叫本人来亲自打开。袭人因见晴雯这样，知道必有异事，又见这番抄检，只得自己先出来打开了箱子并匣子，任其搜检一番，不过是平常动用之物。随放下又搜别人的，挨次都一一搜过。

到了晴雯的箱子，因问："是谁的，怎不开了让搜？"袭人等方欲代晴雯开时，只见晴雯挽着头发闯进来，豁啷一声将箱子掀开，两手捉着底子朝天，往地下尽情一倒，将所有之物尽都倒出。王善保家的也觉没趣，看了一看，也无甚私弊之物。回了凤姐，要往别处去。

凤姐儿道："你们可细细的查，若这一番查不出来，难回话的。"众人都道："都细翻看了，没什么差错东西。虽有几样男人物件，都是小孩子的东西，想是宝玉的旧物件，没甚关系的。"凤姐听了，笑道："既如此咱们就走，再瞧别处去。"

说着，一径出来，因向王善保家的道："我有一句话，不知是不是。要抄检只抄检咱们家的人，薛大姑娘屋里，断乎检抄不得的。"王善保家的笑道："这个自然。岂有抄起亲戚家来的。"凤姐点头道："我也这样说呢。"一头说，一头到了潇湘馆内。

黛玉已睡了，忽报这些人来，也不知为甚事。才要起来，只见凤姐已走进来，忙按住他不许起来，只说："睡罢，我们就走。"这边且说些闲话。那个王善保家的带了众人到丫鬟房中，也一一开箱倒笼抄检了一番。因从紫鹃房中抄出两副宝玉常换下来的寄名符儿，一副束带上的披带，两个荷包并扇套，套内有扇子。打开看时皆是宝玉往年往日手内曾拿过的。王善保家的自为得了意，遂忙请凤姐过来验视，又说："这些东西从那里来的？"凤姐笑道："宝玉和他们从小儿在一处混了几年，这自然是宝玉的旧东西。这也不算什么罕事，撂下再往别处去是正经。"紫鹃笑道："直到如今，我们两下里的东西也算不清。要问这一个，连我也忘了是那年月日有的了。"王善保家的听凤姐如此说，也只得罢了。

又到探春院内，谁知早有人报与探春了。探春也就猜着必有原故，所以引出这等丑态来，遂命众丫鬟秉烛开门而待。

一时众人来了。探春故问何事。凤姐笑道："因丢了一件东西，连日访察不出人来，恐怕旁人赖这些女孩子们，所以越性大家搜一搜，使人去疑，倒是洗净他们的好法子。"探春冷笑道：

是那婆子在问。忽然想到了"石壕吏"，想到了《捕蛇者说》里的悍吏。不过，晴雯一个"闯"字正对着上面的那个"扑"字：毫不畏惧，毫不妥协。

凤姐话里的这个"你们"值得玩味：把责任推得干干净净。

饶过薛宝钗，但早惊动了这位极富心机的小姐。

黛玉始终不明就里。

这婆子无知，以为有所"获"而得意，被凤姐一瓢冷水浇头，"只得罢了"。在宝玉房中是晴雯给她个"没趣"，在这里是凤姐给她个"无奈"。

把此行为视为"丑态"，定性准确，而行此丑事的后台就是王夫人。面对"丑态"她"秉烛开门而待"，算得上是开门"迎敌"，大将风度。

"我们的丫头，自然都是些贼，我就是头一个窝主。既如此，先来搜我的箱柜，他们所有偷了来的都交给我藏着呢。"说着，便命丫头们把箱柜一齐打开，将镜奁、妆盒、衾袱、衣包若大若小之物一齐打开，请凤姐去抄阅。凤姐陪笑道："我不过是奉太太的命来，妹妹别错怪我。何必生气。"因命丫鬟们快快关上。

平儿丰儿等忙着替待书等关的关，收的收。探春道："我的东西倒许你们搜阅；要想搜我的丫头，这却不能。我原比众人歹毒，凡丫头所有的东西我都知道，都在我这里间收着，一针一线他们也没的收藏，要搜所以只来搜我。你们不依，只管去回太太，只说我违背了太太，该怎么处治，我去自领。你们别忙，自然连你们抄的日子有呢！你们今日早起不曾议论甄家，自己家里好好的抄家，果然今日真抄了。咱们也渐渐的来了。可知这样大族人家，若从外头杀来，一时是杀不死的，这是古人曾说的'百足之虫，死而不僵'，必须先从家里自杀自灭起来，才能一败涂地！"说着，不觉流下泪来。凤姐只看着众媳妇们。

周瑞家的便道："既是女孩子的东西全在这里，奶奶且请到别处去罢，也让姑娘好安寝。"凤姐便起身告辞。探春道："可细细的搜明白了？若明日再来，我就不依了。"凤姐笑道："既然丫头们的东西都在这里，就不必搜了。"探春冷笑道："你果然倒乖。连我的包袱都打开了，还说没翻。明日敢说我护着丫头们，不许你们翻了。你趁早说明，若还要翻，不妨再翻一遍。"凤姐知道探春素日与众不同的，只得陪笑道："我已经连你的东西都搜查明白了。"探春又问众人："你们也都搜明白了不曾？"周瑞家的等都陪笑说："都翻明白了。"

那王善保家的本是个心内没成算的人，素日虽闻探春的名，他自为众人没眼力没胆量罢了，那里一个姑娘家就这样起来；况且又是庶出，他敢怎么。他自恃是邢夫人陪房，连王夫人尚另眼相看，何况别个。今见探春如此，他只当是探春认真单恼凤姐，与他们无干。他便要趁势作脸献好，因越众向前拉起探春的衣襟，故意一掀，嘻嘻笑道："连姑娘身上我都翻了，果然没有什么。"凤姐见他这样，忙说："妈妈走罢，别疯疯颠颠的。"一语未了，只听"拍"的一声，王家的脸上早着了探春一掌。

探春登时大怒，指着王家的问道："你是什么东西，敢来拉扯我的衣裳！我不过看着太太的面上，你又有年纪，叫你一声妈妈，你就狗仗人势，天天作耗，专管生事。如今越性了不得了。你打谅我是同你们姑娘那样好性儿，由着你们欺负他，就错了主意！你搜检东西我不恼，你不该拿我取笑。"说着，便亲自解衣卸裙，拉着凤姐儿细细的翻。又说："省得叫奴才来翻我身上。"

凤姐平儿等忙与探春束裙整袄，口内喝着王善保家的说："妈妈吃两口酒就疯疯颠颠起来。前儿把太太也冲撞了。快出去，不要提起了。"又劝探春休得生气。探春冷笑道："我但凡有气性，早一头碰死了！不然，岂许奴才来我身上翻贼赃了。明儿一早，我先回过老太太、太太，然后过去给大娘陪礼，该怎么，我就领。"

那王善保家的讨了个没意思，在窗外只说："罢了，罢了，这也是头一遭挨打。我明儿回了太太，仍回老娘家去罢。这个老命还要他做什么！"探春喝命丫鬟道："你们听他说的这话，还等我和他对嘴去不成。"待书等听说，便出去说道："你果然回老娘家去，倒是我们的造化了。只怕舍不得去。"凤姐笑道："好丫头，真是有其主必有其仆。"探春冷笑道："我们作贼的人，嘴里都有三言两语的。这还算笨的，背地里就只不会调唆主子。"平儿忙也陪笑解劝，一面又拉了待书进来。周瑞家的等人劝了一番。凤姐直待服侍探春睡下，方带着人往对过暖香坞来。

彼时李纨犹病在床上，他与惜春是紧邻，又与探春相近，故顺路先到这两处。因李纨才吃了药睡着，不好惊动，只到丫鬟们房中一一的搜了一遍，也没有什么东西，遂到惜春房中来。

因惜春年少，尚未识事，吓的不知当有什么事故，凤姐也少不得安慰他。谁知竟在入画箱中寻出一大包金银锞子来，约共

贱！没有见识，没有分寸，得意忘形。这一个嘴巴打得诸多论者鼓掌点赞，甚至浮几大白。

好探春！不但能骂，还能打，大观园中独此一人。

"狗仗人势"，既骂了"狗"，也对那背后的"人"不客气：一般是打狗要看主人，现在既打了"狗"，自然是不给那"主人"面子了。

穷寇亦追，不给留一点余地。

"暖香坞"，惜春居所，"暖"而不"暖"也。

情节必有变化：前几处无所得，于此处终有发现。

三四十个，又有一副玉带板子并一包男人的靴袜等物。入画也黄了脸。

因问是那里来的，入画只得跪下哭诉真情，说："这是珍大爷赏我哥哥的。因我们老子娘都在南方，如今只跟着叔叔过日子。我叔叔婶子只要吃酒赌钱，我哥哥怕交给他们又花了，所以每常得了，悄悄的烦了老妈妈带进来叫我收着的。"惜春胆小，见了这个也害怕，说："我竟不知道。这还了得！二嫂子，你要打他，好歹带他出去打罢，我听不惯的。"凤姐笑道："这话若果真呢，也倒可恕，只是不该私自传送进来。这个可以传递，什么不可以传递。这倒是传递人的不是了。若这话不真，倘是偷来的，你可就别想活了。"入画跪着哭道："我不敢扯谎。奶奶只管明日问我们奶奶和大爷去，若说不是赏的，就拿我和我哥哥一同打死无怨。"

是害怕，更是冷漠自私。与探春对比鲜明。

凤姐道："这个自然要问的，只是真赏的也有不是。谁许你私自传送东西的！你且说是谁作接应，我便饶你。下次万万不可。"惜春道："嫂子别饶他这次方可。这里人多，若不拿一个人作法，那些大的听见了，又不知怎样呢。嫂子若饶他，我也不依。"凤姐道："素日我看他还好。谁没一个错，只这一次。二次犯下，二罪俱罚。但不知传递是谁。"惜春道："若说传递，再无别个，必是后门上的张妈。他常肯和这些丫头们鬼鬼祟祟的，这些丫头们也都肯照顾他。"凤姐听说，便命人记下，将东西且交给周瑞家的暂拿着，等明日对明再议。于是别了惜春，方往迎春房内来。

冷漠得有点变态。

迎春已经睡着了，丫鬟们也才要睡，众人叩门半日才开。凤姐吩咐："不必惊动小姐。"遂往丫鬟们房里来。因司棋是王善保的外孙女儿，凤姐倒要看看王家的可藏私不藏，遂留神看他搜检。先从别人箱子搜起，皆无别物。及到了司棋箱子中搜了一回，王善保家的说："也没有什么东西。"

抄检活动，必得把迎春处放在最后。这是此次活动最精彩之处，也是此段故事的"结局"。

凤姐别有机心。王善保家的想打马虎眼。她哪里是凤姐的对手？

才要盖箱时，周瑞家的道："且住，这是什么？"说着，便伸手掣出一双男子的锦带袜并一双缎鞋来。又有一个小包袱，打开看时，里面有一个同心如意并一个字帖儿。一总递与凤姐。凤姐因当家理事，每每看开帖并帐目，也颇识得几个字了。便看那帖子是大红双喜笺帖，上面写道：

> 上月你来家后，父母已觉察你我之意。但姑娘未出阁，尚不能完你我之心愿。若园内可以相见，你可托张妈给一信息。若得在园内一见，倒比来家得说话。千万，千万。再所赐香袋二个，今已查收外，特寄香珠一串，略表我心。千万收好。表弟潘又安拜具。

凤姐看罢，不怒而反乐。别人并不识字。王家的素日并不知道他姑表姊弟有这一节风流故事，见了这鞋袜，心内已是有些毛病，又见有一红帖，凤姐又看着笑，他便说道："必是他们胡写的帐目，不成个字，所以奶奶见笑。"凤姐笑道："正是这个帐竟算不过来。你是司棋的老娘，他的表弟也该姓王，怎么又姓潘呢？"王善保家的见问的奇怪，只得勉强告道："司棋的姑妈给了潘家，所以他姑表兄弟姓潘。上次逃走了的潘又安就是他表弟。"凤姐笑道："这就是了。"因道："我念给你听听。"说着从头念了一遍，大家都唬了一跳。

这王家的一心只要拿人的错儿，不想反拿住了他外孙女儿，又气又臊。周瑞家的四人又都问着他："你老可听见了？明明白白，再没的话说了。如今据你老人家，该怎么样？"这王家的只恨没地缝儿钻进去。凤姐只瞅着他嘻嘻的笑，向周瑞家的笑道："这倒也好。不用你们作老娘的操一点儿心，他鸦雀不闻的给你们弄了一个好女婿来，大家倒省心。"周瑞家的也笑着凑趣儿。

王家的气无处泄，便自己回手打着自己的脸，骂道："老不死的娼妇，怎么造下孽了！说嘴打嘴，现世现报在人眼里。"众人见这般，俱笑个不住，又半劝半讽的。凤姐见司棋低头不语，

不用凤姐动手，其心腹心领神会，眼疾手快，当面拿赃。

"双喜"之帖成了罪证，所赠"香袋"竟有一个在惊慌中遗失在山石后面，可悲！

凤姐幸灾乐祸。

凤姐还"从头念了一遍"，让那王家的无地自容。

偏问她怎么办，让她"大义灭亲"吗？有点不厚道，但此时此刻倒也大快人心。

由遭探春又骂又打，到自己骂自己打，曹公对此丑类下笔如刀，恨之入骨。

唯当事者司棋，"并无畏惧惭愧之意"，出人意料，所以觉得"可异"。此为司棋最后的殉情奠定基础。

也并无畏惧惭愧之意，倒觉可异。料此时夜深，且不必盘问，只怕他夜间自愧去寻拙志，遂唤两个婆子监守起他来。带了人，拿了赃证回来，且自安歇，等待明日料理。谁知到夜里又连起来几次，下面淋血不止。

至次日，便觉身体十分软弱，起来发晕，遂撑不住。请太医来，诊脉毕，遂立药案云："看得少奶奶系心气不足，虚火乘脾，皆由忧劳所伤，以致嗜卧好眠，胃虚土弱，不思饮食。今聊用升阳养荣之剂。"写毕，遂开了几样药名，不过是人参、当归、黄芪等类之剂。一时退去，有老嬷嬷们拿了方子回过王夫人，不免又添一番愁闷，遂将司棋等事暂未理。

可巧这日尤氏来看凤姐，坐了一回，到园中去又看过李纨。才要望候众姊妹们去，忽见惜春遣人来请，尤氏遂到了他房中来。惜春便将昨晚之事细细告诉与尤氏，又命将入画的东西一概要来与尤氏过目。

尤氏道："实是你哥哥赏他哥哥的，只不该私自传送，如今官盐竟成了私盐了。"因骂入画"糊涂脂油蒙了心的。"惜春道："你们管教不严，反骂丫头。这些姊妹，独我的丫头这样没脸，我如何去见人。昨儿我立逼着凤姐姐带了他去，他只不肯。我想，他原是那边的人，凤姐姐不带他去，也原有理。我今日正要送过去，嫂子来的恰好，快带了他去。或打，或杀，或卖，我一概不管。"

入画听说，又跪下哭求，说："再不敢了。只求姑娘看从小儿的情常，好歹生死在一处罢。"尤氏和奶娘等人也都十分了解，说他"不过一时糊涂了，下次再不敢的。他从小儿服侍你一场，到底留着他为是"。谁知惜春虽然年幼，却天生地一种百折不回的廉介孤独僻性，任人怎说，他只以为丢了他的体面，咬定牙断乎不肯。更又说的好："不但不要入画，如今我也大了，连我也不便往你们那边去了。况且近日我每每风闻得有人背地里议论什么多少不堪的闲话，我若再去，连我也编派上了。"

再写凤姐之病。凤姐之病与贾府之颓同步。

司棋之案，且按下不表，留一悬念。

入画有错，错亦不大，抄检时已然过关。惜春为了自己的"脸"竟然毫无主奴之义，其自私冷漠难以理解。

说"孤僻"尚可，"廉介"，单从入画的情事上看实在说不上。廉，有棱角，喻品行端方，有气节；介，刚正，不同于流俗。但若从宁府的狼藉声名方面看，惜春的选择是有道理的。

尤氏道："谁议论什么？又有什么可议论的！姑娘是谁，我们是谁。姑娘既听见人议论我们，就该问着他才是。"惜春冷笑道："你这话问着我倒好。我一个姑娘家，只有躲是非的，我反去寻是非，成个什么人了！还有一句话：我不怕你恼，好歹自有公论，又何必去问人。古人说得好'善恶生死，父子不能有所勖助'，何况你我二人之间。我只知道保得住我就够了，不管你们。从此以后，你们有事别累我。"

还是"保得住我就够了"。

尤氏听了，又气又好笑，因向地下众人道："怪道人人都说这四丫头年轻糊涂，我只不信。你们听才一篇话，无原无故，又不知好歹，又没个轻重。虽然是小孩子的话，却又能寒人的心。"众嬷嬷笑道："姑娘年轻，奶奶自然要吃些亏的。"惜春冷笑道："我虽年轻，这话却不年轻。你们不看书不识几个字，所以都是些呆子，看着明白人，倒说我年轻糊涂。"

尤氏道："你是状元榜眼探花，古今第一个才子。我们是糊涂人，不如你明白，何如？"惜春道："状元榜眼难道就没有糊涂的不成。可知他们也有不能了悟的。"尤氏笑道："你倒好。才是才子，这会子又作大和尚了，又讲起了悟来了。"惜春道："我不了悟，我也舍不得入画了。"尤氏道："可知你是个心冷口冷心狠意狠的人。"惜春道："古人曾也说的'不作狠心人，难得自了汉'。我清清白白的一个人，为什么教你们带累坏了我！"

"独坐青灯古佛旁"的不见得是真"了悟"，惜春不过是钻到极端自私的牛角尖里去了。"佛"是慈悲的，你看那个济公，救苦救难，做了多少"好事"。当然，对一个十几岁的女孩子，让她承担什么"责任"也许过分。

尤氏心内原有病，怕说这些话。听说有人议论，已是心中羞恼激射，只是在惜春分上不好发作，忍耐了大半。今见惜春又说这句，因按捺不住，因问惜春道："怎么就带累了你了？你的丫头的不是，无故说我，我倒忍了这半日，你倒越发得了意，只管说这些话。你是千金万金的小姐，我们以后就不亲近，仔细带累了小姐的美名。即刻就叫人将入画带了过去！"说着，便赌气起身去了。惜春道："若果然不来，倒也省了口舌是非，大家倒还清净。"尤氏也不答话，一径往前边去了。不知后事如何——

姑嫂勃溪，被牺牲的是小丫头入画。

〖 回后评 〗

对抄检大观园一事，王蒙评曰："财政状况恶化，人际关系恶化，山头关系恶化，纪律秩序恶化，道德风气恶化……全面恶化导致一场灾难，无法避免。"各种矛盾日积月累，日益激化，贾府走向崩溃，是必然；而像抄检大观园这样的事，则未必是不可避免的。凤姐已有"暗查"之计，既可"破案"，又可借机裁减冗员，节省开支。无奈王夫人昏聩，急于事功，禁不住小人盅惑，于是导演了这暴风雨般的一幕。

一场风波，虽然最后抓出一个司棋，追查"绣春囊"有了具体结果，但作为"青春乐园"的大观园被践踏得污秽不堪，各种矛盾，包括人际矛盾、山头矛盾，更加激烈而公开化。园内丫鬟小姐的心灵受到重创，特别是作为全书主人公的宝玉，面对此情此景，更加感到"人间"的恐怖，此乃是促使他决意出走的重要一环。

除了"情节"的意义，此回书在人物刻画上也表现出极高的造诣。主要有四个人：一是王夫人之"昏"，二是贾探春之"德"，三是王婆子之"奸"，四是贾惜春之"冷"。

王夫人之昏：

其"昏"表现之一是一口咬定绣春囊是凤姐之物——她虽"风声不雅"，但此一结论全不合逻辑，诬枉了自己最信赖的人。所以凤姐一加辩解，她立即改口说"我也知道你是大家小姐出身，焉得轻薄至此"，但却不肯认错，遮掩说"我气急了，拿了话激你"。更可笑的是，大事临头，闹了半天，她只是个技穷之驴，最后还得向凤姐讨主意："但如今却怎么处？"

其"昏"之最重要的表现就是所谓"惑奸谗"——她轻易地否定了凤姐的"暗查"之计，而采纳了王善宝家的查抄主张，还把此人当成办理此事的主角，凤姐反而成了陪衬。持家之道在于和，而此人无事还要生非，无风还要掀浪，得此"令箭"，岂能不逞虎狼之威？园中之少男少女岂能不遭涂炭？这是不知人而乱任，且违背了基本的治家之道。

其"昏"还表现在对晴雯和袭人的认知与态度上。王善保家的最恨晴雯，一经提引，这王夫人立即上钩，把晴雯叫来当面辱骂一顿。她是"最嫌趘妆艳饰"的，因为那样的女孩子有把宝玉"勾引"坏的危险，而出现在她面前的晴雯却"并没十分妆饰"。本该无事了吧，她仍然斥之为"花红柳绿的妆扮"，是"病西施"，这是混不讲理。还说："你干的事，打量我不知道呢！"晴雯干了什么事？毫无根据，这就是信口栽赃了。而在晴雯谎言以对，她又立即"信以为实"，但仍说"我明儿回了老太太，再撵你"。真是愚蠢而又执拗。她对宝玉房里丫头的评价是："只有袭人麝月，这两个笨笨的倒好。"这是黑白的颠倒。实际情况是，跟宝玉"初试云雨情"的恰恰是那个"笨笨的"袭人，晴雯倒是真正守身如玉的。

当然，对一个十几岁的女孩子，如此没有根据地污言秽语地辱骂，就不仅是"昏"，还是十足的"恶"。

贾探春之德：

此一"德"字，是儒家所谓"天下之达德"之德，具体表现为智、仁、勇三个方面。

对王夫人拍板、王家的带头、凤姐作为随从的"抄检"一事，探春干脆定义为"丑态"，且指出此一活动的严重危害："可知这样大族人家，若从外头杀来，一时是杀不死的，这是古人曾说的'百足之虫，死而不僵'，必须先从家里自杀自灭起来，才能一败涂地！"这无异于"自杀"！而且预言："你们别忙，自然连你们抄的日子有呢！"——看到本质，深谋远虑，此为贾探春之"智"。

一帮人举着王夫人的令箭抄检大观园，这探春不顺从，更无畏惧，而是"命众丫鬟秉烛开门而待"：辕门大开，秉烛迎敌，尽显大将风度。面对来者，话语句句带刺，更一怒之下给了

那个手持令箭者一记响亮的耳光，并骂她是"狗仗人势"。打狗不看主人——这主人不仅有邢夫人，还有那个掌握荣府家政大权的王夫人——她是既打狗，也骂主人。最后声言："明儿一早，我先回过老太太、太太，然后过去给大娘陪礼，该怎么，我就领。"——不畏强权，敢作敢当，此为贾探春之"勇"。

探春的一言一行，当然是在维护自己的人格尊严，但她要维护的并非只有自己。对自己的丫鬟，迎春是懦弱，不敢出面保护；惜春是自私冷漠，不愿出面保护；只有探春，她说："我的东西倒许你们搜阅；要想搜我的丫头，这却不能。"

她出手打那个王家的，也不仅仅是为自己，她心里想着迎春，她要借机为自己的这个姐姐出一口恶气。你听她说："你打谅我是同你们姑娘那样好性儿，由着你们欺负他，就错了主意！"你记住吧：以后别欺负你们姑娘！不然，得机会我还会打你！——同情弱者，保护下人，此为贾探春之"仁"。

至于王善保家的之"奸"，一在于她出谋抄检大观园的动机不在破案，而在报复；二在于趁机诋毁晴雯，使之遭不白之冤；三在于抄检过程之嚣张跋扈。曹公对此丑类尽情鞭挞，令读者一抒闷气，这里就不过细分析了。

对惜春之冷，见旁批即可。

第七十五回

开夜宴异兆发悲音

赏中秋新词得佳谶

贾珍居长，不能承先启后，正振家风。兄弟问柳寻花，父子呼幺喝六，贾氏宗风，其坠地矣。安得不发先灵一叹！

宁国府中秋开夜宴，三更时墙外发悲音

此回书，先写"抄检"之举的震荡余波：探春余怒难消，尤氏也公开表示不满，薛宝钗则决定搬出大观园。此后，具体写了三顿饭：贾母处的一顿午饭，围绕中秋节宁荣二府分别举办的"夜宴"。

因贾惜春对尤氏说"为什么教你们带累坏了我"，决意和宁府脱离关系，尤氏十分气闷。她来到贾母处，正是吃饭的时间。按规矩，除了她自己的几样菜，各房都另有孝敬。贾母因"如今比不得在先辐辏的时光了"，曾令把这一项免了，但都不听。及至看到贾赦的孝敬，竟然"看不出是什么东西来"，贾母于是"着人送回去"。贾母用毕，轮到尤氏，却没有细米饭可吃了。贾母也只笑道："这正是'巧媳妇做不出没米的粥'来。"

尤氏天晚了回到宁府，发现车马甚多。来至窗下，只听里面称三赞四，耍笑之音虽多，恨五骂六，忿怨之声亦不少。原来贾珍近因居丧，不得游顽旷朗，又不得观优闻乐作遣。无聊之极，便以习射为由，招一般纨绔子弟饮酒赌博玩娈童。

八月十四晚上，贾珍举行家宴。他带领妻子姬妾，先饭后酒，开怀赏月作乐。至三更时分，忽听那边墙下有人长叹之声。大家都悚然疑畏起来。贾珍问："谁在那里？"连问几声，没有人答应。一时又一阵风，恍惚闻得祠堂内槅扇开阖之声。只觉风气森森，月色惨淡，大家勉强又坐了一会子，就归房安歇去了。次日，贾珍带领众子侄开祠堂行朔望之礼，细查祠内，都仍是照旧好好的，并无怪异之迹。

至十五日晚上，贾母率众人到凸碧山庄赏月。贾母居中坐下，子侄辈围坐一旁，只坐了半壁，下面还有半壁余空。贾母不禁叹息人"太少了"。贾母命击鼓传花讲笑话，结果贾政讲了一个怕老婆的，贾赦则讲了一个母亲偏心眼的，倒引起贾母的疑心。

花传到宝玉手上，他要以作诗代讲笑话。贾政看了他的诗，遂赠扇奖励。贾兰、贾环见状，也都作起诗来。对贾兰之诗，贾政看了也喜不自胜；看了贾环所作，贾政则觉其"罕异"而"不悦"。而贾赦则赞其诗"甚是有骨气"，不但拿了许多玩物来赏赐贾环，还对他说："以后就这么做去，方是咱们的口气，将来这世袭的前程定跑不了你袭呢。"这就是所谓"得佳谶"。

话说尤氏从惜春处赌气出来，正欲往王夫人处去。跟从的老嬷嬷们因悄悄的回道："奶奶且别往上房去。才有甄家的几个人来，还有些东西，不知是作什么机密事。奶奶这一去恐不便。"尤氏听了道："昨日听见你爷说，看邸报甄家犯了罪，现今抄没家私，调取进京治罪。怎么又有人来？"老嬷嬷道："正是呢。才来了几个女人，气色不成气色，慌慌张张的，想必有什么瞒人的事情。"

上回书探春单说到"甄家"被抄没，这里再与贾家联系起来："有些东西""机密事"，显然是非法转移财产，贾府这就有了窝赃之嫌。既有甄家被抄没，探春所言"连你们抄的日子有呢"就不远了。

尤氏听了，便不往前去，仍往李氏这边来了。恰好太医才诊了脉去。李纨近日也略觉精爽了些，拥衾倚枕，坐在床上，正欲一二人来说些闲话。因见尤氏进来不似往日和蔼可亲，只呆呆的坐着。李纨因问道："你过来了这半日，可在别屋里吃些东西没有？只怕饿了。"命素云瞧有什么新鲜点心拣了来。尤氏忙止道："不必，不必。你这一向病着，那里有什么新鲜东西。况且我也不饿。"李纨道："昨日他姨娘家送来的好茶面子，倒是对碗来你喝罢。"说毕，便吩咐人去对茶。

尤氏出神无语。跟来的丫头媳妇们因问："奶奶今日中晌尚未洗脸，这会子趁便可净一净好？"尤氏点头。李纨忙命素云来取自己的妆奁。素云一面取来，一面将自己的胭粉拿来，笑道：

尤氏"发呆"，"出神无语"，连"饿"都不觉得了：抄检大观园的举动以及惜春的言行，是强烈的冲击波，给尤氏造成巨大的精神压力。

李纨寡居，不施脂粉。

"小丫鬟炒豆儿捧了一大盆温水走至尤氏跟前，只弯腰捧着"，为什么要加一个"只"字？银蝶说"一个个没机变的"，是什么意思？直到"炒豆儿忙赶着跪下"，我们才明白过来。这就是连义互解。

尤氏说"究竟作出来的事都够使的了"，显然对"抄检"之举不满。

宝钗托言母病要搬出大观园，也是"抄检"之举的余波。李纨、尤氏相视而笑，都明白了宝钗的所以然。

"贼"字从宝钗口中说出，也是对昨晚把大家都当"贼"一样抄检表示不满。

"我们奶奶就少这个。奶奶不嫌脏，这是我的，能着用些。"李纨道："我虽没有，你就该往姑娘们那里取去。怎么公然拿出你的来。幸而是他，若是别人，岂不恼呢。"尤氏笑道："这又何妨。自来我凡过来，谁的没使过，今日忽然又嫌脏了？"一面说，一面盘膝坐在炕沿上。银蝶上来忙代为卸去腕镯戒指，又将一大袱手巾盖在下截，将衣裳护严。小丫鬟炒豆儿捧了一大盆温水走至尤氏跟前，只弯腰捧着。

银蝶笑道："说一个个没机变的，说一个葫芦就是一个瓢。奶奶不过待咱们宽些，在家里不管怎样罢了，你就得了意，不管在家出外，当着亲戚也只随着便了。"尤氏道："你随他去罢，横竖洗了就完事了。"炒豆儿忙赶着跪下。尤氏笑道："我们家上下大小的人只会讲外面假礼假体面，究竟作出来的事都够使的了。"李纨听如此说，便知他已知道昨夜的事，因笑道："你这话有因，谁作事究竟够使了？"尤氏道："你倒问我！你敢是病着死过去了！"

一语未了，只见人报："宝姑娘来了。"忙说快请时，宝钗已走进来。尤氏忙擦脸起身让坐，因问："怎么一个人忽然走来，别的姊妹都怎么不见？"宝钗道："正是我也没有见他们。只因今日我们奶奶身上不自在，家里两个女人也都因时症未起炕，别的靠不得，我今儿要出去伴着老人家夜里作伴儿。要去回老太太、太太，我想又不是什么大事，且不用提，等好了我横竖进来的，所以来告诉大嫂子一声。"李纨听说，只看着尤氏笑。尤氏也只看着李纨笑。一时尤氏盥沐已毕，大家吃面茶。

李纨因笑道："既这样，且打发人去请姨娘的安，问是何病。我也病着，不能亲自来的。好妹妹，你去只管去，我自打发人去到你那里去看屋子。你好歹住一两天还进来，别叫我落不是。"宝钗笑道："落什么不是呢，这也是通共常情，你又不曾卖放了贼。依我的主意，也不必添人过去，竟把云丫头请了来，你和他住一两日，岂不省事。"尤氏道："可是史大妹妹往那里去了？"

宝钗道:"我才打发他们找你们探丫头去了,叫他同到这里来,我也明白告诉他。"

正说着,果然报:"云姑娘和三姑娘来了。"大家让坐已毕,宝钗便说要出去一事,探春道:"很好。不但姨妈好了还来的,就便好了不来也使得。"尤氏笑道:"这话奇怪,怎么撵起亲戚来了?"探春冷笑道:"正是呢,有叫人撵的,不如我先撵。亲戚们好,也不在必要死住着才好。咱们倒是一家子亲骨肉呢,一个个不像乌眼鸡似的,恨不得你吃了我,我吃了你!"尤氏忙笑道:"我今儿是那里来的晦气,偏都碰着你姊妹们的气头儿上了。"探春道:"谁叫你赶热灶来了!"因问:"谁又得罪了你呢?"因又寻思道:"惜丫头不犯罗唣你,却是谁呢?"尤氏只含糊答应。

探春知他畏事不肯多言,因笑道:"你别装老实了。除了朝廷治罪,没有砍头的,你不必畏头畏尾。实告诉你罢,我昨日把王善保家的那老婆子打了,我还顶着个罪呢。不过背地里说我些闲话,难道也还打我一顿不成!"宝钗忙问因何又打他,探春悉把昨夜怎的抄检,怎的打他,一一说了出来。尤氏见探春已经说了出来,便把惜春方才之事也说了出来。

探春道:"这是他的僻性,孤介太过,我们再傲不过他的。"又告诉他们说:"今日一早不见动静,打听凤辣子又病了。我就打发我妈妈出去打听王善保家的是怎样。回来告诉我说,王善保家的挨了一顿打,大太太嗔着他多事。"尤氏李纨道:"这倒也是正理。"探春冷笑道:"这种掩饰谁不会作,且再瞧就是了。"尤氏李纨皆默无所答。一时估着前头用饭,湘云和宝钗回房打点衣衫,不在话下。

尤氏等遂辞了李纨,往贾母这边来。贾母歪在榻上,王夫人说甄家因何获罪,如今抄没了家产,回京治罪等语。贾母听了正不自在,恰好见他姊妹来了,因问:"从那里来的?可知凤姐妯娌两个的病今日怎样?"尤氏等忙回道:"今日都好些。"贾母点头叹道:"咱们别管人家的事,且商量咱们八月十五日赏月是正

探春此激愤之言,也是沉痛之言,对昨晚的抄检之举深恶痛绝。

探春对贾府内部矛盾看得准,体会深。其所言已成金句,时常被人引用。

不讳言打了王婆子,也看透了对方是"纸老虎",颇有自信。

"孤介太过",是探春对惜春最客气的评价。

对邢夫人的认识:打王善宝家的并非嫌她"多事",不过是嫌她丢了人。她会打击报复的,"且再瞧就是了"。

最后一句不可少:宝钗出园,湘云与李纨同住,各自"打点衣衫"。

贾母此"叹",不期而然,发自内心,可与宁府祠堂墙下之"叹"遥相呼应。阴霾笼罩,得乐且乐吧!如此心态,怎么可能真的"乐"起来呢?

张俊、沈治钧引王伯沆评:"五十四回'卅夜宴',至四更始觉寒浸浸的,大家添衣未散,固是人多气聚致暖也。此处方议赏月,便恐夜凉预备多穿衣服,是未入园气先冷矣。文人笔端通于造化如此。"寒暖自在人心,心内有冰,不寒而栗。

经。"王夫人笑道："都已预备下了。不知老太太拣那里好，只是园里空，夜晚风冷。"贾母笑道："多穿两件衣服何妨，那里正是赏月的地方，岂可倒不去的。"

说话之间，早有媳妇丫鬟们抬过饭桌来，王夫人尤氏等忙上来放箸捧饭。贾母见自己的几色菜已摆完，另有两大捧盒内捧了几色菜来，便知是各房另外孝敬的旧规矩。贾母因问："都是些什么？上几次我就吩咐，如今可以把这些蠲了罢，你们还不听。如今比不得在先辐辏【比喻人多聚集，家业兴盛】的时光了。"鸳鸯忙道："我说过几次，都不听，也只罢了。"王夫人笑道："不过都是家常东西。今日我吃斋，没有别的。那些面筋豆腐老太太又不大甚爱吃，只拣了一样椒油莼齑酱来。"贾母笑道："这样正好，正想这个吃。"鸳鸯听说，便将碟子挪在跟前。宝琴一一的让了，方归坐。贾母便命探春来同吃。探春也都让过了，便和宝琴对面坐下。待书忙去取了碗来。

鸳鸯又指那几样菜道："这两样看不出是什么东西来，大老爷送来的。这一碗是鸡髓笋，是外头老爷送上来的。"一面说，一面就只将这碗笋送至桌上。贾母略尝了两点，便命："将那两样着人送回去，就说我吃了。以后不必天天送，我想吃自然来要。"媳妇们答应着，仍送过去，不在话下。

贾母因问："有稀饭吃些罢了。"尤氏早捧过一碗来，说是红稻米粥。贾母接来吃了半碗，便吩咐："将这粥送给凤哥儿吃去。"又指着，"这一碗笋和这一盘风腌果子狸给颦儿宝玉两个吃去，那一碗肉给兰小子吃去。"又向尤氏道："我吃了，你就来吃了罢。"尤氏答应，待贾母漱口洗手毕，贾母便下地和王夫人说闲话行食。尤氏告坐。

探春宝琴二人也起来了，笑道："失陪，失陪。"尤氏笑道："剩我一个人，大排桌的不惯。"贾母笑道："鸳鸯琥珀来趁势也吃些，又作了陪客。"尤氏笑道："好，好，好，我正要说呢。"贾母笑道："看着多多的人吃饭，最有趣的。"又指银蝶道："这

此话由贾母说出，自有分量。

这里写一饭之微，嫌隙之情也在其中：王夫人所孝敬者，正合老太太胃口。

贾政所送，也"略尝了两点"；贾赦所送，竟然"看不出是什么东西"，老太太干脆原封退回。"就说我吃了"，更具讽刺意味，母子之间竟至如此。

贾母心中所惦记者，此四人耳。

子孙满堂，温馨景象，当然有趣。

孩子也好，也来同你主子一块来吃，等你们离了我，再立规矩去。"尤氏道："快过来，不必装假。"贾母负手看着取乐。

因见伺候添饭的人手内捧着一碗下人的米饭，尤氏吃的仍是白粳米饭，贾母问道："你怎么昏了，盛这个饭来给你奶奶。"那人道："老太太的饭完了。今日添了一位姑娘，所以短了些。"鸳鸯道："如今都是可着头做帽子了，要一点儿富馀也不能的。"王夫人忙回道："这一二年旱涝不定，田上的米都不能按数交的。这几样细米更艰难了，所以都可着吃的多少关去，生恐一时短了，买的不顺口。"

贾母笑道："这正是'巧媳妇做不出没米的粥'来。"众人都笑起来。鸳鸯道："既这样，你就去把三姑娘的饭拿来添也是一样，就这样笨。"尤氏笑道："我这个就够了，也不用取去。"鸳鸯道："你够了，我不会吃的。"地下的媳妇们听说，方忙着取去了。一时王夫人也去用饭，这里尤氏直陪贾母说话取笑。

到起更的时候，贾母说："黑了，过去罢。"尤氏方告辞出来。走至大门前上了车，银蝶坐在车沿上。众媳妇放下帘子来，便带着小丫头们先直走过那边大门口等着去了。因二府之门相隔没有一箭之路，每日家常来往不必定要周备，况天黑夜晚之间回来的遭数更多，所以老嬷嬷带着小丫头，只几步便走了过来。两边大门上的人都列在东西街口，早把行人断住。尤氏大车上也不用牲口，只用七八个小厮挽环拽轮，轻轻的便推拽过这边阶矶上来。于是众小厮退过狮子以外，众嬷嬷打起帘子，银蝶先下来，然后搀下尤氏来。

大小七八个灯笼照的十分真切。尤氏因见两边狮子下放着四五辆大车，便知系来赴赌之人所乘，遂向银蝶众人道："你看，坐车的是这样，骑马的还不知有几个呢。马自然在圈里拴着，咱看不见。也不知道他娘老子挣下多少钱与他们，这么开心儿。"一面说，一面已到了厅上。

贾蓉之妻带领家下媳妇丫头们，也都秉烛接了出来。尤氏笑道："成日家我要偷着瞧瞧他们，也没得便。今儿倒巧，就顺便

一碗饭，见出家道之衰。而这是由于"旱涝不定，田上的米都不能按数交的"。联系五十三回乌庄头交租，可以思考一个问题：到底谁养活谁？

到了"巧媳妇做不出没米的粥"的境地，这"笑"的含义是什么？

镜头随着尤氏转到宁府。

特别说到"石狮子"，令人想到柳湘莲之骂。尤氏的视角，从车马之众可以想见赌徒之多。

打他们窗户跟前走过去。"众媳妇答应着，提灯引路，又有一个先去悄悄的知会服侍的小厮们不要失惊打怪。于是尤氏一行人悄悄的来至窗下，只听里面称三赞四，耍笑之音虽多，又兼有恨五骂六，忿怨之声亦不少。

原来贾珍近因居丧，每不得游顽旷朗，又不得观优闻乐作遣。无聊之极，便生了个破闷之法。日间以习射为由，请了各世家弟兄及诸富贵亲友来较射。因说："白白的只管乱射，终无裨益，不但不能长进，而且坏了式样，必须立个罚约，赌个利物，大家才有勉力之心。"因此在天香楼下箭道内立了鹄子，皆约定每日早饭后来射鹄子。

贾珍不肯出名，便命贾蓉作局家。这些来的皆系世袭公子，人人家道丰富，且都在少年，正是斗鸡走狗、问柳评花的一干游侠纨裤。因此大家议定，每日轮流作晚饭之主——每日来射，不便独扰贾蓉一人之意。于是天天宰猪割羊，屠鹅戮鸭，好似临潼斗宝一般，都要卖弄自己家的好厨役好烹炮。不到半月工夫，贾赦贾政听见这般，不知就里，反说这才是正理，文既误矣，武事当亦该习，况在武荫之属。两处遂也命贾环、贾琮、宝玉、贾兰等四人于饭后过来，跟着贾珍习射一回，方许回去。

贾珍志不在此，再过一二日便渐次以歇臂养力为由，晚间或抹抹骨牌，赌个酒东而已，至后渐次至钱。如今三四月的光景，竟一日一日赌胜于射了，公然斗叶掷骰，放头开局，夜赌起来。家下人借此各有些进益，巴不得的如此，所以竟成了势了。外人皆不知一字。

近日邢夫人之胞弟邢德全也酷好如此，故也在其中。又有薛蟠，头一个惯喜送钱与人的，见此岂不快乐。这邢德全虽系邢夫人之胞弟，却居心行事大不相同。这个邢德全只知吃酒赌钱、眠花宿柳为乐，手中滥漫使钱，待人无二心，好酒者喜之，不饮者则不去亲近，无论上下主仆皆出自一意，并无贵贱之分，因此都唤他"傻大舅"。薛蟠早已出名的呆大爷。今日二人皆凑在一处，

聚赌，自有输赢。赢者笑，输者怨，此是窗外听得。

回到作者视角：居丧守孝，在贾珍只是外在的形式，其内心毫无悲戚之感、礼仪之敬，而要寻欢作乐，何患无辞！有这样的子孙，其父祖也徒唤奈何。

不肖子孙，岂止在宁府一家！一家一户与社会风气互相影响，这里有更广阔的社会背景。

这贾赦、贾政竟懵懂至此，把子弟送入赌场学习。只有宁府烂是不够的，病毒必须传染到荣府。

此种场合，必有此二人在。

都爱"抢新快"【一种掷骰子的赌法】爽利，便又会了两家，在外间炕上"抢新快"。

赌法多样，更像赌场。再回到尤氏视角。

别的又有几家在当地下大桌上打公番。里间又一起斯文些的，抹骨牌打天九。此间服侍的小厮都是十五岁以下的孩子，若成丁的男子到不了这里，故尤氏方潜至窗外偷看。其中有两个十六七岁娈童【达官贵人当作女性玩弄的美少年】以备奉酒的，都打扮的粉妆玉琢。今日薛蟠又输了一张，正没好气，幸而掷第二张完了，算来除翻过来倒反赢了，心中只是兴头起来。贾珍道："且打住，吃了东西再来。"因问那两处怎样。里头打天九的，也作了帐等吃饭。打公番的未清，且不肯吃。于是各不能顾，先摆下一大桌，贾珍陪着吃，命贾蓉落后陪那一起。

薛蟠兴头了，便搂着一个娈童吃酒，又命将酒去敬邢傻舅。傻舅输家，没心绪，吃了两碗，便有些醉意，嗔着两个娈童只赶着赢家不理输家了，因骂道："你们这起兔子，就是这样专洑上水。天天在一处，谁的恩你们不沾，只不过我这一会子输了几两银子，你们就三六九等了。难道从此以后再没有求着我们的事了！"众人见他带酒，忙说："很是，很是。果然他们风俗不好。"因喝命："快敬酒赔罪。"两个娈童都是演就的局套，忙都跪下奉酒，说："我们这行人，师父教的不论远近厚薄，只看一时有钱势就亲敬；便是活佛神仙，一时没了钱势了，也不许去理他。况且我们又年轻，又居这个行次，求舅太爷体恕些我们就过去了。"说着，便举着酒俯膝跪下。

势利如此，岂止两个娈童！

邢大舅心内虽软了，只还故作怒意不理。众人又劝道："这孩子是实情话。老舅是久惯怜香惜玉的，如何今日反这样起来？若不吃这酒，他两个怎样起来。"邢大舅已撑不住了，便说道："若不是众位说，我再不理。"说着，方接过来一气喝干了。又斟一碗来。这邢大舅便酒勾往事，醉露真情起来，乃拍案对贾珍叹道："怨不的他们视钱如命。多少世宦大家出身的，若提起'钱势'二字，连骨肉都不认了。老贤甥，昨日我和你那边的令伯母

这"世宦大家出身的"，在本质上与那娈童是一样的。

或曰：金钱是"人情的离心力"，是"白衣天使和白袍恶魔的分水岭"。诚哉斯言。

赌气，你可知道否？"贾珍道："不曾听见。"邢大舅叹道："就为钱这件混帐东西。利害，利害！"

贾珍深知他与邢夫人不睦，每遭邢夫人弃恶，扳出怨言，因劝道："老舅，你也太散漫些。若只管花去，有多少给老舅花的。"邢大舅道："老贤婿，你不知我邢家底里。我母亲去世时我尚小，世事不知。他姊妹三个人，只有你令伯母年长出阁，一分家私都是他把持带来。如今二家姐虽也出阁，他家也甚艰窘，三家姐尚在家里，一应用度都是这里陪房王善保家的掌管。我便来要钱，也非要的是你贾府的，我邢家家私也就够我花了。无奈竟不得到手，所以有冤无处诉。"贾珍见他酒后叨叨，恐人听见不雅，连忙用话解劝。

姚燮评："邢氏在贾宅……上不能博老姑欢，次不能与妯娌和辑，而子若女若媳及内侄女儿俱同隔膜，今厥弟又怒如钜铁【宝剑】，直一独夫耳。"

外面尤氏等听得十分真切，乃悄向银蝶笑道："你听见了？这是北院里大太太的兄弟抱怨他呢。可怜他亲兄弟还是这样说，这就怨不得这些人了。"因还要听时，正值打公番者也歇住了，要吃酒。因有一个问道："方才是谁得罪了老舅，我们竟不曾听明白，且告诉我们评评理。"邢德全见问，便把两个娈童不理输的只赶赢的话说了一遍。这一个年少的纨裤道："这样说，原可恼的，怨不得舅太爷生气。我且问你两个：舅太爷虽然输了，输的不过是银子钱，并没有输丢了鸡巴，怎就不理他了？"说着，众人大笑起来，连邢德全也喷了一地饭。尤氏在外面悄悄的啐了一口，骂道："你听听，这一起子没廉耻的小挨刀的，才丢了脑袋骨子，就胡嗳嚼毛了。再斟攮下黄汤去，还不知嗳出些什么来呢。"一面说，一面便进去卸妆安歇。至四更时，贾珍方散，往佩凤房里去了。

不堪入耳，赶紧离开。

次日起来，就有人回西瓜月饼都全了，只待分派送人。贾珍吩咐佩凤道："你请你奶奶看着送罢，我还有别的事呢。"佩凤答应去了，回了尤氏，尤氏只得一一分派遣人送去。一时佩凤又来说："爷问奶奶，今儿出门不出？说咱们是孝家，明儿十五过不得节，今儿晚上倒好，可以大家应个景儿，吃些瓜饼酒。"尤氏

为中秋节作准备。

不能过十五，就过十四。饮酒赏月，是不能少的。

道："我倒不愿出门呢。那边珠大奶奶又病了，凤丫头又睡倒了，我再不过去，越发没个人了。况且又不得闲，应什么景儿。"佩凤道："爷说了，今儿已辞了众人，直等十六才来呢，好歹定要请奶奶吃酒的。"尤氏笑道："请我，我没的还席。"

佩凤笑着去了，一时又来笑道："爷说，连晚饭也请奶奶吃，好歹早些回来，叫我跟了奶奶去呢。"尤氏道："这样，早饭吃什么？快些吃了，我好走。"佩凤道："爷说早饭在外头吃，请奶奶自己吃罢。"尤氏问道："今日外头有谁？"佩凤道："听见说外头有两个南京新来的，倒不知是谁。"说话之间，贾蓉之妻也梳妆了来见过。少时摆上饭来，尤氏在上，贾蓉之妻在下相陪，婆媳二人吃毕饭。尤氏便换了衣服，仍过荣府来，至晚方回去。

果然贾珍煮了一口猪，烧了一腔羊，备了一桌菜及果品之类，不可胜记，就在会芳园丛绿堂中，屏开孔雀，褥设芙蓉，带领妻子姬妾，先饭后酒，开怀赏月作乐。将一更时分，真是风清月朗，上下如银。贾珍因要行令，尤氏便叫佩凤等四个人也都入席，下面一溜坐下，猜枚划拳，饮了一回。贾珍有了几分酒，益发高兴，便命取了一竿紫竹箫来，命佩凤吹箫，文花唱曲，喉清嗓嫩，真令人魄醉魂飞。唱罢复又行令。

那天将有三更时分，贾珍酒已八分。大家正添衣饮茶，换盏更酌之际，忽听那边墙下有人长叹之声。大家明明听见，都悚然疑畏起来。贾珍忙厉声叱咤，问："谁在那里？"连问几声，没有人答应。尤氏道："必是墙外边家里人也未可知。"贾珍道："胡说。这墙四面皆无下人的房子，况且那边又紧靠着祠堂，焉得有人。"一语未了，只听得一阵风声，竟过墙去了。恍惚闻得祠堂内槅扇开阖之声。只觉得风气森森，比先更觉凉飒起来；月色惨淡，也不似先明朗。众人都觉毛发倒竖。贾珍酒已吓醒了一半，只比别人撑持得住些，心下也十分疑畏，便大没兴头起来。勉强又坐了一会子，就归房安歇去了。

次日一早起来，乃是十五日，带领众子侄开祠堂行朔望之

家宴，也够铺张。

必写到极乐处，乃有此"长叹之声"，顿挫之力，笔下千钧。此为以"超现实"的笔法写现实的真实。倘贾珍之父祖地下有知，见其堕落如此，必浩然长叹也。

简单几句，写出一片阴森气象。赏月之欢，戛然而止。余读至此，亦不免毛骨悚然。

礼，细察祠内，都仍是照旧好好的，并无怪异之迹。贾珍自为醉后自怪，也不提此事。礼毕，仍闭上门，看着锁禁起来。

贾珍夫妻至晚饭后方过荣府来。只见贾赦贾政都在贾母房内坐着说闲话，与贾母取笑。贾琏、宝玉、贾环、贾兰皆在地下侍立。贾珍来了，都一一见过。说了两句话后，贾母命坐，贾珍方在近门小杌子上告了坐，警身侧坐。贾母笑问道："这两日你宝兄弟的箭如何了？"贾珍忙起身笑道："大长进了，不但样式好，而且弓也长了一个力气。"贾母道："这也够了，且别贪力，仔细努伤。"贾珍忙答应几个"是"。贾母又道："你昨日送来的月饼好；西瓜看着好，打开却也罢了。"贾珍笑道："月饼是新来的一个专做点心的厨子，我试了试果然好，才敢做了孝敬。西瓜往年都还可以，不知今年怎么就不好了。"贾政道："大约今年雨水太勤之故。"贾母笑道："此时月已上了，咱们且去上香。"说着，便起身扶着宝玉的肩，带领众人齐往园中来。

当下园之正门俱已大开，吊着羊角大灯。嘉荫堂前月台上焚着斗香，秉着风烛，陈献着瓜饼及各色果品。邢夫人等一干女客皆在里面久候。真是月明灯彩，人气香烟，晶艳氤氲，不可形状。地下铺着拜毯锦褥。贾母盥手上香拜毕，于是大家皆拜过。贾母便说："赏月在山上最好。"因命在那山脊上的大厅上去。众人听说，就忙着在那里去铺设。贾母且在嘉荫堂中吃茶少歇，说些闲话。

一时，人回："都齐备了。"贾母方扶着人上山来。王夫人等因说："恐石上苔滑，还是坐竹椅上去。"贾母道："天天有人打扫，况且极平稳的宽路，何必不疏散疏散筋骨。"于是贾赦贾政等在前导引，又是两个老婆子秉着两把羊角手罩，鸳鸯、琥珀、尤氏等贴身搀扶，邢夫人等在后围随，从下逶迤而上，不过百馀步，至山之峰脊上，便是这座敞厅。因在山之高脊，故名曰凸碧山庄。于厅前平台上列下桌椅，又用一架大围屏隔作两间。凡桌椅形式皆是圆的，特取团圆之意。上面居中贾母坐下，左垂首贾赦、贾珍、贾琏、贾蓉，右垂首贾政、宝玉、贾环、贾兰，团团围坐。只坐了半壁，下面还有半壁馀空。

贾母笑道："常日倒还不觉人少，今日看来，还是咱们的人也甚少，算不得甚么。想当年过的日子，到今夜男女三四十个，何等热闹。今日就这样，太少了。待要再叫几个来，他们都是有父母的，家里去应景，不好来的。如今叫女孩们来坐那边罢。"于是令人向围屏后将迎春、探春、惜春三个请出来。贾琏、宝玉等一齐出坐，先尽他姊妹坐了，然后在下方依次坐定。

贾母便命折一枝桂花来，命一媳妇在屏后击鼓传花。若花到谁手中，饮酒一杯，罚说笑话一个。于是先从贾母起，次贾赦，一一接过。鼓声两转，恰恰在贾政手中住了，只得饮了酒。众姊妹弟兄皆你悄悄的扯我一下，我暗暗的又捏你一把，都含笑倒要听是何笑话。

贾政见贾母喜悦，只得承欢。方欲说时，贾母又笑道："若说的不笑了，还要罚。"贾政笑道："只得一个，说来不笑，也只好受罚了。"因笑道：

"一家子一个人最怕老婆的。"

才说了一句，大家都笑了。因从不曾见贾政说过笑话，所以才笑。贾母笑道："这必是好的。"贾政笑道："若好，老太太多吃一杯。"贾母笑道："自然。"贾政又说道：

"这个怕老婆的人从不敢多走一步。偏是那日是八月十五，到街上买东西，便遇见了几个朋友，死活拉到家里去吃酒。不想吃醉了，便在朋友家睡着了，第二日才醒，后悔不及，只得来家赔罪。他老婆正洗脚，说：'既是这样，你替我舔舔就饶你。'这男人只得给他舔，未免恶心要吐。他老婆便恼了，要打，说：'你这样轻狂！'唬得他男人忙跪下求说：'并不是奶奶的脚脏。只因昨晚吃多了黄酒，又吃了几块月饼馅子，所以今日有些作酸呢。'"

说的贾母与众人都笑了。贾政忙斟了一杯，送与贾母。贾母笑道："既这样，快叫人取烧酒来，别叫你们受累【léi】。"众人又都笑起来。

于是又击鼓，便从贾政传起，可巧传至宝玉鼓止。宝玉因贾政在坐，自是踧踖不安，花偏又在他手内，因想："说笑话倘或说不好了，又说没口才，连一笑话不能说，何况别的，这有不是。若说好了，又说正经的不会，只惯油嘴贫舌，更有不是。不如不说的好。"乃起身辞道："我不能说笑话，求再限别的罢了。"贾政道："既这样，限一个'秋'字，就即景作一首诗。若好，便赏你；若不好，明日仔细。"贾母忙道："好好的行令，如何又要作诗？"贾政道："他能的。"贾母听说，道："既这样就作。"命人取了纸笔来，贾政道："只不许用那些冰玉晶银彩光明素等样堆砌字眼，要另出己见，试试你这几年的情思。"宝玉听了，碰在心坎上，遂立想了四句，向纸上写了，呈与贾政看，道是：……
贾政看了，点头不语。贾母见这般，知无甚大不好，便问："怎么样？"贾政因欲贾母喜悦，便说："难为他。只是不肯念书，到底词句不雅。"贾母道："这就罢了。他能多大，定要他做才子不成！这就该奖励他，以后越发上心了。"贾政道："正是。"因回头命个老嬷嬷出去吩咐书房内的小厮，"把我海南带来的扇子取两把给他。"宝玉忙拜谢，仍复归座行令。

当下贾兰见奖励宝玉，他便出席也做一首递与贾政看时，写道是：……
贾政看了喜不自胜，遂并讲与贾母听时，贾母也十分欢喜，也忙令贾政赏他。于是大家归坐，复行起令来。

这次在贾赦手内住了，只得吃了酒，说笑话。因说道：

谓此时喝一点烧酒，回头好对老婆说。勉强取乐，不顾尴尬。

倒是宝玉聪明：干脆不说。

类似曹植的七步诗了。

难得贾政夸宝玉，但宝玉之诗却付诸阙如。此为作者高明之处，倘真的把诗亮出来，得是什么水平才能得到贾政的首肯？曹公岂不是自找苦吃？

"一家子一个儿子最孝顺。偏生母亲病了，各处求医不得，便请了一个针灸的婆子来。这婆子原不知道脉理，只说是心火，如今用针灸之法，针灸针灸就好了。这儿子慌了，便问：'心见铁即死，如何针得？'婆子道：'不用针心，只针肋条就是了。'儿子道，'肋条离心甚远，怎么就好？'婆子道：'不妨事，你不知天下父母心偏的多呢。'"

贾赦所讲，未必存心说贾母偏心，恐怕是心有所感，随口而出。这一尴尬，更超乎贾政。

众人听说，都笑起来。贾母也只得吃半杯酒，半日笑道："我也得这个婆子针一针就好了。"贾赦听说，便知自己出言冒撞，贾母疑了心，忙起身笑与贾母把盏，以别言解释。贾母亦不好再提，且行起令来。

不料这次花却在贾环手里。贾环近日读书稍进，其脾味中不好务正也与宝玉一样，故每常也好看些诗词，专好奇诡仙鬼一格。今见宝玉作诗受奖，他便技痒，只当着贾政不敢造次。如今可巧花在手中，便也索纸笔来立挥一绝与贾政。贾政看了，亦觉罕异，只是词句终带着不乐读书之意，遂不悦道："可见是弟兄了。发言吐气总属邪派，将来都是不由规矩准绳，一起下流货。妙在古人中有'二难'，你两个也可以称'二难'了。只是你两个的'难'字，却是作难以教训之'难'字讲才好。哥哥是公然以温飞卿自居，如今兄弟又自为曹唐再世了。"说的贾赦等都笑了。

贾赦乃要诗瞧了一遍，连声赞好，道："这诗据我看甚是有骨气。想来咱们这样人家，原不比那起寒酸，定要'雪窗荧火'，一日蟾宫折桂，方得扬眉吐气。咱们的子弟都原该读些书，不过比别人略明白些，可以做得官时就跑不了一个官的。何必多费工夫，反弄出书呆子来。所以我爱他这诗，竟不失咱们侯门的气概。"因回头吩咐人去取了自己的许多玩物来赏赐与他。因又拍着贾环的头，笑道："以后就这么做去，方是咱们的口气，将来这世袭的前程定跑不了你袭呢。"贾政听说，忙劝说："不过他胡诌如此，那里就论到后事了。"

贾政批评，贾赦偏满口赞扬，凸显弟兄之间的隔膜。而贾赦居然说："以后就这么做去，方是咱们的口气，将来这世袭的前程定跑不了你袭呢。"照规矩，既上有宝玉，贾环又庶出，怎么会轮到贾环世袭呢？显系预示宝玉出走，亦不乏挑拨离间之意。回目所谓"得佳谶"，即指得贾环之诗，则此"佳谶"与宁府之"悲音"相等。

说着便斟上酒，又行了一回令。贾母便说："你们去罢。自然外头还有相公们候着，也不可轻忽了他们。况且二更多了，你们散了，再让我和姑娘们多乐一回，好歇着了。"贾赦等听了，方止了令，又大家公进了一杯酒，方带着子侄们出去了。要知端详，再听下回。

【回后评】

在"抄检"余波之后，此回书具体写了三顿饭：贾母处的一顿午饭，围绕中秋节宁府十四日、荣府十五日分别举办的"夜宴"。作者的本事在于通过一饭之微，写人情，现世态。

贾母处的一顿午饭，透露了两个信息：一是生活的拮据之态，一是家族内部的矛盾冲突。贾母进餐，各房照例要另有菜肴"孝敬"。贾母说："如今可以把这些蠲了罢，你们还不听。如今比不得在先辐辏的时光了。"这还只是老太太自己对家族财政状况做的整体判断。到了饭桌上，老太太想让尤氏吃和自己一样的细米饭而不得，因为"如今都是可着头做帽子了，要一点儿富馀也不能的。"

至于各房"孝敬"菜肴，有精心的，也有敷衍的。贾赦所送，竟然"看不出是什么东西来"，而贾母也就干脆不吃，原样退回，还说"就说我吃了"。其不满之情、讽刺之意，跃然纸上。一子一母，失和至此。

两府的夜宴，依回目所标示，宁府是结于闻"悲音"，而荣府是止于得"佳谶"。是为对比，似含褒贬。宁府之烂，恍如赌场、妓院，其败亡之势无可挽回，假如其祖宗地下有灵，发悲叹之音实属必然。

而荣府一边，貌似守正而和谐，其实处处矛盾，想要掩盖，却于无形之中暴露出来。所谓"佳谶"，体现在宝玉、贾兰、贾环的诗作上，而这诗作却付诸阙如，只从贾政、贾赦口中说出。

特别值得注意的是，贾政夸奖宝玉、贾兰，而批评宝玉、贾环读书少。而贾赦就当面唱反调："咱们的子弟都原该读些书，不过比别人略明白些，可以做得官时就跑不了一个官的。何必多费了工夫，反弄出书呆子来。"——似乎嘲笑贾政就是个"书呆子"。他不赞宝玉不夸贾兰，偏把希望寄托在那个不成器的贾环身上。他说："所以我爱他这诗，竟不失咱们侯门的气概。"更出圈的是，他竟然不顾规矩伦理，说："以后就这么做去，方是咱们的口气，将来这世袭的前程定跑不了你袭呢。"这是公然无视宝玉、贾兰的存在，离间之意昭然若揭。一兄一弟，对立至此。

再看中秋赏月的过程：

这个中秋节，作者安排了一个特别的背景：甄家被查抄。所以贾母是"叹道"："咱们别管人家的事，且商量咱们八月十五日赏月是正经。"这一"叹"，可以说是笼罩了整个赏月活动。环境布置够讲究，酒果也够丰盛，但就是"热闹"不起来。首先，是人"太少了"，而"想当年过的日子，到今夜男女三四十个，何等热闹"。其次，没有真正让人感到"热闹"的活动。击鼓传花，罚说笑话，这活动本身本可以逗笑取乐，可是它不适合此时的情境。讲笑话，得精神放松，且有几分"油嘴滑舌"。而贾政，已是官场中人，一贯"正经"，又是在母亲面前，自己的众晚辈也都在场，他怎么能"胜任愉快"？一个"怕老婆"的故事，除了自己尴尬，众晚辈又能作何感想？那个贾赦，更有意无意之间讲一个偏心母亲的笑话，贾母又怎笑得出来？现场不是没有笑声，但笑不爽朗，笑不开怀，拘谨甚至勉强。

从结构布局看，一场抄检的暴风雨之后，再来写"开夜宴""赏中秋"，看上去一悲一喜、一张一弛；而悲情持续发酵，喜乐之中难免悲情笼罩。

第七十六回

诗词清远闲旷，自是慧业人才，何须赘评？须看他众人联句填词时，各人性情，各人意见，叙来恰肖其人；二人联诗时，一番讥评，一番叹赏，叙来更得其神。再看漏永吟残，忽开一洞天福地，字字出人意表。

黛玉湘云同病相怜爱，笛悠月朗联诗话悲凉

此回书继续写贾母在凸碧堂赏月，"联诗"者则为史湘云与林黛玉。"凄清""寂寞"两词概括了此回的情感基调。

时至二更多【夜九点多】，贾赦率子侄辈离开，贾母与女眷继续玩乐。虽人少冷清，还是"命拿大杯来斟热酒"。邢夫人等只得换上大杯来。因夜深体乏，且不能胜酒，未免都有些倦意，无奈贾母兴犹未阑，只得陪饮。

一时因贾赦扭伤了腿，邢夫人离开，贾母仍带众人赏了一回桂花，又入席换暖酒来。贾母又命人吹笛，那笛声呜呜咽咽，悠悠扬扬，令人烦心顿解，万虑齐除，都肃然危坐，默默相赏。

夜深了，鸳鸯来劝贾母"该歇了"。贾母道："偏今儿高兴，你又来催。难道我醉了不成，偏到天亮！"因命再斟酒来。那笛音比先越发凄凉。贾母年老带酒之人，听此声音，不免有触于心，禁不住堕下泪来。尤氏讲笑话逗老太太高兴，还没讲完，那贾母已朦胧双眼，似有睡去之态。

夜至四更【凌晨一点多】，姊妹们熬不过，都去睡了。王夫人又劝老太太"安歇"。贾母一看，只有探春在此，这才下令"散了"。

说"姊妹们熬不过，都去睡了"，也有例外，就是黛玉与史湘云。黛玉见贾府中许多人赏月，贾母犹叹人少，不似当年热闹，又提宝钗姊妹家去母女弟兄自去赏月等语，不觉对景感怀，自去俯栏垂泪。湘云来安慰她，说起社也散了，诗也不作了，不如二人联句遣兴。于是二人来到山坡下近水一个所在，就是凹晶馆。只见天上一轮皓月，池中一轮水月，上下争辉，如置身于晶宫鲛室之内。微风一过，粼粼然池面皱碧铺纹，令人神清气净。这时又听得笛韵悠扬，诗兴更浓，便你一句我一句作起五言排律来。

直联到"寒塘渡鹤影""冷月葬花魂"，又一个月夜不眠的人物出现了，那就是妙玉。她说："好诗，好诗，果然太悲凉了。不必再往下联，若底下只这样去，反不显这两句了，倒觉得堆砌牵强。"三人遂一同来至栊翠庵中，妙玉以为这诗"过于颓败凄楚"，且总得"归到本来面目上去"，于是提笔续作，后书：《右中秋夜大观园即景联句三十五韵》。

话说贾赦贾政带领贾珍等散去不提。且说贾母这里命将围屏撤去，两席并而为一。众媳妇另行擦桌整果，更杯洗箸，陈设一番。贾母等都添了衣，盥漱吃茶，方又入坐，团团围绕。贾母看时，宝钗姊妹二人不在坐内，知他们家去圆月去了，且李纨凤姐二人又病着，少了四个人，便觉冷清了好些。

贾母因笑道："往年你老爷们不在家，咱们越性请过姨太太来，大家赏月，却十分闹热。忽一时想起你老爷来，又不免想到母子夫妻儿女不能一处，也都没兴。及至今年你老爷来了，正该大家团圆取乐，又不便请他们娘儿们来说说笑笑。况且他们今年又添了两口人，也难丢了他们跑到这里来。偏又把凤丫头病了，有他一人来说说笑笑，还抵得十个人的空儿。可见天下事总难十全。"说毕，不觉长叹一声，遂命拿大杯来斟热酒。

王夫人笑道："今日得母子团圆，自比往年有趣。往年娘儿们虽多，终不似今年自己骨肉齐全的好。"贾母笑道："正是为此，所以我才高兴拿大杯来吃酒。你们也换大杯才是。"邢夫人等只得换上大杯来。因夜深体乏，且不能胜酒，未免都有些倦意，无奈贾母兴犹未阑，只得陪饮。

贾母又命将麝毡【毛毡 麝音 jì】铺于阶上，命将月饼西瓜果品等类都叫搬下去，令丫头媳妇们也都团团围坐赏月。贾老太太继续努力，一面拉"丫头媳妇们"捧场，又令人吹笛助兴。而笛音未闻，倒闻贾赦扭伤了腿。败兴如此。

尤氏宁愿陪贾母"顽一夜"，究竟所为何来？

人更少了。

一个"仍"字，写出贾母抗争"冷清"的努力。而那笛声虽"悠悠扬扬"，但却"呜呜咽咽"，虽"令人烦心顿解，万虑齐除"，但却只能"肃然危坐，默默相赏"，与"热闹"二字毫不相关。

母因见月至中天，比先越发精彩可爱，因说："如此好月，不可不闻笛。"因命人将十番上女孩子传来。贾母道："音乐多了，反失雅致，只用吹笛的远远的吹起来就够了。"说毕，刚才去吹时，只见跟邢夫人的媳妇走来向邢夫人前说了两句话。贾母便问："什么事？"那媳妇便回说："方才大老爷出去，被石头绊了一下，踤了腿。"贾母听说，忙命两个婆子快看去，又命邢夫人快去。

邢夫人遂告辞起身。贾母便又说："珍哥媳妇也趁着便就家去罢，我也就睡了。"尤氏笑道："我今日不回去了，定要和老祖宗吃一夜。"贾母笑道："使不得，使不得。你们小夫妻家，今夜不要团圆团圆，如何为我耽搁了。"尤氏红了脸，笑道："老祖宗说的我们太不堪了。我们虽然年轻，已经是十来年的夫妻，也奔四十岁的人了。况且孝服未满，陪着老太太顽一夜还罢了，岂有自去团圆的理。"

贾母听说，笑道："这话很是，我倒也忘了孝未满。可怜你公公已死二年多了，可是我倒忘了，该罚我一大杯。既这样，你就越性别送，陪着我罢了。你叫蓉儿媳妇送去，就顺便回去罢。"尤氏说了。蓉妻答应着，送出邢夫人，一同至大门，各自上车回去。不在话下。

这里贾母仍带众人赏了一回桂花，又入席换暖酒来。正说着闲话，猛不防只听那壁厢桂花树下，呜呜咽咽，悠悠扬扬，吹出笛声来。趁着这明月清风，天空地静，真令人烦心顿解，万虑齐除，都肃然危坐，默默相赏。听约两盏茶时，方才止住，大家称赞不已。

于是遂又斟上暖酒来。贾母笑道："果然可听么？"众人笑道："实在可听。我们也想不到这样，须得老太太带领着，我们也得开些心胸。"贾母道："这还不大好，须得拣那曲谱越慢的吹来越好。"说着，便将自己吃的一个内造瓜仁油松穰月饼，又命斟一大杯热酒，送给谱笛之人，慢慢的吃了再细细的吹一套来。

媳妇们答应了。

方送去，只见方才瞧贾赦的两个婆子回来了，说："右脚面上白肿了些，如今调服了药，疼的好些了，也没甚大关系。"贾母点头叹道："我也太操心。打紧说我偏心，我反这样。"因就将方才贾赦的笑话说与王夫人尤氏等听。王夫人等因笑劝道："这原是酒后大家说笑，不留心也是有的，岂有敢说老太太之理。老太太自当解释才是。"

只见鸳鸯拿了软巾兜与大斗篷来，说："夜深了，恐露水下来，风吹了头，须要添了这个。坐坐也该歇了。"贾母道："偏今儿高兴，你又来催。难道我醉了不成，偏到天亮！"因命再斟酒来。一面戴上兜巾，披了斗篷，大家陪着又饮，说些笑话。只听桂花阴里，呜呜咽咽，袅袅悠悠，又发出一缕笛音来，果真比先越发凄凉。大家都寂然而坐。夜静月明，且笛声悲怨，贾母年老带酒之人，听此声音，不免触于心，禁不住堕下泪来。众人彼此都不禁有凄凉寂寞之意，半日，方知贾母伤感，才忙转身陪笑，发语解释。又命换暖酒，且住了笛。

尤氏笑道："我也就学了一个笑话，说与老太太解解闷。"贾母勉强笑道："这样更好，快说来我听。"尤氏乃说道："一家子养了四个儿子：大儿子只一个眼睛，二儿子只一个耳朵，三儿子只一个鼻子眼，四儿子倒都齐全，偏又是个哑巴。"正说到这里，只见贾母已朦胧双眼，似有睡去之态。尤氏方住了，忙和王夫人轻轻的请醒。贾母睁眼笑道："我不困，白闭闭眼养神。你们只管说，我听着呢。"王夫人等笑道："夜已四更了，风露也大，请老太太安歇罢。明日再赏十六，也不辜负这月色。"贾母道："那里就四更了？"王夫人笑道："实已四更，他们姊妹们熬不过，都去睡了。"

贾母听说，细看了一看，果然都散了，只有探春在此。贾母笑道："也罢。你们也熬不惯，况且弱的弱，病的病，去了倒省心。只是三丫头可怜见的，尚还等着。你也去罢，我们散了。"

贾赦讲"偏心"母亲的话，令老太太难以释怀。

男人退去，贾母"不觉长叹一声，遂命拿大杯来斟热酒"；邢夫人等走后，"贾母仍带众人赏了一回桂花，又入席换暖酒来"；到这里是第三回"斟酒来"。而此时的笛音却"比先越发凄凉"了。求乐不得，反"有触于心，禁不住堕下泪来"。老太太心头的不祥之感，终于化作两行苦泪。而众人"半日，方知贾母伤感"，是悲中之悲也。

这笑话可悲而不可笑，贾母听不下去，于是"似有睡去之态"了。

老太太苦心挣扎，"姊妹们熬不过，都去睡了"。这也是"代沟"吧。

能理解老太太心中之苦的，只有探春。

说着，便起身，吃了一口清茶，便有预备下的竹椅小轿，便围着斗篷坐上，两个婆子搭起，众人围随出园去了。不在话下。

这里众媳妇收拾杯盘碗盏时，却少了个细茶杯，各处寻觅不见，又问众人："必是谁失手打了。搁在那里，告诉我拿了磁瓦去交收是证见，不然又说偷起来了。"众人都说："没有打了，只怕跟姑娘的人打了，也未可知。你细想想，或问问他们去。"一语提醒了这管家伙的媳妇，因笑道："是了，那一会儿记得是翠缕拿着的。我去问他。"说着便去找时，刚下了甬路，就遇见了紫鹃和翠缕来了。

翠缕便问道："老太太散了，可知我们姑娘那去了？"这媳妇道："我来问那一个茶钟往那里去了，你们倒问我要姑娘。"翠缕笑道："我因倒茶给姑娘吃的，展眼回头，就连姑娘也没了。"那媳妇道："太太才说都睡觉去了。你不知那里顽去了，还不知道呢。"翠缕和紫鹃道："断乎没有悄悄的睡去之理，只怕在那里走了一走。如今见老太太散了，赶过前边送去，也未可知。我们且往前边找找去。有了姑娘，自然你的茶钟也有了。你明日一早再找，有什么忙的。"媳妇笑道："有了下落就不必忙了，明儿就和你要罢。"说毕回去，仍查收家伙。这里紫鹃和翠缕便往贾母处来。不在话下。

原来黛玉和湘云二人并未去睡觉。只因黛玉见贾府中许多人赏月，贾母犹叹人少，不似当年热闹，又提宝钗姊妹家去母女弟兄自去赏月等语，不觉对景感怀，自去俯栏垂泪。宝玉近因晴雯病势甚重，诸务无心，王夫人再四遣他去睡，他也便去了。探春又因近日家事着恼，无暇游玩。虽有迎春惜春二人，偏又素日不大甚合。所以只剩了湘云一人宽慰他，因说："你是个明白人，何必作此形景自苦。我也和你一样，我就不似你这样心窄。何况你又多病，还不自己保养。可恨宝姐姐，姊妹天天说亲道热，早已说今年中秋要大家一处赏月，必要起社，大家联句，到今日便弃了咱们，自己赏月去了。社也散了，诗也不作了。倒是他们父

围绕贾母的活动以不散而散的形式做一了结，又通过一个茶杯过渡到下一环节。情节转换，毫不费力。

用"原来"二字转换接榫。

直写黛玉之孤苦寂寞，通宵赏月，并无一人稍有顾及。只有湘云同病相怜，走到一起。

湘云批评宝钗，这是第一次，也由此才与黛玉走到一起。

子叔侄纵横起来。你可知宋太祖说的好：'卧榻之侧，岂容他人酣睡。'他们不作，咱们两个竟联起句来，明日羞他们一羞。"黛玉见他这般劝慰，不肯负他的豪兴，因笑道："你看这里这等人声嘈杂，有何诗兴。"

湘云笑道："这山上赏月虽好，终不及近水赏月更妙。你知道这山坡底下就是池沿，山坳里近水一个所在就是凹晶馆。可知当日盖这园子时就有学问。这山之高处，就叫凸碧；山之低洼近水处，就叫作凹晶。这'凸''凹'二字，历来用的人最少。如今直用作轩馆之名，更觉新鲜，不落窠臼。可知这两处一上一下，一明一暗，一高一矮，一山一水，竟是特因玩月而设此处。有爱那山高月小的，便往这里来；有爱那皓月清波的，便往那里去。只是这两个字俗念作'洼''拱'二音，便说俗了，不大见用，只陆放翁用了一个'凹'字，说'古砚微凹聚墨多'，还有人批他俗，岂不可笑。"林黛玉道："也不只放翁才用，古人中用者太多。如江淹《青苔赋》，东方朔《神异经》，以至《画记》上云张僧繇画一乘寺的故事，不可胜举。只是今人不知，误作俗字用了。实和你说罢，这两个字还是我拟的呢。因那年试宝玉，因他拟了几处，也有存的，也有删改的，也有尚未拟的。这是后来我们大家把这没有名色的也都拟出来了，注了出处，写了这房屋的坐落，一并带进去与大姐姐瞧了。他又带出来，命给舅舅瞧过。谁知舅舅倒喜欢起来，又说：'早知这样，那日该就叫他姊妹一并拟了，岂不有趣。'所以凡我拟的，一字不改都用了。如今就往凹晶馆去看看。"

说着，二人便同下了山坡。只一转弯，就是池沿，沿上一带竹栏相接，直通着那边藕香榭的路径。因这几间就在此山怀抱之中，乃凸碧山庄之退居，因洼而近水，故颜其额曰"凹晶溪馆"。因此处房宇不多，且又矮小，故只有两个老婆子上夜。今日打听得凸碧山庄的人应差，与他们无干，这两个老婆子关了月饼果品并犒赏的酒食来，二人吃得既醉且饱，早已熄灯睡了。

先由湘云赞这"凸""凹"二字之妙，再由黛玉说出是自己所拟，肯定了黛玉之才学而无卖弄之嫌。大观园题写联额是十七回之事，这里顺带补出，文笔谨严而从容。

原来如此。

此二人"息灯睡了"，交代一句，正好免打扰。

第七十六回

一·三·二·八·九

又一赏月佳境。

黛玉湘云见熄了灯，湘云笑道："倒是他们睡了好。咱们就在这卷棚底下近水赏月如何？"二人遂在两个湘妃竹墩上坐下。只见天上一轮皓月，池中一轮水月，上下争辉，如置身于晶宫鲛室之内。微风一过，粼粼然池面皱碧铺纹，真令人神清气净。湘云笑道："怎得这会子坐上船吃酒倒好。这要是我家里这样，我就立刻坐船了。"黛玉笑道："正是古人常说的好'事若求全何所乐'。据我说，这也罢了，偏要坐船起来。"湘云笑道："得陇望蜀，人之常情。可知那些老人家说的不错。说贫穷之家自为富贵之家事事趁心，告诉他说竟不能遂心，他们不肯信的；必得亲历其境，他方知觉了。就如咱们两个，虽父母不在，然却也忝在富贵之乡，只你我竟有许多不遂心的事。"

黛玉以己度人，是聪明，也是仁道。

黛玉笑道："不但你我不能趁心，就连老太太、太太以至宝玉、探丫头等人，无论事大事小，有理无理，其不能各遂其心者，同一理也，何况你我旅居客寄之人哉！"湘云听说，恐怕黛玉又伤感起来，忙道："休说这些闲话，咱们且联诗。"

正说间，只听笛韵悠扬起来。黛玉笑道："今日老太太、太太高兴了，这笛子吹的有趣，倒是助咱们的兴趣了。咱两个都爱五言，就还是五言排律罢。"湘云道："限何韵？"黛玉笑道：

再写笛音，照应上文，且增加诗兴。

"咱们数这个栏杆的直棍，这头到那头为止。他是第几根就用第几韵。若十六根，便是'一先'起。这可新鲜？"湘云笑道：这倒别致。"于是二人起身，便从头数至尽头，止得十三根。湘云道："偏又是'十三元'了。这个韵少，作排律只怕牵强不能押韵呢。少不得你先起一句罢了。"黛玉笑道："倒要试试咱们谁强谁弱，只是没有纸笔记。"湘云道："不妨，明儿再写。只怕这一点聪明还有。"

三十七回起海棠诗社即用"十三元"之韵，故曰"偏又是"。"韵"同而景况大不同，多少感慨！

此联句为诗，主要是"试试咱们谁强谁弱"，既比思维之敏捷，也比学识之厚薄。

黛玉道："我先起一句现成的俗语罢。"因念道：

三五中秋夕【八月十五，这个难得的中秋之夜】，湘云想了一想，道：

清游拟上元【众人游赏，清新高雅，堪比那元宵佳节】。
撒天箕斗灿【星斗满天，光辉灿烂】，

> 按：应是月明星稀。箕斗：南箕北斗，星宿名，这里代指群星。

林黛玉笑道：

匝地管弦繁【管弦遍地，锣鼓喧天】。
几处狂飞盏【有多少人在推杯换盏，不醉不休】，

湘云笑道："这一句'几处狂飞盏'有些意思。这倒要对的好呢。"想了一想，笑道：

谁家不启轩【又有哪一家不开窗启户，仰望月圆】。
轻寒风剪剪【此时此刻，秋风带着轻寒微微吹动】，

黛玉道："对的比我的却好。只是底下这句又说熟话了，就该加劲说了去才是。"湘云道："诗多韵险，也要铺陈些才是。纵有好的，且留在后头。"黛玉笑道："到后头没有好的，我看你羞不羞。"因联道：

> 按：暄，本义"暖"。上句刚说"轻寒"，此一"暖"字，当指人们的心情。

良夜景暄暄【有此良辰美景，人们兴高采烈，热闹非凡】。
争饼嘲黄发【有那年老的，还争抢着吃月饼，故意逗笑凑吉祥】，

> 此句为"黄发嘲而争饼"的倒装。嘲，义"嘲笑"，此处是故意招人笑而增加喜乐氛围。

湘云笑道："这句不好，是你杜撰，用俗事来难我了。"黛玉笑道："我说你不曾见过书呢。吃饼是旧典，唐书唐志你看了来再说。"湘云笑道："这也难不倒我，我也有了。"因联道：

此句为"绿媛笑分瓜"的倒装。

分瓜笑绿媛【那年轻的姑娘欢笑着，把西瓜切出莲花一般的模样】。

香新荣玉桂【桂树花开，飘来清新的香气】，

黛玉笑道："分瓜可是实实的你杜撰了。"湘云笑道："明日咱们对查了出来大家看看，这会子别耽误工夫。"黛玉笑道："虽如此，下句也不好，不犯着又用'玉桂''金兰'等字样来塞责。"因联道：

金萱即黄花菜，古人常常用"萱堂"代指母亲。

色健茂金萱【金萱茂盛，那色彩格外艳丽】。

蜡烛辉琼宴【烛光明亮，辉映着琼浆玉液】，

湘云笑道："'金萱'二字便宜了你，省了多少力。这样现成的韵被你得了，只是不犯着替他们颂圣去。况且下句你也是塞责了。"黛玉笑道："你不说'玉桂'，我难道强对个'金萱'么？再也要铺陈些富丽，方才是即景之实事。"湘云只得又联道：

觥筹乱绮园【觥筹交错，花园里酒兴高昂】。

分曹尊一令【行酒令，遵从令官分成对立两方】，

黛玉笑道："下句好，只是难对些。"因想了一想，联道：

射覆，古时的一种猜物游戏，分覆(盖)者与射(猜)者。

射覆听三宣【玩射覆，也有令主判定输赢，赏罚不爽】。

骰彩红成点【掷骰子，点数输赢齐呼喝】，

湘云笑道："'三宣'有趣，竟化俗成雅了。只是下句又说上骰子。"少不得联道：

传花鼓滥喧【快传花，鼓声咚咚人喧嚷】。

晴光摇院宇【晴空万里，月光洒满院落】，

黛玉笑道："对的却好。下句又溜了，只管拿些风月来塞责。"湘云道："究竟没说到月上，也要点缀点缀，方不落题。"黛玉道："且姑存之，明日再斟酌。"因联道：

素彩接乾坤【月色如绢，铺满广阔大地】。
赏罚无宾主【玩各种游戏都不分宾主贵贱，规则平等】，

湘云道："又说他们作什么，不如说咱们。"只得联道：

吟诗序仲昆【而吟诗填词，最终总有优劣排名】。
构思时倚槛【有时倚着栏杆布局谋篇，讲究流畅谨严】，

以上十一联，写普天同庆的节日活动，多"喜"；下面转入二人世界，多"悲"。

黛玉道："这可以入上你我了。"因联道：

拟景或依门【有时靠在门边斟酌字句，力求字正腔圆】。
酒尽情犹在【酒已喝尽，我们的诗情还在】，

湘云说道："是时侯了。"乃联道：

更残乐已谖【夜半更深，乐声已止，我们的诗情不减】。
渐闻语笑寂【赏月的人渐渐散去，再也听不到笑语欢言】，

黛玉说道："这时侯可知一步难似一步了。"因联道：

空剩雪霜痕【只剩下淡淡的月光，如霜似雪，洁白中透着轻寒】。
阶露团朝菌【石阶上的露水滋养着朝菌，那生命何其

朝菌：朝生暮死的菌类，常用来比喻极短促的生命。团：组织、凝聚，此处引申为生成、滋养。

短促 】，

湘云笑道："这一句怎么押韵，让我想想。"因起身负手，想了一想，笑道："够了，幸而想出一个字来，几乎败了。"因联道：

庭烟敛夕楢【庭院中雾气笼罩，夜里的合欢树也失去了欢颜】。
秋湍泻石髓【泉水从钟乳石的石洞中汩汩地涌出】，

黛玉听了，不禁也起身叫妙，说："这促狭鬼，果然留下好的。这会子才说'楢'字，亏你想得出。"湘云道："幸而昨日看历朝文选见了这个字，我不知是何树，因要查一查。宝姐姐说不用查，这就是如今俗叫作明开夜合的。我信不及，到底查了一查，果然不错。看来宝姐姐知道的竟多。"黛玉笑道："'楢'字用在此时更恰，也还罢了。只是'秋湍'一句亏你好想。只这一句，别的都要抹倒。我少不得打起精神来对一句，只是再不能似这一句了。"因想了一想，道：

风叶聚云根【风吹叶落，聚在山石下叹息生命的残年】。
宝婺情孤洁【宝婺星就像一位孤独的女神，默默地发出晶莹的明光】，

宝婺：星宿之一，古人用以代指女神。

湘云道："这对的也还好。只是下一句你也溜了，幸而是景中情，不单用'宝婺'来塞责。"因联道：

传说月中有蟾，银蟾可代指月。又：蟾可吞吐月球，乃成月圆月缺之象。

银蟾气吐吞【那宝蟾把月亮一吞一吐，就成了月圆月缺的奇幻天象】。
药经灵兔捣【传说月中有玉兔捣药，可以使人长生不老】，

黛玉不语点头，半日随念道：

人向广寒奔【那位嫦娥就是吃了不老药，才怀抱玉兔奔向了月上仙宫】。

犯斗邀牛女【不惮冲犯北斗之星，召请织女与牛郎】，

这两句倒置，应是先"待帝孙"再"邀牛女"。

传说海通天河，有海滨居者每乘木排而去。

湘云也望月点首，联道：

乘槎待帝孙【那海滨居客乘木筏到银河与天帝之孙织女相见】。

虚盈轮莫定【那一轮明月，今儿个圆明儿个缺，没有定性】，

黛玉笑道："又用比兴了。"因联道：

晦朔魄空存【是啊，每到月末月初，那月亮就失去了踪影】。

壶漏声将涸【此时已是深夜，计时的壶漏中水将滴尽】，

湘云方欲联时，黛玉指池中黑影与湘云看道："你看那河里怎么像个人在黑影里去了，敢是个鬼罢？"湘云笑道："可是又见鬼了。我是不怕鬼的，等我打他一下。"因弯腰拾了一块小石片向那池中打去，只听打得水响，一个大圆圈将月影荡散复聚者几次。只听那黑影里嘎然一声，却飞起一个白鹤来，直往藕香榭去了。黛玉笑道："原来是他，猛然想不到，反吓了一跳。"湘云笑道："这个鹤有趣，倒助了我了。"因联道：

窗灯焰已昏【窗前的灯光已是昏暗不明】。

寒塘渡鹤影【你看那池塘上有一只仙鹤飞走了，只留下

二人联句，归结到"寒塘渡鹤影""冷月葬花魂"。其实，真值得一看的也就这两句，其他大体属于掉书袋。寒塘，冷水微波；冷月，清光懒照：自是凄神寒骨、不可久居之境。而孤鹤不眠，惊魂不定，更令诗人毛骨悚然。至此，所有诗的灵感都被"埋葬"了。联句至此，难以为继，作者乃用"一语未了"令开局面。

林黛玉听了，又叫好，又跺足，说："了不得，这鹤真是助他的了！这一句更比'秋湍'不同，叫我对什么才好？'影'字只有一个'魂'字可对，况且'寒塘渡鹤'何等自然，何等现成，何等有景且又新鲜，我竟要搁笔了。"湘云笑道："大家细想就有了，不然就放着明日再联也可。"黛玉只看天，不理他，半日，猛然笑道："你不必捞嘴，我也有了，你听听。"因对道：

冷月葬花魂【月光清冷，已是身心俱疲，哪里还有作诗的雅兴 】。

湘云拍手赞道："果然好极！非此不能对。好个'葬花魂'！"因又叹道："诗固新奇，只是太颓丧了些。你现病着，不该作此过于清奇诡谲之语。"黛玉笑道："不如此如何压倒你。下句竟还未得，只为用工在这一句了。"

已是深夜，这出家人竟然从"栏外山石后转出"，其心在红尘可知也。

一语未了，只见栏外山石后转出一个人来，笑道："好诗，好诗，果然太悲凉了。不必再往下联，若底下只这样去，反不显这两句了，倒觉得堆砌牵强。"二人不防，倒唬了一跳。细看时，不是别人，却是妙玉。

这妙玉对黛、湘诗的评价值得注意：一是'好'的只有几句，二是"过于颓败凄楚"。那些掉书袋的句子只是为了比高低，一般华而不实；唯有反映真情实感的才会是"好"的，而"颓败凄楚"恰是此时的真情实感。所谓"关人之气数"，就是关乎人的命运。

二人皆诧异，因问："你如何到了这里？"妙玉笑道："我听见你们大家赏月，又吹的好笛，我也出来玩赏这清池皓月。顺脚走到这里，忽听见你两个联诗，更觉清雅异常，故此听住了。只是方才我听见这一首中，有几句虽好，只是过于颓败凄楚。此亦关人之气数而有，所以我出来止住。如今老太太都已早散了，满园的人想俱已睡熟了，你两个的丫头还不知在那里找你们呢。你们也不怕冷了？快同我来，到我那里去吃杯茶，只怕就天亮了。"黛玉笑道："谁知道就这个时候了。"

三人遂一同来至栊翠庵中。只见龛焰犹青，炉香未烬。几个老嬷嬷也都睡了，只有小丫鬟在蒲团上垂头打盹。妙玉唤他起来，现去烹茶。忽听叩门之声，小丫鬟忙去开门看时，却是紫鹃翠缕与几个老嬷嬷来找他姊妹两个。进来见他们正吃茶，因都笑道："要我们好找，一个园里走遍了，连姨太太那里都找到了。才到了那山坡底下小亭里找时，可巧那里上夜的正睡醒了。我们问他们，他们说，方才亭外头棚下两个人说话，后来又添了一个，听见说大家往庵里去。我们就知是这里了。"妙玉忙命小丫鬟引他们到那边去坐着歇息吃茶。自取了笔砚纸墨出来，将方才的诗命他二人念着，遂从头写出来。

没人找就不对了，不能有疏漏。

黛玉见他今日十分高兴，便笑道："从来没见你这样高兴。若不见你这样高兴，我也不敢唐突请教，这还可以见教否？若不堪时，便就烧了；若或可改，即请改正改正。"妙玉笑道："也不敢妄加评赞。只是这才有了二十二韵。我意思想着你二位警句已出，再若续时，恐后力不加。我竟要续貂，又恐有玷。"黛玉从没见妙玉作过诗，今见他高兴如此，忙说："果然如此，我们的虽不好，亦可以带好了。"妙玉道："如今收结，到底还该归到本来面目上去。若只管丢了真情真事且去搜奇捡怪，一则失了咱们的闺阁面目，二则也与题目无涉了。"二人皆道极是。

类似围棋的"复盘"，得有好记性。

妙玉遂提笔一挥而就，递与他二人道："休要见笑。依我必须如此，方翻转过来，虽前头有凄楚之句，亦无甚碍了。"二人接了看时，只见他续道：

能叫黛玉说好，见得妙玉确实高妙。

对"搜奇捡怪"提出批评。就作诗的本意而言固不可如此，但作者偏让二位掉了半天书袋，意欲何为？

香篆销金鼎【金炉里的盘香静静地燃烧】，脂冰腻玉盆【玉盆里的蜡油越积越高】。

箫增嫠妇泣【洞箫凄凉，竟使得寡妇垂泪】，衾倩侍儿温【寝被冰冷，不得不叫侍儿烘烤】。

空帐悬文凤【绣着彩凤的床帐，小姐孤栖而显空旷】，闲屏掩彩鸳【遮掩住画有鸳鸯的屏风，嫌它太过招摇】。

露浓苔更滑【走到房外，秋夜露浓，地苔更加湿滑】，萦纡：盘绕弯曲。寂历：
寂寞。

霜重竹难扪【秋露成霜，要触摸竹枝，竟是枝干冰凉】。

犹步萦纡沼【依然在曲折的池沼旁徘徊漫步】，还登寂
历原【还登上空旷的高地瞻顾四方】。

石奇神鬼搏【只见那山石奇形怪状好像神鬼打架】，木
怪虎狼蹲【又有那灌木一丛一丛好像蹲踞的虎狼】。

赑屃：bì xì，驮石碑的
电类动物，这里代指石碑。
罘罳：fú sī，这里指园外建
筑物。

赑屃朝光透【渐渐，一缕晨光照上了石碑的尖顶】，罘
罳晓露屯【拂晓的露水沾湿了园外的矮瓦高墙】。

振林千树鸟【树林里百鸟齐唱】，啼谷一声猿【山谷中
猿声远扬】。

歧熟焉忘径【这里的岔路虽多，走熟了，不会迷惘】，
泉知不问源【泉水的发源地也早知悉，让它自去流淌】。

钟鸣栊翠寺【栊翠庵的晨钟已经敲响】，鸡唱稻香村
【稻香村的雄鸡也在高唱】。

有兴悲何继【诗兴浓浓，哪里有什么悲哀】，无愁意岂
烦【既无忧愁，怎么会九转回肠】。

芳情只自遣【美好的情怀，只管放胆抒发】，雅趣向谁
言【高雅的情趣，何必求人欣赏】。

彻旦休云倦【整夜联句为诗，并不觉得疲倦】，烹茶更
细论【让我们烹茶慢饮，一诗一茶，满口馨香】。

后书：《右中秋夜大观园即景联句三十五韵》。

黛玉湘云二人皆赞赏不已，说："可见我们天天是舍近而求
远。现有这样诗仙在此，却天天去纸上谈兵。"妙玉笑道："明日
再润色。此时想天明了，到底要歇息歇息才是。"林史二人听说，
便起身告辞，带领丫鬟出来。妙玉送至门外，看他们去远，方掩
门进来。不在话下。

这里翠缕向湘云道："大奶奶那里还有人等着咱们睡去呢。
如今还是那里去好？"湘云笑道："你顺路告诉他们，叫他们睡
罢。我这一去未免惊动病人，不如闹林姑娘半夜去罢。"说着，

大家走至潇湘馆中，有一半人已睡去。二人进去，方才卸妆宽衣，盥漱已毕，方上床安歇。紫鹃放下绡帐，移灯掩门出去。

谁知湘云有择席之病，虽在枕上，只是睡不着。黛玉又是个心血不足常常失眠的，今日又错过困头，自然也是睡不着。二人在枕上翻来覆去。黛玉因问道："怎么你还没睡着？"湘云微笑道："我有择席的病，况且走了困，只好躺躺罢。你怎么也睡不着？"黛玉叹道："我这睡不着也并非今日，大约一年之中，通共也只好睡十夜满足的。"湘云道："却是你病的原故，所以……"不知下文什么——

【 回后评 】

从上回到此回，整个中秋赏月的过程，给人印象最深的人物就是贾母。这位老太太，是贾府的最高统治者，是贾府历史的见证者，更是为贾府的败落忧虑最深的人。她深感家族的败落，却无力扭转这败落的大趋势；她身在颓败的现实中，而灵魂常常飘回到昔日的繁华。她痛苦而强颜欢笑，她衰颓而奋力挣扎。这个中秋节，就是她内心矛盾的集中表现。

她对贾府日趋没落的现实是有所感受和认识的。

首先是人事。喜庆之日，最重要的管家婆凤姐病着，协助管家的李纨也病着，而因"抄检"，宝钗姐妹也回家自与母亲去团圆了。赏月活动，"凡桌椅形式皆是圆的，特取团圆之意"，但全家男丁都到了，也"只坐了半壁"。贾母笑道："想当年过的日子，到今夜男女三四十个，何等热闹。今日就这样，太少了。"她禁不住"长叹一声"："可见天下事总难十全。"

人"少"，还只是"量"的问题，更不堪的是"质"。一干男性，有的愚，有的烂，有的反叛，有的幼小，没有一个是支撑家族大厦的栋梁之才。不仅如此，这个家族的内部矛盾也是日趋激烈。且不论主与奴，单说主子的层面，无论弟兄之间、婆媳之间，甚至母子之间、夫妻之间，没有一处是真正和谐的。难怪探春激愤地说："咱们倒是一家子亲骨肉呢，一个个不像乌眼鸡似的，恨不得你吃了我，我吃了你！"家和万事兴，贾府现在就是缺这样一个"和"字。

其次是经济。凤姐、王夫人典当救急的事，她未必知道；而贾琏通过鸳鸯向她"借当"，她应该是知道的。她要求把每餐各房孝敬菜肴这一项"蠲了"，因为"如今比不得在先辐辏的时光了"。而要请尤氏吃一碗细米饭都不得，她也只能叹"巧媳妇做不出没米的粥"了。

没落，颓败，她感受到、认识到了。这种趋势是一道阴影、一种压力，笼罩着她，压迫着她，而她并没有什么有力的措施扭转这种局势。于是她作面子工程。她八十大寿，大操大办，竟花掉两三千两银子。这样的排场主要是给外面看的，她要证明现在的贾府兴旺得很。而中秋赏月，则主要在精神层面做文章——千方百计制造热闹，制造欢乐。击鼓传花，是热闹的；讲笑话，是可乐的。但贾政讲怕媳妇的笑话让人尴尬，贾赦讲偏心母亲的故事更让她受刺激。男性在场，热闹不起来，快乐不起来，只在贾赦兄弟博弈中收场。

剩了一群太太小姐了，贾母重振精神，要"换上大杯来"。结果是邢夫人等"因夜深体乏，且不能胜酒，未免都有些倦意，无奈贾母兴犹未阑，只得陪饮"。待邢夫人走了，老太太"仍带众人赏了一回桂花，又入席换暖酒来"，还要月下闻笛。直到夜深了，鸳鸯来劝"也该歇了"。贾母道："偏今儿高兴，你又来催。难道我醉了不成，偏到天亮！"因命再斟酒来。结果，"夜静月明，且笛声悲怨，贾母年老带酒之人，听此声音，不免有触于心，禁不住堕下泪来"。求欢不成反下泪，精神的支架还是垮塌了。但她老人家仍不甘心，"又命暖酒"。尤氏想添一点乐趣，讲的笑话却是一家四个儿子全是残疾，弄得贾母"似有睡去之态"了。折腾到了四更天，贾母发现"姊妹们熬不过，都去睡了"，这才说："我们散了。"

从头到尾，制造热闹反得冷清，制造欢乐反得凄凉，到最后，还是一"散"了之。贾母之"叹"与宁府祠堂之"叹"遥相呼应，贾母之"求欢乐"与宁府祠堂的"发悲音"实是异曲同工。

第七十七回

俏丫鬟抱屈夭风流

美优伶斩情归水月

看晴雯与宝玉永绝一段，的是消魂文字；看宝玉几番呆论，真是至诚种子；看宝玉给晴雯斟茶，又真是呆公子。前文叙袭人奔丧时，宝玉夜来吃茶，先呼袭人，此又夜来吃茶，先呼晴雯。字字龙跳天门，虎卧凤阙；语语婴儿恋母，稚鸟寻巢。

俏晴雯被逐怡红院，受屈辱死亦目难瞑

含冤抱屈而死的"俏丫鬟"指晴雯，无家可归最后落入尼姑庵的"美优伶"指芳官等小演员。

中秋过后，王夫人还惦记着抄检大观园的结果。首先是处置司棋。司棋求迎春无果，被拉着出了园子的后角门。恰被宝玉看到，遣送司棋的媳妇还是不容分说，拉着司棋便出去了。宝玉不禁道："奇怪，奇怪，怎么这些人只一嫁了汉子，染了男人的气味，就这样混帐起来，比男人更可杀了！"

宝玉回到怡红院，只见王夫人在屋里坐着，一脸怒色，见宝玉也不理。原来，王夫人以为是丫头们把宝玉"教习坏了"，不顾晴雯恹恹弱息，命人从炕上拉了下来，两个女人架起来去了。王夫人又命把这里所有的丫头们都叫来一一过目。四儿因说过跟宝玉"同一生日就是夫妻"，芳官等因是"唱戏的"，就命统统撵出去配人。王夫人自豪地说："打谅我隔的远，都不知道呢。可知道我身子虽不大来，我的心耳神意时时都在这里。"

目睹如此，宝玉不免生疑："谁这样犯舌？况这里事也无人知道，如何就都说着了。"但也没有办法。他心里只是惦记晴雯，遂"将一切人稳住"，独自去探望。进屋见晴雯睡在芦席土炕上，奄奄一息，并无人看顾。那晴雯一见宝玉，又惊又喜，又悲又痛，一把死攥住他的手，呜咽道："我已知横竖不过三五日的光景，就好回去了。只是一件，我死也不甘心的：我虽生的比别人略好些，并没有私情密意勾引你怎样，如何一口死咬定了我是个狐狸精！"她伸手取了剪刀，将左手上两根葱管一般的指甲齐根铰下交给宝玉，又将贴身穿着的一件旧红绫袄脱下，跟宝玉换着穿上。她说："既担了虚名，越性如此，也不过这样了。"

宝玉回到园中，且喜无人知道。他发了一晚上呆，至五更方睡去时，却梦中只见晴雯前来告别。宝玉惊醒，说道

"晴雯死了"，恨不得一时亮了就遣人去问信。

　　及至天亮，偏是贾政要带他和贾环、贾兰去赴朋友之会。而芳官、藕官、蕊官几个寻死觅活，只要剪了头发做尼姑去。王夫人原是个"好善"的，恰好有两个尼姑在侧，就答应让她们带走去当"徒弟"。两个姑子，"巴不得又拐两个女孩子去作活使唤"，稽首拜谢而去。

　　话说王夫人见中秋已过，凤姐病已比先减了，虽未大愈，然亦可以出入行走得了，仍命大夫每日诊脉服药，又开了丸药方子来配调经养荣丸。因用上等人参二两，王夫人命人取时，翻寻了半日，只向小匣内寻了几枝簪挺粗细的。王夫人看了嫌不好，命再找去，又找了一大包须末出来。

　　王夫人焦躁道："用不着偏有，但用着了，再找不着。成日家我说叫你们查一查，都归拢在一处，你们白不听，就随手混撂。你们不知他的好处，用起来得多少换买来还不中使呢。"彩云道："想是没了，就只有这个。上次那边的太太来寻了些去，太太都给过去了。"王夫人道："没有的话，你再细找找。"彩云只得又找，拿了几包药材来说："我们不认得这个，请太太自看。除这个再没有了。"王夫人打开看时，也都忘了，不知都是什么药，并没有一枝人参。因一面遣人去问凤姐有无，凤姐来说："也只有些参膏芦须。虽有几枝，也不是上好的，每日还要煎药里用呢。"王夫人听了，只得向邢夫人那里问去。邢夫人说："因上次没了，才往这里来寻，早已用完了。"

　　王夫人没法，只得亲身过来请问贾母。贾母忙命鸳鸯取出当日所馀的来，竟还有一大包，皆有手指头粗细的，遂称二两与王夫人。王夫人出来交与周瑞家的拿去令小厮送与医生家去，又命

　　只需人参二两，王夫人处没有了，凤姐处没有了，邢夫人处也没有了（有也不给吧）：堂堂贾府，竟找不出二两合用的人参，败落之象从细节处写出。

　　且当初贾瑞求人参以救命，凤姐不予，如今也是一种报应吧。不是命运，是时运。

将那几包不能辨得的药也带了去，命医生认了，各包记号了来。

一时，周瑞家的又拿了进来说："这几包都各包好记上名字了。但这一包人参固然是上好的，如今就连三十换也不能得这样的了，但年代太陈了。这东西比别的不同，凭是怎样好的，只过一百年后，便自己就成了灰了。如今这个虽未成灰，然已成了朽糟烂木，也无性力的了。请太太收了这个，倒不拘粗细，好歹再换些新的倒好。"王夫人听了，低头不语，半日才说："这可没法了，只好去买二两来罢。"也无心看那些，只命："都收了罢。"因向周瑞家的说："你就去说给外头人们，拣好的换二两来。倘一时老太太问，你们只说用的是老太太的，不必多说。"

周瑞家的方才要去时，宝钗因在坐，乃笑道："姨娘且住。如今外头卖的人参都没好的。虽有一枝全的，他们也必截做两三段，镶嵌上芦泡须枝，掺匀了好卖，看不得粗细。我们铺子里常和参行交易，如今我去和妈说了，叫哥哥去托个伙计过去和参行商议说明，叫他把未作的原枝好参兑二两来。不妨咱们多使几两银子，也得了好的。"王夫人笑道："倒是你明白。就难为你亲自走一趟更好。"

于是宝钗去了，半日回来说："已遣人去，赶晚就有回信的。明日一早去配也不迟。"王夫人自是喜悦，因说道："'卖油的娘子水梳头'，自来家里有好的，不知给了人多少。这会子轮到自己用，反倒各处求人去了。"说毕长叹。宝钗笑道："这东西虽然值钱，究竟不过是药，原该济众散人才是。咱们比不得那没见世面的人家，得了这个，就珍藏密敛的。"王夫人点头道："这话极是。"

一时宝钗去后，因见无别人在室，遂唤周瑞家的来问前日园中搜检的事情可得个下落。周瑞家的是已和凤姐等人商议停妥，一字不隐，遂回明王夫人。

王夫人听了，虽惊且怒，却又作难，因思司棋系迎春之人，皆系那边的人，只得令人去回邢夫人。周瑞家的回道："前日那边太太嗔着王善保家的多事，打了几个嘴巴子，如今他也装病在

贾母处倒有，可惜"已成了朽糟烂木"。缺的缺，朽的朽，无可救药矣。

宝钗到底商家出身，深谙作假之道。此时献计救急，正当时也。

此话志在安慰王夫人，但实际上不是打了老太太的脸吗？——她的百年老参岂不是"珍藏密敛"之物？

一段"人参"情事之后，这才回到"抄检"之事。此前已隔了两回文字，读者心里一直惦记着，作者偏如此从容。而要拉回来，只用一句话，又如此轻灵，真神笔也。

家，不肯出头了。况且又是他外孙女儿，自己打了嘴，他只好装个忘了，日久平服了再说。如今我们过去回时，恐怕又多心，倒像似咱们多事似的。不如直把司棋带过去，一并连赃证与那边太太瞧了，不过打一顿配了人，再指个丫头来，岂不省事。如今白告诉去，那边太太再推三阻四的，又说'既这样你太太就该料理，又来说什么'，岂不反耽搁了。倘那丫头瞅空寻了死，反不好了。如今看了两三天，人都有个偷懒的时候，倘一时不到，岂不倒弄出事来。"王夫人想了一想，说："这也倒是。快办了这一件，再办咱们家的那些妖精。"

把球踢到"那边"去，是周瑞家的与凤姐"商议停妥"的，王夫人也正好"快办了这一件"，以便"再办咱们家的那些妖精"。抄检之后，王夫人还要再掀风波。

周瑞家的听说，会齐了那几个媳妇，先到迎春房里，回迎春道："太太们说了，司棋大了，连日他娘求了太太，太太已赏了他娘配人，今日叫他出去，另挑好的与姑娘使。"说着，便命司棋打点走路。迎春听了，含泪似有不舍之意，因前夜已闻得别的丫鬟悄悄的说了原故，虽数年之情难舍，但事关风化，亦无可如何了。那司棋也曾求了迎春，实指望迎春能死保赦下的，只是迎春语言迟慢，耳软心活，是不能作主的。

"道德"是一条巨大的绳索，人们不仅用它来绑架他人，也会用来自缚。

司棋见了这般，知不能免，因哭道："姑娘好狠心！哄了我这两日，如今怎么连一句话也没有？"周瑞家的等说道："你还要姑娘留你不成？便留下，你也难见园里的人了。依我们的好话，快快收了这样子，倒是人不知鬼不觉的去罢，大家体面些。"迎春含泪道："我知道你干了什么大不是，我还十分说情留下，岂不连我也完了。你瞧入画也是几年的人，怎么说去就去了。自然不止你两个，想这园里凡大的都要去呢。依我说，将来终有一散，不如你各人去罢。"周瑞家的道："所以到底是姑娘明白。明儿还有打发的人呢，你放心罢。"

是为自己的软弱找借口？是安慰无可奈何的司棋？

司棋无法，只得含泪与迎春磕头，和众姊妹告别，又向迎春耳根说："好歹打听我要受罪，替我说个情儿，就是主仆一场！"迎春亦含泪答应："放心。"

于是周瑞家的人等带了司棋出了院门，又命两个婆子将司棋

"明儿还有打发的人呢"，这是后面风波的预告。周瑞家的已经知道了王夫人的决心。

所有的东西都与他拿着。走了没几步，后头只见绣桔赶来，一面
也擦着泪，一面递与司棋一个绢包说："这是姑娘给你的。主仆
一场，如今一旦分离，这个与你作个想念罢。"司棋接了，不觉
更哭起来了，又和绣桔哭了一回。周瑞家的不耐烦，只管催促，
二人只得散了。

司棋因又哭告道："婶子大娘们，好歹略徇个情儿，如今且
歇一歇，让我到相好的姊妹跟前辞一辞，也是我们这几年好了
一场。"周瑞家的等人皆各有事务，作这些事便是不得已了，况
且又深恨他们素日大样，如今那里有工夫听他的话，因冷笑道：
"我劝你走罢，别拉拉扯扯的了。我们还有正经事呢。谁是你一
个衣包里爬出来的，辞他们作什么，他们看你的笑声还看不了
呢。你不过是挨一会是一会罢了，难道就算了不成！依我说快走
罢。"一面说，一面总不住脚，直带着往后角门出去了。司棋无
奈，又不敢再说，只得跟了出来。

可巧正值宝玉从外而入，一见带了司棋出去，又见后面抱
着些东西，料着此去再不能来了。因闻得上夜之事，又兼晴雯之
病亦因那日加重，细问晴雯，又不说是为何。上日又见入画已
去，今又见司棋亦走，不觉如丧魂魄一般，因忙拦住问道："那
里去？"周瑞家的等皆知宝玉素日行为，又恐唠叨误事，因笑
道："不干你事，快念书去罢。"宝玉笑道："好姐姐们，且站一
站，我有道理。"周瑞家的便道："太太不许少捱一刻，又有什么
道理。我们只知遵太太的话，管不得许多。"

司棋见了宝玉，因拉住哭道："他们做不得主，你好歹求求
太太去。"宝玉不禁也伤心，含泪说道："我不知你作了什么大
事，晴雯也病了，如今你又去。都要去了，这却怎么的好。"周
瑞家的发躁向司棋道："你如今不是副小姐了，若不听话，我就
打得你。别想着往日姑娘护着，任你们作耗。越说着，还不好好
走。如今和小爷们拉拉扯扯，成个什么体统！"那几个媳妇不由
分说，拉着司棋便出去了。

宝玉又恐他们去告舌，恨的只瞪着他们，看已去远，方指着恨道："奇怪，奇怪，怎么这些人只一嫁了汉子，染了男人的气味，就这样混帐起来，比男人更可杀了！"守园门的婆子听了，也不禁好笑起来，因问道："这样说，凡女儿个个是好的了，女人个个是坏的了？"宝玉点头道："不错，不错！"婆子们笑道："还有一句话我们糊涂不解，倒要请问请问。"

方欲说时，只见几个老婆子走来，忙说道："你们小心，传齐了伺候着。此刻太太亲自来园里，在那里查人呢。只怕还查到这里来呢。又吩咐快叫怡红院的晴雯姑娘的哥嫂来，在这里等着领出他妹妹去。"因笑道："阿弥陀佛！今日天睁了眼，把这一个祸害妖精退送了，大家清净些。"宝玉一闻得王夫人进来亲查，便料定晴雯也保不住了，早飞也似赶了去，所以这后来趁愿之语竟未得听见。

宝玉及到了怡红院，只见一群人在那里，王夫人在屋里坐着，一脸怒色，见宝玉也不理。晴雯四五日水米不曾沾牙，恹恹弱息，如今现从炕上拉了下来，蓬头垢面，两个女人搀架起来去了。王夫人吩咐，只许把他贴身衣服撂出去，馀者好衣服留下给好丫头们穿。

又命把这里所有的丫头们都叫来一一过目。原来王夫人自那日着恼之后，王善保家的去趁势告倒了晴雯，本处有人和园中不睦的，也就随机趁便下了些话。王夫人皆记在心中。因节间有碍，故忍了两日，今日特来亲自阅人。一则为晴雯犹可，二则因竟有人指宝玉为由，说他大了，已解人事，都由屋里的丫头们不长进教习坏了。因这事更比晴雯一人较甚，乃从袭人起以至于极小作粗活的小丫头们，个个亲自看了一遍。

因问："谁是和宝玉一日的生日？"本人不敢答应，老嬷嬷指道："这一个蕙香，又叫作四儿的，是同宝玉一日生日的。"王夫人细看了一看，虽比不上晴雯一半，却有几分水秀。视其行止，聪明皆露在外面，且也打扮的不同。王夫人冷笑道："这也是个不

宝玉之论未尝没有道理："女儿"在家，天真淳朴；一旦嫁人成为"女人"，进入"社会"，难免沾染丑俗恶习。

宝玉用的是"全称判断"，被婆子抓到漏洞：你这样说，岂不是连你的祖母、母亲也都包括在内了吗？作者不待婆子诘问，便借机岔开，是不容宝玉尴尬也。

王夫人来园里搜查了！雷声已闻，暴雨将至矣。

暴戾！无人性！

"过目"就能判定一个人的好坏？盖心中已有目标，"过目"是走走形式罢了。

宝玉是谁"教习坏"的？早有其人。"从袭人起"，也是做样子给人看的。

老嬷嬷指认四儿，只是说她知道四儿与宝玉生日相同。至于四儿说过什么，是"私语"，她未必知道。

谁是她的"心耳神意"？看此口气，当不是泛指，而是有特定之人。

唱戏的女孩子"自然是狐狸精"，这"自然"二字下得够狠。

情报不错，确有其事。

宝玉作何感想？他感受到的绝不是"爱"。

最信任的就是袭人、麝月。搬出园子的主意就是袭人奉献的。

宝玉之疑问，每一个读者都会有。那么谁是告密者呢？每一个读者读下去都会作出自己的判断。

怕臊的。他背地里说的，同日生日就是夫妻。这可是你说的？打谅我隔的远，都不知道呢。可知道我身子虽不大来，我的心耳神意时时都在这里。难道我通共一个宝玉，就白放心凭你们勾引坏了不成！"这个四儿见王夫人说着他素日和宝玉的私语，不禁红了脸，低头垂泪。王夫人即命也快把他家的人叫来，领出去配人。

又问："谁是耶律雄奴？"老嬷嬷们便将芳官指出。王夫人道："唱戏的女孩子，自然是狐狸精了！上次放你们，你们又懒待出去，可就该安分守己才是。你就成精鼓捣起来，调唆着宝玉无所不为。"芳官笑辩道："并不敢调唆什么。"王夫人笑道："你还强嘴。我且问你，前年我们往皇陵上去，是谁调唆宝玉要柳家的丫头五儿了？幸而那丫头短命死了，不然进来了，你们又连伙聚党遭害这园子呢。你连你干娘都欺倒了，岂止别人！"因喝命："唤他干娘来领去，就赏他外头自寻个女婿去吧。把他的东西一概给他。"又吩咐上年凡有姑娘们分的唱戏的女孩子们，一概不许留在园里，都令其各人干娘带出，自行聘嫁。一语传出，这些干娘皆感恩趁愿不尽，都约齐来与王夫人磕头领去。

王夫人又满屋里搜检宝玉之物。凡略有眼生之物，一并命收的收，卷的卷，着人拿到自己房内去。因说："这才干净，省得旁人口舌。"因又吩咐袭人麝月等人："你们小心！往后再有一点分外之事，我一概不饶。因叫人查看了，今年不宜迁挪，暂且挨过今年，明年一并给我仍旧搬出去心净。"说毕，茶也不吃，遂带领众人又往别处去阅人。暂且说不到后文。

如今且说宝玉只当王夫人不过来搜检搜检，无甚大事，谁知竟这样雷嗔电怒的来了。所责之事皆系平日私语，一字不爽，料必不能挽回的。虽心下恨不能一死，但王夫人盛怒之际，自不敢多言一句，多动一步，一直跟送王夫人到沁芳亭。王夫人命："回去好生念念那书，仔细明儿问你。才已发下狠了。"宝玉听如此说，方回来，一路打算："谁这样犯舌？况这里事也无人知道，如何就都说着了。"一面想，一面进来，只见袭人在那里垂泪。

且又去了心上第一等的人，岂不伤心，便倒在床上也哭起来。

袭人知他心内别的还犹可，独有晴雯是第一件大事，乃推他劝道："哭也不中用了。你起来我告诉你，晴雯已经好了，他这一家去，倒心净养几天。你果然舍不得他，等太太气消了，你再求老太太，慢慢的叫进来也不难。不过太太偶然信了人的诽言，一时气头上如此罢了。"宝玉哭道："我究竟不知晴雯犯了何等滔天大罪！"袭人道："太太只嫌他生的太好了，未免轻佻些。在太太是深知这样美人似的人必不安静，所以恨嫌他，像我们这粗粗笨笨的倒好。"宝玉道："这也罢了。咱们私自顽话怎么也知道了？又没外人走风的，这可奇怪。"袭人道："你有甚忌讳的，一时高兴了，你就不管有人无人了。我也曾使过眼色，也曾递过暗号，倒被那别人已知道了，你反不觉。"宝玉道："怎么人人的不是太太都知道，单不挑出你和麝月秋纹来？"

袭人听了这话，心内一动，低头半日，无可回答，因便笑道："正是呢。若论我们也有顽笑不留心的孟浪去处，怎么太太竟忘了？想是还有别的事，等完了再发放我们，也未可知。"宝玉笑道："你是头一个出了名的至善至贤之人，他两个又是你陶冶教育的，焉得还有孟浪该罚之处！只是芳官尚小，过于伶俐些，未免倚强压倒了人，惹人厌。四儿是我误了他，还是那年我和你拌嘴的那日起，叫上来作些细活，未免夺占了地位，故有今日。只是晴雯也是和你一样，从小儿在老太太屋里过来的，虽然他生得比人强，也没甚妨碍去处。就只是他的性情爽利，口角锋芒些，究竟也不曾得罪你们。想是他过于生得好了，反被这好所误。"说毕，复又哭起来。

袭人细揣此话，好似宝玉有疑他之意，竟不好再劝，因叹道："天知道罢了。此时也查不出人来了，白哭一会子也无益。倒是养着精神，等老太太喜欢时，回明白了再要他是正理。"宝玉冷笑道："你不必虚宽我的心。等到太太平服了再瞧势头去要时，知他的病等得等不得。他自幼上来娇生惯养，何尝受过一日

晴雯才是宝玉心中"第一等的人"，这一点，袭人也知道。

晴雯那种状态被撵出去，怎会是"已经好了"？袭人之"劝"，怪哉！

宝玉心中有了明确的怀疑对象。

质问得有力。袭人"内心一动"，"无可回答"！嫌犯就在眼前。

宝玉此"笑"，嘲笑也。

"夺占了地位"，所争就在此。而这"地位"与外面的丫头婆子毫不相干。这一点宝玉看得明白。

"究竟也不曾得罪你们。"——这是反语。

明确"有疑他之意"，不是"好似"。

宝玉也看透袭人是"虚宽"——拿假话宽慰他，所以不信。

委屈。连我知道他的性格，还时常冲撞了他。他这一下去，就如同一盆才抽出嫩箭来的兰花送到猪窝里去一般。况又是一身重病，里头一肚子的闷气。他又没有亲爷热娘，只有一个醉泥鳅姑舅哥哥。他这一去，一时也不惯的，那里还等得几日。知道还能见他一面两面不能了！"说着又越发伤心起来。

袭人笑道："可是你'只许州官放火，不许百姓点灯'。我们偶然说一句略妨碍些的话，就说是不吉利之谈，你如今好好的咒他，是该的了！他便比别人娇些，也不至这样起来。"宝玉道："不是我妄口咒他，今年春天已有兆头的。"袭人忙问何兆。宝玉道："这阶下好好的一株海棠花，竟无故死了半边，我就知有异事，果然应在他身上。"

袭人听了，又笑起来，因说道："我待不说，又撑不住，你太也婆婆妈妈的了。这样的话，岂是你读书的男人说的。草木怎又关系起人来？若不是婆婆妈妈的，真也成了个呆子了。"宝玉叹道："你们那里知道，不但草木，凡天下之物，皆是有情有理的，也和人一样，得了知己，便极有灵验的。若用大题目比，就有孔子庙前之桧、坟前之蓍【shī，蓍草】，诸葛祠前之柏，岳武穆坟前之松。这都是堂堂正大随人之正气，千古不磨之物。世乱则萎，世治则荣，几千百年了，枯而复生者几次。这岂不是兆应？小题目比，就有杨太真沉香亭之木芍药，端正楼之相思树，王昭君冢上之草，岂不也有灵验。所以这海棠亦应其人欲亡，故先就死了半边。"

袭人听了这篇痴话，又可笑，又可叹，因笑道："真真的这话越发说上我的气来了。那晴雯是个什么东西，就费这样心思，比出这些正经人来！还有一说，他纵好，也灭不过我的次序去。便是这海棠，也该先来比我，也还轮不到他。想是我要死了。"宝玉听说，忙握他的嘴，劝道："这是何苦！一个未清，你又这样起来。罢了，再别提这事，别弄的去了三个，又饶上一个。"袭人听说，心下暗喜道："若不如此，你也不能了局。"

宝玉乃道："从此休提起，全当他们三个死了，不过如此。

况且死了的也曾有过，也没有见我怎么样，此一理也。如今且说现在的，倒是把他的东西，作瞒上不瞒下，悄悄的打发人送出去与了他。再或有咱们常时积攒下的钱，拿几吊出去给他养病，也是你姊妹好了一场。"袭人听了，笑道："你太把我们看的又小器又没人心了。这话还等你说，我才已将他素日所有的衣裳以至各什各物总打点下了，都放在那里。如今白日里人多眼杂，又恐生事，且等到晚上，悄悄的叫宋妈给他拿出去。我还有攒下的几吊钱也给他罢。"宝玉听了，感谢不尽。袭人笑道："我原是久已出了名的贤人，连这一点子好名儿还不会来不成！"宝玉听他方才的话，忙陪笑抚慰一时。晚间果密遣宋妈送去。

宝玉将一切人稳住，便独自得便出了后角门，央一个老婆子带他到晴雯家去瞧瞧。先是这婆子百般不肯，只说怕人知道，"回了太太，我还吃饭不吃饭！"无奈宝玉死活央告，又许他些钱，那婆子方带了他来。

这晴雯当日系赖大家用银子买的，那时晴雯才得十岁，尚未留头。因常跟赖嬷嬷进来，贾母见他生得伶俐标致，十分喜爱。故此赖嬷嬷就孝敬了贾母使唤，后来所以到了宝玉房里。这晴雯进来时，也不记得家乡父母，只知有个姑舅哥哥，专能庖宰，也沦落在外，故又求了赖家的收买进来吃工食。

赖家的见晴雯虽到贾母跟前，千伶百俐，嘴尖性大，却倒还不忘旧，故又将他姑舅哥哥收买进来，把家里一个女孩子配了他。成了房后，谁知他姑舅哥哥一朝身安泰，就忘却当年流落时，任意吃死酒，家小也不顾。偏又娶了个多情美色之妻，见他不顾身命，不知风月，一味死吃酒，便不免有兼葭倚玉之叹，红颜寂寞之悲。又见他器量宽宏，并无嫉妒妒枕之意，这媳妇遂恣情纵欲，满宅内便延揽英雄，收纳材俊，上上下下竟有一半是他考试过的。若问他夫妻姓甚名谁，便是上回贾琏所接见的多浑虫灯姑娘儿的便是了。

目今晴雯只有这一门亲戚，所以出来就在他家。此时多浑虫

这里有个因果问题：是看到宝玉的表现才打点晴雯的衣物以让宝玉满意，还是她自己切实关心晴雯？

"宝玉将一切人稳住"，连袭人都不能让知道。在精神领域，除了黛玉、晴雯，他少有同道。

补叙晴雯出身之苦与家世之孤，此亦致其夭亡的客观原因之一。补笔自有其作用。

是写晴雯之孤苦，也是为宝玉探望创造条件。

外头去了，那灯姑娘吃了饭去串门子，只剩下晴雯一人，在外间房内爬着。

宝玉命那婆子在院门瞭哨，他独自掀起草帘进来，一眼就看见晴雯睡在芦席土炕上，幸而衾褥还是旧日铺的。心内不知自己怎么才好，因上来含泪伸手轻轻拉他，悄唤两声。

当下晴雯又因着了风，又受了他哥嫂的歹话，病上加病，嗽了一日，才朦胧睡了。忽闻有人唤他，强展星眸，一见是宝玉，又惊又喜，又悲又痛，忙一把死攥住他的手。哽咽了半日，方说出半句话来："我只当不得见你了。"接着便嗽个不住。宝玉也只有哽咽之分。

晴雯道："阿弥陀佛，你来的好，且把那茶倒半碗我喝。渴了这半日，叫半个人也叫不着。"宝玉听说，忙拭泪问："茶在那里？"晴雯道："那炉台上就是。"宝玉看时，虽有个黑沙吊子，却不像个茶壶。只得桌上去拿了一个碗，也甚大甚粗，不像个茶碗，未到手内，先就闻得油膻之气。宝玉只得拿了来，先拿些水洗了两次，复又用水汕过，方提起沙壶斟了半碗。看时，绛红的，也太不成茶。晴雯扶枕道："快给我喝一口罢！这就是茶了。那里比得咱们的茶！"宝玉听说，先自己尝了一尝，并无清香，且无茶味，只一味苦涩，略有茶意而已。尝毕，方递与晴雯。只见晴雯如得了甘露一般，一气都灌下去了。

王蒙评："这些描写有烘托晴雯的可怜可悲下场的含意，也充满着视平民生活为猪狗不如的贵族意识。"

宝玉探望晴雯，不是主子去看奴才，也不是贵族去看贫民。宝玉最可贵的地方是他没有主奴意识，不计贫富之分。他为晴雯所做的一切都闪烁着人性的光辉。

宝玉心下暗道："往常那样好茶，他尚有不如意之处；今日这样。看来，可知古人说的'饱饫烹宰，饥餍糟糠'，又道是'饭饱弄粥'，可见都不错了。"一面想，一面流泪问道："你有什么说的，趁着没人告诉我。"晴雯呜咽道："有什么可说的！不过挨一刻是一刻，挨一日是一日。我已知横竖不过三五日的光景，就好回去了。只是一件，我死也不甘心的：我虽生的比别人略好些，并没有私情密意勾引你怎样，如何一口死咬定了我是个狐狸精！我太不服。今日既已担了虚名，而且临死，不是我说一句后悔的话，早知如此，我当日也另有个道理。不料痴心傻意，

晴雯蒙受奇耻大辱，却从不向权势者求饶。她有高洁的品格，不屈的灵魂。

只说大家横竖是在一处。不想平空里生出这一节话来，有冤无处诉。"说毕又哭。

宝玉拉着他的手，只觉瘦如枯柴，腕上犹戴着四个银镯，因泣道："且卸下这个来，等好了再戴上罢。"因与他卸下来，塞在枕下。又说："可惜这两个指甲，好容易长了二寸长，这一病好了，又损好些。"晴雯拭泪，就伸手取了剪刀，将左手上两根葱管一般的指甲齐根铰下；又伸手向被内将贴身穿着的一件旧红绫袄脱下，并指甲都与宝玉道："这个你收了，以后就如见我一般。快把你的袄儿脱下来我穿。我将来在棺材内独自躺着，也就像还在怡红院的一样了。论理不该如此，只是担了虚名，我可也是无可如何了。"宝玉听说，忙宽衣换上，藏了指甲。晴雯又哭道："回去他们看见了要问，不必撒谎，就说是我的。既担了虚名，越性如此，也不过这样了。"

一语未了，只见他嫂子笑嘻嘻掀帘进来，道："好呀，你两个的话，我已都听见了。"又向宝玉道："你一个作主子的，跑到下人房里作什么？看我年轻又俊，敢是来调戏我么？"宝玉听说，吓的忙陪笑央道："好姐姐，快别大声。他服侍我一场，我私自来瞧瞧他。"灯姑娘便一手拉了宝玉进里间来，笑道："你不叫嚷也容易，只是依我一件事。"说着，便坐在炕沿上，却紧紧的将宝玉搂入怀中。

宝玉如何见过这个，心内早突突的跳起来了，急的满面红涨，又羞又怕，只说："好姐姐，别闹。"灯姑娘乜斜醉眼，笑道："呸！成日家听见你风月场中惯作工夫的，怎么今日就反讪起来。"宝玉红了脸，笑道："姐姐放手，有话咱们好说。外头有老妈妈，听见什么意思。"灯姑娘笑道："我早进来了，却叫婆子去园门等着呢。我等什么似的，今儿等着了你。虽然闻名，不如见面，空长了一个好模样儿，竟是没药性的炮仗，只好装幌子罢了，倒比我还发讪怕羞。可知人的嘴一概听不得的。就比如方才我们姑娘下来，我也料定你们素日偷鸡盗狗的。我进来一会在窗

"既担了虚名，越性如此"！赠甲换衣，与其说是情感的寄托，不如说是对侮辱者、权势者的示威与反抗。

以灯姑娘之滥情反衬晴雯之洁净。

下细听，屋内只你二人，若有偷鸡盗狗的事，岂有不谈及于此，谁知你两个竟还是各不相扰。可知天下委屈事也不少。如今我反后悔错怪了你们。既然如此，你但放心。以后你只管来，我也不罗唣你。"

宝玉听说，才放下心来，方起身整衣央道："好姐姐，你千万照看他两天。我如今去了。"说毕出来，又告诉晴雯。二人自是依依不舍，也少不得一别。晴雯知宝玉难行，遂用被蒙头，总不理他，宝玉方出来。意欲到芳官四儿处去，无奈天黑，出来了半日，恐里面人找他不见，又恐生事，遂且进园来了，明日再作计较。因乃至后角门，小厮正抱铺盖，里边嬷嬷们正查人，若再迟一步也就关了。

宝玉进入园中，且喜无人知道。到了自己房内，告诉袭人只说在薛姨妈家去的，也就罢了。一时铺床，袭人不得不问今日怎么睡。宝玉道："不管怎么睡罢了。"

原来这一二年间，袭人因王夫人看重了他了，他越发自要尊重。凡背人之处，或夜晚之间，总不与宝玉狎昵，较先幼时反倒疏远了。况虽无大事办理，然一应针线并宝玉及诸小丫头们凡出入银钱衣履什物等事，也甚烦琐；且有吐血旧症虽愈，然每因劳碌风寒所感，即嗽中带血，故迩来夜间总不与宝玉同房。宝玉夜间常醒，又极胆小，每醒必唤人。因晴雯睡卧警醒，且举动轻便，故夜晚一应茶水起坐呼唤之任皆悉委他一人，所以宝玉外床只是他睡。今他去了，袭人只得要问，因思此任比日间紧要之意。宝玉既答不管怎样，袭人只得还依旧年之例，遂仍将自己铺盖搬来设于床外。

宝玉发了一晚上呆。及催他睡下，袭人等也都睡后，听着宝玉在枕上长吁短叹，复去翻来，直至三更以后，方渐渐的安顿了，略有鼾声。袭人方放心，也就朦胧睡着。没半盏茶时，只听宝玉叫"晴雯"。袭人忙睁开眼连声答应，问作什么。宝玉因要吃茶。袭人忙下去向盆内蘸过手，从暖壶内倒了半盏茶来吃过。

去时，闪过袭人；回来，仍瞒过袭人：宝玉深知袭人之恨晴雯也。

原来如此！晴雯竟占了"同房"之位，袭人如何能忍。如今晴雯去矣，袭人乃"将自己铺盖搬来设于床外"。

宝玉乃笑道："我近来叫惯了他，却忘了是你。"袭人笑道："他一乍来时你也曾睡梦中直叫我，半年后才改了。我知道这晴雯人虽去了，这两个字只怕是不能去的。"说着，大家又卧下。

宝玉又翻转了一个更次，至五更方睡去时，只见晴雯从外头走来，仍是往日形景，进来笑向宝玉道："你们好生过罢，我从此就别过了。"说毕，翻身便走。宝玉忙叫时，又将袭人叫醒。袭人还只当他惯了口乱叫，却见宝玉哭了，说道："晴雯死了。"袭人笑道："这是那里的话！你就知道胡闹，被人听着什么意思。"宝玉那里肯听，恨不得一时亮了就遣人去问信。

及至天亮时，就有王夫人房里小丫头立等叫开前角门传王夫人的话："'即时叫起宝玉，快洗脸，换了衣裳快来，因今儿有人请老爷寻秋赏桂花，老爷因喜欢他前儿作得诗好，故此要带他们去。'这都是太太的话，一句别错了。你们快飞跑告诉他去，立逼叫他快来，老爷在上房里还等他吃面茶呢。环哥儿已来了。快跑，快跑。再着一个人去叫兰哥儿，也要这等说。"里面的婆子听一句，应一句，一面扣扭子，一面开门。一面早有两三个人一行扣衣，一行分头去了。

袭人听得叩院门，便知有事，忙一面命人问时，自己已起来了。听得这话，忙促人来舀了面汤，催宝玉起来盥漱。他自去取衣。因思跟贾政出门，便不肯拿出十分出色的新鲜衣履来，只拣那二等成色的来。宝玉此时亦无法，只得忙忙的前来。果然贾政在那里吃茶，十分喜悦。宝玉忙行了省晨之礼。贾环贾兰二人也都见过宝玉。贾政命坐吃茶，向环兰二人道："宝玉读书不如你两个，论题联和诗这种聪明，你们皆不及他。今日此去，未免强你们做诗，宝玉须听便助他们两个。"王夫人等自来不曾听见这等考语，真是意外之喜。

一时候他父子二人等去了。方欲过贾母这边来时，就有芳官等三个的干娘走来，回说："芳官自前日蒙太太的恩典赏了出去，他就疯了似的，茶也不吃，饭也不用，勾引上藕官蕊官，三个人

张俊、沈治钧评："可卿逝托梦于凤姐，尤二姐临终有尤三姐入梦，今晴雯归而梦别宝玉，可见'红楼'之梦即生离死别之梦。"

晴雯究竟如何？一断，插入老爷叫去作诗一节。

难得贾政说宝玉一句好。

"一时候他父子二人等去了"，作诗之事又断，转接芳官等人下落。

王夫人，霸道。

寻死觅活，只要剪了头发做尼姑去。我只当是小孩子家一时出去不惯也是有的，不过隔两日就好了。谁知越闹越凶，打骂着也不怕。实在没法，所以来求太太，或者就依他们做尼姑去，或教导他们一顿，赏给别人作女儿去罢，我们也没这福。"王夫人听了道："胡说！那里由得他们起来，佛门也是轻易入进去的！每人打一顿给他们，看还闹不闹了！"

当下因八月十五日各庙内上供去，皆有各庙内的尼姑来送供尖之例，王夫人曾于十五日就留下水月庵的智通与地藏庵的圆信住两日，至今日未回，听得此信，巴不得又拐两个女孩子去作活使唤，因都向王夫人道："咱们府上到底是善人家。因太太好善，所以感应得这些小姑娘们皆如此。虽说佛门容易难入，也要知道佛法平等。我佛立愿，原是一切众生无论鸡犬皆要度他，无奈迷人不醒。若果有善根能醒悟，即可以超脱轮回。所以经上现有虎狼蛇虫得道者就不少。如今这两三个姑娘既然无父无母，家乡又远，他们既轻了这富贵，又想从小儿命苦入了这风流行次，将来知道终身怎么样，所以苦海回头，立意出家修修来世，也是他们的高意。太太倒不要限了善念。"

尼姑之心与"苦海回头，出家修修来世"不相干，不过是"拐两个女孩子去作活使唤"。作者不止一次揭露僧尼的虚伪恶劣，绝非故意"毁僧谤道"。

王夫人原是个好善的，先听彼等之语不肯听其自由者，因思芳官等不过皆系小儿女，一时不遂心，故有此意，但恐将来熬不得清净，反致获罪。今听这两个拐子的话大近情理；且近日家中多故，又有邢夫人遣人来知会，明日接迎春家去住两日，以备人家相看；且又有官媒婆来求说探春等事，心绪正烦，那里着意在这些小事上。既听此言，便笑答道："你两个既这等说，你们就带了作徒弟去如何？"两个姑子听了，念一声佛道："善哉！善哉！若如此，可是你老人家阴德不小。"说毕，便稽首拜谢。

作者对这王夫人总是笔下留情，至于她到底是善是恶，读者自有判断。

王夫人道："既这样，你们问他们去。若果真心，即上来当着我拜了师父去罢。"这三个女人听了出去，果然将他三人带来。王夫人问之再三，他三人已是立定主意，遂与两个姑子叩了头，又拜辞了王夫人。王夫人见他们意皆决断，知不可强了，反倒伤

才离虎口，又入狼窝。

心可怜，忙命人取了些东西来赏赏了他们，又送了两个姑子些礼物。从此芳官跟了水月庵的智通，蕊官藕官二人跟了地藏庵的圆信，各自出家去了。再听下回分解。

〔 回后评 〕

此一回书，最让人感动的是"俏丫鬟"晴雯濒危之际宝玉的探望诀别，最让人痛恨的是王夫人的蛮不讲理、横行霸道，而最值得品味的是袭人的"告密"之嫌。

袭人是卖到贾府的丫鬟，到了婚配之年，或许被放回家去，其命运大概也只是给小市民为妻；而贾府的丫鬟通常是"配小厮"或"交官媒婆"的，那结局是她所不能接受的。她的人生目标很明确，就是终身留在贾府："原来袭人在家，听见他母兄要赎他回去，他就说至死也不回去的。"她对宝玉说："我另说出三件事来，你果然依了我，就是你真心留了我，刀搁在脖子上，我也不出去了。"（见第十九回）什么条件不条件，她宁死也不愿离开贾府才是真。而要能"终身"在贾府，唯一的途径就是成为宝玉的妾。放在当时的社会背景看，对于她的这种追求我们也不好苛责。

有了人生目标，于是埋头奋斗。首先是把宝玉控制在自己的手里。云雨之外，宝玉的日常琐事她一概管起来，造成宝玉"离不开她"的局面。再是要赢得权势者的欢心，老太太、太太、奶奶，以及有影响力的大丫鬟如鸳鸯、平儿等，一个都不能得罪。"伺候"好宝玉，自然令人对她的忠心勤勉产生好感，而为了得到信赖，她还得做别的丫鬟想不到或不想做的事。比如，为了宝玉的"声名"而向王夫人"建言献策"。她的这种努力已经收到明显效果——王夫人被感动得连呼"我的儿"，并把宝玉交付给她，内定了她的"姨娘"身份，享受月银二两的特殊待遇。（见第三十四回）一般地说，这也还是"无可厚非"。

问题是，宝玉有自己的精神境界与人生追求。袭人是他生活中的"保姆"，但并非精神上的同道。"过日子"离不开袭人，但他跟袭人永远不会产生精神的共鸣。跟宝钗、湘云一样，袭人希望宝玉所走的是读书应试、仕途经济的道路。这种价值观的隔膜，使宝玉不可能把她作为妾身的第一候选人。

　　而且，在怡红院内，忠于宝玉且模样出众的还大有人在。宝玉又是"情痴"，外面的自不必说，他对身边的晴雯、麝月以及芳官、四儿等，都视如姐妹，关爱有加。这无形中就形成一种竞争态势。尤其是晴雯，不仅模样好，心灵手巧，更有一颗高傲的心。所谓"身为下贱，心比天高"，就是自尊、自爱、自强，没有奴颜媚骨，不为淫邪之事。她锋芒毕露，眼里不容沙子，所以得罪人，但却深得宝玉之心。在薄命司的又副册里，晴雯是居首的，而袭人次之。连袭人也承认，晴雯在宝玉心中是"第一等的人"。更令袭人不能容忍的是，晴雯也哭闹着说："我一头碰死了也不出这门儿。"（见第三十一回）这等于挑明了一个"卧榻之旁"的矛盾。

　　还不止此，晴雯实际上看不起袭人，并毫不隐晦地揭她的隐私，戳她的心肺。零敲碎打的且不说，就看三十一回的这些描写：

　　晴雯说袭人："自古以来，就是你一个人伏侍爷的，我们原没伏侍过。因为你伏侍的好，昨日才挨窝心脚；我们不会伏侍的，到明儿还不知是个什么罪呢！"袭人听了这话，又是恼，又是愧。

　　袭人说："好妹妹，你出去逛逛，原是我们的不是。"晴雯听他说"我们"两个字，自然是她和宝玉了，不觉又添了酸意，冷笑几声，道："我倒不知道你们是谁，别教我替你们害臊了！便是你们鬼鬼祟祟干的那事儿，也瞒不过我去，那里就称起'我们'来了？明公正道，连个姑娘还没挣上去呢，也不过和我似的，那里就称上'我们'了！"袭人羞的脸紫胀起来。

　　如此这般，这个晴雯，袭人还能容她吗？

　　于是就可以讨论：晴雯遭驱逐致死，有没有袭人的"功

劳"？更具体地说，袭人有没有通过"告密"来陷害晴雯？

读小说不是判案，无需三堂会审，也无须堂下取证。只要不怀偏见，不故意标新立异，而认认真真地阅读文本，应该能得出符合作者原意的结论。当然，即使如此，见仁见智，甚至南辕北辙的事情也难完全避免。因为小说家不肯"水落石出"，而要藏头露尾，给读者留下思考的空间。

怡红院里，不要说打打闹闹的事件，连一些私密言语，王夫人都了解得一清二楚。首先宝玉就怀疑了："谁这样犯舌？况这里事也无人知道，如何就都说着了。""咱们私自顽话怎么也知道了？又没外人走风的，这可奇怪。"

宝玉当然是怀疑有人"告密"了。袭人的态度，不是顺着宝玉的思路"找出"告密者，而是说："你有甚忌讳的，一时高兴了，你就不管有人无人了。"这是说，周围的媳妇婆子听到了，传到王夫人的耳朵里去了。当然不能完全排除这种可能。但所谓"私密"的话，又"私"又"密"，外面的婆子们怎么能"听到"呢？

所以，这不能说服宝玉："怎么人人的不是太太都知道，单不挑出你和麝月秋纹来？"是啊，媳妇婆子们闲言碎语，谗言汇报，怎么单不说你和麝月、秋纹呢？

这下子，打到了袭人的软肋。她"听了这话，心内一动，低头半日，无可回答"了。最后只得自我解嘲："正是呢。若论我们也有顽笑不留心的孟浪去处，怎么太太竟忘了？"其实，在怡红院里，除了晴雯公开揭露袭人"鬼鬼祟祟干的那事儿"，那个李嬷嬷不是也指着鼻子骂袭人是"小娼妇"，"一心只想妆狐媚子哄宝玉"吗？（见第二十回）怎么没人向王夫人汇报，或者王夫人怎么会忘记呢？

其实，宝玉有一点很明白，矛盾的核心就是一个"地位"问题。不要说晴雯占据了"同房"之位，就连四儿，因被"叫上来作些细活"，都"未免夺占了地位"，遭到谗毁而被逐。

此时此刻，不管袭人说什么，如何"表现"，宝玉都是不信

任她的。他去探望晴雯，一去一回都要瞒过袭人，就是证明。这和她在王夫人那里取得的地位恰好相反。

那么，告密者到底是谁呢？作者只用"互见互评"之法，借宝玉之眼看，借宝玉之心思，借宝玉之口说。如果读读宝玉的《芙蓉女儿诔》就更明确了。他说："鸠鸩恶其高，鹰鸷翻遭罦罬；薋葹妒其臭，茞兰竟被芟鉏！"他说："诼谣謑诟，出自屏帏；荆棘蓬榛，蔓延户牖。"这谤毁之言是出自"屏帏"（内室），其所以造谣陷害是因为"恶其高""妒其臭"，就是妒忌。那么，是谁处在这样的地位？是谁会有这样的心理？答案似乎就摆在那里。

但，既然作者不愿意把结论挑明，作为读者，心知肚明也就罢了。

第七十八回

老学士闲征姽婳词

痴公子杜撰芙蓉诔

文有宾主，不可误。此文以《芙蓉诔》为主，以《姽婳词》为宾，以宝玉古歌为主，以贾环贾兰诗绝为宾。文有宾中宾，不可误。以清客作序为宾，以宝玉出游作诗为宾中宾。由虚入实，可歌可咏。

痴公子杜撰芙蓉诔，纵笔墨断肠祭晴雯

老学士，指贾政，他因"姽婳将军"的故事令宝玉等撰写《姽婳词》以助兴；痴公子即贾宝玉，他一片痴情，为悼念晴雯而撰写了长篇祭文《芙蓉女儿诔》。说"杜撰"，意谓不遵既有规范，任情自由发挥。

本回书仍是抄检大观园的余波。王夫人驱逐晴雯等之后，向贾母谎报军情，说是晴雯"病不离身，比别人分外淘气，也懒"，前日又得了"女儿痨"，所以叫她下去了。又趁机说"若说沉重知大礼，莫若袭人第一"，且已把她的月例银子提到二两了【妾身待遇】。贾母原本要将晴雯"给宝玉使唤"的，听王夫人如此说，也无可奈何了。

话说之间，宝玉等已回来，向贾母等汇报出门作诗的成果。他一心牵挂着晴雯，回到怡红院后带了两个小丫头走到外面，问晴雯临终的状况。一个伶俐的小丫头，见宝玉为临终不得见晴雯一面而懊恼，就说玉皇敕命晴雯去作花神去了，专管芙蓉花。宝玉听了这话，遂转悲而生喜。

宝玉独自去祭拜晴雯之灵，却扑了个空，她哥嫂早雇人抬往城外化人场上去了。宝玉无法，只得回到园中。忽传贾政叫他。原来贾政与众幕友们谈话间说到"姽婳将军"的故事，说她"风流隽逸，忠义慷慨"，是个好题目，要作一首挽词，于是命宝玉及贾环叔侄各自作诗"以志其忠义"。宝玉作成一篇《姽婳词》，众人都大赞不止，宝玉才得回到园中。

猛然见池上芙蓉，想起小丫鬟说晴雯作了芙蓉之神，不觉又喜欢起来，乃看着芙蓉嗟叹了一会。忽又想起死后并未到灵前一祭，此时不如别开生面，另立排场，以尽其礼。于是用晴雯素日所喜之冰鲛縠一幅楷字写成祭文，名曰《芙蓉女儿诔》，前序后歌。又备了四样晴雯所喜之物，夜月下，命那小丫头捧至芙蓉花前。先行礼毕，将那诔文即挂于芙蓉枝上，泣涕而念。

这篇诔辞，赞美晴雯之真善美，抒写思念之深情，而对置晴雯于死地的恶人，更是痛加鞭挞。

话说两个尼姑领了芳官等去后，王夫人便往贾母处来省晨，见贾母喜欢，便趁便回道："宝玉屋里有个晴雯，那个丫头也大了，而且一年之间，病不离身；我常见他比别人分外淘气，也懒；前日又病倒了十几天，叫大夫瞧，说是女儿痨，所以我就赶着叫他下去了。若养好了也不用叫他进来，就赏他家配人去也罢了。再那几个学戏的女孩子，我也作主放出去了。一则他们都会戏，口里没轻没重，只会混说，女孩儿们听了如何使得？二则他们既唱了会子戏，白放了他们，也是应该的。况丫头们也太多，若说不够使，再挑上几个来也是一样。"贾母听了，点头道："这倒是正理，我也正想着如此呢。但晴雯那丫头我看他甚好，怎么就这样起来。我的意思，这些丫头的模样爽利言谈针线多不及他，将来只他还可以给宝玉使唤得。谁知变了。"

王夫人笑道："老太太挑中的人原不错。只是他命里没造化，所以得了这个病。俗语又说'女大十八变'。况且有本事的人，未免就有些调歪。老太太还有什么不曾经验过的。三年前我也就留心这件事。先只取中了他，我便留心。冷眼看去，他色色虽比人强，只是不大沉重。若说沉重知大礼，莫若袭人第一。虽说贤妻美妾，然也要性情和顺举止沉重的更好些。就是袭人模样虽比晴雯略次一等，然放在房里，也算得一二等的了。况且行事大方，心地老实，这几年来，从未逢迎着宝玉淘气。凡宝玉十分胡闹的事，他只有死劝的。因此品择了二年，一点不错了，我就悄悄的把他丫头的月分钱止住，我的月分银子里批出二两银子来给

王夫人之恶，不仅昏庸霸道，还造谣污蔑。她先斩后奏，得售其奸，贾母虽有不满也无可奈何。

王希廉评："欺人之论。是可欺也，孰不可欺也。"

贾母看中晴雯，以为"将来只他还可以给宝玉使唤得"。正因为如此，袭人、王夫人才不择手段除掉她。

满嘴谎话！晴雯既除，就正面推出自己的心腹。排挤、消灭"有本事的人"，走向败亡的"逆淘汰"。

他。不过使他自己知道越发小心效好之意。且不明说者，一则宝玉年纪尚小，老爷知道了又恐说耽误了书；二则宝玉再自为已是跟前的人不敢劝他说他，反倒纵性起来。所以直到今日才回明老太太。"

贾母听了，笑道："原来这样，如此更好了。袭人本来从小儿不言不语，我只说他是没嘴的葫芦。既是你深知，岂有大错误的。而且你这不明说与宝玉的主意更好。且大家别提这事，只是心里知道罢了。我深知宝玉将来也是个不听妻妾劝的。我也解不过来，也从未见过这样的孩子。别的淘气都是应该的，只他这种和丫头们好却是难懂。我为此也耽心，每每的冷眼查看他。只和丫头们闹，必是人大心大，知道男女的事了，所以爱亲近他们。既细细查试，究竟不是为此。岂不奇怪。想必原是个丫头错投了胎不成。"说着，大家笑了。王夫人又回今日贾政如何夸奖，又如何带他们逛去，贾母听了，更加喜悦。

一时，只见迎春妆扮了前来告辞过去。凤姐也来省晨，伺候过早饭，又说笑了一回。贾母歇晌后，王夫人便唤了凤姐，问他丸药可曾配来。凤姐儿道："还不曾呢，如今还是吃汤药。太太只管放心，我已大好了。"王夫人见他精神复初，也就信了。因告诉撵逐晴雯等事，又说："怎么宝丫头私自回家睡了，你们都不知道？我前儿顺路都查了一查。谁知兰小子这一个新进来的奶子【保姆】也十分的妖乔，我也不喜欢他。我也说与你嫂子了，好不好叫他各自去罢。况且兰小子也大了，用不着奶子了。我因问你大嫂子：'宝丫头出去难道你也不知道不成？'他说是告诉了他的，不过住两三日，等你姨妈好了就进来。姨妈究竟没甚大病，不过还是咳嗽腰疼，年年是如此的。他这去必有原故，敢是有人得罪了他不成？那孩子心重，亲戚们住一场，别得罪了人，反不好了。"

凤姐笑道："谁可好好的得罪着他？况且他天天在园里，左不过是他们姊妹那一群人。"王夫人道："别是宝玉有嘴无心，傻子似的从没个忌讳，高兴了信嘴胡说也是有的。"凤姐笑道："这可是太太过于操心了。若说他出去干正经事说正经话去，却像个傻子；若只叫进来在这些姊妹跟前以至于大小的丫头们跟前，他最有尽让，又恐怕得罪了人，那是再不得有人恼他的。我想薛妹妹出去，想必为着前时搜检众丫头的东西的原故。他自然为信不及园里的人才搜检，他又是亲戚，现也有丫头老婆在内，我们又不好去搜检，恐我们疑他，所以多了这个心，自己回避了。也是应该避嫌疑的。"

王夫人听了这话不错，自己遂低头想了一想，便命人请了宝钗来分晰前日的事以解他疑心，又仍命他进来照旧居住。宝钗陪笑道："我原要早出去的，只是姨娘有许多的大事，所以不便来说。可巧前日妈又不好了，家里两个靠得的女人也病着，我所以趁便出去了。姨娘今日既已知道了，我正好明讲出情理来，就从今日辞了好搬东西的。"

王夫人凤姐都笑着："你太固执了。正经再搬进来为是，休为没要紧的事反疏远了亲戚。"宝钗笑道："这话说的太不解了，并没为什么事我出去。我为的是妈近来神思比先大减，而且夜间晚上没有得靠的人，通共只我一个。二则如今我哥哥眼看要娶嫂子，多少针线活计并家里一切动用的器皿，尚有未齐备的，我也须得帮着妈去料理料理。姨妈和凤姐姐都知道我们家的事，不是我撒谎。三则自我在园里，东南上小角门子就常开着，原是为我走的，保不住出入的人就图省路也从那里走，又没人盘查，设若从那里生出一件事来，岂不两碍脸面。而且我进园里来住原不是什么大事，因前几年年纪皆小，且家里没事，有在外头的，不如进来姊妹相共，或作针线，或玩笑，皆比在外头闷坐着好，如今彼此都大了，也彼此皆有事。况姨娘这边历年皆遇不遂心的事故，那园子也太大，一时照顾不到，皆有关系，惟有少几个人，就可以少操些心。所以今日不但我执意辞去，此外还要劝姨娘如今该减些的就减些，也不为失了大家的体统。据我看，园里这一

上回书说到贾政带领宝玉、贾环、贾兰赴会赋诗，这里衔接，只从所获礼物虚写一笔，为下面写《姽婳词》作引。

项费用也竟可以免的，说不得当日的话。姨娘深知我家的，难道我们家当日也是这样冷落不成。"凤姐听了这篇话，便向王夫人笑道："这话竟是，不必强他了。"王夫人点头道："我也无可回答，只好随你便罢了。"

宝玉用一"拐"字，表明在王公大人面前作诗，不过是卖弄才艺而已，与真情实感无关。

说话之间，只见宝玉等已回来，因说他父亲还未散，恐天黑了，所以先叫我们回来了。王夫人忙问："今日可有丢了丑？"宝玉笑道："不但不丢丑，倒拐了许多东西来。"接着，就有老婆子们从二门上小厮手内接了东西来。王夫人一看时，只见扇子三把，扇坠三个，笔墨共六匣，香珠三串，玉绦环三个。宝玉说道："这是梅翰林送的，那是杨侍郎送的，这是李员外送的，每人一分。"说着，又向怀中取出一个栴檀香小护身佛来，说："这是庆国公单给我的。"

王夫人又问在席何人、作何诗词等语毕，只将宝玉一分令人拿着，同宝玉兰环前来见过贾母。贾母看了，喜欢不尽，不免又问些话。无奈宝玉一心记着晴雯，答应完了话时，便说骑马颠了，骨头疼。贾母便说："快回房去换了衣服，疏散疏散就好了，不许睡倒。"宝玉听了，便忙入园来。

"一心记着晴雯"，这是一条贯穿始终的心理线索，时断时续，转换自然。

当下麝月秋纹已带了两个丫头来等候，见宝玉辞了贾母出来，秋纹便将笔墨拿起来，一同随宝玉进园来。宝玉满口里说"好热"，一壁走，一壁便摘冠解带，将外面的大衣服都脱下来麝月拿着，只穿着一件松花绫子夹袄，袄内露出血点般大红裤子来。秋纹见这条红裤是晴雯手内针线，因叹道："这条裤子以后收了罢，真是物件在人去了。"麝月忙也笑道："这是晴雯的针线。"又叹道："真真物在人亡了！"秋纹将麝月拉了一把，笑道："这裤子配着松花色袄儿、石青靴子，越显出这靛青的头，雪白的脸来了。"

物在人亡！四字钻心。

宝玉在前只装听不见，又走了两步，便止步道："我要走一走，这怎么好？"麝月道："大白日里，还怕什么？还怕丢了你不成！"因命两个小丫头跟着，"我们送了这些东西去再来。"宝

宝玉此时的心情难以言表，只能"装听不见"。且他急于探知晴雯的消息，又不愿让袭人的同党知道，要设计把她俩打发走。

玉道："好姐姐，等一等我再去。"麝月道："我们去了就来。两个人手里都有东西，倒像摆执事的，一个捧着文房四宝，一个捧着冠袍带履，成个什么样子。"宝玉听见，正中心怀，便让他两个去了。

他便带了两个小丫头到一石后，也不怎么样，只问他二人道："自我去了，你袭人姐姐打发人瞧晴雯姐姐去了不曾？"这一个答道："打发宋妈妈瞧去了。"宝玉道："回来说什么？"小丫头道："回来说晴雯姐姐直着脖子叫了一夜，今日早起就闭了眼，住了口，世事不知，也出不得一声儿，只有倒气的分儿了。"宝玉忙道："一夜叫的是谁？"小丫头子说："一夜叫的是娘。"宝玉拭泪道："还叫谁？"小丫头子道："没有听见叫别人了。"宝玉道："你糊涂，想必没有听真。"

旁边那一个小丫头最伶俐，听宝玉如此说，便上来说："真个他糊涂。"又向宝玉道："不但我听得真切，我还亲自偷着看去的。"宝玉听说，忙问："你怎么又亲自看去？"小丫头道："我因想晴雯姐姐素日与别人不同，待我们极好。如今他虽受了委屈出去，我们不能别的法子救他，只亲去瞧瞧，也不枉素日疼我们一场。就是人知道了回了太太，打我们一顿，也是愿受的。所以我拼着挨一顿打，偷着下去瞧了一瞧。谁知他平生为人聪明，至死不变。他因想着那起俗人不可说话，所以只闭眼养神，见我去了便睁开眼，拉我的手问：'宝玉那去了？'我告诉他实情。他叹了一口气说：'不能见了。'我就说：'姐姐何不等一等他回来见一面，岂不两完心愿？'他就笑道：'你们还不知道。我不是死，如今天上少了一位花神，玉皇敕命我去司主。我如今在未正二刻到任司花，宝玉须待未正三刻才到家，只少得一刻的工夫，不能见面。世上凡该死之人阎王勾取了过去，是差些小鬼来捉人魂魄。若要迟延一时半刻，不过烧些纸钱浇些浆饭，那鬼只顾抢钱去了，该死的人就可多待些个工夫。我这如今是有天上的神仙来召请，岂可推得时刻！'我听了这话，竟不大信，及进来到房

里留神看时辰表时，果然是未正二刻他咽了气，正三刻上就有人来叫我们，说你来了。这时候倒都对合。"

宝玉忙道："你不识字看书，所以不知道。这原是有的，不但花有一个神，一样花有一位神之外还有总花神。但他不知是作总花神去了，还是单管一样花的神？"这丫头听了，一时诌不出来。恰好这是八月时节，园中池上芙蓉正开。这丫头便见景生情，忙答道："我也曾问他是管什么花的神，告诉我们日后也好供养的。他说：'天机不可泄漏。你既这样虔诚，我只告诉你，你只可告诉宝玉一人。除他之外若泄了天机，五雷就来轰顶的。'他就告诉我说，他就是专管这芙蓉花的。"

宝玉听了这话，不但不为怪，亦且去悲而生喜，仍指芙蓉笑道："此花也须得这样一个人去司掌。我就料定他那样的人必有一番事业做的。虽然超出苦海，从此不能相见，也免不得伤感思念。"因又想："虽然临终未见，如今且去灵前一拜，也算尽这五六年的情常。"

想毕忙至房中，又另穿戴了，只说去看黛玉，遂一人出园来，往前次之处去，意为停枢在内。谁知他哥嫂见他一咽气便回了进去，希图早些得几两发送例银。王夫人闻知，便命赏了十两烧埋银子。又命："即刻送到外头焚化了罢。女儿痨死的，断不可留！"他哥嫂听了这话，一面得银，一面就雇了人来入殓，抬往城外化人场上去了。剩的衣履簪环，约有三四百金之数，他兄嫂自收了为后日之计。二人将门锁上，一同送殡去未回。宝玉走来扑了个空。

宝玉自立了半天，别无法儿，只得复身进入园中。待回至房中，甚觉无味，因乃顺路来找黛玉。偏黛玉不在房中，问其何往，丫鬟们回说："往宝姑娘那里去了。"宝玉又至蘅芜苑中，只见寂静无人，房内搬的空空落落的，不觉吃一大惊。忽见几个老婆子走来，宝玉忙问这是什么原故。老婆子道："宝姑娘出去了。这里交我们看着，还没有搬清楚。我们帮着送了些东西去，这也就完了。你老人家请出去罢，让我们扫扫灰尘也好，从此你老人

一个"诌"字告诉读者小丫头的故事只是自己编的。小丫头说的是假，但宝玉信以为真。

此"芙蓉"不是荷花，而是"木芙蓉"。此"上"字义为"边"，"池上"即池塘岸边。

符合自己的心理需求，就容易信以为真。此为人之常情。也由此而生"灵前一拜"的念头。

"只说去看黛玉"，还是不让袭人等知道。

至死都不放过晴雯，王夫人之恶，恶之极也！

黛玉也往宝姑娘那里去了——黛玉也不知道宝钗搬出去了，就是说，宝钗没有告别过。

家省跑这一处的腿子了。"

宝玉听了，怔了半天，因看着那院中的香藤异蔓，仍是翠翠青青，忽比昨日好似改作凄凉了一般，更又添了伤感。默默出来，又见门外的一条翠樾埭上也半日无人来往，不似当日各处房中丫鬟不约而来者络绎不绝。又俯身看那埭下之水，仍是溶溶脉脉的流将过去。心下因想："天地间竟有这样无情的事！"悲感一番，忽又想到去了司棋、入画、芳官等五个；死了晴雯；今又去了宝钗等一处；迎春虽尚未去，然连日也不见回来，且接连有媒人来求亲：大约园中之人不久都要散的了。纵生烦恼，也无济于事。不如还是找黛玉去相伴一日，回来还是和袭人厮混，只这两三个人，只怕还是同死同归的。想毕，仍往潇湘馆来，偏黛玉尚未回来。宝玉想亦当出去候送才是，无奈不忍悲感，还是不去的是，遂又垂头丧气的回来。

正在不知所以之际，忽见王夫人的丫头进来找他说："老爷回来了，找你呢，又得了好题目来了。快走，快走。"宝玉听了，只得跟了出来。到王夫人房中，他父亲已出去了。王夫人命人送宝玉至书房中。

彼时贾政正与众幕友们谈论寻秋之胜，又说："快散时忽然谈及一事，最是千古佳谈，'风流隽逸，忠义慷慨'八字皆备，倒是个好题目，大家要作一首挽词。"众幕宾听了，都忙请教系何等妙事。

贾政乃道："当日曾有一位王封曰恒王，出镇青州。这恒王最喜女色，且公馀好武，因选了许多美女，日习武事。每公馀辄开宴连日，令众美女习战斗攻拔之事。其姬中有姓林行四者，姿色既冠，且武艺更精，皆呼为林四娘。恒王最得意，遂超拔林四娘统辖诸姬，又呼为'姽婳将军'。"众清客都称"妙极神奇。竟以'姽婳'下加'将军'二字，反更觉妖媚风流，真绝世奇文也。想这恒王也是千古第一风流人物了。"贾政笑道："这话自然是如此，但更有可奇可叹之事。"众清客都愕然惊问道："不知底

以凄凉之目观景，景皆凄凉矣。

"大约园中之人不久都要散的了。"人情拗不过世情，社情如此，大势所趋，无可奈何。

与黛玉是"相伴"，与袭人是"厮混"：关系的性质迥然不同。

宝玉的心理线索又被打断，插一段"姽婳将军"事，断中有续："又得了好题目"者，既与前赴会献诗相呼应，又为下面写《芙蓉女儿诔》作铺垫。

"风流隽逸，忠义慷慨"，此八字是对林四娘的总评价。

下有何奇事？"贾政道："谁知次年便有'黄巾'、'赤眉'一干流贼馀党复又乌合，抢掠山左一带。恒王意为犬羊之恶，不足大举，因轻骑前剿。不意贼众颇有诡谲智术，两战不胜，恒王遂为众贼所戮。于是青州城内文武官员，各各皆谓'王尚不胜，你我何为！'遂将有献城之举。林四娘得闻凶报，遂集聚众女将，发令说道：'你我皆向蒙王恩，戴天履地，不能报其万一。今王既殒身国事，我意亦当殒身于王。尔等有愿随者，即时同我前往；有不愿者，亦早各散。'众女将听他这样，都一齐说愿意。于是林四娘带领众人连夜出城，直杀至贼营里头。众贼不防，也被斩戮了几员首贼。然后大家见是不过几个女人，料不能济事，遂回戈倒兵，奋力一阵，把林四娘等一个不曾留下，倒作成了这林四娘的一片忠义之志。后来报至中都，自天子以至百官，无不惊骇道奇。其后朝中自然又有人去剿灭，天兵一到，化为乌有，不必深论。只就林四娘一节，众位听了，可羡不可羡呢？"众幕友都叹道："实在可羡可奇，实是个妙题，原该大家挽一挽才是。"说着，早有人取了笔砚，按贾政口中之言稍加改易了几个字，便成了一篇短序，递与贾政看了。贾政道："不过如此。他们那里已有原序。昨日因又奉恩旨，着察核前代以来应加褒奖而遗落未经请奏各项人等，无论僧尼乞丐与女妇人等，有一事可嘉，即行汇送履历至礼部备请恩奖。所以他这原序也送往礼部去了。大家听见这新闻，所以都要作一首《姽婳词》，以志其忠义。"众人听了，都又笑道："这原该如此。只是更可羡者，本朝皆系千古未有之旷典隆恩，实历代所不及处，可谓'圣朝无阙事'，唐朝人预先竟说了，竟应在本朝。如今年代方不虚此一句。"贾政点头道："正是。"

说话间，贾环叔侄亦到。贾政命他们看了题目。他两个虽能诗，较腹中之虚实虽也去宝玉不远，但第一件他两个终是别路，若论举业一道，似高过宝玉，若论杂学，则远不能及；第二件他二人才思滞钝，不及宝玉空灵娟逸，每作诗亦如八股之法，未免拘板庸涩。

那宝玉虽不算是个读书人，然亏他天性聪敏，且素喜好些杂书，他自为古人中也有杜撰的，也有误失之处，拘较不得许多；若只管怕前怕后起来，纵堆砌成一篇，也觉得甚无趣味。因心里怀着这个念头，每见一题，不拘难易，他便毫无费力之处，就如世上的流嘴滑舌之人，无风作有，信着伶口俐舌，长篇大论，胡扳乱扯，敷演出一篇话来。虽无稽考，却都说得四座春风。虽有正言厉语之人，亦不得压倒这一种风流去。

近日贾政年迈，名利大灰，然起初天性也是个诗酒放诞之人，因在子侄辈中，少不得规以正路。近见宝玉虽不读书，竟颇能解此，细评起来，也还不算十分玷辱了祖宗。就思及祖宗们，各各亦皆如此，虽有深精举业的，也不曾发迹过一个，看来此亦贾门之数。况母亲溺爱，遂也不强以举业逼他了。所以近日是这等待他。又要环兰二人举业之馀，怎得亦同宝玉才好，所以每欲作诗，必将三人一齐唤来对作。

闲言少述。且说贾政又命他三人各吊一首，谁先成者赏，佳者额外加赏。贾环贾兰二人近日当着多人皆作过几首了，胆量愈壮，今看了题，遂自去思索。一时，贾兰先有了。贾环生恐落后也就有了。二人皆已录出，宝玉尚自出神。贾政与众人且看他二人的二首。

贾兰的是一首七言绝句，写道是：

姽婳将军林四娘【号称将军而娴静美好的林四娘】，玉为肌骨铁为肠【姿质娇洁如美玉，意志坚强似铁钢】，
捐躯自报恒王后【为报恒王之恩捐躯在疆场】，此日青州土亦香【青州大地，因四娘之名而万古流芳】。

众幕宾看了，便皆大赞："小哥儿十三岁的人就如此，可知家学渊源，真不诬矣。"贾政笑道："稚子口角，也还难为他。"

又看贾环的，是首五言律，写道是：

红粉不知愁【一般的女子从来不为家国之事而忧愁】，将军意未休【号称将军的林四娘却不报恒王之仇不罢休】。

掩啼离绣幕【擦干眼泪，忍住悲伤，离开锦绣的营帐】，抱恨出青州【怀着对敌人的仇恨，率众杀出青州】。

自谓酬王德【原以为可以报答恒王的宠幸之恩】，讵能复寇仇【以少敌众，又怎能灭敌而报仇】。

谁题忠义墓【她的墓碑上须得题写"忠"与"义"】，千古独风流【巾帼英雄载青史，姽嫿将军最风流】。

众人道："更佳。倒是大几岁年纪，立意又自不同。"贾政道："还不甚大错，终不恳切。"众人道："这就罢了。三爷才大不多两岁，俱在未冠之时，如此用了工去，再过几年，怕不是大阮小阮了。"贾政笑道："过奖了。只是不肯读书过失。"

因又问宝玉怎样。众人道："二爷细心镂刻，定又是风流悲感，不同此等的了。"宝玉笑道："这个题目似不称近体，须得古体，或歌或行，长篇一首，方能恳切。"众人听了，都立身点头拍手道："我说他立意不同！每一题到手必先度其体格宜与不宜，这便是老手妙法。就如裁衣一般，未下剪时，须度其身量。这题目名曰《姽嫿词》，且既有了序，此必是长篇歌行方合体的。或拟白乐天《长恨歌》，或拟温八叉《击瓯歌》，或拟李长吉《会稽歌》，或拟咏古词，半叙半咏，流利飘逸，始能尽妙。"

贾政听说，也合了主意，遂自提笔向纸上要写，又向宝玉笑道："如此，你念我写。若不好了，我捶你那肉。谁许你先大言不惭了！"宝玉只得念了一句，道是：

恒王好武兼好色【有个恒王载史册，既尚武功又好色】，

贾政写了看时，摇头道："粗鄙。"一幕宾道："要这样方古，究竟不粗。且看他底下的。"贾政道："姑存之。"宝玉又道：

遂教美女习骑射【宫中美女得号令，不习女工习骑射】。

称歌艳舞不成欢【歌舞多姿又绚丽，恒王看惯不为乐】，

列阵挽戈为自得【列队成阵舞刀兵，恒王扬扬为自得】。

贾政写出，众人都道："只这第三句便古朴老健，极妙。这四句平叙出，也最得体。"贾政道："休谬加奖誉，且看转的如何。"宝玉念道：

眼前不见尘沙起【天下太平无战事，骑马射箭空游戏】，

将军俏影红灯里【将军美女日消磨，灯红酒绿醉不起】。

众人听了这两句，便都叫："妙！好个'不见尘沙起'！又承了一句'俏影红灯里'，用字用句，皆入神化了。"宝玉道：

叱咤时闻口舌香【操练呼喊声叱咤，口舌含香春风里】，

霜矛雪剑娇难举【矛剑如霜寒光闪，翻身欲举娇无力】。

众人听了，便拍手笑道："益发画出来了。当日敢是宝公也在座，见其娇且闻其香否？不然，何体贴至此。"宝玉笑道："闺阁习武，任其勇悍，怎似男人。不待问而可知娇怯之形的了。"贾政道："还不快续，这又有你说嘴的了。"

宝玉只得又想了一想，念道：

丁香结子芙蓉绦【腰带打成丁香结，荷花绣在绿丝绦】，

众人都道："转'绦'，'萧'韵，更妙，这才流利飘荡。而且这一句也绮靡秀媚的妙。"贾政写了，看道："这一句不好。已写过'口舌香''娇难举'，何必又如此。这是力量不加，故又用这些

堆砌货来搪塞。”宝玉笑道：“长歌也须得要些词藻点缀点缀，不然便觉萧索。”贾政道：“你只顾用这些，但这一句底下如何能转至武事？若再多说两句，岂不蛇足了。”宝玉道：“如此，底下一句转煞住，想亦可矣。”贾政冷笑道：“你有多大本领？上头说了一句大开门的散话，如今又要一句连转带煞，岂不心有馀而力不足些。”宝玉听了，垂头想了一想，说了一句道：

不系明珠系宝刀【不饰珍珠与宝玉，只挎威风凛凛一宝刀】。

忙问：“这一句可还使得？”众人拍案叫绝。贾政写了，看着笑道：“且放着，再续。”宝玉道：“若使得，我便要一气下去了。若使不得，越性涂了，我再想别的意思出来，再另措词。”贾政听了，便喝道：“多话！不好了再作，便作十篇百篇，还怕辛苦了不成！”宝玉听说，只得想了一会，便念道：

以上写恒王姬妾习武取乐。

战罢夜阑心力怯【有时操练到深夜，精疲力竭心动摇】，脂痕粉渍污鲛鮹【胭脂香粉污汗渍，绢帕擦抹粉妆消】。

贾政道：“又一段。底下怎样？”宝玉道：

明年流寇走山东【隔年噩耗传府中，匪徒流窜到山东】，强吞虎豹势如蜂【凶恶强暴如虎豹，到处骚扰一窝蜂】。

众人道：“好个‘走’字！便见得高低了。且通句转的也不板。”宝玉又念道：

王率天兵思剿灭【恒王率领官兵去剿灭】，一战再战不成功【多次交锋不成功】。

腥风吹折陇头麦【拼杀惨烈，腥风怒吼，吹折田中麦】，日照旌旗虎帐空【战斗完结，日照旌旗，主帅营中虎座空】。

青山寂寂水潺潺【远处青山空寂寂，脚下流水哽咽声】，正是恒王战死时【青山寂寂水呜咽，只悼恒王致悲情】。

雨淋白骨血染草【大雨滂沱淋白骨，血染荒草草亦腥】，月冷黄沙鬼守尸【冷月夜来照黄沙，唯鬼为王守魂灵】。

以上写恒王战死。

众人都道："妙极，妙极！布置，叙事，词藻，无不尽美。且看如何至四娘，必另有妙转奇句。"

宝玉又念道：

纷纷将士只保身【将士虽多，个个自保身家性命，都逃散】，青州眼见皆灰尘【眼看青州大地，任凭贼寇践踏，民涂炭】。

不期忠义明闺阁【不望忠义声名美，只求彰明巾帼肝胆日月悬】，愤起恒王得意人【为王报仇雪深恨，不是官兵却是身边美婵娟】。

众人都道："铺叙得委婉。"贾政道："太多了，底下只怕累赘呢。"宝玉乃又念道：

恒王得意数谁行【姬妾成群身旁绕，谁是恒王心中第一香】，婀娜将军林四娘【娴静美好武功好，号称将军就是林四娘】，

号令秦姬驱赵女【恒王美女艳天下，四娘一呼百应尽逞强】，艳李秾桃临战场【昔日浓桃艳李娇羞女，此时雄气昂昂赴战场】。

绣鞍有泪春愁重【泪湿鞍鞯催战马，悲满心头愁满腔】，

铁甲无声夜气凉【铁甲无声行军疾，夜风飒飒透骨凉】。

胜负自然难预定【胜负难料兵家事，不把生死放心上】，誓盟生死报前王【誓死拼杀勇无前，一心只为报恒王】。

贼势猖獗不可敌【贼兵来势凶猛而放肆，实在不可战胜】，柳折花残实可伤【如花似柳众美姬，尽遭屠戮实可伤】。

魂依城郭家乡近【魂归城下守疆土，青州就是妾家乡】，马践胭脂骨髓香【战马飞驰杂沓过，佳人依然透骨香】。

以上写四娘战死。

星驰时报入京师【流星快马到京城，四娘事迹报中央】，谁家儿女不伤悲【巾帼英雄遭屠灭，谁家儿女不悲伤】！

天子惊慌恨失守【可恨城池失守江山动，天子闻报心惊慌】，此时文武皆垂首【满朝文武皆垂首，关键时刻无人为主敢担当】。

何事文武立朝纲【文一行，武一行，难道只为天天上朝颂吾皇】，不及闺中林四娘【竟不如一个粉黛娇柔林四娘】。

以上以满朝文武之畏葸反衬四娘之忠义勇武，抒发感慨之情。

我为四娘长太息【我为四娘长叹息，四娘真将军，将军愧四娘】，歌成馀意尚傍徨【诗歌吟成意未尽，袖手低昂独彷徨】！

念毕，众人都大赞不止，又都从头看了一遍。贾政笑道："虽然说了几句，到底不大恳切。"因说："去罢。"三人如得了赦的一般，一齐出来，各自回房。

众人皆无别话，不过至晚安歇而已。独有宝玉一心凄楚，回至园中，猛然见池上芙蓉，想起小丫鬟说晴雯作了芙蓉之神，不觉又喜欢起来，乃看着芙蓉嗟叹了一会。忽又想起死后并未到灵前一祭，如今何不在芙蓉前一祭，岂不尽了礼，比俗人去灵前祭吊又更觉别致。

晴雯之死的悲情一直压在宝玉心中。

想毕，便欲行礼。忽又止住道："虽如此，亦不可太草率，也须得衣冠整齐，奠仪周备，方为诚敬。"想了一想，"如今若学那世俗之奠礼，断然不可；竟也还要别开生面，另立排场，风流奇异，于世无涉，方不负我二人之为人。况且古人有云：'潢污行潦，蘋蘩蕴藻之贱，可以羞【进献】王公，荐鬼神。'原不在物之贵贱，全在心之诚敬而已。此其一也。二则诔文【祭文，类似悼词】挽词也须另出己见，自放手眼，亦不可蹈袭前人的套头，填写几字搪塞耳目之文，亦必须洒泪泣血，一字一咽，一句一啼，宁使文不足悲有馀，万不可尚文藻而反失悲戚。况且古人多有微词【委婉批评之言辞】，非自我今作俑也。奈今人全惑于功名二字，尚古之风一洗皆尽，恐不合时宜，于功名有碍之故。我又不希罕那功名，不为世人观阅称赞，何必不远师楚人之《大言》、《招魂》、《离骚》、《九辩》、《枯树》、《问难》、《秋水》、《大人先生传》等法，或杂参单句，或偶成短联，或用实典，或设譬寓，随意所之，信笔而去，喜则以文为戏，悲则以言志痛，辞达意尽为止，何必若世俗之拘拘于方寸之间哉。"

宝玉本是个不读书之人，再心中有了这篇歪意，怎得有好诗好文作出来。他自己却任意纂著，并不为人知慕，所以大肆妄诞，竟杜撰成一篇长文，用晴雯素日所喜之冰鲛縠一幅楷字写成，名曰《芙蓉女儿诔》，前序后歌。又备了四样晴雯所喜之物，于是夜月下，命那小丫头捧至芙蓉花前。先行礼毕，将那诔文即挂于芙蓉枝上，乃泣涕念曰：

维

太平不易之元，蓉桂竞芳之月，无可奈何之日，怡红院浊玉，谨以群花之蕊、冰鲛之縠、沁芳之泉、枫露之茗，四者虽微，聊以达诚申信，乃致祭于

白帝宫中抚司秋艳芙蓉女儿之前曰：

【译文】

在这太平永久永久太平之年，芙蓉、桂花竞香开放的秋月，在这满怀悲痛又无可奈何的日子，怡红院之未能脱俗的贾宝玉，恭恭敬敬，以百花之蕊、冰鲛之纱、沁芳之泉、枫

以宝玉之心理写"奠礼"之脱俗与诔文之主旨及独特构思。言"我二人之为人"者，明示认同晴雯为真伴侣也。

"歪意"不歪，"妄诞"不妄。曹公之褒贬，当另眼观之。

"挂于芙蓉枝上"，可见为木芙蓉。

维：语助词。这里可释为"在"。诔文开头要写明致祭的年月日，作者为了避"干预时政"之嫌，以虚代实。

白帝：司秋之神。抚司：掌管。

露之茶——这四样东西虽然微薄，但就让我姑且借此以表达一番诚挚恳切的心意吧。下面就是我献给白帝宫中抚司秋艳芙蓉之女儿的祭悼之辞：

窃思女儿自临浊世，迄今凡十有六载。其先之乡籍姓氏，湮沦而莫能考者久矣。而玉得于衾枕栉沐之间，栖息宴游之夕，亲昵狎亵，相与共处者，仅五年八月有畸。

【译文】

回想起来，姑娘你从降生到离开到这污浊的人间，一共只有十六年的时间。而你先辈的籍贯姓氏都早已埋没而无从查考。（连你的真名实姓我都难以知道）幸运的是，我贾宝玉能让你为我铺床叠被，梳理洗沐，陪我休憩，又伴我游玩。在此期间，我们相亲相爱，两小无猜，但这样相处的日子，仅仅才五年八个月多一点啊！

噫！女儿曩生之昔，其为质则金玉不足喻其贵，其为性则冰雪不足喻其洁，其为神则星日不足喻其精，其为貌则花月不足喻其色。姊妹悉慕媖娴，妪媪咸仰惠德。

【译文】

唉！姑娘你在世的时候，论品质，金玉也比不上你的高贵；论性情，冰雪比不上你的纯洁；论神志，星日比不上你的透亮；论形貌，花月比不上你的娇美。姐姐妹妹，全都羡慕你的娴雅；婆婆妈妈，也都敬重你的德惠。

孰料鸠鸩恶其高，鹰鸷翻遭罦翟；薋葹妒其臭，茝兰竟被芟鉏！花原自怯，岂奈狂飚；柳本多愁，何禁骤雨。偶遭蛊虿之谗，遂抱膏肓之疚。故尔樱唇红褪，韵吐呻吟；杏脸香枯，色陈顑颔。诼谣诟谇，出自屏帏；荆棘蓬榛，蔓延户牖。岂招尤则替，实攘诟而终。既怓幽沉于不尽，复含冤屈于无穷。高标见嫉，闺帏恨比长沙；直烈遭危，巾帼惨于羽野。

一段写其遭谗而死，死而多恨。

【译文】

　　谁能料到，恶人就像鸩鸮，它们讨厌雄鹰的高翔，而使它陷入罗网；又像蒺藜和苍耳，嫉妒山茝与幽兰的香气，而使它遭到铲除。你，像鲜花一样娇弱，哪里禁得住狂风的吹打？你，又像杨柳一般多愁善感，哪里受得了暴雨的浇淋？一旦遭到蛊虿一样的坏人的诽谤，你就难以忍受，病入膏肓。从此，你樱桃般的双唇褪去了红润，发出的也只是痛苦的呻吟；你甜杏般丰盈的脸庞变得枯干，看上去黄瘦而憔悴。（我知道，）那些流言蜚语、造谣辱骂都来自房中内室；她们就像荆棘、毒草爬满门户一样向你包围过来。哪里是你自招灾祸而丧命，分明是蒙受屈辱而致死。你的死，是满怀着深沉的抑郁之情，又饱含着无尽的冤屈之恨啊！品性高尚就会遭人妒忌，你的怨恨恰似遭谗而贬长沙的贾谊；气节刚烈就会被人暗伤，你的遭遇比窃神土救洪灾而被杀在羽野的鲧还要惨烈。

　　自蓄辛酸，谁怜夭折！仙云既散，芳趾难寻。洲迷聚窟，何来却死之香？海失灵槎，不获回生之药。眉黛烟青，昨犹我画；指环玉冷，今倩谁温？鼎炉之剩药犹存，襟泪之馀痕尚渍。镜分鸾别，愁开麝月之奁；梳化龙飞，哀折檀云之齿。委金钿于草莽，拾翠匐于尘埃。楼空鸤鹊，徒悬七夕之针；带断鸳鸯，谁续五丝之缕？况乃金天属节，白帝司时，孤衾有梦，空室无人。桐阶月暗，芳魂与倩影同销；蓉帐香残，娇喘共细言皆绝。连天衰草，岂独蒹葭；匝地悲声，无非蟋蟀。露苔晚砌，穿帘不度寒砧；雨荔秋垣，隔院希闻怨笛。芳名未泯，檐前鹦鹉犹呼；艳质将亡，槛外海棠预老。捉迷屏后，莲瓣无声；斗草庭前，兰芽枉待。抛残绣

聚窟：传说产长生不老药之地。灵槎：神仙的木筏，据说可乘而至仙山采到起死回生之药。麝月：月亮，此形容妆镜。檀云：梳子。翠匐（è）：女子发饰。

预老：预先老（死）去。莲瓣：喻指女子的脚。冰丝：代指挺括清凉的素娟衣。

线，银笺彩缕谁裁？折断冰丝，金斗御香未熨。

【译文】

你独抱一生的辛酸而去，有谁怜惜你的夭折！如今你像一片彩云般消散了，我到哪里去寻找你的踪迹？迷失了去聚窟的路径，哪里还能找到令人不死的神香？失去了通往蓬莱的神木筏，更难获得令人起死回生的妙药。当初，你那黛色如烟的弯眉，还是我为你描画；如今，你那戴玉环的手冷了，有谁来为你焐暖？药罐里的药渣还没有倒掉，襟袖上的泪痕还依然可见。但却如妆镜破碎，你我离分，当初篦头用的那个镜匣再不忍打开；那时用过的梳子，也宁愿它化龙随你而去，看到它我会哀痛得把梳齿折断。你（被草草送去火化）那镶金的首饰丢弃在杂草之中，在尘埃中我竟捡拾到你那点翠的发饰。从此以后，鸫鹊楼空，七夕之夜再也见不到你来穿针乞巧；我的鸳鸯腰带有了断裂，还有谁能用五彩的丝线把它连接起来？更何况现在是西方白帝当令的肃杀时节，独寝而被冷，虽然有时能在梦中与你相会，醒来却是房内空空，哪里有你的踪影！屋外梧桐树下，石阶上月光昏暗，不但难见你的精魂，连你那美丽的身影也消失了；屋内芙蓉帐内，你留下的香气也残留不多，更听不到你那轻微的气息和娇细的话音。此时此刻，连天都是衰败的荒草，哪里仅仅是蒹葭苍苍；遍地都是秋虫的悲诉，无非都是蟋蟀哀鸣！夜露洒在布满青苔的石阶上，一片暗寂，连寒砧之声都传不到室内；有时秋雨打在长满薜荔的墙壁上，雨声中偶尔可听到隔壁幽怨的笛曲。你的芳名并没有泯灭，檐下的鹦鹉还在呼唤；你的生命即将消亡，槛外的海棠就预先枯萎。想玩捉迷藏的游戏，可屏风后再也听不到你的脚步响；要在庭院中玩斗草，而兰草的嫩芽徒然等待你去采摘。那女工的绣线也抛在一边，谁来为我剪花样缝衣裳？我那件难得的素娟衣有了褶皱，至今还无人能用御香烤热的熨斗把它熨平。

昨承严命，既趋车而远涉芳园；今犯慈威，复泣杖而遽抛孤匶。及闻棺槽被爇，惭违共穴之盟；石椁成灾，愧迨同灰之诮。尔乃西风古寺，淹滞青燐；落日荒丘，零星白骨。楸榆飒飒，蓬艾萧萧。隔雾圹以啼猿，绕烟塍而泣鬼。自为红绡帐里，公子情深；始信黄土垄中，女儿命薄！汝南泪血，斑斑洒向西风；梓泽余衷，默默诉凭冷月。

爇（xiǎn）：火，这里作动词。迨：及，受到。尔乃：于是，在这时候。汝南泪血：有汝南王为侍妾哭而泪血。梓泽余衷：石崇妾绿珠死，崇深悼之。梓泽，石崇的别馆名，代指石崇。

一段写晴雯死后悲凉，深致悲慨而无奈之情。

【译文】

昨天，奉了严父之命驱车到远处赏菊赋诗（所以未能和你见最后一面）；今天，冒着触犯慈母之威的罪名拄杖去拜祭，岂料你的灵柩竟被人急忙地抬走了。后来听说那灵棺被一把火烧掉了，我深为不能践行死而共穴的誓言而惭愧；你的棺椁竟遭到这样的灾祸，而我不能与你同化烟灰而受到讥诮。此时此刻，我仿佛看见，西风中古寺旁，蓝色的磷火徘徊不熄；落日下荒丘上，零星的白骨散落无收。楸榆之树随风飒飒，蓬艾之草俯仰萧萧。又仿佛听见，雾气蒙蒙的坟场那边，有哀猿啼叫；烟雾缭绕的田间土埂，有怨鬼哭泣。原来只知道我这个红绡帐里的公子是一往情深，现在才相信那埋在黄土垄中的女儿是如此薄命！我只能仿效汝南王为你泣血而哭，学习石崇在冷月下对你默默倾诉。

呜呼！固鬼蜮之为灾，岂神灵而亦妒。钳谀奴之口，讨岂从宽；剖悍妇之心，忿犹未释！在君之尘缘虽浅，然玉之鄙意岂终。因蓄惓惓之思，不禁谆谆之问。始知上帝垂旌，花宫待诏，生侪兰蕙，死辖芙蓉。听小婢之言，似涉无稽；以浊玉之思，则深为有据。

谀（bì）：邪恶。垂旌：表彰。

【译文】

唉唉！这根本就是鬼蜮般的恶人造成的灾害，哪里是神灵对你心怀妒忌？真应该封住那告密进谗之奴才的烂嘴，对她们的惩处岂能从宽；更应剖开那凶狠蛮横之妇人的黑心，即使如此，我的愤恨之情还是难以消逝！在你而言，与这尘世的缘分虽浅；而在我而言，对你的这份情谊却是永恒的。因为我心怀一片痴情，所以禁不住要追问你逝后的境况。现在我才知道，天帝要表彰你，封你为"花宫待诏"，使你生前与兰蕙为伴，死后主管芙蓉之花。有人听到小丫头所说，会以为是无稽之谈。但就我这个俗人想来，却觉得很有根据。

何也？昔叶法善摄魂以撰碑，李长吉被诏而为记，事虽殊，其理则一也。故相物以配才，苟非其人，恶乃滥乎？始信上帝委托权衡，可谓至洽至协，庶不负其所秉赋也。因希其不昧之灵，或陟降于兹；特不揣鄙俗之词，有污慧听。乃歌而招之曰：

【译文】

为什么呢？从前就有这样的事：叶法善摄走李邕之魂令其撰写碑文，李长吉也曾被天帝召去为白玉楼作记。情事虽有不同，道理却是一样的。所以总是要根据职能需要来配备人才，假如德都不配位，那事情不就一团糟了吗？如今我才确信，上帝在委派职员时权衡利弊，可谓是极为妥当，总不辜负一个人所固有之才德。我希望你那不灭的魂灵能降临到此，因为我不怕人笑鄙陋粗俗，也不担心污秽了你的仙耳。特地作了一篇诔文读给你听，并作歌一首来召唤你的魂灵。

天何如是之苍苍兮【天怎么这样深青旷远啊】，乘玉虬以游乎穹窿耶【你是乘着玉龙在天庭遨游吗】？

地何如是之茫茫兮【大地怎么这样辽阔迷茫啊】，驾瑶象以降乎泉壤耶【你是驾着牙装玉饰之车降临九泉了吗】？

望繖盖之陆离兮【望过去你的车盖色彩如此绚烂】，抑箕尾之光耶【那是箕星和尾星照耀的光芒吗】？

列羽葆而为前导兮【还有成排的羽饰华盖做你的前

恶（wū）：何，怎么。

一段表达对诬陷迫害者之恨，抒发对天帝之公正的赞美。赞美天帝之公平，也就是赞美晴雯之禀赋。

瑶象：饰以美玉和象牙的车子。繖：同"伞"。陆离：色彩绚丽。羽葆：以鸟羽连缀为饰的华盖。

导】，卫危虚于旁耶【是危星和虚星在两旁做侍卫吗】？

驱丰隆以为比从兮【既差遣着云神丰隆作为随从】，望舒月以离耶【那月神的车夫望舒也驾车一同前来吗】？

听车轨而伊轧兮【听到车轮碾过发出咿咿呀呀的声音】，御鸾鹥以征耶【是你驾驭着鸾凤车远行吗】？

闻馥郁而蓁然兮【可以闻到一股馥郁的香气】，纫蘅杜以为缠耶【是你连缀了香草蘅杜作为佩带吗】？

炫裙裾之烁烁兮【你的衣裙多么绚烂，还闪闪发光啊】，镂明月以为珰耶【是刻镂明月作为耳饰了吗】？

【以上一层想象晴雯之魂在天庭漫游的情景，众神陪伴，星辰照耀，十分浪漫，十分潇洒。】

籍葳蕤而成坛畤兮【衬垫着鲜花香草架设起祭坛】，檠莲焰以烛兰膏耶【那莲花灯台上点着的是兰膏吗】？

文瓟匏以为觯斝兮【用雕花的葫芦作为酒杯】，漉醽醁以浮桂醑耶【你畅饮的既有绿色美酒又有桂花佳酿吗】？

瞻云气而凝盼兮【你凝视那飘浮不定的云气】，仿佛有所觇耶【是否察觉到了一些（关于我的）什么】？

俯窈窕而属耳兮【你俯首向深远的地方侧耳倾听】，恍惚有所闻耶【究竟听到了一些（关于我的）什么】？

期汗漫而无天阏兮【你和茫茫大士可以毫无障碍地约会】，忍捐弃余于尘埃耶【怎么就忍心把我抛弃在这尘世之上】？

倩风廉之为余驱车兮【我的希望是请风神为我驾车】，冀联辔而携归耶【你能带着我一起并肩而去吗】？

余中心为之慨然兮【我心中为此真是感慨万分】，徒嗷嗷而何为耶【即使痛声悲哭又有什么用啊】？

君偃然而长寝兮【你就这样仰面长眠再不苏醒】，岂天运之变于斯耶【莫非天道之变幻就是这样的吗】？

离：罗列，陈列。

蓁（ài）香气。

籍：铺垫。葳蕤：草木茂盛貌，这里指鲜花香草。檠：烛台、灯架，这里作动词。兰膏：香油。

觯斝（zhì jiǎ）：饮酒器。漉：过滤，这里指斟酒。醽醁（líng lù）：美酒。桂醑（xǔ）：桂花酒。

汗漫：虚拟的神仙名。无天阏（è）：无阻碍。

窀穸（zhūn xī）：墓穴。

悬附：附赘悬疣，多余之物。

格：感应，相通。

鸿蒙：本义指混沌未开的状态，这里指渺远的天堂。敔（yǔ）：打击乐器。爰：是。匪：非。簠（fǔ）、簋（jǔ）：食器，代指祭品。

忡忡：忧虑不安。唼（shà）喋（zhá）：鱼吃食发出的声音。

招魂歌后，再一段写准备盛大的仪式来迎接晴雯之魂的归来，魂影终究难见，在这寂静之夜，就请来尝祭品以慰我心吧。

既窀穸且安稳兮【既然你在墓穴中如此安稳】，反其真而复奚化耶【人死即归于本真，你还会再托生为人吗】？

余犹桎梏而悬附兮【我身受重重束缚，至今还活在这世上实在是多余呀】，灵格余以嗟来耶【你的魂灵能有所感应而来到我身边吗】！

来兮止兮，君其来耶【来吧！来了就别离开我了！你大概已经来了吧】？

【以上一层想象晴雯之魂与众神设坛饮酒，从而呼唤她不要忘了自己，企望她带着自己脱离尘世。】

若夫鸿蒙而居，寂静以处，虽临于兹，余亦莫睹。搴烟萝而为步幛，列枪蒲而森行伍。警柳眼之贪眠，释莲心之味苦。素女约于桂岩，宓妃迎于兰渚。弄玉吹笙，寒簧击敔。征嵩岳之妃，启骊山之姥。龟呈洛浦之灵，兽作咸池之舞。潜赤水兮龙吟，集珠林兮凤翥。爰格爰诚，匪簠匪簋。发轫乎霞城，返旌乎玄圃。既显微而若通，复氤氲而倏阻。离合兮烟云，空蒙兮雾雨。尘霾敛兮星高，溪山丽兮月午。何心意之忡忡，若寤寐之栩栩。余乃欷歔怅望，泣涕傍徨。人语兮寂历，天籁兮篔筜。鸟惊散而飞，鱼唼喋以响。志哀兮是祷，成礼兮期祥。

呜呼哀哉！尚飨！

【译文】

你现在在天官中居住，生活得很安宁，即使来到我这里，我肉眼凡胎也看不见你。但是，（为了迎接你的到来，）我要拔取茂盛的藤萝给你做成遮尘挡风的屏障，还要把坚挺的菖蒲摆成森严雄壮的卫队。要警告那垂杨柳不要贪睡，使莲子羹没有苦味。我要让善于鼓瑟的素女在长满桂树的山岩上等待你，让洛水之神宓妃在生满兰蕙的水边迎接你。让弄玉给你吹笙，寒簧为你击敔。我还要招来嵩山神主之夫人灵妃，邀请骊山之仙女老母。让神龟像当年迎接大禹那样在洛水显灵，百兽像听到尧舜的《咸池》曲一样翩翩起舞。让潜游赤水的神龙为你吟唱，让聚集在珠林的凤凰为你高翔。你我之间诚心相待相互感通，不是靠那祭品的丰盈。你从碧霞之城出发，回到昆仑山的玄圃休憩。我仿佛看到了你的身影，想来可以跟你会晤，却忽然烟云浓郁把你我隔开。那烟云忽聚忽散，一会儿又雾雨迷蒙，忽明忽暗。至晚尘霾消散，星星显得那么高远，溪光山色那么亮丽，月亮当空正圆。而我的心为什么这样忧虑烦乱，是因为梦中相会的景象总在眼前浮现。于是我唏嘘长叹，仰望长空而伤感，泪流满面而难安。此时人们都已安歇，只有水边的竹林轻轻摇曳。鸟儿受了惊扰而乱飞，失去方向；而水中的鱼儿在水面争食，唼喋作响。我用这篇悼文来寄托深深的哀思，举行这样的祭奠礼仪也是为了平安吉祥。

　　唉，悲哀啊！请你来品尝一下这菲薄的祭品吧！

读毕，遂焚帛奠茗，犹依依不舍。丫鬟催至再四，方才回身。忽听山石之后有一人笑道："且请留步。"二人听了，不免一惊。那丫鬟回头一看，却是个人影从芙蓉花中走出来，他便大叫："不好，有鬼。晴雯真来显魂了！"唬得宝玉也忙看时，——且听下回分解。

设一悬念，以待下回。

【回后评】

　　王蒙先生说："抄检大观园，从精神上说（即不是从考据上说），乃是曹氏'红'著的结束……以洋洋洒洒、规模宏大的芙蓉诔，以聪明美丽的晴雯的奇冤至死来结束曹氏'红'著，宜哉！晴雯之死，是搜检的最直接最严重最可悲的结果，是前八十回悲剧的顶峰，是事实上的对王夫人、袭人（恰恰不是凤姐）的

仁义道德直至权力运作（包括奴才们对于这种权力的投靠、适应、效忠）的控诉批判。"

愚以此为真知灼见。《红楼梦》一书，此回就是终卷。周汝昌先生通过文本考据也得出了这样的结论："雪芹原稿至于此。此以下，蒙府、戚序、南图三本皆无任何文字。"

所谓"从精神上说"，也可以说是从"情"字上说。《红楼梦》一书，博大宏富，但曹公自称"大旨谈情"。第八回有一条脂批："作者是欲天下人共来哭此情字。"鲁迅先生就把此书定义为"人情小说"。这个"情"字，一般理解为正面含义，尤其集中于宝玉一身。鄙意以为，"情"有善恶两个方面。善胜恶败，是喜剧；恶胜善败，是悲剧。而恶有恶报，最终也必然归于毁灭。《红楼梦》写的就是一大悲剧。这个悲剧，是恶胜于善之悲，也包括恶之不能从善而终于毁灭之悲。贾府之恶，并非集中在某一个角色身上，也并非总表现得明目张胆，或大或小，或隐或显，或出于自觉，或源于习惯，或包装为殷勤，或打扮成德惠，累积起来，汇聚起来，就形成一种强大的力量，它能压抑善，打击善，摧毁善。

一本大书的最后，善恶之争集中到王夫人和晴雯身上。王夫人听信小人之谗毁，以近乎变态的心理驱逐晴雯，并以莫须有的"女儿痨"之名焚化其身，葬之于荒野。而晴雯，是书中女性至善至美的代表人物之一。她相貌出众，心灵手巧，性格刚直，自尊自爱。这些本来应该受到保护、得到尊重的价值，却被无情地摧毁了。

曹公也不是客观地书写善恶之情。这个"情"字反映在曹公的笔下就成了撕心裂肺的"叹"和"怜"（惜）。全书开卷出现的第一位女主角名为"甄英莲"，实际是谓其"真应怜"；贾府四姐妹"元、迎、探、惜"之名，更是谐音为"原应叹息"。第五回曲唱"可叹停机德，堪怜咏絮才"，联为"厚地高天，堪叹古今情不尽；痴男怨女，可怜风月债难偿"，而横批就是"孽海

情天"，等等。　周汝昌先生对此有一个很恰切的分析："'一怜一叹'，'怜'是主题，'叹'乃是因'怜'而生的情感，而这个'怜'便成为全部书的最最重要的主题宗旨。"

　　为了这个"情"字，曹公在大观园中安排了一个唯一的男性（贾兰弱小，可忽略）——一个托身入世以"护花使者"为使命的贾宝玉。贾宝玉，就像大观园里的太阳，不分主奴，不分贵贱，给每一朵花以光明，给每一棵树以温暖。所谓"情种""情痴"，这个"情"，既不限于"爱情"，也与"淫欲"无关。这个"情"，就是爱，无差别、无条件的爱，爱得专注，爱得执着，超越俗人意识，甚至违背世俗常理，一般人难以理解，无法接受，故谓之"痴"。这个"痴"，也就是"真"——不被世俗污染、不被功利束缚、没有被塑造成"他们"所需角色而保持人之本真的人。但他太孤立了，他的力量太微薄了。大观园中的"群芳"，或风飘云散，或残败凋零，宝玉因殇而怜，因怜而叹，他丧魂落魄，洒泪成血，而一篇《芙蓉女儿诔》就是他此种情感的大爆发。不能改变自己，而这"爆发"又不能使恶的势力稍有收敛，他的离世归天，回到那大荒山无稽崖青埂峰下，则是唯一的解脱。至于身后变成一片"白茫茫大地"，那是无可挽回也无法顾及的了。

第七十九回

薛文龙悔娶河东狮

贾迎春误嫁中山狼

静舍天地自宽，劲荡吉凶难定。

一啄一饮系生成，何必梦中说醒。

黯然伤情宝玉染病，拘禁百日恣意嬉游

沈水香浮小閣雲

學研石鼎試花露

芳草鍾陽收露
天澄萬里滄雲青釉

本回书与八十回原是紧密相连的，回目所示实际上也是对两回书内容的概括，所以这两回书当作一回读。

薛文龙，薛蟠的表字。河东狮，指夏金桂。成语有"河东狮吼"，谓悍妒的妻子对丈夫大吵大闹。中山狼，指孙绍祖。书中第五回对迎春的判词是："子系中山狼，得志便猖狂。金闺花柳质，一载赴黄粱。"

这孙绍祖祖上系军官出身，乃当日宁荣府中之门生，算来亦系世交。现他一人在京，在兵部候缺题升。贾赦对此门亲事十分热心，贾母心中却不十分称意，想来拦阻亦恐不听，也只说"知道了"，余不多及。贾政又深恶孙家，虽是世交，当年不过是彼祖希慕荣宁之势，有不能了结之事才拜在门下的，并非诗礼名族之裔，因此倒劝谏过两次，无奈贾赦不听，也只得罢了。

宝玉因迎春要出嫁，还要陪四个丫头过去，不禁叹道"从今后这世上又少了五个清洁人了"，连园中景物看上去也都变得寥落凄惨了。此时见到香菱。香菱说到薛蟠娶妻，满心高兴，说"巴不得早些过来，又添一个作诗的人了"。宝玉为之"耽心虑后"，她反而气恼。宝玉见她这样，便怅然如有所失，呆呆地站了半天，思前想后，不觉滴下泪来。宝玉回到房中，一夜梦魇不断，次日便懒进饮食，身体作热。因近日抄检大观园、逐司棋、别迎春、悲晴雯等羞辱惊恐悲凄，兼以风寒外感，故酿成一疾，卧床不起。贾母命好生保养，过百日方可出门行走。

就在宝玉病中，薛蟠娶了夏金桂。原以为一大喜事，孰料这位小姐由母亲溺爱所致，刁蛮暴烈，性比盗跖。初到薛家，就立下三大誓愿：钤压住众人，降服薛蟠，除掉香菱。果然，两个月之后，那"薛蟠的气概渐次低矮了下去"。夏金桂得寸进尺，渐渐向薛姨妈和宝钗侵袭过来。

本回书还只写到夏金桂初露峥嵘，而薛蟠也还没到深"悔"的地步。而说贾迎春"误嫁中山狼"，这个"误"字也得到下回才能见分晓。

回目之外，开头承宝玉撰《芙蓉女儿诔》被黛玉所闻，于是二人字斟句酌，终于把"红绡账里，公子多情；黄土垄中，女儿薄命"改为"茜纱窗下，我本无缘；黄土垄中，卿何薄命"。如此，诔晴雯竟变成了诔黛玉，直接预示了"木石前盟"的毁弃。

话说宝玉才祭完了晴雯，只听花影中有人声，倒唬了一跳。走出来细看，不是别人，却是林黛玉，满面含笑，口内说道："好新奇的祭文！可与曹娥碑并传的了。"宝玉听了，不觉红了脸，笑答道："我想着世上这些祭文都蹈于熟滥了，所以改个新样，原不过是我一时的顽意，谁知又被你听见了。有什么大使不得的，何不改削改削。"

黛玉道："原稿在那里？倒要细细一读。长篇大论，不知说的是些什么，只听见中间两句，什么'红绡帐里，公子多情；黄土垄中，女儿薄命。'这一联意思却好，只是'红绡帐里'未免熟滥些。放着现成真事，为什么不用？"宝玉忙问："什么现成的真事？"黛玉笑道："咱们如今都系霞影纱糊的窗槅，何不说'茜纱窗下，公子多情'呢？"宝玉听了，不禁跌足笑道："好极，是极！到底是你想的出，说的出。可知天下古今现成的好景妙事尽多，只是愚人蠢子说不出想不出罢了。但只一件：虽然这一改新妙之极，但你居此则可，在我实不敢当。"说着，又接连说了一二百句"不敢"。

黛玉笑道："何妨。我的窗即可为你之窗，何必分晰得如此

曹娥碑之文被称为"绝妙好辞"，宝玉以为黛玉"过奖"所以"红了脸"，并向黛玉请教。

"红绡帐里"这种说法，公子佳人类的小说里常见，所以是"熟滥"。而"茜纱窗"乃黛玉处实景。第四十回写贾母因见黛玉潇湘馆的窗纱颜色旧了，就命以银红【有光泽的浅红色】的"霞影纱"换上。

黛玉说"我的窗即可为你之窗",并以"咱们"相称,显系视宝玉为"命运共同体"了。

"红绡帐里,公子多情;黄土垄中,女儿薄命",前后是转折关系。"茜纱窗下,我本无缘;黄土垄中,卿何薄命"则是因果关系。这不是单纯的修辞问题,所涉对象由宝玉与晴雯的关系变成了宝玉与黛玉的关系。

"无缘"之辞,不祥之至,所以黛玉听了以后"怔然变色"。

出嫁事,由黛玉口中带出。

黛玉"自取路去了",宝玉不送。这里才"又忽想起来黛玉无人随伴",见得是宝玉沉浸在迎春出嫁事中。

贾赦对孙家全是褒词。

生疏。古人异姓陌路,尚然同肥马,衣轻裘,敝之而无憾,何况咱们。"宝玉笑道:"论交之道,不在肥马轻裘,即黄金白璧,亦不当锱铢较量。倒是这唐突闺阁,万万使不得的。如今我越性将'公子''女儿'改去,竟算是你诔他的倒妙。况且素日你又待他甚厚,故今宁可弃此一篇大文,万不可弃此'茜纱'新句。竟莫若改作'茜纱窗下,小姐多情;黄土垄中,丫鬟薄命。'如此一改,虽于我无涉,我也是惬怀的。"黛玉笑道:"他又不是我的丫头,何用作此语。况且小姐丫鬟亦不典雅,等我的紫鹃死了,我再如此说,还不算迟。"宝玉听了,忙笑道:"这是何苦又咒他。"黛玉笑道:"是你要咒的,并不是我说的。"宝玉道:"我又有了,这一改可极妥当了。莫若说'茜纱窗下,我本无缘;黄土垄中,卿何薄命'。"

黛玉听了,怔然【忧心忡忡】变色,心中虽有无限的狐疑乱拟,外面却不肯露出,反连忙含笑点头称妙,说:"果然改的好。再不必乱改了,快去干正经事罢。才刚太太打发人叫你明儿一早快过大舅母那边去。你二姐姐已有人家求准了,想是明儿那家人来拜允,所以叫你们过去呢。"宝玉拍手道:"何必如此忙?我身上也不大好,明儿还未必能去呢。"黛玉道:"又来了,我劝你把脾气改改罢。一年大二年小,……"一面说话,一面咳嗽起来。宝玉忙道:"这里风冷,咱们只顾呆站在这里,快回去罢。"黛玉道:"我也家去歇息了,明儿再见罢。"说着,便自取路去了。

宝玉只得闷闷的转步,又忽想起来黛玉无人随伴,忙命小丫头子跟了送回去。自己到了怡红院中,果有王夫人打发老嬷嬷来,吩咐他明日一早过贾赦那边去,与方才黛玉之言相对。

原来贾赦已将迎春许与孙家了。这孙家乃是大同府人氏,祖上系军官出身,乃当日宁荣府中之门生,算来亦系世交。如今孙家只有一人在京,现袭指挥之职,此人名唤孙绍祖,生得相貌魁梧,体格健壮,弓马娴熟,应酬权变,年纪未满三十,且又家资饶富,现在兵部候缺题升。因未有室,贾赦见是世交之孙,且人品家当都相称合，遂青目择为东床娇婿。亦曾回明贾母。

贾母心中却不十分称意，想来拦阻亦恐不听，儿女之事自有天意前因，况且他是亲父主张，何必出头多事，为此只说"知道了"三字，馀不多及。

贾母"不十分称意"，自有道理，带过。

贾政又深恶孙家，虽是世交，当年不过是彼祖希慕荣宁之势，有不能了结之事才拜在门下的，并非诗礼名族之裔，因此倒劝谏过两次，无奈贾赦不听，也只得罢了。

"贾政又深恶孙家"，也只是因为"并非诗礼名族之裔"。

宝玉却从未会过这孙绍祖一面的，次日只得过去聊以塞责。只听见说娶亲的日子甚急，不过今年就要过门的，又见邢夫人等回了贾母将迎春接出大观园去等事，越发扫去了兴头，每日痴痴呆呆的，不知作何消遣。又听得说陪四个丫头过去，更又跌足自叹道："从今后这世上又少了五个清洁人了。"因此天天到紫菱洲一带地方徘徊瞻顾，见其轩窗寂寞，屏帐翛然，不过有几个该班上夜的老妪。再看那岸上的蓼花苇叶，池内的翠荇香菱，也都摇摇落落，似有追忆故人之态，迥非素常逞妍斗色之可比。既领略得如此寥落凄惨之景，是以情不自禁，乃信口吟成一歌曰：

宝玉有自己的烦恼。人去楼空，景象寥落凄惨，其心目中的理想世界日渐崩塌，情何以堪。

池塘一夜秋风冷【池塘上吹了一夜的冷风】，吹散荷红玉影【美丽的荷花再也不见踪影】。

蓼花菱叶不胜愁【蓼花与菱叶也有无尽的忧愁】，重露繁霜压纤梗【浓重的霜露压弯了它们娇弱的枝茎】。

不闻永昼敲棋声【再也听不到为消磨漫长的白天时间围棋落子的敲击之声】，燕泥点点污棋枰【只有燕子筑窝落下的泥点玷污着棋盘】。

古人惜别怜朋友【古人在朋友离别时尚且依依不舍】，况我今当手足情【何况要别我而去的与我有手足深情】！

荇，jì，本义指菱。"荇荷"偏指"荷"。

宝玉方才吟罢，忽闻背后有人笑道："你又发什么呆呢？"宝玉回头忙看是谁，原来是香菱。宝玉便转身笑问道："我的姐姐，

香菱虽是一苦人，宝玉曾为她"情解石榴裙"（第六十二回），但她并不能从精神层面理解宝玉。这是她的局限，益增宝玉的悲哀。

你这会子跑到这里来做什么？许多日子也不进来逛逛。"香菱拍手笑嘻嘻的说道："我何曾不要来。如今你哥哥回来了，那里比先时自由自在的了。才刚我们奶奶使人找你凤姐姐的，竟没找着，说往园子里来了。我听见了这话，我就讨了这件差进来找他。遇见他的丫头，说在稻香村呢。如今我往稻香村去，谁知又遇见了你。我且问你，袭人姐姐这几日可好？怎么忽然把个晴雯姐姐也没了，到底是什么病？二姑娘搬出去的好快，你瞧瞧这地方好空落落的。"

有一段时间没见了，今日一见，连发数问，直问得宝玉"应之不迭"。

宝玉应之不迭，又让他同到怡红院去吃茶。香菱道："此刻竟不能，等找着琏二奶奶，说完了正经事再来。"宝玉道："什么正经事这么忙？"香菱道："为你哥哥娶嫂子的事，所以要紧。"宝玉道："正是。说的到底是那一家的？只听见吵嚷了这半年，今儿又说张家的好，明儿又要李家的，后儿又议论王家的。这些人家的女儿他也不知道造了什么罪了，叫人家好端端议论。"香菱道："这如今定了，可以不用搬扯别家了。"

由香菱说出薛蟠娶亲事，并介绍"桂花夏家"境况。

宝玉忙问："定了谁家的？"香菱道："因你哥哥上次出门贸易时，在顺路到了个亲戚家去。这门亲原是老亲，且又和我们是同在户部挂名行商，也是数一数二的大门户。前日说起来，你们两府都也知道的。合长安城中，上至王侯，下至买卖人，都称他家是'桂花夏家'。"宝玉笑问道："如何又称为'桂花夏家'？"香菱道："他家本姓夏，非常的富贵。其馀田地不用说，单有几十顷地独种桂花，凡这长安城里城外桂花局俱是他家的，连宫里一应陈设盆景亦是他家贡奉，因此才有这个浑号。如今太爷也没了，只有老奶奶带着一个亲生的姑娘过活，也并没有哥儿兄弟，可惜他竟一门尽绝了后。"

"桂花夏家"之称，从财富上说是褒，从文化层面说是贬，亦即如贾政说孙家"并非诗礼名族之裔"。

如此家庭，是其不堪个性形成之环境。

宝玉忙道："咱们也别管他绝后不绝后，只是这姑娘可好？你们大爷怎么就中意了？"香菱笑道："一则是天缘，二则是'情人眼里出西施'。当年又是通家来往，从小儿都一处厮混过。叙起亲是姑舅兄妹，又没嫌疑。虽离开了这几年，前儿一到他家，夏奶奶又是没儿子的，一见了你哥哥出落的这样，又是哭，

还是借香菱之口说薛夏婚姻之"缘"——又是天缘，又是人缘，好上加好，不过是欲抑先扬之法。

又是笑，竟比见了儿子的还胜。又令他兄妹相见，谁知这姑娘出落得花朵似的了，在家里也读书写字，所以你哥哥当时就一心看准了。连当铺里老朝奉伙计们一群人蹧扰了人家三四日，他们还留多住几日，好容易苦辞才放回家。你哥哥一进门，就咕咕唧唧求我们奶奶去求亲。我们奶奶原也是见过这姑娘的，且又门当户对，也就依了。和这里姨太太凤姑娘商议了，打发人去一说就成了。只是娶的日子太急，所以我们忙乱的很。我也巴不得早些过来，又添一个作诗的人了。"宝玉冷笑道："虽如此说，但只我听这话不知怎么倒替你耽心虑后呢。"香菱听了，不觉红了脸，正色道："这是什么话！素日咱们都是厮抬厮敬的，今日忽然提起这些事来，是什么意思！怪不得人人都说你是个亲近不得的人。"一面说，一面转身走了。

宝玉见他这样，便怅然如有所失，呆呆的站了半天，思前想后，不觉滴下泪来，只得没精打彩，还入怡红院来。一夜不曾安稳，睡梦之中犹唤晴雯，或魇魔惊怖，种种不宁。次日便懒进饮食，身体作热。此皆近日抄检大观园、逐司棋、别迎春、悲晴雯等羞辱惊恐悲凄之所致，兼以风寒外感，故酿成一疾，卧床不起。贾母听得如此，天天亲来看视。王夫人心中自悔不合因晴雯过于逼责了他。心中虽如此，脸上却不露出。只吩咐众奶娘等好生服侍看守，一日两次带进医生来诊脉下药。一月之后，方才渐渐的痊愈。

贾母命好生保养，过百日方许动荤腥油面等物，方可出门行走。这一百日内，连院门前皆不许到，只在房中顽笑。四五十日后，就把他拘约的火星乱迸，那里忍耐得住。虽百般设法，无奈贾母王夫人执意不从，也只得罢了。因此和那些丫鬟们无所不至，恣意耍笑作戏。又听得薛蟠摆酒唱戏，热闹非常，已娶亲入门，闻得这夏家小姐十分俊俏，也略通文翰，宝玉恨不得就过去一见才好。

再过些时，又闻得迎春出了阁。宝玉思及当时姊妹们一处，

香菱想的是"作诗"，宝玉想的是生活。香菱竟然"红了脸"，并抢白宝玉。其实她根本没有听懂宝玉的话。

好心当作驴肝肺，善言被当作恶语，香菱可怜亦复可恨。宝玉之伤，加之抄检、驱逐，终于酿成一病。

是众奶娘服侍，袭人们呢？

百日拘禁，正可把薛蟠娶亲、迎春出嫁虚化处理。而在怡红院"和这些丫头们无法无天，凡世上所无之事，都顽耍出来"，也只一句带过。问题是如此无法无天，王夫人知道吗？袭人都在做什么？不写之写，不可忽略。

耳鬓厮磨，从今一别，纵得相逢，也必不似先前那等亲密了。眼前又不能去一望，真令人凄惶迫切之至。少不得潜心忍耐，暂同这些丫鬟们厮闹释闷，幸免贾政责备逼迫读书之难。这百日内，只不曾拆毁了怡红院，和这些丫头们无法无天，凡世上所无之事，都顽耍出来。如今且不消细说。

且说香菱自那日抢白了宝玉之后，心中自为宝玉有意唐突他，"怨不得我们宝姑娘不敢亲近，可见我不如宝姑娘远矣；怨不得林姑娘时常和他角口气的痛哭，自然唐突他也是有的了。从此倒要远避他才好。"因此，以后连大观园也不轻易进来。日日忙乱着，薛蟠娶过亲，自为得了护身符，自己身上分去责任，到底比这样安宁些；二则又闻得是个有才有貌的佳人，自然是典雅和平的：因此他心中盼过门的日子比薛蟠还急十倍。好容易盼得一日娶过了门，他便十分殷勤小心服侍。

原来这夏家小姐今年方十七岁，生得亦颇有姿色，亦颇识得几个字。若论心中的邱壑经纬，颇步熙凤之后尘。只吃亏了一件，从小时父亲去世的早，又无同胞弟兄，寡母独守此女，娇养溺爱，不啻珍宝，凡女儿一举一动，彼母皆百依百随，因此未免娇养太过，竟酿成个盗跖的性气。爱自己尊若菩萨，窥他人秽如粪土；外具花柳之姿，内秉风雷之性。在家中时常就和丫鬟们使性弄气，轻骂重打的。今日出了阁，自为要作当家的奶奶，比不得作女儿时腼腆温柔，须要拿出这威风来，才钤压得住人；况且见薛蟠气质刚硬，举止骄奢，若不趁热灶一气炮制熟烂，将来必不能自竖旗帜矣；又见有香菱这等一个才貌俱全的爱妾在室，越发添了"宋太祖灭南唐"之意，"卧榻之侧岂容他人酣睡"之心。

因他家多桂花，他小名就唤做金桂。他在家时不许人口中带出金桂二字来，凡有不留心误道一字者，他便定要苦打重罚才罢。他因想桂花二字是禁止不住的，须另唤一名，因想桂花曾有广寒嫦娥之说，便将桂花改为嫦娥花，又寓自己身分如此。

薛蟠本是个怜新弃旧的人，且是有酒胆无饭力【外强中干】

宝玉之真情，连香菱都视为"痴"。

善良中浸透了奴性。如此，她在后面遭受折辱时，大大降低了读者的同情。

三个"颇"字之后，再一转，笔力道劲。溺爱之害，竟使一个"花柳之姿"的女子养成了"风雷之性"，竟可以"盗跖"比之。

一段心理描写把其"风雷之性"具体化为三条（有语篇指示语明示）：一是要"钤压得住人"，二是辖制得住薛蟠，三是除掉香菱。

未出嫁时的表现。特点其名号，为下面令香菱改名铺垫。

的，如今得了这样一个妻子，正在新鲜兴头上，凡事未免尽让他些。那夏金桂见了这般形景，便也试着一步紧似一步。一月之中，二人气概还都相平；至两月之后，便觉薛蟠的气概渐次低矮了下去。一日薛蟠酒后，不知要行何事，先与金桂商议，金桂执意不从。薛蟠忍不住便发了几句话，赌气自行了，这金桂便气的哭如醉人一般，茶汤不进，装起病来。请医疗治，医生又说："气血相逆，当进宽胸顺气之剂。"

薛姨娘恨的骂了薛蟠一顿，说："如今娶了亲，眼前抱儿子了，还是这样胡闹。人家凤凰蛋似的，好容易养了一个女儿，比花朵儿还轻巧，原看的你是个人物，才给你作老婆。你不说收了心安分守己，一心一计和和气气的过日子，还是这样胡闹，喇嗓了黄汤，折磨人家。这会子花钱吃药白遭心。"一席话说的薛蟠后悔不迭，反来安慰金桂。金桂见婆婆如此说丈夫，越发得了意，便装出些张致来，总不理薛蟠。薛蟠没了主意，惟自怨而已，好容易十天半月之后，才渐渐的哄转过金桂的心来，自此便加一倍小心，不免气概又矮了半截下来。

那金桂见丈夫旗纛渐倒，婆婆良善，也就渐渐的持戈试马起来。先时不过挟制薛蟠，后来倚娇作媚，将及薛姨妈，后又将至薛宝钗。宝钗久察其不轨之心，每随机应变，暗以言语弹压其志。金桂知其不可犯，每欲寻隙，又无隙可乘，只得曲意附就。一日金桂无事，因和香菱闲谈，问香菱家乡父母。香菱皆答忘记，金桂便不悦，说有意欺瞒了他。因问他"香菱"二字是谁起的名字，香菱便答："姑娘起的。"金桂冷笑道："人人都说姑娘通，只这一个名字就不通。"香菱忙笑道："嗳哟，奶奶不知道，我们姑娘的学问连我们姨老爷时常还夸呢。"欲明后事，且见下回。

首先要拿下薛蟠。哭、装病，是两大手段。

婆婆不分是非，壮了夏金桂的胆。

小试牛刀，就把薛蟠拿下。

进而向薛宝钗发起进攻。

第八十回

美香菱屈受贪夫棒
王道士胡诌妒妇方

叙桂花妒用实笔，叙孙家恶用虚笔；叙宝玉卧病是省笔，叙宝玉烧香是停笔。

宝玉惊闻薛家事，薛蟠棒打美香菱

此回书紧承上回，仍以迎春出嫁、薛蟠娶亲两条线交叉进行。

夏金桂要在薛家树立威风，上一回已初露锋芒，使薛蟠"旗纛渐倒"；接着便向宝钗发起挑衅——改香菱之名为"秋菱"。她发现薛蟠垂涎宝蟾，便生借宝蟾除香菱之计。她让香菱冲散薛蟠与宝蟾的好事，薛蟠一腔恶怒，痛骂香菱。金桂又假说夜间令薛蟠和宝蟾在香菱房中去成亲，命香菱过来陪自己睡。不但命香菱在地下铺睡，夜间还总不使其安逸稳卧片时。

半月光景，忽又装起病来，请医疗治不效，众人都说是香菱气的。闹了两日，忽又从金桂的枕头内抖出纸人来，上面写着金桂的年庚八字，有五根针钉在心窝并四肢骨节等处。金桂又哭又闹，说是香菱要用魇魔法"治死"她。薛蟠认定是香菱所施，顺手抓起一根门闩，不容分说朝香菱劈头劈面就打。薛姨妈为香菱辩护几句，金桂益发号啕大哭闹起来，还隔着窗子拌嘴。薛姨妈无奈，薛蟠也只是出入咳声叹气，抱怨说运气不好。最后香菱只得跟随宝钗去，终得了不治之病。

自此以后，金桂又吵闹了数次，薛姨妈母女唯暗自垂泪，怨命而已。在金桂面前，薛蟠越发软了气骨，而宝蟾不肯服低容让半点，薛蟠"一身难以两顾"，便出门躲在外厢。那金桂高兴了则聚人来斗纸牌，掷骰子作乐；又喜啃骨头，每日务要杀鸡鸭，却只单以油炸焦骨头下酒。吃得不耐烦或动了气，便肆行海骂。薛家母女总不去理她。薛蟠亦无别法。宁荣二宅之人，上上下下，无有不知，无有不叹者。

再说那迎春的遭遇。孙绍祖一味好色，好赌酗酒，家中所有的媳妇丫头将及淫遍。迎春略相劝，便骂她是"醋汁子老婆拧出来的"；又说贾赦欠着他五千银子不还，是把迎春准折卖给他的；等等。迎春回到贾府，一边诉说 一边呜呜咽咽地哭。连王夫人并众姊妹无不落泪。迎春只说："我不信我的命就这么苦！"

中间插贾母带宝玉天齐庙进香一节，看似离开主线，其实宝玉问王道士"贴女人的妒病方子"，心中所想的还是夏金桂之"妒"。王道士之胡诌"疗妒汤"，是幽默，也是对妒妇的讽刺。

话说金桂听了，将脖项一扭，嘴唇一撇，鼻孔里哧哧两声，拍着掌冷笑道："菱角花谁闻见香来着？若说菱角香了，正经那些香花放在那里？可是不通之极！"香菱道："不独菱花，就连荷叶莲蓬，都是有一股清香的。但他那原不是花香可比，若静日静夜或清早半夜细领略了去，那一股清香比是花儿都好闻呢。就连菱角、鸡头、苇叶、芦根得了风露，那一股清香，就令人心神爽快的。"金桂道："依你说，那兰花桂花倒香的不好了？"香菱说到热闹头上，忘了忌讳，便接口道："兰花桂花的香，又非别花之香可比。"

从"香菱"之名入手，开始贬斥薛宝钗。王婆子一类的神情口吻，没有一点大家闺秀的风范。

杜甫诗曰："直讶杉松冷，兼疑菱荇香。"香菱有诗人气质，但未能领会金桂之心，对牛弹琴耳。

一句未完，金桂的丫鬟名唤宝蟾者，忙指着香菱的脸儿说道："要死，要死！你怎么真叫起姑娘的名字来！"香菱猛省了，反不好意思，忙陪笑赔罪说："一时说顺了嘴，奶奶别计较。"金桂笑道："这有什么，你也太小心了。但只是我想这个'香'字到底不妥，意思要换一个字，不知你服不服？"香菱忙笑道："奶奶说那里话，此刻连我一身一体俱属奶奶，何得换一名字反问我服不服，叫我如何当得起。奶奶说那一个字好，就用那一个。"

奴才常常比主子更严厉。金桂此时的目标是宝钗，所以先放过香菱。

金桂笑道："你虽说的是，只怕姑娘多心，说'我起的名字，反不如你？你能来了几日，就驳我的回了'。"香菱笑道："奶奶

从香菱探口风。

有所不知，当日买了我来时，原是老奶奶使唤的，故此姑娘起得名字。后来我自服侍了爷，就与姑娘无涉了。如今又有了奶奶，益发不与姑娘相干。况且姑娘又是极明白的人，如何恼得这些呢。"金桂道："既这样说，'香'字竟不如'秋'字妥当。菱角菱花皆盛于秋，岂不比'香'字有来历些。"香菱道："就依奶奶这样罢了。"自此后遂改了秋字，宝钗亦不在意。

只因薛蟠天性是"得陇望蜀"的，如今得娶了金桂，又见金桂的丫鬟宝蟾有三分姿色，举止轻浮可爱，便时常要茶要水的故意撩逗他。宝蟾虽亦解事，只是怕着金桂，不敢造次，且看金桂的眼色。金桂亦颇觉察其意，想着："正要摆布香菱，无处寻隙，如今他既看上了宝蟾，如今且舍出宝蟾去与他，他一定就和香菱疏远了，我且乘他疏远之时，便摆布了香菱。那时宝蟾原是我的人，也就好处了。"打定了主意，伺机而发。

这日薛蟠晚间微醺，又命宝蟾倒茶来吃。薛蟠接碗时，故意捏他的手。宝蟾又乔装躲闪，连忙缩手。两下失误，豁啷一声，茶碗落地，泼了一身一地的茶。薛蟠不好意思，佯说宝蟾不好生拿着。宝蟾说："姑爷不好生接。"金桂冷笑道："两个人的腔调儿都够使了。别打谅谁是傻子。"薛蟠低头微笑不语，宝蟾红了脸出去。

一时安歇之时，金桂便故意的撵薛蟠别处去睡，"省得你馋痨饿眼。"薛蟠只是笑。金桂道："要作什么和我说，别偷偷摸摸的不中用。"薛蟠听了，仗着酒盖脸，便趁势跪在被上拉着金桂笑道："好姐姐，你若要把宝蟾赏了我，你要怎样就怎样。你要人脑子也弄来给你。"金桂笑道："这话好不通。你爱谁，说明了，就收在房里，省得别人看着不雅。我可要什么呢。"薛蟠得了这话，喜的称谢不尽，是夜曲尽丈夫之道，奉承金桂。次日也不出门，只在家中厮奈【混，泡】，越发放大了胆。

至午后，金桂故意出去，让个空儿与他二人。薛蟠便拉拉扯扯的起来。宝蟾心里也知八九，也就半推半就，正要入港。谁知

香菱为奴，低贱如此；而宝钗心知肚明，"不在意"者，不露声色也。

此薛蟠最不堪处。金桂恨他这一点，又利用他这一点。利用宝蟾摆布香菱，与凤姐利用秋桐摆布尤二姐好有一比。

都在金桂掌握之中。

薛蟠丑态毕现，金桂顺水推舟。

金桂是有心等候的，料必在难分之际，便叫丫头小舍儿过来。原来这小丫头也是金桂从小儿在家使唤的，因他自幼父母双亡，无人看管，便大家叫他作小舍儿，专作些粗笨的生活。金桂如今有意独唤他来吩咐道："你去告诉秋菱，到我屋里将手帕取来，不必说我说的。"小舍儿听了，一径寻着香菱说："菱姑娘，奶奶的手帕子忘记在屋里了。你去取来送上去岂不好？"

香菱正因金桂近日每每的折挫他，不知何意，百般竭力挽回不暇。听了这话，忙往房里来取。不防正遇见他二人推就之际，一头撞了进去，自己倒羞的耳面飞红，忙转身回避不迭。那薛蟠自为是过了明路的，除了金桂，无人可怕，所以连门也不掩，今见香菱撞来，故也略有些惭愧，还不十分在意。无奈宝蟾素日最是说嘴要强的，今遇见了香菱，便恨无地可入，忙推开薛蟠，一径跑了，口内还恨怨不迭，说他强奸力逼等语。

薛蟠好容易圈哄的要上手，却被香菱打散，不免一腔兴头变作了一腔恶怒，都在香菱身上，不容分说，赶出来唾了两口，骂道："死娼妇，你这会子作什么来撞尸游魂！"香菱料事不好，三步两步早已跑了。

薛蟠再来找宝蟾，已无踪迹了，于是恨的只骂香菱。至晚饭后，已吃得醺醺然，洗澡时不防水略热了些，烫了脚，便说香菱有意害他，赤条精光赶着香菱踢打了两下。香菱虽未受过这气苦，既到此时，也说不得了，只好自悲自怨，各自走开。

彼时金桂已暗和宝蟾说明，今夜令薛蟠和宝蟾在香菱房中去成亲，命香菱过来陪自己先睡。先是香菱不肯，金桂说他嫌脏了，再必是图安逸，怕夜里劳动服侍，又骂说："你那没见世面的主子，见一个，爱一个，把我的人霸占了去，又不叫你来。到底是什么主意，想必是逼我死罢了。"

薛蟠听了这话，又怕闹黄了宝蟾之事，忙又赶来骂香菱："不识抬举！再不去便要打了！"香菱无奈，只得抱了铺盖来。金桂命他在地下铺睡。香菱无奈，只得依命。刚睡下，便叫倒茶，一时又叫捶腿，如是一夜七八次，总不使其安逸稳卧片时。那薛蟠得了宝蟾，如获珍宝，一概都置之不顾。恨的金桂暗暗的发恨道："且叫你乐这几天，等我慢慢的摆布了来，那时可别怨我！"一面隐忍，一面设计摆布香菱。

半月光景，忽又装起病来，只说心疼难忍，四肢不能转动。请医疗治不效，众人都说是香菱气的。闹了两日，忽又从金桂的枕头内抖出纸人来，上面写着金桂的年庚八字，有五根针钉在心窝并四肢骨节等处。于是众人反乱起来，当作新闻，先报与薛姨妈。

薛姨妈先忙手忙脚的，薛蟠自然更乱起来，立刻要拷打众人。金桂笑道："何必冤枉众人，大约是宝蟾的镇魔法儿。"薛蟠道："他这些时并没多空儿在你房里，何苦赖好人。"金桂冷笑道："除了他还有谁，莫不是我自己不成！虽有别人，谁可敢进我的房呢。"薛蟠道："香菱如今是天天跟着你，他自然知道，先拷问他就知道了。"金桂冷笑道："拷问谁，谁肯认？依我说竟装个不知道，大家丢开手罢了。横竖治死我也没什么要紧，乐得再娶好的。若据良心上说，左不过是你三个多嫌我一个。"说着，一面痛哭起来。

薛蟠更被这一席话激怒，顺手抓起一根门闩来，一径抢步找着香菱，不容分说便劈头劈面打起来，一口咬定是香菱所施。香菱叫屈，薛姨妈跑来禁喝说："不问明白，你就打起人来了。这丫头服侍了你这几年，那一点不周到，不尽心？他岂肯如今作这没良心的事！你且问个清浑皂白，再动粗卤。"金桂听见他婆婆如此说着，怕薛蟠耳软心活，便益发嚎啕大哭起来，一面又哭喊说："这半个多月把我的宝蟾霸占了去，不容他进我的房，唯有秋菱跟着我睡。我要拷问宝蟾，你又护到头里。你这会子又赌气打他去。治死我，再拣富贵的标致的婆来就是了，何苦作出这些把戏来！"薛蟠听了这些话，越发着了急。

薛姨妈听见金桂句句挟制着儿子，百般恶赖的样子，十分可恨。无奈儿子偏不硬气，已是被他挟制软惯了。如今又勾搭上丫头，被他说霸占了去，他自己反要占温柔让夫之礼。这魇魔法究竟不知谁作的，实是俗语说的"清官难断家务事"，此时正是公婆难断床帏事了。因此无法，只得赌气喝骂薛蟠说："不争气的孽障！骚狗也比你体面些！谁知你三不知的把陪房丫头也摸索上了，叫老婆说嘴霸占了丫头，什么脸出去见人！也不知谁使的法子，也不问青红皂白，好歹就打人。我知道你是个得新弃旧的东西，白辜负了我当日的心。他既不好，你也不许打，我立即叫人牙子来卖了他，你就心净了。"说着，命香菱"收拾了东西跟我来"，一面叫人去，"快叫个人牙子来，多少卖几两银子，拔去肉中刺，眼中钉，大家过太平日子。"薛蟠见母亲动了气，早也低下头了。

金桂听了这话，便隔着窗子往外哭道："你老人家只管卖人，不必说着一个扯着一个的。我们很是那吃醋拈酸容不下人的不成，怎么'拔出肉中刺，眼中钉'？是谁的钉，谁的刺？但凡多嫌着他，也不肯把我的丫头也收在房里了。"薛姨妈听说，气的身战气咽道："这是谁家的规矩？婆婆这里说话，媳妇隔着窗子拌嘴。亏你是旧家人家的女儿！满嘴里大呼小喊，说的是什么！"

薛蟠急的跺脚说："罢哟，罢哟！看人听见笑话。"金桂意谓一不作，二不休，越发发泼喊起来了，说："我不怕人笑话！你的小老婆治我害我，我倒怕人笑话了！再不然，留下他，就卖我。谁还不知道你薛家有钱，行动拿钱垫人，又有好亲戚挟制着别人。你不趁早施为，还等什么？嫌我不好，谁叫你们瞎了眼，三求四告的跑了我们家作什么去了！这会子人也来了，金的银的也赔了，略有个眼睛鼻子的也霸占去了，该挤发我了！"一面哭喊，一面滚揉，自己拍打。薛蟠急的说又不好，劝又不好，打又不好，央告又不好，只是出入咳声叹气，抱怨说运气不好。

当下薛姨妈早被薛宝钗劝进去了，只命人来卖香菱。宝钗

此时薛姨妈也尝到了溺爱、娇纵儿子的苦果。

薛姨妈说"拔去肉中刺，眼中钉"，当然是针对夏金桂的。不料这夏金桂丝毫不顾婆媳之礼仪规矩，竟公然拌嘴——这是她立志要"拿出这威风来"的实践。

不仅哭闹，她的话里有刺："行动拿钱垫人，又有好亲戚挟制着别人"，分明是在揭薛蟠杀人案的老底。她手里有把柄，薛蟠（包括薛姨妈、宝钗）更无奈。

夏金桂达到铲除香菱
的目的，也对薛家三口形成
巨大的威胁。

"自从两地生孤木，致
使香魂返故乡。"香菱走到
头了。

"薛姨妈母女惟暗自垂
泪，怨命而已。"这个"命"
字，是无奈，也是自安自慰。

收拾完香菱再收拾宝
蟾，是金桂的既定方针。

金桂此种状态，近乎精
神分裂了。而薛蟠之"悔"
字至此而完全落实。

笑道："咱们家从来只知买人，并不知卖人之说。妈可是气的胡涂了，倘或叫人听见，岂不笑话。哥哥嫂子嫌他不好，留下我使唤，我正也没人使呢。"薛姨妈道："留着他还是淘气，不如打发了他倒干净。"宝钗笑道："他跟着我也是一样，横竖不叫他到前头去。从此断绝了他那里，也如卖了一般。"香菱早已跑到薛姨妈跟前痛哭哀求，只不愿出去，情愿跟着姑娘，薛姨妈也只得罢了。

自此以后，香菱果跟随宝钗在园内去了，把前面路径竟一心断绝。虽然如此，终不免对月伤悲，挑灯自叹。本来怯弱，虽在薛蟠房中几年，皆由血分中有病，是以并无胎孕。今复加以气怒伤感，内外折挫不堪，竟酿成干血之症，日渐羸瘦作烧，饮食懒进，请医诊视服药亦不效验。

那时金桂又吵闹了数次，气的薛姨妈母女惟暗自垂泪，怨命而已。薛蟠虽曾仗着酒胆挺撞过两三次，持棍欲打，那金桂便递与他身子随意叫打；这里持刀欲杀时，便伸与他脖项。薛蟠也实不能下手，只得乱闹了一阵罢了。如今习惯成自然，反使金桂越发长了威风，薛蟠越发软了气骨。虽是香菱犹在，却亦如不在的一般，虽不能十分畅快，也就不觉的碍眼了，且姑置不究。如此又渐次寻趁宝蟾。

宝蟾却不比香菱的情性，最是个烈火干柴，既和薛蟠情投意合，便把金桂忘在脑后。近见金桂又作践他，他便不肯低服容让半点。先是一冲一撞的拌嘴口角，后来金桂气急了，甚至于骂，再至于打。他虽不敢还言还手，便大撒泼性，拾头打滚，寻死觅活，昼则刀剪，夜则绳索，无所不闹。薛蟠此时一身难以两顾，惟徘徊观望于二者之间，十分闹的无法，便出门躲在外厢。

金桂不发作性气，有时欢喜，便纠聚人来斗纸牌、掷骰子作乐。又生平最喜啃骨头，每日务要杀鸡鸭，将肉赏人吃，只单以油炸焦骨头下酒。吃的不奈烦或动了气，便肆行海骂，说："有别的忘八粉头乐的，我为什么不乐！"薛家母女总不去理他。薛蟠亦无别法，惟日夜悔恨不该娶这搅家星罢了，都是一时没了主意。于是宁荣二宅之人，上上下下，无有不知，无有不叹者。

此时宝玉已过了百日，出门行走。亦曾过来见过金桂，"举止形容也不怪厉，一般是鲜花嫩柳，与众姊妹不差上下的人，焉得这等样情性，可为奇之至极。"因此心下纳闷。这日与王夫人请安去，又正遇见迎春奶娘来家请安，说起孙绍祖甚属不端，"姑娘惟有背地里淌眼抹泪的，只要接了来家散诞两日。"王夫人因说："我正要这两日接他去，只因七事八事的都不遂心，所以就忘了。前儿宝玉去了，回来也曾说过的。明日是个好日子，就接他去。"正说着，贾母打发人来找宝玉，说："明儿一早往天齐庙还愿。"宝玉如今巴不得各处去逛逛，听见如此，喜的一夜不曾合眼，盼明不明的。

次日一早，梳洗穿带已毕，随了两三个老嬷嬷坐车出西城门外天齐庙来烧香还愿。这庙里已是昨日预备停妥的。宝玉天生性怯，不敢近狰狞神鬼之像。这天齐庙本系前朝所修，极其宏壮。如今年深岁久，又极其荒凉。里面泥胎塑像皆极其凶恶，是以忙忙的焚过纸马钱粮，便退至道院歇息。一时吃过饭，众嬷嬷和李贵等人围随宝玉到处散诞顽耍了一回。宝玉困倦，复回至静室安歇。众嬷嬷生恐他睡着了，便请当家的老王道士来陪他说话儿。

这老王道士专意在江湖上卖药，弄些海上方治人射利。这庙外现挂着招牌，丸散膏丹，色色俱备，亦长在宁荣两宅走动熟惯，都与他起了个浑号，唤他作"王一贴"，言他的膏药最验，只一贴百病皆除之意。

当下王一贴进来，宝玉正歪在炕上想睡，李贵等正说"哥儿别睡着了"，厮混着。看见王一贴进来，都笑道："来的好，来的好。王师父，你极会说古记的，说一个与我们小爷听听。"王一贴笑道："正是呢。哥儿别睡，仔细肚里面筋作怪。"说着，满屋里人都笑了。宝玉也笑着起身整衣。王一贴喝命徒弟们快泡好酽茶来。

薛家之事，荣宁二府岂能不知？出此一句，文无疏漏。"座中泣下谁最多？江州司马青衫湿。"贾府上下，谁的感叹最动情？当属宝玉也——他不是早就为香菱担心吗？

说到迎春遭遇，只着"孙绍祖甚属不端"几个字，接下来穿插天齐庙还愿一节。

此种招牌至今可见，也总有人相信。

茗烟道："我们爷不吃你的茶，连这屋里坐着还嫌膏药气息呢。"王一贴笑道："没当家花花的，膏药从不拿进这屋里来的。知道哥儿今日必来，头三五天就拿香熏了又熏的。"宝玉道："可是呢，天天只听见你的膏药好，到底治什么病？"王一贴道："哥儿若问我的膏药，说来话长，其中细理，一言难尽。共药一百二十味，君臣相际，宾客得宜，温凉兼用，贵贱殊方。内则调元补气，开胃口，养荣卫，宁神安志，去寒去暑，化食化痰；外则和血脉，舒筋络，出死肌，生新肉，去风散毒。其效如神，贴过的便知。"

宝玉道："我不信一张膏药就治这些病。我且问你，倒有一种病可也贴的好么？"王一贴道："百病千灾，无不立效。若不见效，哥儿只管揪着胡子打我这老脸，拆我这庙何如？只说出病源来。"宝玉笑道："你猜，若你猜的着，便贴的好了。"王一贴听了，寻思一会，笑道："这倒难猜，只怕膏药有些不灵了。"宝玉命李贵等："你们且出去散散。这屋里人多，越发蒸臭了。"李贵等听说，且都出去自便，只留下茗烟一人。这茗烟手内点着一枝梦甜香，宝玉命他坐在身旁，却倚在他身上。

王一贴心有所动，便笑嘻嘻走近前来，悄悄的说道："我可猜着了。想是哥儿如今有了房中的事情，要滋助的药，可是不是？"话犹未完，茗烟先喝道："该死，打嘴！"宝玉犹未解，忙问："他说什么？"茗烟道："信他胡说。"唬的王一贴不敢再问，只说："哥儿明说了罢。"宝玉道："我问你，可有贴女人的妒病方子没有？"王一贴听说，拍手笑道："这可罢了。不但说没有方子，就是听也没有听见过。"宝玉笑道："这样还算不得什么。"王一贴又忙道："贴妒的膏药倒没经过，倒有一种汤药或者可医，只是慢些儿，不能立竿见影的效验。"

宝玉道："什么汤药，怎么吃法？"王一贴道："这叫做'疗妒汤'：用极好的秋梨一个，二钱冰糖，一钱陈皮，水三碗，梨熟为度，每日清早吃这么一个梨，吃来吃去就好了。"宝玉道：

"这也不值什么，只怕未必见效。"王一贴道："一剂不效吃十剂，今日不效明日再吃，今年不效吃到明年。横竖这三味药都是润肺开胃不伤人的，甜丝丝的，又止咳嗽，又好吃。吃过一百岁，人横竖是要死的，死了还妒什么！那时就见效了。"说着，宝玉茗烟都大笑不止，骂"油嘴的牛头"。

王一贴笑道："不过是闲着解午盹罢了，有什么关系。说笑了你们就值钱。实告诉你们说，连膏药也是假的。我有真药，我还吃了作神仙呢。有真的，跑到这里来混？"正说着，吉时已到，请宝玉出去焚化钱粮散福。功课完毕，方进城回家。

那时迎春已来家好半日，孙家的婆娘媳妇等人已待过晚饭，打发回家去了。迎春方哭哭泣泣的在王夫人房中诉委曲，说孙绍祖"一味好色，好赌酗酒，家中所有的媳妇丫头将及淫遍。略劝过两三次，便骂我是'醋汁子老婆拧出来的'。又说老爷曾收着他五千银子，不该使他的。如今他来要了两三次不得，他便指着我的脸说道：'你别和我充夫人娘子，你老子使了我五千银子，把你准折卖给我的。好不好，打一顿撵在下房里睡去。当日有你爷爷在时，希图上我们的富贵，赶着相与的。论理我和你父亲是一辈，如今强压我的头，卖了一辈。又不该作了这门亲，倒没的叫人看着赶势利似的。'"一行说，一行哭的呜呜咽咽，连王夫人并众姊妹无不落泪。

王夫人只得用言语解劝说："已是遇见了这不晓事的人，可怎么样呢。想当日你叔叔也曾劝过大老爷，不叫作这门亲的。大老爷执意不听，一心情愿，到底作不好了。我的儿，这也是你的命。"迎春哭道："我不信我的命就这么苦！从小儿没了娘，幸而过姊子这边过了几年心净日子，如今偏又是这么个结果！"王夫人一面解劝，一面问他随意要在那里安歇。迎春道："乍乍的离了姊妹们，只是眠思梦想。二则还记挂着我的屋子，还得在园里旧房子里住得三五天，死也甘心了。不知下次还可能得住不得住了呢！"王夫人忙劝道："快休乱说。不过年轻的夫妻们，闲牙

这老道士能自曝家底，着实可爱。有的骗子，把人治死了都不认账。

穿插一节，再回来说迎春。所谓"误嫁中山狼"，"中山狼"的面目如此，而"误"字中有假。正如孙绍祖说："你老子使了我五千银子，把你准折卖给我的。"贾赦之面目如此。

王夫人之类除了"命"字，也确实无话可说，无事可做。迎春到底心有不平："我不信我的命就这么苦！"但也无可奈何。"死也甘心"，这是对"生"已失去信心。

斗齿，亦是万万人之常事，何必说这丧话。"仍命人忙忙的收拾紫菱洲房屋，命姊妹们陪伴着解释，又吩咐宝玉："不许在老太太跟前走漏一些风声，倘或老太太知道了这些事，都是你说的。"宝玉唯唯的听命。

迎春是夕仍在旧馆安歇。众姊妹丫鬟等更加亲热异常。一连住了三日，才往邢夫人那边去。先辞过贾母及王夫人，然后与众姊妹分别，更皆悲伤不舍。还是王夫人薛姨妈等安慰劝释，方止住了过那边去。又在邢夫人处住了两日，就有孙绍祖的人来接去。迎春虽不愿去，无奈惧孙绍祖之恶，只得勉强忍情作辞了。邢夫人本不在意，也不问其夫妻和睦，家务烦难，只面情塞责而已。终不知端的，且听下回分解。

总要写一笔邢夫人之无情。

【 回后评 】

到宝玉撰写《芙蓉女儿诔》，曹公的"红"学就可告结束，而今又添出七十九、八十回两回文字，自有其意义。鄙意以为，首先，这一段文字，贾家事居次而薛家事为主，是在昭示不仅贾府在日益败落，薛家之败落也势在必然，整个贵族社会都在腐烂，都在垮塌。这就拓展了、丰富了书的社会内容。其次，这两回文字不仅写贾迎春之悲，更写夏金桂之恶，而宝玉一直认为"女儿是水做的"，是至纯至净的。夏金桂的出现实际打碎了宝玉的这一信念，从而进一步深化了全书的悲剧内涵，也是促使宝玉"逃离"尘世的因素之一。

虽然对"悲剧"一词的内涵有不同理解，但论者公认此书写的是一大悲剧。社会悲剧也好，家庭悲剧也好，归根结蒂是人生的悲剧。王国维曾从成因的角度把悲剧分成三种：由坏人作恶造成的，由偶然的意外造成的，由人物之位置及彼此关系造成的。前两种容易理解，他所谓第三种的具体内涵是："第三种之悲剧，由于剧中之人物之位置及关系而不得不然者；非必有蛇蝎之性质，与意外之变故也，但由普遍之人物，普通之境遇，逼之不得不如是；彼等明知其害，交施之而交受之，各加以力而各不任其咎，此种悲剧，其感人贤于前二者远甚。何则？彼示人生最大之不幸，非例外之事，而人生之所固有故也。若前二种之悲剧，吾人对蛇蝎之人物，与盲目之命运，未尝不悚然战慄；然以其罕见之故，犹幸吾生之可以免，而不必求息肩之地也。但在第三种，则见此非常之势力，足以破坏人生之福祉者，无时而不可坠于吾前；且此等惨酷之行，不但时时可受诸己而或可以加诸人；躬丁其酷，而无不平之可鸣：此可谓天下之至惨也。若《红楼梦》，则正第三种之悲剧也……《红楼梦》者，可谓悲剧中之悲剧也。"

王氏之论，固不可动摇。但社会、家庭以及一个人之悲剧的造成固然有其主要原因，而其实往往是诸种因素综合作用的结果。贾府之败，有政治的牵连，有生活的奢华堕落，也有"一代不如一代"之接班人的退化，水旱不收的天气也未必不是因素之一。就说此两回文字写的迎春，她陷入火坑（最终被凌虐至死），是谁之过？当然首先是贾赦，但作为父亲，在那时候的那个地位，他决定女儿的婚事"理所当然"。贾母心中虽"不十分称意，想来拦阻亦恐不听，儿女之事自有天意前因，况且他是亲父主张，何必出头多事，为此只说'知道了'三字，馀不多及"。作为叔叔的贾政呢，本来"深恶孙家"，"倒劝谏过两次，无奈贾赦不听，也只得罢了"。大家都从自己的地位及与贾赦、迎春的关系出发，接受了此种安排，悲剧命运就这样坠落在迎春的面前；而作为当事人的迎春也只能毫无异议地服从——这也是她的地位及她与贾赦的关系决定的。不过，那个直接把迎春凌虐致死的孙绍祖呢，说他是蛇蝎之人，也不算怎么过分吧。

薛家之事，似乎让读者感到，人生在世，悲剧实在是难以避免的。作为皇商之家，尽管也在衰落之中，但薛蟠作为家中唯一的接班人，要娶一房贤妻度日，本不是什么难事。而偏偏就娶了个盗跖一般的女人，悲剧就这样坠落在他们面前，悔而无奈，苦

而难言。而最后，夏金桂也把自己置于极端痛苦的境地。在此一悲剧中，夏金桂固然是主角，但薛蟠的淫乱、香菱的软弱，甚至宝蟾的贪欲与泼辣，再追索上去，金桂之母对金桂的娇宠、薛姨妈对薛蟠的放纵，不都是这场悲剧的成因吗？每个人都在制造悲剧，每个人都在承受悲剧，每个人都在悲剧中挣扎，"而各不任其咎"。实际上，《红楼梦》所描写的悲剧，在我们身边不是也时有发生吗？

红楼悲剧，贾府叹之，而不知读者之叹贾府者久矣！读者叹之而不鉴之，难免读者复叹读者也。

主要参考书目

［1］［清］曹雪芹著，无名氏续．红楼梦．北京：人民文学出版社，2008.

［2］［清］曹雪芹、高鹗著，［清］脂砚斋、王希廉点评．红楼梦．北京：中华书局，2009.

［3］［清］曹雪芹著，［清］脂砚斋评，吴铭恩汇校．红楼梦脂评汇校本．北京：清华大学出版社，2019.

［4］冯其庸辑校．重校八家评批红楼梦．青岛：青岛出版社，2015.

［5］［清］曹雪芹著，［清］脂砚斋评，周汝昌校．周汝昌校订批点本石头记．桂林：漓江出版社，2009.

［6］［清］曹雪芹著，［清］程伟元、高鹗整理，张俊、沈治钧评批．新批校注红楼梦．北京：商务印书馆，2013.

［7］［清］曹雪芹著，蔡义江评注．蔡义江新评红楼梦．北京：龙门书局，2010.

［8］王蒙．王蒙评点红楼梦．北京：人民文学出版社，2014.

［9］［清］王国维．红楼梦评论．北京：北京燕山出版社，1997.